PSYCHOLOGIE, SOCIOLOGIE EN GEZONDHEIDSPSYCHOLOGIE

W0283887

Pearson

Samen met gerenommeerde auteurs spant Pearson zich in om de beste leerervaringen te ontwikkelen. Wij brengen wereldwijd de nieuwste ideeën en de beste leerpraktijken op de markt. Onze gedrukte en digitale leermiddelen worden vervaardigd op een manier die studenten in staat stelt niet alleen de inhoud te begrijpen, maar deze ook effectief toe te passen in de dagelijkse praktijk.

Pearson is wereldwijd een toonaangevend leerbedrijf. Onze portfolio omvat Penguin Random House, Dorling Kindersley, de Financial Times en onze educatieve uitgeverij. Wij zijn daarnaast een gezaghebbende wereldwijde aanbieder van elektronische leerprogramma's, alsook van testontwikkeling, verwerkings- en scoringsdiensten voor onderwijsinstituten, bedrijven en beroepsverenigingen.

Wij bieden onze cliënten toegang tot een breed en snelgroeiend scala aan toonaangevende teksten van vermaarde auteurs en ontwikkelen boeken die op maat worden gemaakt. U kiest de inhoud die voldoet aan uw behoeften en Pearson maakt er een kwalitatief hoogstaand product van.

Elke dag stelt ons werk ons in staat om mensen beter te laten leren, en waar het leren tot bloei komt, doen mensen dat ook.
Meer informatie vindt u op: www.pearson.com/nl.

Psychologie, Sociologie en Gezondheidspsychologie

Tweede editie

Dit maatwerkboek is samengesteld op basis van hoofdstukken uit:

Psychologie, een inleiding, 7e editie
Philip G. Zimbardo, Robert L. Johnson, Vivian McCann
Nederlandstalige bewerking: Ed Caffin, Laurent Voets, Greet van der Wielen, Stéphanie Légat, Ann Van Doorselaere.

De samenleving: Kennismaking met de sociologie, 12e editie
John Macionis, Bram Peper, Joanne van der Leun

Gezondheidspsychologie, 2e editie
Val Morrison en Paul Bennett
Nederlandstalige bewerking: Leo Juffermans, Elke Van Hoof

Samenstelling: Naomi Castelein, Paul Riha, Edwin Hagenbeek
Bachelor Verpleegkunde Hogeschool Utrecht

Pearson

Harlow, England • London • New York • Boston • San Francisco • Toronto • Sydney • Auckland • Singapore • Hong Kong
Tokyo • Seoul • Taipei • New Delhi • Cape Town • Sao Paulo • Mexico City • Madrid • Amsterdam • Munich • Paris • Milan

ISBN: 978-90-430-3604-7
Pearson Benelux BV, Amsterdam
Website: www.pearson.com/nl
E-mail: amsterdam@pearson.com

© 2017 Pearson Benelux, Amsterdam

Samenstelling: Naomi Castelein, Paul Riha, Edwin Hagenbeek
Bachelor Verpleegkunde – Hogeschool Utrecht

Eerste druk, juli 2017
Vijfde druk, juni 2018

Dit maatwerkboek is samengesteld op basis van hoofdstukken uit:

Psychologie, een inleiding, 7e editie, ISBN: 978-90-430-2167-8
Philip G. Zimbardo, Robert L. Johnson, Vivian McCann
Nederlandstalige bewerking: Ed Caffin, Laurent Voets, Greet van der Wielen, Stéphanie Légat, Ann Van Doorselaere

De samenleving: Kennismaking met de sociologie, 12e editie,
ISBN: 978-90-430-2888-2
John Macionis, Bram Peper, Joanne van der Leun

Gezondheidspsychologie, 2e editie, ISBN: 978-90-430-2481-5
Val Morrison en Paul Bennett
Nederlandstalige bewerking: Leo Juffermans, Elke Van Hoof

Alle rechten voorbehouden. Niets uit deze uitgave mag worden verveelvoudigd, opgeslagen in een geautomatiseerd gegevensbestand, of openbaar gemaakt, in enige vorm of op enige wijze, hetzij elektronisch, mechanisch, door fotokopieën, opnamen, of enige andere manier, zonder voorafgaande toestemming van de uitgever.

Voor zover het maken van kopieën uit deze uitgave is toegestaan op grond van artikel 16B Auteurswet 1912 j° het Besluit van 20 juni 1974, St.b. 351, zoals gewijzigd bij Besluit van 23 augustus 1985, St.b. 471 en artikel 17 Auteurswet 1912, dient men de daarvoor wettelijk verschuldigde vergoedingen te voldoen aan de Stichting Reprorecht. Voor het overnemen van gedeelte(n) uit deze uitgave in bloemlezingen, readers en andere compilatie- of andere werken (artikel 16 Auteurswet 1912), in welke vorm dan ook, dient men zich tot de uitge-ver te wenden. Ondanks alle aan de samenstelling van dit boek bestede zorg kan noch de redactie, noch de auteur, noch de uitgever aansprakelijkheid aanvaarden voor schade die het gevolg is van enige fout in deze uitgave.

Inhoudsopgave

Uit:
Psychologie, een inleiding, 7e editie
Philip G. Zimbardo, Robert L. Johnson, Vivian McCann

H1 **Geest, gedrag en psychologische wetenschap** / 2
H2 **Biopsychologie, neurowetenschappen en de menselijke aard** / 38
H5 **Geheugen** / 80
H7 **Psychologische ontwikkeling** / 120
H9 **Motivatie en emotie** / 174
H10 **Persoonlijkheid: theorieën van de gehele persoon** / 222
H12 **Psychische stoornissen** / 268
H13 **Therapieën voor psychische stoornissen** / 306
H14 **Stress, gezondheid en welzijn** / 346

Uit:
De samenleving: Kennismaking met de sociologie, 12e editie
John Macionis, Bram Peper, Joanne van der Leun

H4 **Socialisatie: van jeugd tot ouderdom** / 398
H11 **Deviant gedrag** / 428
H12 **Migratie en etnische diversiteit** / 468
H14 **Seksualiteit** / 492
H15 **Gezin en familie** / 520
H16 **Religie** / 542
H17 **Bevolking en verstedelijking** / 562

Uit:
Gezondheidspsychologie, 2e editie
Val Morrison en Paul Bennett
Nederlandstalige bewerking: Leo Juffermans, Elke Van Hoof

H1 **Wat is gezondheid?** / 588
H3 **Ongezond gedrag** / 608
H4 **Gezond gedrag** / 640
H11 **Omgaan met stress** / 666

De volgende hoofdstukken komen uit:
Psychologie, een inleiding, 7e editie

▶ KERNVRAGEN	● KERNCONCEPTEN	■ IN DE PRAKTIJK
1.1 Wat is psychologie en wat is het niet? 1.1.1 Psychologie: het is meer dan je denkt 1.1.2 Psychologie is geen psychiatrie 1.1.3 Kritisch nadenken over psychologie en pseudopsychologie	1.1 Psychologie is een breed veld, met vele specialismen, maar in wezen is psychologie de wetenschap van gedrag en geestelijke processen.	**Kritisch denken toegepast** Over de centrale vraag van dit hoofdstuk: nogmaals hyperactiviteit op www.pearsonmylab.nl **Doe het zelf!** Psychologie of psychologisch gebabbel? **Psychologische kwesties** Schadelijke effecten van pseudopsychologie op www.pearsonmylab.nl
1.2 Wat zijn de zes belangrijkste perspectieven van de psychologie? 1.2.1 Scheiding van lichaam en geest en het moderne biologische perspectief 1.2.2 Het begin van de wetenschappelijke psychologie en het moderne cognitieve perspectief 1.2.3 Het behavioristische perspectief: nadruk op waarneembaar gedrag 1.2.4 De perspectieven vanuit de gehele persoon: psychodynamisch, humanistisch, en karaktertrekken en temperament 1.2.5 Het ontwikkelingsperspectief: veranderingen die ontstaan door nature en nurture 1.2.6 Het socioculturele perspectief: het individu in context 1.2.7 Het veranderende beeld van de psychologie	1.2 Zes belangrijke perspectieven domineren het snel veranderende veld van de moderne psychologie: het biologische, cognitieve, behavioristische, *whole-person-*, ontwikkelings- en socioculturele perspectief. Alle kwamen ze voort uit radicaal nieuwe ideeën over geest en gedrag.	**Doe het zelf!** Een voorbeeld uit de Gestaltpsychologie **Doe het zelf!** Werp een introspectieve blik op de Necker-kubus
1.3 Hoe vergaren psychologen nieuwe kennis? 1.3.1 Vier stappen van de wetenschappelijke methode 1.3.2 Vijf soorten psychologisch onderzoek 1.3.3 Vertekening in psychologisch onderzoek beperken 1.3.4 Ethische kwesties in psychologisch onderzoek	1.3 Net als onderzoekers op alle andere vakgebieden gebruiken psychologen de wetenschappelijke methode om hun ideeën empirisch te toetsen.	**Dieper graven** Informatiebronnen voor psychologen **Psychologische kwesties** Psychologisch onderzoek en ethiek op www.pearsonmylab.nl **Kritisch denken toegepast** Gefaciliteerde communicatie op www.pearsonmylab.nl

CENTRALE VRAAG: Hoe zou je de bewering testen dat suiker kinderen hyperactief maakt?

Op **www.pearsonmylab.nl** vind je tools en toetsen om je begrip en kennis van dit hoofdstuk uit te breiden en te oefenen.

1 GEEST, GEDRAG EN PSYCHOLOGISCHE WETENSCHAP

Foto: Sara Palicio, sxc.hu.

'Nadat de kinderen al die suiker hadden gegeten, taart, ijs en snoep, stuiterden ze gewoon tegen de muren!' zei een van mijn vrienden toen ze het verjaarspartijtje van haar achtjarige kind beschreef. Ik moet sceptisch hebben gekeken, want ze onderbrak haar verhaal en vroeg: 'Geloof je het niet?' Toen voegde ze eraan toe: 'Jullie psychologen geloven gewoon niet in gezond verstand, of wel soms?' Ik antwoordde dat wat mensen 'gezond verstand' noemen fout kan zijn en herinnerde haar eraan dat de aarde volgens het gezond verstand plat is. 'Misschien', stelde ik voor, 'heeft het gezond verstand deze keer ook wel ongelijk, over die zogenoemde suikerkick. Het zou bijvoorbeeld ook de opwinding over het feestje kunnen zijn.' 'Nou ja,' brieste mijn vriendin, 'kun je bewijzen dat suiker kinderen níét hyperactief maakt?' 'Nee', zei ik. 'Zo werkt de wetenschap niet. Maar wat ik zou kunnen doen, is een experiment uitvoeren om het idee dat suiker kinderen "hyper" maakt, te onderzoeken. Dan zouden we kunnen zien of jouw bewering opgaat of niet.'

CENTRALE VRAAG: Hoe zou je de bewering testen dat suiker kinderen hyperactief maakt?

Denk er maar eens over na hoe je zo'n experiment zou opzetten. We zouden kinderen bijvoorbeeld een suikerrijke drank kunnen geven en kijken wat er gebeurt. Omdat mensen vaak alleen zien wat ze verwachten, zouden onze verwachtingen over suiker en hyperactiviteit onze waarnemingen echter gemakkelijk kunnen beïnvloeden. We zouden dus een experiment over suiker en hyperactiviteit moeten bedenken waarbij ook rekening gehouden wordt met onze verwachtingen. Dat is geen gemakkelijke opgave, maar we zullen er in dit hoofdstuk samen over nadenken.

Elk hoofdstuk in dit boek begint met een probleem zoals dit, een probleem dat bedoeld is om je actief bij het bestuderen van psychologie te betrekken en je kritisch te laten nadenken over belangrijke begrippen in het hoofdstuk. Als je actief over deze problemen nadenkt, en niet alleen de tekst passief leest, krijgen de begrippen meer betekenis en onthoud je ze makkelijker (zie hoofdstuk 5 om uit te vinden waarom).

Het belangrijke concept dat wordt geïllustreerd door het probleem van de 'suikerkick' is een van de meest fundamentele concepten in de gehele psychologie: het toepassen van de *wetenschappelijke methode* om de geest en het gedrag te onderzoeken. Maar laten we eerst eens uitleggen wat we bedoelen met de term *psychologie*, voordat we verder ingaan op de wetenschappelijke methode.

KERNVRAAG 1.1

▶ Wat is psychologie en wat is het niet?

'Ik hoop dat je geen psychoanalyse op me gaat loslaten', zegt de student bij de deur van mijn werkkamer. Ik hoor dit vaak; het is een beroepsrisico voor hoogleraren psychologie. Om twee redenen hoeven studenten zich echter geen zorgen te maken dat ze het onderwerp worden van psychoanalyse. Ten eerste houdt slechts de minderheid van de psychologen zich bezig met de diagnose en behandeling van geestelijke problemen. Ten tweede zijn slechts weinig psychologen feitelijk *psychoanalytici*. Psychoanalyse is een zeer gespecialiseerde en weinig toegepaste vorm van therapie. Verderop in dit hoofdstuk kom je meer te weten over het verschil tussen psychologen en psychoanalytici.

Psychologie: Wetenschap van gedrag en mentale processen.

Dus als psychologie niet alleen maar gaat over aandoeningen en therapie, waar gaat het dan nog meer over? Het woord **psychologie** is afkomstig uit het Oudgrieks. *Psyche* betekent 'geest'. De Grieken geloofden dat die op zichzelf en apart van het fysieke lichaam bestond. Het aanhangsel *-ologie* betekent 'gebied van studie'. De letterlijke betekenis van *psychologie* is dus 'de studie van de geest'. Tegenwoordig gebruiken psychologen echter een bredere definitie, die ons kernconcept van deze paragraaf vormt:

● **KERNCONCEPT 1.1**
Psychologie is een breed veld, met vele specialismen, maar in wezen is psychologie de wetenschap van gedrag en geestelijke processen.

Een belangrijk punt van deze definitie: psychologie houdt zich niet alleen bezig met geestelijke processen, maar ook met gedragingen. Met andere woorden, het terrein van de psychologie beslaat zowel *interne* geestelijke processen, die we alleen indirect waarnemen (zoals denken, voelen en begeren), als *externe*, waarneembare gedragingen (zoals praten, glimlachen en lopen). Een tweede belangrijk aspect van de definitie heeft betrekking op het *wetenschappelijke* onderdeel van de psychologie. Kort gezegd is de wetenschap van de psychologie gebaseerd op objectieve, verifieerbare gebeurtenissen. In het laatste deel van dit hoofdstuk wordt uitgelegd wat we bedoelen met de wetenschap van de psychologie. Laten we echter eerst eens kijken naar wat psychologen precies doen.

1.1.1 Psychologie: het is meer dan je denkt

Psychologie beslaat een groter terrein dan de meeste mensen beseffen. Niet alle psychologen werken als therapeut. Velen werken in het onderwijs, het bedrijfsleven, de sport, gevangenissen, de politiek, kerken, de reclame en marketing, en bij psychologieopleidingen in het beroepsonderwijs en universitair onderwijs (zie figuur 1.1). Anderen werken voor adviesbureaus en de rechtbank. In deze verschillende omgevingen verrichten psychologen sterk uiteenlopende taken, zoals onderwijs geven, onderzoek doen en apparatuur beoordelen en ontwerpen. In dit boek kunnen we niet alle psychologische specialismen behandelen, maar we kunnen je wel een idee geven van de diversiteit van het vakgebied door de psychologie allereerst in drie grote groepen in te delen.

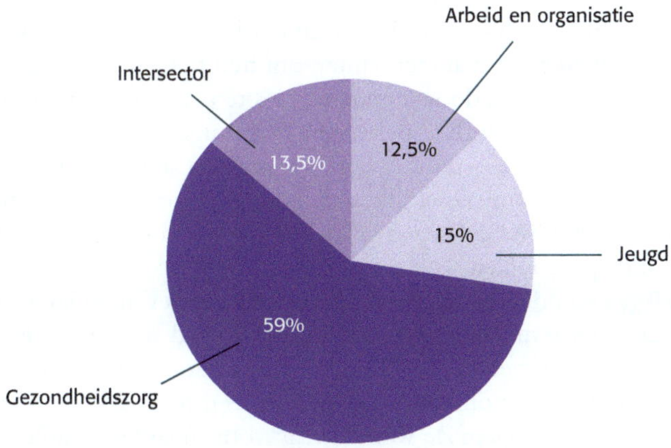

Figuur 1.1
Waar psychologen werken
Percentages van psychologen die de verschillende studierichtingen hebben gekozen, of in de verschillende sectoren werken (of werk zoeken).
Bron: Jaarverslag 2010 van het Nederlands Instituut van Psychologen (NIP, 2010).

Drie manieren om psychologie te bedrijven

Ruwweg vallen psychologen in drie grote groepen uiteen: experimenteel psychologen, docenten psychologie en toegepast psychologen. Er bestaat echter enige overlap tussen deze groepen, omdat veel psychologen tijdens hun werk verschillende functies uitoefenen.

- **Experimenteel psychologen** (soms onderzoekspsychologen genoemd) vormen de kleinste van de drie groepen. Ze voeren echter het meeste onderzoek uit dat nieuwe psychologische kennis creëert (Frincke & Pate, 2004). Een experimenteel psycholoog zou bijvoorbeeld de effecten van suiker op hyperactiviteit kunnen onderzoeken. Sommige experimenteel psychologen werken bij bedrijven of onderzoeksinstellingen, maar de meeste zijn werkzaam aan universiteiten, waar ze tevens lesgeven. Hieronder vallen ook psychologen die werkzaam zijn in de neuropsychologie, een steeds populairder wordende stroming.
- In Nederland en België werken **docenten psychologie** binnen een grote diversiteit aan opleidingen: ze geven bijvoorbeeld les op hbo-opleidingen (bijvoorbeeld bij toegepaste psychologie, maar ook bij orthopedagogiek, ver-

Experimenteel psycholoog: Psycholoog die onderzoek doet naar elementaire psychologische processen – in tegenstelling tot een toegepast psycholoog.

Docent psychologie: Psycholoog met als primaire taak het geven van onderwijs op bijvoorbeeld een hbo- of bacheloropleiding of universiteit.

pleegkunde en managementopleidingen) en universiteiten. Op universiteiten geven ze vaak niet alleen les, maar doen ze ook wetenschappelijk onderzoek. Soms behandelen ze daarbij ook nog mensen, bijvoorbeeld als ze werken op een afdeling medische psychologie.

Toegepast psycholoog: Psycholoog die de door experimenteel psychologen vergaarde kennis gebruikt om problemen van mensen op te lossen.

- **Toegepast psychologen** gebruiken de kennis die door experimenteel psychologen is vergaard om problemen van mensen op te lossen door middel van trainingen, het ontwerpen van speciale gereedschappen of psychologische behandelingen. Ze werken op de meest uiteenlopende plekken, bijvoorbeeld op scholen, in klinieken, bij bedrijven, welzijnsorganisaties, op luchthavens en in ziekenhuizen. Alles bij elkaar werkt ongeveer twee derde van de psychologen met een universitaire opleiding voornamelijk als toegepast psycholoog (Kohout & Wicherski, 2000; Wicherski et al., 2009).

Specialisaties in de toegepaste psychologie

Wat doen toegepast psychologen? Hieronder bekijken we enkele van de populairste toegepaste specialisaties.

- *Arbeids- en organisatiepsychologen* (vaak *A&O-psychologen* genoemd) hebben zich gespecialiseerd in aanpassingen aan de werkplek die de productiviteit en de arbeidsmoraal van werknemers moeten maximaliseren. Zo ontwikkelen zij bijvoorbeeld programma's om werknemers te motiveren of om de leiderschapsvaardigheden van managers te verbeteren. Andere A&O-psychologen onderzoeken actuele onderwerpen als attitudes over zwangerschap op de werkvloer of hebben zich gespecialiseerd in marktonderzoek (Shrader, 2011).
- *Sportpsychologen* werken met atleten samen om hen te helpen hun prestaties en motivatie te verbeteren, door trainingssessies te plannen en door hen te leren hun emoties onder druk te beheersen. Sommigen richten zich daarbij uitsluitend op professionele sporters, anderen juist op amateurs. Sportpsychologen kunnen ook onderzoek doen, bijvoorbeeld naar de relatie tussen verschillende persoonlijkheidstypen en risicovolle activiteiten zoals parachutespringen of diepzeeduiken.
- *Schoolpsychologen* zijn deskundig op het gebied van lesgeven en leren. Zo houden zij zich bezig met onderwerpen op het gebied van leren, het gezin of persoonlijke omstandigheden die schoolprestaties kunnen beïnvloeden. Ook richten zij zich op sociale omstandigheden van leerlingen, zoals tienerzwangerschappen en verslavingen. Ze werken vaak voor meerdere scholen tegelijk. Ze diagnosticeren leer- en gedragsproblemen en adviseren leraren, ouders en leerlingen.
- *Klinisch psychologen en counselors* helpen mensen zich aan te passen op sociaal en emotioneel gebied, of om moeilijke keuzes in relaties, hun carrière of opleiding te maken. Bijna de helft van alle psychologen op masterniveau noemt klinische psychologie of counseling als zijn specialisme (Wicherski et al., 2009). De specialistenopleiding tot klinisch psycholoog omvat in Nederland in totaal minimaal tien jaar: vier jaar universiteit (een master psychologie of orthopedagogiek), twee jaar opleiding tot gezondheidszorgpsycholoog, en vier jaar de specialistenopleiding tot klinisch psycholoog. In Vlaanderen doe je er minimaal vijf jaar over om de universitaire mastergraad te behalen van klinisch psycholoog, waarna je deze titel mag voeren. De meeste klinisch psychologen volgen dan nog een postuniversitaire, meer therapeutische opleiding van ongeveer twee jaar.
- *Forensisch psychologen* leveren hun psychologische expertise aan het wets- en rechtssysteem. De forensische psychologie is een van de nieuwste specialismen in de psychologie en is in korte tijd populair geworden, mede dankzij tv-series als *CSI*. Waarschijnlijk verlopen de werkdagen van echte forensisch psychologen niet zo glamoureus en in zo'n hoog tempo als die van hun

collega's op tv, maar het terrein biedt volop mogelijkheden. Forensisch psychologen kunnen gevangenen in penitentiaire of tbs-inrichtingen testen om vast te stellen of ze vrijgelaten kunnen worden of fit genoeg zijn om voor de rechtbank te verschijnen. Ze kunnen ook verklaringen beoordelen in mogelijke gevallen van verkrachting of kindermishandeling, en in sommige landen helpen ze bij de selectie van een rechtbankjury (Clay, 2009; Huss, 2001).

▶▶ **Verbinding hoofdstuk 13**
Klinisch psychologen helpen mensen om te gaan met uiteenlopende psychologische problemen (p. 528).

1.1.2 Psychologie is geen psychiatrie

Net zoals beginnende psychologiestudenten kunnen denken dat alle psychologen klinisch psycholoog zijn, is het ook mogelijk dat ze de verschillen tussen *psychologie* en *psychiatrie* niet kennen. Laten we een einde maken aan die verwarring. Vrijwel alle psychiaters behandelen psychische stoornissen. Een aantal psychologen doet dit ook, maar daar houdt de overeenkomst wel ongeveer op. **Psychiatrie** is een medisch specialisme en maakt geen deel uit van de psychologie. Psychiaters hebben een medische opleiding (geneeskunde) genoten en hebben daarnaast een gespecialiseerde opleiding achter de rug in de behandeling van geestelijke en gedragsmatige problemen, meestal met behulp van geneesmiddelen. Daardoor richten psychiaters zich voornamelijk op de behandeling van mensen met ernstiger psychische stoornissen dan psychologen en doen zij dit vanuit een *medische* invalshoek: zij zien deze mensen als 'patiënten' met een geestelijke 'ziekte'.

Psychiatrie: Een medisch specialisme dat zich richt op de diagnose en behandeling van mentale stoornissen.

De psychiatrie is een veel kleiner vakgebied dan de psychologie. De psychologie beslaat het hele terrein van het menselijk gedrag en de geestelijke processen, van hersenfuncties tot sociale interacties. Voor de meeste psychologen ligt de nadruk in hun opleiding op onderzoeksmethoden, in combinatie met het bestuderen van bijvoorbeeld een van de bovengenoemde specialismen. Hoewel sommige psychologen de doctorstitel hebben (zij zijn dus gepromoveerd), is hun opleiding niet *medisch* van aard. Daarom zijn ze in het algemeen ook niet bevoegd om medicijnen voor te schrijven (Carlat, 2010; Practice Directorate Staff, 2005).

Psychologen werken dus op allerlei terreinen en behandelen mensen vanuit een *psychologische* invalshoek. We zien dit bijvoorbeeld duidelijk terug bij klinisch psychologen of counselors, die de mensen die ze helpen beschouwen als 'cliënten' en niet als 'patiënten'. In Nederland wordt er op gezette tijden over gediscussieerd of psychologen ook medicijnen mogen voorschrijven, maar tot op heden mag dat niet.

Je weet nu dat psychiatrie geen psychologie is. Hieronder bespreken we nog iets wat vaak met psychologie wordt verward: pseudopsychologie.

Sportpsychologen werken met atleten om hun prestaties te bevorderen, hierbij passen ze psychologische theorieën over leren en motivatie toe.

1.1.3 Kritisch nadenken over psychologie en pseudopsychologie

Het televisieprogramma *Het zesde zintuig* maakt deel uit van een lange traditie, waartoe ook programma's als *The X-Files* en *Unsolved Mysteries* behoren. Deze programma's spreken bij veel mensen tot de verbeelding vanwege het fantastische en het paranormale, vooral als het gaat om beweringen over mysterieuze krachten van de geest. Hetzelfde geldt voor horoscopen. Het maakt niet uit dat astrologie terdege is ontmaskerd (Schick & Vaughn, 2001). Er is ook geen feitelijke basis voor grafologie (de zogenoemde handschriftanalyse), waarzeggerij of subliminale berichten die ons gedrag zouden beïnvloeden. Dit valt allemaal onder het kopje **pseudopsychologie**: niet-onderbouwde psychologische aannamen die als wetenschappelijke waarheden worden gepresenteerd.

Pseudopsychologie: Niet-onderbouwde psychologische aannamen die als wetenschappelijke waarheden worden gepresenteerd.

Horoscopen en paranormale fenomenen kunnen vermakelijk zijn, maar het is belangrijk vast te stellen waar de op feiten gebaseerde werkelijkheid eindigt en de gefantaseerde begint. Je wilt belangrijke besluiten op het gebied van gezondheid en welzijn immers niet baseren op verkeerde informatie. Een van de doelstellingen van dit boek is je te helpen echte psychologie van pseudopsychologie

Waarzeggers, astrologen en andere beoefenaars van pseudopsychologie doen geen moeite om hun claims te onderbouwen door zorgvuldig onderzoek, en ook hun klanten denken meestal niet erg kritisch na over hun praktijken.

Foto: Vjeran Lisjak, stock.xchng.

Vaardigheden voor kritisch denken: Dit boek legt de nadruk op zes kritische denkvaardigheden, gebaseerd op de volgende vragen: Wat is de bron? Is de bewering redelijk of extreem? Wat is het bewijsmateriaal? Kan de conclusie zijn beïnvloed door bias? Worden veelvoorkomende denkfouten vermeden? Zijn voor het oplossen van het probleem verschillende standpunten nodig?

Anekdotisch bewijsmateriaal: Getuigenissen die de ervaringen van iemand of enkele personen schetsen, maar ten onrechte voor wetenschappelijk bewijs worden aangezien.

Bias: Een vooroordeel, vervorming of vertekening van een situatie, meestal op basis van persoonlijke ervaringen en waarden.

te onderscheiden, door je *kritisch te laten nadenken* over buitengewone beweringen over gedrag en geestelijke processen.

Wat is kritisch denken?

Het is onmogelijk om een definitie van kritisch denken te geven waarmee iedereen het eens zal zijn. Toch leggen we in dit boek de nadruk op zes **vaardigheden voor kritisch denken**. Elk van deze vaardigheden is gebaseerd op een specifieke vraag waarvan we menen dat je die zou moeten stellen als je met nieuwe ideeën te maken krijgt.

1. *Wat is de bron?* Is degene die de bewering doet echt deskundig op het vakgebied? Stel bijvoorbeeld dat je een nieuwsbericht hoort waarin een politicus of zogenaamde expert verklaart dat jeugdige wetsovertreders met een 'afschrikprogramma' op het rechte pad gebracht kunnen worden. Ze worden dan praktisch mishandeld door misdadigers die hen bang proberen te maken met verhalen over het hardvochtige leven in de gevangenis. Met zulke afschrikprogramma's is in bepaalde Amerikaanse staten geëxperimenteerd (Finckenauer, 1999).
   De eerste vraag die gesteld moet worden, is of degene die de bewering doet feitelijke kennis heeft over het gevangeniswezen of op zijn allerminst advies heeft gevraagd aan iemand met de noodzakelijke expertise. Daarbij moet je je afvragen of de bron iets belangrijks te winnen heeft bij de bewering. Als het bijvoorbeeld om een medische doorbraak gaat, zou de vraag kunnen zijn: heeft degene die de bewering doet financieel gewin bij een nieuw geneesmiddel of medisch instrument? In het geval van een afschrikprogramma: probeert de bron politieke punten te scoren?
2. *Is de bewering redelijk of extreem?* Het leven is te kort om overal kritisch over te zijn, dus is het de kunst selectief te zijn. Maar hoe doe je dat? Zoals de beroemde astronoom Carl Sagan eens zei over de verslagen van mensen die door buitenaardse wezens werden ontvoerd: 'Voor buitengewone beweringen is buitengewoon bewijs nodig.' (Nova Online, 1996) Kritische denkers zijn hoe dan ook sceptisch over beweringen die als 'doorbraak' of 'revolutionair' worden aangemerkt. Ook zou er een lampje moeten gaan branden bij beweringen die in strijd zijn met bestaande kennis. In het geval van een 'afschrikprogramma' of een andere 'snelle oplossing' voor een moeilijk probleem, dien je altijd op je hoede te zijn, omdat er voor moeilijke problemen zelden eenvoudige oplossingen bestaan.
3. *Wat is het bewijsmateriaal?* Dit is een van de belangrijkste richtlijnen bij kritisch denken. In het geval van de afschrikprogramma's luidt de vraag: wat is het bewijsmateriaal dat het afschrikprogramma ondersteunt? In veel gevallen zal degene die het nieuwe programma aanprijst ontroerend bedoelde getuigenissen aanhalen van individuen die beweren dat het programma hun leven heeft veranderd. Kritische denkers weten echter dat dit **anekdotische bewijsmateriaal**, hoe overtuigend het ook lijkt, uit de ervaringen van slechts enkele mensen bestaat. Het zou riskant zijn aan te nemen dat wat voor enkele mensen geldt, voor iedereen moet gelden. Om zeker te weten of een bepaalde oplossing werkt, is er *wetenschappelijk bewijsmateriaal* nodig, waarvoor wetenschappelijk onderzoek moet worden verricht. In dit geval is het zo dat uit onderzoek is gebleken dat afschrikprogramma's niet werken, maar dat ze jongeren immuun kunnen maken tegen angst voor de gevangenis. Jongeren die aan zo'n behandeling werden blootgesteld, bleken vervolgens *méér* moeilijkheden te krijgen dan jongeren die niet zo'n behandeling kregen (Petrosino et al., 2003).
4. *Kan de conclusie zijn beïnvloed door bias?* Kritische denkers kennen de omstandigheden waaronder er een grote kans op **bias** bestaat en zijn in staat

veelvoorkomende soorten bias te herkennen die we in dit hoofdstuk zullen onderzoeken. Ze zouden bijvoorbeeld in twijfel trekken of medische onderzoekers die nieuwe geneesmiddelen beoordelen onbevooroordeeld kunnen blijven als ze geld krijgen van de bedrijven die deze geneesmiddelen produceren (McCook, 2006).

De vorm van bias die het meest van toepassing is op het afschrikprogramma, is **emotionele bias**: mensen zijn niet alleen bang voor misdaad en misdadigers, maar ze willen vaak ook een strenge aanpak van misdadig gedrag. Door dit gevoel of vooroordeel kan het afschrikprogramma aantrekkelijk zijn voor veel mensen, eenvoudigweg vanwege de strengheid ervan.

Emotionele bias: De neiging om oordelen te vellen gebaseerd op attitudes en gevoelens, in plaats van op een rationele analyse van het bewijsmateriaal.

Een ander veelvoorkomend vooroordeel is **confirmation bias (bevestigingsbias)**, de zeer menselijke neiging om ons gebeurtenissen te herinneren die onze aannamen bevestigen en tegenstrijdige bewijzen te negeren of te vergeten (Halpern, 2002; Nickerson, 1998). Door confirmation bias kan bijvoorbeeld worden verklaard waarom mensen in astrologie blijven geloven: ze onthouden de voorspellingen die leken te kloppen en vergeten de voorspellingen die ernaast zaten. Bevestigingsbias verklaart ook waarom gokkers zich beter de keren herinneren dat ze hebben gewonnen dan de keren dat ze hebben verloren, of waarom we blijven denken dat een bepaald object ons geluk brengt. Verbazingwekkend onderzoek met hersenscans, dat werd uitgevoerd vlak voor een recente presidentsverkiezing in de VS, laat zien dat dit deels biologisch te verklaren is. Bij dit onderzoek luisterden mensen met een sterke politieke voorkeur naar tegenstrijdige beweringen van een van hun favoriete politici. Toen ze die hoorden, sloten de hersenbanen die een rol spelen bij redeneren zich plotseling af, terwijl de delen van de hersenen die betrokken zijn bij emotie actief bleven (Shermer, 2006; Westen et al., 2006). De uitkomsten van dit onderzoek leveren sterk bewijsmateriaal dat de hersenen fysiek een 'bevestigingsbiasmodus' kunnen inschakelen als ze met tegenstrijdig bewijsmateriaal worden geconfronteerd. Het was alsof de hersenen zeiden: 'Ik wil niets horen dat in strijd is met mijn overtuigingen.' Er zijn dus extra inspanningen en inzet nodig om deze bias te vermijden.

Confirmation bias (bevestigingsbias): De neiging om informatie die niet bij je opvattingen aansluit te negeren of te bekritiseren en om in plaats daarvan informatie te zoeken waar je het wel mee eens bent.

5. *Worden veelvoorkomende denkfouten vermeden?* We zullen verschillende veelvoorkomende logische denkfouten in dit boek bestuderen, maar de denkfout die het best van toepassing is op het afschrikprogramma is de aanname dat gezond verstand een substituut is voor wetenschappelijk bewijs. Sterker nog, vaak kan gezond verstand een stelling zowel ondersteunen als onderuithalen. Alleen een zorgvuldige analyse van bewijzen voor en tegen de stelling kan leiden tot een betrouwbaar antwoord.
6. *Zijn voor het oplossen van het probleem verschillende invalshoeken nodig?* Het afschrikprogramma gaat uit van de simplistische aanname dat angst voor straf het belangrijkste afschrikmiddel is voor misdaad en dat delinquente jongeren daardoor positief zullen reageren op realistische bedreigingen met straf. Een realistischer standpunt is dat misdaad een complex probleem is dat vanuit verschillende perspectieven dient te worden bekeken. Psychologen bekijken misdaad bijvoorbeeld vanuit de invalshoek van leren, sociale invloed of persoonlijkheidstrekken. Economen zijn geïnteresseerd in de financiële motieven voor misdaad. En sociologen concentreren zich op onderwerpen als bendes, armoede en maatschappelijke structuren. Voor een probleem dat uit meerdere facetten bestaat, is een complexere oplossing nodig dan een afschrikprogramma.

Kritisch denken toegepast
Ga naar 'In de praktijk' in de MyLab mediatheek om kritisch na te denken over de centrale vraag van dit hoofdstuk.

DOE HET ZELF! Psychologie of psychologisch gebabbel?

Laten we, als echte wetenschappers, eens onderzoeken of jij in staat bent enkele populaire, maar ongefundeerde ideeën over gedrag en psychische processen te onderscheiden van feiten die wel een wetenschappelijke basis hebben. Sommige van de volgende uitspraken zijn waar, andere onwaar. Maak je niet druk als je sommige (of alle) uitspraken verkeerd beoordeelt: je bent niet de enige. Het gaat erom dat je beseft dat wat we met ons gezonde verstand over psychologische processen denken te weten, in sommige gevallen niet bestand blijkt tegen de realiteit van een wetenschappelijk experiment. Geef bij elk van de volgende uitspraken aan of ze 'waar' of 'niet waar' zijn. (De antwoorden krijg je daarna.)

1. Het is een mythe dat de meeste mensen slechts 10 procent van hun hersenen gebruiken.
2. Tijdens je meest levendige dromen kan je lichaam verlamd zijn.
3. Psychologische stress kan je fysiek ziek maken.
4. De kleur rood bestaat alleen als een sensatie in de hersenen. Er is geen 'rood' in de wereld buiten het brein.
5. Een bipolaire (manisch-depressieve) stoornis wordt veroorzaakt door een conflict in het onbewuste.
6. De geest van een pasgeboren kind is in essentie een 'onbeschreven blad', waarop alles wat hij of zij zal weten nog moet worden 'geschreven' (geleerd) aan de hand van ervaringen.
7. Alles wat we meemaken laat een permanente herinnering na in ons geheugen.
8. Na je geboorte maak je geen nieuwe hersencellen meer aan.
9. Intelligentie wordt alleen door de genen bepaald en blijft gedurende je hele leven op hetzelfde niveau.
10. Een leugendetector is opmerkelijk accuraat in het opsporen van lichamelijke reacties die erop wijzen dat een verdachte liegt.

Antwoorden: de eerste vier uitspraken zijn waar; de rest is onwaar. We zullen elke uitspraak kort toelichten. Meer informatie vind je in de hoofdstukken die tussen haakjes zijn aangegeven.

1. **Waar.** Dit is inderdaad een mythe. We gebruiken dagelijks alle onderdelen van onze hersenen (zie hoofdstuk 2, Biopsychologie, neurowetenschappen en de menselijke aard).
2. **Waar.** Tijdens onze meest levendige dromen, die plaatsvinden tijdens de REM-slaap (REM staat voor *rapid eye movement*), zijn de willekeurige spieren in ons lichaam verlamd, met uitzondering van de spieren die de oogbewegingen controleren (zie hoofdstuk 8, Vormen van bewustzijn).
3. **Waar.** Het verband tussen lichaam en geest kan je ziek maken wanneer je chronische stress ondervindt (zie hoofdstuk 14, Stress, gezondheid en welzijn).
4. **Waar.** Hoe vreemd het ook lijkt, alle sensaties van kleuren worden gecreëerd in de hersenen zelf. Lichtgolven hebben verschillende frequenties, maar ze hebben geen kleur. De hersenen interpreteren de verschillende frequenties van licht als verschillende kleuren (zie hoofdstuk 3, Sensatie en perceptie).
5. **Niet waar.** Er zijn geen aanwijzingen dat onbewuste conflicten een rol spelen bij bipolaire stoornissen. Wetenschappelijk onderzoek wijst op een sterke biochemische component. De stoornis reageert doorgaans goed op bepaalde geneesmiddelen, wat erop kan wijzen dat er iets misgaat in de chemie van de hersenen. Onderzoek suggereert ook dat deze verkeerde chemie een genetische basis heeft (zie hoofdstuk 12, Psychische stoornissen en hoofdstuk 13, Therapieën voor psychische stoornissen).
6. **Niet waar.** Een pasgeborene is verre van een 'onbeschreven blad'; het kind heeft een groot repertoire aan ingebouwde mogelijkheden en beschermende reflexen. De mythe van het 'onbeschreven blad' gaat ook voorbij aan het genetische potentieel van het kind (zie hoofdstuk 7, Psychologische ontwikkeling).

7. **Niet waar.** Hoewel we heel veel details opslaan, is er geen bewijs dat het geheugen álle details opslaat. Sterker nog, het is zeer waarschijnlijk dat de meeste informatie ons geheugen nooit bereikt en dat de informatie die daar wel terechtkomt, vervormd is (zie hoofdstuk 5, Geheugen).
8. **Niet waar.** In tegenstelling tot wat wetenschappers nog maar een paar jaar geleden dachten, blijven sommige delen van de hersenen levenslang nieuwe cellen aanmaken (zie hoofdstuk 2, Biopsychologie, neurowetenschappen en de menselijke aard).
9. **Niet waar.** Intelligentie wordt zowel door erfelijkheid als door de omgeving bepaald. Omdat die omgeving kan veranderen, is het niveau van je intelligentie (zoals gemeten met een IQ-test) ook variabel (zie hoofdstuk 6, Denken en intelligentie).
10. **Niet waar.** Zelfs iemand die al jaren met een leugendetector werkt, kan een verdachte die de waarheid spreekt ten onrechte van een leugen beschuldigen (zogenoemd 'vals positief') en een leugenaar ongemoeid laten ('vals negatief'). Er is opvallend weinig objectief bewijs voor de effectiviteit van leugendetectors (zie hoofdstuk 9, Emotie en motivatie).

Psychologische kwesties
Ga naar 'In de praktijk' in de MyLab mediatheek om meer te lezen over de schadelijke effecten van pseudopsychologie.

Ga naar **www.pearsonmylab.nl** om je kennis en begrip van deze paragraaf te testen met de MyMap, MyCheck en MyDefinitions.

KERNVRAAG 1.2

▶ Wat zijn de zes belangrijkste perspectieven van de psychologie?

De moderne psychologie is vormgegeven door haar geschiedenis, die zo'n 25 eeuwen teruggaat tot de Griekse filosofen Socrates, Plato en Aristoteles. Deze wijzen speculeerden niet alleen over bewustzijn en gekte, maar stelden ook dat emoties het denken kunnen verstoren en dat onze waarnemingen slechts interpretaties zijn van de ons omringende wereld. Vandaag de dag zullen de meeste mensen hiermee instemmen – zo ook de moderne psychologen.

Toch komt slechts een deel van de eer voor het leggen van de basis van de moderne psychologie toe aan de Griekse filosofen. Ongeveer in dezelfde tijd werden in Aziatische en Afrikaanse samenlevingen namelijk ook psychologische ideeën ontwikkeld. In Azië verkenden volgers van yoga en het boeddhisme het bewustzijn, dat ze via meditatie probeerden te beheersen. Tegelijkertijd ontstonden in Afrika andere verklaringen voor persoonlijkheid en psychische stoornissen vanuit traditionele spirituele opvattingen (Berry et al., 1992). Op basis van deze *volkspsychologie* ontwikkelden sjamanen (genezers) therapieën waarvan sommige bijna even effectief waren als de behandelingen die tegenwoordig in de psychologie en psychiatrie worden toegepast (Lambo, 1978).

Wanneer we een paar eeuwen vooruitspoelen, komen we terecht in middeleeuws Europa, dat werd gedomineerd door de rooms-katholieke kerk, die haar eigen ideeën aan de Griekse filosofie over de geest toevoegde. De kerk had weinig belangstelling voor de fysieke wereld en stelde dat de geest en de ziel losstaan van de natuurwetten waaraan wereldse objecten en gebeurtenissen onderworpen zijn. Voor middeleeuwse christenen was de menselijke geest, net als de geest van God, een mysterie dat stervelingen niet in twijfel dienden te trekken.

Dit standpunt was diep verankerd in de middeleeuwse samenleving, en daar kwam slechts moeizaam verandering in. Er was een reeks radicaal nieuwe ideeën voor nodig, gedurende een periode van enkele eeuwen, voordat de middeleeuwse opvattingen werden doorbroken en de intellectuele basis voor de moderne psychologie kon worden gelegd; dit brengt ons bij het kernconcept van deze paragraaf:

KERNCONCEPT 1.2

Zes belangrijke perspectieven domineren het snel veranderende veld van de moderne psychologie: het biologische, cognitieve, behavioristische, whole-person-, ontwikkelings- en socioculturele perspectief. Alle kwamen ze voort uit radicaal nieuwe ideeën over geest en gedrag.

Als je deze perspectieven bestudeert, zul je zien dat elk gezichtspunt een unieke verklaring biedt voor menselijk gedrag. Samen omvatten ze de meervoudige perspectieven van de psychologie, die allemaal een belangrijk 'instrument' zijn in de 'psychologische gereedschapskist' die je nodig hebt als je menselijk gedrag wilt leren begrijpen. Deze perspectieven zijn ook in combinatie te gebruiken; bepaald gedrag is namelijk niet altijd enkel te verklaren door één perspectief.

1.2.1 Scheiding van lichaam en geest en het moderne biologische perspectief

De Franse filosoof René Descartes stelde een scheiding voor tussen de spirituele geest en het fysieke lichaam.

Portret van René Descartes (1596-1650), door Frans Hals. Circa 1649-1700. Louvre, Parijs.

De zeventiende-eeuwse Franse filosoof René Descartes stelde het eerste radicaal nieuwe idee voor dat uiteindelijk leidde tot de moderne psychologie (zie tabel 1.1): een scheiding tussen de spirituele geest en het fysieke lichaam. Het geniale aan het idee van Descartes was dat de kerk de geest buiten het wetenschappelijk onderzoek kon houden, maar dat het bestuderen van menselijke gevoelens en gedragingen toch kon doorgaan, omdat deze op lichamelijke activiteit in het zenuwstelsel waren gebaseerd. Descartes' denkbeeld sloot aan bij opwindende nieuwe ontdekkingen over de biologie van zenuwbanen van dieren, waarbij wetenschappers hadden aangetoond hoe zintuigen stimulatie omzetten in zenuwimpulsen en spierreacties. Dankzij deze ontdekkingen, gecombineerd met Descartes' scheiding van lichaam en geest, konden wetenschappers voor de eerste keer aantonen dat er biologische processen ten grondslag liggen aan sensaties en eenvoudige reflexmatige gedragingen, in plaats van mysterieuze, spirituele krachten. Descartes behoorde tot het rationalisme, een filosofische stroming die de *ratio*, het denken, als enige middel zag om aan wetenschap en filosofie te doen. Op deze visie kwam met de Britse filosofische stroming het empirisme echter veel kritiek: empiristen zien het denken als onnodig en zelfs storend in wetenschap en filosofie. Zij beweren dat waarnemingen, ervaringen en experimenten de enige ware bronnen van kennis zijn. Of, zoals de empirist Francis Bacon zei: 'Het denken vertroebelt de waarneming.' Een andere empirist, John Locke, beweerde dat de mens bij de geboorte een *tabula rasa* is: een onbeschreven blad dat door ervaring, leerprocessen en opvoeding persoonlijkheid en vaardigheden (zoals intelligentie) krijgt.

Het moderne biologische perspectief

Biologisch perspectief: Het psychologische perspectief dat de oorzaken van gedrag zoekt in het functioneren van de genen, de hersenen en het zenuwstelsel en hormoonstelsel.

Driehonderdvijftig jaar later vormt Descartes' revolutionaire perspectief de basis voor het moderne **biologische perspectief**. Moderne biologisch psychologen hebben lichaam en geest opnieuw samengevoegd. Zij beschouwen de geest tegenwoordig als een product van de hersenen. Volgens dit standpunt komen zowel onze persoonlijkheid, onze voorkeuren, onze gedragspatronen als onze vaardigheden voort uit onze lichamelijke eigenschappen. Daarom zoeken biologisch psychologen naar de oorzaken van ons gedrag in het zenuwstelsel, het endocriene stelsel (hormoonstelsel) en de genen.

Twee variaties op het biologische thema

Neurowetenschap: Het vakgebied dat zich richt op begrip van hoe de hersenen gedachten, gevoelens, motieven, bewustzijn, herinneringen en andere mentale processen creëren.

Het biologische standpunt heeft uiteraard sterke wortels in de biologie en de geneeskunde. De biologische psychologie wordt gecombineerd met de biologie, de neurologie en andere disciplines die geïnteresseerd zijn in processen in de hersenen tot het nieuwe vakgebied van de **neurowetenschap**. Dankzij spectaculaire ontwikkelingen van computers en beeldvormingstechnieken van de hersenen,

is de neurowetenschap een opwindend onderzoeksgebied. Tot de prestaties van dit vakgebied behoort het ontrafelen van het mysterie van de wijze waarop onze ogen en hersenen lichtgolven in beelden omzetten. Ook hebben neurowetenschappers ontdekt op welke wijze bepaalde vermogens, zoals spraak, sociale vaardigheden of het geheugen, kunnen verdwijnen door beschadiging van bepaalde gebieden van de hersenen. En, zoals we in hoofdstuk 8 zullen zien, gebruiken ze hersengolfpatronen om de verborgen wereld van slaap en dromen te openen.
Een andere belangrijke variant van de biologische psychologie is voortgekomen uit ideeën die circa 150 jaar geleden door Charles Darwin zijn geformuleerd. Volgens deze **evolutionaire psychologie** komt een groot deel van het menselijk gedrag voort uit overgeërfde neigingen; dit standpunt wordt in hoge mate ondersteund door recent onderzoek in de genetica. Volgens het evolutionaire perspectief is onze genetische opmaak, die aan onze meest fundamentele gedragingen ten grondslag ligt, gevormd door de omstandigheden waarin onze genetische voorouders duizenden jaren geleden verkeerden. Zo neemt men aan dat de mens rechtop is gaan lopen als aanpassing aan het verdwijnen van oerwouden ten voordele van de savanne. Door rechtop te lopen kreeg de mens veel meer overzicht over zijn omgeving en kon hij dus beter anticiperen op gevaar. Ook hebben jongere kinderen nog een instinctieve afkeer van alles wat bitter is, waarschijnlijk omdat gif vaak bitter smaakt.

Evolutionaire psychologie: Een relatief nieuw specialisme in de psychologie dat gedrag en mentale processen beschouwt op basis van van hun genetische aanpassingen aan overleving en voortplanting.

Volgens de evolutionaire psychologie hebben invloeden in de omgeving de stamboom van de mens 'gesnoeid', waarbij de individuen met de meest adaptieve psychische en lichamelijke kenmerken bevoordeeld werden. Darwin noemde dit *natuurlijke selectie*. Tijdens dit proces evolueerden (veranderden) de lichamelijke kenmerken van een soort in de richting van de kenmerken die de best aangepaste organismen een voordeel gaven in de strijd om het bestaan. Zo wordt bijvoorbeeld gedacht dat de noodzaak om in steeds grotere groepen samen te leven ervoor gezorgd heeft dat de cortex groter werd en mensen socialere wezens werden.

Baby's hebben een genetisch bepaalde afkeer van alles wat bitter smaakt.
Foto: Liz Peterson, Flickr.

1.2.2 Het begin van de wetenschappelijke psychologie en het moderne cognitieve perspectief

Een tweede belangrijk idee dat de vroege psychologische wetenschap vormgaf, is afkomstig uit de scheikunde, waar wetenschappers patronen ontdekten in de eigenschappen van de chemische elementen. Daaruit concludeerden ze dat het mogelijk was om alle elementen in een 'periodiek systeem' onder te brengen. Deze ontdekking bracht in één klap structuur aan in de tot dan toe chaotische discipline van de chemie, wat overal in de wetenschappelijke wereld veel aandacht trok. De Duitse wetenschapper Wilhelm Wundt, die later waarschijnlijk de allereerste was die zichzelf 'psycholoog' noemde, dacht dat het mogelijk was de menselijke geest op eenzelfde manier te simplificeren als het periodiek systeem de scheikunde had vereenvoudigd. Misschien kon hij 'de elementen van bewuste waarneming' ontdekken! Hoewel hij zijn droom van een periodiek systeem voor de geest niet waarmaakte, had hij wel een baanbrekend inzicht: de wetenschappelijke methoden, zoals die in de schei- en natuurkunde werden toegepast, konden ook gebruikt worden om zowel de geest als het lichaam te bestuderen.

In 1879 opende Wilhelm Wundt het eerste officiële laboratorium voor experimentele psychologie. Je ziet hem hier (in het midden) in zijn laboratorium in Leipzig in 1912.

Introspectie naar de elementen van de bewuste ervaring

'Druk de knop in zodra je het lichtje ziet', zou professor Wundt misschien hebben gezegd terwijl hij zich voorbereidde op het registreren van de reactietijd tussen de lichtprikkel en de reactie van een student daarop. Zulke simpele maar concrete experimenten waren in 1879, in het eerste psychologisch laboratorium ter wereld, aan de Universiteit van Leipzig, aan de orde van de dag. Hier deden Wundt en zijn studenten ook onderzoek waarbij getrainde vrijwilligers hun sensorische en emotionele reacties op verschillende prikkels beschreven, een techniek die **introspectie** wordt genoemd.

Introspectie: Beschrijving van je eigen innerlijke, bewuste ervaringen.

Dit waren de eerste psychologische experimenten in de geschiedenis: onderzoek naar wat volgens Wundt en zijn studenten de 'elementen' van het bewustzijn waren, met inbegrip van gewaarwording en waarneming, geheugen, aandacht, emotie, denken, leren en taal. Volgens hen bestond al onze verstandelijke activiteit uit verschillende combinaties van deze elementaire processen.

Structuralisme: Historische stroming binnen de psychologie die de basisstructuren van de geest en de gedachten trachtte te ontrafelen. Structuralisten zochten de 'elementen' van de bewuste ervaring.

De erfenis van Wundt: structuralisme

Wundts pupil Edward Bradford Titchener bracht de zoektocht naar de elementen van het bewustzijn naar Amerika, waar hij het **structuralisme** begon te noemen. Dit was een passende term, want Titchener had net als Wundt als doel de meest elementaire 'structuren' of onderdelen van de geest aan het licht te brengen (Fancher, 1979). Hoewel Wundt deze term zelf nooit gebruikte, wordt hij als de 'vader' van het structuralisme beschouwd.

Vanaf het begin kreeg zowel Wundt als Titchener veel kritiek te verduren. De bezwaren luidden vooral dat de introspectieve methode te subjectief was. Want, zo vroegen critici zich af, hoe kunnen we de nauwkeurigheid beoordelen van de beschrijving die mensen zelf van hun gedachten en gevoelens geven?

Wundt en Titchener overwonnen echter uiteindelijk. Hoewel psychologen hun ideeën soms vreemd vinden, maken ze nog steeds gebruik van aangepaste versies van de oude methoden van de structuralisten. Je ziet bijvoorbeeld introspectie aan het werk als we slaap en dromen bestuderen. Ook zijn de onderwerpen die Wundt en Titchener voor het eerst herkenden en onderzochten, als hoofdstuktitels terug te vinden in elk inleidend boek over psychologie, inclusief het boek dat je nu voor je hebt.

William James benoemde de *stream of consciousness*, die het bewustzijn weergaf als een actief, constant veranderend proces. Deze metafoor was volgens James veel toepasselijker dan Wundts beeld van het bewustzijn, dat was opgebouwd uit veel verschillende elementen.

Bron: Courtesy Susan Dupor.

James en de functie van geest en gedrag

Een van de luidruchtigste criticasters van Wundt, de Amerikaanse psycholoog William James, beargumenteerde dat de benadering van de Duitser veel te beperkt was. De psychologie moest zich richten op de functie van het bewustzijn en niet alleen op de structuur ervan, betoogde James. Heel toepasselijk leidden zijn opvattingen tot een richting in de psychologie die het **functionalisme** genoemd werd (Fancher, 1979). William James en zijn volgelingen vonden de ideeën van Charles Darwin veel interessanter dan die van Wundt. Net als Darwin had James een diepe belangstelling voor emoties, waarin hun relatie tot het lichaam en het gedrag waren vervat (volgens hem waren emoties niet alleen elementen van het bewustzijn, zoals in het systeem van Wundt). James voelde zich ook aangetrokken tot Darwins idee dat organismen zich aan hun omgeving *aanpasten*. Hij stelde daarom dat de psychologie zou moeten verklaren op welke wijze mensen zich aanpassen (of er niet in slagen zich aan te passen) aan de werkelijke wereld buiten het laboratorium.

Functionalisme: Historische stroming binnen de psychologie die meende dat psychische processen het beste begrepen kunnen worden in het licht van hun adaptieve nut en functie.

Door deze manier van denken kwamen de functionalisten ertoe de eerste *toegepaste* psychologie te ontwikkelen; zij waren geïnteresseerd in de wijze waarop de psychologie kon worden toegepast om het menselijk leven te verbeteren. James schreef zelf uitgebreid over de ontwikkeling van aangeleerde 'gewoonten', de psychologie van de religie en het onderwijs. Zijn navolger, John Dewey, was de grondlegger van de beweging van 'het nieuwe leren' ('de progressieve opleiding'), waarbij de nadruk lag op leren door *doen*, in plaats van door alleen naar colleges te luisteren en feiten uit het hoofd te leren.

Introspectie was het punt waarover de structuralisten en functionalisten het eens waren. (Net als over de Gestaltpsychologie, zie figuur 1.2.) Ironisch genoeg vormde die overeenkomst ook hun grootste kwetsbaarheid: de introspectieve methode was subjectief, waardoor hen verweten werd dat hun versie van de psychologie niet echt wetenschappelijk was. Het duurde meer dan een halve eeuw om dit probleem te overwinnen; hiervoor was ook de samenwerking van deskundigen uit andere disciplines nodig, die samen het cognitieve perspectief vormden.

Figuur 1.2
Takete of Maluma?

DOE HET ZELF! Een voorbeeld uit de Gestaltpsychologie

Besluit zonder verder te lezen welke van de twee figuren je 'Takete' en welke je 'Maluma' zou noemen. Je wilt misschien kijken of je vrienden hetzelfde antwoord geven.
Volgens een groep Duitse psychologen uit het begin van de twintigste eeuw, de zogenoemde *Gestaltpsychologen*, kunnen de namen die je aan deze figuren geeft, een reflectie zijn van de associaties die in je hersenen zijn vastgelegd. De meeste mensen denken dat de zacht klinkende naam Maluma geschikter is voor de ronde figuur boven, terwijl de scherp klinkende naam Takete beter past bij de puntige figuur onder (Köhler, 1947). Dit was slechts een van vele eenvoudige tests die Gestaltpsychologen ontwikkelden bij hun pogingen te begrijpen hoe we onze wereld waarnemen.
Voor zulke proeven leenden de Gestaltpsychologen Wundts methode van introspectie, maar ze maakten bezwaar tegen zijn nadruk op de delen of 'elementen' van het bewustzijn. In plaats daarvan probeerden de Gestaltpsychologen te begrijpen hoe we 'perceptuele eenheden' of *Gestalts* construeren. Hoe vormen we bijvoorbeeld de waarneming van een gezicht uit de samenstellende lijnen, vormen, kleuren en texturen? Hun uiteindelijke doel was zelfs nog veelomvattender: ze geloofden dat een inzicht in de perceptie hen uiteindelijk zou leiden naar een inzicht in de wijze waarop de hersenen percepties creëren. Je zult in hoofdstuk 7, waar we nauwkeuriger naar gewaarwording en perceptie kijken, nader kennismaken met de Gestaltpsychologen.

Het moderne cognitieve perspectief

De ontwikkeling van de computer, die de nieuwe metafoor voor de geest ging vormen, gaf de psychologie een onomkeerbare duw in de richting van een nieuwe synthese: het moderne **cognitieve perspectief**. Net als in het perspectief van de structuralistische school, de functionalistische school en de Gestaltpsychologie wordt in dit perspectief ook de nadruk gelegd op *cognitie*: geestelijke activiteiten zoals waarnemingen, interpretaties, verwachtingen, overtuigingen en herinneringen. Vanuit dit standpunt gezien zijn iemands gedachten en handelingen het resultaat van het unieke cognitieve patroon van waarnemingen en interpretaties van ervaringen.
Tegenwoordig kan het cognitieve perspectief gebruikmaken van objectievere observatiemethoden dan eerdere methoden, dankzij de verbluffende ontwikkelingen op het gebied van *brain-imaging*-technieken. Daardoor kunnen wetenschappers de hersenen tijdens allerlei mentale processen bestuderen.

Cognitief perspectief: Een van de belangrijkste psychologische perspectieven, waarbij de nadruk ligt op mentale processen, zoals leren, geheugen, perceptie en denken als vormen van informatieverwerking.

▶▶ **Verbinding hoofdstuk 2**
Brain imaging methods als CT, PET, MRI en fMRI maken gebruik van geavanceerde computertechnologie, zodat we in de hersenen kunnen kijken zonder de schedel te hoeven openmaken (www.pearsonmylab.nl).

1.2.3 Het behavioristische perspectief: nadruk op waarneembaar gedrag

Rond 1900 maakte een bijzonder radicale en opstandige groep wetenschappers, de zogenoemde *behavioristen*, naam, doordat ze het met vrijwel iedereen oneens waren. Zij bouwden voort op het empiristische idee dat je enkel zekerheid kan verwerven over datgene wat je kunt waarnemen en op het idee dat de mens bij de geboorte een *tabula rasa* is. Ze werden echter het beroemdst met het idee dat het bestuderen van de geest, zoals Wundt, Titchener en James deden, helemaal geen deel van de psychologie zou moeten uitmaken. John B. Watson, een vroege leider van de behavioristische beweging, betoogde dat een werkelijk objectieve psychologische wetenschap zich uitsluitend met waarneembare gebeurtenissen zou moeten bezighouden: fysieke *stimuli* vanuit de omgeving en de waarneembare *reacties* van het organisme daarop. Het **behaviorisme**, aldus Watson, is de wetenschap van het *gedrag* en van de meetbare omstandigheden in de omgeving die dit gedrag beïnvloeden (zie tabel 1.1).

Behaviorisme: Een historische school die ernaar streefde om van de psychologie een objectieve wetenschap te maken die zich alleen op gedrag richtte (en niet op mentale processen).

▶▶ **Verbinding hoofdstuk 4**
John Watson en zijn collega Rosalie Rayner voerden een beroemd experiment uit waarbij ze een jongetje, Albert, leerden bang te zijn voor knuffeldieren (p. 131).

Waarom verwierpen behavioristen geestelijke processen, waaronder introspectie, als wetenschappelijk onderzoeksterrein? B.F. Skinner, een andere invloedrijke behaviorist, heeft dit perspectief misschien wel het best samengevat toen hij aanvoerde dat het verleidelijke concept van de 'geest' tot cirkelredeneringen in de psychologie leidde. Hij zei dat de geest zoiets subjectiefs was dat we het bestaan ervan niet eens konden bewijzen (Skinner, 1990). (Denk er eens over na: kun je bewijzen dat je een geest hebt?) Zoals Skinner cynisch opmerkte: 'De eeuwige cruciale vergissing is het geloof dat [...] wat we voelen als we handelen de oorzaak van ons handelen is' (Skinner, 1989, p. 17). Voor de behavioristen waren iemands gedachten of emoties dus irrelevant. Alleen gedrag kon betrouwbaar worden geobserveerd en gemeten. Behavioristen bestudeerden daarom bijvoorbeeld of een klein kind zou leren om uit de buurt te blijven van een onschuldige witte rat als de aanwezigheid van die rat werd gecombineerd met een onverwacht hard geluid. Belangrijk is dat behavioristen geen subjectieve aannames deden over de interne betekenis (zoals angst) voor extern gedrag (vermijding). Het **behavioristische perspectief** vroeg vooral aandacht voor de manier waarop ons handelen wordt gevormd door de consequenties ervan. Gaat een kind bijvoorbeeld eerder dankjewel zeggen (handeling) als het wordt geprezen (consequentie) of gaat een volwassene beter presteren (handeling) als hij wordt beloond met een salarisverhoging voor goede prestaties op zijn werk (consequentie)? Een grote verdienste van behavioristen is dat we nu veel beter begrijpen dat krachten vanuit de omgeving van invloed zijn op het menselijk vermogen om te leren. Daarnaast hebben behavioristen effectieve strategieën ontwikkeld waarmee we gedrag kunnen wijzigen door de omgeving te veranderen (Alferink, 2005; Roediger, 2004). We gaan in hoofdstuk 4 verder in op deze ideeën.

Strikte behavioristen zoals B.F. Skinner zijn van mening dat psychologie zich moet richten op de wetten die gedrag regelen – op de relatie tussen stimuli (S) en responsen (R) – in plaats van op subjectieve processen van de geest.

Behavioristisch perspectief: Een psychologische invalshoek die de bron van onze handelingen zoekt in stimuli vanuit de omgeving, in plaats van in innerlijke mentale processen.

Tabel 1.1 De zes perspectieven van de psychologie

Perspectief	Idee	Wat bepaalt gedrag?	Wie?
Biologisch perspectief	Het lichaam kan apart van de geest worden bestudeerd.	De hersenen, het zenuwstelsel, endocriene stelsel (hormoonstelsel) en genen.	René Descartes
Cognitief perspectief	De wetenschappelijke methode kan worden gebruikt om de geest te bestuderen.	Iemands unieke patroon van waarnemingen, interpretaties, verwachtingen, overtuigingen en herinneringen.	Wilhelm Wundt en William James
Behavioristisch perspectief	Psychologie moet de wetenschap van observeerbaar gedrag zijn, niet van mentale processen.	De prikkels in onze omgeving en de voorgaande consequenties van ons gedrag.	John Watson and B.F. Skinner
Perspectief van de gehele persoon ('whole person')	*Psychodynamische psychologie:* persoonlijkheid en psychische stoornissen komen voort uit processen in het onbewuste.	Processen in onze onbewuste geest.	Sigmund Freud
	Humanistische psychologie: psychologie moet de nadruk leggen op menselijke groei en potentieel in plaats van op psychische stoornissen.	Onze aangeboren behoefte om te groeien en ons potentieel zo goed mogelijk te verwezenlijken.	Carl Rogers en Abraham Maslow
	Psychologie van karaktertrekken en temperament: individuen kunnen worden begrepen in termen van hun temperament en blijvende karaktertrekken.	Unieke persoonlijkheidskenmerken die in de tijd en in alle situaties consistent zijn.	De oude Grieken
Ontwikkelingsperspectief	Mensen veranderen als gevolg van een interactie tussen erfelijke eigenschappen en de omgeving.	De interactie tussen erfelijkheid en omgeving, die zich het hele leven door uit in voorspelbare patronen.	Mary Ainsworth, Jean Piaget en vele anderen
Socicultureel perspectief	Sociale en culturele invloeden kunnen de invloed overstemmen van alle andere factoren die gedrag beïnvloeden.	De kracht van de situatie.	Stanley Milgram, Philip Zimbardo en vele anderen

1.2.4 De perspectieven vanuit de gehele persoon: psychodynamisch, humanistisch, en karaktertrekken en temperament

Aan het begin van de twintigste eeuw oefenden de Weense arts Sigmund Freud en zijn volgelingen ook kritiek uit op Wundt en het structuralisme. Zij ontwikkelden een methode voor het behandelen van psychische stoornissen die op weer een ander radicaal idee was gebaseerd: dat persoonlijkheid en psychische stoornissen voornamelijk ontstaan uit processen in de onbewuste geest, en niet in het bewustzijn (zie tabel 1.1) Hoewel Freud niet de eerste was die erkende dat we ons *on*bewust zijn van bepaalde geestelijke processen, had noch het structuralisme, noch het functionalisme, noch de Gestaltpsychologie het idee dat onbewuste processen de persoonlijkheid konden domineren en psychische stoornissen konden veroorzaken. Freuds ideeën waren in een ander opzicht ook revolutionair. Geen van de eerdere 'scholen' van de psychologie had een uitgebreide methode van psychotherapie ontwikkeld. Bovendien stelde de psychoanalytische theorie van Freud dat deze methode de gehele persoon kon verklaren, en niet slechts bepaalde onderdelen (zoals aandacht, perceptie, geheugen of emotie), zoals de andere richtingen in de psychologie hadden gedaan. Het was zijn doel elk aspect van de geest in één enkele grootse theorie te verklaren.

Psychodynamische psychologie

Freud zette veel van zijn volgelingen ertoe aan zich los te maken en hun eigen theorieën te ontwikkelen. We gebruiken de term *psychodynamisch* voor die ideeen van Freud en alle neofreudiaanse theorieën die ontstonden uit het idee dat de geest (psyche), vooral de onbewuste geest, een reservoir van energie (dynamica) voor de persoonlijkheid is. Volgens de **psychodynamische psychologie** is deze energie datgene wat ons motiveert.

Psychodynamische psychologie: Een benadering die de nadruk legt op het begrijpen van het menselijk functioneren in termen van onbewuste behoeften, verlangens, herinneringen en conflicten.

De eerste en bekendste vertegenwoordiger van de psychodynamische benadering is uiteraard Sigmund Freud zelf; zijn systeem wordt **psychoanalyse** genoemd. De methode werd oorspronkelijk ontwikkeld als medische techniek voor de behandeling van psychische stoornissen. Psychoanalytici leggen de nadruk op de analyse van dromen, versprekingen (de zogenoemde 'freudiaanse verspreking') en op een techniek die *vrije associatie* wordt genoemd, om aanwijzingen te verkrijgen voor de onbewuste conflicten en verlangens waarvan wordt gedacht dat ze door het bewustzijn worden gecensureerd. Tegenwoordig zijn de meeste psychoanalytici artsen met een specialisme in de psychiatrie en een uitgebreide opleiding in de freudiaanse methoden. (En nu weet je het verschil tussen een psycholoog en een psychoanalyticus, zoals we al hadden beloofd.)

Psychoanalyse: Een benadering van de psychologie die is gebaseerd op de veronderstellingen van Freud, die de nadruk legt op onbewuste processen. De term verwijst zowel naar Freuds psychoanalytische theorie als naar zijn psychoanalytische behandelmethode.

Freud en zijn volgelingen zijn echter niet de enigen die de gehele mens wilden verklaren. Ook twee andere groepen zijn geïnteresseerd in een globaal inzicht van de persoonlijkheid: de humanistische psychologie en de psychologie van karaktertrekken en temperament. Hier groeperen we deze drie samen onder het kopje **perspectieven vanuit de gehele persoon** ('whole person').

Perspectieven vanuit de gehele persoon: Een aantal psychologische perspectieven die draaien om een globaal inzicht in de persoonlijkheid, waaronder de psychodynamische psychologie, humanistische psychologie en psychologie van karaktertrekken en temperament.

Humanistische psychologie

Als reactie op de nadruk van de psychoanalytici op duistere krachten in het onbewuste, sloeg de **humanistische psychologie** een nieuwe weg in. Ook tegen het behavioristische perspectief kwamen zij in opstand, met de argumentatie dat de mens geen speelbal is van de prikkels uit de omgeving, maar dat onze innerlijke processen minstens even belangrijk zijn. De radicaal nieuwe invalshoek die werd ontwikkeld door humanistische therapeuten legde de nadruk op de positieve kant van onze natuur: onze mogelijkheden, groei en potentie (zie tabel 1.1). De humanisten, onder aanvoering van Carl Rogers en Abraham Maslow, ontwierpen een model dat mensen ziet als organismen met een vrije wil. Op grond van die vrije wil kunnen ze keuzes maken en zo hun leven beïnvloeden

Humanistische psychologie: Een klinische benadering die de nadruk legt op de mogelijkheden, groei, potentie en vrije wil van de mens.

(Kendler, 2005). Vanuit het humanistische perspectief heeft de opvatting die je hebt van jezelf en van je fysieke en emotionele behoeften een grote invloed op je gedachten, emoties en handelingen, die op hun beurt allemaal invloed hebben op de ontwikkeling van je potentieel. Net als de psychodynamische psychologie heeft de humanistische psychologie veel invloed gehad op de psychotherapie en counseling. Zo worden de door Rogers ontwikkelde grondhoudingen voor hulpverleners (empathie, onvoorwaardelijke acceptatie en echtheid) veel gebruikt in de praktijk.

▸▸ **Verbinding hoofdstuk 10**
De persoonlijkheden van mensen verschillen met betrekking tot vijf belangrijke dimensies, die wel de Big Five worden genoemd (p. 399).

Psychologie van karaktertrekken en temperament

De oude Grieken, die op zoveel moderne ideeën vooruitliepen, verklaarden dat de persoonlijkheid werd geregeerd door vier *humores* (vloeistoffen): bloed, slijm, zwarte gal en gele gal. Afhankelijk van welke humor overheerste, kon iemands persoonlijkheid sanguïn (opgewekt, gedomineerd door bloed), traag en behoedzaam (slijm), melancholiek (zwartgallig), of boos en agressief (gele gal) zijn. Tegenwoordig geloven we natuurlijk niet meer in de typologie van de oude Grieken. Maar hun idee van persoonlijkheidstrekken leeft nog altijd voort in de **psychologie van karaktertrekken en temperament**. Het fundamentele idee dat deze psychologie van andere onderscheidt, luidt als volgt: verschillen tussen mensen ontstaan uit verschillen in blijvende kenmerken en neigingen, die karaktertrekken en temperamenten worden genoemd (zie tabel 1.1).

Psychologie van karaktertrekken en temperament: Een psychologisch perspectief dat gedrag en persoonlijkheid ziet als de producten van fundamentele psychologische kenmerken.

Waarschijnlijk heb je wel eens gehoord van karaktertrekken zoals introversie en extraversie; deze lijken fundamentele eigenschappen van de menselijke aard te zijn. Andere karaktertrekken die psychologen bij mensen over de gehele wereld hebben vastgesteld, zijn onder meer een gevoel van angst of welzijn, openstaan voor nieuwe ervaringen of juist niet, inschikkelijkheid of nauwgezetheid. Sommige psychologen beweren ook dat we op een nog fundamenteler niveau verschillen, het zogenoemde *temperament*, waarvan wordt gedacht dat het de verschillende neigingen van pasgeboren baby's verklaart (en ook van volwassenen). Van al deze individuele karaktereigenschappen wordt verondersteld dat ze op zijn minst voor een deel biologisch van aard zijn en naar verwachting tamelijk consistent in de tijd en in verschillende situaties.

1.2.5 Het ontwikkelingsperspectief: veranderingen die ontstaan door nature en nurture

Verandering is misschien wel de enige constante in ons leven. Volgens het **ontwikkelingsperspectief** is psychologische verandering het gevolg van een interactie tussen de erfelijke eigenschappen die in onze genen zijn vastgelegd en de invloed van onze omgeving (zie tabel 1.1). Maar wat levert het grootste aandeel bij het bepalen van wie we worden: *nature* of *nurture* (erfelijkheid of omgeving)? Zoals je zou kunnen verwachten, leggen de biologisch psychologen de nadruk op nature, terwijl behavioristen nurture benadrukken. We zien deze twee krachten samenkomen in het ontwikkelingsperspectief.

Ontwikkelingsperspectief: Een van de zes belangrijke perspectieven van de psychologie, dat zich onderscheidt door de nadruk op erfelijkheid en omgeving, en op voorspelbare veranderingen die zich voordoen tijdens de levensloop.

Het grote idee dat bepalend is voor het ontwikkelingsperspectief is dit: mensen veranderen op voorspelbare wijze, naarmate de invloeden van erfelijkheid en omgeving zich in de loop van de tijd ontplooien. Met andere woorden: mensen denken en handelen verschillend op verschillende momenten in hun leven. Lichamelijk is de ontwikkeling te zien in voorspelbare processen zoals groei, puberteit en menopauze. Psychologisch is de ontwikkeling waarneembaar in het verwerven van taal, logisch denken en het aannemen van verschillende rollen op verschillende momenten in het leven.

In het verleden richtte een groot deel van het onderzoek in de ontwikkelingspsychologie zich op kinderen, deels omdat die zo snel en op nogal voorspelbare wijze veranderen. Recenter zijn ontwikkelingspsychologen hun aandacht steeds

Philip Zimbardo, een van de auteurs van dit boek, is een sociaalpsycholoog die de 'kracht van de situatie' bestudeert bij het beheersen van gedrag. Je zult zien hoezeer sociale situaties van invloed zijn op gedrag wanneer je over zijn Stanford Prison Experiment leest in hoofdstuk 11.

Bron: Philip G. Zimbardo, Inc.

Sociocultureel perspectief: Een van de zes belangrijke perspectieven van de psychologie, dat de nadruk legt op het belang van sociale interactie, sociaal leren en een cultureel perspectief.

Cultuur: Een complexe mix van taal, opvattingen, gewoonten, waarden en tradities die wordt ontwikkeld door een groep mensen en die wordt gedeeld met anderen in dezelfde omgeving.

Crosscultureel psycholoog: Een psycholoog die werkt in dit specialisme is geïnteresseerd in de manieren waarop psychologische processen verschillen tussen mensen van verschillende culturen.

Holisme: Visie die totaliteit altijd belangrijker vindt dan de som der delen.

meer gaan richten op tieners en adolescenten, en er is aangetoond dat ontwikkelingsprocessen gedurende het gehele leven doorgaan. In hoofdstuk 7 zullen we sommige veelvoorkomende patronen van levenslange psychologische verandering verkennen, vanaf de conceptie tot op hoge leeftijd. Het ontwikkelingsthema (ook wel levensloopsychologie genoemd) zal elders in het boek ook voorkomen, omdat de ontwikkeling van invloed is op al onze psychologische processen, van de biologie tot aan sociale interactie.

1.2.6 Het socioculturele perspectief: het individu in context

Wie zou kunnen ontkennen dat mensen een sterke invloed op elkaar hebben? Het **socioculturele perspectief** stelt het idee van de sociale invloed centraal. Vanuit deze invalshoek verdiepen sociaal-culturele of crossculturele psychologen zich in onderwerpen als aardig vinden, liefhebben, vooroordelen, agressie, gehoorzaamheid en conformisme. En daarbij zijn ze in het bijzonder geïnteresseerd in hoe deze sociale processen per cultuur variëren (zie tabel 1.1).

Cultuur, een complexe mix van taal, opvattingen, gewoonten, waarden en tradities, heeft een diepgaande invloed op ons allemaal. Het feit dat aandacht voor cultuur vroeger ontbrak, ligt deels aan het feit dat de wetenschappelijke psychologie haar wortels in Europa en Noord-Amerika heeft, waar de meeste psychologen onder gelijkwaardige culturele omstandigheden leven en werken (Lonner & Malpass, 1994; Segall et al., 1998). Inmiddels is het perspectief echter wel breder geworden. Minder dan de helft van de half miljoen psychologen die de wereld telt, werken en wonen in de VS en de belangstelling voor de psychologie neemt in landen buiten Europa en Noord-Amerika nog steeds toe (Pawlik & d'Ydewalle, 1996; Rosenzweig, 1992, 1999). Desondanks is het leeuwendeel van onze psychologische kennis nog altijd overgoten met een Europees en Noord-Amerikaans sausje (Guthrie, 1998; zie ook paragraaf 1.3.3). **Crosscultureel psychologen** hebben dit vooroordeel erkend en wijden zich aan de immense taak de 'wetten' van de psychologie opnieuw te beoordelen aan de hand van andere culturele en etnische normen (Cole, 2006).

Natuurlijk ontkennen voorstanders van het sociaal-culturele standpunt de effecten van erfelijkheid of leren of zelfs van onbewuste processen niet. Ze geven de psychologie echter een krachtig bijkomend concept: de kracht van de situatie. Volgens dit standpunt kunnen de sociale en culturele situatie waarin de persoon is ingebed, soms sterker zijn dan alle andere factoren die het gedrag beïnvloeden. Samen helpen deze zes perspectieven dus allemaal om een **holistisch** beeld van menselijk gedrag te ontwikkelen. Gedrag kan maar zelden adequaat worden verklaard vanuit een enkel psychologisch perspectief. Daar voegen we wel meteen aan toe dat gedragsverklaringen niet zijn bedoeld als rechtvaardiging van dat gedrag. Verklaringen zijn nuttig als men wil proberen om problematisch gedrag af te leren of om gedrag van anderen beter te begrijpen. Figuur 1.4 op p. 22 geeft een samenvatting van de zes belangrijkste perspectieven die samen het spectrum van de moderne psychologie vormen.

DOE HET ZELF! Werp een introspectieve blik op de Necker-kubus

De kubus in figuur 1.3 houdt je ogen – of liever gezegd je hersenen – voor de gek. Kijk korte tijd naar de kubus, en plotseling lijkt het perspectief te veranderen. Een tijdlang zie je de kubus misschien van rechtsboven (figuur B), maar dan verandert de afbeelding plotseling en lijkt het alsof je er van linksonder tegenaan kijkt (figuur C). Het kan even duren voordat het perspectief voor de eerste keer verschuift. Maar zodra je de kubus ziet veranderen, kun je het verschuiven van het perspectief niet meer tegenhouden. Het gaat van de ene hoek naar de andere en weer terug, ogenschijnlijk willekeurig. Als je hebt gezien hoe het perspectief verschuift, laat de kubus dan aan wat vrienden zien en vraag wat ze zien. Zien zij dezelfde verschuiving in het perspectief als jij?

Dit fenomeen werd niet ontdekt door een psycholoog. Het was de Zwitserse geoloog Louis Necker die het bijna tweehonderd jaar geleden opmerkte toen hij onder een microscoop naar kubusvormige kristallen keek. Neckers wonderbaarlijke kubus illustreert twee belangrijke dingen.

Allereerst toont de kubus ons het vaak verafschuwde proces van *introspectie*, dat werd ontwikkeld door Wundt en zijn studenten. Je zult zien dat de enige manier waarop we kunnen demonstreren dat de Necker-kubus in ons brein van perspectief verschuift, is door introspectie: mensen naar de kubus laten kijken en hen te laten beschrijven wat ze zien. Waarom is dit van belang voor psychologie? Alleen de strengste hardcore behavioristen zouden ontkennen dat er mentaal iets gebeurt in iemand die naar de kubus kijkt. Sterker nog, zoals de Gestaltpsychologen opmerkten: dit verschuivende perspectief behelst meer dan lijnen zien op een pagina. De Necker-kubus laat zien dat we betekenis toevoegen aan onze waarnemingen; een proces dat *perceptie* wordt genoemd, en dat het onderwerp van hoofdstuk 3 is.

Het tweede belangrijke punt is dit: de Necker-kubus kan dienen als een metafoor voor de meervoudige perspectieven in de psychologie. Net zoals er geen juiste manier is om de kubus te zien, is er ook geen perspectief in de psychologie dat ons de hele 'waarheid' geeft over gedrag en mentale processen. Anders gezegd: als we de psychologie in haar geheel willen begrijpen, moeten we de verschillende perspectieven vanuit meerdere invalshoeken bekijken.

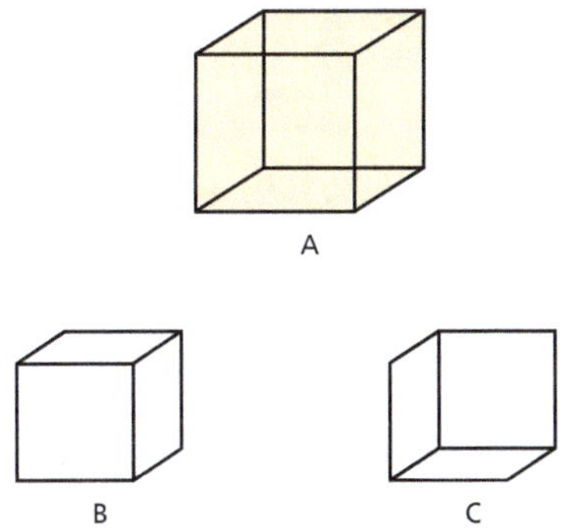

Figuur 1.3
Verschillende perspectieven op de Necker-kubus

1.2.7 Het veranderende beeld van de psychologie

Het wetenschappelijke veld van de psychologie is voortdurend in beweging. De laatste tientallen jaren zijn de biologische, cognitieve en ontwikkelingsperspectieven steeds dominanter geworden.

In toenemende mate leggen aanhangers van perspectieven die ooit met elkaar in conflict waren verbindingen en bundelen ze hun krachten. Daarom zien we nu steeds meer nieuwe (en soms vreemde) hybride vormen van psychologen, zoals 'cognitief behavioristen' of 'evolutionaire ontwikkelingspsychologen'. Tegelijkertijd lijken alle specialismen binnen de psychologie erop gebrand te zijn een verbinding te leggen met de neurowetenschap, die snel aan het uitgroeien is tot een van de pijlers van het vakgebied.

Crossculturele psychologen, zoals deze onderzoekster in Kenia, verzamelen belangrijke gegevens waarmee de validiteit van psychologische kennis kan worden gecontroleerd.
Bron: Richard Lord/The Image Works.

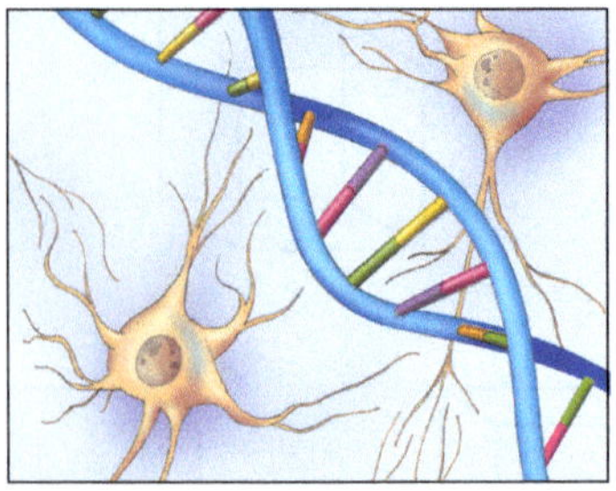

Het biologische perspectief richt zich op:
- zenuwstelsel
- hormoonstelsel
- genetica
- fysieke kenmerken

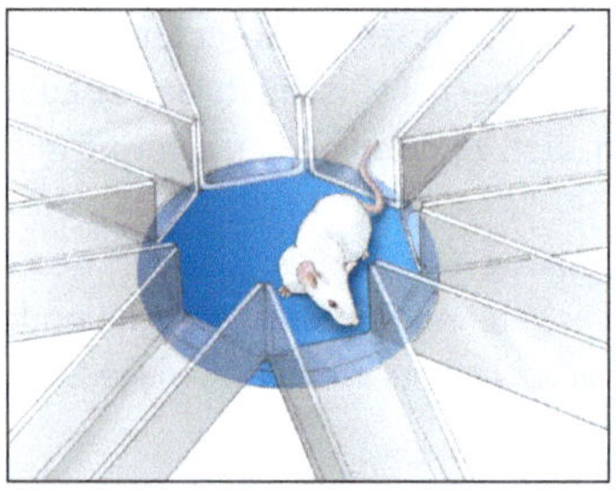

Het behavioristische perspectief richt zich op:
- leren
- beheersing van gedrag door de omgeving
- stimuli en responsen – maar niet op mentale processen

Het ontwikkelingsperspectief richt zich op:
- veranderingen in psychologisch functioneren tijdens het leven
- erfelijkheid en omgeving

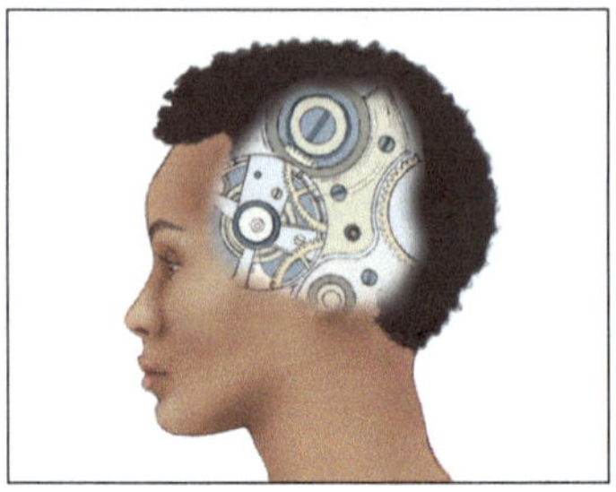

Het cognitieve perspectief richt zich op:
- mentale processen zoals gedachten, leren, geheugen en perceptie
- de geest als een computerachtige 'machine'
- hoe emotie en motivatie gedachten en perceptie beïnvloeden

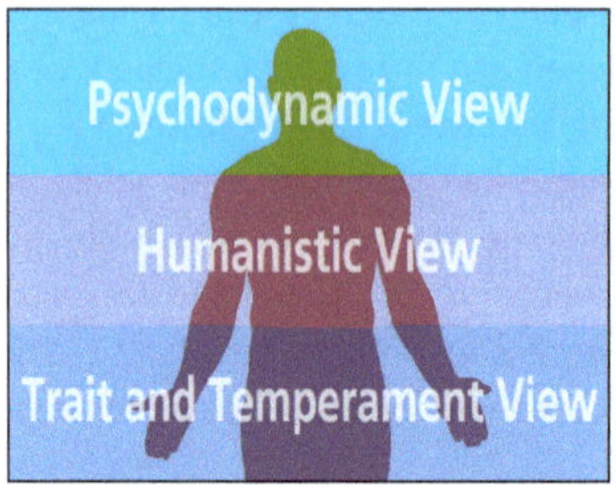

Het whole-personperspectief omvat:
- het *psychodynamische perspectief*, dat zich richt op onbewuste motivatie en psychische stoornissen
- het *humanistische perspectief*, dat zich toelegt op geestelijke gezondheid en menselijk potentieel
- het *perspectief van karaktertrekken en temperament*, dat persoonskenmerken en individuele verschillen benadrukt

Het socioculturele perspectief richt zich op:
- sociale invloeden op gedrag en mentale processen
- hoe individuen functioneren in groepen
- culturele verschillen

Figuur 1.4
Samenvatting van de zes belangrijkste perspectieven op de moderne psychologie

Er is nog een andere trend ontstaan onder psychologen die een sociaal-cultureel perspectief innemen: degenen die de nadruk leggen op cultuur krijgen de overhand. Tegelijkertijd lijkt het freudiaanse kamp terrein te verliezen onder degenen die aan een perspectief vanuit de gehele persoon vasthouden.
We willen ook je aandacht richten op een opmerkelijke verschuiving van het percentage vrouwelijke psychologen of psychologen die tot minderheidsgroepen behoren. Steeds meer etnische minderheden, vooral Aziaten, Afro-Amerikanen en latino's worden psycholoog (Cynkar, 2007; Kohout, 2001). Nog opvallender is de nieuwe meerderheidsstatus van vrouwen in de psychologie.

Ga naar **www.pearsonmylab.nl** om je kennis en begrip van deze paragraaf te testen met de MyMap, MyCheck en MyDefinitions.

KERNVRAAG 1.3

▶ Hoe vergaren psychologen nieuwe kennis?

Eerder in dit hoofdstuk zagen we hoe wetenschappers door Descartes' radicale idee om de spirituele geest te scheiden van het fysieke lichaam konden gaan onderzoeken wat de biologische basis van gedrag is. Daarmee konden ze de pseudowetenschappelijke 'logica van het gezonde verstand', op grond waarvan bepaald gedrag werd toegeschreven aan mysterieuze spirituele krachten, ter discussie stellen. Nog altijd is er discussie over ongefundeerde beweringen van pseudowetenschappen, die variëren van handlezen tot voorspellingen van waarzeggers en het gebruik van kristallen tegen fysieke kwalen. Wat maakt dat de psychologie anders is dan deze pseudopsychologische manieren om inzicht te krijgen in mensen? Niet een daarvan heeft de test van de **wetenschappelijke methode** doorstaan, waarmee ideeën worden getoetst aan observaties. Pseudopsychologie is gebaseerd op hoop, bevestiging van vooroordelen, anekdotes en de goedgelovigheid van de mens. Misschien vind je deze opstelling van de psychologie nogal arrogant. Waarom zouden we geen plekje geven aan nog veel meer manieren om het fenomeen mens te benaderen? Dat doen we ook. Psychologen werken graag samen met sociologen, antropologen en psychiaters. We wijzen echter mensen af die beweren dat ze 'bewijzen' in handen hebben, terwijl dat in werkelijkheid slechts meningen en anekdoten zijn.

Wetenschappelijke methode: Een uit vier stappen bestaande procedure voor empirisch onderzoek van een hypothese, waarbij de omstandigheden zo zijn gekozen dat vooroordelen en subjectieve oordelen worden uitgesloten.

Wat maakt psychologie dan wel tot een echte wetenschap? Dat is de *methode*. Ons kernconcept van deze paragraaf luidt dan ook:

● **KERNCONCEPT 1.3**

Net als onderzoekers op alle andere vakgebieden gebruiken psychologen de wetenschappelijke methode om hun ideeën empirisch te toetsen.

En wat houdt die wetenschappelijke methode dan precies in? Eenvoudig gezegd is de wetenschappelijke methode een procedure om ideeën te onderwerpen aan een onderzoek waarna ze ofwel bewezen, dan wel verworpen worden. De essentie hiervan is het **empirisch onderzoek**, het verzamelen van objectieve informatie uit de eerste hand door metingen die zijn gebaseerd op sensorische ervaringen en observatie.

Empirisch onderzoek: Onderzoeksbenadering waarbij gegevens worden verzameld door middel van objectieve informatie uit de eerste hand, gebaseerd op sensorische ervaring en observatie.

Op grond van empirisch onderzoek wil de psychologie uiteindelijk allesomvattende verklaringen voor gedrag en geestelijke processen ontwikkelen. In de wetenschap noemen we deze verklaringen *theorieën*, een woord dat vaak verkeerd begrepen wordt. 'Het is maar een theorie', hoor je wel eens zeggen. Maar voor een onderzoeker heeft **theorie** een speciale betekenis. Kort gezegd is een wetenschappelijke theorie een toetsbare verklaring voor een verzameling feiten of waarnemingen (Allen, 1995; Kukla, 1989). Het is duidelijk dat deze definitie verschilt van de manier waarop mensen de term gewoonlijk gebruiken. In alledaagse taal kan 'theorie' een wilde speculatie betekenen of slechts een vermoeden, een idee dat niet onderbouwd wordt door bewijzen. Voor een onderzoeker heeft een goede theorie echter twee aantrekkelijke eigenschappen: a) de theorie kan de feiten verklaren en b) de theorie kan worden getest.

Theorie: Toetsbare verklaring voor een aantal feiten of observaties.

1.3.1 Vier stappen van de wetenschappelijke methode

Het toetsen van een wetenschappelijke theorie geschiedt in vier methodische stappen, die we kunnen illustreren met ons experiment over de gedragsmatige

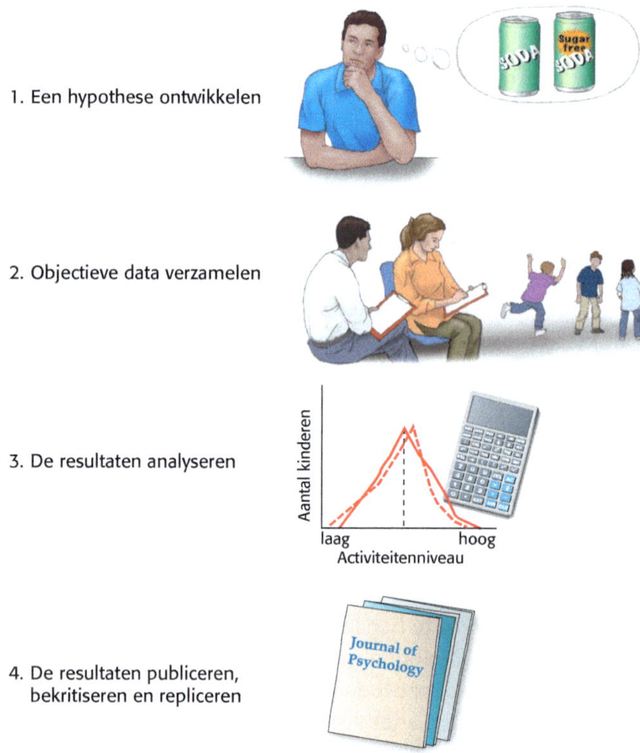

Figuur 1.5
De vier stappen van de wetenschappelijke methode

effecten van suiker (zie figuur 1.5). Dit zijn in essentie altijd dezelfde stappen, of het nu om psychologisch, biologisch, sociologisch of om het even welk onderzoek gaat. Het is dus de *methode* die het onderzoek wetenschappelijk maakt, niet het onderwerp. In het ideale geval is dit de manier waarop een wetenschapper de wetenschappelijke methode uitvoert:

Hypothese: Voorspelling van de uitkomst van een wetenschappelijk onderzoek; een bewering over de relatie tussen variabelen in een onderzoek.

Variabele: In deze context: element dat van invloed is op hetgeen onderzocht wordt (zoals geformuleerd in de onderzoeksvraag of hypothese).

Operationele definitie: Objectieve beschrijving van een concept dat bij een wetenschappelijk onderzoek hoort. Operationele definities kunnen concepten die worden bestudeerd herformuleren in gedragsmatige termen (angst kan bijvoorbeeld operationeel worden gedefinieerd als 'zich van een stimulus af bewegen'). Operationele definities zijn ook exacte omschrijvingen van de manier waarop een experiment moet worden uitgevoerd en waarop belangrijke variabelen moeten worden gemeten (aantrekkingskracht kan bijvoorbeeld worden gemeten door hoelang iemand naar een ander kijkt).

Een hypothese ontwikkelen

Elk wetenschappelijk onderzoek begint met het formuleren van een specifiek idee of een vermoeden over een onderdeel van een bredere theorie. De voorspelling van de uitkomst van een wetenschappelijk onderzoek, namelijk een bewering over de relatie die er zou bestaan tussen de verschillende variabelen in een onderzoek, wordt een **hypothese** genoemd.

Om toetsbaar te zijn moet een hypothese potentieel *falsificeerbaar* (weerlegbaar) zijn; dit wil zeggen dat de hypothese zodanig moet worden opgesteld dat kan worden bewezen of deze juist of onjuist is. (De hypothese zou *niet* falsificeerbaar zijn als we alleen een waardeoordeel gaven, bijvoorbeeld dat suiker 'slecht' is voor kinderen.) Als onze hypothese stelt dat kinderen van suiker hyperactief worden, zouden we deze kunnen onderzoeken door kinderen suiker te laten eten en vervolgens de effecten op hun activiteitsniveau waar te nemen. Als we geen effect vinden, is de hypothese gefalsificeerd (weerlegd). Wetenschap geeft geen waardeoordeel en kan geen antwoord geven op vragen die niet empirisch getoetst kunnen worden. Zie tabel 1.2 voor voorbeelden van dergelijke vragen.

Vervolgens moet de onderzoeker precies bedenken hoe de hypothese zal worden onderzocht; dit betekent dat alle aspecten (**variabelen**) in concrete termen worden gedefinieerd. Deze termen worden **operationele definities** genoemd. Hiervoor is het nodig om de procedures (handelingen) te specificeren die gebruikt zullen worden bij het uitvoeren van het experiment en bij het meten van de resultaten. We lichten dit idee toe aan de hand van de volgende voorbeelden, die als operationele definities voor ons experiment zouden kunnen dienen.

Operationele definitie van 'kinderen'
We kunnen natuurlijk niet alle kinderen ter wereld onderzoeken. Onze operationele definitie van 'kinderen' zou kunnen zijn: alle kinderen van groep 3 van een basisschool in de buurt.

Operationele definitie van 'suiker'
Evenzo zouden we specifiek kunnen definiëren wat we bedoelen met 'suiker', bijvoorbeeld de hoeveelheid suiker in een bepaalde frisdrank die in de supermarkt verkrijgbaar is. Als we bijvoorbeeld besluiten Fanta als onze suikerbron te gebruiken, zouden we 'suiker' operationeel kunnen definiëren als de hoeveelheid suiker die in één blikje Fanta aanwezig is. (Door een drank zonder cafeïne te gebruiken wordt het mogelijk verstorende effect van cafeïne op het gedrag van kinderen vermeden.)

Operationele definitie van 'hyperactief'
Dit zal iets ingewikkelder zijn. Stel dat we waarnemers hebben die het gedrag van elk van de kinderen op de volgende vijfpuntsschaal zullen beoordelen:

passief	rustig	gematigd actief	actief	zeer actief
1	2	3	4	5

Als onze studie specificeert dat bepaalde kinderen een suikerhoudende drank krijgen en andere kinderen dezelfde drank met kunstmatig zoetmiddel, kunnen we 'hyperactief' operationeel definiëren als een significant hogere gemiddelde beoordeling van het activiteitsniveau van de groep die de suikerhoudende drank krijgt.
Nu we onze hypothese en operationele definities hebben opgesteld, hebben we de eerste stap in ons wetenschappelijk onderzoek gezet. Maar we zijn nog niet klaar. We moeten ons feitelijke experiment nog uitvoeren en de sensorische bevindingen verzamelen. Het grote manco van pseudowetenschappen zoals astrologie of waarzeggerij is dat ze deze stap van het verifiëren of verwerpen van hun aannamen nooit werkelijk uitvoeren.

Tabel 1.2 Welke vragen kan de wetenschappelijke methode niet beantwoorden?

De wetenschappelijke methode is niet geschikt voor vragen die niet met een objectieve, empirische test kunnen worden beantwoord. Hieronder staan enkele voorbeelden van zulke vragen:

Gebied	Vraag
Ethiek	Mogen wetenschappers dierproeven doen?
Waarden	Welke cultuur gaat het beste om met werk en vrije tijd?
Moraal	Is abortus moreel goed of fout?
Voorkeuren	Is rapmuziek beter dan blues?
Esthetiek	Was Picasso creatiever dan Van Gogh?
Existentiële vragen	Wat is de zin van het leven?
Religie	Bestaat God?
Wetgeving	Wat is de ideale maximumsnelheid op snelwegen?

Hoewel de wetenschap ons begrip omtrent zulke kwesties kan vergroten, moeten de antwoorden op deze vragen uiteindelijk gezocht worden in de logica, het geloof, de wetgeving, ethiek, of andere methoden die buiten het terrein van de wetenschappelijke methode liggen.

Het toetsen van de hypothese: objectieve data verzamelen

Hier beginnen we met ons empirisch onderzoek. *Empirisch* betekent letterlijk 'op basis van ervaring', in tegenstelling tot speculatie, die uitsluitend op hoop, gezag, geloof of 'het gezonde verstand' is gebaseerd. Toch kan deze letterlijke definitie misleidend zijn als we iemands ervaring ten onrechte classificeren als 'empirisch'. Hoe indrukwekkend iemands ervaring soms ook is, het blijft een getuigenis of een anekdote die onder gecontroleerde omstandigheden in een wetenschappelijk onderzoek moet worden geverifieerd.

Zoals we al bespraken in de paragraaf over kritisch denken (paragraaf 1.1.3), is het riskant om aan te nemen dat de ervaringen van de één ook gelden voor de ander. Een hypothese empirisch onderzoeken houdt in dat we zorgvuldig en systematisch bewijs verzamelen, aan de hand van verschillende methoden die zich bewezen hebben. Deze methoden bespreken we in de volgende paragraaf. Ze zijn ontwikkeld om te voorkomen dat we de verkeerde conclusies trekken op basis van onze verwachtingen, biases en vooroordelen. Alleen dan kunnen we de **data** die het onderzoek heeft opgeleverd met meer vertrouwen toepassen op een grotere groep mensen (of *generaliseren*).

Data: Informatie, in het bijzonder gegevens die door een onderzoeker zijn verzameld en die worden gebruikt om een hypothese te toetsen. (Enkelvoud: datum.)

In wetenschappelijke termen bestaat empirisch onderzoek uit het uitvoeren van een gecontroleerd experiment. Psychologen gebruiken speciale termen om de twee groepen aan te duiden die bij een experiment als het onze worden vergeleken en voor het aanduiden van de twee verschillende behandelingsomstandigheden waaraan ze zullen worden blootgesteld. De groep die de speciale behandeling ondergaat, bevindt zich in de **experimentele conditie** van het onderzoek. (Bij ons onderzoek bestaat de experimentele conditie uit het ontvangen van de suikerhoudende drank.) Mensen die zich in de experimentele conditie bevinden, vormen de **experimentele groep**. Degenen die de **controlegroep** vormen, zijn in de **controleconditie** geplaatst, waarin ze geen speciale behandeling ontvangen. (In ons onderzoek krijgt de controlegroep de kunstmatig gezoete drank.) De controlegroep dient dus als standaard en wordt gebruikt om degenen in de experimentele groep mee te vergelijken (zie figuur 1.6).

Experimentele conditie: Omstandigheden waaraan de leden van de experimentele groep tijdens de speciale behandeling worden blootgesteld.

Experimentele groep: Proefpersonen die worden blootgesteld aan de speciale behandeling die men onderzoekt.

Controlegroep: Proefpersonen die worden gebruikt als vergelijkingsmateriaal naast de experimentele groep. De controlegroep krijgt niet de speciale behandeling waar men meer over wil weten.

Controleconditie: Omstandigheden waaraan de leden van de controlegroep tijdens het experiment worden blootgesteld. Deze condities zijn op bijna elk onderdeel identiek aan de experimentele conditie, met uitzondering van de speciale behandeling, die alleen de experimentele groep ontvangt.

Bij de eenvoudigste experimentele opzet varieert de onderzoeker één factor en houdt hij alle andere experimentele omstandigheden constant. Onderzoekers noemen die ene variabele factor de **onafhankelijke variabele**. (In ons experiment bestaat de onafhankelijke variabele uit de verschillende hoeveelheden suiker die aan de twee groepen zijn gegeven.) Door de onafhankelijke variabele op deze wijze te manipuleren, kan de onderzoeker bepalen of die factor het waargenomen effect veroorzaakt. Je kunt de onafhankelijke variabele beschouwen als een factor die de onderzoeker wijzigt, *onafhankelijk* van alle andere zorgvuldig gecontroleerde experimentele omstandigheden.

Onafhankelijke variabele: Variabele die zo genoemd wordt omdat de onderzoeker hem onafhankelijk van alle andere, zorgvuldig gecontroleerde experimentele omstandigheden kan manipuleren.

Door sommige kinderen suiker te geven en andere kinderen een vervanging voor suiker, terwijl we alle andere factoren constant houden, manipuleren we de onafhankelijke variabele. Omdat alle andere aspecten van het experiment constant worden gehouden, kunnen we zeggen dat de onafhankelijke variabele de *oorzaak* is van elk gevolg dat we in het experiment waarnemen. Zo is de **afhankelijke variabele** de variabele in de uitkomst die volgens onze hypothese het *gevolg* is van de onafhankelijke variabele. Met andere woorden: elk gevolg dat we tijdens het experiment waarnemen, hangt af van de onafhankelijke variabele die we hebben geïntroduceerd. In ons suikerexperiment is de afhankelijke variabele dus het activiteitsniveau van de kinderen. Als er een grotere activiteit wordt

Afhankelijke variabele: De variabele die wordt gemeten of geobserveerd. Binnen een experiment wordt de afhankelijke variabele door het manipuleren van de onafhankelijke variabele beïnvloed. De eventuele variatie in de waarde van de afhankelijke variabele is het effect waarin de onderzoeker geïnteresseerd is.

waargenomen in de groep die suiker heeft gekregen, kunnen we er zeker van zijn dat de suiker die toename heeft veroorzaakt, omdat die het enige verschil was tussen de groepen.

Bij het opzetten en uitvoeren van een experiment is er een probleem dat we moeten overdenken: het kiezen van de deelnemers zodat de experimentele groep en de controlegroep in wezen gelijk zijn, met uitzondering van de experimentele behandeling die ze ontvangen. We willen vermijden dat we ten onrechte een al bestaand verschil aanzien voor het effect van de onafhankelijke variabele. Bij ons onderzoek naar suiker en activiteitsniveau zou het bijvoorbeeld niet juist zijn alle meisjes in de ene groep in te delen en alle jongens in de andere. (Waarom niet? Er zouden sekseverschillen kunnen zijn in hun reacties op suiker. Bovendien is het mogelijk dat het ene geslacht zijn reacties beter kan beheersen dan het andere.) Het zou evenmin een goed idee zijn om introverte kinderen in de ene groep in te delen en extraverte kinderen in de andere (omdat de kans groot is dat de introverte kinderen toch al minder actief zijn). Kortom: onderzoekers moeten een manier vinden om systematische vertekening te vermijden wanneer ze mensen in de experimentele groep of in de controlegroep indelen. Een goede oplossing is **randomisering** (indeling volgens toeval), waarbij deelnemers uitsluitend volgens toeval in een groep worden ingedeeld. Een manier om dit te doen is de namen van de kinderen alfabetisch te ordenen en ze daarna afwisselend in de experimentele en in de controlegroep in te delen. Op deze manier worden potentiële verschillen tussen de twee groepen door het toeval geminimaliseerd. Dit zorgt ervoor dat alle verschillen in activiteitsniveau werkelijk het gevolg zijn van de suiker en niet van een andere factor.

Randomisering: Procedure waarbij volledig door het toeval wordt bepaald of proefpersonen aan de experimentele groep of aan de controlegroep worden toegewezen; kan ook betrekking hebben op een procedure binnen een experiment, waarbij de volgorde waarin de stimulus wordt aangeboden volledig door het toeval wordt bepaald.

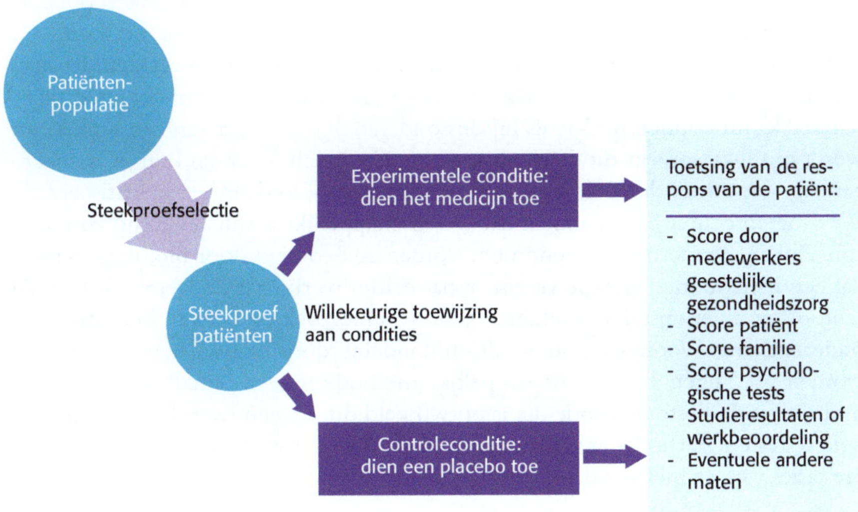

Figuur 1.6

Experimentele en controlegroepen in een medicijnenstudie

Goed ontworpen onderzoeken vergelijken meestal de responsen van een experimentele groep met die van een controlegroep, zoals in dit ontwerp voor het testen van een nieuw medicijn.

De resultaten (data) analyseren en de hypothese accepteren of verwerpen

Als de onderzoeker de data verzameld heeft, bekijkt hij ze, om te zien of zijn hypothese de test heeft doorstaan of dat deze moet worden verworpen. Deze stap vraagt om een vorm van wiskundige analyse, vooral als de uitkomst niet eenduidig is. Met behulp van statistische methoden kan de onderzoeker berekenen of de waargenomen resultaten **significant** zijn of niet, dat wil zeggen: of het waarschijnlijk is dat de resultaten van het experiment zijn veroorzaakt door de onafhankelijke variabele of dat ze het gevolg zijn van toeval. Een gedetailleerde uitleg van de statistiek valt buiten de doelstellingen van dit boek, simpelweg omdat het onderwerp daar veel te groot voor is.

Significant: Een statistische term die aangeeft dat het waarschijnlijk is dat het waargenomen effect niet door toeval is ontstaan, maar door de onafhankelijke variabele te veranderen.

Bij ons experiment is de statistische analyse relatief eenvoudig, omdat we alleen willen weten of de kinderen die suiker kregen, hoger scoren op activiteitsniveau dan degenen die het suikervrije drankje kregen. Als dit zo is, kunnen we stellen dat onze hypothese wordt bevestigd. Als dit niet het geval is, kunnen we de hypothese verwerpen.

De resultaten publiceren, bekritiseren en repliceren

Tijdens de laatste stap van de wetenschappelijke methode moeten wetenschappers uitzoeken of hun onderzoek bestand is tegen de kritische blik en het commentaar van de wetenschappelijke wereld. Daartoe maken ze hun resultaten bekend bij collega's door ze te publiceren in een vakblad, er een verhandeling over te houden tijdens een wetenschappelijk congres of door er een boek over te schrijven. Vervolgens is het wachten op reacties van critici.

Als collega's het onderzoek interessant en belangrijk vinden – en vooral als het ander onderzoek of een algemeen geaccepteerde theorie ondermijnt – zullen ze op zoek gaan naar eventuele zwakke plekken in de opzet van het onderzoek. Ze vragen zich bijvoorbeeld af of de onderzoeker de proefpersonen goed heeft uitgekozen, of de statistische analyses goed zijn uitgevoerd, of de resultaten ook door andere variabelen verklaard kunnen worden. Critici kunnen een onderzoek ook toetsen door middel van een *replicatiestudie*. Bij **repliceren** voeren onderzoekers een onderzoek opnieuw uit, om te zien of ze dezelfde uitkomsten krijgen als in het oorspronkelijke onderzoek.

Repliceren: Een onderzoek opnieuw uitvoeren om te zien of dezelfde resultaten worden verkregen. Om bias uit te sluiten wordt replicatie vaak gedaan door iemand anders dan de onderzoeker die het oorspronkelijke onderzoek uitvoerde.

In feite is ons onderzoek naar de effecten van suiker op kinderen een vereenvoudigde herhaling van het onderzoek dat in 1995 door Mark Woolraich en zijn collega's is uitgevoerd. Hun onderzoek duurde drie weken en bestond uit een vergelijking van een experimentele groep kinderen die een sterk suikerhoudend dieet volgde, en een controlegroep die een suikerarm dieet volgde met kunstmatige zoetstof. In tegenstelling tot wat veel mensen denken, ontdekten de onderzoekers geen verschillen tussen de groepen in gedragsmatig of cognitief (verstandelijk) functioneren. Dus als bij ons onderzoek een effect van een 'suikerkick' wordt ontdekt, spreekt dit de resultaten van Woolraich tegen en kun je er zeker van zijn dat ons onderzoek zorgvuldig zal worden bestudeerd en bekritiseerd.

We moeten echter benadrukken dat wetenschappelijke resultaten altijd voorlopig zijn. Zolang ze worden aangenomen, worden ze bedreigd door nieuw onderzoek dat een nieuwe interpretatie vereist of dat eerder werk naar de wetenschappelijke schroothoop verwijst. De resultaten van ons onderzoek en dat van het suikeronderzoek van Woolraich zouden dus uiteindelijk door nieuwe kennis kunnen worden vervangen. De wetenschappelijke methode is geen onfeilbaar systeem, maar het is de beste methode die is ontwikkeld om ideeën over de werkelijkheid te testen. Als zodanig vormt deze methode een van de grootste intellectuele prestaties van de mensheid.

1.3.2 Vijf soorten psychologisch onderzoek

Binnen de wetenschappelijke methode kan een onderzoeker op verschillende specifieke manieren objectieve data verzamelen. Elke manier heeft voordelen en beperkingen. Een belangrijke stap in een gedegen onderzoek is daarom dat je de methode selecteert die het meest geschikt is voor jouw specifieke hypothese en middelen.

Experimenten

Experiment: Type onderzoek waarbij de onderzoeker gebruikmaakt van vergelijkbare groepen en alle omstandigheden controleert en rechtstreeks manipuleert, inclusief de onafhankelijke variabele.

Net als het woord *theorie* heeft de term **experiment** ook een heel specifieke betekenis in de wetenschap. Anders dan in de alledaagse aanduiding voor elk type formele of informele test, slaat het wetenschappelijk gebruik van de term op een specifieke serie procedures om onder streng gecontroleerde omstandigheden informatie te verzamelen. Zoals in ons onderzoek naar het effect van suiker op het gedrag van kinderen ook gebeurde, controleert de onderzoeker in een experiment alle omstandigheden die van invloed zouden kunnen zijn op hetgeen hij onderzoekt.

Het experiment staat bekend als de enige onderzoeksmethode waarmee een betrouwbare oorzaak-gevolgrelatie (*causaliteit*) kan worden vastgesteld. Als een hypothese dus zo is geformuleerd dat er een oorzaak en gevolg wordt gesuggereerd – zoals het geval is in onze bewering dat suiker hyperactiviteit bij kinderen *veroorzaakt* – is het experiment de beste optie om die bewering te onderzoeken. De experimentele methode wordt gezien als de gouden standaard voor het vinden van een relatie tussen oorzaak en gevolg. Dit gebeurt door de onafhankelijke variabele te isoleren en alle andere condities van het experiment constant te houden. Willekeurige toewijzing (randomisering) aan de experimentele en controlegroepen moet de vooraf bestaande verschillen tussen de groepen tot een minimum beperken, zodat we er zo veel mogelijk op kunnen vertrouwen dat de verschillen in uitkomst (de afhankelijke variabele) zijn te danken aan de gevolgen van de onafhankelijke variabele en niet aan iets anders.

Waarom hebben we gezien de effectiviteit van het experiment dan nog andere methoden nodig om oorzaak en gevolg te vinden? Een reden is dat niet alle hypothesen op zoek zijn naar oorzaak en gevolg; sommige willen alleen maar bepaalde populaties beschrijven en bijvoorbeeld vaststellen welke karaktereigenschappen veel psychologiestudenten vertonen. Een andere reden is dat we bepaalde soorten experimentele studies uit ethische overwegingen niet kunnen uitvoeren, met name als die in potentie schadelijk zijn voor de deelnemers. In dergelijke gevallen zijn de volgende onderzoeksmethoden een betere en meer praktische keuze.

Correlatieonderzoek

Soms is de mate van controle die nodig is voor een zorgvuldig experiment om praktische of ethische redenen niet haalbaar. Stel dat je de volgende hypothese wilt toetsen: kinderen die een zeer giftig soort verf hebben binnengekregen, vertonen leerproblemen. Je kunt geen experiment opzetten om deze hypothese te verifiëren. Waarom niet? In een experiment zou je de onafhankelijke variabele moeten manipuleren door een experimentele groep kinderen doelbewust giftige verf toe te dienen! Dat zou natuurlijk nogal gevaarlijk en erg onethisch zijn. Gelukkig is er een manier om dit probleem te omzeilen, maar dan heb je de onderzoekscondities niet meer volledig onder controle. Dit alternatief is een **correlatieonderzoek**. Bij correlatieonderzoek ga je in feite op zoek naar een 'experiment' dat al toevallig, onopzettelijk, heeft plaatsgevonden in de wereld buiten het laboratorium. Voor een correlatieonderzoek naar de effecten van de zeer giftige soort verf zou je op zoek kunnen gaan naar een groep kinderen die al aan die verf is blootgesteld, en die vergelijken met een andere groep die de verf niet heeft binnengekregen. Vervolgens probeer je beide groepen zo gelijk mogelijk te maken (qua leeftijd, gezinsinkomen, geslacht), behalve wat betreft de blootstelling aan de giftige verf.

Correlatieonderzoek: Vorm van onderzoek waarbij de relatie tussen variabelen wordt bestudeerd zonder een onafhankelijke variabele in een experiment te manipuleren. Uit correlatieonderzoek kan geen oorzaak-gevolgrelatie worden afgeleid.

Het grote nadeel van een correlatieonderzoek is dat je nooit zeker weet of de groepen werkelijk op alle vlakken vergelijkbaar zijn. Omdat je de proefpersonen niet willekeurig aan de twee groepen kunt toewijzen en omdat je de onafhankelijke variabele niet kunt manipuleren, weet je nooit zeker of de omstandigheid die jou interesseert de oorzaak is van de effecten die je hebt waargenomen. De twee groepen zouden wellicht van elkaar kunnen verschillen wat betreft een aantal variabelen (zoals toegang tot gezondheidszorg of voeding) die je over het hoofd hebt gezien. Dus zelfs als je waarneemt dat kinderen die zijn blootgesteld aan de giftige verf meer leerproblemen hebben, kun je niet met zekerheid concluderen dat blootstelling aan de verf die problemen veroorzaakt. Het enige wat je kunt zeggen, is dat de giftige verf gecorreleerd is, oftewel een samenhang vertoont met de waargenomen leermoeilijkheden. Wetenschappers zeggen dan: *correlatie is niet hetzelfde als oorzaak*. Het verwarren van correlatie met causaliteit is een van de meest gemaakte kritische denkfouten.

Onderzoekers drukken de mate van correlatie meestal uit in een getal, dat we kennen als de *correlatiecoëfficiënt*, en dat vaak wordt aangegeven met de letter *r*. De grootte van de correlatiecoëfficiënt vat de samenhang tussen de twee variabelen samen en ligt altijd tussen –1,0 en +1,0. We zullen hier niet ingaan op de details van het berekenen van de correlatiecoëfficiënt, die kun je lezen in elk statistiekboek.

Geen correlatie: Een correlatiecoëfficiënt die aangeeft dat de variabelen geen relatie hebben met elkaar.

Positieve correlatie: Een correlatiecoëfficiënt die aangeeft dat de variabelen tegelijkertijd in dezelfde richting variëren: als de een groter of kleiner wordt, verandert de ander in dezelfde richting.

Negatieve correlatie: Een correlatiecoëfficiënt die aangeeft dat de variabelen tegelijkertijd in verschillende richtingen variëren: als de een groter wordt, wordt de ander kleiner.

Het is belangrijk dat je een gevoel ontwikkelt voor wat positieve, negatieve en geen correlatie betekenen (zie figuur 1.7). Als de variabelen **geen** enkele **correlatie** vertonen, is hun coëfficiënt 0. Je zou bijvoorbeeld een correlatie van 0 verwachten tussen lichaamslengte en het gemiddelde cijfer van leerlingen in het voortgezet onderwijs. Als de twee variabelen een samenhang vertonen waarbij ze in dezelfde richting variëren (dit betekent dat als de scores van de ene variabele toenemen, die van de andere dat ook doen), zeggen we dat ze **positief correleren**. Een voorbeeld van een positieve correlatie is de samenhang tussen de Cito-scores aan het einde van de basisschool en de behaalde cijfers in het voortgezet onderwijs (die bijvoorbeeld +0,4 zou kunnen zijn). Met andere woorden, als de Cito-scores toenemen, stijgen ook de behaalde cijfers in het voortgezet onderwijs. Als de ene variabele afneemt zodra de andere toeneemt, zijn ze **negatief gecorreleerd** en staat er voor hun correlatiecoëfficiënt een minteken. Bijvoorbeeld: er bestaat waarschijnlijk een negatieve correlatie tussen de hoeveelheid alcohol die examenleerlingen consumeren en het gemiddelde cijfer dat ze voor een bepaald examen halen. In het voorbeeld van de verf zou er een negatieve correlatie tussen de variabelen bestaan als een hogere concentratie gif in het bloed gepaard zou gaan met een lagere score op een IQ-test.

Het is belangrijk op te merken dat ook een negatieve correlatie kan betekenen dat er een sterke samenhang bestaat tussen variabelen. Laten we aannemen dat een bepaalde mate van nervositeit een correlatie van –0,7 heeft met de hoeveelheid tijd die aan de studie is besteed. Dat is een sterkere samenhang dan, bijvoor-

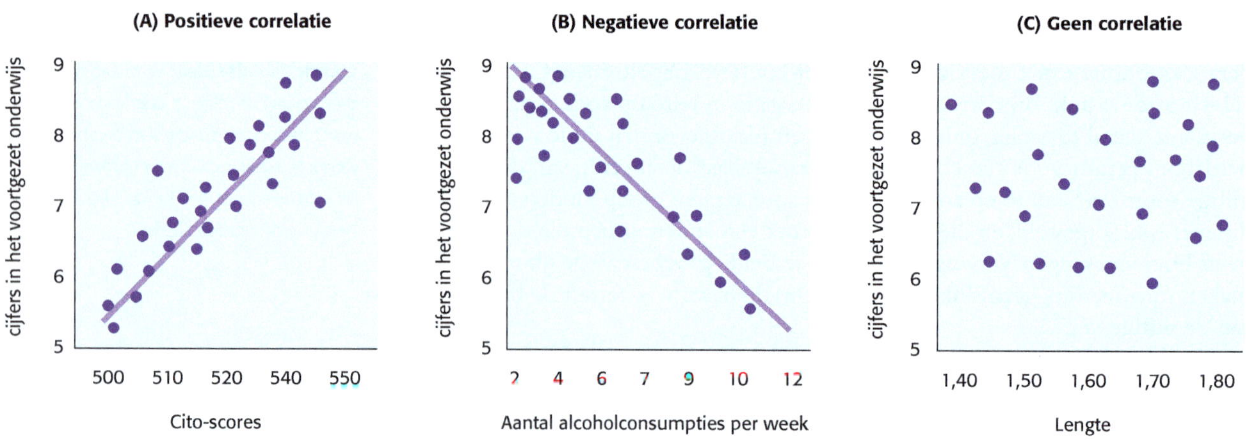

Figuur 1.7

Drie soorten correlatie

Deze grafieken geven de drie belangrijkste soorten correlatie weer, met datapunten voor 27 individuen. A) laat een positieve correlatie zien tussen Cito-scores en cijfers in het voortgezet onderwijs; B) geeft een negatieve correlatie weer tussen alcoholconsumptie en cijfers; en C) laat geen correlatie zien tussen lichaamslengte en gemiddelde cijfers.

beeld, de positieve correlatie van +0,4 tussen Cito-scores en schoolcijfers. Het cijfer 0,7 ligt namelijk verder van 0 vandaan dan het cijfer -0,4.

Surveys

Als je geïnteresseerd bent in de standpunten, voorkeuren of meningen van een groep mensen kun je ze daar simpelweg naar vragen met behulp van een 'self-report'-techniek die **survey** wordt genoemd. Deze methode wordt veel toegepast door opiniepeilers en marktonderzoekers, maar ook door onderzoekers in de psychologie en de sociologie. Een survey houdt in dat mensen gevraagd wordt een reactie te geven op een van tevoren vastgestelde lijst met vragen. Het voordeel van dit soort onderzoek is dat je met relatief weinig moeite grote hoeveelheden respondenten kunt bereiken. De waarde van een survey is echter sterk afhankelijk van de vraag of de respondenten eerlijke antwoorden geven en niet zozeer sociaal wenselijke (Schwarz, 1999). Twee andere belangrijke factoren die van invloed zijn op de resultaten van een survey zijn de formulering van de vragen (Zijn ze helder? Zijn ze suggestief?) en de steekproef (Hoe goed representeren de respondenten de groep die de aandacht van de onderzoekers heeft?).

Survey: Techniek die wordt gebruikt bij correlatieonderzoek. In een survey wordt mensen gevraagd te reageren op een van tevoren vastgestelde lijst met vragen.

Natuurlijke observaties

Bij haar klassiek geworden onderzoek dat aantoonde dat chimpansees een complexe cultuur hebben en instrumenten maken, observeerde Jane Goodall chimpansees in hun natuurlijke omgeving in het oerwoud. Als een onderzoeker wil weten hoe individuen zich in hun natuurlijke omgeving gedragen (in tegenstelling tot hun gedrag onder de kunstmatige condities in een laboratorium), kan hij gebruikmaken van de methode van **natuurlijke observatie**. Natuurlijke observatie is een goede keuze wanneer je meer wilt weten over opvoedingspraktijken, de winkelgewoonten van een bepaalde groep mensen of flirten in het openbaar. Zo'n onderzoek kan op de meest uiteenlopende plekken plaatsvinden, van een winkelcentrum tot een klaslokaal, van een huiskamer tot een afgelegen oerwoud. Het is echter belangrijk om te onthouden dat de omstandigheden waaronder het onderzoek wordt verricht, veel minder gecontroleerd zijn dan bij een experiment, omdat de onderzoeker bij deze methode noch de condities in de hand heeft, noch in staat is de onafhankelijke variabele te manipuleren.

Natuurlijke observatie: Vorm van correlatieonderzoek waarbij gedrag van mensen of dieren in hun eigen omgeving wordt geobserveerd.

Het voordeel van natuurlijke observatie is dat je de gedragingen ziet zoals ze zich op natuurlijke wijze voordoen. Dat levert vaak inzichten op die je niet krijgt in een laboratorium. In sommige situaties is het ook goedkoper om gebruik te maken van een natuurlijke omgeving in plaats van die proberen te reconstrueren in een laboratorium. Nadelen zijn bijvoorbeeld dat je geen controle hebt over de omgeving, wat causale conclusies onmogelijk maakt, en dat een gedegen natuurlijke studie een hoop tijd en geld kost.

Gevalstudie: Onderzoek van een enkel object (of een zeer gering aantal objecten).

Gevalstudie

Hoe zou je erachter kunnen komen welke factoren het gevoel voor humor van Eddie Murphy hebben gevormd? Je kunt geen experimentele groep en een controlegroep opzetten, omdat er slechts één Eddie Murphy is. Er kan duidelijk geen sprake zijn van een goed gecontroleerd onderzoek, dus de onderzoeker richt zich waarschijnlijk op weer een ander soort onderzoek, de **gevalstudie** (casestudy), die zich richt op enkele personen (soms slechts één). Deze methode wordt over het algemeen alleen gebruikt voor diepgaand onderzoek naar individuen met zeldzame stoornissen of ongewone talenten. In zijn boek *Creating*

Jane Goodall bestudeerde het gedrag van chimpansees door middel van natuurlijke observatie.
Bron: Jean-Marc Bouju/AP Images.

Minds (1993) gebruikt Howard Gardner bijvoorbeeld de casestudymethode om de denkprocessen van enkele zeer creatieve mensen te verkennen, onder wie Einstein, Picasso en Freud. Therapeuten die casestudy's gebruiken om theorieën te ontwikkelen over psychische stoornissen, noemen dit de *klinische methode*.
De nadelen van de gevalstudie liggen voor de hand: de methode is subjectief en door de geringe omvang van de onderzochte groep zijn de conclusies niet automatisch van toepassing op andere individuen. Desondanks levert de gevalstudie soms waardevolle inzichten op, die op geen enkele andere manier verkregen kunnen worden.

1.3.3 Vertekening in psychologisch onderzoek beperken

Hulp bij zelfmoord. Abortus. De doodstraf. Heb je sterke gevoelens en meningen over een van deze kwesties? Door emotioneel beladen onderwerpen als deze kunnen biases naar voren komen, waardoor kritisch denken moeilijk is. De mogelijkheid van bias creëert dus problemen voor psychologen die zijn geïnteresseerd in het bestuderen van onderwerpen als kindermishandeling, sekseverschillen of de effecten van raciale vooroordelen; onderwerpen waarin ze juist vanwege hun sterke mening zijn geïnteresseerd. Als we hier niet op toezien, kan de bias van onderzoekers van invloed zijn op de wijze waarop ze een onderzoek opzetten, gegevens verzamelen en resultaten interpreteren. Laten we eens naar twee vormen van bias kijken, waarvoor speciaal moet worden opgelet bij onderzoek.
Emotionele bias, die we eerder bespraken in verband met kritisch denken, betreft de gekoesterde aannames, sterke voorkeuren, ingebakken opvattingen of persoonlijke voorkeuren van een individu. Ze zijn vaak niet duidelijk voor degene die zulke vertekeningen heeft. In zijn boek *Even the Rat Was White* (1998) wijst psycholoog Robert Guthrie op de bias in de lange psychologische traditie van het gebruik van voornamelijk blanke Europese en Noord-Amerikaanse proefpersonen (meestal universiteitsstudenten) in onderzoek – zonder dat de onderzoekers zich realiseerden dat ze bias introduceerden in hun selectieprocedures voor steekproeven. Door deze handelwijze worden de onderzoeksresultaten minder toepasbaar op mensen in het algemeen. Ook in Nederland en België wordt nog altijd veel onderzoek uitgevoerd onder eerstejaars psychologiestudenten.
Gelukkig biedt de wetenschappelijke methode, met de ruimte voor kritiek van collega's en herhaling, een krachtig tegenwicht tegen de emotionele biases van een onderzoeker. Toch zouden onderzoekers er de voorkeur aan moeten geven hun biases te identificeren en te controleren, voordat mogelijk onjuiste conclusies worden gepubliceerd.

Expectancy bias (verwachtingsbias): De waarnemer staat toe dat zijn of haar verwachtingen de resultaten van een onderzoek zullen beïnvloeden.

Er is sprake van **expectancy bias (verwachtingsbias)** als de waarnemer verwacht – en daardoor op zoek gaat naar bewijzen – dat bepaalde gebeurtenissen zullen leiden tot bepaalde resultaten (je kunt een sterke relatie zien met de confirmation bias, die we eerder bespraken). Een goed voorbeeld van expectancy bias is een onderzoek waarbij psychologiestudenten ratten trainden om bepaald gedrag te vertonen, zoals het drukken op een hendel om voedsel te krijgen. Sommige studenten kregen van de onderzoeksleiders te horen dat hun ratten bijzonder slim waren; andere werd juist verteld dat hun ratten trage leerlingen waren. (In werkelijkheid vormden de twee groepen ratten een willekeurige selectie uit dezelfde kooi.) Opmerkelijk genoeg toonden de gegevens van de studenten dat de ratten waarvan ze geloofden dat ze slim waren, beter presteerden dan hun zogenaamd dommere kooigenoten. Hoe kwam dit? Blijkbaar presteren ratten beter voor een enthousiast publiek! Vervolgvragenlijsten lieten zien dat studenten met 'slimme' ratten 'enthousiaster waren, bemoedigender, plezieriger en meer geïnteresseerd in de prestaties van hun rat' (Rosenthal & Lawson, 1964). Deze bronnen van vertekening kunnen niet alleen leiden tot verkeerde conclusies, ze kunnen ook dure of zelfs gevaarlijke gevolgen hebben. Stel je voor dat je als psycholoog in dienst bent bij een farmaceutisch bedrijf dat wil dat je een test ontwerpt voor een nieuw medicijn. Omdat met de uitkomst miljoenen euro's gemoeid zijn, wil je het onderzoek zo objectief mogelijk doen. En hoe zit dat met de dokters die het medicijn zullen voorschrijven aan de patiënten die aan jouw onderzoek deelnemen? Zij hebben natuurlijk hoge verwachtingen van het medicijn, en datzelfde geldt voor de patiënten. Je loopt het risico dat je onderzoek door jouw eigen vertekening wordt 'vervuild', net als door de verwachtingen van andere betrokkenen.

Een veelgebruikte strategie om dit soort vertekeningen in de hand te houden, is door de deelnemers aan een experiment 'blind' te houden, dat wil zeggen, ze niet te vertellen of ze het werkelijke medicijn of een **placebo** krijgen (een 'nepmedicijn' zonder medische waarde). Een nog betere strategie is een **dubbelblindonderzoek**, waarbij zowel de proefpersonen als de onderzoekers niet weten wie welke behandeling krijgt. Bij een medicijnenonderzoek weten degenen die het medicijn toedienen en de proefpersonen die de pillen innemen niet wie het echte medicijn krijgt en wie de placebo. Door deze voorzorgsmaatregel is het uitgesloten dat de onderzoekers zich onbewust anders opstellen tegenover de proefpersonen die het 'echte medicijn' krijgen of hen nauwlettender in de gaten houden dan andere proefpersonen. Bovendien beperkt het de verwachtingen van degenen die de behandeling krijgen, omdat zij ook niet weten in welke groep zij zitten.

Zoals je je kunt voorstellen, kan een expectancy bias van invloed zijn op de reactie van de kinderen in onze suikerstudie. Evenzo zouden de verwachtingen van de onderzoekers hun beoordeling kunnen beïnvloeden. Om dit te voorkomen, dienen we een dubbelblindprocedure in onze experimentele opzet op te nemen.

Robert Guthrie wees in zijn boek *Even the Rat Was White* (1998) op de bias die psychologen regelmatig introduceren in hun onderzoek door vooral blanke Europese en Noord-Amerikaanse proefpersonen te gebruiken.

Bron: Archives of the History of American Psychology/University of Akron.

Placebo: Substantie die op een medicijn lijkt, maar het niet is. Placebo's worden ook wel suikerpillen genoemd, omdat ze in plaats van een echt geneesmiddel alleen suiker bevatten.

Dubbelblindonderzoek: Experimentele procedure waarbij zowel de onderzoekers als de proefpersonen niet weten wie welke onafhankelijke variabele krijgt toegediend.

1.3.4 Ethische kwesties in psychologisch onderzoek

Onderzoek kan ook te maken krijgen met serieuze ethische kwesties, zoals de mogelijkheid dat iemand gekwetst, gewond of onnodig geagiteerd raakt door deelname aan een slecht uitgevoerd psychologisch onderzoek. Geen enkele onderzoeker zal daar blij mee zijn, maar de grenzen van wat toelaatbaar is, zijn niet altijd duidelijk. Is het bijvoorbeeld ethisch aanvaardbaar om iemand met opzet te beledigen in een onderzoek over agressie? Mag je proefpersonen eigenlijk wel misleiden? Waar ligt de balans tussen de mate van ongemak en de kennis die het onderzoek zal opleveren? Dit zijn lastige, maar belangrijke vragen, en niet alle psychologen beantwoorden ze precies hetzelfde.

Om psychologische onderzoekers een paar richtlijnen en grenzen te bieden heeft het Nederlands Instituut van Psychologen (NIP) een beroepscode opgesteld. Hierin staat dat onderzoekers ethisch verplicht zijn hun proefpersonen te beschermen tegen potentieel schadelijke procedures. Bovendien zijn onderzoekers verplicht de informatie die ze via het onderzoek hebben verkregen vertrouwelijk te behandelen. Gegevens mogen alleen openbaar gemaakt worden als het recht op privacy van het individu niet wordt geschaad.

Psychologische kwesties
Ga naar 'In de praktijk' in de MyLab mediatheek voor meer informatie over ethische kwesties in de psychologie.

DIEPER GRAVEN

Informatiebronnen voor psychologen

Om welke reden je dit boek ook leest, de kans is groot dat je meer wilt weten over de professionele houding die het beroep van psycholoog van je vraagt. Een manier om daarachter te komen is door stage te lopen bij een professionele organisatie, symposia en congressen van je psychologische faculteit bij te wonen, gesprekken aan te gaan met docenten en hoogleraren en je te verdiepen in de belangrijkste tijdschriften, vakbladen en mededelingenbladen op dit terrein. Als je overweegt je serieus in de psychologie te bekwamen, zijn de volgende informatiebronnen wellicht ook interessant voor je.

Professionele organisaties

Het Nederlands Instituut van Psychologen, de landelijke beroepsvereniging van en voor psychologen, heeft ongeveer 13.000 leden. Het NIP stelt zich ten doel de belangen van haar leden (universitair studenten psychologie en afgestudeerde psychologen) te behartigen. De vereniging heeft een speciaal studentenlidmaatschap tegen een gereduceerd tarief. Als je erover denkt je als professioneel psycholoog te bekwamen, informeer dan eens naar een stage bij een professionele psychologische organisatie. Je zou ook een kijkje kunnen nemen bij een congres of symposium om voor jezelf een beeld te vormen van de wereld van de Nederlandse psychologie. Misschien kun je op zo'n congres ook je eigen onderzoek presenteren.

België kent een soortgelijke vereniging: de Belgische Federatie van Psychologen. Dit is een koepelorganisatie die de verschillende psychologieorganisaties in België verenigt. Ze wil de professionele en wetenschappelijke status van psychologie in België verbeteren door het beschermen van het statuut van psychologen en de rechten van hun cliënten. Studenten kunnen tegen een gereduceerd tarief aspirant-lid worden. Leden krijgen een abonnement op het tijdschrift van de Federatie: *Psycho-Logos*. Bachelors in de Toegepaste Psychologie (B^2TP) is een beroepsvereniging van afgestudeerden van de drie hogescholen in Vlaanderen waar Toegepaste Psychologie gevolgd kan worden. Meer informatie daarover is te vinden op hun website (www.beroepsverenigingbtp.be). Ook Nederland kent sinds kort een dergelijke vereniging: de Nederlandse Beroepsvereniging van Toegepaste Psychologie.

De American Psychological Association (APA) is de Amerikaanse beroepsvereniging van psychologen. Meer dan 154.000 mensen zijn lid van de APA. Daarnaast is er de kleinere American Psychological Society, een vereniging die de belangen van onderzoekspsychologen en psychologen aan academische instellingen behartigt.

Tijdschriften over psychologie, vakbladen en mededelingenbladen

Over psychologie in het algemeen en over de verschillende vakgebieden verschijnen tal van tijdschriften. Het is verstandig er regelmatig enkele in te kijken, niet alleen Nederlandstalige, maar ook Engelstalige. We zullen hier een aantal van deze bronnen noemen.

- *Netherlands Journal of Psychology*: dit tijdschrift beoogt recente ontwikkelingen in de psychologie en haar grensgebieden onder de aandacht te brengen van psychologen en degenen die vanuit andere vakgebieden of vanuit de praktijk geïnteresseerd zijn in de psychologie.
- *De Psycholoog* is het vaktijdschrift van het Nederlands Instituut van Psychologen: een blad van en voor psychologen.
- *Psychologie Magazine*: een populairwetenschappelijk tijdschrift voor mensen die interesse hebben in het vakgebied van de psychologie.
- *Psy*: tijdschrift over geestelijke gezondheidszorg. Wordt uitgegeven door GGZ Nederland.
- *Acta Psychologica*: Engelstalig tijdschrift met artikelen op het gebied van de experimentele psychologie.
- *American Psychologist*: het officiële tijdschrift van de APA.

Internetbronnen

- *www.apa.org*: website van de American Psychological Association.
- *www.apa.org/psycinfo*: bevat verwijzingen naar literatuur op het terrein van de psychologie en psychologische aspecten van verwante disciplines, vanaf 1887.
- *www.apa.org/psycarticles*: bevat toegang tot de gehele teksten van meer dan 80 journals op het gebied van de gedragswetenschappen en verwante disciplines.
- *www.pubmed.gov*: een enorme verzameling van artikelen op het grensgebied van geneeskunde en psychologie, sommige artikelen zijn gratis in te zien.
- *www.psychww.com*: site die aan de psychologie gerelateerde informatie voor studenten en docenten bevat.
- *www.psyonline.nl*: overzicht van links op het gebied van de psychologie.
- *www.allpsych.com*: een site met leerzame en grappige links en allerlei psychologische testjes.
- *www.psynip.nl*: website van het Nederlands Instituut van Psychologen.
- *www.bfp-fbp.be*: website van de Belgische Federatie van Psychologen.
- *www.beroepsverenigingbtp.be*: website van de Beroepsvereniging van Bachelors in de Toegepaste Psychologie Vlaanderen.
- *www.nbtp.nl*: website van de Nederlandse Beroepsvereniging van Toegepaste Psychologie.

Kritisch denken toegepast
Ga naar 'In de praktijk' in de MyLab mediatheek voor een voorbeeld van gefaciliteerde communicatie.

Ga naar **www.pearsonmylab.nl** om je kennis en begrip van deze paragraaf te testen met de MyMap, MyCheck en MyDefinitions.

SAMENVATTING VAN HET HOOFDSTUK

CENTRALE VRAAG: Hoe zou je de bewering testen dat suiker kinderen hyperactief maakt?

- Psychologen gebruiken de wetenschappelijke methode om dit soort beweringen te testen.
- In een gecontroleerd experiment (een onderzoek om oorzaak en gevolg aan te tonen) zouden kinderen willekeurig (random) aan de experimentele groep of de controlegroep worden toegewezen en een suikerdrankje of een drankje zonder suiker te drinken krijgen.
- Vervolgens zou in een dubbelblindonderzoek (om expectancy bias en het placebo-effect tegen te gaan) het activiteitsniveau van ieder kind worden geregistreerd.
- Een analyse van de data zou laten zien of de hypothese wel of niet wordt ondersteund. Als kinderen die het suikerdrankje kregen (de experimentele groep), actiever zijn dan de kinderen in de controlegroep, kunnen we concluderen dat suiker kinderen hyperactief maakt.

KERNVRAAG 1.1

▶ Wat is psychologie en wat is het niet?

Alle psychologen houden zich bezig met aspecten van gedrag en geestelijke processen. In tegenstelling tot de pseudowetenschappen, eist de wetenschappelijke psychologie stevig bewijs als onderbouwing van de beweringen. Binnen de psychologie zijn er veel specialismen, die binnen drie brede gebieden vallen. **Experimenteel psychologen** doen voornamelijk onderzoek, maar geven vaak ook onderwijs. Ze zijn veelal verbonden aan universiteiten. Degenen die in de eerste plaats **docent psychologie** zijn, werken in verschillende omgevingen, waaronder hbo-opleidingen psychologie. **Toegepast psychologen** beoefenen veel specialismen, zoals onderwijs, klinische psychologie en counseling. In tegenstelling tot de psychologie is de **psychiatrie** een medisch specialisme dat zich bezighoudt met psychische stoornissen.
In de media is veel wat op psychologie lijkt in feite **pseudopsychologie**. Om het verschil te weten is het nodig **vaardigheden voor kritisch denken** te ontwikkelen; dit boek organiseert deze vaardigheden rond de volgende zes vragen, die je zou moeten stellen als je met nieuwe beweringen wordt geconfronteerd waarvan wordt beweerd dat ze een wetenschappelijke basis hebben:

- Wat is de bron?
- Is de bewering redelijk of extreem?
- Wat is het bewijsmateriaal?
- Kan de conclusie door bias zijn beïnvloed?
- Worden veelvoorkomende denkfouten vermeden?
- Zijn voor het oplossen van het probleem verschillende invalshoeken nodig?

● **KERNCONCEPT 1.1**
Psychologie is een breed veld, met vele specialismen, maar in wezen is psychologie de wetenschap van gedrag en geestelijke processen.

KERNVRAAG 1.2

▶ Wat zijn de zes belangrijkste perspectieven van de psychologie?

Psychologie wortelt in verschillende, dikwijls conflicterende tradities die teruggaan tot de oude Grieken.

- René Descartes zette de eerste stap naar een wetenschappelijke studie van de geest toen hij besefte dat sensaties en gedragingen te maken hebben met zenuwactiviteit. Deze stap leidde tot het moderne **biologische perspectief** dat de oorzaken van gedrag zoekt in lichamelijke processen als hersenfuncties en genetica. Biologische psychologie heeft zich ontwikkeld in twee richtingen: de **neurowetenschap** en de **evolutionaire psychologie**. Het formele begin van de psychologie als wetenschap is echter te herleiden tot de oprichting van het eerste psychologielaboratorium door Wilhelm Wundt in 1879. De psychologie van Wundt, door Amerikaanse psychologen omgevormd tot het **structuralisme**, pleitte voor het begrijpen van geestelijke processen zoals bewustzijn door de inhoud en structuur ervan te onderzoeken. Een andere vroege school, het zogenoemde **functionalisme**, betoogde dat geestelijke processen het best kunnen worden begrepen met betrekking tot hun adaptieve doel en hun functies.

- Elementen van deze scholen vinden we terug bij het moderne **cognitieve perspectief**, met zijn aandacht voor leren, geheugen, sensatie, perceptie, taal en denken en zijn nadruk op informatieverwerking.
- Het **behavioristische perspectief** kwam op rond 1900 en verwerpt de introspectieve methode en mentalistische verklaringen van gedrag. In plaats daarvan kiest men voor verklaringen in termen van waarneembare stimuli en responsen. Behavioristen als John Watson en B.F. Skinner hebben een sterke invloed gehad op de moderne psychologie, met hun nadruk op objectieve methoden, inzichten in de aard van het leren en effectieve technieken voor de behandeling van onwenselijk gedrag.
- Drie nogal uiteenlopende standpunten vormen de **perspectieven vanuit de gehele persoon ('whole person')**; elk van deze heeft een globale kijk op het individu. Sigmund Freuds **psychoanalytische benadering**, met zijn nadruk op psychische stoornissen en onbewuste processen heeft tot de psychoanalyse en de moderne psychodynamische psychologie geleid. De **humanistische psychologie,** onder leiding van Carl Rogers en Abraham Maslow, benadrukt juist de positieve kant van de menselijke natuur. De **psychologie van karaktertrekken en temperament** beziet mensen in termen van hun blijvende eigenschappen en neigingen.
- Het **ontwikkelingsperspectief** richt de aandacht op geestelijke en gedragsmatige veranderingen die voorspelbaar gedurende het gehele leven plaatsvinden. Zulke veranderingen zijn het gevolg van de interactie van erfelijkheid en omgeving.
- Het **socioculturele perspectief** richt de aandacht op het feit dat elk individu wordt beïnvloed door andere mensen en door de cultuur waarvan ze allemaal deel uitmaken.

De moderne psychologie is gedurende de laatste decennia snel veranderd, doordat de biologische, cognitieve en ontwikkelingsperspectieven de overhand hebben gekregen. Tegelijkertijd bundelen de aanhangers van verschillende perspectieven hun krachten. Een andere grote verandering omvat het steeds verder toenemende aantal vrouwen en leden van minderheidsgroepen dat het veld betreedt.
Je kunt op allerlei opleidingsniveaus een loopbaan in de psychologie volgen, maar als je een officiële psycholoog wilt worden, heb je een mastertitel nodig. Mensen zonder deze titel werken in allerlei toegepaste specialismen als assistent, docent en counselor.

KERNCONCEPT 1.2
Zes belangrijke perspectieven domineren de moderne psychologie: het biologische, cognitieve, behavioristische, whole-person-, ontwikkelings- en socioculturele perspectief. Alle kwamen ze voort uit radicaal nieuwe ideeën over geest en gedrag.

KERNVRAAG 1.3

▶ Hoe vergaren psychologen nieuwe kennis?

Psychologie onderscheidt zich van pseudowetenschappen doordat psychologen de wetenschappelijke methode gebruiken om hun ideeën empirisch en op grond van eigen observaties te toetsen. De wetenschappelijke methode baseert zich op toetsbare theorieën en falsificeerbare hypotheses. Er bestaan diverse soorten psychologisch onderzoek, die allemaal op deze wetenschappelijke methode geënt zijn, waaronder **experimenten**, **correlatieonderzoek** en de **gevalstudie**. Ze verschillen in de mate van controle die de onderzoeker heeft over de condities die hij onderzoekt. Wetenschappers kunnen het slachtoffer worden van **expectancy bias**. Zij kunnen vertekeningen in hun onderzoek controleren door gebruik te maken van **dubbelblindonderzoek**.
Psychologen moeten zich in hun werk houden aan de beroepscode die is opgesteld door het Nederlands Instituut van Psychologen, waarin staat dat proefpersonen op een humane wijze behandeld moeten worden. Maar er zijn altijd discussies over onderzoeken op de rand van het toelaatbare.

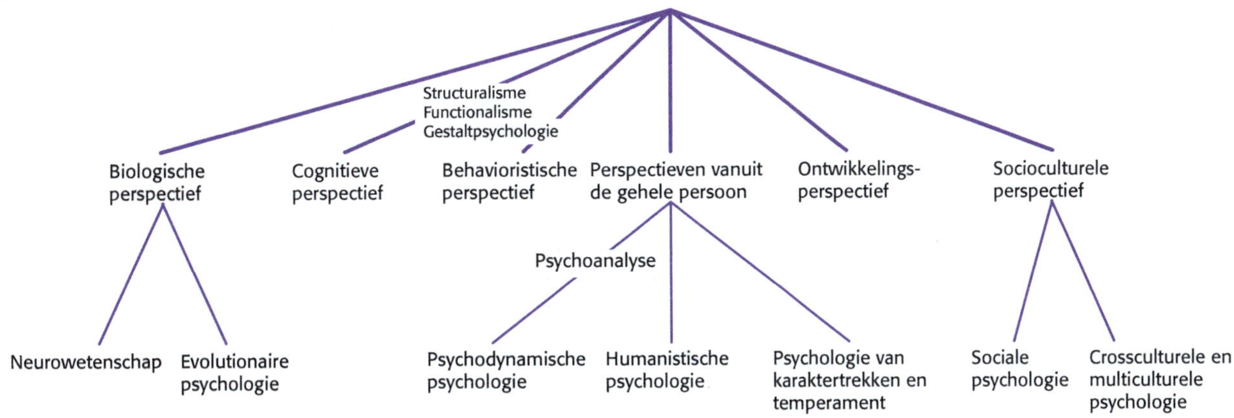

Figuur 1.8 De zes belangrijke perspectieven in de psychologie

- **KERNCONCEPT 1.3**
  Net als onderzoekers op alle andere vakgebieden gebruiken psychologen de wetenschappelijke methode om hun ideeën empirisch te toetsen.

Op **www.pearsonmylab.nl** vind je tools en toetsen om je begrip en kennis van dit hoofdstuk uit te breiden en te oefenen.

BELANGRIJKE BEGRIPPEN

Afhankelijke variabele
Anekdotisch bewijsmateriaal
Behaviorisme
Behavioristisch perspectief
Bias
Biologisch perspectief
Cognitief perspectief
Confirmation bias (bevestigingsbias)
Controleconditie
Controlegroep
Correlatieonderzoek
Crosscultureel psycholoog
Cultuur
Data
Docent psychologie
Dubbelblindonderzoek
Emotionele bias
Empirisch onderzoek
Evolutionaire psychologie
Expectancy bias (verwachtingsbias)
Experiment
Experimenteel psycholoog
Experimentele conditie
Experimentele groep
Functionalisme
Geen correlatie
Gevalstudie
Holisme
Humanistische psychologie
Hypothese
Introspectie
Natuurlijke observatie
Negatieve correlatie
Neurowetenschap
Onafhankelijke variabele
Ontwikkelingsperspectief
Operationele definitie
Perspectieven vanuit de gehele persoon
Placebo
Positieve correlatie
Pseudopsychologie
Psychiatrie
Psychoanalyse
Psychodynamische psychologie
Psychologie
Psychologie van karaktertrekken en temperament
Randomisering
Repliceren
Significant
Socioculturee l perspectief
Structuralisme
Survey
Theorie
Toegepast psycholoog
Vaardigheden voor kritisch denken
Variabele
Wetenschappelijke methode

▶ KERNVRAGEN	● KERNCONCEPTEN	■ IN DE PRAKTIJK
2.1 Wat is het verband tussen genen en gedrag? 2.1.1 Evolutie en natuurlijke selectie 2.1.2 Genen en erfelijkheid	2.1 De evolutie heeft psychologische processen fundamenteel vormgegeven. Dit komt doordat de evolutie ten gunste werkt van genetische variaties die zorgen voor gedrag waarmee het individu zijn kans op overleving en voortplanting vergroot.	**Psychologische kwesties** Kies de genen van je kinderen
2.2 Hoe is de interne communicatie van het lichaam geregeld? 2.2.1 Het neuron: bouwsteen van het zenuwstelsel 2.2.2 Het zenuwstelsel 2.2.3 Het endocriene stelsel	2.2 De twee interne signaalsystemen van het lichaam, het zenuwstelsel en het endocriene stelsel, gebruiken beide chemische boodschappers om met doelen in het gehele lichaam te communiceren.	**Doe het zelf!** Neurale boodschappen en reactietijd **Psychologische kwesties** Bijwerkingen van psychoactieve middelen
2.3 Hoe produceren de hersenen gedrag en psychische processen? 2.3.1 De drie lagen in de hersenen 2.3.2 Kwabben van de cerebrale cortex 2.3.3 Cerebrale dominantie	2.3 De hersenen bestaan uit vele gespecialiseerde en onderling verbonden modules, die samenwerken in het creëren van geest en gedrag.	**Dieper graven** Vensters op de hersenen op www.pearsonmylab.nl **Psychologische kwesties** Het vreemde en fascinerende geval van de split brain op www.pearsonmylab.nl **Psychologie gebruiken om psychologie te leren** **Doe het zelf!** Je beide hersenhelften gebruiken **Kritisch denken toegepast** Linkerhersenhelft tegenover rechterhersenhelft op www.pearsonmylab.nl

CENTRALE VRAAG: Wat vertelt Jills ervaring ons over de bouw van onze hersenen en hun enorme aanpassingsvermogen?

Op **www.pearsonmylab.nl** vind je tools en toetsen om je begrip en kennis van dit hoofdstuk uit te breiden en te oefenen.

2 BIOPSYCHOLOGIE, NEUROWETENSCHAPPEN EN DE MENSELIJKE AARD

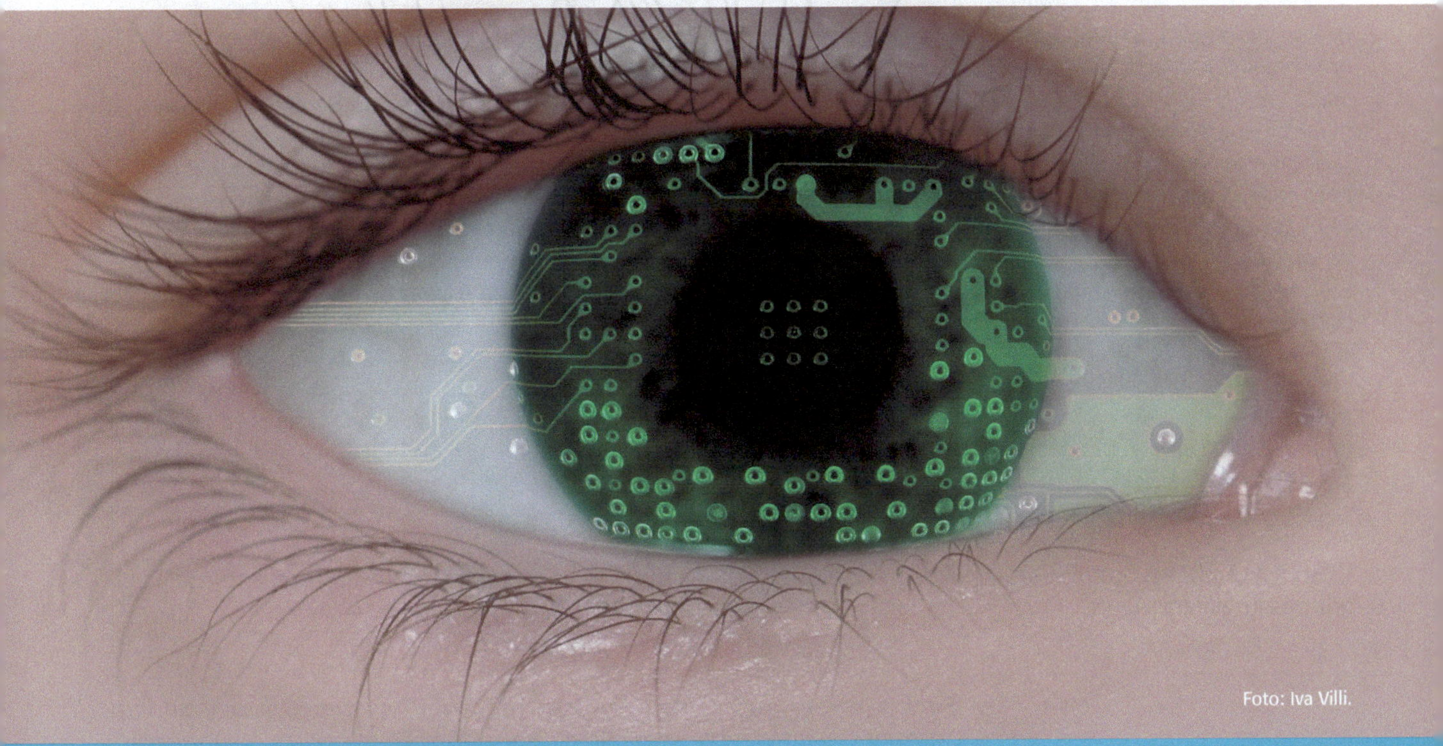

Foto: Iva Villi.

'Ik had het helemaal voor elkaar', zegt dr. Jill Bolte Taylor, ook wel bekend als de Singing Scientist (Taylor, 2009, pag. xiv). Op 37-jarige leeftijd had deze Amerikaanse neuroanatoom enkele prestigieuze prijzen gewonnen en genoot ze in het hele land erkenning voor haar baanbrekende onderzoek naar de invloed van de hersenen op psychische aandoeningen. Maar op een koude decemberochtend veranderde haar leven op slag. Toen ze wakker werd, voelde ze een bonkende pijn in haar hoofd. Ze moest zich enorm concentreren om met gecoördineerde bewegingen onder de douche te kunnen stappen. Haar lichaam voelde vreemd aan, het geluid van het water was een oorverdovend geraas en het licht brandde in haar ogen. Terwijl ze probeerde te bedenken wat er aan de hand was, werd ze afgeleid door de beweging van haar lichaamsdelen, alsof die nieuw voor haar waren. 'Als ik mijn vingers voor mijn gezicht bewoog, was ik daar verbijsterd en tegelijk gefascineerd over: "Wauw, wat een raar en verbazingwekkend wezen ben ik..." Ik was zowel gefascineerd als nederig door de gedachte hoe hard mijn cellen aan het werk waren... Ik voelde me onwerkelijk!' (pag. 42-43). Toen raakte haar rechterarm verlamd en wist ze plotseling: 'O, mijn god, ik heb een beroerte!' (pag. 44). De uren daarna probeerde Jill wanhopig te bedenken hoe ze hulp moest vragen. Ze kon niet meer verzinnen dat ze 911 kon bellen voor noodgevallen; ze herkende niet eens de cijfers op haar telefoonscherm. Ze vroeg zich urenlang af wie haar nu kon helpen. Uiteindelijk slaagde ze er toch in een collega te bellen. Ze ontdekte toen dat ze niet alleen geen woord begreep van wat hij zei, maar hij ook niets van haar. Ze was haar spraak- en taalherkenningsvermogen kwijt. Gelukkig herkende haar collega haar stem, maar de uren die het kostte om haar in een ziekenhuis te krijgen eisten een zware tol van haar hersenen. Ze kon niet meer zonder hulp rechtop zitten of lopen. Ze kon horen, maar de klanken waren niet meer dan geruis; ze kon er geen wijs uit worden. Ze kon zien, maar geen kleuren onderscheiden of vaststellen of een scheur in het trottoir gevaarlijk was of niet. Ze kon niet met anderen praten. Zelfs haar eigen moeder herkende ze niet. Vanwege haar zware beroerte stroomde er veel bloed door haar linkerhersenhelft, waardoor een giftige omgeving voor miljoenen hersencellen ontstond. Opmerkelijk genoeg herstelde Jill. Ondanks haar ernstig hersenenletsel zet ze haar carrière als neuroanatoom voort, geeft ze les en reist ze rond als nationaal woordvoerster voor de Harvard Brain Bank. Ze speelt gitaar en maakt kunstwerken die op een unieke manier haar ervaringen vertegenwoordigen: anatomisch correcte gebrandschilderde hersenen. Aan de buitenkant ziet niemand een teken van de hersenschade die ze heeft overleefd. Maar vanbinnen is Jill niet meer dezelfde. Door haar verwonding en herstel zitten haar hersenen anders in elkaar, en dat heeft haar levensvisie en haar persoonlijkheid veranderd. 'Ik ben nu iemand anders, en dat heb ik moeten accepteren', zegt ze. 'Ik geloof dat Einstein gelijk had toen hij zei: "Ik moet bereid zijn om op te geven wie ik ben om te worden wie ik zal zijn"'. (pag. 185).

CENTRALE VRAAG: Wat vertelt Jills ervaring ons over de bouw van onze hersenen en hun enorme aanpassingsvermogen?

Wat weten we over de hersenen van de mens? Ze zijn ongeveer even groot als een grapefruit of pompelmoes, wegen slechts anderhalve kilo en hebben een roze-grijs en rimpelig oppervlak. Zulke feiten geven ons echter geen aanwijzingen over de verbijsterende structuur en vermogens van de hersenen. Door de circa honderd miljard zenuwcellen, die elk zijn verbonden met duizenden andere zenuwcellen, zijn de hersenen de meest complexe structuur die we kennen. De meest geavanceerde computers lijken primitief in vergelijking met deze ingewikkelde schakelingen.
Een pasgeboren baby heeft veel meer zenuwcellen, of neuronen, dan een volwassene. Tijdens de eerste levensjaren sterven veel neuronen af, waarschijnlijk doordat ze niet worden gebruikt. Rond de puberteit stabiliseert het aantal neuronen zich, en het blijft tijdens de gehele volwassenheid ongeveer even groot, doordat er dagelijks cellen sterven en bijkomen (Gage, 2003).
We gebruiken het enorme aantal zenuwschakelingen in onze hersenen om al onze lichaamsfuncties te reguleren, ons gedrag aan te sturen, onze emoties en begeerten te genereren en onze ervaringen te verwerken. We gebruiken onze hersenen, maar staan doorgaans niet stil bij de complexiteit van het neurale netwerk, zoals we ook televisiekijken maar ons niet bewust zijn van alle schakelingen achter het scherm. Maar als hersencellen door ziekte, geneesmiddelen of een ongeluk worden afgebroken, komt de biologische basis van de menselijke geest duidelijk aan het licht. Dan beseffen we dat biologie ten grondslag ligt aan alle menselijke gewaarwording en waarneming, leren en geheugen, hartstocht en pijn, rede en zelfs aan de waanzin.
Het opmerkelijkste van alles is misschien wel dat de menselijke hersenen over zichzelf kunnen nadenken. Dit feit fascineert specialisten in de **biopsychologie**, een snelgroeiende discipline die zich richt op een combinatie van biologie, gedrag en psychologische processen. In Vlaanderen is biopsychologie ook wel bekend als gedragsbiologie. Hoewel biopsychologen zich vooral richten op het gedrag van dieren, proberen ze ook de gevonden principes door te trekken naar de mens. In dit boek wordt de term 'biopsychologie' aangehouden, en daarmee wordt uitsluitend de studie van het menselijk gedrag bedoeld.

Biopsychologie: Specialisme in de psychologie dat de interactie tussen biologie, gedrag en de omgeving bestudeert. In Vlaanderen ook wel bekend als gedragsbiologie.

Biopsychologen werken vaak samen met cognitief psychologen, biologen, computerwetenschappers, chemici, neurologen, linguïsten en anderen die zijn geïnteresseerd in de relatie tussen de hersenen en de geest. Het resultaat is de interdisciplinaire tak van wetenschap die *neurowetenschap* wordt genoemd (Kandel & Squire, 2000).

Verbinding hoofdstuk 8
Onderzoekers uit de neurowetenschappen hebben oorzaken en behandelingen van veel slaapstoornissen ontdekt (p. 320).

Het bekijken van geest en gedrag vanuit een *biologisch perspectief* heeft verschillende praktische toepassingen opgeleverd. Tegenwoordig weten we bijvoorbeeld dat het slaappatroon door bepaalde delen van de hersenen wordt gereguleerd, waardoor we nu effectieve behandelingen hebben voor een aantal voorheen onbehandelbare slaapstoornissen. Ook begrijpen we de effecten van bepaalde psychoactieve middelen, zoals cocaïne, heroïne en methamfetamine, nu we weten welke interacties deze middelen aangaan met chemische stoffen die in de hersenen worden geproduceerd. Daarnaast zijn er veelbelovende ontwikkelingen voor mensen die aan hersenaandoeningen lijden, zoals de ontdekking van spiegelneuronen en het in kaart brengen van de genetische code van de mens.

We beginnen onze ontdekkingstocht door de biopsychologie en de neurowetenschappen door de principes van de *erfelijkheid* en de *evolutie* te bestuderen, waarvan ons lichaam en onze geest een product zijn. Vervolgens onderzoeken we het *hormoonstelsel* en het *zenuwstelsel*, de twee communicatiekanalen die signalen binnen het gehele lichaam overbrengen. Ten slotte concentreren we ons op de hersenen zelf. Als je dit hoofdstuk hebt bestudeerd, begrijp je beter hoe Jill Bolte Taylor herstelde van haar zware hersenletsel, maar wel een totaal ander persoon werd. En belangrijker nog, je zult ook begrijpen hoe biologische processen al onze gedachten, gevoelens en daden vormen.

KERNVRAAG 2.1

▶ Wat is het verband tussen genen en gedrag?

Zoals vissen een aangeboren neiging tot zwemmen hebben en de meeste vogels gebouwd zijn om te vliegen, heeft ook de mens aangeboren capaciteiten. Bij de geboorte zijn de menselijke hersenen al 'geprogrammeerd' voor taal, sociale interacties, zelfbehoud en veel andere functies, zoals we kunnen zien in de interactie tussen baby's en hun verzorgers. Baby's 'weten' bijvoorbeeld hoe ze naar de borst moeten zoeken, hoe ze tamelijk effectief kunnen communiceren via brabbelen en huilen en, verbazingwekkend genoeg, hoe ze iemand moeten imiteren die haar tong uitsteekt. We zullen deze aangeboren gedragingen nader bekijken wanneer we de menselijke ontwikkeling bespreken (zie hoofdstuk 7), maar op dit moment is de vraag: hoe is dit potentieel in het weefsel van de hersenen ingebouwd?

Het wetenschappelijk antwoord steunt op het concept van **evolutie**, het proces waarbij soorten organismen geleidelijk veranderen doordat ze zich aanpassen aan een veranderende omgeving. Op microscopisch niveau kunnen we de evolutie in actie zien als bacteriën zich aanpassen aan antibiotica. Veranderingsprocessen bij grotere en complexere organismen zijn moeilijker in beeld te krijgen, omdat ze zich voltrekken in een veel langere tijdsperiode, waarin ze zich al dan niet kunnen aanpassen aan veranderingen in het klimaat, predatie (opgejaagd en opgegeten worden) door roofdieren, heersende ziekten en een veranderend voedselaanbod. Bij mensen heeft dit bijvoorbeeld geleid tot grotere hersenen die geschikt zijn voor taal, het oplossen van complexe problemen en sociale interactie.

Evolutie: Het geleidelijke proces van biologische verandering van een soort doordat die zich succesvol aanpast aan zijn omgeving.

In ons kernconcept van deze paragraaf is dit evolutieproces de koppeling tussen erfelijkheid en gedrag.

KERNCONCEPT 2.1
De evolutie heeft psychologische processen fundamenteel vormgegeven. Dit komt doordat de evolutie ten gunste werkt van genetische variaties die zorgen voor gedrag waarmee het individu zijn kans op overleving en voortplanting vergroot.

Onze uitleg van evolutie begint in deze paragraaf met het verhaal van Charles Darwin, die de wereld het idee van evolutionaire verandering heeft gegeven. Daarna behandelen we het onderwerp *genetica:* de studie van moleculaire mechanismen die variatie in erfelijke eigenschappen mogelijk maken en uiteindelijk alle psychologische processen beïnvloeden.

Meer dan 98 procent van ons genetisch materiaal is gelijk aan dat van de chimpansees (Pennisi, 2007). Dit feit ondersteunt Darwins idee dat mensen en apen een gemeenschappelijke voorouder hebben.

Bron: links: DLILLC/Corbis; rechts: Daniel Arsenault/Getty Images.

2.1.1 Evolutie en natuurlijke selectie

Hoewel hij geneeskunde en theologie had gestudeerd, was Charles Darwins grootste liefde de natuur. Hij was dan ook verrukt toen hij een baan als '*gentleman companion*' aan boord van de Beagle kreeg (Phelan, 2009), een Brits onderzoeksschip waarmee de kustlijn van Zuid-Amerika werd bestudeerd. Maar Darwin werd al snel zeeziek, waardoor aan boord blijven ondraaglijk voor hem werd. Hij bracht daarom zo veel mogelijk tijd aan land door. Daar bestudeerde hij inheemse diersoorten en verzamelde talloze specimen. Hij schreef gedetailleerde verslagen over alle ongewone leefvormen die hij ontdekte. Omdat hij verbaasd was over de gelijkenissen tussen allerlei dieren en planten, vroeg Darwin zich af of er mogelijk een onderlinge verwantschap bestond en of alle schepselen, inclusief mensen, misschien dezelfde voorgeschiedenis deelden.

Hij wist dat dit idee inging tegen de ideeën van de geaccepteerde wetenschap en van de religieuze leer van het **creationisme**. In zijn beroemde boek *On the Origin of Species* (1859) ging Darwin dus voorzichtig te werk bij het verdedigen van zijn idee over de evolutie van het leven. Zijn argumenten doorstonden alle aanvallen en kritiek en uiteindelijk bracht zijn evolutietheorie een fundamentele verandering teweeg in de manier waarop mensen over hun relatie met andere levende wezens gingen denken (Keynes, 2002; Mayr, 2000).

Creationisme: De religieus geïnspireerde opvatting dat het universum en al het leven op aarde (planten, dieren, mensen) hun ontstaan te danken hebben aan een bijzondere (goddelijke) scheppingsdaad.

Het bewijsmateriaal dat Darwin overtuigde

Steeds opnieuw zag Darwin op zijn reis organismen die uitstekend aan hun omgeving waren aangepast: bloemen die bepaalde insecten aantrokken, vogels met snavels die perfect geschikt waren voor het breken van bepaalde zaden et cetera. Hij nam echter ook variaties tussen afzonderlijke organismen binnen een soort waar, net zoals bij de mens: bepaalde mensen zijn langer dan andere of hebben betere ogen (Weiner, 1994). Het kwam in Darwin op dat zulke variaties een individueel organisme voordeel konden geven ten opzichte van andere in de strijd om overleving en voortplanting. Dit duidde op een mechanisme voor evolutie: een 'proces van uitwieden' dat hij **natuurlijke selectie** noemde. Door middel van natuurlijke selectie is de kans groter dat de individuen die het best aan hun omgeving zijn aangepast goed gedijen en zich voortplanten. Degenen die slecht zijn aangepast, hebben meestal minder nakomelingen en mogelijk sterft hun bloedlijn uit. (Misschien heb je wel gehoord van 'survival of the fittest', een term die kortweg neerkomt op: 'De organismen die het best in hun leefomgeving passen, overleven.') Via natuurlijke selectie verandert een soort geleidelijk als deze zich steeds weer aan de veranderende eisen van de omgeving aanpast.

Natuurlijke selectie: Drijvende kracht achter de evolutie, waardoor de omgeving de best aangepaste organismen 'selecteert'.

Toepassing op de psychologie

Met behulp van dit proces van aanpassing en evolutie kunnen we veel psychologische waarnemingen begrijpen. Menselijke fobieën (extreme en verlammende angsten) worden bijna altijd veroorzaakt door prikkels die voor onze voorouders een teken van gevaar waren, bijvoorbeeld hoogte of bliksem (Hersen & Thomas, 2005). Ook het feit dat we ongeveer een derde deel van ons leven slapend doorbrengen, heeft evolutionair gezien zin: slaap hield onze voorouders veilig als het donker was. Ook onze aangeboren voorkeuren en afkeren zijn evolutionair te verklaren, denk maar eens aan de aantrekkelijkheid van zoete en vette voedingsmiddelen (een goede bron van waardevolle calorieën voor onze voorouders) en onze afkeer van bittere stoffen (veel giftige stoffen zijn bitter). Verrassend veel van onze dagelijkse bezigheden kunnen worden verklaard vanuit evolutie (Nelissen, 2011).
Natuurlijk is 'evolutie' een beladen term, die bovendien door veel mensen verkeerd wordt begrepen. Zo geloven sommigen dat Darwin in zijn theorie stelt dat 'mensen van apen afstammen'. Maar noch Darwin noch enig ander evolutionair wetenschapper heeft dat ooit beweerd. Wat ze in werkelijkheid zeggen, is dat we een gemeenschappelijke voorouder hebben – dat is iets heel anders. De evolutietheorie zegt dat de twee soorten in de loop van de tijd van elkaar zijn gaan afwijken, waarbij in elk van beide groepen andere adaptieve kenmerken zijn ontstaan. Voor de mens betekende dit het ontwikkelen van grote hersenen die aan taal zijn aangepast (Buss et al., 1998).
De elementaire principes van de evolutie worden, hoewel ze in sommige kringen nog altijd controversieel zijn, al gedurende meer dan een eeuw door vrijwel alle geleerden geaccepteerd. We moeten de evolutionaire psychologie nageven dat die mogelijk een elegante oplossing heeft gevonden voor het nature-nurture-vraagstuk, en wel op grond van de theorie dat gedrag evolueert uit de interactie tussen erfelijkheid en de eisen die de omgeving stelt (Yee, 1995). Desondanks moeten we ook opmerken dat de evolutietheorie voor de psychologie een controversiële nieuwkomer is. Het is niet dat psychologen Darwin bestrijden, de meesten doen dit niet. Toch maken sommigen zich zorgen of de nadruk op erfelijkheid van gedrag niet leidt tot de vraag of dat dan ook betekent dat mensen niet meer zelf verantwoordelijk zijn voor problematisch gedrag zoals agressie of verslaving. Een vraag waarop evolutionaire psychologen altijd luid en duidelijk antwoorden: 'Nee!' (Hagen, 2004).
In latere hoofdstukken zullen we specifieke evolutionaire verklaringen bespreken die naar voren zijn gebracht om agressie, jaloezie, seksuele geaardheid, lichame-

lijke aantrekkingskracht en partnerkeuze, ouderschap, samenwerking, moraal en (altijd een heet hangijzer in de psychologie) sekseverschillen te verklaren. Laten we echter nu onze aandacht richten op de erfelijkheidsleer en de biologische basis van erfelijkheid en evolutionaire verandering.

2.1.2 Genen en erfelijkheid

In principe is de genetische code vrij eenvoudig. De wijze waarop je genen moleculaire informatie coderen die kan worden omgezet in fysieke kenmerken is te vergelijken met de manier waarop de microscopische putjes in een cd informatie coderen die kan worden omgezet in afbeeldingen of in muziek. Denk maar eens aan je eigen unieke combinatie van kenmerken. Je lengte, gelaatstrekken en haarkleur zijn bijvoorbeeld allemaal bepaald door de gecodeerde genetische 'blauwdruk' die je van je ouders hebt geërfd en die in elke cel in je lichaam aanwezig is. Ook is de erfelijkheid van invloed op psychologische eigenschappen, zoals ons basistemperament, hoe snel we angstig worden en bepaalde gedragspatronen (Pinker, 2002).

▶▶ **Verbinding hoofdstuk 10**
Zuigelingen verschillen in hun neiging introvert of extravert te zijn; aangenomen wordt dat dit een aspect van het temperament is dat een sterke biologische basis heeft (p. 393).

Dat eigenschappen erfelijk zijn betekent niet dat ze bij kinderen op dezelfde manier tot uiting komen als bij hun ouders. Uiteindelijk ben je een uniek individu en verschil je van allebei je ouders. Een oorzaak van jouw eigen uniciteit ligt in je ervaring: de omgeving waarin je bent opgegroeid, die wat tijd en mogelijk plaats betreft verschilt van die van je ouders. Een ander verschil tussen jou en je beide ouders ontstaat door de willekeurige combinatie van kenmerken die door elk van je beide ouders aan jou zijn doorgegeven. Deze gemengde erfenis bepaalt je unieke **genotype**: het genetische patroon waarin je van alle andere mensen op aarde verschilt. Tegelijkertijd betreffen deze verschillen maar een klein deel van het genetisch materiaal. Hoe verschillend mensen misschien ook lijken, 99,9 procent van het genetisch materiaal is bij ons allemaal hetzelfde (Marks, 2004).

Genotype: Kenmerken van een organisme zoals die genetisch zijn vastgelegd.

Als het genotype de 'blauwdruk' is, zijn de daaruit voortkomende fysieke eigenschappen het **fenotype**. Al je lichamelijke kenmerken vormen je fenotype, niet alleen je zichtbare kenmerken (bijvoorbeeld je lengte of haarkleur) maar ook 'verborgen' biologische kenmerken, zoals de chemie en de 'bedrading' van je hersenen. Eigenlijk behoren alle *waarneembare* kenmerken tot het fenotype, dus ook gedrag. Maar let op: het fenotype wordt niet volledig door erfelijke eigenschappen bepaald, ook al heeft het zijn basis in de biologie. Niet alleen het genetische patroon bepaalt de uiteindelijke lichamelijke kenmerken, maar ook de omgeving, die onder meer bestaat uit biologische invloeden als voeding, ziekte en stress. Een voorbeeld van een omgevingsinvloed op het fenotype is slechte prenatale zorg die een geboortedefect als gevolg heeft.

Fenotype: Waarneembare fysieke kenmerken van een organisme.

Met deze ideeën over erfelijke eigenschappen, omgeving, genotypen en fenotypen in gedachten, kunnen we ons richten op de details van de erfelijkheid en individuele variatie die in de tijd van Darwin nog niet waren ontdekt.

Genoom: Het genoom van een organisme omvat één complete set van chromosomen.

Chromosoom: Lange, dunne en spiraalvormige draad waarlangs de genen zijn gerangschikt als de kralen van een ketting. Chromosomen bestaan voornamelijk uit DNA.

Chromosomen, genen en DNA

Elke cel in het lichaam bevat een volledige verzameling biologische instructies, **genomen** genoemd, voor het opbouwen van het organisme. Voor de mens zijn deze instructies vastgelegd in 23 paar **chromosomen**, die er onder een microscoop uitzien als kleine, opgerolde draadjes. Als we ze nog verder uitvergroten, zien we dat elk chromosoom uit een lange, strak opgewonden keten **DNA** (desoxyribonucleïnezuur) bestaat, een molecuul dat bijzonder geschikt is voor het opslaan van de genetische informatie (zie figuur 2.1).

DNA: Lang, complex molecuul dat informatie bevat over alle genetische eigenschappen. De volledige naam voor DNA is desoxyribonucleïnezuur.

Genen zijn de 'woorden' waaruit de bouwinstructie voor elk organisme bestaat. Elk gen, dat is gecodeerd in korte segmenten van DNA, draagt bij aan de werking van een organisme door voor één enkel eiwit te coderen. Duizenden

Genen: Stukjes van een chromosoom waarin de codes voor de erfelijke lichamelijke en psychische eigenschappen van een organisme zijn opgeslagen. Ze vormen de functionele elementen van een chromosoom.

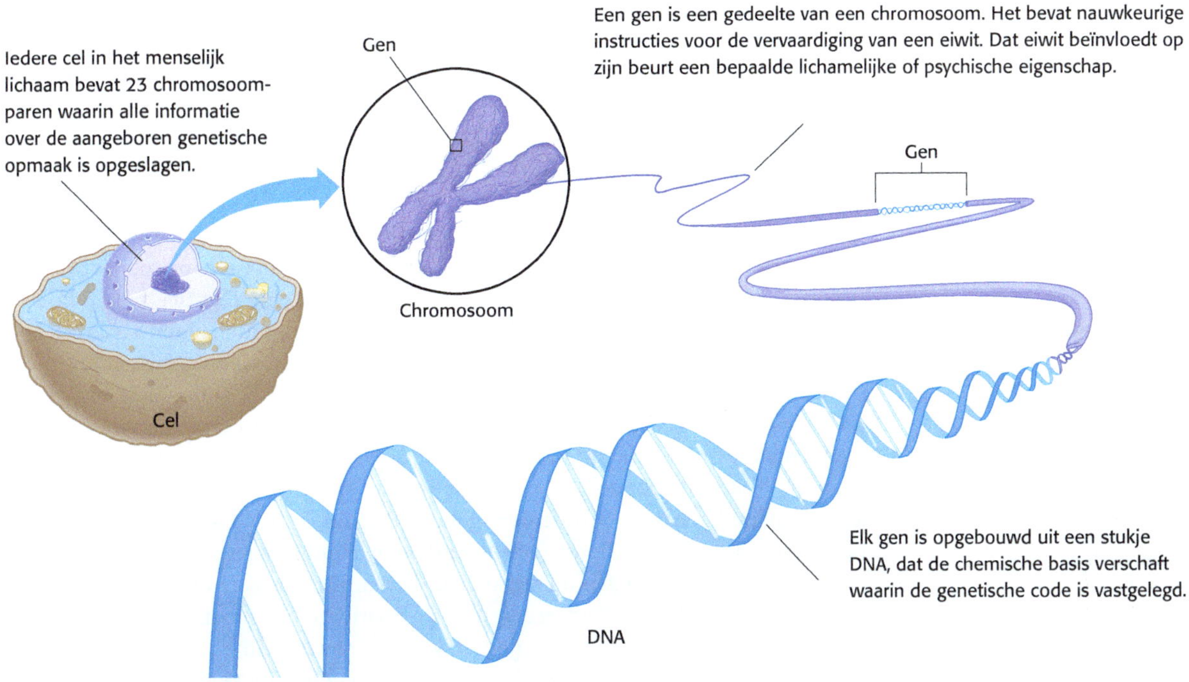

Figuur 2.1 DNA, genen en chromosomen

van dergelijke eiwitten dienen vervolgens als bouwstenen voor de lichamelijke eigenschappen (het fenotype) van het organisme en reguleren de interne werking van het lichaam. Doordat genen van het ene tot het andere individu enigszins verschillen, vormen ze de biologische bron van de variatie die Darwins aandacht trok.

Net als de woorden in deze alinea liggen genen in een bepaalde volgorde op de chromosomen. Chromosomen zijn echter meer dan een reeks genen. Net als alinea's bevatten ze 'interpunctie', die het begin en einde van alle genen aangeeft, in combinatie met opdrachten die specificeren hoe en wanneer deze genen tot expressie komen (Gibbs, 2003). Soms zijn deze opdrachten echter fout of hebben de genen zelf defecten. De resulterende fouten in het fenotype kunnen lichamelijke problemen en ontwikkelingsproblemen veroorzaken, zoals hersenverlamming en zwakzinnigheid.

Op nog kleinere schaal bestaan genen uit nog kleinere moleculaire eenheden, zogenoemde *nucleotiden,* die dienen als afzonderlijke 'letters' in de genetische 'woorden'. In plaats van een alfabet met 26 letters, bestaat de genetische code uit slechts vier nucleotiden. Om met deze vier nucleotiden toch unieke combinaties te vormen, bestaan genen soms wel uit honderden nucleotiden. Elke unieke combinatie specificeert een bepaald eiwit. Chemisch gezien komen de nucleotiden in paren voor, net als de tegenover elkaar liggende tanden van een rits. Wanneer een eiwit nodig is, wordt in het DNA-segment dat codeert voor dat eiwit, de rits met nucleotiden 'opengetrokken' en ontstaat er een mal, waarin het eiwit wordt gevormd.

Twee van de 46 chromosomen (23 paar) verdienen speciale aandacht: de **geslachtschromosomen**. Deze worden X en Y genoemd vanwege hun vorm; ze dragen genen die informatie bevatten over de ontwikkeling van een mannelijk of vrouwelijk fenotype. We ontvangen allemaal een X-chromosoom van onze biologische moeder. Daarnaast ontvangen we een X- of Y-chromosoom van

Geslachtschromosoom: Een chromosoom dat onze lichamelijke geslachtskenmerken bepaalt. Vrouwen hebben twee X-chromosomen en mannen een X- en een Y-chromosoom.

onze biologische vader. Een XX-combinatie bevat de codes voor een vrouwelijk fenotype, terwijl in een XY-type de codes voor een mannelijk fenotype zijn opgeslagen. Het chromosoom dat afkomstig is van de vader, hetzij een X of een Y, bepaalt dus het geslacht van het kind. Chromosomen die geen geslachtschromosomen zijn, worden **autosomen** genoemd; bij de mens zijn dit dus niet de X- of Y-chromosomen, maar een van de 22 paar andere chromosomen.

Autosoom: Een chromosoom dat geen geslachtschromosoom is; bij de mens dus niet het X- of Y-chromosoom, maar een chromosoom uit de 22 paar andere chromosomen.

▶▶ **Verbinding hoofdstuk 9**
Uit onderzoeksresultaten blijkt dat seksuele geaardheid (althans voor een deel) erfelijk is bepaald (www.pearsonmylab.nl).

▶▶ **Verbinding hoofdstuk 12**
Schizofrenie is een psychotische stoornis waarvan circa 1 op de 100 mensen last heeft (p. 508).

Genetische verklaringen voor psychologische processen

Onze genen hebben invloed op onze psychologische eigenschappen, net als op onze lichamelijke kenmerken. In latere hoofdstukken zullen we kijken hoe genen van invloed zijn op uiteenlopende menselijke eigenschappen zoals intelligentie, persoonlijkheid, psychische stoornissen, lees- en taalstoornissen en (mogelijk) op de seksuele geaardheid. Zelfs onze angsten hebben mogelijk een genetische basis (Hariri et al., 2002). We weten echter nog niet op welke wijze en in welke mate psychologische processen door specifieke genen worden beïnvloed (Rutter, 2006). Vermoedelijk worden de meeste stoornissen niet door een enkel gen beïnvloed, maar door meerdere genen (Plomin, 2002). Deskundigen denken bijvoorbeeld dat verschillende genen bijdragen aan schizofrenie, een ernstige psychische stoornis, en aan de ziekte van Alzheimer, een vorm van dementie (St. George-Hyslop, 2000). Onderzoek naar de relatie tussen genen en gedrag levert veel stof tot discussie op over 'vrije wil' versus 'determinisme'. Oftewel, in hoeverre is het gedrag van mensen een vrije keuze of wordt het bepaald door – onder meer – genetische eigenschappen? Misschien vrees ook jij wel dat ons psychologische lot uitsluitend door erfelijkheid wordt bepaald? Maak je geen zorgen. Ons gedrag en onze psychische processen worden bepaald door erfelijkheid en omgeving tezamen (Pinker, 2002). Jill Bolte Taylors intelligentie heeft bijvoorbeeld een genetische component (haar moeder studeerde aan Harvard en haar vader is doctor), maar die is verder ontwikkeld door de omgeving van haar jeugd en haar opleidingsmogelijkheden. Dat ze in staat was om de problemen van haar ernstige medische toestand te overwinnen, een nieuw leven op te bouwen en op de lijst van de 100 invloedrijkste mensen in de wereld van *Time Magazine* terechtkwam (2008), is illustratief voor haar creativiteit. Ze schrijft deze eigenschap toe aan haar vader, maar deze is ongetwijfeld ook versterkt door haar wetenschappelijke werk.

Zelfs eeneiige tweelingen, die hetzelfde genotype hebben, vertonen individuele verschillen in uiterlijk en persoonlijkheid die het gevolg zijn van hun verschillende ervaringen, zoals blootstelling aan verschillende mensen, plaatsen, chemische stoffen en ziekten. Bovendien blijkt uit onderzoek dat bij eeneiige tweelingen van wie de ene een psychologische stoornis krijgt met een genetische basis (schizofrenie bijvoorbeeld), de andere helft van de tweeling niet altijd dezelfde stoornis krijgt.

De boodschap om te onthouden is deze: schrijf psychologische eigenschappen nooit uitsluitend aan erfelijkheid toe (Ehrlich, 2000a, b; Mauron, 2001).

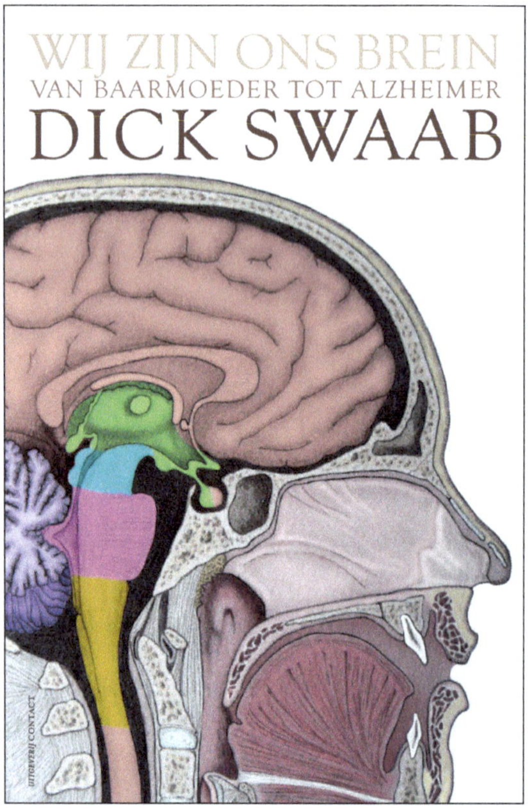

Ook in Nederland is de laatste tijd veel onderzoek verricht op het gebied van de gedragsgenetica, het wetenschappelijk terrein dat overerving van gedrag bestudeert. Het bekendste werk op dit gebied is dat van professor Dick Swaab. In zijn boek *Wij zijn ons brein* (2010) geeft hij een overzicht van veel van zijn onderzoek en dat van anderen. Ook geeft hij praktische aanbevelingen voor preventie en hulpverlening.

Ras en menselijke variatie

Bepaalde eigenschappen, zoals huidskleur en andere lichamelijke kenmerken, komen vaker of minder vaak voor onder mensen van wie de voorouders uit hetzelfde deel van de wereld afkomstig zijn. Nakomelingen van voorouders uit de tropen hebben vaak een donkere huid, die enige bescherming tegen de zon geeft. Terwijl we op basis van verschillen in deze oppervlakkige eigenschappen meestal onderscheid maken in 'rassen', vertellen biologen ons dat er geen lichamelijke kenmerken zijn waardoor mensen in afzonderlijke 'raciale' groepen kunnen worden verdeeld. We behoren allemaal tot dezelfde soort.

In werkelijkheid vormen bepaalde zogenaamde 'raciale eigenschappen' onderling een naadloos geheel. Ook de hersenen van mensen uit een bepaald geografisch gebied, met een bepaalde huidskleur of van een bepaalde etnische groep zijn niet op betrouwbare wijze van die van anderen te onderscheiden. We zouden 'ras' daarom moeten beschouwen als een sociaal gedefinieerde term, en niet als een biologisch begrip. Het begrip *cultuur* vormt een veel betere verklaring voor de meeste, misschien zelfs voor alle, psychologisch belangrijke verschillen tussen groepen onderling (Cohen, 1998).

Dat ras geen nauwkeurig biologisch begrip is, betekent echter niet dat de sociale betekenis ervan onbelangrijk is. Ras als sociaal gedefinieerde categorie kan een belangrijke invloed op het gedrag hebben. We zullen bijvoorbeeld zien dat sociale opvattingen over ras van invloed zijn op verwachtingen en vooroordelen. Houd dit goed in gedachten als we onderzoeken bespreken waarin mensen die zich met verschillende raciale of etnische groepen identificeren, worden vergeleken, bijvoorbeeld wat betreft intelligentie en schoolprestaties (Eberhardt & Randall, 1997; Hirschfeld, 1996).

■ PSYCHOLOGISCHE KWESTIES

Kies de genen van je kinderen

Wetenschappers zijn nu al in staat de genetische eigenschappen van dieren te sturen en aan te passen. Zo is in 1996 Dolly, het beroemde vaderloze schaap, gekloond uit een van de lichaamscellen van haar moeder. Sindsdien zijn er allerlei dieren gekloond, variërend van katten tot koeien (American Medical Association, 2010). Maar hoe zit het met genetische manipulatie van de mens?

Aan het menselijk erfelijk materiaal wordt minder drastisch gesleuteld dan aan dierlijk DNA. Wel is het al goed in kaart gebracht in het *Human Genome Project*. Dit is een programma dat als doel heeft om de structuur van het menselijke DNA tot op het niveau van de individuele basenparen te verhelderen, en alle menselijke genen te identificeren en te lokaliseren. Met dank aan dit project hebben we tegenwoordig een idee van de menselijke genetische code en weten we nu de volgorde van de nucleotiden op alle menselijke chromosomen (Pennisi, 2001).

Psychologen verwachten dat deze informatie ons iets zal leren over de genetische basis van menselijke verschillen in vermogens, emoties en stressbestendigheid (Kosslyn et al., 2002). Hoog op de lijst zullen aandoeningen staan die miljoenen mensen treffen: kanker, hartaandoeningen, autisme en depressie. We kunnen nu al foetale cellen verzamelen en naar bepaalde genetische problemen zoeken, zoals het downsyndroom, de ziekte van Tay-Sachs en sikkelcelanemie. Er zijn veel voorstanders van genetische tests, maar anderen vragen zich af of de stand van de technologie ons vermogen om ethische kwesties daaromtrent op te lossen niet té ver vooruit is.

Een voorbeeld van dergelijke technologie, de zogenaamde pre-implementatie genetische diagnostiek (PGD), is ontwikkeld om het risico te beperken dat koppels een bepaalde ernstige genetische stoornis doorgeven aan hun ongeboren kind. Als een foetus of embryo in een heel vroeg stadium wordt getest, kunnen wetenschappers garanderen dat een foetus genetisch gezond is. Maar sinds de introductie in 1990 wordt PGD ruimer toegepast. In de VS en sommige andere landen is het inmiddels toegestaan om het geslacht met PGD te selecteren: in bijna de helft van de klinieken die PGD aanbieden, krijgen ouders ook de mogelijkheid om te kiezen voor een jongen of een meisje (Adams, 2010). Bovendien worden

Dolly werd gekloond uit een cel van haar 'moeder', aan wie zij genetisch identiek is.

er zogenaamde *'savior siblings'* gekweekt, zodat ouders die een kind hebben met een dodelijke ziekte (bijvoorbeeld leukemie) een broertje of zusje op de wereld kunnen zetten met het juiste beenmerg om het zieke kind te redden (Marcotty, 2010). En nog maar kort geleden kondigde een vruchtbaarheidskliniek in Los Angeles zijn plannen aan om genetische selectie van fysieke kenmerken als lengte, haar- en huidskleur aan te bieden (Naik, 2009). Interessant is dat de kliniek het aanbod introk nadat het Vaticaan een bezwaarbrief had gestuurd.
Wat is de prijs van deze technologie? Ongetwijfeld willen ouders in deze heerlijke nieuwe genetische wereld graag dat hun kinderen slim zijn en er goed uitzien, maar volgens welke criteria gaan we intelligentie en uiterlijk beoordelen? En is iedereen dan in staat om de genen van zijn kind te bestellen, of is dat alleen weggelegd voor de zeer rijken? Je kunt ervan uitgaan dat de problemen waarmee we geconfronteerd zullen worden zowel biologisch, psychologisch, politiek als ethisch van aard zullen zijn (Patenaude et al., 2002).
Nu al stellen psychologen richtlijnen op over de manier waarop genetische kennis het best kan worden toegepast (Bronheim, 2000). Het gaat daarbij met name om mensen die een afweging moeten maken tussen genetische risico's en hun verlangen naar kinderen.
We nodigen je uit om je eigen betrokkenheid bij de kwestie erfelijkheid en ouderschap te beoordelen door de volgende vragen te beantwoorden:

- Als je drie genetische eigenschappen voor je kinderen mocht aanwijzen, welke zou je dan kiezen?
  Als de kans bestaat dat jouw biologische kind met een levensbedreigende ziekte ter wereld komt, zou je dan overwegen om nog een kind op de wereld te zetten (als 'savior baby') om het zieke kind te kunnen redden? Welke omstandigheden of voorwaarden zouden je beslissing beïnvloeden?
- Als je weet dat je misschien drager bent van een gen dat een ernstige medische afwijking of gedragsstoornis kan veroorzaken, zou je dat dan voor de zwangerschap laten onderzoeken? Mag een (aanstaande) partner dat van je eisen? Mag de overheid zo'n eis stellen?

Op deze vragen bestaat natuurlijk geen 'juist' antwoord, maar het antwoord dat je geeft, zal je helpen je standpunt te bepalen over enkele van de belangrijkste problemen waarmee we in deze eeuw zullen worden geconfronteerd.
Bij het beantwoorden van deze vragen moet je nadenken over de wijze waarop de richtlijnen met betrekking tot kritisch denken uit hoofdstuk 1 van invloed zijn op je antwoorden. In welke mate zou je antwoord op deze vragen bijvoorbeeld kunnen worden beïnvloed door je eigen emotionele bias?

▶▶ **Verbinding hoofdstuk 6**
Terwijl intelligentie wordt beïnvloed door erfelijkheid, worden de relatieve bijdragen van nature en nurture sterk betwist (p. 239).

Ga naar **www.pearsonmylab.nl** om je kennis en begrip van deze paragraaf te testen met de MyMap, MyCheck en MyDefinitions.

KERNVRAAG 2.2

▶ Hoe is de interne communicatie van het lichaam geregeld?

Stel: je rijdt op een kronkelige bergweg en plotseling komt er een auto recht op je af. Op het laatste moment wijken jij en de andere chauffeur uit. Je hart klopt in je keel, zelfs als het gevaar al lang is geweken. Vanbinnen reageerde je lichaam op twee soorten boodschappen die werden uitgezonden door zijn twee communicatiesystemen.
Eén is het snel reagerende *zenuwstelsel* met zijn uitgebreide netwerk van zenuwcellen dat berichten in prikkels van elektrische en chemische energie door het lichaam transporteert. In noodsituaties komt dit eerste reactienetwerk je snel te hulp; het geleidt de impulsen waardoor je hartslag wordt versneld en je spieren zich spannen voor actie. Het andere communicatienetwerk, het *hormoonstelsel of endocriene stelsel,* dat trager werkt, stuurt vervolgsignalen waardoor de reactie die door het zenuwstelsel in gang was gezet, wordt ondersteund en in stand wordt

gehouden. Hiertoe maken de hormoonklieren, met inbegrip van de hypofyse, schildklier, bijnieren en geslachtsorganen, gebruik van signaalstoffen die we *hormonen* noemen.

De twee interne signaalsystemen werken niet alleen in stressvolle situaties samen, maar ook in gelukkiger omstandigheden, bijvoorbeeld wanneer je onverwacht een tien haalt voor een examen of tentamen, of wanneer je een bijzonder aantrekkelijk persoon ontmoet. Het hormoonstelsel en het zenuwstelsel werken ook samen in een situatie van lage *arousal* (opwinding); samen zorgen deze stelsels ervoor dat de vitale lichaamsfuncties goed gecoördineerd samenwerken. De samenwerking tussen het hormoonstelsel en het zenuwstelsel wordt door de 'hoofddirectie' van het lichaam aangestuurd, namelijk de hersenen. Dit brengt ons terug naar kernconcept 2.2:

KERNCONCEPT 2.2

De twee interne signaalsystemen van het lichaam, het zenuwstelsel en het endocriene stelsel, gebruiken beide chemische boodschappers om met doelen in het gehele lichaam te communiceren.

Waarom is deze kennis belangrijk voor jouw inzicht in de psychologie? Om te beginnen zijn deze twee signaalsystemen de biologische basis voor al onze gedachten, emoties en gedragingen. Een andere reden is dat we met behulp van deze systemen kunnen begrijpen hoe middelen zoals cafeïne, alcohol, XTC en Prozac de chemie van de geest kunnen wijzigen. Ten slotte zal een begrip hiervan je een inzicht geven in veelvoorkomende aandoeningen zoals beroerten, multiple sclerose en depressies.

Ons overzicht van de twee signaalsystemen van het lichaam richt zich allereerst op de bouwsteen van het zenuwstelsel: het *neuron*. Vervolgens kijken we hoe netwerken van neuronen samenwerken als 'modules' in de hersenen en als onderdelen van het hele neurale netwerk, het zenuwstelsel, dat zich vertakt naar alle delen van het lichaam. Daarna bestuderen we het endocriene stelsel of *hormoonstelsel*. Dit stelsel bestaat uit een groep klieren die samenwerken met het zenuwstelsel en net als het zenuwstelsel invloed hebben op het gehele lichaam.

2.2.1 Het neuron: bouwsteen van het zenuwstelsel

Net zoals transistors in een computer zijn *neuronen* of *zenuwcellen* de meest basale verwerkingseenheden in de hersenen. Op zijn eenvoudigst gezegd is een **neuron** gewoon een cel die erin is gespecialiseerd om informatie te ontvangen, te verwerken en aan andere cellen door te geven. Neuronen doen dat heel efficiënt: een typische zenuwcel kan signalen van 1000 andere cellen ontvangen en, binnen een fractie van een seconde, besluiten te 'vuren', dat wil zeggen het signaal door te geven met een snelheid van wel 100 meter per seconde aan nog eens 1000 neuronen, soms wel aan 10.000 (Pinel, 2005). Een bundeling van een groot aantal neuronen wordt een *zenuw* genoemd.

Neuron: Een cel, ook wel zenuwcel genoemd, die is gespecialiseerd in het ontvangen en doorsturen van informatie naar andere cellen in het lichaam. Een bundeling van een groot aantal neuronen wordt een *zenuw* genoemd.

Soorten neuronen

Hoewel neuronen verschillen in vorm en omvang, hebben ze in wezen allemaal dezelfde structuur en geleiden ze signalen op dezelfde manier. Toch onderscheiden biopsychologen drie grote groepen neuronen aan de hand van hun locatie en functie: *sensorische neuronen, motorische neuronen* en *schakelcellen* (zie figuur 2.2). **Sensorische neuronen** of *afferente neuronen* werken als straten met eenrichtingsverkeer en geleiden enkel signalen van de zintuigen *naar* de hersenen. Afferente neuronen geleiden signalen die leiden tot sensaties van zicht, gehoor, smaak, aanraking, geur, pijn en evenwicht. Als je bijvoorbeeld met je hand voelt

Sensorisch neuron: Zenuwcel die boodschappen van sensorische receptoren naar het centrale zenuwstelsel geleidt.

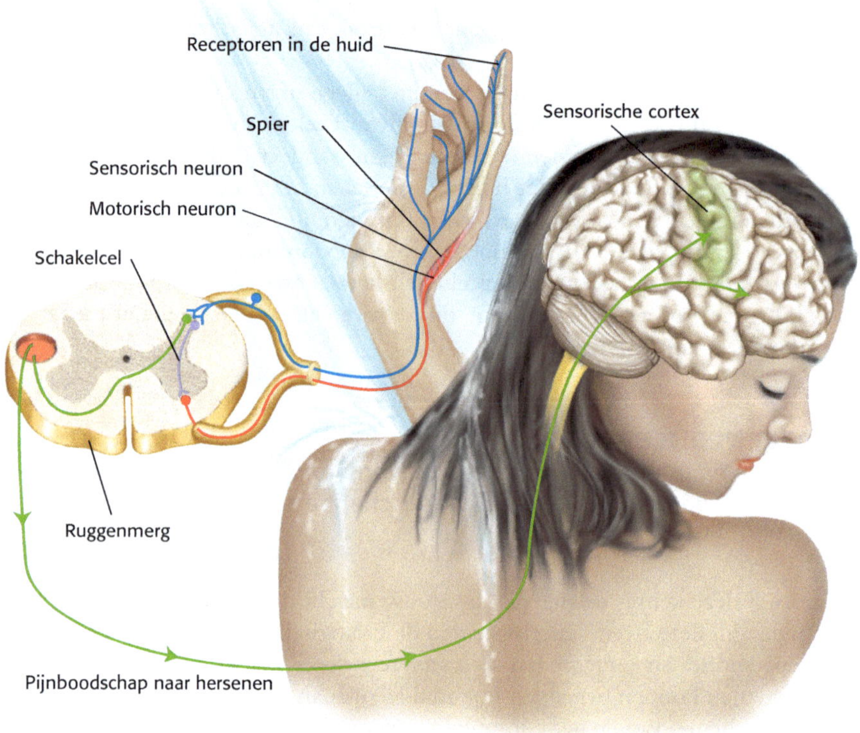

Figuur 2.2 Sensorische neuronen, motorische neuronen en schakelcellen

Informatie over de watertemperatuur van de douche wordt gedragen door duizenden sensorische neuronen (afferente neuronen) van de zintuigen naar het centrale zenuwstelsel. In dit geval komt de boodschap het ruggenmerg binnen en wordt het via schakelcellen (interneuronen) naar de hersenen vervoerd. Daar wordt de informatie getoetst en wordt een respons geïnitieerd ('Maak het water kouder!'). Deze instructies worden naar de spieren verzonden door motorische neuronen (efferente neuronen). Grote bundels van de berichtdragende vezels van deze neuronen worden zenuwen genoemd.

Motorisch neuron: Zenuwcel die boodschappen van het centrale zenuwstelsel naar de spieren en/of klieren geleidt.

Schakelcel: Zenuwcel die boodschappen van de ene zenuwcel doorgeeft aan de andere en vooral voorkomt in de hersenen en in het ruggenmerg.

hoe warm het water in de douche is, geleiden afferente neuronen het signaal naar de hersenen, en interpreteer je daar de signalen als koud of warm.
Motorische neuronen of *efferente neuronen* vormen de eenrichtingsstraten die signalen *vanuit* de hersenen en het ruggenmerg geleiden naar de spieren, organen en klieren. Motorische neuronen geleiden dus de instructies voor al onze handelingen. In ons voorbeeld van de douche geleiden de motorische neuronen de signalen die je hand sturen om de kraan open of dicht te draaien.
Behalve in het geval van reflexen, communiceren sensorische neuronen niet rechtstreeks met motorische neuronen. Daarvoor maken ze gebruik van **schakelcellen** (zoals afgebeeld in figuur 2.2). Het grootste deel van de miljarden cellen in de hersenen en het ruggenmerg bestaat uit schakelcellen. Deze neuronen geleiden boodschappen van sensorische neuronen naar andere schakelcellen of naar motorische neuronen, soms in complexe zenuwbanen. In feite zijn de hersenen voornamelijk een netwerk van schakelneuronen die op complexe wijze zijn verbonden. Als je wilt zien hoe snel deze neurale schakelingen werken, kun je de proef in het kader 'Doe het zelf!' uitvoeren.

DOE HET ZELF! Neurale boodschappen en reactietijd

Met slechts een enkel bankbiljet kun je onderzoeken hoelang de hersenen erover doen om informatie te verwerken en een reactie in gang te zetten.
Houd een nieuw bankbiljet in het midden van de korte kant vast en laat het bungelen. Vraag een vriend of hij zijn duim en wijsvinger aan weerszijden ongeveer twee centimeter van het midden van het biljet wil houden. Vertel je vriend dat hij, zodra jij het biljet loslaat, zijn duim en wijsvinder moet samenknijpen om het biljet op te vangen.
Als je het biljet zonder waarschuwing loslaat (zorg dat je vriend niet ziet wat je van plan bent), zul je merken dat de hersenen van je vriend niet in staat zijn deze informatie snel

genoeg te verwerken om tijdig een respons naar de vingers te sturen. Het biljet zal op de grond vallen.
Wat betekent dat? De tijd die nodig is om te reageren, bestaat uit de tijd die het sensorische zenuwstelsel nodig heeft om de informatie in zich op te nemen, de tijd die de hersenen nodig hebben om haar te verwerken en de tijd die het motorische stelsel nodig heeft om een respons te produceren. Daar zijn miljoenen neuronen bij betrokken, en hoewel ze snel reageren, kost zo'n reactie tijd.

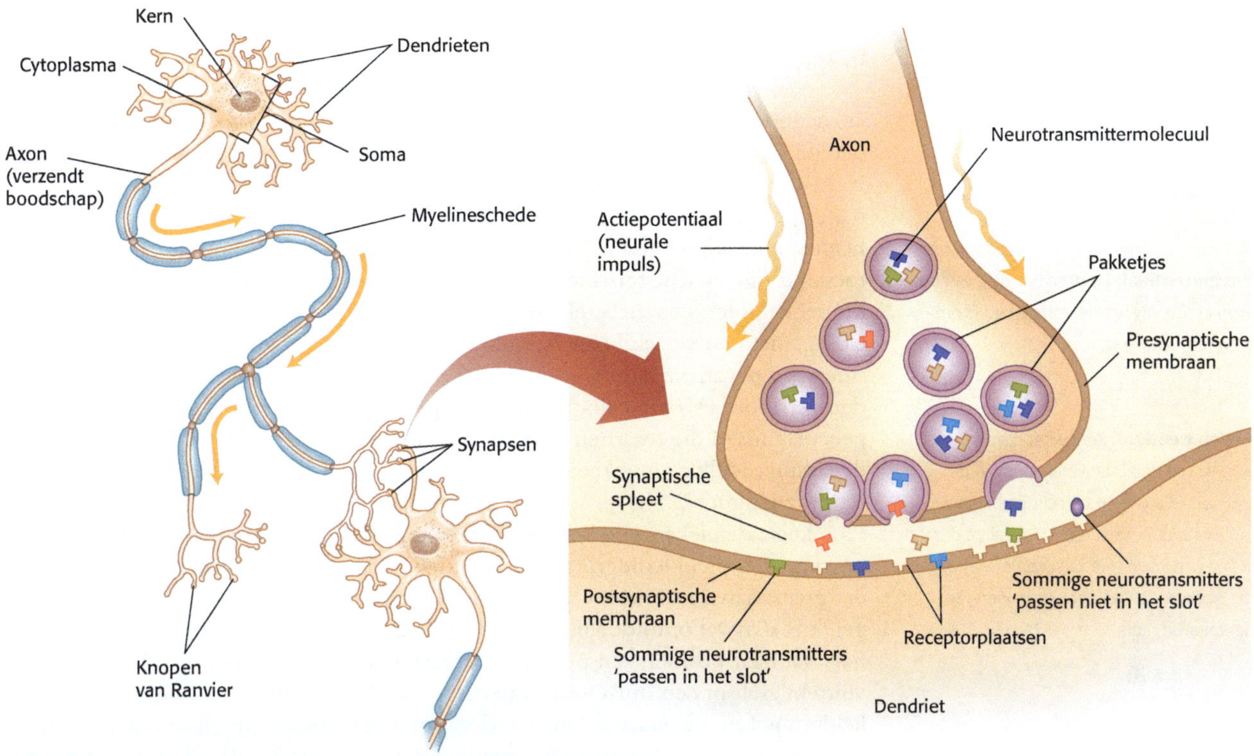

Figuur 2.3 De belangrijkste onderdelen van het neuron

Het neuron ontvangt zenuwimpulsen via zijn dendrieten en soma (cellichaam). Wanneer het cellichaam voldoende gestimuleerd is, stuurt het zijn eigen boodschap naar het axon, dat het door middel van een actiepotentiaal weer overbrengt naar de eindknopjes van de cel. In die eindknopjes bevinden zich pakketjes met neurotransmitters. Deze scheuren open als de actiepotentiaal aankomt, en geven hun inhoud, de neurotransmitters, af aan de nauwe ruimte die de zenuwcel scheidt van de naburige zenuwcel. Deze nauwe ruimte heet de synaps of de synaptische spleet. Transmittermoleculen die aankomen bij de postsynaptische membraan, dat is de membraan van de naburige zenuwcel, maken zich vast aan receptoren en stimuleren zo de naburige, ontvangende cel. Het teveel aan transmittermoleculen wordt teruggenomen door de presynaptische zenuwcel via heropname, of wordt afgebroken door andere stoffen, die MAO's heten.

Hoe neuronen werken

Figuur 2.3 helpt je de belangrijkste onderdelen van een neuron voor je te zien. De 'ontvangers', waar het grootste deel van de binnenkomende signalen binnenkomen, bestaan uit vertakte vezels die dendrieten worden genoemd. De **dendrieten** strekken zich uit vanuit het cellichaam, waar ze werken als een net, en verzamelen signalen die ontstaan na directe stimulatie van de zintuigen (bijvoorbeeld signalen van de ogen, de oren of de huid).
Dendrieten geven hun berichten door aan het centrale deel van het neuron, het zogenoemde *cellichaam* of **soma**. Het cellichaam bevat niet alleen de chromosomen van de cel, het evalueert ook de impulsen die het ontvangt van honderden of zelfs van duizenden andere neuronen, vaak tegelijk. En om deze evaluatie nog ingewikkelder te maken, kunnen sommige van deze signalen die het neuron

Dendrieten: Vertakte uitlopers van het cellichaam van een neuron die de informatie binnenhalen.

Soma: Gedeelte van de cel waar de kern zich bevindt. De kern bevat de chromosomen. Dit gedeelte van de cel wordt ook wel *cellichaam* genoemd. Het evalueert de impulsen die het ontvangt van honderden of soms zelfs van duizenden andere neuronen, vaak tegelijkertijd.

ontvangt, het cellichaam *excitatoir* maken (signalen die in feite zeggen: 'Vuur!') of *inhibitoir* ('Vuur niet!'). De 'beslissing' die het cellichaam neemt, is afhankelijk van het totale stimulatieniveau, dat weer afhankelijk is van de som van alle binnenkomende signalen.

Axon: De lange uitloper van een zenuwcel die de informatie vanuit het cellichaam naar de eindknopjes vervoert. De informatie verplaatst zich in de vorm van een elektrische lading.

Als excitatie het 'wint' van inhibitie, vuurt het neuron zelf een signaal, dat langs een 'verzendende' vezel, het zogenoemde **axon**,wordt geleid. Deze axonen kunnen zich over aanzienlijke afstanden uitstrekken: bij zeer lange mensen, zoals basketbalspelers, kunnen de axonen die het ruggenmerg met de tenen verbinden, langer zijn dan een meter. Sommige axonen zijn juist weer vrij kort: de axonen van schakelneuronen in de hersenen meten soms maar een fractie van een centimeter.

Rustpotentiaal: Elektrische lading van het axon in rust, als het neuron gereed is om te 'vuren'.

Actiepotentiaal: Zenuwimpuls die wordt veroorzaakt door een verandering in de elektrische lading op de celmembraan van het axon. Als het neuron 'vuurt', plant deze lading zich voort over het axon en zet de eindknopjes aan tot het uitscheiden van neurotransmitters.

De actiepotentiaal Als de stimulatie van het cellichaam een kritiek niveau bereikt, ontstaat een elektrische prikkel in het axon en 'vuurt' de cel; dit is te vergelijken met de elektronische flits van een camera. Op een wijze die met de batterij te vergelijken is, krijgt het axon de elektrische energie die het nodig heeft van geladen chemische stoffen, zogenoemde *ionen*. In hun normale rusttoestand (die **rustpotentiaal** wordt genoemd) geven de ionen het axon aan de binnenkant een negatieve elektrische lading en aan de buitenkant een positieve lading, met een verschil van 70 millivolt (mV). Deze ongelijke verdeling van positieve en negatieve lading is een instabiel evenwicht dat gemakkelijk kan worden verstoord. Als het cellichaam wordt gestimuleerd, veroorzaakt dit een reeks gebeurtenissen die tezamen de **actiepotentiaal** wordt genoemd. Hierbij wordt de lading tijdelijk omgekeerd, waardoor een elektrisch signaal langs het axon loopt (zie figuur 2.3).

Hoe keert de elektrische lading zichzelf om? Als een actiepotentiaal plaatsvindt, openen zich piepkleine poriën in een klein deel van de axonmembraan, een deel dat grenst aan de soma, zodat er een snelle instroom van positieve ionen mogelijk is. Vrijwel onmiddellijk verandert de interne lading van dat axondeel van negatief naar positief, een proces dat *depolarisatie* wordt genoemd. (Depolarisatie voltrekt zich in een duizendste van een seconde, zie figuur 2.4.) Wordt de prikkeldrempel niet overschreden, dan dooft de depolarisatie uit en treedt er geen actiepotentiaal op. Wanneer de *drempelwaarde* wel overschreden wordt, is het proces van depolarisatie niet meer te stoppen. Er ontstaat dan een impuls. Daarbij gaan de veranderingen in de celmembraan verder langs het axon, als een rij vallende dominostenen. Onderzoekers uit de neurowetenschappen noemen dit het **alles-of-nietsprincipe**.

Alles-of-nietsprincipe: Verwijst naar het feit dat het neuron óf volledig vuurt óf helemaal niet.

Bijna onmiddellijk na het vuren begint de 'ionenpomp' van de cel de positief geladen ionen naar buiten te pompen (dit proces noemt men *repolarisatie*), waardoor het neuron wordt teruggebracht naar de rustpotentiaal en de cel gereed is om opnieuw te vuren. Doordat de uitstroom van positieve ionen iets trager op gang komt, zakt de elektrische lading van het axon tijdens de repolarisatie door tot iets onder het niveau van de rustpotentiaal, een fenomeen dat *doorschieten* wordt genoemd (zie figuur 2.4).

Het is ongelooflijk dat deze complexe cyclus in minder dan een honderdste van een seconde plaatsvindt. Maar dit is nog niet alles: vervolgens moet de informatie die via de actiepotentiaal wordt geleid over de axonen, nog door een kleine spleet (de synaps) voordat deze een andere cel kan bereiken.

Synaps: Microscopisch kleine spleet waarlangs de communicatie tussen neuronen plaatsvindt. Synapsen komen ook voor tussen neuronen en de spieren of klieren die ze van berichten voorzien.

Synaptische transmissie Hoewel neuronen dicht bij elkaar liggen, raken ze elkaar niet. Een microscopische opening tussen de zenuwcellen, de zogenoemde **synaps**, werkt in de meeste neuronen als elektrische isolator (zie figuur 2.3). Deze *synaptische spleet* verhindert dat de lading direct van het axon naar de volgende cel springt (Dermietzel, 2006). Om een signaal over de synapsspleet te

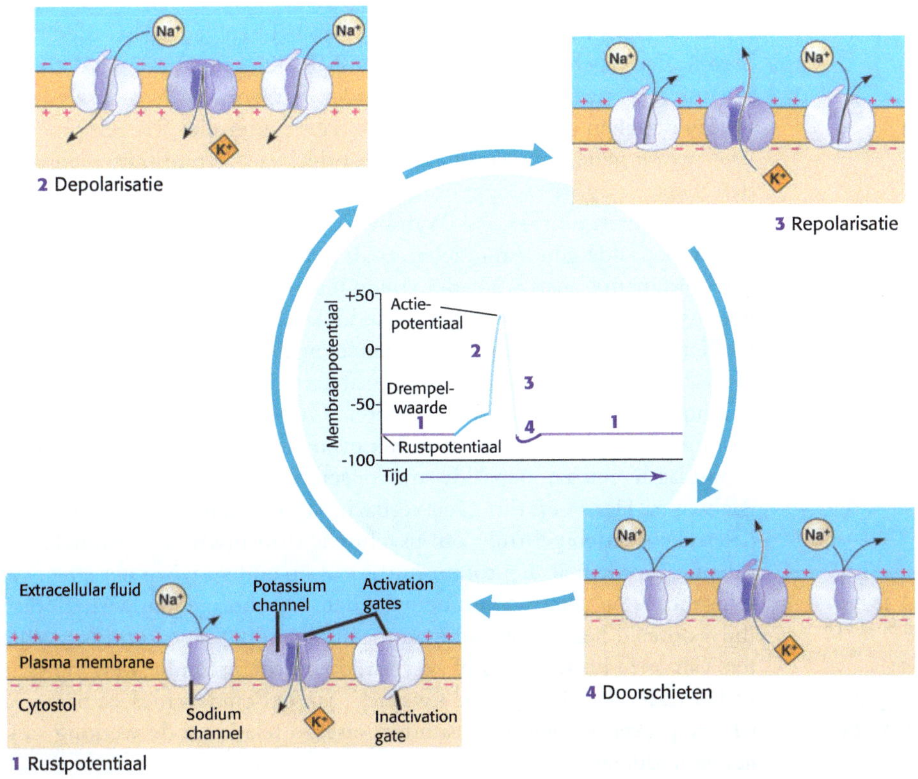

Figuur 2.4

De actiepotentiaal

In normale rusttoestand (1) heeft het axon aan de binnenkant een negatieve elektrische lading en aan de buitenkant een positieve lading, met een verschil van 70 millivolt (mV). Een chemische of elektrische prikkeling kan deze rustpotentiaal veranderen, doordat na de prikkeling van de celmembraan positieve natrium-ionen via een soort kanaaltje, waarin tijdelijk een sluisje opengaat, door de celmembraan naar binnen kunnen stromen. Hierdoor wordt de buitenkant van de celmembraan minder positief ten opzichte van de binnenkant. Dit wordt depolarisatie (2) genoemd. Zodra de rustpotentiaal tenminste 20 mV zakt (de drempelwaarde) is deze depolarisatie niet meer te stopen. Het maximale potentiaalverschil kan oplopen tot +30 mV. Dat betekent dat de binnenkant van de celmembraan positief is geworden ten opzicht van de buitenkant. Deze zogenaamde 'ompoling' duurt minder dan 1 milliseconde (ms). Direct na het ontstaan van de actiepotentiaal start de uitstroom van positieve kalium-ionen, de zogenaamde repolarisatie (3). De Na-instroom is inmiddels gestopt en de rustpotentiaal wordt hersteld. Doordat de kalium-uitstroom trager op gang komt, maar niet zo abrupt stopt, schiet de repolarisatie eventjes door onder de -70 mV (4). Zodra de rustpotentiaal bereikt is, zorgen de zogenaamde natrium/kalium-pompen in de cel ervoor dat de verhoudingen tussen de ionen binnen en buiten de membraan weer in evenwicht komen.

geleiden, moet het neuron eerst een kleine, bolvormige structuur stimuleren, de zogenoemde **eindknop**, die zich aan het uiteinde van het axon bevindt. Bij een reeks opmerkelijke gebeurtenissen, de zogenoemde **synaptische transmissie**, wordt het elektrische signaal omgezet in een chemisch signaal dat de synapsspleet tussen neuronen over kan steken naar de volgende zenuwcel.

Neurotransmitters Als de elektrische impuls bij de eindknop aankomt, worden de kleine kanaaltjes die zich vlak bij de synaps bevinden, doorlaatbaar. Daardoor komt de inhoud uit de blaasjes, de chemische **neurotransmitters**, in de synaps vrij. Door deze vrijgekomen neurotransmitters wordt het signaal van de zenuw over de spleet overgebracht naar het volgende neuron in de keten (zie opnieuw figuur 2.3).

Elk doorlaatbaar blaasje geeft circa vijfduizend moleculen van de neurotransmitter aan de synaps af (Kandel & Squire, 2000). Als de neurotransmitters de juiste vorm hebben, passen ze in speciale *receptoren* van het ontvangende neuron; dit is te vergelijken met de wijze waarop een sleutel in een slot past. Door dit proces van sleutel en slot wordt het ontvangende neuron gestimuleerd en het signaal verder geleid.

Eindknop: Kleine verdikking aan het uiteinde van het axon. Bevat neurotransmitters, die de boodschap van het neuron in de synaps brengen.

Synaptische transmissie: Transport van de informatie door de synaptische spleet (van het ene neuron naar het andere bijvoorbeeld) door middel van neurotransmitters.

Neurotransmitter: Chemische boodschapper die neurale berichten van de ene kant van de synaptische spleet naar de andere kant brengt. Sommige hormonen hebben dezelfde chemische samenstelling als sommige neurotransmitters.

Nadat de transmittermoleculen hun werk hebben gedaan, worden ze door andere stoffen afgebroken (de zogeheten MAO's), of opnieuw in de blaasjes in de synapsknop opgenomen, waar ze worden hergebruikt. Veel van de transmitterstoffen bereiken de overkant van de synaps echter niet. Via een proces dat *heropname* wordt genoemd, wordt een groot deel van de transmitters in de synaps onderschept en opnieuw opgenomen in de blaasjes. Als gevolg van deze heropname wordt 'de intensiteit verlaagd' van het signaal dat tussen neuronen wordt doorgegeven. Bepaalde geneesmiddelen, zoals het bekende Prozac, verstoren het proces van heropname, zoals we nader zullen bekijken wanneer we de behandeling van psychische stoornissen met geneesmiddelen bespreken (in hoofdstuk 13).

De hersenen maken gebruik van tientallen verschillende neurotransmitters. In tabel 2.1 staat een aantal neurotransmitters opgesomd die belangrijk zijn gebleken bij het psychologisch functioneren. Onderzoekers in de neurowetenschappen menen dat verstoringen van het evenwicht van deze neurotransmitters ten grondslag liggen aan bepaalde stoornissen zoals schizofrenie en de ziekte van Alzheimer. Het hoeft dus geen verbazing te wekken dat de meeste geneesmiddelen die worden gebruikt om psychische stoornissen te behandelen, zoals neuroleptica, werken als neurotransmitters of op andere wijze het effect van neurotransmitters op zenuwcellen beïnvloeden. Op soortgelijke wijze bootsen drugs (bijvoorbeeld heroïne, cocaïne en metamfetamine) de natuurlijke neurotransmitters van onze hersenen na of ze versterken of remmen de werking daarvan.

In het kader 'Psychologische kwesties', aan het einde van deze paragraaf (zie pag. 61), bespreken we neurotransmitters en hun relatie tot de werking van drugs en geneesmiddelen.

Verbinding hoofdstuk 13
Bij de behandeling van psychische stoornissen met medicijnen worden onder meer middelen gebruikt die de heropname van bepaalde neurotransmitters verstoren, zoals Prozac (p. 550).

Tabel 2.1 Zeven belangrijke neurotransmitters

Neurotransmitter	Normale functie	Problemen door tekort of teveel	Stoffen die het functioneren van deze neurotransmitter beïnvloeden
Dopamine	Produceert sensaties van genot en bevrediging. Wordt gebruikt door neuronen van het CZS die betrokken zijn bij vrijwillige bewegingen.	Schizofrenie Ziekte van Parkinson	Cocaïne Amfetamine Methylphenidaat (Ritalin of Rilatine) Alcohol
Serotonine	Reguleert slaap en dromen, stemmingen, pijn, agressie, eetlust en seksueel gedrag.	Depressie Bepaalde angststoornissen Obsessieve-compulsieve stoornis	Fluoxetine (Prozac) Hallucinogenen (zoals LSD)
Norepinefrine/noradrenaline	Wordt gebruikt door neuronen in het autonome zenuwstelsel en door neuronen in bijna elk deel van de hersenen. Reguleert hartslag, slaap, stress, seksuele ontvankelijkheid, alertheid en eetlust.	Hoge bloeddruk Depressie	Tricyclische antidepressiva Bètablokkers
Acetylcholine	Is de belangrijke neurotransmitter in neuronen die berichten van het CZS vervoeren. Speelt ook een rol bij sommige soorten van leren en herinneren.	Bepaalde spierziekten Ziekte van Alzheimer	Nicotine Gif van de Zwarte Weduwe (spin) Gif van botulismebacterie Curare Atropine
GABA	Is de belangrijkste blokkerende neurotransmitter in neuronen van het CZS.	Angst Epilepsie	Barbituraten 'Lichte' kalmeringsmiddelen (zoals Valium, Librium) Alcohol
Glutamine	Is de belangrijkste stimulerende neurotransmitter van het CZS. Speelt een rol bij leren en herinneren.	Waarschijnlijk leidt een teveel aan glutamine tijdens een beroerte tot hersenletsel.	PCP ('angel dust')
Endorfinen	Produceert aangename sensaties en reguleert pijn.	Verslaving aan opiaten leidt tot een tekort aan endorfinen.	Opiaten: opium, heroïne, morfine, methadon

Synchroon vuren Gedurende het laatste decennium hebben onderzoekers in de neurowetenschappen ontdekt dat sommige neuronen, een kleine minderheid, zich niet houden aan de gewone regels van de synaptische transmissie. Dat wil zeggen, in plaats van gebruik te maken van neurotransmitters om signalen over de synaps te geleiden, doen ze dit zonder chemische signalen en communiceren ze direct via elektrische verbindingen (Bullock et al., 2005; Dermietzel, 2006). Onderzoekers hebben ontdekt dat deze uitzonderlijke neuronen met elektrische synapsen zich bevinden in speciale delen van de hersenen die gesynchroniseerde activiteit in een groot aantal andere neuronen aansturen, bijvoorbeeld in de neuronen die zijn betrokken bij de gecoördineerde bewegingen van het hart. Deze gesynchroniseerde signalen liggen mogelijk ook ten grondslag aan het grootste mysterie van de hersenen: hoe de hersenen de invoer van veel verschillende modules combineren tot één enkele gewaarwording, één idee of één handeling.

Plasticiteit Ongeacht de methode van communicatie (elektrisch of chemisch) hebben neuronen het vermogen om te *veranderen*. Dat wil zeggen: neuronen kunnen nieuwe verbindingen maken of oude versterken; een enorm belangrijke eigenschap die **plasticiteit** wordt genoemd. Dit betekent dat het zenuwstelsel en vooral de hersenen het vermogen hebben zich aan te passen of zich te modificeren als gevolg van ervaring (Holloway, 2003; Kandel & Squire, 2000). Als we iets nieuws leren, kunnen dendrieten bijvoorbeeld langer worden en worden er soms nieuwe synapsen gevormd, waardoor nieuwe verbindingen met andere neuronen ontstaan. Hoewel eerder onderzoek zich vooral richtte op plasticiteit in de eerste jaren van het leven, laat recenter onderzoek zien dat ook het volwassen brein beschikt over plasticiteit.

Plasticiteit: Vermogen van het zenuwstelsel om zich aan te passen of te veranderen door ervaring. Dankzij plasticiteit is het zenuwstelsel in sommige gevallen in staat fysieke beschadigingen te compenseren.

Met behulp van plasticiteit kun je begrijpen hoe de hersenen in staat zijn verwondingen te compenseren, zoals in het geval van Jill Bolte Taylor, bij wie door een beroerte een groot deel van een hersenhelft werd beschadigd. Ze verloor daardoor haar taalvermogen en analytisch vermogen. Met behulp van revalidatie bleek ze in staat die vaardigheden opnieuw te leren, met dank aan het vermogen van haar hersenen om nieuwe verbindingen aan te gaan en te compenseren voor dat wat verloren was gegaan. Neurale plasticiteit zorgt ervoor dat de hersenen zowel in functie als fysieke structuur continu worden geherstructureerd en 'opnieuw geprogrammeerd' door ervaringen (LeDoux, 2002).

Naarmate een vioolspeler bijvoorbeeld langer studeert, wordt het motorisch gebied dat verbonden is met de vingers van de linkerhand, groter (Juliano, 1998). Op soortgelijke manier wijzen de hersenen een groter gebied toe aan de wijsvinger die een blinde braillelezer gebruikt (Elbert et al., 1995; LeDoux, 1996). Hoewel deze veranderingen in de hersenen meestal een gunstig effect hebben, kan de emotionele reactiviteit van de hersenen dankzij plasticiteit ook door traumatische ervaringen worden gewijzigd (Arnsten, 1998). Zo kunnen de hersencellen van soldaten die in een oorlog hebben gevochten veranderingen ondergaan die tot een sterke reactiviteit kunnen leiden; hierdoor reageren ze overmatig op lichte stressoren en zelfs op onverwachte verrassingen.

▶▶ **Verbinding hoofdstuk 14**
Extreem bedreigende ervaringen kunnen posttraumatische stressstoornis veroorzaken, een aandoening die lichamelijke veranderingen in de hersenen teweeg kan brengen (p. 571).

Gliacellen: een zelfhulpgroep voor neuronen Tussen het enorme netwerk van neuronen van de hersenen ligt een nog groter aantal **gliacellen**, waarvan ooit werd gedacht dat ze de neuronen aan elkaar 'lijmden'. (De naam is afkomstig van het Griekse woord voor 'lijm'.) Tegenwoordig weten we echter dat gliacellen structurele steun bieden aan neuronen; ze spelen een rol bij het vormen van nieuwe synapsen tijdens het leren (Fields, 2004; Gallo & Chittajallu, 2001). Bovendien vormen de gliacellen de *myelineschede*, een vetachtige isolatielaag waarmee veel axonen in de hersenen en het ruggenmerg zijn omgeven. Net als het omhulsel van een elektrisch snoer, isoleert en beschermt de myelineschede

Gliacel: Een cel die structurele steun biedt aan neuronen. Tijdens de ontwikkeling helpen gliacellen bij het samenbrengen van de juiste zenuwcellen. Gliacellen vormen bovendien een isolerende laag (de myelineschede) voor de axonen van sommige neuronen.

rond een neuron de cel. Ook wordt de geleidingssnelheid van impulsen langs het axon door de myelineschede verhoogd (zie figuur 2.3). Bij bepaalde aandoeningen, zoals multiple sclerose (MS), wordt de myelineschede afgebroken, vooral in de motorische banen. Het gevolg is dat zenuwimpulsen gebrekkig worden geleid. Dit verklaart waarom MS-patiënten een grote variatie aan symptomen laten zien, van problemen met het aansturen van hun bewegingen tot aan gebreken in het cognitieve functioneren (National Institutes of Health, 2010).
Nu ken je de twee belangrijkste bouwstenen van het zenuwstelsel: *neuronen*, met hun verbazingwekkende plasticiteit, en de ondersteunende *gliacellen*, die de neuronen beschermen en die een rol spelen bij het geleiden van de neurale signalen. Maar hoe wonderbaarlijk deze afzonderlijke onderdelen ook zijn, in het gehele beeld van gedrag en psychische processen doet één enkele cel niet erg veel. Er zijn miljoenen neuronen nodig die hun elektrochemische signalen in gesynchroniseerde golven heen en weer zenden, via de ongelooflijk complexe neurale netwerken in je hersenen. Ze brengen zo gedachten, gewaarwordingen en gevoelens teweeg. Op soortgelijke wijze ontstaan al je handelingen uit golven van zenuwimpulsen die via het zenuwstelsel naar je spieren, klieren en organen worden geleid. We richten onze aandacht nu op dit grotere geheel: het zenuwstelsel.

2.2.2 Het zenuwstelsel

Zenuwstelsel: Gehele netwerk van neuronen in het lichaam, inclusief het centrale zenuwstelsel, het perifere zenuwstelsel en hun onderafdelingen.

Als je een neuraal bericht kon waarnemen terwijl het van prikkel in reactie wordt omgezet, zou je zien hoe dit naadloos van het ene deel van het zenuwstelsel naar het andere wordt geleid. Het signaal zou bijvoorbeeld in de ogen kunnen beginnen, daarna naar de hersenen reizen voor uitgebreide verwerking en uiteindelijk opnieuw uit de hersenen tevoorschijn komen als een bericht dat aan de spieren vertelt dat ze moeten reageren. In feite functioneert het **zenuwstelsel**, dat bestaat uit alle zenuwcellen in het lichaam, als een complexe en onderling verbonden eenheid. Toch maken we voor het gemak onderscheid tussen verschillende onderdelen van het zenuwstelsel. We doen dat aan de hand van de plaats en het type verwerking dat in deze onderdelen plaatsvindt. Het eenvoudigste onderscheid is de indeling in twee grote onderdelen: het *centrale zenuwstelsel* en het *perifere zenuwstelsel* (zie figuur 2.5).

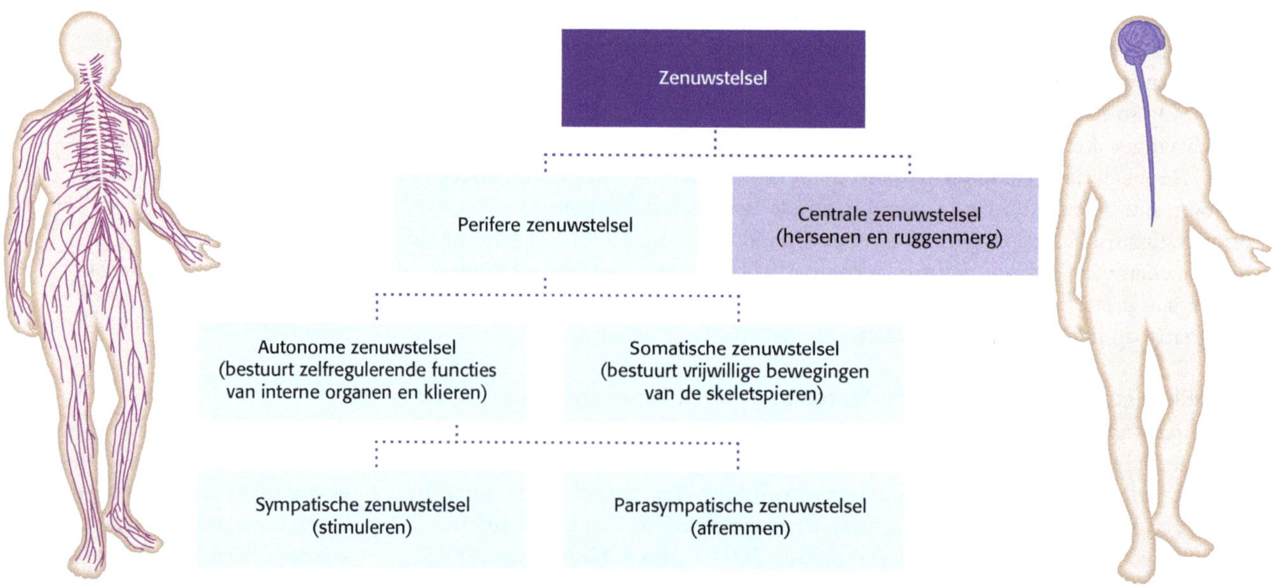

Figuur 2.5
Organisatie van het zenuwstelsel
Het perifere zenuwstelsel bestaat uit sensorische en motorische zenuwen, die via het ruggenmerg verbonden zijn met de hersenen.

Het centrale zenuwstelsel

Het **centrale zenuwstelsel (CZS)** werkt als het 'hoofdkwartier' van het lichaam. De hersenen, die ongeveer een derde van de schedel vullen, nemen complexe beslissingen, coördineren onze lichaamsfuncties en initiëren het grootste deel van onze gedragingen. Het ruggenmerg, dat een ondersteunende rol speelt, werkt als een soort neurale kabel en verbindt de hersenen met delen van de perifere sensorische en motorische systemen.

Centrale zenuwstelsel (CZS): De hersenen en het ruggenmerg.

Reflexen Het ruggenmerg is ook verantwoordelijk voor de eenvoudige, snelle **reflexen**, responsen waarvoor geen hersenactiviteit nodig is, zoals de kniereflex die artsen opwekken met een tikje onder de knieschijf. Dat de hersenen bij een groot aantal eenvoudige reflexen geen rol spelen, weten we doordat iemand bij wie het ruggenmerg doorgesneden is, nog steeds op een pijnlijke stimulus reageert door het betreffende lichaamsdeel terug te trekken – ondanks het feit dat de hersenen de pijn niet voelen. *Vrijwillige* bewegingen zijn echter niet mogelijk zonder de hersenen. Daarom leidt schade aan de zenuwen van het ruggenmerg tot verlamming van de ledematen of romp. De mate van de verlamming hangt af van de plek waar het ruggenmerg beschadigd is: hoe hoger de schade zit, des te omvangrijker is de verlamming.

Reflex: Eenvoudige, niet aangeleerde respons die wordt opgeroepen door een stimulus. Een voorbeeld is de kniereflex, die optreedt als je tegen de pees vlak onder de knieschijf tikt.

Contralaterale banen Verrassend genoeg zijn de meeste sensorische en motorische banen die signalen tussen de hersenen en de rest van het lichaam geleiden **contralateraal**; dit wil zeggen dat ze elkaar links-rechts kruisen naar de tegenovergelegen zijde in het ruggenmerg of in de hersenstam. Het gevolg is dat elke zijde van de hersenen voornamelijk communiceert met de tegenoverliggende zijde van het lichaam. Dit feit is belangrijk als we willen begrijpen waardoor beschadiging van één zijde van de hersenen vaak leidt tot een stoornis aan de tegenovergelegen zijde van het lichaam (zie figuur 2.6). Jill Bolte Taylors beroerte vond bijvoorbeeld plaats in haar linkerhersenhelft, maar het was haar rechterarm die daardoor verlamd raakte. De zenuwbanen kruisen elkaar ter hoogte van de medulla.

Contralaterale banen: Sensorische en motorische banen tussen de hersenen en de rest van het lichaam steken onderweg over naar de andere zijde, zodat signalen van de rechterkant van het lichaam door de linkerzijde van de hersenen worden verwerkt en vice versa.

Het perifere zenuwstelsel

Het **perifere zenuwstelsel (PZS)** speelt ook een ondersteunende rol en verbindt het centrale zenuwstelsel met de rest van het lichaam via bundels van sensorische en motorische *zenuwen*. De vele takken van het PZS geleiden impulsen tussen het CZS en de zintuigen, de inwendige organen en de spieren. Hierbij geleidt het perifere zenuwstelsel de binnenkomende signalen die je hersenen vertellen wat je ziet, hoort, proeft, ruikt en voelt. Dit deel van het zenuwstelsel geleidt ook de uitgaande signalen waarmee de spieren en klieren in je lichaam wordt verteld hoe ze moeten reageren.

Je zou het PZS kunnen beschouwen als een koeriersdienst voor het centrale zenuwstelsel. Wanneer je bijvoorbeeld een agressieve hond tegenkomt, registreert je PZS de akoestische informatie (blaffen, grommen) en de visuele informatie (blikkerende tanden, nekharen die rechtop staan) en geleidt deze informatie naar de hersenen. Snel taxeren perceptuele en emotionele banen in de hersenen de situatie (gevaar!) en communiceren met andere banen die bevelen uitvaardigen en doorgeven, zodat je snel kunt wegvluchten. Daarna geleidt het PZS signalen voor het activeren van je hart, longen, benen en andere lichaamsdelen die een rol spelen bij de reactie op deze noodsituatie. Deze geleiding vindt plaats via twee belangrijke onderdelen: het *somatische zenuwstelsel* en het *autonome zenuwstelsel*. Het eerste heeft vooral te maken met onze externe wereld, het tweede met onze interne reacties. (Als je even de tijd neemt om figuur 2.5 te bestuderen, kun je deze indeling gemakkelijker begrijpen.)

Perifere zenuwstelsel (PZS): Alle delen van het zenuwstelsel die zich buiten het centrale zenuwstelsel bevinden. Het perifere zenuwstelsel bestaat uit het autonome en het somatische zenuwstelsel.

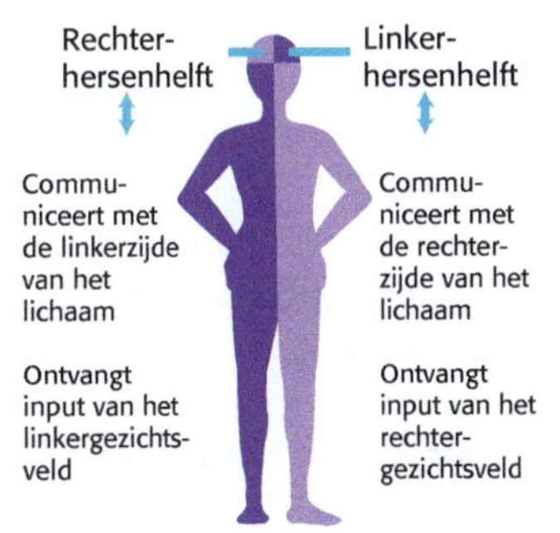

Figuur 2.6
Contralaterale verbindingen

Somatische zenuwstelsel: Deel van het perifere zenuwstelsel dat vrijwillige boodschappen naar de skeletspieren van het lichaam stuurt.

Het somatische gedeelte van het PZS Je kunt je het **somatische zenuwstelsel** voorstellen als het communicatiekanaal met de buitenwereld. Het sensorische gedeelte verbindt de zintuigen met het CZS en het motorische gedeelte verbindt het CZS met de skeletspieren, die de vrijwillige bewegingen mogelijk maken. Als je bijvoorbeeld een stuk pizza ziet, wordt het visuele beeld naar de hersenen geleid door het *afferente* (sensorische) systeem van het somatische zenuwstelsel. Als alles goed gaat, stuurt het *efferente* (motorische) stelsel vervolgens instructies naar de spieren die je gebruikt om de pizza vast te pakken en er een hap van te nemen.

Autonome zenuwstelsel: Gedeelte van het perifere zenuwstelsel dat boodschappen naar de interne organen en klieren verzendt.

Het autonome gedeelte van het PZS Het andere grote onderdeel van het PZS gaat aan het werk zodra de pizza door je keel naar beneden glijdt en in het gebied van het **autonome zenuwstelsel** terechtkomt (*autonoom* betekent zelfstandig of onafhankelijk). Dit netwerk geleidt signalen die onze inwendige organen aansturen, terwijl ze functies uitvoeren zoals vertering, ademhaling, hartslag en arousal. En dit gebeurt zonder dat we erover hoeven nadenken, helemaal onbewust. Het autonome zenuwstelsel werkt ook als we slapen en onderhoudt de meest basale vitale functies, ook tijdens een narcose.
Biopsychologen delen het autonome zenuwstelsel verder op in twee onderdelen: het *sympathische* en het *parasympathische zenuwstelsel* (zoals in figuur 2.7 is te zien).

Sympathische zenuwstelsel: Deel van het autonome zenuwstelsel dat boodschappen naar inwendige organen en klieren stuurt en ons in staat stelt te reageren op stressvolle situaties en noodgevallen.

Het **sympathische zenuwstelsel** stimuleert het hart, de longen en andere organen in stressvolle situaties en in noodsituaties, als onze reacties snel moeten zijn en daar veel energie bij nodig is. Het sympathische zenuwstelsel, dat vaak het fight-or-flightsysteem wordt genoemd, geleidt signalen waardoor we in staat zijn om snel op een bedreiging te reageren door aan te vallen (*fight*) of te vluchten (*flight*). Het sympathische zenuwstelsel brengt ook de spanning en opwinding teweeg die je voelt tijdens een spannende film of een eerste afspraakje. Misschien weet je nog welk gevoel het sympathische gedeelte van je autonome zenuwstelsel je bezorgde tijdens je laatste presentatie. Kon je moeilijk ademhalen? Had je klamme handen? Een misselijk gevoel in je maag? Dit zijn allemaal sympathische functies.

Parasympathische zenuwstelsel: Deel van het autonome zenuwstelsel dat de dagelijkse routine van de inwendige organen in de gaten houdt en het lichaam weer kalmeert nadat dat door het sympathische zenuwstelsel in staat van paraatheid is gebracht.

Het **parasympathische zenuwstelsel** doet precies het tegenovergestelde: het trapt op de neurale remmen en laat het lichaam naar een kalme en bedaarde toestand terugkeren. Maar ook al heeft het een tegenovergestelde werking, het parasympathische zenuwstelsel werkt met het sympathische zenuwstelsel samen, als twee kinderen op een wip. In figuur 2.7 zijn de belangrijkste verbindingen tussen deze twee onderdelen van het autonome zenuwstelsel te zien.

Nu we onze korte rondleiding van het zenuwstelsel hebben voltooid, richten we onze aandacht op het andere signaalsysteem in het menselijk lichaam: het hormoonstelsel.

2.2.3 Het endocriene stelsel

Endocriene stelsel: Het hormonale systeem, de chemische boodschappendienst van het lichaam, inclusief de volgende hormoonklieren: hypofyse, bijnieren, geslachtsklieren, schildklier, bijschildklier, alvleesklier, ovaria en testikels.

Hormoon: Chemische boodschapper van het endocriene stelsel. Sommige hormonen hebben dezelfde chemische samenstelling als neurotransmitters.

Je hebt je mogelijk nooit gerealiseerd dat je bloed naast zuurstof, voedingsstoffen en afval ook *informatie* vervoert. Toch dient informatie die door het bloed wordt overgebracht in de vorm van *hormonen*, als communicatiekanaal tussen de klieren van het hormoonstelsel en andere doelorganen, zoals afgebeeld in figuur 2.8. Het hormoonstelsel wordt ook wel het **endocriene stelstel** genoemd. *Endocrien* is afgeleid van het Griekse *endo*, dat 'inwendig' betekent, en *krinein*, 'afscheiding'.
Hormonen, die overwegend dezelfde rol spelen als neurotransmitters in het zenuwstelsel, brengen signalen over die niet alleen van invloed zijn op lichaamsfuncties, maar ook op gedragingen en emoties (Damasio, 2003; LeDoux, 2002). Bepaalde hormonen uit de hypofyse stimuleren bijvoorbeeld de groei van het lichaam. Hormonen uit de ovaria en testikels beïnvloeden seksuele ontwikkeling en seksuele re-

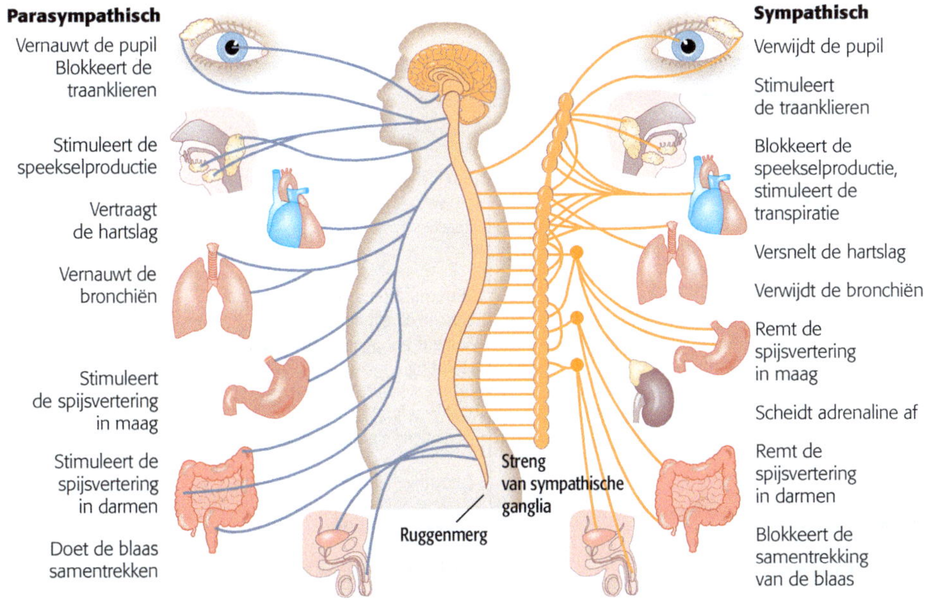

Figuur 2.7
Onderdelen van het autonome zenuwstelsel

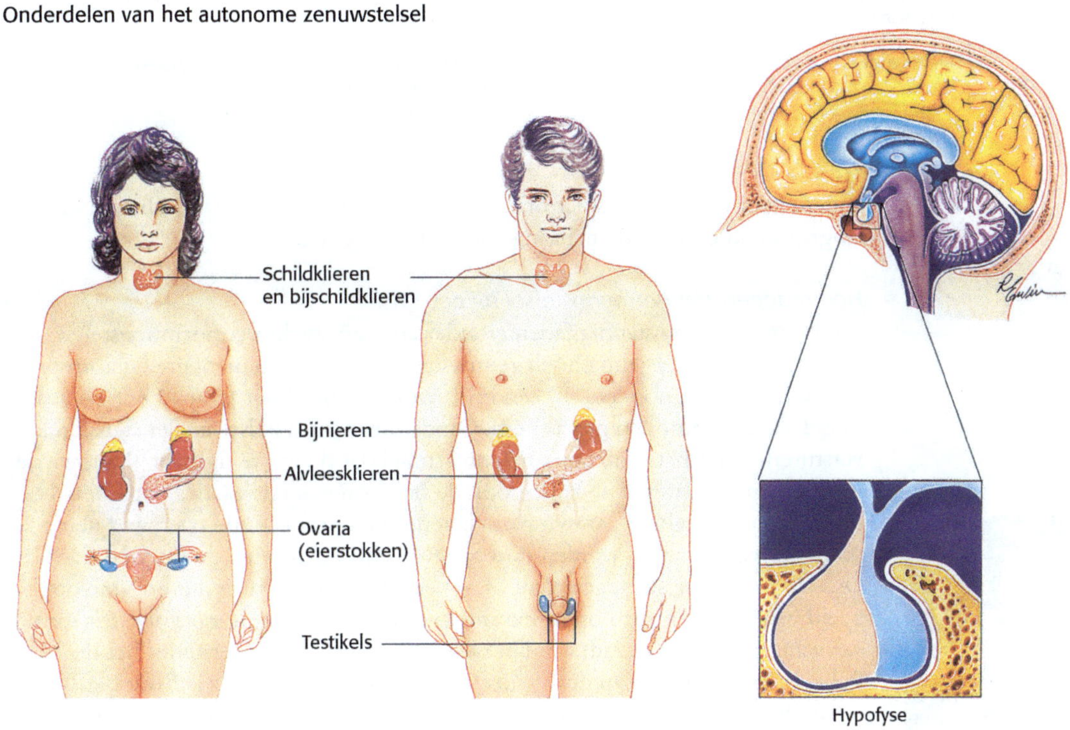

Figuur 2.8
Endocriene klieren bij vrouwen en mannen

acties. Hormonen vanuit de bijnieren veroorzaken de arousal die met angst gepaard gaat. En hormonen uit de schildklier regelen de stofwisseling, oftewel het *metabolisme* van het lichaam (het geheel van biochemische processen die in het lichaam plaatsvinden en de hoeveelheid energie die het lichaam gebruikt en opslaat).
Als hormonen eenmaal door een klier in de bloedbaan zijn afgescheiden, circuleren ze door het lichaam totdat ze bij hun doel zijn aangekomen. Dat kan een

Tabel 2.2 Hormonale functies van de belangrijkste endocriene klieren

deze endocriene klieren…	produceren deze hormonen …	en regelen…
Hypofyse voorkant	Follikel Stimulerend hormoon (FSH) & Luteïniserend hormoon (LH) Prolactine Tyroïd Stimulerend hormoon (TSH) ACTH Groeihormoon	Ovaria en testikels Productie moedermelk Stofwisseling Reacties op stress
Hypofyse achterkant	Antidiuretisch hormoon (ADH) Oxytocine	Waterhuishouding in het lichaam Uitscheiding moedermelk Samentrekkingen baarmoeder Hechting
Schildklier	Tyroxine	Stofwisseling Lichamelijke groei en ontwikkeling
Bijschildklier	Parathormoon	Calciumgehalte in lichaam
Alvleesklier	Insuline en glucagon	Glucosestofwisseling
Bijnieren	Cortisol, epinefrine en norepinefrine Oestrogenen	Fight-or-flightrespons en de stofwisseling Seksueel verlangen (vooral bij vrouwen)
Ovaria	Oestrogenen Progesteron	Ontwikkeling vrouwelijke geslachtskenmerken Productie van ova (eitjes)
Testikels	Androgenen	Ontwikkeling mannelijke geslachtskenmerken Spermaproductie Seksueel verlangen (bij mannen)

andere klier zijn, of een spier of orgaan. Tabel 2.2 geeft een overzicht van de belangrijkste klieren en de lichaamssystemen die ze reguleren.

Hoe reageert het hormoonstelsel bij een crisis?

Onder normale omstandigheden (zonder arousal) werkt het hormoonstelsel samen met het parasympathisch zenuwstelsel om onze elementaire lichaamsprocessen in stand te houden. Bij een crisis worden zowel het sympathisch zenuwstelsel als de hormonen geactiveerd. Omdat het zenuwstelsel sneller signalen kan versturen, is het het sympathisch zenuwstelsel dat de eerste fight-or-flightreactie initieert. In een latere fase zullen ook de hormonen stressreacties oproepen. Na de stresssituatie zal het parasympatisch zenuwstelsel sneller de overhand nemen omdat signalen sneller worden doorgegeven dan hormonen dit kunnen doen. Dus als je een stressor tegenkomt of in een noodsituatie terechtkomt (bijvoorbeeld wanneer een auto op je afkomt), wordt het hormoon *epinefrine* (dat soms *adrenaline* wordt genoemd) aan het bloed afgegeven, en ondersteunt het de fight-or-flightreactie. Op deze wijze maakt het hormoonstelsel af wat het sympathische zenuwstelsel is begonnen, door je hartslag te blijven versnellen en je spierspanning te verhogen, klaar voor actie.

De 'gelukshormonen' serotonine, endorfine en oxytocine staan de afgelopen jaren volop in de belangstelling, onder meer door onderzoek van professor Mark Nelissen van de Universiteit Antwerpen. Zo wordt steeds meer het belang onderkend van de invloed van oxytocine bij het verbinden van sociale contacten en gevoelens van plezier. In zijn boek *De breinmachine* (2008) onthult hij hoe moederliefde wordt bepaald door dit hormoon. Oxytocine zorgt voor de samentrekkingen van de baarmoeder om de baby uit te drijven (zie ook tabel 2.2) en helpt daarna in de borsten bij de melkafscheiding om het kind te voeden. Oxytocine helpt verder tegen stress; het kalmeert de moeder en geeft haar een ontspannen, gelukzalig gevoel. Daarnaast speelt het vermoedelijk ook een centrale rol bij vriendschappen, romantische interacties en seksualiteit.

Verderop in het boek zien we wat er gebeurt als deze gespannen toestand niet goed wordt gereguleerd. Mensen met een stressvolle baan of een ongelukkige relatie krijgen bijvoorbeeld een chronisch verhoogde concentratie stresshormonen in het bloed, waardoor een langdurige toestand van arousal wordt gehandhaafd.

Verbinding hoofdstuk 14
Langdurige stresssignalen kunnen leiden tot lichamelijke en psychische stoornissen in de vorm van het algemene aanpassingssyndroom (p. 580).

Waardoor wordt het hormoonstelsel gereguleerd?

Aan de basis van de hersenen ligt de belangrijkste hormoonklier, de **hypofyse**. Deze klier houdt toezicht op alle hormoonreacties (zie figuur 2.8). Dit doet de hypofyse door hormonen af te geven die via het bloed in andere hormoonklieren in het gehele lichaam terechtkomen. De hypofyse is zelf echter slechts een manager uit het middenkader. Deze klier reageert op zijn beurt weer op de hersenen, in het bijzonder op een kleine neurale kern waaraan hij is vastgehecht: de hypothalamus, een hersenonderdeel dat we verderop nader bespreken.
Op dit moment willen we benadrukken dat het perifere zenuwstelsel en het hormoonstelsel parallelle communicatiekanalen vormen, die door hun koppeling in de hersenen worden gecoördineerd. Uiteindelijk beslissen de hersenen welke signalen via beide netwerken worden afgegeven.

Hypofyse: 'Hoofdklier', produceert hormonen die de afscheiding van alle andere endocriene klieren beïnvloeden en groeihormonen. De hypofyse ontvangt opdrachten van een naburige structuur in de hersenen, de hypothalamus.

■ **PSYCHOLOGISCHE KWESTIES**

Bijwerkingen van psychoactieve middelen

De psychoactieve effecten van marihuana, lsd, cocaïne, methamfetamines en kalmerende middelen zijn voor miljoenen gebruikers aantrekkelijk. Miljoenen meer schudden hun hersenen wakker met de cafeïne van hun ochtendkoffie, thee of energy drinks en de nicotine in een begeleidende sigaret en 's nachts proberen ze hun arousal weer te verlagen met de dempende effecten van alcohol en slaappillen. Hoe brengen deze genotmiddelen hun effect teweeg? Het antwoord is dat *psychoactieve middelen* het vermogen hebben om natuurlijke chemische processen in onze hersenen te stimuleren of te remmen.

Agonisten en antagonisten

De voor- en nadelen van psychoactieve middelen worden hoofdzakelijk veroorzaakt door hun interactie met neurotransmitters. Sommige middelen doen zich voor als neurotransmitters doordat ze de effecten van deze stoffen in de hersenen nabootsen. Andere middelen werken minder direct doordat ze de effecten van neurotransmitters stimuleren of dempen. De stoffen die neurotransmitters stimuleren of hun werking nabootsen, noemen we **agonisten**. Nicotine is bijvoorbeeld een agonist, doordat het dezelfde werking heeft als de neurotransmitter acetylcholine (zie tabel 2.1). Deze stof 'zet het geluid' harder in de acetylcholinebanen (de bundels van zenuwcellen die gebruikmaken van acetylcholine en die de spieren aansturen en bepaalde hersendelen verbinden). Evenzo werkt het bekende antidepres-

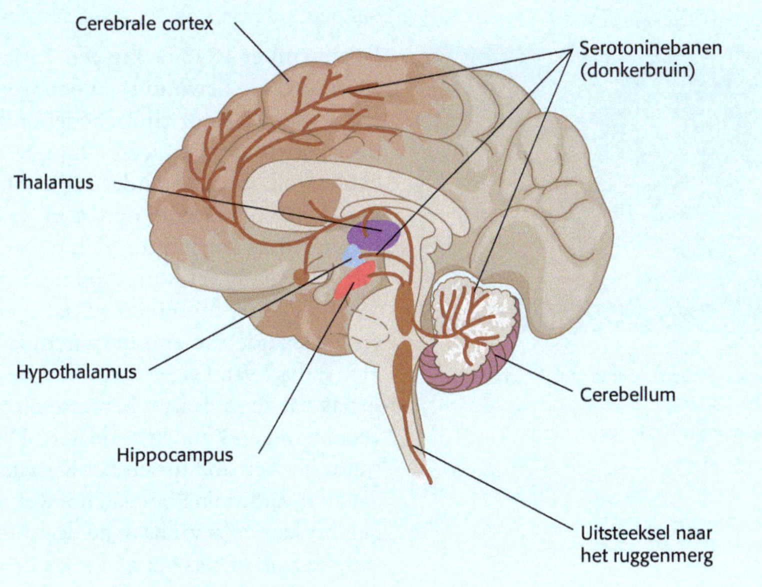

Figuur 2.9 Serotoninebanen in de hersenen

sivum Prozac (fluoxetine) als agonist in de serotoninebanen, waar het ervoor zorgt dat er serotonine beschikbaar blijft (zie figuur 2.9).
De stoffen die de effecten van neurotransmitters dempen of remmen, worden **antagonisten** genoemd. Sommige drugs die worden gebruikt om schizofrenie te behandelen zijn antagonisten, omdat ze de werking van de neurotransmitter dopamine verstoren. Ze 'zetten het geluid zachter' en reduceren de stimulatie die bijdraagt aan symptomen als wanen en hallucinaties (Nairne, 2009). Zogenoemde bètablokkers, die vaak worden voorgeschreven bij hartkwalen, werken als antagonist tegen epinefrine en norepinefrine, waardoor de effecten van stress worden tegengegaan. In het algemeen faciliteren agonisten en remmen antagonisten signalen in delen van het zenuwstelsel waar gebruik wordt gemaakt van een bepaalde neurotransmitter.

Waarom bijwerkingen?

Hoe ontstaan ongewenste bijwerkingen van deze psychoactieve middelen? Een belangrijke oorzaak heeft te maken met de bouw van de hersenen. In de hersenen bevinden zich vele bundels van neuronen, **neurale banen,** die gebieden met verschillende functies met elkaar verbinden. Elke baan gebruikt slechts een paar specifieke neurotransmitters. Hierdoor hebben middelen die bepaalde transmitters beïnvloeden of imiteren alleen effect op banen in de hersenen die van die transmitters gebruikmaken. Helaas voor de patiënt die deze middelen gebruikt, dient in verschillende neurale banen dezelfde neurotransmitter voor zeer uiteenlopende functies. Zo wordt via serotoninebanen niet alleen de stemming beïnvloed, maar ook slaap, angst en eetlust. Dus als je met Prozac een depressie behandelt, loop je de kans tegelijkertijd andere processen te beïnvloeden waarbij serotonine een rol speelt. In feite bestaat er geen enkele psychoactieve stof die als 'magisch middel' op precies één doel in de hersenen inwerkt, en die zijn werking uitoefent zonder bijwerkingen te veroorzaken.

Agonist: Medicijn of andere chemische stof die het effect van een neurotransmitter versterkt of imiteert.

Antagonist: Medicijn of chemische stof die het effect van een neurotransmitter blokkeert.

Neurale baan: Bundel van zenuwcellen die in grote lijnen dezelfde route volgt en dezelfde neurotransmitters gebruikt.

Ga naar **www.pearsonmylab.nl** om je kennis en begrip van deze paragraaf te testen met de MyMap, MyCheck en MyDefinitions.

KERNVRAAG 2.3

▶ Hoe produceren de hersenen gedrag en psychische processen?

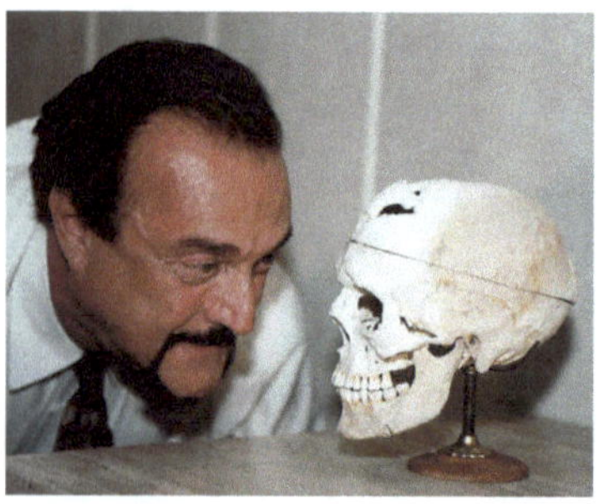

Auteur Philip Zimbardo met de schedel van Phineas Gage.
Bron: Philip G. Zimbardo, Inc.

In september 1848 raakte een 25-jarige Amerikaanse spoorwegarbeider genaamd Phineas Gage gewond toen een ijzeren staaf tijdens een explosie in zijn gezicht vloog en zich door zijn schedel boorde. Wonderbaarlijk genoeg herstelde hij van deze verwonding en leefde hij nog twaalf jaar verder. Zijn persoonlijkheid was echter volkomen veranderd (Fleischman, 2002; Macmillan, 2000). Mensen die hem kenden, merkten op dat hij van een efficiënte en capabele voorman was veranderd in iemand die zich onverantwoordelijk, onberekenbaar en godslasterlijk gedroeg. Het kwam erop neer dat hij zichzelf niet meer was (Damasio et al., 1994). Was het misschien zo dat op de plek van zijn verwonding (aan de voor- en bovenzijde van zijn hersenen) zijn 'oude zelf' had gehuisd?
Het verhaal van Gages transformatie doet ook denken aan Jill Bolte Taylors uitspraak dat ze sinds haar beroerte niet meer 'dezelfde persoon' is. Wat zou deze veranderingen kunnen verklaren? Deze verhalen werpen nog een andere vraag op: wat is het verband tussen het lichaam en de geest? Mensen hebben altijd erkend dat zo'n verbinding bestaat, hoewel ze niet altijd wisten dat de geest in de hersenen huisde. Zelfs vandaag de dag spreken we nog over 'ons hart verliezen' als we verliefd zijn, of 'iets ligt zwaar op de maag' als we ergens mee zitten. Ook al weten we tegenwoordig dat liefde niet in het hart ontstaat en dat emoties niet in de maag worden verwerkt. Emoties, verlangens en gedachten zijn afkomstig uit de hersenen.

Eindelijk beginnen onderzoekers in de neurowetenschappen de diepe mysteries van dit complexe orgaan te ontraadselen. We zien de hersenen tegenwoordig als een verzameling afzonderlijke modules die samenwerken als de onderdelen van een computer. Dit nieuwe inzicht in de hersenen wordt het kernconcept van deze laatste paragraaf van dit hoofdstuk.

KERNCONCEPT 2.3
De hersenen bestaan uit vele gespecialiseerde en onderling verbonden modules, die samenwerken in het creëren van geest en gedrag.

Op de komende bladzijden leer je meer over de hersenen. Dan zul je ontdekken dat alle onderdelen een gespecialiseerde functie hebben (Cohen & Tong, 2001). Sommige delen van de hersenen zijn gespecialiseerd in sensorische processen als zien en horen, andere beïnvloeden ons emotionele leven, en weer andere gebieden spelen een rol bij ons geheugen, produceren spraak of beïnvloeden andere soorten gedrag. Over het algemeen werken deze gespecialiseerde delen van de hersenen prima samen en in normale gevallen gaat dat automatisch en zonder bewuste sturing: bijvoorbeeld wanneer je tegelijkertijd loopt, je ontbijt verwerkt, ademt en een gesprek voert. Maar als er in een of meer delen van de hersenen iets misgaat, zoals bij slachtoffers van een beroerte (en bij Phineas Gage), kunnen er verstoringen ontstaan in de biologische basis van het denken of het gedrag.

Dieper graven
Vensters op de hersenen. Ga naar 'In de praktijk' in de MyLab mediatheek voor een overzicht van verschillende methoden die neurowetenschappers gebruiken om erachter te komen hoe onze uit modules opgebouwde hersenen werken.

2.3.1 De drie lagen in de hersenen

Wat iemand die de hersenen onderzoekt ziet, is afhankelijk van welke hersenen hij onderzoekt. Vogels en reptielen kunnen leven met hersenen die uit weinig meer dan een steel bestaan waar de meest elementaire levensprocessen en instinctieve reacties worden gereguleerd. Onze eigen, complexere hersenen hebben in wezen dezelfde steel, de zogenoemde **hersenstam**. Evolutionair gezien is dit het oudste gedeelte van de hersenen; het voert de meest elementaire functies uit. Boven op die steel hebben wij en andere zoogdieren nog twee lagen ontwikkeld, het zogenoemde *limbische systeem* en het *cerebrum,* waardoor het vermogen van onze hersenen sterk is uitgebreid (zie figuur 2.10).

Hersenstam: Meest primitieve van de drie hersenlagen. Hij bestaat uit de medulla oblongata, de pons en de formatio reticularis.

De hersenstam en zijn buren

Als je ooit hebt geworsteld om wakker te blijven op school, heb je met je hersenstam gevochten. Het grootste deel van de tijd verricht deze structuur zijn werk op een minder duidelijke en minder vervelende manier. We kunnen een van de taken van de hersenstam afleiden uit de plaats ervan: hij verbindt het ruggenmerg met de hersenen. In deze positie dient hij als een buis voor zenuwbanen die signalen omhoog en omlaag door het ruggenmerg geleiden, tussen het lichaam en de hersenen. Hier kruisen ook veel sensorische en motorische banen elkaar naar de tegenovergelegen zijde, waardoor dus elke kant van de hersenen wordt verbonden met de tegenovergelegen zijde van het lichaam.
De hersenstam is meer dan een pijpleiding; hij verbindt ook allerlei belangrijke gebieden waar informatie wordt verwerkt. Drie daarvan zitten in de hersenstam zelf (de medulla, de pons en de reticulaire formatie) en twee grenzen daaraan (de thalamus en het cerebellum) (Pinel, 2005). Evolutionair gezien komen deze structuren voor in de hersenen van de meest uiteenlopende schepselen, variërend van pinguïns, panda's, pythons en paarden tot mensen. In figuur 2.10 zie je waar deze gebieden precies liggen.
In de **medulla**, die te zien is als een bol in de hersenstam, worden elementaire lichaamsfuncties gereguleerd zoals de ademhaling, bloeddruk en hartslag. De me-

Medulla (oblongata): Gebied in de hersenstam dat de ademhaling en de hartslag controleert. De sensorische en motorische zenuwbanen die de hersenen met het lichaam verbinden, kruisen elkaar in de medulla.

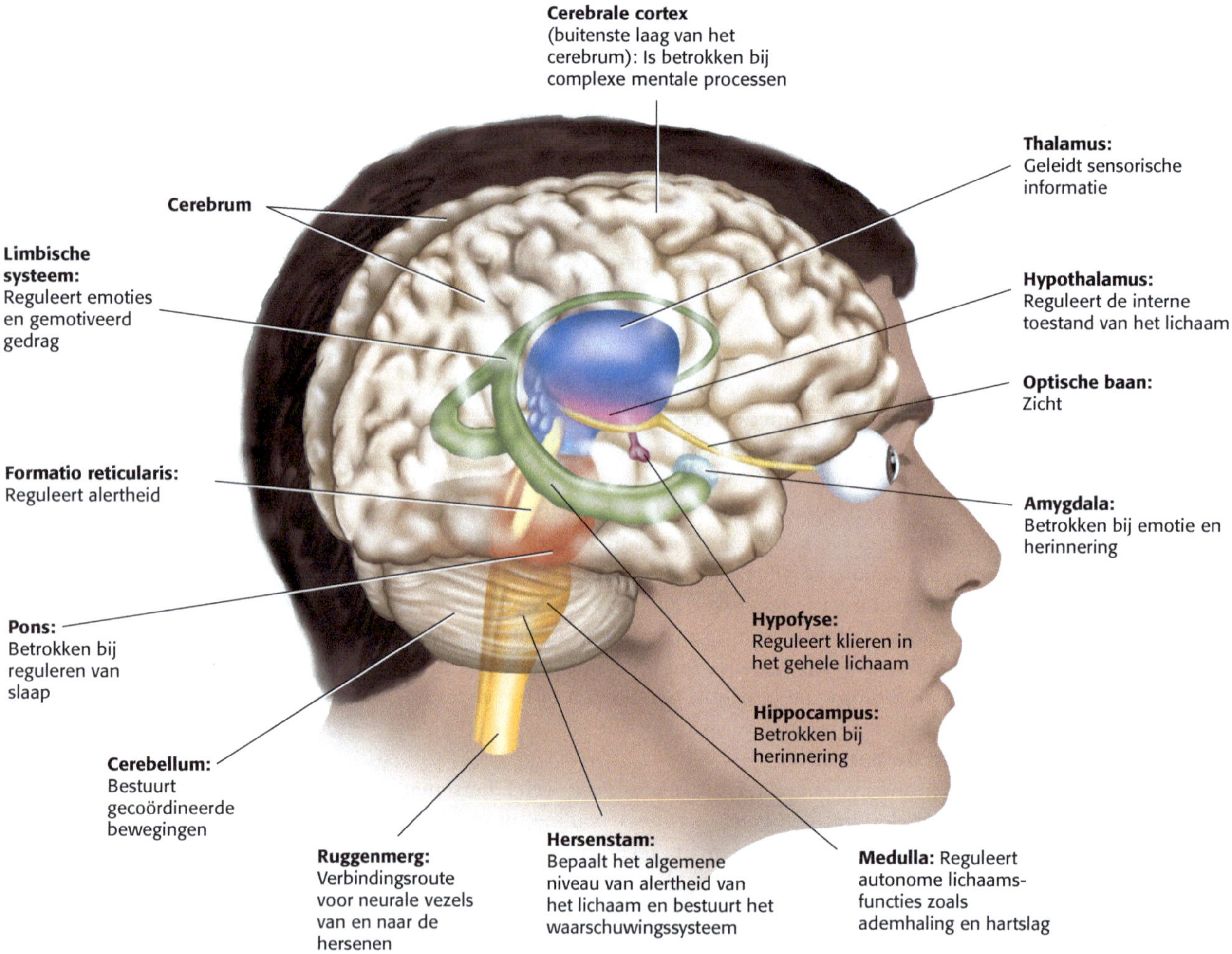

Figuur 2.10

Belangrijke structuren in de hersenen

Vanuit evolutionair perspectief vormen de hersenstam en het cerebellum de oudste delen van de hersenen (het zogeheten reptielenbrein). Vervolgens ontstond het limbische systeem (het zogeheten zoogdierenbrein). De cerebrale cortex is de recentste ontwikkeling in de evolutie van de hersenen (het mensenbrein).

Pons: Gebied in de hersenstam dat de hersenactiviteit tijdens de slaap en dromen reguleert. Pons komt van het Latijnse woord voor 'brug'.

Formatio reticularis: Potloodvormige structuur in de hersenstam, tussen de medulla en de pons, die betrokken is bij het slapen en waken.

dulla functioneert op een 'automatische piloot', zonder dat we ons ervan bewust zijn, en stuurt onze inwendige organen aan. Een nog grotere bol, de zogenoemde **pons** (dat 'brug' betekent in het Latijn), ligt vlak boven de medulla, waar het zenuwbanen huisvest die de slaap- en droomcyclus reguleren. De pons doet zijn naam eer aan en functioneert ook als een 'brug' die de hersenstam met de *kleine hersenen* (cerebellum) verbindt, een structuur die is betrokken bij het maken van gecoördineerde bewegingen.

De **formatio reticularis**, die door het centrum van dit alles loopt, is een potloodvormige bundel zenuwcellen die de kern van de hersenstam vormt. Een van de taken van de formatio reticularis is de hersenen wakker en alert houden. Andere taken zijn toezicht houden op de binnenkomende stroom sensorische informatie en de aandacht richten op nieuwe of belangrijke signalen. En het is de formatio reticularis waar je mee worstelt als je slaperig wordt in de les.

De **thalamus**, die bestaat uit twee bolvormige lichamen die boven op de hersenstam liggen, is door zenuwvezels verbonden met de formatio reticularis. Technisch gezien maakt de thalamus deel uit van de hersenhelften en niet van de hersenstam; hij werkt als de centrale verwerkingschip in een computer en regelt het binnenkomende en uitgaande sensorische en motorische verkeer in de hersenen. Daardoor ontvangt de thalamus informatie van alle zintuigen (behalve van het reukorgaan) en geleidt deze informatie naar de juiste verwerkingsbanen in de gehele hersenen. De thalamus heeft ook een (nog slecht begrepen) rol bij het richten van de concentratie, wat lijkt te passen bij een structuur die met vrijwel alles is verbonden.

Het **cerebellum**, dat onder de achterkant van de hersenhelften en achter de hersenstam ligt, ziet eruit als een minibrein. Zijn naam is ook afkomstig van het Latijnse woord voor 'kleine hersenen'. De kleine hersenen zorgen voor de coördinatie van onze bewegingen en voor ons evenwicht (Spencer et al., 2003; Wickelgren, 1998b). Dankzij de kleine hersenen kun je een trap af rennen zonder dat je bewust weet welke bewegingen je voeten precies maken. De kleine hersenen helpen ons ook reeksen handelingen in de juiste volgorde te houden, zoals we doen wanneer we naar de volgorde van de noten in een melodie luisteren (Bower & Parsons, 2003). Ten slotte zijn de kleine hersenen betrokken bij elementaire vormen van leren, waarbij routinematige reacties zijn betrokken die we uitvoeren na bepaalde aanwijzingen, bijvoorbeeld wanneer je leert huiveren als je de boor van de tandarts hoort (Hazeltine & Ivy, 2002).

Samen reguleren deze modules, die met de hersenstam zijn verbonden, de meest elementaire functies van beweging en van het leven zelf. Houd goed in gedachten dat het grootste deel van hun taak automatisch verloopt en dat deze structuren grotendeels buiten ons bewustzijn functioneren. De twee lagen die we hierna bespreken, hebben een duidelijker invloed op ons bewustzijn.

Het limbische systeem: emoties, herinneringen en meer

Het spijt ons dat we moeten melden dat je kanarie of je goudvis niet het emotionele instrumentarium heeft waarover zoogdieren beschikken. Alleen zoogdieren hebben namelijk een volledig ontwikkeld **limbisch systeem**, een diverse verzameling structuren die rond de thalamus diep in de hersenhelften zijn gewikkeld (zie figuur 2.11). Dankzij deze hoornvormige structuren hebben we een sterk uitgebreid vermogen wat betreft emoties en geheugen: vaardigheden die ons het grote voordeel van psychische flexibiliteit geven. Omdat we een limbisch systeem hebben, hoeven we niet uitsluitend te vertrouwen op de instincten en reflexen waardoor het gedrag van eenvoudiger wezens wordt aangestuurd.

▸▸ **Verbinding hoofdstuk 3**
De reukzin heeft een uniek vermogen om herinneringen op te roepen (p. 103).

Thalamus: Dit centrale 'koppelstation' van de hersenen ligt recht boven de hersenstam. Bijna alle boodschappen die de hersenen bereiken of verlaten, passeren de thalamus.

Cerebellum: Deze 'kleine hersenen' zijn verbonden met de hersenstam. Het cerebellum is verantwoordelijk voor gecoördineerde bewegingen.

▸▸ **Verbinding hoofdstuk 4**
Bij het leren via conditionering zijn de kleine hersenen betrokken (p. 127).

Limbisch systeem: De middelste laag van de hersenen, betrokken bij emotie en herinnering. Het limbische systeem omvat het corpus amygdaloideum (de amygdala), de hippocampus, de hypothalamus en andere structuren.

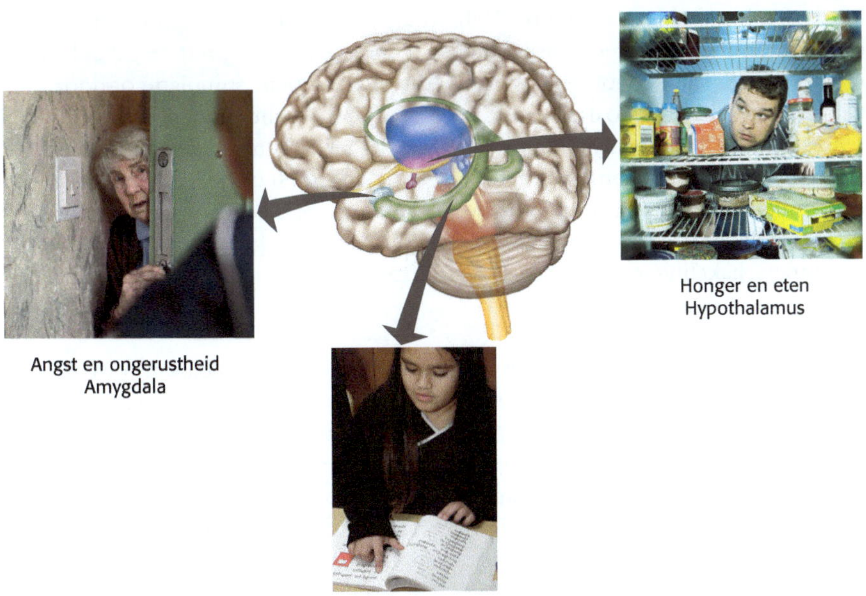

Honger en eten
Hypothalamus

Angst en ongerustheid
Amygdala

Leren en geheugen
Hippocampus

Figuur 2.11

Het limbische systeem

De structuren van het limbische systeem spelen een rol in het ontstaan van motivatie en emotie en in bepaalde geheugenprocessen.

Het lymbisch systeem huisvest ook andere modules die elementaire motivaties reguleren, zoals honger, dorst en lichaamstemperatuur. Globaal kun je het limbische systeem beschouwen als het centrale commando van de hersenen, dat vele taken tegelijk uitvoert met betrekking tot emoties, motieven, geheugen en het handhaven van een evenwichtige toestand in het lichaam.

Hippocampus: Onderdeel van het limbische systeem; speelt een rol bij langdurige herinneringen.

De hippocampus en het geheugen De **hippocampus** maakt ons geheugensysteem mogelijk. (Eigenlijk zit er in de hersenen een hippocampus aan beide kanten en hebben we dus twee hippocampussen, zie figuur 2.10.) De hippocampus heeft onder meer de taak om ons de locatie van voorwerpen te helpen herinneren, bijvoorbeeld waar we onze auto hebben neergezet op de parkeerplaats (Squire, 2007). De hippocampus blijkt te groeien door ervaring, zoals naar voren kwam in een studie onder Londense taxichauffeurs. Zij hadden een grotere hippocampus dan mensen die niet in een taxi rijden, en de meest ervaren taxichauffeurs hadden de grootste hippocampussen van allemaal (Maguire et al., 2003). Niet alleen in het ruimtelijk geheugen, ook bij het opslaan van herinneringen, speelt de hippocampus een voorname rol, onder meer bij het opslaan van onze ervaringen in het langetermijngeheugen (Hilts, 1995).

Amygdala: Structuur in het limbische systeem; speelt een rol bij herinneringen, emoties (vooral angst en agressie) en motivatie.

De amygdala en emotie Een andere limbische structuur, de **amygdala**, dankt zijn naam aan zijn vorm: *amygdala* betekent 'amandel' in het Grieks. Je hersenen hebben twee amygdala's, aan elke zijde één. De amygdala's bevinden zich voor de hippocampus (zie figuur 2.10).

De amygdala speelt een rol bij emoties, onder meer bij angst en agressie (Klüver en Bucy, 1939). Ook gebruikt de amygdala (misschien ook omdat deze zo dicht bij de hippocampus ligt) herinneringen voor regulering van emotionele responsen (Roozendaal et al., 2009). Iemand die bijvoorbeeld ooit een ernstig auto-ongeluk heeft gehad, kan overdreven reageren op een kleine bedreiging (zoals kort bumperkleven) van een andere bestuurder. Deze piepkleine structuur wordt ook geactiveerd, zowel bij mannen als bij vrouwen (hoewel sterker bij mannen), wanneer ze seksueel prikkelende beelden zien (Hamann, 2005). Dit illustreert dat de amygdala bij positieve én negatieve emoties een rol speelt.

Plezier en het limbisch systeem Behalve de amygdala en de hippocampus bevat het limbische systeem verschillende 'genotscentra' die prettige gevoelens teweegbrengen als ze worden gestimuleerd via elektrische stimulatie of door verslavende middelen zoals cocaïne, metamfetamine en heroïne (Olds & Fobes, 1981; Pinel, 2005). Maar je hoeft geen drugs te gebruiken om deze limbische genotsbanen te prikkelen. Seks heeft hetzelfde effect. Hetzelfde geldt voor eten en drinken of anderszins opwindende activiteiten, zoals een ritje in een achtbaan (Small, 2001). Ook hebben onderzoekers aanwijzingen gevonden dat de beloningsschakelingen een rol spelen bij onze reactie op humor (Goel & Dolan, 2001; Watson et al., 2007).

Hypothalamus: Structuur in het limbische systeem die dienst doet als bloedtestlaboratorium. Het bloed, dat informatie geeft over de toestand van het lichaam, wordt continu in de gaten gehouden.

De hypothalamus en controle over motivatie In het voorafgaande zijn we de **hypothalamus** al tegengekomen, een andere limbische structuur die verschillende taken uitvoert die een rol spelen bij het handhaven van een stabiele, evenwichtige toestand in het lichaam, onder meer door het versturen van 'endocriene berichten' (zie figuur 2.10). De hypothalamus is rijk aan bloedvaten en neuronen. Door constant het bloed te controleren, detecteert deze structuur kleine veranderingen van de lichaamstemperatuur, de hoeveelheid vloeistof en de concentratie voedingsstoffen. Als een verstoring van het evenwicht wordt vastgesteld (bijvoorbeeld een overschot of een tekort aan water), reageert de hypothalamus onmiddellijk met commando's die zijn gericht op het herstellen van het evenwicht.

De hypothalamus stuurt ook neurale signalen naar 'hogere' verwerkingsgebieden in de hersenen, waardoor we ons bewust worden van de behoeften die de hypothalamus waarneemt (honger bijvoorbeeld) en we gemotiveerd raken deze te vervullen. Ook kan het onze inwendige organen reguleren door de hypofyse te beïnvloeden; deze is aangehecht aan de onderzijde van de hypothalamus onder aan de hersenen. De hypothalamus dient als de verbinding tussen het zenuwstelsel en het hormoonstelsel; via deze twee stelsels regelt de hypothalamus onze emotionele arousal en stress. Ten slotte speelt de hypothalamus een rol bij onze emoties, doordat hij enkele beloningsschakelingen bevat, vooral schakelingen die de prettige emoties genereren die gepaard gaan met het tegemoetkomen aan elementaire motieven en driften zoals honger, dorst en verlangen naar seksuele bevrediging.

▶▶ **Verbinding hoofdstuk 9**
De hypothalamus bevat belangrijke regelschakelingen voor verschillende elementaire motieven en driften, zoals honger, dorst en seks (p. 355).

De cerebrale cortex (hersenschors): de 'denkhoed' van de hersenen

Als je naar de intacte menselijke hersenen kijkt, zie je voornamelijk de grote *hersenhelften*, iets groter dan je twee vuisten tegen elkaar. Je ziet ook dat ze verbonden zijn door een bundel vezels, het **corpus callosum**, waardoor de hersenhelften met elkaar communiceren. De vrijwel symmetrische hersenhelften vormen een dik hoofddeksel (het *cerebrum*) dat twee derde van de totale massa van de hersenen vormt en het grootste deel van het limbische systeem verbergt. De dunne buitenste laag van de hersenhelften, de **cerebrale cortex**, met zijn opvallend geplooide oppervlak, biedt plaats aan miljarden cellen die in de kleine ruimte in je schedel passen. Platgestreken zou de cerebrale cortex een oppervlak bedekken dat ongeveer zo groot is als een krantenpagina. Vanwege het geplooide oppervlak is echter slechts circa een derde van de cerebrale cortex zichtbaar als de hersenen blootliggen. We weten de betekenis van deze ontdekking nog niet, maar de hersenen van vrouwen hebben meer plooien dan die van mannen, terwijl de hersenen van mannen gemiddeld iets groter zijn dan die van vrouwen (Luders et al., 2004). En wat doet de cerebrale cortex? Het is de plaats van onze meest verbijsterende verstandelijke vermogens en het verwerkt al onze gewaarwordingen, slaat herinneringen op, neemt beslissingen en verricht daarnaast nog vele andere functies die we zullen bespreken in paragraaf 2.3.2.

Corpus callosum: Een bundel zenuwcellen die de twee hersenhelften met elkaar verbindt en communicatie tussen de twee helften mogelijk maakt.

Cerebrale cortex: De dunne grijze massa die het cerebrum bedekt. Bestaat uit een halve centimeter dikke laag cellichamen van neuronen. De cerebrale cortex is verantwoordelijk voor het grootste deel van onze 'hogere' psychische processen, waaronder denken en waarnemen.

2.3.2 Kwabben van de cerebrale cortex

Elk van de twee helften van de cerebrale cortex bestaat uit vier kwabben. Bij specifieke delen van elke kwab horen verschillende sensorische en motorische functies. Houd wel in gedachten dat de functies die we aan de verschillende hersenkwabben toewijzen niet altijd gelokaliseerd zijn binnen de exacte grenzen van de kwabben, terwijl de kwabben zelf wel gemakkelijk te onderscheiden onderdelen zijn (zie figuur 2.12).

Frontaalkwab: Gebied voor in de hersenen dat met name een rol speelt in beweging, het denken en de persoonlijkheid.

De frontaalkwabben

Jouw studiekeuze, je plannen voor de zomer en je vermogen om examenvragen te beantwoorden: bij dit alles zijn de gebieden van de cortex aan de voorzijde van de hersenen betrokken, die toepasselijk de **frontaalkwabben** heten. (In elke hersenhelft heb je er een, zie figuur 2.12.) Hier, vooral in de voorste gebieden, de zogenoemde *prefrontale cortex*, vinden we banen die bijdragen aan onze meest geavanceerde verstandelijke functies zoals plannen, beslissingen nemen en uitvoeren, en anticiperen op gebeurtenissen in de toekomst (Miller, 2006a). De biologische basis van de persoonlijkheid, het temperament en ons gevoel van 'zelf', lijken hier ook belangrijke onderdelen te hebben, zoals bleek uit het geval van Phineas Gage (Bower, 2006c).

Aan de achterkant van de frontaalkwabben ligt een speciale strook die in staat is handelingen te initiëren in reactie op onze gedachten. Dit wordt de **motorische**

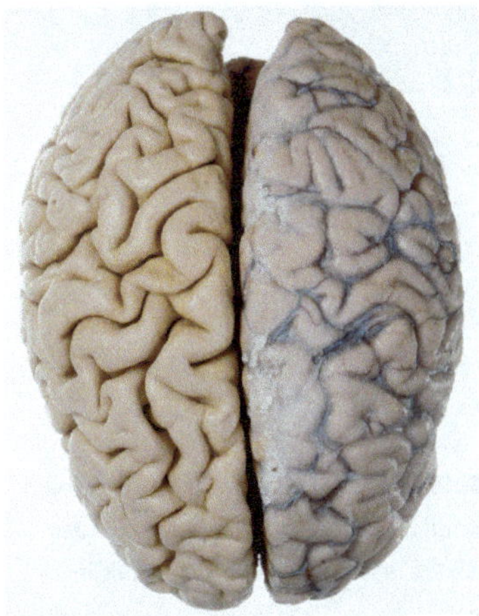

De twee helften van de menselijke hersenen.
Bron: Guy Croft SciTech/Alamy.

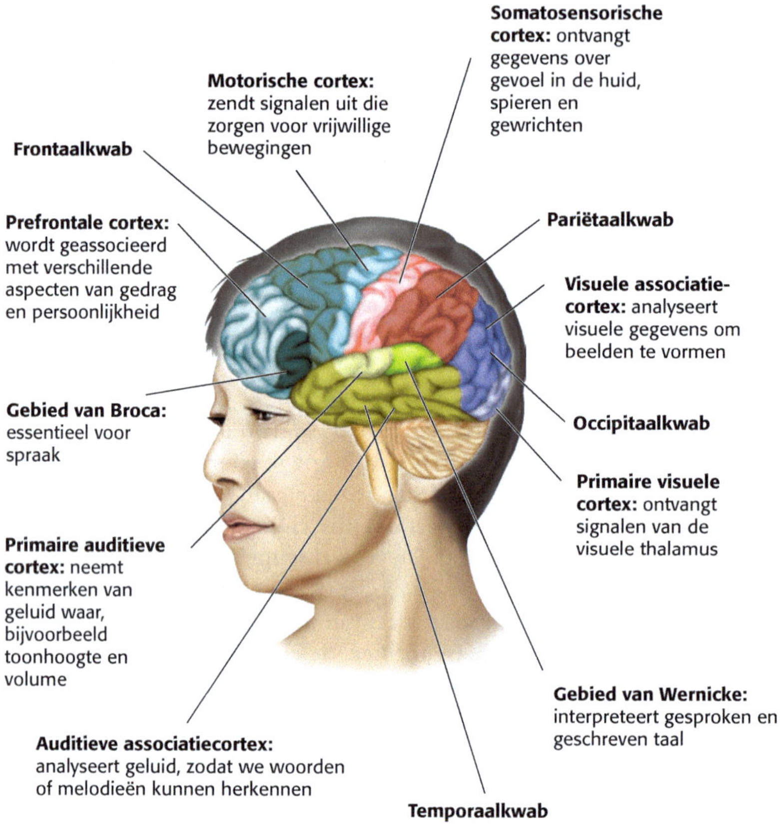

Figuur 2.12

De vier kwabben van de cerebrale cortex

Elk van de twee helften van de cerebrale cortex bestaat uit vier kwabben. Bij specifieke delen van elke kwab horen verschillende sensorische en motorische functies.

Motorische cortex: Smalle verticale reep van de cortex van de frontaalkwabben; controleert vrijwillige beweging.

cortex genoemd. Deze structuur ontleent zijn naam aan zijn belangrijkste functie: het aansturen van de lichaamsbewegingen door signalen via motorische zenuwen naar de spieren te sturen. Zoals je in figuur 2.13 kunt zien, bevat de motorische cortex een omgekeerde plattegrond van het lichaam, de zogenoemde *homunculus* (het vertekende 'kleine mannetje' in de figuur). Als we de motorische homunculus beter bekijken, zien we dat bepaalde lichaamsdelen zijn vergroot, wat aangeeft dat de hersenen een groter deel van de cerebrale cortex aan deze lichaamsdelen hebben toegewezen en dat deze lichaamsdelen dus beweeglijker zijn. Je ziet dat dit vooral het geval is bij de gebieden die de lippen, tong en handen aansturen. Misschien wel het sterkst vergrote gebied is dat van de vingers (vooral de duim), wat reflecteert hoe belangrijk het manipuleren van voorwerpen is.
Een ander groot gebied is verbonden met de spieren van het gezicht die worden gebruikt bij de expressie van emoties. Onthoud echter dat de signalen van de motorische cortex aan één zijde van de hersenen de spieren aan de tegenovergelegen zijde van het lichaam aansturen. Een knipoog met je linkeroog begint dus in het rechterdeel van de motorische cortex, terwijl je je rechteroog kunt laten knipogen met het linkerdeel van de motorische cortex.

Spiegelneuron: Zenuwcel die geactiveerd wordt als je een handeling uitvoert, maar ook als je iemand anders een handeling ziet uitvoeren. De ontdekking van spiegelneuronen wordt beschouwd als een van de belangrijkste recente ontdekkingen in de neurowetenschappen.

Spiegelneuronen ontdekt in de frontaalkwabben Een tijdje geleden ontdekten onderzoekers in de neurowetenschappen een nieuwe groep neuronen, de zogenoemde **spiegelneuronen**, die verspreid door de gehele hersenen liggen, maar vooral in motorische gebieden van de frontaalkwabben. Als we iemand waarnemen die een bepaalde handeling verricht, zoals wuiven, uit een kopje drinken of met een golfclub zwaaien, vuren deze spiegelneuronen, precies alsof we de handeling zelf verrichten. In feite doen en voelen we datgene wat we in anderen zien, maar dan in de afgeslotenheid van onze eigen geest (Dobbs, 2006a).

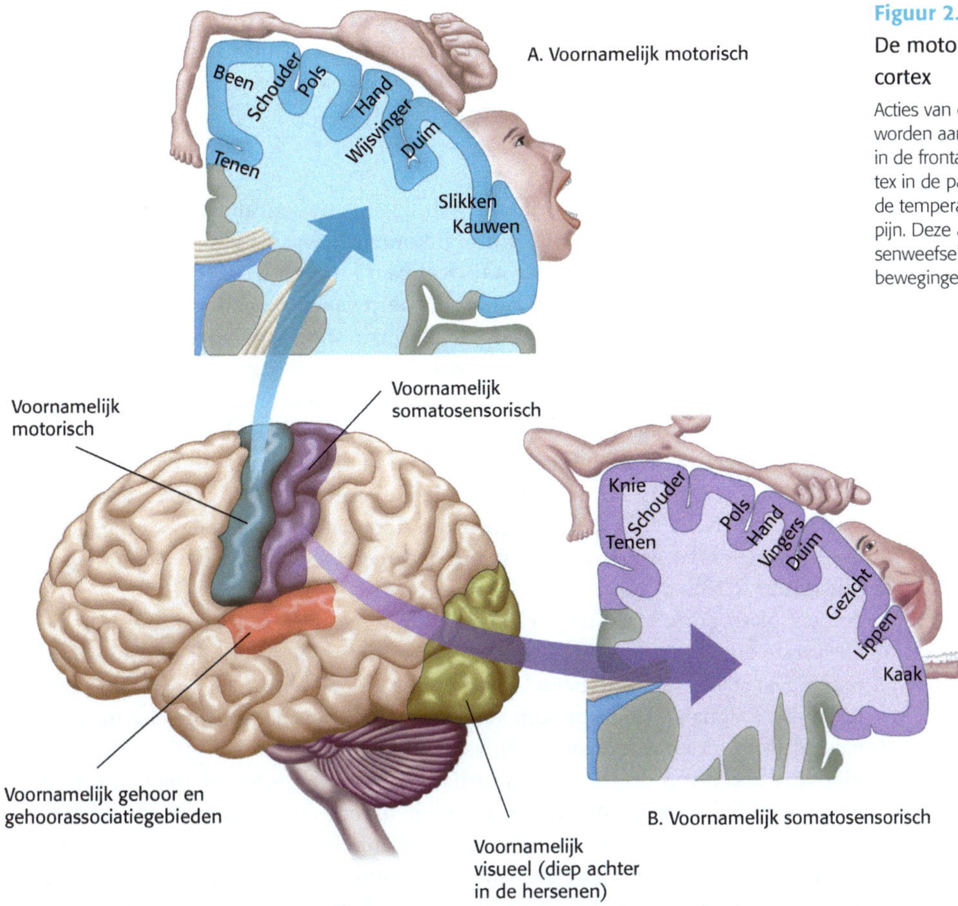

Figuur 2.13

De motorische en somatosensorische cortex

Acties van de vrijwillige spieren van het lichaam worden aangestuurd door de motorische cortex in de frontaalkwab. De somatosensorische cortex in de pariëtaalkwab verwerkt informatie over de temperatuur, tastzin, lichaamshouding en pijn. Deze afbeelding toont de hoeveelheid hersenweefsel die in elke kwab aan verschillende bewegingen of gevoeligheden is toegewezen.

Wat zou het doel van deze neuronen kunnen zijn? Om te beginnen is het mogelijk dat spiegelneuronen kinderen taal helpen nabootsen en daarmee aanleren. Maar er is meer dan dat: deze gespecialiseerde cellen maken deel uit van een hersennetwerk waarmee we kunnen anticiperen op de bedoelingen van andere mensen, aldus de Italiaanse onderzoeker in de neurowetenschappen Giacomo Rizzolatti, een van de ontdekkers van spiegelneuronen (Rizzolatti et al., 2006). Omdat ze met de emotionele schakelingen in de hersenen zijn verbonden, kunnen we met spiegelneuronen de emoties van andere mensen in onze geest 'weerspiegelen'. Evolutionair gezien is het waarnemen en imiteren van anderen een fundamenteel menselijk kenmerk, dus is het mogelijk dat spiegelneuronen de biologische basis van cultuur blijken te zijn. Ten slotte menen sommige onderzoekers dat een tekort in het spiegelsysteem ten grondslag zou kunnen liggen aan bepaalde stoornissen, zoals autisme, waarbij het imiteren en begrijpen van de gevoelens en de bedoelingen van anderen een rol speelt (Enticott et al., 2011; Ramachandran & Oberman, 2006). Er is echter meer onderzoek nodig om dergelijke uitspraken met voldoende wetenschappelijk bewijsmateriaal te kunnen ondersteunen.

De rol van de frontaalkwabben bij de spraak

Bij de meeste mensen heeft de frontaalkwab nog een andere belangrijke functie: het genereren van spraak (zie figuur 2.12). Halverwege de negentiende eeuw ontdekte de Franse neuroloog Paul Broca dat schade aan dit specifieke hersengebied (dat zich bij de meeste mensen in de linkerhersenhelft bevindt en toepasselijk *gebied van Broca* wordt genoemd) kan leiden tot verlies van het spraakvermogen. Het verrassende is echter dat het vermogen om spraak te begrijpen elders in de hersenen ligt. Zoals je wel kunt raden, werd Jill Bolte Taylors gebied van Broca door haar beroerte beschadigd. Dat verklaart het verlies van haar vermogen om taal te produceren.

De pariëtaalkwabben

Pariëtaalkwab: Hersenkwab die boven en achter in de hersenen ligt. De pariëtaalkwabben houden zich bezig met de tastzin en het waarnemen van ruimtelijke relaties (de verhoudingen en onderlinge positionering van objecten in de ruimte).

Somatosensorische cortex: Smalle verticale reep van de pariëtaalkwabben. Speelt een rol bij de tastzin.

Aan de achterzijde van elke frontaalkwab liggen twee grote delen van de cerebrale cortex die zijn gespecialiseerd in inkomende sensorische informatie (zie figuur 2.12). Dankzij deze **pariëtaalkwabben** kunnen we de temperatuur van een warm bad, de gladheid van zijde, de stomp van een elleboog en de zachtheid van een liefkozing voelen. Een speciale pariëtale strook, de **somatosensorische cortex** genaamd, vormt een spiegelbeeld van de aangrenzende motorische cortex die we in de frontaalkwab hebben aangetroffen. Deze somatosensorische cortex heeft twee belangrijke functies. Ten eerste fungeert deze als het primaire verwerkingsgebied voor informatie over tastzin, temperatuur, pijn en druk over het gehele lichaam (Graziano et al., 2000; Helmuth, 2000). Ten tweede geeft de somatosensorische cortex deze informatie door aan een mentale plattegrond van het lichaam, zodat we de herkomst van deze gewaarwordingen kunnen bepalen (zie figuur 2.13).

Andere plattegronden in de pariëtaalkwabben registreren de positie van lichaamsdelen; deze zorgen er dus voor dat je niet op je tong bijt of op je eigen tenen gaat staan. En als je been 'slaapt' en je voelt alleen nog een tinteling, heb je tijdelijk de signalen onderbroken van de zenuwcellen die sensorische informatie naar plattegronden in de pariëtaalkwabben geleiden.

Het verwerken van sensorische informatie en het op de hoogte blijven van de positie van lichaamsdelen zijn niet de enige functies van de pariëtaalkwabben. Dankzij de pariëtaalkwab van de rechterhersenhelft kunnen we ook de posities bepalen van externe voorwerpen in de driedimensionale ruimte die door onze zintuigen zijn gedetecteerd. Dit helpt ons bijvoorbeeld bij het uit bed stappen, de weg naar de douche vinden, het aankleden en naar school of werk gaan. In de tussentijd heeft de pariëtaalkwab van de linkerhersenhelft zijn eigen speciale talenten. Deze is gespecialiseerd in wiskundig redeneren en het lokaliseren van spraakgeluiden, bijvoorbeeld wanneer iemand je naam roept. Deze structuur werkt ook samen met de temporaalkwab om betekenis te geven aan gesproken en geschreven taal.

De occipitaalkwabben

Occipitaalkwab: Deze corticale kwab ligt aan de achterkant van de hersenen en herbergt een deel van de visuele cortex.

Visuele cortex: Gebieden op de cortex van de occipitaalkwabben en de temporaalkwabben waar visuele informatie wordt verwerkt.

Als je door een harde klap op je hoofd door elkaar wordt geschud, zul je 'sterretjes zien'. Dit komt door stimulatie van de **occipitaalkwabben** aan de achterkant van je hersenen (zie figuur 2.12). Onder normale omstandigheden krijgen de occipitaalkwabben signalen die door de ogen worden doorgestuurd. Daar construeert de **visuele cortex** ons bewegende beelden van de buitenwereld. Om dit bewegende beeld te construeren, verdelen de hersenen de binnenkomende visuele invoer en sturen ze deze naar afzonderlijke gebieden van de cerebrale cortex voor de verwerking van kleur, beweging, vorm en schaduw, zoals we in hoofdstuk 3 zullen zien. De occipitaalkwabben doen al dit werk echter niet alleen. Zoals we hebben opgemerkt, werken ze samen met aangrenzende associatiegebieden in de pariëtaalkwabben om voorwerpen in de ruimte te lokaliseren. Ook werken ze samen met temporale gebieden om visuele herinneringen te genereren (Ishai & Sagi, 1995; Miyashita, 1995). Een interessante vaststelling is het feit dat mensen die vanaf de geboorte blind zijn, de visuele cortex gebruiken om brailleschrift te interpreteren (Amedi et al., 2005; Barach, 2003).

De temporaalkwabben

Als de telefoon rinkelt of een auto achter je toetert, wordt dat geregistreerd in je **temporaalkwabben**, die zich onder en achter in elke hersenhelft bevinden (zie figuur 2.12). Hier bevindt zich de *auditieve cortex*, waar geluiden worden verwerkt.

Temporaalkwab: Hersenkwab die geluid verwerkt, inclusief taal. De temporaalkwabben spelen waarschijnlijk ook een rol bij de opslag van langdurige herinneringen.

De temporaalkwabben zijn echter niet alleen verantwoordelijk voor het horen. Een gespecialiseerde sectie in de linker auditieve cortex (waar die opgaat in de onderste pariëtaalkwab), het *gebied van Wernicke*, helpt de betekenis van taal te verwerken. Dat geldt voor de meeste mensen. Toen Jill Bolte Taylor haar collega om hulp belde nadat ze een beroerte had gekregen, kon ze zijn woorden horen, maar klonken ze als wartaal. 'O mijn god, hij klinkt als een golden retriever!' dacht ze (Taylor, 2009, pag. 56). Dit was het gevolg van de schade die al was aangericht in het gebied van Wernicke in haar hersenen. En het lijkt er niet toe te doen of de taal in woorden of met gebaren wordt overgebracht. Uit onderzoek bij mensen met een gehoorstoornis blijkt dat ditzelfde gebied is betrokken bij het begrijpen van gebarentaal (Neville et al., 1998).

De associatiecortex

Associatiecortex: Corticale gebieden overal in de hersenen, die informatie uit verschillende andere hersengebieden combineren.

Om heel veel tegelijk te kunnen doen, maken onze hersenen gebruik van de 'primaire verwerkingsgebieden' van de cortex en daarnaast van de 'associatiegebieden' van de cortex. De **associatiecortex**, die zo wordt genoemd omdat men denkt dat complex denken is gebaseerd op het associëren van verschillende ideeën, vormt in feite meer dan de helft van de cerebrale cortex. Maar voordat deze associaties worden gelegd, moeten specifieke gebieden van de cortex de ruwe gegevens verwerken die de zintuigen instromen. De primaire visuele cortex verwerkt bijvoorbeeld ruwe visuele prikkels, zoals de letters in een woord en het verschil in lettergrootte. Dan neemt het associatiegebied het over en interpreteert de betekenis van de boodschap, zoals de waarneming van het geheel van een woord of een zin. Verschillende delen van de associatiecortex interpreteren dus in al onze kwabben sensaties, maken plannen, nemen beslissingen en bereiden ons voor op actie: precies die geestelijke vermogens waarin wij mensen uitblinken en die ons onderscheiden van andere dieren.

De samenwerkende hersenen

Ook in andere gebieden dan de cortex vindt samenwerking plaats. Geen enkel deel van de hersenen is namelijk afzonderlijk verantwoordelijk voor de emoties, het geheugen, de persoonlijkheid of voor andere complexe psychologische eigenschappen. Er zijn geen afzonderlijke 'hersencentra' voor een aantal van de belangrijkste vermogens van onze geest. Bij elk psychologisch en gedragsmatig proces zijn de coördinatie en samenwerking van veel hersennetwerken nodig; elk van deze netwerken is sterk gespecialiseerd in een bepaalde taak (Damasio, 2003; LeDoux, 2002). De cerebrale cortex kan zijn werk niet doen zonder te communiceren met schakelingen die diep onder het oppervlak liggen: het limbische systeem, de thalamus, de hersenstam, de kleine hersenen en andere structuren. Kennelijk slagen de hersenen er meestal in 'alles samen te voegen' bij een gecoördineerde poging de wereld te begrijpen en erop te reageren. *Hoe* de hersenen dit precies doen, is onduidelijk en vormt feitelijk een van de grootste mysteries van de moderne psychologie. In recent werk zijn echter enkele aanwijzingen gepubliceerd. Onze hersenen zijn voortdurend actief, zelfs als we slapen, en genereren pulsen van gecoördineerde golven die over de cortex worden geleid, waarvan wordt gedacht dat ze op een of andere wijze de activiteit in ver van elkaar verwijderde hersengebieden coördineren (Buzsáki, 2006). Al deze neurale netwerken werken gecoördineerd samen, vanaf onze conceptie tot aan de dood, en meestal zonder dat we ons daarvan bewust zijn.

▶▶ **Verbinding hoofdstuk 3**
De puzzel hoe de hersenen 'alles samenvoegen' wordt het bindingsprobleem genoemd (p. 114).

2.3.3 Cerebrale dominantie

Hoewel de twee hersenhelften bijna elkaars spiegelbeeld lijken, doet zowel klinisch als experimenteel onderzoek vermoeden dat hun manieren van informatie verwerken verschillend is. Mensen met beschadigingen in de rechterhersenhelft hebben minder vaak spraakproblemen, maar vaker problemen met *ruimtelijke oriëntatie* (het bepalen van hun eigen plaats of die van voorwerpen in de driedimensionale ruimte). Zo kunnen ze zich erg verloren voelen op een plaats die eerder vertrouwd voor hen was, of zijn ze niet in staat een eenvoudige legpuzzel te maken. Deze neiging van elke hersenhelft om de werking van bepaalde functies te domineren, wordt **cerebrale dominantie** genoemd, een concept dat vaak niet goed wordt begrepen. Wat veel mensen zich niet realiseren, is het volgende: hoewel sommige processen meer door de rechterhersenhelft, en andere meer door de linkerhersenhelft worden gedomineerd, werken *beide hersenhelften samen om onze gedachten, gevoelens en gedrag te produceren*, met dank aan het corpus callosum. Maar welke verschillen zijn er tussen de beide hersenhelften?

Cerebrale dominantie: Neiging van elke hersenhelft om bepaalde functies te domineren, zoals taal of de perceptie van ruimtelijke relaties.

Taal, communicatie en emoties

Zoals we hebben gezien, domineert de linkerhersenhelft gewoonlijk onze taalfuncties, al zijn beide helften daarbij tot op zekere hoogte betrokken. Meestal is de linkerhelft actiever als het gaat om het produceren en verwerken van het 'wat', of de inhoud, van het taalgebruik. De rechterhersenhelft interpreteert de emotionele toon van het taalgebruik (Vingerhoets et al., 2003) en neemt ook het voortouw als het gaat om de interpretatie van de emotionele respons en non-verbale communicatiesignalen bij anderen. Wat je eigen emoties betreft, de regulering van negatieve emoties als angst en woede is gewoonlijk de taak van de rechterfrontaalkwab, terwijl de linkerfrontaalkwab meestal positieve emoties als vreugde regelt (Davidson, 2000b).

▸▸ **Verbinding hoofdstuk 9**
Emotionele intelligentie omvat het vermogen om emoties van anderen te detecteren en te herkennen (p. 379).

Verschillende verwerkingsstijlen

De hersenhelften concurreren over het algemeen niet met elkaar. Ze leveren echter wel verschillende bijdragen aan dezelfde taak. In de taal van de neurowetenschappen: de twee hersenhelften hebben verschillende, maar complementaire *verwerkingsstijlen*. De linkerhersenhelft groepeert bijvoorbeeld voorwerpen analytisch en verbaal, bijvoorbeeld door overeenkomst in functie (*mes* met *lepel*), terwijl de rechterhersenhelft voorwerpen visueel of aan de hand van vorm groepeert, bijvoorbeeld door de overeenkomst te zien tussen *munt* en *klok*, want beide voorwerpen zijn rond (Gazzaniga, 1970; Sperry, 1968, 1982). In het algemeen kunnen we de verwerkingsstijl van de linkerhersenhelft beschrijven als overwegend *analytisch* en *sequentieel*, terwijl de rechterhersenhelft de ervaring overwegend *holistisch*, *emotioneel* en *ruimtelijk* interpreteert (Reuter-Lorenz & Miller, 1998). In een normaal functionerend brein vullen de twee stijlen elkaar aan; samen produceren ze een wereldperspectief dat uit vele facetten bestaat. Maar als er schade aan de hersenen ontstaat, zoals bij Jill tijdens haar beroerte, kunnen de verschillende verwerkingsstijlen zich scherper profileren. In Jills geval gold dat ze het eerste deel van haar leven vooral lineair had gedacht: 'Ik was zevenendertig jaar lang enthousiast bezig geweest met doen, doen, doen, en dan zo snel mogelijk' (Taylor, 2009, pag. 70). Dat haar perceptie als gevolg van de schade aan haar linkerhersenhelft radicaal veranderde, was meteen te merken toen ze haar gedachten niet meer kon ordenen terwijl ze hulp probeerde te zoeken. Stapsgewijs, tijdgericht denken, wat ze altijd vanzelfsprekend had gevonden, kon ze niet meer. Daarvoor in de plaats kwam een totaal andere kijk op zichzelf en de wereld. 'Ik had nooit haast om iets af te krijgen' (pag. 71), zegt ze verwonderd als ze zich herinnert hoe blij ze was omdat ze zich verbonden voelde met alles om haar heen, volmaakt afgestemd op de emoties van anderen, de tijd nam om over dingen na te denken en een diepe innerlijke vrede voelde die gepaard ging met haar nieuwe kijk op de wereld, waarin de nadruk lag op het perspectief van de rechterhersenhelft.

Sommige mensen zijn anders, maar dat is normaal

Om je beeld van cerebrale dominantie nog ingewikkelder te maken, moet je weten dat het dominantiepatroon van de ene tot de andere mens kan verschillen. Bij onderzoek waarin dit feit wordt aangetoond, wordt gebruikgemaakt van een techniek die *transcraniale magnetische stimulatie* (TMS) heet; hierbij worden krachtige magnetische pulsen door de schedel en de hersenen gestuurd. Daar verstoren de magnetische velden de elektrische activiteit, en wordt het gebied waarop de pulsen zijn gericht tijdelijk buiten werking gesteld, zonder blijvende schade aan te richten. Bij deze experimenten werd ontdekt dat de taalvaardigheden bij sommige mensen, meestal linkshandigen, niet werden beïnvloed wanneer de taalgebieden aan de linkerzijde via TMS werden gestimuleerd. Verder werd aangetoond dat gemiddeld bij circa een op de tien personen taal hoofdzakelijk aan de *rechter*zijde van de hersenen wordt verwerkt. Bij nog eens een op de tien mensen, voornamelijk linkshandigen, zijn de taalfuncties gelijkelijk over beide zijden van de hersenen verdeeld (Knecht et al., 2002).

Mannelijke en vrouwelijke hersenen

In een cultuur waar groter vaak als beter wordt beschouwd, heeft het onbetwistbare feit dat mannen (gemiddeld) enigszins grotere hersenen hebben dan vrouwen tot verhitte debatten geleid. De echte vraag is natuurlijk: wat is de betekenis van dit verschil in omvang? De meeste neurowetenschappelijke onderzoekers denken dat dit eenvoudig gerelateerd is aan de grotere lichaamsomvang van mannen en dat het verder van weinig belang is (Brannon, 2008).

Binnen de hersenen vertonen bepaalde structuren eveneens sekseverschillen. Een deel van de hypothalamus, waarvan algemeen wordt aangenomen dat deze aan het seksuele gedrag is gerelateerd en mogelijk ook aan de genderidentiteit, is bij mannen groter dan bij vrouwen. Uit sommige onderzoeken zijn aanwijzingen voortgekomen dat mannelijke hersenen in sterkere mate zijn *gelateraliseerd*, terwijl bij vrouwen vaardigheden zoals taal in grotere mate over beide hersenhelften zijn verdeeld. Deze beweringen worden echter betwist door de resultaten van een ander onderzoek (Sommer et al., 2004). Als dit juist is, zou het verschil in **lateralisatie** kunnen verklaren waarom vrouwen een grotere kans hebben dan mannen om na een beroerte opnieuw te kunnen leren spreken. Afgezien hiervan is het onduidelijk welk voordeel het verschil in lateralisatie kan hebben.

Lateralisatie van de hersenen: Fase in de ontwikkeling waarin de linker- of de rechterhemisfeer dominant wordt.

Op dit moment heeft niemand nog een psychologisch verschil geïdentificeerd dat met zekerheid aan fysieke verschillen tussen de hersenen van mannen en

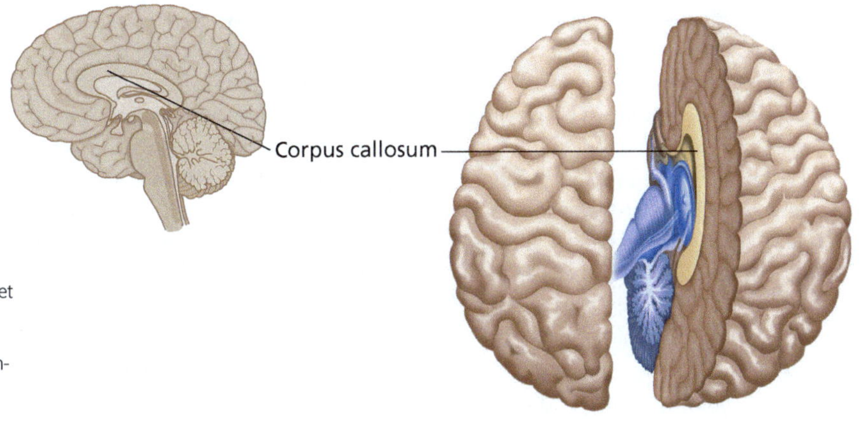

Figuur 2.14
Het corpus callosum
Alleen het corpus callosum is beschadigd in een *'split brain'*. Deze medische toestand verhindert communicatie tussen de beide hersenhelften. Het verrassende is dat split-brainpatiënten onder de meeste omstandigheden handelen als mensen met normale hersenen. Uit speciale laboratoriumtests is echter gebleken dat er sprake is van een gespleten bewustzijn in hun hersenen.

Psychologische kwesties
Ga naar 'In de praktijk' in de MyLab mediatheek om meer te lezen over het vreemde en fascinerende geval van de split brain.

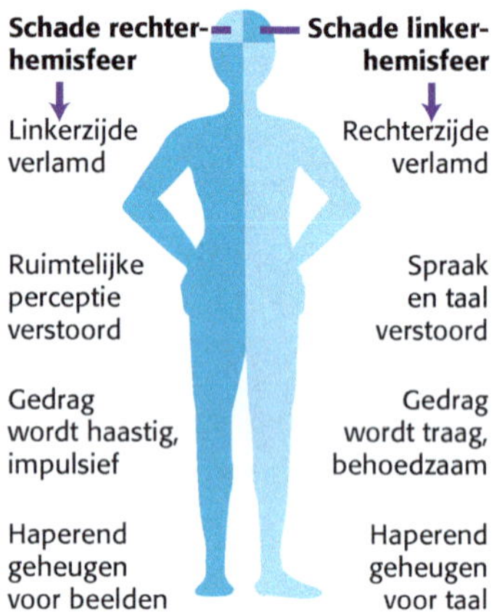

Figuur 2.15
Contralaterale effecten van beschadiging van de hersenhelften

vrouwen kan worden toegeschreven. Het onderzoek gaat door, maar we raden je aan nieuwe beweringen met een flinke dosis kritisch denken te interpreteren, en vooral te letten op bias, waardoor de interpretatie van de resultaten mogelijk is beïnvloed.

Wat heb jij hieraan?

Misschien ken je iemand die hersenletsel heeft opgelopen door een ongeluk, een beroerte of een tumor. Met wat je in dit hoofdstuk hebt geleerd over hersenen en gedrag begrijp je de problemen van deze persoon misschien beter. En als je weet welke vermogens zijn aangetast, kun je over het algemeen redelijk precies bepalen welk deel van de hersenen beschadigd is. Dat gaat nog beter als je drie eenvoudige principes onthoudt:

- Elke zijde van de hersenen communiceert met de tegenoverliggende zijde van het lichaam. Als de symptomen zich aan de ene kant van het lichaam voordoen, ligt het dus voor de hand dat de hersenen aan de andere kant beschadigd zijn (zie figuur 2.15).
- Bij de meeste mensen wordt het spraakvermogen voornamelijk door de linkerhersenhelft aangestuurd.
- Elke hersenkwab heeft speciale functies:
  - De frontaalkwab is gespecialiseerd in motorische beweging, de productie van spraak en bepaalde hogere mentale functies die we vaak 'denken' of 'intelligentie' noemen.
  - De pariëtaalkwab is gespecialiseerd in het lokaliseren van sensaties in de ruimte, inclusief het lichaamsoppervlak.
  - De occipitaalkwab is gespecialiseerd in zicht.
  - De temporaalkwab is gespecialiseerd in horen, geheugen en gezichtsherkenning.

PSYCHOLOGIE GEBRUIKEN OM PSYCHOLOGIE TE LEREN

Het idee dat we slechts tien procent van onze hersenen gebruiken is achterhaald. Waarschijnlijk is het afkomstig uit een tijd waarin neurowetenschappers de functies van veel gebieden van de cerebrale cortex nog niet in kaart hadden gebracht. Inmiddels weten we dat elk deel van de hersenen een specifieke functie heeft en dagelijks wordt gebruikt. Daar leren we uit dat we ons denkvermogen niet kunnen verbeteren door meer delen van onze hersenen te gaan gebruiken.
Hebben neurowetenschappers dan misschien iets anders gevonden wat je kunt gebruiken om de lesstof beter in je geheugen te prenten? Een van hun belangrijkste ontdekkingen is het feit dat bij leren en herinneren een groot aantal verschillende delen van de cerebrale cortex betrokken zijn (Kandel & Squire, 2000). Dus als het je zou lukken om de lesstof (over biopsychologie bijvoorbeeld) in een groter aantal van deze hersencircuits te integreren, leggen je hersenen een uitgebreider web van herinneringen aan.
Als je de stof in dit boek leest, vorm je verbale herinneringen. Een gedeelte komt terecht in circuits in de cerebrale cortex van de temporaalkwabben. Door aantekeningen te maken, zet je de motorische cortex van de frontaalkwabben aan het werk door een 'motorisch geheugen'-component aan je studie toe te voegen. Neem je daarnaast de tijd om de begeleidende foto's, tabellen en tekeningen te bestuderen, dan voeg je visuele en ruimtelijke geheugencomponenten toe aan de occipitaal- en pariëtaalkwabben. Actief luisteren naar het verhaal van je docent en de stof nabespreken met een studiegenoot betrekt de auditieve gebieden van de cortex in de temporaalkwabben bij het proces, waardoor er nog meer geheugensporen ontstaan. Als je je ten slotte van tevoren afvraagt welke vragen op het tentamen of examen gesteld kunnen worden, betrek je weer andere gebieden van de frontaalkwabben bij het leerproces.
Over het algemeen geldt, hoe meer invalshoeken je gebruikt om de stof te benaderen (dat wil zeggen: hoe meer sensorische en motorische kanalen je stimuleert), des te meer geheugencomponenten je opbouwt in het netwerk van je hersenen. Met als gevolg dat op het moment dat je de stof moet reproduceren, je meer ingangen hebt om het geleerde weer naar boven te halen.

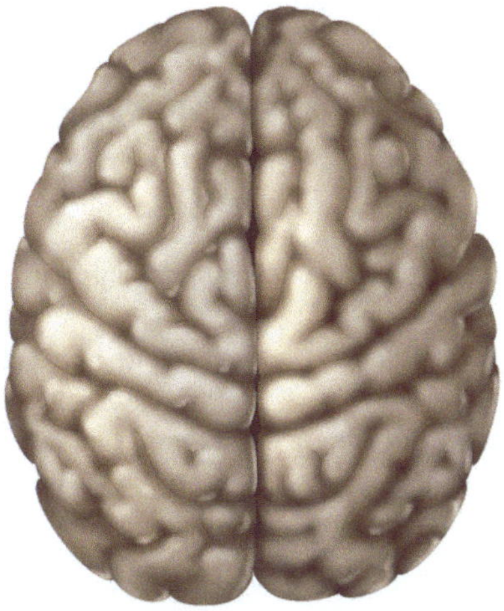

Figuur 2.16 Specialisatie van de hersenhelften

Tenzij je gescheiden hersenen hebt, maak je bij alles wat je doet gebruik van de vaardigheden van beide zijden van je hersenen. Waarom zijn er dan zulke opvallende verschillen tussen de manieren waarop mensen dezelfde taken benaderen? Sommige mensen lijken alles inderdaad op een analytische, logische manier te benaderen; anderen werken vanuit een 'intuïtiever' en meer emotioneel perspectief. Nu je iets weet over de werking van de hersenen, kun je begrijpen dat we deze verschillen tussen mensen niet eenvoudigweg kunnen verklaren door te suggereren dat ze gebruikmaken van de ene of de andere zijde van de hersenen. Zelfs split-brainpatiënten maken gebruik van beide zijden van hun hersenen! De aanname dat verschillende combinaties van ervaring en hersenfysiologie een rol spelen, vormt een betere verklaring. Mensen zijn verschillend als gevolg van verschillende combinaties van nature en nurture, niet doordat ze tegenover elkaar liggende zijden van de hersenen gebruiken.

DOE HET ZELF! Je beide hersenhelften gebruiken

Denk eens aan iets wat je graag doet: een bepaalde sport uitoefenen, muziek maken, koken of eten met vrienden, studeren of winkelen, wat je maar wilt. Stel je nu voor dat je daar een paar uur mee bezig bent en denk aan de kleinste details die zich in die tijd waarschijnlijk voordoen. Noteer er een paar en probeer te bedenken welke onderdelen van de activiteit door je linker- en welke door je rechterhersenhelft worden geregeld. (Hint: afgezien van de voorbeelden eerder in dit hoofdstuk staan er ook een paar in figuur 2.16.) De kans is groot dat je zult merken dat je beide hersenhelften bij elke bezigheid in orde moeten zijn, anders kun je je er niet volledig aan wijden. En daarom ben je zelf het levende bewijs van het feit dat je niet met je linker- of rechterhersenhelft functioneert, maar een prachtig gecoördineerd voorbeeld bent van iemand met 'hele hersenen'.

Kritisch denken toegepast
Ga naar 'In de praktijk' in de MyLab mediatheek om meer te lezen over de linker- en de rechterhersenhelft.

Ga naar **www.pearsonmylab.nl** om je kennis en begrip van deze paragraaf te testen met de MyMap, MyCheck en MyDefinitions.

SAMENVATTING VAN HET HOOFDSTUK

CENTRALE VRAAG: Wat vertelt Jills ervaring ons over de bouw van onze hersenen en hun enorme aanpassingsvermogen?

- Onze hersenen communiceren via contralaterale banen, waardoor sensorische informatie van de ene kant van het lichaam door de tegenoverliggende hersenhelft wordt verwerkt.
- Door schade of trauma verliezen we soms functies. Dankzij de plasticiteit van de hersenen kunnen we die functies herstellen of opnieuw ontwikkelen.
- Onze hersenen bestaan uit een groep gespecialiseerde structuren, die elk bepaalde taken uitvoeren, maar tegelijkertijd samenwerken om gedachten, gedrag en emoties te reguleren.

KERNVRAAG 2.1

▶ Wat is het verband tussen genen en gedrag?

De door Charles Darwin ontwikkelde theorie over de evolutie verklaart gedrag als het resultaat van **natuurlijke selectie**. Variatie onder individuen en strijd om hulpbronnen maakt dat het meest adaptieve gedrag overleeft, net als de geschiktste kenmerken. Dit principe verklaart een groot deel van ons gedrag. De genetica heeft de biologische basis van natuurlijke selectie en erfelijkheid opgehelderd. Onze **chromosomen** bevatten duizenden **genen** waarop de eigenschappen liggen die we van onze ouders hebben geërfd. Elk gen bestaat uit een **DNA**-segment dat voor een eiwit codeert. Eiwitten vormen op hun beurt de bouwstenen van de structuur en functie van het organisme, met inbegrip van het functioneren van de hersenen. We weten nog niet precies op welke wijze gedrag en psychologische processen door specifieke genen worden beïnvloed. Het erfelijkheidsonderzoek is wel zo vergevorderd dat we bijna in staat zijn onze genetische aanleg te veranderen of bepaalde erfelijke kenmerken voor onze kinderen te selecteren. Deze nieuwe kennis brengt keuzes met zich mee waarmee mensen nooit eerder zijn geconfronteerd.

● **KERNCONCEPT 2.1**
De evolutie heeft psychologische processen fundamenteel vormgegeven. Dit komt doordat de evolutie ten gunste werkt van genetische variaties die zorgen voor gedrag waarmee het individu zijn kans op overleving en voortplanting vergroot.

KERNVRAAG 2.2

▶ Hoe is de interne communicatie van het lichaam geregeld?

Neuronen ontvangen signalen via stimulatie door de **dendrieten** en het **cellichaam**. Als een neuron voldoende wordt geprikkeld, ontstaat er een **actiepotentiaal** die langs het **axon** wordt geleid. Via **neurotransmitters** wordt het signaal overgebracht op receptoren op cellen aan de andere kant van de **synaps**. Het zenuwstelsel is onderverdeeld in een **centraal** en een **perifeer zenuwstelsel**. Het perifere zenuwstelsel bestaat op zijn beurt uit het **somatische zenuwstelsel** (dat weer is onderverdeeld in sensorische en motorische zenuwbanen) en het **autonome zenuwstelsel**, dat communiceert met organen en klieren. Het **sympathische zenuwstelsel** van het autonome ZS is het actiefst bij stress, terwijl het **parasympathische zenuwstelsel** actief is wanneer het lichaam in rust is.

De klieren van het trager werkende hormoonstelsel communiceren ook met cellen in het gehele lichaam door **hormonen** aan het bloed af te geven. De activiteit van het hormoonstelsel wordt gereguleerd door de **hypofyse**, die is vastgehecht aan de basis van de hersenen waar deze klier door de hypothalamus wordt aangestuurd.

Psychoactieve middelen zijn van invloed op het zenuwstelsel doordat ze van invloed zijn op de effecten van neurotransmitters door als **agonisten** of **antagonisten** te werken. Helaas voor de mensen die psychoactieve middelen gebruiken, maken veel zenuwbanen in de hersenen gebruik van dezelfde neurotransmitters, waardoor ongewenste bijwerkingen ontstaan.

- **KERNCONCEPT 2.2**
De twee interne signaalsystemen van het lichaam, het zenuwstelsel en het endocriene stelsel, gebruiken beide chemische boodschappers om met doelen in het hele lichaam te communiceren.

KERNVRAAG 2.3

▶ Hoe produceren de hersenen gedrag en psychische processen?

De hersenen zijn opgebouwd uit drie geïntegreerde lagen. De **hersenstam** en de structuren die daartegenaan liggen (met inbegrip van de **medulla**, **formatio reticularis**, **pons**, **thalamus** en het **cerebellum**) reguleren veel vitale lichaamsfuncties, en hebben invloed op de waakzaamheid en op coördinatie van motorische bewegingen. Het **limbische systeem** (met inbegrip van de **hippocampus**, de **amygdala** en de **hypothalamus**) speelt een belangrijke rol bij motivatie, emotie en geheugen. De **cerebrale cortex** bevat sterk gespecialiseerde modules. De **frontaalkwabben** reguleren motorische functies, waaronder de spraak en hogere verstandelijke functies. De **pariëtaalkwabben** zijn gespecialiseerd in binnenkomende sensorische informatie, vooral van de tastzintuigen en de zintuigen die de positie van het lichaam registreren en in het begrijpen van spraak. De **occipitaalkwabben** houden zich uitsluitend bezig met het gezichtsvermogen, terwijl de **temporaalkwabben** verschillende functies uitvoeren met betrekking tot het herkennen van gezichten, het gehoor en de reuk. Ook al zijn de functies sterk binnen specifieke modules gelokaliseerd, normaal gesproken werken ze naadloos samen: voor elk psychisch en gedragsmatig proces dienen vele hersennetwerken gecoördineerd samen te werken. De **associatiecortex** integreert de uitvoer van de sensorische netwerken en van het geheugen. Een van de belangrijkste mysteries van de psychologie is de vraag hoe de hersenen erin slagen deze processen te coördineren. De twee hersenhelften zijn verschillend gespecialiseerd, waarbij taal, analytisch denken en positieve emoties door banen in de linkerhersenhelft worden gereguleerd, terwijl de rechterhersenhelft gespecialiseerd is in ruimtelijke interpretatie, visueel en muzikaal geheugen en negatieve emoties. De twee hersenhelften communiceren via het corpus callosum. Als de hersenhelften chirurgisch worden gescheiden, bijvoorbeeld wanneer het corpus callosum wordt doorgesneden bij split-brainpatiënten, ontstaat een dualiteit van het bewustzijn.

- **KERNCONCEPT 2.3**
De hersenen bestaan uit vele gespecialiseerde en onderling verbonden modules, die samenwerken in het creëren van geest en gedrag.

Op **www.pearsonmylab.nl** vind je tools en toetsen om je begrip en kennis van dit hoofdstuk uit te breiden en te oefenen.

BELANGRIJKE BEGRIPPEN

Actiepotentiaal
Agonist
Alles-of-nietsprincipe
Amygdala
Antagonist
Associatiecortex
Autonome zenuwstelsel
Autosoom
Axon
Biopsychologie
Centrale zenuwstelsel (CZS)
Cerebellum
Cerebrale cortex
Cerebrale dominantie
Chromosoom
Contralaterale banen
Corpus callosum
Creationisme

Dendrieten
DNA
Eindknop
Endocriene stelsel
Evolutie
Fenotype
Formatio reticularis
Frontaalkwab
Genen
Genoom
Genotype
Geslachtschromosoom
Gliacel
Hersenstam
Hippocampus
Hormoon
Hypofyse
Hypothalamus
Lateralisatie van de hersenen
Limbisch systeem
Medulla (oblongata)
Motorisch neuron
Motorische cortex
Natuurlijke selectie
Neurale baan
Neuron
Neurotransmitter
Occipitaalkwab
Parasympathische zenuwstelsel
Pariëtaalkwab
Perifere zenuwstelsel (PZS)
Plasticiteit
Pons
Reflex
Rustpotentiaal
Schakelcel
Sensorisch neuron
Soma
Somatische zenuwstelsel
Somatosensorische cortex
Spiegelneuron
Sympathische zenuwstelsel
Synaps
Synaptische transmissie
Temporaalkwab
Thalamus
Visuele cortex
Zenuwstelsel

▶ KERNVRAGEN	● KERNCONCEPTEN	■ IN DE PRAKTIJK
5.1 Wat is het geheugen? 5.1.1 Metaforen voor het geheugen 5.1.2 De drie essentiële functies van het geheugen	5.1 Het geheugen van de mens is een informatieverwerkingssysteem dat constructief werkt om informatie te coderen, op te slaan en weer terug te halen.	**Psychologische kwesties** Een fotografisch geheugen op www.pearsonmylab.nl **Doe het zelf!** Beschik jij over eidetische vermogens? op www.pearsonmylab.nl
5.2 Hoe vormen we herinneringen? 5.2.1 Het eerste stadium: het sensorisch geheugen 5.2.2 Het tweede stadium: het werkgeheugen 5.2.3 Het derde stadium: het langetermijngeheugen	5.2 Elk van de drie geheugenstadia codeert en legt herinneringen op een andere manier vast, maar samen zorgen ze ervoor dat een sensorische ervaring wordt omgezet in een blijvend geheugenspoor met een bepaald patroon of een bepaalde betekenis.	**Doe het zelf!** Meet de capaciteit van je werkgeheugen **Doe het zelf!** Hoe schema's het geheugen beïnvloeden **Psychologische kwesties** Het tragische geval van H.M. **Psychologische kwesties** Flitslichtherinneringen (Waar was je toen ...?) op www.pearsonmylab.nl
5.3 Hoe halen we herinneringen terug? 5.3.1 Impliciete en expliciete herinneringen 5.3.2 Herinneringscues 5.3.3 Andere factoren die van invloed zijn op terughalen	5.3 Of herinneringen nu impliciet of expliciet zijn, of we ze kunnen terughalen is afhankelijk van de manier waarop ze gecodeerd zijn en hoe ze worden opgeroepen.	
5.4 Waarom laat ons geheugen ons soms in de steek? 5.4.1 Vluchtigheid: als herinneringen vervagen 5.4.2 Verstrooidheid: als verslappen van de aandacht tot vergeten leidt 5.4.3 Blokkades: toegangsproblemen 5.4.4 Foutieve attributie: herinneringen in de verkeerde context 5.4.5 Suggestibiliteit: externe cues vervormen of creëren herinneringen 5.4.6 Bias: overtuigingen, attitudes en meningen vervormen herinneringen 5.4.7 Persistentie: als we iets niet kunnen vergeten 5.4.8 Je geheugen verbeteren met mnemoniek	5.4 De meeste problemen die we met ons geheugen hebben, ontstaan door een van de 'zeven zonden' van het geheugen.	**Psychologische kwesties** Interferentie op www.pearsonmylab.nl **Psychologische kwesties** Op het puntje van je tong **Psychologie gebruiken om psychologie te leren** **Kritisch denken toegepast** De controverse over teruggehaalde herinneringen op www.pearsonmylab.nl

CENTRALE VRAAG: Hoe kunnen we op basis van onze kennis over het geheugen beweringen over teruggehaalde herinneringen beoordelen?

Op **www.pearsonmylab.nl** vind je tools en toetsen om je begrip en kennis van dit hoofdstuk uit te breiden en te oefenen.

5 GEHEUGEN

Foto: Nadja Girod.

Kan het geheugen ons voor de gek houden? Of wordt ons verleden nauwkeurig en onuitwisbaar in het geheugen vastgelegd? Het blijkt dat ons geheugen er deels in slaagt zowel het ene als het andere te doen. Het geheugen houdt ons inderdaad soms voor de gek en toch zijn veel van onze herinneringen tamelijk nauwkeurig. Het probleem is dat we niet altijd weten wanneer we op ons geheugen kunnen vertrouwen en wanneer niet, zoals uit de volgende casussen blijkt.

Casus 1:
De twaalfjarige Donna kreeg plotseling last van zware migraineaanvallen, die leidden tot slapeloosheid en somberheid. Haar ouders, Judy en Dan, besloten hulp te zoeken. Toen Donna dertien was, kreeg ze de ene na de andere therapeut, en uiteindelijk kwam ze uit bij een maatschappelijk werkster die zich had gespecialiseerd in kindermishandeling. Bij deze therapeut onthulde Donna dat ze op driejarige leeftijd seksueel was misbruikt door een buurman. De therapeut concludeerde dat herinneringen aan het misbruik, die zo lang in haar geheugen waren verborgen, waarschijnlijk verantwoordelijk waren voor Donna's huidige klachten. Daarom ging ze op zoek naar verdere details en andere mogelijke gevallen van seksueel misbruik. Uiteindelijk vroeg de therapeut Donna een

fotoalbum mee te nemen, waarin een foto zat van Donna in haar ondergoed, genomen toen ze twee of drie was. De therapeut deed de suggestie dat dit bewijs zou kunnen zijn dat Donna's vader seksuele interesse in haar had en haar, mogelijk, had misbruikt. De therapeute gaf Donna's vader onmiddellijk aan bij de autoriteiten, die een onderzoek instelden (ABC News, 1995).

Twee jaar lang voelde Donna een enorme druk om haar vader te beschuldigen, maar ze ontkende voortdurend dat hij haar had misbruikt. Te midden van toenemende verwarring over haar jeugdherinneringen, begon ze ten slotte te geloven dat ze leed aan het 'verdrongenherinneringensyndroom' en ze meende dat haar vader haar tijdens haar jeugd meer dan eens had misbruikt. Uiteindelijk werd Donna in een inrichting opgenomen. In de inrichting kreeg ze medicatie, werd ze herhaaldelijk gehypnotiseerd en kreeg ze de diagnose meervoudige persoonlijkheidsstoornis (tegenwoordig dissociatieve identiteitsstoornis genoemd).

Wat haar vader betreft: Dan werd gearresteerd en stond terecht wegens beschuldigingen van misbruik, uitsluitend op basis van de teruggehaalde herinneringen van zijn dochter. Toen zijn twee weken durende proces eindigde met een verdeelde jury, ging Dan vrijuit. Kort na het proces verhuisde Donna met een pleeggezin naar een andere staat. In een nieuwe omgeving en op grote afstand van het systeem dat haar verhaal had ondersteund, begon ze te geloven dat haar herinneringen onjuist waren. Uiteindelijk gaf haar arts het advies haar naar het eigen gezin terug te sturen, waar de relaties en het vertrouwen langzaam opnieuw moesten worden opgebouwd.

Casus 2:

Ross, een universitair docent, ging in therapie omdat hij ongelukkig was met zijn leven. Toen hij zijn probleem beschreef, zei hij: 'Ik voelde me stuurloos, alsof er een anker in mijn leven was gelicht. Ik twijfelde aan mijn huwelijk, aan mijn baan, aan alles' (Schacter, 1996, p. 249). Enkele maanden nadat hij met therapie was begonnen had hij een droom waardoor hij zich erg ongemakkelijk voelde. De droom ging over een kampbegeleider die hij als kind had gekend. Gedurende de volgende uren groeide het ongemakkelijke gevoel dat hij tijdens zijn droom had geleidelijk uit tot een levendige herinnering aan de begeleider die hem misbruikt had. Vanaf dat moment raakte Ross door deze herinnering geobsedeerd. Uiteindelijk nam hij een privédetective in de arm die de begeleider voor hem opspoorde. Na talloze pogingen om met de begeleider telefonisch in gesprek te komen, legde Ross ten slotte contact en nam het telefoongesprek op band op. De begeleider gaf toe dat hij Ross had misbruikt, evenals verschillende andere jongens in het kamp. Vreemd genoeg beweerde Ross dat hij, totdat hij in therapie ging, jarenlang gewoon niet aan het misbruik had gedacht.

CENTRALE VRAAG: **Hoe kunnen we op basis van onze kennis over het geheugen beweringen over teruggehaalde herinneringen beoordelen?**

Houd in gedachten dat er geen zekere manier is om te bewijzen dat iets *niet* is gebeurd. Dit betekent dat het zonder onafhankelijk bewijsmateriaal, zoals de brief van de kinderjuffrouw van Piaget die we later in dit hoofdstuk zullen tegenkomen, onmogelijk is overtuigend te bewijzen dat er *geen* mishandeling heeft plaatsgevonden. We moeten beweringen dus afwegen tegen ons inzicht in het geheugen. In het bijzonder moeten we de antwoorden op de volgende vragen kennen:

- Maakt het geheugen een accurate registratie van alles wat we ervaren?
- Worden traumatische ervaringen zoals seksueel misbruik vaak verdrongen, zoals Sigmund Freud ons leerde? Of herinneren we ons onze meest emotionele ervaringen juist het beste, zowel goede als slechte?
- Hoe betrouwbaar zijn herinneringen aan ervaringen uit de vroege jeugd?
- Hoe gemakkelijk kunnen herinneringen door suggestie worden veranderd, bijvoorbeeld wanneer een therapeut of politieagent suggereert dat er sprake is geweest van seksueel misbruik?
- Zijn onze levendigste herinneringen nauwkeuriger dan minder levendige herinneringen?

De antwoorden op deze vragen en vele andere zijn in dit hoofdstuk te vinden. Laten we eens beginnen met de meest fundamentele vraag van allemaal.

KERNVRAAG 5.1

▶ Wat is het geheugen?

Ongetwijfeld weet je dat het geheugen je soms behoorlijk bij de neus kan nemen. De beste manier om je daartegen te beschermen is door het goed te leren kennen. We beginnen met een definitie: cognitief psychologen definiëren het **geheugen** als een systeem dat informatie codeert, opslaat en weer terughaalt. Deze definitie geldt zowel voor organismen als voor computers. Maar in tegenstelling tot het geheugen van een computer, is dat van de mens een *cognitief* geheugensysteem dat informatie krijgt van de zintuigen en een gedeelte daarvan omzet in betekenisvolle patronen die opgeslagen kunnen worden voor eventueel later gebruik. Deze geheugenpatronen vormen vervolgens de grondstof voor gedachten en gedrag. Dankzij dergelijke geheugenpatronen kun je het gezicht van een vriend herkennen, fietsen, je een uitstapje herinneren en (als alles goed gaat) vragen tijdens een examen correct beantwoorden. Het kernconcept definieert ons geheugensysteem als volgt:

Geheugen: Elk systeem (van een mens, een dier of een apparaat) dat informatie codeert, opslaat en terughaalt.

● **KERNCONCEPT 5.1**
Het geheugen van de mens is een informatieverwerkingssysteem dat constructief werkt om informatie te coderen, op te slaan en weer terug te halen.

En wat is nu het verband tussen sensatie en perceptie, het geheugen en leren, de onderwerpen van de vorige hoofdstukken? Al deze aspecten kun je zien als processen in het complexe (cognitieve) informatieverwerkingssysteem dat een mens hanteert. Het begint bij de zintuigen, die fysieke stimulatie omzetten in neurale impulsen die ons op hun beurt sensaties geven, waarna het proces van perceptie betekenis aan deze informatie geeft. Je kunt je het geheugen vervolgens voorstellen als het cognitieve systeem dat de informatie die we opnemen verwerkt, codeert en opslaat, zodat we die informatie later kunnen opvragen. Met andere woorden, het geheugen maakt leren mogelijk, want zoals je weet is er alleen sprake van leren als er blijvende veranderingen optreden.
Dit hoofdstuk is feitelijk een uitbreiding van onze bespreking van cognitief leren in het laatste gedeelte van hoofdstuk 4. Nu ligt de nadruk echter op complexere vormen van leren en geheugen bij de mens, in tegenstelling tot de eenvoudigere vormen van leren en conditioneren bij dieren die we eerder hebben bestudeerd.

◀◀ **Verbinding hoofdstuk 3**
Het proces van perceptie bewerkt inkomende sensorische neurale patronen en geeft er betekenis aan. Ons geheugen slaat een gedeelte van deze betekenisvolle patronen op voor later gebruik (p. 106).

◀◀ **Verbinding hoofdstuk 1**
Cognitieve psychologie is een van de zes belangrijkste perspectieven in de psychologie (p. 22).

5.1.1 Metaforen voor het geheugen

We gebruiken vaak metaforen om gecompliceerde dingen te begrijpen. Het geheugen van de mens, een gecompliceerd fenomeen, wordt dan ook wel eens vergeleken met een bibliotheek of een pakhuis (Haberlandt, 1999), en daarmee wordt de nadruk gelegd op het vermogen van ons geheugen om grote hoeveelheden informatie op te slaan. Een andere metafoor vergelijkt het geheugen met een computer. Er bestaan echter ook metaforen die een misleidend beeld geven van wat ons geheugen is en kan. Zo geloven veel mensen ten onrechte dat het geheugen van de mens op dezelfde manier functioneert als een videocamera, wat impliceert dat het volledig en waarheidsgetrouw alles vastlegt wat we meemaken.

Experimenten laten duidelijk zien dat dit beeld niet klopt. Bovendien kan het geloof in de onfeilbare nauwkeurigheid van het geheugen in sommige gevallen van 'teruggehaalde herinneringen' onjuist en gevaarlijk zijn. In plaats daarvan zien cognitief psychologen het geheugen van de mens als een interpretatief systeem dat informatie opneemt, en, als een kunstenaar, bepaalde details verwijdert en de rest in betekenisvolle patronen reorganiseert.

Als je je iets herinnert, haal je fragmenten, vergelijkbaar met stukjes van een legpuzzel, terug uit je geheugen. Zoals we hebben gezien in de laatste paragraaf van het vorige hoofdstuk, *reconstrueer* je vervolgens de gebeurtenis (of het idee, de emotie of het beeld) met deze fragmenten door lege plekken in te vullen *zoals je denkt of wilt dat het was,* en niet zoals het feitelijk gebeurd is. Het grootste deel van de tijd werkt dit zo goed dat je niet beseft dat een deel van je herinnering eigenlijk uit reconstructie bestaat. Maar het proces van reconstructie is zo beschouwd geen objectief proces. Zeker als er sprake is van emotioneel belastende herinneringen, is men bij deze reconstructie heel erg vatbaar voor suggesties, zoals ook uit de casus van Donna blijkt.

Sommige herinneringen zijn vager dan andere. Psychologen hebben ontdekt dat ons geheugen over het algemeen het nauwkeurigst werkt bij het vastleggen van:

- informatie waaraan we *aandacht* hebben besteed, zoals de woorden van een vriend tegen de achtergrondgeluiden in een rumoerig restaurant;
- informatie die ons *interesseert*, zoals de plot van een favoriete film;
- informatie die ons *emotioneel raakt*, zoals een bijzonder prettige of pijnlijke ervaring (tenzij onze biases ook door het materiaal worden opgeroepen, bijvoorbeeld wanneer we naar een sterk partijdige politieke toespraak luisteren);
- informatie die aansluit bij *eerdere ervaringen*, zoals een nieuwtje over een popster die je vorige week hebt zien optreden;
- informatie die we *repeteren*, zoals de leerstof die je de avond voor een examen nog een keer doorneemt.

Informatieverwerkingsmodel: Een cognitieve benadering van het geheugen, die de nadruk legt op de wijze waarop informatie systematische verandering ondergaat bij het coderen, opslaan en terughalen ervan.

In het overige deel van dit hoofdstuk behandelen we deze cognitieve benadering van het geheugen, het zogenoemde **informatieverwerkingsmodel**, verder. Hierbij ligt de nadruk op de wijze waarop informatie systematische veranderingen ondergaat op de weg naar een permanente herinnering, een manier van informatieverwerking die heel anders is dan die in het naïeve videocameramodel. Bij dit informatieverwerkingsmodel ligt de nadruk er eveneens op dat het geheugen *functioneel* is, dat wil zeggen dat het nuttige functies voor ons uitvoert. Zoals we verderop zullen zien, zijn de meest elementaire hiervan het *coderen, opslaan* en *terughalen* van informatie.

5.1.2 De drie essentiële functies van het geheugen

Eenvoudig gezegd neemt het menselijk geheugen feitelijk betekenisloze sensorische informatie op (zoals het stemgeluid van je docent) en verandert dit in betekenisvolle patronen (woorden, zinnen en begrippen) die je kunt opslaan en later kunt gebruiken. Hiertoe moet het geheugen eerst de binnenkomende sensorische informatie in een nuttig formaat coderen.

Coderen: De eerste elementaire functie van het geheugen. Heeft te maken met het omzetten van informatie in een vorm die het beste in het geheugensysteem past.

Om informatie te kunnen **coderen**, moet je eerst een stimulus *selecteren* uit de immense brij van prikkels die via je zintuigen binnenkomt, en een eerste classificatie maken. Is het een geluid, beeld, geur, smaak of pijn? Vervolgens moet je de onderscheidende kenmerken van die stimulus *identificeren*. Als het een geluid is, is het dan hard, zacht, of schel? Past het in een patroon dat een naam vormt, een melodie, of een kreet om hulp? Is het misschien een geluid dat je al eens eerder hebt gehoord? Als je dat allemaal hebt uitgezocht, plak je in gedachten een *label* of *etiket* op de ervaring om deze betekenisvol te maken. ('Het is meneer Zimbardo. Hij is mijn psychologiedocent.')

De verschillende stappen van het coderen worden over het algemeen zo snel en automatisch gezet dat je er niets van merkt. Om een voorbeeld te noemen: je kunt je waarschijnlijk wel herinneren wat je vanochtend als ontbijt hebt gegeten, ondanks het feit dat je waarschijnlijk niet bewust hebt geprobeerd dit te onthouden. Van emotioneel geladen ervaringen, zoals een ruzie met een collega, is het nog waarschijnlijker dat ze in het geheugen blijven hangen zonder dat we ons best doen deze te coderen (Dolan, 2002).

Anderzijds is voor herinneringen aan concepten, zoals de basisprincipes van de psychologie die je in dit boek bestudeert, meestal een bewuste inspanning tot codering nodig om een bruikbare herinnering te vestigen. Tijdens een proces dat *elaboratie* wordt genoemd (zie ook het begrip 'actief herhalen door verbanden te leggen' in paragraaf 5.2.2), wordt de nieuwe informatie gekoppeld aan informatie die reeds in je geheugen ligt opgeslagen. Je kunt dit bijvoorbeeld doen door de nieuwe stof aan persoonlijke, concrete voorbeelden te koppelen, bijvoorbeeld toen je de term 'negatieve bekrachtiging' associeerde met het verdwijnen van pijn wanneer je een aspirientje neemt. (Als hulpmiddel voor elaboratie geeft dit boek opzettelijk veel van dergelijke voorbeelden die, naar wij hopen, bij je ervaringen zullen aansluiten.)

Opslaan, de tweede essentiële functie van het geheugen, heeft te maken met het gedurende langere tijd bewaren van het gecodeerde materiaal. Als we dieper op de werking van het geheugen ingaan, zul je leren dat het geheugen uit drie delen of fases bestaat; in elk van deze delen worden herinneringen gedurende een bepaalde tijd en in een bepaalde vorm opgeslagen. De truc om moeilijk te onthouden stof in het langetermijngeheugen te krijgen, is de informatie, voordat de tijd waarin deze opgeslagen kan blijven in een bepaald deel voorbij is, opnieuw te coderen en wel op een wijze die het langetermijngeheugen 'prettig' vindt. Als je bijvoorbeeld naar een college luistert, heb je slechts enkele seconden om patronen of betekenis in het stemgeluid van je docent te coderen voordat er nieuwe informatie binnenkomt en de oude informatie verloren is gegaan.

Opslaan: De tweede elementaire functie van het geheugen. Heeft te maken met het langdurig bewaren van gecodeerd materiaal.

Terughalen: De derde elementaire functie van het geheugen. Heeft te maken met het lokaliseren en weer in het bewustzijn terugbrengen van informatie uit het geheugen.

Terughalen, de derde elementaire geheugentaak, is de beloning voor je eerdere inspanningen bij coderen en opslaan. Als je een juist gecodeerde herinnering hebt, duurt het slechts een fractie van een seconde om de informatie te vinden, deze naar het bewustzijn te brengen of, in andere gevallen, om je gedrag op onbewust niveau te beïnvloeden. (Laten we eens kijken of jouw mechanismen voor toegang en terughalen goed functioneren. Kun je je nog herinneren welke van de drie geheugenfuncties voorafgaat aan *opslaan*?)

Helaas werkt het terughalen niet altijd goed, doordat het menselijk geheugensysteem, dat weliswaar geweldig goed werkt, soms fouten maakt, informatie vertekent of zelfs volkomen tekortschiet. In het laatste deel van dit hoofdstuk zullen we deze problemen nader bekijken.

Psychologische kwesties
Sommige mensen hebben een fotografisch geheugen. Zou jij dat willen hebben? Ga naar 'In de praktijk' in de MyLab mediatheek voor een bespreking van deze kwestie en de bijbehorende **Doe het zelf!**

Ga naar **www.pearsonmylab.nl** om je kennis en begrip van deze paragraaf te testen met de MyMap, MyCheck en MyDefinitions.

KERNVRAAG 5.2

▶ Hoe vormen we herinneringen?

Als informatie uit een college onderdeel moet worden van je permanente geheugen, moet ze drie stadia doorlopen: eerst het stadium van het *sensorisch geheugen*, vervolgens dat van het *werkgeheugen* en ten slotte dat van het *langeter-*

Zoals het lichtspoor van deze sterretjes kort zichtbaar zijn, blijven indrukken niet langer dan een paar seconden in het sensorisch geheugen hangen.
Bron: Photodisc/Thinkstock.

mijngeheugen. Je zou kunnen zeggen dat de drie stadia er samen voor zorgen dat het spervuur van in eerste instantie betekenisloze binnenkomende stimuli wordt omgezet in betekenisvolle patronen, die klaar zijn voor opslag en later gebruik. Dit driestadiamodel, ontwikkeld door Richard Atkinson en Richard Shiffrin (1968), wordt nu breed geaccepteerd, met enkele uitbreidingen en aanpassingen. Figuur 5.1 laat zien hoe de informatiestroom in deze drie stadia verloopt. (Let op: verwar deze stadia niet met de drie essentiële taken van het geheugen die we eerder hebben behandeld.)

Sensorisch geheugen

Sensorisch geheugen: Het eerste van de drie geheugenstadia, waarin de sensorische indrukken van stimuli korte tijd worden bewaard of geregistreerd; ook wel *sensorisch register* genoemd.

Beelden, geluiden, geuren, texturen en andere sensorische indrukken blijven slechts kort in het **sensorisch geheugen** hangen, niet langer dan een paar seconden. Hoewel we ons meestal niet bewust zijn van het sensorisch geheugen kun je de effecten ervan zien als je naar de snel vervagende sterrenregen kijkt die een vuurpijl in een donkere nacht nalaat. Je kunt de effecten ervan ook horen in de overgang van de ene toon naar een andere wanneer je naar een melodie luistert. De inkomende sensorische informatie wordt net lang genoeg in deze vorm vastgehouden om te kunnen onderzoeken of de informatie belangrijk genoeg is om deze toe te laten tot het werkgeheugen.

Werkgeheugen

Werkgeheugen: Het tweede van de drie geheugenstadia, met een zeer beperkte capaciteit. Zonder repeteren worden indrukken van pas waargenomen gebeurtenissen of ervaringen op z'n hoogst een minuut bewaard.

Het tweede stadium van het geheugen, dat het **werkgeheugen** wordt genoemd, selecteert informatie uit het sensorisch geheugen en verbindt die met items die al in het langetermijngeheugen zijn opgeslagen. (Wanneer we zeggen dat 'iets een belletje doet rinkelen' hebben we het over deze verbinding.) Ook hier wordt de informatie slechts tijdelijk vastgehouden, maximaal twintig tot dertig seconden (Nairne, 2003), waardoor het werkgeheugen een handige buffer is voor items die je maar even hoeft te onthouden, zoals een telefoonnummer dat je net hebt opgezocht. Oorspronkelijk noemden psychologen dit stadium het *kortetermijngeheugen*, waarmee het idee werd weerspiegeld dat het alleen maar een passieve opslagplaats voor de korte termijn was. Maar uit onderzoek is gebleken dat informatie in deze fase via allerlei actieve mentale processen razendsnel wordt verwerkt, vandaar dat psychologen nu de voorkeur geven aan de term werkgeheugen.

Langetermijngeheugen

Langetermijngeheugen (LTG): Het derde van de drie geheugenstadia, met de grootste capaciteit en waar informatie het langst wordt vastgehouden. In welk deel van het langetermijngeheugen de informatie wordt opgeslagen, is afhankelijk van haar betekenis.

Het laatste stadium van het verwerkingsproces wordt het **langetermijngeheugen (LTG)** genoemd. Het LTG ontvangt informatie uit het werkgeheugen en kan die voor langere tijd bewaren, zodat ze op een later moment weer kan worden teruggehaald. Sommige informatie wordt een leven lang bewaard. De informatie in het langetermijngeheugen bevat onze kennis over de wereld, van de tekst van onze favoriete liedjes tot het jaar waarin Wilhelm Wundt het eerste psychologisch laboratorium opende. (Dit stond in hoofdstuk 1. Weet je nog welk jaar dat was?)
Ons kernconcept vat de drie stadia kort samen:

KERNCONCEPT 5.2

Elk van de drie geheugenstadia codeert en legt herinneringen op een andere manier vast, maar samen zorgen ze ervoor dat een sensorische ervaring wordt omgezet in een blijvend geheugenspoor met een bepaald patroon of een bepaalde betekenis.

In deze paragraaf ligt de nadruk op de unieke bijdrage van elk van de fases aan het uiteindelijke geheugenproduct (zie tabel 5.1). Om precies te zijn: we gaan van elk van deze fases de *opslagcapaciteit*, de *duur* (de tijd die informatie wordt vastgehouden), de *structuur* en de *functie* onderzoeken.

Figuur 5.1

De drie stadia van het geheugen (vereenvoudigd)

Volgens het 'standaardmodel' is het geheugen verdeeld in drie stadia. Alle informatie die in het langetermijngeheugen wordt opgeslagen, is eerst verwerkt door het sensorisch geheugen en het werkgeheugen.

Tabel 5.1 Een vergelijking tussen de drie stadia van het geheugen

	Sensorisch geheugen	Werkgeheugen	Langetermijngeheugen (LTG)
Functie	Houdt korte tijd informatie vast voordat deze in het werkgeheugen komt	• Betrokken bij controle van aandacht • Kent betekenis toe aan informatie • Legt verbanden tussen ideeën en gebeurtenissen	Langetermijnopslag van informatie
Codering	Sensorische beelden: geen betekenisvolle codering, enkel registratie	Codeert informatie (in het bijzonder op basis van betekenis) om deze bruikbaar te maken voor langetermijnopslag	Slaat informatie op in betekenisvolle mentale categorieën
Opslagcapaciteit	12 – 16 items	7 +/– 2 chunks	Onbeperkt
Duur	Van ongeveer een kwart seconde tot een paar seconden	Ongeveer twintig seconden, tenzij meerdere malen gerepeteerd	Onbeperkt
Structuur	Een apart sensorisch register voor elk zintuig	• Centrale bestuurder • Fonologische lus • Schetsboek • Episodische buffer • Semantische buffer	Procedureel geheugen en declaratief geheugen (verder onderverdeeld in semantisch en episodisch geheugen)
Biologische basis	Zintuiglijke zenuwbanen	Behelst de hippocampus en de frontaalkwabben	Behelst verschillende delen van de cerebrale cortex

5.2.1 Het eerste stadium: het sensorisch geheugen

Je zintuigen nemen veel meer informatie op dan je kunt gebruiken. Terwijl je dit boek leest, worden je zintuigen overspoeld met informatie: de woorden op de bladzijden, de geluiden in de kamer, de druk van je kleren op je huid, de temperatuur van de lucht, de knagende honger in je maag et cetera. Hoe gaan je hersenen om met al deze sensorische informatie?

De belangrijkste taak van het sensorisch geheugen is deze stroom van sensaties net zo lang vast te houden dat het je hersenen in staat stelt te beslissen welke informatie jouw aandacht verdient. Maar hoeveel informatie kan het sensorisch geheugen eigenlijk bevatten? De cognitief psycholoog George Sperling vond het antwoord op deze vraag met behulp van een van de eenvoudigste en slimste experimenten uit de geschiedenis van de psychologie.

De capaciteit en duur van het sensorisch geheugen

Sperling toonde aan dat dit eerste stadium van het geheugen veel meer informatie vasthoudt dan er ooit in het bewustzijn terechtkomt. Hij vroeg mensen eerst zo goed mogelijk een aantal letters te onthouden die een fractie van een seconde op een scherm werden geprojecteerd. (Je kunt kort naar onderstaande letters kijken en vervolgens proberen er zo veel mogelijk te herinneren.)

D	J	B	W
X	H	G	N
C	L	Y	K

Eerst vroeg Sperling zijn proefpersonen alle letters uit de matrix op te noemen die ze zich konden herinneren. Zoals je zou verwachten na zo'n ultrakorte blootstelling aan de stimulus, konden de meeste mensen slechts drie of vier letters reproduceren.

Maar, vroeg Sperling zich af, is het misschien mogelijk dat er veel meer informatie dan deze drie of vier letters in een tijdelijke geheugenbuffer ligt opgeslagen, en dat die informatie verbleekt voordat ze kan worden opgemerkt? Om dit idee te onderzoeken, veranderde hij de experimentele opdracht op de volgende manier. Onmiddellijk nadat de matrix met letters was verdwenen, gaf een geluidssignaal aan welke rij letters de proefpersonen moesten reproduceren: een hoge toon betekende de bovenste rij, een normale toon vroeg om de middelste rij en een lage toon betekende de onderste rij. De proefpersonen hoefden dus alleen de letters van één rij te rapporteren, in plaats van de hele matrix.

In deze opdracht konden de meeste proefpersonen opeens bijna alle letters reproduceren – *welke* rij het geluid ook aangaf. Met andere woorden: ze konden elke rij *afzonderlijk* reproduceren, maar niet alle rijen *tegelijk*. Dit resultaat doet vermoeden dat de werkelijke capaciteit van het sensorisch geheugen bestaat uit twaalf of meer items, maar dat op drie of vier na, alle items uit het sensorisch geheugen verdwijnen voordat ze het bewustzijn bereiken (Sperling, 1960, 1963).

Zou het niet beter zijn als ons sensorisch geheugen alle indrukken wat langer vasthield, zodat we meer tijd zouden hebben om ze te selecteren? Waarschijnlijk niet. Met voortdurend nieuwe informatie die binnenkomt, moet oude informatie snel verdwijnen, anders raakt het systeem te vol. Sensorische herinneringen produceren een nabeeld in het sensorische geheugen en blijven net lang genoeg hangen om in elkaar over te lopen en onze ervaring een gevoel van continuïteit te geven. Maar gelukkig blijven ze meestal niet lang genoeg hangen om de verwerking van nieuwe sensorische indrukken te verstoren.

De structuur en functie van het sensorisch geheugen

Je kunt je het sensorisch geheugen voorstellen als een mentaal 'filmdoek', waarop beelden kortstondig worden 'geprojecteerd' en vervolgens verdwijnen. Dit in elkaar overlopen van beelden in het sensorisch geheugen geeft ons de impressie van beweging in een film, die in feite niets meer is dan een serie snel opeenvolgende stilstaande beelden.

Maar het sensorisch geheugen bestaat niet alleen uit visuele beelden. Omdat elk zintuig een aparte sensorische opslagruimte heeft, bevat elk deel van het sensorisch geheugen een ander soort informatie (zie figuur 5.2). De sensorische opslagruimte voor beelden wordt het *iconisch geheugen* genoemd. Hier worden gecodeerde lichtpatronen geregistreerd die wij uiteindelijk waarnemen als visuele beelden (na verwerking in het werkgeheugen). In het sensorisch geheugen voor geluiden, het zogenaamde *echoïsch geheugen,* worden auditieve stimuli geregistreerd of vastgehouden.

Houd in gedachten dat aan beelden in het sensorisch geheugen geen betekenis is gehecht, net zoals een digitaal beeld voor een camera geen betekenis heeft. Het sensorisch geheugen heeft eenvoudig als taak de beelden gedurende korte tijd vast te houden. Zoals we zullen zien, wordt pas in de volgende fase, het werkgeheugen, betekenis aan gewaarwordingen gehecht.

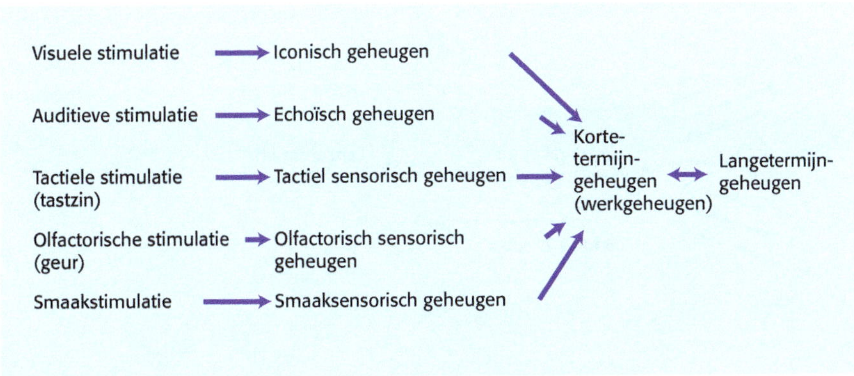

Figuur 5.2
Een veelvoud aan sensorische opslagplaatsen
Elk van onze sensorische zenuwbanen heeft een eigen sensorisch geheugen, en elk sensorisch geheugen heeft weer een eigen uitmonding in het werkgeheugen.

5.2.2 Het tweede stadium: het werkgeheugen

In het tweede stadium van verwerking vormt het werkgeheugen de tijdelijke buffer waarin je de naam vasthoudt van iemand met wie je zojuist kennis hebt gemaakt of de woorden van het begin van deze zin terwijl je de rest leest. Ruimer gezien is het werkgeheugen de verwerker van bewuste ervaringen, inclusief informatie uit het sensorisch geheugen en informatie die wordt opgehaald uit het langetermijngeheugen (Jonides et al., 2005). Het werkgeheugen is een soort psychische 'werkplaats' waar we informatie sorteren en coderen voordat we die aan het langetermijngeheugen toevoegen (Shiffrin, 1993).

Je zou het werkgeheugen kunnen beschouwen als de 'centrale verwerkingschip' voor het gehele geheugensysteem. De informatie blijft veel langer in het werkgeheugen dan in het sensorisch geheugen, gemiddeld twintig tot dertig seconden, en nog veel langer als je extra moeite doet om de informatie door repeteren actief te houden. Het werkgeheugen is ook de mentale werkplaats waar we spelen met ideeën en beelden die we uit het langetermijngeheugen hebben opgehaald, een proces dat we 'denken' noemen. Bij al deze functies fungeert het werkgeheugen niet alleen als centrum van het verstandelijk handelen, maar ook als tussenstation voor de andere onderdelen van het geheugen.

▸▸ **Verbinding hoofdstuk 6**
Het werkgeheugen is de plaats waar ons 'denken' plaatsvindt (p. 207).

De capaciteit en duur van het werkgeheugen

Het stadium van het werkgeheugen wordt geassocieerd met een 'magisch getal': 7 +/- 2. Dat wil zeggen dat het werkgeheugen ongeveer zeven items kan bevatten (Miller, 1956), hoewel dat van persoon tot persoon enigszins kan verschillen. Onder het kopje 'Doe het zelf!' kun je zien hoeveel cijfers jouw werkgeheugen kan bevatten.

Als we het werkgeheugen overladen, zijn het meestal oudere items die plaatsmaken voor recentere informatie. Maar als het werkgeheugen geheel gevuld is met informatie die onze aandacht vraagt, kan het ook gebeuren dat we nieuwe informatie die via onze zintuigen binnenkomt niet eens opmerken. Vanwege deze beperkte capaciteit van het werkgeheugen is het volgens veel psychologen niet verantwoord om tijdens het rijden te telefoneren (Wickelgren, 2001).

Valt het je op dat de capaciteit van het werkgeheugen opmerkelijk veel kleiner is dan die van het sensorisch geheugen? Het werkgeheugen heeft de geringste capaciteit van alle drie de geheugensystemen. Deze beperking en de beperkte tijd dat informatie beschikbaar blijft, maakt dit deel van het geheugen de bottleneck van het totale geheugensysteem (zie figuur 5.3). De problemen die ontstaan door de beperkte capaciteit en de korte houdbaarheid van de items in dit deel van het geheugen vormen een obstakel voor studenten die grote hoeveelheden informatie moeten verwerken en reproduceren. Gelukkig zijn er manieren om deze problemen te omzeilen. We zullen ze verderop in dit hoofdstuk bespreken.

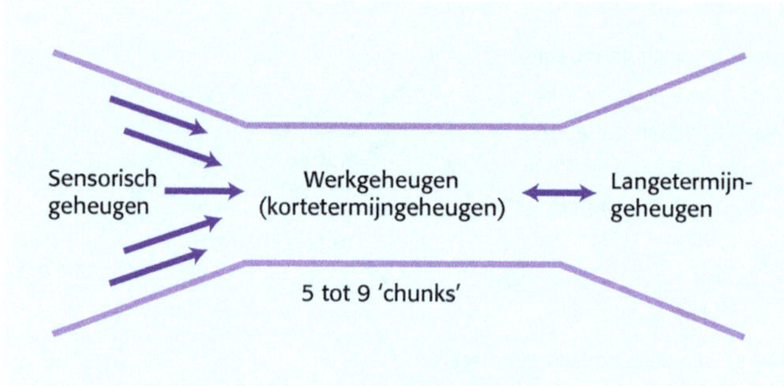

Figuur 5.3
De bottleneck van het werkgeheugen
Het werkgeheugen vormt het middelste deel van het geheugenproces en heeft veel minder capaciteit dan het sensorisch geheugen en het langetermijngeheugen. Daardoor vormt het een informatiebottleneck in het geheugensysteem. Het gevolg is dat veel informatie uit het sensorisch geheugen verloren gaat.

Coderen en opslaan in het werkgeheugen

Je kunt de beperkingen die door de geringe opslagcapaciteit van het werkgeheugen ontstaan op twee belangrijke manieren omzeilen: door middel van *chunking* en door middel van *repeteren*. Dankzij deze strategieën kun je informatie in het werkgeheugen behouden en doorgeven aan het langetermijngeheugen. Slimme studenten weten hoe ze beide technieken moeten toepassen.

Chunking: Proces waarbij stukjes informatie georganiseerd worden tot een kleiner aantal betekenisvolle eenheden (chunks). Op deze manier creëer je ruimte in het werkgeheugen.

Chunks en chunking Een *chunk* is elk patroon of betekenisvolle eenheid van informatie die zich in het geheugen bevindt. Zo'n chunk kan een enkele letter of een enkel getal zijn, maar ook een groep letters of andere items, of zelfs een hele zin. De reeks P-H-I-L-I-P bestaat bijvoorbeeld uit zes letters die zes chunks kunnen vormen. Maar als je deze reeks herkent als een naam (de naam van een van de auteurs van dit boek) vormen de zes letters in je werkgeheugen maar één chunk. Door middel van **chunking** kun je meer materiaal in de zeven vakjes van je werkgeheugen kwijt.
Als je de tien cijfers van een telefoonnummer (bijvoorbeeld 0112900994) opdeelt in twee korte cijferreeksen (01129 – 00994) heb je tien afzonderlijke items omgezet in twee *chunks*.

⊕ DOE HET ZELF! Meet de capaciteit van je werkgeheugen

Hiernaast is een lijst met cijfers afgebeeld. Werp een blik op het bovenste getal, dat uit vier cijfers bestaat. Probeer het niet in je geheugen te prenten, lees de cijfers gewoon snel achter elkaar en kijk vervolgens weg van de bladzijde. Probeer nu of je je het getal nog kunt herinneren. Als dat het geval is, ga je verder met het volgende, vijfcijferige getal. Ga zo door tot je een fout maakt. Uit hoeveel cijfers bestaat het langste getal dat je in je werkgeheugen kon prenten?

7 4 8 5
3 6 2 1 8
4 7 9 1 0 3
2 3 8 4 9 7 1
3 6 8 9 1 7 5 6
7 4 7 2 1 0 3 2 4
8 2 3 0 1 3 8 4 7 6

De uitslag is de capaciteit van jouw werkgeheugen voor cijfers. Uit onderzoek blijkt dat de meeste mensen zich onder ideale testomstandigheden vijf tot zeven cijfers kunnen herinneren. Als jij er meer had, dan heb je misschien speciale 'chunking'-technieken gebruikt.

Het nut van herhaling Over telefoonnummers gesproken, stel dat je net het telefoonnummer van een vriend hebt opgezocht. Om dat in het werkgeheugen vast te houden, blijf je de cijfers waarschijnlijk voor jezelf herhalen. Deze techniek wordt **herhaling of repeteren** (*maintenance rehearsal*) genoemd en is een goede manier om informatie iets langer in het werkgeheugen vast te houden. Herhaling houdt de informatie in het werkgeheugen en voorkomt dat concurrerende nieuwe informatie deze informatie uitwist. Het is echter geen efficiënte manier om informatie over te brengen naar het langetermijngeheugen, hoewel mensen die niet weten hoe het geheugen werkt dat wel vaak proberen. Helaas, de student die stof voor een toets probeert te leren door eenvoudige herhaling zal waarschijnlijk niet zo veel onthouden.

Herhaling of repeteren: Proces waarbij informatie steeds herhaald wordt om te voorkomen dat de informatie vervaagt in de tijd dat het in het werkgeheugen zit. Repeteren vereist geen actieve elaboratie.

Een betere manier om informatie naar het langetermijngeheugen te transporteren is door middel van **actief herhalen door verbanden te leggen** of **elaboratie**. Deze methode houdt in dat je de informatie niet simpelweg herhaalt, maar haar actief verbindt met kennis die je al eerder hebt opgeslagen. Je kunt dat onder meer doen door een nieuw idee te associëren met iets wat logischerwijs in je opkomt. Zo dacht je bij het lezen van het begrip 'echoïsch geheugen' misschien wel 'een logische naam, want echo's hebben te maken met geluid'.

Actief herhalen door verbanden te leggen (elaboratie): Een proces van het werkgeheugen waarin informatie actief wordt herzien en verbonden met kennis die al in het langetermijngeheugen is opgeslagen.

Een andere manier is het bedenken van persoonlijke voorbeelden bij concepten. In het vorige hoofdstuk kwamen er misschien voorbeelden van positieve bekrachtiging, negatieve bekrachtiging en klassieke conditionering uit je eigen leven in je op. Als dat zo was, heb je die concepten vast veel beter onthouden. Een veelgebruikte methodiek die probeert deze verbanden en associaties te visualiseren, is het werken met zogenoemde *mindmaps*, soms ook aangeduid met de term *web*. Een mindmap of web is een diagram dat is opgebouwd uit begrippen, teksten, plaatjes en andere items, geordend in een boomstructuur rond een centraal thema. Deze methodiek is ook heel geschikt om te gebruiken in digitale media (e-mindmaps bijvoorbeeld) en wordt veel toegepast in het onderwijs en in werkomgevingen. Als je er zelf nog nooit een hebt gemaakt, zul je dat tijdens je studie ongetwijfeld een keer gaan doen.

Het werken met mindmaps zoals deze is een veelgebruikte methode in het onderwijs en de werkomgeving. Door actief verbanden te maken stimuleert deze methode elaboratie.

Bron: www.learningfundamentals.com.au.

Je moet er wel voor oppassen dat je niet eindeloos gaat uitweiden en een heel web van connecties gaat weven als je niet eerst de feiten op een rijtje hebt! Stel, je denkt ten onrechte dat het geheugen een soort videorecorder is en je denkt er even over na hoe logisch dat is. Dan versterk je dus een valse of foute herinnering. Hetzelfde zou gelden als de therapeut die Donna behandelde (zie de casus uit het begin van dit hoofdstuk) haar zou opdragen om zich situaties voor te stellen waarin haar vader de gelegenheid had gehad om haar te misbruiken. Alleen al door zich dergelijke situaties voor te stellen, zou ze gemakkelijker valse herinneringen kunnen creëren (Loftus, 1997; Zaragoza et al., 2011).

De structuur en de functie van het werkgeheugen

Toen we het concept 'werkgeheugen' aan het begin van deze paragraaf introduceerden, zeiden we dat deze term het actieve karakter van deze fase in het geheugenproces uitdrukt. In het door verschillende onderzoekers voorgestelde model van het werkgeheugen (zie figuur 5.4) bestaat het werkgeheugen uit de centrale bestuurder, de fonologische lus, het schetsboek, de episodische buffer en de semantische buffer (Baddeley, 2000; Baddeley & Hitch, 1974; Martin, 2005).

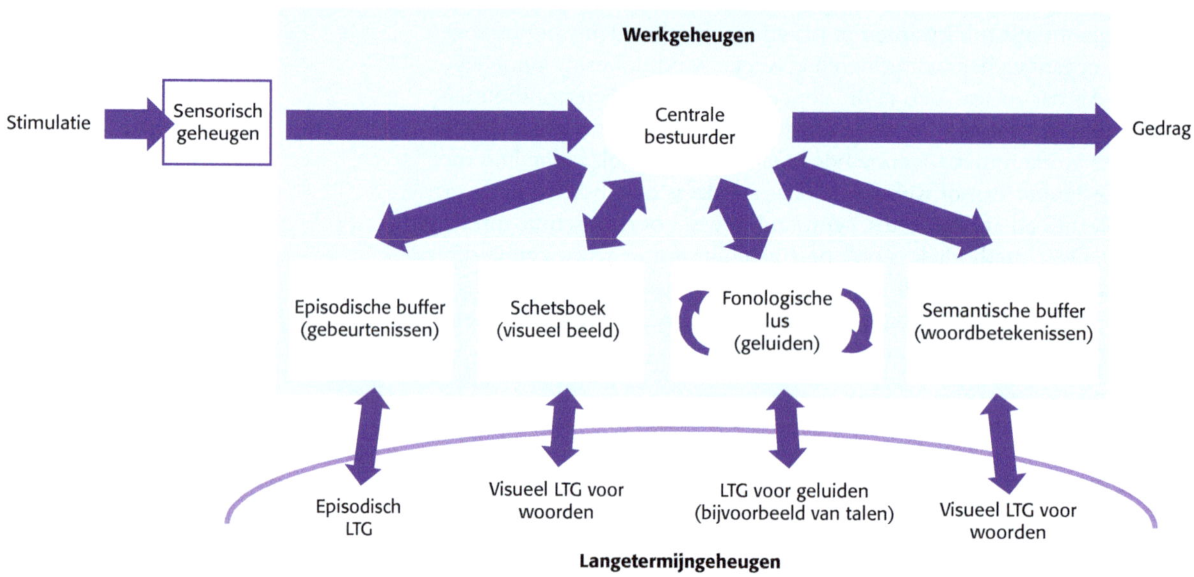

Figuur 5.4

Een model van het werkgeheugen

Het oorspronkelijke model van Atkinson en Shiffrin verdeelde het geheugen in drie stadia. Gebeurtenissen moeten eerst worden verwerkt door het sensorische geheugen en het werkgeheugen voordat ze in het langetermijngeheugen worden opgeslagen, van waaruit ze later weer kunnen worden opgehaald naar het werkgeheugen. De bijgewerkte versie van Baddeley van het werkgeheugen (2003) omvat een *centrale bestuurder* die de aandacht richt, een *schetsboek* voor visuele en ruimtelijke informatie, een *fonologische lus* voor geluiden en een *episodische buffer* die veel verschillende soorten informatie kan combineren tot herinneringen aan gebeurtenissen. Recenter neurowetenschappelijk onderzoek voegt daar nog een semantische buffer aan toe, die een beroep doet op de betekenis van woorden in het langetermijngeheugen (Martin, 2005). In deze figuur zijn alle verfijningen van het oorspronkelijke model van het werkgeheugen opgenomen.

Bron: gebaseerd op 'Episodic Buffer: A New Component of Working Memory?' van A. Baddeley, *Trends in Cognitive Sciences* [2000], 4, pp. 417–423, American Psychological Association.

De centrale bestuurder De centrale bestuurder kan gezien worden als het distributiecentrum voor informatie. Het richt je aandacht op belangrijke input en coördineert welke informatie bewust verwerkt dient te worden. Terwijl je dit boek zit te lezen, bijvoorbeeld, helpt de centrale bestuurder in je werkgeheugen je te besluiten of je je aandacht richt op deze woorden, op andere prikkels die het werkgeheugen vanuit andere zintuigen binnenstromen of op binnendringende gedachten vanuit het langetermijngeheugen.

Akoestische codering: de fonologische lus Als je poëzie zou lezen met woorden zoals 'beng', 'boem', 'koekoek' en 'splesj', zou je in je geest de geluiden die deze woorden beschrijven horen. Met woorden die geen imitatie van een geluid zijn, vindt deze **akoestische codering** ook plaats, maar dan minder duidelijk. Het werkgeheugen zet alle woorden die we tegenkomen om in geluiden van gesproken taal en stuurt ze naar de fonologische lus, of de woorden nu via onze ogen binnenkomen (zoals wanneer we lezen) of via onze oren (zoals wanneer we naar gesproken taal luisteren) (Baddeley, 2001). In de fonologische lus slaat het werkgeheugen de verbale patronen tijdens de verwerking in akoestische vorm op. Akoestische codering in het werkgeheugen kan leiden tot specifieke geheugenfouten. Wanneer mensen een zojuist geprojecteerd rijtje letters moeten herhalen, betreffen de fouten die ze maken vaak een verwarring tussen letters die hetzelfde *klinken* (zoals D en T) en niet tussen letters die er hetzelfde *uitzien* (zoals E en F) (Conrad, 1964). Ondanks deze fouten heeft akoestische codering haar voordelen, in het bijzonder bij het leren en gebruiken van taal (Baddeley et al., 1998; Schacter, 1999).

Akoestisch coderen: De omzetting van informatie in geluidspatronen in het werkgeheugen.

Visuele en ruimtelijke codering: het schetsboek Het *schetsboek* van het werkgeheugen heeft grotendeels dezelfde functie voor visuele en ruimtelijke informatie. Het codeert visuele beelden en mentale representaties van voorwerpen in de ruimte. Het bevat de visuele beelden die je in gedachten doorzoekt als je je probeert te herinneren waar je je sleutels hebt gelaten. Het bevat ook de mentale plattegrond die je volgt op je weg van huis naar school of langs de schappen van de supermarkt als je boodschappen doet. Je hebt dan al snel een route in je hoofd, een soort mentale plattegrond van de plekken waar de producten die je wilt hebben, te vinden zijn. Al deze locaties 'zwemmen' dan rond in het werkgeheugen, terwijl je er, al lopende door de supermarkt, een mentale plattegrond van maakt.

◄◄ **Verbinding hoofdstuk 4**
Volgens Edward Tolman kunnen ratten goed de weg vinden in een doolhof, omdat ze de beschikking hebben over een 'mentale' of 'cognitieve' plattegrond van de omgeving (p. 148).

Stukjes informatie met elkaar verbinden: de episodische buffer De nieuwste toevoeging aan Baddeleys model van het werkgeheugen, de episodische buffer, blijkt verschillende stukjes informatie in het werkgeheugen met elkaar te verbinden tot een coherente episode. De episodische buffer helpt ook om de verhaallijnen van een film of ander evenement te onthouden, doordat hij een plaats biedt waar we de visuele, ruimtelijke, fonologische en chronologische aspecten organiseren tot een episode of ervaring die we ons kunnen herinneren (Baddeley, 2003).

Een taalverwerkingsmodule: de semantische buffer Recent onderzoek gaat uit van het bestaan van een semantische buffer, of taalverwerkingsmodule, met behulp waarvan we betekenis kunnen toekennen aan woorden die we zien of horen (Martin, 2005). Deze semantische buffer zou een beroep doen op de betekenis van woorden in het langetermijngeheugen. Meer onderzoek moet het daadwerkelijke bestaan van deze semantische buffer echter nog ondersteunen.

Verwerkingsniveaus in het werkgeheugen

Een belangrijke tip: hoe meer verbanden je kunt leggen tussen oude en nieuwe informatie in het werkgeheugen, hoe groter de kans dat je die informatie later kunt terughalen. Daarvoor is uiteraard interactie nodig tussen het werkgeheugen en het langetermijngeheugen. Volgens de **theorie van verwerkingsniveaus** van Fergus Craik en Robert Lockhart (1972) zorgt 'diepere' verwerking (het maken van meer verbindingen met langetermijnherinneringen) ervoor dat nieuwe informatie aan betekenis toeneemt en dus beter herinnerd wordt. Dat zullen we aan de hand van een experiment illustreren.

Theorie van verwerkingsniveaus: Verklaring voor het feit dat informatie die grondig wordt gekoppeld aan betekenisvolle items in het langetermijngeheugen ('diepe' verwerking) beter herinnerd wordt dan oppervlakkig gekoppelde informatie.

Craik en zijn collega Endel Tulving (1975) lieten hun proefpersonen op een scherm achtereenvolgens zestig algemeen bekende woorden zien. Op het moment dat een woord in beeld was, stelden de onderzoekers vragen om erachter te komen hoe diep de proefpersonen dat woord verwerkten. Ze lieten bijvoorbeeld het woord BEER op het scherm verschijnen en stelden toen een van deze drie vragen: 'Is het woord met hoofdletters geschreven?' 'Rijmt het op "speer"?' of 'Is het een dier?' Craik en Tulving vermoedden dat de vraag of het woord met hoofdletters was geschreven een minder diepe verwerking vereiste dan de vraag of het woord op een ander woord rijmde. De diepste verwerking zou volgens hun hypothese plaatsvinden als de proefpersoon gedwongen werd om de *betekenis* van een woord te analyseren, zoals nodig is om de vraag te kunnen beantwoorden of BEER een dier is. Craik en Tulving voorspelden dus dat items die op een dieper niveau verwerkt werden, sterkere geheugensporen zouden achterlaten. Hun voorspelling kwam uit. Toen de proefpersonen later werd gevraagd op een lijst van 180 woorden de oorspronkelijke 60 woorden aan te wijzen, herinnerden ze zich de diep verwerkte woorden veel beter dan de oppervlakkig verwerkte woorden. De resultaten van dit experiment staan in figuur 5.5.

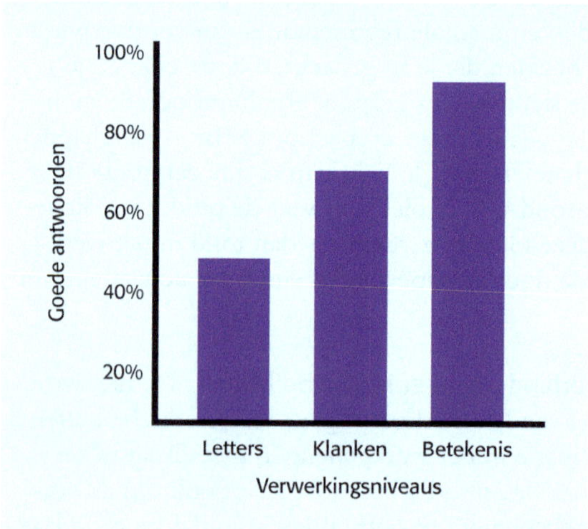

Figuur 5.5

Resultaten van het onderzoek naar verwerkingsniveaus door Craik en Tulving

Woorden die op een dieper niveau verwerkt worden (op grond van hun betekenis), werden beter onthouden dan woorden die verwerkt werden op grond van klank of het voorkomen van bepaalde letters.

5.2.3 Het derde stadium: het langetermijngeheugen

Kun je je nog herinneren wie het concept van klassieke conditionering heeft bedacht? Kun je een auto besturen? Hoeveel verjaardagen heb je al gevierd? De antwoorden op zulke vragen liggen opgeslagen in je langetermijngeheugen (LTG), dat bepalend is in het laatste van de drie geheugenstadia.

Als je je realiseert hoeveel gegevens er in het LTG liggen opgeslagen, sta je ervan versteld dat zo'n groot deel daarvan zo gemakkelijk toegankelijk is. Bovenstaande vragen kon je waarschijnlijk snel beantwoorden. Dat komt door een speciale eigenschap van het langetermijngeheugen: het coderen van woorden en concepten naar hun *betekenis*, en op die manier zijn ze weer verbonden met andere items die een gelijke betekenis hebben. Je zou je het LTG dus kunnen voorstellen als een enorm netwerk van onderling verbonden associaties. Goede ophaalaanwijzingen of herinneringscues (stimuli die de activering van een langetermijnherinnering teweegbrengen) kunnen je helpen het item dat je wilt hebben snel te lokaliseren.

De capaciteit en duur van het langetermijngeheugen

Hoeveel informatie kan het langetermijngeheugen eigenlijk bevatten? Heel veel, zo lijkt het. Het LTG gebruikt deze enorme capaciteit om alle ervaringen, gebeurtenissen, informatie, emoties, vaardigheden, woorden, categorieën, regels en oordelen die er ooit vanuit het werkgeheugen naartoe gebracht zijn, op te slaan. Dus je LTG bevat alle kennis die je hebt over de wereld en over jezelf. Door deze eigenschappen is het langetermijngeheugen met betrekking tot mogelijke duur van opslag en opslagcapaciteit duidelijk de kampioen van de drie fases van het geheugen. Wat zorgt er nu voor dat het LTG zo'n onbegrensde capaciteit heeft? Dat is een belangrijk onopgelost mysterie van het geheugen. Misschien kunnen we ons het LTG voorstellen als een soort uitbreidbare 'stellage' die meer informatie kan bevatten naarmate je meer associaties maakt.

De structuur en functie van het langetermijngeheugen

Laten we de twee belangrijkste afdelingen van het langetermijngeheugen eens onder de loep nemen. De ene afdeling is een archief voor procedures van handelingen waarvan we *weten hoe* we ze moeten verrichten, en wordt het *procedureel geheugen* genoemd. De andere afdeling, het *declaratief geheugen*, is een opslagplaats voor informatie over feiten die we kennen en ervaringen die we ons herinneren. We weten dat het procedureel geheugen en declaratief geheugen gescheiden afdelingen zijn, doordat patiënten met hersenbeschadigingen soms het ene geheugen kwijtraken, maar het andere behouden.
Figuur 5.6 is een verduidelijking van de relatie tussen de twee belangrijke onderdelen van het langetermijngeheugen.

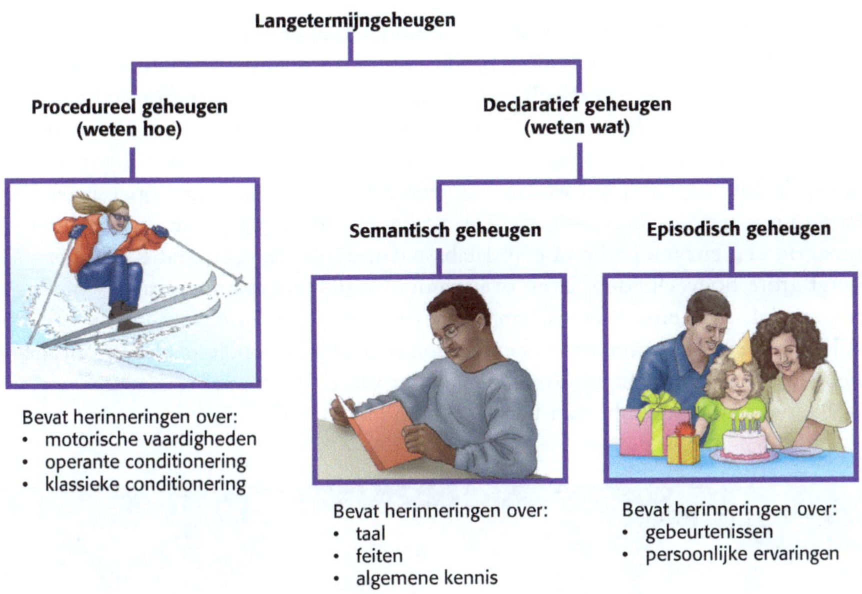

Figuur 5.6
Een model van de onderdelen van het langetermijngeheugen

Procedureel geheugen We gebruiken het **procedureel geheugen** als we fietsen, onze schoenveters strikken of een muziekinstrument bespelen. We gebruiken het om mentale aanwijzingen of 'procedures' op te slaan voor goed geoefende vaardigheden (Schacter, 1996). Dit geheugen werkt grotendeels buiten ons bewustzijn. Alleen tijdens de eerste fases van de training, als we ons op elke beweging moeten concentreren, moeten we bewust nadenken over de details van ons handelen. Later, als de vaardigheid goed is aangeleerd, werkt het procedureel geheugen grotendeels buiten de grenzen van het bewustzijn, zoals bij een concertpianist die een stuk uitvoert zonder dat hij zich de afzonderlijke noten bewust herinnert.

Procedureel geheugen: Afdeling van het LTG waar herinneringen liggen opgeslagen over hoe dingen gedaan moeten worden (weten hoe). Wordt ook wel *motorisch geheugen* genoemd.

Ons procedureel geheugen zorgt ervoor dat geoefende turners complexe handelingen automatisch kunnen uitvoeren.

Bron: Chris Peterson, Flickr.

Het declaratief geheugen We gebruiken het **declaratief geheugen** voor het opslaan van feiten, indrukken en gebeurtenissen. Je hebt het declaratief geheugen nodig om je te herinneren hoe je de weg moet vinden naar een bepaalde locatie (hoewel je bij het besturen van een auto gebruikmaakt van je procedureel geheugen). In tegenstelling tot het procedureel geheugen, vereist het declaratief geheugen vaker een zekere mate van bewuste mentale inspanning. Dat blijkt wel uit het feit dat mensen hun voorhoofd fronsen of moeilijk kijken als ze gegevens uit hun declaratief geheugen moeten ophalen.
Het declaratief geheugen heeft twee belangrijke onderafdelingen: het *episodisch* en het *semantisch* geheugen.

Het episodisch geheugen is het deel van het declaratief geheugen waarin persoonlijke informatie ligt opgeslagen; je herinneringen aan gebeurtenissen, oftewel 'episodes', uit je leven. Het bevat ook *mentale tijdlabels*, waarmee je kunt vaststellen wanneer de gebeurtenis plaatsvond, en *contextuele labels*, die aangeven waar de gebeurtenis plaatsvond. Herinneringen aan je laatste vakantie bijvoorbeeld, of van een ongelukkige liefdesgeschiedenis, liggen opgeslagen in het **episodische geheugen**, samen met codes voor waar en wanneer deze gebeurtenissen plaatsvonden. Zo fungeert het episodisch geheugen als een soort intern dagboek, of autobiografisch verslag. Je raadpleegt je episodisch geheugen als iemand vraagt: 'Waar was jij met oud en nieuw?' of 'Wat hebben jullie gedaan tijdens het college van afgelopen donderdag?'

Het semantisch geheugen is de andere onderafdeling van het declaratief geheugen. Het bevat de elementaire betekenissen van woorden en concepten. Gewoonlijk bevat het **semantisch geheugen** geen informatie over de tijd waarop en de plaats waar je die betekenissen hebt geleerd. De betekenis van het woord 'kat' bewaar je dus in het semantisch geheugen. De herinnering aan het moment dat je de betekenis van het woord 'kat' leerde, ligt daar echter niet opgeslagen (wel in het episodisch geheugen). Wat dat betreft lijkt het semantisch geheugen meer op een encyclopedie of een database dan op een autobiografie. Het herbergt grote hoeveelheden feiten over namen, gezichten, grammatica, geschiedenis, muziek, manieren, wetenschappelijke principes en religieuze opvattingen. Alle feiten en concepten die je kent liggen hier opgeslagen. Je raadpleegt dit geheugen als iemand vraagt: 'Wie is de moeder van de Britse prins Charles?' of 'Uit welke twee afdelingen bestaat het declaratief geheugen?'

Declaratief geheugen: Afdeling van het LTG waar expliciete informatie wordt opgeslagen, ook wel *feitengeheugen (weten dat)* genoemd. Het declaratief geheugen heeft twee onderafdelingen: het episodisch geheugen en het semantisch geheugen.

Episodisch geheugen: Onderafdeling van het declaratief geheugen waar herinneringen aan persoonlijke gebeurtenissen, oftewel 'episodes', liggen opgeslagen.

Semantisch geheugen: Onderafdeling van het declaratief geheugen waar algemene kennis ligt opgeslagen, zoals de betekenis van woorden en concepten.

In de kennisquiz *Met het mes op tafel* bevraagt Joost Prinsen feiten die in het semantisch geheugen zijn opgeslagen.

Bron: Omroep MAX/Foto: Rick Nederstigt.

Schema's Als je een les bijwoont, in een restaurant eet, een telefoongesprek voert of naar een verjaardagsfeestje gaat, weet je wat je kunt verwachten, omdat bij elk van deze gebeurtenissen sprake is van een bekend scenario. Cognitief psychologen noemen dit een **schema**: een cluster van kennis in het semantisch geheugen die ons een context geeft waarin we gebeurtenissen kunnen begrijpen (Squire, 2007). We gebruiken onze schema's om betekenis aan nieuwe ervaringen te verlenen en snel toegang tot informatie te krijgen. Dus als iemand 'verjaardagsfeestje' zegt, kun je onmiddellijk gebruikmaken van informatie die je vertelt wat je kan verwachten bij een verjaardagsfeestje, zoals taart eten, 'Lang zal ze leven' zingen, en cadeautjes uitpakken. Niet minder belangrijk is dat je bij het oproepen van je schema 'verjaardagsfeestje' niet allerlei irrelevante kennis in je geheugen hoeft te doorzoeken, zoals informatie die zich bevindt in je schema 'les bijwonen' of in je schema 'in een restaurant eten'. Kijk zelf maar in de 'Doe-het-zelf!' op deze bladzijde hoe handig schema's soms zijn.
Schema's kunnen dus een hulpmiddel zijn voor het declaratief langetermijngeheugen wanneer we proberen nieuwe informatie te begrijpen, omdat ze ons daar een kant-en-klaar kader voor geven. Daar staat tegenover dat schema's vaak misleidend zijn als het op details aankomt, wat je misschien al hebt gemerkt in de 'Doe-het-zelf!'. Het probleem is dat we ons meestal niet bewust zijn van herinneringsfouten op het moment dat we ze maken.

Schema: Een bepaalde hoeveelheid kennis die, oftewel een algemeen conceptueel raamwerk dat, verwachtingen genereert aangaande thema's, gebeurtenissen, voorwerpen, mensen en situaties in iemands leven.

DOE HET ZELF! Hoe schema's het geheugen beïnvloeden

Lees de volgende tekst aandachtig door:

De jonge chirurg Jansen verschoof zijn gezichtsmasker terwijl hij vol spanning de bleke figuur bestudeerde die op de lange glanzende tafel voor hem lag. Een snelle uithaal met zijn kleine, scherpe instrument en er kwam een rode streep tevoorschijn. Vervolgens maakte de ijverige jonge assistent de opening groter, terwijl een andere assistent het glinsterende vet aan de oppervlakte opzij duwde, zodat de vitale delen bloot kwamen te liggen. Iedereen staarde vol afschuw naar het akelige gezwel, dat te groot was om te verwijderen. Jansen wist nu dat het geen zin had om door te gaan.

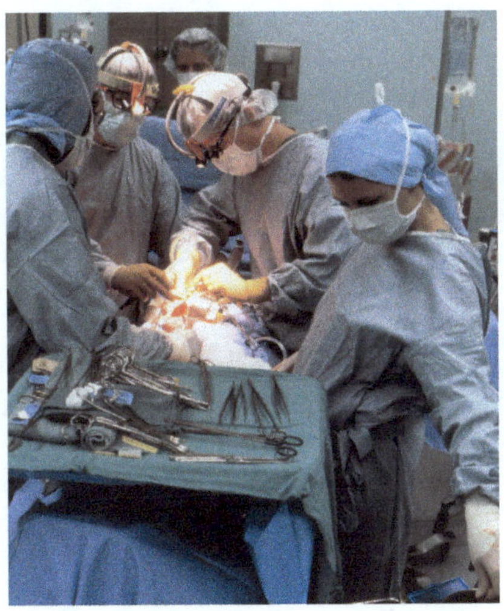

Doe nu zonder dit nog eens te lezen de volgende oefening. Omcirkel de woorden die in deze passage voorkwamen:

patiënt	scalpel	bloed	tumor
kanker	verpleegkundige	ziekte	operatie

In het oorspronkelijke onderzoek omcirkelden de meeste deelnemers de woorden *patiënt, scalpel* en *tumor*. Jij ook? Nou, geen van deze woorden kwam in de tekst voor! Door de tekst als een medisch verhaal te interpreteren, was het beter te begrijpen, maar het gevolg was wel dat het verkeerd werd onthouden (Lachman et al., 1979). Toen de deelnemers het verhaal eenmaal hadden gerelateerd aan hun schema voor chirurgie in ziekenhuizen, 'herinnerden' ze zich labels uit hun schema die niet voorkwamen in de gelezen tekst. Schema's helpen ons dus om informatie te ordenen, maar scheppen ook alle gelegenheid om dingen verkeerd op te slaan en terug te halen. Dat kan onjuiste herinneringen creëren, omdat we informatie onbewust wijzigen om die meer in overeenstemming te brengen met verwachtingen die we hebben op grond van onze schema's.

Infantiele amnesie: De onmogelijkheid om zich gebeurtenissen uit de eerste twee of drie jaar van het leven te herinneren.

Vroege herinneringen De meeste mensen kunnen zich gebeurtenissen van voor hun derde verjaardag moeilijk herinneren, een verschijnsel dat **infantiele amnesie** wordt genoemd. Dit zou erop kunnen wijzen dat jonge kinderen een beperkt episodisch geheugen hebben. Lang voor het derde levensjaar is er echter al wel sprake van leren, misschien is dit zelfs al voor de geboorte het geval. Dit zien we bij baby's die het gezicht van hun ouders leren herkennen of bij peuters die leren spreken. We weten dus dat heel jonge kinderen een semantisch geheugen en een procedureel geheugen hebben. Ook is uit recent onderzoek bekend dat er bij kinderen rond de leeftijd van vier jaar al een verdeling is ontstaan tussen het visuele geheugen en het verbale geheugen en dat deze geheugens verder verbeteren tussen het vierde en het vijftiende levensjaar (Alloway et al., 2006).

Tot voor kort dachten psychologen dat infantiele amnesie optrad doordat in de hersenen van jonge kinderen de neurale verbindingen die nodig zijn voor het episodisch geheugen, nog niet waren aangelegd. Uit nieuw onderzoek is echter gebleken dat de benodigde banen al tegen het eerste levensjaar in de hersenen zijn gevormd. Bovendien hebben onderzoekers aanwijzingen gevonden die erop wijzen dat kinderen van negen maanden al wel gebruikmaken van het episodisch geheugen; dit blijkt uit het feit dat ze gedrag dat ze hebben geobserveerd, kunnen imiteren (Bauer et al., 2003). Maar waarom kun je je eerste verjaardag dan niet herinneren? Een deel van het antwoord ligt waarschijnlijk in de gebrekkige taalvaardigheden (voor het verbaal coderen van herinneringen), in het ontbreken van een zelfbewustzijn (dat noodzakelijk is als referentiepunt, maar zich pas rond de leeftijd van twee jaar ontwikkelt) en in het ontbreken van de complexe schema's die oudere kinderen en volwassenen als geheugensteuntjes gebruiken.

Maori's uit Nieuw-Zeeland herinneren zich vaak gebeurtenissen van toen ze 2,5 jaar oud waren. Dat komt waarschijnlijk doordat hun cultuur kinderen aanmoedigt verhalen over hun leven te vertellen.

Bron: Ace Stock Limited/Alamy.

Uit ander onderzoek komen aanwijzingen naar voren dat cultuur van invloed is op de vroegste herinneringen van mensen. De oudste herinneringen van Maori's uit Nieuw-Zeeland gaan bijvoorbeeld terug tot 2,5 jaar, terwijl de meeste Koreaanse volwassenen geen herinneringen hebben aan gebeurtenissen van voor het vierde levensjaar. Het verschil lijkt afhankelijk te zijn van de mate waarin kinderen in een cultuur worden gestimuleerd gedetailleerde verhalen over hun leven te vertellen. Ouders die het vertellen over dagelijkse ervaringen stimuleren, stimuleren elaboratie. Dit lijkt de vroege herinneringen te versterken, waardoor ze tot in de volwassenheid kunnen blijven bestaan (Leichtman, 2006; Winerman, 2005a).

De biologische basis van het langetermijngeheugen

Engram: Fysieke veranderingen in het brein die in verband worden gebracht met een herinnering. Ook wel *geheugenspoor* genoemd.

Wetenschappers hebben meer dan een eeuw gezocht naar het **engram** (geheugenspoor), de biologische basis van het langetermijngeheugen. Een van hun strategieën daarbij bestaat uit het zoeken naar neurale schakelingen waarvan de hersenen gebruikmaken wanneer ze herinneringen vormen. Bij een andere strategie wordt gekeken op het niveau van de synapsen; hierbij zoekt men naar biochemische veranderingen die de lichamelijke herinnering in zenuwcellen vormen. Een voorbeeld van de eerste van deze twee benaderingen vind je in het kader hieronder, waar we het tragische geval bespreken van iemand die onder de afkorting H.M. bekend is geworden.

■ **PSYCHOLOGISCHE KWESTIES**

Het tragische geval van H.M.

De jongeman 'H.M.' verloor zijn vermogen om nieuwe herinneringen aan te maken in 1953. Dat was het resultaat van een experimentele hersenoperatie die was uitgevoerd als laatste redmiddel om een einde te maken aan de zware epileptische aanvallen waar hij aan leed (Corkin, 2002; Hilts, 1995).

Na de operatie was hij niet meer in staat nieuwe indrukken van dingen die hij meemaakte op te slaan. Zijn geheugenverlies was zo ernstig dat hij zelfs nooit heeft geleerd de mensen te herkennen die hem hebben verzorgd in de decennia na zijn operatie.

Opmerkelijk genoeg functioneerde H.M.'s geheugen voor gebeurtenissen die vóór zijn operatie plaatsvonden normaal, terwijl nieuwe ervaringen wegglipten voordat hij ze kon opslaan in zijn langetermijngeheugen. Hij wist niets van 11 september, de maanlanding of de computerrevolutie. Hij kon zich niet herinneren wat hij als ontbijt had gegeten of wat de naam was van een bezoeker die twee minuten geleden wegging. Ironisch genoeg kon hij zich wel herinneren dat hij problemen had met zijn geheugen. En toch was hij altijd weer geschokt als hij zijn oude gezicht in de spiegel zag, omdat hij nog steeds de jongeman verwachtte die hij was in 1953 (Milner et al., 1968; Rosenzweig, 1992b). H.M. zat gevangen in het absolute heden dat continu achter hem vervaagde zonder een enkel spoor achter te laten. Toch behield hij gedurende deze lange, pijnlijke ervaring over het algemeen een goed humeur en werkte hij bereidwillig samen met psycholoog Brenda Milner, die hij nooit heeft leren herkennen.

Officieel wordt zijn aandoening **anterograde amnesie** genoemd en komt ze neer op een handicap in het vormen van nieuwe herinneringen. Volgens cognitief psychologen was H.M. niet meer in staat nieuwe ervaringen van het werkgeheugen over te brengen naar het langetermijngeheugen (Scoville & Millner, 1957). De biologische oorzaak daarvan was de verwijdering van de hippocampus en amygdala aan beide zijden van de hersenen (zie figuur 5.7). Wonderbaarlijk genoeg bleek dat H.M. nog steeds nieuwe en complexe motorische vaardigheden kon leren, ondanks het feit dat hij het grootste gedeelte van zijn mogelijkheid om feiten en nieuwe gebeurtenissen te onthouden was kwijtgeraakt. Hij leerde zelfs nog in spiegelschrift te schrijven: schrijven terwijl je via een spiegel naar je handen kijkt (Milner et al., 1968; Raymond, 1989). Over het algemeen was H.M.'s *procedurele* geheugen voor zulke motorische taken redelijk normaal, tegelijkertijd kon hij zich niet herinneren dat hij deze vaardigheden had geleerd en dus ook niet weten dat hij ze beheerste.

Wat hebben we nu van H.M. geleerd? Over de biologie van het geheugen heeft hij ons geleerd dat de hippocampus en de amygdala noodzakelijk zijn voor het opslaan van nieuwe declaratieve herinneringen, hoewel ze geen rol lijken te spelen bij het terughalen van oude herinneringen (Bechara et al., 1995; Wirth et al., 2003). Bovendien kunnen we met behulp van H.M. het onderscheid begrijpen tussen procedurele en declaratieve herinneringen. Het is verbazingwekkend dat H.M. goedgehumeurd was over zijn aandoening, hij maakte zelfs grappen over zijn onvermogen zich dingen te herinneren. Ironisch genoeg heeft de verwijdering van zijn amygdala echter mogelijk aan zijn positieve humeur bijgedragen (Corkin, 2002).

Als we beter begrijpen hoe herinneringen worden opgeslagen en geconsolideerd, wordt ook duidelijk waarom H.M. geen nieuwe declaratieve herinneringen kon vormen: zonder hippocampus miste zijn brein de hardware die daarvoor nodig is. Het verklaart ook waarom zijn vermogen om nieuwe procedurele herinneringen te vormen intact bleef: de hippocampus heeft daar niets mee te maken.

Anterograde amnesie: Onvermogen om herinneringen te vormen van nieuwe informatie (tegenover retrograde amnesie).

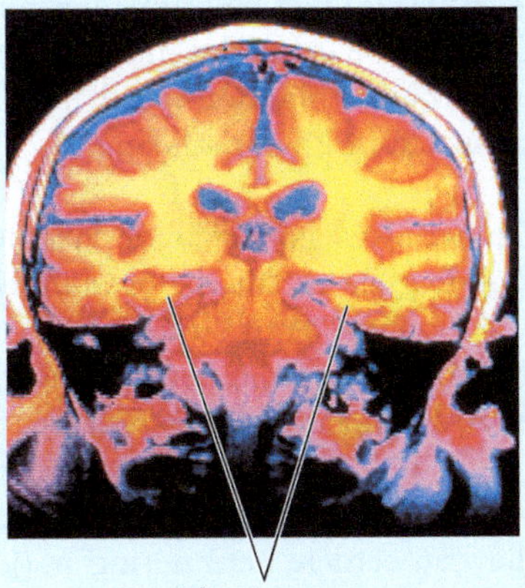

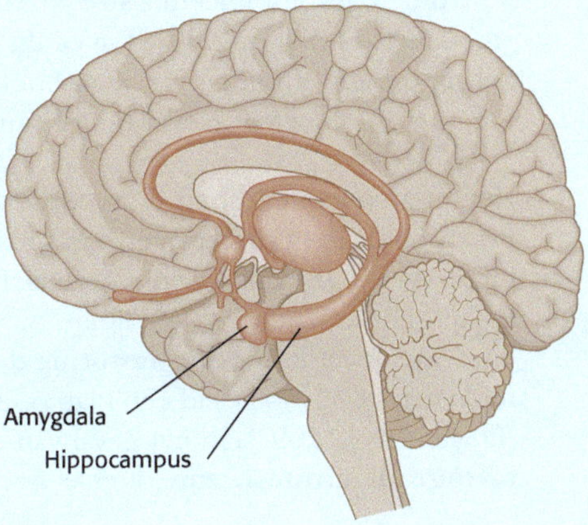

Figuur 5.7

De hippocampus en de amygdala

Tijdens een operatie werden aan beide zijden van H.M.'s hersenen de hippocampus en de amygdala verwijderd. Om je een beeld te vormen van de ligging van deze structuren, kun je de tekening vergelijken met de MRI-scan. Op de scan zie je een dwarsdoorsnede van de hersenen, dwars door de hippocampus.

▶▶ **Verbinding hoofdstuk 14**
In de hersenen van mensen met posttraumatische stressstoornissen kunnen zich biologische veranderingen voordoen die blijvend zijn (p. 572).

▶▶ **Verbinding hoofdstuk 7**
De ziekte van Alzheimer is een degeneratieve aandoening van de hersenen waarbij het denkvermogen achteruitgaat, geheugenproblemen ontstaan en de patiënt uiteindelijk overlijdt (p. 295).

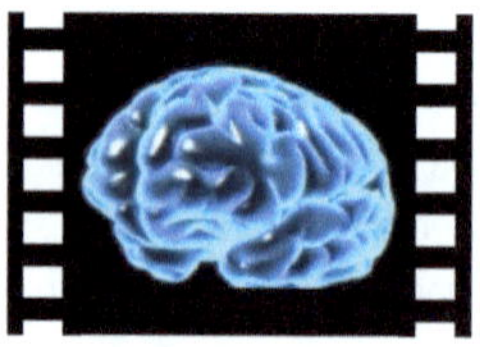

Video
Ga naar de MyLab mediatheek om het filmfragment te bekijken over alzheimer.

Delen van het brein die betrokken zijn bij het langetermijngeheugen In de afgelopen twintig jaar hebben neurowetenschappers nieuwe details over het geheugen van de mens ontdekt. Zo weten we nu dat de hippocampus betrokken is bij de ziekte van Alzheimer, waarbij ook het vermogen om nieuwe declaratieve herinneringen aan te maken verloren gaat. Neurowetenschappelijke onderzoekers hebben ook ontdekt dat de nabijgelegen amygdala herinneringen verwerkt die sterke emotionele associaties hebben (Bechara et al., 1995). Het lijkt erop dat deze emotionele associaties als hulpmiddel dienen voor het snel terughalen van herinneringen (Dolan, 2002). De amygdala speelt ook een rol bij de hardnekkige en storende herinneringen waar soldaten en anderen die gewelddadige gebeurtenissen hebben meegemaakt, melding van maken. In sommige gevallen kunnen deze herinneringen zo storend zijn, dat ze leiden tot de aandoening *posttraumatische stressstoornis*.

Liggen herinneringen dan opgeslagen in de hippocampus en de amygdala? Nee, herinneringen aan gebeurtenissen en informatie (declaratieve herinneringen) worden overal in de hersenschors (cerebrale cortex) opgeslagen, waarbij bepaalde stukjes van de herinneringen worden opgeslagen in dat deel van de schors dat dit specifieke sensorische signaal oorspronkelijk heeft verwerkt. De herinnering aan die fantastische vakantie aan zee de afgelopen zomer bestaat dus onder meer uit visuele componenten van de herinnering in je visuele cortex, geluiden in je auditieve cortex, geuren in de olfactorische bol en de opeenvolging van de gebeurtenissen in de frontale kwabben. En als je daar hebt leren surfen, zou die herinnering zijn gekoppeld aan het cerebellum en de motorische cortex, net als andere procedurele herinneringen die te maken hebben met lichaamsbewegingen.

Misschien vraag je je af hoe deze herinneringsfragmenten weer op de juiste manier in elkaar worden gezet. Met andere woorden: hoe komt de herinnering aan bijvoorbeeld het surfen weer bij de andere strandherinneringen terecht en wordt ze niet ten onrechte verbonden met herinneringen aan je laatste tandartsbezoek? Ook al zijn de technische details hiervan nog een mysterie voor de neurowetenschap, we weten wel dat één deel van de hersenen daarbij de hoofdrol speelt: de hippocampus. In het proces dat bekendstaat als **consolidatie** worden herinneringen met behulp van de hippocampus geleidelijk blijvender. Elke keer dat we een declaratieve herinnering terughalen, komen stukjes van die herinnering van overal in de hersenen samen in de hippocampus, die ze op een of andere manier sorteert en met de relevante stukjes weer een coherente herinnering samenstelt. Iedere keer daarbij wordt de neurale verbinding voor die specifieke herinnering sterker. Uiteindelijk is bij het oproepen van de herinnering de hippocampus dus niet meer nodig om de stukjes te verbinden. Als dat is gebeurd, is elk stukje van de herinnering (bijvoorbeeld de geur van de zee) al genoeg om de hele herinnering op te roepen.

Consolidatie: Het proces waarin kortetermijnherinneringen over een bepaalde periode veranderen in langetermijnherinneringen.

Onderzoekers hebben overigens gerapporteerd dat nieuwe ervaringen veel sneller worden geconsolideerd als ze worden geassocieerd met bestaande herinneringsschema's (Squire, 2007; Tse et al., 2007). Voor jou is het dus misschien van belang om te verbinden wat je in hoofdstuk 2 over de hippocampus hebt geleerd met nieuwe informatie over de rol van deze structuur bij consolidatie.

Herinneringen, neuronen en synapsen Op het niveau van afzonderlijke neuronen ontstaan herinneringen aanvankelijk als fragiele chemische overblijfselen bij de synaps en consolideren deze zich in de loop van de tijd tot duurzamere synaptische veranderingen. Tijdens dit consolidatieproces zijn herinneringen bijzonder kwetsbaar voor verstoring door nieuwe ervaringen, bepaalde geneesmiddelen of bijvoorbeeld een klap op het hoofd bij een ruzie of een ongeluk (Doyère et al., 2007). In het geval van ernstig geheugenverlies zou de diagnose **retrograde amnesie** zijn, oftewel het verlies van eerdere herinneringen. (Je ziet

Retrograde amnesie: Het onvermogen om informatie die al in het geheugen is opgeslagen terug te halen (vergelijk met anterograde amnesie).

dat retrograde amnesie het omgekeerde is van het probleem van H.M., *anterograde* amnesie, het onvermogen *nieuwe* herinneringen te vormen.)

In de tijd dat herinneringen zich vormen, kunnen ze versterkt of verzwakt worden. Vooral de emotionele toestand van de betrokkene is hierop van invloed. Uit onderzoek blijkt echter dat positieve en negatieve emoties heel verschillende effecten kunnen hebben op de concentratie en daardoor op het geheugen. Als je gelukkig bent, bekijk je situaties meestal als geheel en herinner je je 'het algemene beeld'. Wanneer je echter onder bedreiging van een vuurwapen wordt beroofd, zul je meestal op het wapen letten en minder aandacht besteden aan details van het uiterlijk van de misdadiger. In het algemeen kunnen we zeggen dat emotionele arousal verantwoordelijk is voor onze levendigste herinneringen, maar niet onze meest precieze: het scala aan gelukkige en positieve herinneringen is meestal vollediger, terwijl er bij negatieve herinnering vaak een bepaald aspect van de herinnering (over)belicht wordt (Dingfelder, 2005; Levine & Bluck, 2004).

Evolutionair gezien speelt emotie een sterk adaptieve rol in het geheugen. Als je bijvoorbeeld een beangstigende ontmoeting met een beer overleeft, is de kans groot dat je je in de toekomst zult voornemen beren uit de weg te gaan. De onderliggende biologie berust op de amygdala, maar ook op chemische stoffen die met emoties geassocieerd worden, zoals epinefrine (adrenaline) en bepaalde stresshormonen, die herinneringen voor zulke ervaringen verlevendigen (McGaugh, 2000).

Psychologische kwesties
Ga naar 'In de praktijk' in de MyLab mediatheek voor een bespreking van het thema 'Flitslichtherinneringen: waar was je toen…?'

Ga naar **www.pearsonmylab.nl** om je kennis en begrip van deze paragraaf te testen met de MyMap, MyCheck en MyDefinitions.

KERNVRAAG 5.3

▶ Hoe halen we herinneringen terug?

Het systeem dat verantwoordelijk is voor het terughalen van herinneringen stelt ons soms voor verrassingen. Eén daarvan is het vermogen om een herinnering terug te halen waarvan je niet eens wist dat je haar had, wat ons laat weten dat sommige herinneringen succesvol kunnen worden gecodeerd en opgeslagen zonder dat we ons daarvan bewust zijn. Een ander is dat je soms zeker weet dat een herinnering klopt, terwijl dat absoluut niet het geval is (zie bijvoorbeeld 'flitslichtherinneringen' op de website). Ons kernconcept vat het proces van terughalen als volgt samen:

KERNCONCEPT 5.3
Of herinneringen nu impliciet of expliciet zijn, of we ze kunnen terughalen is afhankelijk van de manier waarop ze gecodeerd zijn en hoe ze worden opgeroepen.

5.3.1 Impliciete en expliciete herinneringen

Iedereen heeft herinneringen waar hij zich niet van bewust is. Ieder normaal geheugen bevat geïsoleerde eilandjes van informatie. Al meer dan honderd jaar weten psychologen dat mensen iets kunnen weten zonder dat ze weten dat ze het weten. Psycholoog Daniel Schacter (1992, 1996) noemt dit fenomeen **impliciete herinneringen**: herinneringen die je gedrag kunnen beïnvloeden zonder dat je daar een bewust besef van hebt. Bij **expliciete herinneringen** daarentegen

Impliciete herinnering: Een herinnering die niet met opzet of bewust in het geheugen geprent is.

Expliciete herinnering: Een herinnering die met aandacht verwerkt is en bewust kan worden teruggehaald.

weet je heel goed dat je over bepaalde informatie beschikt, bijvoorbeeld over de manier waarop je een bepaalde taak moet uitvoeren.
Procedurele herinneringen zijn vaak impliciet, zoals golfers weten hoe ze hun swing moeten uitvoeren zonder dat ze hoeven na te denken over hoe ze hun lichaam bewegen. Maar impliciete herinneringen zijn niet beperkt tot procedurele herinneringen – en expliciete herinneringen zijn niet hetzelfde als declaratieve herinneringen. Je semantische geheugen bewaart zowel *expliciete informatie* (bijvoorbeeld de stof die je voor een examen hebt bestudeerd) als *impliciete informatie* (bijvoorbeeld het feit dat je weet welke kleur het gebouw heeft waarin je psychologieles hebt). De algemene regel luidt als volgt: een herinnering is impliciet als deze onbewust op het gedrag of op geestelijke processen van invloed kan zijn. Bij expliciete herinneringen is het bewustzijn echter altijd bij het terughalen betrokken.

5.3.2 Herinneringscues

Om impliciete of expliciete herinneringen accuraat te kunnen terughalen zijn goede cues nodig. Je hebt hier al een idee van wanneer je gebruikmaakt van zoektermen in Google of een andere zoekmachine: wanneer je de termen niet goed kiest, krijg je ofwel niets ofwel bergen onbruikbare informatie. Het langetermijngeheugen werkt vrijwel op dezelfde manier; hierbij is het voor een succesvolle zoekactie nodig dat er goede mentale **herinneringscues** zijn: 'zoektermen' die worden gebruikt om een herinnering terug te halen. Soms is de enige cue die nodig is om een lang vergeten ervaring terug te brengen een bepaalde geur, bijvoorbeeld de geur van versgebakken koekjes die je associeert met een bezoek aan het huis van je grootmoeder. Een andere keer kan de herinneringscue een emotie zijn, bijvoorbeeld wanneer iemand die met een depressie worstelt, gevangen raakt in een maalstroom van deprimerende herinneringen. In ons verhaal over Ross, aan het begin van dit hoofdstuk, kan iets in zijn droom hebben gediend als een cue om de vergeten herinnering aan het misbruik terug te halen.

Herinneringscue: Stimulus die wordt gebruikt om een herinnering in het bewustzijn te brengen of om gedrag te activeren.

Maar andere herinneringen, vooral semantische, zijn niet zo gemakkelijk met cues terug te halen. Tijdens een examen kun je bot vangen als de formulering van een vraag niet overeenkomt met de wijze waarop jij de stof tijdens het studeren in je geest hebt gevormd. Met andere woorden: je geheugen kan falen als de vraag geen goede herinneringscue is. Of een herinneringscue goed is, is afhankelijk van het type herinnering dat wordt gezocht en van het web van associaties waarin de herinnering is ingebed.

Impliciete herinneringen terughalen door middel van priming

Priming: Techniek waarmee impliciete herinneringen worden voorzien van een label (cue) dat het terughalen van die herinneringen stimuleert, zonder dat de (proef)persoon zich bewust is van het verband tussen het label en de teruggehaalde herinnering.

Een trucje van het impliciete geheugen was er verantwoordelijk voor dat voormalig Beatle George Harrison voor de rechter moest verschijnen (Schacter, 1996). Advocaten van een andere band, de Chiffons, beweerden namelijk dat de melodie van Harrisons song 'My Sweet Lord' bijna identiek was aan de klassieker van de Chiffons genaamd 'He's So Fine'. Harrison ontkende dat hij de melodie van de Chiffons met opzet had gekopieerd, maar gaf toe dat hij het wel had gehoord voordat hij zijn eigen song schreef. De rechtbank geloofde zijn verhaal en stelde dat het leentjebuur spelen van Harrison het gevolg was van 'onbewust herinneren'. Volgens Daniel Schacter (1996) wemelt het in het dagelijks leven van zulke gebeurtenissen. Bijvoorbeeld: je doet iemand een voorstel dat hij onmiddellijk van tafel veegt. En een paar weken later doet diezelfde persoon precies hetzelfde voorstel aan jou, alsof hij het ter plekke heeft verzonnen.
Bij zulke alledaagse situaties is het moeilijk te zeggen wat de impliciete herinnering oproept. Voor laboratoriumsituaties hebben psychologen manieren ontworpen om het terughalen van impliciete herinneringen voor te bereiden: **priming**

(Schacter, 1996). We geven een voorbeeld van het gebruik van priming. Stel dat je als vrijwilliger meedoet aan een geheugenexperiment. Eerst krijg je gedurende een aantal seconden een lijst met verschillende woorden te zien:

moordenaar, octopus, avocado, mysterie, politieagent, klimaat

Vervolgens vraagt de onderzoeker je een uur later om een andere lijst te bekijken en aan te geven welke items je herkent van de eerste lijst: *schemering*, *moordenaar*, *dinosaurus* en *mysterie*. Dat was makkelijk. Maar dan laat de onderzoeker je enkele woorden zien waaraan letters ontbreken en vraagt je de lege plekken in te vullen:

ap------rt, o-t---us, s--ho--t, -l-m--t

Waarschijnlijk kun je twee woorden zo invullen: *octopus* en *klimaat*. Maar de kans is groot dat je met de andere twee woorden meer moeite zult hebben: *appeltaart* en *silhouet*. De reden voor dit verschil zit 'm in priming: een methode die bestaat uit het aanbieden van cues die het terughalen van herinneringen stimuleren zonder dat je dat beseft. Door priming voor de woorden *octopus* en *klimaat* kwamen die gemakkelijker in je bewustzijn dan woorden waar je niet op was voorbereid.

Het terughalen van expliciete herinneringen

Alles wat in het LTG is opgeslagen, moet aan de hand van een patroon of betekenis worden 'gearchiveerd'. Daardoor kan materiaal het beste aan het langetermijngeheugen worden toegevoegd door het, terwijl het zich in het werkgeheugen bevindt, in verband te brengen met materiaal dat al in het LTG is opgeslagen (*elaboratie*). Door veel van zulke verbindingen via elaboratieve repetitie te coderen, krijg je verschillende manieren om toegang te krijgen tot de informatie. De informatie is dan te vergelijken met een stad met veel toegangswegen, die vanuit veel verschillende richtingen kan worden benaderd.

▶▶ **Verbinding hoofdstuk 8**
Priming is een techniek die wordt toegepast in onderzoek naar onbewuste verwerking en impliciete herinnering (p. 310).

Betekenisvolle organisatie Als je je de *essentie* van een idee herinnert in plaats van de feitelijke woorden die je hebt gehoord, wordt aangetoond welke rol betekenis heeft in het langetermijngeheugen. Stel je maar eens voor dat je de volgende zin hoort: 'Het boek werd door Mieke naar de bibliotheek teruggebracht.' Als je later wordt gevraagd of de zin die je had gehoord, luidde: 'Mieke heeft het boek naar de bibliotheek teruggebracht', is het mogelijk dat je bij vergissing denkt dat je de tweede zin hebt gehoord. Dit gebeurt omdat we meestal de betekenis, de **essentie** onthouden, in plaats van de exacte details. Hoewel de twee zinnen verschillen, is de betekenis dezelfde.

Essentie: De betekenis, in tegenstelling tot exacte details.

We willen nogmaals de praktische consequentie onderstrepen van het feit dat het LTG door betekenis wordt georganiseerd: *voor het opslaan van nieuwe informatie in het LTG is het nodig dat je betekenis aan deze informatie toekent terwijl de informatie zich nog in het werkgeheugen bevindt*. Dit betekent dat je nieuwe informatie in verband moet brengen met dingen die je al weet. Daarom is het belangrijk om tijdens je lessen (bijvoorbeeld tijdens de psychologielessen), persoonlijke voorbeelden te bedenken bij de begrippen die je wilt onthouden. (Ben je al persoonlijke voorbeelden aan het gebruiken voor de kernconcepten van de hoofdstukken?)

Ophalen en herkenning

Er zijn twee methoden voor het terughalen van expliciete herinneringen uit het geheugen, die je in bijna elk leslokaal kunt observeren: de ene methode heeft te maken met open vragen, de andere met meerkeuzevragen. De methode die je

Ophalen: Herinneringsmethode waarbij iemand eerder aangeboden informatie reproduceert met behulp van minimale herinneringscues.

Herkenning: Herinneringsmethode waarbij iemand aangeboden stimuli identificeert als informatie die hem al eens eerder is aangeboden.

nodig hebt om open vragen te kunnen beantwoorden, is **ophalen**: een herinnering terughalen met behulp van minimale herinneringscues. Bij een toets met open vragen moet je bijna geheel vanuit je geheugen een antwoord in elkaar zetten, met behulp van slechts minimale cues, gebruikmakend van een vraag als 'Wat zijn de twee manieren om een cue te geven voor expliciete herinneringen?' Bij meerkeuzevragen maak je echter gebruik van de methode van **herkenning**. Bij deze herinneringstaak moet je in feite bepalen of je een stimulus wel of niet eerder bent tegengekomen. Normaal gesproken kost herkenning minder moeite dan ophalen, omdat de cues vollediger zijn. Het ophalen van namen, bijvoorbeeld, is doorgaans lastiger dan het herkennen van gezichten. Vandaar dat sommige mensen zeggen 'Ik ben vreselijk met namen, maar ik vergeet nooit een gezicht.'
Als de politie aan een ooggetuige vraagt of hij de verdachte tussen een aantal willekeurige anderen kan herkennen, maakt ze ook gebruik van de methode van herkenning. De getuige hoeft niets anders te doen dan een stimulus uit zijn geheugen (de misdaad) te vergelijken met de stimulus die hem wordt aangeboden (de verdachte in de rij mensen). Een vergelijkbare ophaaltaak is een getuige die een politietekenaar vertelt hoe hij een verdachte moet tekenen, waarbij de getuige alle kenmerken van de verdachte geheel uit zijn geheugen moet putten.

5.3.3 Andere factoren die van invloed zijn op terughalen

We hebben gezien dat het vermogen om informatie uit het langetermijngeheugen terug te halen, afhankelijk is van de manier waarop die informatie is gecodeerd en bewerkt. Het zal je dan ook niet verbazen dat alertheid, de mate van stress, medicijnen en algemene ontwikkeling ook van invloed zijn op het proces van terughalen. Minder bekend echter zijn invloeden die verband houden met de *context* waarin je een herinnering hebt gecodeerd en de context waarin je een herinnering terughaalt.

Specificiteit van codering

Hoe meer herinneringscues lijken op de vorm waarin de informatie is gecodeerd, des te gemakkelijker wordt die herinnering teruggevonden. Stel je voor dat je je psychologiedocent tegenkomt in de supermarkt. Je hebt dan waarschijnlijk even nodig om hem te herkennen, omdat je de context niet in verband bracht met psychologiedocenten. Of stel dat je met een jeugdvriendin staat te praten. Opeens zegt ze iets waardoor je wordt bedolven onder een stortvloed van herinneringen, zaken waaraan je jarenlang niet had gedacht. Deze ervaringen zijn tegengestelde voorbeelden van het **principe van specificiteit van codering**, dat zegt dat het gemak waarmee je je iets herinnert afhangt van de mate waarin de herinneringscues overeenkomen met de cues die aanwezig waren op het moment dat de herinnering werd gecodeerd en opgeslagen.

Principe van specificiteit van codering: De leer die zegt dat herinneringen worden gecodeerd en opgeslagen samen met specifieke cues die verband houden met de context waarin ze werden gevormd. Hoe beter de herinneringscues overeenkomen met de cues die aanwezig waren op het moment dat de herinnering werd opgeslagen, hoe beter ze worden herinnerd.

Wat betreft leren voor je examen is het belangrijk om te anticiperen op de herinneringscues die je tijdens de toets zult krijgen en om je leerproces daarop af te stemmen. Studenten die leerstof lezen en dan maar hopen op het beste resultaat kunnen in de problemen komen. Omdat dit een veelvoorkomend probleem is voor studenten meent de cognitief psycholoog Robert Bjork (2000) dat docenten 'wenselijke moeilijkheden' in hun colleges moeten verwerken. Daarmee bedoelt hij dat studenten uitgedaagd moeten worden om op veel verschillende manieren met de lesstof te worstelen, in plaats van de informatie domweg in het geheugen te prenten en die vervolgens weer op te lepelen. Op deze manier helpt de docent de student bij het leggen van meer verbanden in het web van associaties waarin een herinnering is ingebed – en hoe meer verbanden er zijn, hoe eenvoudiger het wordt om een herinnering op te roepen.

Stemming en herinnering

Bij het verwerken van informatie spelen niet alleen feiten en gebeurtenissen een rol, maar ook emoties en stemmingen. De uitdrukking 'de wereld door een roze bril zien' geeft duidelijk aan dat stemming onze perceptie beïnvloedt. Op dezelfde manier kan onze stemming beïnvloeden wat we ons herinneren, een fenomeen dat **stemmingscongruente herinnering** wordt genoemd. Als je ooit wel eens de slappe lach hebt gehad (en dat gebeurde waarschijnlijk op een moment dat dat helemaal niet uitkwam) weet je hoe een euforische stemming de ene idiote gedachte na de andere kan triggeren. Dit principe gaat ook op bij sombere stemmingen: mensen met een depressie geven vaak aan dat *al* hun gedachten somber zijn. Depressie houdt zichzelf in stand door de bias die maakt dat patiënten alleen deprimerende herinneringen terughalen (Sakaki, 2007). Stemmingscongruente herinneringen zijn niet alleen een interessant fenomeen dat je in een laboratorium kunt bestuderen. Het kan ook grote effecten hebben op de gezondheid, aldus geheugenonderzoeker Gordon Bower: 'Dokters kiezen een behandelmethode op grond van de inhoud en de frequentie van je klachten' (McCarthy, 1991). Mensen met een depressie zijn geneigd hun medische problemen extra aan te dikken, en daarom krijgen ze soms een andere behandeling dan opgewekte mensen met dezelfde aandoening. 'Dat', zegt Bower, 'betekent dat artsen moeten leren om de psychologische toestand van de patiënt te betrekken bij het diagnosticeren en het uitstippelen van de behandeling.'

Stemmingscongruente herinnering: Een herinneringsproces dat selectief herinneringen ophaalt die overeenstemmen (congruent zijn) met iemands stemming.

Omdat stemming herinneringen beïnvloedt, kan het zijn dat depressieve mensen zich meer negatieve symptomen herinneren en die overbrengen op hun arts.
Bron: Alexander Raths/Shutterstock.

Prospectief geheugen

Bij een van de meest voorkomende geheugentaken moet iemand zich herinneren dat hij een bepaalde handeling moet uitvoeren, zoals een afspraak niet vergeten of het vuilnis op de juiste dag buiten zetten. Psychologen noemen dit **prospectief geheugen**. Wanneer het prospectief geheugen niet goed werkt, kunnen de gevolgen uiteenlopen van ongemakkelijk en gênant tot catastrofaal. Zo is in het Belgische Evere een baby van zes maanden omgekomen doordat de vader was vergeten het meisje naar de crèche te brengen. De vader, die als militair in de Brusselse voorstad Evere werkt, zette zijn auto aan het begin van de werkdag op de parkeerplaats van de legerbasis. Zijn dochter zat enkele uren achter in de auto in een kinderstoeltje en overleed door warmte en uitdroging (*RTL Nieuws*, 2012).

Prospectief geheugen: Het aspect van het geheugen dat iemand in staat stelt zich te herinneren dat hij een bepaalde actie moet uitvoeren.

Hoe kan zoiets verschrikkelijks gebeuren? De vader raakte waarschijnlijk afgeleid van zijn geplande taak en verviel in zijn gewone routine. In zulke situaties, waarin mensen moeten onthouden van hun gewone routine af te wijken, maken ze meestal gebruik van *continue monitoring*, hetgeen betekent dat men probeert de bedoelde handeling in gedachten te houden (door de gedachte te herhalen). Continue monitoring kan echter gemakkelijk door afleiding of door gewoonte (automatisme) verstoord worden. Wanneer je een belangrijke taak moet uitvoeren waarvoor het nodig is een lang gevestigde routine te wijzigen, kun je dus maar beter gebruikmaken van een betrouwbaar geheugensteuntje, zoals een briefje op het dashboard. Een andere methode die je kunt toepassen: denk aan een specifieke aanwijzing die je verwacht tegen te komen, vlak voordat je de vereiste taak moet uitvoeren. In het geval van de vader die van plan was zijn dochter naar de crèche te brengen, had hij van tevoren een opvallend oriëntatiepunt kunnen bedenken dat hij zou zien, juist voordat hij van zijn gewone route moest afwijken; vervolgens zou hij zich dit oriëntatiepunt als geheugensteuntje in het hoofd kunnen prenten.

Ga naar **www.pearsonmylab.nl** om je kennis en begrip van deze paragraaf te testen met de MyMap, MyCheck en MyDefinitions.

KERNVRAAG 5.4

▶ Waarom laat ons geheugen ons soms in de steek?

Je vergeet vast wel eens een afspraak of een verjaardag. Of je maakt een examen en je kunt je met geen mogelijkheid herinneren wat je gisteravond hebt gelezen. Of de naam van een bekende televisiepresentator wil je maar niet te binnen schieten, terwijl een onaangename gebeurtenis tot vervelens toe door je hoofd blijft spelen. Waarom speelt ons geheugen zulke spelletjes met ons? Waarom herinneren we ons wat we liever vergeten en vergeten we wat we ons willen herinneren?

Volgens geheugenexpert Daniel Schacter is dat de schuld van wat hij de 'zeven zonden' van het geheugen noemt: *vluchtigheid*, *verstrooidheid*, *blokkering*, *foutieve attributie*, *suggestibiliteit*, *bias* en *ongewenste persistentie* (Schacter, 1999, 2001). Hij beweert bovendien dat deze zeven problemen eigenlijk consequenties zijn van enkele zeer nuttige kenmerken van het geheugen van de mens. Het zijn kenmerken die onze voorouders goed hebben geholpen en die kenmerken van onze geheugensystemen zijn gebleven. Ons kernconcept formuleert dit wat bondiger:

● KERNCONCEPT 5.4

De meeste problemen die we met ons geheugen hebben, ontstaan door een van de 'zeven zonden' van het geheugen.

Terwijl we deze 'zeven zonden' aan een nader onderzoek onderwerpen, hebben we de kans om alledaagse geheugenproblemen te bekijken, zoals vergeten waar je je fietssleutels hebt gelaten, of de onmogelijkheid om een vervelende ervaring te vergeten. Ten slotte bespreken we enkele strategieën voor het verbeteren van je geheugen door het overwinnen van enkele van Schacters 'zeven zonden', waarbij we extra nadruk leggen op hoe bepaalde geheugentechnieken je kunnen helpen beter te studeren. We beginnen met de frustratie van vervagende herinneringen.

5.4.1 Vluchtigheid: als herinneringen vervagen

Het lijkt erop dat herinneringen in de loop van de tijd vervagen. (Zou je een voldoende halen als je over een jaar een examen moest maken over de leerstof van dit jaar?) Hoewel niemand ooit met eigen ogen heeft gezien dat een geheugenspoor van een mens vervaagde en verdween, is er veel indirect bewijs voor het idee van **vluchtigheid**, oftewel vergankelijkheid, van langetermijnherinneringen. Het is de eerste van Schacters 'zeven zonden'.

Vluchtigheid: De tijdelijkheid van een langetermijnherinnering. Vluchtigheid berust op het idee dat langetermijnherinneringen in de loop van de tijd minder sterk worden.

Ebbinghaus en de vergeetcurve

Tijdens een klassiek onderzoek naar vluchtigheid leerde psycholoog Hermann Ebbinghaus (1850-1909) zichzelf hele reeksen *betekenisloze lettergrepen* (zoals POV, KEB en RUZ) en keek vervolgens hoeveel hij zich na verloop van verschillende tijdsperioden kon herinneren. Die methode was heel geschikt om te meten wat hij gedurende korte periodes, met een maximum van enkele dagen, had onthouden. Maar voor het meten van zijn herinnering na langere periodes, zoals weken of zelfs maanden, was deze methode onbruikbaar, omdat Ebbinghaus zich na zo'n langere tijd helemaal niets meer kon herinneren. Daarom ontwierp hij een ander systeem: hij hield bij hoeveel pogingen hij nodig had om de lijst opnieuw te leren. Omdat hij doorgaans minder pogingen nodig had om de lijst opnieuw te leren dan om de lijst de eerste keer te leren, gebruikte hij het verschil tussen deze twee tijden, de 'besparing', als maateenheid van het geheugen. (Als hij voor de eerste keer leren tien pogingen nodig had, en voor het opnieuw leren zeven, was de besparing dertig procent.) Met behulp van de *besparingsmethode* kon Ebbinghaus nagaan wat er in de loop van de tijd met een herinnering gebeurde. Toen hij de uitkomsten van zijn onderzoek in een grafiek vastlegde, verscheen een curve zoals weergegeven in figuur 5.8. Zoals je ziet, duikt de lijn in eerste instantie steil omlaag, om in de loop van de tijd af te vlakken. Een van de belangrijkste ontdekkingen van Ebbinghaus luidt dan ook: *'In het begin gaat een groot deel van relatief betekenisloze data binnen korte tijd verloren, later neemt de snelheid waarmee kennis verloren gaat steeds verder af.'* Vervolgonderzoek toont aan dat deze **vergeetcurve** een weergave vormt van het patroon van vluchtigheid, het patroon dat er verantwoordelijk voor is dat we een groot deel van het verbale materiaal dat we leren weer vergeten.

Vergeetcurve: Grafiek die weergeeft hoeveel items er in de loop van de tijd voor een bepaalde hoeveelheid informatie, zoals een lijst van betekenisloze lettergrepen, kunnen worden teruggehaald en hoeveel er worden vergeten. De kenmerkende vergeetcurve buigt eerst steil omlaag en vlakt in de loop van de tijd af. Met andere woorden: we vergeten eerst snel en daarna langzaam.

Moderne psychologen hebben op het werk van Ebbinghaus voortgebouwd, hoewel ze tegenwoordig meer geïnteresseerd zijn in de manier waarop we *betekenisvol* materiaal onthouden. Een groot deel van het moderne onderzoek maakt gebruik van hersenscantechnieken als fMRI en PET, die registreren hoe de hersenen tijdens het vergeten steeds minder activiteit vertonen (Schacter, 1996, 1999).

Verbinding hoofdstuk 2
PET en fMRI zijn technieken om hersenactiviteit te registreren. Ze vormen beelden van bijzonder actieve gebieden in de hersenen (www.pearsonmylab.nl).

Niet alle herinneringen volgen echter de klassieke vergeetcurve. Dat geldt bijvoorbeeld voor motorische vaardigheden, die over het algemeen jarenlang bewaard blijven in het procedurele geheugen, zelfs zonder oefenen. Fietsen, bijvoorbeeld, verleer je nooit.

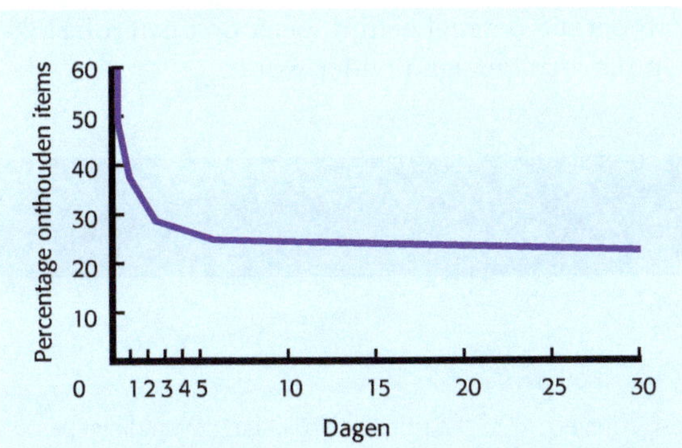

Figuur 5.8
De vergeetcurve van Ebbinghaus
Hoeveel betekenisloze lettergrepen kunnen mensen zich herinneren wanneer ze die na dertig dagen moeten reproduceren? De curve laat zien dat het aantal onthouden items eerst snel afneemt en daarna min of meer op hetzelfde niveau blijft.

Psychologische kwesties
Als je twee conflicterende dingen na elkaar probeert te leren, bijvoorbeeld wanneer je Franse les door een Spaanse les wordt gevolgd, kan vluchtigheid optreden. De oorzaak hiervoor is volgens Schacter *interferentie*. Lees hier meer over bij 'In de praktijk' in de MyLab mediatheek.

5.4.2 Verstrooidheid: als verslappen van de aandacht tot vergeten leidt

Als je je autosleutels op de verkeerde plek opbergt of als je een verjaardag vergeet, ben je het slachtoffer van **verstrooidheid**, de tweede 'zonde van het geheugen'. De term wil niet zeggen dat de herinnering is verdwenen uit je hersenen, het betekent alleen dat je aandacht even verslapte en vervolgens afdwaalde. In het geval van de vergeten verjaardag trad het probleem op aan de kant van het terughalen: toen je je concentreerde op iets wat je aandacht afleidde van de komende verjaardag. In het geval van de autosleutels vond de verschuiving van je aandacht waarschijnlijk plaats tijdens de oorspronkelijke codering: toen je had moeten opletten waar je je autosleutels opborg. Studenten hebben vaak last van deze vorm van verstrooidheid, doordat ze tijdens het studeren muziek luisteren of Facebook hebben openstaan.

Verstrooidheid: Vergeten als gevolg van gaten in de aandacht.

Verbinding hoofdstuk 3
Bij veranderingsblindheid, waarbij ons soms ontgaat dat er iets anders is dan daarvoor, is sprake van een perceptuele fout (p. 109).

Het op de verkeerde plaats opbergen van je autosleutels is een gevolg van een verschuiving in aandacht. Welk van de 'zeven zonden' speelt daarbij een rol?
Bron: Bubbles Photolibrary/Alamy.

Blokkade: Het soort vergeten dat plaatsvindt als een item in het geheugen niet kan worden gevonden of teruggehaald. Blokkades worden veroorzaakt door interferentie.

Deze laatste vorm van verstrooidheid, die dus neerkomt op een soort coderingsvergissing, speelde ook een rol bij de experimenten rond 'verwerkingsdiepte' die we eerder hebben besproken. Mensen die informatie oppervlakkig codeerden (staat het woord in hoofdletters?), waren minder goed in staat zich het bedoelde woord te herinneren dan degenen die het diep codeerden (is het een dier?).
Nog een ander voorbeeld van verstrooidheid is te typeren als *veranderingsblindheid*. Het is aangetoond in een onderzoek waarbij participanten een filmfragment bekeken waarin een acteur die de weg vroeg door een andere acteur werd vervangen, terwijl de acteurs kort aan het zicht van de camera werden onttrokken door twee mannen die met een deur voor hen langs liepen. Het was verrassend dat minder dan de helft van de kijkers de verandering opmerkte (Simons & Levin, 1998).

5.4.3 Blokkades: toegangsproblemen

Blokkade, de derde van Schacters zonden, treedt op wanneer we geen toegang hebben tot de informatie die we in onze herinnering bewaren. Je kunt blokkades hebben op het moment dat je vertrouwde mensen ziet in een nieuwe omgeving, en je je hun namen niet kunt herinneren. De grondigst bestudeerde vorm van blokkades is het 'puntje-van-de-tongfenomeen': wanneer je weet dat de naam van iets je bekend is, maar je deze niet kunt terughalen. Het 'Tip Of the Tongue'-fenomeen, kortweg TOT-fenomeen, is vaak het resultaat van gebrekkige contextcues die er niet in slagen het noodzakelijke geheugenschema te activeren (zie het kader 'Psychologische kwesties').
Ook stress kan blokkades veroorzaken, misschien doordat iemand zijn aandacht dan niet goed kan richten; aangetoond is dat afleiding het prospectieve geheugen blokkeert, bijvoorbeeld wanneer iemand moet onthouden dat hij op een bepaald tijdstip een bepaalde handeling moet uitvoeren. Leeftijd speelt ook een rol: blokkade wordt een groter probleem naarmate iemand ouder wordt.

PSYCHOLOGISCHE KWESTIES

Op het puntje van je tong

Probeer voordat je verder leest de volgende vragen te beantwoorden:

- Wat is het Noord-Amerikaanse equivalent van het rendier?
- Hoe noemen kunstenaars het plankje waarop ze hun verf mengen?
- Wat is de naam van een langwerpig, vierhoekig stenen bouwwerk met een punt aan de bovenzijde?
- Welk instrument gebruiken zeevaarders om de geografische breedte te bepalen aan de hand van de sterren?
- Wat is de naam van de grote metalen ketels die ze in Rusland gebruiken om thee uit te schenken?
- Hoe heet een kleine Chinese boot die meestal wordt voortgedreven door een enkele peddel of riem?

Als deze demonstratie werkt zoals verwacht, kon je je niet alle antwoorden herinneren, maar had sterk je het gevoel dat ze wel ergens in je geheugen zijn opgeslagen. Je zou kunnen zeggen dat het antwoord 'op het puntje van je tong' lag. Deze ervaringen wordt door psychologen het **puntje-van-de-tongfenomeen (TOT-fenomeen)** genoemd (Brown, 1991). Uit onderzoek blijkt dat de meeste mensen ongeveer een keer per week iets dergelijks ervaren. Mensen die bijvoorbeeld het bordspel Triviant (of Trivial Pursuit) spelen, zal het wel eens overkomen. En uit een recent onderzoek blijkt dat doven die gebarentaal gebruiken soms een puntje-van-de-vingerservaring (TOF) hebben, waarbij ze zeker weten dat ze een woord kennen, maar het gebaar niet kunnen terughalen (Thompson et al., 2005).
De meest voorkomende gevallen van het puntje-van-de-tongfenomeen hebben te maken met het herinneren van de namen van kennissen, beroemde personen en bekende voorwerpen (Brown, 1991). Ongeveer de helft van de keren schiet het gezochte woord je wel te binnen, meestal zelfs binnen een minuut (Brown & McNeill, 1966).
Wat is de oorzaak van het puntje-van-de-tongfenomeen? Een mogelijke oorzaak die vaak wordt onderzocht in

laboratoriumexperimenten, is het ontoereikend zijn van contextcues. Ontoereikende cues zorgden er waarschijnlijk voor dat je bij het eerder gepresenteerde lijstje haperde bij enkele vragen: we hebben je met die lijst namelijk onvoldoende context gegeven om het schema te activeren dat met het juiste antwoord is geassocieerd. Een andere mogelijke oorzaak is interferentie: een andere herinnering blokkeert de toegang tot een item uit het geheugen of blokkeert het proces van terughalen. Dat is het geval als je denkt aan Jan, terwijl je Jill onverwachts tegenkomt (Schacter, 1999).

Zelfs als je bij het beantwoorden van de vragenlijst niet in staat was om sommige van de correcte antwoorden te *reconstrueren* (kariboe, palet, obelisk, sextant, samowar, sampan) zou je ze misschien wel herkennen. Sommige kenmerken van het gezochte woord kunnen je zomaar te binnen schieten ('Ik weet dat het met een s begint!'), terwijl het woord zelf niet wil komen. Het puntje-van-de-tongfenomeen treedt dus op als er een slechte verbinding bestaat tussen herinneringscues en de manier waarop het woord in het langetermijngeheugen is gecodeerd.

Puntje-van-de-tongfenomeen (TOT-fenomeen): Het onvermogen je een woord te herinneren terwijl je weet dat het in je geheugen is opgeslagen.

5.4.4 Foutieve attributie: herinneringen in de verkeerde context

De drie 'zonden' die we tot nu toe hebben besproken, zorgen ervoor dat herinneringen ontoegankelijk zijn. Het komt echter ook voor dat je een herinnering wel kunt terughalen, maar dat die gekoppeld blijkt aan de verkeerde tijd, plaats of persoon. Schacter (1999) noemt dit **foutieve attributie**. Dit is een effect van de reconstructieve aard van het langetermijngeheugen. We halen meestal onvolledige herinneringen terug en vullen lege ruimten in, zodat ze betekenis voor ons krijgen. Dit effent de weg voor vergissingen, die ontstaan doordat informatie met een onjuiste, maar zeer voor de hand liggende context wordt verbonden.

Foutieve attributie: Geheugenfout die optreedt als je een herinnering wel kunt terughalen, maar hem aan de verkeerde tijd, plaats of persoon koppelt.

Een voorbeeld van foutieve attributie: soms geloven mensen ten onrechte dat de ideeën van anderen van henzelf zijn. Deze vorm van foutieve attributie vindt plaats wanneer iemand een idee hoort, daar op dat moment niets mee doet, maar het in zijn achterhoofd opslaat en vergeet van wie hij het heeft gehoord. Het onbedoelde plagiaat uit het voorbeeld met George Harrison van The Beatles, is een vorm van foutieve attributie.

Een andere vorm van foutieve attributie kan ervoor zorgen dat mensen zich iets herinneren wat ze helemaal niet hebben meegemaakt. Zo heeft men eens een aantal proefpersonen gevraagd een serie woorden in het geheugen te prenten die allemaal verband hielden met een bepaald thema: *deur*, *glas*, *ruit*, *rolgordijn*, *lijst*, *drempel*, *huis*, *open*, *gordijn*, *kozijn*, *uitzicht*, *briesje*, *stopverf* en *grendel*. Later herinnerden veel deelnemers zich ook het woord *raam*, hoewel dat woord niet op de lijst stond (Roediger & McDermott, 1995, 2000). Dit experiment geeft aan hoezeer *contextuele cues* de inhoud van een herinnering beïnvloeden. Er blijkt ook opnieuw uit hoezeer mensen geneigd zijn herinneringen op grond van betekenis te creëren en terug te halen.

5.4.5 Suggestibiliteit: externe cues vervormen of creëren herinneringen

Herinneringen kunnen ook vervormd of gecreëerd worden door *suggestie*. Dit fenomeen kan een belangrijke rol spelen als getuigen tijdens een rechtszaak worden ondervraagd door iemand die opzettelijk of onbewust suggesties doet over de feiten, wat de herinnering van een getuige kan beïnvloeden en eventueel veranderen. Omdat ze zich zorgen maakten over de mogelijke gevolgen van **suggestibiliteit** onderzochten Elizabeth Loftus en John Palmer de omstandigheden waaronder herinneringen gevoelig zijn voor vervorming.

Suggestibiliteit: Verstoring van het geheugen die optreedt na opzettelijke of onopzettelijke suggesties.

Vervorming van herinneringen

Deelnemers aan het onderzoek van Loftus en Palmer keken eerst naar een film van twee auto's die tegen elkaar botsten. Vervolgens vroegen de onderzoekers of ze konden inschatten hoe snel de auto's hadden gereden. Loftus en Palmer ontdekten dat de antwoorden afhankelijk waren van de formulering van de vraag (Loftus & Palmer, 1973; Loftus, 1979, 1984). De helft van de proefpersonen was gevraagd: 'Hoe hard reden de auto's toen ze tegen elkaar *knalden*?' De schattingen van deze groep lagen ongeveer 25 procent hoger dan de schattingen van de groep aan wie was gevraagd: 'Hoe hard reden de auto's toen ze elkaar *raakten*?' Deze vertekening van het geheugen die door suggestieve informatie wordt veroorzaakt, hebben psychologen het **misinformatie-effect** genoemd.

Misinformatie-effect: De vertekening van het geheugen door suggestie of onjuiste informatie.

Het onderzoek van Loftus en Palmer toont duidelijk aan dat herinneringen gevoelig zijn voor vervorming en dat ze door hints en suggesties ten tijde van het terughalen kunnen veranderen. Maar 'herinneringen' kunnen door soortgelijke methoden ook worden gecreëerd, *zonder* dat iemand die zich iets herinnert zich daarvan bewust is.

Video
Ga naar de MyLab mediatheek om het filmfragment te bekijken over geheugen en het werk van Elizabeth Loftus.

Verzonnen herinneringen

De beroemde ontwikkelingspsycholoog Jean Piaget (1962) beschreef een levendige herinnering aan een traumatische gebeurtenis uit zijn eigen vroege jeugd:

> *Een van mijn eerste herinneringen dateert, als deze juist zou zijn, uit mijn tweede levensjaar. Ik kan nog altijd heel duidelijk de volgende gebeurtenis zien, waarvan ik tot ik circa vijftien jaar was dacht dat hij echt was gebeurd. Ik zat in mijn kinderwagen, die door mijn kinderjuffrouw op de Champs Elysées [in Parijs] werd voortgeduwd, toen een man mij probeerde te ontvoeren. Ik werd vastgehouden doordat er een riem om me heen zat, terwijl de kinderjuffrouw dapper tussen mij en de ontvoerder in ging staan. Ze werd gekrabd en ik heb een wazig beeld van de krassen op haar gezicht.*
> *(Piaget, 1962, pp. 187–188)*

De kinderjuffrouw van Piaget beschreef de aanval in levendig detail en kreeg een duur horloge van zijn ouders als uiting van dankbaarheid voor haar moed. Jaren later stuurde de voormalige kinderjuffrouw een brief aan het gezin van Piaget, waarin zij bekende dat het verhaal verzonnen was en gaf het horloge terug. Hieruit concludeerde Piaget:

> *Ik moet kennelijk als kind het verhaal hebben gehoord, dat mijn ouders geloofden, en het in het verleden in de vorm van een visuele herinnering hebben geprojecteerd.*
> *(Piaget, 1962, p. 188)*

Zijn we allemaal vatbaar voor het opslaan van verzonnen herinneringen zoals de herinnering die Piaget beschreef? Om hierachter te komen besloten Elizabeth Loftus en haar collega's een experiment te doen. Ze nam contact op met de ouders van een aantal studenten en vroeg hen een lijstje te maken van dingen die hun studerende kinderen tijdens hun jeugd hadden meegemaakt. Aan de studenten vroeg ze vervolgens of die zich deze gebeurtenissen nog konden herinneren. In de tussentijd had Loftus de lijstjes echter aangevuld met gebeurtenissen die nooit hadden plaatsgevonden, maar die wel plausibel waren. Zo werd een van de studenten wijsgemaakt dat hij zijn ouders een keer was kwijtgeraakt in een winkelcentrum, een andere student zou tijdens een huwelijksfeest de schaal met bowl hebben omgegooid en weer een ander had tijdens een verjaardagspartijtje een clown op bezoek gehad (Loftus, 2003a). Nadat de studenten zich met tussenpozen van een aantal dagen hadden ingespannen om de gevraagde herinneringen op te halen, beweerde ongeveer een kwart van de studenten dat ze zich

de gebeurtenissen konden herinneren. Het enige wat daarvoor nodig was, waren een paar geloofwaardige suggesties.
Dit experiment kan je doen denken aan het geval van Donna, dat we in het begin van dit hoofdstuk hebben gepresenteerd. Herhaalde suggesties van de therapeut leidden tot Donna's verzonnen herinnering over misbruik. Het lijkt ook sterk op de geruchtmakende 'Bolderkar-affaire' eind jaren tachtig in Nederland, waarbij in totaal veertien kinderen uit huis werden geplaatst en de vaders werden vervolgd voor seksueel misbruik. Het vermeende misbruik werd gebaseerd op bewijsvoering die was verzameld door een orthopedagoog met behulp van de zogeheten poppenmethode (een methode die gebruikmaakt van speciaal ontwikkelde poppen met geslachtsdelen). De kinderen werden volgens deze methode geïnterviewd en herinnerden zich het misbruik door hun vaders. Later bleek dat ze de herinneringen verzonnen hadden. De poppenmethode was verkeerd gebruikt door de orthopedagoog en de herinneringen waren 'opgedrongen'.
Uit recent onderzoek van de Universiteit Maastricht blijkt dat valse of verzonnen herinneringen zoals deze voor de betreffende kinderen net zo echt zijn als echte herinneringen (Otgaar et al., 2012). De onderzoekers concluderen dat voor het vormen van herinneringen aan gebeurtenissen die niet hebben plaatsgevonden, dezelfde hersenmechanismen verantwoordelijk zijn als voor het vormen van herinneringen aan echte gebeurtenissen.
Uit nieuw onderzoek komen aanwijzingen naar voren dat ook bewerkte foto's valse herinneringen kunnen creëren, mogelijk nog sterkere dan de verhalen waar Loftus en haar collega's gebruik van maakten. Bij een vervolgexperiment, waarbij studenten werd verteld dat hun ouders hen in het winkelcentrum in de steek hadden gelaten, bekeken volwassenen aangepaste foto's die het deden voorkomen dat ze in een heteluchtballon zaten. Nadat ze de foto's gedurende een periode van twee weken enkele keren hadden gezien, 'herinnerde' de helft van de deelnemers zich details van de denkbeeldige ballonvaart (Wade et al., 2002). Zelfs in deze tijd van digitale camera's en software voor beeldbewerking vragen mensen zich niet altijd af of er misschien met een foto is geknoeid (Garry & Gerrie, 2005).

Factoren die van invloed zijn op de betrouwbaarheid van ooggetuigenverklaringen

In welke mate kunnen we op getuigenissen van ooggetuigen vertrouwen? Bij een laboratoriumexperiment is het natuurlijk gemakkelijk om valse herinneringen van echte te onderscheiden. Maar hoe is echt van onecht te scheiden in praktijksituaties waarin mensen beweren lang vergeten herinneringen te hebben teruggehaald?
Zoals we in de tweede casus zagen, werd de herinnering van Ross door de bekentenis van de kampbegeleider geverifieerd, maar dergelijk objectief bewijs is niet altijd aanwezig. In zulke gevallen is het beste wat we kunnen doen zoeken naar bewijsmateriaal dat aantoont dat de herinnering mogelijk door suggestie is gecreëerd, zoals ook gebeurde in de experimenten met valse herinneringen. Als er sprake blijkt te zijn van suggestie, is een gezonde dosis scepsis gerechtvaardigd, tenzij objectief bewijs de herinnering ondersteunt. We moeten met name op onze hoede zijn voor ooggetuigenverslagen die door de volgende factoren zijn verstoord (Kassin, 2001):

- *Sturende vragen*: dit soort vragen kan de herinneringen van ooggetuigen beinvloeden ('Hoe hard reden de auto's toen ze tegen elkaar *knalden*?'). Dergelijke vragen hebben overigens minder effect als mensen van tevoren worden gewaarschuwd dat de ondervraging hun herinneringen kan beïnvloeden.
- *Tijd*: als er tussen de gebeurtenis en de ondervraging zoveel tijd verstreken is dat de oorspronkelijke herinnering is vervaagd, zijn mensen meer geneigd zich informatie verkeerd te herinneren.

Als er een misdrijf is gepleegd, is de politie vaak op zoek naar ooggetuigen. Het is bij verklaringen van ooggetuigen van belang te beseffen dat hun herinneringen door verschillende factoren worden verstoord.

Bron: ANP. Schietpartij in winkelcentrum Alphen aan den Rijn, 9 april 2011.

- *Herhaald terughalen*: telkens wanneer een herinnering wordt teruggehaald, wordt deze gereconstrueerd en daarna opnieuw opgeslagen (zoals bij een tekstverwerkingsbestand dat wordt opgevraagd, gewijzigd en opgeslagen); hierdoor neemt de kans op onjuistheden toe.
- *De leeftijd van de getuige*: jonge kinderen en volwassenen boven de vijfenzestig zijn over het algemeen gevoeliger voor misleidende informatie.
- *Vertrouwen in een herinnering*: dit is geen waarborg dat de herinnering nauwkeurig is, sterker nog: getuigen die door misleidende informatie beïnvloed zijn, geloven soms extra sterk in hun valse herinneringen.

5.4.6 Bias: overtuigingen, attitudes en meningen vervormen herinneringen

De zesde 'zonde' van het geheugen, bias, heeft betrekking op de invloed van persoonlijke overtuigingen, attitudes en ervaringen op herinneringen. Bij veel huiselijke ruzies van het type 'welles-nietes' ontstaan verhitte uitwisselingen door bias. Vertekeningen zie je gemakkelijker bij iemand anders dan bij jezelf. Toch zou je voor de twee veelvoorkomende vormen van bias die we nu presenteren ook bij jezelf op je hoede kunnen zijn.

Expectancy bias (verwachtingsbias)

De onbewuste neiging je gebeurtenissen zodanig te herinneren dat ze met je verwachtingen overeenkomen, veroorzaakt expectancy bias (*verwachtingsbias*). Expectancy bias is in een laboratorium onderzocht, waarbij twee groepen vrijwilligers een verhaal kregen te lezen. Het verhaal ging over de relatie tussen Bob en Marthe, een stel dat van plan is te trouwen. In het verhaal blijkt dat Bob geen kinderen wil en dat hij zich zorgen maakt over de manier waarop Marthe dit zal opvatten. Als hij het haar vertelt, is Marthe geschokt, omdat ze dolgraag kinderen wil. Een groep kreeg, tegen de verwachting in, na het verhaal te hebben gelezen, te horen dat Bob en Marthe toch waren getrouwd. De andere groep vrijwilligers werd verteld dat het stel uit elkaar ging. Zouden de mensen in deze twee groepen zich, afgezien van het einde, het verhaal over Bob en Marthe verschillend herinneren?

Het bleek dat degenen die het onverwachte einde hadden gehoord (waarbij Bob en Marthe besloten te trouwen) de meest onjuiste verslagen gaven. Waarom? Vanwege hun expectancy bias herinnerden zij zich vertekende informatie; door deze vertekende informatie werd het resultaat met hun oorspronkelijke verwachtingen in overeenstemming gebracht (Schacter, 1999; Spiro, 1980). Eén persoon 'herinnerde' zich bijvoorbeeld dat Bob en Marthe uit elkaar waren gegaan, maar hadden besloten dat hun liefde de verschillen kon overwinnen. Iemand anders vertelde dat het paar als compromis tot adoptie had besloten.
Wanneer er iets gebeurt dat niet strookt met onze verwachtingen, kunnen we de informatie onbewust vervormen, zodat die beter aansluit op onze bestaande ideeën.

Bias van zelfconsistentie

De meeste mensen beschouwen zichzelf niet graag als inconsistent (onvast of veranderlijk over een tijdsperiode), hoewel uit onderzoek blijkt dat we onszelf daarmee voor de gek houden. Dit noemt Schacter de **bias van zelfconsistentie**. Uit onderzoek is bijvoorbeeld gebleken dat mensen in hun keuze voor een politieke partij veel minder consistent (vasthoudend) zijn dan ze zelf denken, en ook wanneer het gaat om politieke kwesties als de gelijkheid van mannen en vrouwen, hulp aan minderheidsgroepen en het gedogen van drugs (Levine, 1997; Marcus, 1986).

Bias van zelfconsistentie: Het veelvoorkomende idee dat we consistenter zijn in onze attitudes, meningen en overtuigingen dan we werkelijk zijn.

De bias van zelfconsistentie is van bijzonder belang voor het geheugenonderzoek, omdat deze van invloed kan zijn op datgene wat we ons herinneren (Levine & Safer, 2002). Bij een onderzoek van koppels die tweemaal met een tussenperiode van twee maanden werden ondervraagd, veranderden hun herinneringen aan het verloop van de relatie afhankelijk van de mate waarin deze relatie zich gedurende de periode van twee maanden had ontwikkeld, hoewel de deelnemers hun inconsistenties meestal niet herkenden. Degenen die elkaar aardiger waren gaan vinden, herinnerden zich hun aanvankelijke beoordeling van hun partner als positiever dan die in het begin was. Degenen van wie de relatie zich in negatieve zin had ontwikkeld, hadden de tegenovergestelde reactie (Scharfe & Bartholomew, 1998).
Of deze onderzoeken nu betrekking hebben op attitudes, aannamen, meningen of emoties, telkens zien we dat onze bias als een soort vertekenende spiegel werkt waarin onze herinneringen worden gereflecteerd. Dit gebeurt echter zonder dat we ons er bewust van zijn dat onze herinneringen zijn veranderd.

5.4.7 Persistentie: als we iets niet kunnen vergeten

De zevende 'zonde' van het geheugen is **persistentie**. Deze zonde wijst ons erop dat het geheugen soms te goed werkt. We maken allemaal wel eens mee dat een hardnekkige gedachte, beeld of melodie constant door onze gedachten maalt. Dergelijke opdringerige herinneringen zijn vaak kortstondig. Ze kunnen echter een probleem worden wanneer we hardnekkige gedachten hebben die worden gekleurd door intense, negatieve emoties. In het uiterste geval kan de persistentie van herinneringen aan onaangename gebeurtenissen een neerwaartse spiraal creëren. Zo kunnen mensen met een depressie niet ophouden met piekeren over deprimerende perioden in hun leven. Hetzelfde overkomt *fobische* patiënten die geobsedeerd kunnen raken door angstige herinneringen aan slangen, honden, kraaien, spinnen of onweer. Dit alles wijst nogmaals op de krachtige rol die emoties spelen bij herinnering.

Persistentie: Geheugenprobleem waarbij iemand niet in staat is ongewenste herinneringen uit zijn hoofd te zetten.

▸▸ **Verbinding hoofdstuk 12**
Mensen met fobieën hebben extreme en onredelijke angsten voor specifieke objecten of situaties (p. 506).

5.4.8 Je geheugen verbeteren met mnemoniek

Met behulp van enkele door geheugenexperts ontwikkelde trucs kun je leren om je bepaalde informatie beter te herinneren: deze psychische strategieën wor-

Mnemoniek: Techniek om het geheugen te verbeteren, in het bijzonder door verbindingen te leggen tussen nieuw materiaal en informatie die al in het langetermijngeheugen ligt opgeslagen.

Methode van loci: Mnemoniek waarbij je items op een lijst associeert met een reeks vertrouwde plekken in een bepaalde ruimte.

Systeem van kapstokwoorden: Nieuwe informatie in je geheugen prenten door die te associëren met bepaalde woorden.

den mnemonieken (afgeleid van het Griekse woord voor 'herinneren') genoemd. **Mnemonieken** zijn methoden om informatie die in het geheugen moet worden opgeslagen te coderen door haar te associëren met informatie die zich al in het langetermijngeheugen bevindt. Hieronder bespreken we twee van dergelijke technieken, de methode van loci en het systeem van kapstokwoorden, die bijzonder handig zijn bij het onthouden van lijsten.

De methode van loci

De **methode van loci** dateert uit de tijd van de oude Grieken (het woord *loci* is afgeleid van het Latijnse woord *locus*, 'plaats'). Van de methoden die je in dit boek zult tegenkomen, is het is met recht een van de oudste te noemen. Oorspronkelijk werd de methode ontworpen om redenaars te helpen bij het onthouden van de hoofdpunten van hun redevoeringen. Het is een praktisch hulpmiddel voor het leren en terughalen van lijstjes.

Stel je voor dat je je in een vertrouwde ruimte bevindt, bijvoorbeeld je kamer. De methode van loci houdt in dat je je in gedachte van de ene plek in je kamer naar de andere beweegt terwijl je onderweg op elke plek een item van je lijstje neerzet. Als je je wilt herinneren wat er op je lijstje stond, maak je in gedachte gewoon nog een rondje door je kamer, langs alle plekken (loci) waar je eerder een item hebt neergezet. Je zult merken dat je de items dan 'voor je ziet'. Stel dat je boodschappen gaat doen. Dan leg je in gedachten bijvoorbeeld een blikje tonijn op je bed, giet je de shampoo over je bureau en leg je een doos eieren geopend op een stoel. Bizarre of onconventionele beeldcombinaties zijn meestal gemakkelijker te onthouden; een blikje tonijn in je slaapkamer herinner je je beter dan tonijn in de keuken (Bower, 1972).

Er een visuele voorstelling van maken is een van de meest effectieve manieren van coderen: je kunt je dingen gemakkelijk herinneren als je ze associeert met levendige, duidelijk herkenbare beelden. Sterker nog, alleen het maken van een visuele voorstelling is meestal al voldoende om je boodschappenlijstje in je geheugen te prenten. Maak een bizarre combinatie van de psychische beelden van tonijn, shampoo en eieren. Stel je voor dat de tonijn op een enorm gebakken ei ligt dat in een zee van schuimende shampoo drijft. Of dat een onsympathieke docent tonijn uit blik eet terwijl zijn haar overdekt is met dotten shampoo en jij eieren naar hem gooit.

Mnemonieken helpen ons bij het herinneren van dingen door ze betekenisvol te maken. Hier probeert Wangari Maathai, winnares van de Nobelprijs voor de Vrede, het Chinese karakter voor 'boom' te leren, dat een gelijkenis vertoont met een gestileerde boom. Veel Chinese en Japanse karakters waren oorspronkelijk tekeningen van het object dat ze vertegenwoordigden.
Bron: Kyodo/Landov.

Kapstokwoorden

Een ander geheugensteuntje maakt gebruik van **kapstokwoorden**. Ze associëren betekenisvolle woordpatronen met nieuwe informatie die in het geheugen geprent moet worden. Je kunt een verhaal verzinnen aan de hand waarvan je je boodschappenlijstje herinnert (hetzelfde lijstje: tonijn, shampoo en eieren). In het verhaal kun je de items bijvoorbeeld als volgt met elkaar verbinden: 'De kat ontdekt dat de tonijn op is, dus tikt ze tegen mijn kuiten als ik shampoo in mijn haar masseer en miauwt dat ze haar ei kwijt moet.' Reclamemakers weten dat klanten producten en merknamen die met rijmende slagzinnen en ritmische deuntjes aan de man worden gebracht beter onthouden. De kans is groot dat je op de basisschool een rijmpje of melodietje hebt gebruikt om een rekenregel te leren ('meneer van Dalen wacht op antwoord'). Denk ook maar aan de dreunende cadans waarop je de tafels van vermenigvuldiging moest opzeggen. Een bekend ezelsbruggetje voor een spellingsregel is ''t kofschip' of ''t fokschaap', waarmee je kunt bepalen of het voltooid deelwoord van een werkwoord met een -t of -d aan het eind wordt geschreven.

Het feit dat mnemonieken werken, leert ons dat het geheugen flexibel, persoonlijk en creatief is. Het bewijst bovendien dat het geheugen in feite werkt door betekenisvolle associaties. Met behulp van deze kennis en enig experimenteren kun je coderings- en terughaaltechnieken verzinnen waar jij het meeste aan hebt, gebaseerd op je eigen persoonlijke associaties en, misschien, op jouw gevoel voor humor.

Kritisch denken toegepast
Ga naar 'In de praktijk' in de MyLab mediatheek voor een bespreking van de controverse over teruggehaalde herinneringen.

PSYCHOLOGIE GEBRUIKEN OM PSYCHOLOGIE TE LEREN

Als je een examen over psychologie moet voorbereiden, heb je niet zo veel aan mnemonieken die zijn ontworpen om lijstjes met onsamenhangende items in je geheugen te prenten. De lesstof die je moet leren bestaat immers uit concepten, dikwijls abstracte concepten zoals 'operante conditionering' of 'semantisch geheugen', ideeën waarvan je de essentie, in plaats van alleen de definitie, uit je hoofd moet leren.

Dat soort informatie vraagt om andere mnemonieken: technieken die, toegespitst op het leren van concepten, de kans verkleinen dat je het slachtoffer wordt van twee door studenten zeer gevreesde 'geheugenzonden': vluchtigheid en blokkades. Laten we eens kijken wat cognitief psychologen adviseren aan studenten die deze twee valkuilen van het geheugen willen vermijden.

Studeren om vluchtigheid van de herinnering te voorkomen

- *Geef een persoonlijke betekenis aan de leerstof.* Uit verschillende onderzoeken blijkt dat herinneringen sterker blijven hangen wanneer de informatie betekenis heeft: als ze meer is dan een serie feiten en definities (Baddeley, 1998; Haberlandt, 1999; Terry, 2000). Een goede strategie om dat voor elkaar te krijgen is de **geheel-leren-methode**, een techniek die vaak wordt toegepast door acteurs die in korte tijd lange stukken tekst moeten leren. Deze methode houdt in dat je eerst probeert een overzicht te krijgen van de volledige leerstof, het 'grote plaatje', waar je dan later de details in kunt voegen. Stel bijvoorbeeld dat je volgende week een toets krijgt over dit hoofdstuk. Als je de geheel-lerenmethode gebruikt, kijk je eerst naar de samenvatting van het hoofdstuk en vervolgens loop je alle kernvragen en kernconcepten door (die staan aan het begin van het hoofdstuk). Dan pas begin je het hoofdstuk te lezen. Met deze methode vorm je voor jezelf een mentaal kader, waarin je de details over coderen, terughalen en andere geheugenzaken later een plaats geeft.
- *Verdeel het leren over de tijd.* Maak gebruik van **gespreid leren**, in tegenstelling tot 'stampen', waarbij je alle leerstof in één keer in je hoofd propt. Gespreid leren voorkomt vluchtige opname. Door deze methode vermijd je dat je leerinspanning door vermoeidheid minder effectief wordt. Zo bleek uit een onderzoek dat studenten die de leerstof in twee sessies bestudeerden in plaats van in een één keer, twee keer zoveel informatie onthielden en de stof ook beter begrepen (Bahrick et al., 1993). En we begrijpen nu ook beter waarom we ons gezichten en namen van vroegere klasgenoten zelfs tientallen jaren later nog scherp herinneren. Waarschijnlijk hadden we vaak toegang tot die informatie toen we op school zaten, het equivalent van gespreid leren.

Studeren om blokkades tijdens het examen te voorkomen

De strategieën die we tot nu toe hebben besproken, helpen je om de vereiste leerstof goed in je geheugen op te slaan. Maar je wilt tijdens het examen de stof ook kunnen terughalen. Om ervoor te zorgen dat de informatie die je nodig hebt ook werkelijk toegankelijk is, bespreken we enkele technieken die gebaseerd zijn op twee ideeën die je in dit hoofdstuk bent tegengekomen: uitwerking en specificiteit van codering.

- *Herhaal de stof en werk deze uit.* Studenten denken vaak dat ze de leerstof zullen onthouden wanneer ze deze hebben gelezen en begrepen. Bij complexe concepten en ideeën is het echter waarschijnlijk nodig dat je herhaalt wat je hebt geleerd, misschien zelfs enkele keren. Je herhaling dient echter niet gedachteloos en passief te zijn: alleen maar staren naar de woorden in het boek is niet genoeg. In plaats daarvan zou je gebruik moeten

Geheel-lerenmethode: Mnemoniek waarbij je het materiaal eerst 'als geheel' benadert, zodat je een globale indruk vormt van de betekenis. Later kun je de details aan die algemene indruk 'ophangen'.

Gespreid leren: Mnemoniek waarbij je het leren over verschillende periodes verdeelt, in plaats van probeert de lesstof allemaal in één keer in je geheugen te proppen.

maken van de techniek van actief herhalen. Een van de beste manieren om dat te doen is door voor elk concept een eigen voorbeeld te verzinnen. Als je bijvoorbeeld bezig bent met vroege herinneringen, dan verzin je een voorbeeld uit je eigen ervaring. Verzin vooral ook een paar voorbeelden voor de kernconcepten. Met behulp van deze benadering verklein je de kans op blokkades, omdat de in je geheugen opgeslagen leerstof dankzij al deze associaties via meer wegen bereikbaar is.

- *Test jezelf met herinneringscues die je op het examen verwacht.* Met het principe van specificiteit van codering kun je de stof zo leren dat ze weer bovenkomt door de vragen op het examen. Deze manier van leren is vaak gemakkelijker als je samen met iemand studeert die hetzelfde examen doet, liefst een paar dagen voor het examen, maar pas nadat je je al hebt voorbereid en het gevoel hebt dat je er klaar voor bent. Je gaat dan geen nieuwe leerstof leren, maar je anticipeert gezamenlijk op de examenvragen. Stelt de docent graag open vragen? Heeft hij een voorkeur voor korte antwoorden? Is hij meer een type voor meerkeuzevragen? Probeer zo veel mogelijk van dat soort vragen te bedenken en te beantwoorden.

Ga naar **www.pearsonmylab.nl** om je kennis en begrip van deze paragraaf te testen met de MyMap, MyCheck en MyDefinitions.

SAMENVATTING VAN HET HOOFDSTUK

CENTRALE VRAAG: Hoe kunnen we op basis van onze kennis over het geheugen beweringen over teruggehaalde herinneringen beoordelen?

- Uit onderzoeksresultaten blijkt duidelijk dat de meeste mensen sterke herinneringen vormen over traumatische gebeurtenissen in plaats van die te verdringen.
- Uit onderzoek is gebleken dat ongeveer een derde van de mensen in de Verenigde Staten de neiging heeft om vrijwel vanzelf valse herinneringen te vormen. Daardoor kunnen suggestieve vraagtechnieken door therapeuten of andere gezagsfiguren onbedoeld ertoe leiden dat iemand valse herinneringen creëert die in overeenstemming zijn met de suggestie.
- Onderzoekers hebben geconcludeerd dat mensen met een vermijdende hechtingsstijl traumatische herinneringen eerder verdringen dan mensen met andere hechtingsstijlen (zie 'Kritisch denken toegepast' op de website).

KERNVRAAG 5.1

▶ Wat is het geheugen?

Bij het geheugen van de mens spelen drie belangrijke processen een rol: **coderen**, **opslaan** en **terughalen**. Hoewel veel mensen geloven dat het geheugen gebeurtenissen volledig en nauwkeurig vastlegt, zien cognitief psychologen het menselijk geheugen als een informatieverwerkingssysteem dat informatie interpreteert, vertekent en reconstrueert.

KERNCONCEPT 5.1
Het geheugen van de mens is een informatieverwerkingssysteem dat constructief werkt om informatie te coderen, op te slaan en weer terug te halen.

KERNVRAAG 5.2

▶ Hoe vormen we herinneringen?

Het geheugensysteem bestaat uit drie aparte stadia: **sensorisch geheugen**, **werkgeheugen** en **langetermijngeheugen**. De drie stadia werken met elkaar samen om binnenkomende sensorische informatie om te zetten in zinvolle patronen of concepten die kunnen worden opgeslagen en worden teruggehaald wanneer ze later nodig zijn.

Het **sensorisch geheugen** houdt twaalf tot zestien items gedurende ongeveer een kwart seconde tot twee seconden vast, en maakt gebruik van de sensorische zenuwbanen. Een apart sensorisch register voor elk zintuig houdt informatie net lang genoeg vast om de belangrijkste indrukken te selecteren voor verdere verwerking.

Het **werkgeheugen**, dat slechts een geringe capaciteit heeft, haalt informatie uit het sensorisch geheugen en het langetermijngeheugen en verwerkt die bewust. Onderzoekers hebben ten minste vier componenten van het werkgeheugen voorgesteld: een centrale bestuurder, een fonologische lus, een schetsboek en een episodische buffer. We kunnen met de beperkte duur en capaciteit omgaan door **chunking** en **herhaling**. De biologische basis van het werkgeheugen is niet helder, maar aangenomen wordt dat er actief vurende zenuwcircuits bij betrokken zijn, waarschijnlijk in de frontale cortex.

Het **langetermijngeheugen** heeft schijnbaar onbeperkte opslagcapaciteit van onbeperkte duur. Het bestaat uit twee belangrijke onderdelen: het **declaratief geheugen** (voor feiten en gebeurtenissen) en het **procedureel geheugen** (voor perceptuele en motorische vaardigheden). Het declaratief geheugen kan nog verder worden onderverdeeld in het **episodische** en het **semantische** systeem. Semantische informatie wordt gecodeerd, opgeslagen en teruggehaald op grond van de betekenis en de context van het materiaal.

- **KERNCONCEPT 5.2**
  Elk van de drie geheugensystemen codeert en legt herinneringen op een andere manier vast, maar samen zorgen ze ervoor dat een sensorische ervaring wordt omgezet in een blijvend geheugenspoor met een bepaald patroon of een bepaalde betekenis.

KERNVRAAG 5.3

▶ Hoe halen we herinneringen terug?

Informatie wordt opgeborgen als **expliciete** of als **impliciete** herinnering. Het succes van een zoektocht in het geheugen is gedeeltelijk afhankelijk van de **herinneringscues**.

Impliciete herinneringen kunnen geprikkeld worden met behulp van **priming**. Expliciete herinneringen kun je oproepen door **ophalen** of door **herkenning**, hoewel het voor sommige taken nodig is de **essentie** te onthouden in plaats van de exacte details. De nauwkeurigheid van een herinnering is afhankelijk van de manier waarop de informatie **gecodeerd** is en van **stemmingen**. Er is betrekkelijk weinig bekend over de omstandigheden die nodig zijn voor een succesvol **prospectief geheugen**. Als er weinig overeenkomst is tussen de herinneringscues en de codering, is het mogelijk dat we met het **puntje-van-de-tongfenomeen (TOT-fenomeen)** te maken krijgen.

- **KERNCONCEPT 5.3**
  Of herinneringen nu impliciet of expliciet zijn, of we ze kunnen terughalen is afhankelijk van de manier waarop ze gecodeerd zijn en hoe ze worden opgeroepen.

KERNVRAAG 5.4

▶ Waarom laat ons geheugen ons soms in de steek?

Missers van het geheugen hebben betrekking op de 'zeven zonden' van het geheugen. De eerste drie daarvan zorgen dat we zonder het te willen dingen vergeten, als gevolg van vervagende geheugensporen (**vluchtigheid**), verslappen van aandacht (**verstrooidheid**) en de onmogelijkheid een herinnering terug te halen (**blokkeren**). Naast zaken te vergeten kan ons geheugen een misser begaan als herinneringen zijn vervormd door **foutieve attributie**, **suggestibiliteit** en **bias** (vooroordelen). Voorbeelden hiervan vinden we in verslagen van ooggetuigen, die vaak vervormd zijn. Suggestibiliteit kan ook foutieve herinneringen produceren, hoewel de betrokkene zelf meent dat ze absoluut waar zijn. De laatste zonde, die van de **persistentie**, treedt op als ongewenste herinneringen in het geheugen blijven hangen, terwijl we ze juist zouden willen kwijtraken.

Sommige van deze problemen kun je overwinnen met behulp van **mnemonieken**, zoals de **methode van loci**, **kapstokwoorden** en andere associatieve methoden. Het leren van concepten vraagt echter om speciale strategieën die erop zijn toegerust om de essentie van de leerstof te doorgronden en te onthouden en de twee zonden van vluchtigheid en blokkeren te vermijden: de **geheel-lerenmethode** en **gespreid leren**.

KERNCONCEPT 5.4

De meeste problemen die we met ons geheugen hebben, ontstaan door een van de 'zeven zonden' van het geheugen.

Op **www.pearsonmylab.nl** vind je tools en toetsen om je begrip en kennis van dit hoofdstuk uit te breiden en te oefenen.

BELANGRIJKE BEGRIPPEN

Actief herhalen door verbanden te leggen (elaboratie)
Akoestisch coderen
Anterograde amnesie
Bias van zelfconsistentie
Blokkade
Chunking
Coderen
Consolidatie
Declaratief geheugen
Engram
Episodisch geheugen
Essentie
Expliciete herinnering
Foutieve attributie
Geheel-lerenmethode
Geheugen
Gespreid leren
Herhaling of repeteren
Herinneringscue
Herkenning
Impliciete herinnering
Infantiele amnesie
Informatieverwerkingsmodel
Langetermijngeheugen (LTG)
Methode van loci
Misinformatie-effect
Mnemoniek
Ophalen
Opslaan
Persistentie
Priming
Principe van specificiteit van codering
Procedureel geheugen
Prospectief geheugen
Puntje-van-de-tongfenomeen (TOT-fenomeen)
Retrograde amnesie
Semantisch geheugen
Schema
Sensorisch geheugen
Stemmingscongruente herinnering
Suggestibiliteit
Systeem van kapstokwoorden
Terughalen
Theorie van verwerkingsniveaus
Vergeetcurve
Verstrooidheid
Vluchtigheid
Werkgeheugen

▶ KERNVRAGEN	● KERNCONCEPTEN	■ IN DE PRAKTIJK
7.1 Wat kan een pasgeboren baby? 7.1.1 Prenatale ontwikkeling 7.1.2 De neonatale periode: vaardigheden van het pasgeboren kind 7.1.3 Infancy: verder bouwen op de neonatale blauwdruk	7.1 Pasgeborenen bezitten vaardigheden voor drie elementaire overlevingstaken: voedsel vinden, contact maken en gevaarlijke situaties vermijden.	**Psychologische kwesties** Spelen is niet alleen maar voor de lol op www.pearsonmylab.nl
7.2 Welke vaardigheden moet een kind zich eigen maken? 7.2.1 Hoe kinderen taal verwerven 7.2.2 Cognitieve ontwikkeling: Piagets theorie 7.2.3 Sociale en emotionele ontwikkeling	7.2 De samenwerking van nature and nurture zorgt ervoor dat kinderen belangrijke ontwikkelingstaken kunnen verrichten, vooral op het gebied van taalverwerving, cognitieve ontwikkeling en het ontwikkelen van sociale relaties.	**Doe het zelf!** Spelen met kinderen in de stijl van Piaget **Psychologische kwesties** De puzzel van ADHD op www.pearsonmylab.nl
7.3 Welke ontwikkelingen vinden plaats tijdens de adolescentie? 7.3.1 Adolescentie en cultuur 7.3.2 Lichamelijke rijping tijdens de adolescentie 7.3.3 Seksualiteit tijdens de adolescentie 7.3.4 Cognitieve ontwikkeling tijdens de adolescentie 7.3.5 Sociale en emotionele problemen tijdens de adolescentie	7.3 De adolescentie brengt nieuwe ontwikkelingsproblemen met zich mee, die het gevolg zijn van lichamelijke veranderingen, cognitieve veranderingen en sociaal-emotionele druk.	**Psychologische kwesties** Het puberende brein **Doe het zelf!** Nature en nurture in je eigen ontwikkeling **Psychologie gebruiken om psychologie te leren** op www.pearsonmylab.nl
7.4 Welke ontwikkelingen vinden plaats tijdens de volwassenheid? 7.4.1 Vroege volwassenheid: verkenning, autonomie en intimiteit 7.4.2 De problemen van de middelbare leeftijd: complexiteit en zorg voor de volgende generatie 7.4.3 Late volwassenheid: de leeftijd van integriteit	7.4 Tijdens de overgangen die we als volwassenen doormaken, blijft de wisselwerking tussen nature en nurture bestaan: moderne culturele normen en technologie verbeteren de duur en kwaliteit van het leven van veel volwassenen.	**Psychologische kwesties** Een terugblik op het tweelingenonderzoek op www.pearsonmylab.nl **Kritisch denken toegepast** Het Mozart-effect op www.pearsonmylab.nl

CENTRALE VRAAG: Blijkt uit het verbluffende aantal overeenkomsten tussen tweelingen die afzonderlijk zijn opgegroeid dat we primair een product van onze genen zijn? Of beïnvloeden erfelijkheid en omgeving samen de groei en ontwikkeling tijdens het gehele leven?

Op **www.pearsonmylab.nl** vind je tools en toetsen om je begrip en kennis van dit hoofdstuk uit te breiden en te oefenen.

7 PSYCHOLOGISCHE ONTWIKKELING

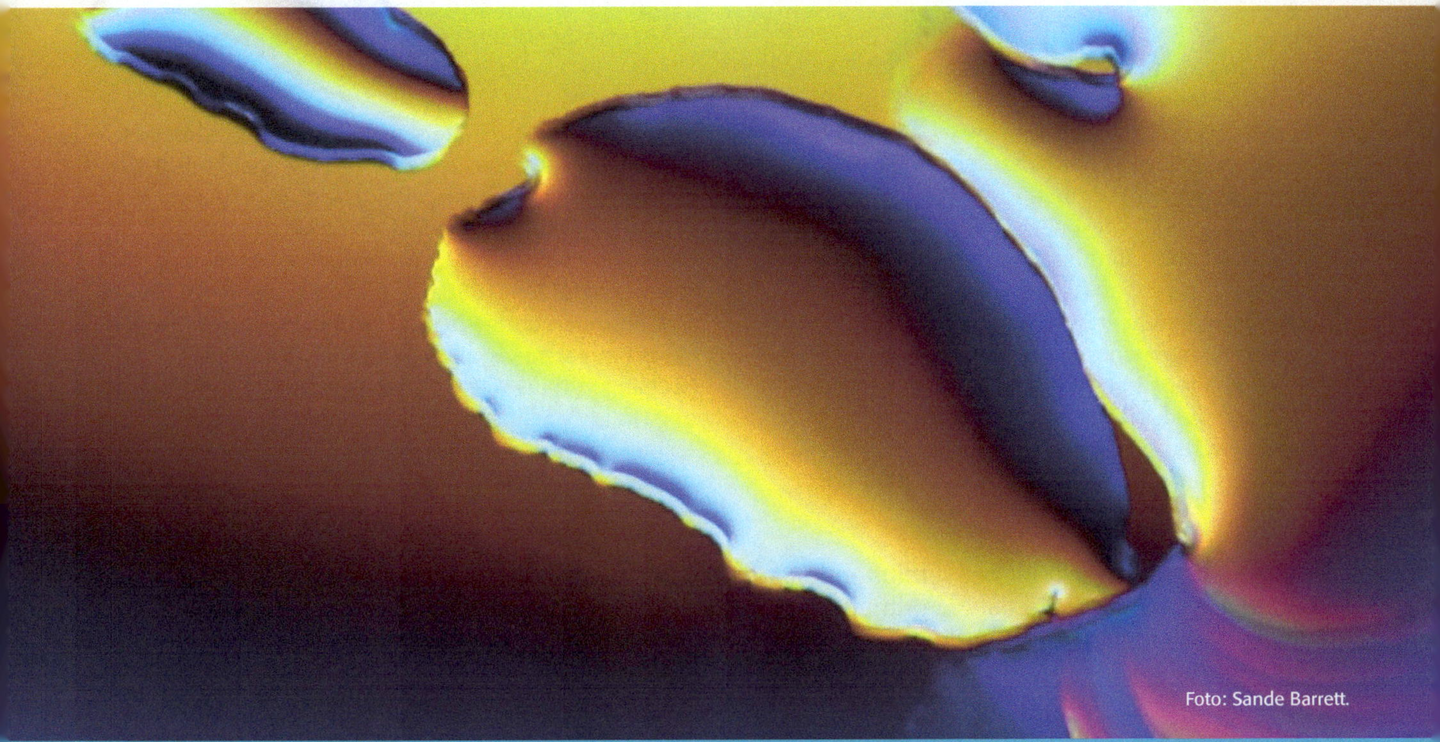

Foto: Sande Barrett.

Waardoor zou de aandacht van de media effectiever kunnen worden vastgehouden dan door een verhaal over tweelingen die bij de geboorte worden gescheiden en als volwassenen worden herenigd? Veel van zulke verhalen zijn afkomstig van het beroemde studieproject over tweelingen van Thomas Bouchard aan de universiteit van Minnesota. Wat vooral de aandacht van journalisten trekt, zijn meldingen van griezelige overeenkomsten tussen eeneiige tweelingen die door verschillende ouders zijn opgevoed, op verschillende scholen hebben gezeten, beïnvloed zijn door andere leeftijdsgenoten en soms zelfs in verschillende culturen zijn opgegroeid.

Neem bijvoorbeeld de 'tweeling Jim'. De eeneiige tweelingbroers Jim Springer en Jim Lewis werden enkele weken na de geboorte gescheiden, door verschillende ouders geadopteerd en verschillend opgevoed. Toch was er iets wat hen zich via 'parallelle routes' liet ontwikkelen, ook al waren deze routes gedurende 39 jaar gescheiden. Bij hun hereniging ontdekten de tweelingbroers Jim enkele opmerkelijke overeenkomsten. Enkele voorbeelden:

- Ze behaalden vrijwel identieke scores op persoonlijkheids-, intelligentie-, attitude- en interessetests.
- Ze hadden een vergelijkbaar medisch dossier: beiden kampten met een licht

verhoogde bloeddruk, beiden hadden aanvallen gehad die ze ten onrechte voor een hartaanval hielden; beiden hadden een vasectomie ondergaan; beiden leden aan migraine.
- Beide mannen waren kettingrokers, ze rookten hetzelfde merk en dronken hetzelfde bier.
- Beiden waren tweemaal getrouwd en bij beiden heette de vrouw uit het eerste huwelijk Linda en de vrouw uit het tweede huwelijk Betty. Beide mannen lieten liefdesbriefjes in huis achter.
- Lewis had drie zoons, van wie één James Alan heette. Springer had drie dochters, plus een zoon die James Alan heette.
- Beiden hadden vroeger een hond die Toy heette.
- Beiden hadden hetzelfde merk auto, beten op hun nagels en hadden een hekel aan baseball.
- Beiden waren hulpsheriff geweest.
- Beiden hadden als hobby houtbewerking. Lewis vond het leuk om miniatuurpicknicktafels te maken en Springer maakte miniatuurschommelstoelen. Beiden bouwden een witte bank rond een boom in de tuin.

Toen Bouchard in de krant over de twee Jims las, wist hij dat hun geval een zeldzame gelegenheid bood om de relatieve effecten van erfelijkheid en omgeving te bestuderen en hoe deze zich in de loop van de tijd ontplooien tijdens het proces dat we ontwikkeling noemen (Holden, 1980a, b; Lykken et al., 1992). De Jims stemden ermee in deel te nemen en werden aldus het eerste van circa 115 paren herenigde tweelingen (plus vier groepen gescheiden van elkaar opgevoede drielingen) die gedurende de volgende twintig jaar aan de universiteit van Minnesota werden bestudeerd.

CENTRALE VRAAG: Blijkt uit het verbluffende aantal overeenkomsten tussen tweelingen die afzonderlijk zijn opgegroeid dat we primair een product van onze genen zijn? Of beïnvloeden erfelijkheid en omgeving samen de groei en ontwikkeling tijdens het gehele leven?

Hoe fascinerend deze verhalen ook zijn, we moeten ze zorgvuldig interpreteren (Phelps et al., 1997). Laten we deze interpretatie beginnen door eens diep en kritisch na te denken, en enkele belangrijke vragen te stellen:
- Zijn deze verhalen over tweelingen representatief voor alle tweelingen die afzonderlijk worden opgevoed, of zijn dit uitzonderingen?
- Als we opvallende overeenkomsten tussen biologische verwanten zien, of het nu om tweelingen, broers en zussen of ouders en kinderen gaat, door welke andere factoren dan door erfelijkheid zouden deze overeenkomsten dan kunnen worden verklaard?
- Zijn er methoden waarmee we op betrouwbare wijze onderscheid kunnen maken tussen de genetische bijdrage en die van omgevingsinvloeden, zodat we nauwkeurig kunnen bepalen hoe groot de bijdrage van elk van deze factoren is?

Ontwikkelingspsychologie: Specialisme in de psychologie dat de groei, verandering en consistentie gedurende het hele leven bestudeert.

Nature-nurturevraagstuk: Oud meningsverschil over de vraag of erfelijke factoren dan wel omgevingsfactoren de meeste invloed hebben op ons gedrag en psychische processen.

Deze fascinerende vragen vormen slechts een deel van het studieterrein rond de menselijke ontwikkeling. **Ontwikkelingspsychologie** is de psychologie van groei, verandering en consistentie gedurende het hele leven. Bij deze discipline worden vragen gesteld over de wijze waarop denken, voelen en gedrag veranderen tijdens de zuigelingentijd, de peuter- en kleutertijd, de kindertijd, de adolescentie en de volwassenheid. Deze veranderingen worden vanuit verschillende invalshoeken onderzocht: lichamelijke, emotionele, cognitieve en sociaal-culturele. De primaire vragen voor ontwikkelingspsychologen zijn de volgende: welke voorspelbare veranderingen vinden gedurende het gehele leven bij individuen plaats en welke rol spelen erfelijke factoren en omgeving bij deze veranderingen? Psychologen noemen het probleem van erfelijkheid en omgeving het **nature-nurturevraagstuk.** Zoals je uit hoofdstuk 2 en 4 weet, staat *nature* voor de bijdrage van onze erfelijke factoren, terwijl onder *nurture* de rol van onze omgeving wordt verstaan. In eerdere jaren was de vraag over nature en nurture een of-ofvraag, maar moderne onderzoekers hebben een genuanceerder inzicht in de complexe aard van dit probleem (Bronfenbrenner & Ceci, 1994; Dannefer & Perlmutter, 1990). Tegenwoordig wordt erkend dat zowel nature als nurture bij bijna alle aspecten van menselijk gedrag een rol spelen. De vragen zijn dus veranderd: (1) wat is het relatieve aandeel van elk van deze factoren en (2) op welke wijze vertonen de twee factoren interactie, zodanig dat uiteindelijk een bepaalde eigenschap ontstaat?

Eenvoudig gezegd, betekent *interactie tussen nature en nurture* dat we allemaal worden geboren met een bepaalde aanleg (nature) die, als deze wordt blootgesteld aan de juiste invloeden uit onze omgeving (nurture) het volledige potentieel kan bereiken. Als je bijvoorbeeld goed bent in wiskunde of muziek, is jouw vaardigheid feitelijk het resultaat van erfelijke aanleg en ervaring. Erfelijkheid bepaalt je potentieel (wat er in principe mogelijk is), maar ervaring bepaalt of en hoe je dat potentieel gestalte geeft.

Harry Potter is een bekend denkbeeldig voorbeeld van de interactie tussen nature en nurture. Hij is geboren uit ouders met magische krachten, maar opgevoed door Dreuzels (mensen zonder magische krachten); hij kon zijn eigen toverkracht pas ontwikkelen toen hij op Zweinstein werd opgeleid.

Bron: Mary Evans/Warner Bros. and J.K. Rowling/Ronald Grant/Courtesy Everett Collection.

Desondanks kunnen we ons nog steeds afvragen welke eigenschappen het meest door erfelijke factoren worden beïnvloed en welke eigenschappen vooral worden gevormd door leerprocessen en andere omgevingsfactoren als ziektes en voeding. Aan het beantwoorden van deze vragen kleven enkele gevaren. We weten bijvoorbeeld dat in bepaalde genetische afwijkingen, zoals het syndroom van Down, de biologie een erg sterke invloed heeft. Bij deze aandoening leidt het afwijkende chromosomenaantal tot het ontstaan van zwakzinnigheid. We weten ook dat er geen genezing mogelijk is. Het mogelijke gevaar is dat ouders of leraren van kinderen met zulke problemen concluderen dat biologie het lot van het kind bepaalt en dat er geen hoop op verbetering is. Door zich blind te staren op de genetische oorzaak verliezen ze uit het oog dat veel mensen met het syndroom van Down door een specifieke training in staat zijn een groot aantal alledaagse vaardigheden onder de knie te krijgen.

Met deze risico's in gedachten zijn psychologen doorgegaan met het bestuderen van erfelijke en door de omgeving bepaalde bijdragen aan gedachten en gedrag. Ze hebben verschillende intelligente methoden ontwikkeld om de effecten van nature en nurture af te wegen. Een van de methoden is **tweelingenonderzoek**. Het onderzoek van Thomas Bouchard biedt bijvoorbeeld enkele aanwijzingen over de relatieve bijdrage van nature en nurture: in het geval van de tweelingbroers Jim is de kans groot dat overeenkomsten het gevolg zijn van hun gedeelde erfelijkheid, omdat ze niet in dezelfde omgeving zijn opgegroeid. Tweelingen met een levensloop als de broers Jim zijn schaars. Veel vaker worden tweelingen samen opgevoed en gelukkig hebben psychologen een manier bedacht om ook van deze tweelingen te leren. Omdat eeneiige tweelingen overwegend hetzelfde genotype hebben en twee-eiige tweelingen (gemiddeld) de helft van hun genen gemeenschappelijk hebben, zouden erfelijke effecten zich bij eeneiige tweelingen sterker moeten uiten. Bij onderzoeken waarbij deze twee typen tweelingen worden vergeleken, fungeren de twee-eiige tweelingen als controlegroep. Uit zulke onderzoeken is waardevolle informatie naar voren gekomen over de erfelijkheid van psychische stoornissen en gedragsstoornissen, waaronder alcoholisme, de ziekte van Alzheimer, schizofrenie, depressie en autisme (Constantino et al., 2012; Muhle, 2004; Plomin et al., 1994).

Tweelingenonderzoek: Onderzoek naar (eeneiige) tweelingen. Door hun ontwikkelingen met elkaar te vergelijken, hoopt men te ontdekken welke eigenschappen zijn aangeleerd, en welke aangeboren.

◂◂ **Verbinding hoofdstuk 1**
De controlegroep bij een onderzoek dient als standaard waarmee groepen kunnen worden vergeleken (p. 26).

Een andere methode om de effecten van erfelijkheid en omgeving te meten, wordt gevormd door **adoptieonderzoeken.** Bij adoptieonderzoek vergelijken onderzoekers de kenmerken van geadopteerde kinderen met die van hun biologische ouders en die van de leden van het adoptiegezin. Overeenkomsten met biologische gezinsleden wijzen op invloed van erfelijke factoren, terwijl overeenkomsten met gezinsleden uit het adoptiegezin doen vermoeden dat de omgeving een rol speelt. Uit dit soort onderzoeken, en uit tweelingenonderzoek, kan men voorzichtig concluderen dat vele psychologische kenmerken, waaronder intelligentie, seksuele voorkeur, temperament en impulsief gedrag, een genetische component hebben; dit zien we allemaal in meer detail in de komende bladzijden (Alanko et al., 2010; Bouchard, 1994; Dabbs, 2000).

Adoptieonderzoek: Alternatief voor tweelingenonderzoek waarbij de eigenschappen van het geadopteerde kind worden vergeleken met de eigenschappen van de biologische gezinsleden en die van de adopterende gezinsleden.

KERNVRAAG 7.1

▶ Wat kan een pasgeboren baby?

Aangeboren vaardigheden: Vaardigheden die een kind al beheerst bij de geboorte; deel van de biologische erfenis.

Vroeger dachten mensen dat baby's volkomen hulpeloos ter wereld kwamen en volledig afhankelijk waren van hun verzorgers. De laatste jaren is dat beeld echter aan het veranderen. Psychologen hebben ontdekt dat pasgeboren baby's al over een opmerkelijk aantal in de genen verankerde vaardigheden beschikken. Deze **aangeboren vaardigheden** vormen de essentie van ons kernconcept van deze paragraaf:

KERNCONCEPT 7.1
Pasgeborenen bezitten vaardigheden voor drie elementaire overlevingstaken: voedsel vinden, contact maken en gevaarlijke situaties vermijden.

De vaardigheden van pasgeborenen zijn weliswaar beperkt, maar ze zijn wel zo effectief dat ze de overlevingskans verhogen. Je bent ter wereld gekomen, terwijl je al 'wist' hoe je voedsel kon krijgen door te zuigen, dat je je ogen tegen helder licht kon beschermen door je handen voor je ogen te houden en hoe je de aandacht kon trekken door te kirren en te huilen. De basisvaardigheden van de pasgeborene kunnen worden beschouwd als een soort raamwerk dat wordt uitgebreid met nieuwe en complexere vaardigheden naarmate het kind groeit en zich ontwikkelt.
Om te verklaren waar deze vaardigheden vandaan komen en hoe ze zich ontwikkelen, is de stof in deze paragraaf georganiseerd rond drie belangrijke perioden in de ontwikkeling: de *prenatale periode,* de pasgeborenentijd oftewel *neonatale periode,* en de *zuigelingentijd.* Je zult zien dat de ontwikkeling in elke fase voortbouwt op vaardigheden en structuren die eerder zijn aangelegd.

Prenatale periode: Ontwikkelingsperiode voorafgaande aan de geboorte.

Zygote: Bevruchte eicel.

Embryo: Het ongeboren kind gedurende de eerste acht weken na de conceptie.

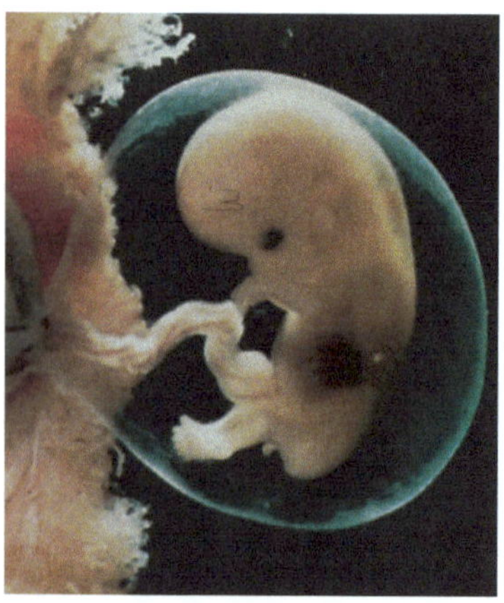
De hersenen van een embryo groeien met ongeveer 250.000 neuronen per minuut.
Bron: Dr G. Moscoso/SPL/Photo Researchers Inc.

7.1.1 Prenatale ontwikkeling

De **prenatale periode** is de periode tussen de conceptie en de geboorte. Voor het nieuwe organisme is het een tijd van koortsachtige ontwikkelingen, waarin het zich voorbereidt op een onafhankelijk leven buiten de baarmoeder. In deze prenatale periode doorloopt het ongeboren kind drie fases: de germinale, de embryonale en de foetale fase.

Drie fases van prenatale ontwikkeling

Kort na de conceptie begint de bevruchte eicel, de **zygote**, door celdeling te groeien: in deze zogeheten *germinale fase* splitst de bevruchte eicel zich eerst in tweeën, vervolgens splitsen de twee cellen zich tot vier, en tegen de tijd dat er ongeveer honderdvijftig cellen zijn, nestelt de zygote zich in de wand van de baarmoeder. Dit proces duurt in totaal circa een week. Na de nesteling in de baarmoederwand wordt de zygote, samen met de cellen die zich in de *placenta* en in andere ondersteunende structuren ontwikkelen, een **embryo** genoemd. Het embryo is door middel van de navelstreng verbonden met het lichaam van de moeder en wordt beïnvloed door alles wat de moeder eet, drinkt of waar ze aan wordt blootgesteld.
Tijdens het *embryonale stadium* bepaalt de genetische aanleg op welke wijze het embryo zich ontwikkelt. In het differentiatieproces gaan de cellen van het embryo zich specialiseren tot onderdelen van specifieke orgaansystemen. (Voorafgaand aan de differentiatie zijn bepaalde embryonale cellen, de zogenoemde

stamcellen, in staat zich tot elk soort lichaamscel te transformeren.) Eén voorbeeld van differentiatie is de ontwikkeling van het anatomische geslacht. Als de celkernen van het embryo twee X-chromosomen bevatten, zal het kind een meisje worden. Bevatten de celkernen echter een X- en een Y-chromosoom, dan groeit het uit tot een jongen.

Na de achtste week tot aan de geboorte wordt het ongeboren kind een **foetus** genoemd. Vroeg tijdens het *foetale stadium* beginnen spontane bewegingen en basale reflexen te ontstaan. Al tijdens de veertiende week bijvoorbeeld is op een echografie te zien dat sommige baby's hun handen krommen rond iets wat met de handpalm in contact komt (Sparling et al., 1999): dit is het begin van de grijpreflex, die van adaptief belang is (dat wil zeggen: van belang bij de aanpassing van het individu aan de omgeving). Tegen de zestiende week zijn de hersenen volledig gevormd en kan de foetus pijn voelen (Anand & Hickey, 1987). Na de zevenentwintigste week kunnen baby's geluiden buiten de baarmoeder horen, waardoor ze kort na de geboorte in staat zijn bepaalde geluiden en ritmes te herkennen. In de periode voorafgaande aan de geboorte maken de hersenen nieuwe neuronen aan in een ongelooflijk tempo van zo'n 250.000 stuks per minuut. Tegen de tijd dat het kind geboren wordt, bestaan de hersenen in totaal uit meer dan honderd miljard neuronen (Dowling, 1992).

Foetus: Het ongeboren kind in de periode tussen het embryonale stadium en de geboorte.

Prenatale gevaren: teratogenen

Tijdens de prenatale ontwikkeling is de **placenta** het orgaan tussen het embryo, later de foetus, en de moeder. Dit orgaan dient als verbinding tussen moeder en kind, zodat voedingsstoffen naar het embryo worden gevoerd en afvalstoffen weer worden afgevoerd. De placenta kan ook enkele, maar niet alle, schadelijke stoffen (gifstoffen) uitfilteren. Deze giftige stoffen worden **teratogenen** genoemd. Het zijn onder meer virussen (zoals hiv), verschillende drugs en andere chemische stoffen, zoals nicotine en alcohol, en zelfs enkele kruiden.

Foetaal Alcohol Syndroom (FAS) kan zich voordoen bij kinderen van moeders die tijdens de zwangerschap alcohol drinken. FAS is een belangrijke oorzaak van mentale handicaps. Bij kinderen met deze aandoening is de motorische coördinatie vaak ook slecht, ze kunnen zich slecht concentreren en zijn hyperactief. Moeders die een of meer alcoholische dranken per dag drinken, lopen het risico dat de foetus aan alcohol wordt blootgesteld. Gebleken is dat hierdoor leerprocessen, de ontwikkeling van taalvaardigheden, het geheugen en veel andere cognitieve en lichamelijke functies worden belemmerd (Office of the Surgeon General, 2005). Bovendien komen uit een reeks onderzoeken aan de universiteit van Pittsburgh aanwijzingen naar voren dat zelfs een minimale blootstelling (in sommige gevallen minder dan vijf alcoholische consumpties per week) kan leiden tot een verlaging van het IQ en een aanzienlijk vertraagde lichamelijke ontwikkeling: op een leeftijd van veertien jaar wogen kinderen die in de baarmoeder aan alcohol werden blootgesteld, doordat hun moeders in geringe mate alcohol consumeerden, gemiddeld zo'n 7,3 kilogram minder dan kinderen van moeders die tijdens de zwangerschap geen alcohol hadden gedronken (Willford, 2006; Day, 2002).

Blootstelling aan nicotine en aan enkele veelgebruikte kruiden en supplementen kan ook een negatieve invloed op de foetus hebben. Vrouwen die tijdens de zwangerschap roken, hebben een grotere kans op een kind met een laag geboortegewicht, leerstoornissen en ADHD (Button et al., 2005). Roken van de moeder gaat ook gepaard met een groter risico op wiegendood (SIDS, *sudden infant death syndrome*) (Bruin et al., 2007). Zelfs van enkele populaire kruidengeneesmiddelen en supplementen, zoals ginkgo en ginseng, is gebleken dat ze een schadelijk effect hebben op een foetus in ontwikkeling (Chan et al., 2003; Dugoua et al., 2006).

Placenta: Orgaan dat het embryo en later de foetus scheidt van de moeder. De placenta vormt een barrière tussen de bloedbanen, maar laat wel voedingsstoffen en afvalstoffen door.

Teratogeen: Substantie uit de omgeving (bijvoorbeeld een virus, drug of andere chemische stof) die schade kan toebrengen aan het ongeboren kind.

Foetaal Alcohol Syndroom (FAS): Een aantal fysieke en mentale problemen die voorkomen bij kinderen van wie de moeders excessieve hoeveelheden alcohol dronken tijdens de zwangerschap.

Video
Ga naar de MyLab mediatheek om de video te bekijken over de effecten van roken door de moeder op de ontwikkeling van het ongeboren kind.

7.1.2 De neonatale periode: vaardigheden van het pasgeboren kind

Neonatale periode: De eerste maand na de geboorte.

De **neonatale periode** heeft betrekking op de eerste maand na de geboorte. Tegen de tijd dat een pasgeborene ter wereld komt, heeft een groot deel van de neurale en sensorische ontwikkeling al plaatsgevonden. Uit recent onderzoek is gebleken dat bij pasgeborenen alle vijf zintuigen werken, evenals een reeks gedragsmatige reflexen die ze gebruiken om op hun omgeving te reageren en deze te manipuleren. Al deze vermogens bij elkaar spelen een rol bij het overleven van de pasgeborene en zorgen ervoor dat deze beter in zijn omgeving gedijt.

Sensorische vaardigheden van de pasgeborene

Hoe ziet de sensorische wereld van een pasgeboren kind eruit? Allereerst reageert het op smaak. Als een kind drinkt, geldt: hoe zoeter de vloeistof, des te regelmatiger en sterker de zuigbeweging (Lipsitt et al., 1976). Een pasgeborene glimlacht als het een banaan ruikt en prefereert gezouten boven ongezouten pap (Bernstein, 1990; Harris et al., 1990). De smaak van citroen en garnalen en de geur van rotte eieren doet de pasgeborene terugschrikken. Al deze responsen maken deel uit van het vermogen dat de pasgeborene heeft om gezonde voeding binnen te krijgen. Het is genetisch bepaald dat baby's menselijke stemmen verkiezen boven andere geluiden, en menselijke gezichten verkiezen boven de meeste andere visuele patronen (Fantz, 1963). Zelfs de bijziendheid van pasgeborenen is van nut: hun optimale gezichtsscherpte van circa dertig centimeter is ideaal voor het kijken naar gezichten. Al enkele dagen na de geboorte kunnen ze het gezicht van hun moeder herkennen. Hun gezichtsscherpte bedraagt niet meer dan vier procent (dat betekent bijvoorbeeld dat een baby een voorwerp kan identificeren dat zich op zes meter afstand bevindt, terwijl een ouder kind voorwerpen op honderdvijftig meter afstand scherp kan waarnemen). De visuele systemen ontwikkelen zich echter zeer snel (Banks & Bennett, 1988) en rond de zevende week zijn bij een zuigeling de visuele banen en de motorische coördinatie ontstaan die nodig zijn om oogcontact met een verzorger te onderhouden – een belangrijk element bij het vormen van een relatie. Feldman (2012) geeft een interessant overzicht van de ontwikkeling van visuele perceptie bij baby's. Het blijkt dat pasgeborenen (twee-drie maanden) duidelijk veel meer fixeren op een afbeelding van het menselijk gezicht dan op andere complexe stimuli.

Wat kunnen pasgeborenen nog meer met hun zintuigen? Hoewel ze kleuren kunnen zien, wordt het vermogen kleuren te onderscheiden (zoals rood van oranje en blauw) rond twee maanden na de geboorte aanzienlijk beter (Teller, 1998). Ook geven ze er de voorkeur aan naar voorwerpen te kijken die veel contrast hebben, zoals zwart-witte ruiten of voorwerpen met contrasterende kleuren. Met drie maanden kan de baby diepte waarnemen en beschikt hij of zij in grote lijnen over dezelfde visuele mogelijkheden als een volwassene. Verrassend genoeg lijken kinderen tussen nul en twee jaar zelfs in staat tot een rudimentair soort 'tellen'. Ze weten bijvoorbeeld het verschil tussen twee en drie poppen (Wynn, 1992, 1995). Zulke fundamentele kennis vormt de basis voor de latere ontwikkeling van complexere vaardigheden, zoals rekenen (Spelke, 2000).

Pasgeborenen hebben ook sterke auditieve voorkeuren: ze geven de voorkeur aan de menselijke stem boven andere geluiden en de geluiden en ritmen van hun eigen taal boven die van vreemde talen (Goodwyn en Acredolo, 2000).

Voordat we gaan veronderstellen dat deze voorkeuren erfelijk zijn, moeten we ons echter herinneren dat de zich ontwikkelende foetus tijdens de laatste paar maanden van de zwangerschap geluiden van buiten de baarmoeder kan horen. Een alternatieve verklaring is dus dat deze auditieve preferenties het gevolg zijn van eerdere blootstelling aan de menselijke stem en aan de moedertaal. Om te onderscheiden of deze preferenties erfelijk zijn of door de omgeving worden bepaald, lazen bij een onderzoek zwangere vrouwen gedurende de laatste zes weken van de zwangerschap tweemaal per dag *The Cat in the Hat* hardop voor. Ook werden geluidsopnamen gemaakt van de moeders tijdens het voorlezen van dit verhaal én tijdens het voorlezen van een ander verhaal. Toen de baby's waren geboren, werden de geluidsbandjes afgedraaid. Het resultaat? Baby's vertoonden een overweldigende voorkeur voor de klanken van het bekende verhaal dat voorgelezen was boven de klanken van het andere verhaal. Pasgeborenen vertonen ook grotere aandacht voor vrouwelijke stemmen dan voor mannelijke stemmen en binnen enkele weken na de geboorte beginnen ze de stem van hun moeder te herkennen (Carpenter, 1973; DeCasper & Spence, 1986). Daarom vormt nurture, in de vorm van eerdere ervaringen, mogelijk de belangrijkste oorzaak van de auditieve voorkeur van pasgeborenen.

Sociale vaardigheden

Heb je ooit gemerkt dat een baby zijn tong naar je uitsteekt wanneer jij jouw tong naar hem uitsteekt? Deze mimiek is slechts een van de vele gedragingen die pasgeborenen en zuigelingen zullen nadoen. Hoewel enkele specialisten in de ontwikkeling van kinderen zich afvroegen of dit gedrag een reflectie vormde van een diepgaand cognitief inzicht in het gedrag van de ander, is er dankzij de recente ontdekking van **spiegelneuronen** een meer waarschijnlijke verklaring te geven (Rizzolatti & Craighero, 2004). Met behulp van **imitatie** van uiteenlopende gedragingen, zoals andere vaardigheden die we hebben besproken, kan het kind in de omgeving overleven en gedijen.

Spiegelneuron: Zenuwcel die geactiveerd wordt als er een handeling wordt uitgevoerd, maar ook als je iemand anders een handeling ziet uitvoeren. De ontdekking van spiegelneuronen wordt beschouwd als een van de belangrijkste recente ontdekkingen in de neurowetenschappen.

Imitatie: Het imiteren van het gedrag van andere mensen.

Zuigelingen beschikken dus al over vaardigheden die hen in staat stellen tot sociale interactie: vanaf het moment van de geboorte reageren ze niet alleen op hun verzorgers, maar vertonen ze ook interactie met hen. Uit filmonderzoek met betrekking tot deze interactie blijkt een verbazingwekkende mate van **synchroniciteit**: nauwkeurige coördinatie van de kijkrichting, de stemuitingen, het aanraken en glimlachen van zuigelingen en moeders of andere verzorgers (Martin, 1981). En terwijl baby's reageren en leren, sturen ze ook hun eigen berichten uit naar degenen die van hen houden en die bereid zijn te luisteren. Het resultaat van deze interactie is zichtbaar bij onderzoeken waarbij wordt aangetoond op welke wijze de expressies van moeders en zuigelingen zijn gecoördineerd (Fogel, 1991). Op deze wijze kan een zuigeling van drie maanden dus lachen als zijn of haar moeder lacht en fronsen of huilen wanneer ze blijk geeft van een negatieve emotie (Tronick et al., 1980). Deze vroege interacties, die het resultaat zijn van zowel nature (spiegelneuronen) als nurture (positieve bekrachtiging door imitatie), vormen de basis voor de latere ontwikkeling van empathie.

Synchroniciteit: De nauwkeurige coördinatie van de kijkrichting, het stemgebruik, de aanrakingen en glimlachen van baby en moeder of een andere verzorger.

◂◂ **Verbinding hoofdstuk 2**
Onderzoek naar spiegelneuronen bevindt zich in een vroeg stadium, maar we weten inmiddels dat als we iemand een handeling zien verrichten, ons eigen brein dezelfde gebieden activeert als wanneer we zelf de handeling zouden verrichten (p. 68).

Aangeboren reflexen

De baby beschikt niet alleen over zintuiglijke vaardigheden en imitatie, maar komt ook ter wereld met een opmerkelijk aantal **aangeboren reflexen**, die een biologische basis voor latere ontwikkeling vormen. Van deze reflexen zorgt de *houdingsreflex* er bijvoorbeeld voor dat de pasgeborene met steun kan zitten, terwijl hij of zij zich met behulp van de *grijpreflex* kan vastklampen aan een verzorger. De *zuigreflex* treedt op wanneer pasgeborenen hun hoofd draaien in de richting van elk voorwerp of lichaamsdeel dat hun wangen beroert, zoals een tepel of een vinger, en eraan beginnen te zuigen. Ook heft een baby zijn benen op wanneer je hem of haar boven een stevige ondergrond rechtop houdt, de *loopreflex*, waarmee een baby zich op het lopen voorbereidt. Bovendien hebben zuigelingen een aangeboren neiging om onaangename stimuli als harde geluiden, helder licht, sterke geuren en pijn te vermijden of te ontvluchten. Het kirren, glimlachen en huilen zijn wellicht de meest effectieve hulpmiddelen die baby's hebben voor het opbouwen van sociale relaties. Vanuit evolutionair perspectief zijn deze vaardigheden bijzonder adaptief en vergroten ze de kans op overleving.

Aangeboren reflex: Reflexieve reactie die al aanwezig is vanaf de geboorte.

▸▸ **Verbinding hoofdstuk 9**
Instinct is een alledaagse, maar onnauwkeurige term voor gedragingen met een sterk genetische basis (p. 347).

7.1.3 Infancy: verder bouwen op de neonatale blauwdruk

Zuigelingentijd (infancy): De periode tussen het einde van de neonatale periode (de geboorte) en het moment dat het kind kan praten, meestal rond achttien maanden of twee jaar.

Na de neonatale periode breekt een periode aan die Engelstaligen **infancy** noemen. Deze **zuigelingentijd** duurt ongeveer tot het kind achttien maanden tot twee jaar oud is, het moment dat de taalvaardigheid zich begint te ontwikkelen. (Het Latijnse woord *infans* betekent 'niet in staat om te spreken'.) Het is een periode van snelle, sterk genetisch bepaalde groei en van verder bouwen op het repertoire van reflexen en 'instinctieve' gedragingen dat we hiervoor hebben besproken. Al deze vaardigheden ontstaan in een zenuwstelsel dat zich met adembenemende snelheid blijft ontwikkelen.

Neurale ontwikkeling

Stimulatie door de omgeving speelt een belangrijke rol bij het vormen en consolideren van verbindingen. Telkens wanneer een zuigeling aan een nieuwe prikkel wordt blootgesteld, groeien dendrieten en axonen; deze structuren vertakken zich om verbindingen te vormen tussen de neuronen die bij die ervaring zijn betrokken (Kolb, 1989). Hoe vaker de nieuwe neurale verbindingen worden gebruikt, hoe duurzamer ze worden. Met andere woorden: tussen neuronen die samen vuren, worden verbindingen gevormd (Courchesne et al., 1994).

Gevoelige periode: Een periode waarin het organisme bijzonder gevoelig is voor specifieke stimuli. Organismen hebben vermoedelijk gevoelige perioden voor het ontwikkelen van het gehoor en het ontvangen van visuele stimulatie die nodig is voor de normale ontwikkeling van zicht.

Gevoelige perioden Voor de ontwikkeling van de hersenen, met betrekking tot bijvoorbeeld taalvaardigheid en emotionele intelligentie, zijn de eerste jaren de vruchtbaarste tijd. Bepaalde vermogens, zoals het gehoor en het gezichtsvermogen, ontwikkelen zich alleen normaal als de stimulatie binnen een specifieke periode plaatsvindt (Lewis & Maurer, 2005; Trainor, 2005). Zulke perioden worden **gevoelige perioden** in de ontwikkeling genoemd. Aanwijzingen hiervoor komen bijvoorbeeld uit een onderzoek bij mensen die volledig doof geboren zijn. Enkelen van hen leerden in hun vroege jeugd gebarentaal, terwijl anderen dit pas veel later leerden. De kinderen die pas tijdens de puberteit of de volwassenheid gebarentaal als eerste taal leerden, bereikten nooit hetzelfde niveau van taalvaardigheid als kinderen die de taal tijdens de vroege jeugd leerden (Mayberry, 1991; Singleton & Newport, 2004). Als je ooit als volwassene hebt geprobeerd een nieuwe taal te leren, zul je dit resultaat niet vreemd vinden; dit is veel moeilijker dan wanneer kinderen een taal leren.

Synaptic pruning: Een proces waarbij ongebruikte verbindingen in de hersenen verloren gaan en neuronen beschikbaar komen voor toekomstige ontwikkeling.

Ontwikkeling van de hersenen Naarmate de dendrieten en de axonen groeien en verbindingen vormen, neemt het totale gewicht van het zenuwweefsel in de hersenen snel toe: gedurende de eerste twee jaar met vijftig procent. Tegen het vierde levensjaar zijn de hersenen bijna twee keer zo groot als bij de geboorte. Gedurende de volgende tien jaar zullen de ervaringen waaraan het kind wordt blootgesteld grotendeels bepalen welke gebieden en functies van de hersenen het best worden ontwikkeld. Als gevolg van het genetische programma (in combinatie met de beperking die door de omvang van de schedel wordt opgelegd) kan deze enorme groei van hersenbanen niet oneindig doorgaan. Tegelijkertijd gaan ongebruikte verbindingen verloren, in een proces dat **synaptic pruning** ('snoeien') wordt genoemd. In dit proces worden de neuronen zelf niet vernietigd, maar keren ze terug naar een ongedifferentieerde toestand, waarin ze 'wachten' op een functie tijdens de toekomstige ontwikkeling (Johnson, 1998).

Rijping en ontwikkeling

De vaardigheden om te zitten, te kruipen en te lopen openbaren zich op momenten die worden aangegeven door het biologische tijdschema. Hier is hetzelfde mechanisme aan het werk dat bijvoorbeeld de groei van de hersenen, de groeispurts tijdens de puberteit en het begin van de menopauze bepaalt. Dit genetisch bepaalde groei- en ontwikkelingsprogramma dat zich in de loop van de tijd ontvouwt, wordt door psychologen aangeduid met de term **rijping** (of *maturatie*). Als organismen in een geschikte omgeving opgroeien, verloopt hun rijping volgens een voorspelbaar patroon. Bij mensen ligt rijping ten grondslag aan alle opeenvolgende gedragspatronen die in figuur 7.1 worden genoemd.

Rijping: Ook wel *maturatie* genoemd. Proces waarin het genetische programma in de loop van de tijd tot uiting komt. Biologische ontplooiing.

We moeten echter de rol van de omgeving in gedachten houden en de wijze waarop deze samenwerkt met onze erfelijke aard. Hoewel de rijping bepalend is voor het algemene tijdsverloop waarin een individu biologisch gezien rijp is voor een nieuwe fase, kan het exacte tijdstip van de ontwikkeling door de omgeving worden vervroegd of verlaat. De bekende bioloog Edward Wilson (1998, 2004) noemt dit principe de **genetic leash**. Als gevolg van de genetic leash leert een kind zonder speciale training lopen volgens een in de tijd geordend patroon dat kenmerkend is voor alle lichamelijk gezonde kinderen (zie figuur 7.1). Zelfs in de Hopicultuur, waar kinderen veelvuldig worden gedragen, vindt de ontwikkeling van het lopen volgens ditzelfde patroon plaats (Dennis & Dennis, 1940). Kinderen die speciale training krijgen, kunnen echter enkele maanden eerder leren lopen (Gardiner et al., 1998). Een tekort aan menselijk contact kan het tegengestelde resultaat tot gevolg hebben en leiden tot ernstige achterstanden in het leren zitten en lopen (Dennis, 1960).

Genetic leash: De term van Edward Wilson voor de beperkingen die erfelijke factoren opleggen aan ontwikkeling.

Het concept van de genetic leash blijft bruikbaar bij het bestuderen van verschillende patronen van de menselijke ontwikkeling. Dit concept illustreert op veelzeggende wijze de onvermijdelijke interactie tussen nature en nurture, die zo fundamenteel is wanneer we willen begrijpen hoe en waarom individuen zich zo ontwikkelen als ze doen. Bij het bestuderen van de taalontwikkeling en de cognitieve, de morele en de emotionele ontwikkeling alsmede bij het bestuderen van alle belangrijke stadia van een mensenleven komen we voorbeelden van deze interactie tegen.

Contactsteun

Zuigelingen ontwikkelen op basis van nature en nurture sensorische en motorische vaardigheden en zijn afhankelijk van verzorgers die de noodzakelijke stimulatie bieden. Een type stimulatie dat we nog niet hebben besproken, is aanraking. Het belang van aanraking werd door de psychologen Harry en Margaret Harlow onderzocht (Harlow, 1965, Harlow & Harlow, 1966). Zij gebruikten hiervoor babyaapjes die na de geboorte van hun moeder waren gescheiden. Ze plaatsten de jonge aapjes in kooien waarin zich twee kunstmatige surrogaatmoeders bevonden. De ene 'moeder' was een eenvoudig gazen figuur met een 'tepel' waar melk uitkwam. De andere 'moeder' gaf geen melk, maar wel stimulatie dankzij de zachte badstof bekleding. Het resultaat? Hoewel het draadmodel voeding bood, brachten de babyaapjes er maar weinig tijd bij door, ze nestelden zich liever tegen de stoffen moederfiguur aan. Als de babyaapjes bang waren, zochten ze steun bij de stoffen moederfiguur. Ze gebruikten haar ook als uitvalsbasis om nieuwe situaties te onderzoeken. Op grond van deze observaties konden de Harlows aantonen dat de aapjes zich hadden gehecht aan een 'moederfiguur' die **contactsteun** gaf: stimulatie en geruststelling door lichamelijke aanraking.

Contactsteun: Stimulatie en steun die wordt verkregen door de fysieke aanraking van een verzorger.

Ook mensenbaby's hebben contactsteun nodig. Sinds het baanbrekende onderzoek van de Harlows hebben we geleerd dat de afgifte van met genot verbonden endorfinen door lichamelijk contact wordt bevorderd. De lichamelijke ontwikkeling wordt ook door aanraking beïnvloed. Tiffany Field, ontwikkelingspsycholoog aan de universiteit van Miami, experimenteerde in 1986 voor het eerst met massage van te vroeg geboren baby's. Ze ontdekte dat baby's die dagelijks werden gemasseerd, sneller in gewicht toenamen (Field & Schanberg, 1990). Na het grensverleggende onderzoek van Field heeft nader onderzoek uitgewezen dat aanraking sterk uiteenlopende voordelen heeft, met inbegrip van een snellere

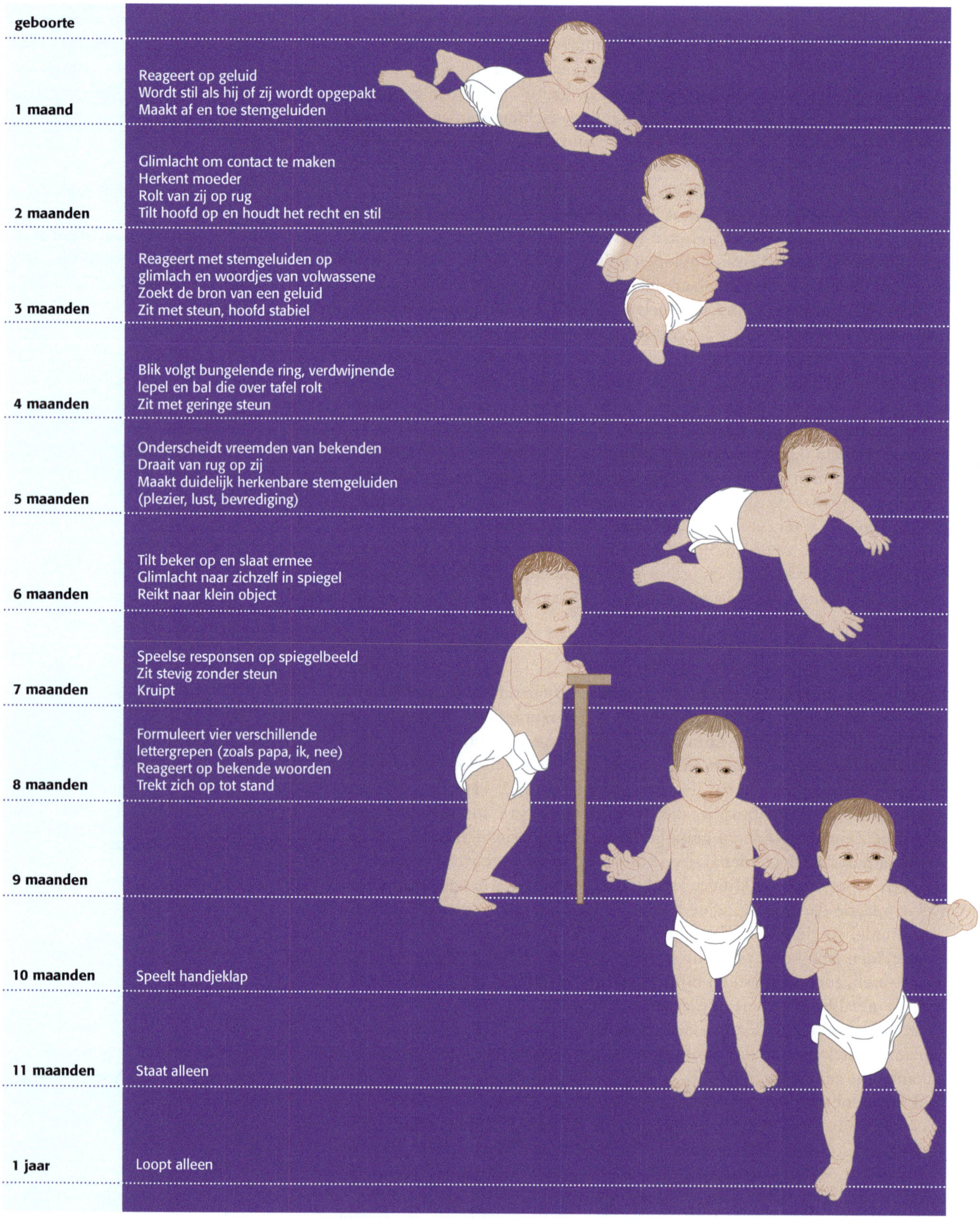

Figuur 7.1 Rijpingsschema voor de ontwikkeling van voortbeweging

Deze figuur geeft de gemiddelde leeftijden aan waarop elk soort gedrag voor het eerst wordt vertoond. Er bestaan aanzienlijke individuele verschillen in de snelheid van ontwikkeling: het moment waarop elke respons optreedt, varieert. De ontwikkeling van de meeste zuigelingen vindt echter wel in dezelfde volgorde plaats.

intellectuele ontwikkeling, een beter functionerend spijsverteringskanaal, een verbeterde bloedsomloop en een verminderde productie van stresshormonen. Resultaten uit studies waarin de voordelen van aanraking worden benadrukt, sluiten aan op onderzoeksresultaten over de negatieve gevolgen voor kinderen die zijn mishandeld, misbruikt of verwaarloosd (Glaser, 2003). Het is duidelijk dat een hechte, interactieve relatie met liefhebbende volwassenen de eerste stap vormt in een ontwikkeling waarbij kinderen lichamelijk gezond kunnen groeien en zich normaal kunnen socialiseren (Blum, 2002; Sapolsky, 2002).

Een van Harlows aapjes en zijn kunstmatige moeder van badstof. Ernaast zie je ook de 'moeder' van gaas die wel melk bood, maar geen contactsteun.

Bron: Nina Leen/Time Life Pictures/Getty Images.

Hechting

Psychologen noemen de ontwikkeling van een hechte emotionele band tussen het kind en een ouderfiguur **hechting**. Deze relatie is vooral belangrijk omdat zij de basis legt voor alle andere hechte relaties in iemands leven (Cassidy & Shaver, 2008).

Hechtingsgedrag komt 'instinctief' voor bij vele diersoorten, maar dat gedrag beperkt zich niet per se tot de ouders en het jong. Een opmerkelijk voorbeeld van instinctieve hechting treedt op bij **inprenting**: het fenomeen dat sommige pasgeboren diersoorten zich sterk aangetrokken voelen tot het eerste bewegende object of individu dat ze zien. Een kipkuiken dat door een eend is uitgebroed, hecht zich aan deze surrogaatmoeder en blijft dicht bij haar in de buurt, ondanks het feit dat het kuiken een kip is en geen eend. Het instinct voor inprenting is aangeboren, hoewel de omgeving en de ervaringen van het organisme bepalen tot welke relatie het leidt.

Hechting: Langdurige sociaal-emotionele relatie tussen het kind en een ouder of andere vaste verzorger.

Inprenting: Primitieve vorm van leren waarbij sommige jonge dieren zich hechten aan het eerste bewegende object dat ze zien.

Bij de mens blijkt uit onderzoek aan contactsteun dat er enige lichamelijke behoefte aan hechting bestaat. Voortbouwend op het werk van de Harlows met apen, dacht de psycholoog John Bowlby (1969, 1973) dat menselijke hechting aangeboren is, al tijdens de eerste weken ontstaat en als overlevingsstrategie voor zuigelingen functioneert. Evolutionair gezien spreekt het vanzelf dat zuigelingen die dicht bij hun verzorgers blijven, minder kwetsbaar zijn voor bedreigingen uit de omgeving. Uit een onderzoek bleek bijvoorbeeld dat de huidtemperatuur van een aantal twee tot vier maanden oude baby's daalde als hun moeder het vertrek verliet, een duidelijk teken van emotioneel ongenoegen (Mizukami et al., 1990). De huidtemperatuur van de kinderen daalde nog verder als een vreemde de plaats van de moeder innam. Als de moeder in het vertrek bleef en er een vreemde bijkwam, bleef de temperatuur gelijk. Blijkbaar beschouwen kinderen, zelfs als ze nog maar een paar maanden oud zijn, hun verzorgers als een soort 'veilige basis'. Dat is nog voordat ze door huilen of een beweging aangeven dat ze gehecht zijn (Bee, 1994).

Hechtingsstijlen Heb je ooit opgemerkt dat kinderen lijken te verschillen in de manier waarop ze gehecht zijn? Sommige kinderen lijken op hun gemak bij vreemden wanneer hun belangrijkste verzorger aanwezig is, terwijl anderen zich vastklampen en angstig zijn. Weer anderen lijken er weinig om te geven wie er aanwezig is. De ontwikkelingspsycholoog Mary Ainsworth heeft deze patronen van hechting gedurende haar gehele loopbaan bestudeerd. Hiertoe heeft ze een laboratoriumexperiment ontwikkeld, de zogenoemde 'vreemde situatie' (*strange situation*), die tegenwoordig nog altijd wordt gebruikt als norm voor het meten van hechting.

Waaruit bestaat dit experiment? Bij de vreemdesituatieprocedure worden jonge kinderen en hun primaire verzorgers aan een reeks interacties blootgesteld, soms samen, soms afzonderlijk en soms in gezelschap van een vreemde. Vervolgens observeren onderzoekers hoe het kind op deze verschillende situaties reageert (Ainsworth, 1989; Lamb, 1999). Door zulke methoden in uiteenlopende culturen toe te passen, merkte Ainsworth dat de reacties van kinderen in twee hoofdca-

Veilige hechting: De hechtingsstijl van kinderen die – in tegenstelling tot kinderen die onveilig gehecht zijn – ontspannen en op hun gemak zijn bij hun verzorgers en die verdraagzaam zijn tegenover vreemden en nieuwe ervaringen.

Verlatingsangst: Een veelvoorkomend patroon van angst dat wordt waargenomen bij jonge kinderen die worden gescheiden van hun verzorgers.

Angstig-ambivalente hechting: Een van de twee primaire reactiepatronen bij onveilig gehechte kinderen, waarin een kind contact wil met de verzorger, extreme blijk van verdriet vertoont wanneer het wordt gescheiden van de verzorger en moeilijk te troosten is wanneer het is herenigd met de verzorger.

Angstig-vermijdende hechting: Een van de twee primaire reactiepatronen bij onveilig gehechte kinderen, waarin een kind geen interesse toont in contact met de verzorger en geen blijk van verdriet vertoont wanneer het van de verzorger wordt gescheiden, noch blijdschap vertoont wanneer het wordt herenigd met de verzorger.

Video
Ga naar de MyLab mediatheek om de video te bekijken over hechting bij zuigelingen.

tegorieën uiteenvielen: de kinderen vertoonden **veilige hechting** of onveilige hechting. *Veilig gehechte* kinderen waren ontspannen en op hun gemak met hun verzorgers en verdroegen vreemden en nieuwe ervaringen of waren daar zelfs in geïnteresseerd. Als ze van hun verzorgers werden gescheiden, raakten ze van streek; op een leeftijd van zes tot dertig maanden is dit een uiting van zogenoemde **verlatingsangst** en wordt dit beschouwd als normaal gedrag. Zodra de verzorger terugkeerde, kalmeerden ze echter onmiddellijk en hervatten hun normale activiteiten. Ze leken hun verzorgers als een 'veilige basis' te beschouwen, van waaruit ze de wereld konden verkennen en ze waren blijkbaar vol vertrouwen dat de verzorger beschikbaar zou zijn om te helpen indien nodig.

Onveilig gehechte kinderen konden in twee categorieën worden verdeeld: *angstig-ambivalent gehecht* en *vermijdend gehecht*. De **angstig-ambivalent gehechte** kinderen wilden contact met hun verzorgers, huilden van angst en woede als ze van hun verzorgers werden gescheiden en bleken moeilijk te troosten, zelfs als ze waren herenigd met hun verzorger. Ze klampten zich angstvallig aan hun verzorgers vast wanneer een vreemde naderde en voelden zich niet op hun gemak bij het verkennen van nieuwe situaties. De **angstig-vermijdend gehechte** kinderen waren niet geïnteresseerd in contact, gaven geen blijk van verdriet wanneer ze van hun verzorgers werden gescheiden en toonden geen duidelijke blijdschap als ze werden herenigd. Al met al ontwikkelt circa 65 procent van de kinderen een veilige hechting, terwijl circa 20 procent angstig-ambivalent gehecht is en 15 procent angstig-vermijdend gehecht.

Gedurende het laatste decennium is hechting een belangrijk onderwerp geworden, doordat onderzoek uitwijst dat hechtingspatronen uit de zuigelingentijd van invloed zijn op uiteenlopende gedragingen tijdens de jeugd en de volwassenheid, waaronder agressie, vriendschappen, arbeidsvreugde, relatiekeuzes en ervaringen met intimiteit (Berk, 2004; Gomez & McLaren, 2007). Maar waardoor ontwikkelt een kind een bepaalde hechtingsstijl? Gedurende vele jaren werd gedacht dat alle bepalende factoren gerelateerd waren aan de omgeving (nurture). Met name werd gedacht dat goede ouders veilig gehechte kinderen voortbrachten, terwijl kinderen angstig-ambivalent gehecht raakten door een inconsequente opvoeding, en dat verwaarlozing leidde tot een vermijdende hechting.

Tegenwoordig erkennen de meeste onderzoekers echter dat nature en nurture interactie vertonen bij de ontwikkeling van de hechtingsstijl. Het temperament van de zuigeling, dat grotendeels genetisch wordt bepaald, is bijvoorbeeld van invloed op de mate waarin het gemakkelijk of moeilijk is om te reageren op een zuigeling Het hoeft dus geen verbazing te wekken dat bij één onderzoek bleek dat bij baby's die tijdens de eerste dagen van het leven lastiger waren om mee om te gaan, de kans op een angstig-ambivalente hechtingsstijl een jaar later groter was (Miyake, 1993). Dit lijkt logisch, doordat de meeste ouders meer problemen hebben met een consistente interpretatie van de signalen van een temperamentvolle baby dan met die van een rustige en gemakkelijke baby. Hierdoor ontstaat er een interactie-effect tussen het temperament van de zuigeling en de opvoedingsstijl van de ouders.

Cultuur en hechting Voordat je gaat bedenken welke hechtingsstijl de 'beste' is, moet je de belangrijke factor cultuur in aanmerking nemen. Vele Amerikanen beschouwen veilige hechting als het ideaal. Duitse gezinnen geven juist de voorkeur aan vermijdende hechting, omdat hierdoor de zelfstandigheid wordt bevorderd, terwijl Japanse ouders hun kinderen zelden aan hun lot overlaten, waardoor afhankelijkheid wordt bevorderd, wat gepaard gaat met een angstig-ambivalente hechtingsstijl (Grossman et al., 1985; Miyake et al., 1985). Zoals bij zoveel eigenschappen is de beoordeling van wat 'ideaal' is, sterk afhankelijk van de heersende waarden in de desbetreffende cultuur.

Langetermijneffecten van hechting Naarmate kinderen opgroeien en volwassen worden, beperken ze hun hechting niet langer tot hun primaire verzorger; ze verbreden hun hechting geleidelijk tot andere gezinsleden, vrienden, docenten, collega's en anderen. Er bestaan echter aanwijzingen dat de primaire hechtingsrelatie als werkmodel dient voor latere belangrijke relaties. Met andere woorden: datgene wat het kind bij de eerste relatie met de verzorger leert te verwachten, bepaalt hoe latere relaties worden waargenomen en geïnterpreteerd. Kinderen met een veilige hechting zijn meestal beter aangepast en gaan gemakkelijk met anderen om, terwijl angstig-ambivalent gehechte kinderen vaak wantrouwige volwassenen worden. Kinderen met een angstig-vermijdende hechting hebben de minste kans om hechte emotionele relaties met anderen aan te gaan. We moeten echter benadrukken dat, hoewel het proces van hechting bijzonder sterk is, een slechte hechting tijdens de baby- en kindertijd niet per se impliceert dat iemand de rest van zijn leven relationele problemen zal hebben. Hechtingsproblemen zijn redelijk goede voorspellers van relatieproblemen tijdens de volwassenheid, maar veel mensen blijken in staat die te overwinnen (Kagan, 1996, 1998).

Psychosociale ontwikkeling: vertrouwen tegenover wantrouwen

Een van de belangrijkste theorieën over de ontwikkeling gedurende de levensloop komt wat betreft de eerste fase overeen met het grootste deel van het onderzoek naar hechting. Bedenker van deze theorie was Erik Erikson (1902-1994), een belangrijk psychoanalyticus die ervan uitging dat we tijdens ons leven op een onbewust niveau basisideeën vormen over onszelf en onze relatie met onze sociale wereld. Deze fundamentele aannamen beïnvloeden onze ontwikkeling doordat ze bepalend zijn bij de keuzes die we in onze relaties maken. Bovendien dacht Erikson dat elk van deze fundamentele basisovertuigingen het resultaat was van een crisis tijdens een kritieke (overgangs)fase in onze ontwikkeling (al dan niet met succes opgelost). Zo beschreef hij acht **psychosociale stadia** in zijn ontwikkelingstheorie als een keuze tussen twee tegengestelde basisaannamen; zoals de keuze tussen *vertrouwen* en *wantrouwen*, het eerste ontwikkelingsprobleem van ons leven.

Psychosociale stadia: Volgens Erikson wordt de psychosociale ontwikkeling gekenmerkt door acht opeenvolgende stadia, waarin een individu verschillende ontwikkelingsproblemen ervaart en waarin hij zijn doelen en sociale relaties heroverweegt.

Vertrouwen: Het belangrijkste ontwikkelingsdoel tijdens de eerste 18 maanden van het leven. Volgens Eriksons theorie moet het kind kiezen tussen het wel of niet vertrouwen van anderen.

Volgens de theorie van Erikson is de eerste belangrijke taak van de zuigeling het ontwikkelen van een gevoel van **vertrouwen** in de wereld. Zoals we hebben gezien, beschouwen zuigelingen die een veilige hechtingsstijl ontwikkelen, de wereld als interessant en vol nieuwe ervaringen die kunnen worden verkend. Doordat ze weten dat de primaire verzorger een 'veilige basis' biedt van waaruit de wereld kan worden verkend, ontwikkelen deze zuigelingen zich tot kinderen (en later volwassenen) die zich in nieuwe situaties op hun gemak voelen en over een avontuurlijke en veerkrachtige geest beschikken. Kinderen die de veilige hechtingsstijl niet ontwikkelen, zullen meer problemen ondervinden in de verdere ontwikkelingsfases, omdat het probleem van het vertrouwen niet adequaat is opgelost en als barrière werkt tussen het individu en de sociale wereld. Om het eenvoudiger te stellen: zuigelingen die geen fundamenteel gevoel van vertrouwen in hun sociale wereld ontwikkelen, zullen moeilijk bevredigende relaties kunnen vormen en onderhouden.

Hoewel de theorie van Erikson wordt bekritiseerd, draait deze kritiek primair rond de vraag of deze acht fases voor iedereen in de voorgeschreven volgorde plaatsvinden, of dat verschillende mensen ze op verschillende tijdstippen kunnen doormaken (afhankelijk van heersende culturele normen). Critici merken ook op dat het werk van Erikson primair op zijn eigen klinische waarnemingen was gebaseerd en niet op nauwkeurige wetenschappelijke methoden. Het is echter opmerkelijk dat veel van zijn waarnemingen sindsdien door resultaten uit methodologisch deugdelijk onderzoek worden ondersteund. Eriksons theorie is bovendien waardevol omdat deze de menselijke ontwikkeling gedurende de gehele levensloop omvat, terwijl veel eerdere theorieën zich enkel richtten op de eerste twaalf tot zeventien levensjaren. De onjuiste aanname in deze eerdere theorieën was dat je volledig zou zijn ontwikkeld zodra je eenmaal door de puberteit heen bent. Tegenwoordig is de theorie van Erikson nog steeds belangrijk bij het onderzoek naar de menselijke ontwikkeling. Verderop in dit hoofdstuk zullen we zijn theorie opnieuw bekijken en bespreken we ook de andere zeven stadia die hij heeft opgesteld.

◀◀ **Verbinding hoofdstuk 1**
Klinische observatie is een vorm van de casestudymethode (p. 31).

Tabel 7.1 Eriksons psychosociale stadia

Leeftijd/periode (ongeveer)	Crisis	Adequate oplossing	Inadequate oplossing
0 tot 1,5 jaar	Vertrouwen tegenover wantrouwen	Fundamenteel gevoel van veiligheid, vertrouwen; vermogen om te vertrouwen op krachten buiten jezelf	Gevoelens van onzekerheid en angst
1,5 tot 3 jaar	Autonomie tegenover schaamte en twijfel	Perceptie van jezelf als handelend persoon die in staat is het eigen lichaam te beheersen en dingen voor elkaar te krijgen	Gevoel dat je jezelf en de gebeurtenissen niet onder controle hebt
3 tot 6 jaar	Initiatief tegenover schuld	Vertrouwen in jezelf als wezen dat in staat is dingen in gang te zetten en te scheppen	Ontoereikend gevoel van eigenwaarde
6 jaar tot puberteit	Vlijt tegenover minderwaardigheid	Beheersing van fundamentele sociale en intellectuele vaardigheden; acceptatie door leeftijdsgenoten	Gebrek aan zelfvertrouwen, gevoel dat je faalt
Adolescentie	Identiteit tegenover rolverwarring	Tevreden met jezelf als persoon die zowel uniek als sociaal geaccepteerd is	Gefragmenteerd zelfbeeld, instabiel, onduidelijk zelfgevoel
Vroege volwassenheid	Intimiteit tegenover isolement	In staat tot nabijheid en betrokkenheid ten opzichte van een ander	Gevoel van eenzaamheid, afgescheiden zijn; ontkenning van de behoefte aan intimiteit
Middelbare leeftijd	Zorg voor de volgende generatie (generativiteit) tegenover stagnatie	Focus op zorg buiten jezelf: voor je gezin, de gemeenschap of volgende generaties	Erg op jezelf gericht, geen toekomstvisie
Ouderdom	Integriteit tegenover wanhoop	Gevoel van compleetheid, fundamentele tevredenheid met het leven	Gevoel van nutteloosheid, teleurstelling

Psychologische kwesties
Spelen is niet alleen maar voor de lol. Welke invloed heeft kinderspel op succes in het latere leven? Ga naar 'In de praktijk' in de MyLab mediatheek voor een bespreking van deze kwestie.

Ga naar **www.pearsonmylab.nl** om je kennis en begrip van deze paragraaf te testen met de MyMap, MyCheck en MyDefinitions.

KERNVRAAG 7.2

▶ Welke vaardigheden moet een kind zich eigen maken?

Misschien wel de drie belangrijkste prestaties die je in je leven verricht, zijn het verwerven van je moedertaal, het ontwikkelen van het vermogen om logisch te denken en het aangaan van relaties met mensen die belangrijk voor je zijn. Elk van deze prestaties vormt een onderdeel van het fundament voor volwassenheid dat je als kind voor jezelf aanlegt. Terwijl kinderen deze prestaties verrichten, ondergaan ze ingrijpende psychologische veranderingen. Het kernconcept formuleert de belangrijkste gedachte van deze paragraaf als volgt:

KERNCONCEPT 7.2
De samenwerking van nature and nurture zorgt ervoor dat kinderen belangrijke ontwikkelingstaken kunnen verrichten, vooral op het gebied van taalverwerving, cognitieve ontwikkeling en het ontwikkelen van sociale relaties.

Verderop zullen we zien dat kinderen zich op een andere manier ontwikkelen dan volwassenen. De verschillen in taalgebruik, denken en socialisatie worden niet alleen veroorzaakt doordat volwassenen meer ervaring hebben of meer informatie hebben opgeslagen. Ze zijn ook het gevolg van essentiële rijpingsprocessen die zich in de loop van de tijd voltrekken. Met andere woorden, hun vaardigheden zijn zowel afhankelijk van hun leerprocessen als van hun unieke niveau van ontwikkeling van het brein. We zullen deze processen eerst beschrijven aan de hand van taalverwerving.

7.2.1 Hoe kinderen taal verwerven

Een van de bepalende kenmerken van de mens is het gebruik van complexe taal, ons vermogen te communiceren via gebaren en gesproken en geschreven woorden. Vanuit een ontwikkelingsstandpunt is de menselijke taalverwerving ontzagwekkend. Zuigelingen kennen geen enkel woord, maar binnen een paar jaar kunnen bijna alle kinderen de taal die ze om zich heen horen en waarin ze zich verder kunnen bekwamen al vloeiend spreken (of zien, zoals in het geval van gebarentaal). Wat maakt hen tot zulke uitstekende taalstudenten? Het lijkt erop dat baby's over aangeboren vaardigheden beschikken die hen helpen een taal te leren (Pinker, 2006, 1994).

Aangeboren taalstructuren in de hersenen

Volgens een prominente theorie leren kinderen een taal niet zozeer door imitatie, maar doordat ze een aangeboren programma afwerken. Stap voor stap verwerven ze de woordenschat en de grammatica van de taal die in hun omgeving wordt gesproken. Psycholinguïst Noam Chomsky (1965, 1975) meent dat kinderen worden geboren met bepaalde in de hersenen verankerde structuren die ervoor zorgen dat ze taal kunnen begrijpen en produceren: taalverwerving van kinderen wordt aangestuurd door een aangeboren psychisch systeem. Veel deskundigen zijn het wat dit betreft met Chomsky eens (Hauser et. al, 2002).
Uit onderzoek op basis van het Human Genome Project zijn aanwijzingen naar voren gekomen dat de basis van de taal deels genetisch is (Liegeois et al., 2001).
Chomsky noemt het geheel van structuren die spraak mogelijk maken het **taalverwervingssysteem** of **LAD** (*language acquisition device*).
Volgens Chomsky's theorie lijkt het LAD nog het meest op mentale software die enkele zeer elementaire grammaticale regels bevat die geldig zijn voor alle menselijke talen. Zo'n regel kan bijvoorbeeld inhouden dat er een onderscheid bestaat tussen zelfstandig naamwoorden (voor namen of dingen) en werkwoorden (voor handelingen). Deze aangeboren regels, zo stelt Chomsky, vergemakkelijken het ontdekken van patronen in de taal waaraan het kind wordt blootgesteld.
Een bevestiging van Chomsky's theorie is het feit dat kinderen overal ter wereld tamelijk identieke stadia doorlopen bij het leren van hun moedertaal. Een logische hypothese om dit patroon te verklaren is dat kinderen voor de ontwikkeling van taal over aangeboren 'programma's' beschikken, en dat die zich in de loop van de tijd en afhankelijk van de ervaring ontvouwen.
Ook al is men het er vrijwel over eens dat mensen een aangeboren vermogen tot taalverwerving bezitten, we kunnen de rol van de omgeving niet negeren. De invloed van de omgeving blijkt bijvoorbeeld uit het feit dat zuigelingen worden geboren met het vermogen alle klanken te vormen uit de circa vierduizend talen

Taalverwervingssysteem (LAD): Biologisch georganiseerde hersenstructuur die (volgens Chomsky) enkele elementaire grammaticale regels bevat waardoor het leren van taal gemakkelijker zou verlopen.

die op onze planeet worden gesproken, terwijl het erop lijkt dat ze zich rond de leeftijd van zes maanden volkomen op de in hun omgeving dominante taal hebben geconcentreerd. De ervaringen tijdens de maanden waarin ze deze klanken hebben gehoord, worden met hun eigen pogingen tot verbalisatie gecombineerd. Zo worden hun pogingen gerichter en gaat het vermogen om klanken te vormen die geen deel uitmaken van hun eigen taal verloren. Kinderen die in een cultuur worden opgevoed waarin Japans de voertaal is, verliezen bijvoorbeeld het vermogen onderscheid te maken tussen de klanken van de letters R en L, omdat de letter L in het Japans niet voorkomt (Iverson et al., 2003).

Zulke culturele variaties doen vermoeden dat het ingebouwde vermogen voor taal geen star instrument is, maar eerder een soort set van 'luisterregels' of 'tips om taal te verwerven' (Bee, 1994; Goldin-Meadow & Mylander, 1990; Meier, 1991; Slobin, 1985a, 1985b). Baby's luisteren aandachtig naar de geluiden en het ritme van bepaalde geluidsreeksen die mensen om hen heen produceren (en iets soortgelijks geldt voor gebarentaal), met name naar het begin en het einde van elke reeks en naar beklemtoonde lettergrepen. Op grond van hun ingebouwde 'luisterregels' leren jonge kinderen bepaalde patronen en regels kennen, aan de hand waarvan ze vervolgens hun eigen spraak kunnen produceren.

Brabbelstadium: Periode in het eerste levensjaar waarin een zuigeling een groot aantal verschillende geluiden produceert, maar geen bruikbare woorden.

Verwerving van vocabulaire en grammatica

Het is dus duidelijk dat aangeboren taalvaardigheden de basis leggen voor taalverwerving, maar hoe leren kinderen precies de specifieke woorden en de elementaire grammatica van hun moedertaal? Het blijkt dat ze dit al heel vroeg oefenen. Tegen de tijd dat ze vier maanden oud zijn, **brabbelen** baby's: ze brengen repetitieve lettergrepen voort, zoals 'mamamama'. Dit is niet alleen gebrabbel, maar een vorm van experimenteren met de elementaire beginselen van de taal. Het is interessant dat dove baby's die worden opgevoed in een omgeving waar met behulp van gebarentaal wordt gecommuniceerd, op dezelfde leeftijd beginnen te brabbelen, maar dan met hun handen; daarbij imiteren ze repetitieve lettergrepen in gebarentaal (Pettito & Marentette, 1991). Ongeveer rond de eerste verjaardag beginnen baby's aan de één-woordfase, waarbij ze volledige woorden spreken. In die periode kun je zien wat psychologen de 'benoemingsexplosie' noemen, waarbij kinderen graag naar voorwerpen wijzen en ze benoemen. Op ongeveer tweejarige leeftijd beginnen kinderen aan hun twee-woordfase, en neemt het aantal betekenissen dat ze kunnen overbrengen enorm toe. Rond die tijd heeft het gemiddelde kind een vocabulaire van bijna duizend verschillende woorden (Huttenlocher et al., 1991). Op zesjarige leeftijd begrijpt het gemiddelde kind ongeveer tienduizend woorden (Anglin, 1993, 1995). En de snelheid van de taalverwerving neemt vanaf het zesde jaar nog meer toe, zoals je in figuur 7.2 kunt zien.

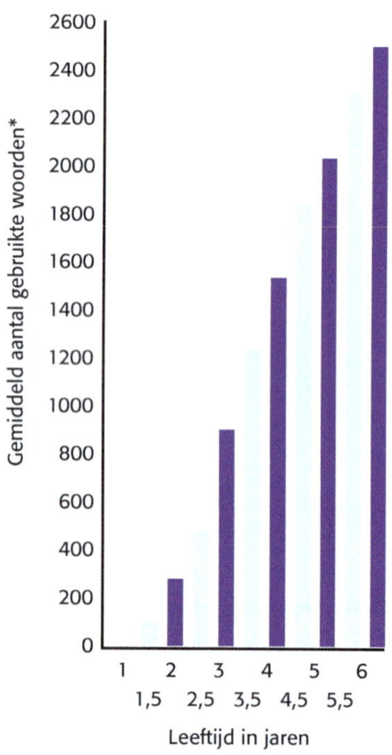

Figuur 7.2

Groei van de actieve woordenschat van kinderen

Het aantal woorden dat een kind kan gebruiken neemt tussen achttien maanden en zes jaar snel toe. Dit onderzoek laat zien hoe de gemiddelde woordenschat van kinderen elke zes maanden is gegroeid.

Bron: B.A. Moskovitz, 'The Acquisition of Language', *Scientific American*, overgenomen met toestemming.

Oefening baart kunst Hoewel de snelle ontwikkeling van de taal grotendeels door een genetisch tijdschema lijkt te worden aangestuurd, zijn de cultuur en omgeving van invloed op de mate waarin en de snelheid waarmee kinderen taal leren. Zoals bij zoveel leertaken maakt het uit hoeveel er wordt geoefend. En van kind tot kind kan de mate waarin geoefend wordt behoorlijk verschillen, zoals uit diverse onderzoeken is gebleken. Zo praten moeders meestal aanzienlijk meer met hun jonge dochters dan met hun jonge zoons (Leaper et al., 1998). Nog opvallender is het verschil tussen kinderen die in gezinnen met een lagere sociaaleconomische status worden opgevoed vergeleken met kinderen uit de sociaaleconomische middenklasse (sociaaleconomische status wordt bepaald door inkomen en opleidingsniveau). Ouders in huishoudens met een lage sociaaleconomische status lezen hun kinderen tussen het eerste en vijfde levensjaar slechts gedurende 25 uur voor. In de sociaaleconomische middengroep gebeurt dat veel meer: ouders uit deze groep lezen hun kinderen daar gemiddeld duizend uur voor (Neuman, 2003). De consequenties van deze verschillen worden zichtbaar als kinderen aan de kleuterschool beginnen: meisjes en kinderen uit gezinnen in de sociaaleconomische middenklasse hebben dan betere verbale vaardigheden dan jongens en kinderen uit gezinnen met een lage sociaaleconomische status (Ready et al., 2005).

Door grammatica wordt woordenschat in taal omgezet Zelfs met een beperkte woordenschat kun je woorden op verschillende manieren met elkaar combineren, waardoor een grote variatie aan mogelijke betekenissen ontstaat. Een voorbeeld: de zinnen 'Ik zag hem op de hond jagen' en 'Ik zag de hond op hem jagen' bevatten precies dezelfde woorden, maar door de woordvolgorde te veranderen, krijg je twee compleet verschillende betekenissen. Dat kan dankzij **grammatica**: een set van regels die bij een taal horen en die bepalen hoe woorden gecombineerd en geordend moeten worden om begrijpelijke zinnen te vormen (Naigles, 1990; Naigles & Kako, 1993). De grammaticale regels verschillen per taal, en soms zijn die verschillen best groot. In het Japans komt het werkwoord bijvoorbeeld altijd achteraan, terwijl de positie van het werkwoord in het Nederlands veel flexibeler is. En wij zeggen 'het blauwe huis', maar in bijvoorbeeld het Spaans komt de naam van de kleur na het zelfstandig naamwoord (*la casa azul*).

Grammatica: De regels van een taal die bepalen hoe met woorden, morfemen en syntaxis een begrijpelijke zin moet worden gevormd.

Eerste zinnetjes Als een kind zinnetjes van twee of drie woorden gaat gebruiken, is er sprake van **telegramspraak**: korte, eenvoudige reeksen van zelfstandige naamwoorden en werkwoorden zonder meervoud, werkwoordstijden of tussenvoegsels als 'de' en 'of'. De zin 'Bal raakt Eva huilt' is een voorbeeld van telegramspraak. De vaardigheid om volledige zinnen te vormen, ontwikkelen kinderen pas als ze andere onderdelen van de taal hebben geleerd, zoals bepalingen (bijvoeglijke naamwoorden en bijwoorden) en lidwoorden. Daarnaast moeten ze leren hoe de woorden volgens de grammaticale regels worden samengevoegd. In het Nederlands moeten ze de vertrouwde volgorde onderwerp-werkwoord-lijdend voorwerp, zoals in 'Jan sloeg de hond', leren herkennen en toepassen. Ten slotte moeten kinderen leren hoe het gebruik van **morfemen** in zijn werk gaat. Dat zijn de kleinste nog betekenisvolle eenheden waaruit een woord bestaat. Sommige morfemen zijn complete woorden ('woord'), andere morfemen bestaan alleen in combinatie met een ander morfeem, ('on-', '-heid'). Morfemen uit die laatste categorie geven bijvoorbeeld de tijden van werkwoorden aan (handel*de*), of het eigendom van zelfstandig naamwoorden (Marjan*s*). Jonge kinderen maken nog veel fouten met morfemen, omdat ze de regels niet goed kennen of ze verkeerd toepassen (Marcus, 1996). Een veelvoorkomende fout is *overgeneralisatie*. Het kind past de regel in dit geval te vaak toe, waardoor incorrecte woordvormen ontstaan. Als een kind bijvoorbeeld heeft geleerd dat het een zin in de verleden tijd kan zetten door *-de* of *-te* achter het werkwoord te plakken en het vervolgens niet-bestaande woorden als 'loopte' en 'slaapte' maakt, is er sprake van overgeneralisatie. Hetzelfde geldt voor woorden als 'booms' en 'honds', waarbij de regel dat je een zelfstandig naamwoord in het meervoud zet door er een *-s* achter te plakken verkeerd is toegepast.

Telegramspraak: Korte, eenvoudige zinnen, typerend voor jonge kinderen die meervoudsvormen, werkwoordstijden en lidwoorden weglaten, net als in een telegram.

Morfeem: Elke kleinste nog betekenisvolle eenheid binnen een woord. Sommige morfemen zijn hele woorden (bijvoorbeeld 'woord'), andere morfemen zijn grammaticale onderdelen die de betekenis van een woord veranderen (-de en -te voor verleden tijd, -s en -en voor meervoud).

Andere taalvaardigheden

Woorden en de grammaticale regels om die woorden met elkaar te combineren zijn slechts het begin van communicatie. Om goed te kunnen communiceren moeten kinderen zich ook de *sociale communicatieregels* eigen maken. Ze moeten bijvoorbeeld leren hoe ze zich in een gesprek mengen, en dat mensen om beurten praten en luisteren. Volwassen sprekers maken gebruik van lichaamstaal, intonatie en gelaatsuitdrukkingen om hun gesprekken te verduidelijken. Ze verwerken de feedback die ze van hun gesprekspartners krijgen en zijn vaak in staat zich in hen te verplaatsen. Om succesvol te kunnen communiceren moeten kinderen ook deze vaardigheden onder de knie krijgen.

Als het kind wat ouder wordt, gaat het abstractere termen gebruiken, termen die zijn of haar fysieke wereld overstijgen en uitdrukking geven aan innerlijke ervaringen. Kinderen van een jaar of drie gebruiken daarvoor woorden als 'droom', 'vergeten', 'doen alsof', 'geloven', 'raden' en 'hopen' (Shatz et al., 1983). Ook woorden als 'blij', 'verdrietig' en 'boos' worden op die leeftijd voor het eerst gebruikt om emoties uit te drukken. Als het kind in een later stadium op cognitief terrein een bepaalde ontwikkeling heeft doorgemaakt, een ontwikkeling die we hierna zullen behandelen, zal het ten slotte ook zeer abstracte woorden als 'waarheid', 'rechtvaardigheid' en 'idee' gaan begrijpen.

Zoals we in het kernconcept al hebben genoemd: het gebruik van taal is een bijzonder belangrijke vaardigheid. Kinderen moeten deze vaardigheid ontwikkelen en dit is een proces waarop kinderen uitstekend voorbereid zijn. De manier waarop taal verworven en gebruikt wordt, doet vermoeden dat het hele proces van opgroeien en volwassen worden bestaat uit een combinatie van leerprocessen en aangeboren processen, die zich volgens hun eigen ontwikkelingsschema's voltrekken. Voor specifieke informatie over de taalontwikkeling van Nederlandstalige kinderen verwijzen we naar de publicaties van Annemarie Schaerlaekens (2008) en Sineke Goorhuis-Brouwer (2007).

7.2.2 Cognitieve ontwikkeling: Piagets theorie

Je hebt vast wel eens een peuter meegemaakt die in de 'waarom'-fase was. Ongetwijfeld heb je toen gemerkt dat het kind een onstuitbare drang had zijn wereld te begrijpen en dingen die het kende te benoemen. De drijvende kracht achter dit verlangen tot benoemen is een toenemende vaardigheid in het denken, waarnemen en herinneren. Op de komende bladzijden leggen we uit hoe deze mensen zich deze mentale vaardigheden eigen maken, een proces dat **cognitieve ontwikkeling** wordt genoemd (het tweede van de drie belangrijke ontwikkelingstaken van de kindertijd die in ons kernconcept zijn geïdentificeerd).

Cognitieve ontwikkeling: Proces waarbij de manier van denken in de loop der tijd verandert.

Theorie van de gefaseerde ontwikkeling: Een theorie die fases aanduidt in de cognitieve ontwikkeling en belangrijke veranderingen in denkprocessen benadrukt.

Psychologen die geïnteresseerd zijn in cognitieve ontwikkelingen stellen vragen als: 'Wanneer beseffen kinderen dat objecten ook bestaan als ze niet zichtbaar zijn?', 'Weten kinderen dat je overtuigingen kunt hebben die niet waar zijn?' en 'Begrijpen kinderen dat mensen verlangens en dromen hebben, maar objecten niet?' Ontwikkelingspsychologen onderzoeken niet alleen wat kinderen denken, maar ook hoe ze denken, zoals wordt geïllustreerd door het baanbrekende werk van de Zwitserse psycholoog Jean Piaget. Gedurende bijna vijftig jaar onderzocht Piaget de intellectuele ontwikkeling van kinderen en op basis van zijn vele waarnemingen formuleerde hij een veelomvattende theorie.

Piaget begon zijn zoektocht naar kennis over de aard van de kinderlijke geest door zorgvuldig naar het gedrag van zijn eigen drie kinderen te kijken. Zijn methode was eenvoudig: hij confronteerde zijn kinderen met een probleem, observeerde hun reactie, veranderde de situatie een klein beetje en keek opnieuw hoe ze reageerden. Piaget wilde weten hoe de ontwikkeling van het vermogen om te denken, te redeneren en problemen op te lossen verloopt. Hij richtte zich daarbij vooral op de overgangen en veranderingen tijdens dat proces. Deze invalshoek leidde tot een **theorie van de gefaseerde ontwikkeling**. Piaget was namelijk van mening dat de manier waarop kinderen denken in elk stadium een revolutionaire ontwikkeling doormaakt, waardoor het mogelijk is in de periode van de kindertijd en de puberteit vier afzonderlijke fases of *stadia* te onderscheiden. Verder stelt Piaget in zijn benadering drie ideeën centraal: (1) *schema's*, (2) de interactie tussen *assimilatie* en *accommodatie* en (3) de *stadia van cognitieve ontwikkeling*.

Schema's

Om Piagets definitie van een schema te verduidelijken, kun je het beste denken aan een dier met vier poten. Stel je nu een paar vriendelijke dieren voor. Stel je vervolgens een blaffend dier voor. Misschien zag je in eerste instantie olifanten, tijgers, katten of honden voor je (alle hebben vier poten), daarna heb je je keuze beperkt tot honden en katten (die hebben vier poten en zijn vriendelijk), en ten slotte bleven alleen honden over (die blaffen). Het gemak waarmee je deze stappen hebt gezet, is te danken aan de mentale structuren die je hebt ontwikkeld voor het interpreteren van concepten en gebeurtenissen. Piaget noemde zulke mentale structuren **schema's**.

Schema: In Piagets theorie: mentale structuur of programma dat de ontwikkeling van het denken van het kind aanstuurt.

We hebben schema's voor concepten, zoals 'hond' en 'ontwikkeling', we hebben schema's voor handelingen, zoals 'eten met stokjes' of 'studeren', en we hebben schema's voor het oplossen van problemen, zoals het berekenen van de oppervlakte van een cirkel of het omgaan met een huilende baby. Schema's vormen als het ware een raamwerk dat ons helpt denken. Piaget meende daarnaast dat deze schema's de bouwstenen vormen aan de hand waarvan we ons ontwikkelen. Naarmate we onze kennis uitbreiden en organiseren, vormen en veranderen we onze schema's. Zo kunnen we nieuwe ervaringen hanteren en ons op toekomstige gebeurtenissen voorbereiden. Op dit moment ben je bijvoorbeeld een schema aan het construeren voor schema's!

◄◄ **Verbinding hoofdstuk 6**
Schema's zijn kennisclusters van algemene conceptuele raamwerken waardoor verwachtingen ontstaan omtrent onderwerpen, gebeurtenissen, objecten, mensen en situaties in iemands leven (p. 204).

Assimilatie en accommodatie Volgens het systeem van Piaget zijn twee dynamische processen verantwoordelijk voor alle cognitieve groei: assimilatie en accommodatie. **Assimilatie** is een psychologisch proces waarbij nieuwe informatie in bestaande schema's wordt opgenomen. Als we assimileren, verbreden we een bestaand schema door daarin nieuwe informatie te integreren. Jij maakt bijvoorbeeld gebruik van assimilatie wanneer je iets leest over een nieuwe film van een favoriete acteur of wanneer je een nieuwe versie van een programma op je computer leert gebruiken.

Assimilatie: Mentaal proces dat nieuwe informatie in bestaande schema's past.

Wanneer nieuwe informatie niet netjes in een bestaand schema past, maken we gebruik van accommodatie. **Accommodatie** is een proces waarbij schema's worden veranderd of aangepast om nieuwe informatie te kunnen opnemen.
Als student moet je misschien een schema modificeren als je strategieën om bepaalde cijfers te halen niet langer werken. Accommodatie kan ook helpen bij de aanpassing aan andere gebruiken en culturen. Communicatievoorschriften bijvoorbeeld, variëren per cultuur of zelfs binnen een land. Als je communicatieschema voorschrijft dat je tijdens een gesprek een beleefde pauze inlast nadat de ene spreker is uitgesproken en de andere begint, zal je het moeilijk vinden het woord te nemen in een groep met een schema dat onderbrekingen en 'het woord overnemen' gebruikt. In een multiculturele wereld kan accommodatie een heel effectieve strategie zijn bij de aanpassing aan nieuwe omgevingen.

Accommodatie: Mentaal proces dat bestaande schema's aanpast om nieuwe informatie beter te kunnen opnemen.

Volgens Piaget is cognitieve ontwikkeling het resultaat van een constante wisselwerking tussen assimilatie en accommodatie. Deze twee processen maken het gedrag en de kennis van een individu minder afhankelijk van de concrete, externe realiteit: ze stellen het kind in staat te vertrouwen op interne denkprocessen. Kort samengevat, zorgt *assimilatie* ervoor dat nieuwe informatie in onze bestaande wereldbeelden wordt geïntegreerd, terwijl *accommodatie* onze wereldbeelden zodanig verandert dat de nieuwe informatie kan worden opgenomen.

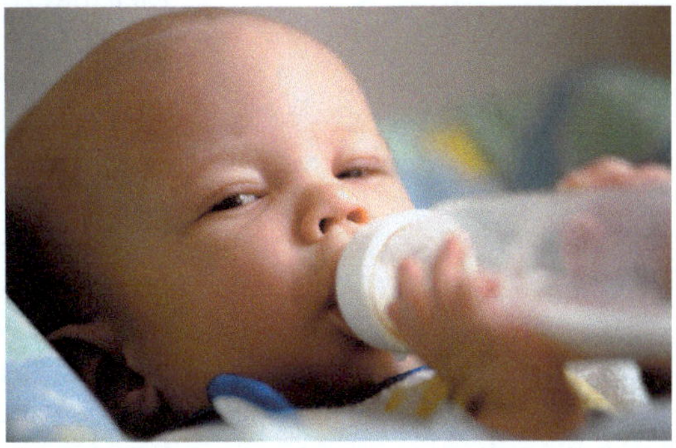

Hoewel een zuigeling op dezelfde manier aan een fles zal beginnen te zuigen als waarop hij of zij aan een borst zoog (assimilatie), zal het kind al snel ontdekken dat het de nieuwe situatie anders dient te benaderen (accommodatie). De overgang van drinken uit een fles naar drinken uit een kopje vergt een nog sterkere accommodatie.

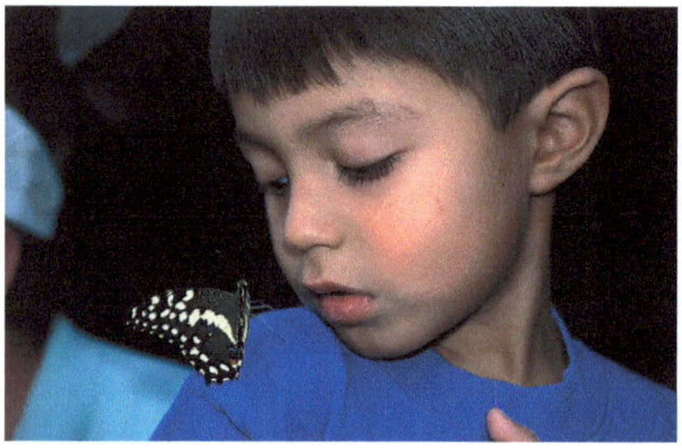

Accommodatie treedt op wanneer dit kind leert dat ook andere dieren dan vogels kunnen vliegen.

Bron: Michelle D. Bridwell/PhotoEdit, Inc.

Piagets stadia van cognitieve ontwikkeling

Volgens Piaget vinden in de ontwikkeling van de manier waarop een opgroeiend mens over de wereld denkt vier revolutionaire veranderingen plaats. Hij noemt deze veranderingen de vier stadia van cognitieve groei: het *sensomotorische stadium* (babytijd), het *preoperationele stadium* (peuter- en kleutertijd), het *concreet-operationele stadium* (vanaf het zesde jaar tot het begin van de adolescentie) en het *formeel-operationele stadium* (adolescentie). Elk stadium in deze ontwikkeling, van sensorische reactie tot logisch denken, onderscheidt zich door een nieuwe, kenmerkende manier van denken. Het rijpingsproces schrijft voor dat alle kinderen deze stadia in dezelfde volgorde doorlopen, hoewel het ene kind misschien langer in een bepaald stadium verkeert dan een ander.

Sensomotorisch stadium: Eerste stadium in Piagets theorie. Het kind is sterk afhankelijk van zijn aangeboren motorische responsen op stimuli.

Sensomotorische intelligentie: Mentaal vermogen dat zichtbaar wordt in de eerste schema's die een kind gebruikt. Deze schema's bestaan voornamelijk uit motorische responsen op stimuli en hebben een sterk genetisch bepaald karakter.

Objectpermanentie: Het besef dat een object onafhankelijk van de eigen handelingen of aandacht bestaat.

Doelgericht gedrag: Een vaardigheid die naar voren komt tijdens het sensomotorische stadium en waardoor kinderen het vermogen ontwikkelen om een enkel doel voor ogen te houden en dat na te streven.

Het sensomotorische stadium (van geboorte tot tweede verjaardag) Je weet inmiddels dat kinderen bij de geboorte beschikken over een groot aantal reflexmatige en aangeboren gedragingen, zoals zuigreflexen en het herkennen van bekende geluiden. Geen van deze gedragingen vereist denken, in de zin van de complexe mentale activiteit die in een later stadium nodig is om problemen op te lossen. Kinderen in het **sensomotorische stadium** ontdekken de wereld primair via hun zintuigen en motorische handelingen. En dat vergt slechts een minimum aan denkwerk. Dit soort eenvoudig denken noemde Piaget **sensomotorische intelligentie**.

Tijdens dit zich snel voltrekkende ontwikkelingsstadium verwerven baby's het belangrijkste inzicht van dit stadium: de **objectpermanentie**, die rond de achtste maand begint. Je hebt misschien opgemerkt dat baby's voor die tijd niet zoeken naar speeltjes of naar andere voorwerpen die zijn verdwenen. Volgens de interpretatie van Piaget betekende dit gedrag dat ze niet begrepen dat het voorwerp ook bleef bestaan als ze het niet langer konden zien. Voor de jonge baby's geldt met andere woorden 'uit het oog, uit het hart'. Als je een kind rond de achtste maand een speeltje laat zien en hem dan laat zoeken wanneer je het bijvoorbeeld onder een laken hebt verstopt, zal het kind onder het laken gaan zoeken – zelfs als er één minuut verstreken is tussen het verstoppen en het zoeken. Hiermee wordt het begin van inzicht in objectpermanentie aangetoond. Gedurende de volgende maanden ontwikkelen kinderen het vermogen na steeds langere pauzes te zoeken naar het verstopte object en ze weten ook steeds vaker voorwerpen terug te vinden die op nieuwe plaatsen zijn verstopt (Moore & Meltzoff, 2004).

Het begrip objectpermanentie geeft meer inzicht in verlatingsangst, een angst die we eerder in dit hoofdstuk even hebben besproken. Zoals iedereen die wel eens voor een baby heeft gezorgd vast heeft gemerkt, raakt die tamelijk overstuur als je weggaat, wat heel logisch is in de vroege fases van objectpermanentie. Zo'n baby begrijpt tenslotte niet dat je op een bepaald moment terugkomt. Voor hem houd je op te bestaan zodra je de kamer uit bent. Als de objectpermanentie zich eenmaal volledig heeft ontwikkeld, wat het einde van de sensomotorische fase markeert, begrijpen kinderen dat iets of iemand nog steeds bestaat, ook als ze het/hem niet kunnen zien. Op die manier ontgroeien de meeste kinderen hun verlatingsangst als ze een jaar of twee zijn.

Rond dezelfde tijd leren baby's **doelgericht gedrag**, zoals blijkt uit het feit dat ze met verschillende voorwerpen experimenteren. Een kind dat een lepel laat vallen, zal bijvoorbeeld heel geïnteresseerd zijn in het gerinkel dat de lepel maakt wanneer hij op een tegelvloer valt, en het kind zal de handeling steeds opnieuw willen herhalen. Wat irritant kan lijken voor een toeschouwer met een gevoelig gehoor, is voor het kind vreugdevol, omdat het enige controle over zijn wereld ervaart!

Samen met de toenemende neiging tot doelgericht experimenteren vormt het ontstaan van objectpermanentie een substantieel bewijs dat jonge kinderen **mentale representaties** van voorwerpen beginnen te vormen en dat ze hun eigen relatie met de wereld beginnen te herkennen. Door deze mentale beeldvorming worden het denken en het probleemoplossend vermogen van kinderen gestimuleerd. Dit is goed zichtbaar in het imitatiegedrag. Baby's zullen alleen onmiddellijk en het direct zichtbare kunnen imiteren; kleuters kunnen ook al zich dingen herinneren en nadoen die veel langer geleden zijn. Daarmee begint het *leren door observatie*. Tijdens het tweede levensjaar kunnen kinderen wel een maand lang beelden van eerder geziene gedragingen onthouden en imiteren (Klein & Meltzoff, 1999). Door deze vaardigheden van het sensomotorische stadium komt het kind in het volgende stadium terecht: de preoperationele fase.

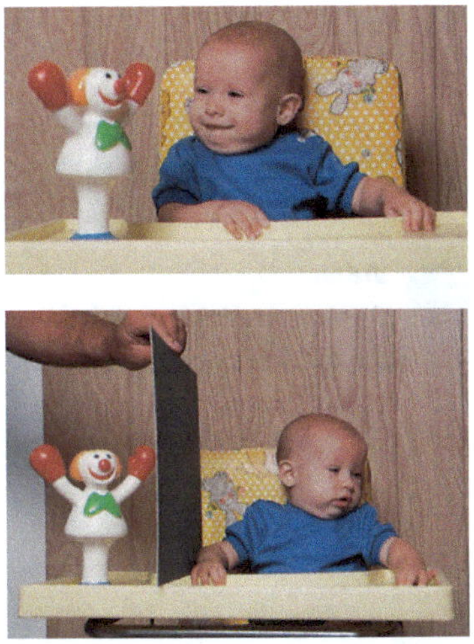

Objectpermanentie ontwikkelt zich geleidelijk tijdens het eerste stadium van de cognitieve ontwikkeling en is stevig veranderd tegen de tijd dat het kind een jaar oud is. Het is duidelijk dat de baby op deze foto's denkt dat het speeltje niet meer bestaat als het zicht erop door het scherm wordt ontnomen.

Het preoperationele stadium (van ongeveer twee tot zes jaar) De cognitieve ontwikkeling in het volgende stadium, het **preoperationele stadium**, bouwt verder op het vermogen om mentale representaties te maken van objecten. Piaget merkte dat de ontwikkeling tijdens de sensomotorische fase snel verliep en hij lijkt de preoperationele fase te beschouwen als een soort overgangsfase tussen de sensomotorische fase en de derde fase (de concreet-operationele fase). Volgens zijn waarnemingen was dit een periode waarin symbolische vaardigheden die tijdens de sensomotorische fase ontstonden, werden uitgebreid en geconsolideerd. Als zodanig beschreef hij de primaire kenmerken van deze fase als beperking in het denken van kinderen, en niet als een vooruitgang. Laten we enkele van deze kenmerken eens bekijken.

- **Egocentrisme** leidt ertoe dat kinderen de wereld alleen zien in relatie tot henzelf en hun eigen positie. Bovendien nemen ze aan dat de manier waarop anderen de wereld zien geheel gelijk is aan hun eigen visie. (We willen wel benadrukken dat Piaget egocentrisme niet als egoïsme interpreteerde, maar als een beperkt perspectief op de wereld.) Piaget ontdekte dit door middel van een experiment dat hij de 'taak van de drie bergen' noemde (zie figuur 7.3).
  Als je met een preoperationeel kind telefoneert, is het heel goed mogelijk dat het alleen maar knikt (en niets zegt) als antwoord op wat je zegt, zonder dat het zich realiseert dat jij dat niet ziet. Het gevolg van dit egocentrisme is dat preoperationele kinderen nog niet in staat zijn zich volledig in andere mensen of hun standpunten in te leven.

Mentale representatie: Vermogen om innerlijke beelden te vormen van objecten en gebeurtenissen.

Preoperationeel stadium: Het tweede stadium in Piagets theorie. Wordt gekenmerkt door een goed ontwikkelde mentale representatie en het gebruik van taal.

Egocentrisme: In Piagets theorie: op zichzelf gericht zijn, zich niet kunnen voorstellen dat er een ander standpunt mogelijk is dan het eigen.

Figuur 7.3

Opgave van de drie bergen van Piaget

Bij de opgave van de drie bergen van Piaget krijgt een kind een afbeelding van drie bergen te zien. Op de eerste staat een huis, op de tweede een rood kruisje en de derde is met sneeuw bedekt. Aan de andere zijde van de figuur (op de tafel tegenover het kind) staat een pop. Als het kind wordt gevraagd op welke berg de pop uitkijkt, denkt het pre-operationele kind meestal dat de pop hetzelfde uitzicht heeft als het kind zelf. Piaget gebruikte deze taak om egocentrisme te illustreren.

Bron: L.E. Berk, *Development through the lifespan*, 4e ed. Copyright © 2007 Pearson Education. Overgenomen met toestemming van de uitgever.

Video
Ga naar de MyLab mediatheek om de video te bekijken over egocentrisme in de peuter- en kleutertijd.

Animistisch denken: Preoperationele manier van denken waarbij het kind aanneemt dat objecten een leven hebben en mentale processen kennen.

Centratie: Preoperationeel denkpatroon waarbij het kind zijn aandacht op niet meer dan één factor tegelijk kan richten.

Irreversibiliteit (onomkeerbaarheid): Het onvermogen bij het preoperationele kind om een serie gebeurtenissen of mentale stappen door te denken en vervolgens het verloop mentaal terug te draaien.

- **Animistisch denken** is het geloof dat levenloze objecten een leven hebben en mentale processen kennen. Dit doet zich voor wanneer kinderen symbolisch gedrag vertonen, bijvoorbeeld wanneer ze thee drinken met hun teddyberen, of een pleister op een pop plakken die op de grond is gevallen. Kinderen zullen in deze fase ook in het 'mannetje in de maan' geloven of zich er zorgen over maken dat een boom pijn heeft als hij wordt gesnoeid. Dit fenomeen is mooi beschreven door Selma Fraiberg (1966) in haar publicatie *De magische wereld van het kind*.
- **Centratie** is het onvermogen om een gebeurtenis helemaal te begrijpen omdat de aandacht op een te klein onderdeel gericht (gecentreerd) is en andere belangrijke informatie wordt gemist. Dat wil zeggen dat een kind zich slechts op één stukje informatie tegelijkertijd kan richten. Daardoor zal een kind het 'grote geheel' van een gebeurtenis of probleem niet begrijpen. Zo kan een dorstig kind per se uit een hoog, smal glas willen drinken en een laag, breed glas met dezelfde hoeveelheid afwijzen, omdat het ten onrechte aanneemt dat alleen de hoogte van het glas bepaalt hoeveel sap erin gaat. Het concentreert zich dus alleen op de hoogte van het glas en negeert het feit dat de breedte ook relevant is. (Zie *Doe het zelf! Spelen met kinderen in de stijl van Piaget.*)
- **Irreversibiliteit** of **onomkeerbaarheid** is het onvermogen een reeks gebeurtenissen of stappen te doordenken die deel uitmaakt van de oplossing van een probleem en vervolgens het verloop om te draaien, waarbij naar het mentale beginpunt wordt teruggekeerd. Kortom, preoperationele kinderen hebben niet het vermogen tot denkbeeldige *trial-and-error* (het in gedachten uitvoeren van een handeling en deze vervolgens ongedaan maken) dat oudere kinderen wel hebben. Om een concreet voorbeeld te geven: Sam ziet Natanja een doosje rozijnen op de tafel morsen en omdat de rozijnen over een groot oppervlak zijn verspreid, denkt hij: Jeetje, Natanja heeft veel meer rozijnen dan ik in mijn doosje. De preoperationele Sam kan echter niet terugredeneren en denken: Als zij ze allemaal terug in het doosje zou doen, zouden het er evenveel lijken als ik in mijn doosje heb. Dit onvermogen vormt voor het preoperationele kind het grootste obstakel in het leerproces dat leidt tot logisch denken.

We zouden deze kenmerken als beperkingen kunnen opvatten, maar het is belangrijk te beseffen welke ontwikkelingen ze gedurende deze tijd ondersteunen. Kinderen experimenteren met hun nieuw verworven vermogen om mentale representaties te gebruiken en zijn vaak erg creatief in dit proces. We zien deze creativiteit terug in het animisme dat ze vertonen en in hun andere fantasiespelletjes, die een centraal kenmerk zijn van de preoperationele fase.

DOE HET ZELF! Spelen met kinderen in de stijl van Piaget

Piaget bestudeerde de denkprocessen bij kinderen door zijn eigen kinderen een aantal problemen voor te leggen en hun reacties te observeren. Als jij een kind kent of er zelf een hebt, kun je hetzelfde proberen. Het is bijvoorbeeld altijd leuk om te zien hoe een preoperationeel of concreet-operationeel kind een 'conservatieprobleem' oplost. Giet dezelfde hoeveelheid water in twee identieke glazen. Vraag het kind of hij of zij vindt dat er in elk glas evenveel water zit. Giet vervolgens het water uit een glas in een ondiepe pan. Vraag het kind dan of er in het andere glas evenveel water zit als in de pan, of dat er verschil is. Komt de reactie van het kind overeen met Piagets observaties?
Piaget ontdekte dat het concreet-operationele kind – dat begrijpt wat conservatie is – weet dat het volume van het water gelijk blijft, of het nu in een glas of in een pan zit. Het preoperationele kind zal denken dat er minder water in de ondiepe pan zit omdat het

water daar minder hoog staat dan in het glas. Hieruit blijkt dat het jongere kind niet weet dat het volume gelijk blijft zolang je er niets bij doet of afhaalt, onafhankelijk van waar de vloeistof in zit. Volgens Piaget bleek uit dit experiment ook dat het jongere kind nog niet tegelijkertijd kan nadenken over hoogte en breedte.

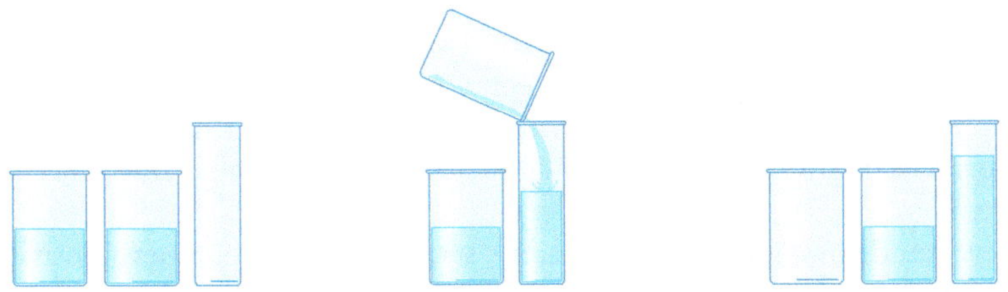

Figuur 7.4

Opgave over het gelijk blijven van de hoeveelheid vloeistoffen

Kinderen in de preoperationele fase begrijpen niet dat de hoeveelheid vloeistof gelijk blijft wanneer het in een ander formaat beker geschonken wordt. Als deze taak goed wordt uitgevoerd, geeft dat aan dat het kind de overgang heeft gemaakt naar de concreet-operationele fase.

Het concreet-operationele stadium (van circa zes tot circa elf jaar) In het volgende stadium doorbreken kinderen voor de eerste keer de barrière van de irreversibiliteit door het inzicht dat veel dingen in essentie hetzelfde blijven, hoewel ze oppervlakkig gezien kunnen veranderen (zie figuur 7.4). In dit **concreet-operationele stadium** leren ze begrijpen dat een laag, breed glas evenveel sap kan bevatten als een smal, hoog exemplaar, of dat de gemorste rozijnen in het doosje waar ze uitkwamen moeten passen. Wanneer kinderen in staat zijn tot **conservatie**, krijgen ze een nieuw inzicht in de manier waarop volume wordt geconserveerd. Ze begrijpen dan ook dat een in de volle lengte uitgespreide ketting met rode kralen niet langer is dan het kleine hoopje dat overblijft als je een identieke ketting met blauwe kralen ineen frommelt. In dit stadium beseffen kinderen dat de kralen er door hun presentatie misschien anders uitzien, maar dat dit niet per definitie betekent dat ze ook anders zijn.

Als de kinderen het begrip conservatie hebben verworven, zijn ze in staat om **logische operaties** uit te voeren. Ze bezitten de vaardigheid om problemen op te lossen door bepaalde concepten volledig in hun hoofd te manipuleren, waardoor ze dingen eerst helemaal kunnen uitdenken voordat ze in actie komen. Het gevolg is meestal dat kinderen zich in deze fase iets minder impulsief gaan gedragen. Ze worden ook minder naïef omdat veel 'magisch' denken, zoals het geloof in Sinterklaas, overboord wordt gezet.

Concreet-operationeel stadium: Derde stadium van Piaget. Het kind begrijpt het principe van conservatie, maar is nog niet in staat tot abstract denken.

Conservatie: Besef dat de fysieke eigenschappen van een object of substantie niet veranderen als het uiterlijk van het object verandert, maar er niets wordt toegevoegd of weggenomen.

Logische operatie: Oplossen van problemen door beelden in gedachten te manipuleren.

Tabel 7.2 Piagets fases van de cognitieve ontwikkeling

Fase (leeftijd)	Kenmerken en belangrijkste vaardigheden
Sensomotorisch (circa 0-2 jaar)	Kinderen verkennen de wereld via hun zintuigen en motorische vaardigheden Objectpermanentie en doelgericht gedrag beginnen te ontstaan, in combinatie met het begin van symbolische gedachten
Preoperationeel (circa 2-7 jaar)	De gedachten van kinderen worden gekenmerkt door egocentrisme, animistisch denken, centratie en irreversibiliteit Symbolisch denken blijft zich ontwikkelen
Concreet-operationeel (circa 7-11 jaar)	Kinderen hebben besef van conservatie en ontwikkelen het vermogen om verstandelijke handelingen uit te voeren met beelden van concrete, tastbare voorwerpen
Formeel-operationeel (vanaf ongeveer 11 jaar)	Tieners en volwassenen in deze fase ontwikkelen het vermogen tot abstract redeneren en hypothetisch denken

Met behulp van dit nieuwe vermogen om logische operaties uit te voeren, beginnen kinderen in het concreet-operationele stadium bij het oplossen van problemen gebruik te maken van eenvoudige redeneringen en deducties. Maar de symbolen die ze daarbij gebruiken, verwijzen nog steeds voornamelijk naar concrete objecten en gebeurtenissen, en niet naar abstracties. De beperkingen van hun concrete denken blijken uit het spel '20 vragen', waarbij een kind de identiteit van een object moet bepalen door ja/nee-vragen te stellen aan de persoon die het object in gedachten heeft. Een kind van een jaar of zeven of acht stelt meestal heel specifieke vragen ('Is het een vogel?', 'Is het een kat?'). Het komt niet op het idee om vragen van een hoger niveau te stellen ('Kan het vliegen?', 'Heeft het haar?') waarmee hij of zij de mogelijkheden op efficiënte wijze kan inperken.

We bewaren de bespreking van het laatste stadium van de cognitieve ontwikkeling van Piaget, het formeel-operationele stadium, tot we de adolescentie bespreken. Voor nu volstaan we ermee te zeggen dat dit laatste stadium gepaard gaat met de ontwikkeling van abstract denken.

Na Piaget: hedendaagse perspectieven op cognitieve ontwikkeling

De meeste psychologen zijn het in grote lijnen eens met Piagets theorie over ontwikkeling (Beilin, 1992; Lourenço & Machado, 1996). Onderzoekers hebben echter aangetoond dat kinderen wat sommige intellectuele vaardigheden betreft in elk stadium verder ontwikkeld zijn dan Piaget in zijn theorie beweerde (Munakata et al., 1997).

De aanzet van vaardigheden ontstaat eerder dan Piaget dacht De beperkingen die Piaget tijdens de sensomotorische en preoperationele fase had waargenomen, blijken sommige kinderen binnen die leeftijdsgroepen toch te hebben overwonnen. Neem bijvoorbeeld objectpermanentie. Gebleken is dat al in de derde maand sprake is van een soort mentale representatie, en niet pas in het tweede jaar, zoals Piaget dacht. Kinderen van drie maanden oud die 'mogelijke' en 'onmogelijke' gebeurtenissen worden getoond, geven geen blijk van verbazing als ze de mogelijke gebeurtenis waarnemen, maar vertonen wel verbazing als ze de 'onmogelijke' gebeurtenis zien (Baillargeon & DeVos, 1991; zie figuur 7.5).

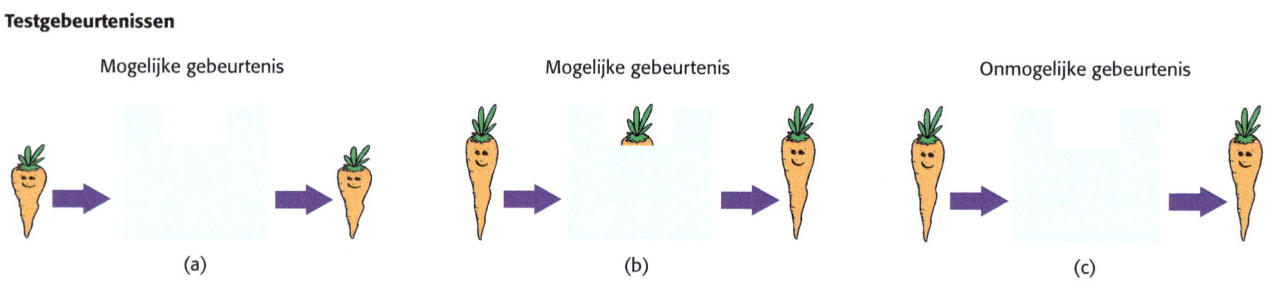

Figuur 7.5

Kinderen testen op objectpermanentie

Bij deze objectpermanentietest wordt kinderen een serie 'mogelijke' en 'onmogelijke' gebeurtenissen getoond. Bij (a) nadert een korte wortel een scherm met een raam bovenin, verdwijnt dan achter het scherm en komt aan de andere kant van het scherm weer tevoorschijn. Bij (b) doet een lange wortel hetzelfde. De bovenkant van de korte wortel is *niet* zichtbaar door het raam (omdat de wortel korter is dan het raam), maar de bovenkant van de lange wortel is *wel* zichtbaar als hij langs het raam komt. Omdat beide scenario's logisch zijn, vormen ze de 'mogelijke' gebeurtenissen. Bij (c) nadert en passeert een lange wortel het scherm, maar nu is de bovenkant van de wortel *niet* zichtbaar door het raam (wat wel zou moeten). Drie tot vier maanden oude kinderen kijken langer naar dit 'onmogelijke' scenario dan naar de 'mogelijke' gebeurtenissen. Dit geeft het begin van het begrip van objectpermanentie aan.

Bron: Bewerking van figuur 1, Baillargeon, R., & DeVos, J., 1991, Object permanence in young infants: further evidence. *Child Development*, 62 p. 1230 © The Society for Research in Child Development.

Onderzoekers hebben ook ontdekt dat jonge kinderen (van drie en vier jaar), in weerwil van Piagets theorie over centratie, wel degelijk begrijpen dat de niet zichtbare 'binnenkant' van een object (zoals de binnenkant van een ei, een rubberen bal of een hond), niet per se identiek hoeft te zijn aan de buitenkant (Gelman & Wellman, 1991). En in weerwil van Piagets beweringen over animistisch denken, zijn kinderen van drie tot vijf jaar over het algemeen goed in staat onderscheid te maken tussen echte en puur psychische (verzonnen) entiteiten (Wellman & Estes, 1986). Met betrekking tot egocentrisme kunnen kinderen rond het vierde jaar het perspectief van anderen zien, zoals blijkt uit het feit dat ze eenvoudigere taal en kortere woorden gebruiken wanneer ze met tweejarigen praten dan wanneer ze met oudere kinderen of volwassenen spreken (Gelman & Shatz, 1978). Al met al zijn de waarnemingen van Piaget over de volgorde van de stadia accuraat, maar lijken kinderen tegenwoordig bepaalde cognitieve vaardigheden sneller te ontwikkelen dan Piaget aannam.

Theory of mind is het inzicht dat een ander bepaalde opvattingen, verlangens en emoties kan hebben die verschillen van de eigen opvattingen, verlangens en emoties, en dat de geestestoestand van die ander van invloed kan zijn op diens gedrag (Frith & Frith, 1999, Steerneman & Meesters, 2009). Jouw theory of mind ligt ten grondslag aan je verwachtingen over de wijze waarop mensen in bepaalde situaties zullen handelen, bijvoorbeeld wanneer ze een cadeautje krijgen of wanneer er boos tegen hen wordt gesproken. Met andere woorden, je bent in staat om een hypothese op te stellen over hoe een ander denkt of zich voelt. Deze theorie omvat ook de erkenning dat onze verwachtingen over handelingen van anderen mogelijk moeten worden aangepast op basis van wat we weten over het individu in kwestie. Door het begrip van de mentale wereld van anderen wordt empathie voor anderen vergemakkelijkt. Ook wordt de kans dat we een juist oordeel over mensen vormen groter, en wordt misleiding mogelijk. Deze vaardigheden ontstaan mogelijk al tijdens de zesde maand, wat overeenstemt met recente bevindingen over objectpermanentie die in de vorige paragraaf zijn besproken. Bij een onderzoek bleek dat baby's op die leeftijd op betrouwbare wijze onderscheid konden maken tussen een behulpzaam figuur en een schadelijk figuur en consequent de behulpzame figuur als speelgenootje kozen (Hamlin et al., 2007). De cognitieve mijlpalen van de sensomotorische en preoperationele fases bevorderen de verdere ontwikkeling van deze initiële vaardigheid en tegen het vijfde levensjaar lijken kinderen in alle culturen te begrijpen dat anderen de wereld mogelijk anders waarnemen dan zijzelf (Callaghan et al., 2005).

Theory of mind: Besef dat anderen opvattingen, verlangens en emoties kunnen hebben die verschillen van die van jezelf.

Stadia of golven? Een tweede vorm van kritiek op de theorie van Piaget bestaat uit twijfel aan de stadia als abrupte overgangen. Recenter onderzoek doet vermoeden dat de overgangen van de ene fase naar de andere geleidelijker verlopen dan de theorie van Piaget suggereert. Robert Siegler bedacht een nieuwe metafoor voor ontwikkeling (Siegler, 1994). In plaats van de abrupte veranderingen die alle stadiumtheorieën gemeen hebben, komt hij met het beeld van 'golven'. De **metafoor van de golf** past beter bij de wetenschappelijke data en bij onze ervaringen van alledag. Het gedrag van een kind kan immers enorm fluctueren. Het is heel goed mogelijk dat een kind op één dag voor hetzelfde taalkundige probleem verschillende strategieën gebruikt; hij zegt bijvoorbeeld: 'ik heb gegeten', 'ik eette' en 'ik at'. Zo'n patroon past niet bij het beeld van een kind dat met een vrij plotselinge sprong van het ene naar het andere stadium overgaat. Het past wel bij Sieglers beeld van elkaar overlappende ontwikkelingsgolven, waarbij elke golf een nieuwe cognitieve strategie is die opkomt, weer terugzakt en opnieuw opkomt (Azar, 1995).

Metafoor van de golf: Een manier om cognitieve ontwikkeling te conceptualiseren als iets wat meer in fluctuaties gebeurt (in golven) dan abrupt, zoals de theorie van de gefaseerde ontwikkeling voorstelt.

Het belang van cultuur bij het leren De Russische psycholoog Lev Vygotsky (1934, 1987) benadrukte de impact van culturele waarden en gebruiken op de cognitieve ontwikkeling van een kind, en ook de rol van communicatie in het leerproces. Volgens Vygotsky is cognitieve ontwikkeling het vermogen om via sociale interactie de regels en normen van een cultuur door middel van sociale interactie te leren. Vygotsky's ideeën zijn de afgelopen jaren ondersteund door andere onderzoekers (Conner & Cross, 2003; Rogoff, 2003). Het toont aan hoe volwassenen en 'deskundigen' kinderen aan de hand van een proces dat *scaffolding* wordt genoemd, kunnen leren hun cognitieve vermogens sneller te ontwikkelen. Zoals een steiger van hout en staal de ondersteuning vormt in de bouw, creëert cognitieve **scaffolding** een ondersteunende structuur voor de opbouw van kennis. Als ouders en onderwijzers voortdurend goed in de gaten houden welk vaardigheidsniveau een kind heeft bereikt, kunnen ze hun instructies op dat kind toespitsen door elke les iets toe te voegen aan dat wat het al weet. Vygotsky heeft verder ook vastgesteld dat kinderen uitdagingen nodig hebben die iets boven hun bestaande leerniveau liggen, maar waar ze met een beetje hulp wel uitkomen. De uitdaging mag niet zo groot zijn dat die hun bevattingsvermogen te boven gaat en ze falen. Vygotsky's theorie spreekt van een *zone van naaste ontwikkeling* en geeft een belangrijke richtlijn voor ouders en onderwijzers bij het ontwerpen van een leerplan voor kinderen.

Scaffolding: Een leerstrategie waarin de nadruk ligt op de hulp ter ondersteuning van iemands leerproces.

7.2.3 Sociale en emotionele ontwikkeling

Onze gezondheid, ons geluk en zelfs onze overleving zijn afhankelijk van het vormen van betekenisvolle, effectieve relaties, in het gezin, met leeftijdsgenoten en in het latere leven en op het werk. Dat betekent dat kinderen moeten leren welke regels hun gemeenschap gebruikt om de sociale en politieke interacties tussen de leden te sturen. Ze moeten bovendien leren omgaan met hun eigen gevoelens en die van anderen. Dit proces van sociale en emotionele ontwikkeling is een van de belangrijkste ontwikkelingstaken van de kindertijd, en is afhankelijk van zowel nature als nurture.

Temperament

Een sterke invloed op de wijze waarop kinderen interactie vertonen met de wereld, is hun **temperament**. Psychologen gebruiken de term temperament voor de genetisch bepaalde, tamelijk stabiele manier waarop een individu reageert op situaties en externe stimuli. Temperament is dus dat deel van de persoonlijkheid dat al bij de geboorte aanwezig is. Jerome Kagan, een onderzoeker van Harvard University, bestudeerde het temperament van duizenden kinderen en ontdekte dat ongeveer 20 procent van de kinderen 'verlegen' ter wereld komt en 40 procent 'zelfverzekerd' of moedig (Kagan, 1998). Wanneer verlegen baby's met onbekende situaties worden geconfronteerd, raken ze van streek of trekken ze zich terug, en de kans is groot dat ze de situatie proberen te ontwijken. Moedige baby's zijn daarentegen socialer en de kans is groot dat ze met belangstelling op nieuwe situaties reageren.

Temperament: De karakteristieke manier waarop een individu reageert en zich gedraagt; is vermoedelijk sterk genetisch bepaald.

Uit beeldvormingsonderzoeken blijkt dat deze verschillen fysiologisch zijn. Verlegen baby's hebben een actievere amygdala dan moedige baby's (Schwartz et al., 2003). Deze actieve amygdala's veroorzaken een serie fysiologische reacties op stress, zoals een snellere hartslag, het vrijkomen van stresshormonen en grotere temperatuurschommelingen van de huid in reactie op nieuwe situaties. Verlegen kinderen zijn dus fysiologisch gevoeliger voor verandering en stress dan hun moedige, sensatiebeluste tegenhangers. Deze gevoeligheid kan echter een voordeel blijken in interpersoonlijke relaties. Grazyna Kochanska (2009) heeft naar voren gebracht dat angstigheid een belangrijke rol speelt in de morele ontwikkeling van kinderen. Ze zijn zich bewust van de consequenties van wandaden

en voelen ook empathie voor het slachtoffer. Kinderen met normaal angstgedrag zullen zich eerder schuldig voelen als ze een overtreding begaan, en dat schuldgevoel werkt later als een afschrikmiddel om wandaden te herhalen.
Hoewel het temperament al vanaf de geboorte aanwezig is, ligt het niet voor honderd procent vast (Kagan, 1996). De ervaringen van het kind en het gedrag van de ouders beïnvloeden de manier waarop het temperament vorm krijgt. Zo zal een zelfverzekerd kind dat door zelfverzekerde ouders wordt opgevoed, de wereld zeker anders ervaren en er anders op reageren dan een zelfverzekerd kind dat is opgevoed door verlegen of angstige ouders. Evenzo, als de ouders van een verlegen baby de teruggetrokkenheid van hun kind opmerken en hem vriendelijk en op een speelse wijze uitdagen, zal het kind extraverter worden dan zijn temperament in eerste instantie deed vermoeden.
Binnen de grenzen van zijn of haar temperament kan het kind dus nog beïnvloed worden. Er bestaat bovendien geen temperament dat ideaal is voor alle situaties. We moeten 'beseffen dat een complexe samenleving als de onze voor elk soort temperament een eigen adaptieve niche heeft' (Kagan, geciteerd in Gallagher, 1994, p. 47).

◄◄ **Verbinding hoofdstuk 2**
De amygdala, een deel van het limbische systeem, is specifiek betrokken bij de emoties angst en agressie (p. 66).

Video
Ga naar de MyLab mediatheek om de video te bekijken over temperament.

Socialisatie

Via interactie met je ouders, leeftijdsgenoten en anderen heb je geleerd hoe je met mensen kunt omgaan, een ontwikkelingstaak die **socialisatie** wordt genoemd. Socialisatie gebeurt echter niet alleen tijdens de kindertijd. Het is het levenslange proces van het aanleren en vervolgens bijschaven van gedragspatronen, waarden, normen, vaardigheden, houdingen en motieven zodat ze aansluiten bij wat in een bepaalde gemeenschap gewenst is (Hetherington & Parke, 1975). Het gezin, de school en de media oefenen druk uit op het kind om sociaal geaccepteerde waarden aan te nemen. Ook in hun vrije tijd worden kinderen sterk beïnvloed door bijvoorbeeld leeftijdsgenootjes en televisieprogramma's. Voor de schoolleeftijd worden steeds meer kinderen ook gevormd door hun ervaringen op het kinderdagverblijf. Binnen het gezin is de opvoedingsstijl van de ouders (of andere verzorgers) een belangrijke invloed.

Socialisatie: Levenslange ontwikkeling van gedragspatronen, waarden, normen, vaardigheden, houdingen en motieven die volgens de eigen gemeenschap gewenst zijn.

Vier opvoedingsstijlen en hun effecten De meeste benaderingen van de opvoeding van kinderen behoren tot een van vier duidelijk onderscheiden opvoedingsstijlen die zijn aangetroffen in gezinnen over de hele wereld (Baumrind, 1967, 1971; Russell et al., 2002). **Autoritaire ouders** eisen conformiteit en gehoorzaamheid en ze tolereren weinig discussie over regels, naleving van regels die ze afdwingen door het geven van straf of door het dreigen met straf. Een alternatieve benadering is die van de **autoritatieve ouders**, die ook veeleisend zijn. Deze ouders hebben hoge verwachtingen van hun kinderen en verbinden consequenties aan de mate waarin deze verwachtingen uitkomen. Maar in tegenstelling tot autoritaire ouders combineren ze hoge normen met warmte en respect voor de standpunten van het kind: ze zijn bereid naar de ideeën en de gevoelens van het kind te luisteren en stimuleren vaak een democratische sfeer in het gezin. Autoritatieve ouders leggen vaak een grote nadruk op redeneren en verklaren om kinderen te leren de consequenties van hun gedrag te voorzien. Bij een derde benadering, de zogenoemde **permissieve opvoeding**, stellen de ouders weinig regels en staan ze kinderen toe hun eigen beslissingen te nemen. Evenals autoritatieve ouders zijn ze zorgzaam en communicatief, maar permissieve ouders laten het grootste deel van de verantwoordelijkheid voor beslissingen aan hun kinderen over. Permissieve ouders menen dat kinderen meer kunnen leren van de consequenties van hun eigen daden dan ze zouden leren door de regels te volgen die door de ouders zijn ingesteld. **Onverschillige ouders** ten slotte, zijn meestal onverschillig of afwijzend, soms zelfs in die mate dat er sprake

Autoritaire opvoedingsstijl: Een van de vier opvoedstijlen; deze wordt gekenmerkt door eisen van aanpassing en gehoorzaamheid, naleving van regels die wordt afgedwongen met het geven van straf of het dreigen met straf en een geringe verdraagzaamheid voor discussie.

Autoritatieve opvoedingsstijl: Een van de vier opvoedstijlen; deze wordt gekenmerkt door hoge verwachtingen ten aanzien van de kinderen en consequenties gerelateerd aan de mate waarin de verwachtingen uitkomen. Autoritatieve ouders combineren hoge normen met warmte en respect voor de opvattingen van het kind.

Permissieve opvoedingsstijl: Een van de vier opvoedstijlen; deze wordt gekenmerkt doordat er weinig regels zijn en doordat kinderen hun eigen beslissingen mogen nemen. Hoewel permissieve ouders zorgzaam en communicatief zijn, geven ze de grootste verantwoordelijkheid voor de besluitvorming aan hun kinderen.

Onverschillige opvoedingsstijl: Een van de vier opvoedstijlen; deze wordt gekenmerkt door onverschilligheid of afwijzing, soms in die mate dat van verwaarlozing of mishandeling sprake is.

Tabel 7.3 Kenmerken van de vier opvoedingsstijlen

Stijl	Emotionele betrokkenheid	Autoriteit	Autonomie
Autoritatieve opvoedingsstijl	Ouders of andere verzorgers zijn warm, oplettend en gevoelig voor de behoeften en interesses van het kind	Ouders of andere verzorgers stellen redelijke eisen aan het volwassenheidsniveau van het kind; leggen regels uit en versterken deze	Ouders of andere verzorgers staan het kind toe beslissingen te nemen wanneer het daaraan toe is; luisteren naar het standpunt van het kind
Autoritaire opvoedingsstijl:	Ouders of andere verzorgers zijn koud en afwijzend; halen het kind vaak naar beneden	Ouders of andere verzorgers zijn veeleisend, kunnen dwang gebruiken door te schreeuwen, commanderen en bekritiseren en vertrouwen op straffen	Ouders of andere verzorgers nemen de meeste beslissingen voor het kind, luisteren zelden naar het standpunt van het kind
Permissieve opvoedingsstijl	Ouders of andere verzorgers zijn warm, maar lopen het risico het kind te verwennen	Ouders of andere verzorgers stellen weinig tot geen eisen aan het kind, vaak vanuit misplaatste zorg voor de eigenwaarde van het kind	Ouders of andere verzorgers staan kinderen toe zelf beslissingen te nemen voor het daaraan toe is
Onverschillige opvoedingsstijl	Ouders of andere verzorgers zijn emotioneel verwijderd, teruggetrokken en onoplettend	Ouders of andere verzorgers stellen weinig tot geen eisen aan het kind; interesse of verwachtingen voor het kind ontbreken	Ouders of andere verzorgers zijn onverschillig tegenover beslissingen of standpunten van het kind

Bron: L.E. Berk, *Development Through The Lifespan*, 3e druk. Copyright © 2004 van Pearson Education. Gepubliceerd en herdrukt met toestemming van Allyn & Bacon, Boston, MA.

is van verwaarlozing of mishandeling (Maccoby & Martin, 1983). Meestal leiden ouders in deze groep zulke stressvolle levens dat ze weinig tijd of energie hebben voor hun kinderen (zie tabel 7.3).

Wat zijn de resultaten van deze verschillende opvoedingsstijlen? Uit onderzoek blijkt dat kinderen met autoritatieve ouders meestal veel zelfvertrouwen hebben en dat ze zelfstandig en enthousiast zijn. Over het algemeen zijn deze kinderen gelukkiger, minder lastig en succesvoller. Kinderen met permissieve of niet-betrokken ouders zijn meestal minder volwassen, impulsiever, afhankelijker en veeleisender. Kinderen met autoritaire ouders zijn meestal nerveus en onzeker. In sommige gevallen kan autoritair ouderschap zelfs leiden tot asociaal gedrag. In een baanbrekende nieuwe studie werd onderzocht wat de gecombineerde effecten van ouderschapsstijl en hechtingsstijl zijn op kinderen. Wat werd er ontdekt? Bij onveilige gehechte kinderen vergrootte autoritair ouderschap het risico dat kinderen later asociaal gedrag gingen vertonen, terwijl veilig gehechte kinderen autoritair ouderschap konden tolereren zonder in verzet te komen. Onderzoekers komen met de stelling dat veilige hechting mogelijk een beschermende rol speelt, waardoor het veilig gehechte kind de strengere aanpak van ouders eerder als heilzaam interpreteert, waar een onveilig gehecht kind zo'n aanpak misschien als bedreigend zou ervaren (Kochanska et al., 2009). In dit opzicht is het begrip *goodness of fit* relevant. Dit houdt in dat de ene opvoedingsstijl heel functioneel is bij een bepaald temperament, maar misschien minder efficiënt in andere situaties. De Fever (2005) stelt dat bijvoorbeeld bij kinderen met een bipolaire stoornis een autoritatieve opvoedingsstijl de meest geschikte is.

Terugdenkend aan onze eerdere bespreking van hechting, zijn deze resultaten niet verrassend. Over het algemeen nemen autoritatieve ouders een meer betrokken, interactieve rol op zich in het leven van hun kinderen en vormen ze een sterkere sociaal-emotionele hechting dan de andere drie typen ouders. Dit legt een sterke basis voor prosociaal gedrag bij het kind.

We moeten bedenken dat veel van het eerste onderzoek naar opvoedingsstijlen is uitgevoerd in westerse culturen en in de sociaaleconomische middenklasse. Kunnen we elders dezelfde resultaten verwachten? Uit recent onderzoek blijkt dat cultuur een rol speelt bij opvoedingsstijl en de effectiviteit van de ouders, maar niet op de wijze die je misschien verwacht. Chinese en Zuid-Amerikaanse ouders en ouders op Aziatische eilanden in de Grote Oceaan voeden meestal strenger op dan veel westerse ouders. Van een afstand lijkt dit misschien op een autoritaire opvoedingsstijl. Als we beter kijken, blijkt echter dat deze ouders hun strenge regels en eisen voor respect meestal combineren met een grote hoeveelheid warmte, vooral van de vaders. Als deze combinatie aanwezig is, heeft dit dezelfde positieve resultaten als bij westerse kinderen met autoritatieve ouders (Berk, 2007).

Sekseverschillen Iedereen die wel eens heeft gekeken hoe jongens en meisjes spelen, weet dat ze op verschillende manieren met elkaar omgaan. Jongens spelen over het algemeen het liefst met jongens, meisjes met meisjes; een patroon dat in alle culturen terugkomt (Maccoby, 1998, 2000). Jongens zijn vaak agressiever dan meisjes, hoewel er zeker uitzonderingen zijn. Meisjes zijn geneigd zich te verenigen in kleine, samenwerkende groepjes, terwijl jongens vaak grotere, hiërarchische groepen vormen met een duidelijke 'pikorde', waar een voortdurende strijd plaatsvindt om de hogere posities. Hierbij wordt niet zelden gebruikgemaakt van agressieve methoden zoals slaan, duwen en verbale dreigementen. Sekseverschillen zijn ook zichtbaar in de keuze van vrijetijdsactiviteiten: in hun vrije tijd beoefenen jongens vaker sport of spelen computerspelletjes dan meisjes, terwijl meisjes meer televisiekijken (Cherney & London, 2006).
Evolutionair psychologen menen dat deze sekseverschillen een aangeboren basis hebben (Buss, 1999), die verband zou houden met verschillen in testosteronniveaus (Dabbs, 2000). Dat betekent natuurlijk niet dat omgevingsfactoren als opvoeding en leeftijdsgenoten geen invloed hebben. Sociaal-cognitieve theoretici zoals Kay Bussey en Albert Bandura (1999) herinneren ons eraan dat kinderen sekserollen en aan sekse gerelateerd gedrag zoals agressiviteit, ambitie of samenwerking ook door hun sociale omgeving en door rolmodellen aanleren.

Psychosociale ontwikkeling tijdens de kindertijd: de stadia van Erikson

In de eerste paragraaf van dit hoofdstuk hebben we je kennis laten maken met de theorie van Erikson over de ontwikkeling tijdens de levensloop en hebben we het eerste stadium van vertrouwen tegenover wantrouwen onderzocht. Tijdens de kinderleeftijd maakt men nog drie van Eriksons psychosociale stadia door. Tijdens elk stadium komen kinderen een nieuw beslissend moment tegen, waarbij ze een andere belangrijke component van hun schema ontwikkelen met betrekking tot zichzelf en hun relatie met de wereld. Wat onthullen deze fases over de wijze waarop de wereld eruitziet door de ogen van een kind?

Autonomie tegenover schaamte en twijfel In het tweede stadium, dat van circa achttien maanden tot het derde levensjaar duurt, leren peuters snel te lopen en te spreken. Dit verhoogde niveau van interactie met de wereld biedt veel gelegenheid tot directe beïnvloeding. Het ontwikkelen van een gevoel van onafhankelijkheid of **autonomie** is de belangrijkste ontwikkelingstaak tijdens deze fase. Hiertoe hebben kinderen vrijheid (en soms stimulans) nodig om dingen zelfstandig te doen wanneer dit gewenst is.

Autonomie: Vermogen om onafhankelijk te handelen. Volgens Erikson is dit de belangrijkste ontwikkelingstaak in het tweede stadium van de kindertijd. Om autonomie te ontwikkelen is een gevoel van onafhankelijkheid nodig, in plaats van schaamte en twijfel.

Extreme beperkingen en overdadige kritiek in dit stadium kunnen ertoe leiden dat het kind aan zichzelf gaat twijfelen. Als de eisen te hoog zijn, zoals bij te vroege zindelijkheidstraining, kan het kind beschaamd en ontmoedigd raken – vandaar de naam van deze fase: *autonomie tegenover schaamte en twijfel*. Kinderen die aan deze fase beginnen met een algemeen gevoel van vertrouwen in de wereld, hebben een grotere kans om met succes autonomie te ontwikkelen dan kinderen die deze eerste fase niet adequaat hebben afgerond.
Hoewel Erikson zich niet bezighield met de rol van temperament in de psychosociale ontwikkeling, heeft dat wel invloed: verlegen kinderen hebben meer

vriendelijke stimulans nodig dan moedige kinderen. Hoewel dus een koesterende en ondersteunende omgeving van wezenlijk belang is voor de ontwikkeling van autonomie, speelt ook nature een rol.

Initiatief: Volgens Erikson is initiatief de belangrijkste ontwikkelingstaak in het derde stadium van de kindertijd. Initiatief wordt gekenmerkt door de mogelijkheid om zelf activiteiten te starten, in plaats van alleen op anderen te reageren of zich schuldig te voelen wanneer het kind niet aan andermans eisen kan voldoen.

Initiatief tegenover schuld Zodra een kind vertrouwen en autonomie heeft ontwikkeld, is de derde opgave het ontwikkelen van **initiatief**, oftewel het vermogen uit zichzelf activiteiten te starten, in plaats van alleen op anderen te reageren. Als kleuter zal het autonome kind doelgerichter worden en willen kiezen welke kleren het aantrekt, wat het eet of hoe het zijn tijd doorbrengt. Als de ouders nu te veel zelfbeheersing van hun kind eisen ('Waarom kun je niet stilzitten?'), wordt het kind overspoeld door gevoelens van ontoereikendheid en schuld. De term voor deze fase reflecteert deze twee alternatieven: *initiatief tegenover schuld*. De manier waarop de verzorgers reageren op initiatieven van het kind bepaalt dus of het de vrijheid en het zelfvertrouwen verwerft die nodig zijn voor het volgende stadium.

Vlijt: Eriksons term voor een gevoel van zelfvertrouwen die het belangrijkste doel van het vierde ontwikkelingsstadium in de kindertijd kenmerkt. Kinderen die geen vlijt (vertrouwen) ontwikkelen, zullen wegglijden in een gevoel van minderwaardigheid.

Vlijt tegenover minderwaardigheid Kinderen die met succes de eerste drie stadia van Erikson afronden, zijn, als ze naar groep 3 (in België: het eerste leerjaar) gaan, klaar om hun vaardigheden en talenten op meer systematische wijze te ontwikkelen. Van het zesde tot het twaalfde jaar bieden schoolactiviteiten en sport de gelegenheid complexere intellectuele en motorische vaardigheden aan te leren, terwijl interactie met leeftijdsgenoten de kans biedt voor het aanleren van sociale vaardigheden. Succesvolle pogingen op deze terreinen leiden tot gevoelens van competentie, die Erikson **vlijt** noemt. Koesterende en ondersteunende ouders helpen kinderen in deze fase terug te blikken op hun ervaringen, waarbij ze zowel van hun successen als van hun mislukkingen leren, en erkennen ook dat sommige mislukkingen onvermijdelijk zijn. Kinderen met overmatig veeleisende of ongeïnteresseerde ouders kunnen echter problemen hebben hun mislukkingen in perspectief te zien en ontwikkelen uiteindelijk een gevoel van minderwaardigheid. Ook ontwikkelen kinderen die problemen hebben gehad met een of meer van de eerdere fases zich mogelijk tot ontmoedigde toeschouwers en niet tot deelnemers. Ook dat leidt tot gevoelens van minderwaardigheid en niet tot een gevoel van competentie. De term voor deze fase luidt dan ook: *vlijt tegenover minderwaardigheid*.

Samengevat: we hebben gezien hoe de ontwikkeling van taal, cognitieve vaardigheden en sociale competentie allemaal op elkaar inwerken tijdens de snelle groei en veranderingsprocessen in de kindertijd. Individuele winst op elk van deze gebieden wordt geboekt volgens een algemeen biologisch tijdschema, maar de snelheid en aard van deze winst worden sterk door onze omgeving beïnvloed. In de volgende paragraaf zullen we zien hoe deze vaardigheden van de kindertijd de basis vormen voor een andere periode van snelle verandering: de adolescentie.

Psychologische kwesties
Ga naar 'In de praktijk' in de MyLab mediatheek voor een bespreking van de puzzel van ADHD.

Ga naar **www.pearsonmylab.nl** om je kennis en begrip van deze paragraaf te testen met de MyMap, MyCheck en MyDefinitions.

KERNVRAAG 7.3

▶ Welke ontwikkelingen vinden plaats tijdens de adolescentie?

De meeste vroege theoretici gingen uit van het idee dat de belangrijkste ontwikkelingen van de mens voor de *adolescentie* plaatsvonden. Daarna, meenden ze, was de psyche voor het leven bepaald en zouden er weinig belangrijke veranderingen meer optreden. Modern onderzoek trekt deze ideeën in twijfel. Tegenwoordig menen psychologen dat de mens een opmerkelijk vermogen heeft om zich gedurende zijn hele leven te blijven ontwikkelen (Kagan, 1996, 1998). Tijdens de puberteit vinden opnieuw op drie belangrijke terreinen veranderingen plaats, zoals in ons kernconcept wordt gesteld:

● **KERNCONCEPT 7.3**
De adolescentie brengt nieuwe ontwikkelingsproblemen met zich mee, die het gevolg zijn van lichamelijke veranderingen, cognitieve veranderingen en sociaal-emotionele druk.

Wanneer begint de puberteit? Of om de vraag persoonlijker te stellen: door welke gebeurtenis ging je jezelf als puber beschouwen? De kans is groot dat het iets te maken had met je seksuele rijping, zoals de eerste menstruatie of een nachtelijke ejaculatie. Volgens psychologen begint de **adolescentie** op het moment dat de **puberteit** begint. Dat wil zeggen, op het moment dat je seksueel rijp bent, oftewel in staat bent om je voort te planten. De grens tussen het einde van de adolescentie en het begin van de volwassenheid is minder gemakkelijk te trekken.

Adolescentie: In industriële landen: ontwikkelingsperiode die begint met de puberteit en (minder duidelijk) eindigt bij aanvang van de volwassenheid.

Puberteit: Seksuele rijping.

7.3.1 Adolescentie en cultuur

Variaties tussen verschillende culturen maken het nog moeilijker om het einde van de adolescentie duidelijk af te bakenen. Hoewel de lichamelijke veranderingen die in dat stadium plaatsvinden universeel zijn, is de sociale en psychologische dimensie van de adolescentie erg afhankelijk van de culturele context. Als je bijvoorbeeld in een cultuur leeft waar de puberteit wordt beschouwd als de feestelijke overgang naar de volwassenheid waarvoor je wordt beloond met een zekere verantwoordelijkheid, zul je die periode heel anders ervaren dan iemand die in een cultuur leeft die tieners beschouwt als verwarde en potentieel gevaarlijke herrieschoppers.
De meeste niet-industriële samenlevingen kennen geen stadium van adolescentie zoals wij dat kennen. In deze samenlevingen ondergaan kinderen na hun kindertijd een **overgangsritueel**. Deze overgangsrituelen vinden meestal plaats rond het begin van de puberteit en fungeren als openbare erkenning dat het individu geen kind meer is, maar als volwassene moet worden behandeld. Overgangsrituelen verschillen van cultuur tot cultuur. Sommige zijn uiterst pijnlijk, andere bestaan uit een periode van onderricht in seksuele en culturele praktijken, of een periode waarin de aspirant-volwassene geheel alleen en onder moeilijke omstandigheden moet zien te overleven. In sommige stammen moet de persoon in zijn eentje een meditatieve tocht maken, in andere ontvangt hij of zij symbolische littekens en in weer andere culturen vindt een besnijdenis plaats te midden van vrienden en familie. Nadat het overgangsritueel is volbracht, bestaat er geen twijfel meer over de status: hij of zij is volwassen en banden met de kindertijd zijn doorgesneden.
Onze cultuur kent weinig overgangsrituelen, waardoor kinderen niet weten wanneer hun nieuwe status als adolescent precies ingaat, en adolescenten niet

Overgangsritueel: Sociaal ritueel dat de overgang tussen twee ontwikkelingsstadia markeert, vooral die tussen de kindertijd en de volwassenheid.

weten wanneer ze zich jonge volwassenen mogen noemen. Een subtiel overgangsritueel dat we wel kennen is het bereiken van de leeftijd waarop je een scooter of brommer mag berijden. Het is zowel een symbolische als een praktische overgang. Een scooter of brommer geeft je een vrijheid, onafhankelijkheid, mobiliteit en status die niet bereikbaar is voor kinderen.

Hoewel tijdens de adolescentie allerlei zaken aan de orde komen, zullen we ons concentreren op de belangrijkste uitdagingen waarmee adolescenten in de westerse wereld worden geconfronteerd. De kerntaak in deze periode is het vormen van een identiteit. Dit complexe proces omvat het leren omgaan met lichamelijke rijpheid, het bereiken van een nieuw niveau van cognitieve ontwikkeling, het herdefiniëren van sociale rollen en emotionele problemen, het omgaan met seksuele kansen en de druk en ontwikkeling van morele normen. Laten we beginnen met de lichamelijke veranderingen die het einde van de kindertijd en het begin van de puberteit markeren.

7.3.2 Lichamelijke rijping tijdens de adolescentie

De puberteit of seksuele volwassenheid begint voor jongens met een grotere omvang van de testikels, voor meisjes gewoonlijk met de ontwikkeling van borsten. De groei van schaamhaar verloopt gewoonlijk bij beide seksen tegelijk met de groei van uitwendige genitaliën. Dit proces begint meestal rond de leeftijd van tien of elf jaar bij meisjes, en twee jaar later bij jongens. De puberteit voor jongens bereikt zijn top wanneer de productie van levend sperma begint (meestal rond de leeftijd van veertien), en voor meisjes wanneer de **menarche** plaatsvindt, de eerste menstruatie (tussen elf en veertien jaar; Slyper, 2006).

Menarche: Eerste menstruatie, begin van de puberteit bij meisjes.

Je herinnert je misschien dat je je tijdens de puberteit bewuster werd van je uiterlijk. Ingrijpende lichamelijke veranderingen en het toegenomen belang van acceptatie door leeftijdsgenoten (met name door seksueel aantrekkelijke leeftijdsgenoten) versterken de zorg over het eigen **lichaamsbeeld**: het persoonlijke en subjectieve beeld van je eigen uiterlijk. Jongens en meisjes beoordelen zichzelf vaak streng aan de hand van de normen waarvan ze denken dat andere mensen hen die opleggen. Hoe oneerlijk het ook klinkt, lichamelijke aantrekkelijkheid beïnvloedt de manier waarop mensen elkaar zien (Hatfield & Rapson, 1993).

Lichaamsbeeld: De perceptie van en gevoelens over de eigen lichamelijke verschijning.

Het gevolg is dat de adolescente taak om een persoonlijke identiteit te ontwikkelen ook inhoudt dat je moet leren leven met je fysieke voorkomen. Met andere woorden, je moet een realistisch (en tegelijkertijd acceptabel) lichaamsbeeld ontwikkelen. Dit beeld is niet alleen afhankelijk van meetbare kenmerken als lengte en gewicht, maar ook van de manier waarop je denkt dat andere mensen jouw lichaam waarderen en van culturele normen over lichamelijke schoonheid.

De leeftijd waarop tieners de puberteit doormaken, is ook van invloed op het lichaamsbeeld: jongens die eerder geslachtsrijp worden dan hun leeftijdsgenoten, hebben meestal een positief lichaamsbeeld, terwijl vroegrijpe meisjes vaak een negatief lichaamsbeeld hebben. Deze meisjes melden ook vaker dat ze worden gepest door hun leeftijdsgenoten (Downing & Bellis, 2009).

Er zijn ook andere sekseverschillen: ongeveer de helft van de meisjes in de adolescente leeftijd en een kwart van de jongens beweert dat hij of zij zich 'regelmatig lelijk en onaantrekkelijk' voelt (Offer et al., 1981, 1988). Het is duidelijk dat lichamelijke aantrekkelijkheid tijdens de adolescentie een uiterst belangrijke rol speelt (Perkins & Lerner, 1995). Het zelfbeeld van meisjes hangt nauw samen met de perceptie van hun eigen lichamelijke aantrekkelijkheid, terwijl jongens zich meer zorgen lijken te maken over hun lichamelijke vaardigheden, hun atletisch vermogen en de mate waarin ze hun doelen weten te bereiken (Lerner et al., 1976; Wade, 1991). Meisjes en vrouwen zijn vaker ontevreden over hun gewicht en de vorm van hun lichaam dan jongens en mannen, en ze ervaren meer conflicten op het gebied van voedsel en eten (Rolls et al., 1991). Deze verschillen weerspiegelen waarschijnlijk een culturele preoccupatie met vrouwelijk schoon en mannelijke kracht, een onvermijdelijke bron van zorg omdat natuurlijk niet alle adolescenten aan die culturele idealen van aantrekkelijkheid voldoen. Verder is cultuur van invloed op de relatie tussen lichaamsbeeld en zelfwaardering. Onderzoek wijst bijvoorbeeld uit dat de zelfwaardering van blanke adolescenten van beide seksen meer gekoppeld is aan lichamelijke aantrekkelijkheid dan het zelfbeeld van zwarte adolescenten (Wade, 1991). Toch geldt voor tieners in Hong Kong dat lichaamsvet wel samenhangt met het fysieke zelfbeeld, maar helemaal geen afbreuk doet aan hun algemene zelfwaardering. Te dun zijn wordt zelfs als iets even negatiefs gezien als te dik zijn, wat waarschijnlijk de Chinese culturele deugd van matigheid weerspiegelt, evenals een acceptatie van obesitas die groter is dan in onze cultuur (Marsh et al., 2007). De westerse idealen spreiden zich echter steeds meer uit over de wereld, vanwege het enorme bereik van mediabeelden en hun invloed op het beeld dat tieners van hun eigen lichaam hebben: jonge vrouwen in het Midden-Oosten en Japan krijgen steeds vaker problemen met het zelfbeeld van hun lichaam (Chisuwa & O'Day, 2010; Thomas et al., 2010). De meeste adolescenten lijken zich in de loop der tijd met hun uiterlijk te verzoenen, maar voor sommigen is het verwerven van een acceptabel beeld van het eigen lichaam een heel lastige opgave.

Tijdens de tienerjaren wordt het lichaamsbeeld van groot belang.

Bron: Ted Foxx/Alamy.

7.3.3 Seksualiteit tijdens de adolescentie

De lichamelijke rijpheid gaat gepaard met een nieuw bewustzijn van de eigen seksuele gevoelens en impulsen. Maar velen ontberen de juiste kennis of hebben verkeerde beelden over seks en seksualiteit. En dit gebrek aan goede kennis schept allerlei problemen, variërend van soa's (seksueel overdraagbare aandoeningen) tot ongewenste zwangerschap en onbevredigende seksuele ervaringen. Aan het begin van de adolescentie is masturbatie de meest voorkomende orgastische expressie van seksuele impulsen (Wilson & Medora, 1990). Uit onderzoek uitgevoerd door Rutgers WPF en Soa Aids Nederland, twee Nederlandse kenniscentra op het gebied van seksualiteit, blijkt dat in de leeftijd van 15 tot en met 17 jaar 85 procent van de jongens wel eens gemasturbeerd heeft en 88 procent wel eens een orgasme heeft gehad, tegenover respectievelijk 44 procent en 46 procent van de meisjes van deze leeftijd (De Graaf et al., 2012). Cijfers uit Vlaanderen laten ongeveer hetzelfde beeld zien: 82 procent van de jongens heeft op zijn 15e al gemasturbeerd, tegen slechts 25 procent van de meisjes (E-Gezondheid.be, 2003). Cijfers uit dergelijk onderzoek zijn echter slechts schattingen en zijn mogelijk aan de lage kant. Het verkrijgen van juiste gegevens over zulke persoonlijke seksuele praktijken blijkt lastig. Onderzoek naar seksuele gedragingen wordt meestal met enquêtes uitgevoerd die, zelfs als ze anoniem zijn, vaak een onvolledig beeld geven van gedragingen die vaak gepaard gaan met schaamte en schuldgevoel.

De **seksuele oriëntatie** begint ook tijdens de puberteit duidelijk te worden, waarbij het grootste deel van de pubers een overwegend heteroseksuele oriëntatie heeft. Er is enig bewijs voor de stelling dat de eerste seksuele ervaringen van mannen en vrouwen aanzienlijk van elkaar verschillen. In het onderzoek van Rutgers WPF en Soa Aids Nederland zegt 22 procent van de meisjes dat ze achteraf eigenlijk nog even had willen wachten, tegenover 8 procent van de jongens. Ook zegt 23 procent van de meisjes dat haar eerste geslachtsgemeenschap vervelend was, tegenover 5 procent van de jongens. Ten slotte had 16 procent van de jongens in mindere of meerdere mate spijt van zijn eerste geslachtsgemeenschap, bij meisjes is dit percentage bijna twee keer zo hoog: 29 procent (De Graaf et al., 2012).

Seksuele oriëntatie: De richting van iemands seksuele belangstelling (meestal voor mensen van het andere geslacht, hetzelfde geslacht of beide geslachten).

Verder blijkt uit het onderzoek dat meisjes over het algemeen meer negatieve en minder positieve gevoelens hebben over seks. Meisjes zeggen bijvoorbeeld vaker dan jongens dat ze zich schamen over seksuele gevoelens of dat ze zich schuldig voelen als ze (zouden) masturberen. Jongens zeggen juist vaker dat ze seks be-

langrijk vinden, dat ze van alles willen uitproberen en dat ze seks erg fijn vinden. Ook geven jongens aan het heel belangrijk te vinden om de ander te laten genieten, dit is bij jongens zelfs de meest genoemde reden voor seks (81 procent). Door meisjes worden relationele motieven zoals liefde tonen, dicht bij de ander zijn en verliefdheid vaker genoemd dan door jongens, hoewel ook een meerderheid van de jongens zegt dit belangrijk te vinden (De Graaf et al., 2012).
Uit onderzoek onder adolescenten met homoseksuele, lesbische en biseksuele oriëntaties blijkt in het algemeen dat 8 tot 12 procent van de pubers seksuele contacten met iemand van hetzelfde geslacht heeft. Er is geen reden om aan te nemen dat die cijfers in Nederland of België verschillen. Een melding van seksuele activiteit met hetzelfde geslacht betekent niet noodzakelijkerwijs dat de betrokkene zichzelf als homoseksueel, lesbisch of biseksueel beschouwt. Sommigen experimenteren met seksuele activiteiten met anderen van hetzelfde geslacht, maar beschouwen zichzelf als heteroseksueel. Voor anderen komen zulk ervaringen echter overeen met een homoseksuele, lesbische of biseksuele oriëntatie. En weer anderen blijven onzeker over hun primaire seksuele oriëntatie. Al met al bleek uit één steekproef van het bovengenoemde onderzoek dat 1 op de 8 tieners onzeker is over de eigen seksuele oriëntatie (Faulkner & Cranston, 1998). Overigens zijn de cijfers ook bij deze onderzoeken slechts schattingen en mogelijk aan de lage kant gezien de eerdergenoemde beperkingen.
Tijdens de adolescentie zijn seksuele gevoelens voor hetzelfde geslacht of beide geslachten moeilijk met het zelfbeeld in overeenstemming te brengen. Het is immers een periode waarin jongeren zich angstvallig proberen aan te passen aan de waarden en normen van hun samenleving. Hoewel de meeste homoseksuelen en lesbiennes zich al aan het begin van de adolescentie voor het eerst bewust worden van hun seksuele oriëntatie, is uit Amerikaans onderzoek gebleken dat velen hun seksuele identiteit pas werkelijk accepteren tussen hun vijfentwintigste en dertigste levensjaar (Newman & Muzzonigro, 1993). Deze uitgestelde acceptatie weerspiegelt waarschijnlijk het gebrek aan sociale steun voor een homoseksuele oriëntatie in veel samenlevingen, maar illustreert ook het belang van de rol van de maatschappij bij de ontwikkeling van alle aspecten van de identiteit.

Video
Ga naar de MyLab mediatheek om de video te bekijken over seksualiteit tijdens de adolescentie.

7.3.4 Cognitieve ontwikkeling tijdens de adolescentie

Veranderingsprocessen die in de baarmoeder zijn begonnen, blijven in de hersenen van de puber doorgaan (Spear, 2000). Terwijl de neurale verbindingen zich tijdens de vroege kindertijd het snelst ontwikkelen, ontwikkelen de frontale kwabben van de hersenen zich gedurende de gehele adolescentie tot in de jonge volwassenheid. Wat zijn de gevolgen van deze neurologische veranderingen tijdens de adolescentie?

Tienerjaren: geleid door rede of emotie?

De frontaalkwabben zijn betrokken bij sociale en emotionele gedragingen, net als bij rationeel denken en oordelen. In de volwassenheid wordt informatie verwerkt door de rationelere frontaalkwab, maar in de puberteit zijn deze kwabben nog niet volledig ontwikkeld en wordt meer informatie via de amygdala verwerkt. Daardoor zullen reacties van pubers emotioneler zijn. De amygdala van een tiener verstuurt impulsen die zijn of haar onrijpe frontale cortex nog niet kan verwerken (McClure et al., 2004). Dit fenomeen biedt, samen met een toename van de concentratie oestrogeen en testosteron (Spear, 2000), een verklaring voor het feit dat tieners vaak sensatiezoekend en risicovol gedrag vertonen.
Maar is dit unieke hersenpatroon van adolescenten per se slecht? Zoals gezegd is de puberteit een tijd waarin individuen hun identiteit bepalen, met het uiteindelijke doel onafhankelijk te worden van het gezin van oorsprong. Misschien is dit riskante gedrag voor pubers een noodzakelijke component van het gedragsreper-

Seksuele oriëntatie is een belangrijk element van de identiteit.
Bron: Creatas/Thinkstock.

toire die hen in staat stelt hun omgeving te kunnen verkennen en daarin te experimenteren. Met andere woorden, misschien creëert het een biologische basis voor de moed die nodig is om op eigen benen te staan. Verder kan de verhoogde emotionele reactiviteit helpen bij het waarnemen van bedreigingen, zodat de tiener zich sneller bewust is van de gevaren die gepaard gaan met de nieuwe activiteiten en zo dus de kans op succes en overleving vergroten. Hetzelfde hersenpatroon is bij dieren als apen en knaagdieren waargenomen, wat er mogelijk op duidt dat de neurale ontwikkeling in de adolescentie inderdaad een belangrijk evolutionair doel dient (Casey et al., 2008).

De hersenen worden drastisch gesnoeid

Eerder in dit hoofdstuk hebben we besproken hoe belangrijk gevoelige perioden zijn voor de ontwikkeling van bepaalde vermogens, en wat het belang is van het 'snoeiproces' dat zo rond de puberteit op gang komt (Kurth et al., 2010). Deze twee concepten benadrukken op hun beurt weer het belang van een rijke omgeving in de eerste levensjaren, die ervoor zorgt dat zich neurale verbindingen kunnen vormen ter ondersteuning van allerlei vaardigheden en vermogens. Aan het begin van de puberteit wordt in dit synaptisch snoeiproces (*synaptic pruning*) een begin gemaakt met het kortwieken van hersendelen die niet adequaat gestimuleerd zijn. Tijdens dit proces wordt het brein van de puber geleidelijk steeds minder goed in het leren van compleet nieuwe dingen, omdat de capaciteit voor de vorming van neurale verbindingen afneemt. Het positieve is dat andere regio's van de hersenen zich nu beter ontwikkelen: als bestaande verbindingen gebruikt blijven worden, krijgen de neuronen meer myeline en gaan daardoor sneller functioneren. Een minpunt is weer dat de plasticiteit afneemt en dat problematische gedragspatronen of eigenschappen die zich hebben ontwikkeld, resistenter worden tegen verandering of interventie. Als het snoeiproces uit de hand loopt, kunnen bovendien belangrijke verbindingen verloren gaan, wat mogelijk mede verklaart waarom er tegen het eind van de puberteit en aan het begin van de volwassenheid stoornissen zoals schizofrenie ontstaan (Moskowitz, 2009).

◂◂ **Verbinding hoofdstuk 2**
De myelineschede is een vetachtige isolatielaag waarmee veel axonen in de hersenen en het ruggenmerg zijn omgeven (p. 55).

Het laatste stadium van Piaget: het formeel-operationeel stadium

De adolescentie gaat gepaard met Piagets laatste fase van de cognitieve groei; deze bestaat uit het vermogen tot abstract en complex denken. Tijdens dit **formeel-operationele stadium** komt het individu tot introspectie en begint het problemen te overdenken, bijvoorbeeld hoe het beter door leeftijdsgenoten kan worden geaccepteerd. Tieners ontwikkelen ook het vermogen om te gaan met abstracte en ontastbare problemen zoals eerlijkheid, liefde en de zin van het bestaan. In wezen leren ze om te gaan met hypothetische problemen, waarbij ze niet langer de concrete basis van het vorige stadium nodig hebben. Dankzij de bij dit formeel-operationele stadium behorende denkvermogens zullen adolescenten en volwassen het spel '20 vragen' (zie paragraaf 7.2.2) op een heel andere manier benaderen dan kinderen. Er komt structuur in de manier waarop de opdracht wordt aangepakt: eerst worden er brede, algemene vragen gesteld en vervolgens worden op grond van kennis van categorieën en relaties bepaalde hypotheses geformuleerd, die ten slotte worden getest. Naarmate het spel vordert, verschuiven de vragen van algemene categorieën ('Is het een dier?'), via subcategorieën ('Kan het vliegen?'), naar precieze hypotheses ('Is het een vogel?') (Bruner et al., 1966).

Formeel-operationeel stadium: Laatste stadium uit Piagets theorie, waarin abstract denken zijn intrede doet.

Door recent onderzoek zijn echter vraagtekens komen te staan bij het idee van Piaget dat formeel-operationeel denken noodzakelijkerwijs tijdens de adolescentie ontstaat. Bepaalde volwassenen, zo lijkt het, hebben dit vermogen nooit ontwikkeld; het lijkt afhankelijk van opleiding en ervaring te zijn. Mensen met een universitaire opleiding blijken vaker in staat tot formeel-operationeel denken, en over het algemeen zijn mensen het vaardigst met abstracties en hypothesen op het gebied waarop ze deskundig zijn (Keating, 2004). Al met al lijkt de ontwikkeling van dit type cognitief vermogen, meer dan welke van Piagets andere cognitieve taken ook, in hoge mate door culturele waarden en door de omgeving te worden bepaald.

■ PSYCHOLOGISCHE KWESTIES

Het puberende brein

De grote veranderingen die tijdens de adolescentie optreden, sturen het gedrag van adolescenten in deze fase: de zoektocht naar uitdagingen en spanning, de warrigheid en het gebrek aan planning of de waarde die de puber hecht aan de mening van vrienden. Voor de adolescent en zijn omgeving kunnen dit moeilijke en verwarrende veranderingen zijn, maar tegelijkertijd zijn ze heel normaal. Recent onderzoek naar het adolescente brein kan veel toevoegen aan het inzicht in het gedrag in deze leeftijdsfase.
Bij het Brain & Development Lab van de Universiteit Leiden wordt dergelijk onderzoek verricht. Het laboratorium werd in 2005 opgericht door hoogleraar ontwikkelingspsychologie Eveline Crone. Ze is bekend geworden door haar boek *Het puberende brein. Over de ontwikkeling van de hersenen in de unieke periode van de adolescentie* (2008). Dit boek geeft een mooi overzicht van het onderzoek naar het adolescente brein. Ook staan er in het boek allerlei toepassingen van dit onderzoek. Bevindingen op het nieuwe onderzoeksveld van *'educational neuroscience'* bijvoorbeeld, geven allerlei aanknopingspunten om de leersituatie op scholen aan te passen aan de (on)mogelijkheden van de adolescent.

Video
Ga naar de MyLab mediatheek om de video te bekijken over de manier waarop hersenen volwassen worden.

In het boek *Het puberende brein* beschrijft Eveline Crone wat er de laatste jaren is ontdekt over de ontwikkeling van de hersenen van adolescenten.
Bron: WIM Ontwerpers.

7.3.5 Sociale en emotionele problemen tijdens de adolescentie

Naarmate tieners hun eigen identiteit ontwikkelen, verschuift het relatieve belang van anderen die zich in hun invloedssfeer bevinden. De gezinsbanden worden losser naarmate de tiener meer tijd buitenshuis doorbrengt (Paikoff & Brooks-Gunn, 1991). Wat tieners doen buitenshuis, is mede bepaald door hun geslacht (Buhrmester, 1996). Vriendschappen tussen meisjes zijn gebaseerd op emotionele intimiteit, waarbij meisjes vaak alleen samenkomen 'om te praten'. Bij vriendschappen tussen jongens ligt de nadruk echter op activiteiten, waarbij de gesprekken vooral draaien om persoonlijke prestaties of om de prestaties van anderen.

Doen ouders er nog steeds toe?

Sommige ontwikkelingspsychologen menen dat de invloed van ouders en familie en de indrukken uit de kindertijd steeds zwakker worden naarmate de adolescent gevoeliger wordt voor leeftijdsgenoten (Harris, 1995). In onze westerse samenleving maakt de jongere tijdens de adolescentie kennis met nieuwe waarden, hij krijgt meer bewegingsvrijheid van zijn ouders en ervaart een sterke behoefte aan acceptatie door zijn leeftijdsgenoten. Het blijkt dat adolescenten meer dan vier keer zo veel tijd besteden aan gesprekken met leeftijdsgenoten als aan contact met volwassenen (Csikszentmihalyi et al., 1977; Larson 2001). In contacten met leeftijdsgenoten verfijnt de adolescent zijn sociale vaardigheden en experimenteert hij met verschillende sociale rollen. Geleidelijk definieert hij zijn sociale identiteit, oftewel het soort mens dat hij is en wil zijn en het soort relaties dat hij wil aangaan.

In de adolescentie worden relaties met leeftijdsgenoten steeds belangrijker. Foto: Tijs J. Breuer, Flickr.

Zijn ouders nog belangrijk voor de adolescent? Het antwoord luidt ondubbelzinnig: ja. Ouders die doorgaan toezicht te houden op de activiteiten van hun tieners en die gedurende deze jaren een open en gezonde communicatie in stand houden, hebben de grootste kans dat hun tieners met succes door de uitdagingen van de puberteit komen. Als de relatie tussen ouder en kind van hoge kwaliteit is, heeft de puber een significant hogere kans op een goede geestelijke gezondheid (Steinberg & Silk, 2002).

Eriksons psychosociale ontwikkeling tijdens de adolescentie

Erik Erikson wees op het ontstaan van een onafhankelijk zelf tijdens de adolescentie en beschouwde dit als het essentiële dilemma van de adolescentie. Erikson benadrukte dat deze zoektocht naar de **identiteit** kan worden geremd door de verwarring die ontstaat door het spelen van vele verschillende rollen. Je sociale wereld breidt zich steeds verder uit en in elke kring waarin je verkeert, speel je een andere rol. En juist in deze wirwar van rollen moet je uitzoeken wie je werkelijk bent. Daarom noemde hij deze fase *identiteit tegenover rolverwarring*. Tijdens het oplossen van deze *identiteitscrisis* ontwikkel je als het goed is een coherent zelfbeeld. Terwijl het normaal is dat iemands identiteit gedurende het gehele leven verandert, kan een zelfbeeld waaraan een stabiele kern ontbreekt, ontstaan wanneer de adolescent er niet in slaagt een bevredigende oplossing te vinden voor zijn of haar identiteitsproblemen. Het zoeken naar een uitweg in deze crisis is zowel een persoonlijk proces als een sociale ervaring (Erikson, 1973).

Identiteit: Volgens de theorie van Erikson is identiteit het gevoel dat iemand heeft over wie hij is: een coherent zelf. Het ontwikkelen van een gevoel van identiteit is het belangrijkste doel van de puberteit.

Is adolescentie een roerige tijd?

Tijdens de adolescentie kunnen ook problemen met eenzaamheid, depressie en verlegenheid ontstaan; deze problemen zijn een van de redenen voor de sterke toename van het aantal zelfmoorden onder tieners (Berk, 2004; US Bureau of the Census, 2002). Onderzoek naar zelfmoord onder adolescenten wijst uit dat in de voorgeschiedenis van zo'n tragedie dikwijls sprake is van een beschamende of vernederende ervaring, zoals het niet kunnen volbrengen van een taak of een romantische afwijzing (Garland & Zigler, 1993). Jonge mensen hebben vaak intense emoties op het sociale en persoonlijke vlak, waardoor het voor hen lastig is om dingen in perspectief te plaatsen, te beseffen dat zelfs moeilijke tijden voorbijgaan en dat iedereen wel eens een fout maakt.

Gedurende de adolescentie is de kans op conflicten met de ouders het grootst, het is een tijd van extreme stemmingen en veel adolescenten voelen zich aangetrokken tot risicovol gedrag (Arnett, 1999). Maar is het voor iedereen zo'n verwarrende periode? De adolescentie vormt voor sommigen een zeer lastige opgave op het gebied van relaties en zelfwaardering. Maar voor de meeste tieners vormen deze jaren geen tijd van onzekerheid en wanhoop (Myers & Diener, 1995). Terwijl veel ouders zich voorbereiden op een turbulente periode, blijkt die over het algemeen relatief kalm te verlopen. Sterker nog, de meeste adolescenten zeggen dat ze een hechte band hebben met hun ouders (Galambos, 1992). De kans op een rustige adolescentie is het grootst voor ouders die openstaan voor de behoeften van hun tieners, maar tegelijkertijd duidelijke grenzen stellen. De kans dat de adolescentie een moeilijke periode wordt, is het grootst in gezinnen met permissieve of autoritaire ouders (Collins et al., 2000).

DOE HET ZELF! Nature en nurture in je eigen ontwikkeling

Denk eens aan een eigenschap van jezelf. Kies er een die je interesseert of waar je erg nieuwsgierig naar bent.

1. Benoem en beschrijf de eigenschap, en geef een of twee voorbeelden van hoe die eigenschap zich uit in je gedrag en je leven beïnvloedt.
2. Denk dan eens na over de rol van nature en nurture met betrekking tot je specifieke eigenschap. Bespreek eerst de overeenkomsten die je hebt opgemerkt tussen jou en je familieleden.
3. Kijk vervolgens of je onderzoeksresultaten kunt vinden waaruit blijkt welk aandeel van de specifieke eigenschap genetisch is en welk aandeel aangeleerd. Als je in de literatuurlijst van dit boek kijkt, vind je misschien referenties naar literatuur over de eigenschap; zo niet, dan kan je docent je misschien een paar suggesties geven.
4. Maak ten slotte een samenvatting van wat je hebt ontdekt. Bespreek vervolgens je bevindingen uit de literatuur in relatie tot je eigen leven: bespreek in welke mate je eigenschap is bepaald door erfelijke factoren én in welke mate je eigenschap is gevormd door je omgeving.

Psychologie gebruiken om psychologie te leren
Is het bereiken van de formeel-operationele fase tijdens de middelbare school of de studietijd een teken van het einde van de cognitieve ontwikkeling? Ga naar 'In de praktijk' in de MyLab mediatheek voor het antwoord op deze vraag.

Ga naar **www.pearsonmylab.nl** om je kennis en begrip van deze paragraaf te testen met de MyMap, MyCheck en MyDefinitions.

KERNVRAAG 7.4

▶ Welke ontwikkelingen vinden plaats tijdens de volwassenheid?

De overgang van de adolescentie naar de jonge volwassenheid wordt gemarkeerd door beslissingen over vervolgopleiding, carrière en intieme relaties. Het nemen van deze beslissingen en het dragen van de consequenties vormen de belangrijkste uitdagingen van de volwassenheid. Ze vormen immers het kader van de psychologische ontwikkeling in deze fase. De ontwikkeling stopt daar echter niet. De voortdurende druk van de werkomgeving, het gezin en vrienden, in combinatie met het zich nog steeds voltrekkende rijpingsproces (en later het zich voltrekkende proces van achteruitgang) van het lichaam zorgen voortdurend voor nieuwe ontwikkelingsproblemen. In de huidige wereld is er voor volwassenen in alle fases van de volwassenheid meer tijd. Deze verandering in de manier waarop we ouder worden vormt een belangrijk element in ons kernconcept van deze paragraaf.

Voordat we de volwassenheid uitgebreider gaan onderzoeken, dient een aantal punten van ons kernconcept te worden verklaard. Ten eerste heb je waarschijn-

KERNCONCEPT 7.4

Tijdens de overgangen die we als volwassenen doormaken, blijft de wisselwerking tussen nature en nurture bestaan: moderne culturele normen en technologie verbeteren de duur en kwaliteit van het leven van veel volwassenen.

lijk uit de eerdere paragrafen van dit hoofdstuk al begrepen dat theorieën over fases, hoewel deze erg populair zijn als beschrijving van de menselijke ontwikkeling, zich vaak schuldig maken aan oversimplificatie. Hoewel beschrijvingen van de belangrijkste ontwikkelingstaken en categorieën van de belangrijkste fasetheorieën, zoals die van Piaget en Erikson, na kritisch empirisch onderzoek als bruikbaar worden beschouwd, zijn psychologen het er tegenwoordig over eens dat de ontwikkeling zich niet volgens vaste stadia voltrekt. In plaats daarvan is het een meer continu proces dat in golven of vlagen verloopt. Met andere woorden, de fasetheorieën hebben waarschijnlijk gelijk wat betreft de inhoud en de opeenvolging van de verschillende fases, maar het 'wanneer' is flexibeler dan ze dachten. En voor geen enkele periode in de levensloop geldt dit meer dan voor de volwassenheid. Uit onderzoek blijkt dat gezonde volwassenen een overgang doormaken van vroege naar middelbare volwassenheid en vervolgens van middelbare naar late volwassenheid. Om deze overgangen succesvol te kunnen doorlopen, zijn reflectie en aanpassing nodig, wat we op de volgende pagina's bespreken.

Een tweede punt dat moet worden genoemd, is de veranderende aard van de volwassenheid in de westerse wereld. Dankzij een betere gezondheidszorg en technologie leven mensen langer dan ooit tevoren en hebben ze gedurende de laatste levensjaren vaak een betere gezondheid dan ouderen uit eerdere generaties. Hierdoor verandert het perspectief van volwassenen op de levensloop en op de verschillende leeftijden en fases ervan. Minder volwassenen voelen de drang rond het twintigste levensjaar te trouwen of zich op andere wijze te settelen, of om met pensioen te gaan als ze vijfenzestig worden. We zien het begin van een 'revolutie' van het ouder worden, die het gevolg is van zowel een langere levensduur als de manier waarop onze cultuur zich aan deze veranderingen aanpast. Door deze **revolutie van het ouder worden** wordt de aandacht in de psychologische wetenschappen opnieuw gericht op het onderzoek naar de ontwikkeling van volwassenen. Terwijl we gedurende vele jaren afhankelijk waren van theorieën op basis van klinische observatie, verzamelen we nu steeds meer empirisch onderzoek. Het is interessant dat enerzijds traditionele klinische theorieën door veel van het nieuwe onderzoek worden ondersteund, maar dat er anderzijds ook nieuw licht wordt geworpen op de processen van de volwassenheid in de eenentwintigste eeuw. Laten we beginnen met het onderzoek naar de ontwikkeling van persoonlijkheid, waar we verrassende overeenstemming vinden tussen verschillende theorieën.

Revolutie van het ouder worden: Een verandering van de wijze waarop mensen in moderne geïndustrialiseerde landen denken over ouder worden. Dit nieuwe perspectief is ontstaan doordat ouderen langer leven, een betere gezondheidszorg hebben en meer keuzes hebben ten aanzien van hun leefwijze.

Volgens Freud wordt de volwassen ontwikkeling gestuurd door twee elementaire behoeften: liefde en werk. Abraham Maslow (1970) omschreef deze behoeften als liefde en erbij horen, en hij meende dat bevrediging van deze behoeften weer nieuwe behoeften zou genereren, namelijk die aan waardering en vervulling. Andere theoretici verdelen de elementaire behoeften van de volwassenheid in een behoefte aan verwantschap oftewel sociale acceptatie, een behoefte aan iets bereiken oftewel competentie, en een behoefte aan macht (McClelland, 1975, 1985; McClelland & Boyatzis, 1982). Eriksons theorie stelt dat het conflict van de volwassenheid en de middelbare leeftijd draait om een behoefte aan intimiteit en 'zorg voor de volgende generaties' (generativiteit). Omdat Erikson het meest uitgebreide verslag gaf van de volwassen ontwikkeling, zullen we zijn theorie als raamwerk gebruiken. In dit raamwerk plaatsen we besprekingen van resultaten uit het recente empirische onderzoek, resultaten waarmee het verloop van de volwassenheid wordt verklaard.

Verbinding hoofdstuk 10
Persoonlijkheidstheorieën willen de hele persoon verklaren en richten zich op eigenschappen die iemands hele leven min of meer stabiel blijven (p. 398).

7.4.1 Vroege volwassenheid: verkenning, autonomie en intimiteit

Wat zijn de ontwikkelingstaken van de vroege volwassenheid? En wanneer begint de volwassenheid precies? Gedurende de tienerjaren verheugen velen zich op de 'vrijheid' die je krijgt als je achttien wordt en wettelijk volwassen. Maar ben je op het achttiende levensjaar ook psychologisch volwassen?

Intimiteit tegenover isolement

Volgens Eriksons theorie van psychosociale ontwikkeling wordt de jonge volwassene geconfronteerd met de uitdaging een intieme relatie aan te gaan met een geliefde (zie tabel 7.1). **Intimiteit** betekent in de theorie van Erikson het vermogen om een volledige, seksuele, emotionele en morele verbintenis aan te gaan met een ander. Bij het aangaan van zo'n relatie botst het verlangen naar nabijheid met de angst voor de risico's en opofferingen die met het realiseren van zo'n nabijheid gepaard gaan. Bij het aangaan van intieme verbintenissen moet je immers in staat zijn persoonlijke voorkeuren opzij te zetten, verantwoordelijkheid te accepteren en iets in te leveren op het gebied van privacy en onafhankelijkheid – maar dit kan ook grote beloningen met zich meebrengen. Als je als jongvolwassene geen intieme verbintenissen weet aan te gaan, leidt dat tot *isolement* en het onvermogen om op een zinvolle wijze contact te maken met anderen.

Intimiteit: Volgens de theorie van Erikson de belangrijkste ontwikkelingstaak van de vroege volwassenheid, met inbegrip van het vermogen met iemand anders een volledige relatie aan te gaan: seksueel, emotioneel en moreel.

Volgens Erikson moet het zelfbeeld dat je tijdens de crisis van de adolescentie hebt gevormd zich aan het begin van de volwassenheid consolideren tot een duidelijk en comfortabel concept. Pas dan ben je in staat om de risico's en aantrekkelijkheden van volwassen intimiteit te hanteren. Met andere woorden: je moet weten wie en wat je bent voordat je van een ander kunt houden en je leven met hem of haar kunt delen. Erikson stelde dus dat je eerst een identiteit moet ontwikkelen voordat je tot intimiteit in staat bent.

Die volgorde strookt misschien niet met de hedendaagse realiteit. Veel jonge volwassenen gaan tegenwoordig al snel samenwonen en schuiven het huwelijk, met zijn contractuele verplichtingen en de belofte van levenslange intimiteit met één persoon, voor zich uit of zien er helemaal van af. Het komt niet zelden voor dat jonge mensen tegelijkertijd worstelen met problemen op het gebied van identiteit (bijvoorbeeld keuzes betreffende de carrière) en met problemen op het gebied van intimiteit. Het leven voor jonge volwassenen biedt tegenwoordig meer keuzes en meer complicaties dan dezelfde levensperiode voor de generatie die Erikson heeft beschreven.

Vroege volwassenheid: de tussenfase

Als erkenning van de verschillen tussen volwassenheid tegenwoordig en in eerdere generaties heeft de psycholoog Jeffrey Arnett (2000a, 2001) een overgangsperiode tot de volwassenheid gepostuleerd, die hij de **vroege volwassenheid** noemt. Deze periode beslaat de late tienerjaren tot circa het dertigste levensjaar, een tijd waarin veel individuen in geïndustrialiseerde maatschappijen de puberteit hebben doorgemaakt, maar zichzelf nog niet als volwassen beschouwen. Terwijl in vroegere tijden zichtbare gebeurtenissen zoals een huwelijk, de geboorte van het eerste kind en het opbouwen van een loopbaan werden beschouwd als bewijs dat iemand volwassen was geworden, noemen jonge mensen tegenwoordig minder duidelijke gebeurtenissen zoals het accepteren van persoonlijke verantwoordelijkheid voor zichzelf en het nemen van onafhankelijke beslissingen als de belangrijke indicatoren van de volwassenheid. De meeste jonge volwassenen van tegenwoordig maken slechts melding van een partiële progressie in de richting van de mijlpalen van zelfstandigheid (Arnett, 1997).

Vroege volwassenheid: De overgangsperiode tussen puberteit en volwassenheid.

De vroege volwassenheid is een tijd van exploratie en experimenteren op alle gebieden. De late tieners en twintigers proberen verschillende typen werk, verkennen alternatieve levensstijlen en wereldvisies en proberen erachter te komen wat voor soort persoon voor hen geschikt is als levenspartner. Terwijl ze dit doen, zijn ze minder voorspelbaar ten aanzien van opleiding, keuze van woonplaats en mate van financiële verantwoordelijkheid dan op enig ander moment in hun leven. Dit patroon van experimenteren kan mogelijk worden verklaard door de afwezigheid van grote verantwoordelijkheden in combinatie met de afwezigheid van ouderlijk toezicht.

Had Erikson gelijk bij zijn identificatie van de belangrijkste taken van de adolescentie en de vroege volwassenheid? In het algemeen wel. Hoewel hier niet veel aandacht aan wordt besteed, merkte hij op dat jonge mensen in geïndustrialiseerde maatschappijen genoten van wat hij een 'verlengde periode van adolescentie' noemde; tijdens deze periode duurde het experimenteren met rollen voort. Dit stemt precies overeen met de resultaten van recenter, empirisch onderzoek zoals dat van Arnett. De meerderheid van de jongeren in het westen is rond het dertigste levensjaar getrouwd, heeft dan het eerste kind gekregen, de overgang van school naar werk gemaakt en vindt zichzelf volwassen. Vermoedelijk hebben ze op dit punt de intimiteit verwezenlijkt die Erikson als de belangrijkste ontwikkelingstaak van de vroege volwassenheid heeft beschreven. Jongvolwassenen noemen vooral intimiteit of persoonlijke relaties als de sleutel tot een gelukkig leven (Arnett, 2000b), hoewel velen worstelen met het vinden van een evenwicht tussen intimiteit en de behoefte aan autonomie. Dit streven naar een optimaal evenwicht tussen deze twee behoeften blijft kenmerkend voor de latere fases van de volwassenheid.

Moderne benaderingen van intimiteit

Hoe verwezenlijken de volwassenen van tegenwoordig dan intimiteit? Feldman (2012) geeft een overzicht van de belangrijkste ontwikkelingen van de laatste decennia. Zo is het aantal getrouwde stellen de afgelopen dertig jaar afgenomen, terwijl het aantal ongetrouwde stellen is toegenomen. In Nederland stapt minder dan 10 procent van de jongeren direct vanuit het ouderlijk huis in het huwelijksbootje, 80 procent van de stellen woont al samen voordat ze gaan trouwen (CBS, 2006). In Vlaanderen woonde in 2003 ruim 7 procent van alle Vlamingen (van 18 jaar en ouder) ongehuwd samen. Dit is een verdriedubbeling in tien jaar tijd (Corijn & Lodewijckx, 2004).

Hoewel het huwelijk een belangrijk sociaal fenomeen blijft, is het aantal getrouwden flink gedaald sinds het einde van de negentiende eeuw. Een deel van de afname van de populariteit van het huwelijk is toe te schrijven aan de toename van het aantal echtscheidingen, maar de beslissing om op latere leeftijd te trouwen speelt ook een rol. In 1976 lag de huwelijksleeftijd van Nederlandse vrouwen nog onder de 23 jaar, in 2005 is deze, onder meer door de populariteit van het ongehuwd samenwonen, gestegen tot bijna dertig jaar (CBS, 2006).

Een andere oorzaak voor het dalende aantal huwelijken is mogelijk de toename van het aantal wettelijk geregelde alternatieven voor het huwelijk. Zo is er in Nederland sinds 1998 de mogelijkheid tot het geregistreerd partnerschap, een wettelijk erkende en geregelde vorm van samenleving tussen man en vrouw, twee mannen of twee vrouwen. In de Nederlandse wet staat een geregistreerd partnerschap gelijk aan een huwelijk, op de (familierechtelijke) situatie van eventuele tijdens het partnerschap geboren kinderen na. Het aantal nieuwe geregistreerde partnerschappen is tussen 2001 en 2005 gestegen van tweeduizend naar ruim zesduizend (CBS, 2006).

Sinds 2000 kunnen koppels in België een samenlevingscontract sluiten, wat vóór november 2006 in totaal 96.039 mensen hebben gedaan. En de populariteit van

Dit gelukkige paar kan een goed huwelijk verwachten als ze erin slagen vijf keer zo veel positieve als negatieve interacties met elkaar te hebben.

het samenlevingscontract lijkt in België toe te nemen: alleen al in 2010 sloten 72.191 mensen dit contract af (FOD Economie – ADSEI, 2010). Betekent dit dat het huwelijk zijn bestaansrecht als sociaal instituut begint te verliezen? Waarschijnlijk niet, hoewel het in die zin wel snel aan betekenis heeft ingeboet. Op dit moment is er bij jonge twintigers en dertigers in België geen dominante samenleefvorm meer (FOD Economie – ADSEI, 2010). En waar in Nederland rond 1970 nog negentig procent van de vrouwen trouwde, was dat percentage in 2000 gedaald tot nog geen 75 procent. Het huwelijk is wel nog steeds dé relatievorm waarbinnen mensen kinderen krijgen: in 2000 werd twee derde van de eerste kinderen binnen het huwelijk geboren (in 1970 lag dit aantal op bijna honderd procent) (CBS, 2006). In Vlaanderen is ongeveer 87 procent van de ouders gehuwd samenwonend (FOD Economie – ADSEI, 2010).

7.4.2 De problemen van de middelbare leeftijd: complexiteit en zorg voor de volgende generatie

Voor veel mensen brengt het idee van de middelbare leeftijd gedachten voort aan de gevreesde midlifecrisis en aan verjaardagskaarten met grappen in de trant van 'over het hoogtepunt heen zijn'. In tegenstelling tot stereotypen over de middelbare leeftijd, blijkt uit onderzoek dat de middelbare jaren in veel opzichten een topperiode zijn voor de ontwikkeling. Uit onderzoek naar de cognitieve ontwikkeling blijkt dat veel volwassenen in deze leeftijdsgroep een aanzienlijke vaardigheid hebben ontwikkeld in het combineren en integreren van uiteenlopende denkstijlen, met inbegrip van reflectie, analyse en dialectisch redeneren (het vermogen tegenstrijdige standpunten te vergelijken en te beoordelen) (Baltes & Staudinger, 1993, King & Kitchener, 1994). Velen blijken ook zeer kundig geworden in het integreren van hun cognities en hun emoties, hetgeen leidt tot beter doordachte, meer weloverwogen en reflectievere copingstrategieën met betrekking tot stressvolle gebeurtenissen (Diehl et al., 1996).

De volwassene kan tijdens de middelbare jaren uiteenlopende interesses combineren, die vaak te maken hebben met werk, gezin, gemeenschap, hobby's en persoonlijke verzorging. Inderdaad is deze drukke, complexe levensstijl tegenwoordig een kenmerk van gezonde volwassenen in de middelbare leeftijd. De psychologen Rosalind Barnett en Janet Hyde (2001) merken op dat gezinnen met tweeverdieners tegenwoordig de norm zijn, waarbij vrouwen een hogere beroepsopleiding hebben dan ooit tevoren. Tegelijkertijd met deze trend zien we een grotere vervaging van de grenzen tussen de rol als werknemer en gezinslid: mannen omschrijven zichzelf minder vaak uitsluitend als werknemer en kostwinner voor het gezin en vrouwen omschrijven zichzelf minder vaak uitsluitend als echtgenote en moeder. Voor de meeste mensen biedt deze uitbreiding van de rol een groter netwerk van sociale ondersteuning en een toegenomen gevoel van welbevinden. Behalve dat er een grotere diversiteit aan rollen is, genieten volwassenen tegenwoordig een grotere variëteit in hun relaties, middelen en levensstijl dan ooit tevoren (Moen en Wethington, 1999). Deze *complexiteit* gaat gepaard met welzijn, doordat complexe individuen het leven beschouwen als een reeks gevarieerde uitdagingen die tot groei leiden (Ryff & Heincke, 1983). In het algemeen zijn volwassenen van boven de 50 minder gestrest, gelukkiger en minder bezorgd dan jongere individuen (Stone et al., 2010).

Zorg voor de volgende generatie tegenover stagnatie

De volgende belangrijke crisis, en mogelijkheid tot groei, vindt plaats tijdens de middelbare leeftijd. Erikson omschrijft deze uitdaging als '**zorg voor de volgende generatie**' **(generativiteit)**. Als je de eerdere uitdagingen van identiteit en intimiteit succesvol hebt doorlopen, begin je nu een zekere betrokkenheid bij de rest van de wereld te voelen, de behoefte iets bij te dragen aan het gezin, je werk, de gemeenschap of toekomstige generaties. Het is de fundamentele uitdaging voor mensen tussen de dertig en zestig jaar. Ze moeten leren verder te kijken dan hun eigen wereld en die van hun partner en zich bijvoorbeeld als vrijwilliger inzetten voor een goed doel. Onderzoek bevestigt dat volwassenen die zich sterk betrokken voelen bij de volgende generatie zeer tevreden zijn met hun leven (McAdams et al., 1993).

Zorg voor de volgende generatie (generativiteit): In Eriksons theorie: proces waarbij men zich betrokken voelt bij zaken buiten zichzelf, zoals gezin, werk, gemeenschap of toekomstige generaties.

Een actueel fenomeen is dat van zogeheten boemerangkinderen (Lodewijckx, 2008): kinderen die uit economische overwegingen of na een relatiebreuk weer in het ouderlijk huis komen wonen. Hun ouders behoren in die situatie tot een groep die wordt aangeduid met de term 'sandwichgeneratie'. Hiermee wordt de groep mensen bedoeld van middelbare leeftijd, die zowel de behoeften van hun opgroeiende (volwassen) kinderen moeten vervullen als die van de ouder wordende ouders, en daarbij voor zichzelf ontplooiingsmogelijkheden en een bepaalde vorm van vrijheid opeisen. Voor sommige ouders kan deze situatie tot irritatie leiden.

Degenen die de eerdere crises over identiteit en intimiteit echter niet naar tevredenheid hebben opgelost, komen vaak terecht in een zogenoemde midlifecrisis. Ze trekken de in het verleden gemaakte keuzes in twijfel en worden cynisch en star of, het andere uiterste, wentelen zich in zelfmedelijden en neigen tot roekeloos gedrag.

Overgangen

De meeste volwassenen maken tijdens de middelbare leeftijd een **overgang** door; dit gaat gepaard met het opnieuw definiëren of transformeren van de eigen rol in het leven. Er zijn inderdaad aanwijzingen dat het volwassen leven wordt gekenmerkt door een reeks overgangen. Naast de overgang naar de volwassenheid zelf vinden gedurende de gehele volwassenheid mogelijk vergelijkbare overgangen elke vijftien tot twintig jaar plaats (Levinson, 1986; Sugarman, 2001). Een belangrijke overgang is bijvoorbeeld het vertrek van de kinderen die gaan studeren of samenwonen. Voor sommige ouders en verzorgers kan deze overgang zeer ontwrichtend zijn. Dit wordt 'het lege-nestsyndroom' genoemd. Deze term verwijst naar de ervaringen van verdriet of eenzaamheid bij ouders die het gevolg zijn van het vertrek van hun kinderen uit het ouderlijk huis (Lauer & Lauer, 1999).

Overgang: Het herdefiniëren of transformeren van iemands rol in het leven.

Succesvolle overgangen gaan meestal gepaard met een periode van verhoogde zelfreflectie, waarbij de huidige rol opnieuw wordt beoordeeld en waarbij nieuwe mogelijkheden worden verkend. Ook moet besluitvorming plaatsvinden over het loslaten van de oude rol en moet de volwassene zich op een nieuwe rol gaan toeleggen. Overgangen kunnen uit verwachte gebeurtenissen bestaan, zoals een huwelijk, het krijgen van kinderen of het met pensioen gaan, of uit onverwachte gebeurtenissen zoals een plotselinge ziekte, een scheiding of het verlies van een baan of geliefde. Bovendien kan een overgang worden ingezet door gebeurtenissen die werden verwacht, maar die niet plaatsvonden, zoals een promotie op het werk die niet werd gerealiseerd, of het niet krijgen van kinderen terwijl er wel naar uitgekeken werd. En ten slotte kunnen overgangen geleidelijk zijn, zoals met een relatie of een baan die in de loop van de tijd steeds minder bevredigend is, of bij het gedrag van iemand die steeds assertiever wordt: in beide gevallen

Nieuwe uitdagingen aangaan is een van de sleutels tot een succesvol doorlopen van de overgangen van de volwassenheid.

wordt de betrokkene zich bewust van een cruciaal verschil, dat het startschot van de overgang wordt.
Aangezien onze lichamelijke, cognitieve en emotionele vaardigheden, evenals onze sociale context, zich meestal gedurende het hele leven ontwikkelen en veranderen, zijn overgangen natuurlijke reacties op deze veranderingen. Er komen steeds meer aanwijzingen dat volwassenen die het langst en gezondst leven, degenen zijn die deze overgangen met succes hebben doorgemaakt en die met een hernieuwd gevoel van betekenis en liefde voor het leven uit elk van deze overgangen naar voren zijn gekomen (Levinson, 1978, 1996; Ryff & Heidrich, 1997). Het is interessant dat overgangen soms bestaan uit een terugkeer naar een van de eerdere stadia van Erikson, zoals het opnieuw vormen van de identiteit of de transformatie van een intieme relatie. Complexe individuen, met hun positieve, op uitdagingen en groei gerichte kijk, hebben waarschijnlijk een grote kans een succesvolle transitie door te maken.
Samengevat: de realiteit van de middelbare leeftijd in de huidige maatschappij heeft weinig te maken met het stereotype van 'over het hoogtepunt heen zijn'. Veel volwassenen van middelbare leeftijd zijn energieke, progressieve mensen die een betekenisvolle bijdrage aan de wereld leveren en die genieten van de vele mogelijkheden op het gebied van liefde, werk en persoonlijke groei. Het lijkt erop dat het verwezenlijken van dit gezonde model van de middelbare leeftijd wordt bevorderd door generativiteit en complexiteit.

7.4.3 Late volwassenheid: de leeftijd van integriteit

Aan het begin van de twintigste eeuw was slechts 7 procent van de Nederlandse populatie ouder dan 65 jaar. Een eeuw later is dat getal gestegen tot meer dan 15 procent. In België is dat zelfs 17 procent (Eurostat, 2012). Verwacht wordt dat in 2025 meer dan 20 procent van de Nederlanders en Belgen in deze categorie valt. Rond het jaar 2030 zal er een ingrijpende demografische verschuiving plaatsvinden. Voor de eerste keer in de geschiedenis zal de groep van zestigplussers groter zijn dan die van jongeren tot twintig jaar. Dat is een ingrijpende omkering van alle voorgaande bevolkingssamenstellingen en het zal een potentiële verandering teweegbrengen in onze hedendaagse, op de jeugd gerichte cultuur (Pifer & Bronte, 1986). Zo zullen tatoeages en piercings vaker voorkomen in verpleeghuizen en er zullen veel minder mensen zijn die werken en sociale premies betalen.
Nu de leeftijdsopbouw van onze samenleving binnenkort zo drastisch zal wijzigen, is het meer dan ooit noodzakelijk dat we de essentie van het ouder worden begrijpen, evenals de mogelijkheden en behoeften van ouderen (Roush, 1996). Ook op persoonlijk niveau kan het zinnig zijn je voor te bereiden op enkele uitdagingen die je in je latere leven kunt verwachten.
Vanuit een biologisch perspectief gaan mensen die ouder worden achteruit: energiereserves nemen af en de celmachinerie functioneert minder efficiënt. Vanuit een cognitief standpunt komt ouder worden echter niet langer op hetzelfde neer als achteruitgang (Qualls & Abeles, 2000). Veel vermogens, met inbegrip van vakkennis en bepaalde aspecten van het geheugen, kunnen zelfs beter worden met de jaren (Azar, 1996; Krampe & Ericsson, 1996). De opbouw van ervaring kan uiteindelijk tot grote wijsheid leiden, mits de geest open en actief blijft. Activiteit, ongeacht of deze lichamelijk, sociaal-emotioneel of cognitief is, lijkt van cruciaal belang te zijn om gezond oud te worden. De uitspraak: 'Use it or lose it!' is van toepassing op veel aspecten van de late volwassenheid. Zo zien we dat theorieën over het ouder worden modellen zijn van evenwicht of compensatie: naarmate iemand ouder wordt kan hij of zij minder energie hebben te besteden, maar wel het vermogen verwerven emotionele ervaringen te beheersen en daarmee weer energie te besparen (Baltes, 1987). En veel van onze negatieve aannamen over het ouder worden hebben betrekking op onze culturele waarden:

in culturen waarin ouderen worden gerespecteerd, leven ze met een heel ander perspectief en hebben ze heel andere verwachtingen van het ouder worden. Wat zijn de taken van het ouder worden en welke mogelijkheden en beperkingen moeten we onder ogen zien in onze latere jaren?

Integriteit tegenover wanhoop

Volgens Erikson wordt de ouderdom bepaald door een toenemend bewustzijn van je eigen sterfelijkheid en van veranderingen in je lichaam, gedrag en sociale rollen. Erikson noemde de crisis in dit stadium *integriteit tegenover wanhoop*. **Integriteit**, de gezonde kant van deze dimensie, heeft betrekking op het vermogen om zonder spijt terug te blikken op het leven en te genieten van een gevoel van heelheid. Hiervoor is reflectie nodig, met waardering voor datgene wat goed is gelukt en acceptatie van de dingen die niet zijn gelukt. Nu weten we dat Erikson van mening was dat eerdere crises met goed gevolg moeten zijn opgelost om nieuwe problemen aan te kunnen, dus is het niet gek om te denken dat dit type reflectie en acceptatie zou kunnen worden vergemakkelijkt door een goed ontwikkelde identiteit, door betekenisvolle intieme relaties en door het gevoel iets aan de volgende generatie te hebben bijgedragen. Degenen die de vorige crises niet adequaat hebben verwerkt, zullen niet alle doelen in hun leven hebben bereikt. Helaas zijn zij vaak niet in staat de crisis van het laatste ontwikkelingsstadium succesvol op te lossen.

Integriteit: In Eriksons theorie: vermogen om zonder spijt en met een gevoel van heelheid op het leven terug te kijken.

Fysieke veranderingen

Enkele van de meest opvallende veranderingen waarmee de ouderdom gepaard gaat, voltrekken zich in het uiterlijk en de lichamelijke vermogens. Naarmate we ouder worden krijgt onze huid meer rimpels, wordt ons haar dun en grijs en worden we een centimeter of vijf korter. Ons hart en onze longen werken minder efficiënt, waardoor ons fysieke uithoudingsvermogen afneemt. Waarschijnlijk gaat de werking van onze zintuigen ook enigszins achteruit. Maar oudere volwassenen nemen in het moderne leven wel steeds vaker zelf het heft in handen om zodoende de lichamelijke achteruitgang te beperken. Succesvol ouder worden heeft zowel te maken met het benutten van individuele mogelijkheden als met het realistisch zijn over beperkingen (Baltes, 1993).

In hoeverre kunnen oudere volwassenen hun lichamelijke veroudering beïnvloeden? Een consequent programma van lichamelijke inspanning volhouden (of beginnen) helpt oudere volwassenen een deel van de lichamelijke achteruitgang die met het ouder worden gepaard gaat, af te wenden. Het functioneren van hart en bloedvaten wordt door activiteiten als wandelen of zwemmen verbeterd en door oefeningen met gewichten wordt de doorbloeding verbeterd en spiermassa opgebouwd, waardoor vervolgens de houding, het evenwicht en het vermogen dagelijkse activiteiten te verrichten (zoals boodschappen doen of tuinieren) worden verbeterd. Zelfs mensen die voorheen een zittend leven hebben geleid en pas op hun tachtigste met lichamelijke oefening beginnen, boeken nog meetbare winst. Deze winst is niet alleen lichamelijk, maar ook emotioneel en zelfs cognitief: door regelmatige lichaamsbeweging wordt de bloed- en zuurstofvoorziening van de hersenen verbeterd, waardoor minder hersencellen afsterven, wat het concentratievermogen ten goede komt (Colcombe et al., 2004). Er zijn ook aanwijzingen dat door lichaamsbeweging de incidentie van de ziekte van Alzheimer en andere hersenaandoeningen afneemt (Marx, 2005).

Een hardnekkige mythe in de westerse wereld over ouder worden is dat oudere mensen niet meer in staat zouden zijn tot seksuele activiteiten. Het geloof in deze mythe is vaak een groter obstakel dan welke lichamelijke beperking dan ook. Hoewel de frequentie en het verlangen iets kunnen afnemen is er voor zowel mannen als vrouwen geen leeftijd waarop het vermogen opgewonden te

Oudere mensen die meer uit hun omgeving proberen te halen, houden doorgaans hun cognitieve vermogens op een hoger niveau.
Foto: Werkgroep Trage Wegen Merelbeke/ Frank Monsecour.

raken of een orgasme te krijgen verloren gaat. (Dit geldt vooral doordat geneesmiddelen, zoals het bekende middel Viagra, de erectiestoornissen van miljoenen oudere mannen kunnen oplossen.) In de laatste levensfase heeft seks weliswaar zijn reproductieve functie verloren, maar niet zijn vermogen om aangename gevoelens op te wekken. Regelmatig vrijen bevordert gezond ouder worden omdat het opwinding, lichaamsbeweging, een levendigere fantasie en sociale interactie bevordert (Ornstein & Sobel, 1989). Hierbij kunnen ervaring en creativiteit fysieke veranderingen of een geringer uithoudingsvermogen compenseren.

Cognitieve veranderingen

Veel mensen zijn bang dat hun mentale vermogens met het klimmen der jaren zullen afnemen. Is die angst gerechtvaardigd? Bepaalde delen van de hersenen, in het bijzonder de frontaalkwabben, worden kleiner naarmate we ouder worden, maar er is weinig bewijs voor de theorie dat de cognitieve vermogens van gezonde ouderen minder worden. Wel is het zo dat opdrachten waarbij een beroep wordt gedaan op de fantasie, zoals de strategie om oude en nieuwe herinneringen met elkaar te verbinden zodat je ze beter kunt onthouden, moeilijker worden naarmate men ouder wordt (Baltes & Kliegl, 1992). En het is zo dat mensen van een jaar of zeventig à tachtig minder snel informatie opnemen. Maar daarentegen is de afname van mentale vermogens voor de gemiddelde mens niet zo hevig als vaak werd aangenomen (Helmuth, 2003c). Uit onderzoeken waarbij gebruik is gemaakt van hersenscans blijkt dat de hersenen van ouderen achteruitgang compenseren door informatie op andere wijze te verwerken en daarbij meer hersengebieden inschakelen (Cabeza, 2002; Helmuth, 2002). En net zoals fysieke training de lichamelijke gezondheid verbetert, zorgt mentale training ervoor dat de hersenen effectiever blijven werken.
Bovendien boeken ouderen soms nog zelfs vooruitgang met het ouder worden. De woordenschat is bijvoorbeeld consistent groter bij ouderen, evenals de beheersing van sociale vaardigheden. Ook is gebleken dat musici tot ver boven de negentig alleen maar beter worden (Krampe & Ericcson, 1996). Psychologen onderzoeken tegenwoordig ook wat de leeftijdgerelateerde winst is als het gaat om wijsheid, zoals expertise in praktische kennis en levenservaring (Baltes, 1990). Ten slotte zijn er aanwijzingen dat door lichamelijke oefening het leervermogen, het geheugen en andere cognitieve functies bij oudere volwassenen verbeteren, en

dat de consumptie van omega-vetzuren in combinatie met lichamelijke oefening gunstig is voor de werking en plasticiteit van de hersenen (Chodzko-Zajko et al., 2009; Von Praag, 2009). De boodschap is duidelijk: actievere ouderen hebben een betere cognitieve en lichamelijke gezondheid.

Hoe zit het met het geheugen? Een veelvoorkomende klacht bij ouderen is dat ze zich dingen minder goed kunnen herinneren. De meeste van deze leeftijdsgebonden geheugenproblemen ontstaan in het gedeelte van het geheugensysteem waar nieuwe informatie wordt verwerkt en opgeslagen (Poon, 1985). Ouder worden schijnt geen invloed te hebben op de toegankelijkheid van kennis of gebeurtenissen die lang geleden zijn opgeslagen. Het mag dus geen verbazing wekken dat een oudere twee keer naar de naam van een nieuwe kennis moet vragen, maar geen moeite heeft om zich de namen van oude vrienden te herinneren. Vreemd genoeg laten we de verklaring voor een slecht geheugen dikwijls afhangen van de leeftijd van de vergeetachtige persoon. Jonge volwassenen wijten een slecht geheugen bij andere jonge volwassenen aan laksheid, terwijl ze bij ouderen uitgaan van onvermogen (Parr & Siegert, 1993). We vallen hier ook ten prooi aan de confirmation bias (bevestigingsbias): als we denken dat ouderen meer vergeten, merken en onthouden we het vaker als een oudere dat doet en wijten we dit aan leeftijd. Als een jonger iemand dingen vergeet, negeren we dit of wijten we het aan situationele dingen.

Vooral zorgwekkend voor ouderen en voor hun dierbaren is de **ziekte van Alzheimer** (een vorm van dementie): een degeneratieve hersenaandoening die leidt tot een afname van het denkvermogen, tot geheugenproblemen en uiteindelijk tot de dood. In België kampen meer dan 160.000 mensen met dementie en in Nederland zijn dat er zo'n 235.000 (Geestelijke Gezondheid België, 2012; Alzheimer Nederland, 2010). De meerderheid van hen lijdt aan de ziekte van Alzheimer. Geschat wordt dat de ziekte van Alzheimer bij circa 10 procent van de populatie ouder dan 65 voorkomt, waarbij de incidentie met het ouder worden toeneemt tot meer dan 40 procent van de mensen ouder dan negentig (Alzheimer Nederland, 2010). Tot de eerste symptomen behoren problemen met het geheugen, een gegeven dat veel ouderen nerveus maakt, wanneer ze merken dat ze niet in staat zijn zich een naam of een gebeurtenis te herinneren, een probleem waar ze op jongere leeftijd weinig aandacht aan zouden hebben besteed.

Ziekte van Alzheimer: Een degeneratieve aandoening van de hersenen, waardoor het denkvermogen achteruitgaat, geheugenproblemen ontstaan en de patiënt uiteindelijk overlijdt.

De ziekte van Alzheimer is vooral een beangstigende aandoening, omdat deze tot hulpeloosheid kan leiden en mensen kan beroven van het vermogen nieuwe herinneringen te maken en hen zelfs dierbaren kan doen vergeten. Nieuwe onderzoeksresultaten geven ons echter inzichten die veelbelovend zijn voor de behandeling van deze ernstige aandoening. Met nieuwe tests is de ziekte van Alzheimer bijvoorbeeld vroeg vast te stellen, zelfs jaren voor de symptomen zich voordoen (DeMeyer et al., 2010). Hoewel er nog geen geneesmiddel is ontwikkeld, kan de progressie van de ziekte door een vroege diagnose en behandeling worden vertraagd, waardoor de kwaliteit van leven van de persoon met alzheimer kan verbeteren.

Dementie is een wereldwijd zeer veelvoorkomende aandoening. De meeste mensen met dementie zijn ouder dan 65, maar de ziekte komt ook op jongere leeftijd voor. Door de toenemende vergrijzing zal het aantal mensen met dementie de komende jaren enorm gaan groeien. De laatste decennia is de hoeveelheid wetenschappelijk onderzoek naar de ziekte snel toegenomen, waardoor er meer inzicht in de ziekte is ontstaan. Momenteel wordt onder meer aan de Katholieke Universiteit Leuven belangrijk fundamenteel onderzoek verricht naar de ziekte van Alzheimer.

Foto: Pierre Amerlynck, stock.xchng.

Sociale en emotionele veranderingen

De sociale en emotionele toestand van oudere volwassenen is nog een terrein vol misvattingen en stereotypen. Het is waar dat een ongelukkig gevolg van een lang leven is dat men vrienden en familieleden overleeft. Toch hebben oudere volwassenen veelal gezonde emoties en gezonde sociale relaties. Professor Laura Carstensen van Stanford University merkt op dat mensen, naarmate ze ouder worden, steeds **selectiever zijn in de keuze van hun relaties**. Ze willen hun lichamelijke en emotionele energie alleen aan de meest waardevolle contacten besteden (Carstensen, 1987, 1991; Lang & Carstensen, 1994). Zelfs slechts één intieme relatie kan de gezondheid aanzienlijk verbeteren (Siegel, 1990).

Selectieve keuze in relaties: Ervoor kiezen het aantal sociale contacten te beperken tot die contacten die de meeste voldoening geven.

Oudere volwassenen lijken ook voordeel te hebben van emotionele systemen die in sommige opzichten scherper worden met de jaren. Oudere volwassenen blijken verdrietiger te worden van bepaalde treurige filmbeelden dan volwassenen van middelbare leeftijd of jongere volwassenen (Seider et al., 2010), maar tegelijk hebben oudere volwassenen meer positieve en minder negatieve emoties dan jongere volwassenen (Mroczek, 2001). Hoe zijn deze schijnbaar tegenstrijdige bevindingen met elkaar te rijmen? Volgens Carstensen (1987, 1991) regelen oudere volwassenen hun emoties door positieve omgevingen op te zoeken en negatieve te vermijden (Sanders, 2010). Bovendien hebben ze een breder perspectief, waarschijnlijk als gevolg van hun levenservaring. Ze nemen teleurstellingen eerder voor lief, zijn minder gevoelig voor persoonlijke kritiek en concentreren zich op het positieve. Al met al zijn oudere volwassenen tevreden over het leven en genieten ze een tamelijk hoog welzijnsniveau (Charles & Carstensen, 2010).

Psychologische kwesties
Ga naar 'In de praktijk' in de MyLab mediatheek voor een terugblik op het tweelingenonderzoek.

Kritisch denken toegepast
Stel, je hebt net je eerste kind gekregen en je vindt hem de meest verbazingwekkende baby ooit geboren... Ga naar 'In de praktijk' in de MyLab mediatheek om meer te lezen over het Mozart-effect.

Hoe karakteriseren ouderen zelf welzijn tenslotte? Tijdens een reeks gesprekken met volwassenen van middelbare leeftijd en ouder, concludeerde Ryff (1989) dat zowel mannen als vrouwen welzijn omschreven in termen van relaties met anderen: ze streefden ernaar zorgzame, meelevende mensen te zijn en hechtten een grote waarde aan het hebben van een goed sociaal netwerk. Respondenten legden hierbij de nadruk op de waarde van het accepteren van verandering, genieten van het leven en het cultiveren van een gevoel voor humor.

Ga naar **www.pearsonmylab.nl** om je kennis en begrip van deze paragraaf te testen met de MyMap, MyCheck en MyDefinitions.

SAMENVATTING VAN HET HOOFDSTUK

CENTRALE VRAAG: Blijkt uit het verbluffende aantal overeenkomsten tussen tweelingen die afzonderlijk zijn opgegroeid dat we primair een product van onze genen zijn? Of beïnvloeden erfelijkheid en omgeving samen de groei en ontwikkeling tijdens het gehele leven?

- Verhalen in de media, zoals die over de tweeling Jim, vermelden de spectaculairste gevallen van overeenkomsten tussen leden van een eeneiige tweeling die gescheiden zijn opgevoed. Bovendien zullen tussen twee willekeurige individuen die in dezelfde cultuur zijn opgegroeid, waarschijnlijk altijd wel een paar 'verbluffende' overeenkomsten in overtuigingen, houding, ervaringen of gedragingen te vinden zijn.
- Veel van onze fysieke kenmerken zijn primair genetisch. Van onze psychologische kenmerken kunnen eigenschappen als intelligentie, temperament en bepaalde persoonlijkheidskenmerken (die momenteel als de meest genetisch beïnvloede eigenschappen worden beschouwd) slechts voor een deel worden toegeschreven aan genetische factoren.
- Onze omgeving speelt ons hele leven, van de conceptie tot de dood, een belangrijke rol in de ontwikkeling van al onze psychologische kenmerken.

KERNVRAAG 7.1

▶ Wat kan een pasgeboren baby?

Vanaf het moment van de bevruchting zijn erfelijke factoren en omgeving samen van invloed op de vroege ontwikkeling. Tijdens de **prenatale periode** ontwikkelt de bevruchte eicel (**zygote**) zich tot een **embryo** en vervolgens tot een **foetus**. **Teratogenen** zijn schadelijke stoffen die de moeder opneemt en die de foetus in ontwikkeling kunnen beschadigen. De ontwikkeling van de sensorische vermogens en basale reflexen begint tijdens de prenatale periode. Pasgeborenen geven al voorkeur aan zoet smakende stoffen en vertrouwde geluiden en hebben visuele vermogens die ideaal zijn voor het kijken naar gezichten. Hun vermogen tot **imitatie** en **aangeboren reflexen**, zoals grijpen en zuigen, helpen hen overleven en gedijen. De hersenen van een pasgeborene bevatten circa honderd miljard neuronen.

De **zuigelingentijd** beslaat de eerste achttien maanden van het leven. Onder **rijping** verstaan we de genetisch geprogrammeerde gebeurtenissen en de tijdlijn van de normale ontwikkeling, zoals eerst kruipen, dan lopen en eerst brabbelen, dan taalontwikkeling. En terwijl blootstelling aan sterk uiteenlopende prikkels in de omgeving een optimale ontwikkeling van de hersenen bevordert, en de 'gemiddelde' snelheid van de ontwikkeling kan verhogen, wordt de mate waarin de omgeving een rol speelt door de **genetic leash** beperkt.

Zuigelingen hebben behoefte aan menselijk contact om te overleven en te gedijen, en hun aangeboren sensorische vermogens, reflexen en imitatie bevorderen de ontwikkeling van sociale relaties. Zuigelingen gaan een nauwe, emotionele relatie aan met hun belangrijkste verzorger; deze eerste relatie vormt de basis voor de wijze waarop ze tijdens het latere leven omgaan met intieme relaties. De **hechtingsstijl** is **veilig**, **angstig-ambivalent** of **angstig-vermijdend** en wordt beïnvloed door het temperament van het kind en door de responsiviteit en toegankelijkheid van de belangrijkste verzorger. Erikson noemde dit eerste stadium van de sociale ontwikkeling *vertrouwen tegenover wantrouwen*. Culturele gebruiken en voorkeuren aangaande de hechtingsstijlen variëren, wat de rol van de omgeving bij de ontwikkeling illustreert.

● **KERNCONCEPT 7.1**
Pasgeborenen bezitten vaardigheden voor drie elementaire overlevingstaken: voedsel vinden, contact maken en gevaarlijke situaties vermijden.

KERNVRAAG 7.2

▶ Welke vaardigheden moet een kind zich eigen maken?

De snelle ontwikkeling van de taalvaardigheid is een van de meest verbazingwekkende prestaties van de vroege kindertijd. Algemeen wordt aangenomen dat we worden geboren met een aangeboren mentale structuur waardoor de taalontwikkeling wordt bevorderd; Chomsky noemde deze structuur een **Language Acquisition Device (LAD, taalverwervingssysteem)**. Terwijl alle zich normaal ontwikkelende kinderen taal zullen verwerven langs een betrekkelijk voorspelbare tijdlijn, is de specifieke taal die ze ontwikkelen afhankelijk van de taal (of talen) waaraan ze worden blootgesteld; dit kan zowel gesproken taal als gebarentaal zijn. Tegen de tijd dat ze vier maanden oud zijn, beginnen baby's te **brabbelen**. Stap voor stap verwerven ze de woordenschat en de **grammatica** van de taal die in hun omgeving wordt gesproken. De frequentie van de blootstelling kan ook van invloed zijn op de snelheid van de taalontwikkeling.

Onder **cognitieve ontwikkeling** wordt het ontstaan van verstandelijke vermogens verstaan, zoals denken, opmerken en onthouden. Jean Piaget stelde het meest invloedrijke model van de cognitieve ontwikkeling op; hij stelt dat kinderen vier afzonderlijke fases doormaken, die elk worden gekenmerkt door herkenbare veranderingen van de verstandelijke vermogens. Gedurende alle fases vormen **schema's** het verstandelijke raamwerk voor ons inzicht in concepten, en deze schema's worden door assimilatie en accommodatie gemodificeerd wanneer we nieuwe informatie verwerven.

De **sensomotorische fase** wordt gekenmerkt door het ontstaan van doelgericht gedrag en objectpermanentie, terwijl de daaropvolgende **preoperationele fase** wordt gekenmerkt door egocentrisme, animistisch denken, centratie en irreversibiliteit. Progressie voorbij de beperkingen van de preoperationele fase markeert het begin van de **concreet-operationele fase**, waarbij kinderen leren gesprekken te voeren. De formeel-operationele fase begint pas tijdens de puberteit.

Hoewel veel van Piagets conclusies in de loop van de tijd geldig zijn gebleven, merken huidige onderzoekers in het algemeen op dat kinderen de stadia sneller doormaken dan Piaget aannam en dat de overgangen tussen de verschillende fases minder abrupt zijn dan in oorspronkelijke visie van Piaget. In Vygotsky's theorie over cognitieve ontwikkeling wordt opgemerkt hoe belangrijk cultuur voor ontwikkeling is, waarbij de concepten van **scaffolding** en een *zone van naaste ontwikkeling* ons meer inzicht bieden in de manier waarop de mentale processen bij kinderen zich ontwikkelen.
De derde ontwikkelingstaak van de kindertijd is de ontwikkeling van sociale relaties. Ons basale temperament, dat al bij de geboorte aanwezig is, speelt een sterke rol bij onze sociaal-emotionele ontwikkeling, maar kan evenals de meeste andere vaardigheden door steun of door problemen in de omgeving worden gemodificeerd. **Socialisatie** is het proces waarbij kinderen de sociale regels en normen van hun cultuur leren, en de opvoedingsstijl speelt een belangrijke rol bij de socialisatie. Al met al heeft een **autoritatieve** opvoedingsstijl de beste resultaten voor een kind.
Erikson nam drie belangrijke ontwikkelingsstadia waar tijdens de kindertijd. **Autonomie** kan worden bevorderd door een optimaal evenwicht tussen vrijheid en ondersteuning. **Initiatief**, het doel van de derde fase, wordt gekenmerkt door toename van het aantal keuzes dat een kind maakt en gedrag dat op het zelf is gericht. **Vlijt** kan zich ontwikkelen tijdens de peuter- en kleutertijd wanneer kinderen worden aangemoedigd hun vaardigheden te ontwikkelen en te leren effectief op succes en mislukking te reageren. Tijdens elke fase geldt dat een optimale ontwikkeling de kans verhoogt dat de daaropvolgende fase goed wordt aangeleerd.

KERNCONCEPT 7.2
De samenwerking van nature and nurture zorgt ervoor dat kinderen belangrijke ontwikkelingstaken kunnen verrichten, vooral op het gebied van taalverwerving, cognitieve ontwikkeling en het ontwikkelen van sociale relaties.

KERNVRAAG 7.3

Welke ontwikkelingen vinden plaats tijdens de adolescentie?

Lichamelijk gezien begint de **adolescentie** met het begin van de **puberteit**. Er zijn cultuurverschillen met betrekking tot de betekenis die aan de adolescentie wordt toegekend. Dit geldt ook voor het moment waarop men aanneemt dat de adolescentie beëindigd is. Lichamelijke veranderingen tijdens de puberteit vestigen vooral in westerse culturen de aandacht op het uiterlijk, wat vaak weer sterk samenhangt met zelfwaardering. Tijdens de adolescentie beginnen de seksualiteit en **seksuele oriëntatie** zich te ontwikkelen.
Cognitief gezien wordt de adolescentie gekenmerkt door de **formeel-operationele fase**, waarin zich een toenemend vermogen tot abstract denken ontwikkelt, mits de culturele onderwijsnormen het abstract denken ondersteunen. Westerse tieners nemen tijdens de adolescentie vaker risico's dan daarvoor en hoewel de emotionaliteit soms door hormonale pieken wordt verhoogd, ervaren de meeste tieners de adolescentie niet als een tijd van beroering. Hoewel de invloed van leeftijdsgenoten belangrijker wordt dan tijdens de kindertijd, is een stabiele relatie met de ouders een cruciale factor bij het succesvol doormaken van de adolescentie. Volgens Erikson is de belangrijkste taak van deze periode het ontwikkelen van een unieke **identiteit**.

KERNCONCEPT 7.3
De adolescentie brengt nieuwe ontwikkelingsproblemen met zich mee, die het gevolg zijn van lichamelijke veranderingen, cognitieve veranderingen en sociaal-emotionele druk.

KERNVRAAG 7.4

▶ Welke ontwikkelingen vinden plaats tijdens de volwassenheid?

Volwassen ontwikkeling is een relatief nieuw onderzoeksveld en krijgt steeds meer aandacht van psychologen naarmate meer volwassenen langer en gezonder leven. Bij onderzoek wordt de volwassenheid niet zozeer opgevat als een reeks concrete en goed begrensde fases; veeleer blijkt dat de goed ontwikkelde volwassene gedurende de gehele volwassenheid een reeks **overgangen** doormaakt, die elk worden gekenmerkt door reflectie over de afgelopen jaren en door groei in nieuwe richtingen.

Volgens Erikson is de belangrijkste ontwikkelingstaak van de **vroege volwassenheid** de ontwikkeling van **intimiteit**, die wordt gekenmerkt door een langdurige binding aan een vertrouwde liefdespartner. In vorige generaties verwachtte men in het westen dat dit rond het twintigste levensjaar gebeurde, maar in de huidige geïndustrialiseerde maatschappijen kan een transitieperiode die vroege volwassenheid wordt genoemd, aan intimiteit en volwassenheid voorafgaan.

In tegenstelling tot wat algemeen wordt aangenomen, blijkt uit onderzoek dat de middelbare leeftijd in veel opzichten een periode van maximale ontwikkeling is. Doordat volwassenen van middelbare leeftijd in staat zijn uiteenlopende denkvaardigheden te integreren, wordt een complex leven mogelijk gemaakt dat bestaat uit werk, relaties en een gezonde omgang met stressvolle levensgebeurtenissen. Erikson beschouwde **generativiteit** als de belangrijkste ontwikkelingstaak van de middelbare leeftijd; generativiteit bestaat uit het leveren van een bijdrage aan de volgende generatie. De meeste volwassenen krijgen geen midlifecrisis. Degenen die eerdere ontwikkelingstaken niet met succes hebben opgelost, lopen wel een groter risico geconfronteerd te worden met een midlifecrisis.

Volgens Erikson wordt de late volwassenheid het best doorgemaakt wanneer men erin slaagt **integriteit** te bereiken; dit betekent dat de betrokkene in staat is zowel de successen als de mislukkingen van het eigen verleden en heden te accepteren. Hoewel onze sensorische vermogens tijdens de late volwassenheid meestal achteruitgaan, kunnen de cognitieve en lichamelijke achteruitgang tot op zekere hoogte aanzienlijk worden vertraagd door regelmatige lichaamsbeweging en geestelijke oefening. Bovendien boeken ouderen soms zelfs nog vooruitgang, zoals met hun woordenschat en met sociale vaardigheden. Ook culturele normen zijn van invloed op het ouder worden, evenals verwachtingen over positieve of negatieve veranderingen.

● **KERNCONCEPT 7.4**

Tijdens de overgangen die we als volwassenen doormaken, blijft de wisselwerking tussen nature en nurture bestaan: moderne culturele normen en technologie verbeteren de duur en kwaliteit van het leven van veel volwassenen.

Op **www.pearsonmylab.nl** vind je tools en toetsen om je begrip en kennis van dit hoofdstuk uit te breiden en te oefenen.

BELANGRIJKE BEGRIPPEN

Aangeboren reflex
Aangeboren vaardigheden
Accommodatie
Adolescentie
Adoptieonderzoek
Angstig-ambivalente hechting
Angstig-vermijdende hechting
Animistisch denken
Assimilatie
Autonomie
Autoritaire opvoedingsstijl
Autoritatieve opvoedingsstijl
Brabbelstadium
Centratie
Cognitieve ontwikkeling
Concreet-operationeel stadium
Conservatie
Contactsteun
Doelgericht gedrag
Egocentrisme
Embryo
Foetaal Alcohol Syndroom (FAS)
Foetus
Formeel-operationeel stadium
Genetic leash
Gevoelige periode
Grammatica
Hechting
Identiteit
Imitatie
Initiatief
Inprenting
Integriteit

Intimiteit
Irreversibiliteit (onomkeerbaarheid)
Lichaamsbeeld
Logische operatie
Menarche
Mentale representatie
Metafoor van de golf
Morfeem
Nature-nurturevraagstuk
Neonatale periode
Objectpermanentie
Ontwikkelingspsychologie
Onverschillige opvoedingsstijl
Overgang
Overgangsritueel
Permissieve opvoedingsstijl
Placenta
Prenatale periode
Preoperationeel stadium
Psychosociale stadia
Puberteit
Revolutie van het ouder worden
Rijping
Scaffolding
Schema
Seksuele oriëntatie
Selectieve keuze in relaties
Sensomotorisch stadium
Sensomotorische intelligentie
Socialisatie
Spiegelneuron
Synaptic pruning
Synchroniciteit
Taalverwervingssysteem (LAD)
Telegramspraak
Temperament
Teratogeen
Theorie van de gefaseerde ontwikkeling
Theory of mind
Tweelingenonderzoek
Veilige hechting
Verlatingsangst
Vertrouwen
Vlijt
Vroege volwassenheid
Ziekte van Alzheimer
Zorg voor de volgende generatie (generativiteit)
Zuigelingentijd (infancy)
Zygote

▶ KERNVRAGEN	● KERNCONCEPTEN	■ IN DE PRAKTIJK
9.1 Wat motiveert ons? 9.1.1 Prestatiemotivatie 9.1.2 De onverwachte effecten van beloningen op motivatie	9.1 Motieven zijn innerlijke drijfveren om op een bepaalde manier te handelen, al kunnen ze door allerlei factoren worden beïnvloed, zowel interne als externe.	**Psychologie gebruiken om psychologie te leren**
9.2 Hoe worden onze motivatieprioriteiten gesteld? 9.2.1 De instincttheorie 9.2.2 De drijfveertheorie 9.2.3 Freuds psychodynamische theorie 9.2.4 Maslows behoeftehiërarchie 9.2.5 Een nieuwe behoeftehiërarchie 9.2.6 De zelfdeterminatietheorie (ZDT)	9.2 Een nieuwe theorie die Maslows hiërarchie combineert met evolutionaire psychologie, stelt dat functionele, proximale en ontwikkelingsfactoren bepalen welke motieven prioriteit krijgen.	
9.3 Waar staan honger en seksuele motivatie in de motivatiehiërarchie? 9.3.1 Honger: een homeostatische drijfveer én een psychologisch motief 9.3.2 Wilskracht en de biologie van zelfbeheersing 9.3.3 Seksuele motivatie: een impuls waar je zonder kunt	9.3 Hoewel ze in veel opzichten van elkaar verschillen, hebben honger en seks allebei een evolutionaire oorsprong en nemen beide een belangrijke plaats in de motivatiehiërarchie in.	**Psychologische kwesties** Het wat en waarom van seksuele voorkeur op www.pearsonmylab.nl
9.4 Hoe motiveren onze emoties ons? 9.4.1 De onderdelen van emoties 9.4.2 Wat emoties voor ons doen 9.4.3 Emoties tellen 9.4.4 Universele expressie van emotie	9.4 Emoties zijn een speciale klasse motieven die ons helpen om te gaan met belangrijke (meestal externe) situaties en onze bedoelingen aan anderen over te brengen.	**Doe het zelf!** Welke emoties lees je op deze gezichten? **Psychologische kwesties** Sekseverschillen in emoties op www.pearsonmylab.nl
9.5 Waar komen onze emoties vandaan? 9.5.1 De neurowetenschap van emotie 9.5.2 Theorieën van emotie: een oude controverse 9.5.3 Het beheersen van emoties	9.5 Onderzoek heeft duidelijk gemaakt welke processen ten grondslag liggen aan zowel ons bewuste als ons onbewuste gevoelsleven.	**Psychologische kwesties** Arousal, prestatie en de omgekeerde 'U' **Doe het zelf!** Ben jij een sensatiezoeker? **Psychologische kwesties** Misleiding opmerken **Doe het zelf!** Het zit in de ogen **Kritisch denken toegepast** Kun je met een 'leugendetector' vaststellen of iemand liegt? op www.pearsonmylab.nl

CENTRALE VRAAG: Motivatie is grotendeels een innerlijk en subjectief proces. Hoe kunnen we vaststellen wat mensen als Maarten van der Weijden motiveert om koste wat kost de beste van de wereld te willen zijn op hun gebied?

Op **www.pearsonmylab.nl** vind je tools en toetsen om je begrip en kennis van dit hoofdstuk uit te breiden en te oefenen.

9 MOTIVATIE EN EMOTIE

Foto: Billy Frank Alexander.

Wat motiveert Maarten van der Weijden? Deze Nederlandse oud-zwemmer was in zijn jeugd al een competitief kind en een fanatiek zwemmer. Hij kreeg op jonge leeftijd kanker, maar na een intensieve en zware behandeling genas hij, om een paar jaar later als langeafstands-zwemmer goud te winnen tijdens de Olympische Spelen van 2008 in Peking.

Als kind is Maarten een talentvol zwemmer met een enorm uithoudingsvermogen. Hij begint op jonge leeftijd met het zwemmen van lange afstanden en tijdens de Nederlandse Kampioenschappen in 1998 wint hij zijn eerste gouden medaille op de 1500 meter. Hij is dan net 17 jaar. In 1999 wint hij twee nationale titels (op de 400 en de 1500 meter) en in 2000 zelfs drie (op de 400, 800 en 1500 meter). In datzelfde jaar wordt hij bij de Wereldkampioenschappen open water in Hawaï negende.

Als hij aan het begin van 2001 last krijgt van verschillende vreemde klachten, zoals dubbelzien en benauwdheid, breekt een zware en zwarte periode aan. Na verschillende onderzoeken wordt acute lymfatische leukemie bij hem geconstateerd. Hij moet een halfjaar in het ziekenhuis verblijven, ondergaat verschillende chemokuren en krijgt een stamceltransplantatie. Uiteindelijk duurt zijn behandeling meer dan twee jaar. Als enige van zijn zaal met acht patiënten in een Am-

Maarten van der Weijden.
Bron: Soenar Chamid Sportfotografie.

sterdams ziekenhuis, overleeft hij de zware ziekte. Met dank aan de medische wetenschap, én zijn vechtlust. Zijn strijdlust brengt hem al snel weer terug in de door hem zo geliefde sport, het langeafstandszwemmen, want direct na zijn herstel pakte hij zijn zwemcarrière weer op. In 2004 verbreekt hij het Nederlands record op de 800 meter vrije slag. Datzelfde jaar zwemt hij in een recordtijd het IJsselmeer over. Een geweldige prestatie waarmee hij een groot bedrag inzamelt voor KWF Kankerbestrijding.
Van der Weijden, die inmiddels ook wiskunde is gaan studeren, begint zich dan andere, hogere doelen te stellen. Zijn prestatiedrang zorgt ervoor dat hij intens leeft voor zijn sport en de successen blijven komen. In 2006 behaalt hij een zilveren medaille op het EK open water en beseft hij dat hij mogelijkheden heeft om bij de Olympische Spelen uit te blinken op het onderdeel 10 kilometer openwaterzwemmen.
In 2008 kwalificeert hij zich voor de Olympische Spelen en vlak daarna wint hij de wereldtitel op de 25 kilometer. Met dit succes op zak arriveert hij in Peking voor de Olympische Spelen. Op 21 augustus 2008 komt daar het grootste succes uit zijn carrière: hij wint een gouden medaille op de 10 km open water.
Welke rol speelde zijn ziekte in zijn motivatie om uit te blinken? Als hij eind 2008 wordt verkozen tot Sportman van het Jaar maakt Van der Weijden bekend te stoppen met zwemmen. In zijn speech verklaart hij: 'Nu ik heb kunnen laten zien wat er allemaal mogelijk is na kanker, is de cirkel rond' (*Beter*; autobiografie van Maarten van der Weijden, 2009).

CENTRALE VRAAG: Motivatie is grotendeels een innerlijk en subjectief proces. Hoe kunnen we vaststellen wat mensen als Maarten van der Weijden motiveert om koste wat kost de beste van de wereld te willen zijn op hun gebied?

We zullen het verhaal van Maarten van der Weijden gebruiken als illustratie van de basisconcepten die betrokken zijn bij motivatie en emotie. Eerst geven we een definitie van wat we met motivatie bedoelen, dan gaan we nadenken over de motivatie van mensen om te werken, of om urenlang hard te trainen voor uitputtende sportwedstrijden. Doen ze dat voor een of andere externe (extrinsieke) beloning of voor persoonlijke (intrinsieke) voldoening?

KERNVRAAG 9.1

▶ Wat motiveert ons?

In alledaagse conversaties gebruiken we allerlei termen die verwijzen naar motivatie: doorzettingsvermogen, verlangen, drive, instinct, energie, bedoeling, doel, intensiteit, wil en behoefte. Je ziet dat al deze termen naar innerlijke psychologische 'krachten' verwijzen. We veronderstellen dat die ervoor zorgen dat we doen wat we doen. Omdat we deze innerlijke krachten niet kunnen observeren is de psychologie van motivatie lastig.
Er rijzen maar zelden vragen over motivatie als mensen zich voorspelbaar gedragen: 's morgens opstaan, de telefoon beantwoorden, stoppen voor rode stoplichten of vrienden begroeten. Wél vragen we ons af wat mensen motiveert die gedrag vertonen dat buiten de grenzen van het gewone valt, zoals mensen met

een eet- of seksobsessie, mensen die hun spaargeld vergokken of banken beroven – en beroemdheden die zich indiscreet gedragen.
Weer een ander onderdeel van het motivatievraagstuk gaat over het motiveren van mensen. Als je een werkgever bent, wil je je werknemers waarschijnlijk motiveren om hard te werken. Als je een coach bent, wil je je spelers motiveren om hard te trainen, zodat het team kan winnen.
Maar laten we dichter bij huis blijven: als student wil je vast wel weten hoe je jezelf kunt motiveren tot studiegedrag dat zal leiden tot een succesvol examen. Hoe werkt motivatie en hoe kunnen we er controle over uitoefenen? Laten we bij het begin beginnen en definiëren wat we met motivatie bedoelen.

KERNCONCEPT 9.1

Motieven zijn innerlijke drijfveren om op een bepaalde manier te handelen, al kunnen ze door allerlei factoren worden beïnvloed, zowel interne als externe.

In bredere zin verwijst het concept **motivatie** naar alle processen met betrekking tot (a) het voelen van een behoefte of verlangen en vervolgens (b) het activeren en richting geven aan het organisme door het selecteren, sturen en volhouden van mentale en fysieke activiteit die gericht is op bevrediging van de behoefte of het verlangen en daardoor (c) het reduceren van de behoeftesensatie. Neem bijvoorbeeld dorst: op een warme dag voel je misschien de biologische behoefte aan vocht die dorst veroorzaakt. Door dat gevoel van dorst is je gedrag erop gericht dat je iets te drinken krijgt. Wanneer je genoeg gedronken hebt, neemt het onplezierige gevoel van dorst af en verdwijnt de motivatie naar de achtergrond.
Soms drinken studenten geen bier om hun dorst te lessen, maar omdat hun vrienden bier drinken of omdat reclames hun hebben geprogrammeerd om bier met plezier te associëren. In dat geval zegt men dat de behoefte puur psychologisch en niet biologisch is. Bij veel van onze motieven is dan ook een complexe combinatie van biologische en psychologische behoeften betrokken, vooral als die te maken hebben met onze sociale interacties, emoties en doelen. Neem bijvoorbeeld de complexe processen die ten grondslag liggen aan onze motivatie om te werken.

Motivatie: Term voor alle processen die te maken hebben met de aanzet, de richting, de intensiteit en het volhouden van lichamelijke en psychische activiteiten.

9.1.1 Prestatiemotivatie

De meeste mensen werken natuurlijk om geld te verdienen. Psychologen noemen geld en andere prikkels extrinsieke motieven, omdat ze van buiten de persoon komen. In het algemeen heeft **extrinsieke motivatie** betrekking op externe prikkels die een organisme tot actie aanzetten. Voor studenten zijn cijfers een van de sterkste extrinsieke motieven. Andere voorbeelden zijn eten, drinken, lof, beloningen en seks.
Mensen kunnen ook **intrinsieke motieven** hebben om te werken: motieven die vanuit de persoon ontstaan. Je wordt intrinsiek gemotiveerd als je graag een nieuwe uitdaging in je werk krijgt. Meer in het algemeen heeft intrinsieke motivatie betrekking op een activiteit (werk of spel) waaraan iemand zich wijdt omwille van de activiteit zelf, ongeacht externe beloningen of straffen. Je doet het gewoon omdat je er een psychologische behoefte mee bevredigt. Kortom, een intrinsiek gemotiveerde activiteit is beloning op zichzelf.
Hoe kunnen we iemands motivatie om te werken beoordelen? De psycholoog David McClelland (1958) vermoedde dat de verhalen die mensen vertelden over een serie ambigue plaatjes hun motieven konden onthullen. Daarvoor maakte hij

Extrinsieke motivatie: Het verlangen om een activiteit uit te voeren omwille van een externe consequentie, zoals een beloning.

Intrinsieke motivatie: Het verlangen om een activiteit uit te voeren omwille van de activiteit zelf, en niet vanwege een externe consequentie, zoals een beloning.

Prestatiedrang (need for achievement, n Ach): In McClellands theorie: een geestelijke toestand die een psychologische behoefte veroorzaakt om een moeilijk maar aantrekkelijk doel te bereiken.

◀◀ **Verbinding hoofdstuk 4**
Geld kan ook een secundaire bekrachtiger zijn, omdat het geassocieerd kan worden met dingen die meer basale behoeften bevredigen (p. 139).

Figuur 9.1
Mogelijke interpretaties van een ambigue afbeelding

Verhaal waaruit een grote prestatiedrang spreekt: De jongen is net klaar met zijn vioolles. Hij is blij dat hij zo goed vooruitgaat en begint zowaar te geloven dat al zijn offers toch de moeite waard zijn. Hij wil concertviolist worden, en daarvoor zal hij een groot deel van zijn sociale leven moeten opgeven en elke dag vele uren moeten studeren. Hoewel hij weet dat hij meer geld kan verdienen door zijn vaders bedrijf over te nemen, wil hij liever een groot violist worden en mensen gelukkig maken met zijn muziek. Hij neemt zich opnieuw voor om alles op alles te zetten om zijn doel te bereiken.

Verhaal waaruit een geringe prestatiedrang spreekt: De jongen houdt de viool van zijn broer vast en fantaseert dat hij erop kan spelen. Maar hij weet dat het niet de moeite waard is om zo veel tijd, energie en geld aan lessen te besteden. Hij heeft medelijden met zijn broer, die alle leuke dingen in zijn leven heeft laten vallen om te oefenen, oefenen, oefenen. Het zou fantastisch zijn als je van de ene op de andere dag een topmusicus kon zijn, maar zo gaat dat niet. De realiteit is dat je eindeloos moet oefenen, alle plezierties opzij moet zetten en dat je waarschijnlijk toch nooit verder komt dan een tweederangs orkestje.

Bron: PhotosIndia.com/LLC/Alamy.

gebruik van de *Thematic Apperception Test (TAT)*, ontwikkeld door Henry Murray (1938). Je ziet zo'n afbeelding in figuur 9.1. Probeer je voor te stellen wat er met de jongen en de viool gebeurt, voor je het bijschrift leest. In het bijschrift staan twee voorbeelden van manieren waarop iemand met een hoge prestatiedrang en iemand met een lage prestatiedrang deze afbeelding interpreteren. **Prestatiedrang (need for achievement, n Ach)** wordt gedefinieerd als het verlangen om een moeilijk maar verlangd doel te bereiken. Lees nu het bijschrift en beoordeel of je eigen verhaal hoog of laag scoort op n Ach.
McClelland bepaalde hoe hoog de beschrijvingen van verschillende mensen scoorden op prestatiedrang en ontdekte dat bepaalde kenmerken mensen met een grote prestatiedrang onderscheiden. Niet alleen werken ze harder en zijn ze succesvoller in hun werk dan mensen met een lagere prestatiemotivatie, ze tonen ook meer doorzettingsvermogen bij moeilijke opdrachten (McClelland, 1987b; Schultz & Schultz, 2006). Op school halen kinderen met een hoge n Ach meestal hogere cijfers (Raynor, 1970), misschien omdat ze doorgaans ook hogere IQ-scores hebben (Harris, 2004). Daarnaast kiezen ze later beroepen waarin competitie een belangrijke factor is (McClelland, 1965), nemen ze vaker de leidersrol op zich en maken ze sneller carrière (Andrews, 1967). Ondernemers met een grote prestatiedrang zijn eveneens succesvoller dan minder prestatiegerichte zakenmensen (McClelland, 1987a, 1993).

De prestatiemotivatietest

Een specifieke test om prestatiemotivatie te meten werd ontworpen door de Nederlandse psycholoog Hubert Hermans (1970). De prestatiemotivatietest (PMT) meet drie aspecten die gerelateerd zijn aan prestatiemotivatie: prestatiemotief: een relatief stabiele persoonlijkheidseigenschap die in specifieke situaties leidt tot presteren; positieve én negatieve faalangst, die beide bepalend zijn voor de productiviteit en de houding ten opzichte van werk.
Deze test, waarvan in 2004 een herziening verscheen, wordt toegepast in het Nederlands taalgebied, zowel in de bedrijfs- als in de opvoedings- en onderwijscontext. De oorspronkelijke PMT is te gebruiken vanaf de leeftijd van 16 jaar. Er is ook een versie voor kinderen ontwikkeld, de PMT-K.

Een crosscultureel perspectief op prestatie

Toen ze op de Olympische Spelen de gouden medaille won op de 50 meter vlinderslag voor vrouwen, haar derde gouden medaille tijdens de Spelen, zei de Nederlandse zwemster Inge de Bruijn:

> *'Deze tijd is niet te bevatten. Ik schrok van mezelf. Dat ik dit in me heb. Ik weet niet wat mijn limiet is en wil het ook niet weten. Dit is het jaar 2000, dit is mijn jaar. Ik denk dat ik gewoon geconcentreerd bleef. Het was tijd om de wereld te laten zien waartoe ik in staat ben.'* (Hoogstad, 2000).

Vergelijk dat eens met de verklaring van Naoko Takahashi over waarom zij de marathon bij de vrouwen won tijdens dezelfde Olympische Spelen:

> *'Hier is de beste coach ter wereld, de beste manager ter wereld en alle mensen die me hebben gesteund, al deze zaken kwamen samen en resulteerden in een gouden medaille. Ik denk dus dat ik hem niet alleen heb verdiend, niet helemaal op mezelf.'* (Yamamoto, 2000).

Zoals je aan deze sterk verschillende citaten kunt zien, kan het Nederlandse perspectief op prestatiedrang een reflectie zijn van een westerse vertekening.

Westerlingen zien prestaties meestal als het gevolg van individueel talent, vastberadenheid, intelligentie of houding. In een groot deel van de wereld wordt prestatie echter anders bekeken, in een bredere context, als een combinatie van persoonlijke, sociale en emotionele factoren (Markus et al., 2006).
Deze waarneming komt overeen met het onderscheid dat Harry Triandis (1990) vond tussen culturen waarin de nadruk ligt óf op *individualisme* óf op *collectivisme*. Westerse culturen, dat wil zeggen de culturen van West-Europa, de VS en Canada, benadrukken het **individualisme**. Persoonlijke prestaties worden hier vooral gewaardeerd. In Zuid-Amerika, Azië, Afrika en het Midden-Oosten ligt de nadruk juist op **collectivisme**. In deze culturen wordt veel waarde gehecht aan loyaliteit. Het individu is ondergeschikt aan de groep. Zelfs in de collectivistische culturen van Japan, Hongkong en Zuid-Korea, waar men veel waarde hecht aan schoolprestaties en zakelijke successen, gaat het niet om persoonlijke eer, maar om de eer van de familie, het team of een andere groep.

Individualisme: Het standpunt dat individuele prestaties en jezelf onderscheiden erg belangrijk zijn. Deze visie wordt vooral in de westerse wereld aangehangen.

Collectivisme: Het standpunt dat groepsloyaliteit en het aanzien van de groep belangrijker zijn dan individuele prestaties. Deze visie is gangbaar in Azië, Afrika, Zuid-Amerika en het Midden-Oosten.

9.1.2 De onverwachte effecten van beloningen op motivatie

Een extrinsieke beloning kan een reden zijn waarom mensen presteren. Maar wat gebeurt er, denk je, als mensen extrinsieke beloningen (lof, geld of andere prikkels) krijgen voor vrijetijdsactiviteiten – beloningen voor dingen die ze intrinsiek leuk vinden? Zou de beloning de activiteit leuker of minder leuk maken? Beïnvloedt een beloning de motivatie?

Overrechtvaardiging: Proces waarbij een extrinsieke beloning een interne motivatie verdringt.

Overrechtvaardiging

Om dat te onderzoeken, bestudeerden Mark Lepper en zijn collega's een aantal schoolkinderen die van tekenen hielden (Lepper et al., 1973). De kinderen in de ene groep was verteld dat ze voor hun tekening een diploma zouden krijgen, terwijl de kinderen in de controlegroep aan de slag gingen zonder een beloning te verwachten. Beide groepen sloegen enthousiast aan het tekenen. Maar toen ze een paar dagen later opnieuw mochten tekenen, zonder dat er een beloning in het vooruitzicht werd gesteld, waren de kinderen die een beloning hadden ontvangen significant minder enthousiast over dat idee dan de kinderen die geen beloning hadden ontvangen. De groep die geen beloning had ontvangen, was zelfs nog enthousiaster dan daarvoor!
Leppers groep concludeerde hieruit dat de externe bekrachtiging (het diploma) de interne motivatie van de kinderen in de kiem had gesmoord. Ze noemden dit **overrechtvaardiging** (*overjustification*). Door overrechtvaardiging was de motivatie van de kinderen verschoven van intrinsiek naar extrinsiek. Het gevolg was dat de kinderen geen zin hadden om een tekening te maken zonder daar een beloning voor te krijgen. Het lijkt erop dat een beloning soms het plezier wegneemt van iets 'voor de lol' doen. Het fenomeen van overrechtvaardiging werd later ook aangetoond bij volwassenen en uitgebreider beschreven in de zogenaamde *motivation crowding theory* (Frey & Jegen, 2001).

Inge de Bruijn (boven) and Naoko Takahashi (beneden) hebben heel verschillende perspectieven op hun atletische prestaties – perspectieven die hun culturele verschillen reflecteren.

Foto boven: Soenar Chamid Sportfotografie.

Foto onder: Matt Rourke/AP Images.

Wanneer werken beloningen?

Maar heeft belonen *altijd* dit effect? Als dat zo zou zijn, hoe kunnen we dan verklaren dat veel professionals van hun werk houden terwijl ze ervoor worden betaald? Sinds het tekenexperiment is daar veelvuldig onderzoek naar gedaan. Daaruit blijkt dat beloningen kunnen botsen met intrinsieke motivatie, maar alleen onder bepaalde omstandigheden (Covington, 2000; Eisenberger & Cameron, 1996; Kok et al., 2002).
Specifiek blijkt dat overrechtvaardiging alleen optreedt als de beloning *geen rekening houdt met de kwaliteit van de prestatie*. En dat was het geval bij de kinderen die een diploma kregen voor hun tekening. Iets dergelijks valt te verwachten als een

Van overrechtvaardiging is sprake wanneer de intrinsieke vreugde uit een plezierige activiteit wordt weggenomen door extrinsieke beloningen voor het verrichten van deze activiteit. Het is waarschijnlijk dat deze persoon het videospelletje niet zo leuk zou vinden als hij voor het spelen ervan werd betaald.

Bron: David Young-Wolff/PhotoEdit, Inc.

bedrijf zijn werknemers aan het eind van het jaar een bonus geeft die losstaat van de geleverde prestaties.

Gelukkig beschikken we nu over het bewijs dat belonen wel degelijk een functie heeft bij het motiveren van mensen, maar alleen als de beloning in verhouding staat tot de prestatie, en niet wordt gebruikt om iemand 'om te kopen'. In het algemeen hebben beloningen drie belangrijke gevolgen voor motivatie, afhankelijk van de omstandigheden:

- Beloningen kunnen een effectieve manier zijn om mensen te motiveren dingen te doen die ze anders niet zouden doen, zoals het gras maaien of de vuilniszak buiten zetten.
- Beloningen kunnen de motivatie vergroten, mits ze worden gegeven voor een goede prestatie; we hebben dit gezien in het geval van Maarten van der Weijden.
- Beloningen kunnen intrinsieke motivatie nadelig beïnvloeden, als ze worden gegeven zonder rekening te houden met de kwaliteit van het werk (zoals Leppers studie heeft aangetoond).

Rekening houdend met bovenstaande gevolgen van beloningen voor motivatie, is het wel degelijk mogelijk een gemotiveerde persoon nog gemotiveerder te maken. Werknemers en studenten gaan beter presteren na een welverdiend compliment of onverwachte beloning (Korb, 2012; Pollock, 2012; Skinner, 2012). Het nadelige effect van beloningen doet zich alleen maar voor als ze gegeven worden zonder rekening te houden met het prestatieniveau.

PSYCHOLOGIE GEBRUIKEN OM PSYCHOLOGIE TE LEREN

De grootste prestaties op het gebied van muziek, kunst, wetenschap, handel en talloze andere zaken zijn meestal het gevolg van intrinsieke motivatie. Het gaat om mensen die doelen nastreven waarin ze intens geïnteresseerd zijn. Er ontstaat een bepaalde geestestoestand als je zo intens op een probleem of activiteit bent geconcentreerd dat je alle gevoel voor tijd kwijtraakt en niet meer weet wat er om je heen gebeurt. De psycholoog Mihaly Csikszentmihalyi noemt deze toestand **flow** (1990, 1998). Hoewel sommige mensen flow langs kunstmatige weg proberen op te roepen met behulp van drugs of alcohol, geeft de ervaring meer bevrediging en houdt hij langer aan als hij tijdens een betekenisvolle bezigheid ontstaat.

Maar wat heeft dat te maken met studeren en leren? Als je tot de ontdekking komt dat je motivatie om de leerstof voor een bepaald college te leren tekortschiet, is de extrinsieke belofte van een eventueel goed cijfer waarschijnlijk onvoldoende om je vanavond nog tot effectief studeren te bewegen. In dat geval kun je proberen om jezelf een intrinsieke motivatie en flow aan te praten, door jezelf deze vraag te stellen: 'Wat vinden mensen die specialist zijn op dit gebied nou interessant?' Experts zijn altijd gefascineerd door een onopgelost mysterie, een theoretische discussie of de mogelijkheid van een opwindende praktische toepassing. Zo kan een psycholoog zich afvragen wat de motivatie achter gewelddadig gedrag is, of hoe we de prestatiedrang van mensen kunnen vergroten. Als je eenmaal zo'n onderwerp bij de kop hebt, kun je proberen uit te vinden welke oplossingen er al zijn opgeworpen. Op die manier ontwikkel je dezelfde instelling als die van vooraanstaande wetenschappers in je vakgebied. En – wie weet – misschien raak jij ook gefascineerd.

Flow: In Csikszentmihalyi's theorie: intense concentratie op een bepaalde activiteit. Gaat gepaard met bijna extatische gevoelens. Flow heeft te maken met intrinsieke motivatie.

Ga naar **www.pearsonmylab.nl** om je kennis en begrip van deze paragraaf te testen met de MyMap, MyCheck en MyDefinitions.

KERNVRAAG 9.2

▶ Hoe worden onze motivatieprioriteiten gesteld?

Tot voor kort had de psychologie geen allesomvattende verklaring of sluitende theorie voor het hele motivatiespectrum. Honger leek zo anders dan de behoefte aan prestaties. Angsten hebben vaak wortels die verborgen zijn voor het bewustzijn. De meeste biologische drijfveren voelen onplezierig aan, maar seksuele arousal is plezierig. Het gevolg was dat sommige psychologen zich op de meest elementaire overlevingsmotieven richtten, zoals honger en dorst, terwijl andere seks, affiliatie (verbondenheid met een groep mensen of organisatie), creativiteit en allerlei andere motieven probeerden te verklaren. Maar niemand wist een 'theorie van alles' over motivatie te construeren waarin al onze motieven worden beschreven en die tegelijkertijd consistent is met observaties in de concrete wereld. Nu is er echter een nieuwe theorie bekend geworden die dat misschien wel allemaal kan.

● **KERNCONCEPT 9.2**
Een nieuwe theorie die Maslows hiërarchie combineert met evolutiepsychologie, stelt dat functionele, proximale en ontwikkelingsfactoren bepalen welke motieven prioriteit krijgen.

Ongeveer een halve eeuw geleden opperde Abraham Maslow een van de invloedrijkste ideeën in de geschiedenis van de psychologie: dat verschillende motieven verschillende prioriteiten hebben, op basis van de *behoeftehiërarchie.* Dorst heeft bijvoorbeeld prioriteit boven de behoefte aan affiliatie of respect. Maar hoe zit het met de kunstenaar die in een flow zit en zijn behoefte aan eten of warmte vergeet, soms wel dagen achter elkaar? En wat te denken van de 'instincten' die dieren tot migratie drijven, en misschien ook bepaald menselijk gedrag, zoals de zuigreflex van pasgeboren baby's? Laten we eens kijken naar verschillende theorieën die elk hun eigen accent leggen op verschillende aspecten van motivatie. Vervolgens bekijken we hoe deze concepten allemaal passen in een nieuwe behoeftehiërarchie die, zoals het kernconcept stelt, bestaat uit een combinatie van functionele, proximale en ontwikkelingsfactoren.

9.2.1 De instincttheorie

Sinds de tijd van William James realiseren psychologen zich dat elk organisme, ook de mens, wordt geboren met een reeks biologisch en evolutionair bepaalde gedragspatronen die essentieel zijn voor zijn overleving. Volgens de **instincttheorie** zijn deze ingebouwde gedragspatronen, *instincten*, een redelijk goede verklaring voor regelmatige cycli in diergedrag, die in wezen bij een gehele soort op dezelfde manier voorkomen. We zien de cycli bij migrerende vogels, het paringsritueel van antilopen en bij zalmen die duizenden kilometers afleggen om kuit te schieten en die sterven in dezelfde stroom als waarin ze uit het eitje zijn gekomen.

Instincttheorie: Verouderd idee dat bepaalde gedragspatronen worden bepaald door aangeboren factoren. De instincttheorie hield geen rekening met de effecten van leren en gebruikte instincten vooral als labels, in plaats van als verklaringen voor gedrag.

Hoewel leren bij zulk instinctief gedrag geen grote rol speelt, is ervaring vaak wel in staat om het gedrag enigszins bij te sturen. Dat gebeurt bijvoorbeeld als bijen met de bijendans aan elkaar doorgeven waar voedsel te vinden is, of als een moederkat haar kittens leert jagen. Dergelijke voorbeelden tonen aan dat 'instincten' te maken hebben met een hoop nature (dus sterk genetisch bepaald zijn) en een beetje nurture (beïnvloed worden door leren).

Omdat hij zo veel lijkt te verklaren, is de term *instinct* van het wetenschappelijke jargon overgewaaid naar het dagelijks taalgebruik. We spreken van 'moederinstinct', van een sporter die 'instinctief naar de bal grijpt' en van het 'killersinstinct' van een meedogenloze zakenman. We gebruiken de term op zo veel manieren dat de betekenis vaag is geworden; het is meer een label dan een verklaring voor gedrag. Dat probleem heeft zich ook voorgedaan in de wetenschappelijke discussie. Daardoor is de term *instinct* bij de meeste psychologen niet meer zo populair (Deckers, 2001). Ethologen (wetenschappers die het gedrag van dieren in hun natuurlijke omgeving bestuderen) spreken daarom liever van **gefixeerde actiepatronen**. De exacte definitie van deze term luidt: niet-aangeleerde gedragingen die bij de gehele soort voorkomen en het gevolg zijn van duidelijk identificeerbare stimuli. Voorbeelden van gefixeerde actiepatronen zijn niet alleen de 'instinctieve' gedragingen die eerder zijn beschreven, maar ook uiteenlopende gedragingen als nestbouw bij vogels, de zuigreflex bij pasgeboren zoogdieren en dominant gedrag bij bavianen.

Gefixeerd actiepatroon: Genetisch bepaald gedragspatroon dat bij alle individuen van een soort voorkomt en dat door een specifieke stimulus wordt ontketend. Het concept van gefixeerde actiepatronen heeft de verouderde term 'instinct' vervangen.

Kunnen instincten, of gefixeerde actiepatronen, iets bijdragen aan de verklaring van het menselijk gedrag? De biologie lijkt verantwoordelijk te zijn voor een deel van het menselijk gedrag, zoals de zuigreflex van pasgeborenen. Het is echter niet duidelijk hoe nuttig instincten zijn bij het verklaren van complexere gedragingen die worden aangetroffen bij mensen die werken en spelen. Het gedrag van een keiharde topmanager toeschrijven aan een 'killersinstinct' verklaart net zo weinig als het succes van Maarten van der Weijden toeschrijven aan een instinct om hard te zwemmen.

9.2.2 De drijfveertheorie

Het concept 'drijfveer' werd ontwikkeld als alternatief voor het concept instinct om gedrag zoals eten, drinken en seks bedrijven, gedrag met een sterke biologische basis, beter te verklaren. Een **biologische drijfveer** wordt gedefinieerd als de toestand van energie of spanning die een organisme beweegt om een biologische **behoefte** te vervullen (Woodworth, 1918). Een dier dat dorst heeft wordt 'gedreven' om te drinken. Evenzo drijft de behoefte aan voedsel tot eten. Volgens de **drijfveertheorie** produceert een biologische behoefte een drijfveer, die op zijn beurt het gedrag aanstuurt in een zodanige richting dat in de behoefte wordt voorzien. De drijfveer motiveert het dier dus tot handelen om de door de drijfveer veroorzaakte spanning te reduceren, een proces dat *drive reduction* (reductie van de drijfveer) wordt genoemd. Deze opbouw en afname van spanning kun je zelf ervaren als je het wel eens erg koud hebt gehad en toen in een warm bad stapte.

Biologische drijfveer: Een motief, zoals dorst, dat primair biologisch is. Een drijfveer is een toestand van energie of spanning die een organisme beweegt om een biologische behoefte te vervullen.

Behoefte: In de drijfveertheorie: een behoefte is een biologische onevenwichtigheid (zoals uitdroging) die de overleving in gevaar brengt als het evenwicht niet wordt hersteld. Men denkt dat biologische behoeften ten grondslag liggen aan drijfveren.

Drijfveertheorie: Ontwikkeld als een alternatief voor de instincttheorie. De drijfveertheorie verklaart motivatie als een proces waarin een biologische behoefte een drijfveer produceert die het gedrag aanstuurt in een zodanige richting dat in de behoefte wordt voorzien.

Homeostase: Neiging van het lichaam om een biologisch evenwicht te handhaven.

Volgens de drijfveertheorie verkeert het organisme bij voorkeur in een toestand van evenwicht, die **homeostase** wordt genoemd (Hull, 1943, 1952). Organismen die een biologische onevenwichtigheid ervaren (gebrek aan water bijvoorbeeld) voelen de aandrang om het homeostatische evenwicht te herstellen (door te drinken). In deze zin kunnen we honger opvatten als een onevenwichtigheid in de energievoorraad van het lichaam. Deze onevenwichtigheid zet een dier aan, of motiveert het, tot eten, zodat het evenwicht wordt hersteld.

Helaas voor de drijfveertheorie blijkt het verhaal van motivatie niet zo eenvoudig te zijn. Er zijn namelijk ook cognitieve, sociale en culturele krachten aan het werk. Bovendien kan de drijfveertheorie niet verklaren waarom organismen die het aan niets ontbreekt, soms toch actie ondernemen om een bepaalde stimulatie te *vergroten*. Welke elementaire behoefte of biologische drijfveer dwingt ons bijvoorbeeld om uit een vliegtuig te springen of een berg te beklimmen?

De drijfveertheorie kan dus niet alle vragen over motivatie beantwoorden. Toch willen psychologen de theorie niet helemaal loslaten. Ze erkennen dat een biologisch gefundeerd motief een belangrijke rol speelt in de overleving en voortplanting en dat dat motief soms deels verantwoordelijk is voor sommige van onze handelingen. We beschouwen de drijfveertheorie tegenwoordig als een nuttige, maar onvolledige theorie over motivatie.

Volgens de drijfveertheorie motiveert de behoefte aan vloeistof ons om te drinken. Wanneer de behoefte wordt vervuld, wordt homeostase bereikt.

Bron: Bobby Yip/Reuters/Landov.

9.2.3 Freuds psychodynamische theorie

Sigmund Freud trok het idee dat we weten wat ons motiveert in twijfel. Volgens hem was motivatie afkomstig uit de troebele diepten van de onbewuste geest, die hij het *id* noemde, en waar zich twee elementaire verlangens zouden bevinden: *Eros*, het erotische of constructieve verlangen, en *Thanatos*, de agressieve of destructieve impuls. Bijna alles wat we doen, aldus Freud, is op een van deze driften gebaseerd of op de manoeuvres die de geest gebruikt om deze verlangens binnen de perken te houden. Om psychische problemen te voorkomen moeten we voortdurend zoeken naar een acceptabele uitlaatklep voor onze seksuele en agressieve behoeften. Freud meende dat werk, vooral creatief werk, de seksuele drift bevredigt, terwijl agressieve daden zoals vloeken en schreeuwen of het spelen van agressieve spelletjes een psychologisch veilige uitlaatklep vormen voor onze diepere destructieve neigingen.

Het is belangrijk je te realiseren dat Freud zijn ideeën ontwikkelde in de hoogtijdagen van de instincttheorie, dus Eros en Thanatos worden vaak als instincten beschouwd. Het zou echter een oversimplificatie zijn van de theorie van Freud om deze eenvoudig als een andere instincttheorie te beschouwen. Hij wilde geen verklaring vinden voor de alledaagse, biologisch gebaseerde gedragingen die we aantreffen bij eten, drinken, paren, zogen en slapen; hij probeerde de symptomen te verklaren die we aantreffen bij geestelijke stoornissen zoals fobieën of depressie.

De nieuwe evolutionaire motivatietheorie, die in ons kernconcept werd benoemd, heeft Freuds idee overgenomen dat aan alles wat we doen twee hoofdmotieven ten grondslag liggen. Maar in plaats van seks en agressie stelt de nieuwe theorie dat dit de evolutionair gezien basale behoeften aan overleving en reproductie zijn.

Hedendaagse psychologen zijn het ook eens met een ander belangrijk idee van Freud, namelijk dat veel mentale activiteit, waaronder motivatie, inderdaad buiten het bewustzijn plaatsvindt. Maar, zoals we in hoofdstuk 8 hebben kunnen zien, ze zijn verdeeld over de details van Freuds standpunt ten aanzien van de onbewuste motivatie (Bornstein, 2001; Westen, 1998).

Met nog een ander idee had Freud het, volgens de evolutionaire theoretici, eveneens bij het rechte eind. Van de theorieën over motivatie die in dit hoofdstuk worden besproken, is Freuds theorie de enige die motivatie benadert vanuit het *ontwikkelingsperspectief*. Dat wil zeggen dat Freud dacht dat onze motieven veranderingen ondergaan tijdens onze ontwikkeling van kind naar volwassene. Bij het volwassen worden, ervaren we onze seksuele en agressieve verlangens minder bewust. We ontwikkelen subtielere en verfijndere manieren om onze behoeften te bevredigen – vooral het verlangen naar seks en agressie – zonder dat we in de problemen komen (zie tabel 9.1).

9.2.4 Maslows behoeftehiërarchie

Wat gebeurt er als je moet kiezen tussen het vervullen van een biologische behoefte en het bevredigen van een aangeleerd verlangen, zoals wanneer je ervoor kiest om de hele nacht wakker te blijven om voor een examen te studeren? Abraham Maslow (1970) poneerde de stelling dat de meest prangende behoeften het eerst worden bevredigd, in een natuurlijke hiërarchie of prioriteitsvolgorde, waarbij biologische behoeften voorrang krijgen. In tegenstelling tot de motivatietheorieën die we tot nu toe hebben besproken, probeert Maslow met zijn

Tabel 9.1 Vergelijking van motivatietheorieën

Theorie	Nadruk	Voorbeeld
Instincttheorie	Biologische processen die gedragspatronen motiveren die specifiek zijn voor een soort	vogelmigratie, vissenscholen
Drijfveertheorie	Behoeften leiden tot drijfveren die gedrag motiveren totdat ze gereduceerd zijn	honger, dorst
Theorie van Freud	Motivatie komt voort uit onbewuste behoeften; onze motieven ondergaan veranderingen tijdens de ontwikkeling van kind naar volwassene	seks, agressie
Theorie van Maslow	Motieven komen voort uit behoeften die geordend zijn volgens een bepaalde prioriteit (een behoeftehiërarchie)	behoefte aan waardering, zelfactualisatie
Evolutionaire theorie	Motivatieprioriteit wordt bepaald door functionele, proximale en ontwikkelingsfactoren	Geur van voedsel (proximale stimulus) kan de prioriteit van het hongermotief verhogen

humanistische theorie een verklaring te geven voor het hele spectrum van menselijke motivaties, van biologische drijfveren tot sociale motieven en creativiteit (Nicholson, 2007).

Behoeftehiërarchie: In Maslows theorie: het idee dat behoeften zich in volgorde van belangrijkheid aandienen, de biologische behoeften zijn de meest basale.

Maslows bekendste innovatie was zijn **behoeftehiërarchie**: een opsomming van zes klassen van behoeften die zijn geordend in volgorde van belangrijkheid (zie figuur 9.2). Zolang de meer basale behoeften niet zijn vervuld, aldus Maslow, hebben de 'hogere' behoeften weinig invloed op ons gedrag:

Biologische behoeften, zoals honger en dorst, bevinden zich onder aan de hiërarchie. Ze moeten bevredigd zijn voordat de hogere behoeften zich manifesteren. Als de biologische behoeften dringend zijn, worden alle andere behoeften (zoals sociale relaties of zelfrespect) in de ijskast gezet.

- *Behoefte aan veiligheid* motiveert ons om gevaar te vermijden, maar dat kan pas als onze biologische behoeften redelijk bevredigd zijn. Een hongerig dier zal zijn fysieke veiligheid in de waagschaal stellen om maar te kunnen eten. Pas als hij zijn maag gevuld heeft, gaat de behoefte aan veiligheid overheersen.
- *Liefde, behoefte aan hechting en verbondenheid* maakt dat we ergens bij willen horen. We verlangen naar een band met anderen, naar liefhebben en bemind worden. Pas als we ons geen zorgen meer maken over de meer basale behoeften als honger, dorst en veiligheid, krijgen we energie om deze behoefte te vervullen.
- *Behoefte aan waardering* is de volgende stap in de hiërarchie. Hierbij gaat het om de behoefte om van jezelf te houden, jezelf als competent en effectief te beschouwen en te doen wat nodig is om door jezelf en anderen gerespecteerd te worden.
- *Zelfactualisatie*. Dit is de bovenste trede van de behoeftehiërarchie. Hier ontstaat de motivatie om jezelf zo volledig mogelijk te ontplooien. Mensen die zichzelf volledig ontplooid hebben, zijn zelfbewust en tevreden met zichzelf. Ze zijn sociaal ontvankelijk, spontaan en staan open voor nieuwe ervaringen en veranderingen.
- In zijn latere leven breidde Maslow zijn lijst uit met een behoefte die hij *zelftranscendentie (zelfontstijging)* noemde. Volgens zijn conceptualisering ging deze verder dan zelfactualisatie, en was dit een behoefte aan het verwezenlijken van een doel buiten het zelf (Koltko-Rivera, 2006). Het voorzien in deze behoefte kon van alles omvatten, van vrijwilligerswerk tot opgaan in religie, politiek, muziek of een intellectuele bezigheid. Het onderscheid tussen zelftranscendentie en zelfactualisatie is de verschuiving naar een gebied buiten persoonlijk genot of andere egocentrische voordelen.

◀◀ **Verbinding hoofdstuk 7**
Let op de overeenkomst tussen zelftranscendentie en Eriksons opvatting over generativiteit, die inhoudt dat iemand een bijdrage levert aan familie, werk, samenleving of toekomstige generaties (p. 261).

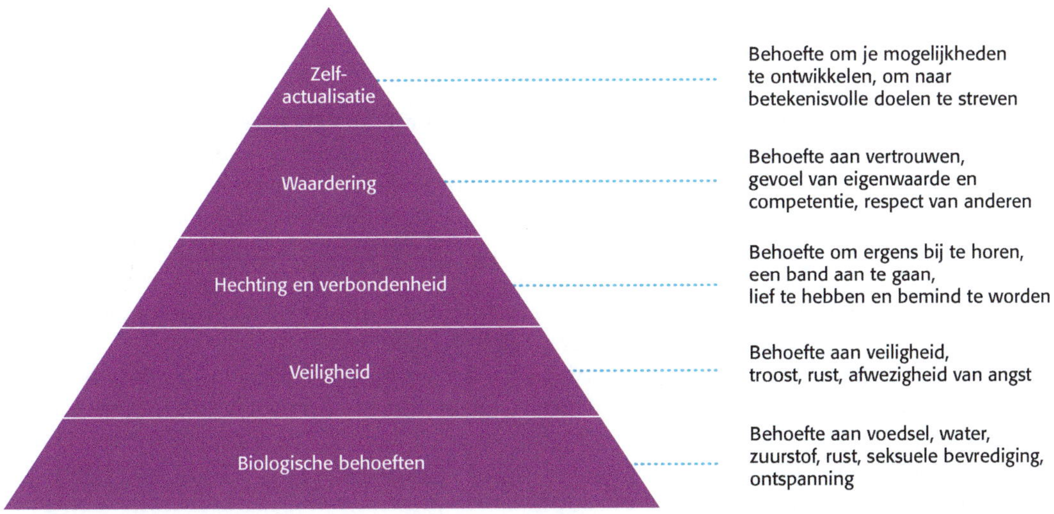

Figuur 9.2
Maslows behoeftehiërarchie

9.2.5 Een nieuwe behoeftehiërarchie

In weerwil van Maslows theorie blijkt dat mensen regelmatig hun elementaire biologische behoeften opzij zetten om 'hogere' sociale behoeften te bevredigen, zoals we zien aan het voorbeeld van een vader die zijn eigen leven riskeert wanneer hij zijn kind uit een brandend gebouw probeert te redden. Critici wijzen er bovendien op dat de theorie van Maslow ook niet kan verklaren waarom je een maaltijd overslaat als je bent verdiept in een interessant boek, of waarom sensatiezoekers riskante hobby's beoefenen (zoals uit een vliegtuig springen), waarbij ze voorbijgaan aan hun behoefte aan veiligheid. Een andere beperking van Maslows theorie en andere theorieën over het 'zelf' werd naar voren gebracht door crosscultureel psychologen. Ze menen dat zijn ideeën alleen van toepassing zijn op individualistische, op het zelf georiënteerde culturen (Gambrel & Cianci, 2003), en niet op collectivistische culturen, waar het groepsbelang immers de belangrijkste factor is en niet zelfactualisatie (Shiraev & Levy, 2006).

Blijft er na zo veel kritiek nog wel iets over van Maslows theorie dat de moeite waard is? Douglas Kenrick en zijn collega's (2010) erkennen dat het idee van een motivatiehiërarchie zoals die van Maslow van groot inzicht getuigt. Maar, zeggen ze erbij, het grote probleem is dat de prioriteit van onze motivaties niet onveranderlijk vaststaat – zoals Maslow zelf ook besefte. Een individu kan zijn motivatieprioriteiten inderdaad van tijd tot tijd veranderen. En mensen hebben niet per se allemaal dezelfde motivatieprioriteiten. Volgens Kenricks team moeten we de behoeftehiërarchie als iets vloeiends zien, dat voortdurend onderhevig is aan verandering die wordt veroorzaakt door invloeden op drie niveaus: het functionele, proximale en ontwikkelingsanalyseniveau.

Het **functionele analyseniveau** kijkt naar de *functie* van een motief, wat (vanuit evolutionair perspectief) samenhangt met overleving en reproductie. Functionele invloeden rangschikken onze motieven in een soort 'standaard'-hiërarchie, die is gefundeerd in onze basisbehoeften, zoals honger en dorst. Deze behoeften motiveren ons om op zoek te gaan naar dingen als eten, drinken, warmte en onderdak, zaken waar we niet zonder kunnen. Ook seksuele arousal komt voort uit een evolutionaire 'opdracht', namelijk de opdracht om genen over te dragen aan volgende generaties. Deze behoefte aan seksuele bevrediging en reproductie leidt

Functioneel analyseniveau: Onderzoekt de adaptieve functie van een motief in termen van overleving en reproductie.

dus tot een hele serie sociale behoeften, niet alleen de fysieke drang naar seks, maar ook behoefte aan affiliatie, achting en ouderschap. Deze 'hogere' reproductiebehoeften hebben gewoonlijk echter lagere prioriteit dan de overlevingsbehoeften.

Proximaal analyseniveau: Onderzoekt stimuli in de directe omgeving van het organisme die de motivatieprioriteiten kunnen veranderen. (Bij mensen kan proximaal ook verwijzen naar dingen waaraan het individu denkt).

Proximaal betekent 'dichtbij'. Het **proximale analyseniveau** richt zich dus op onmiddellijke gebeurtenissen, voorwerpen, prikkels en bedreigingen die motivatie beïnvloeden. De geur van versgebakken brood is bijvoorbeeld een proximale prikkel die plotseling het hongermotief kan opwekken. Of stel je eens voor dat je in de bioscoop naar een film zit te kijken als iemand 'Brand!' gilt. Je motivatie verschuift dan opeens van ontspanning en plezier naar het motief angst en jezelf redden. Formeler gesteld: een belangrijke proximale prikkel kan een tijdelijke wijziging in je motivatiehiërarchie teweegbrengen.

Ontwikkelingsanalyseniveau: Onderzoekt in de ontwikkeling van het organisme veranderingen die op hun beurt mogelijk de motivatieprioriteit veranderen, bijvoorbeeld wanneer de seksuele belangstelling in de puberteit toeneemt onder invloed van hormonen.

Je levensfase kan je motivatieprofiel ook beïnvloeden. Daarom wordt in het **ontwikkelingsanalyseniveau** aangetoond hoe de volgorde van je motieven in de loop van je leven verandert. Honger, dorst en contactsteun stonden op de voorgrond toen je een baby was, maar reproductie of het respect van je gelijken konden je gestolen worden. Maar toen je puber werd, namen seksuele motieven en de behoefte aan sociale goedkeuring een prominente plaats in je behoeftehiërarchie in, soms nog voor biologische drijfveren als honger en dorst. En zo kunnen ook proximale prikkels van minder of meer belang zijn in verschillende levensfases. Je bent dus in verschillende fases gevoelig voor verschillende proximale prikkels, je bent bijvoorbeeld gevoelig voor troostend contact als je klein bent of gevoelig voor een aantrekkelijke leeftijdsgenoot in je puberjaren.

◀◀ **Verbinding hoofdstuk 7**
Het belang van aanraking of contactsteun werd in de jaren zestig door de psychologen Harry en Margaret Harlow onderzocht met behulp van aapjes. Daarna werd aangetoond dat contactsteun ook bij mensenbaby's erg belangrijk is (p. 257).

Minder voor de hand liggend is de evolutionaire basis voor artistieke creativiteit, sportieve bezigheden, postzegels verzamelen of een van de duizenden andere hobby's die mensen kunnen hebben. En dat is precies het punt waarop de nieuwe theorie van Kenrick en zijn groep controversieel wordt: uitgaande van Maslows hiërarchische piramide vervangt het, aan de top, de behoefte aan zelfrealisatie door de behoefte aan ouderschap (die Maslow had verwaarloosd) en seks. Alle productiviteit en creativiteit die Maslow in de categorie zelfrealisatie plaatste, is volgens hen slechts een middel om het eigenlijke doel van reproductie te bereiken en overleving in ruimere zin te waarborgen, door middel van zorg voor de overleving van nakomelingen. Zoals je misschien verwacht, hebben critici hier bezwaar tegen gemaakt (Ackerman & Bargh, 2010; Kesebir et al., 2010; Lyubomirsky & Boehm, 2010; Peterson & Park, 2010).

Wat Kenricks groep misschien over het hoofd heeft gezien, is de mogelijkheid dat 'hogere' motieven (zoals de behoefte om creatief te zijn of je nieuwsgierigheid te bevredigen) functioneel los zijn komen te staan van hun evolutionaire wortels. Natuurlijk hebben creatieve personen (beroemde artiesten bijvoorbeeld) een voorsprong in het veroveringsspel. Toch heeft de evolutie misschien een bocht afgesneden door onze creatieve behoeften rechtstreeks te koppelen aan onze genotscentra. Als dat waar is, en dat moet nog worden onderzocht door de wetenschap, wijden mensen zich misschien puur voor de lol aan hun interesses (Peterson & Park, 2010). Deze intrinsieke motivatie is mogelijk functioneel onafhankelijk geworden van haar oorspronkelijke biologische doeleinden.

Wat betekent dat allemaal voor ons? Er lijkt een consensus te ontstaan die eindelijk een beetje eenduidigheid brengt op het gebied van motivatie (Schaller et al., 2010). De meeste psychologen zijn het er waarschijnlijk over eens dat:

- er een 'standaard' hiërarchische volgorde voor onze motieven bestaat, die in wezen voor iedereen gelijk is – in grote lijnen zoals Maslow beschreef;
- deze standaardhiërarchie in een functionele of evolutionaire context moet worden gezien, waarin de meest elementaire motieven te maken hebben met overleving, gevolgd door motieven die te maken hebben met reproductie en de overleving van nakomelingen;

- de motivatiehiërarchie van mensen niet onveranderlijk is, maar kan worden beïnvloed door proximale stimuli en ontwikkelingsniveaus (zie figuur 9.3).

Zoals al opgemerkt, is er nog altijd geen overeenstemming over de vraag of de 'hogere' motieven (zoals creativiteit) altijd gebaseerd zijn op de behoefte aan reproductie, of ook los daarvan intrinsieke motieven kunnen worden.
Deze nieuwe benadering van motivatie combineert dus Maslows hiërarchie en de evolutiepsychologie en vormt een groot geheel waar motivaties van allerlei aard in passen: van honger en dorst tot affiliatie, status en creativiteit. Uiteindelijk moeten ze allemaal worden opgevat in termen van een hiërarchie en in termen van hun evolutionaire wortels. We weten nog altijd niet precies hoe de hersenen de motivatiehiërarchie rangschikken en herschikken, maar we hebben nu wel een kader waarbinnen we de theoretische details kunnen uitwerken.

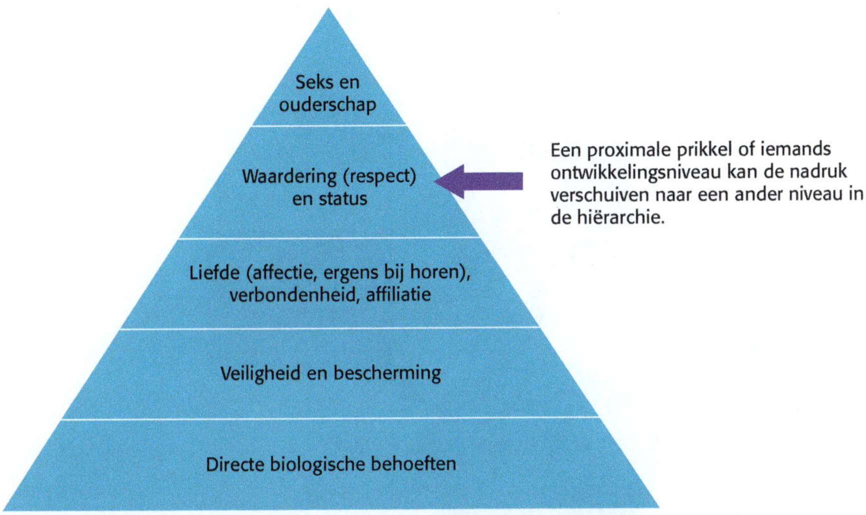

Figuur 9.3
Maslows behoeftehiërarchie herzien door de evolutiepsychologie

9.2.6 De zelfdeterminatietheorie (ZDT)

Een interessante nieuwe toevoeging op het gebied van motivatiepsychologie is de **zelfdeterminatietheorie** of **ZDT** van Deci en Ryan (Deci & Ryan, 2002; Ryan & Deci 2000), met een belangrijke bijdrage van de Vlaamse onderzoeker Vansteenkiste (Deci & Vansteenkiste, 2004). In deze theorie over motivatie wordt verondersteld dat mensen van nature proactief hun omgeving vormgeven en dat deze activiteit gericht is op groei en integratie. Hierbij is het belangrijk dat mensen zich in een stimulerende omgeving bevinden, die wordt gedefinieerd door tegemoetkoming aan drie 'basisbehoeften': de behoefte aan autonomie, aan competentie en aan verbondenheid (zie figuur 9.4). De behoefte aan autonomie verwijst naar de wens om psychologisch vrij te kunnen handelen en niet onder druk te staan. De behoefte aan competentie wil zeggen dat men zich bekwaam voelt om een gewenst resultaat neer te zetten. De behoefte aan relationele verbondenheid wordt ten slotte gedefinieerd als de wens om positieve relaties op te bouwen met anderen, zich geliefd en verzorgd te voelen en zelf voor anderen te zorgen. Indien aan deze drie behoeften wordt voldaan zal de persoon goed functioneren en groeien. Een belangrijk verschil met bekrachtigingstheorieën (gebaseerd op operante conditionering) is dat de zelfdeterminatietheorie uitgaat van intrinsieke motivatie (de eigen vrije wil), terwijl bekrachtiging gebruikmaakt van beloning of bestraffing en dus (vooral) gericht is op extrinsieke motivatie. Bij het optimaal motiveren van een gedragsverandering zijn volgens de ZDT extrinsieke beloningen daarom vaak niet effectief (Vansteenkiste & Neyrinck, 2010).

Zelfdeterminatietheorie (ZDT): Theorie over motivatie die veronderstelt dat mensen van nature proactief hun omgeving vormgeven en dat deze activiteit gericht is op groei en integratie.

De ZDT kan goed worden toegepast in de A&O-psychologie. Zo zijn autonomie en competentie volgens deze theorie bepalend voor de intrinsieke motivatie van een werknemer. Op die manier biedt de theorie een raamwerk voor hoe werknemers meer extrinsiek gemotiveerd kunnen worden zonder dat hun intrinsieke motivatie ondermijnd wordt. Ook kan een werkgever in individuele gesprekken en bij organisatieveranderingen ervoor zorgen dat de genoemde basisbehoeften van werknemers gewaarborgd blijven (Van den Broeck et al., 2009). Ook zijn er toepassingen binnen het onderwijs, die erop gericht zijn kinderen en jongeren tot gewenst (studie)gedrag te brengen door het creëren van een autonomieverhogend schoolklimaat (Vansteenkiste et al., 2005; Vansteenkiste, 2010). Het aanbieden van leeftijdgerelateerde keuzes ondersteunt de autonomie van leerlingen. Het bieden van haalbare uitdagingen, het scheppen van duidelijke verwachtingen en het geven van constructieve feedback verhoogt dan weer het gevoel van competentie. De relationele verbondenheid wordt verhoogd door het bieden van betrokkenheid, warmte en zorg, en door het zich inleven in de leefwereld van de leerlingen (Victoir, 2010).

▶▶ **Verbinding hoofdstuk 10**
De zelfdeterminatietheorie heeft zijn wortels in de positieve psychologie, die zich richt op de 'wenselijke aspecten van het menselijk functioneren'. In het volgende hoofdstuk wordt deze nieuwe stroming in de psychologie besproken (p. 418).

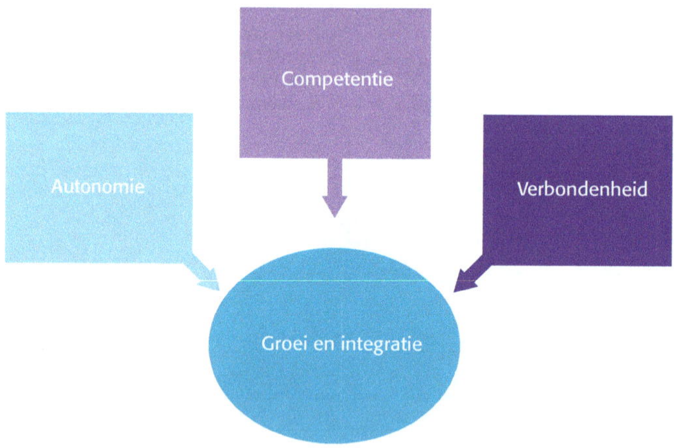

Figuur 9.4
De basisbehoeften van de zelfdeterminatietheorie
De zelfdeterminatietheorie gaat ervan uit dat mensen van nature een aangeboren groeitendens hebben, die zich manifesteert in een stimulerende omgeving, die wordt gedefinieerd door tegemoetkoming aan drie basisbehoeften: de behoefte aan autonomie, aan competentie en aan verbondenheid.

Ga naar **www.pearsonmylab.nl** om je kennis en begrip van deze paragraaf te testen met de MyMap, MyCheck en MyDefinitions.

KERNVRAAG 9.3

▶ Waar staan honger en seksuele motivatie in de motivatiehiërarchie?

In deze paragraaf concentreren we ons op honger en seksuele motivatie, twee verschillende motieven die staan voor de tweelingkrachten waarmee de evolutie de menselijke soort heeft gevormd: de drijfveer om te overleven en de drijfveer om zich voort te planten. Iedereen die dit boek leest, heeft de genen van voorouders geërfd die zowel in het overleven als in het zich voortplanten zijn geslaagd. Hier volgt het idee dat centraal staat in deze paragraaf:

KERNCONCEPT 9.3
Hoewel ze in veel opzichten verschillen, hebben honger en seks allebei een evolutionaire oorsprong en nemen beide een belangrijke plaats in de motivatiehiërarchie in.

Uiteindelijk is het onze taak om je te laten zien hoe een nieuw evolutionair perspectief op motivatie deze beide motieven onder één theoretische paraplu weet te plaatsen.

9.3.1 Honger: een homeostatische drijfveer én een psychologisch motief

Waarschijnlijk overleef je wel als je geen seks hebt, maar als je niet eet, ga je dood. In tegenstelling tot seks is honger een van onze persoonlijke biologische overlevingsmechanismen (Rozin, 1996). Wanneer er voedsel beschikbaar is, leidt de drijfveer honger vrijwel vanzelf tot eten. Honger heeft ook een sociale en cognitieve basis, zoals we zullen zien in *meervoudigesystemenbenadering* van honger en gewichtscontrole (zie figuur 9.5).

Meervoudigesystemenbenadering van honger en eten

De hersenen genereren een hongergevoel door het combineren van allerlei biologische en psychologische informatie, waaronder de lichamelijke behoefte aan energie, de hoeveelheid voedingsstoffen die op dat moment aanwezig zijn, voorkeuren voor bepaalde voedingsmiddelen, voedselprikkels uit de omgeving en culturele normen en waarden. Stel dat je een stuk pizza krijgt aangeboden. De vraag of, en zo ja, hoe je dat opeet, wordt bepaald door factoren als bloedsuikerspiegel, de tijd die verlopen is sinds de laatste maaltijd, de vraag of je pizza lekker vindt, het tijdstip van de dag (pizza als ontbijt?), aanmoedigingen of afkeurende blikken van mensen in je omgeving en de vraag of pizza een geaccepteerd soort voedsel is in jouw cultuur. De hersenen verzamelen al deze gegevens en sturen vervolgens boodschappen naar het zenuwstelsel, het endocriene stelsel, de organen en het spierstelsel. Het resultaat is dat je gaat eten, of niet gaat eten (DeAngelis, 2004b; Flier & Maratos-Flier, 2007). Zoals je wellicht zelf al hebt geconcludeerd, is de meervoudigesystemenbenadering een andere manier om te zeggen dat honger op verschillende niveaus van de behoeftehiërarchie opereert, en niet altijd uitsluitend vanuit de biologische behoefte.

Biologische factoren die van invloed zijn op honger en eten

In de hersenen, de maag, het bloed en in vetcellen die in het gehele lichaam zijn opgeslagen, is een enorm aantal biologische mechanismen aan het werk om het hongergevoel en het eetgedrag te reguleren. Enkele van de belangrijkste zijn:

- *Hersenmechanismen die honger reguleren.* De hypothalamus is letterlijk een zenuwcentrum voor honger, met een regio die hongergevoelens activeert en een andere die ze dempt. Maar de hypothalamus opereert niet alleen: andere regio's, met name gelokaliseerd in de hersenstam, werken samen met de hypothalamus bij het in de gaten houden van de bloedsuikerspiegel, de voorraad voedingsstoffen in de darmen en de vetreserves (Flier, 2006).
- *Mechanismen voor het instellen van set point (homeostatische mechanismen).* Een interne biologische 'schaal' houdt de vetreserves van het lichaam in de gaten en geeft die informatie door aan het centrale zenuwstelsel. Als de voorraden in die gespecialiseerde vetcellen onder een bepaald niveau, oftewel **set point** zakken, geven ze signalen af die eetgedrag produceren – een homeostatisch proces. Onderzoek doet vermoeden dat zwaarlijvigheid een mogelijk gevolg is van het uit balans raken van dit homeostatische proces. Studies wijzen naar bepaalde chemische stoffen (bijvoorbeeld het hormoon ghreline) waarmee

Set point: De tendens van het lichaam om de vetvoorraad en het lichaamsgewicht op een bepaald niveau te handhaven.

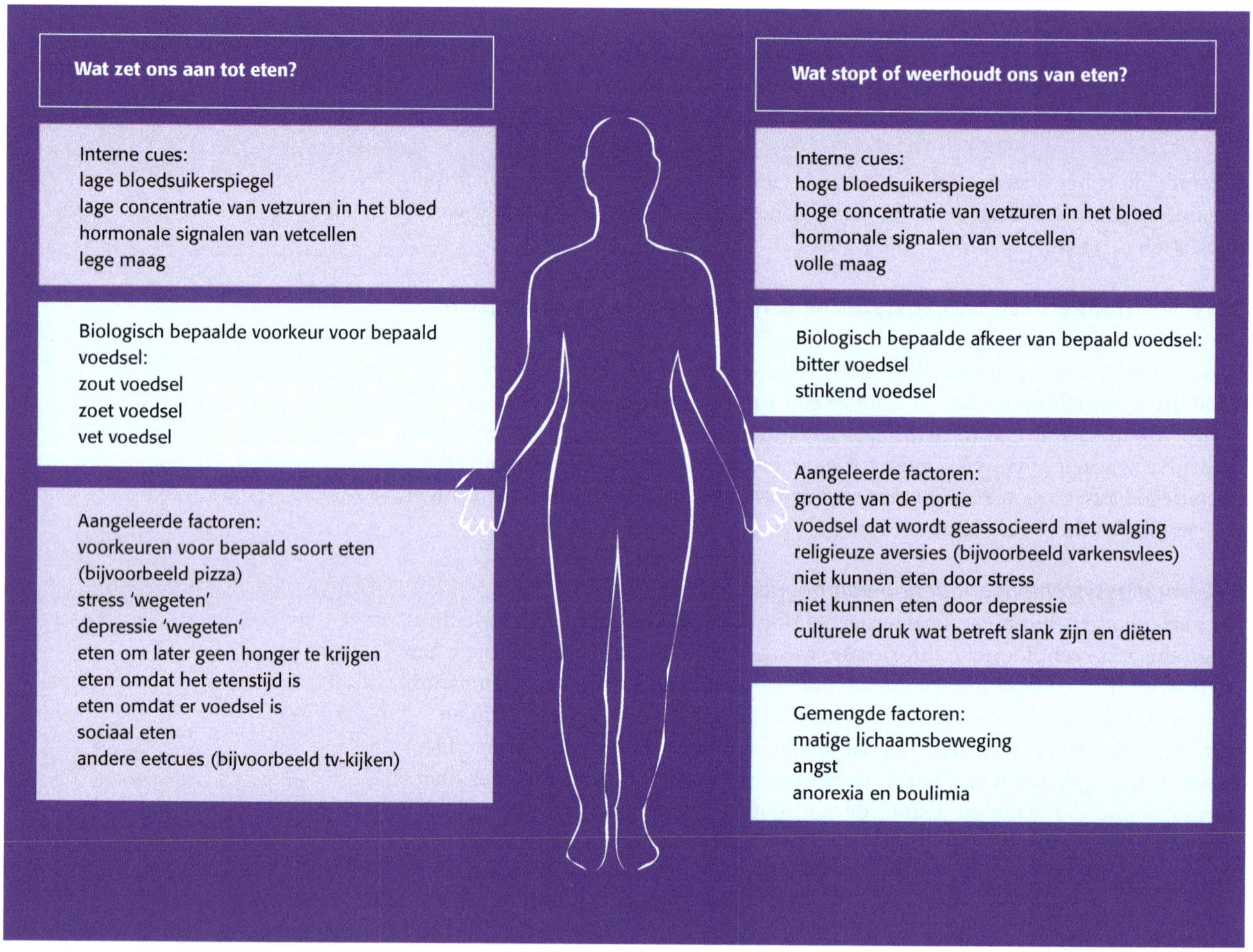

Figuur 9.5
Meervoudigesystemenbenadering van honger en eten

een hongersignaal wordt doorgeseind en andere (bijvoorbeeld leptine) die een signaal geven wanneer de streefwaarde is bereikt. Dieren bij wie leptine ontbreekt, blijven bijvoorbeeld eten, zelfs als ze geen honger hebben (Grimm, 2007).

- *Detectoren in de maag.* Drukdetectoren in de maag signaleren of de maag vol of leeg is. Ook deze informatie wordt naar de hersenen gestuurd, waar ze gecombineerd wordt met informatie over de voedingsstoffen in het bloed en de toestand van de vetcellen.
- *Voorkeuren van het beloningssysteem.* Het beloningssysteem van de hersenen geeft ons een voorkeur voor zoete en vette voedingsmiddelen die eveneens een biologische basis heeft en die in de loop van de evolutie is ontstaan. Zoet en vet eten is namelijk zeer calorierijk, een essentiële eigenschap in tijden van voedselschaarste. Tegenwoordig zijn het vooral producenten van zoete en vettige tussendoortjes die bij het aan de man te brengen van hun waren profiteren van deze evolutionair ontwikkelde voorkeur.
- *Beweging.* Lichamelijke activiteit heeft ook invloed op onze gevoelens van honger en verzadiging. Extreme lichaamsbeweging roept honger op, maar uit onderzoek blijkt dat matige lichaamsbeweging de trek juist onderdrukt (Hill & Peters, 1998).

Bovengenoemde biologische mechanismen opereren op het meest basale niveau van de behoeftehiërarchie.

Psychologische factoren die van invloed zijn op honger en eten

Naast deze biologische mechanismen speelt onze emotionele toestand ook een rol in de manier waarop we met voedsel omgaan. Angst onderdrukt bijvoorbeeld de behoefte aan eten, zowel bij mensen als bij dieren. (Dit is een voorbeeld van een proximale prikkel, een begrip dat we eerder hebben besproken.) Stress en depressie hebben eveneens invloed op onze eetlust, hoewel de effecten daarvan minder eenduidig zijn; sommige mensen gaan er meer door eten, anderen juist minder.

Leren speelt hierbij eveneens een rol. Omdat we hebben geleerd om bepaalde situaties met eten te associëren, kunnen we ons ook zonder een biologische behoefte hongerig voelen. Dit verklaart waarom je plotseling behoefte hebt aan eten op het moment dat je merkt dat de klok aangeeft dat het lunchtijd is. Het verklaart ook waarom je zin krijgt in chips als je tv-kijkt.

Cultuur kan ook een enorm effect hebben. Dit zien we bijvoorbeeld in veel westerse samenlevingen waar de sociale normen en invloeden van de media slankheid voorschrijven. Dit in tegenstelling tot de sociale normen in Oceanië, waar volslank als aantrekkelijker wordt beschouwd (Newman, 2004).

Terwijl er uit films, tijdschriften en televisie een slankheidsideaal naar voren komt, ontvangen kijkers een andere boodschap uit reclames die eten juist aanmoedigen. Het resultaat van die boodschap, gecombineerd met een enorme hoeveelheid goedkoop en makkelijk te verkrijgen junkfood, is toenemende obesitas in een maatschappij met een obsessie voor gewicht. Naarmate de invloed van de Amerikaanse cultuur zich over de hele wereld verspreidt, worden Amerikaanse eetgewoonten bovendien universeler, met als gevolg dat mensen over de hele wereld dikker worden door calorierijke snacks en junkfood (Hébert, 2005; Popkin, 2007).

In de mondiale economie is calorierijk voedsel overal beschikbaar, wat onze eetgewoonten verandert en bijdraagt aan een wereldwijde epidemie van obesitas.

Bron: Eightfish/Getty Images.

Eetstoornissen

De aandoening die we *anorexia* (een persistent gebrek aan eetlust) noemen, ontwikkelt zich slechts zelden als gevolg van bepaalde lichamelijke ziekten of aandoeningen zoals shock, misselijkheid of een allergische reactie. Veel vaker ligt de oorzaak bij emotionele of psychologische omstandigheden, en wordt het syndroom **anorexia nervosa** ('nerveuze anorexia') genoemd. Over het algemeen wordt anorexia nervosa in verband gebracht met extreem lijnen, zelfs zo extreem dat anorexia verantwoordelijk is voor een hoger sterftecijfer dan welke andere erkende psychische stoornis ook (Agras et al., 2004, Park, 2007).

Anorexia nervosa: Eetstoornis die wordt gekenmerkt door het zichzelf zodanig uithongeren dat de gezondheid in gevaar komt; begint bijna altijd als een manier om af te vallen.

Als iemand minder dan 85 procent van zijn ideale gewicht weegt, maar zich nog steeds zorgen maakt te dik te zijn, is de kans groot dat die persoon anorexia heeft. Mensen met anorexia kunnen ook *boulimia* of **boulimia nervosa** hebben, wat gekarakteriseerd wordt door perioden met vreetbuien (*binge eating*) gevolgd door 'purgeren' (braken om het gegeten voedsel kwijt te raken). In veel gevallen is er ook sprake van een klinische depressie of een obsessief-compulsieve stoornis.

Boulimia nervosa: Eetstoornis die wordt gekenmerkt door eetbuien gevolgd door 'zuiveringen' zoals overgeven of het gebruik van laxeermiddelen; begint bijna altijd als een manier om af te vallen.

In Nederland leden in 2009 ongeveer 5600 mensen aan anorexia nervosa. Jaarlijks komen er ongeveer 1300 mensen met anorexia nervosa bij. Boulimia nervosa komt veel vaker voor. Ongeveer 22.000 mensen lijden aan deze eetstoornis en jaarlijks komen er ongeveer 2200 nieuwe gevallen bij (Trimbos, 2010a). Volgens Europees onderzoek liggen de cijfers in België iets anders. Anorexia en boulimia komen ongeveer even vaak voor: in 2009 bij in totaal zo'n 18.000 mensen (Preti et al., 2009).

Iemand die aan anorexia nervosa lijdt, kan volkomen uitgemergeld zijn, terwijl hij of zij zich totaal niet ongerust lijkt te maken en doorgaat met 'lijnen', ondertussen allerlei alarmsignalen van het lichaam, zoals het uitblijven van de menstruatie, negerend. Bij boulimiapatiënten leidt het veelvuldig braken er in de loop van de tijd toe dat de slokdarm, de keel en het gebit door het maagzuur worden beschadigd.

Wat veroorzaakt anorexia? Dat de meeste patiënten jonge vrouwen zijn, wijst al in een bepaalde richting. Bovendien komen dergelijke eetstoornissen het meest voor in westerse culturen, meestal bij vrouwen uit de sociale middenklasse (Striegel-Moore & Bulik, 2007). Mensen met anorexia hebben vaak een achtergrond van goed gedrag en goede schoolprestaties, maar ze hongeren zichzelf uit in de hoop acceptabel dun en aantrekkelijk te worden (Keel & Klump, 2003). In een poging om imaginair 'overgewicht' kwijt te raken onderdrukt de patiënt alle hongergevoelens. Hoewel haar zelfbeheersing wordt beloond met gewichtsverlies, voelt de anorexiapatiënt zich nooit slank genoeg (zie figuur 9.6).

Onderzoek naar genetische factoren laat zien dat de oorzaak voor anorexia en boulimia niet alleen gelegen is in sociale druk. (Novotney, 2009; Striegel-Moore & Bulik, 2007). Alles bij elkaar lijkt het erop dat anorexia, net als honger, een toestand is die door biologische, cognitieve en sociale factoren wordt veroorzaakt.

▶▶ **Verbinding hoofdstuk 12**
Mensen met obsessief-compulsieve stoornis hebben hardnekkige en ongewenste gedachten en voelen zich gedwongen rituele gedragingen te verrichten. Anorexia nervosa toont aan dat cognities en emoties de hongerdrijfveer kunnen beïnvloeden (p. 507).

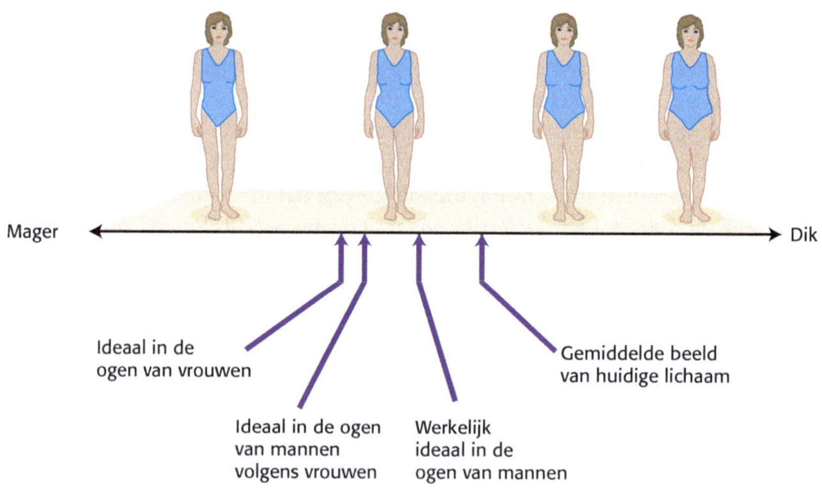

Figuur 9.6

Hoe vrouwen over hun lichaam denken

April Fallon en Paul Rozin (1985) vroegen vrouwelijke studenten naar hun huidige gewicht, hun ideale gewicht en het gewicht waarvan ze dachten dat mannen het ideaal zouden vinden. Het bleek dat de gemiddelde vrouw haar huidige gewicht significant hoger vond dan haar ideale gewicht, en hoger dan wat ze dacht dat mannen aantrekkelijk vonden. En erger nog, vrouwen schatten hun lichaam omvangrijker in dan dat in werkelijkheid was (Thompson, 1986). Bij mannen bleek geen discrepantie te bestaan tussen het ideale en het reële gewicht. De mannen gaven een hoger ideaal gewicht van de vrouw op dan de vrouwen zelf. Geen wonder dat vrouwen vaker lijnen dan mannen, en dat ze meer risico lopen op een ernstige eetstoornis (Mintz & Betz, 1986; Striegel-Moore et al., 1993).

Overgewicht en gewichtsbeheersing

Het probleem van overgewicht is de afgelopen jaren ook in België en Nederland maatschappelijk gezien met een alarmerende snelheid gegroeid. Uit de Gezondheidsenquête van 2008 (Van der Heyden et al., 2010) blijkt dat 47 procent van de volwassen Belgen te zwaar is. Daarvan kampt 33 procent met overgewicht (BMI tussen 25 en 30) en 14 procent heeft last van ernstig overgewicht (obesitas, BMI $\geq$ 30). Bovendien heeft maar liefst 18 procent van de Belgische jongeren van 2 tot en met 17 jaar overgewicht. Volgens cijfers van het CBS was in 2009 47 procent van de volwassen Nederlanders ouder dan 20 jaar te zwaar (CBS StatLine, 2012). Het percentage mensen met ernstig overgewicht ligt op ruim 11 procent. Van de jeugd van 2 tot 21 jaar in Nederland heeft 14 procent overgewicht en 2 procent ernstig overgewicht (TNO, 2010).

Deze cijfers blijven niet ver achter bij de situatie in de VS: 65 procent van de Amerikanen is te zwaar en 30 procent kan nu als obees worden geclassificeerd (DeAngelis, 2004b; Mann et al., 2007). De laatste decennia is het probleem van obesitas een wereldwijde 'epidemie' geworden, waarbij de problemen in de niet-westerse wereld, zoals China, het snelst groeien (Popkin, 2010; Popkin et al., 2012). Het echte probleem is natuurlijk niet het overgewicht zelf, maar de daarmee gepaard gaande gezondheidsrisico's op problemen als hartaandoeningen, herseninfarct en diabetes. Deskundigen zijn het er overigens niet over eens hoe groot dit probleem precies is onder degenen die behalve overgewicht geen andere aandoeningen hebben (Couzin, 2005; Gibbs, 2005).

Helaas worden de oorzaken van deze epidemie van overgewicht niet goed begrepen (Doyle, 2006). Niemand in het vakgebied van het onderzoek naar overgewicht gelooft dat de aandoening het gevolg is van een gebrek aan 'wilskracht', een simplistisch en wetenschappelijk nutteloos begrip, zoals we in het volgende gedeelte zullen zien (Friedman, 2003). De meeste deskundigen menen dat overgewicht het gevolg is van meerdere factoren, zoals slechte voeding, te grote porties en een toenemende beschikbaarheid van voedsel met veel vet en suiker. Genetica speelt ook een rol (Bell, 2010; DeAngelis, 2004a; Flier & Maratos-Flier, 2007), maar ook de mate van lichaamsbeweging. Uit een langlopend gezondheidsonderzoek onder verplegend personeel bleek bijvoorbeeld dat als er per dag twee uur langer televisie werd gekeken, het overgewicht met 23 procent toenam (Hu et al., 2003). Ten slotte lijkt een slaaptekort tot overeten met gewichtstoename te kunnen leiden, misschien doordat het lichaam slaperigheid met honger verwart (Hasler et al., 2004).

Evolutionair gezien zijn mensen wezens uit de steentijd, die biologisch zijn aangepast om met de afwisseling in perioden van overmaat en hongersnood om te gaan. Daardoor zijn we geneigd meer te eten dan we nodig hebben als er veel voedsel aanwezig is, ter bescherming tegen toekomstige perioden van honger. Helaas is deze strategie uit het stenen tijdperk niet geschikt voor het leven in de moderne wereld, waarin de meeste mensen in ontwikkelde landen geen energie hoeven te steken in het opjagen van wild of het opgraven van wortels, maar waar frites, milkshakes, chocoladerepen en chips – calorierijke voedingsmiddelen die aantrekkelijk zijn voor onze diep gewortelde voorkeur voor zout, vet en zoet voedsel – makkelijk beschikbaar zijn (Parker-Pope, 2009; Pinel et al., 2000).

Het probleem is niet een gebrek aan aandacht. Vooral Amerikanen lijken te zijn geobsedeerd door gewicht en afvallen, zoals je kunt zien wanneer je een blik werpt op de koppen in tijdschriften in de kiosk. Op elk willekeurig moment zegt circa 30 procent van de volwassen Amerikanen dat ze een of ander dieet volgen om af te vallen (Gallup, 2010). Er is ook in Nederland steeds meer aandacht voor overgewicht. Er zijn informatiecampagnes op scholen en via de media krijgen gezonde leefstijl en afslankprogramma's, maar ook ingrijpendere medische behandelingen als maagverkleiningen, bekendheid. De laatste jaren komen gezondheidsorganisaties met serieuze voorstellen aan de politiek. Zo adviseerde De Raad voor de Volksgezondheid en Zorg (RVZ, 2011) in Nederland in haar rapport *Preventie van Welvaartsziekten* om de belasting op voedingsmiddelen te verhogen om te veel eten te ontmoedigen en zou het nut van een speciale belasting op ongezond eten, een zogenaamde 'vettaks', onderzocht moeten worden. In België is hetzelfde maatschappelijke debat gaande, en wordt naast de al genoemde maatregelen, eveneens gesproken over fiscale maatregelen, zoals een vettaks, om het probleem van overgewicht te bestrijden.

Ondanks alles wat we over honger en gewichtsbeheersing weten, heeft toch nog niemand een systeem voor gewichtsverlies ontdekt dat echt werkt; hoewel in reclames soms anders wordt geclaimd, bestaat er geen enkel dieet, chirurgische ingreep, geneesmiddel of andere uitvinding voor afvallen die leidt tot blijvend gewichtsverlies, althans niet bij de meeste mensen die het hebben geprobeerd. De beste oplossing voor de meeste mensen is een vorm van cognitieve gedragstherapie (Institute of Medicine, 2002; Rich, 2004). Voor degenen die met hun gewicht worstelen, is het bemoedigend te weten dat op dit moment bepaalde stoffen worden onderzocht waarmee gewichtsbeheersing misschien ooit mogelijk zal zijn. Het kan echter nog wel enkele jaren duren voordat effectieve en veilige middelen op de markt komen (Flier & Maratos-Flier, 2007). In de tussen-

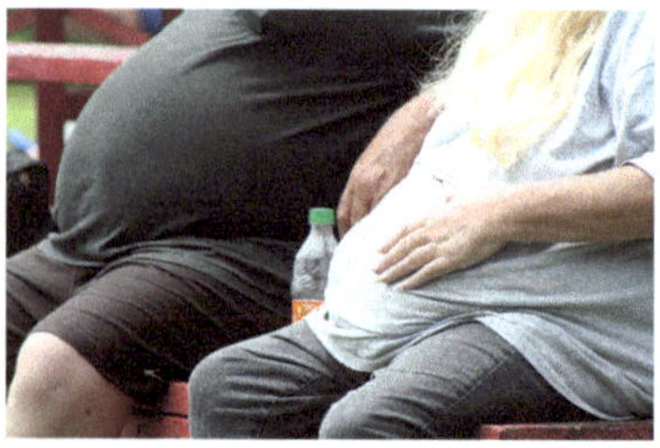

In het populaire tv-programma *Obese*, dat in Nederland en België wordt uitgezonden, worden verschillende mensen een jaar lang gevolgd gedurende hun strijd tegen de kilo's.
Bron: Tony Alter, Flickr.

tijd zijn deskundigen van mening dat de beste weg naar gewichtsbeheersing op de lange termijn bestaat uit een evenwichtig dieet, een programma van matige lichaamsbeweging en, als je wat extra hulp kunt gebruiken, cognitieve gedragstherapie.

9.3.2 Wilskracht en de biologie van zelfbeheersing

Psychologen hebben het meestal niet over 'wilskracht', maar dit woord wordt in dagelijkse gesprekken vaak gebruikt. Psychologen hebben bezwaar tegen de verouderde aanname dat de 'wil' een speciaal vermogen van de geest is, omdat het slechts een 'label' is en geen verklaring geeft. Moderne psychologen geven daarom meestal de voorkeur aan termen als 'zelfbeheersing' of 'impulscontrole', termen die minder beladen zijn en die in verband kunnen worden gebracht met omgevingsinvloeden en met bekende hersenmechanismen.

Een groep onderzoekers aan de universiteit van Florida lijkt recentelijk een degelijke wetenschappelijke onderbouwing te hebben gevonden voor het vermogen om weerstand te bieden aan verleidingen (Gailliot et al., 2007). Ze hebben ontdekt dat zelfbeheersing een biologische basis heeft. De eigenschap heeft ook een prijs. Het team in Florida heeft eerst psychologiestudenten in een lastige omgeving gebracht, waarbij hen werd gevraagd zelfbeheersing uit te oefenen; ze moesten bijvoorbeeld de verleiding van warme, versgebakken chocoladekoekjes weerstaan of een grappige videoclip bekijken zonder te lachen. Daarna gaven de onderzoekers de studenten een tweede taak, bijvoorbeeld het oplezen van een woord waarvan de letters waren verwisseld of een test met hand-oogcoördinatie. Een controlegroep werd eveneens gevraagd de laatste taken uit te voeren, maar hen was niet eerst gevraagd hun lachen te onderdrukken en ze werden ook niet blootgesteld aan de verleiding van de koekjes.

Kijk voordat we verdergaan maar eens of je kunt voorspellen wie beter presteerde bij de tweede taak. Waren het degenen in de experimentele groep, die hun impulsen met succes hadden weerstaan? Of de controlegroep aan wie was toegestaan zich te laten gaan?

Je had gelijk als je had geraden dat degenen die de verleiding hadden weerstaan (nee zeggen tegen de koekjes of ernstig blijven bij het bekijken van de grappige video) minder succes hadden bij de daaropvolgende taak. Blijkbaar is zelfbeheersing een cognitieve bron, die, evenals lichamelijk uithoudingsvermogen, tijdelijk uitgeput kan raken. Verrassend genoeg lijkt zelfbeheersing niet alleen in het gedrag, maar ook in het bloed meetbaar te zijn. Bij het onderzoek bleek dat degenen die gevraagd was hun gedrag te beheersen, een lagere bloedsuikerspiegel hadden dan degenen die zich niet hadden beheerst. Aangezien suiker (glucose) een energiebron is voor het lichaam, speculeren de onderzoekers dat bij het uitoefenen van zelfbeheersing een deel van die energie werd verbruikt, waardoor mensen minder efficiënt werden bij de tweede taak (Baumeister et al., 1998, 2007; Wargo, 2009).

Er is echter hoop voor degenen die een zwakke wilskracht hebben! Een suikerhoudende drank bracht niet alleen de bloedsuikerspiegel terug naar het oorspronkelijke niveau, maar bracht ook de prestaties van degenen met zelfbeheersing terug naar het niveau van degenen die zich konden laten gaan. Blijkbaar berust de eigenschap die de meeste mensen 'wilskracht' noemen in elk geval voor een deel op de energiereserves in de bloedsomloop.

Dus zou je een glas frisdrank en een chocoladereep moeten nemen om je 'wilskracht' te versterken voor het volgende psychologie-examen? Waarschijnlijk is dat niet zo'n goed idee, aldus Matthew Gaillot, leider van het onderzoek in Florida, vooral niet als je probeert je gewicht onder controle te houden. Het is beter, zo zegt hij, je energieniveau te handhaven met een eiwitrijk dieet of met complexe koolhydraten (Cynkar, 2007).

En nog wat extra advies vanuit een cognitief perspectief: als je ervoor wilt zorgen dat je mentaal scherp bent, is matigheid een betere strategie dan ontzegging.

9.3.3 Seksuele motivatie: een impuls waar je zonder kunt

Niemand heeft graag honger of dorst. Maar over seks kunnen we niet hetzelfde zeggen: in tegenstelling tot honger en dorst is de arousal van de seksuele drijfveer meestal wel aangenaam. En verder geldt nog: al proberen seksueel opgewonden mensen de spanning misschien te verminderen door seks te hebben, toch is de seksuele motivatie niet homeostatisch – ook weer in tegenstelling tot honger en dorst. Dat wil zeggen: seks hebben heeft niet tot doel een bepaald evenwicht in het lichaam te herstellen. Seksuele motivatie kan echter vele andere doelen dienen, waaronder plezier, voortplanting en het versterken van een sociale band. Met andere woorden: seks is (net als honger) gerelateerd aan diverse motieven in de hiërarchie. Seksuele motivatie is in een ander opzicht wel verwant aan honger en dorst: het wortelt in onze behoefte om te overleven. Maar zelfs in dat opzicht neemt seks te midden van de biologische drijfveren een unieke plaats in, omdat gebrek aan seks geen bedreiging vormt voor de overleving van het individu. Zonder voedsel of water sterven we een wisse dood, maar sommige mensen leiden een volkomen seksloos leven. Seksuele motivatie heeft te maken met de overleving van de *genen*, niet met die van het individu.

Alle biologische drijfveren, inclusief het verlangen naar seks, hebben grote invloed op ons gedrag. Het gevolg is dat ze met vele beperkingen en taboes zijn omgeven, zoals het verbod om bepaalde soorten vlees te eten of het verbod op de consumptie van alcohol. Op het terrein van seksualiteit bestaan uitgebreide cultuurspecifieke regels en sancties die te maken hebben met een grote variatie aan seksuele praktijken. Sterker nog, in alle samenlevingen worden de seksuele activiteiten gereguleerd, maar de manier waarop dat gebeurt loopt sterk uiteen. Zo is homoseksualiteit in de VS en in veel islamitische landen nog steeds een beladen onderwerp, terwijl zulk gedrag in Nederland en België over het algemeen meer geaccepteerd is.

Onze culturele lessen en levenservaring zijn van invloed op de betekenis van seks in ons leven.

Alleen al het praten over seks verzandt gemakkelijk in taboes, verkeerde informatie en schaamte. Wetenschappers die de menselijke seksualiteit bestuderen worden zelfs vandaag de dag nog geconfronteerd met grote sociale en politieke weerstanden. De wetenschappelijke kennis over seksualiteit die we nu voor je samenvatten, is dan ook moeizaam verworven.

Masters en Johnson: geslachtsovereenkomsten en de fysiologie van seks

Het waren William Masters en Virginia Johnson (1966, 1970, 1979) die seks onderzochten in het laboratorium. Daarmee doorbraken ze werkelijk alle tradities en taboes. Nooit eerder hadden wetenschappers seks bestudeerd door mensen die allerlei seksuele handelingen verrichtten, direct te observeren en vast te leggen. Met deze methode richtten ze zich niet op wat mensen over seks *zeiden* (waarbij natuurlijk sprake was van responsbias: mensen zijn niet altijd bereid om volkomen eerlijke antwoorden te geven op zeer persoonlijke vragen), maar op hun *fysieke reacties* tijdens het vrijen. Het gevolg van Masters en Johnsons gewaagde experiment is dat het onderzoek naar de menselijke seksualiteit tegenwoordig veel meer geaccepteerd wordt als legitiem gebied voor wetenschappelijk onderzoek.

Masters en Johnson noemden de menselijke reacties tijdens een vrijpartij de **seksuele responscyclus**. Deze cyclus bestond naar hun idee uit vier fases (zie figuur 9.7): de verlangfase, de opwindingsfase, de orgastische fase en de herstelfase. Masters en Johnson concentreerden zich puur op de lichamelijke opwinding en de lichamelijke responsen. Ze keken niet naar de psychologische aspecten van seksualiteit, zoals emotionele responsen of sociale invloeden op seksuele activi-

Seksuele responscyclus: Uit vier stadia bestaande reeks van verlangen, opwinding, orgasme en herstel die zowel bij mannen als vrouwen optreedt.

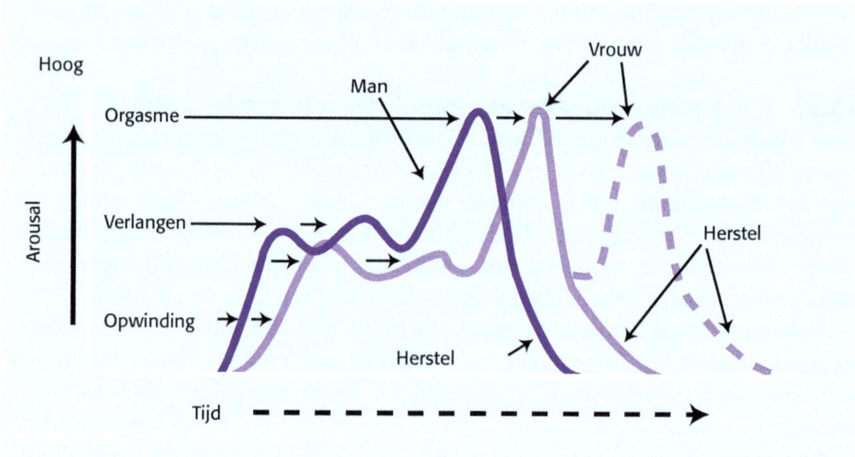

Figuur 9.7

De fases van de menselijke seksuele respons

De fases van de seksuele respons bij mannen en vrouwen vertonen een bijna identiek patroon. De belangrijkste verschillen betreffen de tijd die mannen en vrouwen nodig hebben om elke fase te bereiken en het feit dat vrouwen vaker meerdere orgasmen achter elkaar kunnen hebben.

teit. Desondanks hebben hun biologische observaties van het seksuele gedrag van de proefpersonen enkele interessante conclusies opgeleverd over de biologie van seks:

- De manier waarop de biologische responsen zich ontwikkelen, is bij mannen en vrouwen opmerkelijk gelijkvormig en onafhankelijk van de bron van seksuele arousal. Het maakt dus niet uit of de opwinding wordt veroorzaakt door geslachtsgemeenschap of door masturbatie.
- Hoewel de seksuele responscyclus zich bij mannen en vrouwen op een gelijke manier ontwikkelt, reageren vrouwen over het algemeen wat trager. Hun opwinding houdt wel langer stand. Vanuit een biologisch perspectief lijkt dit logisch, omdat de kans dan groot is dat de man ejaculeert voordat de vrouw haar interesse verliest.
- Veel vrouwen kunnen in een korte periode meerdere orgasmen beleven, dat komt bij mannen zelden voor.
- De maat van de genitaliën of andere kenmerken van de bij seks betrokken lichaamsdelen (zoals vagina, borsten, penis) houdt over het algemeen geen verband met enig onderdeel van de seksuele handeling (behalve misschien met de attitude tegenover de eigen seksuele mogelijkheden).

Masters en Johnson gebruikten hun bevindingen over het seksuele gedrag van de mens om effectieve gedragstherapieën te ontwikkelen voor de behandeling van seksuele stoornissen, zoals erectieproblemen (onvermogen om een erectie te krijgen of vol te houden), voortijdige zaadlozing en frigiditeit (seksuele ongevoeligheid).

Verbinding hoofdstuk 13
Gedragstherapie richt zich vooral op wat mensen doen, in plaats van op wat zij denken of voelen. Zulke behandelingen zijn behalve bij seksuele problemen, ook effectief bij diverse andere problemen, zoals fobieën en angststoornissen (p. 539).

Een alternatieve benadering: verschillen tussen mannen en vrouwen in seksualiteit

Hoewel Masters en Johnson onze aandacht vroegen voor de overeenkomsten tussen mannen en vrouwen bij de seksuele responscyclus, hebben andere onderzoekers zich gericht op de verschillen. Meredith Chivers en haar collega's (2007) hebben bijvoorbeeld ontdekt dat heteroseksuele vrouwen door een breder spectrum aan erotische prikkels opgewonden worden dan heteroseksuele mannen. Bovendien zijn homoseksuele mannen en lesbische vrouwen specifieker in hun erotische smaak dan hun heteroseksuele tegenhangers. Andere onderzoekers hebben diep in het brein gekeken en de beloningsgebieden gevonden die samenhangen met een orgasme; de reacties kunnen net zo sterk zijn als de hersenrespons op bijvoorbeeld heroïne (Portner, 2008).

Neurowetenschappers hebben ook sekseverschillen ontdekt in de hersenrespons (Portner, 2008). Met name de hersendelen die over emotionele controle gaan, lijken tijdens een orgasme bij vrouwen stil te vallen, bij mannen niet. Hierdoor worden de angstresponsen onderdrukt die een orgasme anders misschien zouden blokkeren (Holstege et al., 2003).

Seks vanuit evolutionair perspectief

Vanuit het evolutionaire perspectief onderzoeken wetenschappers hoe natuurlijke selectie de seksuele motivatie heeft gevormd. Daarmee in overeenstemming beweren sommige wetenschappers (Buss, 2008) dat selectiedruk verschillende paarstrategieën heeft opgeleverd en daarom verschillende sekserollen voor mannen en vrouwen. (We hebben het hier over heteroseksuelen, omdat de evolutionaire aspecten van homo- en biseksualiteit nog niet duidelijk zijn.)

Evolutionair gezien is het doel van beide seksen om zo veel mogelijk nageslacht te produceren. Maar de lichamelijke gevolgen van seks en ouderschap zijn voor de man heel anders dan voor de vrouw (Bjorklund & Shackelford, 1999). Daardoor hebben de seksen op het gebied van voortplanting verschillende (en soms conflicterende) strategieën ontwikkeld, aldus evolutionair psychologen.

Omdat vrouwen in hun leven slechts enkele kinderen kunnen produceren en omdat de zwangerschap en het opvoeden van het kind heel wat tijd en energie kosten, vormt elk kind een enorme biologische investering. Het is dus belangrijk dat een vrouw haar partner zorgvuldig uitkiest. Voor een man liggen de kosten en baten van geslachtsgemeenschap heel anders. Volgens de evolutionaire theorie bereikt de man het meeste resultaat als hij seks heeft met zo veel mogelijk partners in de vruchtbare leeftijd. Het gevolg van dit biologische verschil is dat mannen geneigd zijn om jonge en lichamelijk goed ontwikkelde partners te kiezen, terwijl vrouwen iets oudere partners prefereren die middelen, status en bescherming kunnen bieden aan hun nageslacht. Helaas leiden deze wensen dikwijls tot conflicten en seksuele jaloezie.

Over seksuele motivatie worden vanuit het evolutionaire perspectief beweringen gedaan die misschien hardvochtig overkomen, maar wel een groot aantal verschillen in seksueel gedrag tussen mannen en vrouwen verklaren. Desondanks verbiedt de biologie niet dat we alternatieve seksuele rollen en scripts aanleren en evenmin geeft ze een verklaring voor de sociale en culturele druk die mannen en vrouwen tot verschillende rollen dwingen (Eagly & Wood, 1999). Bovendien verklaart de biologie niet waarom de meeste mensen gedurende lange tijdsperioden bij hun partner blijven (Hazan & Diamond, 2000) of waarom homoseksuele relaties in verschillende culturen bestaan.

Voor een volledig beeld van de menselijke seksuele motivatie moet je daarom zowel naar de evolutionaire wortels kijken, als naar de vele variaties die door leerprocessen ontstaan.

Psychologische kwesties
Mensen hebben verschillende seksuele voorkeuren. Ga naar 'In de praktijk' in de MyLab mediatheek om te lezen wat de wetenschap zegt over de oorsprong van seksuele geaardheid.

Verbinding hoofdstuk 2
'Natuurlijke selectie' is Darwins term voor de drijvende kracht achter de evolutie, waardoor de omgeving de best aangepaste organismen 'selecteert' (p. 13).

Verbinding hoofdstuk 6
Over het algemeen zijn scripts de verwachtingen die we hebben van gebeurtenissen in verschillende situaties. Ze hebben vaak betrekking op sociale situaties, waaronder seksuele relaties (p. 204).

Ga naar **www.pearsonmylab.nl** om je kennis en begrip van deze paragraaf te testen met de MyMap, MyCheck en MyDefinitions.

KERNVRAAG 9.4

▶ Hoe motiveren onze emoties ons?

Een van de hardnekkigste misverstanden over de menselijke geest is het idee dat emotie het tegenovergestelde van de rede is. Neem de situatie van Elliot. Eens was hij een voorbeeldige werknemer, maar zijn prestaties waren langzaam maar zeker achteruitgegaan, tot zijn baas zich genoodzaakt voelde om hem te ontslaan. Zijn superieuren zeiden dat Elliot zich te veel richtte op de details van zijn werk, en moeite had met het stellen van prioriteiten. Hij kon zich volledig op een relatief onbelangrijke taak storten, zoals het ordenen van de papieren van een cliënt, en was dan een hele middag verdiept in verschillende soorten opbergsystemen. Maar het werk waarvoor hij eigenlijk was aangenomen bleef daardoor wel liggen (Damasio, 1994).

Ook in zijn privéleven liep het spaak. Na zijn echtscheiding volgde een kortstondig tweede huwelijk, en een tweede scheiding. Elliot ondernam een aantal pogingen om voor zichzelf te beginnen, maar hij maakte zulke grove inschattingsfouten dat hij uiteindelijk zijn hele vermogen verspeelde.

Het gekke was dat Elliot in de meeste opzichten volkomen normaal leek. Hij was prettig in de omgang en had een aanstekelijk gevoel voor humor. Hij was ontegenzeggelijk slim, had een brede algemene ontwikkeling en volgde het nieuws op de voet. Sterker nog, uit tests bleek dat er niets mis was met zijn motoriek, geheugen, perceptuele vermogens, taalgevoel, intellect en leervermogen. Het waren klachten over hoofdpijn waardoor zijn huisarts uiteindelijk begon te vermoeden dat de veranderingen in Elliots gedrag werden veroorzaakt door een hersenbeschadiging. Na onderzoek bleek dat hij gelijk had. Op de hersenscans was een vreemde massa ter grootte van een kleine sinaasappel te zien die tegen de frontaalkwabben vlak boven Elliots ogen drukte.

Hoewel de artsen erin slaagden om de tumor te verwijderen, had die al aanzienlijke schade aangericht. De tumor veroorzaakte vergelijkbare veranderingen als de beschadiging bij Phineas Gage bijna 150 jaar eerder (zie hoofdstuk 2). Net als bij Gage, was Elliots persoonlijkheid door de beschadiging van zijn frontaalkwabben ingrijpend veranderd, maar bij Elliot waren de effecten wel subtieler. Een psycholoog die hem had onderzocht, formuleerde het als volgt: 'We kunnen Elliots penibele situatie samenvatten als 'weten, maar niet voelen' (Damasio, 1994, p. 45). Zijn redeneervermogen was nog intact, maar door de schade aan de verbindingen in zijn frontaalkwabben was hij niet meer in staat om zijn emoties te gebruiken om prioriteiten te stellen. Kortom, Elliot was emotioneel gehandicapt. Door Elliots onvermogen concepten en emoties te verbinden, was hij niet in staat aan de ene handelwijze een grotere waarde toe te kennen dan aan de andere.

Wat vertelt het geval van Elliot ons over het verband tussen redeneren en emotie? Wat er met Elliot, en ook met Phineas Gage en anderen met soortgelijke aandoeningen gebeurde, maakt duidelijk dat emoties een wezenlijk ingrediënt vormen van denken, in het bijzonder bij het maken van beslissingen (Forgas, 2008; Gray, 2004). In de rest van dit hoofdstuk bestuderen we enkele ontdekkingen uit onderzoek naar de wijze waarop de hersenen emoties verwerken en bespreken we wat deze ontdekkingen betekenen voor het nauwe verband tussen emotie en rede.

● **KERNCONCEPT 9.4**

Emoties zijn een speciale klasse motieven die ons helpen om te gaan met belangrijke (meestal externe) situaties en onze bedoelingen aan anderen over te brengen.

Hoe is emotie gekoppeld aan motivatie? Merk op dat beide woorden dezelfde wortel hebben: 'mot' van het Latijnse *motus*, wat 'beweging' betekent. De psychologie van emoties heeft deze betekenis vastgehouden, omdat emotie wordt gezien als een speciaal soort motivatie die naar buiten is gericht. Emoties vergroten ook onze arousal, hechten de waarden die we 'gevoelens' noemen aan mensen en aan gebeurtenissen die we belangrijk vinden, en zorgen voor een toenaderings- of vermijdingsrespons. Laten we al deze componenten van emotie eens nader bekijken.

9.4.1 De onderdelen van emoties

De Nederlandse psycholoog Nico Frijda beschrijft in zijn invloedrijke boek *De emoties: een overzicht van onderzoek en theorie* (1988) een veelomvattende 'componententheorie van emoties'. Hierbij benadert hij emoties vanuit een *functionalistisch* perspectief. Onze emoties dienen volgens Frijda als een signaal om aan te geven dat een bepaalde gebeurtenis belangrijk voor ons is.

Emoties bestaan uit vier samenhangende onderdelen: fysiologische arousal, cognitieve interpretatie, subjectieve gevoelens en gedragsmatige expressie.

Emotie: Viervoudig proces dat te maken heeft met fysiologische arousal, cognitieve interpretatie, subjectieve gevoelens en gedragsmatige expressie. Emoties helpen het organisme om te gaan met belangrijke gebeurtenissen.

Kort gezegd krijgt een gebeurtenis een bepaalde betekenis (cognitieve interpretatie) die tot een emotie kan leiden; die resulterende emotie kan voor verschillende mensen hetzelfde zijn, maar is vaker verschillend en wordt ook verschillend benoemd (subjectieve gevoelens zoals vrolijk of gelukkig). Bij emotie horen ook gevoelens van lust of onlust, lichamelijke sensaties die typerend zijn voor emoties (fysiologische arousal). Ten slotte zorgt een emotie voor een reactie op de gebeurtenis (gedragsmatige expressie, zoals zingen).

Laten we dit illustreren met een voorbeeld. Stel dat je vijftig miljoen euro wint bij de loterij. De kans bestaat dat je zult springen en schreeuwen als je het nieuws hoort, dat je hartkloppingen krijgt en dat je hersenen overspoeld raken van vreugde. De *fysiologische arousal* die daarbij hoort, gaat gepaard met een signaal dat tegelijkertijd door het hele autonome zenuwstelsel en het hormoonstelsel wordt uitgezonden. Het resultaat is een uitgebreide fysiologische reactie, die onder meer uit hartkloppingen bestaat.

Bij het tweede deel van de emotie, de *cognitieve interpretatie* van de gebeurtenissen en gevoelens, is sprake van een bewuste erkenning en interpretatie van de situatie. Ongetwijfeld interpreteer je het nieuws over het winnende lot als een gunstig levenslot. Dezelfde processen, zowel bewust als onbewust, kunnen plaatsvinden bij onplezierige ervaringen. (Stel je maar eens voor dat je door een hongerige beer wordt achternagezeten.)

Het onderdeel *subjectieve beleving*, van bijvoorbeeld het plezierige gevoel nadat je hebt gehoord dat je de loterij hebt gewonnen, is het gevolg van twee verschillende mechanismen. De ene is het door de hersenen waarnemen van de huidige toestand van het lichaam. De andere is het oproepen van herinneringen aan de toestand van het lichaam in soortgelijke, plezierige situaties in het verleden.

Ten slotte brengt de vierde component van emotie een *expressie van de emotie in het gedrag* teweeg. Toen je vernam dat je de loterij had gewonnen, glimlachte je misschien, of uitte je een vreugdekreet, en misschien danste je wel de kamer rond terwijl je het nieuws tegen je vrienden uitschreeuwde.

◀◀ **Verbinding hoofdstuk 2**
Dankzij 'spiegelneuronen' kunnen we het gedrag, de emotionele toestand en bedoelingen van anderen begrijpen (p. 68).

9.4.2 Wat emoties voor ons doen

Of het nu om mensen gaat of om hyena's, katten of kangoeroes, emoties dienen als toestand van arousal die het signaal vormt voor een belangrijke gebeurtenis, bijvoorbeeld een dreiging of de aanwezigheid van een geschikte partner. Emoties raken ook in het geheugen geëtst, als hulpmiddel voor het organisme om zulke situaties snel te beoordelen als ze zich opnieuw voordoen (Dolan, 2002; LeDoux, 1996; Lee, 2009). Dit verklaart onze eigen emoties, die ver uiteen kunnen lopen,

Tabel 9.2 Responsen die worden geassocieerd met emotie

Onderdeel van de emotie	Soort respons	Voorbeeld
Fysiologische arousal	Veranderingen op neuraal, hormonaal, visceraal (de inwendige organen betreffend) of musculair niveau	Versnelde hartslag, blozen, verbleken, zweten, snel ademhalen
Subjectieve gevoelens	Persoonlijke ervaring van de interne affectieve toestand	Gevoelens van woede, verdriet, geluk
Cognitieve interpretatie	Betekenis toekennen aan de emotionele ervaring op grond van herinneringen en perceptuele processen	Iemand de schuld geven, een bedreiging waarnemen
Sociale/gedragsmatige reacties	Emotie uitdrukken door gebaren, gezichtsuitdrukkingen of andere handelingen	Glimlachen, huilen, om hulp roepen

zoals de vreugde die door een winnend lot wordt veroorzaakt, of door een tien voor een scriptie of paper, of de angst die wordt opgewekt door een hongerige beer die op je af komt rennen.

In het algemeen zijn onze emoties positief of negatief, wat leidt tot een neiging tot nadering of vermijding (Davidson et al., 2000). De emoties die aanzetten tot 'naderen', zoals verrukking en vreugde, zijn overwegend positief en ze maken een persoon, voorwerp of situatie aantrekkelijk (bijvoorbeeld als we ons tot iemand anders aangetrokken voelen). Uit hersenscans komen aanwijzingen naar voren dat het dopaminebeloningssysteem in de hersenen bij deze emoties is betrokken. De meeste negatieve emoties daarentegen, zoals angst en afkeer, gaan gepaard met afwijzing of vermijding (bijvoorbeeld wanneer we bang zijn om naar de tandarts te gaan). Bij de meeste van deze emoties die aanzetten tot vermijding, is de amygdala betrokken.

Ook hebben de hersenen een soort emotioneel 'lichaamsbeeld' opgeslagen, dat Antonio Damasio (1994, 2003) een *somatische marker* noemt. In reactie op de hongerige beer bijvoorbeeld, halen je hersenen een herinnering aan een lichaamsbeeld op in een eerdere gevaarlijke situatie, inclusief hartkloppingen, zweet en het gevoel van wegrennen.

Het recent ontdekte systeem van 'spiegelneuronen' is een andere bron van emotionele gevoelens. Deze hersencircuits raken zodanig geactiveerd dat je een somatische marker oproept of een emotie voelt, wanneer je de emotionele toestand van iemand anders waarneemt, bijvoorbeeld bij het bekijken van een droevige film (Miller, 2006c; Niedenthal, 2007). Bij het voorbeeld van een hongerige beer die op je af komt rennen, reflecteren je spiegelneuronen mogelijk de emoties van een metgezel die de beer eerder heeft gezien dan jij. Dit vermoeden wordt door talrijke onderzoeken ondersteund. Bij een van de interessantste onderzoeken werd gekeken naar de hersenscans van stelletjes. Er werd ontdekt dat wanneer een van de twee een onplezierige ervaring had, bij beide partners grotendeels dezelfde veranderingen voorkwamen in de delen van de hersenen die met emoties zijn gerelateerd (Singer et al., 2004).

◀◀ Verbinding hoofdstuk 2
De amygdala maakt deel uit van het limbische systeem dat in het bijzonder te maken heeft met angst (p. 66).

Natuurlijke selectie heeft onze emoties gevormd, wat verklaart waarom onze meest basale emoties opwellen in situaties die van invloed kunnen zijn op onze overleving of voortplanting (Gross, 1998; Izard, 2007). Angst bijvoorbeeld, heeft onze voorouders ongetwijfeld geholpen om adequaat te reageren op levensbedreigende situaties. En de emotie die we 'liefde' noemen, maakt dat we een gezin willen stichten, waardoor we onze genetische lijn kunnen voortzetten. Seksuele jaloezie kun je opvatten als een emotie die zich heeft ontwikkeld vanuit het in biologisch opzicht belangrijke probleem van trouw en ontrouw, dat essentieel is voor de kansen van het individu om nageslacht te produceren (Buss & Schmitt, 1993). Ook humor is mogelijk voor een sociaal doeleinde geëvolueerd, zoals we

kunnen vermoeden wanneer we kijken naar de incrowdgrapjes van mensen in sterk verbonden sociale groepen (Ayan, 2009; Provine, 2004; Winerman, 2006).
In het verhaal van Elliot hebben we een glimp opgevangen van een andere, maar weinig bekende functie van emoties. Zoals je je herinnert, werd door zijn tumor niet alleen zijn vermogen tot het verwerken van emoties verstoord, maar ook zijn beoordelingsvermogen. Zulke gevallen tonen aan dat we beslissingen nemen met behulp van onze emoties, doordat ze ons helpen de alternatieven op waarde te schatten (De Martino et al., 2006; Miller, 2006b).
En waar passen emoties in de evolutionaire behoeftehiërarchie die in paragraaf 9.2.5 werd beschreven? Natuurlijk hebben veel emoties met onze overlevingsinstincten te maken, zoals de angst die je misschien zou voelen bij het zien van een hongerige beer. Andere emoties hebben te maken met seksuele arousal en reproductie, zoals de aantrekkingskracht die een potentiële seksuele partner op je uitoefent. De emoties die met overleving te maken hebben, zouden dan onderaan in de motivatiepiramide staan, waar ze gewoonlijk een hoge prioriteit hebben. Daardoor komen de seks- en affiliatiegerelateerde emoties (aantrekkingskracht en liefde bijvoorbeeld) in de hogere regionen van de hiërarchie te staan, waar ze meestal een lagere prioriteit hebben dan motieven die met overleving te maken hebben.

Seksuele jaloezie heeft vermoedelijk een evolutionaire basis, doordat iemands kansen op het krijgen van nakomelingen door ontrouw van de partner worden bedreigd.
Bron: Larry Williams/CORBIS.

9.4.3 Emoties tellen

Hoeveel emoties zijn er? Als je in het woordenboek kijkt, vind je minstens vijfhonderd uitdrukkingen die op de een of andere manier met een emotie te maken hebben (Averill, 1980). Maar de meeste deskundigen onderscheiden een kleiner aantal *elementaire emoties*. Zo maakt Frijda (1988) een onderscheid tussen *primaire* en *secundaire* emoties. De primaire emoties zijn de 'pure emoties': vreugde, angst, verbazing, boosheid, verdriet en onbehagen. De secundaire emoties hebben een relatie tot de context en/of omgeving van de persoon en noemt Frijda 'sociale emoties': trots, schaamte, medelijden, hoop, onzekerheid en dergelijke.
Carroll Izard (2007) betoogt dat er zes elementaire emoties zijn: interesse, vreugde/geluk, droefheid, woede, afgrijzen en angst. De lijst van Paul Ekman bevat er zeven: woede, afkeer, angst, geluk, verdriet, minachting en verrassing. Deze lijst is gebaseerd op de gezichtsuitdrukkingen die overal ter wereld worden herkend. Robert Plutchik (1980, 1984) gaat ervan uit dat er acht elementaire emoties zijn: vreugde, acceptatie, angst, verrassing, verdriet, afkeer, woede en verwachting (zie figuur 9.8). Dat aantal is de uitkomst van een wiskundige analyse van de cijfers die een grote groep mensen heeft toegekend aan een lange opsomming van emotionele uitdrukkingen. Later verfijnde Plutchik zijn model tot een conus of kegel, een driedimensionale weergave van het oorspronkelijke model waaraan hij de intensiteit van de verschillende basisemoties had toegevoegd (Plutchik & Conte, 1997; Plutchik, 2002). Uit recent onderzoek komen aanwijzingen naar voren dat de lijst basisemoties met 'trots' zou kunnen worden uitgebreid (Azar, 2006; Tracy & Robins, 2006).
Ook al benaderen verschillende theoretici deze vraag op verschillende manieren, hun verschillen zijn relatief onbeduidend. Het centrale idee is dat we een beperkt aantal elementaire emoties hebben, die zich kunnen vermengen tot een groter aantal secundaire emoties.

9.4.4 Universele expressie van emotie

Meestal kun je aan het gezicht of het gedrag van je vrienden wel aflezen of ze gelukkig of kwaad zijn. Dat is handig, want daardoor kun je gemakkelijker bepalen hoe je op ze kunt reageren. Emotionele expressie is bevorderlijk voor de sociale interactie. Maar heeft een bepaalde gelaatsuitdrukking in Brussel per defini-

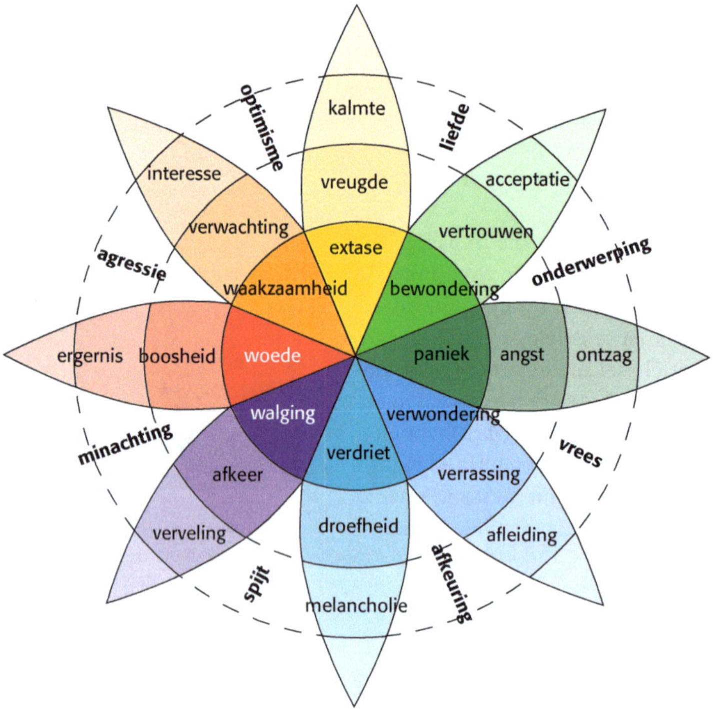

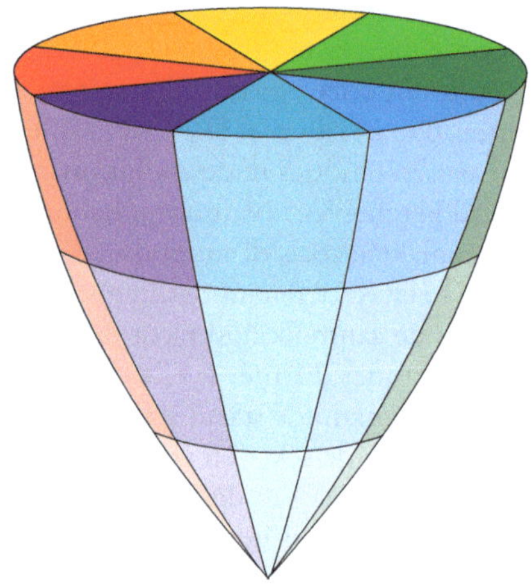

Figuur 9.8

De kegel van Plutchik, zowel in driedimensionale vorm (rechts) als uitgeklapt en tweedimensionaal (links)

In de tweedimensionale weergave van dit model zie je op de binnenste cirkel de acht primaire emoties, die op grond van hun betekenis tegenover elkaar zijn geplaatst. Je ziet dat deze acht basisemoties in verschillende intensiteiten ervaren kunnen worden. Ook zijn enkele secundaire emoties (tussen elk paar kleurvlakken) in de afbeelding opgenomen. Deze worden gevormd door paren van aangrenzende emoties. Zo bestaat spijt uit een combinatie van afkeer en verdriet.

tie dezelfde betekenis als op Madagaskar? Naar dit soort vragen over emotionele expressie is veel onderzoek verricht.

Volgens Paul Ekman (2003), de meest vooraanstaande wetenschapper op het gebied van gezichtsuitdrukkingen van emoties, spreken en begrijpen mensen overal ter wereld in grote lijnen dezelfde 'gezichtstaal'. Ekman en zijn medewerkers hebben aangetoond dat de mensheid over een aantal universele emotionele uitdrukkingen beschikt. Dat komt waarschijnlijk doordat onze soort een gemeenschappelijke biologische erfenis deelt. Crosscultureel onderzoekers zijn er bijvoorbeeld achter gekomen dat mensen in uiteenlopende landen en streken als Argentinië, Japan, Spanje, Hongarije, Polen, Sumatra, de VS, Vietnam, de oerwouden van Nieuw-Guinea en de inheemse dorpen ten noorden van de poolcirkel glimlachen als ze gelukkig zijn, terwijl een frons van de wenkbrauw in al deze streken op verdriet duidt (Biehl et al., 1997).

Misschien verbaast het je niet dat geslacht een verschil kan maken in wat we lezen in de gelaatsuitdrukkingen van anderen. Bij een onderzoek bleek dat men eerder geneigd is woede te zien in gezichten van mannen en gelukkige uitdrukkingen in gezichten van vrouwen (Becker et al., 2007). Dit resultaat is vanuit een evolutionaire invalshoek goed te verklaren, omdat woedende mannen vaker een bron van gevaar kunnen zijn geweest, terwijl het gezicht van een gelukkige vrouw een teken van veiligheid kan zijn geweest (Azar, 2007).

Volgens Ekman en zijn collega's (1987) kunnen mensen overal ter wereld minstens zeven elementaire emoties herkennen: verdriet, angst, woede, afkeer, minachting, geluk en verrassing. (Je kunt zelf kijken hoe goed je bent in het interpreteren van gelaatsuitdrukkingen door de quiz te doen in het kader 'Doe het zelf!'.) Er bestaan echter wel enorme culturele verschillen in de context en intensiteit waarmee emoties worden geuit, vanwege de zogenoemde **uitingsregels**. Zo leren kinderen in veel Aziatische culturen hun emotionele responsen (de gedragsmatige expressie van emoties dus), vooral met betrekking tot negatieve emoties, te onderdrukken, terwijl Amerikaanse en ook West-Europese kinderen juist worden aangemoedigd om hun gevoelens te laten zien (Smith et al., 2006). Als gevolg daarvan zijn mensen meestal beter in het beoordelen van emoties bij mensen van hun eigen cultuur, dan van mensen met een andere culturele achtergrond (Elfenbein & Ambady, 2003).

Uitingsregels: De manieren waarop emoties in een bepaalde samenleving geuit mogen worden.

Jongens- en meisjesbaby's uit alle culturen uiten emoties vrijwel direct bij de geboorte. In feite is een krachtige schreeuw een teken van een goede gezondheid. Zelfs pasgeboren baby's gebruiken hun gezichtsuitdrukking om aan te geven hoe ze zich voelen (Ganchrow et al., 1983). Ook de vaardigheid om gezichtsuitdrukkingen te lezen ontwikkelt zich op zeer jonge leeftijd (maar niet zo vroeg als het uiten van emoties). Peuters reageren al op gezichtsuitdrukkingen en rond het vijfde jaar kunnen ze die al bijna even goed lezen als volwassenen (Nelson, 1987). Maar er zijn nieuwe aanwijzingen dat ten minste een van Ekmans 'elementaire' emotionele uitdrukkingen niet zo gemakkelijk wordt begrepen. Volgens James Russell begrijpen kinderen gezichtsuitdrukkingen die op walging wijzen pas als ze een jaar of vijf zijn, ook al gebruiken ze woorden die walging uitdrukken (bijvoorbeeld 'jakkes' of 'vies') veel eerder (Bower, 2010; Russel & Widen, 2002).

Al deze feiten wijzen in de richting van een biologische basis voor ons vermogen om een elementaire set van emoties te kunnen uitdrukken en herkennen. Charles Darwin merkte meer dan een eeuw geleden al op dat sommige emotionele expressies zelfs bij meerdere soorten lijken voor te komen. Hij doelde met name op de overeenkomst tussen de manier waarop mensen kijken als we angstig of kwaad zijn en de gezichtsuitdrukkingen van chimpansees en wolven in die gemoedstoestand (Darwin, 1998/1862; Ekman, 1984).

Maar wil dat zeggen dat alle emotionele uitdrukkingen universeel zijn? Uit crosscultureel onderzoek naar emotionele expressie blijkt dat bepaalde emotionele responsen van cultuur tot cultuur verschillen (Ekman, 1992, 1994; Ellsworth, 1994). Die emoties zijn dus niet aangeboren, maar aangeleerd. Welke

DOE HET ZELF! Welke emoties lees je op deze gezichten?

Met behulp van deze test kun je onderzoeken of je in staat bent om de zeven emoties te definiëren die volgens Ekman in alle culturen voorkomen. Probeer bij elke afbeelding de juiste emotie te vinden en kijk dan pas naar de antwoorden. Je kunt kiezen uit: afkeer, geluk, woede, verdriet, verrassing, angst en minachting. Het blijkt dat deze uitdrukkingen overal ter wereld op dezelfde manier worden geïnterpreteerd. Daaruit kunnen we concluderen dat bepaalde gelaatsuitdrukkingen waarschijnlijk onderdeel uitmaken van onze gemeenschappelijke genetische erfenis.

Bron: David Matsumoto.

Welke emoties lees je op deze gezichten?

Antwoorden: De gezichtsuitdrukkingen zijn (bovenste rij vanaf links) geluk, verrassing, woede, afkeer, (onderste rij) angst, verdriet en minachting.

emotie associeer je bijvoorbeeld met het uitsteken van de tong? Voor Nederlanders is het een teken van afkeer, maar in China kan het ook duiden op verrassing. Een grijnzende Belg is waarschijnlijk erg tevreden, terwijl grijnzen voor een Japanner een uitdrukking van schaamte is. Om nog één voorbeeld te geven, in de Europese en Amerikaanse cultuur vormen een sombere uitdrukking en neergeslagen ogen een teken dat iemand ongelukkig is, terwijl dit voor veel Aziaten tekenen van respect kunnen zijn. Het is dus duidelijk dat cultuur invloed heeft op de expressie van emoties.

Psychologische kwesties
Ga naar 'In de praktijk' in de MyLab mediatheek voor meer informatie over sekseverschillen in emoties.

Ga naar **www.pearsonmylab.nl** om je kennis en begrip van deze paragraaf te testen met de MyMap, MyCheck en MyDefinitions.

KERNVRAAG 9.5

▶ Waar komen onze emoties vandaan?

Stel dat je op de kermis door een 'spookhuis' rijdt, waar een eng figuur je aan het schrikken brengt door met griezelige stem 'Boe!' te roepen. Je emotionele respons treedt onmiddellijk op. Mogelijk bestaat deze uit een externe reactie, zoals springen, naar adem snakken of schreeuwen. Tegelijkertijd reageer je intern: in je lichaam treden chemische veranderingen op, inwendige organen gaan anders functioneren en in bepaalde delen van de hersenen en het autonome zenuwstelsel verandert de arousal. Bovendien kunnen instinctieve emotionele reacties, zoals een versnelde hartslag, nog lang doorgaan nadat je hebt beseft dat je niet werkelijk in gevaar was.
Hieruit blijkt dat emotie op een bewust en op een onbewust of automatisch niveau werkt. En dit idee is verbonden met een belangrijke recente ontdekking in de psychologie: het bestaan van twee emotionele banen in de hersenen. Deze dubbele banen zijn het onderwerp van het kernconcept van deze paragraaf:

KERNCONCEPT 9.5
Onderzoek heeft duidelijk gemaakt welke processen ten grondslag liggen aan zowel ons bewuste als ons onbewuste gevoelsleven.

De neurowetenschap is nog maar pas begonnen met het onderzoek van de machinerie die onze emoties teweegbrengt. De details zijn nog niet helemaal duidelijk, maar we hebben een globaal beeld van de emotionele banen in de hersenen en hun verbindingen met de rest van het lichaam. Onderzoek laat zien dat er twee hersensystemen betrokken zijn bij onze emoties. In deze laatste paragraaf onderzoeken we hoe deze twee systemen zorgen voor het tot stand komen van onze emoties.

9.5.1 De neurowetenschap van emotie

Mensen die aan intense angsten voor slangen of spinnen lijden, zogeheten *fobieën*, weten meestal dat hun responsen niet rationeel zijn, maar ze kunnen desondanks hun angst niet overwinnen. Hoe kan dat naast elkaar bestaan? Het antwoord is gelegen in het feit dat de hersenen twee verschillende systemen gebruiken om emoties te verwerken (LeDoux, 1996, 2000).

▶▶ **Verbinding hoofdstuk 12**
Fobieën zijn een vorm van angststoornissen (p. 504).

Onbewuste en bewuste emotionele verwerking

Een van de twee emotionele systemen, het systeem met een snelle respons, werkt grotendeels op een onbewust, automatisch en intuïtief niveau (buiten het bewustzijn), waar het binnenkomende stimuli controleert en ervoor zorgt dat je snel op een potentieel gevaarlijke gebeurtenis reageert, zelfs voordat je je van die gebeurtenis bewust wordt. Dit systeem is verbonden met het impliciete geheugen en het fungeert als een waarschuwingssysteem dat bijvoorbeeld direct een angstrespons produceert als je midden in de nacht een hard geluid hoort (Helmuth, 2003b). Het berust voornamelijk op verbindingen die diep in de hersenen verborgen liggen en daar automatisch hun werk doen, zonder dat je er bewust over hoeft na te denken (zie figuur 9.9).

◂◂ Verbinding hoofdstuk 5
Impliciete herinneringen hebben betrekking op materiaal waarvan we ons niet bewust zijn, maar dat toch van invloed kan zijn op ons gedrag (p. 179).

Onze onbewuste emotiecircuits hebben een aangeboren gevoeligheid voor bepaalde stimuli, zoals slangen en spinnen, die door de hele evolutionaire geschiedenis van de mensheid bedreigingen vormden. Dit verklaart waarom angst voor spinnen en slangen vaker voorkomt dan bijvoorbeeld angst voor elektriciteit of auto's, die nog maar pas sinds kort gevaren zijn (terwijl door de laatste twee nu meer sterfgevallen worden veroorzaakt dan door spinnen of slangen). De onbewuste circuits zijn niet alleen gevoelig door overerving, maar zijn ook in staat om snel nieuwe angsten aan te leren via klassieke conditionering.

Je begrijpt hoe dit snelle responssysteem adaptief zou kunnen zijn, omdat het ons voorzichtig maakt. Helaas is het ook een systeem dat niet snel vergeet, waardoor het moeilijk is om angsten en onrusten, die kunnen uitgroeien tot fobieën, kwijt te raken.

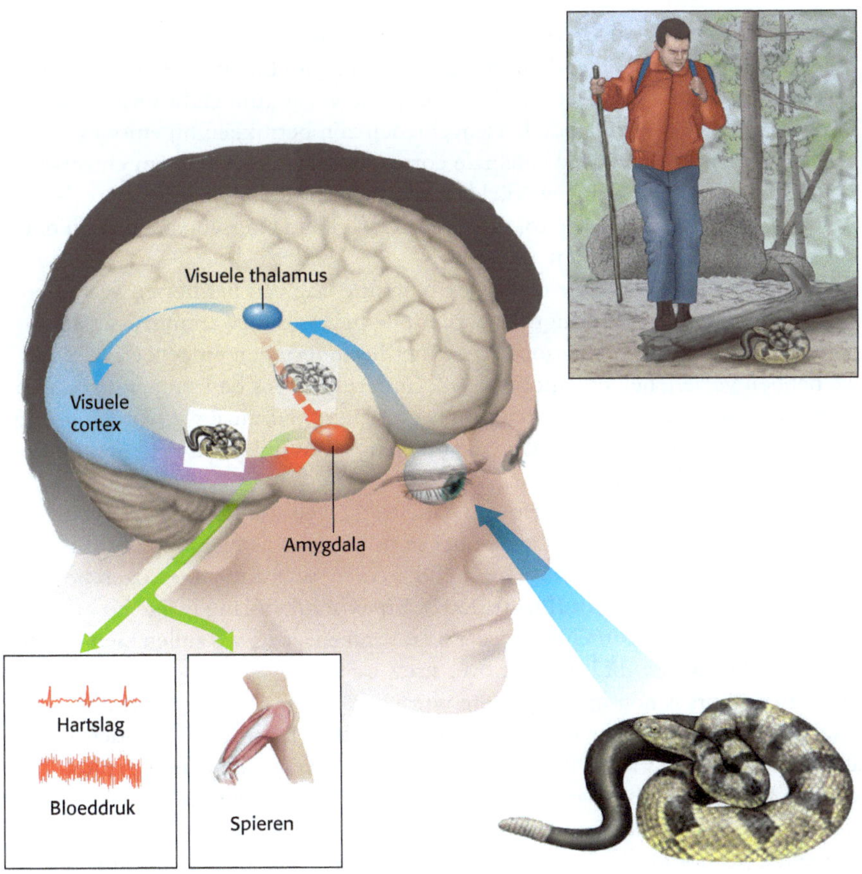

Figuur 9.9

Twee vormen van emotieverwerking

Als de wandelaar een slang ziet, treden er twee emotiesystemen in werking. Het onbewuste (impliciete) systeem stuurt de inkomende visuele informatie via de visuele thalamus naar de amygdala, dat direct een aantal angst- en vermijdingsresponsen in werking stelt. De langzamere route loopt via de visuele cortex, waar de stimulus volledig in kaart wordt gebracht. Vervolgens sturen de hersenen een emotionele boodschap naar de amygdala en andere lagere hersengebieden.

Het andere emotionele systeem maakt gebruik van bewuste verwerking, en is verbonden met het expliciete geheugen (LeDoux, 1996, Mather, 2007). De responsen van dit systeem zijn relatief langzaam. Dit is het systeem waardoor een wandelaar voorzichtig is op plaatsen waar slangen kunnen zitten. Omdat het bewuste systeem andere hersencircuits gebruikt dan het systeem van onbewuste emotieverwerking, kan je bewuste opvatting over gebeurtenissen aanzienlijk afwijken van de emoties die onbewust worden opgewekt. Dus als je een fobie hebt, kun je 'in twee werelden leven' en angst voelen, terwijl je 'weet' dat er geen logische reden is voor dat gevoel.

De interactie van de twee systemen bij emotionele verwerking

Er is geen afgebakend 'emotiecentrum' in de hersenen (Davidson, 2000a). Het brein heeft echter vele aan emoties gerelateerde circuits die deel uitmaken van de twee afzonderlijke systemen. En om de zaak nog ingewikkelder te maken, vertonen deze twee systemen ook interactie. Daardoor kunnen de gevoelens die we met een emotie als angst associëren, vanuit het onbewuste systeem in het bewustzijn opwellen. Dit proces brengt de gevoelens teweeg die we 'intuïtie' noemen (Myers, 2002). Ook kan het bewuste emotionele systeem angst naar de onbewuste circuits seinen, waardoor een knoop in je maag kan ontstaan vlak voordat je een presentatie moet geven.

Verbinding hoofdstuk 6
Het snelle, onbewuste hersensysteem is bij emotionele verwerking verantwoordelijk voor bepaalde gevoelens die we intuïtie noemen (p. 208).

Wanneer we een emotie voelen, vinden er in ons lichaam heel wat lichamelijke reacties plaats. Met name de cerebrale cortex, het limbische systeem, het sympathisch zenuwstelsel en het hormonaal stelsel spelen hierbij een belangrijke rol. Hieronder wordt uitgelegd hoe deze organen en stelsels onze emoties vormgeven.

De rol van verschillende hersengebieden bij emoties

Welke rol spelen verschillende hersengebieden precies bij emoties? Onderzoekers hebben slechts een deel van deze complexe vraag kunnen beantwoorden. We weten dat er verschillende hersengebieden zijn betrokken bij emoties. De belangrijkste daarvan zijn de cerebrale cortex, het limbische systeem en een deel van de hersenen met de ingewikkelde naam *ventromediale prefrontale cortex*. We zullen wat we weten over de rol van deze verschillende hersengebieden bij emoties hieronder kort bespreken.

Allereerst speelt de cerebrale cortex, de buitenste laag van het hersenweefsel en het 'denk'-gedeelte, de belangrijkste rol bij de bewuste verwerking: deze interpreteert gebeurtenissen en associeert ze met herinneringen en gevoelens. Zoals we hebben gezien, helpen emotionele herinneringen ons beslissingen te nemen door emotionele waarden te hechten aan de keuzes waarmee we worden geconfronteerd, zoals 'Wil ik chocolade of aardbeien?' of 'Wil ik mijn geld bewaren of een nieuwe gsm kopen?'

We moeten daarbij wel waarschuwen dat emotie weliswaar integraal deel uitmaakt van besluitvorming, maar niet per se de *juiste* beslissingen oplevert. Bovendien kunnen intense emoties verlammend werken, waardoor afgewogen besluitvorming onmogelijk wordt (Pham, 2007). En extreme of langdurige emotionele responsen kunnen lichamelijke kwalen veroorzaken, zoals we zullen zien in het laatste hoofdstuk van dit boek, dat over stress gaat.

Lateralisatie van emoties: Het idee dat de twee hersenhelften uiteenlopende emoties op een verschillende manier beïnvloeden. De linkerhersenhelft lijkt met name positieve emoties te beïnvloeden (zoals geluk), terwijl de rechterhersenhelft negatieve emoties beïnvloedt (zoals woede).

De hersenschors is nog op een andere wijze betrokken: de twee voorhoofdskwabben hebben een aanvullende rol bij het reguleren van onze emoties. Zoals afzonderlijke delen van de hersenschors verschillende gewaarwordingen teweegbrengen, zijn positieve en negatieve emoties geassocieerd met de tegenover elkaar gelegen hersenhelften, een effect dat **lateralisatie van emoties** wordt genoemd. (In hoofdstuk 2 is de lateralisatie van de hersenhelften besproken, kijk nog eens naar figuur 2.16 op p. 75.) Het bewijs is afkomstig van eeg-opnamen

van de emotionele reacties van normale mensen, in combinatie met reacties van mensen bij wie de rechter- of de linkerhersenhelft is beschadigd (Davidson et al., 2000). In het algemeen is de rechterhelft gespecialiseerd in negatieve emoties, zoals woede en depressie, terwijl in de linkerhelft meer positieve, vreugdevolle emoties worden verwerkt (Kosslyn et al., 2002).
Het volgende belangrijke hersengebied dat we bespreken is het limbische systeem. Dit systeem is bij het snelle en onbewuste verwerkingssysteem betrokken (zie figuur 9.9) en bevindt zich boven de hersenstam. Er wordt aangenomen dat het limbische systeem in de loop van de evolutie is ontstaan om gedrag aan te sturen dat je nodig hebt tijdens een aanval, verdediging of vlucht: de fight-or-flightrespons (Caldwell, 1995; LeDoux, 1994, 1996). Bewijzen voor deze stelling zijn afkomstig uit onderzoek naar mensen met een hersenbeschadiging en uit onderzoek met behulp van elektrische stimulatie van delen van het limbische systeem. Het blijkt dat dergelijke stimulatie de emotionele reactie dramatisch kan veranderen. Tamme dieren met een gemanipuleerd limbisch systeem veranderden in bloeddorstige beesten, terwijl roofdieren en hun prooi door een ingreep in hetzelfde hersengebied juist de beste maatjes werden (Delgado, 1969).
De invloed van de amygdala op de emotie die we angst noemen, is bijzonder goed gedocumenteerd (LeDoux, 1996; Whalen, 1998; Winkielman et al., 2007). Zoals een waakhond is de amygdala alert op bedreigingen (Hamann et al., 2002; Helmuth, 2003a). De amygdala ontvangt zowel berichten van het snelle en onbewuste systeem, als van het tragere en langduriger effect sorterende, bewuste systeem.
Ten slotte bespreken we het kleine gedeelte van de hersenen dat neurowetenschappers beschouwen als de ontmoetingsplaats van emotie en rede. Dit is de plek waar de banen van de bewuste emotieverwerking die van het limbische systeem kruisen. Het is een klein deel van de hersenen met een grote naam: de *ventromediale prefrontale cortex (VMPFC)*. De VMPFC bevindt zich op de bodem van de voorhoofdskwabben van de hersenen, vlak achter de ogen, en heeft uitgebreide verbindingen met de amygdala en de hippocampus (Wagar & Thagard, 2006). Daar mengt de VMPFC, net als een opnametechnicus die invoer voor een geluidsopname combineert, externe stimulatie met de 'instinctieve' reactie van het lichaam en zet het resultaat om in een emotionele herinnering. Was deze positief of negatief? Kreeg je er kippenvel van? Had je een brok in je keel? Een knoop in je maag? Dankzij je VMPFC zijn de meeste van je herinneringen waarschijnlijk met zo'n viscerale associatie verbonden.

In zijn boek *Thinking Fast and Slow* (in het Nederlands vertaald als *Ons feilbare denken*) bespreekt Daniel Kahneman, de grondlegger van de gedragseconomie wiens werk in hoofdstuk 6 al kort werd besproken, de kenmerken van de systemen in onze hersenen. Het eerste systeem is sneller, instinctiever en emotioneler, terwijl het tweede systeem langzamer is en meer weloverwogen en logisch. Beide systemen zijn bij ons denken en onze emoties en besluitvorming betrokken. Het werk van Kahneman heeft internationaal veel erkenning gekregen. Ook verschillende onderzoekers in het Nederlandse taalgebied zijn door zijn werk geïnspireerd.

De rol van het autonome zenuwstelsel bij emoties

Ook het autonome zenuwstelsel is betrokken bij emoties. De eerste boodschappen die de interne organen bij emotionele arousal ontvangen, zijn verstuurd via het autonome zenuwstelsel (Levenson, 1992). Bij aangename emoties domineert het parasympathische zenuwstelsel, terwijl bij schrik of een andere onaangename emotie de sympathische afdeling actief wordt (zie tabel 9.2).
Stel dat zich een noodgeval voordoet (een auto komt met volle snelheid op je af). Je hersenen waarschuwen je lichaam met boodschappen die via het sympathische zenuwstelsel worden getransporteerd. Boodschappen snellen door het sympathische zenuwstelsel en stimuleren de bijnieren tot de aanmaak van stresshormonen. Andere zorgen dat je hart sneller gaat kloppen en dat je bloeddruk stijgt. Tegelijkertijd zorgt het sympathische zenuwstelsel dat bepaalde bloedvaten zich samentrekken, waardoor er meer energie naar de willekeurige spieren gaat en minder naar de maag en de ingewanden. (Daarom voel je je op zulke momenten een 'knoop' in je maag.)
Als de noodsituatie weer voorbij is, neemt de parasympathische afdeling de controle over. Dit zenuwstelsel verstuurt opdrachten die tegengesteld zijn aan de

◀◀ **Verbinding hoofdstuk 2**
Het autonome zenuwstelsel beheert de interne organen, en veel tekenen van emotionele aurousal (p. 58).

noodsignalen die enkele ogenblikken eerder door het lichaam circuleerden. Toch kan het gebeuren dat je enige tijd na een sterke emotionele opwinding nog steeds arousal ervaart. Dat komt doordat sommige hormonen langer in de bloedbanen aanwezig blijven. Als de situatie die verantwoordelijk is voor deze emotionele opwinding langer duurt – als je bijvoorbeeld voor een baas werkt die elke dag te veel van je vraagt – kan de aanhoudende noodrespons je energievoorraad volledig uitputten, waardoor zowel lichamelijke als psychische problemen ontstaan.

De rol van hormonen en neurotransmitters bij emoties

Naast de besproken hersengebieden en het autonome zenuwstelsel, spelen neurotransmitters en hormonen een belangrijke rol bij emoties. In emotionele situaties zal de hypothalamus de hypofyse stimuleren om ACTH aan te maken. Dit hormoon zal op zijn beurt de bijnieren stimuleren om stresshormonen aan te maken: epinefrine (adrenaline) komt vrij in stresssituaties en induceert de fight-or-flightreactie (het wordt geproduceerd als je bang bent) en norepinefrine, dat wordt afgegeven aan je bloed als je boos bent.

Ook steroïde hormonen (die soms door bodybuilders en andere sporters worden misbruikt) kunnen onze emoties ingrijpend veranderen. Ze hebben niet alleen invloed op de spieren, maar ook op de zenuwcellen. Die kunnen ze gevoeliger of ongevoeliger maken. In een noodsituatie is dat een normale reactie van het lichaam. Maar als je gedurende langere tijd extra doses steroïden inneemt, hebben deze krachtige stoffen het effect dat ze het lichaam (met inbegrip van de hersenen) in een voortdurende toestand van arousal houden. Hersencircuits, vooral de circuits die een rol spelen bij arousal, bedreiging, stress en bij bepaalde sterke emoties, kunnen in een toestand van verhoogde waakzaamheid blijven. Een van de consequenties is mogelijk een neiging tot door 'steroïden opgewekte woedeaanvallen' of soms depressie (Daly et al., 2003; Miller et al., 2002). Bij onze bespreking van stress in hoofdstuk 14 zul je nog veel meer leren over de effecten van steroïde hormonen.

Je lichaam produceert honderden chemische stoffen, maar wat de emoties betreft zijn de belangrijkste de neurotransmitters serotonine, epinefrine (adrenaline) en norepinefrine. Serotonine speelt een rol bij gevoelens van depressie. Over de rol van de andere neurotransmitters (die ook als hormonen in ons lichaam voorkomen) kon je hierboven reeds lezen.

Kun je deze responsen leren beheersen? Tot op zekere hoogte wel. Biofeedback en cognitieve gedragstherapie richten zich juist op responsen die samenhangen met ongerustheid, stress, angst en woede. In de laatste paragraaf van dit hoofdstuk zullen we zien hoe programma's die zich op ontwikkeling van emotionele intelligentie richten, mensen kunnen helpen hun emotionele responsen te beheersen voor ze uit de hand lopen.

▶▶ **Verbinding hoofdstuk 13**
Bij de behandeling van depressies worden vaak medicijnen gebruikt die de opname van serotonine blokkeren (p. 550).

▶▶ **Verbinding hoofdstuk 13**
Cognitieve gedragstherapie concentreert zich op de verandering van zowel mentale als gedragsmatige responsen (p. 543).

■ PSYCHOLOGISCHE KWESTIES

Arousal, prestatie en de omgekeerde 'U'

Sporters streven ernaar om 'opgeladen' aan een wedstrijd beginnen, maar hoeveel 'opgeladen' is het best? Het publiek op de tribunes denkt misschien dat extra arousal de prestaties alleen maar kan opdrijven, maar dat hoeft niet zo te zijn. Te veel arousal kan een sporter 'blokkeren', waardoor zijn prestaties dramatisch achteruitgaan. Zoiets kan je ook overkomen tijdens een examen.

Arousal stimuleert je om te studeren en het maakt je geheugen tijdens een examen gemakkelijker toegankelijk. Maar als de arousal te groot wordt, kan dat positieve effect omslaan in examenvrees, en dat komt je prestaties bepaald niet ten goede.

Deze relatie tussen arousal en gedrag is zowel bij proefdieren als bij mensen onderzocht. Uit een experiment op het gebied van leren, waarbij men ratten gebruikte die langere tijd geen eten en drinken hadden gekregen, bleek dat de prestatiecurve bij toenemende arousal eerst steeg en vervolgens daalde. De prestaties van mensen in allerlei omstandigheden, zoals chirurgen boven de operatietafel, vrachtwagenchauffeurs op de weg en entertainers op het podium, vertonen hetzelfde verloop.

Psychologen noemen dit patroon de **omgekeerde 'U'-functie** (omdat de grafiek op een omgekeerde 'U' lijkt, zoals blijkt uit figuur 9.10). Te weinig arousal is even slecht voor de prestatie als te veel. Denk er maar eens over na: hoeveel spanning wil je dat je tandarts of chirurg ervaart?

Dit brengt ons tot een tweede belangrijk punt: het ideale niveau van arousal is afhankelijk van de taak. Zoals je uit de illustratie kunt opmaken, heb je bij een eenvoudige of dikwijls geoefende taak meer arousal nodig om een topprestatie te kunnen leveren dan bij complexe taken waarbij iemand hard moet nadenken. Aanmoedigen is dus wel effectief als je een basketbalwedstrijd bijwoont, maar niet als je aanwezig bent bij een openhartoperatie.

De mate van stimulatie die nodig is om optimale arousal te produceren, varieert van persoon tot persoon. Sterker nog, sommige mensen lijken helemaal op te bloeien door de kick van gevaarlijke sporten als rotsklimmen en parachutespringen; activiteiten die bij de meesten van ons tot verlammende niveaus van arousal zouden leiden. Marvin Zuckerman (2004) heeft veel onderzoek gedaan onder **sensatiezoekers**. Hij gelooft dat deze individuen een biologische behoefte hebben aan hoge niveaus van stimulatie. Frank Farley noemt ze 'Big T'-karakters, en gelooft dat ze duidelijk aanwezig zijn in de sport, het zakenleven, de wetenschap en kunst. Einstein was volgens Farley bijvoorbeeld een 'Big T' op basis van 'mentaal karakter' (Munsey, 2006). Onderzoek wijst uit dat de achterliggende biologie berust op de dopaminebanen in de hersenen (Bevins, 2001). Test je eigen behoefte aan sensatie met Zuckermans Sensation Seeking Scale, die je vindt in het kader 'Doe het zelf!'.

Omgekeerde 'U'-functie: Beschrijft de relatie tussen arousal en prestatie. Zowel de hoge als de lage arousalniveaus leiden tot slechtere prestaties dan een gemiddeld arousalniveau.

Sensatiezoeker: In Zuckermans theorie: iemand met een bovengemiddelde biologische behoefte aan stimulatie.

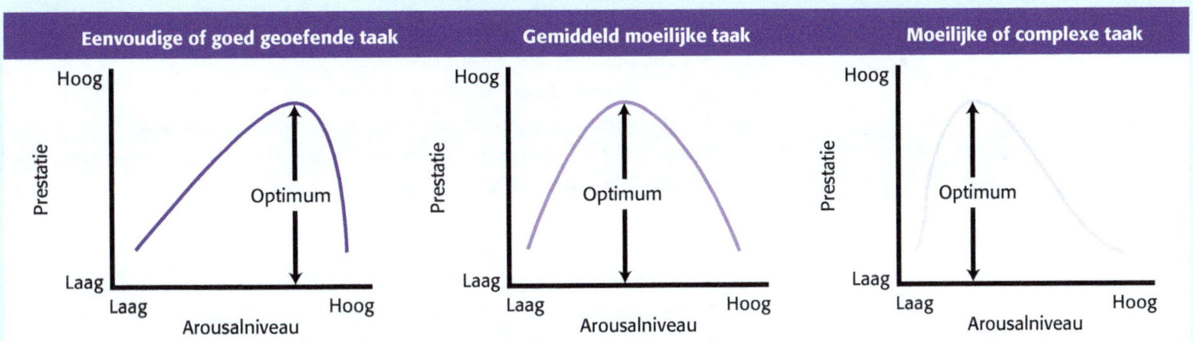

Figuur 9.10

De omgekeerde 'U'

Prestaties zijn afhankelijk van het arousalniveau en de moeilijkheidsgraad van de taak. Bij eenvoudige of goed geoefende taken leidt een hoger arousalniveau tot betere prestaties. Maar voor lastige of gecompliceerde taken ligt het optimale arousalniveau lager. Een gemiddeld arousalniveau is over het algemeen het best voor taken met een gemiddelde moeilijkheidsgraad. Uit deze omgekeerde U-vormige functies blijkt dat de slechtste prestaties geleverd worden bij een extreem hoog of een extreem laag arousalniveau.

DOE HET ZELF! Ben jij een sensatiezoeker?

Marvin Zuckerman betoogt dat 'sensatiezoekers' een ongewoon sterke behoefte hebben aan stimulatie die arousal veroorzaakt. Naast een opvallende behoefte aan sensatie (*thrills*), zijn sensatiezoekers vaak impulsief, hebben ze een voorkeur voor nieuwe ervaringen en zijn ze snel verveeld (Kohn et al., 1979; Malatesta et al., 1981; Zuckerman, 1974). In intieme relaties kan een groot verschil in de behoefte aan sensatie tot spanningen

Sensatiezoekers gedijen bij stimulatie die anderen doodsangsten bezorgt.
Bron: 2happy/Shutterstock.

leiden, omdat de ene partner actief op zoek is naar risico's die de ander liever niet wil nemen.
Vul de Sensation Seeking Scale in en ontdek of je een sensatiezoeker bent. Leg deze test ook voor aan een paar vrienden. Denk je dat hun niveau van sensatie zoeken erg afwijkt van dat van jou?

De Sensation Seeking Scale

Kies bij elk item de uitspraak die het beste bij je past. Aan het eind staat hoe je de antwoorden moet interpreteren.

1. A Ik zou werk willen doen waarbij ik veel moet reizen.
   B Ik zou werk willen doen waarbij ik op één plek kan blijven.
2. A Ik vind een frisse, koude dag heel stimulerend.
   B Als het koud is, wil ik zo snel mogelijk naar binnen.
3. A Ik ga me vervelen als ik steeds dezelfde gezichten zie.
   B Dagelijks contact met mijn vrienden geeft me een gevoel van veiligheid en vertrouwdheid.
4. A Ik woon het liefst in een ideale samenleving waar iedereen veilig, geborgen en gelukkig is.
   B Ik had liever in de spannende dagen van de Tachtigjarige Oorlog geleefd.
5. A Ik vind het soms wel leuk om iets engs te doen.
   B Een verstandig mens laat zich niet in met gevaarlijke activiteiten.
6. A Ik zou me nooit laten hypnotiseren.
   B Ik wil wel eens meemaken hoe het is om gehypnotiseerd te worden.
7. A De belangrijkste doelen in mijn leven zijn zo veel mogelijk meemaken en tot het uiterste gaan.
   B De belangrijkste doelen in mijn leven zijn rust en geluk.
8. A Ik zou best een keer willen parachutespringen.
   B Ik zou nooit met een parachute uit een vliegtuig springen.
9. A Ik ga langzaam het koude water in, zodat ik eraan kan wennen.
   B Ik vind het leuk om meteen in de zee of in een koud meer te springen.
10. A Tijdens de vakantie geef ik de voorkeur aan een comfortabele kamer en een goed bed.
    B Tijdens de vakantie ga ik graag kamperen.
11. A Ik houd van mensen die emotioneel of zelfs een beetje instabiel zijn.
    B Ik houd van kalme en evenwichtige mensen.
12. A Een goed schilderij moet de zintuigen schokken of mensen wakker schudden.
    B Een goed schilderij moet een gevoel van vrede en veiligheid oproepen.
13. A Mensen die motorrijden, hebben waarschijnlijk onbewust de behoefte om zichzelf pijn te doen.
    B Ik zou best eens op een motor willen rijden.

Berekening

Voor elk van de volgende antwoorden krijg je een punt: 1A, 2A, 3A, 4B, 5A, 6B, 7A, 8A, 9B, 10B, 11A, 12A, 13B. Vergelijk de door jou behaalde punten met deze normen voor sensatie zoeken:

0-3: Erg laag
4-5: Laag
6-9: Gemiddeld
10-11: Hoog
12-13: Erg hoog

Bron: Zuckerman, M. (februari 1978). The search for high sensation. *Psychology Today*, 12, 38-46. Copyright © 1978 bij Sussex Publishers, Inc. Overgenomen met toestemming van de uitgever.

9.5.2 Theorieën van emotie: een oude controverse

Laten we terugkeren naar onze hongerige beer. Stel dat je de pech hebt er een tegen te komen op weg naar college vanmorgen. Wedden dat je de emotie angst ervaart? Welke interne processen hebben het gevoel van angst teweeggebracht? Ontstaat de angst door de gedachte 'O jee, ik ben in gevaar'? Of ontstaat de angst doordat je voelt dat je hart tekeergaat en je steken in je darmen hebt? Je kunt je bovendien afvragen waarom dit iemand ook maar iets interesseert.

In reactie op de laatste vraag: psychologen hebben lang gediscussieerd over de relatie tussen emotie, cognitie en lichamelijke reacties, niet alleen uit intellectuele nieuwsgierigheid, maar ook omdat een inzicht in emoties noodzakelijk is voor het vinden van een effectieve behandeling voor bepaalde emotionele problemen, zoals paniekaanvallen en depressie, evenals voor de alledaagse problemen van woede en jaloezie. Moeten we woede bijvoorbeeld behandelen door ons te richten op boze gedachten? Of zouden we ons moeten richten op boos gedrag of de reacties van de inwendige organen (viscerale reacties) die gepaard gaan met boosheid?

Met behulp van ontdekkingen in de neurowetenschappen hebben psychologen enkele lang als lastig beschouwde vraagstukken over de interactie van biologie, cognitie en gedrag bij emotie kunnen oplossen (Forgas, 2008). Laten we eens kort naar deze controverses kijken.

Komen onze gevoelens voort uit fysieke responsen?

In de vroege dagen van de psychologie leerde William James dat er fysieke sensaties ten grondslag liggen aan onze gevoelens. 'We voelen ons verdrietig omdat we huilen, we zijn boos omdat we schreeuwen, we ervaren angst omdat we beven', zei James (1890/1950, p. 1006). Wat de beer betreft, betoogde James dat je niet van de beer wegrent omdat je bang bent, maar dat je angst voelt omdat je lichaam reageert met bijvoorbeeld hartkloppingen en omdat je wegrent. Hoewel deze bewering op het eerste gezicht misschien absurd lijkt, wist James dat emotie meer was dan alleen gevoel. Wat hij feitelijk zei, was iets heel zinnigs: dat voor het oproepen van emoties een *combinatie* nodig is van cognities en lichamelijke gewaarwordingen, en dat de fysieke sensaties de gevoelens zijn. In James' eigen woorden:

> *Zonder de lichamelijke toestand die volgt op de perceptie [van de beer], zou het laatste zuiver cognitief van vorm zijn, bleek, kleurloos, ontdaan van emotie. We zouden de beer kunnen zien en oordelen dat we het beste kunnen wegrennen. We zouden worden beledigd en het juist achten te slaan. Maar we zouden ons niet werkelijk bang of boos kunnen voelen (pp. 189-190).*

Deze visie, die in dezelfde periode ook door de Deense psycholoog Carl Lange werd geuit, staat bekend als de **James-Lange-theorie**.

James-Lange-theorie: De theorie dat een emotieoproepende stimulus eerst een lichamelijke respons veroorzaakt, die vervolgens een emotie produceert.

Of zijn onze gevoelens het resultaat van onze cognities?

Critici zoals Walter Cannon en Philip Bard, brachten hiertegen in dat sommige emoties (zoals de emoties die we ervaren als we gevaar bespeuren) in een honderdste van een seconde kunnen ontstaan, veel sneller dan de lichamelijke veranderingen die in ons gedrag of in onze interne organen plaatsvinden. Een tweede bezwaar tegen de James-Lange-theorie is dat onze lichamelijke reacties niet gevarieerd genoeg zijn om het hele scala aan menselijke emoties te verklaren. In hun opvatting, die de **Cannon-Bard-theorie** wordt genoemd, brengt de cognitieve interpretatie van een situatie (de hongerige beer) gelijktijdig zowel de emotie als de fysieke respons teweeg.

Cannon-Bard-theorie: Theorie die stelt, in reactie op de ideeën van James en Lange, dat een emotioneel gevoel en een interne fysiologische respons tegelijkertijd plaatsvinden: de een is niet de oorzaak van de ander. Beide werden gezien als het resultaat van een cognitieve beoordeling van de situatie.

Wie had er gelijk? Allebei een beetje. De moderne neurowetenschap heeft bevestigd dat onze lichamelijke toestand invloed kan uitoefenen op onze emoties

– zoals de James-Lange-theorie stelt (LeDoux, 1996). Dat is bijvoorbeeld het geval als je je prikkelbaar voelt door te veel koffie, of als je chagrijnig bent van de honger.

Een andere ondersteuning voor de James-Lange-theorie is afkomstig van de ontdekking dat de hersenen herinneringen opslaan aan de lichamelijke toestand die met een gebeurtenis gepaard ging. Dit zijn de 'somatische markers' die we eerder hebben genoemd (Damasio, 1994; Niedenthal, 2007). Als je de beer op je af ziet komen, roepen je hersenen snel een herinnering op aan de lichamelijke reactie die ze eerder in een andere bedreigende situatie vertoonden. Deze *somatische-markerhypothese* is een effectieve weerlegging van het bezwaar van Walter Cannon dat lichamelijke veranderingen in het lichaam te traag optreden om onze gevoelens te kunnen veroorzaken, omdat de somatische marker van emotie in de hersenen zelf zetelt.

Aan de andere kant – en dit ter ondersteuning van de Cannon-Bard-theorie – kunnen emoties ook worden opgeroepen door externe cues die eerder door het bewuste of onbewuste emotionele systeem zijn gedetecteerd. Emoties kunnen dus het gevolg zijn van bewuste gedachten (zoals wanneer je je zorgen maakt over een examen) en van onbewuste herinneringen (zoals bij de aanblik van bloed). Veel hedendaagse psychologen hangen de theorie aan dat depressies en fobische reacties het gevolg zijn van geconditioneerde responsen veroorzaakt door dit onbewuste emotiesysteem. Zo kan een fobie voor kleine ruimtes bijvoorbeeld ontstaan als iemand een vervelende ervaring heeft terwijl hij zich in een afgesloten ruimte bevindt, een situatie waar men eerst eigenlijk niet bang voor was. Doordat een vervelende ervaring (die niets met de ruimte zelf te maken had) angst opriep in een situatie waarbij iemand zich in een afgesloten ruimte bevond, kan de angst aan die onschuldige situatie gekoppeld raken, met een geconditioneerde angstrespons voor afgesloten ruimtes als gevolg.

◀◀ **Verbinding hoofdstuk 4**
In de beroemde experimenten van J.B. Watson met baby Albert, werd Albert een geconditioneerde angst voor witte ratten en later ook andere harige (knuffel)beesten aangeleerd (p. 131).

De tweefactortheorie

Tweefactortheorie: Het idee dat een emotie ontstaat uit de cognitieve interpretatie van zowel lichamelijke arousal (factor 1) als een emotieoproepende stimulus (factor 2).

De **tweefactortheorie** van Stanley Schachter (1971) maakt de zaak zo mogelijk nog ingewikkelder. Schachter stelt dat de emoties die we ervaren afhankelijk zijn van onze inschatting van (1) de interne *lichamelijke toestand* en (2) de *externe situatie* waarin we ons bevinden (stimulus) (zie figuur 9.11). Als deze twee factoren tegenstrijdig zijn, gebeuren er vreemde dingen. Dit blijkt uit het volgende experiment.

Een aantrekkelijke vrouwelijke onderzoekster interviewde mannelijke proefpersonen die zojuist een voetbrug waren overgestoken. De ene helft van de groep was over een veilige constructie gestuurd, terwijl de andere helft de oversteek moest maken over een wiebelige brug, die speciaal was uitgekozen om lichamelijke arousal op te roepen. De onderzoekster deed alsof ze geïnteresseerd was in de effecten van de omgeving op creativiteit, en ze vroeg de mannen om een kort verhaaltje te schrijven over de foto van een vrouw. Ze vertelde de mannen dat ze haar konden bellen als ze meer over het onderzoek wilden weten. Zoals verwacht, bevatten de verhalen van de mannen die de krakkemikkige brug waren overgestoken meer seksuele beelden dan de verhalen van de mannen die de stevige brug hadden betreden. Bovendien belden de mannen die over de wiebelige brug waren gelopen, de vrouwelijke onderzoeker vier keer zo vaak op 'omdat ze meer informatie wilden'! Blijkbaar interpreteerden zij hun toegenomen arousal als teken van zich emotioneel aangetrokken voelen tot de vrouwelijke onderzoekster (Dutton & Aron, 1974).

De tweefactortheorie is vele malen onderzocht en de resultaten ondersteunen de theorie alleen onder bepaalde condities (Leventhal & Tomarken, 1986; Sinclair et al., 1994). In welke omstandigheden lopen we het grootste risico dat we onze arousal verkeerd interpreteren? Misattributie lijkt het meest voor te komen in

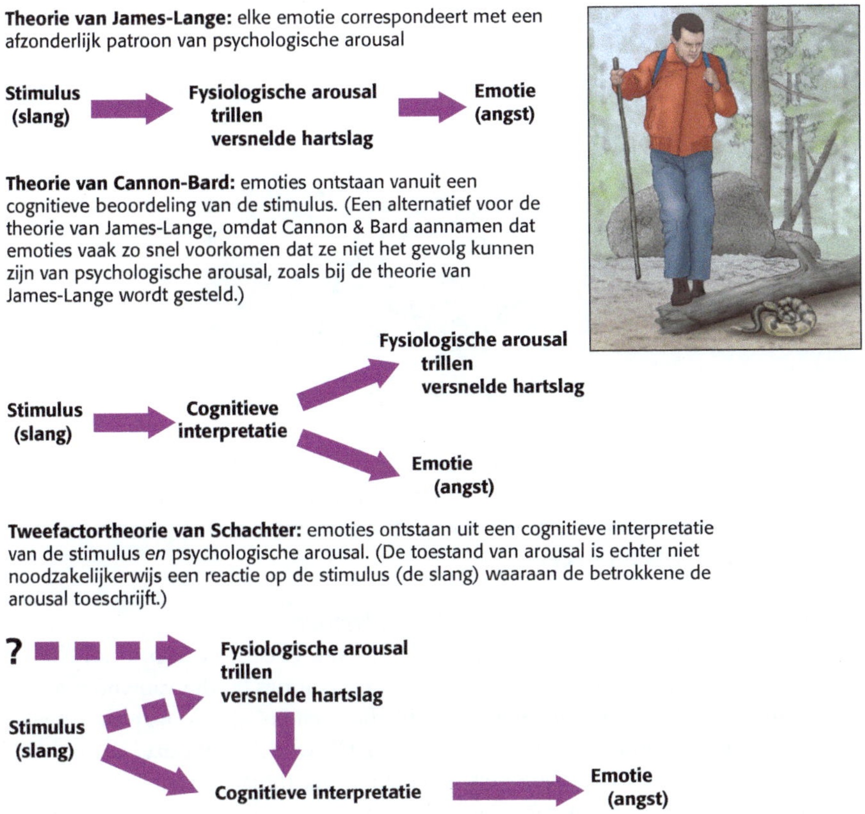

Figuur 9.11
Vergelijking theorieën over emotie

een complexe omgeving waar vele stimuli om onze aandacht strijden, zoals bij het onderzoek met de brug. We zijn eveneens geneigd ons te vergissen als de omgeving ons verkeerde informatie geeft over de lichamelijke arousal die we ervaren, bijvoorbeeld als je prikkelbaar wordt en niet weet dat er cafeïne in je frisdrank zit.

9.5.3 Het beheersen van emoties

In veel beroepen is het belangrijk dat mensen in staat zijn hun emoties te beheersen. Artsen, brandweerlieden en politieagenten moeten bijvoorbeeld in staat zijn anderen bij te staan, en tegelijkertijd een 'professionele afstand' te bewaren wanneer ze met extreme situaties te maken hebben. In tal van sociale situaties (niet alleen tijdens een spelletje poker!) kan het handig zijn om je gevoelens te maskeren of enigszins aan te passen. Emotionele beheersing speelt een belangrijke rol bij ons vermogen met andere mensen om te gaan.

Het ontwikkelen van emotionele intelligentie

Peter Salovey en John Mayer (1990) stellen dat het begrijpen en beheersen van je eigen emoties een bepaald soort intelligentie vereist. Zij noemden dit **emotionele intelligentie**. Korter geleden hebben Salovey en zijn collega Daisy Grewal (2005) de nadruk gelegd op vier onderdelen van emotionele intelligentie:

Emotionele intelligentie: In Golemans theorie: het vermogen om emotionele responsen te begrijpen en te beheersen.

- *Het waarnemen van emoties*: het vermogen om bij zichzelf en anderen emoties te detecteren en te interpreteren;
- *Het gebruiken van emoties*: het vermogen de eigen emoties in te zetten voor denken en probleemoplossing;
- *Het begrijpen van emoties*: het vermogen complexe relaties tussen emoties te

Een commandant van de reddingsbrigade heeft emotionele intelligentie nodig om zijn bemanning leiding te geven in stressvolle situaties.

Bron: ©Reddingsbrigade Nederland.

begrijpen, zoals de relatie tussen verdriet en woede, of de wijze waarop twee mensen verschillende emotionele reacties hebben op dezelfde gebeurtenis;

- *Het beheersen van emoties*: het vermogen de eigen emoties te reguleren en die van anderen te beïnvloeden.

De voorspellende kracht van emotionele intelligentie

Zoals Salovey en Grewal suggereren, staan mensen met een grote emotionele intelligentie niet alleen in contact met hun eigen emoties en die van anderen, ze kunnen hun negatieve gevoelens ook goed beheersen en zijn in staat om ongepaste expressies van hun emoties te bedwingen. De waarde van deze vaardigheid blijkt onder meer uit Walter Mischels ingenieuze 'marshmallowtest', waarbij werd gekeken hoe vierjarige kinderen reageerden op de verleiding van een marshmallow die pal voor hun neus op tafel lag, terwijl niemand hen op de vingers keek. Het experiment ging als volgt:

> *Het kind zat op een stoel met een marshmallow voor zich op tafel. Vervolgens deed iemand hem of haar het volgende aanbod: 'De testleider moet even weg voor een boodschap. Als je wilt wachten tot hij weer terug is, krijg je twee marshmallows als beloning. Als je niet zo lang kunt wachten, krijg je er maar één, maar die krijg je dan ook meteen.' Sommige vierjarigen waren in staat om zich de eindeloze vijftien of twintig minuten die het duurde voordat de testleider terugkeerde te bedwingen. Ze bedekten hun ogen zodat ze de verleidelijke marshmallow niet hoefden te zien, lieten hun hoofd op hun armen rusten, spraken tegen zichzelf, zongen liedjes, speelden spelletjes met hun handen en voeten en sommige kinderen probeerden zelfs te slapen. Deze dappere kleuters kregen allemaal twee marshmallows als beloning. Andere, meer impulsieve kinderen kozen voor de marshmallow die al op tafel lag, bijna altijd binnen enkele seconden nadat de onderzoeker de kamer had verlaten (Goleman, 1995).*

Toen men dezelfde kinderen tijdens hun adolescentie opnieuw opzocht, bleek de marshmallowtest een uitstekende voorspeller van het aanpassingsvermogen op latere leeftijd. De groep die de impuls om de marshmallow op tafel te pakken had bedwongen, was op alle terreinen beter af. De jongeren waren onafhankelijker, effectiever in interpersoonlijke relaties, ze haalden hogere cijfers op school en konden beter overweg met frustratie en stress. De kinderen die wel aan de verleiding hadden toegegeven, hadden te kampen met problematische relaties, verlegenheid, koppigheid en besluiteloosheid. Ze waren ook veel meer geneigd om negatief over zichzelf te denken, anderen te wantrouwen en ze waren snel overstuur door frustraties. Over het algemeen toonden ze weinig belangstelling voor school of leren in het algemeen.

De toepasbaarheid van de marshmallowtest is natuurlijk tot jonge kinderen beperkt. Voor oudere kinderen en volwassenen zijn echter andere, meer geavanceerde maatstaven ontwikkeld (zie figuur 9.12). De Mayer-Salovey-Caruso Emotional Intelligence Test (MSCEIT) is bijvoorbeeld een voorspellende factor voor de tevredenheid met sociale relaties onder universitaire studenten, afwijkend gedrag bij mannelijke adolescenten en tevredenheid over het huwelijk en succes in het werk (Salovey & Grewal, 2005). De test is gebaseerd op een serie vragen waarbij problemen moeten worden opgelost op de vier genoemde onderdelen van emotionele intelligentie. De MSCEIT beschikt over het geheel genomen over een redelijke betrouwbaarheid (Mayer et al., 2003) en zal ook worden aangepast en genormeerd voor gebruik in Nederland en België.

Maar emotionele intelligentie is geen perfecte voorspeller van succes, geluk en goede relaties, waarschuwt John Mayer (1999). En we moeten de vaardigheid niet zien als vervanging van de traditionele IQ-score. Emotionele intelligentie is in feite een van de vele variabelen die ons kunnen helpen om onze kennis over gedrag te verbeteren, aldus Mayer.

Figuur 9.12

Voorbeelditems van een emotionele-intelligentietest

Hieronder zie je verschillende items uit de Mayer-Salovey-Caruso Emotional Intelligence Test.

Identifying Emotions

Indicate how much of each emotion is present in this picture.

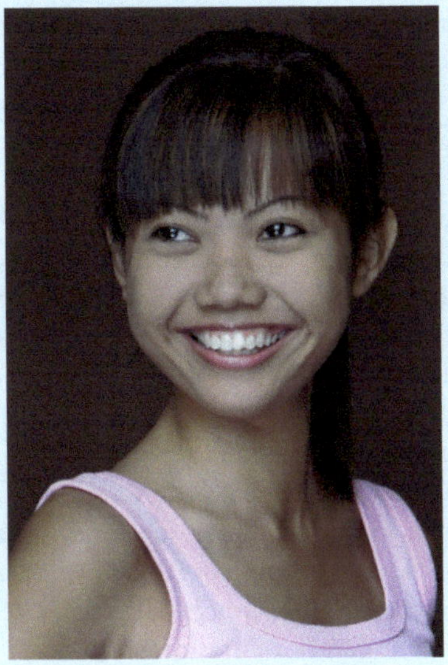

Bron: Phil Date, Dreamstime.

Emotion	Not Much				Very
Happiness	1	2	3	4	5
Fear	1	2	3	4	5
Sadness	1	2	3	4	5
Surprise	1	2	3	4	5

Using Emotions

What mood(s) might be helpful to feel when meeting in-laws for the very first time?

Mood	Not Useful				Useful
Tension	1	2	3	4	5
Surprise	1	2	3	4	5
Joy	1	2	3	4	5

Understanding Emotions

Tom felt anxious, and became a bit stressed when he thought about all the work he needed to do. When his supervisor brought him an additional project, he felt ____.(Select the best choice.)

a) overwhelmed
b) depressed
c) ashamed
d) self-conscious
e) jittery

Bron: Salovey, P. & Grewal, D. (2005). The Science of Emotional Intelligence. *Current Directions in Psychological Science*, 14, 283. Uit de oorspronkelijke Mayer-Salovey-Caruso Emotional Intelligence Test.

Is emotionele intelligentie aangeboren of aangeleerd?
Is deze intelligentie genetisch bepaald of wordt ze beïnvloed door onze vroegste ervaringen? Studies laten zien dat ernstig mishandelde kinderen later als volwassenen vaak problemen hebben in het vormen van hechte relaties en het interpreteren van emotionele expressies (Pollak, 2008). Maar Goleman (1995) meent dat leren ook een positief effect kan hebben. Hij gaat ervan uit dat het een vaardigheid is die net als academische intelligentie kan worden aangeleerd. Steeds meer scholen in Nederland en België besteden aandacht aan de emotionele intelligentie van de leerlingen, in plaats van alleen maar aandacht te besteden aan het IQ. Bijvoorbeeld in vakken als maatschappijleer, godsdienst en levensbeschouwing is er aandacht voor maatschappelijke kwesties en het hebben van respect voor anderen. Goleman gelooft dat aandacht voor de ontwikkeling van emotionele intelligentie zal leiden tot betere relaties, een groter gevoel van eigenwaarde en mogelijk zelfs tot betere schoolprestaties. Het begrijpen en kunnen controleren van emoties zijn vaardigheden die kunnen worden geleerd (Clifton & Myers, 2005).
Recente bevindingen van een team van Nederlandse onderzoekers lijken te bevestigen dat vaardigheden met betrekking tot emotionele intelligentie, tot op zekere hoogte, trainbaar zijn (Zijlmans et al., 2010). In hun onderzoek werden begeleiders van mensen met een verstandelijke beperking (een beroep waarbij emotionele vaardigheden zeer van belang zijn) getraind in hun emotionele vaardigheden. In dit vier maanden durende trainingsprogramma werd gebruikgemaakt van rollenspellen en groepsopdrachten, van verbale feedback op eigen individuele EQ-profielen en van videofeedback. Voor en na de training werd een zogeheten Bar-On EQ-i ingevuld en de scores hierop werden vergeleken met die van een controlegroep. Uit de resultaten concludeerde men dat de training ervoor zorgde dat het emotioneel functioneren van de begeleiders aanzienlijk verbeterde.
De onderzoekers Lieberman en Rosenthal (2001) stellen echter dat emotionele intelligentie mogelijk alleen een ander woord is voor extraversie, een persoonlijkheidskenmerk dat zijn wortels heeft in de biologie en in leerprocessen. Volgens hun onderzoek zijn introverten gewoon niet zo goed in het waarnemen van de emoties van anderen, vooral niet in omgevingen waarin multitasking nodig is. Lieberman en Rosenthal stellen tevens dat introverten misschien wel nooit kunnen leren even gevoelig voor anderen te zijn als extraverten.
Maar emotionele beheersing heeft ook een negatieve kant. Hoewel het ongebreideld uiten van emoties, met name negatieve emoties, tot problemen leidt, is een extreme beheersing van emoties evenmin gezond. Mensen die hiertoe neigen, zijn zo op hun hoede dat ze nooit van affectie, gevoel voor humor of onverbloemde ontevredenheid blijk geven. Uit onderzoek blijkt ook dat overdreven controle van emoties interfereert met het vermogen om emotioneel geladen gebeurtenissen te herinneren (Carpenter, 2000; Richards & Gross, 2000). In feite blijkt uit onderzoek dat emotioneel gezonde mensen weten hoe ze hun emoties moeten beheersen, hoe ze deze moeten uiten, en wanneer beheersen of uiten gepast is (Bonanno et al., 2004).

■ **PSYCHOLOGISCHE KWESTIES**

Misleiding opmerken

Hoe gemakkelijk is het voor mensen om hun emoties te verbergen als ze liegen? Als iemand 'je recht in de ogen kijkt' en niet nerveus met zijn handen frummelt, concludeer jij dan automatisch dat hij de waarheid spreekt? Als dat zo is, ben je een willig slachtoffer voor oplichters. Want mensen zijn over het algemeen erg slecht in het opmerken van een leugen. Een reden hiervoor is dat onze sociale interacties vaak plaatsvinden in vertrouwde situaties, waar we weinig aandacht besteden aan non-verbale signalen. Desondanks hebben experts op het gebied van misleiding ontdekt dat iemand die ons expres op het verkeerde been probeert te zetten, wel degelijk onwillekeurige non-verbale signalen 'uitzendt'. Als je in staat bent om deze signalen op te merken, ben je beter in staat om te bepalen of een verkoper tegen je liegt, of dat een politicus de waarheid geweld aandoet. Onthoud echter dat studies naar misleiding gebaseerd zijn op waarschijnlijkheden, niet op zekerheden. Dit onderzoek is vooralsnog geen exacte wetenschap.

In de Amerikaanse tv-serie *Lie to me* (ook in België en Nederland uitgezonden) wordt het bedrijf van Cal Lightman ingehuurd om in onderzoek misleiding op te merken en de waarheid boven tafel te krijgen. Zij maken hierbij onder meer gebruik van universele micro-expressie van emoties. Het personage van Lightman werd gebaseerd op Paul Ekman, de grondlegger van de theorie over de universele expressie van emotie (Ekman, 1992b, 1999, 2003). Ekman ontwikkelde ook het zogenoemde *Facial Action Encoding System*, waarmee micro-expressie van emotie in het menselijk gezicht kan worden gecodeerd (Ekman & Friesen, 1978; Ekman et al., 2002). Ook in Nederland worden sinds een aantal jaar verschillende trainingen en cursussen in het herkennen van micro-expressies aangeboden, die zijn gebaseerd op de theorie en methoden van Ekman.

De sleutel tot effectieve signalering van misleiding is het langdurig bestuderen van de gedragspatronen van de betrokkene. Als je zijn gedrag niet regelmatig kunt observeren, is het veel moeilijker om te beoordelen of iemand wel of niet eerlijk is (Marsh, 1988). Toch kunnen we je wat vuistregels geven voor situaties waarin elke mogelijkheid om misleiding te signaleren mooi is meegenomen (Adelson, 2004; DePaulo et al., 2003):

- Als dat wat wordt gezegd foutieve informatie bevat (en dus een leugen is), kost het de leugenaar enige cognitieve inspanning om de waarheid te verbergen. Dat leidt in zulke gevallen tot verscherpte aandacht (toegeknepen pupillen), langere pauzes tijdens het spreken (zorgvuldige woordkeuze) en verkramptere bewegingen en gebaren (om de waarheid niet te 'laten ontglippen').
- Soms bekennen misdadigers betrokkenheid bij een misdaad terwijl er ander specifiek bewijsmateriaal bestaat waaruit blijkt dat ze liegen; ze doen dit mogelijk om de mate van hun betrokkenheid bij de misdaad te minimaliseren. Uit analyse van opnamen van zulke bekentenissen blijkt dat de leugenaar de neiging heeft de verdraaide of gefalsificeerde details van het verhaal te herhalen (Dingfelder, 2004c).
- Als de leugen te maken heeft met het verbergen van iemands werkelijke gevoelens van woede of enthousiasme (zoals een goede pokerspeler doet als hij goede kaarten heeft) dan kan de leugenaar lichamelijk en gedragsmatig meer arousal vertonen. Dat blijkt uit veranderingen van houding, versprekingen, nerveuze gebaren (door het haar of over het gezicht strijken) en schouders ophalen (als om de leugen af te schudden).
- We kunnen ons gezicht gemakkelijker in de plooi houden dan ons lichaam. Zo kan iemand die jou wil misleiden zijn best doen om een 'pokerface' op te zetten, maar vergeten om de signalen van zijn lichaam te onderdrukken. Let dus op de lichaamsbewegingen van de spreker: Zijn ze ritmisch? Zijn ze ingestudeerd? Bewegen de handen zich vrijelijk of juist onrustig?
- Soms verraden de ogen de bedrieger, vooral als hij er gelukkig of geamuseerd probeert uit te zien terwijl hij dat niet is. Terwijl onze aandacht zich van nature richt op een glimlach als indicator van geluk of geamuseerdheid, kan deze veel gemakkelijker worden gemanipuleerd dan de spieren rond de ogen. Alleen bij een echte grijns of glimlach rimpelen de oogspieren de huid aan beide zijden van de ogen. Je kunt in het kader 'Doe het zelf!' onderzoeken hoe goed je een echte van een valse glimlach weet te onderscheiden.
- Het vermogen om 'iemand recht in de ogen te kijken' is eigenlijk een redelijk goede indicator van de waarheid, maar alleen als je te maken hebt met mensen die gewoonlijk de waarheid vertellen. Hun amateuristische poging om te liegen uit zich in dat geval in een afgewende blik, minder knipperen met de ogen (de aandacht is op iets anders gericht) en minder glimlachen. Let wel: een geoefende leugenaar kan je met een stalen gezicht de grootste onzin verkopen.
- Cultuur is van invloed op de wijze waarop we de waarheid van leugens onderscheiden. Daardoor is het voor mensen gemakkelijker leugenaars te herkennen onder mensen uit hun eigen cultuur dan onder mensen uit een andere cultuur. Bij een onderzoek bleek bijvoorbeeld dat Jordaniërs meestal geanimeerder zijn dan Amerikanen wanneer ze spreken en dat Amerikanen dat onterecht als 'nervositeit' interpreteren en oordelen dat de Jordaniër liegt (Bond & Atoum, 2000; Dingfelder, 2004c).

DOE HET ZELF! Het zit in de ogen

Weet jij of mensen oprecht zijn als ze tegen je glimlachen? Een gemeende glimlach wordt niet alleen met de mond gemaakt, maar met het hele gezicht, vooral met de ogen. Wanneer we werkelijke vreugde of vrolijkheid voelen, raakt de huid rond de ogen gerimpeld door de oogkringspier.

Laten we dit in gedachten houden en de twee afbeeldingen van glimlachende gezichten bekijken en zien of we kunnen bepalen welke de werkelijke glimlach is en welke geforceerd is. In de tekst kun je lezen welke tekens een valse glimlach verklikken.

Kritisch denken toegepast
Hoe zit het met zogenoemde leugendetectors, die vooral in de Verenigde Staten worden gebruikt, maar ook in Nederland en België bij strafzaken gebruikt mogen worden? Ga naar 'In de praktijk' in de MyLab mediatheek voor een nader onderzoek van deze instrumenten.

Bron: (links en rechts) Dacher Keltner, UC Berkley.

Ga naar **www.pearsonmylab.nl** om je kennis en begrip van deze paragraaf te testen met de MyMap, MyCheck en MyDefinitions.

SAMENVATTING VAN HET HOOFDSTUK

CENTRALE VRAAG: Motivatie is grotendeels een innerlijk en subjectief proces. Hoe kunnen we vaststellen wat mensen als Maarten van der Weijden motiveert om koste wat kost de beste van de wereld te willen zijn op hun gebied?

- Vanwege het subjectieve karakter van motivatie zijn psychologen gedwongen om de onderliggende processen indirect te bestuderen, aan de hand van allerlei methoden, zoals studies naar dieren, de *TAT* en hersenscans.
- Psychologen hebben vastgesteld dat er allerlei belangrijke factoren van invloed zijn op motivatie, zoals cultuur, doelen, onbewuste processen, verscheidene biologische factoren en sociale dwang. Beloningen, zowel intrinsieke als extrinsieke, zijn ook belangrijk.
- Een van de belangrijkste kwesties is welke prioriteit we aan onze motieven geven; een kwestie die Maslow heeft behandeld in zijn beroemde behoeftehiërarchie. Recentelijk hebben evolutiepsychologen deze behoeftehiërarchie aangepast. Veel sporters, artiesten en kunstenaars doen veel van hun werk kennelijk in een toestand van flow: een mentale gesteldheid waarin iemand zich concentreert op een intrinsiek lonende taak en alle andere behoeften zelfs kan uitsluiten.

- Als we iemands motivatie willen begrijpen, moeten we ook zijn emoties begrijpen, want emoties zijn een klasse motieven die worden opgewekt door personen, voorwerpen en situaties in de wereld buiten het individu. Emoties dienen als de 'waarden' die we aan alternatieven hechten bij het maken van keuzes en het nemen van beslissingen.

KERNVRAAG 9.1

▶ Wat motiveert ons?

Het concept **motivatie** verwijst naar interne processen die gedrag selecteren en sturen om een bepaald doel te bereiken. Motivatie helpt ook gedrag uit te leggen dat niet alleen op grond van omstandigheden kan worden verklaard. Psychologen vinden het nuttig om onderscheid te maken tussen **intrinsieke motivatie** en **extrinsieke motivatie**.
David McClelland was pionier op het gebied van de **prestatiedrang** (**n Ach**), een motief dat belangrijk is voor A&O-psychologen, die motivatie en voldoening op het gebied van werk bestuderen. Prestatiedrang hangt ook samen met studiesucces en andere resultaten in het leven. Maar volgens McClelland zijn de behoeften aan macht en affiliatie net zo belangrijk als *n Ach*. Uit crosscultureel onderzoek blijkt ook dat de intensiteit van de behoefte aan prestaties per maatschappij verschilt, afhankelijk van hun oriëntatie op **individualisme** of **collectivisme**.
Psychologen hebben ontdekt dat extrinsieke beloningen de motivatie voor intrinsiek lonende taken teniet kunnen doen door **overrechtvaardiging**. Dat is vooral het geval als beloningen worden gegeven zonder aandacht voor de kwaliteit van de prestatie.
Grote prestaties zijn meestal afkomstig van mensen in een toestand van **flow**. Degenen die in een toestand van flow verkeren, worden intrinsiek gemotiveerd door een probleem of een activiteit. Het gebruik van middelen of alcohol om een kunstmatig gevoel van flow te bereiken is meestal niet effectief.

- **KERNCONCEPT 9.1**
  Motieven zijn innerlijke drijfveren om op een bepaalde manier te handelen, al kunnen ze door allerlei factoren worden beïnvloed, zowel interne als externe.

KERNVRAAG 9.2

▶ Hoe worden onze motivatieprioriteiten gesteld?

Psychologen hebben biologische motivatie uitgelegd met behulp van de **instincttheorie**, **gefixeerde actiepatronen** en de **drijfveertheorie**, alsmede **homeostase**. Cognitief psychologen leggen de nadruk op biologische motieven. Freud vroeg aandacht voor onbewuste motivatie en stelde dat al onze motieven voortvloeien uit onbewuste seksuele en agressieve verlangens. Maar geen van deze benaderingen kan het hele spectrum aan menselijke motivaties met succes verklaren.
Met zijn invloedrijke **behoeftehiërarchie** probeerde Maslow de prioriteiten te verklaren die lijken te gelden voor menselijke motieven. Critici hebben echter allerlei uitzonderingen op de geldigheid van deze hiërarchie naar voren gebracht. Recentelijk hebben evolutiepsychologen Maslows theorie herzien met de suggestie dat onze 'standaard'-motivatieprioriteiten kunnen veranderen, afhankelijk van ontwikkelingsfactoren en belangrijke (proximale) stimuli.
Als we iemands motivatie willen begrijpen, zijn diens extrinsieke prikkels en bedreigingen een goed uitgangspunt. Een nieuwe toevoeging aan de theorie over motivatie is de **zelfdeterminatietheorie (ZDT)**, die ervan uitgaat dat mensen van nature proactief hun omgeving vormgeven en dat deze activiteit gericht is op groei en integratie.

- **KERNCONCEPT 9.2**
  Een nieuwe theorie die Maslows hiërarchie combineert met evolutionaire psychologie, stelt dat functionele, proximale en ontwikkelingsfactoren bepalen welke motieven prioriteit krijgen.

KERNVRAAG 9.3

▶ Waar staan honger en seksuele motivatie in de motivatiehiërarchie?

Honger is zowel een biologisch als een psychologisch motief, dat het best kan worden uitgelegd aan de hand van een meervoudigesystemenbenadering. Westerlingen krijgen gemengde boodschappen uit de media, die zowel slank zijn als calorierijk voedsel promoten, wat waarschijnlijk een rol speelt in stoornissen als obesitas, **anorexia nervosa** en **boulimia nervosa**. De oorsprong van deze problemen is niet helemaal duidelijk, al denkt men dat er zowel biologische als sociale factoren bij betrokken zijn.

'Wilskracht' is een veelgebruikte term in het dagelijks taalgebruik, maar psychologen vermijden deze, omdat de term suggereert dat het een afzonderlijke eigenschap van de geest is. Zij geven de voorkeur aan 'impulscontrole' of 'zelfbeheersing', termen die met behulp van hersenmechanismen en omgevingsinvloeden kunnen worden verklaard. Onlangs hebben onderzoekers ontdekt dat impulscontrole een cognitieve tol eist, meetbaar als een daling van de bloedsuikerspiegel.

In tegenstelling tot honger en gewichtscontrole berust de seksuele drijfveer niet op homeostase. De seksuele motivatie is wel sterk geworteld in onze biologische natuur, maar leerprocessen spelen ook een rol, in het bijzonder bij mensen. Masters en Johnson waren de eersten die in het laboratorium uitgebreid onderzoek deden naar seksueel gedrag; zij ontdekten dat de **seksuele responscyclus** van de man en de vrouw sterke overeenkomsten vertonen. Degenen die het controversiële evolutionaire perspectief aanhangen, betogen dat verschillen tussen mannelijke en vrouwelijke seksualiteit het gevolg zijn van conflicterende voortplantingstrategieën en vanuit de grote biologische investering die vrouwen doen bij zwangerschap; beide factoren leiden volgens hen tot een grotere promiscuïteit bij mannen.

Net als in Maslows piramide krijgt honger in de nieuwe evolutionaire hiërarchie prioriteit boven seks, al is de hiërarchie niet vaststaand.

● **KERNCONCEPT 9.3**

Hoewel ze in veel opzichten van elkaar verschillen, hebben honger en seks allebei een evolutionaire oorsprong en nemen beide een belangrijke plaats in de motivatiehiërarchie in.

KERNVRAAG 9.4

▶ Hoe motiveren onze emoties ons?

Emotie is een proces waarbij vier hoofdcomponenten betrokken zijn: fysiologische arousal, cognitieve interpretatie, subjectieve gevoelens en gedragsmatige uitingen. Emoties kunnen ook als motieven werken. Evolutionair gezien kunnen we met behulp van emoties steeds terugkerende stimuli opzoeken dan wel mijden, een vermogen dat van belang is voor onze overleving en de voortplanting. Sociaal gezien hebben emotionele uitingen de functie gevoelens en bedoelingen over te brengen, een functie waarbij mogelijk 'spiegelneuronen' een rol spelen.

De meeste experts benoemen een beperkt aantal basisemoties die, gecombineerd, een groter aantal secundaire emoties produceren. Ten minste zeven gezichtsuitdrukkingen van emotie worden universeel in alle culturen begrepen, ondanks het feit dat deze uitdrukkingen door cultuurspecifieke **uitingsregels** kunnen worden gemodificeerd. Deze universele emoties zijn waarschijnlijk biologisch verankerd.

Enkele emotionele verschillen tussen mannen en vrouwen zijn bepaald door biologische factoren. Tegelijkertijd blijkt uit culturele verschillen dat enkele sekseverschillen ten aanzien van emoties zijn aangeleerd. Dit geldt met name voor verschillen over het beheersen van emotionele uitingen. Ondanks de verschillen kan niet worden gezegd dat het ene geslacht emotioneler is dan het andere.

● **KERNCONCEPT 9.4**

Emoties zijn een speciale klasse motieven die ons helpen om te gaan met belangrijke (meestal externe) situaties en onze bedoelingen aan anderen over te brengen.

KERNVRAAG 9.5

▶ Waar komen onze emoties vandaan?

De neurowetenschap heeft aan het licht gebracht dat de hersenen twee verschillende systemen bevatten die bij emotionele verwerking betrokken zijn. Het ene systeem, een systeem met een snelle respons, opereert voornamelijk op onbewust niveau en is verankerd in diepliggende limbische structuren, met name de amygdala. Het andere systeem heeft te maken met bewuste verwerking in de cortex. De banen van deze systemen kruisen elkaar in de ventromediale prefrontale cortex. Emoties veroorzaken ook lichamelijke veranderingen in reactie op boodschappen van het autonome zenuwstelsel en het hormoonstelsel.

De **omgekeerde 'U'-theorie** beschrijft de complexe relatie tussen emotionele arousal en prestatie: een toegenomen arousal verbetert de prestatie, maar slechts tot een bepaald niveau van optimale arousal, die afhankelijk is van de complexiteit van de taak. **Sensatiezoekers** lijken een bijzonder hoge behoefte aan arousal te hebben.

Nu er inzicht is in de manier waarop deze twee emotiesystemen werken, komt er ook langzaam een eind aan een paar oude controverses over de rol van cognitie en fysieke responsen in emoties. De **James-Lange-theorie** zei dat fysieke sensaties en fysieke responsen emotionele gevoelens opleveren. De **Cannon-Bard-theorie** beweerde daarentegen dat onze cognitieve beoordeling tegelijkertijd zowel emoties als de bijbehorende fysieke responsen oplevert. In Stanley Schachters **tweefactorentheorie** werd gesuggereerd dat emoties het resultaat zijn van de cognitieve beoordeling van zowel onze innerlijke fysieke toestand als de externe situatie. Onderzoek toont aan dat alle drie gezichtspunten een deel zijn van de waarheid.

De kenmerken van emotionele intelligentie worden niet gemeten op de traditionele IQ-test. EQ wordt gekenmerkt door het vermogen om je eigen emoties te beheersen, een essentiële vaardigheid als je goede sociale relaties wilt onderhouden. Je kunt leren om je emoties in bedwang te houden. Uit tests van de emotionele intelligentie blijkt dat degenen die hoog scoren, meestal succesvol zijn in sociale situaties.

● **KERNCONCEPT 9.5**
Onderzoek heeft duidelijk gemaakt welke processen ten grondslag liggen aan zowel ons bewuste als ons onbewuste gevoelsleven.

Op **www.pearsonmylab.nl** vind je tools en toetsen om je begrip en kennis van dit hoofdstuk uit te breiden en te oefenen.

BELANGRIJKE BEGRIPPEN

Anorexia nervosa
Behoefte
Behoeftehiërarchie
Biologische drijfveer
Boulimia nervosa
Cannon-Bard-theorie
Collectivisme
Drijfveertheorie
Emotie
Emotionele intelligentie
Extrinsieke motivatie
Flow
Functioneel analyseniveau
Gefixeerd actiepatroon
Homeostase
Individualisme
Instincttheorie
Intrinsieke motivatie
James-Lange-theorie
Lateralisatie van emoties
Motivatie
Omgekeerde 'U'-functie
Ontwikkelingsanalyseniveau
Overrechtvaardiging
Prestatiedrang (need for achievement, n Ach)
Proximaal analyseniveau
Seksuele responscyclus
Sensatiezoeker
Set point
Tweefactortheorie
Uitingsregels
Zelfdeterminatietheorie (ZDT)

▶ KERNVRAGEN	● KERNCONCEPTEN	■ IN DE PRAKTIJK
10.1 Door welke krachten wordt de persoonlijkheid gevormd? 10.1.1 Biologie, menselijke natuur en persoonlijkheid 10.1.2 De effecten van nurture: persoonlijkheid en de omgeving 10.1.3 De effecten van nature: karakter en psychische processen 10.1.4 Sociale en culturele bijdragen aan de persoonlijkheid	10.1 De persoonlijkheid wordt gevormd door de gecombineerde krachten van biologische, situationele en psychologische processen, die allemaal in een context van sociaal-culturele en ontwikkelingsfactoren zijn ingebed.	**Psychologische kwesties** Ongewone mensen en ongewoon gedrag verklaren
10.2 Uit welke blijvende patronen of disposities bestaat onze persoonlijkheid? 10.2.1 Persoonlijkheid en temperament 10.2.2 Persoonlijkheid als verzameling karaktertrekken	10.2 Volgens alle dispositionele theorieën bestaat er een kleine groep van persoonlijkheidskenmerken die temperamenten, karaktertrekken of typen worden genoemd; het individu vertoont met betrekking tot deze kenmerken gedurende zijn hele leven een consistent beeld.	**Psychologische kwesties** Bepaal je eigen persoonlijkheidstype op www.pearsonmylab.nl
10.3 Op welke manier helpen mentale processen bij het vormen van onze persoonlijkheid? 10.3.1 De psychodynamische theorieën: nadruk op motivatie en psychische stoornissen 10.3.2 De humanistische theorieën: nadruk op menselijk potentieel en geestelijke gezondheid 10.3.3 De sociaal-cognitieve theorieën: nadruk op sociaal leren 10.3.4 Huidige trends: de persoon in een sociaal systeem	10.3 Hoewel volgens de procestheorieën verschillende krachten in de persoonlijkheid aan het werk zijn, is de persoonlijkheid volgens elk van deze theorieën het resultaat van zowel interne psychische processen als van sociale interacties.	**Doe het zelf!** Waar ligt jouw locus of control? **Psychologie gebruiken om psychologie te leren** op www.pearsonmylab.nl
10.4 Welke theorieën gebruiken mensen om zichzelf en anderen te begrijpen? 10.4.1 Impliciete persoonlijkheidstheorieën 10.4.2 Self-narratives: het verhaal over het eigen leven 10.4.3 De effecten van cultuur op onze kijk op de persoonlijkheid	10.4 Ons inzicht in onszelf en anderen is gebaseerd op impliciete theorieën van de persoonlijkheid en op onze eigen levensverhalen – factoren die beide door cultuur worden beïnvloed.	**Kritisch denken toegepast** De controverse persoon-situatie

CENTRALE VRAAG: Welke invloeden hebben geresulteerd in de unieke gedragspatronen en consistentie in de persoonlijkheid van Mary Calkins?

Op **www.pearsonmylab.nl** vind je tools en toetsen om je begrip en kennis van dit hoofdstuk uit te breiden en te oefenen.

10 PERSOONLIJKHEID: THEORIEËN VAN DE GEHELE PERSOON

Foto: www.by-angie.eu.

Beschouw je jezelf als uniek? Of vind je dat je bent als de meeste andere mensen? Vinden je vrienden en familie jou en de manier waarop je je in verschillende situaties gedraagt consequent en voorspelbaar? De meeste mensen gaan ervan uit dat de manier waarop ze zich gewoonlijk gedragen hoofdzakelijk wordt bepaald door genen, karakter, persoonlijkheidskenmerken en een aantal innerlijke determinanten, die alles bij elkaar hun wezenlijke zelf vormen. Het idee dat je een uniek individu bent met een zelf dat jou anders maakt dan alle anderen is een aanname die we zelden ter discussie stellen. Maar de meesten van ons staan er waarschijnlijk niet bij stil dat het concept van het zelf grotendeels dankzij Mary Whiton Calkins (1863-1930) een plaats heeft gekregen in de psychologie; zij heeft uitgebreid over het zelf geschreven. Ook heeft ze er haar hele leven voor gestreden om als competent geleerde te worden erkend door een academische wereld die haar afwees omdat ze een vrouw was (Calkins, 1906, 1930; DiFebo, 2002).

Mary Calkins kwam de psychologie via de achterdeur binnen. Wellesley College, waar ze talen onderwees, erkende haar als een uitstekend docent. Daarom kreeg ze een baan aangeboden in de prille wetenschap van de psychologie, uiteraard op voorwaarde dat ze hierin zou worden opgeleid. Dit was op universiteiten een gebruikelijke manier van doen aan het einde van de negentiende eeuw. Het was echter niet gemakkelijk een reguliere universiteit te vinden die vrouwen aannam. Aan Harvard maakte Mary kans, vooral omdat de legendarische William James haar als student wilde hebben. Er was echter één obstakel: Harvard accepteerde in die tijd geen vrouwelijke studenten. De rector, Charles Eliot, was een sterk voorstander van gescheiden onderwijs voor mannen en vrouwen, maar hij zwichtte voor de druk van James en andere leden van de afdeling psychologie. Aan de toelating van Mary Calkins verbond de rector wel de voorwaarde dat de studente de colleges als toehoorder zou bijwonen en niet in aanmerking zou komen voor een graad. (Harvard heeft tot 1963 geweigerd vrouwen een doctoraaldiploma te verlenen.)

In de lente van 1895 rondde Calkins haar academische studie af. Zij had grensverleggend onderzoek verricht naar de werking van het geheugen, en schreef daar haar proefschrift over: *Association: An Essay Analytic and Experimental*. De opstandige psychologiefaculteit van Harvard organiseerde een ongeautoriseerde mondelinge verdediging van haar proefschrift en diende een petitie in bij de raad van bestuur om haar de doctorstitel te verlenen. William James prees haar prestatie als 'het meest briljante examen voor de doctorstitel dat we aan Harvard hebben gehad'. Het bestuur weigerde echter. Een woedende William James vertelde Calkins dat de actie van Harvard genoeg was om haar en alle andere vrouwen 'te bewegen tot terroristische actie' (Furumoto, 1979, pag. 350).

Hoewel Mary Calkins de doctorstitel die ze had verdiend niet kreeg, keerde ze terug naar Wellesley, waar ze, zoals beloofd, als docent psychologie werd verwelkomd. Behalve docent was ze een productief geleerde en ze publiceerde uiteindelijk meer dan honderd artikelen en boeken, waaronder haar best verkopende titel *An Introduction to Psychology*. In 1902 weigerde ze de 'troostprijs' van een doctorstitel van Radcliffe College, een vrouwenuniversiteit die aan Harvard was verbonden. En in 1905 werd ze de eerste vrouwelijke voorzitter van de American Psychological Association.

Persoonlijkheid: De psychologische kenmerken die een zekere continuïteit verlenen aan het gedrag van een individu in verschillende situaties en op verschillende momenten.

Mary Whiton Calkins, de eerste vrouwelijke voorzitter van de APA, kreeg nooit de doctorstitel die ze verdiend had.

Bron: Archives of the History of American Psychology.

Het begrip **persoonlijkheid** slaat op de psychologische eigenschappen die een zekere continuïteit verlenen aan het gedrag van een individu in verschillende situaties en op verschillende momenten. Het is een veelomvattend concept dat we kunnen beschouwen als de rode draad van ons leven (Cervone & Shoda, 1999). Als die draad onverhoopt zou breken, kan dit ertoe leiden dat een persoonlijkheid beladen raakt met de inconsequenties die we bijvoorbeeld zien bij manisch-depressieve psychose, schizofrenie of de 'meervoudige persoonlijkheidsstoornis'. De psycholoog die de puzzel van de persoonlijkheid wil oplossen, moet alle verschillende delen waaruit een persoonlijkheid bestaat met elkaar verbinden. Hiertoe dient alles wat we tot nu toe hebben bestudeerd te worden geïntegreerd: leren, perceptie, ontwikkeling, motivatie, emotie en al het overige, in een poging het individu als geheel te begrijpen. In hoofdstuk 1 hebben we dit het *perspectief vanuit de gehele persoon* genoemd.

In sommige opzichten is het begrip *persoonlijkheid* tamelijk eenvoudig, omdat wij mensen allemaal enigszins op elkaar lijken. Over het algemeen geven we de voorkeur aan genot boven pijn, zoeken we naar betekenis in ons leven en beoordelen we elkaar vaak aan de hand van normen die door het gedrag van anderen worden gesteld. Afgezien van deze duidelijke overeenkomsten, zijn we echter ook unieke individuen: ieder van ons is anders dan alle anderen. De persoonlijkheidsleer is dus ook de psychologie van individuele verschillen: wat maakt dat we anders denken, voelen en doen dan anderen in dezelfde situatie?

Hoe gaat een psycholoog te werk als hij inzicht wil krijgen in de persoonlijkheid? Laten we dit aan de hand van Mary Calkins illustreren; haar persoonlijkheid staat centraal in dit hoofdstuk.

CENTRALE VRAAG: Welke invloeden hebben geresulteerd in de unieke gedragspatronen en consistentie in de persoonlijkheid van Mary Calkins?

Werd haar persoonlijkheid vooral gevormd door de mensen om haar heen en de gebeurtenissen in haar leven? Of berustten haar moed en vastberadenheid meer op innerlijke eigenschappen; was dat haar fundamentele aard? Waarschijnlijk herken je in deze twee mogelijkheden een voorbeeld van de controverse tussen aangeboren en aangeleerd, zoals we die eerder zijn tegengekomen. Het antwoord luidt natuurlijk: beide. Mary Calkins' persoonlijkheid is gevormd door een samenspel van ervaring én innerlijke factoren, net als onze eigen persoonlijkheid. Dit hoofdstuk bevat een aantal theoretische verklaringen over wat persoonlijkheid precies is. Gaandeweg zul je ontdekken dat sommige theorieën meer nadruk leggen op aangeboren factoren, terwijl andere meer naar leeraspecten kijken. Je zult er ook achter komen dat bepaalde theorieën speciaal geschikt zijn voor specifieke problemen, zoals die zich voordoen in de volgende situaties:

- Als je snel een overzichtelijk beeld wilt hebben van de huidige persoonlijkheidskenmerken van een individu – misschien van iemand die solliciteert naar een functie in je bedrijf – kom je een heel eind met een van de theorieën over *temperamenten*, *trekken* of *typen*. Het tweede deel van dit hoofdstuk is aan deze theorieën gewijd.
- Als je een manier zoekt om iemand te begrijpen – bijvoorbeeld een vriend die jou om advies vraagt – en je deze persoon beschouwt als een zich ontwikkelend, veranderlijk wezen, ben je waarschijnlijk het beste geholpen met de *psychodynamische*, de *humanistische* of de *sociaal-cognitieve persoonlijkheidstheorieën*. Deze theorieën komen in het derde deel van dit hoofdstuk aan de orde.
- Als je geïnteresseerd bent in de manier waarop individuen elkaar begrijpen – omdat je relatietherapeut of mediator bent – wil je graag weten welke ideeën mensen over elkaar hebben. Je bent op zoek naar hun *impliciete persoonlijkheidstheorieën*. Daarover gaat het laatste deel van dit hoofdstuk.
- En als je je afvraagt of mensen elkaar overal ter wereld op dezelfde manier begrijpen, zal je interesse vooral uitgaan naar het *crossculturele* onderzoek naar de persoonlijkheid. Informatie over zulk onderzoek vind je terug in het gehele hoofdstuk.

In de volgende paragraaf beginnen we onze verkenning van de persoonlijkheid met een overzicht van de krachten die ieder van ons hebben gevormd.

KERNVRAAG 10.1

▶ Door welke krachten wordt de persoonlijkheid gevormd?

Persoonlijkheid maakt ons niet alleen menselijk, maar door onze persoonlijkheid verschillen we ook van alle andere mensen. We zouden persoonlijkheid kunnen beschouwen als de 'standaardinstellingen' van ons unieke patroon van motieven, emoties en percepties, in combinatie met de aangeleerde schema's die we toepassen om onszelf en onze wereld te begrijpen (McAdams & Pals, 2006). Persoonlijkheid is ook de collectieve term voor de eigenschappen die ons maken tot wie we zijn. Dit alles is op zijn beurt ingebed in de context van onze cultuur, sociale relaties en ontwikkelingsniveau. Met andere woorden: onze persoonlijkheid bestaat uit vrijwel alle aspecten van ons wezen (zie figuur 10.1). We kunnen dit idee vastleggen in het kernconcept van deze paragraaf.

KERNCONCEPT 10.1
De persoonlijkheid wordt gevormd door de gecombineerde krachten van biologische, situationele en psychologische processen, die allemaal in een context van sociaal-culturele en ontwikkelingsfactoren zijn ingebed.

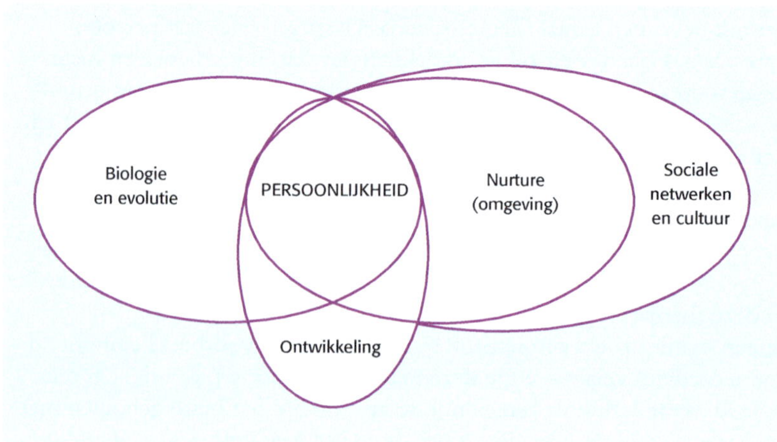

Figuur 10.1
Persoonlijkheid als de psychologie van de gehele persoon
We kunnen persoonlijkheid beschouwen als de doorsnede van alle psychologische kenmerken en processen die ons menselijk maken, maar tegelijkertijd ervoor zorgen dat ieder mens uniek is.

Laten we elk van deze elementen van de persoonlijkheid eens bekijken, te beginnen met een overzicht van de biologische en evolutionaire krachten.

10.1.1 Biologie, menselijke natuur en persoonlijkheid

Als twee laboratoriumratten in een kooi worden geplaatst waarvan de bodem herhaaldelijk onder stroom wordt gezet, zullen de ratten elkaar gaan aanvallen. Iets dergelijks zien we bij mensen die uithalen naar elk geschikt doel als ze pijn lijden. Zo raakten in 1994 in het Afrikaanse land Rwanda, waar al lang sociale spanningen waren, twee bevolkingsgroepen slaags in een verbijsterend bloedbad waarbij vermoedelijk driekwart miljoen mensen om het leven kwamen.
Dit zijn voorbeelden van wat Sigmund Freud *verplaatsing van agressie* noemde. Soms noemen we dit verschijnsel *het aanwijzen van een zondebok*, verwijzend naar het oude Hebreeuwse ritueel waarbij de zonden van een stam symbolisch werden overgedragen op een bok die de woestijn in werd gedreven om te sterven. Een hypothetisch geval van displacement van agressie is de suggestie van William James dat de weigering van Harvard om Mary Calkins de graad te geven die ze had verdiend, genoeg was om haar en alle andere vrouwen in terroristen te veranderen.
Natuurlijk kan geweld, moord of genocide nooit worden gerechtvaardigd, maar misschien kunnen deze vormen van agressie wel worden verklaard. Volgens David Barash (2007) is de menselijke geschiedenis het verhaal van mensen die op pijnlijke of bedreigende situaties hebben gereageerd door naar het dichtstbijzijnde doel uit te halen. Degenen die dat deden, hadden een duidelijk evolutionair voordeel ten opzichte van degenen die het rustig 'ondergingen', omdat ze minder kans hadden een volgende keer zelf slachtoffer te worden. Ze hadden ook meer kans zich voort te planten en deze neiging tot agressie en tot displacement op hun nakomelingen over te dragen.
Displacement van agressie is niet de enige menselijke eigenschap die in onze biologie lijkt te zijn ingebouwd. Zoals we eerder hebben opgemerkt, geven de meeste mensen de voorkeur aan genot, vooral als het gaat om seksueel genot, boven pijn. De duidelijke menselijke neiging tot seks en agressie klopt met het

idee van Darwin dat we nakomelingen zijn van een lange lijn van voorouders die waren gemotiveerd om te overleven en zich voort te planten. Sigmund Freud nam dit idee over en betoogde dat alles wat we doen, voortkomt uit een op seks gebaseerd 'overlevingsinstinct' en een 'instinctieve' neiging tot verdediging en agressie. Volgens andere theoretici is de persoonlijkheid ook op andere motieven gebaseerd, zoals sociale motieven, die ongetwijfeld enige basis hebben in de biologie. Evenals mieren en bijen, zo verklaren zij, zijn wij mensen ook 'sociale wezens'.

Welk standpunt is juist? Uit de moderne neurologie en evolutionaire psychologie blijkt dat het onjuist is te veronderstellen dat al het menselijk gedrag door slechts enkele basale motieven wordt veroorzaakt (McAdams & Pals, 2006). Het beeld dat in de wetenschap naar voren komt, is veel complexer. Wij (dat wil zeggen, onze hersenen) lijken te bestaan uit een verzameling 'modulen' waarvan elk zich heeft gespecialiseerd in, dat wil zeggen is aangepast aan, de realisatie van een specifiek doel. Dit zou de reden kunnen zijn dat we zo veel motieven hebben, die stuk voor stuk hun eigen regels hebben voor de manier waarop ze invloed op ons uitoefenen, zoals we in het vorige hoofdstuk hebben gezien. Seks, agressie, honger, affiliatie, dorst en prestaties: elk motief is een afzonderlijke module in de hersenen, maar ook vormt de manier waarop een motief ons beïnvloedt een deel van de eenheid die we 'persoonlijkheid' noemen.

William James onderzocht bewustzijn en was geïnteresseerd in de manier waarop de geest gedrag stuurt.

Bron: Harvard University Archives, HUP James, W.

10.1.2 De effecten van nurture: persoonlijkheid en de omgeving

Niet alles kan aan de hand van biologie en evolutie worden verklaard. Ondanks het feit dat de genetica steeds meer inzicht biedt in het verband tussen erfelijkheid en gedrag, is het toch duidelijk dat ons gedrag voor een belangrijk deel gevormd wordt volgens de principes van behavioristische conditionering, cognitief leren en sociale psychologie (Robins, 2005).

Welke omgeving heeft de sterkste invloed? Veel persoonlijkheidstheoretici leggen de nadruk op ervaringen opgedaan in de vroege jeugd. Vanuit dit perspectief wordt je eigen persoonlijkheid in sterke mate door je ouders gevormd, niet alleen door hun genen, maar ook door de omgeving die ze je geven (aangenomen dat je door je ouders bent opgevoed). Aan het andere uiterste zien we dat kinderen die vrijwel geen menselijk contact hebben gehad, zoals kinderen die opgroeien in weeshuizen waar ze worden verwaarloosd, een belemmerde ontwikkeling vertonen (Nelson et al., 2007; Spitz, 1946, Rutter, 2011).

Omgevingsinvloeden worden zeer belangrijk geacht. Persoonlijkheidspsycholoog Walter Mischel (2003) heeft zelfs gesuggereerd dat alle andere effecten, met inbegrip van alle aangeboren eigenschappen, door deze invloeden worden overstemd. Denk maar eens aan alle 'bevelen' die je op een dag krijgt en die je gedrag bepalen: zoals het bevel van de wekker die afgaat, het bevel van het rode verkeerslicht, en het bevel dat is vervat in de vraag 'Hoe gaat het ermee?' Heeft Mischel gelijk? We zullen dit onderwerp, dat de persoon-situatiecontroverse wordt genoemd, in het kader 'Kritisch denken toegepast' aan het einde van dit hoofdstuk onderzoeken.

◀◀ **Verbinding hoofdstuk 4**
De omgeving beïnvloedt ons vaak via operante conditionering en klassieke conditionering (p. 144).

10.1.3 De effecten van nature: karakter en psychische processen

Hoe belangrijk de omgeving ook is, we moeten al onze ervaringen ook door een reeks interne mentale 'filters' laten lopen; deze filters representeren kernelementen van de persoonlijkheid. Stel bijvoorbeeld dat je een *extravert* persoon bent, die het liefst in het gezelschap van andere mensen verkeert. In dat geval zul je je ervaringen vanuit een extravert standpunt interpreteren. De dimensie introvert-extravert is een voorbeeld van een *beschrijvende persoonlijkheidstheorie*; bij dit type theorie ligt de nadruk op de betrekkelijk stabiele persoonlijkheidskenmerken of **karaktertrekken** van een individu. Andere theorieën, zogenoemde

Karaktertrek: Stabiel persoonlijkheidskenmerk waarvan men aanneemt dat het zich in het individu bevindt en dat in verschillende omstandigheden een leidraad vormt voor zijn of haar gedachten en handelingen.

Persoonlijkheidsproces: De interne werking van de persoonlijkheid, omvat motivatie, emotie, perceptie en leren en daarnaast ook onbewuste processen.

procestheorieën, gaan verder dan beschrijven alleen en verklaren de persoonlijkheid in termen van de interne **persoonlijkheidsprocessen** die we in dit boek bestuderen – motivatie, perceptie, leren en ontwikkeling – en op basis van bewuste en onbewuste processen. Voor een volledige verklaring van de persoonlijkheid lijken we zowel de karaktertheorieën als de procestheorieën nodig te hebben, theorieën die we verderop in dit hoofdstuk tegenkomen.

10.1.4 Sociale en culturele bijdragen aan de persoonlijkheid

Volgens crosscultureel psycholoog Juris Draguns (1979) is het concept persoonlijkheidstheorie op zichzelf al een westerse (Euro-Amerikaanse) uitvinding. Het is dan ook geen verrassing dat de meest controversiële en invloedrijke theorieën over persoonlijkheid zijn ontwikkeld door mensen die zijn opgeleid in het denkkader van de westerse sociale wetenschappen. Dat kader heeft een ingebouwde bias richting individualisme en een uniek 'zelf' (Guisinger & Blatt, 1994; Segall et al., 1999). Andere culturen benaderen het probleem van verschillen tussen mensen op een geheel andere manier. De meeste niet-westerse perspectieven op de persoonlijkheid zijn stevig geworteld in religie (Walsh, 1984). Zo beschouwen hindoes het begrip persoonlijkheid als een vereniging van tegengestelde kenmerken (Murphy & Murphy, 1968). Het Chinese concept van complementaire tegengestelde krachten, *yin* en *yang*, is een variant op ditzelfde thema.
Welke invloed heeft de cultuur nu op de persoonlijkheid? We zullen zien dat enkele persoonlijkheidskenmerken in verschillende culturen voorkomen. Dat wil zeggen dat we mensen van over de hele wereld aan de hand van slechts enkele elementaire persoonlijkheidskenmerken kunnen beschrijven. Mensen variëren bijvoorbeeld in hun angstniveau en in hun neiging extravert of introvert te zijn. Er zijn echter ook onderdelen van de persoonlijkheid waarop de cultuur een enorme invloed heeft. Mensen in de Verenigde Staten en andere westerse landen leggen meestal de nadruk op *individualisme*, waarbij degenen die opvallen in de menigte door hun talent, intelligentie of atletisch vermogen, worden beloond. Bij mensen in meer groepsgerichte culturen zoals die voorkomen in Azië, Afrika, Zuid-Amerika en het Midden-Oosten, ligt de nadruk op *collectivisme*: daar worden mensen beloond als ze in de groep passen en de sociale harmonie bevorderen.
En binnen elke cultuur, of deze nu individualistisch of collectivistisch is, hebben sociale relaties een enorme invloed op de persoonlijkheid, zoals we hebben willen aangeven met het voorbeeld van verwaarloosde kinderen. In grote mate wordt wie je bent bepaald door degenen met wie je bent omgegaan toen je opgroeide, niet alleen je ouders, maar ook je broertjes en zusjes, klasgenoten, docenten en alle andere mensen met wie je omging. Derhalve is je persoonlijkheid deels de creatie van anderen. Op welke wijze sociale en culturele factoren van invloed zijn op onze persoonlijkheid onderzoeken we in de laatste paragraaf van dit hoofdstuk.

■ **PSYCHOLOGISCHE KWESTIES**

Ongewone mensen en ongewoon gedrag verklaren

Je hebt geen persoonlijkheidstheorie nodig om te verklaren waarom mensen meestal op tijd naar hun werk gaan, waarom ze meezingen bij concerten of het weekend doorbrengen met familie of vrienden. Anders gezegd, je hebt geen persoonlijkheidstheorie nodig om te verklaren waarom mensen doen wat je verwacht dat ze doen, want in sommige situaties doet bijna iedereen hetzelfde. Maar als mensen zich op een vreemde en onverwachte manier gaan gedragen, is een persoonlijkheidstheorie soms wel handig. Met behulp van een goede theorie kun je mensen met uitzonderlijk gedrag, zoals Mary Calkins, of mensen over wie je in de krant leest, beter begrijpen: politici die in een seksschandaal verwikkeld zijn, de bokkensprongen van filmsterren die zo'n beetje om de week in een drugskliniek zitten, of mensen die ernstige misdaden hebben begaan, zoals Joran van der Sloot of Marc Dutroux. Begin 2011 werd Nederland geschokt door een terreurdaad in Alphen aan den Rijn. Een 24-jarige man schoot 23 mensen neer in een winkelcentrum. Zes van hen vonden de dood, en de dader, Tristan van der Vlis, pleegde zelfmoord. Er hadden nog meer slachtoffers kunnen vallen, maar gelukkig werd dat verhinderd door de heldendaden van verschillende mensen. Zo wierp een vader zich tussen de schutter en zijn zoon, en probeerde een eigenaresse van een modezaak de schutter tegen te houden. Wat was er mis met de moordenaar en wat maakte dat de helden zich zo moedig gedroegen? Het publiek wil antwoorden op dergelijke vragen en psychologen zoeken ernaar.

Elke theorie die we in dit hoofdstuk behandelen, biedt weer een andere invalshoek voor het bekijken van mensen. Je hebt dus wellicht verschillende perspectieven nodig om een beeld te kunnen vormen van een persoonlijkheid als geheel. Om je alvast een voorproefje te geven van wat komen gaat; stel dat je psycholoog bent en dat een cliënt, een jonge vrouw, je vertelt over haar plannen om zelfmoord te plegen. Je wilt de vrouw graag beter begrijpen. Hoe kun je jouw kennis over de persoonlijkheid daarvoor gebruiken?

Op basis van een theorie voor beschrijvingen zou je haar *persoonlijkheidskenmerken* en *temperament* kunnen proberen te overzien. Is ze gewetensvol? Is ze extravert of verlegen? Nerveus? Om hierachter te komen, kun je haar een van de vele 'persoonlijkheidstests' laten ondergaan die we in de volgende paragraaf van dit hoofdstuk zullen behandelen.

Haar profiel van eigenschappen en temperament zou een aanwijzing kunnen

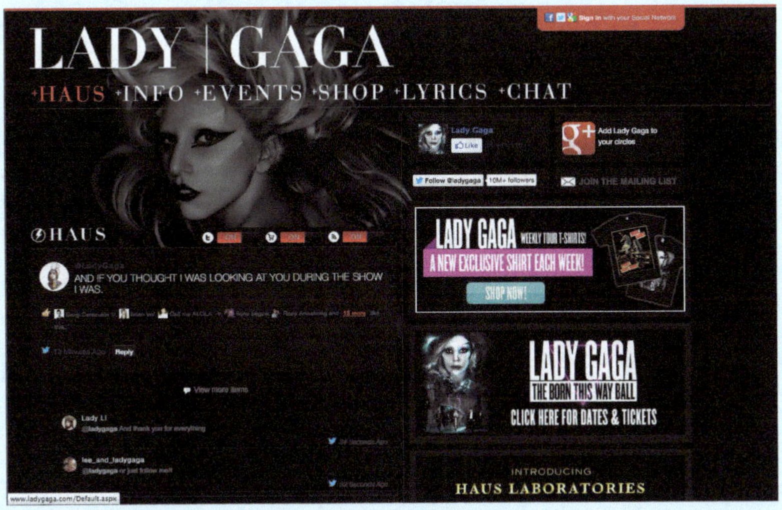

Een persoonlijkheidstheorie is nuttig bij het begrijpen van ongewone persoonlijkheden.

geven voor een vorm van psychotherapie of een mogelijke behandeling met geneesmiddelen.

Als je kiest voor psychotherapie, ga je aan het werk met de interne *processen* in haar persoonlijkheid en mogelijk met de sociale krachten die een rol spelen in haar omgeving en cultuur. Dit is het territorium dat oorspronkelijk werd afgebakend door Sigmund Freud en zijn volgelingen en, korter geleden, eveneens door experimenteel psychologen.

Bij een *psychodynamisch perspectief* ligt het accent op haar motieven en emoties, die deels onbewust kunnen zijn. Heeft ze een agressieve persoonlijkheid en keren haar agressieve gevoelens zich tegen haarzelf? Is er sprake van onopgeloste emotionele problemen in een vroeg ontwikkelingsstadium, zoals schuldgevoelens over woede richting haar ouders? Wat is de aard van haar sociale relaties?

Bij een *humanistische theorie* zal de nadruk liggen op haar mogelijkheden, en niet op haar tekorten. Wat zijn haar talenten? Wat hoopt en verlangt zij? En welke obstakels staan er tussen haar en haar doelstellingen? Met behulp van een humanistische theorie kun je ook haar onvervulde behoeften verkennen. Zijn haar suïcidale gedachten het gevolg van bewuste gevoelens dat ze alleen en onbemind is of onvoldoende wordt gerespecteerd?

Een *sociaal-cognitief perspectief*, met zijn nadruk op perceptie en leren, zal de oorzaak van haar sombere gevoelens in eerste instantie zoeken in haar interpretatie van gebeurtenissen. Gaat ze er altijd van uit dat haar beste inspanningen nog niet goed genoeg zijn? Meent ze dat ze zelf controle heeft over de gebeurtenissen in haar leven, of wordt ze door externe gebeurtenissen aangestuurd? Een cognitieve benadering kan je ook attent maken op de mogelijkheid dat haar gedachten aan zelfmoord zijn ingegeven door een suïcidaal rolmodel – misschien een vriend, familielid of, zoals bij 'copycat zelfmoorden', een beroemdheid die op een bepaalde manier zelfmoord pleegde.

Al deze benaderingen van de persoonlijkheid worden verderop in dit hoofdstuk gedetailleerd behandeld. Voor nu is dit de boodschap: geen enkele theorie voldoet op zichzelf om te verklaren waarom mensen doen wat ze doen. Met de theorieën omtrent eigenschappen en temperament kun je een beschrijvende momentopname verkrijgen van iemands eigenschappen, terwijl bij de 'procestheorieën' (psychodynamische, humanistische, of sociaal-cognitieve theorieën) de krachten worden beschreven die aan deze eigenschappen ten grondslag liggen. Meestal, zoals bij de suïcidale jonge vrouw die we hebben beschreven, vergt de juiste aanpak gebruikmaking van beide soorten theorieën.

Ga naar **www.pearsonmylab.nl** om je kennis en begrip van deze paragraaf te testen met de MyMap, MyCheck en MyDefinitions.

KERNVRAAG 10.2

▶ Uit welke blijvende patronen of disposities bestaat onze persoonlijkheid?

Ruim tweeduizend jaar voor de opkomst van de wetenschappelijke psychologie maakte men al onderscheid tussen vier temperamenten. Dit onderscheid was gebaseerd op een theorie van de Griekse arts Hippocrates, die dacht dat ons temperament werd bepaald door de verhouding tussen de vier *humores*, oftewel lichaamssappen (zie tabel 10.1).

Tabel 10.1 De humorestheorie

Humores	Bron	Temperament
bloed	hart	optimistisch (monter)
cholè (gele gal)	lever	cholerisch (licht ontvlambaar)
melancholè (zwarte gal)	milt	melancholisch (depressief)
flegma (slijm)	hersenen	flegmatisch (traag)

Sinds de dagen van Hippocrates zijn er talloze andere classificatiesystemen ontwikkeld. De meest simplistische zijn de stereotypen: dikke mensen zijn gezellig, zakenmensen zijn conservatief, vrouwen zijn meevoelend. Deze 'theorieën' getuigen natuurlijk van een oversimplificatie van het zeer gecompliceerde probleem dat zich voordoet wanneer we de patronen in de persoonlijkheid willen begrijpen. Sommige persoonlijkheidstheoretici proberen op eenzelfde manier te simplificeren, door mensen te beschrijven in termen van enkele elementaire *temperamenten*: globale **disposities** van de persoonlijkheid, zoals 'extravert' of 'verlegen', eigenschappen met een sterk biologische basis. Anderen kijken liever naar combinaties van *karaktertrekken*, die meestal als meervoudige dimensies van de persoonlijkheid worden beschouwd, bijvoorbeeld behoedzaam tegenover roekeloos of vriendelijk tegenover onvriendelijk; meestal wordt gedacht dat deze karaktertrekken in sterkere mate door de ervaring (leren) worden beïnvloed dan het temperament. Weer anderen delen mensen in aan de hand van *persoonlijkheidstypen*. Dit zijn categorieën in plaats van dimensies: je past al dan niet bij het patroon voor een type. Als bijvoorbeeld het begrip 'introversie' gehanteerd wordt als karakterdimensie, wordt beoordeeld in welke mate mensen introvert zijn. Als introversie daarentegen de aanduiding is van een type, worden mensen ingedeeld als introvert of niet.

Dispositie: Een psychische en fysieke kwaliteit of eigenschap van een persoon.

● **KERNCONCEPT 10.2**

Volgens alle dispositionele theorieën bestaat er een kleine groep van persoonlijkheidskenmerken die temperamenten, karaktertrekken of typen worden genoemd; het individu vertoont met betrekking tot deze kenmerken gedurende zijn hele leven een consistent beeld.

Hoewel al deze benaderingen enigszins verschillen, blijkt uit ons kernconcept dat ze ook een gezamenlijke basis hebben.
Omdat de termen *temperament*, *karaktertrek* en *type* enige overlap vertonen, plaatsen we ze samen onder het kopje **dispositionele theorieën**. Je kunt je echter afvragen wat het verschil is tussen zulke theorieën en een eenvoudig stereotype zoals dat van de conservatieve ingenieur, de machoman of het domme blondje. De wetenschappelijke achtergrond is bepalend voor dit verschil: een deugdelijke theorie over temperament, karaktertrek of type moet een degelijke wetenschappelijke basis hebben. Laten we met dit idee in het achterhoofd elk van deze benaderingen van de persoonlijkheid eens beoordelen, te beginnen met de benaderingen die het temperament centraal stellen.

Dispositionele theorieën: Een verzamelnaam voor benaderingen van de persoonlijkheid op basis van temperament, karaktertrekken en persoonlijkheidstypen.

Hippocrates leverde een vroege bijdrage aan het idee van een verband tussen lichaam en geest. Een van zijn overtuigingen was dat ons individuele temperament wordt bepaald door het dominante lichaamssap en we daardoor optimistisch, cholerisch, melancholisch of flegmatisch zijn.

10.2.1 Persoonlijkheid en temperament

Psychologen definiëren *temperament* als de biologisch bepaalde persoonlijkheidsdisposities die al in de vroege jeugd waarneembaar zijn en die de snelheid en intensiteit van emotionele reacties en overheersende stemming van een individu bepalen (Hogan et al., 1996; Mischel, 1993). Als ze het over temperamenten hebben, verwijzen ze meestal naar één of twee dominante en blijvende 'thema's', zoals verlegenheid of humeurigheid, die typerend zijn voor iemands persoonlijkheid. Uiteraard berust de moderne psychologie al lang niet meer op Hippocrates' theorie van de vier lichaamssappen, maar het elementaire concept is wel bewaard gebleven: biologische disposities beïnvloeden onze basale persoonlijkheid. Zo is van bepaalde hersenstructuren bekend dat ze fundamentele aspecten van de persoonlijkheid reguleren (LeDoux, 2002). Denk maar aan het geval van Phineas Gage, die tijdens een ongeluk een ijzeren staaf in zijn schedel kreeg, waarna zijn gedrag volkomen veranderde. Dankzij de onbedoelde lobotomie werd onomstotelijk bewezen dat de frontaalkwabben een rol spelen bij het reguleren van iemands elementaire disposities. Ook de moderne neurowetenschappen leveren bewijs voor deze belangrijke rol van de frontaalkwabben, zoals blijkt uit onderzoek naar de hersenstructuren van psychiatrische patiënten of het veranderende gedrag van mensen met alzheimer.

Temperament en transmitters?

Biologisch psychologen vermoeden nu dat sommige individuele verschillen in temperament worden bepaald door de verhoudingen waarin bepaalde chemische stoffen in de hersenen voorkomen. Waarschijnlijk zijn deze verhoudingen genetisch bepaald (Azar, 2002b; Sapolsky, 1992). Zo beschouwd is de theorie over de vier lichaamssappen nog steeds springlevend, al worden er nu andere termen gehanteerd: de moderne biologische psychologie heeft het niet meer over humores, maar over neurotransmitters. Het is duidelijk dat suïcidale gedachten en depressie samengaan met een overschot en/of een tekort aan bepaalde transmitters. De ontwikkelingspsycholoog Jerome Kagan formuleert dat als volgt: 'We hebben allemaal dezelfde neurotransmitters, maar bij elk van ons is de verhouding net weer even anders' (Stavish, 1994a, p. 7). Dat is de oorzaak van een groot aantal verschillen in de temperamenten van mensen, aldus Kagan.
Kagan is bezig met een fascinerend onderzoek naar de aangeboren basis van verlegenheid (Kagan et al., 2005; Kagan et al., 1994). Uit dit onderzoek komt duidelijk naar voren dat baby's al op hun eerste levensdag in verschillende mate reageren op stimulatie. Circa 20 procent van alle kinderen is sterk responsief en prikkelbaar in de zin van snel opgewonden, en rond de 10 procent reageert extreem geremd. Ongeveer 35-40 procent blijft kalm in reactie op nieuwe stimulatie, en rond de 10 procent reageert nieuwsgierig en zonder vrees. Gedurende de volgende paar maanden komen deze oorspronkelijke

◄◄ **Verbinding hoofdstuk 2**
Phineas Gage was een spoorwegarbeider die een ongeluk kreeg waarbij een metalen staaf dwars door zijn schedel schoot. Hij overleefde het, maar zijn persoonlijkheid en reactiestijl veranderden ingrijpend. Hij werd conflictueus en emotioneel (p. 62).

Sommige vormen van verlegenheid zijn erfelijk, andere worden geleerd door persoonlijke ervaring en culturele normen.

Bron: Rebecca Radcliff, Flickr.

verschillen tot uiting als verschillen in temperament: de meeste van de prikkelbare, geremde kinderen worden verlegen en introvert, terwijl de minder snel geprikkelde, onbevreesde kinderen extravert worden. Het lijkt erop dat deze eigenschappen in de loop der tijd weinig veranderen. Van de kinderen die na elf jaar opnieuw werden getest, bleek het merendeel nog steeds hetzelfde temperament te hebben. Kagan beschrijft deze effecten als het gevolg van een 'duw van de natuur' in verschillende richtingen.

Gematigd door het leren?

Tegelijkertijd weten we dat het percentage verlegen studenten veel hoger is dan het percentage kinderen dat direct na de geboorte geremd, teruggetrokken gedrag vertoont (Zimbardo, 1990). Daaruit kun je afleiden dat, hoewel verlegenheid in sommige gevallen is aangeboren, er in andere gevallen sprake moet zijn van leren door negatieve ervaringen. Erfelijkheid en omgeving beïnvloeden elkaar dus, doordat in eerste instantie aangeboren eigenschappen in de loop der tijd door ervaringen worden versterkt, of afgezwakt. Dat komt doordat het kind met zijn gedrag signalen uitzendt die anderen vertellen dat ze dichtbij mogen komen of uit de buurt moeten blijven.

Wordt ons leven dan volledig bepaald door onze biologische structuur? Misschien dat ons aangeboren temperament wel het bereik van onze responsen op bepaalde situaties vastlegt. Maar het bepaalt natuurlijk niet volledig hoe je leven eruit zal zien (Kagan & Snidman, 1998). Zelfs te midden van familieleden ontwikkel je, dankzij je positie in het gezin, je ervaringen en je zelfbewustzijn, een uniek persoonlijkheidspatroon (Bouchard et al., 1990).

10.2.2 Persoonlijkheid als verzameling karaktertrekken

Als je een vriend zou moeten beschrijven, spreek je waarschijnlijk over 'karaktertrekken': humeurig, opgewekt, melancholiek, enthousiast, wispelturig, vriendelijk, slim. Karaktertrekken zijn meervoudige, stabiele persoonlijkheidskenmerken waarvan men aanneemt dat ze zich in het individu bevinden en die in verschillende omstandigheden bepalend zijn voor zijn of haar gedachten en handelingen. We zouden karaktertrekken kunnen beschouwen als het product van verborgen psychologische processen; de manier waarop onze motieven, emoties en cognities gewoonlijk in gedrag tot uiting komen (Winter et al., 1998).

Wat is het verschil tussen karaktertrekken en temperament?

Volgens de Encyclopedia Brittanica (www.brittanica.com, geraadpleegd april 2012) is temperament een psychologisch begrip dat verwijst naar dat gedeelte van de persoonlijkheid dat betrokken is bij emotionele eigenschappen en de snelheid en intensiteit van emotionele reacties. Deze eigenschap is diep in onze individuele biologische aard geworteld en tot op zekere hoogte erfelijk. Het temperament is dus datgene waarmee je geboren wordt, maar wat slechts de basis is voor de vorming van je karakter. Karaktertrekken kun je vervolgens beschouwen als een meerdimensionale structuur die op de basis van het temperament rust, maar die zich later ontwikkelt en die sterk door ervaringen en door psychologische processen in de persoon wordt beïnvloed.

De 'grote vijf' karaktertrekken: de vijf-factorentheorie

Ontwikkelaars van theorieën over het karakter hebben geen aandacht voor eigenschappen als IQ, vaardigheden en creativiteit en richten hun aandacht volledig op de motivationele en emotionele componenten van de persoonlijkheid. Die bouwstenen zijn geïdentificeerd met behulp van *factoranalyse* (een statistische techniek waarmee de onderzoeker relaties tussen, of clusters van, items op persoonlijkheidstests kan aantonen). In totaal zijn er vijf dominante persoonlijkheidsfactoren naar voren gekomen, die de 'vijf factoren' of de *Big Five* worden genoemd (Carver & Scheier, 2008; John & Srivastava, 1999). Er worden veel verschillende benamingen gehanteerd voor verschillende componenten van de **vijf-factorentheorie**, maar de namen in de lijst hieronder zijn de meest gangbare. Je ziet dat de persoonlijkheidsfactoren in deze theorie allemaal *dimensies* zijn, wat betekent dat deze karaktertrekken gedefinieerd worden als posities op een bepaald continuüm, met voor elke dimensie een aanzienlijk verschil tussen het ene uiterste en het andere. Ten aanzien van de meeste van deze dimensies bevinden de meeste mensen zich ergens nabij het midden van het continuüm.

Vijf-factorentheorie: Een perspectief op karaktertrekken dat aangeeft dat persoonlijkheid is samengesteld uit vijf fundamentele persoonlijkheidsdimensies (ook bekend als de grote vijf of Big Five).

- *Open-nieuwsgierig* versus *gesloten-ongeïnteresseerd* (*openness to experience*). De ene kant wordt ook wel beschreven met de termen onderzoekende geest, nieuwsgierig en onafhankelijk. De tegenpool bevat trekken als kleingeestig, ongeïnteresseerd of fantasieloos.
- *Betrouwbaar-georganiseerd* versus *onbetrouwbaar-chaotisch* (*conscientiousness*). Deze dimensie bevat aan de ene kant trekken als doelgericht, vasthoudend, een sterk superego hebbend, voorzichtig/zorgvuldig en over zelfbeheersing beschikkend. De andere pool wordt gekenmerkt door de karaktertrekken impulsief, zorgeloos en onverantwoordelijk.
- *Dominant-extravert* versus *ondergeschikt-introvert* (*extraversion*). De ene pool wordt gekenmerkt door sociaal aanpassingsvermogen, assertiviteit, sociabiliteit, onbevangenheid en zelfbewustzijn, de andere pool door introversie of verlegenheid.
- *Warm-vertrouwend* versus *koel-achterdochtig* (*agreeableness*). Aan de ene kant van het continuüm vinden we warme en innemende mensen die een prosociale benadering ten aanzien van anderen hebben, terwijl we aan de andere kant mensen vinden die we beschrijven met termen als kil en negatief, ook wel antagonistisch genoemd.
- *Gelijkmatig-zelfverzekerd* versus *nerveus-temperamentvol* (*neuroticism*). Mensen aan de ene kant beschikken over emotionele stabiliteit of emotionele controle, terwijl de andere pool wordt gekenmerkt door angst of emotionaliteit.

Als hulpmiddel om deze vijf dimensies van karaktertrekken te onthouden, kun je de termen afkorten tot het acroniem *OCEAN*, dat staat voor *O*pen, *C*onsciëntieus, *E*xtravert, *A*angenaam en *N*eurotisch.

Bij beschouwing van deze vijf-factorentheorie is het goed te beseffen dat noch extreem hoge, noch extreem lage scores op deze schalen ideaal zijn, terwijl gematigde scores in beide richtingen adaptief kunnen zijn. In onze westerse cultuur wordt extraversie verkozen boven introversie, maar beide eigenschappen kunnen adaptief zijn. Dit is afhankelijk van de sociale en culturele situatie. Voor een schrijver kan introversie bijvoorbeeld een wenselijke karaktertrek zijn, terwijl bij een verkoopmanager meestal de voorkeur aan extraversie zal worden gegeven. Op soortgelijke wijze hebben we waardering voor betrouwbaarheid, openheid, warmte en emotionele stabiliteit, maar een score aan het 'lage' uiteinde van elk van deze eigenschappen is niet noodzakelijkerwijs slecht (zolang de score niet te laag is). Voor een creatief persoon is het bijvoorbeeld gunstig als hij zijn eigen overtuiging volgt en zich niet overmatig door anderen laat beïnvloeden

(lage meegaandheid). In plaats van een oordeel te vellen over de kenmerken die we 'zouden moeten' bezitten, kunnen we beter de kenmerken benutten die we hebben en op zoek gaan naar een omgeving die goed bij ons past.
Hoewel er nog steeds discussie is over de details, is een grote groep theoretici tot de conclusie gekomen dat we mensen met redelijke nauwkeurigheid kunnen beschrijven aan de hand van alleen deze vijf dimensies. Dit is nogal een prestatie, gezien de honderden termen voor karaktertrekken die in woordenboeken worden vermeld (Allport & Odbert, 1936)! Onderzoekers hebben zowel genetische factoren als omgevingsfactoren ontdekt die van invloed zijn op de ontwikkeling van individuele verschillen in persoonlijkheid (Bouchard & McGue, 2003).
Uit een Nederlands-Duitse studie naar de *Big Five* bij kinderen blijkt bovendien dat deze persoonlijkheidsdimensies ook op jongere leeftijd redelijk stabiel zijn. Kinderen die op vierjarige leeftijd hoog scoorden op een bepaalde dimensie, deden dat op twaalfjarige leeftijd nog steeds (Asendorpf & Van Aken, 2003). De persoonlijkheid van kinderen is een belangrijke factor in hun ontwikkeling, net als de sociale omgeving. Uit allerlei onderzoek blijkt dat persoonlijkheidsverschillen een effect hebben op het functioneren van kinderen, en ook op hun sociale omgeving, wat zichtbaar is in hun relatie met opvoeders en leeftijdsgenoten (Van Aken, 2006).
Tot slot is het opvallend dat het vijf-factorenmodel ook een hoge validiteit lijkt te hebben in verschillende culturen: bij verschillende grote onderzoeken is aangetoond dat het vijf-factorenmodel bruikbaar is in meer dan vijftig culturen in Europa, Azië, Afrika en Noord- en Zuid-Amerika (McCrae et al., 2005; Schmitt et al., 2007). Maar die brede conclusie vraagt wel om een voorbehoud, want in de meeste van deze studies werden studenten als respondenten gebruikt, en dat zijn doorgaans mensen die meer dan gemiddeld beïnvloed zijn door Europees-Amerikaanse zienswijzen op de wereld. Culturele subgroepen die misschien niet voldoen aan de beschrijvende elementen in dit vereenvoudigde model deden niet mee.

Karaktertrekken beoordelen met behulp van persoonlijkheidstests

Als je klinisch psycholoog of psychotherapeut bent, wil je de persoonlijkheid van een cliënt mogelijk op de vijf factoren beoordelen aan de hand van een schriftelijke test, zoals de *NEO Personality Inventory* (of *NEO-PI*). Deze eenvoudige, maar zeer gerespecteerde maat wordt gebruikt om de stabiliteit van de persoonlijkheid gedurende het hele leven te bestuderen, evenals de relatie van persoonlijkheidskenmerken met lichamelijke gezondheid en met verschillende gebeurtenissen die bepalend zijn voor het verloop van iemands leven (zie figuur 10.2).
Als je daarentegen een instrument wilt hebben voor het meten van klinische kenmerken, ofwel psychische stoornissen, is de *Minnesota Multiphasic Personality Inventory*, meestal de **MMPI-2** genoemd, een goede keuze (de '2' betekent dat dit een herziene vorm is van de oorspronkelijke MMPI.) In tegenstelling tot de NEO-PI meet de MMPI-2 niet de vijf persoonlijkheidsdimensies, maar maakt gebruik van tien klinische schalen (die in tabel 10.2 zijn vermeld), ontwikkeld voor het beoordelen van ernstige geestelijke problemen zoals depressie, schizofrenie en paranoia (Helmes & Reddon, 1993). De 567 items hebben betrekking op uiteenlopende attitudes, gewoonten, angsten en voorkeuren, en op kenmerken van lichamelijke gezondheid, overtuigingen en algemene levensvisie. We willen de feitelijke testitems niet weggeven en daardoor onbruikbaar maken, maar hier zijn enkele juist-onjuistbeweringen die vergelijkbaar zijn met de beweringen in de MMPI-2:

- Ik voel me vaak onrustig door gedachten over seks.
- Ik vind het wel leuk om af en toe wat onrust te zaaien.
- Als mensen me niet zo oneerlijk hadden beoordeeld, was ik veel succesvoller geweest.

MMPI-2: Veelgebruikt instrument voor het in kaart brengen van de persoonlijkheid. Geeft aan hoe hoog een individu scoort op tien belangrijke klinische trekken. De volledige naam luidt: Minnesota Multiphasic Personality Inventory.

	Zeer mee oneens	Een beetje mee oneens	Niet mee oneens/ niet mee eens	Een beetje mee eens	Zeer mee eens
Ik ben een spraakzaam persoon.	○	○	○	○	○
Ik ben vaak verlegen.	○	○	○	○	○
Ik heb meestal veel energie.	○	○	○	○	○
Ik maak me vaak zorgen.	○	○	○	○	○
Ik ben vindingrijk.	○	○	○	○	○
Ik heb geen artistieke interesse.	○	○	○	○	○
Ik houd van nieuwe uitdagingen en ervaringen.	○	○	○	○	○
Ik zie mezelf als betrouwbaar.	○	○	○	○	○
Ik vind het leuk om onder de mensen te zijn.	○	○	○	○	○
Ik kan kalm blijven in lastige situaties.	○	○	○	○	○

Figuur 10.2

Voorbeeldvragen van de vijf-factorenpersoonlijkheidstest

Bij een persoonlijkheidstest die de grote vijf karaktertrekken meet, kan je gevraagd worden om aan te geven in hoeverre je het eens of oneens bent met elke uitspraak. Er zijn geen goede of foute antwoorden.

De respondenten moeten aangeven in hoeverre elke uitspraak op hen van toepassing is. Vervolgens worden de antwoorden vergeleken met antwoorden van mensen uit klinische populaties met verschillende bekende psychische stoornissen. Deze score heeft dus een *empirische* basis, dat wil zeggen dat deze op wetenschappelijke gegevens is gebaseerd en niet uitsluitend op een mening van de maker van de test.

Mensen die persoonlijkheidstests zoals de MMPI-2 invullen, maken zich vaak zorgen over hun antwoorden op bepaalde vragen, waarbij ze bang zijn dat een 'verkeerd' antwoord leidt tot een diagnose van een psychische stoornis. Maak je geen zorgen! Persoonlijkheidsprofielen die worden gemaakt op basis van antwoorden op MMPI-2 worden nooit gebaseerd op een enkel item, en ook niet op twee of drie. Elk item is een gewogen toevoeging aan een of meer van de vele subschalen.

Het is niet zo gemakkelijk om vals te spelen met de MMPI-2. De test bevat vier 'leugenschalen' die bijna alle pogingen om een positieve of negatieve score te simuleren aan het licht brengen. Ze reageren namelijk als je te veel ongebruikelijke responsen geeft. Zo'n 'leugenschaal' bevat bijvoorbeeld de volgende vragen:

- Soms schuif ik dingen die ik moet doen voor me uit.
- Ik heb wel eens een roddel doorverteld.
- Soms moet ik lachen om een schuine mop.

Wetenschappelijk gezien zijn de MMPI-2 en de NEO-PI te beschouwen als uitstekende instrumenten en wel om twee redenen. Ten eerste hebben ze een zeer hoge **betrouwbaarheid**. Dit betekent dat ze vrij zijn van de invloed van toevallige factoren en consistente en stabiele scores opleveren. Dus als iemand bij twee verschillende gelegenheden dezelfde test doet, is de kans groot dat de scores sterk

Betrouwbaarheid: Kenmerk van een psychologische test die de mate aangeeft waarin de meetresultaten een afspiegeling zijn van de te meten variabele en vrij zijn van de invloed van toevallige factoren.

overeenkomen. In feite valt of staat de bruikbaarheid van elke test met een goede betrouwbaarheid; scores die sterk variëren, hebben weinig betekenis.

Validiteit: Mate waarin een psychologische test meet wat hij geacht wordt te meten.

Ten tweede hebben de MMPI-2 en de NEO-PI een goede **validiteit**, wat betekent dat ze daadwerkelijk meten wat ze moeten meten, bijvoorbeeld persoonlijkheidskenmerken of symptomen van psychische stoornissen. De MMPI-2 is een zeer acceptabel instrument voor het identificeren van mensen met een depressie of psychose (Greene, 1991) – hoewel deze in niet-westerse culturen met grotere zorgvuldigheid moet worden gebruikt, omdat nog niet duidelijk is of de validiteit onaangetast blijft wanneer het instrument wordt vertaald (Dana, 1993). Bovendien suggereren sommige waarnemers dat de inhoud van bepaalde items mogelijk specifiek is voor de westerse cultuur (Golden & Figueroa, 2007). Ook bij toepassing onder respondenten uit etnische minderheden is voorzichtigheid geboden, omdat mensen uit deze groepen ondervertegenwoordigd waren in de oorspronkelijke steekproef die tijdens de ontwikkeling van de test werd gebruikt (Butcher & Williams, 1992; Graham, 1990).

Uitbreiding van de Big Five?

Recentelijk is de discussie over het *Big Five*-model opnieuw opgelaaid, onder meer doordat onderzoekers, ook uit Nederland, op basis van dezelfde lexicale data waarmee de *Big Five* tot stand is gekomen, een uitbreiding van het model hebben voorgesteld. Volgens de onderzoekers zijn er namelijk niet vijf, maar zes persoonlijkheidsdimensies. De zesde dimensie wordt 'eerlijkheid' of 'integriteit' genoemd en heeft betrekking op de mate waarin personen oprecht, rechtvaardig en bescheiden zijn en hebzucht vermijden (Ashton et al., 2004). Dit heeft geresulteerd in de HEXACO Persoonlijkheidsvragenlijst (De Vries et al., 2009).

Een evaluatie van theorieën over temperamenten en trekken

Er is van verschillende kanten kritiek geleverd op de theorieën over temperament en karaktertrekken en op de tests die daaruit zijn voortgekomen. Ten eerste geven deze theorieën ons een 'momentopname' van de persoonlijkheid: een beeld waarbij de persoonlijkheid als vast en statisch wordt weergegeven in plaats van als een dynamisch proces dat afhankelijk van onze ervaring verandering en ontwikkeling kan ondergaan, Een andere groep critici zegt dat onze complexe aard overmatig wordt gesimplificeerd wanneer de persoonlijkheid slechts aan de hand van enkele dimensies wordt beschreven. Wat voor nut heeft het bijvoorbeeld te constateren dat Mary Calkins een hoge score had op karaktertrekken als

Tabel 10.2 Klinische meetschalen van de MMPI-2

Hypochondrie	Abnormale bezorgdheid over de eigen lichaamsfuncties
Depressie	Pessimisme, wanhoop, traagheid in handelen en denken
Conversie	Onbewust gebruik van psychische problemen om conflicten of verantwoordelijkheid te mijden
Antisociale persoonlijkheid	Geen aandacht voor sociale omgangsvormen, oppervlakkige emoties, onvermogen om te leren uit ervaringen
Mannelijkheid-vrouwelijkheid	Verschillen tussen mannen en vrouwen
Paranoia	Wantrouwen, grootheidswaan, achtervolgingswaan
Psychastenie	Obsessies, compulsies, angsten, negatief zelfbeeld, schuldgevoelens, besluiteloosheid
Schizofrenie	Bizarre gedachten, vreemd gedrag, teruggetrokkenheid, hallucinaties, wanen
Hypomanie	Emotionele opwinding, vlucht van ideeën, overactiviteit
Sociale introversie	Verlegenheid, geen interesse in anderen, onzekerheid

betrouwbaarheid en dominantie, maar een lage op meegaandheid? Hoewel onze waarnemingen door zulke oordelen zouden kunnen worden gevalideerd, worden belangrijke details weggelaten als we gebruikmaken van zulke etiketten.

Aan de andere kant zijn we met theorieën over trekken tot op zekere hoogte in staat om gedrag in veelvoorkomende situaties, zoals in situaties die aan een werkomgeving zijn gerelateerd, te detecteren of te voorspellen. Dat kan bijvoorbeeld van nut zijn bij het selecteren van sollicitanten. Bovendien voorspellen de karaktertrekken van de *Big Five* veel zaken die voor ons werkelijk belangrijk zijn, waaronder gezondheid, schoolprestaties en succes in onze interpersoonlijke relaties; de nauwkeurigheid van deze voorspellingen is vergelijkbaar met die van veel diagnostische onderzoeken die in de geneeskunde worden gebruikt (Robins, 2005).

Aan theorieën over trekken kleven echter dezelfde bezwaren die we ook al zijn tegengekomen bij de instincttheorieën: beide theorieën beschrijven gedrag door er een stickertje op te plakken, maar ze geven er geen verklaring voor. We kunnen een depressie natuurlijk toeschrijven aan een depressieve karaktertrek of extravert gedrag aan een extraverte trek, maar dat geeft ons nog geen inzicht in de aard van dat gedrag (McAdams, 1992; Pervin, 1985). Bovendien is het merendeel van de trekken bij de meeste mensen in gematigde vorm aanwezig, en dan kun je je afvragen in hoeverre karaktertrekken iets toevoegen aan onze kennis over niet-extreme gevallen.

Een laatste minpunt van theorieën over trekken is het probleem van de selffulfilling prophecy. Mensen die eenmaal het stempel van een bepaalde trek hebben gekregen, gaan zich daarnaar gedragen en worden daardoor belemmerd in hun pogingen om te veranderen. Zo moet een kind dat het etiketje 'verlegen' heeft ontvangen, in zijn inspanning om minder verlegen te zijn zowel tegen de trek als tegen het etiket vechten.

◀◀ **Verbinding hoofdstuk 6**
De oorspronkelijke selffulfilling prophecy in de psychologie had betrekking op een experiment waarbij de studieprestaties van studenten veranderden doordat de verwachtingen van de docenten waren beïnvloed (p. 235).

Psychologische kwesties
Ga naar 'In de praktijk' in de MyLab mediatheek om je eigen persoonlijkheidstype te bepalen.

Ga naar **www.pearsonmylab.nl** om je kennis en begrip van deze paragraaf te testen met de MyMap, MyCheck en MyDefinitions.

KERNVRAAG 10.3

▶ Op welke manier helpen mentale processen bij het vormen van onze persoonlijkheid?

Aan het begin van het hoofdstuk vertelden we het verhaal van Mary Calkins. Om de psychische krachten te begrijpen die haar karaktertrekken hebben gevormd, moeten we ons richten op theorieën waarbij de mentale processen die de menselijke persoonlijkheid actief vormgeven, in tegenstelling tot de statische trekken, typen en temperamenten die we tot nu toe hebben besproken, centraal staan. In het bijzonder zullen we drie soorten 'procestheorieën' onderzoeken: de psychodynamische, de humanistische en de sociaal-cognitieve theorie. Wat hebben ze gemeenschappelijk?

● KERNCONCEPT 10.3
Hoewel volgens de procestheorieën verschillende krachten in de persoonlijkheid aan het werk zijn, is de persoonlijkheid volgens elk van deze theorieën het resultaat van zowel interne psychische processen als van sociale interacties.

Psychodynamische persoonlijkheidstheorie: Een groep theorieën waarvan Freud de grondlegger was. Deze theorieën richten onze aandacht op motivatie (met name op motieven vanuit het onbewuste) en op de invloed van de vroege jeugd op onze geestelijke gezondheid.

Humanistische persoonlijkheidstheorie: Een type theorie dat het accent legt op menselijke groei en potentieel in plaats van op psychische stoornissen. Theorieën van dit type benadrukken het functioneren van het individu in het heden in plaats van de invloed van gebeurtenissen uit het verleden.

Sociaal-cognitieve theorie: Een type theorie dat een beperkt aantal, maar wel belangrijke, aspecten van de persoonlijkheid verklaart (bijvoorbeeld locus of control). Theorieën van dit type komen voort uit de experimentele psychologie.

Hoewel de drie invalshoeken die we in dit deel bespreken op bepaalde punten redelijk met elkaar overeenkomen, leggen ze elk de nadruk op een geheel eigen combinatie van factoren. De **psychodynamische persoonlijkheidstheorie** richt onze aandacht op motivatie, met name op motieven vanuit het onbewuste, en op de invloed van ervaringen uit de vroege jeugd op onze geestelijke gezondheid. De **humanistische persoonlijkheidstheorie** legt het accent op het bewuste en op de huidige, subjectieve realiteit: op onze overtuigingen en de manier waarop we onszelf zien in relatie tot anderen. Volgens de **sociaal-cognitieve theorie** wordt onze persoonlijkheid vooral beïnvloed door leren, perceptie en sociale interactie.

10.3.1 De psychodynamische theorieën: nadruk op motivatie en psychische stoornissen

De psychodynamische benadering ontstond aan het einde van de negentiende eeuw als gevolg van een medisch vraagstuk dat destijds *hysterie* werd genoemd, maar dat nu wordt aangeduid met de term *conversie*. Deze stoornis wordt gekenmerkt door symptomen als spierslapte, ongevoeligheid in delen van het lichaam of zelfs verlamming, zonder dat er een duidelijke lichamelijke oorzaak, zoals een beschadigde zenuw, is. De Franse arts Jean Charcot bewees uiteindelijk dat hysterie een psychische oorzaak heeft. Nadat hij zijn patiënten onder hypnose had gebracht, kon hij de symptomen met behulp van suggestie laten verdwijnen.

Freud en de psychoanalyse

Toen de jonge en leergierige arts Sigmund Freud (1856-1939) de hypnotische behandeling op zijn eigen patiënten probeerde toe te passen, bleek dat hij een aantal patiënten niet diep genoeg onder hypnose kon brengen om Charcots resultaten te dupliceren. Sterker nog, zelfs bij degenen die hun symptomen onder hypnose waren kwijtgeraakt, keerden de klachten terug zodra de trance was verbroken. Een gefrustreerde Freud besloot daarop dat hij een andere manier moest vinden om de mysterieuze ziekte te begrijpen en te behandelen. Het resultaat was de eerste uitgebreide theorie over de persoonlijkheid, die nog altijd een standaard is waarmee alle andere theorieën worden vergeleken.

De Franse arts Jean Charcot toonde aan dat hij symptomen van hysterie tijdelijk kon uitschakelen bij patiënten die waren gehypnotiseerd. De jonge Sigmund Freud werd door de demonstraties van Charcot geïnspireerd.
Bron: ND/Roger-Viollet/The Image Works.

De nieuwe benadering die Freud opstelde, raakte bekend als de **psychoanalyse** of **psychoanalytische theorie**. Technisch gezien is de psychoanalytische theorie de term voor Freuds verklaring van de persoonlijkheidsstoornissen en psychische stoornissen, terwijl onder psychoanalyse zijn systeem van behandelingen van psychische stoornissen wordt verstaan. In de praktijk is het echter altijd moeilijk geweest om Freuds theorie van zijn therapeutische procedures te scheiden. Derhalve wordt de term psychoanalyse vaak voor beide gebruikt (Carver & Scheier, 2000).

Psychoanalyse of psychoanalytische theorie: Freuds persoonlijkheidstheorie en de methode die hij toepaste in de behandeling van psychische stoornissen.

Het freudiaanse onbewuste Het **onbewuste**, de verborgen borrelende ketel van krachtige impulsen, instincten, motieven en conflicten waardoor de persoonlijkheid wordt aangedreven, werd door Freud centraal in de persoonlijkheid geplaatst. We zijn ons normaal gesproken niet van dit deel van onze geest bewust, aldus Freud, omdat de inhoud zo bedreigend en beangstigend is dat de bewuste geest het bestaan ervan weigert te erkennen, zelfs bij gezonde mensen. Alleen door toepassing van de speciale technieken van de psychoanalyse kan een therapeut er bijvoorbeeld achter komen dat bij iemand die in haar jeugd seksueel is misbruikt, nog altijd knagende herinneringen in het onbewuste aanwezig zijn. We krijgen slechts een glimp te zien van deze herinneringen wanneer ze uit het onbewuste proberen te ontsnappen, mogelijk vermomd als droom of een verspreking, of als een symptoom van een psychische stoornis als een depressie of een fobie. Freud stelde dus dat we, ongeacht of we al dan niet geestelijk gezond zijn, handelen zonder dat we de werkelijke motieven achter al ons gedrag kennen.

Onbewuste: Het deel van de geest waarvan een individu zich niet bewust is, maar waar zich onderdrukte impulsen, drijfveren en conflicten bevinden die geen toegang hebben tot het bewuste.

◂◂ **Verbinding hoofdstuk 5**
Door experimenten met valse herinneringen, zoals uitgevoerd door Elizabeth Loftus en anderen, zijn ernstige vragen opgeworpen over herinneringen aan seksueel misbruik die tijdens therapie weer worden opgeroepen (p. 187).

Onbewuste drijfveren en instincten De turbulente processen in de onbewuste geest worden van psychische energie voorzien die vrijkomt uit onze meest basale en geheime motieven, driften en begeertes. De psychoanalytische theorie verklaart hoe deze motieven, driften en begeertes worden getransformeerd en in vermomde vorm in onze bewuste gedachten en gedrag worden geuit.
De onbewuste geslachtsdrift, die Freud *Eros* noemde, naar de Griekse god van de hartstochtelijke liefde, zou hetzij direct via seksuele activiteit kunnen worden geuit of indirect via uitingen zoals grapjes, werk of creatieve bezigheden. (Misschien heb je activiteiten zoals dansen, tekenen, koken, studeren of bodybuilding nooit als seksuele handelingen opgevat, maar Freud deed dat wel!) De energie die door Eros werd voortgebracht, door Freud **libido** genoemd, naar het Latijnse woord voor 'lust', voorziet vervolgens het overige deel van de persoonlijkheid van energie.
Maar sommige verschijnselen laten zich niet verklaren door de energie van Eros. Dat geldt met name voor menselijk gedrag dat verband houdt met agressie en vernietigingsdrang en voor de symptomen van oorlogsveteranen, die hun trauma's steeds opnieuw beleven in nachtmerries en hallucinaties. Om dit lijden te verklaren, onderscheidde Freud een andere drijfveer, die hij *Thanatos* noemde (naar het Griekse woord voor 'dood'). Thanatos is het onbewuste 'doodsinstinct', de drijfveer achter alle agressieve en destructieve daden die mensen elkaar en zichzelf aandoen. (Denk bij dat laatste aan roken, dwangmatig gokken, roekeloos rijden of misbruik van middelen.)

Libido: Het freudiaanse concept van psychische energie die individuen aanzet tot het ervaren van sensueel genot.

Sigmund Freud was de grondlegger van de psychoanalyse en het psychodynamisch perspectief. Hier is hij aan het wandelen met Anna Freud, zijn dochter, die later zelf ook psychoanalyticus werd.
Bron: Mary Evans Picture Library/Sigmund Freud Copyrights.

Persoonlijkheidsstructuur Freud beschreef de persoonlijkheid als een drie-eenheid van het ego, het id (ook wel 'es') en het superego, die samen een geest vormen die voortdurend met zichzelf in oorlog verkeert. Hij geloofde dat de seksuele en agressieve krachten van het id een voortdurende strijd voeren tegen de moralistische krachten van het superego. Het altijd praktische ego dient als bemiddelaar bij dit conflict. In figuur 10.3 zijn de drie delen van de persoonlijkheid afgebeeld.

Id: Het primitieve, onbewuste deel van de persoonlijkheid. Bevat de fundamentele drijfveren en onderdrukte herinneringen.

Freud beschouwde het **id** als het primitieve, onbewuste reservoir dat de elementaire motieven, driften en instinctieve begeertes bevat, met inbegrip van Eros en Thanatos, die alle drie de delen van de persoonlijkheid van energie voorzien. Het werkt volgens het *lustprincipe*: het id handelt altijd impulsief en streeft naar onmiddellijke bevrediging (vooral als het gaat om lichamelijke en emotionele behoeften), ongeacht de consequenties.

Superego: Deel van de persoonlijkheid dat onze normen en waarden bevat, inclusief morele attitudes die zijn overgenomen van ouders en maatschappij; correspondeert in grote lijnen met het meer alledaagse begrip 'geweten'.

Het **superego** fungeert als virtuele opvoeder in onze geest en houdt zich bezig met de naleving van de morele eisen die het individu heeft overgenomen van zijn ouders, leraren, andere dominante figuren en de maatschappij. Het superego komt in grote lijnen overeen met het vertrouwdere begrip 'geweten'. Het superego ontwikkelt zich als het kind op grond van de externe ge- en verboden van zijn ouders en andere volwassenen een interne set van regels vormt. Het is het innerlijke stemmetje dat zegt 'je zou moeten' of 'dat kun je beter niet doen'. In dit deel van de persoonlijkheid bevindt zich het *ik-ideaal*: ons beeld van de persoon die we zouden moeten zijn of waarnaar we streven. Natuurlijk ligt het superego regelmatig overhoop met de behoeften van het id, want het id wil doen wat lekker voelt, terwijl het superego per se wil vasthouden aan normen, waarden en moraal.

Ego: Het bewuste, rationele deel van de persoonlijkheid, dat is belast met het handhaven van de vrede tussen het superego en het id.

In freudiaanse termen is het **ego** het bewuste, rationele gedeelte van de geest dat volgens het *realiteitsprincipe* werkt: het leert om de driften te beheersen en aan te passen aan de verwachtingen van anderen. Het zijn de cultuur en de opvoeding die deze aanpassing afdwingen. Net als een scheidsrechter moet het ego vaak beslissingen nemen die geen van de twee andere delen van de persoonlijkheid volledig tevreden stelt, maar waardoor wordt voorkomen dat het geheel in moeilijkheden komt, tot op het punt waarop het ego geen werkbare compromissen meer kan vinden. Het resultaat kan een psychisch conflict zijn, leidend tot een psychische stoornis.

Psychoseksuele fases: Opeenvolgende, instinctieve patronen waarbij genot wordt geassocieerd met de stimulatie van verschillende delen van het lichaam in verschillende perioden van het leven.

De invloed van de vroege ervaring op de persoonlijkheidsontwikkeling Toen Freud met zijn patiënten over het verleden sprak, begon hij te begrijpen dat de persoonlijkheid vanaf de jeugd naar de volwassenheid een ontwikkelingspatroon volgt. Hij stelde dat het kind door de opkomende seksuele en agressieve driften door een reeks **psychoseksuele fases** wordt gestuwd. Tijdens elk van deze fases gaat stimulatie van specifieke delen van het lichaam gepaard met erotisch genot. Tijdens de *orale fase* wordt genot met de mond geassocieerd: zuigen, huilen, spu-

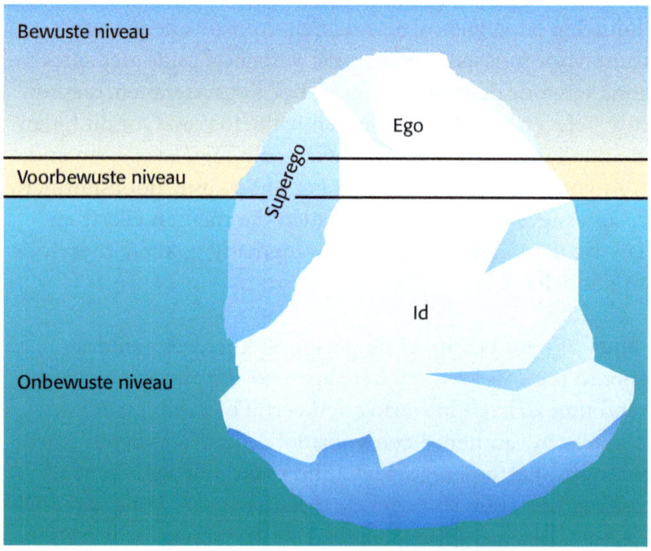

Figuur 10.3
Freuds model van de geest
Freud zag de geest als een ijsberg. Slechts een klein deel, het ego, is zichtbaar, terwijl de grote massa van het onbewuste zich onder de oppervlakte bevindt.

gen. Tijdens de *anale fase* komt het genot van het stimuleren van delen van het lichaam die een rol spelen bij de stoelgang. Tijdens de daaropvolgende *fallische fase*, is het genot afkomstig van 'onrijpe' seksuele uitingen, zoals masturbatie. Ten slotte, na een rustige periode van *latentie*, brengt de volwassen *genitale fase* rijpheid en geestelijk welzijn aan diegenen die het geluk hebben gehad de conflicten van de eerdere fases op te lossen.

Waarom zo'n schijnbaar bizarre theorie van ontwikkeling? Enkele zaken die Freud met zijn theorie over psychoseksuele ontwikkeling probeerde te verklaren waren genderidentiteit en geslachtsrol. Hoe komt het dat jongens in de meeste gevallen een mannelijke identiteit ontwikkelen, hoewel ze vooral door hun moeder worden opgevoed? Hoe komt het dat de meeste meisjes zich vanaf een bepaalde leeftijd aangetrokken voelen tot mannen, en jongens tot vrouwen? En hoe komt het dat sommige mensen buiten dit patroon vallen?

Freuds antwoorden op deze vragen waren ingewikkeld en, volgens veel psychologen, nogal geforceerd. Omdat hij zich zo sterk op het innerlijk concentreerde, zag hij de enorme verschillen in de socialisatie van jongens en meisjes over het hoofd. Hij hield evenmin rekening met eventuele verschillen in genetische programmering, waarover in zijn tijd overigens nog weinig bekend was. Voor jongens was zijn oplossing het **oedipuscomplex**, een onbewust conflict waarbij jonge mannen er aanvankelijk toe worden gedreven een onvolwassen erotische aantrekking tot hun moeder te voelen. (Je hebt misschien een klein jongetje wel eens horen zeggen dat hij met zijn moeder wil trouwen als hij groot is.) Terwijl de jongen de fases van zijn psychoseksuele ontwikkeling doorloopt, kan hij het oedipale conflict alleen oplossen als hij zijn opkomende seksuele begeerten verschuift van zijn moeder naar vrouwen van zijn eigen leeftijd. Tegelijkertijd ontwikkelt hij een **identificatie** met zijn vader. Meisjes ontwikkelen volgens de theorie van Freud een 'vrouwelijke oedipushouding'. Als zij ontdekken dat ze geen penis hebben 'gekregen', worden zij boos op hun moeder (dit wordt *penisnijd* genoemd). Ze richten zich dan op hun vader, fantaseren erover zwanger van hem te worden, en gaan concurreren met hun moeder om zijn affectie. Dit onbewuste conflict bij meisjes werd later door Carl Jung het **elektracomplex** genoemd, naar een andere belangrijke Griekse figuur.

Tegenwoordig verwerpen de meeste psychologen deze freudiaanse aannamen over de psychoseksuele ontwikkeling, omdat ze niet wetenschappelijk worden ondersteund. Toch is het belangrijk drie dingen te onthouden: ten eerste begrijpen we nog steeds niet volledig hoe seksuele aantrekkingskracht werkt. Ten tweede hebben de freudiaanse inzichten rond de psychoseksuele ontwikkeling, hoewel ze misschien vreemd lijken, nog altijd een brede invloed buiten de psy-

Oedipuscomplex: Volgens Freud: grotendeels onbewust proces waarbij jongens zich aangetrokken voelen tot hun moeder en zich identificeren met hun vader. Later verschuift de erotische aantrekkingskracht naar vrouwen van hun eigen leeftijd.

Identificatie: Het psychologische proces waarbij een individu probeert net zo te worden als iemand anders, met name zoals de ouder van hetzelfde geslacht.

Elektracomplex: Volgens Carl Jung: de psychoseksuele competitie van een meisje met haar moeder om de liefde van de vader. Dit conflict wordt opgelost wanneer, net als bij het Oedipuscomplex, identificatie plaatsvindt met de ouder van hetzelfde geslacht.

Tijdens de fallische fase moet een kind volgens Freud gevoelens van conflict en angst oplossen door zich nauwer met de ouder van hetzelfde geslacht te identificeren.

Bron: Wavebreakmedia ltd/Shutterstock.

Verbinding hoofdstuk 7
Ontwikkelingsfases staan centraal in onze bespreking van de menselijke ontwikkeling tijdens de levensloop (p. 266).

Fixatie: Stagnatie van de psychoseksuele ontwikkeling in een onvolwassen stadium.

chologie, vooral in de literatuur. En ten slotte: hoewel Freud misschien ongelijk had over de details van de psychoseksuele ontwikkeling, zijn het algemene patroon dat hij naar voren bracht en het idee dat de ontwikkeling van kinderen zich voltrekt in bepaalde ontwikkelingsfases, mogelijk wel juist (Bower, 1998b). Wat bijvoorbeeld wel kan kloppen is zijn bewering dat problemen in de vroegste levensfases kunnen leiden tot **fixatie**: een stagnatie in onze psychologische ontwikkeling. Hiervan is sprake als het kind er in het orale stadium niet in slaagt om de afhankelijkheid van het eerste levensjaar achter zich te laten. In de latere kindertijd en het volwassen leven vertoont diegene een sterke neiging tot afhankelijk gedrag. Orale fixatie uit zich ook in bepaalde gedragspatronen die te maken hebben met 'orale neigingen', zoals overmatig eten, alcoholisme en spraakzaamheid. Deze uiteenlopende problemen hebben een gemeenschappelijk kenmerk: de mond als instrument waarmee het individu contact maakt met wat hij nodig heeft. Een fixatie in het anale stadium zou volgens Freud ontstaan door problemen die samenhangen met het tweede levensjaar, waarin zindelijkheidstraining een belangrijke plaats inneemt. Anale fixatie kan leiden tot een koppig, dwangmatig, vrekkig of overdreven ordelijk gedragspatroon, dat gebaseerd is op het idee van 'vasthouden': de controle houden over je lichaam of je leven.

Ego-afweermechanisme: Voornamelijk onbewuste psychische strategie die gebruikt wordt om de ervaring van een conflict of angst te verzachten.

Verdringing: Een onbewust proces dat onacceptabele gedachten en gevoelens uit het bewustzijn en het geheugen verdrijft.

Verbinding hoofdstuk 8
Freud ontwikkelde een gedetailleerd systeem van droominterpretatie (p. 323).

Ego-afweer Volgens Freud doet het ego een beroep op een reeks **ego-afweermechanismen** bij het omgaan met het conflict tussen de impulsen van het id en de eis van het superego om deze impulsen te onderdrukken. Volgens Freud opereren al deze verdedigingstechnieken op een *voorbewust niveau*: net onder het oppervlak van het bewuste. Als de druk van het id gering is, kunnen we ons beperken tot eenvoudige egoverdedigingsmiddelen zoals fantasie of rationalisatie. Maar als de onbewuste verlangens te sterk worden, zal het ego zijn toevlucht nemen tot zwaardere wapens en 'het id de mond snoeren'. Om dat te bewerkstelligen verdrijft het ego extreme verlangens en bedreigende herinneringen uit het bewustzijn naar de uithoeken van het onbewuste. Dit proces van verbanning van onacceptabele gedachten en gevoelens uit het bewustzijn wordt **verdringing** genoemd. Het zou het belangrijkste ego-afweermechanisme zijn, omdat er wordt verondersteld dat verdringing veel van ons gedrag en onze perceptie in vermomming beïnvloedt. Verdringing kan tot disfunctionele seksuele relaties leiden en tot onvermogen om openlijk om te gaan met anderen die een onderdrukt ideaal of een gevreesde persoon symboliseren.

Verdringing kan de toegang tot zowel gevoelens als herinneringen blokkeren. Als een kind bijvoorbeeld erg boos is op haar vader, maar weet dat ze straf krijgt als ze haar gevoelens de vrije loop laat, zal ze haar gevoelens verdringen. Evenzo onderdrukken jongens de erotische oedipale gevoelens die ze voor hun moeder hebben. De onderdrukte vijandige impuls kan dan niet langer bewust om bevrediging vragen. Maar hoewel de impuls niet langer bewust wordt ervaren, is hij niet verdwenen, aldus Freud. Op een onbewust niveau blijft hij invloed uitoefenen op het gedrag, maar dan op een minder directe manier, misschien vermomd als droom, fantasie of als de symptomen van een psychische stoornis.

Als scherp waarnemer van menselijk gedrag postuleerde Freud vele andere ego-afweermechanismen naast fantasie en onderdrukking. Hier volgen enkele van de belangrijkste:

- *Ontkenning* 'Ik heb geen probleem.' Dankzij dit afweermechanisme kun je een lastige situatie vermijden door eenvoudigweg te ontkennen dat die bestaat. Ontkenning is een strategie die dikwijls gebruikt wordt door onder meer mensen met een drankprobleem, mensen met agressieproblemen en mensen die neigen tot gevaarlijk gedrag, zoals onveilige seks.
- *Rationalisatie* Als een student bijvoorbeeld tijdens een examen spiekt, kan hij dat onacceptabele gedrag 'goedpraten' met behulp van de rationalisatie:

'Iedereen doet het.' Iemand die dit verdedigingsmechanisme gebruikt, geeft sociaal acceptabele redenen voor gedrag dat in feite gebaseerd is op motieven waarvan hij of zij denkt dat ze sociaal onacceptabel zijn.

- *Reactieformatie* We zien bijvoorbeeld reactieformatie bij mensen die problemen hebben met hun seksuele gevoelens en een heksenjacht openen tegen 'smerige boekjes' in de openbare bibliotheek of gaan actievoeren voor wetgeving om het seksuele gedrag van andere mensen te reguleren. Dit afweermechanisme treedt op als individuen zich precies tegengesteld gedragen aan hun onbewuste verlangens.
- *Verschuiving* Als je chef je het bloed onder de nagels vandaan haalt, kun je je woede afreageren door tegen je vriend te schreeuwen of tegen de muur te beuken. Dit afweermechanisme berust op het verschuiven van de reactie van de werkelijke bron van stress naar een veiliger persoon of object.
- *Regressie* In stressvolle situaties kan het gebeuren dat mensen wegkruipen, beginnen te huilen, met dingen gaan gooien of zelfs in hun broek gaan plassen. Ze keren terug naar een eerdere ontwikkelingsfase en vertonen onvolwassen, kinderlijk gedrag dat effectief was toen ze als kind met stress werden geconfronteerd.
- *Sublimatie* Iemand die zijn seksuele energie opkropt, kan een meer sociaal geaccepteerde uitlaatklep zoeken in de vorm van intensieve creatieve bezigheden of excessief hard werken. Freud vermoedde dat sublimatie verantwoordelijk was voor een aantal belangrijke ontwikkelingen in onze beschaving.
- *Projectie* We zien projectie aan het werk als een onzekere bedrijfsdirecteur een onschuldige collega als bedreiging beschouwt, of als iemand in een vaste relatie zich aangetrokken voelt tot iemand anders, en vervolgens zijn of haar partner van bedrog beschuldigt. Algemener gesteld, kunnen mensen het verdedigingsmechanisme projectie gebruiken om de eigen begeerten en angsten niet zelf bewust te hoeven ervaren.

Het laatste concept uit bovenstaande opsomming, projectie, heeft geleid tot de ontwikkeling van projectieve tests, die in de klinische psychologie veel toepassing hebben gevonden bij het in kaart brengen van eventuele persoonlijkheidsstoornissen en psychische stoornissen. We maken een klein uitstapje om je een inleiding te geven in deze projectieve technieken.

Projectieve testen: diagnose aan de hand van een verdedigingsmechanisme

Wat zie je in figuur 10.4? De kop van een insect? Een MRI-scan van de hersenen? Iets heel anders? Ambigue beelden zoals deze worden vaak gebruikt in een **projectieve test**. Dat is een methode die psychodynamische therapeuten gebruiken als ze trachten door te dringen tot de intiemste gevoelens, motieven, conflicten en verlangens van hun patiënten. Projectieve tests zijn gebaseerd op het idee dat mensen hun verborgen motieven en conflicten op de afbeeldingen projecteren, net zoals mensen die naar de wolken staren er voorwerpen in kunnen zien die met hun fantasieën overeenkomen.

Projectieve test: Instrument waarmee we ons een beeld kunnen vormen van de persoonlijkheid van een individu. Gebaseerd op Freuds concept van projectie.

In de bekendste projectieve test, de **Rorschachtest**, bestaan de ambigue stimuli uit symmetrische inktvlekken (Rorschach, 1942). De vlekken worden een voor een getoond, terwijl de respondent moet vertellen wat hij ziet of waar de vlek op lijkt. Over het algemeen interpreteert de onderzoeker de projecties vanuit de psychoanalytische invalshoek en vraagt zich af wat ze vertellen over de onbewuste seksuele en agressieve impulsen of verdrongen conflicten van de respondent (Erdberg, 1990).

Rorschachtest: Projectieve test waarbij respondenten moeten beschrijven wat ze in tien inktvlekken zien.

Hoe goed werkt de Rorschachtest? De waarde van de Rorschachtest is omstreden, omdat uit objectief onderzoek is gebleken dat de accuraatheid nogal te wensen overlaat (Lilienfeld et al., 2010). Bovendien, zo voeren critici aan, is de

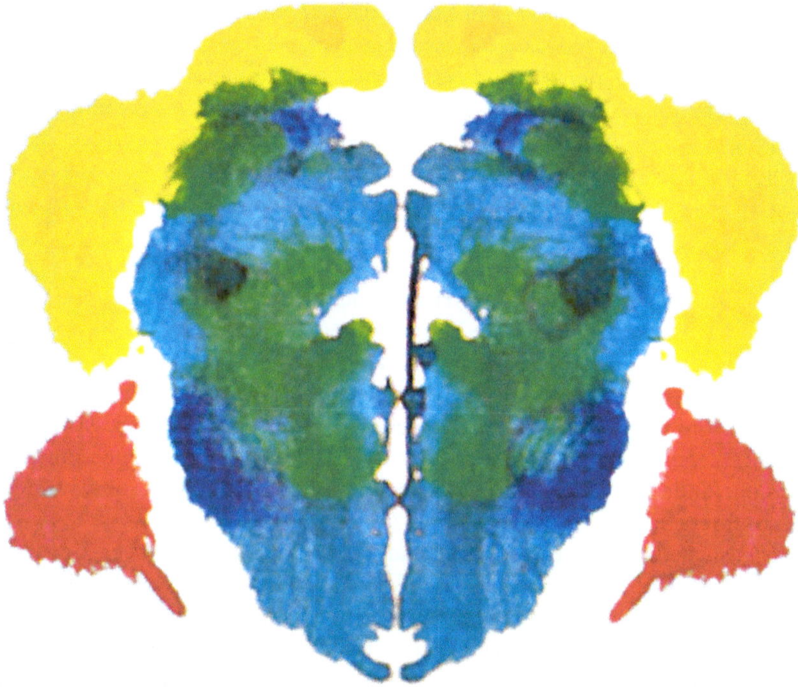

Figuur 10.4
De Rorschachtest maakt gebruik van dit soort inktvlekken

test gebaseerd op theoretische concepten (zoals onbewuste motieven) die je onmogelijk objectief kunt aantonen. Ondanks deze kritiekpunten maken vele therapeuten nog altijd enthousiast gebruik van de test. Ze menen dat hij, als onderdeel van een breder persoonlijkheidsonderzoek, unieke inzichten kan verschaffen (Hibbard, 2003).

Thematische Apperceptietest (TAT): Projectieve test waarbij respondenten verhaaltjes moeten verzinnen bij ambigue afbeeldingen.

De **Thematische Apperceptietest (TAT)** van Henry Murray is wetenschappelijk gezien beter onderbouwd, zeker voor wat betreft het meten van prestatiemotivatie (zie hoofdstuk 9). Deze projectieve test bestaat uit een serie ambigue afbeeldingen waarbij de respondent een verhaaltje moet verzinnen. Dat verhaaltje moet beschrijven wat de personen op de afbeeldingen doen en denken (focus op het heden), wat er voorafgaand aan deze situatie is gebeurd (focus op het verleden) en hoe elke situatie zal aflopen (focus op de toekomst). De projectiehypothese achter de TAT is dat de respondent de elementen van de afbeelding waarneemt en ze vervolgens aanvult met persoonlijke interpretaties en verklaringen die zijn gebaseerd op zijn of haar eigen gedachten, gevoelens en behoeften. De onderzoeker interpreteert de responsen door zich te concentreren op psychologische thema's als agressie, seksuele behoeften, prestatiemotieven en de relaties tussen de mensen die in de verhaaltjes voorkomen.

De Thematische Apperceptietest wordt sinds kort in Nederland ook toegepast bij de detectie van autismespectrumstoornissen. Zo vertellen personen met ASS hun verhalen vaak op een monotone of onrustige manier en is er in hun verhalen vaak een gebrek aan interactie tussen mensen. De test blijkt de typische stijl van informatieverwerking van mensen met ASS goed aan het licht te kunnen brengen (Edrisi & Eurelings-Bontekoe, 2009).

Een evaluatie van Freuds werk

Hoe je ook over Freud denkt, je moet hem enig krediet geven, omdat hij de eerste, en mogelijk nog steeds de meest uitgebreide theorie over persoonlijkheid, psychische stoornissen en psychotherapie heeft ontwikkeld. Dit deed hij in een tijd waarin we nog geen inzicht hadden in erfelijkheidsleer en neurotransmitters, toen er voor de meeste psychische stoornissen nog geen bijzonder effectieve behandeling bestond en er geen inzicht was in de invloeden op genderidentiteit of seksuele ontwikkeling. Zijn geschriften waren zo scherpzinnig en zijn argumenten zo meeslepend, dat hij een grotere invloed heeft gehad op de manier waarop we over persoonlijkheid en psychische afwijkingen denken dan welke theoreticus dan ook, of we dit nu beseffen of niet. Hij gaf ons begrip van het onbewuste, het concept van de ontwikkelingsfases, het idee van afweermechanismen en het idee dat gedrag, en zelfs onze dromen, een verborgen betekenis kunnen hebben. Bovendien maakte hij de menselijke seksualiteit tot een centraal thema in de persoonlijke ontwikkeling, waarmee hij de victoriaanse maatschappij (waarin seksualiteit taboe was) op zijn grondvesten deed schudden. Zelfs onder psychologen, die toch zijn ideeën grotendeels hebben verworpen, wordt Freud beschouwd als een van de scherpzinnigste waarnemers van het menselijk gedrag aller tijden (Solms, 2004). Steeds opnieuw zag hij dingen die anderen misten, ook al waren zijn verklaringen soms gekunsteld. Bijna iedereen is het erover eens dat mensen agressie verschuiven, hun gedrag rationaliseren en hun eigen tekortkomingen gemakkelijker bij anderen opmerken dan bij zichzelf.

Kritiek op Freud De meeste hedendaagse psychologen staan tamelijk kritisch tegenover Freuds werk (Azar, 1997; McCullough, 2001). Een van hun bezwaren is dat veel freudiaanse concepten, zoals 'libido', 'anale fase' of 'verdringing', nogal vaag zijn. Omdat de definities niet op een duidelijke, operationele wijze zijn geformuleerd, kan een groot deel van zijn theorie niet wetenschappelijk worden getoetst. Dit probleem is duidelijk zichtbaar in de controverse over het terughalen van onderdrukte herinneringen. Hoe zou iemand zonder geloofwaardig ondersteunend bewijsmateriaal (dat zelden bestaat) ooit kunnen bepalen of een teruggehaalde herinnering werkelijk onderdrukt was of alleen door suggestie van een therapeut, door het lezen van kranten of het kijken naar de televisie in het geheugen is geplant? Door zulke problemen wordt een wetenschappelijke beoordeling van de psychoanalytische theorie vrijwel ondoenlijk.

◄◄ **Verbinding hoofdstuk 1**
Operationele definities zijn in objectieve, waarneembare en meetbare termen geformuleerd (p. 24).

Een tweede kritiekpunt luidt dat de freudiaanse theorie een verleidelijke verklaring van het verleden geeft, maar dat haar voorspellingen over toekomstige responsen nogal te wensen overlaten. Dat wil zeggen dat het mogelijk slechts een slim voorbeeld is van *vertekening achteraf*, waarbij we de illusie hebben dat we zaken achteraf duidelijker zien. Door de overdreven nadruk op de historische wortels van het huidige gedrag wordt de aandacht afgeleid van huidige gebeurtenissen die misschien verantwoordelijk zijn voor psychische problemen of gedragsproblemen.

Een derde kritiekpunt op Freuds werk is dat er maar weinig aandacht wordt besteed aan vrouwen. Vooral ergerlijk is zijn idee dat het onvermijdelijk is dat vrouwen aan 'penisnijd' lijden. (Hij dacht dat vrouwen hun hele leven onbewust proberen compensatie vinden voor deze frustratie.) Een betere verklaring is dat Freud in dit onderdeel van zijn theorie zijn eigen attitudes en die van de wereld van zijn tijd, waarin de man centraal stond, projecteerde op vrouwen.

Een laatste kritiekpunt luidt dat de onbewuste geest minder slim en doelgericht is dan Freud meende (Loftus & Klinger, 1992). Volgens dit nieuwere standpunt, dat afkomstig is uit neurowetenschappelijk onderzoek op het gebied van emotie, hebben de hersenen parallelle bewuste en onbewuste verwerkingsbanen, waarbij het onbewuste snel emotieopwekkende stimuli detecteert (bijvoorbeeld een schimmige figuur die in een donkere straat op je afkomt), terwijl het bewuste meer weloverwogen en logischer werkt ('Oké', zeg je tegen jezelf. 'Blijf kalm en handel natuurlijk en misschien heeft hij niet door dat je bang bent'.) Dit nieuwe standpunt over een onderbewust emotioneel verwerkingssysteem is veel minder

kwaadaardig en turbulent dan het onbewuste vol met seksuele begeerten en destructieve doodswensen dat Freud zich voorstelde (LeDoux, 1996).
Toch moeten wij de psychodynamische visie niet beschouwen als iets tot het verleden behoort. De Vlaamse auteur Paul Verhaeghe, psychoanalyticus en hoogleraar aan de Universiteit van Gent, slaagt er bijvoorbeeld in om vanuit een psychodynamische visie heel interessante kritiek op de huidige maatschappij en zeker op de medicalisering van zorg en therapie te formuleren (Verhaeghe, 2009, 2011).

Hoe zou Freud Mary Calkins hebben gezien? Tot slot van onze evaluatie van het werk van Freud kijken we of zijn theorie een nieuw licht werpt op Mary Calkins. Een psychoanalyticus die haar doelbewustheid en bereidheid tegen het systeem te vechten zou interpreteren, zou eerst in haar jeugd zoeken naar ervaringen die haar persoonlijkheid hebben gevormd.
Het gezin Calkins was bijzonder hecht (Furumoto, 1979). Mary's moeder, Charlotte Calkins, had een slechte gezondheid, dus nam Mary, als oudste kind, veel van de huishoudelijke taken over, een bijzonder interessante ontwikkeling in het licht van de suggestie van Freud dat meisjes met hun moeder concurreren om de aandacht van hun vader. Mary's vader, dominee Wolcott Calkins, hechtte veel waarde aan onderwijs en gaf Mary persoonlijk les in een tijd waarin scholing voor vrouwen niet populair was. Mogelijke seksuele gevoelens die ze zou hebben gevoeld voor haar vader zouden gesublimeerd zijn in haar extreme werkgewoonten die zich in de rest van haar leven manifesteerden.
Een doorslaggevende gebeurtenis, die Mary groot verdriet deed, was het overlijden van haar jongere zusje. Vanuit een freudiaans standpunt bezien kan het overlijden van het zusje een conflict hebben veroorzaakt, op basis van onbewuste gevoelens van rivaliteit om de affectie van de ouders. Een freudiaanse analyticus zou kunnen suggereren dat het werk van Calkins een sublimatie was van droefheid, of mogelijk van woede, omdat zij de rol van haar moeder moest overnemen en vanwege de vooroordelen waarmee ze te kampen had. Zoals bij psychoanalyse gebruikelijk is, worden deze veronderstellingen geleid door wijsheid achteraf en kunnen ze niet worden bewezen of weerlegd.

◂◂ **Verbinding hoofdstuk 9**
Emotieopwekkende stimuli worden in twee parallelle banen in de hersenen verwerkt (p. 371).

De neofreudianen

Freud was altijd een controversieel en charismatisch figuur – een beeld dat hij graag in stand hield (Sulloway, 1992). Hij had veel volgelingen en duldde van hen geen kritiek op de fundamenten van de psychoanalyse. Daardoor maakten enkele van Freuds al even vastberaden volgelingen zich als opstandige kinderen los van hun leermeester en ontwikkelden ze hun eigen systemen van persoonlijkheid, psychische stoornissen en behandelingen. Onder hen waren Carl Jung, Karen Horney, Erik Erikson en Alfred Adler. Hoewel deze **neofreudianen** (letterlijk 'nieuwe freudianen') soms van de theorie van Freud afweken, hebben ze zijn psychodynamische nadruk altijd in stand gehouden. Dat wil zeggen, ze handhaafden Freuds idee over de persoonlijkheid als een proces dat door motivationele energie wordt aangedreven, ook al hadden ze andere ideeën over de specifieke motieven die de persoonlijkheid van energie voorzien. En mogelijk heb jij ook moeite met de volgende vragen: Zijn onze motieven voornamelijk seksueel of sociaal? Zijn ze bewust of onbewust? Wordt de persoonlijkheid bepaald door gebeurtenissen uit het verleden of door een doel in de toekomst? We beperken ons tot het bespreken van de theorie van een van de bekendste neofreudianen, Carl Jung.

Neofreudiaan: Letterlijk: 'nieuwe freudiaan', een theoreticus die afstand heeft genomen van Freud, maar bij wiens theorie een psychodynamisch aspect gehandhaafd is, met name de nadruk op motivatie als bron van energie voor de persoonlijkheid.

Carl Jung: een uitbreiding van het onbewuste

Freud had vele volgelingen, maar geen daarvan is zo beroemd geworden als Carl

Jung. Hij behoorde tot het kleine kringetje van collega's die Freud in de eerste jaren van de twintigste eeuw hielpen bij het ontwikkelen en uitwerken van zijn psychoanalytische theorie. Freud beschouwde Jung zelfs een tijdlang als zijn 'troonopvolger'. Maar Jung ergerde zich steeds meer aan Freuds paternalistische houding en begon langzaam maar zeker zijn eigen theoretische ideeën te ontwikkelen (Carver & Scheier, 2008). Uiteindelijk leidde deze botsing van persoonlijkheden (door Freud uitgelegd als Jungs onbewuste verlangen om zijn autoriteit over te nemen) tot een breuk in hun relatie.

De complexe relatie tussen Jung en Freud, en hun breuk, staat centraal in de film *A Dangerous Method* (2011).

Bron: Sony Classics.

Voor Jung was die breuk met Freud om twee redenen onvermijdelijk. Ten eerste vond hij dat zijn leermeester te veel nadruk legde op seksualiteit, wat naar zijn idee ten koste ging van andere onbewuste behoeften en verlangens die Jung zag in de kern van persoonlijkheid. Zo meende hij bijvoorbeeld dat spiritualiteit een even fundamenteel menselijk motief was als seksualiteit. Ten tweede was Jung het niet eens met Freuds opvattingen over de structuur van het onbewuste. Jung ontwikkelde een nieuwe, uitgebreide visie op het onbewuste. Deze visie, die zijn bekendste bijdrage is aan de psychologie, zullen we nu bespreken.

Het collectief onbewuste Jung verving het freudiaanse id door een tweeledig onbewuste; het persoonlijk onbewuste en het collectief onbewuste. Het jungiaanse **persoonlijk onbewuste** komt in grote lijnen overeen met Freuds id. De collectieve tegenhanger was nieuw, en een volledig jungiaans concept. Volgens Jung is het **collectief onbewuste** een reservoir van instinctieve 'herinneringen' waarover elk mens beschikt. (Zoals ook het grootste gedeelte van de genetische code bij alle mensen hetzelfde is – maar die analogie kon Jung nog niet aangeven.) Deze collectie is een aaneensmeding van herinneringen van ontelbare generaties uit de menselijke geschiedenis. De collectie bevat daarnaast eeuwenoude beelden, **archetypen** genaamd, die overal ter wereld in de literatuur, beeldende kunst en sprookjes voorkomen (Jung, 1936/1959). Volgens Jung konden psychologische stoornissen niet alleen worden veroorzaakt door onderdrukte trauma's en conflicten in het persoonlijke onderbewuste, maar ook door een onvermogen de archetypen die we in ons collectieve onderbewuste niet acceptabel vinden, te erkennen.

Persoonlijk onbewuste: Jungs term voor dat deel van het onbewuste dat grofweg overeenkomt met Freuds id.

Collectief onbewuste: Jungs aanvulling op het persoonlijk onbewuste: deel van het onbewuste dat onze instinctieve 'herinneringen', onder meer de archetypen, bevat. De inhoud van dit onbewuste is universeel.

Archetype: Eeuwenoud herinneringsbeeld in het collectief onbewuste. Archetypen worden overal ter wereld gebruikt in de beeldende kunst, literatuur en sprookjes.

Twee van deze archetypische herinneringen noemde Jung de *animus* en de *anima*, de mannelijke en vrouwelijke kant van onze natuur. Andere archetypen belichamen de universele concepten van *moeder*, *vader*, *geboorte*, *dood*, de *held*, de *bedrieger*, *God* en het *zelf*. Daarnaast is er nog de *schaduw*, die zich ophoudt in de donkere uithoeken van het zelf. Hij vertegenwoordigt de destructieve en agressieve neigingen in onze persoonlijkheid (vergelijkbaar met Freuds Thanatos) waar we liever niets van willen weten. Een goede manier om je schaduw te leren kennen, doet zich voor de volgende keer dat je boos, vijandig, competitief of jaloers bent.

Video
Ga naar de MyLab mediatheek om het filmfragment te bekijken over Carl Jung.

Persoonlijkheidstypen opnieuw bekeken Volgens Jungs *principe van tegenstellingen* bestaat onze persoonlijkheid uit paren van tegengestelde neigingen, of

Overal in de beeldende kunst, literatuur en film kom je jungiaanse archetypen tegen. Op deze foto uit de film *The Lord of the Rings* zie je Gandalf, die het archetype van de magiër belichaamt. Het is hetzelfde archetype als de coyote in de indiaanse legendes en de figuur van Merlijn in de Arthurlegendes.

Bron: Courtesy Everett Collection.

Introversie: Jungiaans persoonlijkheidskenmerk waarbij de aandacht gericht is op interne ervaringen, op de eigen gedachten en gevoelens. Dit maakt een introvert persoon minder toegankelijk en minder gemakkelijk in de omgang dan iemand met een extraverte persoonlijkheid.

Extraversie: Jungiaans persoonlijkheidskenmerk waarbij de aandacht naar buiten, op anderen gericht is.

disposities (zie tabel 10.3). Jung beweerde dat de meeste mensen bij elk van deze paren de voorkeur hebben voor de ene of de andere neiging. Het algemene patroon van zulke neigingen werd een *persoonlijkheidstype* genoemd. Jung nam aan dat het persoonlijkheidstype een stabiel en duurzaam aspect was van de persoonlijkheid van het individu.

De bekendste tegenstelling is die tussen **introversie** en **extraversie**. Extraverte mensen richten hun aandacht naar buiten, op externe ervaringen. Daardoor hebben ze vaak meer contact met mensen en voorwerpen om hen heen dan met hun innerlijke behoeften. Ze zijn meestal gemakkelijk in de omgang en niet erg zelfbewust. Introverte mensen daarentegen, zijn gericht op de eigen gedachten en gevoelens, waardoor ze wat meer verlegen en minder sociaal zijn. De paren van tegengestelde krachten zijn bij bijna niemand volkomen in evenwicht, meende Jung. Meestal domineert een van de twee. Zo ontstaat een bepaald persoonlijkheidstype (Fadiman & Frager, 2001).

Een evaluatie van Jungs werk Net als bij Freud hebben Jungs ideeën vooral veel invloed gehad buiten de psychologie, met name in de literatuur en in populaire tijdschriften. Psychologen waren over het algemeen weinig gecharmeerd van Jungs werk, voornamelijk omdat zijn ideeën, net als die van Freud, zich niet lenen voor objectieve observaties en experimenten. Toch heeft Jung wel enige invloed gehad op het gedachtegoed van de psychologie. Met zijn uitdaging aan Freud heeft hij de deur geopend voor een stortvloed aan alternatieve persoon-

Tabel 10.3 De tegengestelde neigingen in de persoonlijkheid volgens Jung

bewust	◄──►	onbewust
extravert	◄──►	introvert
rationeel	◄──►	irrationeel
denken	◄──►	voelen
intuïtie	◄──►	gewaarwording
goed	◄──►	slecht
mannelijk	◄──►	vrouwelijk

lijkheidstheorieën. Ten tweede maakt zijn concept van persoonlijkheidstypen, en vooral de concepten van introversie en extraversie, hem niet alleen tot een psychodynamische theoreticus, maar ook tot een van de grondleggers van de theorieën over karaktertrekken, typen en temperamenten.

Zou Jung ons een nieuw perspectief kunnen geven op Mary Calkins? Hij had misschien vermoed dat haar vastberadenheid om te slagen in de wereld van haar tijd, die door mannen werd overheerst, werd aangedreven door een conflict tussen de mannelijke en vrouwelijke kant van haar aard: animus en anima. Een andere jungiaanse mogelijkheid is dat haar moeder, door een slechte gezondheid gedwongen afstand te doen van een groot deel van de moederlijke rol, Mary ertoe bracht haar eigen moederlijke archetype te ontkennen. Wat op zijn beurt mogelijk verklaart waarom Mary zelf nooit is getrouwd.

Introverte mensen zijn gericht op innerlijke ervaringen: hun eigen gevoelens en gedachten.

Bron: © Andres Rodriguez, Dreamstime.

10.3.2 De humanistische theorieën: nadruk op menselijk potentieel en geestelijke gezondheid

Noch Freud, noch de neofreudianen hadden veel te zeggen over diegenen van ons die 'normaal' zijn. Door de nadruk op interne conflicten en psychische stoornissen, leverden ze fascinerende verklaringen voor psychische stoornissen, maar ze slaagden er niet echt in een bruikbare theorie van de gezonde persoonlijkheid te bieden. Het humanistische standpunt, met zijn optimistische visie op de essentie van de menselijke natuur, biedt een alternatieve visie op persoonlijkheid.

Volgens de humanisten wordt de persoonlijkheid niet gedreven door onbewuste conflicten en afweer tegen angst, maar door de positieve behoefte om zich aan te passen, te leren, te groeien en uit te blinken. Ze hebben het idee behouden van motivatie als centraal onderdeel van de persoonlijkheid, maar ze hebben een sterker accent gelegd op positieve motieven zoals liefde, achting en zelfactualisatie. Als er sprake is van een psychische stoornis, wordt die veroorzaakt door een ongezonde *situatie* en niet door ongezonde *individuen*. Zodra mensen zich hebben bevrijd van negatieve situaties, zoals een slechte relatie, een negatief zelfbeeld ('Ik ben niet slim') of een ongelukkige carrière, zullen ze door een natuurlijke neiging tot gezondheid vanzelf kiezen voor de alternatieven die hun leven nog waardevoller maken.

Abraham Maslow en de gezonde persoonlijkheid

Maslow noemde de humanistische invalshoek graag de 'derde stroming' in de psychologie. Daarmee zette hij zich af tegen de psychoanalytische en de behavioristische stromingen die de psychologie gedurende het grootste deel van zijn leven zouden domineren. Maslow was met name geïnteresseerd in Freuds fixatie op psychische stoornissen en onevenwichtigheid. Naar zijn mening was er vooral behoefte aan een theorie die psychische gezondheid uitgebreider beschreef dan enkel als de afwezigheid van ziekte. De invulling van deze theoretische behoefte werd uiteindelijk zijn belangrijkste levensdoel. Hij zocht de ingrediënten van de gezonde persoonlijkheid waar niemand die tot dan toe had gezocht: bij mensen die een bijzonder vol en productief leven hadden geleid (Maslow, 1968, 1970, 1971).

Zelfactualiserende persoonlijkheden Maslows 'bronnen' waren onder meer historische figuren als Abraham Lincoln en Thomas Jefferson, en andere aanzienlijke personen uit zijn eigen tijd: Albert Einstein, Albert Schweitzer en Eleanor Roosevelt. Bij deze mensen ontdekte Maslow een gezonde persoonlijkheid die was gericht op doelen niet gerelateerd aan eigen basale behoeften, die al vervuld waren. Sommigen, zoals Lincoln en Roosevelt, richtten zich op de noden van de mensheid. Anderen, zoals Einstein, richtten zich op een inzicht in de fysische wereld. Een gemeenschappelijk kenmerk was dat ze zich bezighielden met zaken waarbij ze een sterke betrokkenheid voelden.

Zelfactualiserende persoonlijkheid: Gezond individu van wie de basisbehoeften vervuld zijn en dat daardoor de vrijheid heeft om zijn interesse in 'hogere' idealen zoals waarheid, rechtvaardigheid en schoonheid te ontwikkelen.

Maslow noemde dit soort individuen **zelfactualiserende persoonlijkheden**. Hij ontdekte dat mensen met zo'n persoonlijkheid creatief en spontaan zijn en dat ze een aanstekelijk gevoel voor humor hebben. Tegelijkertijd accepteren ze hun eigen beperkingen en die van anderen. Kortom, mensen met een zelfactualiserende persoonlijkheid voelen zich vrij om hun mogelijkheden te ontwikkelen. Een staat van zijn waar eenieder van ons naar zou moeten streven.

◄◄ **Verbinding hoofdstuk 9**
Maslow stelt in zijn behoeftehiërarchie dat motieven in een volgorde van prioriteit voorkomen (p. 349).

Behoeften in een hiërarchie Hoewel Maslows interesse vooral uitging naar de gezonde, zelfactualiserende persoonlijkheid, biedt zijn theorie van de behoeftehiërarchie ook een verklaring voor onevenwichtigheid. Maslow stelt dat onze behoeften in volgorde van prioriteit zijn gerangschikt, eerst de biologische behoeften, dan behoeften aan veiligheid, liefde, respect en uiteindelijk de behoefte aan zelfactualisatie. Een onvervulde behoefte – een 'deficiëntie', bijvoorbeeld een gebrek aan liefde of respect, kan tot onevenwichtigheid leiden. Iemand die niet door zulke behoeften wordt geplaagd, is in staat om interesses te ontwikkelen die bijdragen aan zijn groei en gevoel van vervulling. Uit onderzoek blijkt inderdaad dat mensen die zichzelf accepteren gelukkiger zijn, terwijl mensen die gering over zichzelf denken vaak angstig, boos of gedeprimeerd zijn (Baumeister, 1993; Brown, 1991).

Carl Rogers volledig functionerend persoon

In tegenstelling tot Maslow, was Carl Rogers (1902-1987) een therapeut die niet met zelfactualiserende, maar met slecht functionerende mensen werkte. Toch zag hij de gezonde persoonlijkheid, die hij een **volledig functionerend persoon** noemde, niet over het hoofd. Zo'n persoonlijkheid onderscheidt zich volgens Rogers door een zelfbeeld dat zowel positief is als in overeenstemming met de realiteit (Rogers, 1961). Dat wil zeggen dat een volledig functionerend persoon een positief zelfbeeld heeft dat consistent (congruent) is met de boodschappen van goedkeuring, vriendschap en liefde die hij of zij van anderen ontvangt. Negatieve ervaringen, zoals het verlies van een baan of afwijzing door een geliefde, kunnen echter tot incongruentie leiden. Hierdoor komt het zelfbeeld in gevaar.

Volledig functionerend persoon: Carl Rogers term voor een zelfactualiserend individu wiens zelfbeeld positief is en congruent met de realiteit.

Het fenomenale veld: de realiteit van de persoon Rogers hechtte veel waarde aan het belang van percepties en gevoelens, die hij het **fenomenale veld** noemde. Hij meende dat we gewoonlijk op deze subjectieve ervaring reageren, en niet op een 'objectieve' realiteit. De manier waarop een student een cijfer waardeert, is dus volledig afhankelijk van zijn of haar eigen perceptie van dat cijfer. Voor een briljante student is een zes misschien een enorme teleurstelling, terwijl een zwakkere student er dolgelukkig mee kan zijn: beiden reageren op hun eigen subjectieve fenomenale veld. In het systeem van Rogers maakt het fenomenale veld deel uit van de persoonlijkheid, als een soort filter van onze ervaringen (zie figuur 10.5). Het bevat onze interpretaties van zowel de externe als de interne wereld, en het bevat ook het *zelf*, de humanistische versie van het freudiaanse ego.

Fenomenaal veld: Onze psychologische realiteit, bestaat uit percepties.

Voorwaardelijke tegenover onvoorwaardelijke relaties Interessant genoeg had Rogers zelf een geïsoleerde en ongelukkige jeugd die werd gedomineerd door rigide regels van strenge religieuze ouders. De omgeving waarin hij opgroeide was zo bekrompen dat hij zich al 'zondig' voelde toen hij voor het eerst zonder toestemming van zijn ouders een flesje limonade dronk (Rogers, 1961). Later zou Rogers concluderen dat kinderen die opgroeien in een omgeving waar de ouderlijke liefde voorwaardelijk is (afhankelijk van goed gedrag), zich vaak ontwikkelen tot zeer angstige volwassenen met een sterk schuldgevoel, dé ingrediënten voor een negatief zelfbeeld en psychische stoornissen. We hebben geen

behoefte aan mensen die ons met schuldgevoelens opzadelen. We willen liever omringd worden door mensen die ons onvoorwaardelijke positieve waardering geven, oftewel liefde waaraan geen voorwaarden zijn verbonden.
In tegenstelling tot de psychodynamische theoretici, die zich concentreerden op duistere motieven, menen Rogers, Maslow en andere humanistische theoretici, waaronder Rollo May (1966), dat onze meest intense motieven gericht zijn op positieve groei. In zijn gezondste vorm is zelfactualisatie een streven om de eigen mogelijkheden, capaciteiten en talenten zo veel mogelijk te ontplooien. Volgens de humanistische theorie is deze aangeboren drijfveer een constructieve, sturende kracht die elke persoon aanzet tot positief gedrag en groei van het zelf.

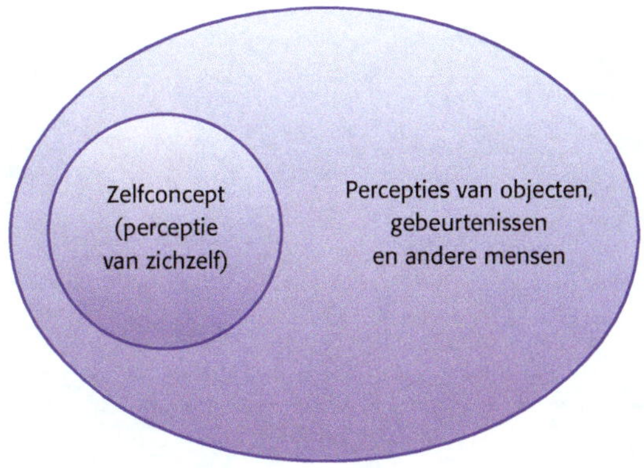

Figuur 10.5
Het fenomenale veld van Rogers
Voor Carl Rogers is wat we waarnemen en voelen de enige werkelijkheid. Het totaal van al onze gevoelens en percepties noemde hij het fenomenale veld. Je ziet dat het zelfconcept een waarneming van het zelf is en daarom deel uitmaakt van het fenomenale veld. Bij de volledig functionerende persoon is het zelfconcept positief en congruent met de feedback die van anderen wordt ontvangen.

Een humanistisch perspectief op Mary Calkins Als een humanist probeerde te begrijpen wat Mary Calkins dreef, zou hij waarschijnlijk eerst vragen: Hoe zag zij haar wereld? Wat was belangrijk voor haar? Humanisten zouden vooral geïnteresseerd zijn in haar sterke punten: haar intelligentie, haar gezinsachtergrond waarin sprake was van koestering en haar loyale groep collega's aan Wellesley en aan de psychologiefaculteit van Harvard. Ze zouden ook opmerken dat Calkins er haar hele leven aan werkte de psychologie tot de wetenschap van het zelf te maken (waarmee zij de hele persoon bedoelde, en niet de gefragmenteerde en begrensde benadering van de structuralisten of de 'geestloze' benadering van de behavioristen uit die tijd). In dit opzicht zou Mary Calkins als een van de grondleggers van de humanistische psychologie kunnen worden beschouwd.

Verbinding hoofdstuk 1
Het structuralisme zocht naar de 'elementen' van de bewuste ervaring (p. 14).

Een evaluatie van de humanistische theorieën

De optimistische humanistische visie op persoonlijkheid werd door vele psychologen met enthousiasme ontvangen. Het was een hele opluchting na het sombere perspectief van de psychodynamische theorie met haar nadruk op onacceptabele verlangens en onderdrukte trauma's. Eindelijk konden therapeuten het naar boven halen van pijnlijke herinneringen uit een vaststaand verleden verruilen voor een humanistische theorie die de nadruk legde op het veraangenamen van het heden en de toekomst. Ook het feit dat de theorieën meer aandacht besteedden aan psychische gezondheid dan aan psychische stoornissen, klonk hen aangenaam in de oren.

Zijn humanistische theorieën te veel op het 'zelf' gericht? Niet iedereen sloot zich aan bij de humanistische euforie. Zo vonden veel critici de formulering van de humanistische concepten veel te vaag. Ze vroegen zich af wat de humanisten precies bedoelden met de term 'zelfactualisatie'. Is ze een aangeboren neiging, is ze cultuurbepaald? Psychoanalytische theoretici bekritiseerden de humanistische nadruk op de huidige, bewuste ervaring. Ze vonden dat de humanisten de kracht van het onbewuste onderschatten. Crosscultureel psychologen hadden kritiek op de humanistische nadruk op het zelf, denk maar aan *zelf*concept, *zelf*waardering en *zelf*actualisatie. Deze op het zelf gerichte visie op de persoonlijkheid was in hun ogen duidelijk vertekend door de invalshoek van de individualistische, westerse cultuur die vreemd is aan niet-westerse zienswijzen, waarin gemeenschap en familie belangrijker geacht worden dan eigenbelang (Heine et al., 1999).
We moeten duidelijk zijn: niemand ontkent het bestaan van een zelf binnen de persoonlijkheid, dat wil zeggen een soort proces dat onderscheid maakt tussen het individu en al het andere. We maken allemaal onderscheid tussen 'mij' en

De auteur Philip Zimbardo wordt begroet door de Dalai Lama, voorafgaand aan hun publieke gesprek over het belang van compassie.
Bron: Philip G. Zimbardo, Inc.

'jou'. In feite wordt met MRI- en PET-scans het bestaan aangetoond van gespecialiseerde hersenmodules die zijn gerelateerd aan het verwerken van gedachten over het zelf (Heatherton et al., 2004). En zelfs in collectivistische culturen bestaat het zelf, hoewel daar de nadruk ligt op een zelf dat in een sociale context is ingebed. Het werkelijke probleem is dus of het zelf wel of niet het centrum van de persoonlijkheid is.

Eigenwaarde: oorzaak of gevolg? Onlangs heeft het populaire idee dat eigenwaarde het noodzakelijke ingrediënt is voor geestelijke gezondheid, de aandacht gekregen van onderzoek en kritisch denken... en verrassend genoeg is gebleken dat het idee dubieus is. Waarom is het belangrijk dit te vermelden? Veel programma's die zijn bedoeld om het opleidingsniveau te verbeteren, drugsmisbruik te bestrijden en seks en geweld bij tieners te beperken, zijn gebaseerd op het bevorderen van het gevoel van eigenwaarde van mensen. Na bestudering van het beschikbare onderzoek meldden de psycholoog Roy Baumeister en zijn collega's (2003) echter dat geen van deze problemen door een gering gevoel van eigenwaarde wordt veroorzaakt. Baumeister en zijn collega's stellen dat het niet effectief is een hoog gevoel van eigenwaarde doel van de programma's te maken, maar dringen aan op het bevorderen van positieve prestaties en prosociale gedragingen in de verwachting dat het gevoel van eigenwaarde vanzelf zal volgen.

Positieve psychologie: Stroming in de psychologie die zich concentreert op de wenselijke aspecten van het functioneren van de mens, in plaats van op de psychopathologie.

Positieve psychologie: het nieuwe humanisme? Het afgelopen decennium ontstond een nieuwe stroming, de **positieve psychologie**, met als grondleggers de psychologen Martin Seligman en Mihaly Csikszentmihalyi (2000). De aanhangers van deze stroming streven in essentie dezelfde doelen na als hun humanistische collega's, maar ze besteden meer aandacht aan de wetenschappelijke grondslag van hun theorieën, waarin de specifieke termen in het lexicon over de sterke kanten en deugden van mensen (Peterson & Seligman, 2004) nauwkeuriger worden beschreven. Deze 'vierde kracht', die zich steeds verder uitbreidt, heeft een aantal zorgvuldig opgezette onderzoeken opgeleverd. In die onderzoeken richtte men zich op optimisme, geluk, sociale steun en gezondheid, wat we zullen zien in hoofdstuk 14. Maar ondanks deze successen draagt de positieve psychologie nog weinig bij aan ons begrip van het fenomeen persoonlijkheid. Dat komt doordat het onderzoek zich tot nu toe heeft beperkt tot de wenselijke aspecten van het menselijk gedrag. In zekere zin is dit vergelijkbaar met het belang dat de Dalai Lama hecht aan compassie, misschien wel een van de nobelste persoonlijke deugden, al wordt niet altijd erkend wat de functie daarvan is in een wereld vol kwaad van allerlei aard. Die positieve, zelfgeoriënteerde compassie moet in heroïsche *daden* worden omgezet om een mechanisme in maatschappelijke en politieke verandering te kunnen worden (Dalai Lama, 2007).
Bestaat er naast de psychodynamische, humanistische en de nieuwe positieve psychologie nu ook nog een standpunt dat al deze problemen niet kent? Laten we onze blik eens richten op de cognitieve benadering.

10.3.3 De sociaal-cognitieve theorieën: nadruk op sociaal leren

Volgens sociaal-cognitieve theoretici moeten we rekening houden met leren, sociaal leren om precies te zijn, bij het verklaren van gedrag vanuit de persoonlijkheid. In feite moeten we rekening houden met de volledige reeks psychologische processen, met inbegrip van cognitie, motivatie en emotie, evenals met de omgeving (Cervone, 2004). Hier bespreken we twee van deze benaderingen.

Observationeel leren en persoonlijkheid: de theorie van Bandura

Je hoeft geen 'Brand!' in een volle bioscoop te roepen om te weten wat er gebeurt als je dat zou doen. Volgens Albert Bandura worden we niet alleen gedreven door innerlijke motivationele krachten en door het verkrijgen van beloningen of straffen, maar ook door onze *verwachtingen* over de wijze waarop onze handelingen ons beloningen of straffen zouden kunnen opleveren. En veel van die verwachtingen, zo merkt hij op, zijn niet afkomstig van directe ervaring, maar zijn gebaseerd op de waarneming van wat er met anderen gebeurt (Bandura, 1986). Een duidelijke eigenschap van de menselijke persoonlijkheid is dus de mogelijkheid om de gevolgen van handelingen te voorzien, vooral door te leren wat er met anderen gebeurt als ze zich op een bepaalde manier gedragen.
Misschien is dit de belangrijkste bijdrage van Bandura's theorie: het idee dat we indirect leren, dat wil zeggen via anderen. Dit sociale leren, of **observationeel leren**, is een proces waarbij mensen nieuwe responsen aanleren door naar elkaars gedrag te kijken en de consequenties van dat gedrag waar te nemen. Dat wil zeggen dat anderen als *rolmodel* werken; of wij dit rolmodel accepteren of verwerpen wordt bepaald door het feit of ze voor hun gedrag worden beloond of gestraft. Als Ramon bijvoorbeeld ziet dat Tarik zijn broertje slaat en daarvoor wordt gestraft, leert Ramon via observatie dat slaan geen goede strategie is. Maar als Tarik ermee wegkomt of geprezen wordt voor het weerbaar maken van zijn jongere broertje, leert Ramon een heel andere les. Op deze wijze kan Ramon via observationeel leren zien wat werkt en wat niet werkt, zonder zelf *trial-and-error* te hoeven doormaken. Volgens Bandura's theorie is de persoonlijkheid een verzameling van aangeleerde gedragspatronen, waarvan we er vele via observationeel leren hebben geleerd.

Observationeel leren: Een vorm van cognitief leren waarbij nieuwe reacties worden verworven nadat het gedrag van anderen en de gevolgen van dit gedrag zijn waargenomen.

In het proces van leren door imiteren verwerven kinderen en volwassenen informatie over hun sociale omgeving. Vaardigheden, attitudes en overtuigingen kun je simpel verwerven door te kijken naar wat anderen doen en welke consequenties hun handelingen hebben. Op deze wijze leren kinderen 'alstublieft' en 'dank u wel' zeggen, en niet in het openbaar in hun neus te peuteren. Het nadeel is natuurlijk dat ook slechte gewoonten kunnen worden aangeleerd door gerichtheid op slechte rolmodellen, zoals een familielid dat bang is voor spinnen of door het kijken naar bepaalde televisieprogramma's, zoals programma's die antisociale gedragingen lijken te belonen. Het belangrijkste om te onthouden is dat mensen gedragingen niet altijd zelf hoeven uit te proberen om van ervaring te leren.
Volgens Bandura is de persoonlijkheid echter meer dan een repertoire van aangeleerd gedrag. Een inzicht in de gehele mens betekent een inzicht in de voortdurende interactie tussen gedrag, cognitie en de omgeving. Bandura noemt dit **wederzijds** of **reciproque determinisme** (Bandura, 1981, 1999).

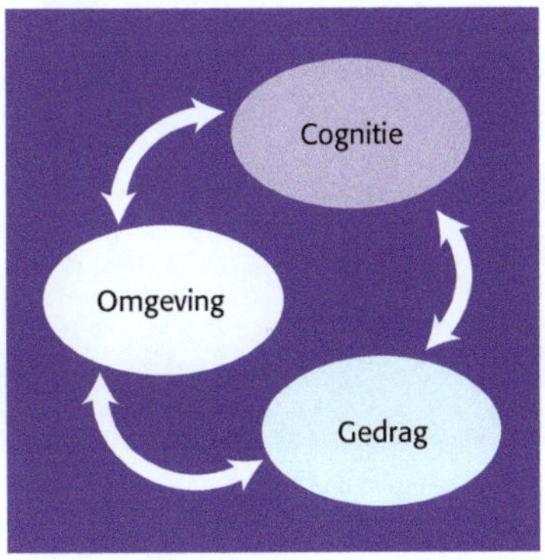

Figuur 10.6
Wederzijds determinisme
Wederzijds determinisme is het proces waarbij de cognities, het gedrag en de omgeving van een individu elkaar beïnvloeden.

Wederzijds (reciproque) determinisme: Het proces waarbij de persoon, de situatie en de omgeving elkaar wederzijds beïnvloeden.

Maar hoe werkt dat dan? Stel dat je geïnteresseerd bent in psychologie. Je belangstelling (een cognitie) zal er waarschijnlijk toe leiden dat je veel tijd doorbrengt aan de psychologiefaculteit (een omgeving), waar je andere mensen ontmoet (sociaal gedrag) die dezelfde interesse hebben. Omdat dit een stimulerende en belonende situatie is, zal deze activiteit je belangstelling voor psychologie versterken én je aanmoedigen om nog meer tijd met je vrienden aan de psychologiefaculteit door te brengen. Elk van de drie elementen: gedrag, cognitie en de omgeving, versterkt de andere twee. Je ziet de eenvoudige, maar sterke relatie tussen deze variabelen in figuur 10.6.

Locus of control: De plek waar een individu de belangrijkste invloed op gebeurtenissen in zijn leven situeert: intern of extern.

Locus of control: de theorie van Rotter

Een andere cognitief psycholoog, Julian Rotter, ontwikkelde een theorie met betrekking tot motivatie. Rotter meent dat de manier waarop we handelen afhankelijk is van ons gevoel van persoonlijke invloed, oftewel **locus of control**. De vermeende locus of control werkt als een soort filter waardoor we onze ervaringen zien, en vervolgens als motief voor ons handelen of voor het juist niet handelen. Daarom is de theorie van Rotter zowel een theorie over karaktertrekken als een 'procestheorie' die zich richt op één enkele, maar belangrijke dimensie van de persoonlijkheid.

Om dit toe te lichten, stellen we je de volgende vraag: als je autorijdt, draag je dan altijd de autogordel, of denk je dat gewond raken of overlijden bij een ongeluk wordt bepaald door de vraag 'wanneer het je tijd is'? Als je altijd je autogordel draagt, heb je waarschijnlijk een interne locus of control, omdat je hierdoor enige controle over je lot uitoefent. Als je daarentegen het gevoel hebt dat je geen controle hebt over de gebeurtenissen in je leven, gesp je de riem waarschijnlijk niet vast (misschien alleen om te voorkomen dat je een boete krijgt). In dat geval heb je een externe locus of control.

Kinderen krijgen een duidelijker beeld van hun identiteit door waar te nemen hoe mannen en vrouwen zich in hun cultuur gedragen.
Bron: PhotosIndia.com LLC/Alamy.

De scores op Rotters *Internal-External Locus of Control Scale* vertonen in verschillende situaties een sterke correlatie met de emoties en het gedrag van mensen (Rotter, 1990). Zo halen mensen met een interne locus of control niet alleen hogere cijfers, ze doen ook meer aan lichaamsbeweging en letten beter op wat ze eten dan mensen met een externe locus of control (Balch & Ross, 1975; Findley & Cooper, 1983). Geheel volgens de verwachting komt depressie meer voor bij mensen met een externe locus of control (Benassi et al., 1988).

Uit veel onderzoeken komen aanwijzingen naar voren dat de locus of control een belangrijk kenmerk is van onze persoonlijkheid. Dat wil zeggen, het hebben van een interne of externe locus of control lijkt een betrouwbaar persoonlijkheidskenmerk te zijn. Toch spreekt Rotter liever niet over een karaktertrek, omdat die term ten onrechte zou suggereren dat zo'n dispositie vaststaand en onveranderlijk is. Met behulp van de test onder het kopje 'Doe het zelf! Waar ligt jouw locus of control?' kun je bepalen waar jouw locus of control ligt.

Mensen met een interne locus of control halen hogere cijfers dan mensen met een externe locus of control.

Bron: Ann-Kathrin Rehse, stock.xchng.

DOE HET ZELF! Waar ligt jouw locus of control?

Julian Rotter (1966) heeft een test ontwikkeld waarmee je kunt bepalen waar een individu de belangrijkste invloed op gebeurtenissen in zijn leven situeert: binnen of buiten zichzelf. De test bestaat uit paren van tegengestelde uitspraken, waarvan de proefpersoon steeds moet aangeven welke uitspraak het meest op hem of haar van toepassing is. Deze opzet wordt een gedwongenkeuzetest genoemd. In tegenstelling tot vele andere persoonlijkheidstests, is het scoren van elk item in Rotters Internal-External Scale geheel transparant: de testleider kan eenvoudig bepalen in welke richting de meeste items beantwoord zijn. Hier volgt een gedeelte van een voorlopige versie van de test (Rotter, 1971):

1a. Promotie verdien je door hard werken en volharding.	1b. Veel geld verdienen is voornamelijk een kwestie van de juiste kansen krijgen.
2a. Ik heb ervaren dat er een direct verband bestaat tussen hoe hard ik studeer en de cijfers die ik krijg.	2b. De manier waarop docenten reageren komt me meestal volstrekt willekeurig over.
3a. Als je weet hoe je met ze moet omgaan, zijn mensen heel eenvoudig te beïnvloeden.	3b. Ik heb weinig invloed op de manier waarop anderen zich gedragen.
4a. Als we onze stem verheffen, kunnen mensen zoals ik de loop van de geschiedenis veranderen.	4b. Het is een illusie om te denken dat je werkelijk invloed hebt op de wereldpolitiek.
5a. Ik ben meester over mijn eigen lot.	5b. De meeste dingen die me overkomen zijn waarschijnlijk het gevolg van toeval.

Tel van elke kolom de uitspraken waar je het mee eens bent. Zo kun je zien naar welke kant je neigt. Herken je je vooral in de uitspraken in de linkerkolom? Dan heb je waarschijnlijk een interne locus of control.

Een evaluatie van de sociaal-cognitieve benadering van persoonlijkheid
Sommige critici vinden dat de cognitieve theorieën over het algemeen te veel nadruk leggen op de rationele informatieverwerking, ten koste van emoties en onbewuste processen. Wetenschappers die menen dat emoties en motivaties essentieel zijn voor het functioneren van de menselijke persoonlijkheid hebben het moeilijk met de uitgangspunten van de cognitieve benadering. Emotie en daarmee geassocieerde onbewuste processen krijgen de laatste jaren echter een steeds belangrijkere rol in de cognitieve psychologie. Waarschijnlijk ziet binnenkort een nieuwe generatie cognitieve persoonlijkheidstheorieën het licht, theorieën die wel rekening houden met deze aspecten (Mischel & Shoda, 1995).
De echte kracht van de sociaal-cognitieve theorieën is dat ze in deugdelijk psychologisch onderzoek zijn geworteld, in tegenstelling tot de meeste van de ideeen van de freudianen, neofreudianen en humanisten. Je zult je bijvoorbeeld Bandura's beroemde experiment met de Bobo-poppen herinneren dat we bespraken in hoofdstuk 4, toen we het hadden over observationeel leren. Het nadeel van de sociaal-cognitieve theorieën is dat ze veel minder uitgebreid zijn dan de oude en grootse persoonlijkheidstheorieën van Freud en zijn opvolgers. De compensatie daarvoor is echter gekomen in de vorm van verklaringen van en specifieke behandelingen voor een aantal psychische stoornissen die vaak het gevolg lijken te zijn van observationeel leren, met name angststoornissen (zoals fobieën) en gedragsstoornissen bij kinderen.

▸▸ **Verbinding hoofdstuk 12**
Andere angststoornissen zijn paniekstoornissen en obsessief-compulsieve stoornissen (p. 504).

Hoe zou een cognitief psycholoog zich uitlaten over Mary Calkins? Een accent zou liggen op de wijze waarop ze de beloningen en straffen interpreteerde die ze ontving toen ze probeerde haar studie psychologie te voltooien, en op de invloed van deze interpretaties op haar gedrag. Een cognitief theoreticus zou kunnen opmerken dat Calkins duidelijk een interne locus of control had, die deel uitmaakte van een interactie met de sociale steun die ze thuis, aan Wellesley en van haar mentoren aan Harvard kreeg. Hierdoor werd vervolgens haar vastberadenheid bevorderd en werd ze tot hard werken gestimuleerd. En, zo zouden ze kunnen toevoegen, werd Mary Calkins een rolmodel voor vrouwen die na haar psychologie gingen studeren.

10.3.4 Huidige trends: de persoon in een sociaal systeem
De dagen dat Freud, Jung, Horney en andere psychologen met hun allesomvattende persoonlijkheidstheorieën het volledige spectrum van het menselijk gedrag probeerden te verklaren, zijn voorbij. De humanistische en cognitieve psychologen verhieven hun stem en wezen op de zwakke plekken van de oudere psychodynamische theorieën. En nu is het accent opnieuw verschoven. Psychologen koppelen elementen uit de psychodynamische, humanistische en cognitieve theorieën aan nieuw verworven kennis over de invloeden van cultuur, sekse en familierelaties. Het huidige denken over persoonlijkheid valt in drie belangrijke trends uiteen.
In de *family systems theory* (systeemtheorie, familieopstellingen) is het onderwerp van analyse niet langer het individu, maar het hele gezin (Gilbert, 1992; Mones et al., 2007). Dit gezichtspunt houdt in dat de manieren waarop mensen met elkaar omgaan, eerst in het gezin en later met leeftijdsgenoten, de persoonlijkheid vormen. Het is niet zo dat Freud en andere psychologen de invloed van ouders op hun kinderen helemaal over het hoofd zagen, maar de *family systems theory* richt zich specifiek op de interactie: op de manieren waarop gezinsleden en leeftijdsgenootjes elkaar beïnvloeden. Ze ziet mensen met psychische problemen als individuen die deel uitmaken van slecht functionerende groepen, en niet als 'zieke' personen. Het taalgebruik is ook veranderd: het begrip *afhankelijke*

persoonlijkheid is vervangen door de term *onderlinge afhankelijkheid*, en *communicatie* is in de plaats gekomen van het beperktere begrip *praten*. Deze theorie weerspiegelt zo een trend, een groeiend maatschappelijk bewustzijn ten aanzien van relaties en processen (dus van de veranderingen die plaatsvinden terwijl een relatie zich ontwikkelt).

Een tweede trend heeft te maken met het groeiende besef dat culturen ingrijpend van elkaar kunnen verschillen. Steeds meer publicaties over persoonlijkheid zijn afkomstig van psychologen buiten Europa en Amerika (Quiñones-Vidal et al., 2004). Stanley Sue (1991) wijst erop dat onze samenleving etnisch gezien steeds diverser wordt. We kunnen er niet langer van uitgaan dat iedereen dezelfde culturele ervaringen en dezelfde waarden deelt. Dit houdt ook in dat psychologen oog moeten hebben voor de rol van culturele factoren in de vorming van persoonlijkheid en de invloed daarvan op de psychische gezondheid en problemen van etnisch verschillende mensen (Sue, 1983).

Een derde trend vloeit voort uit het feit dat we steeds meer zicht krijgen op de invloed van sekse(rollen). Hoewel we niet weten in hoeverre de verschillen tussen mannen en vrouwen genetisch bepaald, dan wel aangeleerd zijn, is wel duidelijk dat mannen en vrouwen eenzelfde situatie vaak heel verschillend waarnemen (Tavris, 1991). Mannen zijn over het algemeen meer geneigd tot fysieke agressie dan vrouwen. Vrouwen vormen vaak hechte relaties in kleine, horizontaal georganiseerde groepen, terwijl mannen de voorkeur geven aan grotere, hiërarchisch georganiseerde groepen (teams) met leiders en volgers.

Bij elkaar hebben deze drie trends een belangrijke bijdrage geleverd aan onze kennis over de krachten die een rol spelen in de vorming van onze persoonlijkheid. Op dit moment ligt het accent op diversiteit en groepsprocessen, en niet zozeer op kenmerken en mentale processen van individuen. Dat maakt het plaatje van de persoonlijkheid veel complexer, maar wel veel realistischer.

Psychologie gebruiken om psychologie te leren

Wil je weten waar jouw locus of control op het gebied van studie ligt, en wat je kunt doen om meer greep te krijgen op je studie? Ga naar 'In de praktijk' in de MyLab mediatheek om hierover te lezen.

Ga naar **www.pearsonmylab.nl** om je kennis en begrip van deze paragraaf te testen met de MyMap, MyCheck en MyDefinitions.

KERNVRAAG 10.4

▶ Welke theorieën gebruiken mensen om zichzelf en anderen te begrijpen?

Je hebt zo ondertussen een aardig beeld van de manier waarop psychologen tegen de persoonlijkheid aankijken. Maar hoe denken niet-psychologen eigenlijk over hun medemens? We trekken allemaal regelmatig conclusies, goed of fout, over de persoonlijkheid van anderen, evenals over onze eigen persoonlijkheid. Dat doe je bijvoorbeeld als je iemand ontmoet op een feestje, als je solliciteert naar een baan, of terwijl je je een eerste indruk vormt van een docent of studiegenoot. Trekken mensen in andere culturen gelijksoortige conclusies over elkaar? Ook dit is een belangrijke vraag, omdat de 'volkswijsheden', of *impliciete persoonlijkheidstheorieën*, die mensen gebruiken om elkaar te begrijpen, een essentiële rol spelen in de relaties tussen individuen, groepen en hele naties. Het kernconcept luidt:

KERNCONCEPT 10.4
Ons inzicht in onszelf en anderen is gebaseerd op impliciete theorieën over de persoonlijkheid en op onze eigen levensverhalen – factoren die beide door cultuur worden beïnvloed.

Laten we eerst eens kijken naar de impliciete theorieën die we gebruiken om anderen te begrijpen, voordat we gaan onderzoeken hoe we onszelf begrijpen.

10.4.1 Impliciete persoonlijkheidstheorieën

Denk eens aan iemand die je als een rolmodel beschouwt. Denk vervolgens aan iemand die je niet kunt uitstaan. In beide gevallen is het eerste wat in je opkomt een persoonlijk kenmerk, een karaktertrek, bijvoorbeeld: eerlijk, betrouwbaar, gevoel voor humor, gul, open, agressief, humeurig of pessimistisch. Zelfs als kind beschikte je al over een rudimentair systeem om iemands persoonlijkheid te duiden. Dat hielp je te voorspellen of nieuwe kinderen op school vriendjes of vijanden zouden worden, en om een manier te ontwikkelen om met je ouders of leerkrachten om te gaan.

Impliciete persoonlijkheidstheorie: Aanname over de persoonlijkheid die mensen (met name niet-psychologen) hanteren met het doel anderen gemakkelijker te kunnen begrijpen.

Hoe dan ook, de manier waarop je iemands persoonlijkheid beoordeelt, reflecteert jouw **impliciete persoonlijkheidstheorie.** Dit is je eigen verklaring van persoonlijkheid, die je vrijwel zeker baseert op een verband dat je hebt gelegd tussen het gedrag van mensen en de karaktertrekken die je aan hen hebt toegeschreven. Evenals de impliciete herinneringen die we in hoofdstuk 5 hebben bestudeerd, opereren impliciete theorieën van de persoonlijkheid op de achtergrond, grotendeels buiten ons bewustzijn, waar ze het gemakkelijker maken andere mensen te begrijpen (Fiske & Neuberg, 1990; Macrae et al., 1994).

Het grootste deel van de tijd werken impliciete theorieën goed genoeg om sociale relaties gladjes te laten verlopen, althans in een vertrouwde omgeving. Hoewel we met onze verwachtingen in een onbekende cultuur de plank gemakkelijk kunnen misslaan, kunnen we met behulp van onze impliciete theorieën over de persoonlijkheid de motieven en het gedrag van mensen voorspellen, ons werk doen, onze koffie kopen, onze examens halen en met onze vrienden omgaan. In sommige opzichten is er mogelijk niet zo'n groot verschil tussen onze impliciete theorieën en de vijf-factorentheorie. Bij een onderzoek waarbij studenten een beoordeling gaven van de persoonlijkheid van andere studenten die ze hadden geobserveerd, maar die ze niet kenden, kwamen hun indrukken opmerkelijk goed overeen met de scores van de *Big Five Inventory* (Mehl et al., 2006). Er was één interessante uitzondering: assertief of twistziek gedrag werd door de beoordelaars bij mannen als teken van emotionele stabiliteit beschouwd, maar bij vrouwen werd dit gedrag als teken van emotionele instabiliteit gezien!

Impliciete theorieën kunnen eveneens blinde vlekken vertonen. Ze kunnen foutief zijn doordat ze gebaseerd zijn op naïeve aannamen en stereotypen rond karaktertrekken en lichamelijke kenmerken (Hochwalder, 1995). Zo kan bijvoorbeeld worden aangenomen dat dikke mensen gezellig zijn of dat vrouwen die blond zijn, een beetje dom zijn. Evenzo kunnen we ten onrechte aannemen dat bepaalde karaktertrekken altijd in combinatie voorkomen: creativiteit en emotionele instabiliteit bijvoorbeeld.

Wanneer eigen motieven en gevoelens van mensen van invloed zijn op hun beoordeling van de persoonlijkheid van anderen, is het mogelijk dat impliciete theorieën een slechte voorspelling geven, zoals Freud al suggereerde met zijn concept *projectie*. Daarom kan iemand die zich boos, gelukkig of depressief voelt, de naïeve aanname hanteren dat andere mensen zich ook zo voelen.

Ten slotte kan bij de impliciete theorieën omtrent mensen een meningsverschil bestaan over de vraag of karaktertrekken vast of veranderlijk zijn. Mensen die in vaste karaktertrekken geloven, zien anderen eerder als stereotypen ('alle Italia-

nen lijken op elkaar') dan degenen die een impliciete theorie omhelzen waarin wordt gesteld dat de persoonlijkheid veranderlijk is (Levy et al., 1998; Molden & Dweck, 2006). Denk maar eens aan de invloed die elk van beide aannamen (vast of veranderlijk) zou kunnen hebben op de manier waarop ouders hun kinderen opvoeden, docenten reageren op bepaalde leerlingen, en coaches, trainers en managers omgaan met succes of mislukkingen van hun spelers en medewerkers.
Carol Dweck (2006) heeft in haar twintig jaar van onderzoek met betrekking tot dit onderwerp ontdekt dat onze **mindset** (mentaliteit) geen bijrol speelt in onze persoonlijkheid, maar een belangrijk aspect vormt van onze hele geestelijke wereld. Onze doelstellingen worden mede vormgeven door onze mindset. Onze mindset bepaalt of we optimistisch of pessimistisch over onze toekomst zijn, en beïnvloedt zelfs de kans dat we ons potentieel verwezenlijken.

Mindset: Een reeks van vooronderstellingen, attitudes en opinies, en een wijze van denken van een individu of een groep.

Wat gebeurt er als jij, je ouders, leraren of coaches geloven dat een bepaald vermogen of talent 'vast' is: je hebt het of je hebt het niet? En stel dat je denkt dat je een van die speciale mensen bent die HET heeft. Als kind ben je een muzikale protegé, een supersnelle hardloper of een begenadigd schrijver. Met talenten die 'door de natuur zijn vastgelegd' heb je recht op succes, zonder daar ook maar een vinger voor te hoeven uitsteken. Dan is de kans groot dat je minder hard werkt, en minder oefent. Een belangrijke, tegengestelde overtuiging is de 'groei'-mindset. Met zo'n mindset ben je van mening dat elk talent of vermogen in een voortdurende toestand van ontwikkeling zit en alleen verbeterd kan worden door intensief te oefenen en hard te werken. Stel je vervolgens voor dat geen van jullie beiden je doel bereikt. Het kind met de groeimentaliteit realiseert zich dat het nog harder moet werken om vooruit te komen, terwijl het kind met een eerder fatalistische instelling zich mislukt gaat voelen, en misschien het gevoel krijgt dat hij diegenen die geloofden in zijn aangeboren superioriteit in de steek heeft gelaten. Je kunt je misschien voorstellen dat deze verschillende mindsets grote gevolgen kunnen hebben voor het toekomstig succes of falen van een individu.

10.4.2 Self-narratives: het verhaal over het eigen leven

Wat antwoord je als iemand vraagt: 'Vertel eens iets over jezelf'? Waarschijnlijk vertel je waar je vandaan komt, wat je graag doet in je vrije tijd en welk beroep je wilt uitoefenen. Maar wat zeg je als je jezelf dezelfde vraag stelt? Het 'verhaal' dat je jezelf vertelt, is wat de psycholoog Dan McAdams (2006) een **levensverhaal (self-narrative)** noemt. Hij beweert dat het self-narrative even belangrijk is voor de persoonlijkheid als ieder motief, iedere emotie en sociale relatie. Het levensverhaal is feitelijk een breder idee van het zelfconcept: het is het verhaal van het zelfconcept in de loop van de tijd. Het levensverhaal dient als het frame waarmee de elementen van de persoonlijkheid bij elkaar worden gehouden. En onze identiteit is afhankelijk van het blijven ontwikkelen van dit verhaal gedurende het gehele leven, aldus McAdams, zo behouden we een gevoel van eenheid en doelgerichtheid.

Levensverhaal (self-narrative): Het 'verhaal' dat iemand over zichzelf vertelt. Levensverhalen geven iemand een gevoel van continuïteit en samenhang in de loop van de tijd.

Natuurlijk heeft cultuur een groot effect op de verhalen die we onszelf in de self-narrative *willen* vertellen. Hoewel McAdams nog geen uitgebreid crosscultureel onderzoek heeft gedaan, heeft hij een bijzonder belangrijke self-narrative in de Amerikaanse cultuur geïdentificeerd. Hij noemt dit het **redemptive self** (bevrijdende zelf). Kijk maar eens of je jezelf herkent in sommige elementen van het redemptive self-narrative.

Redemptive self: Een veelvoorkomend levensverhaal dat door McAdams bij volwassen Amerikanen is aangetroffen. Het redemptive self bestaat onder meer uit het gevoel te zijn geroepen om obstakels te overwinnen bij pogingen om anderen te helpen.

- Je hebt altijd het gevoel gehad dat je geluk hebt gehad: niet noodzakelijkerwijs vanwege een economisch voordeel, maar misschien doordat je een speciaal talent hebt of werd uitgekozen voor een speciale behandeling door een docent of koesterende volwassene.
- Op een bepaald moment besefte je dat andere mensen niet zo veel geluk hebben. Buiten hun schuld lijden ze of worden ze benadeeld.

- Omdat jij bevoordeeld bent en anderen niet, voel je je verantwoordelijk of verplicht het leven van anderen op een of andere wijze te verbeteren.
- Waarschijnlijk heb je tijdens je jeugd of adolescentie een geloofsysteem ontwikkeld, mogelijk geworteld in een religie, hoewel dit niet zo hoeft te zijn. Dit systeem heeft sindsdien je handelen geleid, vooral in je pogingen anderen te helpen.
- Je komt onverwachte obstakels tegen en overwint ze. Je hebt negatieve ervaringen, maar leert en groeit daardoor en je ziet een toekomst van voortdurende groei en vooruitgang, ook al is het vrijwel zeker dat er moeilijke obstakels in het verschiet liggen.

Natuurlijk volgt niet ieders self-narrative precies dit patroon. McAdams heeft zo'n patroon echter vaak aangetroffen bij *generatieve* volwassenen, een term die aanvankelijk door de ontwikkelingspsycholoog Erik Erikson werd gebruikt om gezonde, productieve volwassenen aan te duiden. Een meer specifieke definitie van *generativiteit* is: volwassenen die aan iets buiten zichzelf zijn toegewijd, aan de maatschappij en aan het welzijn van toekomstige generaties. Het is nog niet duidelijk welke verhalen kenmerkend zijn voor gezonde volwassenen in andere culturen.

◀◀ **Verbinding hoofdstuk 7**
In de theorie van Erikson is generativiteit de ontwikkelingsfase van de middelbare leeftijd (p. 291).

De dialogical selftheorie: het meerstemmige zelf
Hieraan gerelateerd is de *dialogical selftheorie*. Ontwikkelaars van deze theorie zijn de Nederlandse psychologen Hermans (in hoofdstuk 9 genoemd als ontwikkelaar van de prestatiemotivatietest) en Van Kempen. In tegenstelling tot de self-narrative van McAdams, die uitgaat van een enkel zelf dat kan worden gezien als een zich constant ontwikkelend 'verhaal', gaat de DST uit van een *meerstemmig* of *dialogisch zelf*. Uitgangspunt hierbij is de gedachte dat de verhalen die mensen over zichzelf vertellen, voortkomen uit verschillende rollen die een persoon op zich kan nemen. Dit zijn de zogenoemde *ik-posities* (bijvoorbeeld: het ik als kind van vroeg overleden ouders, het ik als ambitieuze professional of het ik als globetrotter) die in de ruimte en in de tijd een positie innemen ten opzichte van andere ik-posities. De theorie van het dialogische zelf vooronderstelt dat deze verschillende ik-posities in dialoog met elkaar kunnen gaan. Volgens Hermans en Van Kempen (1993) zijn dialogische relaties tussen individuen, groepen en culturen enkel mogelijk als het individu in staat is tot productieve dialogische relaties met zichzelf. De theorie kan met name in een interculturele setting grote waarde hebben en kent inmiddels verschillende praktische toepassingen, onder meer in de psychotherapie en het maatschappelijk werk (Guilfoyle, 2006; Van Nijnatten, 2007).

10.4.3 De effecten van cultuur op onze kijk op de persoonlijkheid
Zoals we hebben gezien, hebben mensen in het westen de neiging het individu als het centrum van de persoonlijkheid te beschouwen. Hoewel mensen over de hele wereld aannemen dat er een duidelijk begrensd zelf bestaat, wordt in een groot deel van de wereld, vooral door mensen in collectivistische culturen, aangenomen dat het zelf in een breder sociaal netwerk is ingebed. Verder nemen ze aan dat het individu niet kan worden begrepen als afgescheiden van anderen met wie ze een bepaalde relatie hebben, hetgeen ons bij het crosscultureel onderzoek van Harry Triandis brengt.

Individualisme, collectivisme en persoonlijkheid
Volgens Triandis (1995) berust het meest fundamentele verschil tussen culturen op de dimensie individualisme tegenover collectivisme. Voor mensen die in de Euro-Amerikaanse traditie zijn opgegroeid, is het individu de basiseenheid van de maatschappij, terwijl in veel Aziatische en Afrikaanse culturen de nadruk ligt

op het gezin of een andere sociale groep. In collectivistische culturen zijn mensen geneigd een identiteit te vormen die op harmonieuze wijze in de groep opgaat en ze verwachten dat anderen gemotiveerd zijn hetzelfde te doen. In individualistische culturen denken mensen dat ze een unieke identiteit hebben, onafhankelijk van hun sociale relaties (Pedersen, 1979). Voor Europeanen en Amerikanen vormt het zelf een geheel, terwijl voor veel Aziaten en Afrikanen het zelf slechts een deel is (Cohen & Gunz, 2002).

De meeste Aziatische culturen hebben een collectivistische traditie waarbij de groep en niet het individu als de fundamentele sociale eenheid wordt erkend.
Bron: Michael Newman/PhotoEdit, Inc.

Laten we duidelijk zijn: noch de individualistische, noch de collectivistische benadering is 'het beste'. Ze hebben allebei voordelen en nadelen. In collectivistische culturen worden groepsinspanningen gestimuleerd, meestal voor het voordeel en de eer van de groep; hierbij gaat het vaak om een groep op het werk of een familie. De kans dat iemand zoals Mary Calkins, die zich tegen de normen van de maatschappij verzette, tot bloei komt, is in een individualistische cultuur groter.

Veel aspecten van de persoonlijkheid en het gedrag zijn bepaald door de positie van de eigen cultuur op het spectrum individualisme tegenover collectivisme. Bij het beoordelen van mensen hebben Amerikanen en Europeanen vaak de neiging deze **fundamentele attributiefout** te maken. Dit misverstand is afkomstig van de aanname dat de handelingen van anderen, vooral waar ze geïnterpreteerd worden als irritant, onhandig, ongepast of anderszins ongewenst gedrag, voortkomen uit hun persoonlijkheid en niet uit de situatie. Ook in de beeldvorming van Vlamingen over Nederlanders en vice versa, vindt men overigens dit soort attributies. De indruk heerst dat in de Nederlandse cultuur assertiviteit en mondigheid heel belangrijk zijn, terwijl de modale Vlaming eerder naar consensus en samenhang zou streven.

Fundamentele attributiefout (fundamental attribution error, FAE): De neiging om bij het interpreteren van gedrag van anderen enerzijds een overmatige nadruk te leggen op persoonlijke karaktertrekken (de hang naar het dispositionele) terwijl anderzijds de situationele invloeden worden geminimaliseerd.

Als je te laat komt op je psychologiecollege, is de kans groot dat andere studenten aannemen dat je een 'traag' of chaotisch persoon bent – als je aan een Amerikaanse of Europese universiteit of hogeschool studeert. Wanneer je in China of Japan echter te laat komt op college, nemen je medestudenten daar waarschijnlijk aan dat je gedrag een externe oorzaak heeft, bijvoorbeeld een verkeersprobleem. In het algemeen komt de fundamentele attributiefout in groepsgeoriënteerde, collectivistische culturen minder vaak voor; voorbeelden van deze culturen vinden we in Zuid-Amerika en Azië (Church et al., 2005; Lillard, 1997).

▶▶ **Verbinding hoofdstuk 11**
Om de fundamentele attributiefout te vermijden, raden sociaal psychologen aan eerst naar een situationele verklaring voor ongewoon gedrag te zoeken (p. 465).

■ KRITISCH DENKEN TOEGEPAST

De controverse persoon-situatie

Met zijn stelling dat we ons in verschillende situaties veel minder consistent gedragen dan veel psychologen tot nu toe aannamen, heeft de cognitief theoreticus Walter Mischel een wetenschappelijke bom gelegd onder de theorieën over trekken (1968, 1973, 2003). Uit zijn onderzoek bleek dat iemand die in de ene situatie extravert is, zich in een andere situatie verlegen en teruggetrokken kan gedragen, en een evenwichtig persoon kan helemaal van zijn stuk raken als de situatie opeens radicaal verandert. Iemand kan in verschillende situaties en bij verschillende mensen verschillende persoonlijkheden laten zien. Daarom, zo stelt Mischel, is kennis over de situatie een belangrijkere factor in het voorspellen van gedrag dan kennis over iemands karaktertrekken. Het tumult dat op deze uitspraken volgde, staat bekend als het **persoon-situatiedebat** (Pervin, 1985).

Mischels stellingname was een aanval op de basis van de meeste persoonlijkheidstheorieën. Immers, als mensen zich in verschillende situaties verschillend gedragen, wat heb je dan nog aan een persoonlijkheidstheorie? Is er dan geen continuïteit in de persoonlijkheid? De reacties van critici waren dan ook vernietigend. Ze beweerden dat de methode die Mischel had gebruikt niet genoeg aandacht besteedde aan de rode draad die in alle situaties zichtbaar zou zijn (Epstein, 1980). Bem en Allen (1974) wierpen op dat sommige mensen zich consistenter gedragen dan anderen. Bovendien gaan mensen zich consistenter gedragen als anderen toekijken (Kenrick & Stringfield, 1980) en als ze zich in een bekende situatie bevinden (Funder, 1983a, b; Funder & Ozer, 1983).

Terwijl de psychologie op haar grondvesten stond te trillen, werd de sociale psychologie gestimuleerd door de controverse persoon-situatie; psychologen uit die richting hadden immers altijd gepleit voor de 'kracht van de situatie'. Zoals we in het volgende hoofdstuk zullen zien, kunnen normale studenten in bepaalde situaties in leugenaars, minnaars of zelfs in sadisten veranderen. De vraag is echter hoe dit gegeven ons helpt de controverse persoon-situatie op te lossen.

Welke vragen kunnen we stellen?

Dit is *niet* een of/ofdiscussie. Het is niet de vraag of het gedrag uitsluitend door karaktertrekken of uitsluitend door situaties wordt aangestuurd. Het is eerder de vraag wat, afhankelijk van het moment, de relatieve invloed is van respectievelijk de karaktertrekken en de situatie. Alle partijen in de discussie persoon-situatie zijn het erover eens dat zowel de persoon als de situatie een effect hebben. Het is het toekennen van het juiste gewicht aan de invloed van de persoon en de invloed van de situatie dat ter discussie staat.

Mensen zijn inconsistent

Als we in de loop van de tijd naar dezelfde persoon kijken, kunnen we zien dat hij of zij op verschillende momenten heel anders op dezelfde situatie reageert. Denk er maar eens over na: bestel je altijd hetzelfde als je naar je favoriete restaurant gaat? Of ben je altijd opgewekt als je bij je vrienden bent? Volgens de psycholoog William Fleeson dienen we karaktertrekken als een soort gemiddelde te beschouwen van de wijze waarop de betrokkene zich gewoonlijk gedraagt. (Je zegt bijvoorbeeld dat iemand gewoonlijk opgewekt is, dat betekent dan dat diegene meestal opgewekt is)

Nog verrassender was wat onderzoekers ontdekten bij het observeren van mensen die van de ene situatie in de andere terechtkwamen. Bij een onderzoek moesten vrijwilligers een kleine palmcomputer (PDA) bij zich hebben en enkele malen per dag hun situatie, hun gedrag en hun zelfbeoordeling ten aanzien van de *Big Five*-karaktertrekken registreren. De ontdekking: hoe mensen hun karaktertrekken beschrijven, verandert even radicaal als hun gedrag wanneer ze van de ene situatie in de andere terechtkomen (Fleeson, 2004). De conclusie die we hieruit kunnen trekken is dat de meeste factoren die ons gedrag beïnvloeden, niet eenvoudigweg aan de persoonlijkheid of de situatie toegeschreven kunnen worden. Ons gedrag lijkt het resultaat van een *interactie* tussen trekken en situationele variabelen (Kenrick & Funder, 1988). Mischel heeft overigens nooit beweerd dat we de persoonlijkheidstheorieën maar overboord moesten gooien. In zijn visie is gedrag een functie van de situatie, de individuele interpretatie van die situatie, en de persoonlijkheid (Mischel, 1990, 2003; Mischel & Shoda, 1995).

Het soort situatie maakt ook uit

Het feit of een situatie je al dan niet bekend voorkomt, speelt een belangrijke rol. In een bekende situatie is de kans groot dat je je op een gebruikelijke manier gedraagt en kunnen we op basis van onze kennis over iemands persoonlijkheid redelijk nauwkeurige voorspellingen doen. Maar in nieuwe situaties, waar de oude gewoonten niet aan de orde zijn, kijken mensen vaak naar anderen om te bepalen hoe ze zich dienen te gedragen, en dan worden persoonlijkheidsverschillen ondergesneeuwd door de krachten van de situatie. Denk in het hoofdstuk over sociale psychologie (hoofdstuk 11) nog eens aan deze les, wanneer je leest over een paar fascinerende studies in de psychologie die de wereld hebben geschokt.

Welke conclusies kunnen we trekken?

Welk van de twee partijen in de discussie persoon-situatie heeft nu gelijk? Het antwoord is: allebei voor een deel. Volgens de persoonlijkheidspsycholoog William Fleeson (2004) kunnen we gedrag zoals dat zich manifesteert gedurende langere perioden, begrijpen aan de hand van karaktertrekken, waarbij een rode draad in de persoonlijkheid te zien is en het gedrag van een individu naar een persoonlijk gemiddelde convergeert. Binnen kortere perioden, en vooral in bepaalde situaties, kan iemands gedrag sterk variabel zijn, zoals we hebben gezien. Dus wanneer de zaken op lange termijn worden bekeken, is het perspectief van karaktertrekken bruikbaar, terwijl verklaringen voor gedrag van moment tot moment, zich het beste kunnen baseren op het situatieperspectief.

Welke kant het grootste gewicht krijgt, hangt er echter ook vanaf of de situatie sterk of zwak is, zoals Michel heeft gezegd. En om de zaken nog ingewikkelder te maken, moeten we de cultuur als deel van de situatie in de vergelijking opnemen: er is bewijsmateriaal naar voren gekomen dat iemands persoonlijkheidstrekken in individualistische culturen meer invloed op het gedrag hebben dan in collectivistische culturen (Church et al., 2006).

Persoon-situatiedebat: Een theoretische discussie over de relatieve invloed van persoonlijkheidskenmerken en kenmerken van de omgeving op gedrag.

Ga naar **www.pearsonmylab.nl** om je kennis en begrip van deze paragraaf te testen met de MyMap, MyCheck en MyDefinitions.

SAMENVATTING VAN HET HOOFDSTUK

CENTRALE VRAAG: Welke invloeden hebben geresulteerd in de unieke gedragspatronen en consistentie in de persoonlijkheid van Mary Calkins?

- Psychologen erkennen dat de persoonlijkheid van mensen uniek is, maar proberen toch gemeenschappelijke patronen in eigenschappen, karakter en aanleg te ontdekken op basis van genetische, biologische, ervaringsgerelateerde, sociale en culturele factoren.
- Psychodynamische theorieën, met name die van Freud, leggen de nadruk op vroege ervaringen (vooral trauma's) en de relatie tussen broers en zussen en met ouders.
- Theorieën over eigenschappen en temperament richten zich op duurzame persoonlijkheidskenmerken, zoals openheid, betrouwbaarheid en introversie. Een grote bijdrage aan dit terrein van de psychologie is geleverd door de kwantificatie van persoonlijkheidskenmerken, waarbij allerlei beoordelingstechnieken worden gebruikt om individuele verschillen in persoonlijkheid aan te tonen.
- Humanistische psychologen als Maslow richten zich op de doelstellingen, de sterke kanten, het zelfbeeld en de sociale relaties van een persoon.
- Sociaal-cognitieve theoretici zijn geïnteresseerd in iemands locus of control. Ze beoordelen ook hoe iemand belangrijke ervaringen in zijn leven interpreteert.

KERNVRAAG 10.1

▶ Door welke krachten wordt de persoonlijkheid gevormd?

We kunnen de **persoonlijkheid** beschouwen als de 'standaardinstellingen' voor ons unieke patroon van motieven, emoties en percepties; tot de persoonlijkheid behoren ook onze aangeleerde schema's waarmee we onszelf en onze wereld begrijpen. Persoonlijkheid heeft ook diepe evolutionaire wortels, zoals te zien is in displacement van agressie. Uit de neurowetenschappen komen aanwijzingen naar voren dat de biologie van de persoonlijkheid bestaat uit een verzameling hersenmodules, die elk aan een ander doel zijn aangepast.

De persoonlijkheid omvat echter ook nurture, dat wil zeggen leerprocessen aangedreven door de omgeving, zoals te zien is aan het effect van de positie in het gezin op de persoonlijkheid. De **controverse persoon-situatie** draait om de relatieve invloed van situaties (de omgeving) in vergelijking met de invloed van interne karaktertrekken en psychologische processen. In het hoofdstuk wordt een belangrijk onderscheid gemaakt tussen **persoonlijkheidseigenschappen** (disposities) en **persoonlijkheidsprocessen**. Voor een volledig inzicht in de persoonlijkheid hebben we zowel **dispositionele theorieën** als **procestheorieën** nodig.

Crosscultureel psychologen hebben het probleem van de persoonlijkheid ingewikkelder gemaakt door te suggereren dat persoonlijkheid mogelijk geen universeel concept is en dat westerse culturen geneigd zijn tot individualisme waarin mensen nadruk leggen op een uniek zelf. In feite heeft elke cultuur een neiging tot hetzij **individualisme** hetzij **collectivisme**, een neiging die zijn stempel drukt op de persoonlijkheid. In elke cultuur is iemands persoonlijkheid echter ten dele de creatie van andere mensen.

Je hebt geen theorie over persoonlijkheid nodig om gewoon gedrag te verklaren. Een goede theorie is echter van nut voor het verklaren van ongewoon gedrag en excentrieke mensen. De meest voorkomende theorieën kunnen als volgt worden ingedeeld: dispositionele theorieën (waarin **karaktertrekken** en temperament centraal staan), psychodynamische theorieën, humanistische theorieën en sociaal-cognitieve theorieën.

KERNCONCEPT 10.1
De persoonlijkheid wordt gevormd door de gecombineerde krachten van biologische, situationele en psychische processen, die allemaal in een context van sociaal-culturele en ontwikkelingsfactoren zijn ingebed.

KERNVRAAG 10.2

▶ Uit welke blijvende patronen of disposities bestaat onze persoonlijkheid?

Theorieën over type, trek en temperament vormen in feite een beschrijving van het concept persoonlijkheid. Hun geschiedenis gaat terug tot de humorestheorie van de oude Grieken. Moderne theorieën spreken van typen, karaktertrekken en temperamenten. In dit hoofdstuk groeperen we deze drie termen onder het kopje van het **dispositionele perspectief**. De term temperament verwijst naar aangeboren persoonlijkheidsdisposities die mogelijk verband houden met bepaalde factoren in de hersenen. Gedacht wordt dat karaktertrekken meervoudige dimensies zijn die in meer of mindere mate in de persoonlijkheid van ieder mens aanwezig zijn. Trekken geven een persoonlijkheid een zekere consistentie in verschillende situaties. Ze worden beïnvloed door erfelijkheid en leren. De meeste hedendaagse psychologen gaan akkoord met de *Big Five*-karaktertrekken, een indeling die in verschillende culturen validiteit lijkt te bezitten.
Het beoordelen van karaktertrekken is de basis van veel psychologische tests. Bij sommige tests worden veelvoorkomende karaktertrekken beoordeeld, zoals de *Big Five*, terwijl bij andere tests, zoals de **MMPI-2**, klinische kenmerken worden beoordeeld. Gedrag kan zowel met theorieën over karaktertrekken als met theorieën over temperament redelijk goed worden beschreven en voorspeld. Deze theorieën bieden echter geen verklaring voor de achterliggende processen.

● **KERNCONCEPT 10.2**
Volgens alle dispositionele theorieën bestaat er een kleine groep van persoonlijkheidskenmerken die temperamenten, karaktertrekken of typen worden genoemd; het individu vertoont met betrekking tot deze kenmerken gedurende zijn hele leven een consistent beeld.

KERNVRAAG 10.3

▶ Op welke manier helpen mentale processen bij het vormen van onze persoonlijkheid?

De **psychodynamische**, **humanistische** en **sociaal-cognitieve theorieën** streven naar een verklaring voor de interne processen en sociale interacties die onze persoonlijkheid vormen. In de **psychoanalytische theorie** van Freud wordt gesteld dat de persoonlijkheid ontstaat uit onbewuste begeerten, conflicten en herinneringen. Ervaringen uit de vroege jeugd hebben eveneens een sterke invloed op de persoonlijkheid; hierbij maakt het kind voorspelbare **psychoseksuele fases** door, waarbij conflicten onbewust worden verwerkt. Freud meende dat de persoonlijkheid uit drie belangrijke structuren bestaat: het **id** (het reservoir van onbewuste begeerten), het **ego** (het grotendeels bewuste deel van de geest) en het **superego** (dat het geweten en het ego-ideaal bevat). Een deel van het ego, waartoe ook de **ego-afweermechanismen** behoren, werkt buiten het bewustzijn.
Een van deze ego-afweermechanismen, projectie, vormt de basis van veelgebruikte **projectieve tests**, waaronder de **Rorschach-test** en de **TAT**.
De theorie van Freud heeft buitengewoon veel invloed gehad. Toch is er kritiek op het werk van Freud: het zou wetenschappelijk onbetrouwbaar zijn, een slechte basis voor voorspellingen vormen en onrechtvaardig zijn ten opzichte van vrouwen. Uit de moderne psychologie komen eveneens aanwijzingen naar voren dat de onbewuste geest minder intelligent en doelgericht is dan Freud aannam.
Andere **psychodynamische theorieën**, zoals die van Jung en Erikson, gingen er eveneens van uit dat de persoonlijkheid een dynamisch proces is waarbij sterke, en vaak tegenstrijdige motieven en emoties een rol spelen. De **neofreudianen** accentueren echter verschillende aspecten van de persoonlijkheid. Jung veronderstelde het **collectief onderbewuste**, dat door **archetypen** is bevolkt. Hij veronderstelde ook dat mensen in bepaalde persoonlijkheidstypen vallen, die vooral werden gekenmerkt door neigingen tot **introversie** en **extraversie**.
Volgens de **humanistische theorieën**, zoals die van Maslow en Rogers, worden mensen van nature in de richting van **zelfactualisatie** gedreven; deze neiging kan echter door ongezonde omstandigheden en percepties worden onderdrukt. Maslow legde de nadruk op een hiërarchie van behoeften, wat betekent dat de kans dat iemand naar zelfactualisatie streeft,

groter is als in de elementaire behoeften is voorzien. Rogers zei dat de **volledig functionerende persoon** een positief zelfconcept heeft dat congruent is met de werkelijkheid, terwijl psychische stoornissen uit incongruentie ontstaan. Een sterk gevoel van eigenwaarde komt vaker voor bij kinderen uit gezinnen waar onvoorwaardelijke positieve waardering wordt geboden. De humanistische theorieën zijn van grote invloed geweest op de psychotherapie, maar ze worden bekritiseerd, omdat ze het 'zelf' centraal stellen en geen sterke wetenschappelijke basis hebben.

De **sociaal-cognitieve theorieën** hebben wel een wetenschappelijke basis. De theorie van Bandura suggereert dat de persoonlijkheid door **observationeel leren** wordt gevormd. Dit vindt plaats via een interactie van cognitie, gedrag en de omgeving en wordt **wederzijds (reciproque) determinisme** genoemd. Volgens de **locus-of-controltheorie** van Rotter, hebben mensen met een interne locus of control vaker het gevoel dat ze controle hebben over gebeurtenissen in hun leven dan mensen met een externe locus of control. De sociaal-cognitieve theorieën hebben een beperktere reikwijdte dan de psychodynamische of humanistische theorieën.

In tegenstelling tot de theorieën van Freud, Jung en de andere psychodynamische theoretici, hebben moderne persoonlijkheidstheorieën niet geprobeerd een uitputtende verklaring te geven voor alle aspecten van de persoonlijkheid. Bij de *family systems theory* is de nadruk bijvoorbeeld komen te liggen op het individu dat in een sociale omgeving functioneert. Accenten gelegd in andere theorieën zijn onder meer culturele invloeden op de persoonlijkheid, evenals een bewustzijn van sekseverschillen.

- **KERNCONCEPT 10.3**

Hoewel volgens de procestheorieën verschillende krachten in de persoonlijkheid aan het werk zijn, is de persoonlijkheid volgens elk van deze theorieën het resultaat van zowel interne psychische processen als van sociale interacties.

KERNVRAAG 10.4

▶ Welke theorieën gebruiken mensen om zichzelf en anderen te begrijpen?

Overal gaan mensen met elkaar om op basis van hun **impliciete persoonlijkheidstheorieën,** die hen helpen elkaar te begrijpen. Bij impliciete theorieën ligt de nadruk vaak op dezelfde karaktertrekken als bij de vijf-factorentheorie, hoewel melding is gemaakt van enkele sekseverschillen. Impliciete theorieën maken soms ook gebruik van naïeve aannamen, bijvoorbeeld de aanname dat de persoonlijkheid onveranderlijk is.

Verder hebben crossculturele psychologen ontdekt dat de aannamen die mensen doen over persoonlijkheid en gedrag, in verschillende culturen sterk variëren, vooral afhankelijk van de vraag of de cultuur de nadruk legt op individualisme of collectivisme. Mensen in individualistische culturen zijn vatbaarder voor de **fundamentele attributiefout**.

- **KERNCONCEPT 10.4**

Ons inzicht in onszelf en anderen is gebaseerd op impliciete theorieën van de persoonlijkheid en op onze eigen levensverhalen – factoren die beide door cultuur worden beïnvloed.

Op **www.pearsonmylab.nl** vind je tools en toetsen om je begrip en kennis van dit hoofdstuk uit te breiden en te oefenen.

BELANGRIJKE BEGRIPPEN

Archetype
Betrouwbaarheid
Collectief onbewuste
Dispositie
Dispositionele theorieën
Ego
Ego-afweermechanisme
Elektracomplex
Extraversie
Fenomenaal veld
Fixatie
Fundamentele attributiefout (fundamental attribution error, FAE)
Humanistische persoonlijkheidstheorie
Id
Identificatie
Impliciete persoonlijkheidstheorie
Introversie
Karaktertrek
Levensverhaal (self-narrative)
Libido
Locus of control
Mindset
MMPI-2
Neofreudiaan
Observationeel leren
Oedipuscomplex
Onbewuste
Persoonlijk onbewuste
Persoonlijkheid
Persoonlijkheidsproces
Persoon-situatiedebat
Positieve psychologie
Projectieve test
Psychoanalyse of psychoanalytische theorie
Psychodynamische persoonlijkheidstheorie
Psychoseksuele fases
Redemptive self
Rorschachtest
Superego
Sociaal-cognitieve theorie
Thematische Apperceptietest (TAT)
Validiteit
Verdringing
Volledig functionerend persoon
Vijf-factorentheorie
Wederzijds (reciproque) determinisme
Zelfactualiserende persoonlijkheid

▶ **KERNVRAGEN**	● **KERNCONCEPTEN**	■ **IN DE PRAKTIJK**
12.1 Wat is een psychische stoornis? 12.1.1 Veranderende ideeën over psychische stoornissen 12.1.2 Indicatoren van psychische stoornissen	12.1 Het medische model beschouwt psychische stoornissen als een 'ziekte', terwijl de psychologie ze opvat als een interactie tussen biologische, gedragsmatige, cognitieve, ontwikkelings- en sociaalculturele factoren.	**Doe het zelf!** Een waarschuwing aan de lezer **Psychologische kwesties** *ICD-10* versus *DSM*
12.2 Hoe worden psychische stoornissen geclassificeerd? 12.2.1 Overzicht van het *DSM*-classificatiesysteem 12.2.2 Stemmingsstoornissen 12.2.3 Angststoornissen 12.2.4 Schizofrenie 12.2.5 Ontwikkelingsstoornissen 12.2.6 Persoonlijkheidsstoornissen 12.2.7 Aanpassingsstoornissen en andere aandoeningen 12.2.8 Sekseverschillen bij psychische stoornissen	12.2 De *DSM* is het classificatiesysteem dat wereldwijd het meeste wordt gebruikt voor psychische stoornissen. Dit systeem classificeert de stoornissen op grond van hun psychische en gedragsmatige symptomen.	**Doe het zelf!** Een checklist voor depressie op www.pearsonmylab.nl **Dieper graven** Psychopathologie en de nieuwe *DSM-5* op www.pearsonmylab.nl **Psychologie gebruiken om psychologie te leren** **Psychologische kwesties** Wat zijn de consequenties als je iemand een etiket opplakt? **Doe het zelf!** De relatie tussen stoornissen en de psychologische processen die ze verstoren **Kritisch denken toegepast** Terug naar Rosehans onderzoek op www.pearsonmylab.nl

CENTRALE VRAAG: Is het mogelijk om onderscheid te maken tussen een psychische stoornis en enkel ongewoon gedrag? Anders gezegd: zijn er specifieke tekenen die duidelijk op een psychische stoornis wijzen?

Op **www.pearsonmylab.nl** vind je tools en toetsen om je begrip en kennis van dit hoofdstuk uit te breiden en te oefenen.

12 PSYCHISCHE STOORNISSEN

Foto: Debbie Schiel.

De vrijwilligers, vijf mannen en drie vrouwen, wisten dat ze volledig op zichzelf waren aangewezen. Eerst moest ieder van hen proberen om als patiënt een psychiatrisch ziekenhuis binnen te komen. Als ze daarin slaagden, was de volgende opdracht om het personeel ervan te overtuigen dat ze eigenlijk volkomen gezond waren, en dus weer ontslagen konden worden. De deskundigen van het ziekenhuis werden zo op de proef gesteld. Ze zouden namelijk tot de ontdekking komen dat bij de nieuwe 'patiënt' nimmer een psychische afwijking was geconstateerd. Tegelijkertijd zouden ze twijfelen: was deze persoon wel zo 'normaal'? Welk normaal mens zou immers liegen om hun ziekenhuis binnen te komen? Wat ze niet zouden weten: de wispelturige nieuwkomer werkte mee aan een onderzoek naar de vraag of 'normaliteit' in een psychiatrisch ziekenhuis zou worden opgemerkt. De onderzoeksleider, David Rosenhan, was zelf een van de zogenaamde patiënten. Hij vermoedde dat de definities van begrippen als *geestelijke gezondheid*, *krankzinnigheid*, *schizofrenie*, *psychische stoornis* en *abnormaliteit* minder helder zijn dan men in de psychiatrische gemeenschap dacht. Een tweede onderzoekshypothese luidde dat een deel van het afwijkende of 'abnormale' gedrag van psychiatrische patiënten wordt veroorzaakt door de abnormale atmosfeer in het psychiatrische ziekenhuis, en niet door de ziekte zelf. Om deze ideeën te testen, besloten Rosenhan en zijn collega's eens te kijken hoe het personeel van een psychiatrisch ziekenhuis omging met patiënten die niet psychisch gestoord waren. Zouden de medewerkers van het psychiatrisch ziekenhuis gezonde mensen kunnen onderscheiden van mensen met psychische stoornissen?

De proefpersonen meldden zich een voor een bij verschillende ziekenhuizen met de klacht dat ze sinds kort stemmen hoorden die dingen zeiden als 'leeg', 'hol' of 'plof'. Dat was de enige klacht. Ze zeiden niets over eventuele andere symptomen van een psychische stoornis. Alle proefpersonen gebruikten een valse naam en de vier die werkzaam waren in de geestelijke gezondheidszorg logen over de aard hun beroep. Dat waren de enige, kleine leugens die ze vertelden, voor het overige gaven ze eerlijk antwoord op alle vragen.

Eenmaal binnen probeerden de simulanten zich zo normaal mogelijk te gedragen, hoewel het vooruitzicht van een opname in de vreemde ziekenhuisomgeving hen wel enigszins onzeker maakte. Ze vroegen zich ook af of ze wel toegelaten zouden worden, in plaats van ontmaskerd te worden. Die zorg verdween snel. Het kostte de proefpersonen weinig moeite om in een van de twaalf ziekenhuizen uit het onderzoek te worden opgenomen (sommigen haalden het geintje twee keer uit). Bij op één na alle 'patiënten' werd de diagnose 'schizofrenie' gesteld, een ernstige psychische stoornis die dikwijls gepaard gaat met het horen van imaginaire stemmen.

Nadat ze waren opgenomen, repten de simulanten met geen woord meer over stemmen of andere abnormale symptomen. Sterker nog, ze deden hun uiterste best om zo snel mogelijk te worden ontslagen. De enige duidelijke 'afwijking' die ze vertoonden, was dat ze aantekeningen maakten over het onderzoek – eerst in het geniep en later openlijk. Uit de ziekenhuisverslagen bleek dat de verplegers dit gedrag opvatten als onderdeel van de ziekte van de patiënt. (Een commentaar luidde: 'Patiënt wijdt zich aan schrijfgedrag.')

De patiënten voelden zich overwegend door het personeel genegeerd, zelfs wanneer ze om hulp of advies vroegen. Als het personeel al met de patiënten omging, leek het wel alsof de patiënten eenvoudigweg 'gevallen' waren en geen mensen. Daardoor kostte het de zogenaamde patiënten gemiddeld negentien dagen om het personeel ervan te overtuigen dat ze gezond genoeg waren om te vertrekken. Eén onfortuinlijke proefpersoon werd pas na twee maanden ontslagen! Dit klassieke onderzoek leidde tot een belangrijke conclusie, die de psychiatrische wereld op zijn grondvesten deed schudden. Geen enkel gekwalificeerd personeelslid had door dat een van Rosenhans pseudopatiënten een mentale stoornis simuleerde.

Natuurlijk is het mogelijk dat de staf ervan uitging dat de patiënten ziek waren ten tijde van de opname, en dat hun toestand tijdens hun verblijf in het ziekenhuis verbeterde. Maar dat pleit het personeel niet volledig vrij: ondanks hun uitgesproken normale gedrag werd geen van de zogenaamde patiënten tijdens zijn of haar verblijf in het ziekenhuis ooit als 'normaal' of 'gezond' aangemerkt. Tot op de dag van hun ontslag ging het personeel ervan uit dat de proefpersonen aan schizofrenie leden, zij het in 'remissie'.

Was het personeel van het ziekenhuis ondeskundig of lette het niet goed op? Rosenhan dacht van niet. Dat het personeel het gedrag van de pseudopatiënten niet als normaal waarnam, schreef hij toe aan het feit dat ze het druk hadden met papierwerk en andere taken, waardoor er weinig tijd overbleef voor observatie en interactie met de patiënten. Ook het ontwerp van de psychiatrische ziekenzalen droeg bij aan het probleem: de personeelsleden brachten hun tijd voor het merendeel door in een met glas afgescheiden ruimte die door de patiënten 'de kooi' werd genoemd. Rosenhan (1973a) zei daarover:

> *Het zou een vergissing zijn, en een hele ongelukkige, om wat ons is overkomen te wijten aan kwade opzet of domheid van het personeel. Onze indruk van hen was juist het tegenovergestelde. Het waren mensen die werkelijk om ons gaven, die zich betrokken voelden en die buitengewoon intelligent waren. Als ze in de fout gingen, en dat gebeurde meermaals, is het meer conform de waarheid om die fouten toe te schrijven aan de omgeving waaraan ook zij waren overgeleverd, dan aan persoonlijke ongevoeligheid. Hun percepties en gedrag werden bepaald door de situatie… (p. 257)*

Het probleem dat het onderzoek van Rosenhan voor ons opwerpt, luidt als volgt:

CENTRALE VRAAG: Is het mogelijk om onderscheid te maken tussen een psychische stoornis en enkel ongewoon gedrag? Anders gezegd: zijn er specifieke tekenen die duidelijk op een psychische stoornis wijzen?

Dit is het centrale thema van dit hoofdstuk. Houd in gedachten dat Rosenhan het bestaan van psychische stoornissen niet ter discussie stelde. Hij erkende de **psychopathologie** (ook wel *psychische stoornis* of *geestesziekte* genoemd) als aandoeningen die ernstig lijden kunnen veroorzaken. Maar hij zette vraagtekens bij klinische oordelen die in de geestelijke gezondheidszorg worden geveld: hij wilde benadrukken dat het soms moeilijk is om normale mensen van afwijkende te onderscheiden, vooral op het moment dat we 'abnormaliteit' verwachten te zien. Rosenhans onderzoek met de pseudopatiënten veroorzaakte een geweldige consternatie en veel psychiaters en klinisch psychologen waren sterk verontwaardigd. In verschillende reacties in *Science*, het tijdschrift waarin het onderzoek was gepubliceerd, werd Rosenhan ervan beschuldigd dat zijn onderzoek onzorgvuldig was geweest en dat hij de reputatie van de geestelijke gezondheidszorg had beschadigd. Hadden ze gelijk? Vertoonde het onderzoek van Rosenhan gebreken? Of waren dit slechts uitingen van degenen die het onderzoek van Rosenhan als een persoonlijke aanval hadden opgevat? Op de website, bij 'Kritisch denken toegepast', richten we ons op deze vragen. Laten we hier nu eens kijken naar de wijze waarop kan worden bepaald wat een psychische stoornis is en hoe deze kan worden herkend.

◄◄ **Verbinding hoofdstuk 11**
Ook de sociale psychologie heeft nadruk gelegd op de macht van de situatie op gedrag (p. 438).

Psychopathologie: Elk patroon van emoties, gedragingen of gedachten dat niet bij de situatie past en dat persoonlijk lijden veroorzaakt of het individu ervan weerhoudt om belangrijke doelen te realiseren.

◄◄ **Verbinding hoofdstuk 1**
Het cognitieve perspectief zegt dat onze cognities onze geestelijke gezondheid – of geestelijke stoornissen – kunnen beïnvloeden (p. 13).

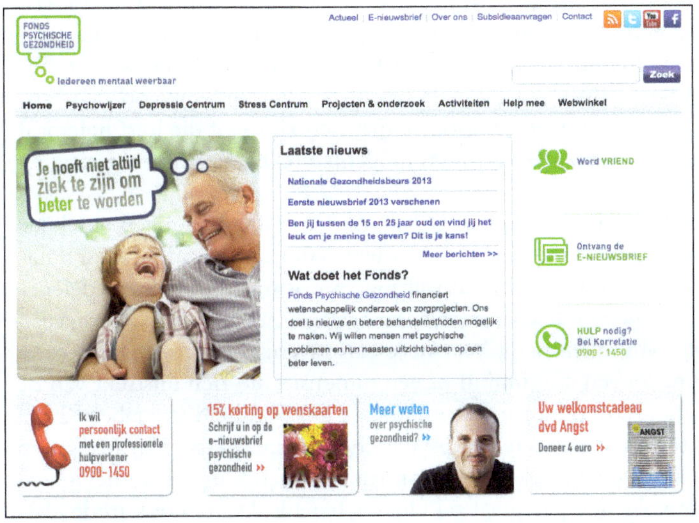

Publiekscampagnes kunnen begrip voor psychische problemen vergroten. In Nederland organiseert het Fonds Psychische Gezondheid (www.psychischegezondheid.nl) verschillende campagnes.

KERNVRAAG 12.1

▶ Wat is een psychische stoornis?

Wereldwijd bekeken, maken psychische klachten en geestelijke ongezondheid overal een snelle opmars. Volgens de Wereldgezondheidsorganisatie lijden over de hele wereld ongeveer 450 miljoen mensen aan psychische stoornissen en de meesten van hen wonen in arme landen waar geen instellingen voor geestelijke gezondheidszorg bestaan (Miller, 2006d). Depressie veroorzaakt bijvoorbeeld meer invaliditeit bij mensen van 15-44 dan alle andere aandoeningen, met uitzondering van hiv/aids. In Nederland en België is dat beeld niet anders. Het aantal Nederlanders en Belgen met psychische problemen groeit.
Uit de Nationale Gezondheidsenquête (Demarest et al., 2010) blijkt dat een kwart (26 procent) van de Belgen 'slecht in zijn vel zit', waarvan een groot deel (16 procent) zelfs een vrij ernstig psychologisch probleem rapporteert. Volgens

een Nota van de Vlaamse Gezondheidsraad (2006) is bovendien de hoge incidentie van zelfdoding met gemiddeld drie zelfmoordpogingen per dag een bijzonder punt van aandacht. Bij mannelijke dertigers en veertigers is zelfdoding momenteel de belangrijkste doodsoorzaak, terwijl dit voor vrouwen het geval is bij de 25-29 jarigen.

Nederlandse cijfers komen van het NEMESIS-2 onderzoek, een grootschalige studie naar de psychische gezondheidstoestand van de Nederlandse bevolking van het Trimbos-instituut (De Graaf et al., 2010). Deze cijfers laten zien dat ongeveer 18 procent van de Nederlanders tussen de 18 en 64 jaar lijdt aan een psychische aandoening. Gedurende het gehele leven lijdt naar schatting 43 procent van de Nederlandse bevolking ooit aan een psychische stoornis – met uitzondering van persoonlijkheidsstoornissen en zwakzinnigheid.

Maar het is, zoals het onderzoek van Rosenhan liet zien, niet eenvoudig om een onderscheid te maken tussen 'normaal' en 'abnormaal'. Klinisch psychologen kijken naar drie klassieke symptomen van ernstige psychopathologie: hallucinaties, wanen en extreme affectieve verstoringen. **Hallucinaties** zijn zintuiglijke belevingen die niet overeenkomen met de werkelijkheid, zoals stemmen in het hoofd of 'dingen zien' (Rosenhans simulanten beweerden dat zij daar last van hadden). **Wanen** zijn extreme verstoringen van het denken, waaronder hardnekkige irrationele overtuigingen. Als je denkt dat je Napoleon bent (wat niet het geval is), is dat een symptoom van pathologie. Of als je denkt dat er mensen 'achter je aan zitten' (terwijl dat niet zo is) heb je waarschijnlijk een waanstoornis. Ook mensen wier **affect** (emotionele leven) zonder duidelijke oorzaak verstoord is en die gedeprimeerd, angstig of manisch zijn – of die juist helemaal geen emoties lijken te hebben – vertonen mogelijke tekenen van een ernstige psychische stoornis.

Hallucinatie: Zintuiglijke beleving die niet overeenkomt met de werkelijkheid; kan op een psychische stoornis wijzen. Hallucinaties kunnen ook een andere oorzaak hebben, zoals drugs of langdurige afwezigheid van sensorische input.

Waan: Extreme verstoring van het denken, waaronder hardnekkige foutieve overtuigingen. Wanen vormen een belangrijk kenmerk van paranoïde stoornissen.

Affect: Term die verwijst naar een emotie of stemming.

Over deze tekenen van distress (lijden) bestaat onder deskundigen een redelijke consensus. Dat geldt echter niet voor veel andere symptomen van psychisch lijden. Wat 'abnormaal' of afwijkend is en wat niet, is dus moeilijk te beoordelen. Dit komt doordat er geen scherpe grens bestaat tussen normaal en abnormaal denken en gedrag. Misschien helpt het om je een psychische stoornis voor te stellen als een punt op een continuüm of een dimensie, die zich uitstrekt van de volledige afwezigheid van de stoornis tot ernstige gestoordheid (zie tabel 12.1). Het idee hierachter is dat mensen met psychische stoornissen geen aparte groep vormen. Hun stoornissen zijn daarentegen normale reacties in een verhevigde vorm. Zoals in de volgende paragraaf zal blijken, benadrukt men ook in de classificatie van psychopathologie de laatste jaren steeds meer het dimensionele karakter van psychische stoornissen.

In dit deel van het hoofdstuk concentreren we ons op twee tegengestelde visies op psychopathologie. De ene visie is afkomstig uit de geneeskunde en wordt soms het 'medische model' van psychische stoornissen genoemd. Deze invalshoek benadert psychische problemen in grote lijnen op dezelfde manier als lichamelijke problemen: als ziekten. De andere invalshoek, de psychologische, beschouwt psychische stoornissen als het gevolg van diverse factoren die zich zowel in de persoon zelf bevinden, als in zijn of haar omgeving. Het kernconcept van deze paragraaf luidt:

KERNCONCEPT 12.1

Het medische model beschouwt psychische stoornissen als een 'ziekte', terwijl de psychologie ze opvat als een interactie tussen biologische, gedragsmatige, cognitieve, ontwikkelings- en sociaal-culturele factoren.

De in de westerse wereld als de twee belangrijkste beschouwde visies op psychopathologie, het medische model en de psychologische invalshoek, staan dikwijls lijnrecht tegenover elkaar. Tot op zekere hoogte is er sprake van een professionele machtsstrijd over de vraag tot wiens territorium de psychopathologie behoort. Maar een deel van het conflict stamt uit het verleden, zoals we verderop zullen ontdekken.

Tabel 12.1 Het spectrum van psychische stoornissen

Een psychische stoornis is te beschouwen als een punt op een spectrum dat zich uitstrekt van de totale afwezigheid van pathologische symptomen tot aan ernstige stoornissen, als bijvoorbeeld schizofrenie. Het is belangrijk dat je beseft dat er geen scherp onderscheid bestaat tussen mensen met een psychische stoornis en mensen die 'normaal' zijn.

Geen stoornis	Lichte stoornis	Middelmatige stoornis	Ernstige stoornis
• Geen tekenen die op een psychische stoornis wijzen • Geen gedragsproblemen • Geen problemen in persoonlijke relaties	• Lichte tekenen van ongemak of distress • Enigszins problematische gedragingen • Lichte problemen in persoonlijke relaties	• Meer uitgesproken of frequentere tekenen van ongemak of distress • Duidelijke gedragsproblemen • Regelmatig problemen in persoonlijke relaties	• Duidelijke tekenen van een psychische stoornis volgens *DSM*-criteria • Ernstige gedragsproblemen volgens *DSM*-criteria • Kwaliteit van relaties is slecht en soms ontbreken persoonlijke relaties zelfs

12.1.1 Veranderende ideeën over psychische stoornissen

In de oudheid voelde men zich omringd door bovennatuurlijke krachten, die verantwoordelijk waren voor geluk, ziekten en rampen. De mensen geloofden dat psychopathologie werd veroorzaakt door demonen en geesten die zich in de geest en het lichaam van het slachtoffer hadden verschanst (Sprock & Blashfield, 1991). Als jij in die tijd had geleefd, had je waarschijnlijk dagelijks rituelen volbracht om deze bovennatuurlijke wezens te slim af te zijn of om ze te gunstig te stemmen. Aangenomen wordt dat de Griekse arts Hippocrates de eerste was die psychische stoornissen op een wetenschappelijke manier benaderde toen hij rond 400 v. Chr. verklaarde dat abnormaal gedrag een lichamelijke oorzaak had. Zoals we in het hoofdstuk over persoonlijkheid zagen, onderwees hij zijn leerlingen dat ze symptomen van psychopathologie moesten interpreteren als het gevolg van een verstoring in het evenwicht tussen de vier lichaamssappen, die hij 'humores' noemde. Dat waren: bloed, flegma (slijm), zwarte gal en gele gal. Mensen met een teveel aan zwarte gal zouden geneigd zijn tot melancholie of depressie, terwijl mensen met te veel bloed sanguinisch (optimistisch of monter) waren. Met deze revolutionaire opvatting introduceerde Hippocrates de psychopathologie in de wereld van de westerse medische wetenschap, waar zijn uitgangspunten tot het einde van het Romeinse Rijk een belangrijke rol bleven spelen.

◂◂ **Verbinding hoofdstuk 10**
Hippocrates' theorie van de vier 'humores' is een theorie over temperamenten (p. 396).

In de middeleeuwen raakte het Hippocratische model van psychische stoornissen ondergesneeuwd door talloze vormen van bijgeloof. Onder invloed van de kerk vielen artsen en geestelijken terug op de oudere opvattingen die abnormaal gedrag toeschreven aan demonen en heksen. Het was de tijd van de inquisitie en de inquisiteurs meenden dat elk afwijkend gedrag het werk van de duivel was. 'Genezing' was alleen mogelijk door de demonen uit de geest van het onfortuinlijke slachtoffer te verjagen. Overal op het Europese continent werden duizenden geestelijk gestoorde mensen gemarteld en geëxecuteerd.

Het medische model

Aan het eind van de achttiende eeuw komt, dankzij de opkomst van de wetenschap, Hippocrates' opvatting van psychopathologie als ziekte weer bovendrijven.

Schilderij van de heksenprocessen in Salem, Massachusetts, in 1692. De gemeenschap van Salem was opgeschrikt door het bericht dat een aantal meisjes aan convulsies en sensorische stoornissen zou lijden, tekenen van bezetenheid door demonen. Uiteindelijk werd een grote groep inwoners schuldig bevonden aan hekserij en geëxecuteerd. Later bleek dat de meisjes waarschijnlijk waren vergiftigd door een schimmel die op rogge groeit – dezelfde schimmel die als grondstof wordt gebruikt in de hallucinogene drug LSD (Caporeal, 1976; Matossian, 1982, 1989).

Bron: Peabody Essex Museum.

Medisch model: Standpunt dat psychische stoornissen ziekten zijn die, net als lichamelijke ziekten, een objectieve oorzaak hebben en een specifieke behandeling vereisen.

Het hieruit voortkomende **medische model** beschouwt psychische stoornissen als ziekten van de geest, die, net als lichamelijke ziekten, een objectieve oorzaak hebben en een specifieke behandeling vereisen. Langzamerhand begon men individuen met psychologische problemen als zieke mensen te beschouwen, in plaats van als door demonen bezeten of immoreel. Deze nieuwe theorie had ingrijpende gevolgen! Men voelde zich niet langer genoodzaakt mensen met psychische stoornissen martelingen of andere vormen van mishandeling te laten ondergaan. Er verschenen 'toevluchtsoorden' waar de 'geesteszieken' rust en bezinning, en eenvoudig, maar zinvol werk vonden. In deze ondersteunende omgeving vertoonden vele patiënten een duidelijke vooruitgang; sommigen bloeiden zelfs helemaal op (Maher & Maher, 1985). Helaas groeiden de oorspronkelijke toevluchtsoorden door politieke druk al snel uit tot overbevolkte pakhuizen vol verwaarloosde patiënten.

Ondanks deze problemen was het medische model absoluut een verbetering ten opzichte van het 'demonische' model. En nu, enkele eeuwen later, menen moderne psychologen dat we klaar zijn voor een volgende revolutionaire wijziging van het perspectief, omdat het medische model ook zijn zwakke plekken heeft. Zo wijzen ze erop dat het concept 'ziekte' alle verantwoordelijkheid voor de diagnose en de behandeling bij de therapeut legt. Hierdoor is de patiënt niets anders dan een passieve consument van medicijnen en adviezen, in plaats van iemand die actief deelneemt aan de behandeling. Volgens hedendaagse psychologen heeft deze opvatting ongewenste gevolgen, zoals een afhankelijke houding en overbodige medicatie, en zet het de patiënt onvoldoende aan tot het leren van gezonde 'coping'-strategieën en gezond gedrag.

Door de houding die zich laat omschrijven als 'de dokter weet het het beste', verschuift de verantwoordelijkheid voor (en het werk met betrekking tot) de behandeling van psychische stoornissen van de psychologie naar de psychiatrie. Het medische model leidt ertoe dat een psychologische behandeling van een psychische 'ziekte' alleen zou kunnen plaatsvinden door artsen of onder supervisie van een arts. Dat zou betekenen dat psychologen door het medische model worden gedegradeerd tot therapeuten van het tweede garnituur. Een idee dat door psychologen zelf uiteraard wordt bevochten.

◀◀ **Verbinding hoofdstuk 1**
Psychiaters hebben geneeskunde gestudeerd, in tegenstelling tot psychologen (p. 7).

Psychologische modellen

Veel psychologen zijn het dus niet eens met het medische model. Maar wat is hun alternatief? Tegenwoordig zijn de meeste klinisch psychologen overgegaan op combinaties van psychologische perspectieven die afkomstig zijn uit het behaviorisme, de cognitieve psychologie, de ontwikkelingspsychologie, het sociaal leren en de biologische psychologie of biopsychologie (in Vlaanderen ook wel gedragsbiologie genoemd). We gaan deze vakgebieden nader bestuderen.

Psychologische alternatieven voor het medische model Moderne psychologen zijn het eens met de stelling van het medische model dat biologie een rol kan spelen in psychische stoornissen. Er moet zeker rekening gehouden worden met het *biologische perspectief* als het gaat om genetische invloeden bij depressie, schizofrenie, angststoornissen, verstandelijke handicaps en allerlei andere aandoeningen. Maar in de psychologie wordt ook rekening gehouden met factoren gerelateerd aan gedrag, cognitie en ontwikkeling en met sociaal-culturele factoren – factoren die in het medische perspectief vaak worden genegeerd.

Het *behavioristisch perspectief* richt zich voor wat betreft de persoon op het uitwendig waarneembare en benadrukt de invloed van de omgeving. Gedragspsychologie vertelt ons dus dat allerlei abnormale gedragingen op dezelfde manier kunnen worden aangeleerd als gezond gedrag: door gedragsmatig leren. Gebruikmakend van dit perspectief kunnen we ons concentreren op de omgevingsinvloeden die abnormaal gedrag in stand houden: beloningen en straffen. Zo zou je vanuit behavioristisch perspectief kunnen concluderen dat angst om in het openbaar te spreken het gevolg is van een onprettige ervaring op dat gebied. Die zou dan kunnen leiden tot het vermijden van situaties waar je mogelijk zou moeten spreken in het openbaar.

Het *cognitieve perspectief* richt zich op het mentale en legt de nadruk op psychische processen, zoals gedachten, gevoelens, percepties en herinneringen. De cognitieve psychologie concentreert zich op vragen als: Geloven mensen dat ze controle over hun eigen leven hebben (hebben ze een interne of externe locus of control)? Hoe gaan ze om met bedreiging en stress? Hebben ze vaak problematische emoties, zoals depressies of angsten?

We hebben in het hoofdstuk over leren gezien dat theoretici op het gebied van sociaal leren een brug hebben geslagen tussen deze verschillende perspectieven. Zowel behavioristisch psychologen als cognitief psychologen erkennen nu dat cognitie en gedrag zich gewoonlijk voordoen in een sociale context en dat bij de bestudering van cognitie en gedrag dus een *sociaal perspectief* nodig is. Met zo'n bril op zal een psycholoog vragen naar het sociale ondersteuningssysteem van een cliënt, en naar de sociale bronnen van stress gerelateerd aan werk, school of familie- en vriendenkring.

Albert Bandura is een voorbeeld van een psycholoog die het sociale, behavioristische en cognitieve perspectief combineert: zijn concept van wederzijds (reciproque) determinisme suggereert dat gedrag, cognitie en sociale (omgevings)factoren elkaar wederzijds beïnvloeden door sociaal leren, gedragsmatig leren en cognitief leren. Vanuit dit standpunt kan angst voor spreken in het openbaar bijvoorbeeld worden opgevat als een product van sociaal leren, gedragsmatig leren en cognitief leren. De angst voor spreken in het openbaar zou dus zijn wortels in sociaal leren kunnen hebben wanneer je mensen hebt horen spreken over hun 'plankenkoorts' en angst om een toespraak te houden. Tegen die achtergrond zou je misschien een onplezierige gedragsmatige conditionering kunnen hebben gehad: een ervaring waarbij je werd uitgelachen terwijl je een toespraak hield. Door die ervaring kun je jezelf, als gevolg van cognitief leren, gemakkelijk als een 'slecht spreker' gaan zien. Een gevolg van deze opeenvolging van sociaal leren, gedragsmatig leren en cognitief leren, waarbij elke stap de andere stappen reciproque (wederzijds) versterkt, is het idee dat spreken in het openbaar een angstwekkende ervaring is.

Vanuit een ontwikkelingsperspectief, ten slotte, kijkt men bij psychische stoornissen naar afwijkingen van het verwachte biologische en psychologische ont-

◀◀ **Verbinding hoofdstuk 10**
Wederzijds of reciproque determinisme is een deel van de theorie over sociaal leren van Bandura (p. 419).

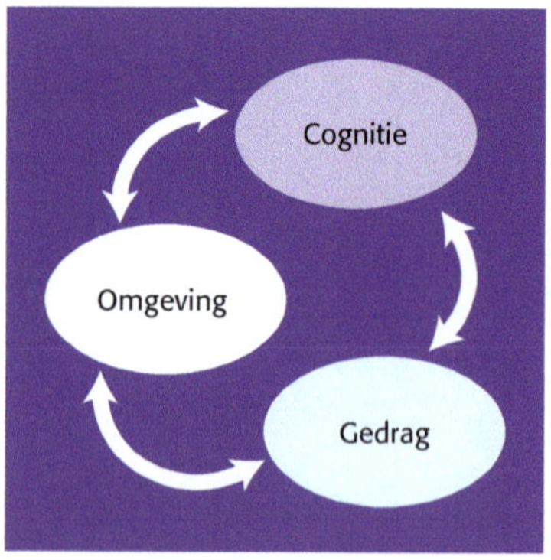

Wederzijds of reciproque determinisme is het proces waarbij onze cognities, ons gedrag en onze omgeving elkaar beïnvloeden.

wikkelingspatroon. Begon het kind te praten in het tweede levensjaar? Heeft de persoon een functionele theory of mind, waardoor hij of zij de gedachten en bedoelingen van anderen kan begrijpen? Stemt de mate waarin emoties worden beheerst overeen met wat voor een bepaalde leeftijd verwacht mag worden? Dergelijke vragen helpen een arts om stoornissen als autisme en geestelijke achterstand vast te stellen en te behandelen.

Een geheel andere manier om naar psychische problemen te kijken, wordt geformuleerd in de zogeheten empowermentbenaderingen, zoals het *empowerment model van herstel* (Fisher, 2005) en andere, verwante modellen. In deze modellen wordt *empowerment* opgevat als het zich bewust zijn van de eigen capaciteiten, het nemen van de regie over het eigen leven en het zelf maken van keuzes. In tegenstelling tot het medische model, dat ervan uitgaat dat de expertise van de arts de patiënt zal laten genezen, gaan deze modellen ervan uit dat de patiënt zijn conditie zelf, met wat hulp, kan sturen in de richting van rehabilitatie en/of genezing van zijn of haar psychische stoornis.

Het empowerment model van herstel gaat uit van tien principes, op basis waarvan iedereen geholpen kan worden het leven weer in eigen hand te nemen en te werken aan genezing:

- belang hechten aan vertrouwen;
- belang hechten aan zelfbeschikking;
- hopen: geloven in je herstel;
- geloven in de persoon;
- verbonden zijn op een menselijk niveau;
- beseffen dat gedrag altijd betekenisvol is;
- beseffen dat ieder zijn eigen stem heeft;
- toestaan van alle gevoelens;
- belang hechten aan het volgen van dromen;
- elkaar ontmoeten met waardigheid en respect.

Andere empowermentmodellen zijn het *Strengths Model* (Rapp, 1998; Rapp & Goscha, 2006) en het *Chronic Care Model* (Wagner et al., 1999; Wagner et al. 2001). Hoewel bij deze modellen ook de empowerment van de cliënt centraal staat, stelt elk van deze modellen – in tegenstelling tot het model van Fisher – de overtuiging dat men van een psychische stoornis kan genezen, niet voorop. Het gebruik van empowerment is bij deze benadering vooral gericht op (zo veel mogelijk zelfstandige) integratie van mensen met ernstige psychische problemen. In Nederland wordt zowel in de geestelijke gezondheidszorg als daarbuiten steeds meer gebruikgemaakt van de empowermentbenadering. Ook maakt het Strengths model sinds een aantal jaar deel uit van het opleidingsaanbod van de RINO Groep (een instituut dat opleidingen, trainingen en cursussen verzorgt voor professionals in de geestelijke gezondheidszorg in Nederland).

De biopsychologie van psychische stoornissen Hoewel de meeste psychologen grote bedenkingen hebben bij het medische model, ontkennen ze niet dat de biologie ons denken en gedrag beïnvloedt. De afgelopen jaren is er enorm veel neurowetenschappelijk onderzoek verricht, waaruit eens temeer blijkt dat de hersenen een complex orgaan zijn. Zo heeft men ontdekt dat de psychische functies van de hersenen afhankelijk zijn van een zeer gevoelig evenwicht tussen chemische stoffen en neurale circuits dat voortdurend wordt gewijzigd door onze ervaringen. Genetische invloeden, hersenletsel, stress en infecties zijn weer andere factoren die de biologische weegschaal kunnen laten doorslaan naar psychopathologie (zie figuur 12.1). De moderne biopsychologie gaat er dus van uit dat niet alleen cognitieve, gedragsmatige, ontwikkelingsgebonden en sociaalculturele factoren, maar ook de hersenen, het zenuwstelsel en andere biologische

factoren een rol kunnen spelen bij psychische stoornissen (Insel, 2010).
Ook het onderzoek naar erfelijke factoren heeft een bijdrage geleverd: door het Human Genome Project zijn alle tot nu bekende erfelijke kenmerken van de mens gespecificeerd. Veel psychologen beschouwen deze prestatie als een goede kans voor genetici die op zoek zijn naar genen die met specifieke psychische stoornissen zijn geassocieerd (NIMH, 2003b). Dit zal echter niet gemakkelijk zijn. Tot dusver zijn bepaalde genetische afwijkingen in verband gebracht met schizofrenie, bipolaire stoornis, angststoornissen en autisme, maar is de rol van deze afwijkingen bij deze stoornissen nog niet precies duidelijk. De meeste deskundigen menen dat dergelijke stoornissen waarschijnlijk ontstaan als gevolg van interactie van verschillende genen met omgevingsfactoren zoals giftige stoffen, infecties of stressvolle gebeurtenissen die grote invloed hebben op het leven van een persoon. Maar laat ons duidelijk zijn: wat de neurowetenschap in de toekomst ook ontdekt, biologie zal nooit een volledige verklaring geven voor het menselijk gedrag. Onze gedachten en gedragingen zijn altijd een product van nature én nurture: biologie én ervaring. En zoals we zullen zien bij de bespreking van stress: de manier waarop we denken en voelen beïnvloedt soms juist ons biologische systeem, inclusief de structuur van onze hersenen zelf.

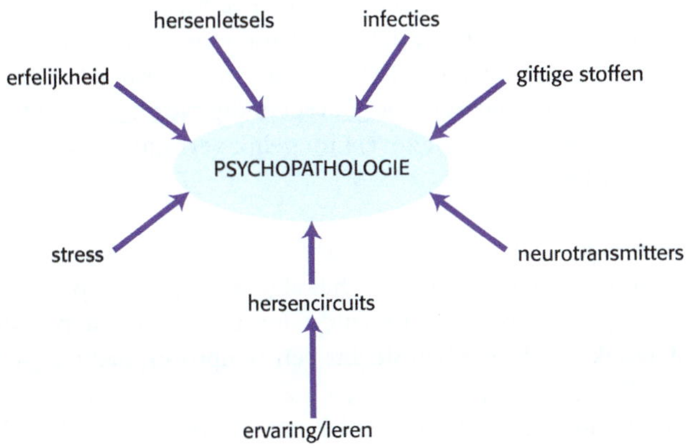

Figuur 12.1
De biopsychologie van psychische stoornissen
Een explosie van onderzoek in de neurowetenschappen impliceert een groot aantal mogelijke biologische factoren in de psychopathologie.

12.1.2 Indicatoren van psychische stoornissen

Hoewel therapeuten het soms oneens zijn over de *etiologie* (oorzaken) van psychische stoornissen, bestaat er gewoonlijk wel consensus over de indicatoren of tekenen die wijzen op het bestaan van een stoornis (Rosenhan & Seligman, 1995). Wat zijn die indicatoren? Eerder hebben we gezegd dat hallucinaties, wanen en extreme affectieve verstoringen tekenen zijn van ernstige psychische stoornissen. Veel psychische problemen gaan echter niet met zulke duidelijke symptomen gepaard. Daarom letten klinisch psychologen ook op de volgende, subtielere kenmerken, die eveneens op psychische stoornissen kunnen wijzen (zie tabel 12.1):

- *Distress.* Vertoont de betrokkene ongewone of langdurige symptomen van onbehagen of angst? Bijna iedereen is zenuwachtig voor een belangrijk examen, maar als je zo overspoeld wordt door onaangename emoties dat je je niet meer kunt concentreren, wordt dat een teken van disfunctioneren.
- *Onaangepastheid.* Gedraagt de betrokkene zich regelmatig op een manier die bedreigend is voor zichzelf en/of anderen? Dat is bijvoorbeeld het geval met iemand die zo veel drinkt dat hij of zij steeds weer wordt ontslagen of met iemand die dronken achter het stuur kruipt.
- *Irrationaliteit.* Gedraagt of uit de betrokkene zich op een manier die irrationeel of zelfs onbegrijpelijk is voor anderen? Een vrouw die de stem van

haar reeds lang geleden overleden zus in haar hoofd hoort en met haar praat, gedraagt zich irrationeel. Ook gedragingen of emotionele reacties die ongepast zijn in een bepaalde situatie, zoals lachen als er iets ergs gebeurt, zijn een teken van irrationeel verlies van contact met de sociale omgeving.

- *Onvoorspelbaarheid*. Gedraagt de betrokkene zich onvoorspelbaar en inconsistent op verschillende tijdstippen of in verschillende situaties, alsof hij of zij de controle kwijt is? Een kind dat plotseling zonder enige duidelijke aanleiding in huilen uitbarst of een speelgoedje kapot slaat, gedraagt zich onvoorspelbaar. Ook een bedrijfsleider die de ene dag veel interesse in zijn medewerkers toont en de andere dag alles en iedereen verrot scheldt, gedraagt zich onvoorspelbaar.
- *Onconventioneel en ongewenst gedrag*. Gedraagt de betrokkene zich op een manier die zelden voorkomt, die sociale normen of wetten schendt en moreel onacceptabel of onwenselijk is? Gewoon 'anders' zijn is geen teken van abnormaliteit, dus verf je haar gerust rood en groen met Kerstmis. Maar als je bepaalde sociale grenzen overschrijdt door bijvoorbeeld naakt door een winkelcentrum te lopen wordt dat wel als *abnormaal* of mogelijke indicator voor pathologie beschouwd. Toch moeten we zeer voorzichtig zijn met het gebruik van het woord 'abnormaal'. Het is altijd nodig om gedrag in een context te plaatsen; een *streaker* tijdens een voetbalwedstrijd wordt als 'prettig gestoord' ervaren en wie zou schaars geklede danseressen tijdens het carnaval in Rio als 'abnormaal' beschouwen? Hoewel de term 'abnormaal', zeker in de Engelstalige literatuur (*abnormal psychology*), veelvuldig wordt gebruikt, proberen we die in dit hoofdstuk daarom zoveel mogelijk vermijden en te spreken van *afwijkend* of *pathologisch*.

Het is de vraag of een enkele indicator voldoende is om van psychopathologie te spreken. Therapeuten noemen gedrag over het algemeen pas afwijkend als er twee of meer indicatoren aanwezig zijn. (Je zult je herinneren dat de pseudopatiënten bij het onderzoek van Rosenhan slechts één symptoom hadden: ze hoorden stemmen.)

Hoe extremer en frequenter een indicator voorkomt, des te zekerder kan de psycholoog vaststellen dat er sprake is van een abnormale situatie. Aan de andere kant is het zo dat geen van deze criteria van toepassing is op alle vormen van stoornissen die we verderop in dit hoofdstuk bespreken.

Hoewel deze indicatoren kunnen aangeven dat er misschien sprake is van een stoornis, is het toch aan de therapeut om de aard van de stoornis te bepalen. Dat kan best moeilijk zijn, omdat de psychopathologie een uitgebreid terrein bestrijkt. Sommige diagnoses, zoals depressie, fobie en paniekstoornis, klinken je misschien vertrouwd in de oren. Van andere, zoals het syndroom van Tourette, conversiestoornis of een borderline-persoonlijkheidsstoornis, weet je misschien iets minder. Alles bij elkaar worden er meer dan driehonderd psychische stoornissen beschreven in de *Diagnostic and Statistical Manual of Mental Disorders*,

Gedrag waardoor andere mensen zich bedreigd of niet op hun gemak voelen, kan duiden op abnormaliteit.
Bron: Paul Seheult; Eye Ubiquitous/CORBIS.

die door therapeuten en onderzoekers wordt aangeduid met de term *DSM*. Dit is een handboek dat is opgesteld door de American Psychiatric Association (APA), en een wereldwijd gebruikt systeem voor de classificatie van psychologische en psychiatrische stoornissen. In mei 2013 verschijnt een vijfde versie (hierover lees je meer in de volgende paragraaf). Ondanks het feit dat de *DSM* een sterke basis heeft in het medische model, wordt het overal in de geestelijke gezondheidszorg gebruikt bij de diagnose en beschrijving van psychopathologie. Het systeem is zo belangrijk en invloedrijk dat we er verderop in dit hoofdstuk uitgebreid aandacht aan zullen besteden.

Bron: That's Life © 2003 Mike Twohy. Alle rechten voorbehouden. Gebruikt met toestemming van Mike Twohy and the Cartoonist Group.

DOE HET ZELF!
Een waarschuwing aan de lezer

Terwijl je leest over de symptomen van psychische stoornissen, ga je je misschien afvragen of je zelf wel 'normaal' bent. Alle studenten die zich met dit deelgebied van de psychologie bezighouden, worden vroeg of laat met deze vraag geconfronteerd. Ter illustratie van dit fenomeen moet je, om te beginnen, de volgende vragen eens proberen te beantwoorden. Ze zijn gebaseerd op de indicatoren van abnormaliteit die we hiervoor hebben besproken.

1. Heb je wel eens een periode gehad waarin je zonder duidelijke reden zwaarmoedig was? (een indicator van distress)
2. Ben je wel eens naar een feestje gegaan terwijl je wist dat je eigenlijk moest studeren? (een indicator van onaangepastheid)
3. Heb je wel eens een ervaring gehad waarbij je dacht dat je iets hoorde of zag dat er niet was? (een indicator van irrationaliteit)
4. Heb je wel eens in een opwelling iets gezegd waar je later spijt van had? (een indicator van onvoorspelbaarheid)
5. Heb je wel eens ongewone gedachten die je aan niemand vertelt? (een indicator van onconventionaliteit)
6. Heb je wel eens iemand bang gemaakt of in verlegenheid gebracht door iets wat je zei of deed? (een indicator van onbehagen bij de omstander)

Bijna iedereen beantwoordt een of meerdere van deze vragen met 'ja'. Dat wijst niet direct op abnormaliteit. Of jij, of wie dan ook, abnormaal bent, is een kwestie van mate en frequentie – en van beoordeling.
Als we in het volgende deel van dit hoofdstuk enkele specifieke psychische stoornissen bespreken, zul je misschien symptomen herkennen bij jezelf of bij anderen. (Ook geneeskundestudenten hebben hier last van: bij het bestuderen van lichamelijke ziekten komen ze regelmatig symptomen bij zichzelf tegen.) Je moet je realiseren dat dit heel normaal is. Een reden daarvoor is natuurlijk dat er geen scherpe grens bestaat tussen psychopathologie en normaliteit. Psychische stoornissen hebben te maken met overdrijving van normale neigingen. Dat wil niet zeggen dat je eventuele zorgen over psychische stoornissen niet serieus moet nemen. Als je na het lezen van dit hoofdstuk meent dat je werkelijk een probleem hebt, moet je dat natuurlijk wel met een deskundige bespreken.

Ga naar **www.pearsonmylab.nl** om je kennis en begrip van deze paragraaf te testen met de MyMap, MyCheck en MyDefinitions.

KERNVRAAG 12.2

▶ Hoe worden psychische stoornissen geclassificeerd?

DSM: De *Diagnostic and Statistical Manual of Mental Disorders*, die is uitgebracht door de American Psychiatric Association; wereldwijd het meest gebruikte classificatiesysteem. In 2013 verschijnt de nieuwe versie (de *DSM-5*).

De afgelopen decennia zijn er verschillende systemen ontwikkeld die orde proberen te scheppen in het universum van de psychopathologie, door de honderden verschillende psychische stoornissen in slechts een paar diagnostische categorieën te plaatsen. De bekendste van deze classificatiesystemen zijn de *ICD* (*International Classification of Diseases*, samengesteld door de Wereldgezondheidsorganisatie WHO) en de ***DSM*** (de *Diagnostic and Statistical Manual of Mental Disorders*), die in de vorige paragraaf al werd genoemd. Dit classificatiesysteem is samengesteld door de American Psychiatric Association (APA). Van beide handboeken worden binnenkort nieuwe versies verwacht. Zo zal van de *ICD* naar verwachting in 2016 een nieuwe versie verschijnen, de *ICD-11*. De nieuwe versie van de *DSM*, de *DSM-5*, verschijnt al in 2013. Aangezien de *DSM* het meest gebruikte classificatiesysteem van psychopathologieën is, zullen we de belangrijkste categorieën uit dit handboek in deze paragraaf bespreken. Omdat de *DSM-5* tijdens het schrijven van dit boek nog niet was verschenen, volgen we hierbij de indeling van de vierde versie van de *DSM*, de *DSM-IV*.
Het is echter belangrijk te weten dat de *DSM-5* naar verwachting enkele grote structurele veranderingen zal ondergaan ten opzichte van de *DSM-IV*. De belangrijkste wijziging die wordt verwacht en die we hier willen noemen, is dat er gekozen is voor een nieuwe, zogeheten metastructuur in verschillende diagnostische hoofdcategorieën (APA, 2012). De nieuwe indeling volgt per hoofdcategorie de lijn van de ontwikkeling, beginnend met stoornissen in de kindertijd en daarna die in de volwassenheid. Ook is er gekozen voor een dimensionele indeling, naast een indeling in categorieën.
De voorgestelde veranderingen hebben, al voor het verschijnen van de *DSM-5*, gezorgd voor ophef, waar we verderop in deze paragraaf kort op zullen ingaan. Mede hierdoor is het op dit moment nog niet duidelijk of, en zo ja wanneer, de *DSM-5* in de Nederlandse en Vlaamse praktijk de standaard zal worden. Waarschijnlijk zal er in ieder geval een overgangsperiode zijn waarin beide versies van het *DSM*-handboek gebruikt zullen worden.
Omdat verwacht wordt dat hierin de minste veranderingen zullen zijn, bespreken we in deze paragraaf achtereenvolgens: stemmingsstoornissen, angststoornissen, schizofrenie, ontwikkelingsstoornissen (waarvan dus de verwachting is dat deze als aparte categorie verdwijnen), persoonlijkheidsstoornissen en aanpassingsstoornissen. Een bespreking van een aantal andere categorieën stoornissen die je in de *DSM-IV* vindt, zoals somatoforme en dissociatieve stoornissen, laten we hier achterwege.
Tot slot merken we op dat de *DSM* de meeste stoornissen niet op oorzaak indeelt, omdat voor de meeste psychische stoornissen ofwel nog geen oorzaak is aangewezen, ofwel de aanwijzing van de oorzaak omstreden is. In plaats daarvan houdt het kernconcept het volgende in:

● **KERNCONCEPT 12.2**
De *DSM* is het classificatiesysteem voor psychische stoornissen dat wereldwijd het meeste wordt gebruikt. Dit systeem classificeert de stoornissen op grond van hun psychische en gedragsmatige symptomen.

In dit hoofdstuk kunnen we onmogelijk alle erkende psychische stoornissen bespreken. Daarom concentreren we ons op de stoornissen die je in de praktijk en in vervolgcursussen over psychopathologie het vaakst zult tegenkomen.

PSYCHOLOGISCHE KWESTIES

ICD-10 versus *DSM*

De *International Classification of Diseases* is een classificatiesysteem van zowel lichamelijke ziekten als psychische stoornissen. Het wordt al meer dan 100 jaar uitgegeven door de Wereldgezondheidsorganisatie en naar verwachting zal in 2016 de *ICD-11* verschijnen. Oorspronkelijk bevatte de *ICD* enkel een overzicht van lichamelijke klachten, maar later werden ook psychische stoornissen in de *ICD* opgenomen. Het bereik van de *ICD* werd daarmee een stuk breder en het systeem wordt daarom zowel in de medische als in de geestelijke gezondheidszorg veel gebruikt. In de psychiatrie en psychopathologie is het gebruik van de *DSM* echter nog altijd gangbaarder. Dat geldt zeker ook voor Nederland en België. De coderingssystemen van de *DSM-IV* en *ICD-10*, waarmee aan psychische stoornissen aan unieke codering wordt gegeven, zijn wel aan elkaar gelinkt. Naar verwachting zullen de nieuwe, aangepaste versies van beide handboeken, de *DSM-5* en *ICD-11*, in gebruik nog meer met elkaar corresponderen.

12.2.1 Overzicht van het *DSM*-classificatiesysteem

De *DSM* heeft twee grote verdiensten. Ten eerste worden de specifieke criteria voor de diagnose van elk van de meer dan driehonderd psychische stoornissen gegeven. En ten tweede biedt het de beroepspraktijk een gemeenschappelijk taalgebruik voor de beschrijving van de psychopathologie. Hoewel de handleiding in eerste instantie is ontwikkeld voor psychiaters, is de terminologie overgenomen door therapeuten van allerlei pluimage, waaronder psychologen en maatschappelijk werkers. Ook veel verzekeringsmaatschappijen hanteren de criteria van de *DSM* bij de beoordeling van een verzoek om vergoeding van een behandeling. Dat maakt de *DSM* tot een economische factor van betekenis.

De *DSM* is afkomstig uit de wereld van de psychiatrie en onderhoudt dus nauwe banden met het medische model van psychische stoornissen. De taal die erin wordt gebruikt, is de taal van de medische wetenschap (die spreekt van symptomen, syndromen, diagnoses en ziekten) en de uiteindelijke vorm is een wonderlijk mengsel van wetenschap en traditie. (Let wel: er staat geen diagnose van 'normaliteit' in!). In tegenstelling tot eerdere versies van het handboek, die duidelijk op Freud geïnspireerd waren, weet de *DSM-IV* voor het grootste deel de bestaande theorieën over oorzaken en behandelingen te vermijden. Er worden wel uitgebreide en specifieke omschrijvingen gegeven van de symptomen van iedere stoornis.

Hoewel er wel het een en ander op de *DSM* als classificatiesysteem valt aan te merken, heeft de behoefte aan een gemeenschappelijke taal voor psychische stoornissen toch tot brede acceptatie geleid, zo breed zelfs dat sommige critici klagen over de 'Amerikanisering van psychische aandoeningen': het idee dat de opvattingen van de *DSM* over psychische stoornissen als uitgangspunt hebben dat psychische stoornissen overal hetzelfde zijn, ongeacht de cultuur (Watters, 2010).

Een multiaxiaal systeem: een vijfdimensionale diagnose

De kern van de vierde versie van het handboek, de *DSM-IV* (waarvan de allerlaatste versie, de *DSM IV-R,* een tekstrevisie is), is een multiaxiaal systeem waarin het functioneren van een patiënt op grond van vijf 'assen' of dimensies moet worden beoordeeld. De primaire diagnose gebeurt meestal op As I, waar de specifieke klinische stoornissen van de patiënt worden aangegeven. Voorbeelden zijn een zware depressie, paniekstoornis of een obsessief-compulsieve stoornis. Op de andere vier assen staat, gerelateerd aan de stoornis die op As I aangegeven is, essentiële bijkomende informatie of informatie over de context.

As II specificeert langdurige problemen, zoals persoonlijkheids- en ontwikkelingsstoornissen. Een diagnose op As III specificeert relevante medische problemen, zoals een beroerte of dementie. As IV herinnert de arts eraan om psychosociale of omgevingskwesties op te merken die het functioneren van een patiënt mogelijk beïnvloeden. Dit zijn kwesties als: een scheiding, de dood van een dierbare, ontslag, dakloosheid, juridische problemen en ervaring van een ramp. En ten slotte wordt de patiënt op As V algemeen beoordeeld op de Global Assessment of Functioning (GAF) Scale. De beoordeling kan variëren van een hoge score van 100 (totale afwezigheid van symptomen) tot de laagste score van 1 (ernstige stoornis waardoor de patiënt een gevaar voor zichzelf of anderen is). Aan de hand van het multiaxiale systeem kan een arts dus de specifieke stoornis van de patiënt vaststellen en de context waarin die zich voordoet. Eigenlijk zijn er vijf verschillende diagnoses nodig. Hier volgt een voorbeeld van een multiaxiale diagnose voor een patiënt.

As I Zware depressieve stoornis
As II Narcistische persoonlijkheidsstoornis
As III Chronische lage rugpijn, hypothyroïdie
As IV Onlangs gescheiden, werkloos
As V GAF = 65

Controverse rond de DSM-IV

Veel artsen hebben hun bedenkingen bij het *DSM-IV*-systeem, bijvoorbeeld omdat de *DSM-IV* stoornissen naar symptomen indeelt en niet naar achterliggende oorzaken. Er bestaan zelfs geen objectieve tests in laboratoriumstijl voor welke primaire stoornis dan ook. Elke *DSM-IV*-diagnose is dus gebaseerd op een subjectief klinisch oordeel en op gedragsbeschrijvingen.

Nog een probleem is het 'alles-of-niets'-karakter van een *DSM-IV*-diagnose: veel psychologen hebben het idee dat psychische stoornissen niet in afzonderlijke categorieën vallen, maar uitvergrotingen zijn van het normaal functioneren. Zo bezien hebben we allemaal een plek op het schizofreniespectrum, en ook op het spectrum van autisme, fobieën en paranoia.

Ten slotte hebben veel psychologen moeite met het idee dat psychische stoornissen worden opgevat als 'ziekten' en worden opgenomen in het medische model. Ze zijn van mening dat veel psychische stoornissen helemaal geen medische toestand zijn, maar eerder gedragspatronen die zijn aangeleerd. Sommige psychische 'ziekten' zijn mogelijk zelfs te beschouwen als een normale respons op een abnormale omgeving.

Ondanks deze discussiepunten maken de meeste psychologen wel gebruik van de *DSM-IV*, omdat dit systeem de criteria voor de diagnose van psychische stoornissen standaardiseert. Bovendien wordt dit systeem door de meeste verzekeringsmaatschappijen geaccepteerd, en dat is voor zorgverleners toch een sterk motief om zich te houden aan een kader, ook al weet men dat dat kader niet perfect is.

Bron: Peter de Wit.

De DSM-5: een nieuwe versie en een nieuwe controverse

In mei 2013 zal de langverwachte vijfde editie van de *DSM* verschijnen. Zoals we in de inleiding van deze paragraaf al opmerkten, zullen er in deze nieuwste versie van dit handboek ingrijpende wijzigingen staan. Zo zullen er verschillende nieuwe diagnoses in zijn opgenomen en zal de *DSM-5* voor As-II een dimensionale benadering hebben, al dan niet in combinatie met een categoriale benadering (APA, 2012). Zo worden straks bijvoorbeeld alle varianten uit het autismespectrum op een en dezelfde dimensie ondergebracht. Er is dan geen sprake meer van het Asperger-syndroom, klassiek autisme of PDD-NOS. Dit terwijl in de praktijk en ook in aanpak vaak wel verschil tussen de autismevarianten bestaat.

In de aanloop naar het verschijnen van de *DSM-5* is er grote ophef ontstaan over deze veranderingen. De belangrijkste kritiek is afkomstig van de British Psychological Society (2011), de beroepsvereniging voor psychologen in Groot-Brittannië. Het nieuwe handboek zou te veel verschijnselen als 'ziekte' classificeren. Door het sneller opplakken van het etiket 'ziekte' ontstaat er een kunstmatig onderscheid tussen patiënten en andere mensen. Ook het Nederlands Instituut van Psychologen onderschrijft deze klacht en voorziet dat het hierdoor lastiger wordt om laagdrempelige hulp te bieden (NIP, 2011).

Een ander punt van kritiek betreft belangenverstrengeling bij de commissie die verantwoordelijk is voor het maken van de nieuwe editie van de *DSM*. Een recent onderzoek meldt dat 56 procent van de leden van de 170-koppige *DSM-IV*- en *IV-R*-commissie één of meer financiële banden had met de farmaceutische industrie (Cosgrove et al., 2006).

Laten we met deze voor- en nadelen en kritiek in gedachten eens kijken naar een paar voorbeelden van stoornissen die worden beschreven op As I en II van de *DSM-IV.* We beginnen met de stoornissen die te maken hebben met extreme emoties: de *stemmingsstoornissen*, ook wel *affectieve stoornissen* genoemd.

Stemmingsstoornissen:
van manie tot depressie

- Depressieve stoornis
- Bipolaire stoornis

12.2.2 Stemmingsstoornissen

Iedereen ervaart van tijd tot tijd sterke of onaangename emoties. Emotionele hoogte- en dieptepunten zijn een deel van ons leven en een normaal onderdeel van ons vermogen om de wereld om ons heen te interpreteren. Maar als stemmingen uit de hand lopen, van extreme verrukking tot diepe wanhoop, en lijden veroorzaken of belemmeringen in het sociaal of beroepsmatig functioneren, is er waarschijnlijk sprake van een **stemmingsstoornis**. Ook als de emoties van een individu aanhoudend niet bij de situatie passen, zal de therapeut aan een stemmingsstoornis denken. We bespreken de twee bekendste affectieve stoornissen: depressieve stoornis en bipolaire stoornis.

Stemmingsstoornis: Abnormale verstoring in emoties of stemming, inclusief bipolaire en unipolaire stoornis. Stemmingsstoornissen worden ook wel *affectieve stoornissen* genoemd.

Depressieve stoornis

Als je voor een belangrijk examen niet slaagt, je baan verliest of als je relatie uitgaat, is het normaal dat je je somber voelt. Het is ook normaal dat je verdrietig bent na de dood van een dierbare vriend. Maar als deze gevoelens weken, maanden achtereen aanhouden, terwijl de nare gebeurtenis al lang voorbij is, en er tegelijkertijd een subjectief lijden of beperking van de levenskwaliteit is, lijd je misschien aan de stoornis die **depressieve stoornis** wordt genoemd. Dit is de meest voorkomende ernstige psychische stoornis.

Depressieve stoornis: Een stemmingsstoornis die wordt gekenmerkt door verlies van levenslust en/of zware neerslachtigheid. Het is een vorm van depressie die niet afgewisseld wordt met manische perioden.

Depressie komt, ook in Nederland en Vlaanderen, relatief vaak voor. Elk jaar lijden er zo'n 650.000 mensen in Nederland aan een depressie. Van de totale volwassen Nederlandse bevolking wordt één op de zeven mensen ooit in zijn of haar leven geconfronteerd met een depressie. Daarbij is het zo dat depressies relatief vaker voorkomen bij vrouwen: bijna twee keer zo vaak als bij mannen (De Graaf et al., 2010). Uit een prevalentie-onderzoek bij Vlaamse huisartsen komt naar voren dat gemiddeld 6 op de 1000 mannen en 12 op de 1000 vrouwen tussen 25 en 44 jaar, een depressieve fase doormaken (Zorg en Gezondheid België, 2012). Depressie heeft daarnaast grote economische gevolgen. Mensen met depressie maken extra gebruik van medische voorzieningen en door het ziekteverzuim ontstaan er productieverliezen in betaalde en onbetaalde arbeid. Volgens het Trimbos-instituut zijn de jaarlijkse behandelkosten van depressie in Nederland 660 miljoen euro. Daarnaast ontstaan ook nog eens 953 miljoen euro aan kosten door ziekteverzuim in betaalde arbeid (Trimbos-instituut, 2010a). Maar het menselijk leed kan niet in geld worden uitgedrukt. Talloze mensen die worstelen met een depressie, voelen zich waardeloos, hebben nergens zin in, zonderen zich af van familie en vrienden, kunnen niet slapen, verliezen hun baan en worden steeds geagiteerder of vervallen in lethargie. In ernstige gevallen ontstaan zelfs psychotische vervormingen van de realiteit.

Cabaretier Mike Boddé geeft in het boek *Pil* (2010) een beeldende beschrijving van zijn eigen ervaring met een ernstige depressie.

Crossculturele vergelijkingen Uit studies blijkt dat depressie wereldwijd vaak voorkomt (Holden, 2000a), hoewel de incidentie grote verschillen vertoont. Maar de eerlijkheid gebiedt ons erbij te zeggen dat een minderheid van mening is dat de diagnose depressie te vaak wordt gesteld, omdat artsen dit etiket ook plakken op mensen die een normale reactie vertonen op ongeluk en omdat farmaceutische bedrijven ons onophoudelijk pillen opdringen als antwoord op ongeluk in het leven (Andrews & Thompson, 2009, 2010). Een deel van de variatie in incidentie van depressie in verschillende landen en culturen wordt misschien veroorzaakt door verschillende manieren van rapporteren en verschillen in de mate waarin mensen geneigd zijn om hulp te zoeken. Maar er spelen nog meer zaken mee. Het aantal gevallen van depressie in het Midden-Oosten is bijvoorbeeld ongetwijfeld enorm toegenomen door oorlogen (Thabet, 2004). En de lage depressiecijfers in Taiwan en Korea zijn deels geassocieerd met het relatief geringe aantal echtscheidingen in die landen.

Doe het zelf!
Als je wilt weten of jij gevoelig bent voor depressiviteit, ga dan naar 'In de praktijk' in de MyLab mediatheek en vul de checklist in met vragen uit de *DSM-IV.*

Oorzaken van depressie Er zijn fragmentarisch veel onderzoeksresultaten over het fenomeen depressie verzameld, maar tot nu toe is niemand erin geslaagd er een compleet beeld mee samen te stellen. In bepaalde gevallen is er zeker sprake van een genetische aanleg. Iemand die aan ernstige aanvallen van depressie lijdt, heeft vaak diverse familieleden met dezelfde aandoening (Plomin et al., 1994). Een andere reden waarom we denken dat depressie op zijn minst een biologische component heeft, is dat veel gedeprimeerde patiënten goed reageren op medicijnen die inwerken op de neurotransmitters norepinefrine, serotonine en dopamine (Ezzell, 2003). Door deze antidepressiva wordt ook de groei van nieuwe neuronen in de hippocampus bevorderd (Insel, 2007).

Er zijn ook aanwijzingen voor een verband tussen depressie en een geringere activiteit van de hersengolven in de linker frontaalkwab (Davidson, 1992a, b, 2000a; Robbins, 2000). En in enkele gevallen kan depressie door een virale infectie worden veroorzaakt (Bower, 1995b; Neimark, 2005). Als gevolg van deze resultaten zijn sommigen depressie gaan beschouwen als een verzamelnaam voor stoornissen met uiteenlopende oorzaken die van invloed zijn op verschillende delen van de hersenen (Kendler & Gardner, 1998).
Kortgeleden is met *brain imaging* (beeldvormingsonderzoek van de hersenen) een link ontdekt tussen de amygdala en een deel van de hersenschors, het zogenoemde *gebied 25*. Dit gebied bevindt zich aan de onderkant van de voorhoofdskwab, juist boven het monddak. Bij de hersenen van mensen met een depressie, bij wie vele functies vertraagd lijken te zijn, licht gebied 25 op scans op als 'warm', aldus neurologisch onderzoeker Helen Mayberg (Dobbs, 2006b; Insel, 2010; Mayberg, 2006, 2009). In die gevallen waarin therapieën voor depressie effect hebben, of deze therapieën nu gebaseerd zijn op geneesmiddelen of op psychotherapie, neemt de activiteit in gebied 25 af. Niemand weet precies wat gebied 25 is of hoe het precies werkt, maar Mayberg vermoedt dat het als een soort 'schakelaar' fungeert die het bewust denkende deel van de frontaalkwabben aan een onbewust 'alarmsysteem' verbindt.
Mayberg denkt ook dat gebied 25 niet op zichzelf werkt, maar interacteert met een hele reeks hersenmodules die samen depressie veroorzaken. Dus ook al heeft Mayberg gebied 25 aangewezen, ze zegt dat we depressies niet moeten zien als een stoornis van een specifiek deel van de hersenen. Er is eerder sprake van een gebrekkig functionerend systeem van structuren in de cortex, subcortex en het limbisch systeem, samen met een verstoorde balans in de neurotransmitters die in deze delen functioneren. Ze beweert dat depressieve episoden zich voordoen wanneer iemand met een gebrek in dit complexe stemmingsregulerende systeem met stress te maken krijgt (zie figuur 12.2).

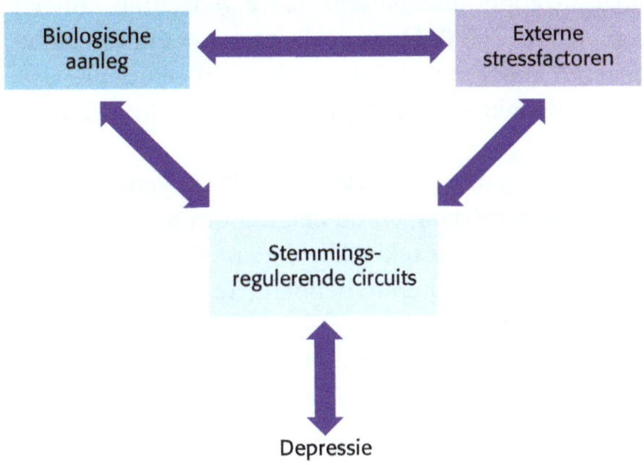

Figuur 12.2
Maybergs depressiemodel
Volgens deze opvatting is depressie het gevolg van drie belangrijke factoren die op elkaar inwerken: (a) de stemmingsregulerende circuits (inclusief gebieden in de cortex, subcortex en het limbisch systeem, en hun neurotransmitters, (b) externe stressfactoren (zoals ingrijpende gebeurtenissen, fysiek trauma en ziekte) en (c) biologische aanleg (inclusief genetica en geslacht).
Bron: bewerking van figuur 1 van Mayberg, H. S. (2006). Defining Neurocircuits in Depression: Strategies toward Treatment Selection Based on Neuroimaging Phenotypes. Psychiatric Annals, 36(4), 259–268.

Seizoensgebonden depressie Dit verwarrende beeld wordt nog verder gecompliceerd doordat ontdekt is dat een gebrek aan zonlicht eveneens een speciale vorm van depressie kan veroorzaken die voorkomt tijdens de donkere wintermaanden bij mensen die op hoge geografische breedte wonen (Insel, 2010; Lewy et al., 2006) (zie figuur 12.3). De **affectieve stoornis met seizoensgebonden patroon** of **SAD** hangt samen met het niveau van het lichtgevoelige hormoon melatonine. De natuurlijke productie van melatonine door de pijnappelklier is direct gekoppeld aan de blootstelling aan licht van bepaalde receptoren in het netvlies (retina). Dagelijkse fluctuaties in melatonine reguleren onze interne biologische klok (Steele & Johnson, 2009). Op grond van deze kennis hebben

Affectieve stoornis met seizoensgebonden patroon (SAD): Vorm van depressie waarvan men aanneemt dat ze wordt veroorzaakt door een gebrek aan zonlicht.

Verbinding hoofdstuk 8
De 'biologische klok', die zich in de thalamus bevindt, reguleert onze circadiaanse ritmes (p. 314).

onderzoekers een simpele en effectieve therapie ontwikkeld die het melatonineniveau reguleert: ze stellen SAD-patiënten dagelijks bloot aan een portie helder kunstlicht (Lewy et al., 1987)! Therapeuten melden dat een combinatie van lichttherapie met cognitief-behavioristische therapie of antidepressiva nog effectiever is (DeAngelis, 2006).

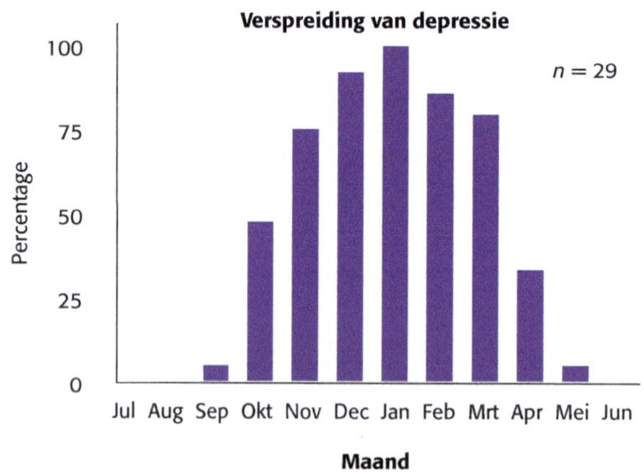

Figuur 12.3
Affectieve stoornis met seizoensgebonden patroon
Mensen die lijden aan de affectieve stoornis met seizoensgebonden patroon lopen het grootste risico in de maanden met weinig zonlicht.

Psychologische factoren Net als bij de meeste andere stoornissen, kunnen biologische factoren nooit alle aspecten van depressies verklaren. De stoornis heeft ook psychische, sociale en gedragsmatige aspecten. Er zijn veel aanwijzingen dat stressvolle gebeurtenissen, zoals het verliezen van een baan of de dood van een dierbare persoon, belangrijke factoren in een depressie zijn (Monroe & Reid, 2009). Maar een negatief zelfbeeld en een pessimistische levenshouding kunnen een vicieuze cirkel van negatieve denkpatronen laten ontstaan. Psychologen noemen het *piekeren* wanneer iemand onophoudelijk depressieve gedachten 'afspeelt' in zijn hoofd (Nolen-Hoeksema et al., 2008). Hoewel dit aanvankelijk aandacht en sympathie kan opwekken, keren anderen zich uiteindelijk van een depressieve patiënt af, waardoor deze geïsoleerd raakt en nog depressiever wordt (zie figuur 12.4).
Het risico bestaat dat mensen met een aanleg voor depressie deze cyclus in stand houden door hun geringe zelfwaardering en de neiging om negatieve gebeurtenissen toe te schrijven aan hun eigen tekortkomingen of aan externe omstandigheden waarop ze geen invloed denken te hebben (Azar, 1994). Martin Seligman ontdekte dit verschijnsel bij honden (zijn oorspronkelijke experiment werd in hoofdstuk 4 uitgebreid besproken) en noemde het **aangeleerde hulpeloosheid**. Later werd het bestaan van aangeleerde hulpeloosheid ook bij mensen aangetoond. Hierbij voeden de negatieve gedachten over het zelf de cyclus van depressie en somberheid (Coyne et al., 1991).

Aangeleerde hulpeloosheid: Een verschijnsel waarbij iemand geleerd heeft negatieve gebeurtenissen toe te schrijven aan zijn eigen persoonlijke gebreken of aan externe omstandigheden waarover hij zelf geen controle denkt te hebben. Van mensen met aangeleerde hulpeloosheid wordt gedacht dat ze een extreem externe locus of control hebben.

Wie krijgt een depressie? Niemand weet waarom depressies meer voorkomen bij vrouwen dan bij mannen (Holden, 2005). Volgens Susan Nolen-Hoeksema (2001) is het verschil mogelijk te verklaren uit het feit dat mannen en vrouwen verschillend reageren op somberheid. Ze meent dat vrouwen die somberheid ervaren vooral gaan nadenken over de mogelijke oorzaken en gevolgen van hun gevoelens. Mannen daarentegen proberen zichzelf af te leiden, ze trachten de deprimerende gevoelens te onderdrukken door ofwel hun aandacht ergens anders op te richten, of een lichamelijke activiteit te ondernemen waardoor ze hun sombere stemming vergeten. Op grond van dit model zou de contemplatieve respons van vrouwen hen kwetsbaarder maken voor depressie (Shea, 1998). Een

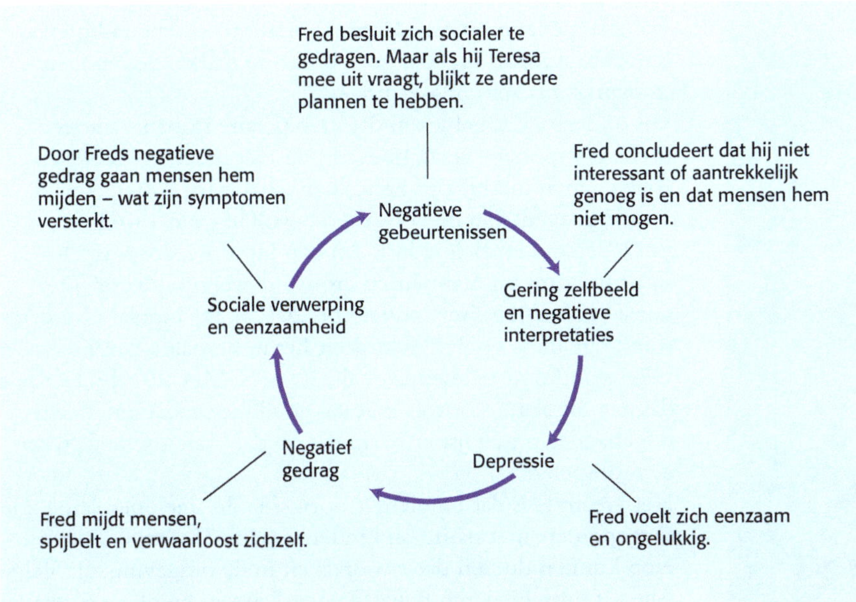

Figuur 12.4
De cyclus van depressie

andere oorzaak van dit verschil tussen de seksen heeft mogelijk te maken met normen waardoor vrouwen worden aangemoedigd hulp te zoeken, maar waardoor mannen ervan worden weerhouden dit te doen. Daarom zou dit verschil, althans gedeeltelijk, het gevolg kunnen zijn van verschillen tussen het aantal mannen en vrouwen dat hulp zoekt voor een depressie.

Naast geslacht speelt leeftijd ook een rol in depressies. Over het geheel genomen doen depressies zich vaker voor bij mensen tussen de 25 en 45 jaar en komen ze minder vaak voor bij ouderen en kinderen (Van 't Land et al., 2008b). Uit onderzoek naar het voorkomen van *dysthymie*, een mildere vorm van depressie, bij ouderen blijkt dat zij vaak pas op latere leeftijd (tussen de leeftijd van 50 en 60 jaar) dysthymie hebben gekregen, vaak kort na een stressvolle gebeurtenis die van grote invloed was op hun leven (Devanand et al., 2002; Beekman et al., 2004).

Bipolaire stoornis

Bij de andere stemmingsstoornis die we hier bespreken, komen ook episoden van depressie voor, maar deze worden afgewisseld met perioden van extreme opgetogenheid of euforie. Vroeger werd dit *manisch-depressieve stoornis* genoemd, maar tegenwoordig wordt de stoornis in de *DSM-IV* als **bipolaire stoornis** vermeld. De afwisselende perioden van een *manie* (extreme opgetogenheid of manische opwinding) en de intense somberheid van een depressie vertegenwoordigen de twee 'polen' van deze stoornis.

Bipolaire stoornis: Psychische afwijking die gepaard gaat met stemmingsschommelingen, van manie tot depressie.

Tijdens de *manische fase* is de patiënt euforisch, vol energie, hyperactief, erg spraakzaam en emotioneel zeer opgewonden. Niet zelden besteden mensen die in een manie verkeren, al hun spaargeld aan extravagante aankopen of hebben ze losse seksuele contacten of vertonen ze ander risicovol gedrag. Als de manie voorbij is, blijven ze achter met de schade die ze tijdens de zorgeloze periode van bezetenheid hebben aangericht. Kort daarop volgt de *depressieve fase*, waarin een duistere golf van melancholie over hun geest neerdaalt. De patiënt vertoont nu symptomen die zich in geen enkel opzicht onderscheiden van de symptomen van een 'gewone' depressie (die ook wel 'unipolaire' depressie wordt genoemd). Biologisch gezien is er echter wel een verschil tussen deze twee vormen van depressie. Dit kunnen we afleiden uit het feit dat beide vormen medicamenteus

Vincent van Gogh vertoonde symptomen van de bipolaire stoornis. Dit probleem lijkt vaak voor te komen onder uitzonderlijk creatieve personen.

Bron: Burstein Collection/Corbis.

helemaal anders behandeld moeten worden: antidepressiva die wel effectief zijn bij een depressieve stoornis, hebben bij een bipolaire stoornis meestal geen effect en maken de bipolaire stoornis soms zelfs nog ernstiger.

Uit onderzoek is gebleken dat de bipolaire stoornis een genetische component heeft, hoewel nog niet precies is gebleken welke genen hierbij zijn betrokken (Bradbury, 2001). Slechts 1 tot 3 procent van de volwassen bevolking van 18-64 jaar in Nederland en België lijdt aan een bipolaire stoornis. Deze stoornis komt bij mannen en vrouwen even vaak voor (De Graaf et al., 2010; Gezondheid.be, 2012a). De bipolaire stoornis is in hoge mate erfelijk, waardoor het in bepaalde families veel vaker voorkomt (Kieseppa et al., 2004; NIMH, 2010b). Het feit dat een bipolaire stoornis meestal goed met geneesmiddelen te behandelen is, wijst er eveneens op dat biologische factoren een rol spelen.

Het vreemde is dat bipolaire stoornissen de afgelopen jaren zijn toegenomen, met name bij kinderen (Holden, 2008). Dit zou erop kunnen duiden dat er oorzaken in de omgeving zijn gelegen. Of misschien zijn bepaalde gevallen van bipolaire stoornis in het verleden over het hoofd gezien, of wordt de diagnose tegenwoordig te snel gesteld. Hoe het ook zij, naast de invloeden van erfelijke factoren zijn er nog andere.

12.2.3 Angststoornissen

Iedereen is wel eens bang geweest in bedreigende of stressvolle situaties. Durf jij een slang op te pakken of een vogelspin over je schouder te laten lopen? Voor veel mensen is alleen al de gedachte aan slangen of spinnen voldoende om rillingen over de rug te krijgen, maar dat betekent nog niet dat ze een angststoornis hebben. De pathologische angst in **angststoornissen** is veel verlammender dan de normale huiver voor giftige, kruipende beesten.

Angststoornis: Psychisch probleem waarvan het belangrijkste kenmerk angst is. Angststoornissen zijn onder meer paniekstoornissen, specifieke fobieën en obsessief-compulsieve stoornis.

In deze paragraaf bespreken we vier stoornissen die worden gekenmerkt door angst: (1) de gegeneraliseerde angststoornis, (2) de paniekstoornis, (3) de fobische stoornis en (4) de obsessief-compulsieve stoornis. Het belangrijkste onderscheid tussen deze stoornissen heeft te maken met de focus en de duur van de angst: lijkt hij uit het niets te komen, volkomen los van de omgeving van de betrokkene? Ontstaat hij door een extern object of een externe situatie, bijvoorbeeld door het zien van bloed of een slang? Is de angst het grootste deel van de tijd aanwezig of slechts af en toe?

Gegeneraliseerde angststoornis: Een psychologisch probleem dat wordt gekenmerkt door hardnekkige en algemene gevoelens van angst zonder externe oorzaak.

Angststoornissen: angst, nervositeit, paniekaanvallen

- Gegeneraliseerde angststoornis
- Paniekstoornis
- Agorafobie
- Specifieke fobieën
- Obsessief-compulsieve stoornis

Gegeneraliseerde angststoornis

Sommige mensen hebben maanden of jaren achtereen last van angst die hun normaal functioneren verstoort. Jesper, die zware machines bedient, zegt dat hij last heeft van duizelingen, hoofdpijn en uitbarstingen van het koude zweet, en dat hij regelmatig angstgevoelens heeft. Hij heeft echter geen idee waarom hij zich zo voelt. Een klinisch psycholoog of psychiater zou de diagnose **gegeneraliseerde angststoornis** stellen. Jesper en anderen met dit probleem zijn niet bezorgd of angstig omtrent specifieke situaties of voorwerpen, zoals grote hoogten of spinnen. Ze hebben een algeheel en hardnekkig gevoel van angst dat uit het niets lijkt te komen en lang aanhoudt. Ze voelen zich simpelweg een groot deel van de tijd angstig, zonder dat ze weten waarom.

Hoe vaak komt deze aandoening voor? Volgens het eerdergenoemde NEMESIS-2 onderzoek van het Trimbos-instituut komen angststoornissen in Nederland ongeveer even vaak voor als stemmingstoornissen: één op de vijf mensen heeft ooit in het leven zo'n stoornis gehad. In 2010 hadden in totaal ruim één miljoen mensen in Nederland last van enigerlei angststoornis. Binnen de groep angststoornissen komen de specifieke fobie en de sociale fobie, die hieronder worden besproken, relatief veel voor (De Graaf et al., 2010). Volgens gegevens uit de eerdergenoemde Nationale Gezondheidsenquête (Demarest, 2010) lijdt een vergelijkbaar percentage van de Belgische bevolking (6 procent) van 15 jaar en ouder aan angstproblemen.

Paniekstoornis en agorafobie

Stel, je zit ontspannen te lunchen, en opeens jaagt er, ogenschijnlijk vanuit het niets, een golf van paniek door je heen: je hart slaat op hol, je begint te trillen, je voelt je duizelig, je handen worden klam en zweterig en je bent bang dat je dood zult gaan. Je hebt een paniekaanval.

Het onderscheidende kenmerk van een **paniekstoornis** is een terugkerend sterk gevoel van paniek dat 'spontaan' ontstaat en geen enkel verband houdt met de gebeurtenissen van dat moment (Barlow, 2001). Evenals bij een gegeneraliseerde angststoornis ervaar je een gevoel van onverklaarbare angst. Het verschil is dat de aanvallen bij een paniekstoornis gewoonlijk maar een paar minuten duren, waarna het gevoel langzaam wegzakt (McNally, 1994). Door de onverwachte aard van deze aanvallen ontwikkelt de patiënt vaak een *anticiperende angst*, wat de zaken nog gecompliceerder maakt. De vrees voor de volgende aanval en de angst voor het plotselinge gevoel van hulpeloosheid, kunnen er namelijk toe leiden dat de patiënt openbare ruimten gaat mijden, hoewel hij ook bang is om alleen achter te blijven. Vanuit de cognitieve-gedragsvisie bezien, zijn paniekaanvallen geconditioneerde responsen op lichamelijke sensaties die oorspronkelijk zijn aangeleerd in perioden van stress (Antony et al., 1992).

Paniekstoornis: Verstoring die wordt gekenmerkt door paniekaanvallen die geen verband houden met gebeurtenissen die het individu op dat moment ervaart.

Biopsychologen en gedragsbiologen komen met sterke bewijzen van een genetische invloed op paniekstoornissen (Hettema et al., 2001). We weten ook dat de hersencircuits die daarbij betrokken zijn, het onbewuste arousalcircuit en met name de amygdala zijn (Hébert, 2006; LeDoux, 1996; Mobbs et al., 2007). Dit 'angstcircuit' leert angstreacties gemakkelijk aan, maar geeft ze niet zo snel op; waarschijnlijk was dat maar goed ook voor onze voorouders die uit de buurt van roofdieren moesten blijven. Ook blijkt dat overstimulatie van deze circuits langdurige lichamelijke veranderingen kan veroorzaken, waardoor het individu in de toekomst nog gevoeliger wordt voor aanvallen van angst (Rosen & Schulkin, 1998).

◄◄ **Verbinding hoofdstuk 9**
De hersenen beschikken over twee belangrijke emotiecircuits: één daarvan werkt voornamelijk op een onbewust niveau (p. 371).

Om de zaken nog ingewikkelder te maken, blijkt verder dat veel slachtoffers van de paniekstoornis ook **agorafobie** hebben: een paniekreactie op drukke menigten of open ruimten of andere situaties waarin ze bang zijn niet gemakkelijk te kunnen ontsnappen. De term agorafobie is een letterlijke vertaling van het Oudgriekse begrip 'angst voor de markt'. Mensen die aan agorafobie lijden, zijn vaak bang dat ze op een dergelijke plek een paniekaanval zullen krijgen en dat er dan geen hulp komt of dat de situatie erg gênant wordt. Deze angsten hebben de neiging te verhevigen en maken de bewegingsvrijheid van de slachtoffers zeer beperkt. Sommigen durven überhaupt niet meer de straat op. Als de stoornis zulke extreme vormen aanneemt, is de kans groot dat de patiënt zijn baan verliest en normale activiteiten onmogelijk worden.

Agorafobie: Angst voor openbare plaatsen en open ruimten; komt vaak voor bij patiënten met een paniekstoornis.

Misschien ken je iemand met een paniekstoornis of een agorafobie? Ongeveer vier procent van de populatie in Nederland, waarvan het merendeel vrouwen, heeft er ooit in zijn leven onder te lijden (De Graaf et al., 2010). Gelukkig zijn er goede mogelijkheden om de stoornis te behandelen. De medische therapie omvat behandeling met angstremmende medicijnen, die de paniekaanvallen dempen. Ook een puur psychologische behandeling werpt vruchten af. Zoals we zullen zien in het volgende hoofdstuk, werkt systematische desensitisatie of cognitieve gedragstherapie even goed of zelfs nog beter dan behandeling met medicijnen.

Fobie: Angststoornis die wordt gekenmerkt door een pathologische angst voor een specifiek object of een specifieke situatie.

Fobische stoornissen

In tegenstelling tot de paniekstoornis en de gegeneraliseerde angststoornis hebben **fobieën** te maken met een aanhoudende en irrationele angst voor een specifiek voorwerp, of een specifieke activiteit of situatie. Het gaat bovendien om een respons die absoluut niet in verhouding staat tot de omstandigheden. (Dit worden soms *specifieke fobieën* genoemd, in tegenstelling tot de meer algemene, non-specifieke angst die bij agorafobie aanwezig is.) Iemand kan een fobie hebben voor uiteenlopende objecten of situaties, zoals spinnen of slangen, maar ook voor onweer, bacteriën en zelfs voor meerkeuzevragen! Sommige fobieën zijn wonderlijk specifiek, zoals de angst voor boeken, padden of zelfs draadjes, andere zijn zo algemeen dat ze bijna normaal lijken (denk aan *claustrofobie*, de angst voor afgesloten ruimtes). Andere veelvoorkomende fobieën zijn onder andere *sociale fobieën* (irrationele angsten voor normale sociale situaties) en angst voor hoogtes (*acrofobie*) en spinnen (*arachnafobie*).

Video
Ga naar de MyLab mediatheek om het filmfragment te bekijken over fobieën.

Specifieke fobieën komen relatief vaak voor: zo'n acht procent van de Nederlandse bevolking lijdt op een bepaald moment in zijn leven aan een specifieke fobie, terwijl negen procent van de mensen ooit lijdt aan een sociale fobie (De Graaf et al., 2010). Zie voor een compleet overzicht over het vóórkomen van angststoornissen in Nederland tabel 12.2.

◀◀ **Verbinding hoofdstuk 4**
Watson en Rayners beruchte experiment met de kleine Albert bewees dat angsten kunnen worden aangeleerd met behulp van klassieke conditionering (p. 131).

Wat is de oorzaak van fobieën? John Watson en Rosalie Rayner hebben lang geleden aangetoond dat angsten kunnen worden aangeleerd. En er bestaat overvloedig bewijs dat angsten en fobieën kunnen worden afgeleerd met behulp van op conditionering gebaseerde cognitieve gedragstherapie (Mineka & Zinbarg, 2006). Maar leren vormt waarschijnlijk niet de volledige oorzaak. Martin Seligman (1971) meent dat mensen een biologische aanleg hebben waardoor ze sommige soorten angst gemakkelijker leren dan andere. Deze **preparedness hypothesis** stelt dat we een aangeboren, door natuurlijke selectie verworven neiging hebben om snel en automatisch te reageren op stimuli die voor onze voorouders levensbedreigend waren (Öhman & Mineka, 2001). Dat verklaart waarom we sneller een fobie voor slangen of onweer ontwikkelen dan voor auto's of stopcontacten – objecten die pas de afgelopen decennia levensbedreigend zijn. Ook hier berust het achterliggende hersenmechanisme op de amygdala en op de snelle en onbewuste emotiebaan die door Joseph LeDoux en zijn collega's in kaart is gebracht (Schafe et al., 2005; Wilensky et al., 2007).

Preparedness hypothesis: Het idee dat we een aangeboren, door natuurlijke selectie verworven neiging hebben om snel en automatisch te reageren op stimuli die voor onze voorouders levensgevaarlijk waren.

Tabel 12.2 Prevalentie van angststoornissen in de Nederlandse bevolking van 18-64 jaar

Lifetimeprevalentie			
	Mannen	Vrouwen	Totaal
	%		
Enigerlei angststoornis	15,9	23,4	19,6
Paniekstoornis	2,8	4,7	3,8
Agorafobie zonder paniekstoornis	0,4	1,4	0,9
Sociale fobie	7,7	10,9	9,3
Specifieke fobie	5,5	10,3	7,9
Gegeneraliseerde angststoornis	3,6	5,4	4,5

Bron: Nemesis-2: *De psychische gezondheid van de Nederlandse bevolking* (De Graaf et al., 2010).

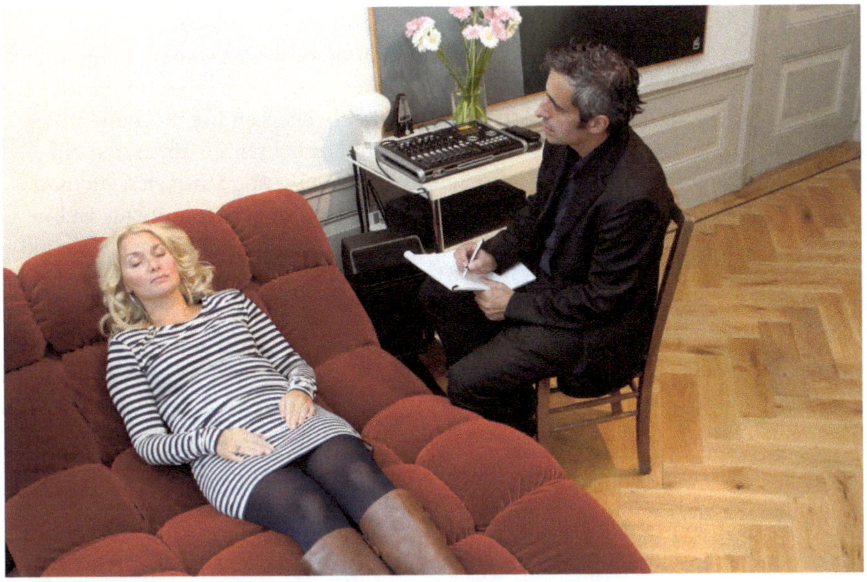

Hypnotherapie wordt ook ingezet om mensen van sociale fobieën af te helpen, zoals een extreme angst om in het openbaar te spreken.

Copyright Jos van Leeuwen/Foto: Jarko De Witte van Leeuwen.

Obsessief-compulsieve stoornis

In een beroemd geval van obsessief-compulsieve stoornis in de literatuur roept Lady Macbeth: 'O, vervloekte vlek! Weg, zeg ik!' terwijl ze herhaaldelijk haar handen wast om het schuldgevoel over de moord op koning Duncan kwijt te raken. Hoewel mensen met een **obsessief-compulsieve stoornis (OCD)** gewoonlijk niet hallucineren over bloedvlekken op hun handen, zat Shakespeare er verder niet ver naast. De hoofdkenmerken zijn hardnekkige, onwelkome gedachten en/of ritueel gedrag. 1 procent van de mensen heeft in elk gegeven jaar en in alle culturen last van een obsessief-compulsieve stoornis (Steketee & Barlow, 2002). Recenter heeft Jack Nicholson op zijn onnavolgbare manier een persoon met een obsessief-compulsieve stoornis vertolkt in de film *As Good As It Gets* (1997).

Obsessief-compulsieve stoornis (OCD): Aandoening die zich kenmerkt door patronen van aanhoudende ongewenste dwanggedachten en/of -gedragingen.

De *obsessieve* component van OCD bestaat uit dwanggedachten en/of dwanghandelingen: gedachten, beelden of impulsen die steeds terugkeren of hardnekkig aanwezig blijven, ondanks inspanningen van de betrokkene om ze te onderdrukken. De meeste patiënten hebben een combinatie van beide, maar het is ook mogelijk om enkel dwanggedachten of -handelingen te hebben. Bijvoorbeeld: iemand met een obsessieve angst voor bacteriën wil pertinent niet buitenshuis naar het toilet en weigert een vreemde een hand te geven. Anderen hebben een obsessie voor het schoonhouden van hun huis of het netjes opbergen van hun kleding en schoenen. En omdat mensen met OCD beseffen dat de obsessieve gedachten en compulsieve rituelen zinloos zijn, doen zij vaak grote moeite om de dwangmatige gedragingen voor anderen te verbergen. Dat leidt natuurlijk tot ernstige verstoringen van het gezinsleven, de sociale contacten en de werkomstandigheden. Het is dan ook niet vreemd dat mensen met OCD extreem vaak scheiden.

Je hebt ongetwijfeld zelf ook wel eens last van milde obsessies, of kleine zorgen zoals 'Heb ik de deur gesloten of niet?' Dan heb je ervaring met een milde obsessie. Een zin of melodie die de hele tijd door je hoofd blijft spelen, zou ook een vorm van een obsessie kunnen zijn. Als dat af en toe gebeurt en geen ernstige verstoring van je leven tot gevolg heeft, zijn dergelijke gedachten heel normaal.

Compulsies, ook wel dwanghandelingen genoemd, de andere helft van de obsessief-compulsieve stoornis, zijn steeds terugkerende, doelgerichte handelingen die worden uitgevoerd volgens bepaalde persoonlijke 'regels', als reactie op een obsessie. Mensen met OCD-symptomen hebben het gevoel dat ze door hun compulsieve ('dwangmatige') gedrag de spanningen die door hun obsessies wor-

De obsessief-compulsieve stoornis dwingt mensen tot zinloze rituele handelingen, zoals herhaaldelijk handen wassen.

den opgeroepen kunnen reduceren. Typische compulsies zijn de onweerstaanbare drang om schoon te maken, om voorwerpen of bezittingen te tellen, om te checken en herchecken 'om er zeker van te zijn' of lichten en apparaten zijn uitgeschakeld. In een rustige fase zien mensen met een obsessief-compulsieve stoornis wel in dat hun compulsies zinloos zijn. Maar zodra de angst toeneemt, krijgen ze een onweerstaanbare drang om het dwangmatige rituele gedrag te vertonen. Het is de enige manier waarop ze de spanning denken te kunnen verlichten. Een deel van het lijden van deze mensen zit 'm in de frustratie dat ze wel weten dat hun obsessies irrationeel zijn, maar dat ze niet bij machte zijn om er een einde aan te maken.

OCD komt in bepaalde families vaker voor dan in andere, wat doet vermoeden dat er een genetische component in het spel is (Insel, 2010). Ook het feit dat veel mensen met OCD last hebben van tics, ongewenste en onwillekeurige bewegingen zoals overdreven knipogen, wijst in die richting. Op hersenfilms zijn vaak afwijkingen zichtbaar in de dieper gelegen motorische controlecentra (Resnick, 1992). OCD-expert Judith Rapoport beschouwt compulsies als 'gefixeerde softwarepakketjes' in de hersenen die de zich steeds herhalende gedachten en rituelen veroorzaken. Eenmaal geactiveerd, zo vermoedt ze, raakt de patiënt verstrikt in een gedragsmatige 'loop' (steeds terugkerend patroon) die hij niet meer kan uitschakelen (Rapoport, 1989).

Video
Ga naar de MyLab mediatheek om het filmfragment te bekijken over Margo en obsessief-compulsieve stoornis.

Verbinding hoofdstuk 4
In de klassieke en operante conditionering wordt een respons uitgedoofd door die te onderdrukken. Dit onderdrukken vindt op zijn beurt weer plaats door het aanleren van een respons die met de uit te doven respons in strijd is (p. 129).

Maar wederom (met het risico obsessief te klinken) moeten we opmerken dat de biologie niet alles kan verklaren. Sommige mensen met OCD hebben duidelijk *geleerd* dat hun angstoproepende gedachten verband houden met schadelijke consequenties (Barlow, 2000). Ook het feit dat men met gedragstherapie goede resultaten kan boeken, doet vermoeden dat leren een rol speelt in het ontstaan van OCD. De behavioristische strategie voor het behandelen van dwangmatig handen wassen doet bijvoorbeeld een beroep op extinctie (uitdoving), waarbij de therapeut de handen van de persoon met OCD vuil maakt en hem of haar gedurende steeds langere perioden ervan weerhoudt de handen te wassen. De veranderingen die met gedragstherapie worden teweeggebracht, zijn zelfs zichtbaar op PET-scans van de hersenen van OCD-patiënten (Schwartz et al., 1996). Dus als we gedrag veranderen, veranderen we ook altijd de verbindingen in de obsessief-compulsieve hersenen. Deze stoornis toont opnieuw aan dat biologie en gedrag onlosmakelijk met elkaar verbonden zijn.

12.2.4 Schizofrenie

Psychose: Stoornis die gepaard gaat met ernstige verstoringen in de perceptie, het rationele denken of het affect (de emoties).

Schizofrenie: Psychotische stoornis die wordt gekenmerkt door verstoring van gedachten, percepties en/of emoties.

Schizofrenie is de stoornis die mensen meestal bedoelen als ze het over 'gekte', '**psychose**' of 'krankzinnigheid' hebben. In psychologische termen omvat **schizofrenie** verschillende aan elkaar gerelateerde vormen van psychopathologie, waarbij de persoonlijkheid uiteen lijkt te vallen en het emotionele leven en de cognitieve processen verstoord raken. (Op één na kregen alle pseudopatiënten van Rosenhan deze diagnose.) In sommige gevallen wordt de wereld van de schizofreen troosteloos en betekenisloos. In andere gevallen raakt de wereld zo overvol met gewaarwordingen, dat alles zich voordoet in een complex mengsel van verschillende realiteiten en diverse hallucinaties en wanen. Schizofrenie kan gepaard gaan met afgestompte emoties, bizarre gedachten en vreemde 'taalgrapjes'. Ook de herinneringen kunnen versnipperd raken (Danion et al., 1999). De stoornis veroorzaakt een breuk in de eenheid van de geest. Het slachtoffer komt terecht op betekenisloze geestelijke dwaalwegen, verliest zich in eindeloze klankassociaties (associaties van gelijk klinkende woorden) en produceert verwarde klanken die therapeuten '*word salads*' noemen.

Het aantal nieuwe gevallen van schizofrenie per jaar varieert wereldwijd van 7,7 tot 43 per 100.000 personen, gemiddeld komt dit uit op 15 nieuwe gevallen per 100.000 personen per jaar (McGrath et al., 2004). Hoewel het moeilijk is betrouwbare cijfers te geven, wordt het aantal mensen met schizofrenie in België geschat tussen de 25.000 tot 60.000 (Gezondheid.be, 2012b). Jaarlijks ziet men daar ongeveer tussen 1000 en 7000 nieuwe gevallen. Volgens het Trimbos-instituut heeft naar schatting 0,5 procent van de werkende bevolking (18 tot en met 64 jaar) in Nederland ooit in zijn of haar leven schizofrenie (lifetimeprevalentie; De Graaf et al., 2010). Binnen de populatie huisartspatiënten in Nederland hadden op 1 januari 2007 naar schatting 31.900 mensen schizofrenie (RIVM, 2012). Om tot nu toe onbekende redenen worden mannen vaker getroffen en openbaart bij hen schizofrenie zich meestal voor het 25e jaar, terwijl dat bij vrouwen gebeurt tussen hun 25e en 45e (Holden, 2005; NIMH, 2010b).

Schizofrenie: psychotische achteruitgang van de persoonlijkheid, met inbegrip van verstoringen van het affect, het denken en de socialisatie.

- Gedesorganiseerde vorm
- Katatone vorm
- Paranoïde type
- Ongedifferentieerde type
- Resttoestand

De belangrijkste vormen van schizofrenie

Veel wetenschappers beschouwen schizofrenie als een samenhangend geheel van afzonderlijke stoornissen. Dit zijn de vijf vaakst voorkomende:

- *Gedesorganiseerde vorm.* Dit is ons stereotiepe beeld van krankzinnigheid: onsamenhangende spraak, hallucinaties, wanen en bizar gedrag. Een patiënt die tegen een imaginair persoon praat, krijgt waarschijnlijk deze diagnose.
- *Katatone vorm.* Verschijnt in twee vormen: katatone stupor (de vaakst voorkomende vorm) en katatone opwinding. Mensen met katatone stupor kunnen uren, soms zelfs dagen, bewegingloos blijven, soms in een starre houding die ze op een standbeeld doet lijken. De andere vorm wordt katatone opwinding genoemd; de patiënt wordt opgewonden en hyperactief.
- *Paranoïde type.* Dit type wordt gekenmerkt door wanen en hallucinaties. Er zijn geen onsamenhangende symptomen (zoals bij de gedesorganiseerde vorm) en evenmin zijn er katatone symptomen. Bij dit type schizofrenie worden paranoïde wanen aangetroffen: achtervolgingswaan of grootheidswaan (sterk overdreven gevoel van eigenwaarde). Deze wanen zijn opvallend minder goed georganiseerd en onlogischer dan die van een patiënt met een zuivere waanstoornis.
- *Ongedifferentieerde type.* Dit is de vergaarbak voor alle schizofrene symptomen die niet in een van de vorige categorieën kunnen worden ondergebracht.
- *Resttoestand.* Dit is niet de naam van een type, maar de diagnose die wordt gesteld als een individu een schizofrene episode heeft meegemaakt, terwijl op het moment van onderzoek geen ernstige symptomen als hallucinaties of waandenkbeelden worden vertoond. Het denken is slechts weinig verstoord en het emotionele leven is niet ernstig afgevlakt. De diagnose kan erop wijzen dat de ziekte in remissie is, oftewel slapende. (De meeste pseudopatiënten van Rosenhan, die we aan het begin van dit hoofdstuk zijn tegengekomen, waren verondersteld deze diagnose te hebben gekregen.)

Een manier om het probleem wat overzichtelijker te maken, is door de verschillende vormen onder te brengen in een positieve en een negatieve categorie (Javitt & Coyle, 2004; Sawa & Snyder, 2002). Positieve symptomen hebben betrekking op actieve symptomen, zoals wanen en hallucinaties. Onder negatieve symptomen worden passieve processen en tekorten verstaan, zoals sociaal terugtrekken, 'vlak' affect (gebrek aan emotionele expressie), gebrek aan plezier in het leven en armoede van denken.

Mogelijke oorzaken van schizofrenie

De freudiaanse visie dat schizofrenie wordt veroorzaakt door falende ouders of een verdrongen trauma uit de jeugd is allang verouderd (Walker & Tessner, 2008). Geadopteerde kinderen uit een familie waar de stoornis niet voorkomt, lopen geen extra risico als ze in een gezin met een schizofrene ouder worden geplaatst, zo blijkt uit onderzoek (Gottesman, 1991). Steeds meer psychiaters en psychologen zijn van mening dat schizofrenie wordt veroorzaakt door een fundamentele fout (of fouten) in de hersenen (Grace, 2010; Karlsgodt et al., 2010; Walker et al., 2010).

Biologische factoren bij schizofrenie Deze theorie van een hersenafwijking wordt op allerlei fronten ondersteund. Antipsychotische medicijnen (die soms *major tranquillizers* of 'neuroleptica' worden genoemd) beïnvloeden de hersenreceptoren voor dopamine, waardoor de positieve symptomen van schizofrenie onderdrukt worden (Mueser & McGurk, 2004). Met medicijnen die de aanmaak van dopamine stimuleren (bijvoorbeeld amfetaminen) blijk je de schizofrene symptomen juist te kunnen oproepen. Onlangs is de aandacht gericht op tekorten van de neurotransmitter glutamaat (Berenson, 2008; Javitt & Coyle, 2003).

Daarnaast vertonen computerbeelden van de hersenen van schizofrene mensen duidelijke afwijkingen (Conklin & Iacono, 2004; NIMH, 2005) (zie figuur 12.5). Volgens die opvatting komen uit MRI-onderzoeken aanwijzingen naar voren dat de neurale actiepotentialen in de cortex van de schizofrene hersenen niet zijn gesynchroniseerd (Bower, 2005b; Symond et al., 2005).

Ook onderzoek naar families ondersteunt de gedachte dat schizofrenie op zijn minst een biologische basis heeft (Conklin & Iacono, 2004; Holden, 2003a). Er is niet een bepaald gen dat met schizofrenie in verband is gebracht. Wel weten we dat hoe nauwer de verwantschap is met iemand met schizofrenie, des te groter de kans dat men de stoornis zelf ook krijgt, net als in het geval van stemmingsstoornissen (Gottesman, 2001; Pogue-Gille & Yokley, 2010; Walker & Tessner, 2008).

Schizofrenie is niet alleen een kwestie van aanleg We herhalen het maar weer eens: biologie vertelt niet het hele verhaal van schizofrenie. Etnische achtergrond en geografische locatie lijken ook een rol te spelen, al is er geen duidelijk

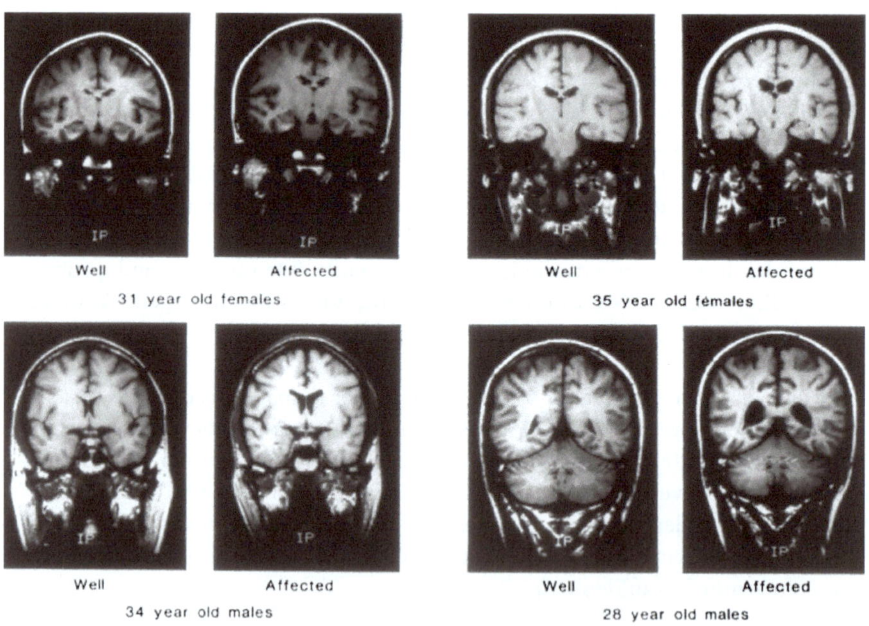

Figuur 12.5

MRI-scans van een tweeling van wie de een schizofreen is en de ander niet

Rechts zie je de hersenen van het lid van de tweeling met schizofrenie. Let op de vergrote ventrikels (met vloeistof gevulde ruimten) in de hersenen.

oorzaak-en-gevolgeffect gevonden (Minkel, 2009). Bij 90 procent van de familieleden van mensen met schizofrenie, die de stoornis zelf *niet* ontwikkelen, zien we ook een omgevingsfactor (Barnes, 1987). Zelfs bij eeneiige tweelingen, die *exact* dezelfde genen hebben, is het *concordantiepercentage* (concordantiegraad; de mate waarin de stoornis door beiden wordt gedeeld) voor schizofrenie niet meer dan 50 procent. Dat wil zeggen dat in de helft van de gevallen waarin een tweelingbroer of -zus uit een eeneiige tweeling door schizofrenie wordt getroffen, de andere tweelingbroer of -zus gezond blijft (zie figuur 12.6).

Kan de omgeving dus tegenwicht bieden aan erfelijkheid? Tot op zekere hoogte wel, zegt een Finse studie. Bij geadopteerde kinderen die een genetische aanleg voor de ziekte hebben, neemt het risico van schizofrenie af als ze in een gezonde gezinsomgeving opgroeien (Tienari et al., 1987). Blijkbaar ontstaat schizofrenie pas als er sprake is van een biologische aanleg plus een onbekende 'trigger' uit de omgeving, die de erfelijke neiging in gang zet (Cromwell, 1993; Iacono & Grove, 1993). Het zogenaamde kwetsbaarheid-stressmodel stelt dat deze aanleg zorgt voor een verhoogde kwetsbaarheid voor het ontwikkelen van schizofrenie (Zubin & Spring, 1977; Nuechterlein & Dawson, 1984; Nuechterlein et al., 1994) en staat daarmee tegenover de oudere visie van het bestaan van enkel een genetisch defect.

De trigger kan een chemische stof zijn, stress of een factor waar niemand nog aan heeft gedacht. Ondanks alle bewijzen voor een biologische component, moeten we niet vergeten dat psychische stoornissen *altijd* een interactie zijn tussen biologische, cognitieve, sociaal-culturele, gedragsmatige en omgevingsfactoren, zoals in het eerste kernconcept van dit hoofdstuk al stond.

Dit bredere perspectief wordt vaak de **diathese-stresshypothese** genoemd. Deze hypothese stelt dat iemand vanwege biologische factoren een bepaald risico loopt, maar dat er stressfactoren uit de omgeving nodig zijn om deze mogelijkheid om te zetten in een feitelijke schizofrene stoornis (Walker & Tessner, 2008). (Het woord *diathese* verwijst naar een aanleg of lichamelijke toestand die iemand gevoelig maakt voor ziekte.) In die zin kunnen we schizofrenie opvatten als een stressrespons. Het is dus goed mogelijk dat iemand met een genetische aanleg voor schizofrenie de stoornis nooit ontwikkelt als hij niet wordt blootgesteld aan bepaalde schadelijke omstandigheden of stressoren die hem 'over het randje' kunnen duwen.

Diathese-stresshypothese: In verband met schizofrenie: de stelling dat genetische factoren een bepaald risico vormen, maar dat er stressfactoren uit de omgeving nodig zijn om deze mogelijkheid om te zetten in een werkelijke schizofrene stoornis.

12.2.5 Ontwikkelingsstoornissen

Zoals eerder in de inleiding van deze paragraaf werd genoemd, zullen naar verwachting verschillende stoornissen, waaronder een aantal ontwikkelingsstoornissen, in de *DSM-5* anders worden gerangschikt. De meeste categorieën worden in een 'ontwikkelingslijn' geplaatst, beginnend met stoornissen in de kindertijd en daarna die in de volwassenheid. Omdat nog niet precies duidelijk is hoe dat eruit gaat zien en de *DSM-IV*-categorie van ontwikkelingsstoornissen een aantal belangrijke en bekende stoornissen bevat, zoals autisme en ADHD, hebben we ervoor gekozen deze groep stoornissen in deze paragraaf nog wel apart te bespreken, zoals je ze ook in de *DSM-IV* terugvindt.

Ontwikkelingsproblemen kunnen zich op elke leeftijd voordoen, maar diverse veelvoorkomende stoornissen worden tijdens de jeugd voor het eerst vastgesteld, waaronder autisme, aandachtstekortstoornis met hyperactiviteit (ADHD), en dyslexie. In de DSM-IV worden al deze stoornissen op de tweede as geclassificeerd (en worden daarom ook wel As-II-stoornissen genoemd). Hier zullen we slechts een korte beschrijving van deze stoornissen geven, omdat je ze in eerdere hoofdstukken al bent tegengekomen.

Ontwikkelingsstoornissen: stoornissen die meestal tijdens de zuigelingentijd, jeugd of puberteit voor het eerst worden vastgesteld.

- Autisme
- Dyslexie
- Aandachtstekortstoornis met hyperactiviteit (ADHD)

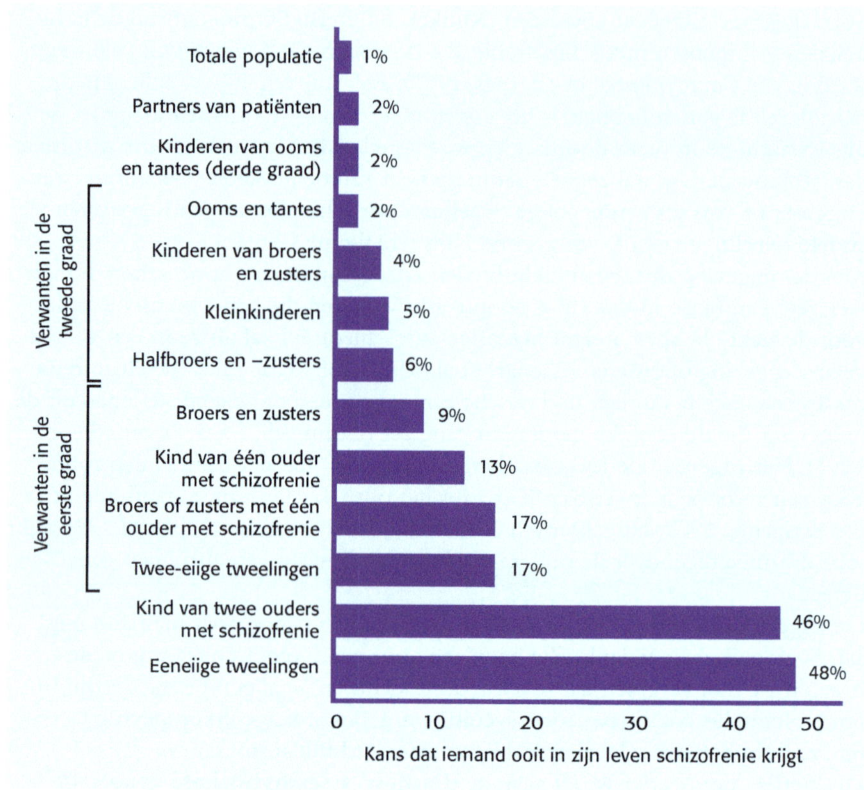

Figuur 12.6

Genetische kans op schizofrenie

De grafiek toont de gemiddelde kans dat verwanten van schizofreniepatiënten de stoornis zelf ook zullen krijgen. De data zijn afkomstig van familie- en tweelingstudies onder Europese populaties tussen 1920 en 1987. Zoals je ziet, is de correlatie tussen de kans op schizofrenie en de mate van genetische verwantschap tamelijk groot.

Autisme: Een stoornis die ernstige belemmeringen van de aandacht, de cognitie (denken en gerelateerde verstandelijke processen), de communicatie en het sociaal functioneren kan veroorzaken.

Autisme

Autisme is een complexe en slecht begrepen stoornis waarbij de betrokkene minder goed in staat is andere mensen te 'lezen', taal te gebruiken en sociale interactie te vertonen. Het experiment 'Sally & Anne' (zie figuur 12.7) is heel bekend en geldt als een voorbeeld van de problemen die kinderen met autisme hebben met het 'lezen' van het standpunt of de gevoelens van iemand anders. Sally en Anne zijn twee poppen die 'de hoofdrol spelen' in een neuropsychologisch experiment, dat voor het eerst werd beschreven door Wimmer & Prenner (1983). Het doel van de test is te onderzoeken in hoeverre een kind in staat is zich in de gedachten van anderen te verplaatsen. De opstelling van deze test is als volgt. De onderzoeker zit aan een tafel tegenover een kind. Hij gebruikt twee handpoppen: Sally en Anne. Verder ligt er op tafel een balletje, een doos en een mandje. De onderzoeker trekt de aandacht van het kind en neemt met de pop Sally het balletje op, plaatst het in het mandje en legt er een doekje over. Hij laat Sally dan vertrekken en legt deze pop uit het zicht van het kind. Dan neemt hij de pop Anne: Anne neemt de bal uit de mand en legt die in het doosje. Vervolgens laat hij Anne vertrekken en neemt hij de pop Sally weer in de hand. De vraag die nu aan het kind wordt gesteld is waar Sally de bal gaat zoeken.
Een kind dat zich kan verplaatsen in de 'gedachtegang' van Sally, zal naar verwachting 'het mandje' als antwoord geven. Sally heeft immers niet kunnen zien dat Anne de bal in het doosje heeft verstopt.
Uit een serie onderzoeken die gebruikmaken van deze opzet, ook met levende mensen in plaats van poppen (Leslie & Frith, 1987), is gebleken dat de meeste kinderen van vier jaar nog vaak het doosje als antwoord geven (en zich dus niet in Sally kunnen verplaatsen), maar bij een aantal blijkt het vermogen zich in de gedachtegang van anderen te verplaatsen, zich al wel ontwikkeld te hebben. Op zesjarige leeftijd geven ze het 'juiste' antwoord en daaruit leiden de onderzoekers

af dat kinderen normaal gesproken vanaf deze leeftijd allemaal over dat inlevingsvermogen beschikken. Dit inlevingsvermogen wordt theory of mind genoemd en zorgt er dus voor dat kinderen beter kunnen begrijpen wat anderen denken of voelen.
De resultaten van de experimenten bleken af te wijken voor kinderen met autisme. Kinderen met autisme bleken een zwak ontwikkelde theory of mind hebben (Frith, 1993). Kinderen met autisme hebben juist heel veel moeite om zich in het perspectief van anderen te verplaatsen. Zij vinden het resultaat van deze perspectiefneming (*belief*) minder belangrijk dan dat wat ze in werkelijkheid zien (de bal die in het doosje ligt). Het zich kunnen inleven (perspectief nemen) is uiteraard een belangrijke voorwaarde voor het ontwikkelen van sociale competenties. Als gevolg hiervan ervaren mensen met autisme problemen in sociale relaties en leven velen van hen in een sociaal isolement.
De meeste experts geloven dat autisme een stoornis is in de hersenen, waarvan de oorzaak nog niet bekend is. De ontdekking van 'spiegelneuronen' en de suggestie van een eventueel verband met autisme heeft veel opwinding doen ontstaan. Onderzoek suggereert namelijk dat autistische kinderen óf minder spiegelneuronen in de hersenen hebben, óf dat de spiegelneuronen die ze hebben, niet goed functioneren (Miller, 2005; Ramachandran & Oberman, 2006). Het interessante is dat men veronderstelt dat spiegelneuronen de fysiologische basis vormen van het zich kunnen inleven in en meeleven met andere mensen, net datgene waar mensen met autisme het moeilijk mee hebben (Dobbs, 2006a; Rizzolatti et al., 2006). Het is nog niet duidelijk of deze ontwikkelingen in een effectieve behandeling kunnen worden omgezet.
Naar de rol van erfelijkheid bij het ontstaan van autisme wordt de laatste jaren veel onderzoek gedaan. In een spraakmakend onderzoek bestudeerden Roelfsema en collega's (2011) bijvoorbeeld de prevalentie van autisme in Eindhoven en ze vergeleken dit met de prevalentie in Haarlem en Utrecht. In Eindhoven bleek dat 2,3 procent van de schoolgaande kinderen een autismediagnose had, terwijl dit in Haarlem en Utrecht meer dan de helft minder was. Een mogelijke verklaring hiervoor gaat uit van een genetische component: het feit dat in gebieden zoals Eindhoven relatief veel meer mensen zijn met bijzondere talenten op het gebied van informatica, techniek en dergelijke (talenten die door autismeonderzoeker Baron-Cohen (2009) '*systemizing*' worden genoemd) zou zorgen voor meer kinderen met autisme (door Baron-Cohen '*supersystemizers*' genoemd). Maar er zijn ook andere verklaringen mogelijk: in Haarlem en Utrecht wonen bijvoorbeeld veel allochtonen en migranten, bevolkingsgroepen waar autisme vaak ondergediagnosticeerd is. Deze kwestie vergt uiteraard nog veel meer onderzoek.
Hoe vaak komt autisme voor? In internationaal onderzoek wordt de prevalentie van autismespectrumstoornissen op 60 tot 100 per 10.000 geschat (Fombonne, 2003). Er is geen reden om aan te nemen dat de prevalentie in Nederland en België daarvan zou afwijken. Ruim dertig jaar geleden was de prevalentie nog 2 tot 5 per 10.000. Er worden verschillende oorzaken voor die opmerkelijke stijging aangegeven: 1) de diagnose autisme is sinds 1990 verruimd, 2) de maat-

Figuur 12.7
Sally & Anne
Bron: Nederlandse versie door Joost Hølscher.

Verbinding hoofdstuk 7
Een 'theory of mind' omvat het inzicht dat gedrag van anderen gebaseerd kan zijn op aannamen, wensen en emoties die verschillen van de eigen aannamen, wensen en emoties (p. 273).

Verbinding hoofdstuk 2
Spiegelneuronen in de hersenen 'reflecteren' de reacties van anderen (p. 68).

schappij stelt tegenwoordig meer eisen aan sociale en communicatieve vaardigheden, flexibiliteit en zelfredzaamheid en 3) de diagnose is beter bekend bij zowel leken als behandelaars (Trimbos-instituut, 2010b). Bovendien speelt in Nederland ook mee dat een classificatie nodig is om een aanvraag voor financiering van zorg of hulp in het onderwijs te kunnen doen.

Op dit moment is er geen geneesmiddel voor autisme. Gedragstherapieën, waaraan de ouders en het kind met de stoornis deelnemen, kunnen socialisatie en spreekvaardigheid verbeteren en zelfdestructief gedrag verminderen. Helaas kosten dergelijke therapieën veel tijd en zijn ze relatief duur.

Zoals aan het begin van het hoofdstuk opgemerkt, zal er met de komst van de *DSM-5* het een en ander veranderen rond de classificatie van autismespectrumstoornissen. Hoe die veranderingen er precies uit zullen zien en welke invloed dit zal hebben op bijvoorbeeld de prevalentie, is op dit moment nog onduidelijk.

Dyslexie

Dyslexie: Een leesstoornis, waarvan sommige deskundigen denken dat deze door een afwijking in de hersenen wordt veroorzaakt.

Lezen is een sleutel die vele deuren opent in onze moderne, door informatie aangestuurde maatschappij. Voor mensen die problemen hebben met lezen, mensen met **dyslexie**, kunnen deze deuren echter gesloten blijven. Circa een op de vijf kinderen heeft deze stoornis in enige mate, wat vaak leidt tot slechte schoolprestaties. En omdat school zo belangrijk is in onze maatschappij, leidt dit vaak tot een afname van het zelfvertrouwen en uiteindelijk tot een verstoring van de carrièremogelijkheden (Shaywitz, 1996).

Dyslexie is geen visuele of perceptuele stoornis, in tegenstelling tot wat algemeen wordt gedacht. Bij deze aandoening springen letters en woorden niet rond en ze verwisselen ook niet van plaats. Uit onderzoek van de laatste vijftien jaar komen aanwijzingen naar voren dat bij deze aandoening sprake is van afwijkingen in het gebied in de hersenen waar taal wordt verwerkt (Breier et al., 2003). Ironisch genoeg kan een andere 'oorzaak' de taal zelf zijn: de bizarre spelling in het Engels, waarbij er ongeveer 1120 manieren zijn om slechts 40 verschillende klanken te spellen, geeft Engelstaligen een grotere kans om dyslexie te krijgen dan Italiaanse kinderen, die slechts met 33 lettercombinaties voor 25 klanken hoeven te worstelen (Helmuth, 2001c; Paulesu et al., 2001).

Volgens sommige experts is dyslexie mogelijk zelfs niet eens een afzonderlijke stoornis. De onderzoeker Simone Shaywitz (1990) en haar collega's betogen bijvoorbeeld dat er geen onderscheidend kenmerk is waardoor mensen met dyslexie met zekerheid kunnen worden onderscheiden van anderen met een slechte leesvaardigheid. Zij betoogt dat dyslexie eenvoudig de diagnose is die we geven aan een arbitrair gedefinieerde groep mensen aan het laagste uiteinde van het leesvaardigheidsspectrum.

Iedereen is het erover eens dat dyslexie gepaard gaat met problemen met lezen. Iedereen is het er ook over eens dat de laatste jaren veel vooruitgang is geboekt bij het inzicht in het ontwikkelen van behandelingsmethoden en het ontmaskeren van enkele van de mythen rond dyslexie (slimme mensen *kunnen* dyslexie hebben: volgens de geruchten was Einstein dyslectisch!). Tegenwoordig bestaan de meeste behandelingsmethoden uit leesprogramma's waarbij de nadruk wordt gelegd op het koppelen van klanken aan lettercombinaties.

Aandachtstekortstoornis met hyperactiviteit (ADHD)

De meeste kinderen vinden het moeilijk om stil te zitten en zich op een taak te concentreren, maar sommigen hebben daar meer problemen mee dan anderen. Veel verschillende zaken kunnen bijdragen aan aandachtstekort en hyperactiviteit, waaronder saaie opdrachten op school, afleiding door problemen thuis, mishandeling door leeftijdsgenoten, of een culturele traditie waarbij weinig waarde wordt toegekend aan taken waarvoor concentratie nodig is. Behalve deze oorzaken, lijkt er een hersenaandoening te zijn, die **aandachtstekortstoornis met hyperactiviteit (ADHD)** wordt genoemd; kinderen met deze aandoening zijn mogelijk oprecht van plan zich te concentreren en rustig te zitten, maar zijn hiertoe niet in staat (Barkley, 1998; Nigg, 2010).

Hoe vaak komt ADHD voor? Volgens Amerikaans onderzoek, lijdt circa 3 tot 5 procent van de kinderen in de schoolleeftijd aan deze aandoening (Brown, 2003b; NIMH, 2010b). Op basis van deze schatting zouden van de in totaal 2 miljoen kinderen van 5 tot 14 jaar in Nederland 60.000 tot 100.000 kinderen voldoen aan de diagnose (Vink & Wamel, 2007). In België zou dat aantal zo'n 15.000 zijn (Geestelijke Gezondheid België, 2012). De afgelopen 20 jaar is het aantal kinderen met ADHD niet of nauwelijks toegenomen. Het aantal kinderen dat behandeld wordt, is wel sterk gestegen omdat de stoornis steeds beter herkend wordt (Buitelaar, 2001).

In de groep jongvolwassenen wordt geschat dat ongeveer 1 tot 3 procent lijdt aan ADHD. De stoornis komt over het algemeen meer voor bij jongens dan bij meisjes: in bevolkingsonderzoeken wordt gevonden dat twee á drie maal zo veel jongens ADHD hebben, terwijl bij kinderen die in behandeling zijn het aantal jongens zelfs vijf maal groter is (Schoenmaker et al., 2003).

Aandachtstekortstoornis met hyperactiviteit (ADHD): Een psychische stoornis die wordt gekenmerkt door gebrekkige impulscontrole, problemen met het concentreren op een taak gedurende een langere tijdsperiode, snel afgeleid zijn en overmatige activiteit.

◄◄ **Verbinding hoofdstuk 1**
Hyperactiviteit wordt niet veroorzaakt door het eten van suiker (p. 29).

De Nederlandse cabaretier Jochem Myjer, naar eigen zeggen iemand met ADHD, gaf landelijke bekendheid aan ADHD, onder meer door zijn show *Adéhadé* uit 2001. In Vlaanderen is muzikant en presentator Bart Peeters openhartig over zijn ervaringen met ADHD.

Critici beweren wel dat de diagnose ADHD te vaak wordt gesteld, en vaak wordt toegekend aan kinderen die een normale opstandigheid vertonen, en/of wordt misbruikt om kinderen de schuld te geven van de fouten van onervaren ouders of docenten. Bovendien vinden veel mensen het onjuist de aandoening met stimulerende middelen te behandelen. Toch blijkt uit veel zorgvuldig onderzoek dat de concentratie kan verbeteren en de hyperactiviteit bij de meerderheid (circa 70 procent) van de kinderen met ADHD kan verminderen door behandeling met de juiste geneesmiddelen in combinatie met gedragstherapie (Daley, 2004; MTA Cooperative Treatment Group, 2004). Maar moeten alle hyperactieve kinderen zo'n behandeling krijgen? Verder onderzoek kan hier hopelijk een afdoende antwoord op geven.

12.2.6 Persoonlijkheidsstoornissen

Persoonlijkheidsstoornissen vormen een categorie van psychische aandoeningen die gekenmerkt worden door een star en duurzaam patroon van gedachten,

Persoonlijkheidsstoornis: Conditie waarbij de persoon chronisch pervasieve, inflexibele en slecht aangepaste denkpatronen, emoties, sociale relaties of impulsbeheersing heeft, die een normaal functioneren bemoeilijken of onmogelijk maken.

gevoelens en gedragingen die binnen de cultuur van de betrokkene duidelijk afwijken van de verwachtingen, en die zorgen voor een beperking van het functioneren van de betreffende persoon. Wanneer heeft iemand een persoonlijkheidsstoornis? De persoonlijkheidsstoornis manifesteert zich in chronische patronen van een zwak oordeelsvermogen, chaotisch denken, emotionele stoornissen, ontwrichte sociale relaties of gebrek aan impulsbeheersing (Clark, 2009). Het belangrijkste element is een duurzaam persoonlijkheidskenmerk en een slecht aanpassingsvermogen.
Er zijn verschillende persoonlijkheidsstoornissen, onderverdeeld in drie clusters (Derksen, 1993, APA, 2000). Cluster A wordt het *vreemde, excentrieke cluster* genoemd en bestaat uit drie persoonlijkheidsstoornissen:

- Paranoïde persoonlijkheidsstoornis
- Schizoïde persoonlijkheidsstoornis
- Schizotypische persoonlijkheidsstoornis.

Mensen met een van deze stoornissen hebben weinig contact met anderen en leven vaak geïsoleerd. Zij zijn niet snel geneigd om psychische hulp te zoeken. Er is relatief weinig wetenschappelijk onderzoek uitgevoerd naar mensen met een cluster-A-stoornis.
Cluster B wordt het *dramatische, emotionele, impulsieve cluster* genoemd en bestaat uit vier persoonlijkheidsstoornissen:

- Borderline-persoonlijkheidsstoornis
- Antisociale persoonlijkheidsstoornis
- Narcistische persoonlijkheidsstoornis
- Theatrale persoonlijkheidsstoornis.

Mensen met een stoornis uit cluster B hebben veelal moeite met het beheersen van hun impulsen en emoties. Ze zijn vaak impulsief, streven naar snelle behoeftebevrediging en zijn slecht in het onderhouden van (stabiele) relaties. Omdat ze weinig of geen rekening houden met de eigen veiligheid en de veiligheid van anderen, heeft hun gedrag een verstorend effect op de sociale omgeving.
Cluster C wordt ook wel het *angstige cluster* genoemd en bestaat uit drie persoonlijkheidsstoornissen:

- Afhankelijke persoonlijkheidsstoornis
- Ontwijkende persoonlijkheidsstoornis
- Obsessief-compulsieve persoonlijkheidsstoornis.

Deze laatste persoonlijkheidsstoornis moet niet worden verward met de obsessief-compulsieve stoornis (of OCD, een angststoornis die we beschreven in paragraaf 12.2.3). Mensen met een obsessief-compulsieve persoonlijkheidsstoornis hebben over het algemeen *niet* de neiging om rituele handelingen uit te voeren, terwijl dat bij mensen met de obsessief-compulsieve stoornis juist een belangrijk kenmerk is.
Mensen met een stoornis uit dit cluster hebben last van sociale vermijding, dwangmatig handelen en onzelfstandigheid. Ze kunnen zich vaak wel beter aanpassen aan de eisen van het dagelijks leven dan mensen met een stoornis uit cluster A of B.
Daarnaast is er een categorie *Persoonlijkheidsstoornis Niet anders Omschreven* (NAO) voor stoornissen in het persoonlijk functioneren die niet voldoen aan de criteria van een van de specifieke persoonlijkheidsstoornissen. Deze diagnose krijgen de mensen die niet binnen de criteria van een bepaalde persoonlijkheidsstoornis vallen, maar wel kenmerken hebben van twee of meer persoonlijkheidsstoornissen (Derksen, 1993; APA, 2000).

In de *DSM-5* zal de categorie persoonlijkheidsstoornissen een aantal belangrijke veranderingen ondergaan. De verwachting is dat er slechts vijf typen persoonlijkheidsstoornissen overblijven (het antisociale/psychopathische type, het vermijdende type, het borderlinetype, het obsessief-compulsieve type en het schizotypische type). Ook wordt er in de classificatie van deze typen gekozen voor een combinatie tussen een categoriale en een dimensionele benadering. Deze komt tot uiting in het bepalen van de mate waarin het functioneren wordt beperkt en de aanduiding van de mate waarin de persoon aansluit op de persoonlijkheidstypen.

◄◄ **Verbinding hoofdstuk 10**
Persoonlijkheid verwijst naar de duurzame kenmerken en neigingen die een consistente factor in iemands attitudes en gedragingen vormen (p. 390).

12.2.7 Aanpassingsstoornissen en andere aandoeningen: de grootste categorie

Verreweg de meeste problemen waarmee we in het dagelijks leven worden geconfronteerd, hebben te maken met keuzes maken en omgaan met verwarring, frustratie en verlies. Toch besteedt de *DSM-IV* daar bitter weinig aandacht aan. Er zijn twee categorieën voor ingeruimd: *aanpassingsstoornissen* en *andere aandoeningen die een klinische behandeling vergen*. Samen vormen ze een vergaarbak voor relatief lichte problemen die in geen enkele andere categorie passen. Daarbij moet je denken aan lichte depressie, lichamelijke klachten, huwelijksproblemen, leermoeilijkheden, problemen op het werk, rouw en problemen tussen ouders en kinderen. Het gevolg van deze ordening is dat de meeste mensen met psychische problemen in een van deze categorieën terechtkomen, terwijl de *DSM-IV* daar in verhouding weinig aandacht aan besteedt. Ironisch, want aanpassingsproblemen komen heel vaak voor; het is de belangrijkste klacht van het overgrote deel van degenen die zich tot een zelfstandig gevestigde psycholoog of psychiater wenden.

De narcistische persoonlijkheidsstoornis is genoemd naar Narcissus, de knappe jongeman uit de Griekse mythologie die verliefd werd op zijn eigen weerspiegeling in een plas. Dit schilderij van Narcissus is van Caravaggio.
Bron: akg-images/André Held/Newscom.

12.2.8 Sekseverschillen bij psychische stoornissen

Niemand weet precies waarom, maar uit de gegevens blijkt dat er grote verschillen tussen mannen en vrouwen bestaan wat betreft de gevoeligheid voor verschillende psychische stoornissen (Holden, 2005). We hebben bijvoorbeeld gezien dat vrouwen vaker worden gediagnosticeerd met stemmingsstoornissen, vooral depressie. Bij vrouwen worden ook vaker angststoornissen vastgesteld. Mannen hebben daarentegen veel vaker persoonlijkheidsstoornissen met agressieve of controlegerelateerde symptomen, zoals alcoholverslaving, drugsverslaving en geweld. Bij mannen wordt daarom veel vaker een antisociale persoonlijkheidsstoornis vastgesteld dan bij vrouwen. Zoals we hebben opgemerkt, is een mogelijke verklaring hiervoor dat vrouwen door sociale normen meer worden gestimuleerd om melding te maken van gevoelens van depressie dan mannen. Tegelijkertijd is het mogelijk dat mannen er door diezelfde sociale normen meer toe worden aangezet om hun gevoelens op een meer lichamelijke manier 'te uiten'.

Een andere mogelijkheid is dat deze verschillen hun oorsprong hebben in de biologie. We weten bijvoorbeeld dat mannelijke hersenen sterker zijn gelateraliseerd (dat wil zeggen dat bij hen specifieke functies overwegend aan slechts één zijde van de hersenen zijn gelokaliseerd). Dit is een mogelijke verklaring waarom mannen na een hersenbloeding aan de linkerzijde er minder vaak in slagen opnieuw taalvaardigheden aan te leren dan vrouwen. Sommige neurowetenschappers vermoeden ook dat de 'eenzijdigheid' van de mannelijke hersenen mogelijk bijdraagt aan de veel hogere incidentie van schizofrenie en stoornissen zoals autisme, dyslexie en ADHD bij mannen (Holden, 2005). Ook zijn er mogelijk nog niet ontdekte biologische verschillen die een oorzaak zijn voor de grotere vatbaarheid van vrouwen voor depressie. Verder onderzoek is nodig om het aandeel van de sociale en biologische verklaringen voor de sekseverschillen bij psychologische aandoeningen te onderscheiden. Wees echter niet verbaasd als het uiteindelijke antwoord wederom een voorbeeld is van de interactie tussen nature en nurture: beide zouden een rol kunnen spelen.

Dieper graven
Meer weten over psychopathologie en de nieuwe *DSM-5*? Ga naar 'In de praktijk' in de MyLab mediatheek voor een bespreking hiervan.

PSYCHOLOGIE GEBRUIKEN OM PSYCHOLOGIE TE LEREN

Nooit doen!

De in dit hoofdstuk beschreven informatie over psychische stoornissen is absoluut onvoldoende om te kunnen beoordelen of familieleden of vrienden psychisch gestoord zijn. Het schenden van deze regel heeft al veel beginnende psychologiestudenten verdriet bezorgd.

We beseffen dat het verleidelijk is om het geleerde toe te passen op mensen uit je omgeving. Sommige stoornissen die we hebben besproken zijn tamelijk algemeen, dus het zou vreemd zijn als je er helemaal niets van herkende. Terwijl je met dit hoofdstuk bezig was, heb je ongetwijfeld enkele tekenen van angst, paranoia, depressie, manie en talloze andere verstoringen van perceptie, herinnering of emotie opgemerkt bij je vrienden of verwanten. Het is een variant op de neiging die we eerder bespraken, om symptomen van psychische stoornissen bij jezelf te zien. Je zou het beter kunnen opvatten als een teken dat je de leerstof verwerkt op een actieve manier, namelijk doordat je je kennis over psychopathologie probeert toe te passen op jezelf en je eigen omgeving. Maar je kunt je gedachten hierover maar beter voor je houden.

Een hoofdstuk over psychische stoornissen maakt je nog geen deskundige. Daarom moet je heel voorzichtig zijn met het stellen van amateuristische diagnoses. Wat je vooral *niet* moet doen is iemand vertellen dat je denkt dat hij of zij schizofreen, manisch-depressief, obsessief-compulsief of wat dan ook is. Belangrijk om te weten: zolang deze 'symptomen' het normaal functioneren niet belemmeren, is er geen reden om te denken dat er sprake is van een stoornis.

Dat gezegd hebbende, moeten we ook waarschuwen dat je niet doorslaat naar de andere kant. Het negeren van tekenen van pathologie kan net zo gevaarlijk zijn. Als iemand die je kent worstelt met ernstige psychische problemen en jou om raad vraagt, kun je hem of haar beter geen etiketje opplakken, maar verwijzen naar een deskundige op het gebied van diagnose en behandeling.

PSYCHOLOGISCHE KWESTIES

Wat zijn de consequenties als je iemand een etiket opplakt?

Gek, maniakaal, gestoord, knetter, krankzinnig, geestesziek, idioot, psychotisch, neurotisch. Het zijn geen diagnostische begrippen uit de *DSM* maar een willekeurige opsomming van de termen die het grote publiek, de rechtbank en mensen uit de geestelijke gezondheidszorg gebruiken om mensen die psychisch in de war zijn te beschrijven.

In het ideale geval leidt de vaststelling dat iemand aan een bepaalde stoornis lijdt tot goede communicatie tussen psychiatrische hulpverleners en tot een effectief behandelingsprogramma. Maar soms veroorzaakt een etiketje vooral verwarring, of zelfs erger. **Labeling** verandert mensen in stereotypen, waardoor de persoonlijke kenmerken en de unieke omstandigheden die van invloed zijn op hun stoornis onopgemerkt blijven. Bovendien leiden etiketten vaak tot vooroordelen en sociale afwijzing.

In het ideale geval leidt een nauwkeurige diagnose tot de juiste behandeling. Maar soms is een diagnose niet meer dan een etiketje dat mensen van hun identiteit berooft en de sociale en culturele context van hun problemen verdoezelt.

Diagnostische labels, labeling en depersonalisatie

Het opgeplakt krijgen van het etiket 'psychisch gestoord' kan ernstige en langdurige consequenties hebben, nog los van de gevolgen van de stoornis zelf. Je kunt een been breken of een blindedarmontsteking krijgen, maar als je weer genezen bent, behoort die diagnose tot het verleden. Met psychische stoornissen ligt dat anders. Een etiket als 'depressie' of 'schizofreen' kan een stigma worden dat iemand zijn leven lang blijft achtervolgen (Farina et al., 1996; Wright et al., 2000). En hoe zit het met een verkeerde diagnose? Rosenhan zegt daarover: 'Een verkeerde diagnose van kanker is verheugend, maar de diagnose van een psychische stoornis wordt zelden herroepen.'

We begonnen dit hoofdstuk met een verhaal over onderzoekers die zich voordeden als psychiatrische patiënten. Nadat hen eenmaal het etiket 'schizofreen' was opgeplakt, zag iedereen het overduidelijke feit dat ze normaal waren over het hoofd.

In onze westerse maatschappij hebben mensen met een psychische stoornis vaak een lage status, waardoor hun problemen veronachtzaamd of genegeerd worden. Een diagnostisch etiket kan dat probleem nog versterken. Erger nog, de behandeling van geesteszieken kan ook tot **depersonaliseren** leiden, dat wil zeggen dat het bestempelen van mensen als 'schizofreen' of 'bipolair' mensen van hun individualiteit en identiteit berooft, doordat het ertoe leidt dat mensen onpersoonlijk worden behandeld, slechts als 'casus' en niet als individu. Depersonalisatie kan gemakkelijk voortkomen uit labeling, maar het kan ook het gevolg zijn van een onpersoonlijke omgeving, zoals in bepaalde psychiatrische inrichtingen. We moeten ons goed realiseren dat het doel van diagnosticeren niet is om iemand in een bepaalde categorie op te bergen of om degenen die 'anders' zijn, te herkennen. Een diagnose moet het begin zijn van een proces dat leidt tot meer begrip over een persoon en tot de ontwikkeling van een hulpplan. Een diagnose zou een beginpunt moeten zijn, geen eindpunt. Helaas is dat niet altijd het geval.

De culturele context van psychische stoornissen

De meeste therapeuten kunnen zich vinden in het **ecologisch model**, dat rekening houdt met de omgeving van het individu (Levine & Perkins, 1987; Lilienfeld & Arkowitz, 2009). Anders dan in het medische model, wordt abnormaliteit in dit model opgevat als een interactie tussen individuen en hun sociale en culturele context. Een stoornis zou het gevolg zijn van een verkeerde koppeling tussen het gedrag van de betrokkene en de eisen van de omgeving. Voor een detective is het bijvoorbeeld wel handig als hij enigszins wantrouwend of 'paranoïde' van aard is. Maar bij een verpleegster zouden we dit gedrag 'afwijkend' noemen.
Het ecologische model wordt ondersteund door onderzoeken waaruit blijkt dat de cultuur invloed heeft op de verspreiding van psychische stoornissen en op de symptomen die gestoorde mensen hebben (Jenkins & Barrett, 2004; Matsumoto, 1996). Zo blijkt uit een onderzoek dat de Wereldgezondheidsorganisatie (WHO) (1973, 1979) heeft uitgevoerd in Colombia, voormalig Tsjechoslowakije, Denemarken, India, Nigeria, Taiwan, Engeland, de VS en de toenmalige Sovjet-Unie dat schizofrenie in de ene cultuur substantieel vaker voorkomt dan in de andere. Recentere onderzoeken ondersteunen deze conclusie (Jablensky, 2000).

Labeling: De ongewenste praktijk van het toekennen van diagnoses van psychische stoornissen aan mensen en het vervolgens als stereotype gebruiken van deze 'diagnoses'; hierbij worden de betrokkenen behandeld alsof het etiket een verklaring vormt voor hun gehele persoonlijkheid. Door psychiatrische etiketten kunnen mensen ook worden gestigmatiseerd.

Depersonaliseren: Mensen van hun identiteit en individualiteit beroven door hen als voorwerp te behandelen en niet als individu. Depersonaliseren kan het gevolg zijn van labeling.

Ecologisch model: Vergelijkbaar met het sociaal-cognitieve gedragsmodel, maar met het accent op de sociale en culturele context.

DOE HET ZELF! De relatie tussen stoornissen en de psychologische processen die ze verstoren

Elke stoornis betreft een vervorming van of mankement in een of meer psychologische basisfuncties of -processen. De stoornissen die in dit hoofdstuk zijn besproken, begrijp je beter als je de namen daarvan naast de processen noteert die door elke categorie het meest worden verstoord. (Sommige stoornissen kun je in meer dan één categorie noteren en er mogen meerdere stoornissen in één categorie voorkomen). We hebben er al een paar voor je ingevuld om je op weg te helpen.

Verstoord proces	Psychische stoornis
Leren	fobie
Sensatie en perceptie	
Emotie	fobie
Persoonlijkheid en zelfconcept	
Ontwikkeling	ADHD
Geheugen en cognitie	
Socialisatie	

Kritisch denken toegepast
Ga naar 'In de praktijk' in de MyLab mediatheek om terug te gaan naar Rosenhans onderzoek.

Ga naar **www.pearsonmylab.nl** om je kennis en begrip van deze paragraaf te testen met de MyMap, MyCheck en MyDefinitions.

SAMENVATTING VAN HET HOOFDSTUK

CENTRALE VRAAG: Is het mogelijk om onderscheid te maken tussen een psychische stoornis en enkel ongewoon gedrag? Anders gezegd: zijn er specifieke tekenen die duidelijk op een psychische stoornis wijzen?

- De grens tussen een psychische stoornis en enkel ongewoon gedrag is vaag. Iedereen is het erover eens dat geestelijke nood, onaangepastheid, irrationaliteit, onvoorspelbaarheid, onconventionaliteit en ongewenst gedrag symptomen van een psychische stoornis kunnen zijn. Er bestaan echter geen exacte diagnostische tests voor de meeste psychische stoornissen. Bovendien zijn de oorzaken van de meeste stoornissen omstreden of onbekend.
- Het 'medische model', dat wordt belichaamd door de *DSM,* beschouwt psychische stoornissen als specifieke ziekten. In de *DSM-IV* worden de psychische en gedragssymptomen van ruim 300 psychische stoornissen gespecificeerd en geclassificeerd op vijf assen. Dit classificatiesysteem wordt over de hele wereld gebruikt door psychiaters en andere zorgverleners.
- Het medische model wordt echter niet universeel aanvaard, vooral niet door psychologen, die een psychische stoornis liever zien als een combinatie van biologische, cognitieve, sociale, gedragsmatige en ontwikkelingsgebonden factoren.

KERNVRAAG 12.1

▶ Wat is een psychische stoornis?

Psychopathologie komt veel voor. Drie klassieke symptomen vormen een aanwijzing voor ernstige psychische stoornissen: **hallucinaties**, **wanen** en **extreme affectieve stoornissen**. Behalve deze verschijnselen zijn de symptomen van een stoornis vaak subtiel, en is een diagnose altijd sterk afhankelijk van het klinisch oordeel.
Ons concept van abnormaliteit berustte oorspronkelijk op bezetenheid door demonen of op een verstoring van het evenwicht van de humores. Later ontstond het **medische model**, dat nu nog gehanteerd wordt. Dit model beschouwt psychopathologie als een 'ziekte'; een perspectief waarmee veel psychologen het niet eens zijn. Een alternatief psychologisch model omvat, naast biologische factoren, sociaal-culturele, cognitieve, ontwikkelingsgerelateerde en gedragsmatige factoren. Abnormaliteit wordt niet alleen bepaald door de drie klassieke symptomen van een stoornis, maar ook door de mate van distress, onaangepastheid en irrationeel, onvoorspelbaar of onconventioneel gedrag van de betrokkene.
Het is normaal dat mensen incidenteel symptomen vertonen van psychische stoornissen, waardoor veel psychologiestudenten ten onrechte bezorgd zijn dat ze een psychische stoornis hebben. Als afwijkingen veel voorkomen, is het echter aan te raden een professioneel therapeut te raadplegen.

● **KERNCONCEPT 12.1**
Het medische model beschouwt psychische stoornissen als een 'ziekte', terwijl de psychologie ze opvat als een interactie tussen biologische, gedragsmatige, cognitieve, ontwikkelings-, en sociaal-culturele factoren.

KERNVRAAG 12.2

▶ Hoe worden psychische stoornissen geclassificeerd?

Het meest gebruikte classificatiesysteem voor psychische stoornissen is de ***DSM***. Het model is afkomstig uit de psychiatrie en vertoont een bias richting het medische model. De vierde versie van dit handboek, de *DSM-IV,* beschrijft meer dan driehonderd specifieke stoornissen, die zijn geordend op basis van patronen van symptomen, en niet op oorzaak. Er is geen categorie voor 'normaal' functioneren.

Ten tijde van het schrijven aan dit boek, was de vijfde versie van de *DSM* in voorbereiding. Verwacht wordt dat de *DSM-5* een aantal ingrijpende wijzigingen bevat. Zo zal de indeling een mengvorm zijn van een categoriale indeling en een dimensionele indeling.

Een belangrijke categorie in de *DSM-IV* is die van de **stemmingsstoornissen** (*affectieve stoornissen*), die te maken hebben met emotionele verstoringen. **Depressie** is de meest voorkomende affectieve stoornis, terwijl de **bipolaire stoornis** veel zeldzamer is. Van alle ernstige psychische stoornissen wordt aangenomen dat ze een biologische basis hebben.

De categorie **angststoornissen** omvat de **gegeneraliseerde angststoornis**, **paniekstoornis**, de verschillende **fobische stoornissen** en **obsessief-compulsieve stoornis**. Hoewel ze mogelijk een basis in het temperament hebben, worden ze ook door ervaring beïnvloed.

Schizofrenie is een psychotische stoornis, en wordt gekenmerkt door extreme vervormingen van de perceptie, het denken, de emoties, het gedrag en de taal. De *DSM-IV* onderscheidt vijf vormen: de **gedesorganiseerde vorm**, de **katatone vorm**, het **paranoïde type**, de **resttoestand** en het **ongedifferentieerde type**. Het staat vast dat schizofrenie wordt veroorzaakt door verschillende factoren, waaronder genetische factoren, een abnormale hersenstructuur en een afwijkende biochemie.

De *DSM-IV* bevat ook een lijst van verschillende **ontwikkelingsstoornissen**, met inbegrip van **autisme**, **dyslexie** en **aandachtstekortstoornis met hyperactiviteit (ADHD)**. **Persoonlijkheidsstoornissen** vormen een categorie van psychische aandoeningen in de *DSM-IV* die gekenmerkt worden door een star en duurzaam patroon van gedachten, gevoelens en gedragingen die binnen de cultuur van de betrokkene duidelijk afwijken van de verwachtingen.

Het spectrum van de psychische stoornissen bevat enkele significante sekseverschillen, vooral ten aanzien van depressie en antisociale persoonlijkheidsstoornis.

De meest algemene psychische stoornissen stopt de *DSM-IV* bij elkaar in de categorieën 'aanpassingsstoornissen' en 'andere aandoeningen die een klinische behandeling vergen'. Het gaat hierbij om zeer uiteenlopende problemen die iedereen in zijn leven kan tegenkomen.

Informatie over het nieuwe handboek, de *DSM-5*, kan via de website worden geraadpleegd.

- **KERNCONCEPT 12.2**

De *DSM* is het classificatiesysteem dat wereldwijd het meeste wordt gebruikt voor psychische stoornissen. Dit systeem classificeert de stoornissen op grond van hun psychische en gedragsmatige symptomen.

Op **www.pearsonmylab.nl** vind je tools en toetsen om je begrip en kennis van dit hoofdstuk uit te breiden en te oefenen.

BELANGRIJKE BEGRIPPEN

Aandachtstekortstoornis met hyperactiviteit (ADHD)
Aangeleerde hulpeloosheid
Affect
Affectieve stoornis met seizoensgebonden patroon (SAD)
Agorafobie
Angststoornis
Autisme
Bipolaire stoornis
Depersonaliseren
Depressieve stoornis
Diathese-stresshypothese
DSM
Dyslexie
Ecologisch model
Fobie
Gegeneraliseerde angststoornis
Hallucinatie
Labeling
Medisch model
Obsessief-compulsieve stoornis
Paniekstoornis
Persoonlijkheidsstoornis
Preparedness hypothesis
Psychopathologie
Psychose
Stemmingsstoornis
Schizofrenie
Waan

▶ KERNVRAGEN	● KERNCONCEPTEN	■ IN DE PRAKTIJK
13.1 Wat is therapie? 13.1.1 In therapie gaan 13.1.2 De therapeutische relatie en de doelstellingen van therapie 13.1.3 Therapie in historisch en cultureel perspectief	13.1 Er bestaan talloze vormen van therapie voor psychische stoornissen, maar het gemeenschappelijke element is een therapeutische relatie die is gericht op het verbeteren van iemands geestelijke, gedragsmatige en/of sociale functioneren.	**Psychologische kwesties** Hoe worden behandelaars opgeleid en wat zijn hun bevoegdheden?
13.2 Hoe behandelen psychologen psychische stoornissen? 13.2.1 Inzichtgevende therapieën 13.2.2 Gedragstherapieën 13.2.3 Cognitieve gedragstherapie: een synthese 13.2.4 Evaluatie van de psychologische therapieën	13.2 De behandelmethoden die psychologen toepassen, zijn onder te brengen in twee belangrijke categorieën: inzichtgevende therapie (gericht op het ontwikkelen van begrip van het probleem) en gedragstherapie (gericht op het veranderen van gedrag door conditionering).	**Doe het zelf!** Gedragsmodificatie bij jezelf **Doe het zelf!** Onderzoek je eigen opvattingen **Psychologische kwesties** Waar vinden de meeste mensen hulp? op www.pearsonmylab.nl
13.3 Hoe worden psychische stoornissen behandeld vanuit de biomedische invalshoek? 13.3.1 Behandeling met medicijnen 13.3.2 Andere medische therapieën voor psychische stoornissen 13.3.3 Opname en alternatieven 13.3.4 Biomedische therapieën en psychotherapie vergeleken	13.3 Biomedische behandelingen proberen psychische stoornissen te behandelen door de chemie in de hersenen, de hersenbanen of de activiteitspatronen te beïnvloeden met geneesmiddelen, chirurgie, elektrische pulsen of krachtige magneetvelden.	**Psychologie gebruiken om psychologie te leren** op www.pearsonmylab.nl **Kritisch denken toegepast** *Evidence based practice* op www.pearsonmylab.nl

CENTRALE VRAAG: Wat is de beste therapie voor Dereks depressie: psychotherapie, gebruik van geneesmiddelen of een combinatie van beide? Meer algemeen gesteld is de vraag: hoe kiezen we uit alle beschikbare therapieën voor psychische stoornissen?

Op **www.pearsonmylab.nl** vind je tools en toetsen om je begrip en kennis van dit hoofdstuk uit te breiden en te oefenen.

13 THERAPIEËN VOOR PSYCHISCHE STOORNISSEN

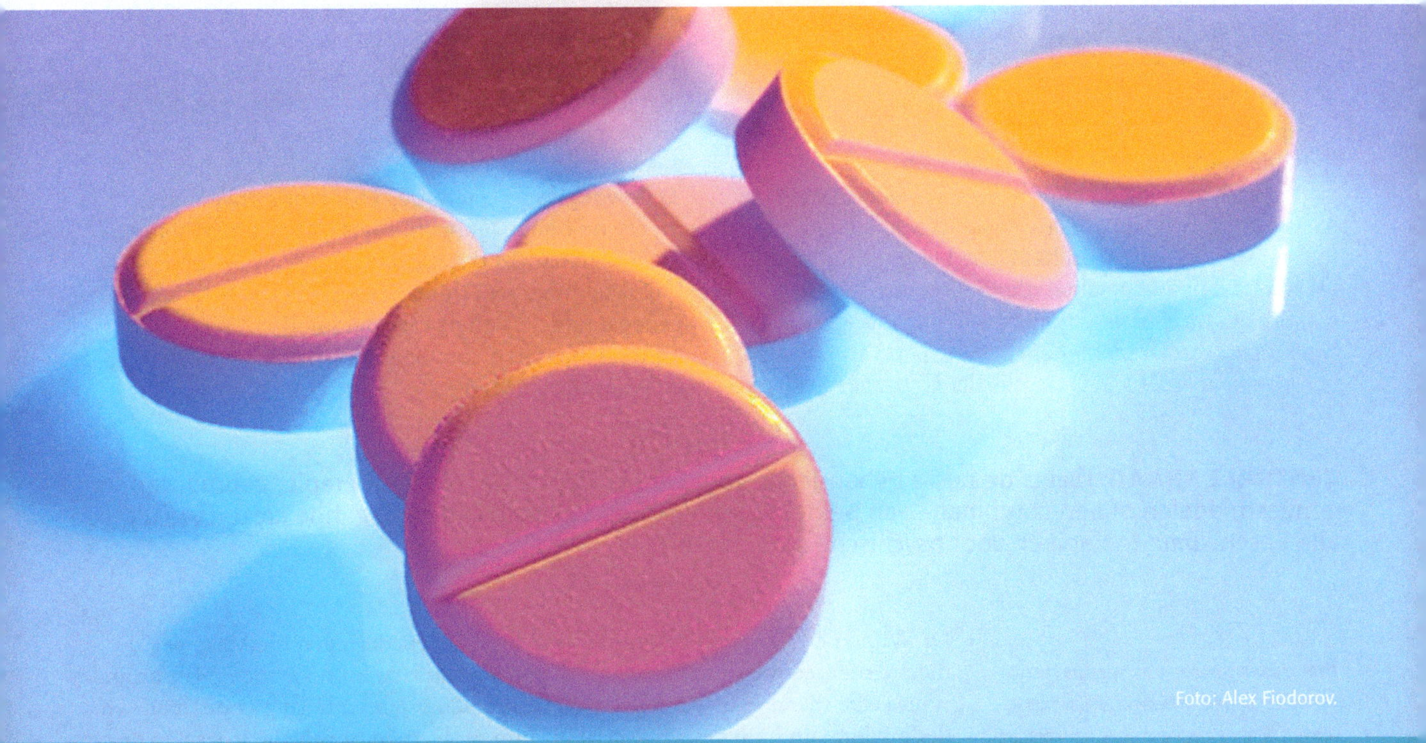

Foto: Alex Fiodorov.

De laatste maanden voelde Derek zich vermoeid en ongelukkig. Hij wist dat dit niet alleen een negatieve invloed had op zijn werk, maar ook op de relatie met zijn partner. Vivian, een collega en vriendin, stelde hem voorzichtig voor professionele hulp te zoeken, maar Derek wist niet waar hij heen moest. Zoals zoveel mensen vroeg hij raad aan een vriend die ervaring had met het probleem. Een vriend van wie hij wist dat die drie jaar geleden op zoek was geweest naar therapie, vroeg hij of hij iemand kon aanraden. Zo kwam Derek uiteindelijk terecht bij de praktijk van doctor Wijnen en stond hij enigszins nerveus voor haar kantoor.

Derek constateerde dat hij gemakkelijk kon praten met dr. Wijnen. Het duurde dan ook niet lang of ze waren het er allebei over eens dat Derek depressief was. Na een gesprek over de aard van depressie, zei dr. Wijnen: 'We hebben verschillende behandelingsmogelijkheden'. Ze voegde eraan toe: 'Ik ben opgeleid in cognitieve gedragstherapie, waarbij depressie als een aangeleerd probleem wordt benaderd. Het probleem wordt vervolgens behandeld door een verandering aan te brengen in de wijze waarop iemand denkt over gebeurtenissen in zijn leven en over interpersoonlijke relaties. Als we hiervoor kiezen, gaan we bekijken welke aanleidingen op het werk en thuis eventueel tot

depressieve episoden kunnen leiden. In dat geval krijg je elke week "huiswerkopdrachten", die zijn bedoeld om je sterke punten uit te bouwen, zodat je je niet op je zwakke punten concentreert.' 'Net als op school', voegde ze er met een lachje aan toe.
'Als tweede mogelijkheid', zei ze, 'zou ik u naar een collega kunnen verwijzen die psychodynamische therapie geeft. Als u die benadering kiest, gaat u samen met dr. Van Erkel uw verleden onderzoeken en gaat u op zoek naar gebeurtenissen die geleid hebben tot de gevoelens die u nu hebt. Die behandeling zou als doel hebben een aantal onplezierige onderdelen van uw onbewuste geest aan het licht te brengen.'
'Wat ik ook zou kunnen doen, is ervoor zorgen dat u een geneesmiddel krijgt dat effectief is gebleken bij het behandelen van depressie. Het zou waarschijnlijk een antidepressivum zijn. U hebt vast wel eens gehoord van Prozac, een voorbeeld van zo'n medicijn. Het probleem van deze aanpak is dat het enkele weken duurt voordat het gaat werken. En bovendien ben ik er niet zeker van dat we op deze wijze de problemen die aan de basis liggen van uw depressie, werkelijk kunnen oplossen.'
'O ja', voegde ze eraan toe. 'Er zijn nog enkele andere medische behandelingen, zoals elektroshocktherapie, maar ik denk niet dat die in uw geval nodig zijn.'
'Gelukkig maar', zei Derek. 'Dus de keuze is tussen geneesmiddelen en psychotherapie?'
'Of misschien een combinatie van deze twee', antwoordde dr. Wijnen.

CENTRALE VRAAG: Wat is de beste behandeling voor Dereks depressie: psychotherapie, gebruik van geneesmiddelen of een combinatie van beide? Meer algemeen gesteld is de vraag: hoe kiezen we uit alle beschikbare therapieën voor psychische stoornissen?

Therapie: Algemene term voor een behandelproces; in de psychologie en psychiatrie verwijst de term naar een grote verscheidenheid aan psychologische en biomedische technieken.

Dr. Wijnen en haar collega's passen heel diverse benaderingen toe. Verreweg de meeste mensen die in **therapie** gaan, blijken daar baat bij te hebben. Natuurlijk is niet elke therapie succesvol. Sommige mensen wachten te lang voordat ze een deskundige om hulp vragen, waardoor hun problemen onbehandelbaar zijn geworden. Sommigen slagen er niet in de therapie te vinden die bij hun specifieke problemen past. En veel mensen hebben simpelweg niet het geld om een goede therapeut te betalen. Maar ondanks deze beperkingen kunnen we de ontwikkeling van een breed scala aan effectieve therapieën beschouwen als een van de succesverhalen van de moderne psychologie.

KERNVRAAG 13.1

▶ Wat is therapie?

Als je het woord 'therapie' hoort, zie je misschien een stereotiep beeld voor je dat in talloze strips en films wordt gebruikt: een 'neurotische' patiënt die op een bank ligt, met een bebaarde therapeut aan het hoofdeinde die zijn uitspraken interpreteert en aantekeningen maakt. Dit tafereel is ontleend aan de klassieke freudiaanse therapie, die tegenwoordig nog maar zelden in praktijk wordt gebracht, hoewel deze dominant was in de eerste helft van de twintigste eeuw.
De hedendaagse therapie verschilt op diverse terreinen van dit stereotiepe beeld. Ten eerste staat er in de meeste behandelkamers geen ligbank. Ten tweede zoeken mensen tegenwoordig hulp voor zeer uiteenlopende problemen, zeker niet alleen voor de klassieke, categoriale aandoeningen (aandoeningen die vermeld staan in de *DSM* en de *ICD*), maar hulpverleners of therapeuten verlenen ook hulp bij moeilijke beslissingen, bij problemen op school of werk, of in gevallen waarbij mensen te maken krijgen met verlies of een ongelukkige relatie. En er is een derde misverstand bij het populaire beeld van therapie: in sommige vormen van therapie wordt er niet alleen gepraat en geïnterpreteerd, maar vinden er ook veel activiteiten plaats, zoals je verderop zult zien.

Mensen die op zoek zijn naar een therapie voelen zich wellicht overdonderd door de overvloed aan mogelijkheden. Maar welke therapie je ook kiest, er is één constante factor: de therapeutische relatie.

KERNCONCEPT 13.1
Er bestaan talloze vormen van therapie voor psychische stoornissen, maar het gemeenschappelijke element is een therapeutische relatie die is gericht op het verbeteren van iemands geestelijke, gedragsmatige en/of sociale functioneren.

We beginnen met een beschrijving van de verschillende typen mensen die in therapie gaan en de problemen die ze in de therapeutische relatie inbrengen.

13.1.1 In therapie gaan

Waarom zou iemand in therapie gaan? Meestal hebben mensen die in therapie gaan een probleem dat ze niet in hun eentje kunnen oplossen. Soms nemen ze zelf het initiatief om een therapeut te zoeken, soms worden ze daartoe aangespoord door familie, vrienden, een arts of een collega.
Vanzelfsprekend hoef je niet 'gek' te zijn om je aan te melden voor therapie. Therapeuten spreken meestal over patiënten of cliënten. De term *patiënt* wordt meestal gebruikt door behandelaars die vanuit een biologische of medische invalshoek werken. De term *cliënt* wordt gebruikt door therapeuten die psychische stoornissen niet als psychische *ziekten* beschouwen, maar als *problemen die bij het leven horen* (Rogers, 1951; Szasz, 1961).
De mogelijkheden om een geschikte therapeut te vinden zijn niet voor iedereen gelijk. Veel allochtonen worden gehinderd door een taalbarrière en door problemen die worden veroorzaakt door culturele verschillen. Daarnaast is het vaak gemakkelijker om hulp te krijgen voor een lichamelijke klacht dan voor psychische problemen. De aard van iemands probleem kan er ook toe leiden dat hij of zij geen adequate behandeling krijgt. Zo is het bijvoorbeeld goed mogelijk dat iemand met agorafobie niet in staat is om de praktijkruimte van de therapeut te bereiken. Mensen die aan paranoia lijden, zoeken misschien geen hulp omdat ze de behandelaar niet vertrouwen. Ook de kostprijs kan een drempel vormen. Sinds begin 2012 moet in Nederland bijvoorbeeld een eigen bijdrage worden betaald voor bezoek aan een psychotherapeut of psycholoog. In Vlaanderen betaal je, als het gaat om psychotherapie die wordt gegeven door een niet-medicus, zelf de gehele kostprijs van een behandeling.

Verbinding hoofdstuk 12
Het *medische model* gaat ervan uit dat psychische stoornissen gelijk zijn aan lichamelijke ziekten (p. 488).

Het populaire tv-programma *In therapie*, dat in 2010 en 2011 in Nederland te zien was, volgt de beslommeringen in de praktijk van een psychotherapeut. Deze goed gewaardeerde serie gaf meer bekendheid aan de praktijk van de psychotherapeut. Uiteraard werden de gesprekken en gebeurtenissen wel sterk gedramatiseerd.

Bron: NCRV.

13.1.2 De therapeutische relatie en de doelstellingen van therapie

Soms is het voldoende om een probleem te bespreken met een goede vriend of vriendin. Het kan heel verhelderend zijn om 'jezelf te horen denken'. Maar vrienden en familie zijn niet getraind in het omgaan met lastige geestelijke problemen; ze hebben ook hun eigen behoeften en agenda's, en die komen niet altijd overeen met die van jou. Bovendien maken ze soms ook deel uit van het probleem. Hoe dan ook, als vrienden of familieleden je niet de hulp kunnen geven die je nodig hebt, is het in sommige gevallen verstandig om de hulp van een bekwaam therapeut in te roepen. Dat geldt ook als je je problemen en zorgen niet aan de grote klok wilt hangen. Om al deze redenen is een professionele relatie met een therapeut iets heel anders dan een goede vriendschap.

Therapeutische alliantie: De relatie tussen therapeut en cliënt, waarbij beide partijen samenwerken om de cliënt te helpen het hoofd te bieden aan psychologische of gedragsmatige problemen.

Waaruit bestaat therapie?

Dat wil niet zeggen dat de relatie tussen de therapeut en de patiënt/cliënt van geen belang is; die *relatie*, of **therapeutische alliantie**, vormt zelfs de essentie van de therapie. Sterker nog, de kwaliteit van de therapeutische alliantie is de meest bepalende factor bij de effectiviteit van therapie (Wampold & Brown, 2005). Welke factoren bepalen de kwaliteit van de therapeutische alliantie? Vertrouwen en empathie zijn twee essentiële ingrediënten. De patiënt en de therapeut zijn te beschouwen als een soort bondgenoten die hun krachten bundelen om de problemen waar de patiënt mee worstelt te overwinnen (Horvath & Luborsky, 1993). Als klinisch psychologen zich beter bewust worden van sekseverschillen en van de etnische diversiteit van hun patiënten, heeft dat een positief effect op de behandeling: onderzoek heeft uitgewezen dat de effectiefste therapeuten degenen zijn die contact kunnen maken met mensen in de context van hun eigen cultuur, ervaring en moedertaal (Griner & Smith, 2006).
Naast het proces van het vestigen van een relatie tussen therapeut en cliënt, verloopt een therapeutisch proces normaal gesproken volgens de volgende stappen:

1. *Identificeren van het probleem*
   Soms volstaat een eenvoudige overeenstemming over omstandigheden of gevoelens die men wil veranderen. In sommige gevallen kan er een formele diagnose gesteld worden (of gesteld zijn) aan de hand van classificatiesystemen als de *DSM* of de *ICD*.
2. *Identificeren van oorzaken van het probleem en/of de omstandigheden die het probleem in stand houden*
   Bij sommige vormen van therapie bestaat dit vooral uit het onderzoeken van het verleden, vooral de jeugd, om de bron van de problemen van de patiënt te vinden. Anderzijds ligt bij sommige vormen van therapie de nadruk op de huidige situatie, dat wil zeggen op de omstandigheden die het probleem in stand houden.
3. *Keuze voor een bepaald soort behandeling en de behandeling zelf*
   Het gaat om de keuze voor een specifieke therapie waarmee je de hinderlijke symptomen kunt minimaliseren of doen verdwijnen. Welke behandeling wordt gekozen, is afhankelijk van de aard van het probleem, van de oriëntatie en de opleiding van de therapeut, en van de voorkeur van de cliënt.

Wie gaat in therapie?

Hoewel mensen tegenwoordig gemakkelijker in therapie gaan dan vroeger, doen ze dat meestal pas als hun psychische problemen echt ernstig worden of als ze er al langere tijd last van hebben. De meeste cliënten wenden zich eerst tot de huisarts, die hen doorverwijst naar een van de volgende behandelaars: counselor (soms ook wel coach genoemd), eerstelijnspsycholoog, maatschappelijk werker, klinisch psycholoog, gezondheidszorgpsycholoog (GZ-psycholoog), psychotherapeut, psychiater, psychoanalyticus, sociaal-psychiatrisch verpleegkundige, of

■ PSYCHOLOGISCHE KWESTIES

Hoe worden behandelaars opgeleid en wat zijn hun bevoegdheden?

Een carrière als psychologisch behandelaar begint zowel in Nederland als België met een universitaire opleiding psychologie. De verschillende soorten psychologen en behandelaars kunnen vervolgens verschillende opleidingen volgen tot behandelend psycholoog of psychotherapeut. De wettelijke bevoegdheden hieromtrent zijn in België en Nederland wel anders geregeld.
In Nederland zijn de bevoegdheden van psychotherapeuten en gezondheidszorgpsychologen geregeld in de Wet op de beroepen in de individuele gezondheidszorg uit december 1993 (de Wet BIG). Met behulp van deze wet wordt ook de kwaliteit van zorg bewaakt. De RINO Groep (www.rinogroep.nl) verzorgt vier opleidingen met betrekking tot wettelijk geregistreerde BIG-beroepen, namelijk de opleidingen tot gezondheidszorgpsycholoog, psychotherapeut, klinisch psycholoog en klinisch neuropsycholoog. Deze meerjarige opleidingen zijn vervolgtrajecten voor afgestudeerde psychologen, pedagogen en GGZ-professionals. Naast cursussen volgen deelnemers een praktijkdeel binnen een praktijkinstelling.
Na voltooiing van de opleiding kunnen de psychologen zich inschrijven in het BIG-register. Voor psychotherapeuten en gezondheidszorgpsychologen is er ingevolge de Wet BIG titelbescherming. Om als cliënt behandeling vergoed te krijgen van de verzekering is het noodzakelijk dat de betreffende behandelaar over een BIG-registratie beschikt.
Wie zich in België psycholoog noemt, moet minstens de wetenschappelijke graad van licentiaat of master behaald hebben na een universitaire psychologie-opleiding en zich hebben laten registreren bij de Psychologencommissie. Dit is wettelijk geregeld. Een klinisch psycholoog is een psycholoog die aan de universiteit de richting klinische psychologie gevolgd heeft. Omdat de naamgeving van een opleiding niet direct houvast biedt voor het beoordelen van de aard ervan, hebben beroepsverenigingen, zoals de Vlaamse Vereniging Van Klinische Psychologen (VVKP), lijsten van universitaire richtingen die als klinische psychologie beschouwd kunnen worden. Om lid te worden van de VVKP moet men klinisch psycholoog zijn. Het lidmaatschap is evenwel niet verplicht om zich klinisch psycholoog te kunnen noemen.
Na de universitaire opleiding tot psycholoog kunnen er aan verschillende universiteiten en andere opleidingscentra voortgezette opleidingen worden gevolgd, zoals die tot psychotherapeut, systeemtherapeut, gedragstherapeut of psychoanalyticus. In België is de uitoefening van de klinische psychologie en van de psychotherapie nog niet wettelijk geregeld. Psychologen zijn nog niet opgenomen in de nomenclatuur van het Rijksinstituut voor Ziekte- en Invaliditeitsverzekering (RIZIV). Toch zijn er reeds een aantal instanties die kosten verbonden aan de hulp geboden door psychologen geheel of gedeeltelijk terugbetalen binnen bepaalde grenzen en voorwaarden.

Mogen toegepast psychologen behandelen?

Zowel in België als in Nederland kun je aan instellingen voor hoger onderwijs buiten de universiteit na drie (België) of vier jaar studie (Nederland) een diploma behalen van Bachelor in de toegepaste psychologie.
Een afgestudeerde bachelor in de toegepaste psychologie geeft geen therapie of behandeling, maar kan wel werken in de gezondheidszorg. Door het afnemen van psychologische tests, door observatie en door een brede kennis van psychologische fenomenen en gedrag in het algemeen, kunnen bachelors in de toegepaste psychologie een diagnose stellen met betrekking tot een persoon of een sociale situatie, maar zij mogen geen 'sluitende' diagnose geven, dit doet een psycholoog, mogelijk in samenwerking met de toegepast psycholoog. Ook kunnen toegepast psychologen binnen de gezondheidszorg cliënten begeleiden, coachen, trainen en adviseren.

geestelijk verzorger/consulent. De verschillen tussen de verschillende specialisten staan beschreven in tabel 13.1. Zoals je ziet heeft elk soort behandelaar zijn eigen specifieke deskundigheid. De enige therapeuten die medicijnen mogen voorschrijven zijn psychiaters.

13.1.3 Therapie in historisch en cultureel perspectief

Hoe we omgaan met psychische stoornissen is afhankelijk van de wijze waarop we over psychische stoornissen *denken*. Als we bijvoorbeeld van mening zijn dat geestelijke problemen *ziekten* zijn, zullen we ze anders behandelen dan als we denken dat deze problemen de uiting zijn van een karakterfout of de invloed

Tabel 13.1 Soorten behandelaars in de geestelijke gezondheidszorg in Nederland en België

Professionele titel	Specialisme en werkomgeving
Counselor of coach	Leert cliënten omgaan met relatief 'normale' problemen in relaties, bij de opvoeding, bij de beroepskeuze of op school. Counselors werken vaak op scholen en in klinieken en andere instellingen.
Eerstelijnspsycholoog	Is een psycholoog bij wie een cliënt zich zonder doorverwijzing kan melden. Eerstelijnspsychologen werken vanuit een brede invalshoek en ze hanteren een probleemgerichte aanpak. Ze kunnen cliënten doorverwijzen naar andere vormen van zorg.
Klinisch psycholoog*	Is opgeleid om mensen met ernstiger stoornissen te behandelen. Het werkterrein omvat bijna de gehele geestelijke gezondheidszorg. Werkzaam in een privépraktijk, bij een RIAGG of in een psychiatrisch ziekenhuis. Heeft geen bevoegdheid om medicijnen voor te schrijven.
Gezondheidszorgpsycholoog**	Tot het werkterrein van de gezondheidszorgpsycholoog worden gerekend psychologisch onderzoeken en psychologische behandelingen. De GZ-psycholoog is een breed opgeleide professional, die op tal van plekken binnen de geestelijke gezondheidszorg (GGZ) en daarbuiten kan worden ingezet.
Psychotherapeut	Een psychotherapeut is een behandelaar die mensen helpt met geestelijk lijden of (ernstige) psychosociale problemen om te gaan. Psychotherapie beoogt hun persoonlijke situatie te verbeteren.
Psychiater	Is een medisch specialisme. Behandelt ernstige psychische problemen, vaak met behulp van medicijnen. Werkzaam in een privépraktijk, in een kliniek of in een psychiatrisch ziekenhuis.
Psychoanalyticus	Baseert therapie op freudiaanse principes. Meestal werkzaam in privépraktijk.
Sociaal-psychiatrisch verpleegkundige	Verpleegkundig specialisme. Biedt in samenwerking met psychiater, GGZ-verpleegkundige en andere disciplines een breed sociaal-psychiatrisch zorgaanbod aan de cliënt en zijn systeem in zijn natuurlijke milieu en met oog voor de sociaal-culturele context.
Maatschappelijk werker	Is gespecialiseerd in psychische stoornissen. Biedt laagdrempelige hulp voor mensen met psychosociale problemen. Concentreert zich meestal op de sociale en omgevingsspecifieke context van het probleem.
Vaktherapeut	Vaktherapie is een non-verbale vorm van geestelijke gezondheidszorg. Voorbeelden van vaktherapeuten zijn onder andere de creatief therapeut en psychomotorisch therapeut. De creatief therapeut spreekt de directe emotionele en zintuiglijke beleving van de cliënt aan. Werkvelden zijn de geestelijke gezondheidszorg, jeugdhulpverlening, slachtofferhulp. Doel van de psychomotorische therapie is een gedragsverandering teweegbrengen (of een bijdrage leveren aan het teweegbrengen van zo'n verandering) en daarmee psychosociale of psychiatrische problematiek weg te nemen of te verminderen. Werkvelden zijn onder meer de psychiatrie, revalidatie en verslavingszorg.
Geestelijk verzorger of consulent	Geestelijke of humanist die gespecialiseerd is in de behandeling van psychische stoornissen. Biedt hulp gebaseerd op een geloofs- of levensovertuiging. Combineert spirituele leiding met praktische adviezen.

* In België wordt geen onderscheid gemaakt tussen klinisch psychologen en eerstelijnspsychologen. Eerstelijnspsychologen met een afgeronde universitaire opleiding klinische psychologie worden ook wel klinisch psychologen genoemd. In Nederland wordt deze titel pas na een vervolgopleiding tot klinisch psycholoog verkregen.
** Dit beroep en de bijbehorende opleiding bestaat alleen in Nederland.

van kwade geesten. Op welke wijze mensen met psychische stoornissen door de maatschappij worden behandeld, is altijd sterk afhankelijk geweest van de heersende opvattingen.

Therapie historisch bekeken

Zoals we in het vorige hoofdstuk hebben gezien, interpreteerden mensen in middeleeuws Europa psychische stoornissen vaak als het werk van duivels en demonen. In deze context was het werk van de 'therapeut' exorcisme te bedrijven, of 'de duivel uit de persoon met de stoornis te slaan'. In modernere tijden drongen hervormers er echter op aan mensen met een psychische stoornis in instellingen of inrichtingen onder te brengen, waar ze konden worden beschermd tegen de stress van de wereld en tegen de wrede 'therapieën' die maar al te vaak werden toegepast. Helaas werd het ideaal van de psychiatrische inrichtingen niet vaak verwezenlijkt.

Een van de beruchtste inrichtingen was ook een van de eerst opgerichte: Bethlehem Hospital in Londen. Daar konden dagjesmensen in het weekend voor een paar stuivers de inwoners bekijken, die vaak een wilde en lawaaierige 'show' verzorgden voor het nieuwsgierige publiek. Dit is de etymologische achtergrond van het Engelse woord *bedlam* (gekkenhuis, heksenketel), de korte term die Londenaren gebruikten voor *Bethlehem*, een woord waarmee destijds lawaaierige, chaotische plaatsen werden aangeduid.

In de meeste inrichtingen werden de inwoners in het gunstigste geval alleen lichamelijk verzorgd. In het ergste geval werden ze verwaarloosd of op wrede wijze gevangen gehouden, bijvoorbeeld in een kooi of dwangbuis. Sommigen werden zelfs geslagen, onder de koude douche gezet of op andere wijze mishandeld. Het is niet moeilijk in te zien dat zo'n behandeling zelden verbetering teweegbrengt bij mensen die aan psychische stoornissen lijden.

Deze gravure uit 1730 verbeeldt de wanorde in een cel van het Londense ziekenhuis St. Mary of Bethlehem. Tegen betaling mogen leden van de gegoede burgerij de verschrikkingen komen bekijken. Er is zelfs een violist om hen te vermaken. De patiënten zijn geketend, ze worden gemarteld en zijn van alle menselijke waardigheid ontdaan.

Bron: Courtesy of the Trustees of Sir John Soane's Museum, London/The Bridgeman Art Library International.

Hedendaagse benaderingen van therapie

Moderne deskundigen in de geestelijke gezondheidszorg hebben het oude model van demonische bezetenheid achter zich gelaten. Hetzelfde geldt voor overduidelijk schadelijke behandelmethoden. De tegenwoordige therapieën zijn gebaseerd op psychologische en biologische theorieën over de geest en het gedrag. Desondanks verschillen professionals dikwijls van mening over de exacte oorzaken en de meest geschikte methoden om psychische problemen te behandelen. Deze situatie wordt weerspiegeld door de overvloed aan therapieën die vandaag de dag wordt aangeboden. Om enige orde in de chaos aan te brengen, geven we hier een globale schets van het moderne therapeutisch landschap: een overzicht dat tegelijk dient als voorproefje van de onderwerpen die verderop in dit hoofdstuk ter sprake zullen komen.

Zoals gezegd worden de **psychologische therapieën** vaak als geheel aangeduid met de term *psychotherapie*. Tussen psychotherapie en counseling bestaat geen scherp onderscheid, hoewel *counseling* in de praktijk meestal wordt gebruikt voor een korter proces waarin een specifiek probleem centraal staat, terwijl *psychotherapie* doorgaans de lange termijn betreft en zich richt op een breder spectrum van problemen.

Psychologische therapie: Therapie die is gebaseerd op psychologische principes (in plaats van op het medische model); vaak 'psychotherapie' genoemd.

Psychotherapie is gericht op het veranderen van verstorende gedachten, gevoelens en gedrag met behulp van psychologische technieken. Er bestaan verschillende vormen van psychotherapie, die in twee soorten kunnen worden ingedeeld. De ene soort, de zogenoemde *inzichtgevende therapie,* is erop gericht mensen inzicht te geven in hun problemen, waardoor ze hun gedachten, motieven of gevoelens kunnen veranderen. De andere, de zogenoemde 'steunende' of klachtgerichte *therapie*, richt zich voornamelijk op gedragsverandering(en).

De **biomedische therapieën** richten zich in de eerste plaats op veranderingen in de onderliggende biologie van de hersenen. Een arts kan een beroep doen op tal van medicijnen, waaronder antidepressiva, 'tranquillizers' en stimulerende middelen. In uitzonderlijke gevallen wordt een ingrijpendere procedure, zoals elektrische stimulatie of een operatieve ingreep, toegepast.

Biomedische therapie: Behandeling waarbij het accent ligt op het veranderen van de hersenen, vooral door het toepassen van geneesmiddelen, psychochirurgie of elektroshocktherapie.

Vaak kiest men niet voor ofwel de psychologische therapie, ofwel de biomedische therapie, maar voor een gecombineerde benadering, waarbij men zowel gebruikmaakt van geneesmiddelen als van psychotherapie.

Stoornissen en therapie in een culturele context

In verschillende culturen wordt heel verschillend gedacht over psychische stoornissen en het behandelen daarvan (Matsumoto, 1996). De overwegende visie in de meer individualistische westerse (Europese en Noord-Amerikaanse) cultuur is dat psychische stoornissen meestal veroorzaakt worden door een ziekteproces, genetische fouten, verstoorde hersenprocessen, een ongezonde omgeving of stressoren. Maar meer collectivistische culturen hebben vaak een heel andere kijk op de zaak (Triandis, 1990; Zaman, 1992). In Aziatische maatschappijen worden psychische stoornissen bijvoorbeeld eerder beschouwd als een verstoring van de verbinding tussen het individu en de groep. En veel Afrikanen geloven dat psychische stoornissen ontstaan doordat een individu vervreemd is geraakt van de natuur en de gemeenschap, inclusief de gemeenschap van voorouderlijke geesten (Nobles, 1976; Sow, 1977).

In zulke culturen is het ondenkbaar dat men psychisch gestoorde individuen buiten hun eigen gemeenschap kan behandelen. De genezing moet plaatsvinden in de eigen sociale context, in een omgeving waar het belang van de opvattingen, de familie, het werk en de leefomgeving van de patiënt worden benadrukt. Het Afrikaanse gebruik van groepssteun bij de therapie is uitgebreid tot een procedure die 'netwerktherapie' wordt genoemd. Hierbij wordt het hele netwerk van verwanten, collega's en vrienden betrokken bij de behandeling (Lambo, 1978).

Als Derek in zo'n cultuur had geleefd, zou hij ongetwijfeld door een medicijnman of *sjamaan*, van wie werd aangenomen dat deze speciale magische krachten had, zijn behandeld. Zijn behandeling zou hebben bestaan uit ceremonieën en rituelen die het genezingsproces van emotionele intensiteit en betekenis zouden voorzien. Deze rituelen, gecombineerd met het gebruik van symbolen, zouden de patiënt, de sjamaan en de maatschappij verbinden met de bovennatuurlijke krachten die in de strijd tegen de waanzin te hulp zouden worden geroepen (Devereux, 1981; Wallace, 1959).

Ga naar **www.pearsonmylab.nl** om je kennis en begrip van deze paragraaf te testen met de MyMap, MyCheck en MyDefinitions.

KERNVRAAG 13.2

▶ Hoe behandelen psychologen psychische stoornissen?

In de meeste westerse landen zou het type therapie dat Derek zou krijgen, worden bepaald door zijn keuze voor ofwel een medisch ofwel een psychologisch therapeut. Door een psycholoog als dr. Wijnen te kiezen, zou hij vrijwel zeker een van de twee typen therapie krijgen die in ons kernconcept worden beschreven: een inzichtgevende therapie of een gedragstherapie.

KERNCONCEPT 13.2

De behandelmethoden die psychologen toepassen, zijn onder te brengen in twee belangrijke categorieën: inzichtgevende therapie (gericht op het ontwikkelen van begrip van het probleem) en gedragstherapie (gericht op het veranderen van gedrag door conditionering).

Inzichtgevende therapieën waren de allereerste puur psychologische behandelmethoden die psychologen ontwikkelden. Lange tijd was dat ook de enige vorm van psychologische behandeling die je kon krijgen. De laatste jaren hebben ze gezelschap gekregen van de gedragstherapieën, die op dit moment in veel gevallen effectiever blijken te zijn.

13.2.1 Inzichtgevende therapieën

In tegenstelling tot de gedragstherapieën, die zich concentreren op externe gedragspatronen, proberen **inzichtgevende therapieën** het *innerlijk* van de patiënt te veranderen: de manier waarop hij denkt en voelt. Deze methoden, die soms *gesprekstherapieën* worden genoemd, gaan ervan uit dat patiënten behoefte hebben om de verstoorde gedachten, emoties en gevoelens die hun psychische problemen veroorzaken, beter te begrijpen en dat inzicht in de oorzaak van de problemen de sleutel is tot de oplossing ervan.

Inzichtgevende therapie: Psychotherapie waarbij de therapeut de patiënt helpt om de oorzaken van zijn problemen te begrijpen (*inzicht* te verwerven).

Er zijn verschillende 'soorten' inzichtgevende therapie, maar ze hebben allemaal tot doel de verstoorde geestelijke processen van een patiënt via discussie en interpretatie aan het licht te brengen. Sommige therapieën, zoals de freudiaanse *psychoanalyse*, berusten op het idee dat psychische problemen diep in het onbewuste verborgen liggen en dat je ze alleen met ingewikkelde en tijdrovende technieken boven water kunt krijgen. Bij andere vormen van therapie, zoals de *cliëntgerichte therapie* van Carl Rogers, wordt het belang van het onbewuste geminimaliseerd en wordt gezocht naar problemen in de wijze waarop mensen bewust denken en met elkaar omgaan.

Omdat er tientallen soorten inzichtgevende therapie bestaan, kunnen we ze niet allemaal bespreken. We kiezen voor de invloedrijkste, te beginnen met de legendarische methode die is ontwikkeld door Sigmund Freud.

Inzichtgevende therapieën

- Freudiaanse psychoanalyse
- Neofreudiaanse therapieën
- Humanistische therapieën
- Cognitieve therapieën
- Groepstherapieën

Freudiaanse psychoanalyse

Volgens het klassieke freudiaanse standpunt ontstaan psychische problemen uit spanningen die in de onbewuste geest ontstaan als gevolg van verboden impulsen en bedreigende herinneringen. Bij freudiaanse therapie, de zogenoemde **psychoanalyse**, wordt het onbewuste onderzocht in een poging om deze problemen aan het 'licht' te brengen, dat wil zeggen, naar het bewuste te brengen, waar de angel eruit kan worden gehaald. Het belangrijkste doel van de psychoanalyse is dus om de inhoud van het onbewuste naar het bewustzijn te brengen.

Psychoanalyse: Een benadering van de psychologie die is gebaseerd op de veronderstellingen van Freud, die de nadruk legt op onbewuste processen. De term verwijst zowel naar Freuds psychoanalytische theorie als naar zijn psychoanalytische behandelmethode.

Om bij de inhoud van het onbewuste te komen, zocht Freud naar manieren om de verdediging te omzeilen die het ego uit zelfbescherming heeft opgeworpen. Een methode was gebruik te maken van *vrije associatie,* waarbij de patiënt zich ontspande en sprak over alles wat er maar in hem opkwam, terwijl de therapeut luisterde, en daarbij altijd op zijn hoede was voor versluierde verwijzingen naar onbewuste behoeften en conflicten. Een andere methode was *droominterpretatie;* een techniek die je je misschien nog herinnert uit hoofdstuk 8.

◀◀ **Verbinding hoofdstuk 10**
De *afweermechanismen van het ego* zijn onder meer verdringing, regressie, projectie, ontkenning, rationalisatie, reactieformatie, verschuiving en sublimatie (p. 408).

Met behulp van deze en andere technieken ontwikkelt de psychoanalyticus geleidelijk een klinisch beeld van het probleem. Vervolgens kan hij de patiënt helpen de onbewuste oorzaken van de symptomen te begrijpen. Om je een indruk van dit proces te geven, vermelden we Freuds interpretatie van een fascinerend geval van een meisje van 19 bij wie 'obsessionele neurose' was vastgesteld (volgens de *DSM-IV* zou dit waarschijnlijk gediagnosticeerd zijn als *obsessief-compulsieve stoornis).* Houd in gedachten dat psychologen en psychiaters tegenwoordig anders naar de interpretaties van Freud kijken. Zijn interpretaties hebben echter nog steeds invloed, omdat veel van de concepten van Freud, zoals *ego, verdringing, het onbewuste, identificatie* en *oedipuscomplex*, deel van het alledaagse taalgebruik zijn gaan uitmaken. Freuds behandeling van de jonge vrouw zal je een idee geven van de wijze waarop de psychotherapie circa een eeuw geleden is begonnen.

Freuds patiënt begon aan haar behandeling omdat haar ouders bezorgd waren over een vreemd ritueel dat ze elke avond rond bedtijd uitvoerde. Dit ritueel bestond er onder meer uit dat ze eerst de grote klok in haar kamer stilzette en vervolgens de andere, kleinere klokken weghaalde, met inbegrip van haar polshorloge. Vervolgens zette ze alle vazen en bloempotten bij elkaar op haar schrijftafel, opdat deze, volgens haar 'neurotische' denkwijze, gedurende de nacht niet konden vallen en breken. Daarna zorgde ze ervoor dat de deur naar haar kamer halfopen zou blijven staan door verschillende voorwerpen in de deuropening te zetten. Na deze voorzorgsmaatregelen richtte ze haar aandacht op het bed, waarbij ze er zich nauwgezet van overtuigde dat de matras niet tegen de plank aan het hoofdeinde kwam en dat het kussen diagonaal op de matras lag. Vervolgens schudde ze het dekbed net zo lang tot alle veren aan het voeteneinde terecht waren gekomen, waarna ze deze nauwgezet opnieuw verdeelde. En ten slotte kroop ze in bed en probeerde te slapen met haar hoofd precies op het midden van het diagonale kussen.

Het ritueel verliep echter niet altijd gladjes. Ze voerde eerst het ene en daarna een ander deel van het ritueel uit, angstig dat ze niet alles goed had gedaan, hoewel ze aan Freud toegaf dat alle aspecten van haar nachtelijke voorzorgsmaatregelen irrationeel waren. Het resultaat was dat het meisje elke avond ongeveer twee uur nodig had om naar bed te gaan. Voordat je de interpretatie leest, zou je er even over moeten nadenken hoe jij zulke vreemde gedragingen zou interpreteren. Hier volgt de psychoanalytische interpretatie van Freud (1920) van dit geval:

> *'De patiënt ging geleidelijk begrijpen dat ze klokken en horloges 's nachts uit haar kamer verwijderde, omdat het symbolen waren van de vrouwelijke geslachtsdelen. Klokken, waarvan we weten dat ze ook andere symbolische betekenissen kunnen hebben, verkrijgen deze betekenis van een geslachtsorgaan door hun relatie met periodieke processen en regelmatige intervallen. Sommige vrouwen scheppen erover op dat hun menstruatie altijd precies op tijd is. Nu was de speciale angst van deze patiënt dat de klokken haar tijdens de slaap zouden storen. Het tikken van een klok is vergelijkbaar met het kloppen van de clitoris tijdens seksuele opwinding. Door dit gevoel, dat zij hinderlijk vond, was zij daadwerkelijk bij verschillende gelegenheden wakker geworden. Nu uitte haar angst voor een erectie van de clitoris zich erin dat ze zichzelf een regel had opgelegd alle lopende klokken en horloges tijdens de nacht te verwijderen. Bloempotten en vazen zijn net als alle vaten, ook symbolen van de vrouwelijke geslachtsdelen. Voorzorgen om te voorkomen dat ze gedurende de nacht zouden vallen en breken, zijn daarom niet zonder betekenis. Haar voorzorgen tegen het breken van de vazen betekende een afwijzing van het hele complex dat te maken heeft met maagdelijkheid...*
>
> *Op een dag begreep ze het centrale idee van haar ritueel toen ze plotseling inzag waarom de matras van haar niet tegen de achterkant van het bed aan mocht liggen: de matras had voor haar altijd op een vrouw geleken en de rechtopstaande achterkant van het bed op een man. Haar wens was dus om, via een magische ceremonie als het ware, de man en de vrouw te scheiden; dat wil zeggen de ouders te scheiden en te voorkomen dat ze geslachtsgemeenschap zouden hebben...*
>
> *Als het kussen een vrouw was, dan had het schudden van het dekbed tot alle veren onderaan lagen, waardoor daar een bobbel ontstond, ook een betekenis. Het betekende een vrouw zwanger maken; dit wist ze, maar ze deed de zwangerschap weer verdwijnen, want ze was al jaren bang dat bij de geslachtsgemeenschap tussen haar ouders een ander kind zou worden verwekt, een rivaal voor haar. Anderzijds, als de dikke matras de moeder symboliseerde, dan kon het kleine kussen alleen de dochter representeren... De rol van de man (de vader) speelde ze dus zelf: ze verving het mannelijk geslachtsorgaan door haar eigen hoofd. Misschien vind je dit verschrikkelijke gedachten in de geest van een maagdelijk meisje. Dat geef ik toe, maar vergeet niet dat ik deze ideeën niet heb bedacht, alleen blootgelegd.' (pp. 277-279)*

◄◄ **Verbinding hoofdstuk 10**
Verdringing is een freudiaans ego-afweermechanisme waarbij bedreigende informatie geheel buiten het bewustzijn wordt gehouden (p. 408).

In deze casus kun je zien hoe Freud de symptomen van de patiënt interpreteerde als symbolische richtingaanwijzers, die de weg wezen naar achterliggende, onbewuste conflicten, begeerten en herinneringen. In de loop van de behandeling hielp hij de patiënt inzien op welke wijze haar onbewuste problemen de vorm kregen van haar obsessieve rituelen door middel van haar ego-afweermechanismen zoals *displacement* (verschuiving), waarbij de angst van het meisje om haar maagdelijkheid te verliezen, werd vervangen door het ritueel waarbij ze de vazen in haar slaapkamer beschermde. Tegelijkertijd kon het ego het 'echte' probleem uit het bewustzijn houden door middel van een ander afweermechanisme: *verdringing*.

Sigmund Freuds werkkamer, inclusief de beroemde sofa (rechts) bevindt zich nu in het Londense Freud Museum. De 82-jarige Freud vluchtte in 1938 naar Londen na de Duitse inval in Oostenrijk. Hij stierf een jaar later.

Bron: Freud Museum, Londen.

De belangrijkste taak van een psychoanalyticus is dus een patiënt te helpen de barrières van de verdringing te doorbreken en de bedreigende gedachten naar het bewustzijn terug te brengen. Hierdoor verkrijgt de patiënt inzicht in de relatie tussen de symptomen en de achterliggende verdrongen conflicten. Volgens Freud was het zo dat als de patiënt zijn onbewuste conflicten leerde begrijpen en accepteren, ze geen problemen meer veroorzaakten.

Tijdens de hele analyse wordt de relatie tussen patiënt en therapeut onder de loep genomen. Volgens Freud vormt die relatie namelijk een weerspiegeling van de relatie met de ouders in de eerste levensfase. Deze projectie van ouderlijke eigenschappen op de therapeut wordt *overdracht* genoemd; de analyse daarvan in de therapie wordt de **analyse van overdracht** genoemd. Op het einde van de analyse wordt het aankomende afscheid een belangrijk onderwerp. De manier waarop de patiënt met dit afscheid aan de slag gaat, zegt volgens de psychoanalytische theorie iets over zijn relatie met de ouders. Een patiënt wordt als hersteld gezien als hij of zij is 'bevrijd' van het proces van verdringing dat in de vroegste jeugd is begonnen (Munroe, 1955).

Analyse van overdracht: Freudiaanse techniek waarbij de relatie tussen patiënt en therapeut wordt geanalyseerd en geïnterpreteerd. Gebaseerd op het idee dat deze relatie een weerspiegeling vormt van onopgeloste conflicten uit het verleden van de patiënt.

Neofreudiaanse psychodynamische therapieën

Vergeef ons alsjeblieft dat we wat analyse op Freud loslaten: hij had duidelijk gevoel voor drama en hij bezat ook een krachtige, charismatische persoonlijkheid, of, zoals hij zelf misschien zou hebben gezegd, een sterk ego. Freud stimuleerde dan wel zijn volgelingen de principes van de psychoanalyse te bespreken, maar tolereerde geen fundamentele veranderingen van zijn leerstellingen. Dit leidde onvermijdelijk tot conflicten met enkele van zijn al even gedecideerde volgelingen, zoals Alfred Adler, Carl Jung en Karen Horney, die uiteindelijk met Freud braken en grondleggers werden van een eigen richting in de psychotherapie.

In het algemeen handhaafden de neofreudiaanse afvalligen een groot deel van de elementaire ideeën en technieken van Freud; ze voegden hier enkele technieken aan toe en wijzigden andere. Volgens de ware psychodynamische traditie hebben de **neofreudiaanse psychodynamische therapieën** de nadruk die Freud op de motivatie legde, behouden. De meeste neofreudiaanse therapeuten hebben tegenwoordig de divan van de psychoanalyticus afgeschaft; ze behandelen hun patiënten terwijl ze tegenover elkaar zitten. Ze zien de patiënt eenmaal per week gedurende enkele maanden en niet verschillende keren per week gedurende enkele jaren, zoals bij de klassieke psychoanalyse.

Neofreudiaanse psychodynamische therapieën: Therapeutische technieken die zijn ontwikkeld door psychodynamisch theoretici die het niet eens waren met bepaalde aspecten van Freuds theorieën en behandelmethoden.

De vraag is hoe moderne psychodynamische therapeuten erin slagen het werk in kortere tijd gedaan te krijgen. De meesten hebben de nadruk verschoven naar de *bewuste* motivatie; ze besteden dus niet zo veel tijd aan het zoeken naar verborgen conflicten en verdrongen herinneringen. Daarnaast zijn de meesten met betrekking tot één of meer van de volgende punten een andere lijn gaan volgen dan Freud:

- het belang van het zelf of het ego centraal stellen (in plaats van het id);
- meer aandacht hebben voor de invloed van ervaringen tijdens het leven (en niet meer zo'n grote nadruk leggen op ervaringen uit de vroege jeugd, zoals Freud deed);
- de rol van sociale en interpersoonlijke relaties centraal stellen (in plaats van seksuele en agressieve begeerten). Overigens komt de analyse van de overdrachtsrelatie ook nog steeds aan bod, omdat de overdrachtsgevoelens van de cliënt, maar ook de zogenoemde *tegenoverdrachtsgevoelens* van de therapeut, veel informatie geven over de problematiek van de cliënt.

En, zoals we in hoofdstuk 10 hebben gezien, heeft elk van de neofreudianen een theorie van stoornissen en een therapie opgesteld en elk heeft daarin zijn eigen accenten gelegd. We hebben hier geen ruimte om deze benaderingen gedetailleerd te behandelen, maar laten we kort kijken naar de wijze waarop een moderne psychodynamische therapeut het geval van het obsessieve meisje dat Freud beschreef, zou hebben benaderd. Waarschijnlijk zou zo'n therapeut zich concentreren op de huidige relatie tussen het meisje en haar ouders. Hij zou misschien kijken of het meisje het gevoel had tekort te schieten, wat ze compenseerde door elke avond gedurende twee uur de volledige aandacht van haar ouders op te eisen. En in plaats van zo intensief met het meisje te werken, zou de therapeut ook met de ouders aan de slag kunnen gaan om verandering aan te brengen in de wijze waarop die met het probleem omgaan. En Derek, met wie we aan het begin van dit hoofdstuk kennis hebben gemaakt? Een freudiaanse analyticus zou de vroege jeugd van de cliënt onderzoeken voor aanwijzingen over zijn depressie, terwijl een moderne psychodynamisch therapeut waarschijnlijk naar aanwijzingen in zijn huidige relaties gaat zoeken, en aanneemt dat de oorzaak sociaal is en niet seksueel of agressief.

Humanistische therapieën

Bij een psychodynamische benadering ligt de nadruk op conflicterende motieven, maar bij *humanistische* vormen van therapie is het uitgangspunt dat geestelijke problemen voortkomen uit een gering gevoel van eigenwaarde, niet-authentieke doelen en relaties die geen voldoening geven.

De belangrijkste klachten waarmee cliënten bij een therapeut aankloppen, zijn gevoelens van vervreemding, faalangst, moeilijke relaties en algemene ontevredenheid met hun leven. Deze 'alledaagse' problemen worden gewoonlijk *existentiële crises* genoemd. De term onderstreept het idee dat veel problemen te maken hebben met vragen over de betekenis en het doel van ons bestaan. De door humanistisch psychologen ontwikkelde therapieën richten zich specifiek op dit soort psychische klachten.

In tegenstelling tot het psychodynamische standpunt gaan humanistisch therapeuten er ook van uit dat mensen meestal worden gemotiveerd door *gezonde* behoeften aan groei en psychologisch welzijn. Zij bestrijden de aanname van Freud dat de persoonlijkheid in conflicterende delen is verdeeld, door een egoïstisch id wordt gedomineerd en dat deze door hedonistische instincten en verdrongen conflicten wordt aangestuurd. In plaats daarvan benadrukken de humanisten het concept van een gehele persoon die een voortdurend proces van groei en verandering doormaakt.

In de benadering van humanistische psychologen treden psychische stoornissen op wanneer de normale ontwikkeling door omstandigheden is verstoord en een gering gevoel van eigenwaarde ontstaat. **Humanistische therapieën** trachten

Humanistische therapie: Therapeutische techniek die ervan uitgaat dat mensen geneigd zijn tot positieve groei en zelfrealisatie. Deze neiging kan echter geblokkeerd worden door een ongezonde omgeving, een negatief zelfbeeld of kritiek van anderen.

cliënten te helpen om deze problemen onder ogen te zien. Cliënten moeten hun eigen vrijheid erkennen, hun zelfbeeld verbeteren en hun mogelijkheden zo goed mogelijk ontwikkelen (Schneider & May, 1995). Een humanistisch therapeut (als ze een eeuw geleden al hadden bestaan) zou waarschijnlijk met de patiënt van Freud hebben gewerkt aan het onderzoeken van haar zelfconcept en van haar gevoelens voor haar ouders. Wat Derek betreft: een humanistisch therapeut zou wellicht raden dat zijn depressie het gevolg is van onbevredigende relaties of van een gevoel van persoonlijk tekortschieten.

Een van de invloedrijkste humanistisch therapeuten was Carl Rogers (1951, 1977). Hij ontwikkelde een methode die hij de **cliëntgerichte therapie** noemde en die berust op het idee dat gezonde ontwikkeling verstoord kan raken door een conflict tussen iemands verlangen naar een positief zelfbeeld en kritiek van zichzelf of anderen. Dit conflict veroorzaakt angst en distress. De rogeriaanse cliëntgerichte therapeut probeert een voedende omgeving te scheppen waarin mensen hun conflicten kunnen verwerken. Daardoor ontstaat ruimte voor zelfrespect en zelfrealisatie en kan een individu streven naar het worden van een '*fully functioning person*'.

Cliëntgerichte therapie: Door Carl Rogers ontwikkelde humanistische benadering van therapie. Benadrukt de natuurlijke neiging van mensen tot gezonde psychologische groei en zelfrealisatie.

Een van de belangrijkste technieken die rogeriaanse therapeuten gebruiken om cliënten meer inzicht te geven in hun emoties, wordt **gevoelsreflectie** (ook wel **spiegelen** of *reflectief luisteren*) genoemd. Het betekent dat therapeuten de uitspraken van hun cliënt parafraseren. Op die manieren fungeren ze als een soort psychologische 'spiegel' waarin de cliënt zichzelf kan zien. Hieronder vind je een voorbeeld van de manier waarop een therapeut deze techniek toepast om de emotionele toon te reflecteren van een jonge vrouw in therapie (Rogers, 1951):

Gevoelsreflectie (spiegelen): Door Carl Rogers ontwikkelde techniek waarbij de therapeut de woorden van de cliënt parafraseert om de emotionele toon die eruit spreekt te benadrukken.

Cliënt: Het is waarschijnlijk tijdens mijn jeugd ontstaan Mijn moeder zei dat ik het lievelingetje van mijn vader was. Hoewel ik dat nooit besefte – ik bedoel, hij behandelde me absoluut niet als een lievelingetje. En anderen leken altijd te denken dat ik op de een of andere manier de bevoorrechte van de familie was En zoals ik het nu zie, was het alleen zo dat de familie de andere kinderen meestal meer toestond dan mij. Om de een of andere reden stelden ze aan mij hogere eisen dan aan de andere kinderen.
Therapeut: Je weet niet zo zeker of je wel het lievelingetje was, het voelde meer alsof je door de situatie in de familie aan behoorlijk hoge eisen moest voldoen.
Cliënt: Ja. Dat bedacht ik ook net; en dat de andere mensen wel fouten mochten maken, of als kind kattenkwaad uithalen. Maar Alice werd niet geacht zulke dingen te doen.
Therapeut: Ja. Van iemand anders zou het goed zijn, alleen maar een beetje ondeugend, maar als jij zoiets zou doen, zou de hel losbarsten.
Cliënt: Dat idee had ik inderdaad. Ik denk dat dat hele gedoe van mijn hoge eisen, dat ik daar eens goed over moet nadenken, want ik vraag me al een hele tijd af of er ook maar eentje oprecht is.
Therapeut: Ja. Je weet niet of je echte, diep gevoelde waarden hebt waar je zeker van bent.
Cliënt: Ja, ja. (p. 152)

Je ziet dat de meeste beweringen van de therapeut in dit voorbeeld een omschrijving, of 'reflectie' vormden van datgene wat de patiënt zojuist heeft gezegd. Is zo'n benadering effectief? De cliëntgerichte benadering heeft veel wetenschappelijke ondersteuning. Een werkgroep van de American Psychological Association, die belast is met het vaststellen van op onderzoeksresultaten gebaseerde werkwijzen die aan de effectiviteit van therapie bijdragen, kwam erachter dat de gemeenschappelijke factoren van therapieën die effectief zijn, de rogeriaanse eigenschappen waren van *empathie, positieve waardering, oprechtheid* en *feedback* (Ackerman et al., 2001).

De humanistische therapeut Carl Rogers (midden rechts) begeleidt een therapiegroep.
Bron: Michael Rougier/Time & Life Pictures/Getty Images.

Cognitieve therapie: Benadrukt rationeel denken (tegenover subjectieve emotie, motivatie of onderdrukte conflicten) als de sleutel tot de behandeling van psychische stoornissen.

Cognitieve therapie

De meeste inzichtgevende therapieën richten zich op het veranderen van verstoorde emoties en motivaties (zie figuur 13.1). De **cognitieve therapie** gaat ervan uit dat psychische problemen ontstaan vanuit disfunctionele gedachten en beschouwt rationeel *denken* als de sleutel tot positieve therapeutische verandering (Butler et al., 2006). Er zijn verschillende vormen van cognitieve therapie, waarvan we er hier één zullen bespreken: de *cognitieve therapie voor depressie* van Aaron Beck.

Beck, die oorspronkelijk als klassiek psychoanalyticus was opgeleid, brak met de freudiaanse traditie toen hij begon te merken dat de dromen en vrije associaties van zijn depressieve patiënten gedomineerd werden door negatieve gedachten (Beck, 1976; Bowles, 2004). Ze deden vaak negatieve beweringen over zichzelf zoals: 'Niemand zou me aardig vinden als ze me echt zouden kennen' en 'Ik ben niet intelligent genoeg om te slagen op deze school waar zo veel concurrentie is'. Beck ging geleidelijk aannemen dat depressie het gevolg is van negatieve zelfspraak. De taak van de therapeut is vervolgens de patiënt een positieve denkwijze aan te leren.

Hier volgt een voorbeeld van de benadering van Beck, afkomstig uit een therapiesessie met een student die ongeveer even oud was als Derek (Beck et al., 1979):

> *Patiënt: Ik word depressief als de dingen fout gaan. Bijvoorbeeld als ik een onvoldoende haal.*
> *Therapeut: Waarom word je depressief als je een onvoldoende haalt?*
> *Patiënt: Nou, als ik een onvoldoende haal, kan ik nooit rechten gaan studeren.*
> *Therapeut: Ben je het ermee eens dat je beïnvloed wordt door de manier waarop je de resultaten van het proefwerk interpreteert? Je kunt depressief raken, je wordt slapeloos, je hebt geen eetlust en je gaat je misschien afvragen of je met je opleiding moet stoppen.*
> *Patiënt: Ik dacht eraan dat ik niet zou slagen. Ja, ik ben het ermee eens.*
> *Therapeut: Wat betekent mislukken ook alweer?*
> *Patiënt: (in tranen) Dat ik geen rechten kan gaan studeren.*
> *Therapeut: En wat betekent dat voor jou?*
> *Patiënt: Dat ik gewoon niet intelligent genoeg ben.*
> *Therapeut: En verder?*
> *Patiënt: Dat ik nooit gelukkig kan zijn.*
> *Therapeut: En hoe voel je je door deze gedachten?*
> *Patiënt: Heel ongelukkig.*
> *Therapeut: Dus je wordt erg ongelukkig door de betekenis die je toekent aan een onvoldoende halen. In feite wordt jouw ongelukkige gevoel grotendeels veroorzaakt doordat je gelooft dat je nooit gelukkig kunt zijn. Je zet jezelf dus in de val: per definitie staat geen rechten kunnen studeren gelijk aan 'ik kan nooit gelukkig zijn'. (pp. 145-146)*

Zoals je uit dit gesprek kunt opmaken, helpt de cognitief therapeut de patiënt de confrontatie aan te gaan met de destructieve gedachten waardoor de depressie in stand wordt gehouden. Uit onderzoek is gebleken dat de benadering van Beck minstens zo effectief is bij de behandeling van depressie als medicatie (Antonuccio, 1995; Beck, 2005).

In het geval van Derek zou een cognitief therapeut waarschijnlijk op zoek gaan naar negatieve zelfspraak die zijn depressie in stand hield. En hoe zou een cognitief therapeut Freuds negentienjarige obsessieve patiënt hebben benaderd?

De nadruk zou worden gelegd op irrationele overtuigingen, zoals het idee dat bloempotten en vazen 's nachts uit zichzelf kunnen vallen en breken. Een cognitief therapeut zou ook vraagtekens zetten bij de aanname dat er iets rampzaligs zou kunnen gebeuren (zoals niet kunnen slapen!) als ze haar nachtelijk ritueel

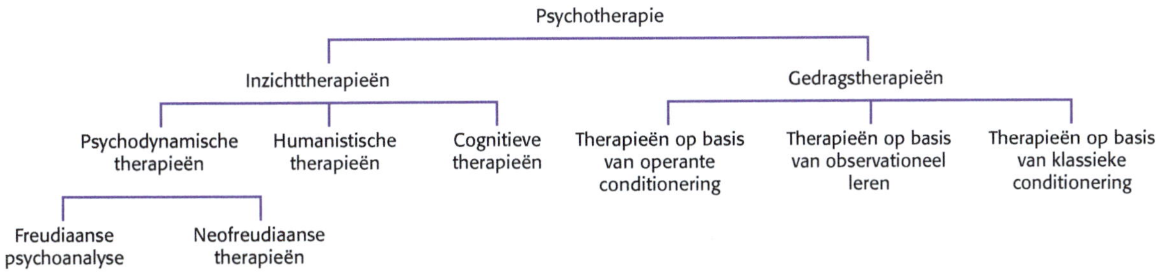

Figuur 13.1
Typen psychotherapie
Elk van de twee belangrijkste takken van psychotherapie heeft verschillende varianten.

niet uitvoerde. In beide gevallen zou de aanname zijn dat de symptomen zouden verdwijnen wanneer haar negatieve gedachten door positieve zouden worden vervangen.

Groepstherapieën

De therapeutische benaderingen die we tot nu toe hebben besproken, zijn meestal gebaseerd op een een-op-eenrelatie tussen de cliënt en de therapeut. De meeste kunnen echter ook met groepen van twee of meer mensen worden gedaan. Zo'n groepstherapie heeft voordelen boven individuele therapie, met name bij problemen op het gebied van sociaal gedrag en relaties. **Groepstherapie** is vaak de voorkeurbenadering bij paren, gezinnen of groepen mensen met problemen zoals depressie of drugsverslaving. Meestal komen zulke groepen eens per week bij elkaar. Sommige groepen experimenteren met sessies op internet (Davison et al., 2000). Over het algemeen werken therapiegroepen vanuit het humanistische perspectief, hoewel psychodynamische en cognitief-behavioristische groepen ook voorkomen. Een voordeel van groepstherapie is de vergevingsgezinde, ondersteunende atmosfeer waarin de deelnemers nieuwe sociale gedragsvormen kunnen observeren en imiteren. Een ander voordeel is dat mensen ervaringen kunnen delen met mensen die in dezelfde situatie zitten. We kunnen hier niet alle soorten groepstherapie beschrijven en beperken ons daarom tot zelfhulpgroepen en relatie- en gezinstherapie.

Groepstherapie: Elke vorm van psychotherapie waarbij meer patiënten tegelijk betrokken zijn. Groepstherapeuten werken vaak vanuit een humanistisch perspectief.

Zelfhulpgroepen De meest ingrijpende ontwikkeling van de groepstherapie is waarschijnlijk de enorme belangstelling voor en deelname aan **zelfhulpgroepen**. In 2007 waren er in Nederland alleen al 14 verschillende zelfhulporganisaties voor verslaving actief, met in totaal ongeveer 500 groepen. Het geschatte aantal mensen dat minstens één keer per maand zo'n zelfhulpgroep bezoekt is zo'n 7500 (Muusse et al., 2008). Volgens Trefpunt Zelfhulp zijn in Vlaanderen 1250 zelfhulpgroepen actief. Hieronder vallen zelfhulpgroepen voor mensen met een verslavingsprobleem, maar ook groepen voor mensen met depressie, schulden en omgaan met verlegenheid (Trefpunt Zelfhulp, 2012).

Zelfhulpgroep: Therapiegroep (zoals Anonieme Alcoholisten), georganiseerd en begeleid door leken in plaats van professionele therapeuten.

Deze zelfhulpgroepen baseren een belangrijk deel van hun benadering op het *empowermentmodel van herstel*, dat aan het begin van hoofdstuk 12 kort besproken is. In een zelfhulpgroep ontmoeten mensen lotgenoten, onder niet-bedreigende omstandigheden, om te zien hoe die met hun problemen omgaan en leren hoe ze ondanks hun problemen iets van hun leven weten te maken (Schiff & Bargal, 2000).

Een van de eerste organisaties die met zelfhulpgroepen van start ging, was de vereniging van Anonieme Alcoholisten (AA). Deze organisatie werd halverwege de jaren dertig van de vorige eeuw opgericht in de Verenigde Staten. De oorspronkelijke structuur van de AA berustte op het concept van de 'twaalf stappen naar genezing van een alcoholverslaving'. Deze structuur is niet gebaseerd op psychologische theorieën, maar heeft zich gaandeweg ontwikkeld tijdens AA-bijeenkomsten. In de jaren zestig van de vorige eeuw, tijdens de tweede feministische golf, raakte het fenomeen zelfhulpgroep ook buiten de wereld van het alcoholisme bekend. Daardoor bestaan er nu zelfhulpgroepen voor zeer uiteenlopende problemen, waaronder:

- leren omgaan met een nieuwe levensfase of een crisis, zoals een scheiding of het overlijden van een kind;
- leren omgaan met lichamelijke en psychische stoornissen, zoals depressie of een hartkwaal;
- leren omgaan met verslaving en ander niet-gecontroleerd gedrag, zoals alcoholisme, gokverslaving, eetverslaving, verslaving aan seksuele uitspattingen en verslaving aan verdovende middelen;
- leren omgaan met de stress die wordt veroorzaakt door vrienden of familieleden die een psychische stoornis hebben, zoals schizofrenie of een bipolaire stoornis.

Ook patiënten met een terminale ziekte kunnen veel baat hebben bij groepstherapie. Het doel van zulke therapieën is om patiënten en hun familieleden te helpen om deze periode zo intens mogelijk te beleven, om realistisch om te gaan met de onvermijdelijke dood en zich aan te passen aan de terminale ziekte. Een algemene doelstelling van dit soort ondersteunende groepen is om mensen te leren hoe je voluit kunt leven tot aan het afscheid (Nungesser, 1990).

Relatie- en gezinstherapie Misschien biedt een groep van mensen die zelf relationeel in de knoop zitten de beste omgeving voor het leren over relaties. In *partner- of relatietherapie* kunnen een of meerdere koppels proberen hun onderlinge communicatiepatronen te verhelderen en de kwaliteit van hun omgang met elkaar te verbeteren, onder begeleiding van een *relatietherapeut* (Napier, 2000). Doordat hij beide partners tegelijk ziet, kan hij hen attenderen op de verbale en non-verbale manieren die ze gebruiken om te domineren, te controleren of verwarring te scheppen (Gottman, 1994, 1999). Beide partijen leren hoe ze gewenst gedrag bij de ander moeten bekrachtigen en hoe om te gaan met conflicten.
Ze leren ook hoe ze op een actieve manier kunnen luisteren, zodat ze de ander kunnen helpen om zijn of haar gevoelens en ideeën duidelijk te maken, zonder te confronteren (Jacobson et al., 2000; Wheeler et al., 2001).
Bij *gezinstherapie* bestaat de 'patiënt' uit een heel gezin, en elk familielid wordt behandeld als onderdeel van een *systeem van relaties* (Fishman, 1993). Een gezinstherapeut helpt gezinsleden om zicht te krijgen op de onderwerpen of patronen die problemen opleveren. De behandeling richt zich op het veranderen van de interpersoonlijke dynamiek (interacties) tussen deelnemers (Foley, 1979; Schwebel & Fine, 1994). Gezinstherapie helpt niet alleen de spanningen binnen een gezin te verminderen, maar helpt ook individuele gezinsleden beter te gaan functioneren, door ze hun rol in de groep te laten herkennen. Daarvoor hoeft de eigen rol in de groep soms niet eens te worden veranderd: als het systeem verandert, veranderen onherroepelijk de onderdelen mee. Ongewenst gedrag wordt bijvoorbeeld niet langer bekrachtigd, of een bepaalde rol (bijvoorbeeld die van 'bliksemafleider') hoeft niet langer vervuld te worden. Deze vorm van therapie is ook effectief gebleken bij het leren omgaan met anorexia nervosa, depressie en andere stemmingsstoornissen, en zelfs gezinnen die met schizofrenie worstelen, kunnen hier veel baat bij hebben (Miklowitz, 2007).

Bij relatietherapie helpt de therapeut mensen om communicatiepatronen in hun relatie te verbeteren.

13.2.2 Gedragstherapieën

Problemen die te maken hebben met te veel eten, bedplassen, verlegenheid, antisociaal gedrag, of welke afwijking die in gedragsmatige termen kan worden beschreven dan ook, kun je het beste behandelen met behulp van een van de gedragstherapieën, ook wel **gedragsmodificatie** (Baadsgaard & Wagner, 2003) genoemd. Op basis van de aanname dat deze ongewenste gedragingen zijn aangeleerd en daarom ook kunnen worden *af*geleerd, wordt bij **gedragstherapie** gebruikgemaakt van de principes van operante en klassieke conditionering.
Naast de problemen die hiervoor zijn genoemd, heeft gedragstherapie ook succes gehad in de behandeling van angsten, dwangstoornissen, depressies, verslavingen, agressie en crimineel gedrag.
Zoals de benaming al aangeeft, richten gedragstherapeuten zich op problematisch *gedrag* (in plaats van op gedachten of emoties). Ze onderzoeken hoe ongewenste gedragingen zijn aangeleerd en, belangrijker, hoe de cliënt ze kan afleren en vervangen door effectievere gedragspatronen. Nu volgt een beschrijving van de technieken die deze gedragstherapieën aan de *klassieke conditionering* hebben ontleend.

Gedragstherapieën

- Systematische desensitisatie
- Aversietherapie
- Contingentiemanagement
- Token economy

Gedragsmodificatie: De systematische toepassing van de inzichten van de gedragspsychologie om gedrag te beïnvloeden.

Gedragstherapie: Elke vorm van psychotherapie die is gebaseerd op de principes van stimulus-responsleren, met name operante en klassieke conditionering.

Klassieke conditioneringstechnieken

Bij het eerste voorbeeld van gedragstherapie waarover door de psychologe Mary Cover Jones (1924) werd gerapporteerd, werd het angstige jongetje Peter behandeld. Hij was bang voor konijnen. Jones was in staat de angst van de jongen te desensitiseren door gedurende een periode van enkele weken een konijn geleidelijk steeds dichter bij het jongetje te brengen wanneer hij zat te eten. Uiteindelijk kon Peter het konijn op zijn schoot laten zitten terwijl hij het streelde. (Mogelijk merk je de overeenkomst op met de experimenten die John Watson uitvoerde op kleine Albert. Jones was inderdaad een partner van Watson en zij was bekend met het experiment van kleine Albert. In tegenstelling tot Albert was Peter al erg bang voor konijnen en andere knuffeldieren toen hij aan de behandeling begon.)

◄◄ **Verbinding hoofdstuk 4**
Door klassieke conditioneringstechnieken kunnen ongeconditioneerde stimuli (CR) veranderen in geconditioneerde stimuli (CS) (p. 128).

Verbazingwekkend genoeg duurde het nog eens veertien jaar voordat gedragstherapie opnieuw zijn intrede deed, deze keer als behandeling voor bedplassen door middel van een plaswekker (Mowrer & Mowrer, 1938). Bij deze methode wordt een vochtgevoelig kussen onder de patiënt gelegd. Als de wekker door het vocht werd geactiveerd, werd de patiënt wakker. De behandeling was in driekwart van de gevallen effectief, een verbazingwekkend succes vergeleken met de jammerlijke mislukking van de psychodynamische therapie, waarbij werd geprobeerd bedplassen te voorkomen door over de 'betekenis' van het symptoom te praten. En toch duurde het nog eens twintig jaar voordat de gedragstherapie zich ontwikkelde tot een van de dominante stromingen in de psychotherapie.
Vanwaar deze vertraging? Het oude freudiaanse idee dat elk symptoom een achterliggende, onbewuste oorzaak heeft die moet worden ontdekt en weggenomen, was stevig geworteld in de klinische overlevering. Therapeuten durfden symptomen (gedragingen) niet direct aan te pakken uit angst voor *symptoomsubstitutie*; volgens dit idee kan er een ander, mogelijk veel erger symptoom in de plaats komen voor het symptoom dat wordt geëlimineerd. Die zorg was ongefundeerd.

Systematische desensitisatie De psychiater Joseph Wolpe heeft het vastgeroeste idee van symptoomsubstitutie met succes bestreden. Wolpe redeneerde dat het ontstaan van irrationele angstreacties en andere ongewenste gedragingen met emotionele basis mogelijk het model van de klassieke conditionering volgde in plaats van het freudiaanse model. Zoals je je zult herinneren, is bij *klassieke conditionering* sprake van de associatie van een nieuwe stimulus met een ongeconditioneerde stimulus, zodanig dat de betrokkene op beide prikkels dezelfde reactie vertoont. Een angstreactie kan bijvoorbeeld met menigten of met spinnen of onweer geassocieerd raken. Wolpe werd zich ook bewust van een andere eenvoudige waarheid: het zenuwstelsel kan niet tegelijkertijd ontspannen en geactiveerd zijn. Een combinatie van deze twee ideeën vormde de basis voor de methode van Wolpe, de zogenoemde **systematische desensitisatie** (Wolpe, 1958, 1973). Systematische desensitisatie begint met een trainingsprogramma, waarbij de patiënt wordt aangeleerd lichaam en geest te ontspannen (Rachman, 2000). Als de patiënt in deze diep ontspannen toestand verkeert, begint de therapeut met het proces van *extinctie*, waarbij de patiënt zich steeds angstwekkendere situaties voorstelt. Dit wordt in geleidelijke stappen gedaan, een zogenoemde *angsthiërarchie*, die loopt van associaties op afstand tot het inbeelden van een intens angstwekkende situatie.

Systematische desensitisatie: Techniek uit de gedragstherapie waarbij angst wordt uitgedoofd door de patiënt bloot te stellen aan een angstoproepende stimulus. De patiënt krijgt stapsgewijs steeds sterkere vormen van deze stimulus aangeboden.

Voor het opstellen van de angsthiërarchie brengen de therapeut en de cliënt eerst in kaart welke stimuli de angst oproepen. Vervolgens plaatsen ze die stimuli in een volgorde van zwak naar sterk (Shapiro, 1995). De hiërarchie in tabel 13.2 is bijvoorbeeld van een patiënt met een extreme angst voor spreken in het openbaar.

Tabel 13.2 Een eenvoudige angsthiërarchie

Dit is een voorbeeld van een angsthiërarchie die een therapeut en een patiënt zouden kunnen gebruiken tijdens de desensitisatie van angst voor spreken in het openbaar. De therapeut begeleidt de ontspannen patiënt, die zich achtereenvolgens de volgende situaties voorstelt:

1. Ik zie een foto of video-opname van iemand anders die in het openbaar spreekt.
2. Ik zie hoe iemand anders in het openbaar spreekt.
3. Ik bereid me voor op een redevoering die ik zelf zal houden voor een kleine groep vrienden.
4. Ik moet me voorstellen aan een grote groep.
5. Ik wacht tot ik geroepen word om te spreken tijdens een bijeenkomst of in een grote klas.
6. Ik word bij een groep geïntroduceerd als spreker.
7. Ik loop het podium op om aan de redevoering te beginnen.
8. Ik houd een belangrijke redevoering voor een grote groep.

Tijdens de desensitisatie vormt de ontspannen patiënt zich een levendig beeld van de zwakste angststimulus op de lijst. Als hij deze stimulus voor zich kan zien zonder er angstig van te worden, stapt de patiënt over op de volgende, iets sterkere stimulus. Na een aantal sessies kan de patiënt zich de meest verontrustende situaties op de lijst voor de geest halen zonder dat hij enige angst voelt (Lang & Lazovik, 1963) – vandaar de term *systematische* desensitisatie.

Exposuretherapie: Vorm van desensitisatietherapie waarbij de patiënt direct geconfronteerd wordt met de stimulus die zo veel angst oproept (in plaats van dat hij zich die alleen maar voorstelt).

Bij sommige vormen van desensitisatie, die **exposuretherapie** worden genoemd, confronteert de therapeut de patiënt werkelijk met het gevreesde voorwerp of de beangstigende situatie, bijvoorbeeld met een spin of slang, en dit blijkt zelfs nog effectiever dan de methode van Wolpe (Barlow, 2010). Je herinnert je misschien dat Sandra, die je in de hoofdstukopening van hoofdstuk 4 bent tegengekomen, via een vorm van exposuretherapie haar vliegangst overwon. Deze techniek is bij zeer veel patiënten met fobieën en angststoornissen met succes toegepast, onder andere bij mensen die zo bang waren voor bloed, injecties en bacteriën dat het voor hen onmogelijk was een noodzakelijke medische of tandheelkundige behandeling te ondergaan (Dittmann, 2005b).

In de afgelopen paar jaar hebben enkele gedragstherapeuten exposuretherapie met een zeer geavanceerde techniek uitgebreid, door gebruik te maken van door een computer gegenereerde beelden; fobische patiënten worden aan angstwekkende situaties blootgesteld in de veilige omgeving van een virtuele realiteit. Patiënten gaan deze virtuele omgeving binnen door een helm op te zetten met een videoscherm. Hierop worden beelden geprojecteerd van situaties waarvoor ze zullen worden gedesensitiseerd: spinnen, slangen, grote hoogten, afgesloten plaatsen, stuk voor stuk veelvoorkomende oorzaken van fobieën (Winerman, 2005d).

Aversietherapie Desensitisatie en exposuretherapie helpen cliënten om te gaan met stimuli die ze het liefst zouden vermijden. Maar wat kunnen we doen voor mensen die worden aangetrokken door stimuli die schadelijk of illegaal zijn? Drugsverslaving, seksuele parafilieën (van de norm afwijkende manieren om seksuele opwinding te verkrijgen) en gebrek aan controle over agressieve neigingen, zijn menselijke problemen waarbij afwijkend gedrag wordt opgeroepen door verleidelijke stimuli. Een klassieke conditioneringsvorm, **aversietherapie** genaamd, berust op een procedure van tegenconditionering die is ontwikkeld om verleidelijke stimuli minder verleidelijk te maken door ze bij herhaling te koppelen aan weerzinwekkende (aversieve) stimuli. Voorbeelden van aversieve stimuli zijn elektrische schokken of misselijkmakende medicijnen, die een zeer onaangenaam effect hebben, maar niet gevaarlijk zijn voor de patiënt.

Aversietherapie: Als klassieke conditioneringsprocedure: bij aversieve tegenconditionering wordt de cliënt een aantrekkelijke stimulus aangeboden, die echter gekoppeld is aan een onaangename (aversieve) sensatie, waardoor een reactie van weerzin wordt aangeleerd.

In aversietherapie bij mensen die proberen te stoppen met roken, bijvoorbeeld, moeten de rookverslaafden aan de lopende band sigaretten roken (soms zelfs meerdere tegelijk) terwijl er een weerzinwekkende lucht in hun gezicht wordt geblazen. De behandeling is voltooid als de patiënt het roken associeert met misselijkheid en overgeven (zie figuur 13.2). Zo'n conditioneringseffect treedt ook op als alcoholisten die het medicijn Refusal®, Antabuse® of Campral® slikken, toch gaan drinken. De middelen hebben geen bijwerkingen – tot de patiënt zelfs maar een minieme hoeveelheid alcohol tot zich neemt; dan wordt hij spuugmisselijk.
De bedoeling van aversietherapie is dat de associatie met de aversieve stimuli (geconditioneerde stimuli) de oorspronkelijke, ongewenste gedragingen (ongeconditioneerde reacties) in de loop van het leerproces in frequentie doen afnemen, waardoor de cliënt een aversie ontwikkelt die de plaats inneemt van het verlangen (zie figuur 13.2).

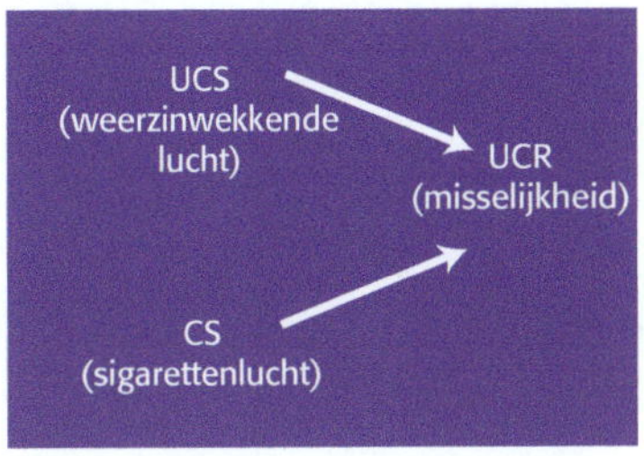

Figuur 13.2
Het aanleren van een aversie voor sigarettenrook
Tijdens aversietherapie tegen roken blaast men de roker sigarettenrook vermengd met een weerzinwekkende lucht pal in het gezicht. De weerzinwekkende lucht (rotte eieren) roept misselijkheid op. Deze respons ontwikkelt zich tot de geconditioneerde respons, die in het vervolg wordt geassocieerd met sigarettenrook.
Bron: Wolpe, J. (1991). *The Practice of Behavior Therapy*, 4e ed. Boston, MA: Allyn & Bacon. Copyright © 1991 Pearson Education. Overgenomen met toestemming van de uitgever.

Operante conditioneringstechnieken

Laurens gaat met zijn ouders naar de supermarkt. Maar als ze weigeren om snoep voor hem te kopen, krijgt hij een hevige woedeaanval. Zijn gedrag is een voorbeeld van een probleem dat is aangeleerd met behulp van *operante conditionering*: het is het gevolg van eerder beloonde responsen (zijn ouders hebben ook wel eens toegegeven aan zijn wensen), en niet van de associatie waarop klassieke conditionering is gebaseerd.
In feite zijn de meeste gedragsproblemen bij kinderen en volwassenen door beloning en straf aangeleerd. Denk bijvoorbeeld maar eens aan de overeenkomsten tussen het geval van Laurens en de werknemer die telkens te laat op zijn werk komt of de student die pas op het laatste nippertje voor een examen gaat studeren. Voor het veranderen van zulke gedragingen zijn technieken uit de operante conditionering nodig. Laten we twee therapeutische variaties op dit operante thema bekijken.

In deze 'virtual reality' kunnen fobische patiënten hun angsten veilig en comfortabel in de kamer van de therapeut onder ogen zien. Op een scherm ziet de patiënt computeranimaties van gevreesde situaties, zoals het plotseling tevoorschijn komen van een slang, hoog in de lucht in een vliegtuig zitten, of naar beneden kijken vanaf het dak van een hoog gebouw.
Bron: Bebeto Matthews/AP Images.

◄◄ **Verbinding hoofdstuk 4**
Bij operante conditionering verandert het gedrag als gevolg van consequenties zoals beloningen en straf (p. 135).

Contingentiemanagement: Op operante conditionering gebaseerde benadering van gedragsmodificatie waarbij de gevolgen van gedrag worden veranderd, met name door het toepassen van beloningen en straffen.

Contingentiemanagement De ouders van Laurens kunnen leren zijn driftbuien bij de supermarkt te verminderen door geen aandacht aan hem te schenken, een aanpak die overigens vast niet gemakkelijk zal zijn. Ook kan de therapeut hen begeleiden om Laurens te belonen als hij lief is en hem dan de aandacht te geven die hij nodig heeft. In de loop van de tijd zullen de oude, ongewenste gedragingen door de veranderende contingenties (voorvallen) worden uitgedoofd en zullen de nieuwe gedragingen worden versterkt. Deze benadering is een voorbeeld van **contingentiemanagement**: het veranderen van het gedrag door de consequenties te modificeren. Deze gedragsmodificatie is effectief gebleken bij de behandeling van gedragsproblemen in zeer uiteenlopende omgevingen zoals gezinnen, scholen, werk, gevangenissen, het leger en psychiatrische inrichtingen. Door de zorgvuldige toepassing van beloning en straf kunnen ook de zelfdestructieve gedragingen van autistische kinderen worden verminderd (Frith, 1997). En als je zelf een ongewenste gewoonte wilt veranderen, kun je zelfs technieken van contingentiemanagement op jezelf toepassen. Zie het kader 'Doe het zelf! Gedragsmodificatie bij jezelf'.

DOE HET ZELF! Gedragsmodificatie bij jezelf

Kun je gedrag bedenken dat je vaker zou willen vertonen dan je nu doet: studeren, een gesprek aangaan met anderen, sporten? Beschrijf dat gedrag in gedragsmatige termen op de lijn hieronder. (Gebruik geen woorden die slechts aanduidingen zijn van mentale processen, woorden als 'voelen' of 'willen'. Behavioristen eisen dat je dingen objectief houdt door alleen observeerbaar gedrag te noemen.)

Het gewenste nieuwe gedrag: ______________________________

Wanneer of onder welke omstandigheden zou je dit nieuwe gedrag willen vertonen? Schrijf op de lijn hieronder in termen van tijd of stimuluscondities wanneer je met het gedrag wilt beginnen (bijvoorbeeld: tijdens de les, als je iets leuks doet met vrienden, of elke ochtend om acht uur).

De tijd of omstandigheden voor het nieuwe gedrag: ____________________

Om de kans dat je de gewenste respons produceert te vergroten moet je wat positieve bekrachtigingstherapie op jezelf loslaten. Kies een geschikte beloning die je aan jezelf geeft als je het gewenste gedrag op de juiste tijd hebt vertoond. Schrijf de beloning die je aan jezelf wilt geven op de lijn hieronder.

Je beloning: ______________________________

Geef jezelf feedback op je vorderingen door dagelijks een verslagje te schrijven over je nieuwe gedrag. Dat kun je in je agenda doen, of in een grafiek. In de loop van de tijd zul je ontdekken dat het gewenste gedrag vaker voorkomt. Je zult ook ontdekken dat je nieuwe gewoonte zijn eigen beloning oplevert, zoals betere cijfers of bevredigender relaties (Kazdin, 1994).

Token economy: Operante behandeltechniek waarbij gewenst gedrag wordt beloond met 'tokens' (fiches, stempels, plaatjes). Deze symbolische bekrachtigers kunnen later worden ingewisseld voor privileges, voedsel of andere echte bekrachtigers. Deze techniek wordt vaak toegepast op groepen, maar is ook geschikt voor individuen.

Token economy Een speciale vorm van bekrachtigingstherapie wordt **token economy** genoemd. Deze techniek wordt toegepast op groepen mensen, zoals schoolklassen en afdelingen van psychiatrische ziekenhuizen, en is de behavioristische versie van groepstherapie (Ayllon & Azrin, 1968; Martin & Pear, 1999). De therapie is genoemd naar de plastic fiches die therapeuten (of leerkrachten) uitdelen als directe bekrachtigers van gewenst gedrag. In een klaslokaal kan bijvoorbeeld een fiche worden verdiend na enkele minuten rustig zitten, deelnemen aan een klassengesprek of het inleveren van een opdracht. Later kunnen de ontvangers de fiches inruilen voor voedsel, goederen of privileges. In plaats van fiches kan de therapeut natuurlijk ook gebruikmaken van 'punten' of andere symbolen. Het gaat erom dat de betrokkenen direct nadat ze het gewenste gedrag hebben vertoond een tastbare bekrachtiger ontvangen. Indien de juiste aanpassingen worden gedaan, werkt de token economy ook goed bij kinderen met ontwikkelingsstoornissen, bij psychiatrische patiënten en bij gevangenen (Higgins et al., 2001).

13.2.3 Cognitieve gedragstherapie: een synthese

Stel dat je partner zeer geanimeerd zit te praten met iemand anders en dat jij de grootste moeite hebt om je jaloerse gevoelens in de hand te houden. De kans is groot dat dit probleem wordt veroorzaakt door jouw cognities over jezelf en de andere twee ('Gerard pakt Martha van me af!'). Maar deze gedachten hebben waarschijnlijk ook invloed op je gedrag. Ze beïnvloeden je houding, waardoor Gerard het gevoel krijgt dat je hem wilt wegduwen. Een therapie die zich *zowel* op je cognities als op je gedrag richt, werkt in dit geval wellicht beter dan een therapie die zich op slechts een van de twee concentreert.

In feite is **cognitieve gedragstherapie (CGT)** een combinatie van een nadruk op gedachten en attitudes enerzijds, en op gedragstherapeutische strategieën anderzijds. Deze benadering gaat ervan uit dat onaangepast of zelfs schadelijk gedrag wordt veroorzaakt door irrationele denkprocessen, die dan ook tot irrationele emoties en een irrationeel zelfbeeld leiden. Bij cognitieve gedragstherapie werken de therapeut en de cliënt samen om irrationele zelfspraak te wijzigen, ze stellen een aantal bereikbare doelen op, ontwikkelen realistische strategieën om die doelen te bereiken en evalueren de resultaten. Deze methode helpt mensen om de manier waarop ze problemen aanpakken te veranderen en langzaam maar zeker nieuwe kennis en een gevoel van zelfredzaamheid te ontwikkelen (Bandura, 1986, 1992; DeAngelis, 2008b; Schwarzer, 1992).

Cognitieve gedragstherapie (CGT): Een recentere vorm van psychotherapie die de technieken van de cognitieve therapie en de gedragstherapie combineert.

Hoe goed werkt cognitieve gedragstherapie? Met name bij depressies, alcoholisme, boulimia nervosa, terugkerende nachtmerries en posttraumatische stressstoornissen blijkt deze vorm van therapie effectief te zijn (Baker et al., 2008; Chamberlin, 2008). Bij al deze stoornissen is CGT vaak op zijn minst net zo effectief als medicijnen, en soms effectiever. Bij bepaalde andere stoornissen, zoals bipolaire stoornis en schizofrenie, is een combinatie van CGT en medicatie effectiever dan een van beide therapieën afzonderlijk. Cognitieve gedragstherapie zou je dan ook een van de grootste successen in de psychologie kunnen noemen.

Video
Ga naar de MyLab mediatheek om het filmfragment te bekijken over cognitieve gedragstherapie.

Rationeel-emotieve gedragstherapie

Een van de bekendste vormen van cognitieve gedragstherapie is ontwikkeld door de kleurrijke Albert Ellis (1987, 1990, 1996). Zijn methode richt zich op verschillende typen ongelukkige cliënten die er niet in slagen om hun zelfdestructieve denkpatronen te doorbreken. Ellis noemde zijn behandelmethode **rationeel-emotieve therapie** (*Rational-Emotive Behavior Therapy*, **RET**). De naam is ontleend aan zijn methode om de fundamentele 'irrationele' opvattingen en gedragspatronen van de cliënt aan te pakken.

Rationeel-emotieve therapie (RET): Albert Ellis' versie van cognitieve therapie, gebaseerd op het idee dat psychische stoornissen worden veroorzaakt door irrationele gedachten en gedragingen.

Hoe zien deze irrationele opvattingen eruit en hoe leiden ze tot verstoorde gevoelens en gedragingen? Volgens Ellis baseren onevenwichtige mensen hun leven op een aantal onrealistische waarden en onbereikbare doelen. Als gevolg van deze 'neurotische' doelen en waarden koesteren mensen onrealistische verwachtingen, zoals dat ze *altijd* bevestiging moeten krijgen, dat ze *altijd* eerlijk behandeld moeten worden en dat hun ervaringen *altijd* aangenaam moeten zijn. Het cognitieve van de therapie is gelegen in de visie dat het niet de problemen zelf zijn die

het ons zo moeilijk maken, maar de manier waarop we tegen deze problemen aankijken (naar de Griekse wijsgeer Epictetus). Volgens Ellis ontstaan problemen vooral door hoe we kijken naar de gebeurtenissen die ons overkomen. Bij de theorie van RET wordt gebruikgemaakt van de letters ABC. A staat voor aanleiding (oorzaak, *activating event*) De B staat voor de bril waardoor je kijkt (overtuiging, *belief*). De C staat voor consequentie (het gevolg, *consequence*). De kern van de RET komt erop neer dat niet A de oorzaak is van C, maar B. Het zijn, met andere woorden, niet de gebeurtenissen (A) in je leven die bepalen hoe je je voelt (C) maar de manier waarop je tegen die gebeurtenissen aankijkt, dan wel de manier waarop je jezelf van het belang van die gebeurtenissen overtuigt (B). Door oefening kunnen de overtuigingen (B) worden veranderd, kun je als het ware een andere bril opzetten. Overtuigingen zullen dan beter bij de situatie (A) aansluiten en realistischer zijn, minder irrationeel of zelfs rationeel. Een gevolg is dat het gevoel (C) dat hierbij hoort ook beter aansluit en positiever is: gevoelens van ontreddering, angst, woede, schaamte, minderwaardigheid en dergelijke worden minder frequent en kunnen vaker vermeden worden. Het gedragsaspect van de therapie ligt hem in het gedrag dat in de therapie moet 'volgen'. Men benadrukt dan ook het belang van huiswerkoefeningen en praktijkoefeningen tijdens en na de therapie.
De meest algemene irrationele opvattingen vind je onder het kopje 'Doe het zelf!'. Het kan zijn dat je regelmatig tegen jezelf zegt dat je een hoog cijfer 'moet halen' voor je wiskunde-examen, of dat je elke dag een uur 'zou moeten' sporten. Als je niet in staat bent om deze doelen te verwezenlijken en zelden vraagtekens zet bij deze neurotische boodschappen aan jezelf, kunnen ze je handelen gaan beheersen en je zelfs belemmeren in je keuzes betreffende de manier waarop je je leven wilt inrichten. Een therapeut die volgens de RET werkt, zou je leren om zulke uitgangspunten te identificeren en je vervolgens vragen hoe realistisch ze eigenlijk zijn. Daarna kun je foutieve ideeën vervangen door realistischer opvattingen. Zoals Ellis zegt: 'Don't "should" on yourself' (Moet niet zo veel van jezelf).

⊕ DOE HET ZELF! Onderzoek je eigen opvattingen

Natuurlijk zijn de volgende opvattingen niet gezond. Maar volgens Albert Ellis geloven veel mensen er wel degelijk in. Jij ook? Wees eerlijk: zet een kruisje achter elk van de volgende uitspraken die accuraat beschrijven hoe jij over jezelf denkt.

1. Iedereen moet van me houden en me waarderen.
2. Ik moet door en door competent, efficiënt en succesvol zijn.
3. Het is rampzalig als dingen niet gaan zoals ik wil.
4. Als ik me niet lekker voel, komt dat door krachten waarop ik geen invloed heb.
5. Mensen moeten elkaar altijd eerlijk en rechtvaardig behandelen; mensen die dat niet doen zijn gemeen en afschuwelijk.
6. Ik moet voortdurend op mijn hoede zijn voor gevaren en dingen die verkeerd kunnen gaan.
7. Het leven zit vol met problemen en ik moet ze altijd zo snel mogelijk oplossen.
8. Het is makkelijker om mijn problemen en verantwoordelijkheden te omzeilen dan om ze onder ogen te zien.
9. Ik heb vroeger een paar ervaringen opgedaan die heel onaangenaam waren en veel indruk op me hebben gemaakt. Ik denk dat ze mijn huidige gevoelens en handelingen nog steeds beïnvloeden.
10. Ik ben gelukkig als ik me elke dag vermaak. De toekomst zorgt wel voor zichzelf.

Volgens Ellis zijn al deze uitspraken irrationele opvattingen die tot psychische problemen kunnen leiden. Met zijn cognitieve benadering van therapie, de rationeel-emotieve therapie, wil hij mensen helpen om in te zien dat ze 'zichzelf gek maken' met deze irrationele opvattingen. Iemand die gedeprimeerd is omdat het hem niet lukt om een bepaalde baan te krijgen, gelooft misschien zonder het te weten in irrationele opvatting nummer 3.

Als je meer wilt weten over Ellis' systeem en benieuwd bent naar praktijkvoorbeelden, lees dan bijvoorbeeld: *Agressieve jongeren: Cognitie, emotie en gedrag* van Marjan de Lange en Martin Klomp (1997) of *Denken en Voelen: Trainingsprogramma voor emotionele en cognitieve vaardigheden* van Mirjam Wigboldus en Laura Wolsink (1999).

Hoe zou een cognitief gedragstherapeut zijn omgegaan met de obsessieve patiënt van Freud? Als de therapeut erover nadenkt, zou hij vraagtekens zetten bij de irrationele aannamen van het meisje, zoals we eerder al suggereerden. Als hij vervolgens als behaviorist zou gaan denken, zou de therapeut het meisje ontspanningstechnieken aanleren die zij bij het slapengaan zou kunnen toepassen. Deze technieken zouden vervolgens het obsessieve ritueel kunnen vervangen. De kans is ook groot dat de therapeut met de ouders zou gaan samenwerken (evenals de psychodynamisch therapeut), waarbij hij zich erop zou richten hen aan te leren het meisje niet langer met aandacht voor haar rituele gedrag te belonen.
Op dezelfde manier zou een cognitief gedragstherapeut de depressieve Derek kunnen helpen door zijn manier van denken ter discussie te stellen, bijvoorbeeld dat hij zichzelf minder kwalijk moet nemen en zich meer moet richten op constructieve doelen om het beter te doen. Uiteindelijk kan dat zijn zelfbeeld en zijn daden veranderen. Peter Lewinsohn en zijn collega's hebben dan ook ontdekt dat met dergelijke cognitieve gedragstechnieken veel gevallen van depressie effectief behandeld kunnen worden (Lewinsohn et al., 1980, 1980; Lewinsohn & Gottlib, 1995). Met hun benadering grijpen ze in op een aantal punten in de depressiecyclus. Ze leren zodoende mensen hun manier van denken te veranderen (een manier van denken die een gevoel van hulpeloosheid bevordert), zich aan te passen aan onplezierige situaties en meer beloningen in hun leven in te bouwen.

Positieve psychotherapie (PPT)

Derek is waarschijnlijk een bijzonder goede kandidaat voor een nieuwe vorm van cognitieve gedragsbehandeling, de zogenoemde **positieve psychotherapie (PPT)** die door Martin Seligman werd ontwikkeld. Evenals de humanisten zien Seligman en de andere *positieve psychologen* het als hun missie het in de psychologie zo veelvoorkomende negatieve accent op psychische stoornissen in evenwicht te brengen met hun eigen positieve accent op groei, gezondheid en geluk. Dus was het 'logisch' voor Seligman om het probleem van depressie aan te pakken door het positieve te accentueren (Seligman et al., 2006). In tegenstelling tot de benadering van de humanisten is de PPT-benadering grotendeels cognitief-behavioristisch.

Positieve psychotherapie (PPT): Een relatief nieuwe vorm van cognitieve gedragstherapie waarbij de nadruk ligt op groei, gezondheid en geluk.

Zowel bij PPT als bij Lewinsohns therapiesessies zou Derek merken dat hij eerder als een leerling dan als een patiënt zou worden behandeld. De therapeut zou hem bijvoorbeeld een 'huiswerkopdracht' kunnen geven, zoals de oefening van de 'drie goede dingen'. 'Voordat je gaat slapen schrijf je drie dingen op die vandaag goed gingen en daarbij noteer je ook waarom ze goed gingen.' Derek zou ook leren zich op positieve emoties te richten, constructief op anderen te reageren en op andere manieren meer plezier in zijn werk en privéleven te zoeken.
Hoe effectief is dit? Seligman en zijn groep hebben deze benadering op tientallen patiënten toegepast en melden voorlopige resultaten waaruit is gebleken dat PPT veel effectiever was bij het verlichten van depressie dan conventionele therapieën of behandelingen met antidepressiva (Seligman et al., 2006).

De hersenen veranderen door de geest te veranderen

Uit hersenscans is onlangs gebleken dat cognitieve gedragstherapie mensen niet alleen helpt hun manier van denken te veranderen, maar dat door deze methode de hersenen zelf ook kunnen veranderen (Dobbs, 2006b). Bij een onderzoek kregen patiënten die aan compulsieve obsessies leden (ze waren bijvoorbeeld bang dat ze het fornuis niet hadden uitgedaan of dat ze de deur niet op slot hadden gedaan) cognitieve gedragsmodificatie (Schwartz et al., 1996). Als ze de aandrang voelden om naar huis te rennen en zichzelf te controleren, werd hen geleerd hun ervaring anders te benoemen: als obsessie of als dwangmatige neiging en niet als rationele bezorgdheid. Daarna richtten ze zich erop te wachten tot deze 'aandrang' overging, in plaats van eraan toe te geven; dit deden ze door zich gedurende ongeveer vijftien minuten met andere activiteiten af te leiden.
Uit positronemissietomografiescans (PET-scans) van de hersenen van proefpersonen die in deze techniek waren getraind, bleek dat het deel van de hersenen dat verantwoordelijk is voor die knagende angst of aandrang, in de loop van de tijd geleidelijk minder actief werd.
Zoals uit dit onderzoek blijkt, heeft de psychologie veel vorderingen geboekt sinds de tijd waarin men zich afvroeg of gedachten en gedrag het product zijn van ofwel nature *ofwel* nurture. Dankzij cognitieve gedragstherapie weten we tegenwoordig dat de biologie achter het gedrag als gevolg van ervaring kan veranderen.

13.2.4 Evaluatie van de psychologische therapieën

Nu we een aantal psychotherapieën hebben besproken (zie figuur 13.3), wordt het tijd om een stap achteruit te doen en ons af te vragen hoe goed psychotherapie eigenlijk werkt. Denk er maar eens over na: hoe zou je objectief kunnen vaststellen of therapie echt werkt? Het antwoord op deze vraag is niet altijd duidelijk geweest (Kopta et al., 1999; Shadish et al., 2000).
Er is veel bewijs dat de meeste patiënten therapie *leuk* vinden. Dat bleek bijvoorbeeld uit een enquête onder duizenden abonnees van het consumententijdschrift *Consumer Reports* (1995). De respondenten vertelden hoeveel hun therapie voor hen had betekend, hoe tevreden ze waren over de manier waarop hun therapeut was omgegaan met hun problemen en hoezeer hun 'algemene emotionele toestand' door de therapie was verbeterd. De enquête bracht onder meer aan het licht dat: (a) therapie werkt – dat wil zeggen, cliënten hadden het gevoel dat hun psychische problemen erdoor verminderden of verdwenen; (b) langdurige therapie beter werkt dan kortlopende therapie; en (c) alle vormen van therapie ongeveer even effectief zijn in het verminderen of oplossen van de problemen (zie Jacobson & Christensen, 1996).
Het feit dat patiënten zeggen dat ze therapie leuk vinden of dat ze erdoor geholpen zijn, is echter niet voldoende (Hollon, 1996). Anekdotisch bewijs vormt geen bijdrage tot goede wetenschap. Daarom verlangen psychologen tegenwoordig dat therapie wordt beoordeeld aan de hand van onderzoek met een *vergelijkende groep* of *controlegroep*. Laten we daarom eens kijken naar de gecontroleerde onderzoeken naar de effectiviteit van therapie, te beginnen met een rapport dat veel stof deed opwaaien.

Effectiviteit van therapie onderzocht

In 1952 deed de Britse psycholoog Hans Eysenck de therapeutische wereld op zijn grondvesten schudden met de stelling dat ruwweg twee derde van alle mensen met niet-psychotische problemen binnen twee jaar na het begin van het probleem spontaan herstelt, *of ze nu wel of geen therapie krijgen*. Het bewijs van Eysenck was afkomstig van een onderzoek naar de resultaten van verschillende soorten inzichtgevende therapie, waarbij patiënten die therapie kregen, werden

◄◄ **Verbinding hoofdstuk 1**
De *controlegroep* wordt op precies dezelfde manier behandeld als de *experimentele groep*, met uitzondering van de cruciale onafhankelijke variabele (p. 26).

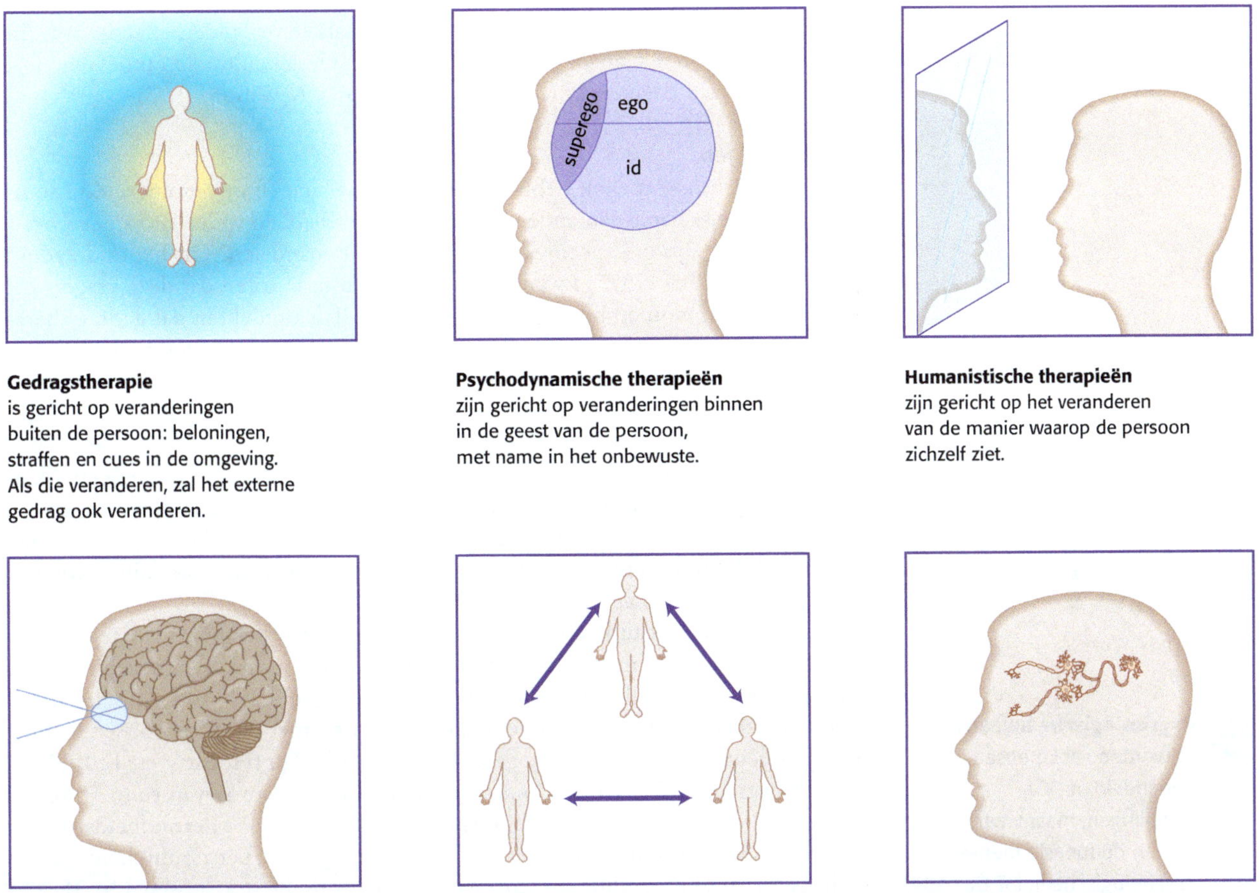

Gedragstherapie
is gericht op veranderingen buiten de persoon: beloningen, straffen en cues in de omgeving. Als die veranderen, zal het externe gedrag ook veranderen.

Psychodynamische therapieën
zijn gericht op veranderingen binnen in de geest van de persoon, met name in het onbewuste.

Humanistische therapieën
zijn gericht op het veranderen van de manier waarop de persoon zichzelf ziet.

Cognitieve therapieën
zijn gericht op verandering in de manier waarop de persoon denkt en gebeurtenissen waarneemt.

Groepstherapieën
zijn gericht op verandering in de manier waarop mensen met elkaar omgaan.

Biomedische therapieën
zijn gericht op verandering in de structuur of het functioneren van de hersenen.

Figuur 13.3
Therapieën vergeleken

vergeleken met patiënten die op een wachtlijst voor therapie stonden en wachtten tot ze aan de beurt waren. Wat hij opmerkte, was dat het aantal mensen dat herstelde terwijl ze nog op de wachtlijst stonden, even groot was als het aantal mensen dat herstelde terwijl ze in therapie waren. Op het eerste gezicht betekende dit dat psychotherapie in wezen waardeloos was: niet beter dan helemaal geen behandeling! Therapeuten waren hier niet blij mee, om het voorzichtig te zeggen. De vraagtekens van Eysenck hadden echter een enorm belangrijk resultaat: therapeuten werden gestimuleerd veel onderzoek te doen naar de effectiviteit van therapie.

De eerste besprekingen van onderzoeken naar de effectiviteit van therapie verschenen in 1970 (door Meltzoff & Korneich), in 1975 (door Luborsky et al.) en in 1977 (door Smith & Glass). De belangrijkste conclusie van deze literatuurstudie (die uit 375 onderzoeken bestond), was dat therapie effectiever is dan geen therapie, en dat het percentage herstel in de controlegroep zonder therapie, door Eysenk was overschat.

Rond 1980 werd er een soort consensus bereikt over de waarde van psychotherapie (Meredith, 1986; VandenBos, 1986). In feite is aangetoond dat psychotherapie voor sterk uiteenlopende stoornissen een effect heeft dat vergelijkbaar is met of beter is dan dat van veel geaccepteerde medische praktijken (Wampold, 2007). Bovendien begonnen uit onderzoek aanwijzingen naar voren te komen dat therapie niet alleen in de westerse, geïndustrialiseerde landen effectief was (in de Verenigde Staten, Canada en Europa) maar in allerlei culturele omgevingen overal ter wereld (Beutler & Machado, 1992; Lipsey & Wilson, 1993).

Nieuwe vragen

Deze nieuwe onderzoeken hebben echter nieuwe vragen opgeroepen. Zijn sommige therapieën beter dan andere? Kunnen we vaststellen welke therapieën het meest geschikt zijn om specifieke stoornissen te behandelen? Uit het onderzoek van Smith en Glass (1977) kwamen aanwijzingen naar voren dat deze vragen met 'ja' kunnen worden beantwoord. Smith en Glass ontdekten dat gedragstherapie bij de behandeling van veel angststoornissen een voordeel leek te hebben ten opzichte van inzichtgevende therapie. Zoals eerder vermeld, is er inmiddels stevige empirische ondersteuning voor het gebruik van cognitieve gedragstherapie bij depressie, angststoornissen, boulimia nervosa en een paar andere stoornissen. Daarbij geeft recent onderzoek aan dat inzichtgevende therapie ook effectief kan worden toegepast voor het behandelen van huwelijksproblemen, depressie en zelfs moeilijk te behandelen persoonlijkheidsstoornissen (Shedler, 2010). Er is nu een duidelijke trend om specifieke therapieën voor specifieke stoornissen toe te passen (zie ook www.ggzrichtlijnen.nl).

Bedenk wel dat deskundigen door toepassing van deze therapeutische technieken niet per definitie in staat zijn om psychische stoornissen te 'genezen'. In sommige gevallen, zoals bij schizofrenie, zwakzinnigheid of autisme, noemt men psychologische therapieën al effectief als de mensen met deze stoornissen zich meer aangepast gedragen en een gelukkiger leven leiden (Hogarty et al., 1997). In 2009 werden in Nederland bijna een miljoen mensen, waarvan ruim 70 procent tussen de 18 en 64 jaar oud, behandeld in de geestelijke gezondheidszorg. Bij volwassenen waren de meest voorkomende diagnoses: persoonlijkheids- en gedragsstoornissen, stemmingsstoornissen en neurotische stoornissen. Op 31 december 2009 stonden er 101.000 cliënten op de wachtlijst (GGZ Nederland, sectorrapport 2010). In België kregen in 2010 ruim 50.000 personen hulp in een centrum voor geestelijke gezondheidszorg (Zorg en Gezondheid België, 2012).

Psychologische kwesties
Er worden veel mensen behandeld in GGZ-instellingen, maar waar vinden de meeste mensen psychologische hulp? Ga naar 'In de praktijk' in de MyLab mediatheek voor een antwoord.

Ga naar **www.pearsonmylab.nl** om je kennis en begrip van deze paragraaf te testen met de MyMap, MyCheck en MyDefinitions.

KERNVRAAG 13.3

▶ Hoe worden psychische stoornissen behandeld vanuit de biomedische invalshoek?

De geest bevindt zich in een delicaat biologisch evenwicht. Dat kan verstoord worden door onregelmatigheden in de genen, hormonen en het metabolisme, evenals door beschadigingen ten gevolge van een ongeluk of ziekte. Als er iets misgaat met de hersenen, uit dit zich in eigenaardige gedragspatronen of vreemde cognitieve en emotionele reacties. Bij de biomedische behandelingen wordt daarom geprobeerd deze geestelijke stoornissen te genezen door direct in de hersenen in te grijpen. In ons kernconcept wordt het doel van deze therapieën gespecificeerd:

KERNCONCEPT 13.3
Biomedische behandelingen proberen psychische stoornissen te behandelen door de chemie in de hersenen, de hersenbanen of de activiteitspatronen te beïnvloeden met geneesmiddelen, chirurgie, elektrische pulsen of krachtige magneetvelden.

Elke biomedische therapie is gebaseerd op het medische model. Dit model gaat ervan uit dat psychische stoornissen een organische oorsprong hebben en dat ze als ziekten behandeld moeten worden – zoals we hebben gezien in hoofdstuk 12. Onze verkenningstocht door de wereld van de biomedische therapieën begint bij psychoactieve medicijnen (ook wel psychofarmaca genoemd), waarvan de algemene werking in hoofdstuk 2 al kort is besproken.

Verbinding hoofdstuk 2 en 8
Psychoactieve medicijnen hebben het vermogen om natuurlijke, chemische processen in onze hersenen te beïnvloeden, doordat ze de werking van neurotransmitters in ons brein stimuleren of juist remmen (p. 61 en 330).

13.3.1 Behandeling met medicijnen

De grootste revolutie in de geschiedenis van de behandeling van psychische stoornissen werd veroorzaakt door de ontdekking dat sommige medicijnen in staat zijn om angstige patiënten te kalmeren, de stemming van depressieve patiënten (zoals Derek uit het begin van dit hoofdstuk) te verbeteren en psychotische patiënten te bevrijden van hun hallucinaties. Dit nieuwe therapeutische tijdperk begon in 1953 met de introductie van de eerste antipsychotische middelen (destijds vaak 'tranquilizers' genoemd) in Amerika. Naarmate er meer psychoactieve medicijnen op de markt verschenen, veranderden onhandelbare, agressieve patiënten in coöperatieve, rustige en sociale persoonlijkheden. Patiënten die helemaal opgingen in hun wanen en hallucinaties begonnen langzaam maar zeker weer op de reële, fysieke en sociale wereld om hen heen te reageren. De effectiviteit van behandeling met medicijnen had ook ingrijpende effecten op het aantal patiënten dat in de psychiatrische ziekenhuizen verbleef. In 1955 woonde meer dan een half miljoen Amerikanen in een psychiatrisch ziekenhuis. Het gemiddelde verblijf in zo'n inrichting duurde over het algemeen eerder jaren dan maanden. Na de introductie van de tranquilizers veranderden deze statistieken. Binnen tien jaar verbleef nog maar de helft van alle psychiatrische patiënten in een instelling, terwijl hun verblijf gemiddeld niet langer dan enkele maanden duurde.
Psychofarmaca hebben de wereld van de psychische stoornissen ingrijpend veranderd. Maar wat zijn dat voor wonderbaarlijke medicijnen? Je hebt waarschijnlijk wel eens gehoord van Prozac® en Valium®, twee succesnummers onder de psychoactieve medicijnen die de stemming, percepties en verlangens kunnen beïnvloeden. We bespreken hier vier belangrijke groepen van medicijnen die vandaag de dag veel worden voorgeschreven: *antipsychotica, antidepressiva, anxiolytica* en *stimulerende middelen.*

Behandeling met medicijnen

- Antipsychotica
- Antidepressiva
- Anxiolytica (angstremmende geneesmiddelen)
- Stimulerende middelen

Antipsychotica

Een psychose wordt gekenmerkt door wanen, hallucinaties, sociale afzondering en agitatie. **Antipsychotica** onderdrukken deze verschijnselen, waardoor de symptomen afnemen (Dawkins et al., 1999). De meeste antipsychotische medicijnen onderdrukken de activiteit van de neurotransmitter dopamine in de hersenen; hoe dit leidt tot een antipsychotisch effect is echter niet precies bekend. Van bijvoorbeeld de oudste antipsychotica zoals *chloorpromazine* (merknaam: Thorazine®) en *haloperidol* (merknaam: Haldol®) is bekend dat ze de dopaminereceptoren in de synapsen tussen de zenuwcellen blokkeren. Hoewel deze medicijnen de hersenactiviteit op een lager pitje zetten, doen ze meer dan de patiënt 'kalmeren'. Een belangrijk effect van deze medicijnen is dat ze de 'positieve' symptomen van schizofrenie die we in het vorige hoofdstuk hebben genoemd (hallucinaties, wanen, emotionele stoornissen en geagiteerd gedrag) reduceren.

Antipsychoticum: Medicijn dat psychotische symptomen vermindert, meestal doordat het effect heeft op de werking van neurotransmitters in de hersenen.

Ze hebben echter weinig invloed op de 'negatieve' symptomen, zoals de neiging tot afzondering, apathie, een gebrek aan initiatief en de afvlakking van emoties, die kenmerkend zijn voor patiënten met schizofrenie (Wickelgren, 1998a). Helaas gaat langdurig gebruik van antipsychotische medicijnen gepaard met een aantal negatieve bijwerkingen, waaronder fysieke veranderingen in de hersenen (Gur & Maany, 1998). De meest verontrustende bijwerking is echter **tardieve dyskinesie**, een onomkeerbare verstoring van de motoriek (met name die van de gezichtsspieren) die door antipsychotische medicijnen wordt veroorzaakt. Bij de nieuwste generatie antipsychotica (de 'atypische' antipsychotica), waaronder clozapine (Leponex®), olanzapine (Zyprexa®), quetiapine (Seroquel®), risperidon (Risperdal®) en sulpiride (Dogmatil®) is dit effect geringer. Verder hebben ze een gunstigere invloed op de positieve en negatieve verschijnselen van de psychose en hebben ze minder parkinsonachtige bijwerkingen (trillingen in de handen bijvoorbeeld). Een moeilijk te beheersen bijverschijnsel van alle antipsychotica is ernstige gewichtstoename; deze bijwerking wordt vaak als erg psychisch belastend ervaren.

Tardieve dyskinesie: Een onomkeerbare verstoring van de motoriek (met name in het gezicht), bijwerking van antipsychotische medicijnen.

◄◄ **Verbinding hoofdstuk 12**
Positieve symptomen van schizofrenie zijn actieve hallucinaties, wanen en extreme emoties; negatieve symptomen zijn onder meer teruggetrokkenheid en 'afgevlakte' emoties (p. 508).

Zijn de voordelen van antipsychotische medicijnen wel groot genoeg om deze risico's te nemen? Die vraag is niet zo gemakkelijk te beantwoorden omdat je de risico's moet afwegen tegen de situatie van de patiënt.

Antidepressiva

De ontdekking van psychoactieve medicijnen heeft ingrijpende gevolgen gehad voor de behandeling van depressie en de bipolaire stoornis. Evenals bij andere psychoactieve middelen kunnen noch de *antidepressiva*, noch de *stemmingsstabilisatoren* 'genezing' brengen. Door de toepassing van deze middelen is het leven van veel mensen met stemmingsstoornissen echter sterk verbeterd en kunnen er voorwaarden gecreëerd worden om therapie mogelijk te maken.

Antidepressivum: Medicijn tegen depressie. De meeste antidepressiva beïnvloeden het transport van serotonine en/of norepinefrine in de hersenen.

De drie belangrijke groepen **antidepressiva** vergroten allemaal de impulsoverdracht tussen de neuronen die gebruikmaken van de neurotransmitters norepinefrine en serotonine (Holmes, 2001). Neuronen nemen neurotransmitters die in de synapsen van de hersencellen zijn vrijgekomen na 'gebruik' opnieuw op, een proces dat *heropname* wordt genoemd. *Tricyclische* antidepressiva (TCA's) zoals Tofranil® en Elavil® onderdrukken dit proces. Een tweede groep bevat het beroemde antidepressivum Prozac® (stofnaam: fluoxetine). Deze geneesmiddelen, zogenoemde SSRI's (*selective serotonin reuptake inhibitors*, selectieve serotonineheropnameremmers) remmen de heropname van serotonine in de synaps. Daardoor blijft serotonine langer beschikbaar. Deze verlengde invloed van serotonine kan een depressieve stemming aanmerkelijk verlichten (Hirschfeld, 1999; Kramer, 1993). *Monoamine-oxidase-remmers* (*MAO-remmers)* behoren tot de derde groep antidepressiva. Hun werkzaamheid berust op de beperking van de activiteit van het enzym MAO, een chemische stof die norepinefrine in de synaps afbreekt. Als de werking van MAO vermindert, is er dus meer norepinefrine beschikbaar in het lichaam.

◄◄ **Verbinding hoofdstuk 2**
Heropname is een proces waarbij intacte neurotransmitters vanuit de synapsspleet worden opgenomen en daarna opnieuw in de synapsblaasjes van het axon worden opgenomen. Daardoor wordt het bericht dat van het ene naar het andere neuron wordt doorgestuurd, 'verzwakt' (p. 54).

Vreemd genoeg melden de meeste patiënten dat het ten minste enkele weken duurt voordat antidepressiva de sluier van de depressie beginnen op te lichten. Recent onderzoek lijkt aanwijzingen op te leveren voor de oorzaak hiervan. Bij dieronderzoek is gebleken dat antidepressiva de groei van neuronen in de hippocampus in de hersenen stimuleren. Niemand weet zeker welke rol de hippocampus speelt bij het ontstaan van een depressie, maar het dieronderzoek brengt nog een fenomeen aan het licht dat mogelijk inzicht verschaft: door stress wordt de groei van nieuwe neuronen in dit deel van de hersenen geremd, en aangenomen wordt dat depressie een stressreactie is (Santarelli et al., 2003).

Bij de behandeling van depressie vormt de mogelijkheid van zelfmoord een speciaal punt van zorg. Het lijkt er tegenwoordig op dat de geneesmiddelen die voor het behandelen van depressie worden gebruikt, tijdens de eerste weken van de behandeling mogelijk zelfmoordgedachten kunnen oproepen. Dit lijkt vooral bij kinderen het geval te zijn (Bower, 2004b). Eén onderzoek deed de hoop herleven, doordat hierbij werd aangetoond dat het toegenomen risico op korte termijn klein is, minder dan één procent (Bridge et al., 2007). En uit een ander onderzoek blijkt dat bij patiënten die antidepressiva gebruiken, het risico op zelfmoord op de lange termijn iets *kleiner* zou zijn (Bower, 2007). Het is duidelijk dat het beeld op dit moment verwarrend is en de Amerikaanse Food and Drug Administration adviseert uiterste zorgvuldigheid te betrachten bij het voorschrijven van deze geneesmiddelen (Bower, 2006b; Jick et al., 2004).

Controversen over SSRI's In zijn boek *Listening to Prozac* breekt psychiater en Prozac-voorvechter Peter Kramer (1993) een lans voor dat medicijn. Het zou niet alleen werken tegen depressie, maar ook effectief zijn tegen meer algemene gevoelens van sociale onzekerheid en angst voor afwijzing. Zulke claims hebben tot woedende reacties geleid. Veel therapeuten vrezen dat psychoactieve middelen de psychische problemen van mensen alleen maar maskeren, wat ertoe leidt dat de betrokkene zijn problemen niet onder ogen ziet en er geen oplossing voor zoekt. Sommigen zijn bang dat het gebruik van antidepressiva een fundamentele verandering van de persoonlijkheidsstructuur tot gevolg heeft. Omdat de middelen door een aanzienlijk deel van de bevolking worden geslikt, kan dat onverwachte, en mogelijke ongewenste sociale consequenties hebben (Breggin & Breggin, 1994; Sleek, 1994). Het probleem lijkt vooral acuut aan universiteiten, waar steeds meer studenten antidepressiva innemen (Young, 2003). Op dit moment weet niemand wat de mogelijke gevaren zijn wanneer de chemie van de hersenen van grote aantallen mensen gedurende lange tijd wordt veranderd. In haar boek *De depressie-epidemie* (2010) geeft hoogleraar Trudy Dehue veel kritiek op de onderzoeken naar de medicijnen tegen depressie. Zij betoogt dat gangbare verklaringen voor de toename van depressie niet houdbaar of onvolledig zijn.
Even zorgwekkend voor het medische model is dat uit een ander rapport aanwijzingen naar voren komen dat antidepressiva voor wat de beoordeling van hun effect betreft mogelijk evenveel beïnvloed worden door hypes als door de bewezen effecten op de hersenen. Volgens gegevens van de documenten van de Amerikaanse Food and Drug Administration bleek dat positieve resultaten vaker de publiciteit halen dan onderzoeken waaruit blijkt dat deze geneesmiddelen geen effect hebben. Hoewel deze middelen in het algemeen een beter effect hebben dan placebo's, lijken rapporten over de effectiviteit ervan nogal te zijn overdreven (Turner et al., 2008).

Anxiolytica

De stress en de angstgevoelens die het gevolg zijn van dagelijkse ergernissen en problemen doen veel mensen naar **anxiolytica** grijpen. Benzodiazepineachtige medicijnen, zoals Valium® en Xanax®, versterken de werking van de neurotransmitter GABA. Op die manier verminderen ze de activiteit in de hersengebieden die specifiek betrokken zijn bij angstgevoelens. Benzodiazepinen worden ook wel 'minor tranquillizers' genoemd.

Anxiolyticum: Een medicijn dat een dempende invloed heeft op angstgevoelens. De categorie anxiolytica omvat onder meer de benzodiazepinen.

Veel psychologen menen dat deze angstremmende middelen, evenals antidepressiva, te vaak worden voorgeschreven voor problemen die mensen onder ogen zouden moeten zien en niet met chemische middelen zouden moeten maskeren. Toch kunnen angstremmers nuttig zijn om angstige mensen te helpen in specifieke situaties, bijvoorbeeld als hen een operatie staat te wachten. Wat betreft anxiolytica willen we je de volgende waarschuwingen meegeven (Hecht, 1986):

- Als benzodiazepinen gedurende lange tijd worden gebruikt, kunnen ze lichamelijk en geestelijk verslavend zijn (Holmes, 2001; Schatzberg, 1991).
- Vanwege hun krachtige effecten op de hersenen, zijn deze medicijnen niet bedoeld om te ontsnappen aan de angstige gevoelens die gewoon bij het leven horen.
- Als je deze medicijnen inneemt tegen extreme angst, moet je ze normaal gesproken niet langer dan enkele dagen achter elkaar gebruiken. Na langer gebruik moet je de dosering onder begeleiding van een arts geleidelijk afbouwen.
- Anxiolytica hebben een dempende invloed op het centrale zenuwstelsel. Wees daarom voorzichtig met autorijden, machines bedienen en andere handelingen die alertheid vereisen (zoals studeren en examens afleggen).
- In combinatie met alcohol (dat het centrale zenuwstelsel ook verdooft) of slaappillen kunnen anxiolytica bewusteloosheid of zelfs de dood veroorzaken.

Ten slotte moeten we vermelden dat gebleken is dat juist bepaalde antidepressiva nuttig zijn voor het verminderen van de symptomen van bepaalde angststoornissen zoals paniekstoornissen, agorafobie en obsessief-compulsieve stoornis. (Een moderne psychiater had aan de obsessieve patiënt van Freud wellicht antidepressiva voorgeschreven.) Omdat deze angstgebonden problemen soms het gevolg zijn van een lage serotonineconcentratie, reageren ze mogelijk beter op geneesmiddelen zoals Prozac®, die specifiek op de werking van serotonine van invloed zijn.

◄◄ **Verbinding hoofdstuk 2**
GABA is de belangrijkste remmende neurotransmitter in de hersenen (p. 54).

Stimulerende middelen

Stimulerend middel: Middel dat het activiteitsniveau verhoogt door de afgifte van dopamine en noradrenaline te verhogen. Gebleken is dat deze producten cognitieve functies zoals aandacht, concentratie en zelfcontrole kunnen stimuleren, en op deze manier ook de hyperactiviteit van personen met ADHD gunstig kunnen beïnvloeden.

Alle middelen die opwinding of hyperactiviteit teweegbrengen, of het nu om cafeïne, nicotine of amfetaminen gaat, behoren tot de groep **stimulerende middelen**. We hebben al eerder gezegd dat stimulerende middelen soms bruikbaar zijn bij de behandeling van narcolepsie. Ze vormen ook een algemeen geaccepteerd middel bij *aandachtstekortstoornis met hyperactiviteit (ADHD)*. Het verbaast je misschien dat artsen een stimulerend middel (vaak Ritalin® of Rilatine®) voorschrijven aan hyperactieve kinderen. Er is echter onderzoek gedaan waarin de behandeling met stimulerende middelen werd vergeleken met gedragstherapie en placebo's, en daaruit bleek duidelijk dat de behandeling met stimulerende middelen het meeste effect sorteerde (American Academy of Pediatrics, 2001; Meyers, 2006). Hoewel het mechanisme nog niet precies bekend is, is het mogelijk dat de werking van stimulerende middelen bij hyperactieve kinderen erop berust dat de beschikbaarheid van dopamine, glutamaat en/of serotonine in de hersenen door deze middelen wordt vergroot (Gainetdinov et al., 1999).

Je kunt je voorstellen dat het gebruik van stimulerende middelen bij de behandeling van ADHD tot verhitte discussies heeft geleid (O'Connor, 2001). Terechte zorgen zijn er ook over de verleiding om de gedragsproblemen van ieder kind als een symptoom van ADHD op te vatten (Smith, 2002a). Verder suggereren critici dat het voorschrijven van stimulerende middelen aan kinderen op latere leeftijd mogelijk tot drugsmisbruik leidt (Daw, 2001). Momenteel gaat men ervan uit dat onbehandelde jongeren met ADHD veel meer kans lopen op drugsmisbruik dan de jongeren die goed behandeld worden en eventueel ook Ritalin® of Rilatine® nemen.

Gelukkig is uit recent onderzoek gebleken dat de resultaten van cognitieve gedragstherapie bij de behandeling van ADHD vergelijkbaar zijn met die van stimulerende middelen (Sinha, 2005). Veel deskundigen zijn van mening dat een *combinatie van therapieën*, waarbij gebruik wordt gemaakt van cognitieve gedragstherapie en stimulerende middelen, nog betere resultaten geeft en bijkomende (comorbide) problemen kan voorkomen.

Een evaluatie van de behandeling met medicijnen

In de jaren vijftig van de vorige eeuw kwamen de eerste psychoactieve medicijnen op de markt. Sindsdien is de behandeling van ernstige psychische stoornissen ingrijpend veranderd. Voor die tijd werden patiënten behandeld met gesprekstherapie, opname in een psychiatrisch ziekenhuis, dwangmiddelen, shocktherapie en lobotomieën. Medicijnen kunnen psychische stoornissen natuurlijk niet 'genezen', maar in sommige gevallen zijn ze wel in staat om het chemische evenwicht in de hersenen dusdanig te veranderen dat de symptomen afnemen of zelfs geheel verdwijnen.

Maar is alle enthousiasme terecht? Nee, zegt neurowetenschapper Elliot Valenstein (Rolnick, 1998; Valenstein, 1998). Hoe meer we ons in de bewijzen verdiepen, des te meer gaten treffen we erin aan. Valenstein is van mening dat een groot deel van het geloof in de behandeling van psychische stoornissen met geneesmiddelen op een hype berust. Hij schrijft de brede acceptatie van medicatie toe aan de enorme investeringen die farmaceutische bedrijven hebben gedaan om hun producten op de markt te brengen. Vooral verontrustend is de bereidheid van artsen om geneesmiddelen aan kinderen voor te schrijven, hoewel van veel geneesmiddelen nog niet is vastgesteld of ze veilig en effectief zijn bij jonge mensen (Brown, 2003a).

Weinigen twijfelen eraan dat geneesmiddelen de juiste primaire behandeling vormen voor bepaalde stoornissen zoals bipolaire stoornis en schizofrenie. In veel andere gevallen bestaat het schijnbare voordeel van behandeling met geneesmiddelen uit snelle resultaten tegen lage kosten. Toch leidt bepaald onderzoek tot twijfel over deze simplistische aannamen betreffende tijd en geld. Uit onderzoek blijkt bijvoorbeeld dat het behandelen van depressie, angststoornissen en eetstoornissen met cognitieve gedragstherapie, afzonderlijk of in combinatie met geneesmiddelen, op de lange termijn zowel effectiever als economischer kan zijn dan het toepassen van geneesmiddelen alleen (Clay, 2000).

In de middeleeuwen werden mensen die aan waanzin leden soms behandeld door de 'kei' uit hun hersenen te verwijderen. Dit is het schilderij *De Keisnijder* van Jeroen Bosch.

Bron: The Gallery Collection/Corbis.

13.3.2 Andere medische therapieën voor psychische stoornissen

Een moderne evenknie van Phineas Gage werd beschreven in de *Los Angeles Times* onder de kop, 'Kogel in hersenen geneest psychische stoornis' (23 februari 1988). Het artikel ging over een negentienjarige man die aan ernstige obsessief-compulsieve stoornis leed en zich, in een poging zichzelf van het leven te beroven, een kogel door het voorhoofd had geschoten. Hij overleefde de poging. Maar nog wonderlijker was dat zijn intellectuele vermogens niet waren aangetast en dat zijn pathologische symptomen waren verdwenen.

Verbinding hoofdstuk 2
Phineas Gage overleefde een ongeluk waarbij een stalen staaf ten gevolge van een explosie in zijn voorhoofdskwab terecht was gekomen, maar zijn persoonlijkheid was veranderd (p. 62).

We raden deze vorm van 'behandeling' niet aan, maar dit geval toont wel aan wat de effecten van lichamelijk ingrijpen in de hersenen kunnen zijn. Naar analogie hiervan zullen we kort naar twee medische alternatieven kijken voor behandeling met geneesmiddelen; bij deze methoden worden de structuur en functie van de hersenen gewijzigd. Het gaat om psychochirurgie en directe stimulatie van de hersenen.

Psychochirurgie

Er zijn veel pogingen geweest waarbij chirurgen hebben geprobeerd psychische stoornissen te behandelen door verbindingen tussen hersendelen door te snijden of door kleine delen van de hersenen te verwijderen. Tegenwoordig wordt **psychochirurgie**, de algemene term voor zulke procedures, meestal als laatste

Psychochirurgie: De algemene term voor chirurgische interventies in de hersenen met het doel psychologische stoornissen te behandelen.

redmiddel beschouwd. De eerste pogingen tot psychochirurgie dateren al uit de middeleeuwen, toen sommige chirurgen de schedel openmaakten om 'de steen van de waanzin' weg te halen bij onfortuinlijke krankzinnigen. (Deze ingreep was zinloos en gruwelijk: zo'n 'steen' bestaat natuurlijk niet en bovendien was alcohol de enige gebruikte verdoving voor deze ingrepen.)

Elektroshocktherapie (EST): Methode die voornamelijk wordt toegepast bij de behandeling van depressies. De patiënt krijgt via zijn slapen een elektrische stroom toegediend, die een algehele verkramping oproept. Soms 'elektroconvulsietherapie' genoemd.

Therapieën via hersenstimulatie

Elektrische stimulatie van de hersenen in de vorm van **elektroshocktherapie (EST)** wordt nog steeds op grote schaal toegepast, vooral bij aan ernstige depressies lijdende patiënten die niet op geneesmiddelen of op psychotherapie voor depressie reageren. (Je zult je herinneren dat de therapeut zei dat Derek geen goede kandidaat voor EST was.) De behandeling bestaat uit het toedienen van een elektrische stroom (75 tot 100 volt) op de slapen van de patiënt gedurende een tiende tot een hele seconde, tot er een convulsie optreedt. Deze algehele verkramping duurt gewoonlijk 45 tot 60 seconden. Tijdens deze interventie is de patiënt verdoofd door een kortwerkend barbituraat en een spierverslapper, die hem bewusteloos maken en de hevige, ongecontroleerde spierspasmen tijdens de aanval binnen de perken houden (Abrams, 1992; Malitz & Sackheim, 1984). Binnen een halfuur wordt de patiënt wakker zonder zich iets van de verkrampingen of de voorbereidingen van de behandeling te herinneren.

Werkt het? Het lijkt misschien ruw om een elektrische stroom door iemands schedel en hersenen te sturen, maar uit onderzoek is gebleken dat EST een nuttig hulpmiddel is bij het behandelen van ernstige, therapieresistente depressie, vooral bij patiënten met zelfmoordneigingen bij wie snellere interventie nodig is dan via medicatie of psychotherapie kan worden geboden (Shorter & Healy, 2007). Meestal verdwijnen de symptomen van depressie nadat drie tot vier dagen is behandeld, terwijl effect van een behandeling met geneesmiddelen pas na een periode van één tot twee weken zichtbaar is.

Hoewel de meeste klinisch psychologen EST, mits deze op juiste wijze wordt toegepast, als veilig en effectief beschouwen, vrezen sommige critici dat de methode ook kan worden misbruikt om patiënten met een afwijkende mening het zwijgen op te leggen of om patiënten die niet meewerken te straffen (Butcher et al., 2008; Holmes, 2001). Andere zorgen over EST komen voort uit het feit dat de effecten nog niet goed worden begrepen. Tot op de dag van vandaag is er geen sluitende theorie waarmee kan worden verklaard hoe symptomen van stoornissen zouden kunnen worden verlicht door een lichte schok te induceren, hoewel er aanwijzingen bestaan dat hierdoor mogelijk de groei van neuronen in bepaalde delen van de hersenen wordt gestimuleerd, in het bijzonder in de hippocampus.

Ongewenste bijwerkingen van EST zijn onder meer tijdelijke desoriëntatie en verstoringen van het geheugen (Breggin, 1979, 1991). Voorstanders beweren dat patiënten hun specifieke geheugen over het algemeen binnen enkele maanden na de behandeling terugkrijgen (Calev et al., 1991). Het Amerikaanse National Institute of Mental Health (1985) heeft het gebruik van EST laten onderzoeken, waarop men zeer voorzichtig toestemming gaf voor toepassing bij een gering aantal stoornissen, in het bijzonder voor toepassing bij ernstige depressie. In 1990 volgde de American Psychiatric Association dit voorbeeld. In Nederland en België was EST lange tijd taboe, maar het wordt inmiddels toegepast bij onder meer therapieresistente stemmingsstoornissen of psychotische stoornissen en levensbedreigende toestanden als gevolg van ernstige depressies. Om het mogelijke risico voor bijwerkingen op korte termijn te minimaliseren, wordt EST meestal 'unilateraal' toegediend, alleen op de rechterslaap, om zodoende de kans op het ontstaan van spraakstoornissen te verminderen.

Sinds kort maken artsen gebruik van een veelbelovend nieuw therapeutisch instrument waarmee ze de hersenen met behulp van magnetische velden kunnen stimuleren. Deze **magnetische stimulatie van de hersenen (MSH)** lijkt dezelfde voordelen te bieden als EST, maar gaat niet gepaard met de ongewenste bijwerking (het geheugen wordt niet aangetast). De methode, die nog in een experimenteel stadium verkeert, komt erop neer dat men magnetische impulsen naar specifieke delen van de hersenen stuurt. Uit onderzoek blijkt dat MSH niet alleen effectief kan zijn bij de behandeling van depressie, maar ook bij schizofrenie en bipolaire stoornis (George, 2003). Bij MSH is het niet nodig om een epileptische aanval op te wekken. Daarom menen wetenschappers dat MSH veiliger is dan EST.

Magnetische stimulatie van de hersenen (MSH): Behandelmethode die berust op magnetische stimulatie van specifieke delen van de hersenen. In tegenstelling tot EST veroorzaakt MSH geen convulsie.

◀◀ **Verbinding hoofdstuk 2**
Bij de meeste mensen wordt spraak door de linkerhersenhelft bestuurd (p. 69).

13.3.3 Opname en alternatieven

We hebben gezien dat psychiatrische ziekenhuizen oorspronkelijk bedoeld waren als veilige opvangplaatsen (het Engelse woord *asylum* betekent zowel 'toevluchtsoord' als 'krankzinnigengesticht'). In deze instellingen konden psychisch gestoorde mensen ontkomen aan de druk en de problemen waarmee een normaal leven nu eenmaal gepaard gaat. Dat werkte vaak heel goed (Maher & Maher, 1985). Maar aan het begin van de twintigste eeuw raakten de ziekenhuizen overbevolkt en veranderden ze, op zijn best, in pakhuizen voor psychisch gestoorden. In zeldzame gevallen werden welgestelden in psychiatrische inrichtingen opgenomen, maar zij kregen meestal particuliere zorg met inbegrip van individuele psychotherapie (Doyle, 2002a).

De medicijnen die de behandeling in psychiatrische ziekenhuizen zo ingrijpend zouden veranderen, verschenen pas in de jaren vijftig. Voor die tijd werden de patiënten over het algemeen in het gareel gehouden met behulp van dwangbuizen en isoleercellen, en soms lobotomie. Ondertussen werd in de grote psychiatrische ziekenhuizen op hele afdelingen (met soms wel vijftig patiënten), een zwakke vorm van 'groepstherapie' toegepast die moest doorgaan voor psychotherapie. De combinatie van de te grote patiëntgroepen, het te kleine aantal therapeuten en de te beperkte tijd voor de therapie leverde weinig tot geen werkelijk profijt op.

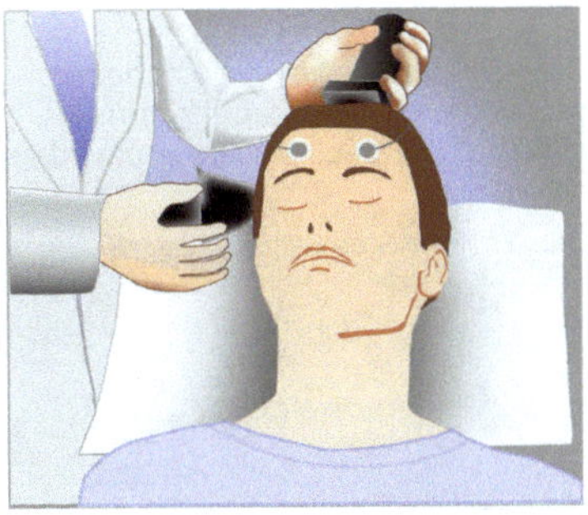

Een onder narcose gebrachte patiënt staat op het punt om EST te ondergaan. Elektroshocktherapie houdt in dat men een patiënt via de slapen een zwakke elektrische stroom toedient tot er een convulsie plaatsvindt. Volgens sommige psychiaters is EST effectief bij een ernstige depressie, maar voor de meeste therapeuten is het een allerlaatste redmiddel.

Bron: National Institute of Mental Health, National Institutes of Health, Department of Health and Human Services, USA.

Dehospitalisatie en de geestelijke gezondheidszorg

De komst van antipsychotische medicijnen had grote veranderingen tot gevolg. Duizenden patiënten die op de nieuwe medicijnen reageerden, werden naar huis gestuurd om voortaan vanuit een kliniek te worden behandeld. Het doel van deze **dehospitalisatie** was om zo veel mogelijk patiënten weer in hun gemeenschap terug te krijgen, waar ze (hopelijk) zouden opbloeien in een vertrouwde en ondersteunende omgeving. Dit werd uiteraard ook beschouwd als een veel goedkopere oplossing. Dus de geestelijke gezondheidszorg en de politiek waren het met elkaar eens: mensen moesten bij voorkeur niet meer in psychiatrische ziekenhuizen worden behandeld, maar in hun eigen omgeving. Ze zouden onderdak vinden in hun eigen gezin, in een pleeggezin of in een beschermde woonvorm en daarnaast zou een kliniek ambulante zorg en therapie bieden. Bij *ambulante zorg* bezoekt de patiënt de zorgverstrekker, terwijl bij *intramurale zorg* de patiënt tijdens de behandeling in een ziekenhuis of instelling verblijft. Ook in Nederland vindt de meeste zorg buiten de kliniek plaats: volgens gegevens van het RIVM verblijft minder dan 1 procent van de psychiatrische patiënten in een kliniek.

Dehospitalisatie: Beleid om patiënten zo veel mogelijk weg te halen, dan wel weg te houden, uit het psychiatrisch ziekenhuis.

De dehospitalisatie van psychiatrische patiënten kende nadelen (Doyle, 2002a; Torrey, 1996, 1997). Chronisch zieke patiënten werden uit de psychiatrische ziekenhuizen ontslagen zonder dat het thuisfront op hun komst was voorbereid. Er waren weinig voorzieningen en familieleden wisten vaak niet hoe om te gaan met de situatie (Smith et al., 1993). Als patiënten daarna in de maatschappij te-

Dehospitalisatie brengt psychiatrische patiënten terug in de maatschappij, maar dikwijls zonder adequate toegang tot verdere behandeling.

Foto: Emiliano Spada, stock.xchng.

rugkeerden en zorg nodig hadden, kwamen ze bij een ambulante psychiatrische afdeling van een ziekenhuis terecht en niet bij een psychiatrische inrichting. Daardoor gaat in de Verenigde Staten nog altijd een groot deel van de uitgaven aan de geestelijke gezondheidszorg op aan ziekenhuiszorg (Kiesler, 1993; U.S. Department of Health & Human Services, 2002).

Ondanks dit sombere beeld heeft *assertive community treatment* wat succes gehad. Kiesler (1982) bekeek tien onderzoeken waarbij de effectiviteit van opname in een psychiatrisch ziekenhuis werd vergeleken met verschillende vormen van ambulante therapie. Hij ontdekte dat ambulante therapie vaker verbetering opleverde dan opname. Ook op een later tijdstip werden de patiënten die ambulante therapie ontvingen, minder vaak opnieuw opgenomen. Als zulke gezondheidsprogramma's over voldoende middelen beschikken, kunnen ze zeer effectief zijn (McGuire, 2000). In Vlaanderen worden in het stadje Geel al vele jaren lang mensen met ernstige psychiatrische problemen in de gemeenschap opgevangen en verzorgd (Roosens & Van de Walle, 2007; Roosens, 1979).

Dankzij internet en de telefoon kunnen velen van hen tegenwoordig echter hulp krijgen via 'telehealth'-sessies op afstand (Stambor, 2006; Winerman, 2006c). Dankzij deze benadering van telehealth kunnen psychologen en andere professionele hulpverleners snel met patiënten in contact komen, vragen beantwoorden, patiënten doorverwijzen en zelfs therapie bieden. Dit is niet alleen gemakkelijk, de kostenbesparingen gerelateerd aan de reistijd van therapeuten is enorm (Van Hecke & Nijs, 2011).

Uit onderzoek van Netwerk Online Hulp (2011) blijkt dat het aantal mensen in Nederland dat gebruikmaakt van online hulpverlening in korte tijd enorm is gegroeid. Tussen 2007 en 2010 verdrievoudigde dat aantal: in totaal kregen in 2010 181.000 mensen hulp via chat of e-mail. Ruim 1,8 miljoen mensen bezochten in datzelfde jaar een online hulpsite voor informatie, advies en ondersteuning. De anonimiteit van internet is de belangrijkste reden voor mensen om hulp te zoeken via deze weg. Bijna driekwart van de hulpvragers is vrouwelijk. Nederland loopt wereldwijd voorop met het online hulpaanbod. Een van de eerste online hulpverleningsprogramma's in Nederland was Interapy (www.interapy.nl), dat kortdurende psychologische hulp via internet biedt aan mensen met posttraumatische stress, rouwklachten, aan werk gerelateerde stress, depressie en paniekklachten (Muusse et al., 2008).

Inmiddels zijn er verschillende korte en uitgebreide online hulpverleningsprogramma's. Zo heeft het Trimbos-instituut de afgelopen jaren diverse *e-mental health*-interventies gemaakt gericht op alcohol- en druggebruik, angststoornissen, dementie, depressie, mentaal vermogen, infectieziekten, problematiek rond ouders met verslaving of psychische problemen, seksualiteit en relaties, en werkstress (Trimbos-instituut, 2012). In Vlaanderen zijn er in de eerstelijnszorg ook al heel wat organisaties online actief. Deze zijn veelal begonnen als een telefonische hulpdienst, maar gaandeweg is hun aanbod uitgebreid met informatieve websites, internetfora, blogs, aanwezigheid op 'social networks' en hulpverlening via e-mail en chat. Vooral online hulp via chat blijkt de drempel voor de jongere populatie te verlagen. Tweedelijnszorg en nazorg wordt in Vlaanderen nog nauwelijks aangeboden op het internet, maar de ontwikkelingen zijn daarin wel volop gaande (Online Hulpverlening België, 2012).

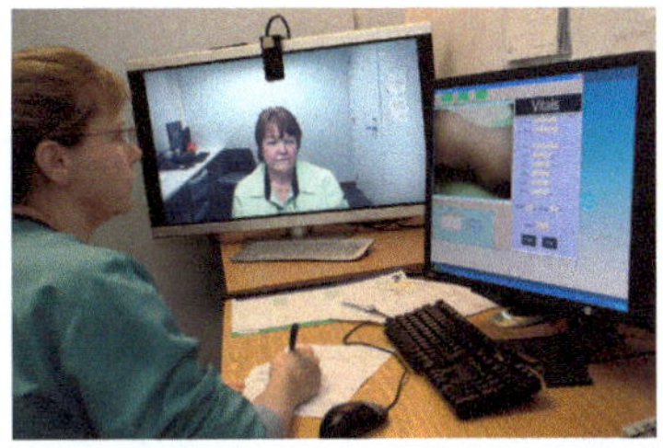

Online hulpverlening heeft de afgelopen jaren een enorme vlucht genomen. Nederland is op dit gebied een voorloper.
Bron: Jakub Krechowicz, Flickr.

13.3.4 Biomedische therapieën en psychotherapie vergeleken

Kunnen we zeggen welke benadering het beste is nu we psychotherapie en medische behandelingen hebben onderzocht? Het antwoord op die vraag is afhankelijk van de stoornis. Voordat we naar de behandelingsmogelijkheden bij verschillende ernstige stoornissen gaan kijken, identificeren we, noodzakelijkerwijs, echter enkele invloeden die de vergelijking tussen medische behandelingen en psychotherapie bemoeilijken.
We hebben gezien dat psychologen en psychiaters het al lang oneens zijn over de beste vormen van behandeling van psychische stoornissen. Gedeeltelijk gaat de controverse over territorium en geld. Wie mag mensen met psychische problemen behandelen, en bij de verzekeringsmaatschappijen factureren? De grote farmaceutische bedrijven, met hun miljardeninvesteringen en -winsten, spelen ook een belangrijke rol in deze controverse. Vanwege conflicterende belangen en pressies wordt onderzoek aan medische en psychologische therapieën grotendeels parallel uitgevoerd, waarbij elke partij probeert aan te tonen dat zijn methoden beter werken dan die van de ander. Helaas betekent dit dat relatief weinig onderzoek gericht is op de effectiviteit van een **combinatie van therapieën**, die gekenmerkt wordt door het tegelijkertijd toepassen van geneesmiddelen en psychotherapie.

Combinatietherapie: Een therapeutische benadering waarbij gebruik wordt gemaakt van zowel psychologische als van geneeskundige technieken; meestal een behandeling met geneesmiddelen in combinatie met gedragstherapie of cognitieve gedragstherapie.

Depressie en angststoornissen: psychologische tegenover medische behandeling

Fluoxetine (Prozac®) is het meest voorgeschreven geneesmiddel ter wereld. Samen met andere SSRI's vertegenwoordigt de handel in dit middel voor de behandeling van depressie wereldwijd gezien een bedrijfstak ter waarde van tien miljard dollar (Bower, 2006b). Misschien is deze investering echter elke cent waard, als ze effectief is bij de bestrijding van een veelvoorkomende stoornis als depressie. Maar hoe effectief zijn antidepressiva eigenlijk? En hoe effectief zijn ze in vergelijking met psychotherapie?
Uit onderzoek blijkt dat antidepressiva en cognitieve gedragstherapie even effectief zijn voor het behandelen van depressie en paniekstoornissen, tenminste op de korte termijn. Op de lange termijn is CGT iets effectiever in het geval van depressies. Het aantal cliënten dat met CGT behandeld is en daarna terugvalt in de depressie, is maar de helft van het aantal dat terugvalt na behandeling met antidepressiva (Baker et al., 2009; DeRubeis et al., 2005; Hollon et al., 2002).
De vraag is echter wat er gebeurt als depressieve patiënten antidepressiva *en* cognitieve gedragstherapie krijgen. Uit onderzoek blijkt dat ze het dan mogelijk zelfs beter doen dan met een van beide behandelingen afzonderlijk (DeAngelis, 2008a; Keller et al., 2000; Thase et al., 1997). Gek genoeg blijkt een dergelijke combinatietherapie bij angststoornissen geen voordelen te bieden.

Het recentste hersenonderzoek met betrekking tot depressie levert resultaten op die inzicht bieden in de effectiviteit van zo'n combinatie van therapieën. Neurowetenschappelijk onderzoeker Helen Mayberg heeft aangetoond dat cognitieve gedragstherapie en antidepressiva een heilzaam effect hebben doordat ze op verschillende delen van de hersenen inwerken. Antidepressiva werken vermoedelijk via het limbische systeem, dat de belangrijkste emotiebanen van de hersenen bevat. Cognitieve gedragstherapie is echter van invloed op het gedeelte van de frontale cortex dat zich met redeneren bezighoudt. De benaderingen hebben gemeen dat ze een 'alarmschakelaar' uitschakelen, geneesmiddelen doen dit door hun effect op de 'snelle' emotiebaan in het limbische systeem, cognitieve gedragstherapie doet dit door haar effect op de 'trage' emotionele banen in de hersenschors (cortex) (Goldapple et al., 2004).

Op basis van de resultaten van klinisch onderzoek en laboratoriumonderzoek geven veel klinisch psychologen tegenwoordig de voorkeur aan een *combinatie van therapieën* voor depressie, waarbij zowel gebruik wordt gemaakt van geneesmiddelen als van cognitieve gedragstherapie. Een gecombineerde behandeling zou voor Derek, beschreven in de casus aan het begin van de vorige paragraaf, een goede optie zijn. Ook voor patiënten met een bipolaire stoornis wordt het positieve effect van een gecombineerde benadering van geneesmiddelen en cognitieve gedragstherapie door recent onderzoek aangetoond (Miklowitz et al., 2007).

Schizofrenie: psychologische tegenover medische behandeling

Sinds meer dan vijftig jaar geleden de antipsychotica werden ontdekt, staan deze geneesmiddelen centraal in de behandeling van schizofrenie. Door aanvullende behandeling in de vorm van gezinstherapie, training in sociale vaardigheden (vaak in plaatselijke behandelcentra) en bezigheidstherapie (onder meer in dagcentra of sociale werkplaatsen) zijn schizofrene patiënten opnieuw in contact met de maatschappij gebracht. Tot voor kort werd echter weinig gebruikgemaakt van conventionele psychologische behandelingen. In de laatste paar jaar zijn voorstanders van cognitieve gedragstherapie echter begonnen met experimentele behandelingen van schizofrenie; de resultaten zijn hoopgevend, zelfs bij patiënten die niet op geneesmiddelen reageerden (McGurk et al., 2007; Rector & Beck, 2001). Hoewel zo'n behandeling nooit genezend zal werken, kan ze iemand wel helpen beter inzicht te krijgen in zijn stoornis, en er beter mee om te leren gaan.

Psychologie gebruiken om psychologie te leren
Ga naar 'In de praktijk' in de MyLab mediatheek om te lezen over de raakvlakken tussen psychotherapie en de situatie in de collegezaal.

'Gezonde piekeraars' en andere problemen: niet iedereen heeft geneesmiddelen nodig

Hoewel een combinatie van psychotherapie en geneesmiddelen voor sommige stoornissen mogelijk het beste is, hebben we gezien dat geneesmiddelen voor het behandelen van specifieke fobieën *niet* bruikbaar zijn. Geneesmiddelen zijn evenmin van grote waarde bij de behandeling van de meeste leerstoornissen, seksuele disfuncties, de meeste persoonlijkheidsstoornissen en de meeste ontwikkelingsstoornissen (met uitzondering van ADHD). Bovendien moeten we in gedachten houden dat veel mensen die psychische problemen hebben, niet kampen met een gediagnosticeerde stoornis zoals een depressie, een fobie of schizofrenie. Er is vaak eerder sprake van financiële moeilijkheden, huwelijksproblemen, werkstress, onhandelbare kinderen, eenzaamheid of gevoelens van inadequaatheid: dit zijn de mensen die door klinisch psychologen soms 'de gezonde piekeraars' worden genoemd. Dat wil niet zeggen dat degenen die geen officiële stoornis hebben niet onder hun problemen lijden. Ze worstelen met wat we generieke 'levensproblemen' zouden kunnen noemen. Het probleem is dat mensen met zulke problemen de arts maar al te vaak overhalen antidepressiva of angstremmende geneesmiddelen voor te schrijven. Wat ze werkelijk nodig hebben, is een verwijzing naar een psychotherapeut die hen zou kunnen helpen de problemen en keuzes op een rijtje te zetten.

Kritisch denken toegepast
Het vakgebied van de behandeling van psychische stoornissen loopt over van de controverses. Geen enkel meningverschil is echter ernstiger dan de controverse over *evidence based practice*. Ga naar 'In de praktijk' in de MyLab mediatheek voor een uitgebreide bespreking van deze controverse.

Ga naar **www.pearsonmylab.nl** om je kennis en begrip van deze paragraaf te testen met de MyMap, MyCheck en MyDefinitions.

SAMENVATTING VAN HET HOOFDSTUK

CENTRALE VRAAG: Wat is de beste behandeling voor Dereks depressie: psychotherapie, gebruik van geneesmiddelen of een combinatie van beide? Meer algemeen gesteld is de vraag: hoe kiezen we uit alle beschikbare therapieën voor psychische stoornissen?

- De meest basale keuze is de keuze tussen een psychologische therapie en een biomedische therapie – of de keuze voor een combinatie.
- Psychologen en andere niet-medische zorgverleners kiezen voor psychotherapie als ze denken dat het probleem is aangeleerd of te maken heeft met gebrekkige cognities, gedragingen of relaties.
- Psychotherapieën kunnen op hun beurt worden onderverdeeld in inzichtgevende therapieën en gedragstherapieën. Er zijn ook gecombineerde therapieën die bekend staan als cognitieve gedragstherapie en sociaal leren. De voorkeur voor een specifieke type therapie hangt primair af van de opleiding en opvattingen van de therapeut.
- Biomedische therapieën worden toegepast als men denkt dat het probleem het best behandeld kan worden door het beïnvloeden van de hersenwerking met medicijnen of andere biologische ingrepen.

KERNVRAAG 13.1

▶ Wat is therapie?

Mensen gaan om allerlei redenen in **therapie**, zowel als er sprake is van een psychische stoornis, als bij alledaagse problemen. Er zijn verschillende behandelmethoden, zowel psychologisch als biomedisch. Alle therapieën, toegepast door professionals met de meest uiteenlopende achtergronden, hanteren een model dat bestaat uit het diagnosticeren van het probleem, het opsporen van de oorzaak, het opstellen van een prognose en het uitvoeren van de behandeling. In een (ver) verleden werden mensen met psychische problemen vaak ruw en beestachtig behandeld, vaak gebaseerd op de veronderstelling dat ze bezeten waren door de duivel. Sinds midden vorige eeuw worden mensen met emotionele problemen behandeld als mensen met 'ziekten' of 'problemen' die men op de een of andere manier moet leren te hanteren. Deze visie op psychische stoornissen heeft geleid tot een menselijker behandeling van psychiatrische patiënten. Op dit moment zijn er in de westerse wereld twee belangrijke benaderingen van therapie: die van **psychologische therapie** en de **biomedische aanpak**. Andere culturen benaderen geestelijke stoornissen vaak op andere wijze en betrekken het gezin en de groep bij de behandeling.

● **KERNCONCEPT 13.1**
Er bestaan talloze vormen van therapie voor psychische stoornissen, maar het gemeenschappelijke element is een therapeutische relatie die is gericht op het verbeteren van iemands geestelijke, gedragsmatige en/of sociale functioneren.

KERNVRAAG 13.2

▶ Hoe behandelen psychologen psychische stoornissen?

De oudste **inzichtgevende therapie**, de **psychoanalyse**, is gebaseerd op Sigmund Freuds persoonlijkheidstheorie. Technieken als vrije associatie en droominterpretatie worden toegepast met als doel verdrongen zaken uit het onbewuste omhoog te brengen, waarna ze kunnen worden geïnterpreteerd en opgelost, vooral met behulp van analyse van de **overdracht. Neofreudianen** leggen meer nadruk op de huidige sociale situatie van de patiënt, op zijn relaties en zijn zelfbeeld.

Humanistische therapie, een andere inzichtgevende therapie, concentreert zich op de zelfrealisatie van mensen. Bij de **cliëntgerichte therapie** streven therapeuten ernaar om *niet-directief* te zijn als ze hun patiënt helpen om een positief zelfbeeld op te bouwen.

Een andere vorm van inzichtgevende therapie, de **cognitieve therapie**, concentreert zich op het bij de betrokkene veranderen van negatieve of disfunctionele denkpatronen aangaande het zelfbeeld en zijn of haar relaties. De cliënt moet leren op een constructieve manier over zijn probleem na te denken en de nieuwe techniek ook in andere situaties toepassen. Dit is onder meer bijzonder effectief gebleken voor depressies.

Bij **groepstherapie** kunnen vele benaderingen worden gevolgd. **Zelfhulpgroepen**, zoals de Anonieme Alcoholisten, zijn van grote waarde, ook al worden ze meestal niet door professionele hulpverleners geleid.

Gedragstherapie past de principes van leren, in het bijzonder van operante en klassieke conditionering, toe op problematisch gedrag. Van de klassieke conditioneringstechnieken worden **systematische desensitisatie** en **exposuretherapie** regelmatig toegepast bij de behandeling van angsten. Met **aversietherapie** kan men ongewenste responsen elimineren. **Contingentiemanagement** is een operante techniek die onder meer wordt ingezet om ongewenst gedrag te veranderen. Dat gebeurt voornamelijk via positieve bekrachtiging en de strategie van extinctie. En op grotere schaal kan gedragstherapie worden toegepast voor het behandelen van groepen met behulp van een **token economy**.

In de laatste jaren zijn cognitieve en behavioristische therapieën samengevoegd, waarbij technieken van inzichtgevende therapie worden gecombineerd met methoden die op de theorie van het observationeel leren zijn gebaseerd.

Rationeel-emotieve therapie helpt cliënten onder ogen te zien dat hun probleem wordt veroorzaakt door irrationele opvattingen over zichzelf en leert ze vervolgens hoe ze die denkpatronen moeten veranderen. **Positieve psychotherapie (PPT)** is een verwante benadering die voortkomt uit de stroming van de positieve psychologie. Uit hersenscans komen aanwijzingen naar voren dat **cognitieve gedragstherapie** lichamelijke veranderingen in het functioneren van de hersenen teweegbrengt.

Rond 1950 zette Eysenck vraagtekens bij de effectiviteit van therapie. Sinds die tijd is uit onderzoek echter gebleken dat psychotherapie effectief kan zijn voor uiteenlopende psychische problemen. Soms is psychotherapie effectiever dan behandeling met geneesmiddelen. Naarmate het onderzoek van psychische stoornissen geavanceerder wordt, leren we specifieke psychotherapieën aan specifieke stoornissen te koppelen.

● **KERNCONCEPT 13.2**

De behandelmethoden die psychologen toepassen, zijn onder te brengen in twee belangrijke categorieën: inzichtgevende therapie (gericht op het ontwikkelen van begrip van het probleem) en gedragstherapie (gericht op het veranderen van gedrag door conditionering).

KERNVRAAG 13.3

▶ Hoe worden psychische stoornissen behandeld vanuit de biomedische invalshoek?

Biomedische therapieën concentreren zich op het veranderen van de fysiologische aspecten van psychische ziekten. Medicatie omvat **antipsychotica**, **antidepressiva**, **anxiolytica** (medicijnen tegen angst) en **stimulerende middelen**. De meeste van deze middelen zijn van invloed op de functie van neurotransmitters. Deze medicijnen hebben een revolutie teweeggebracht in de medische behandeling van psychische stoornissen zoals schizofrenie, depressie, bipolaire stoornis, angststoornissen en ADHD, hoewel critici waarschuwen voor misbruik, met name bij de behandeling van alledaagse stress die nu eenmaal bij het leven hoort.

Psychochirurgie is de afgelopen jaren een stuk minder populair geworden vanwege zijn radicale en onomkeerbare bijwerkingen. **Elektroshocktherapie** wordt voornamelijk gebruikt bij patiënten met een depressie die met andere therapieën niet te helpen lijken te zijn, en is een controversiële vorm van therapie. Een nieuw en veelbelovend alternatief heeft te maken met **magnetische stimulatie** van specifieke hersengebieden.

Vroeger was opname in een psychiatrisch ziekenhuis de basis van de behandeling, tegenwoordig is het gebruikelijk om mensen uit het psychiatrisch ziekenhuis te ontslaan en ze poliklinisch te behandelen. Dit beleid van **dehospitalisatie** is met de beste bedoelingen ingezet, maar veel psychiatrische patiënten blijken zich in hun eigen omgeving niet te kunnen handhaven en krijgen te weinig behandeling.

Zowel medische als biologische behandelingen kunnen op successen bogen, maar tot voor kort zijn er weinig onderzoeken gedaan waarbij medische behandeling en psychotherapie direct werden vergeleken. Uit nieuwe onderzoeken blijkt dat voor depressie een **combinatie van behandelingen**, die bestaat uit cognitieve gedragstherapie en geneesmiddelen, vaak het beste werkt. Vergelijkende gegevens voor elektroshocktherapie en de nieuw ontwikkelde magnetische stimulatie zijn schaars. Wat angststoornissen betreft: uit sommige onderzoeken is gebleken dat een combinatie van geneesmiddelen en cognitieve gedragstherapie effectief is. Bij de specifieke fobieën is sprake van een duidelijke uitzondering; hiervoor is gedragstherapie beter dan behandeling met geneesmiddelen; het probleem kan hierdoor zelfs worden verergerd. Voor schizofrenie vormen geneesmiddelen de eerste behandeling, hoewel de stoornis hiermee niet kan worden genezen. Tot voor kort werd bij schizofrenie geen conventionele psychotherapie toegepast, maar nieuw onderzoek levert resultaten op die suggereren dat een combinatie van beide vormen van behandeling effectief is.

Voor het behandelen van veel psychische problemen, zoals leerstoornissen, seksuele disfuncties, de meeste persoonlijkheidsstoornissen en de meeste ontwikkelingsstoornissen, zijn geneesmiddelen niet van nut. Bovendien hebben de meeste mensen met psychische problemen geen *DSM-IV*-stoornis; de meesten kampen met 'levensproblemen'.

Hoewel een combinatie van psychologische en medische behandelingen vaak beter is dan een van beide afzonderlijk voor het behandelen van sommige (maar niet alle) psychische stoornissen, hebben de meeste mensen die ongespecificeerde 'levensproblemen' hebben, baat bij een behandeling enkel op basis van psychotherapie.

KERNCONCEPT 13.3

Biomedische behandelingen proberen psychische stoornissen te behandelen door de chemie in de hersenen, de hersenbanen of de activiteitspatronen te beïnvloeden met geneesmiddelen, chirurgie, elektrische pulsen of krachtige magneetvelden.

Op **www.pearsonmylab.nl** vind je tools en toetsen om je begrip en kennis van dit hoofdstuk uit te breiden en te oefenen.

BELANGRIJKE BEGRIPPEN

Analyse van overdracht
Antidepressivum
Antipsychoticum
Anxiolyticum
Aversietherapie
Biomedische therapie
Cliëntgerichte therapie
Cognitieve gedragstherapie
Cognitieve therapie
Combinatietherapie
Contingentiemanagement
Dehospitalisatie
Elektroshocktherapie (EST)
Exposuretherapie
Gedragsmodificatie
Gedragstherapie
Gevoelsreflectie (spiegelen)
Groepstherapie
Humanistische therapie
Inzichtgevende therapie
Magnetische stimulatie van de hersenen (MSH)
Neofreudiaanse psychodynamische therapieën
Positieve psychotherapie (PPT)
Psychoanalyse
Psychochirurgie
Psychologische therapie
Rationeel-emotieve therapie (RET)
Stimulerend middel
Systematische desensitisatie
Tardieve dyskinesie
Therapie
Therapeutische alliantie
Token economy
Zelfhulpgroep

▶ KERNVRAGEN	● KERNCONCEPTEN	■ IN DE PRAKTIJK
14.1 Wat veroorzaakt stress? 14.1.1 Traumatische stressoren 14.1.2 Chronische stressoren	14.1 Traumatische gebeurtenissen, aanhoudend slechte levensomstandigheden, grote veranderingen in het leven en zelfs kleine problemen kunnen allemaal tot stress leiden.	**Doe het zelf!** Hoe gestrest ben jij? **Psychologische kwesties** Stress onder studenten op www.pearsonmylab.nl
14.2 Wat zijn de lichamelijke effecten van stress? 14.2.1 Fysiologische reacties op stress 14.2.2 Stress en het immuunsysteem	14.2 De lichamelijke stressreactie begint met arousal; hierdoor wordt een reeks fysiologische reacties geactiveerd die op de korte termijn adaptief zijn, maar die schadelijk kunnen zijn wanneer ze te lang duren.	
14.3 Wie is het meest kwetsbaar voor stress? 14.3.1 Persoonlijkheidstype A en vijandigheid 14.3.2 Locus of control 14.3.3 Weerbaarheid 14.3.4 Optimisme 14.3.5 Veerkracht	14.3 Persoonlijkheidskenmerken zijn van invloed op onze individuele reacties op stressvolle situaties, en daardoor op de mate waarin we stress ervaren als we aan stressoren worden blootgesteld.	**Psychologie gebruiken om psychologie te leren**
14.4 Hoe kunnen we de invloed van stress op onze gezondheid verminderen? 14.4.1 Psychologische copingstrategieën 14.4.2 Keuzes op het gebied van levenswijze 14.4.3 Alles bij elkaar: geluksgevoel en subjectief welbevinden ontwikkelen	14.4 Door effectieve copingstrategieën neemt de invloed van stress op onze gezondheid af. Onze levenswijze kan zowel onze mentale en fysieke gezondheid als ons algehele welzijn bevorderen.	**Psychologische kwesties** Gedragsgeneeskunde en gezondheidspsychologie **Kritisch denken toegepast** Is verandering echt gevaarlijk voor je gezondheid? op www.pearsonmylab.nl

CENTRALE VRAAG: Waren de reacties en ervaringen van mensen bij de aanslagen op het World Trade Center op 9/11 typerend voor mensen in stressvolle situaties? En welke factoren verklaren individuele verschillen in lichamelijke en psychologische reacties op stress?

Op **www.pearsonmylab.nl** vind je tools en toetsen om je begrip en kennis van dit hoofdstuk uit te breiden en te oefenen.

14 STRESS, GEZONDHEID EN WELZIJN

Foto: Neke Moor

Op 11 september 2001 om kwart voor negen hoorde de gepensioneerde brandweerman Dennis Smith dat er zojuist een vliegtuig in de noordelijke toren van het World Trade Center in Manhattan was gevlogen (Smith, 2003b). De brandweer van New York had al op het alarm gereageerd: auto's reden naar de plaats des onheils en brandweerlieden renden het brandende gebouw in, terwijl tegelijkertijd massa's mensen wanhopig probeerden uit het gebouw te ontsnappen. Smith vroeg zich af welke omstandigheden het lot van zijn collega's zouden bepalen: de hitte van het vuur, de toegang tot de gebouwen, de stevigheid van de trappen. Hoevelen waren daarbinnen gevangen geraakt en keken de dood in de ogen?

Later beschreef een van de brandweerlieden de chaos: 'Het zag eruit als de filmset van een rampenfilm... We raakten onder het puin bedolven. Er viel van alles op je hoofd' (Smith, 2003b, pp. 70-71). Smith was al hoog in de noordelijke toren toen de zuidelijke toren geraakt werd en hij plotseling een oorverdovend geluid boven zijn hoofd hoorde. Hij herinnert zich dat hij in elkaar gedoken zat in het trappenhuis. 'Ik dacht aan mijn situatie: wat moet ik doen, wat kan ik doen? Wat heb ik dat in mijn voordeel werkt? Welke gereedschappen heb ik? ... Het belangrijkste dat ik had, was mijn helm. Ik herinner me

dat ik dacht hoe belangrijk het was dat ik die helm had' (Smith, 2003b, p. 75).
Gedurende de weken en maanden na de terroristische aanslagen bleven brandweerlieden naar stoffelijke overschotten zoeken. Ze begroeven en herdachten hun collega's en rouwden om hen. Slechts weinigen van de 343 vermisten werden ooit teruggevonden. Degenen die het hadden overleefd en hadden meegemaakt dat anderen in hun directe nabijheid overleden, hadden last van *'survivor's guilt'* (overlevingsschuld): ze voelden zich ambivalent en onzeker, en vroegen zich af waarom zij het overleefd hadden en anderen niet. Enkelen kregen symptomen van de posttraumatische stressstoornis (PTSS), en beleefden de ramp steeds opnieuw. De nawerking van die dag beperkte zich niet tot hen die er persoonlijk bij betrokken waren: miljoenen mensen over de hele wereld bleven dagenlang aan de televisie geplakt en keken steeds opnieuw naar de torens die instortten.
De brandweerlieden die de ramp hadden overleefd, bleven rouwen. Velen van hen verzetten zich tegen overdreven verering of zwaarmoedigheid wanneer ze hun vrienden herdachten; zij lachten liever om de typische trekjes of domme fouten van hun overleden collega's, en maakten daar grappen over.
De afdeling Engine 40/Ladder 35 van Manhattan verloor twaalf brandweerlieden, meer dan welke andere brandweerkazerne dan ook. Onverwachts, vijf maanden na 9/11, hoorden de leden van 40/35 dat er een video-opname gevonden was waarop hun twaalf vermiste collega's te zien zouden zijn terwijl ze de toren binnengingen, enkele minuten voordat deze instortte. De camera had de opname van een afstand gemaakt, maar de bewegende figuren werden in de loop van de opname herkenbaar. Terwijl ze ingespannen naar het scherm staarden, keken de overlevende brandweerlieden nog eens naar hun vrienden die niet waren teruggekeerd. Ze speelden de band steeds opnieuw af (Halberstam, 2002).

CENTRALE VRAAG: Waren de reacties en ervaringen van mensen bij de aanslagen op het World Trade Center op 9/11 typerend voor mensen in stressvolle situaties? En welke factoren verklaren individuele verschillen in lichamelijke en psychologische reacties op stress?

Natuurlijk is het binnenrennen van een instortend gebouw geen typisch menselijke reactie; het is eerder een aangeleerde reactie van getrainde reddingswerkers. Maar hoe zit het met het schuldgevoel van de overlevenden en hun uitgestelde stressreacties ten gevolge van het herhaald bekijken van de ramp op websites en televisieschermen over de hele wereld: zijn dit 'normale' reacties op stress? Welke verbanden kunnen we leggen tussen deze reacties en onze eigen reacties op stress? Als we over deze vragen nadenken, komen verschillende, aan elkaar verwante, vragen naar voren:

- Stress blijft niet beperkt tot grote drama's, trauma's en rampen. Ieder van ons komt in het dagelijks leven stressvolle situaties tegen: op het werk, in onze relaties, op school, in het verkeer of als gevolg van ziekte. Maar heb je wel eens opgemerkt dat sommige mensen 'gestrest' lijken te raken bij de kleinste ergernissen, terwijl anderen kalm en beheerst blijven, zelfs in crisissituaties? Bovendien herstellen sommige mensen na hevige stress vrij snel, terwijl anderen hun evenwicht moeilijk kunnen terugvinden. Hoe kunnen we deze individuele verschillen tussen onze reacties op stress verklaren?
- We kunnen ons ook afvragen hoe onze stressreacties over de jaren en millennia zijn geëvolueerd en hoe deze van nut zijn geweest voor onze overleving. In veel moderne culturen verloopt het leven veel sneller dan in vorige generaties. Lijkt de stress waar we tegenwoordig mee te maken hebben, op de stress van onze voorouders? Op welke wijze zouden de verschillen in onze omgeving van invloed zijn op de effectiviteit van onze stressreactie?
- Er zijn verschillende perspectieven nodig om onze menselijke reactie op stress te kunnen begrijpen. Welke processen in het lichaam en in de hersenen zijn van invloed op onze reactie op stress? En welke rol spelen onze denkprocessen, dingen die we eerder hebben geleerd, onze persoonlijkheid, onze levensfase en onze sociale context bij deze fysiologische reacties? (Zie figuur 14.1.)

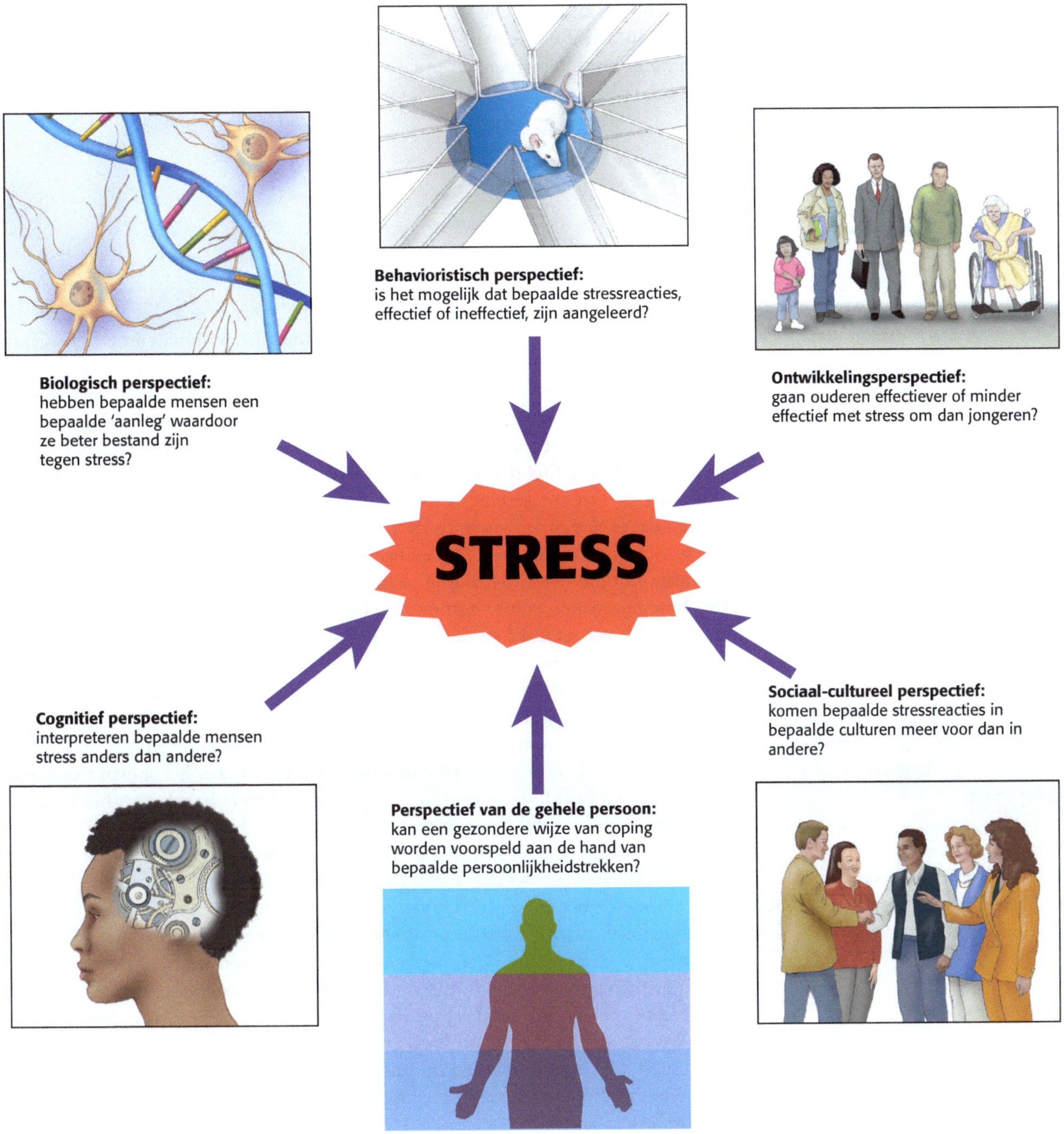

Figuur 14.1

De verschillende perspectieven op stress

In deze figuur zijn slechts enkele voorbeelden afgebeeld van de vele perspectieven die nodig zijn om de complexe aard van stress te kunnen begrijpen.

- In welke mate hebben we controle over onze eigen reacties op stress en op de negatieve invloed die stress kan hebben op onze lichamelijke en psychologische gezondheid? Het goede nieuws is dat we iets kunnen doen aan ons stressniveau. We kunnen zorgen dat we effectiever met stress kunnen omgaan.

Terwijl we deze vragen gaan onderzoeken, kun je eens denken aan de stress waarmee jij te maken hebt gehad. Ook kun je overwegen op welke wijze je met behulp van de informatie uit dit hoofdstuk de bronnen van stress in je eigen leven beter kunt begrijpen, en hoe je een betere manier kunt vinden om met stress om te gaan.

KERNVRAAG 14.1

▶ Wat veroorzaakt stress?

Wat voor beelden zie je voor je als je het woord 'stress' hoort? De meeste mensen denken aan de spanningen in hun eigen leven: moeilijkheden op het werk, ongelukkige relaties, financiële tegenslagen, gezondheidsproblemen of examens. Waarschijnlijk roept het woord ook de voorstelling van enkele lichamelijke sensaties op: maagkrampen, zweten, hoofdpijn of spanning in je nek of rug. In het dagelijks leven nemen we het woord 'stress' heel gemakkelijk in de mond (Lazarus et al., 1985). Stel dat je werkgever of je docent je het vuur aan de schenen heeft gelegd. Dat zou je een stressvolle gebeurtenis kunnen noemen, of je kunt zeggen dat je je gestrest voelt. In de volksmond wordt het woord *stress* gebruikt om te verwijzen naar zowel een externe dreiging als naar onze fysieke en mentale respons op de blootstelling hieraan.

Stressor: Stressvolle stimulus of situatie.

Stress: Een lichamelijke en psychische respons op een uitdaging of een bedreigende situatie.

Distress: Een belastende emotionele, cognitieve en/of gedragsmatige reactie, die veroorzaakt wordt door een externe stressor, en die onderdeel kan zijn van stress.

Psychologen maken echter een onderscheid tussen de externe druk of gebeurtenis die stress veroorzaakt en de innerlijke invloed ervan op ons als individu. Externe gebeurtenissen of situaties die psychologische en emotionele stress veroorzaken noemen ze **stressoren**. Ze definiëren **stress** als de fysieke en psychische veranderingen die optreden in reactie op stressoren (Krantz et al., 1985). Dus een stressor is het beeld van een politieman die tevoorschijn komt uit de auto waar jij net tegenaan bent gereden terwijl je met je telefoon aan het spelen was. Jouw respons op dat beeld (de knoop in je maag, je bonkende hartslag en het koude zweet op je voorhoofd) zijn tekenen van de biologische verandering die deze stressor teweegbrengt. Je psychologische stress, of **distress**, is de complexe mix van schaamte, het gevoel dat je een sukkel bent en bezorgdheid over het krijgen van een boete en het kwijtraken van je rijbewijs. Overigens kan er een onderscheid gemaakt worden tussen positieve stress (eustress), stress die leidt tot groei, en negatieve stress (distress), stress die negatieve gevolgen heeft, zoals trauma. Op deze laatste vorm van stress ligt in dit hoofdstuk de nadruk.

Met welke veelvoorkomende stressoren hebben mensen tegenwoordig te maken? We beginnen dit hoofdstuk met een overzicht van de stressoren waarvan is vastgesteld dat ze grote invloed op ons hebben. In dit overzicht zien we allerlei stressoren, zoals kleine dagelijkse problemen, serieuze relatieproblemen en terroristische aanslagen.

● KERNCONCEPT 14.1

Traumatische gebeurtenissen, aanhoudend slechte levensomstandigheden, grote veranderingen in het leven en zelfs kleine problemen kunnen allemaal tot stress leiden.

Voordat we aan onze bespreking van stressoren beginnen, moeten we eerst het concept van cognitieve interpretatie herhalen, zoals dat naar voren kwam in ons onderzoek naar emotie in hoofdstuk 9. Daar hebben we geleerd dat een belangrijk onderdeel van onze emotionele reactie op een situatie bestaat uit de wijze waarop we die situatie interpreteren. Stress is een voorbeeld van een emotionele reactie; dus speelt onze **cognitieve beoordeling** of interpretatie een belangrijke rol bij de mate van stress die we ervaren als we met een stressor worden geconfronteerd. Zoals we verderop in dit hoofdstuk zullen zien, zijn de individuele verschillen die we tegenkomen in de manier waarop mensen op stressoren reageren, deels aan de hand van de cognitieve beoordeling van deze stressoren te verklaren. In het voorbeeld uit de vorige alinea is het mogelijk dat iemand die nog nooit een boete gehad heeft, die situatie als minder stressvol interpreteert (en daardoor minder stress ervaart) dan iemand die reeds verschillende boetes gehad heeft en het risico loopt zijn rijbewijs kwijt te raken.

Cognitieve beoordeling: Onze interpretatie van een stimulus (bijvoorbeeld een stressor) en onze hulpmiddelen om daarmee om te gaan.

◄◄ **Verbinding hoofdstuk 13**
Cognitieve herwaardering vormt de kern van cognitieve gedragstherapie (p. 543).

14.1.1 Traumatische stressoren

Catastrofale gebeurtenissen zoals natuurrampen en terroristische aanslagen behoren tot de **traumatische stressoren**: situaties die onze eigen lichamelijke veiligheid of die van anderen bedreigen en gevoelens van angst, vrees of machteloosheid opwekken. Op persoonlijk niveau zijn plotselinge, grote veranderingen in het leven, zoals het verlies van een dierbare, vaak traumatisch, ondanks het feit dat iedereen een grote kans heeft om ooit met dood en scheiding te maken te krijgen. We onderzoeken traumatische stress door eerst natuurrampen en door de mens aangerichte rampen te onderzoeken en ons daarna te verdiepen in persoonlijk verlies en ten slotte in posttraumatische stress.

Traumatische stressor: Een situatie die iemands geestelijke of lichamelijke veiligheid bedreigt en daardoor gevoelens van angst, afschuw of hulpeloosheid oproept.

Natuurrampen

In mei 2008, kort voor de Olympische spelen in Beijing, werden meer dan 67.000 mensen in China gedood door een enorme aardbeving. Daaropvolgende aardbevingen in Haïti en Chili kostten ook vele mensenlevens, net zoals de aardbeving in Japan in 2011, die een tsunami en een kernramp veroorzaakte. Natuurrampen zoals deze vormen, net als door de mens aangerichte tragedies zoals terroristische aanslagen en oorlogen, een groep traumatische stressoren die **catastrofale gebeurtenissen** worden genoemd. Het is onvermijdelijk dat deze plotselinge, gewelddadige rampen gepaard gaan met enorme stress en met verlies van dierbaren en bezittingen. Bovendien duren de psychologische en biologische gevolgen vaak veel langer dan de oorspronkelijke gebeurtenissen, zoals in de weken na 9/11, toen sommige brandweerlieden en hulpverleners merkten dat ze de gebeurtenissen steeds opnieuw beleefden tijdens nachtmerries of tijdens flashbacks overdag. Uit onderzoek onder overlevenden van rampen verkrijgen we wat inzicht in de manieren waarop mensen op zulke beproevingen reageren (Asarnow et al., 1999; Sprang, 1999). Het is de moeite waard hier op te merken dat onderzoek van dit type moeilijk is: vanwege ethische overwegingen is het uiteraard niet toegestaan dat psychologen catastrofale gebeurtenissen ensceneren om de effecten daarvan op vrijwillige proefpersonen te bestuderen. In plaats daarvan gaan veldonderzoekers onmiddellijk na een ramp naar het rampgebied om het gedrag van de overlevenden te observeren en hun verhalen te horen.

Catastrofale gebeurtenis: Een plotselinge, gewelddadige ramp, hetzij ontstaan ten gevolge van een natuurlijk fenomeen, hetzij door de mens aangericht, die een trauma veroorzaakt.

Overlevenden van catastrofale gebeurtenissen, zoals van de crash met het toestel van Turkish Airlines bij Schiphol in februari 2009, hebben vaak nog lang te maken met de psychologische effecten.

Een gelegenheid om de reactie op rampen te begrijpen deed zich voor in San Francisco na een zware aardbeving in 1989. Een week na de aardbeving begon een team onderzoekspsychologen een reeks vervolgenquêtes onder circa achthonderd plaatselijke bewoners. Uit de enquêtes kwam een duidelijk patroon naar voren: de levens van de respondenten die de aardbeving hadden meegemaakt, waren gedurende ongeveer een maand nog sterk op de ramp gericht. Na deze periode waren de overlevenden niet langer door de aardbeving geobsedeerd, maar tegelijkertijd werd melding gemaakt van een toename van andere stressgerelateerde symptomen zoals slaapstoornissen, relatieproblemen en nachtmerries (Wood et al., 1992). Gedurende de volgende maanden namen de meeste symptomen af, hoewel een jaar later 20 procent van de bewoners van San Francisco nog steeds overstuur was door de aardbeving (Pennebaker & Harber, 1991).

Terrorisme

Terrorisme: Een type geweld of dreiging die wordt veroorzaakt met het doel de maatschappij te ontwrichten door angst en gevaar te verspreiden.

Door de mens aangerichte rampen, zoals gewelddadige overvallen en terroristische aanslagen, hebben de extra dimensie van bedreiging, omdat ze opzettelijk door andere mensen worden veroorzaakt. **Terrorisme** wordt gedefinieerd als geweld of dreiging die wordt veroorzaakt door individuen of groepen met het doel de maatschappij te ontwrichten door angst en gevaar te veroorzaken (Hall et al., 2002). Net als overlevenden van natuurrampen maken overlevenden van een terroristische aanslag melding van toegenomen symptomen van stress, die na enkele maanden aanzienlijk afnemen (Galea et al., 2003). Wat bij het overleven van een terroristische aanslag echter anders lijkt te zijn, is de veranderde beleving van een bedreiging op de lange termijn. Bij mensen die direct of indirect door de aanslagen van 9/11 in Amerika zijn beïnvloed, of door de bombardementen in 2005 in de metro van Londen, blijkt dat 50-75 procent zich gedurende een jaar of langer na de aanslag zorgen bleef maken over hun eigen veiligheid en die van hun gezin (Rubin et al., 2005; Torabi & Seo, 2004; Weissman et al., 2005).

Psychologische reactie op rampen

Volgens de theorie verlopen psychologische reacties op natuurrampen en op door de mens aangerichte rampen in stadia, waarbij de slachtoffers eerst geschokt zijn en intense emoties beleven en daarna worstelen om hun leven opnieuw te organiseren (Beigel & Berren, 1985; Horowitz, 1997). Cohen en Ahearn (1980) onderscheiden vijf fases die we doormaken:

1. Onmiddellijk na de gebeurtenis ervaren de slachtoffers *psychische gevoelloosheid*, psychische shock en verwardheid, en gedurende de eerste ogenblikken, maar soms zelfs gedurende de eerste dagen na de ramp, kunnen ze niet volledig begrijpen wat er is gebeurd. Ernstige, plotselinge en gewelddadige rampen doen onze basale verwachtingen over hoe de wereld zou moeten functioneren geweld aan. Voor sommigen wordt het ondenkbare een harde realiteit.
2. Tijdens de volgende fase handelen veel slachtoffers 'op de *automatische piloot*'. Ze zijn zich weinig bewust van hun eigen ervaringen en later kunnen ze zich details van wat er is gebeurd maar moeizaam herinneren.
3. Tijdens de fase van *gezamenlijke inspanning* bundelen mensen hulpmiddelen en bronnen. Ze werken samen, trots op wat ze tot dan toe hebben verwerkt en gerealiseerd, maar ook vermoeid en bewust van de eindigheid van hun energie.
4. Vervolgens ervaren mensen vaak een *inzinking*. Ze zijn uitgeput en de emotionele gevolgen van de tragedie beginnen eindelijk tot hen door te dringen. De belangstelling van het publiek en de aandacht van de media nemen af en de overlevenden voelen zich in de steek gelaten, hoewel de noodtoestand nog steeds voort kan duren.
5. Vervolgens breekt een langdurige periode van *herstel* aan, waarin de slachtoffers zich langzaam maar zeker schikken in veranderingen die het gevolg zijn

van de ramp. Het weefsel van de groep zal veranderen, doordat de natuurlijke omgeving en de menselijke omgeving zijn veranderd.

Bedenk wel dat theorieën over fases niet noodzakelijkerwijs op de gehele bevolking van toepassing zijn, maar een poging vormen om de gemeenschappelijke elementen van een hele reeks aan individuele ervaringen samen te vatten. In dit geval zijn theorieën over de fases van de stressreactie nuttig om individuele ervaringen te plaatsen, en ook omdat we er beter mee kunnen anticiperen op wat toekomstige overlevenden doormaken en welk soort hulp ze misschien nodig hebben.

Verbinding hoofdstuk 7
Bij *theorieën over fases* ligt de nadruk op duidelijke veranderingen die plaatsvinden terwijl iemand een levensfase of gebeurtenis doormaakt (p. 266).

Uit onderzoek blijkt ook hoe belangrijk **levensverhalen (self-narratives)** zijn bij het verwerken van catastrofale ervaringen. We formuleren verhalen die verklaren wat er is gebeurd en wat dat voor ons betekent. Deze verhalen vormen een belangrijk onderdeel van onze pogingen om elkaar uit te leggen wat er in ons omgaat. Vooral verrassende en/of onaangename ervaringen (Holtzworth-Munroe & Jacobson, 1985), of ervaringen die onze basale verwachtingen geweld aandoen (Zimbardo, 1999) willen we graag met anderen delen.

Levensverhaal (self-narrative): Het 'verhaal' dat iemand over zichzelf vertelt. Levensverhalen geven iemand een gevoel van continuïteit en samenhang in de loop van de tijd.

Trauma in de media Catastrofale gebeurtenissen zijn het waard uitgebreid in het nieuws te worden behandeld en in dit internettijdperk zijn de geluiden en beelden van de pijn van anderen onmiddellijk en herhaaldelijk te bekijken. Kijkers zijn niet immuun voor de emotionele lading van zulke programma's en ervaren mogelijk een soort 'tweedehands' traumatisering.

Verbinding hoofdstuk 10
Een levensverhaal is het verhaal dat je over jezelf vertelt (p. 425).

Door verslaggeving in de media worden beelden en verhalen over een ramp verspreid, zodat iedereen de ramp kan ervaren. Hoe vaak heb je de torens in herhalingen wel niet zien instorten op 9/11? In ons openingsverhaal keken de overlevenden van het team brandweerlieden uit Manhattan herhaaldelijk naar een videoband waarop hun inmiddels overleden collega's het World Trade Center binnenrenden, vlak voordat het gebouw instortte. Ze wisten daarbij hoe het voor hun vrienden zou aflopen en de vraag is of het voor de overlevenden echt therapeutisch was de beelden steeds opnieuw te bekijken. Volgens populaire opvattingen zouden ze het drama kunnen verwerken door de figuren op de band als hun vrienden te herkennen, en door de heldhaftigheid van hun vrienden zouden ze gemakkelijker ook een gouden rand aan de inktzwarte wolk kunnen zien. Maar zodra dat doel is bereikt, is het herhaaldelijk kijken dan niet alleen maar stressverhogend?

Onderzoek toont duidelijk aan dat het opnieuw beleven van een ramp, bijvoorbeeld door het bezoeken van de plaats waar de ramp zich heeft afgespeeld, op zichzelf ook stress veroorzaakt. Dat geldt ook voor de mensen die niet betrokken waren bij de ramp zelf. **Secundaire traumatisering** is hevige stress die ontstaat wanneer iemand wordt blootgesteld aan de verhalen over trauma's van anderen en zich hierbij erg betrokken voelt (McCann & Pearlman, 1990). Het maakt geen verschil of het om een vliegtuigramp, rellen in een ander land of om een natuurramp gaat; de mate van blootstelling is bepalend. Schuster en zijn collega's (2001) ontdekten dat de kans dat iemand later melding maakte van symptomen van stress, groter was naarmate hij langer naar televisieprogramma's over de aanslagen van 9/11 had gekeken. Een overweldigende 90 procent van respondenten in de Verenigde Staten, zelfs mensen zonder persoonlijke of professionele connectie met New York, meldden ten minste één symptoom van stress in de periode na de aanslagen. Mensen die veel naar de nieuwsberichten keken en daardoor de ramp steeds opnieuw beleefden, raakten toch betrokken bij het lijden van de slachtoffers en ondervonden daardoor meetbare stress, ook al woonden ze op een veilige afstand.

Secundaire traumatisering: Hevige stress die wordt veroorzaakt door blootstelling aan traumatische beelden of aan verhalen die tot gevolg hebben dat de waarnemer zich met de oorzaak van de stress gaat bezighouden.

Verbinding hoofdstuk 8
In een belangrijke theorie over dromen wordt gesteld dat dromen onze huidige zorgen reflecteren (p. 322).

Culturele variaties in reacties op rampen

In maart 2011 werd Japan getroffen door de ergste rampen sinds de verwoestingen aangericht door de atoombommen in de Tweede Wereldoorlog. Het ergst denkbare scenario werd werkelijkheid. Het begon met een aardbeving met een kracht van 9 op de schaal van Richter, die een twaalf meter hoge vloedgolf veroorzaakte, die op haar beurt hele dorpen werden wegvaagde. Duizenden mensen kwamen om en velen zaten in de winterse kou zonder huis of voedsel. Vervolgens ontstond de dreiging dat veel Japanners op den duur kanker zouden krijgen vanwege blootstelling aan de straling van de beschadigde kerncentrales. Ondanks deze rampzalige ervaringen reageerden de meeste Japanners in het algemeen kalm, beschaafd en moreel sterk. Ervaren journalisten ter plekke toonden zich verbaasd over het decorum dat de Japanners bewaarden en de ordelijkheid die ze aan de dag legden bij het te lijf gaan van de chaos. Er was geen spoor van plundering of geweld. Er was niet één bericht van geïrriteerd getoeter in de soms tien uur durende files op de verwoeste snelwegen.

De aardbeving in Japan met een kracht van 9 op de schaal van Richter, veroorzaakte een tsunami die vele dorpen verwoestte en duizenden mensen het leven kostte.

Bron: The Yomiuri Shimbum, Miho Iketani/ AP Images.

In deze collectivistische cultuur waar beleefdheid, groepsconsensus en zorg voor anderen centraal staan, had de ramp tot gevolg dat de inwoners hun karige voedselvoorraad zonder morren deelden met vreemden. Kenners van de Japanse cultuur schrijven dergelijk gedrag toe aan de geestelijke kracht die de mensen putten uit de strenge, troostende rituelen van hun godsdienst. De meeste Japanners zijn boeddhist of hangen het oeroude shintoïsme aan. Het basisfundament van deze geloofssystemen is dat lichamelijk en geestelijk lijden kan worden verlicht door oefening in compassie en acceptatie van de dood als het laatste deel van het levensproces. Het boeddhisme zoals het nu wordt beoefend, gaat niet meer zozeer over de geesten in de natuur, maar houdt zich meer bezig met rituelen in de maatschappij, de familie en de staat, volgens Duncan Williams, deskundige op het gebied van Japanse religie (Grossman, 2011).

Persoonlijk verlies

Net als veel andere diersoorten is de mens een sociaal wezen: we zijn voor onze overleving van elkaar afhankelijk. Het verlies van een dierbare brengt veel stress met zich mee, zelfs als we dit zien aankomen (bijvoorbeeld na een lang ziekbed). Een plotseling, onverwacht verlies is traumatisch: in de lijst aan het einde van dit hoofdstuk zie je dat 'overlijden van de partner' wordt vermeld als de meest stressvolle van alle grote gebeurtenissen uit het leven (Holmes & Rahe, 1967; Scully et al., 2000). **Rouw** is de emotionele reactie op een interpersoonlijk verlies, een pijnlijk complex van gevoelens als verdriet, woede, machteloosheid, schuld en wanhoop (Raphael, 1984). Of je rouwt om het overlijden van een dierbare, het beëindigen van een relatie of het verraad van een vriend die je vertrouwde, je ervaart de pijn van scheiding en eenzaamheid en je moet moeilijke vragen overdenken. Enkele van onze meest fundamentele aannamen over het leven kunnen ter discussie komen te staan en mogelijk worden we gedwongen ons aan een andere werkelijkheid aan te passen (Parkes, 2001). Daardoor kunnen onze identiteit en toekomstplannen voorgoed worden veranderd (Davis et al., 1998; Janoff-Bulman, 1992).

Rouw: De emotionele reactie op verlies, die onder meer bestaat uit verdriet, woede, machteloosheid, schuldgevoel en wanhoop.

Psychologen beschouwen rouw als een normaal, gezond proces van aanpassing aan een grote verandering in het leven waar geen 'juiste' methode of 'normale' tijdsduur voor vast te stellen is (Gilbert, 1996; Neimeyer, 1995, 1999). Sommige deskundigen bevelen aan de rouw af te sluiten oftewel *closure* te bereiken, een Gestaltterm voor een situatie waarin een onvolledige stimulus als volledig wordt waargenomen. Rouwpsychologen zijn er echter tegen om te streven naar het afsluiten van de pijn en de herinneringen aan het verlies; zij zijn voorstanders van **integratie**. Als je dit wilt begrijpen, kun je even denken aan iemand die je verloren hebt: misschien ben je 'eroverheen' en denk je er niet vaak meer aan,

Integratie: Hier: de laatste fase van rouw waarin het verlies in het zelf wordt opgenomen.

toch bevindt diegene zich nog altijd in je geheugen, zijn er nog levendige beelden, emoties en gedachten die nog altijd toegankelijk zijn en die nog altijd deel uitmaken van wie je bent (Harvey, 1996; Harvey et al., 1990). Daarom is het juister de laatste fase van de rouw te beschouwen als een voortgaand proces van integratie, waarbij elk verlies in het leven deel gaat uitmaken van het levensverhaal en een deel wordt van de geheugenverzamelplaats van belangrijke gebeurtenissen, positief en negatief (Murray, 2002).

Voor het rouwproces is het ook nodig dat je sociale interactie hebt in een tijd waarin je bijzonder kwetsbaar en sociaal teruggetrokken bent. Ironisch genoeg draagt het hulpaanbod van vrienden of medeleven soms bij aan de stress van het verlies. Hollander (2004) schrijft over het verlies van haar eerste man en vervolgens, enkele maanden later, haar moeder. 'Hoe gaat het met me? Het lijkt wel alsof iedereen me dat vraagt... Vaak merk ik dat ik niet weet hoe ik die vraag moet beantwoorden' (p. 201-202). Haar vrienden voelen zich niet op hun gemak als ze openlijk huilt en ze raden haar aan vrolijker te zijn, opnieuw zichzelf te worden. Hollander concludeert dat het proces van het toelaten en voelen van haar pijn niet kan en niet mag worden overhaast: 'Het is niet mijn doel dit af te sluiten... Het gaat goed met me, juist omdat ik huil' (p. 204).

◂◂ **Verbinding hoofdstuk 3**
Gestaltpsychologen bestuderen de wijze waarop we perceptuele totaalbeelden construeren (p. 113).

Miskende rouw Rouw is ook bijzonder stressvol wanneer anderen je verlies niet erkennen en geen medegevoel tonen. Ervaringen verbonden aan het overlijden van een dierbare en ervaringen van echtscheiding en trauma worden door formele betuigingen van medeleven erkend, zoals bij een begrafenis of ziekenhuisbezoek het geval is, en worden erkend door professionele aandacht van begrafenisondernemers, advocaten en artsen (Lensing, 2001). Andere pijnlijke verliezen zonder officiële 'status' worden echter vaak genegeerd of door de maatschappij niet erkend.

Volwassenen die bijvoorbeeld rouwen na een miskraam, jonge volwassenen die vrienden hebben verloren en kinderen die bedroefd zijn om het overlijden van een favoriete televisie- of filmster, merken vaak dat ze alleen zijn in hun verdriet en dat ze weinig sympathie of begrip van anderen krijgen. Hun **miskende rouw**, de emoties rond een verlies die anderen niet begrijpen, kan niet via een openbaar ritueel worden geuit zoals een herdenkingsdienst of begrafenis. Sommige mensen met miskende rouw gaan proberen hun verdriet te verbergen uit angst voor de negatieve reacties van anderen, maar dat wil niet zeggen dat ze geen verdriet hebben (Doka, 1989, 1995; Rickgarn, 1996).

Miskende rouw: De emotie rond een verlies die niet door anderen wordt ondersteund, gedeeld of begrepen.

Anderen in vertrouwen nemen kan mensen helpen met verlies en trauma om te gaan (Harvey, 1996; Pennebaker, 1990). Je kunt daarbij ook rekenen op professionele hulpverleners of psychotherapeuten die je verdriet serieus zullen nemen. Daarnaast is het van therapeutisch nut om je op andere manieren te uiten, bijvoorbeeld door een dagboek over je gevoelens te schrijven (zie 'Psychologische kwesties' verderop in dit hoofdstuk).

Posttraumatische stressstoornis

Mensen die ernstige trauma's hebben opgelopen (bijvoorbeeld verkrachting, oorlog of mishandeling) vertonen soms een uitgesteld patroon van stresssymptomen, dat zich maanden of zelfs jaren na het trauma nog kan openbaren. Die vertraagde reacties kunnen een leven lang aanhouden. Tijdens de **posttraumatische stressstoornis (PTSS)** beleeft het individu opnieuw de psychische en fysieke responsen die met het trauma gepaard gingen.

Recente cijfers over het aantal mensen dat in België en Nederland lijdt aan PTSS zijn niet bekend. In gezondheidsonderzoeken van de laatste jaren is dat niet gemeten. Internationaal onderzoek laat grote verschillen zien. Ouder onderzoek uit de Verenigde Staten laat zien dat 1 tot 1,5 procent van de bevolking

Posttraumatische stressstoornis (PTSS): Een angststoornis waarbij de stressreactie volgend op situaties waarbij er sprake is van levensbedreiging, ernstig lichamelijk letsel of een bedreiging van de fysieke integriteit, aanhoudt en het functioneren verstoort. Kenmerkend hierbij is de herbeleving van de emotionele, cognitieve en gedragsmatige aspecten van een trauma dat eerder is ondergaan, terwijl geprobeerd wordt prikkels die deze herbeleving kunnen veroorzaken te vermijden.

ooit PTSS heeft gehad (Helzer et al., 1987; Davidson et al., 1991). Uit recenter onderzoek blijkt echter dat 8 procent van de volwassen bevolking ooit in het leven PTSS heeft gehad, waarvan de helft nog in het afgelopen jaar (Kessler et al., 1999). Recent onderzoek onder volwassenen in Australië laat zien dat 1,3 procent van de volwassenen in het afgelopen jaar leed aan PTSS (Andrews et al., 2001). In Canada was dat 2 procent (Stein et al., 1997). Deze verschillen kunnen waarschijnlijk voor een groot deel worden verklaard door het gebruik van verschillende meetinstrumenten en de verruiming van de diagnostische criteria in de opeenvolgende versies van de *DSM*.
Voorbeelden van trauma's die PTSS-slachtoffers beschrijven, zijn: zien dat iemand is gedood of ernstig gewond is geraakt, of het overleven van een natuurramp of een levensbedreigend ongeluk. Mannen maken vaker melding van (lichamelijk) aangevallen worden, oorlogen, rampen of brand; ook zijn mannen vaker het slachtoffer van gevangenschap of gijzeling. Vrouwen maken echter vaker melding van verkrachting, seksuele aanranding of mishandeling, en verwaarlozing tijdens de jeugd (Bower, 1995a). Na een traumatische gebeurtenis krijgen meer vrouwen symptomen van PTSS dan mannen (Tolin & Foa, 2006) en latino's lopen meer risico dan niet-latino blanke of zwarte Amerikanen (Pole et al., 2005).

Beschrijving van de posttraumatische stressstoornis In de *DSM-IV* (APA, 2004) wordt PTSS beschreven als een angststoornis, dus duidelijk te onderscheiden van de normale verwerking van een traumatische gebeurtenis. Om te spreken van een PTSS moeten minstens de volgende hoofdkenmerken aanwezig zijn:

- er moet sprake zijn van een duidelijke traumatische gebeurtenis;
- het slachtoffer kent periodes van herbeleving van het trauma en doet aanhoudend moeite om prikkels die een herbeleving kunnen veroorzaken te vermijden;
- er is een duidelijk verhoogde prikkelbaarheid, in de vorm van bijvoorbeeld opschrikken, slaapproblemen, woede-uitbarstingen en extreme waakzaamheid;
- het probleem veroorzaakt duidelijke beperkingen in het persoonlijk en/of professioneel leven;
- het probleem is langer dan één maand aanwezig.

Video
Ga naar de MyLab mediatheek om het filmfragment te bekijken over 9/11 en PTSS.

Wat zijn de symptomen van PTSS? Slachtoffers van deze stoornis zijn gewoonlijk snel afgeleid en chaotisch en hebben problemen met hun geheugen (Arnsten, 1998). Ze kunnen emotioneel gevoelloos zijn en vervreemd van anderen, en beleven minder plezier aan positieve ervaringen. Andere symptomen zijn slaapproblemen, schuldgevoelens ten opzichte van degenen die de ramp niet hebben overleefd en een overdreven schrikrespons bij (mogelijk) gevaar (wijd opensperren van de ogen, naar adem snakken, extreem verrast zijn). Zo kunnen slachtoffers van een verkrachting bedolven worden onder een spervuur van psychologische na-effecten; ze voelen zich verraden door hun naasten, zijn woedend omdat ze zijn aangevallen en ervaren grote angst als ze alleen zijn (Baron & Straus, 1985; Cann et al., 1981).
Ook op biologisch niveau kan een posttraumatische stressstoornis langdurige effecten hebben (Crowell, 2002; Sapolsky, 1998). We hebben al gezien dat extreem langdurige of intense stress fysiologische veranderingen teweegbrengt in de hersenen. Vooral het systeem in de hersenen dat het hormoonstelsel reguleert, kan overgevoelig worden, waardoor het slachtoffer van posttraumatische stress overmatig reageert op lichte stressoren.

PTSS bij militair personeel Hoewel de term 'posttraumatische stressstoornis' vrij kort geleden is ontstaan, zijn er in historische verslagen al eeuwenlang soortgelijke symptomen beschreven, die 'oorlogsmoeheid' of 'shellshock' werden genoemd. In gevallen van oorlogsgerelateerde stress proberen militair psychologen tegenwoordig een minimale behandeling te geven in legerbases zoals in Irak of Afghanistan; daarnaast zijn er verschillende voorlichtingsprogramma's om soldaten en hun familie beter op uitzending voor te bereiden en om beter het hoofd te kunnen bieden aan de nasleep van de oorlog, wanneer de soldaten weer naar huis zijn teruggekeerd. De culturele normen in het leger hebben van oudsher bepaald dat soldaten niet over hun oorlogservaringen zouden moeten praten. Dit heeft ertoe geleid dat de meeste veteranen schroomden om hulp te vragen wanneer zich bij hen psychische symptomen voordeden. Deelnemers aan deze nieuwe programma's voor effectieve coping worden geholpen deze schroom te overwinnen.

14.1.2 Chronische stressoren

De stressoren die we in de vorige paragraaf hebben onderzocht, zoals rampen, persoonlijk verlies en posttraumatische stress, hebben betrekking op gebeurtenissen die, net als de aanslag van 9/11, plotseling plaatsvinden, intens zijn en meestal kort duren. **Chronische stressoren** zijn relatief langdurig en kunnen zich over een tijdsperiode langzaam ontwikkelen. Ze kunnen bijvoorbeeld te maken hebben met financiële problemen, huwelijksproblemen of slechte woonomstandigheden; een van de ergste stressfactoren in de wereld is bijvoorbeeld: in armoede leven. Hier onderzoeken we vier verschillende chronische stressoren: maatschappelijke stressoren, burn-out, belangrijke gebeurtenissen en dagelijkse kleine ergernissen.

Chronische stressor: Toestand van stressvolle arousal die langere tijd aanhoudt.

Maatschappelijke stressoren

Een groot deel van onze stress wordt niet veroorzaakt door plotselinge rampen, maar door **maatschappelijke stressoren,** oftewel de druk die wordt uitgeoefend door onze sociale, culturele en economische omgeving. Deze maatschappelijke stressoren hebben vaak te maken met problemen die in de loop van de tijd steeds terugkeren of die altijd voortduren, problemen die zich thuis voordoen, of op het werk of op school. Andere maatschappelijke stressoren zijn werkloosheid, armoede, racisme en andere aan sociale klasse of groep gerelateerde omstandigheden die mensen beperken of onderdrukken.

Maatschappelijke stressor: Stressvolle omstandigheid die haar oorsprong vindt in onze sociale, culturele of economische omgeving.

Werkloze mannen blijken vaker depressief en angstig te zijn en maken zich meer zorgen over hun gezondheid dan mannen die wel een baan hebben. Deze symptomen verdwijnen over het algemeen zodra de werkloze een baan vindt (Liem & Rayman, 1982). Ook vooroordelen en discriminatie kunnen tot aanzienlijke stress leiden (Contrada et al., 2000). Zo lijden Amerikanen van Afrikaanse oorsprong vaker dan gemiddeld aan hoge bloeddruk. Men was er altijd van uitgegaan dat hier een genetisch verschil aan ten grondslag lag. Maar het blijkt dat er een hoge correlatie bestaat tussen dit verschijnsel en chronische stress die wordt veroorzaakt door de dagelijkse negatieve impact van het hebben van oninteressant werk, een beperkte opleiding en een lage sociaaleconomische status (Klag et al., 1991). En mensen die in armoede leven, hebben minder toegang tot gezondheidszorg en wonen vaker op plaatsen waar grotere bedreigingen van de gezondheid voorkomen, bedreigingen zoals lawaai, vervuiling, aanwezigheid van loodhoudende verf en overlast veroorzaakt door drugsdealende bendes. Zulke situationele factoren beïnvloeden de ontwikkeling van kinderen negatief. Bij volwassenen hebben deze omstandigheden een negatieve uitwerking op uiteenlopende lichamelijke en emotionele factoren (Evans et al., 1998; Staples, 1996).

Maatschappelijke stressoren zijn onder meer werkloosheid, dakloosheid en discriminatie. Dergelijke omstandigheden gaan ten koste van zowel de psychische als de lichamelijke gezondheid.

Bron: Tracé Brussel.

Burn-out

Burn-out: Syndroom van emotionele uitputting, depersonalisatie en verminderde prestaties; houdt vaak verband met het werk.

Een baan, zelfs een goed betaalde baan, maakt iemand nog niet immuun voor stress. Ook werk kan stress veroorzaken, zowel emotioneel als lichamelijk. Werk waarbij men voortdurend onder druk staat, kan tot een **burn-out** leiden. Dit syndroom wordt gekenmerkt door emotionele, fysieke en cognitieve uitputting, gevoelens van cynisme, zich niet meer verbonden voelen met het werk en het gevoel niets te bereiken (Maslach & Leiter, 1997). Christina Maslach (1998, 2003; Maslach et al., 2001), een vooraanstaand onderzoekster van dit veelvoorkomende probleem, merkt op dat burn-out voor het eerst werd gesignaleerd bij mensen in beroepen waarbij men intensief interpersoonlijk contact heeft, zoals bij artsen die veel patiënten zien, docenten die veel contact hebben met studenten en sociaal werkers die veel cliënten bijstaan.

Tegenwoordig weten we dat iedereen een burn-out kan krijgen, zelfs studenten, ouders die niet buitenshuis werken en vrijwilligers. Mensen met een burn-out maken melding van gevoelens van afstandelijkheid, falen en cynisme over collega's en klanten. Ze proberen te ontsnappen en mijden hun werk, waardoor hun persoonlijke prestaties achteruitgaan. Burn-out blijkt gecorreleerd met allerlei negatieve zaken: in alle beroepen blijkt dat mensen met een burn-out vaker afwezig zijn, vaker van baan wisselen, slechtere werkprestaties leveren, moeizame relaties onderhouden met hun collega's, problemen hebben met familie en gezin en een slechte gezondheid genieten (Maslach & Leiter, 1997; Schaufeli & Enzmann, 1998).

Het aantal gevallen van burn-out in Nederland neemt de laatste jaren toe. Cijfers van De Nationale Enquête Arbeidsomstandigheden 2010 (www.tno.nl/nea) laten zien dat in dat jaar 13 procent van de werknemers met een burn-out kampte, in 2007 was dat nog 11 procent. Onderwijs en industrie tellen de meeste werknemers met een burn-out. Deze sectoren lieten in 2010 ook een hoge mate van krimp in het aantal werknemers zien.

Job engagement: Het gevoel als werknemer onderdeel uit te maken van een betekenisvolle werkomgeving waar de bijdrage wordt gewaardeerd en evenredig wordt beloond (het tegenovergestelde van burn-out).

De laatste jaren richt veel onderzoek zich op de positieve tegenhanger van burnout, dat als **job engagement** wordt betiteld (Schaufeli & Bakker, 2004). De praktische betekenis van dit burn-out – engagement-continuüm is dat engagement voor het gewenste doel staat bij de behandeling van een burn-out. Met dit nieuwe kader kunnen mensen gaan bedenken welke factoren op de werkplek werknemers waarschijnlijk energieker, enthousiaster en veerkrachtiger maken, en hoe hun inzet, betrokkenheid en toewijding gestimuleerd kunnen worden.

Er zijn weliswaar aanwijzingen dat bepaalde individuele factoren het risico van een burn-out vergroten, maar er zijn veel meer onderzoeksgegevens waaruit blijkt hoe belangrijk situationele variabelen zijn. Met andere woorden: de werkplek heeft een veel grotere voorspellende waarde voor een burn-out dan de persoonlijkheid. Ruim twee decennia onderzoek naar burn-out in een groot aantal beroepen en in allerlei landen heeft een scala van organisationele risicofactoren opgeleverd (Maslach et al., 2001; Schaufeli & Enzmann, 1998). Maar in plaats van te vragen of het een kwestie van 'of/of' is ('is het de persoon of de baan?'), kunnen we de vraag misschien beter formuleren als een kwestie van 'en/en'. Dat wil zeggen: persoonlijke *en* situationele variabelen zijn bepalend voor burn-out en de hamvraag is hoe we de combinatie van die verschillende soorten variabelen of de interactie ertussen het best kunnen uitleggen.

In de eerste modellen die werden gebruikt op het gebied van arbeids- en organisatiepsychologie (French et al., 1974) ging men uit van de theorie dat naarmate een werknemer beter op zijn plaats is op de werkplek, de kans groter is dat hij zich beter aanpast en minder stress heeft. Voortbouwend op deze modellen ontwierpen Maslach en Leiter (1997) een burn-outmodel waarin wordt gemeten in welke mate een individu past of niet past bij de voornaamste aspecten van zijn of haar organisatorische omgeving. Hoe groter de kloof of het gebrek aan passendheid, hoe groter de kans op burn-out; omgekeerd, hoe beter iemand in een bedrijf op zijn plaats is, hoe groter de kans op job engagement.

Wat zijn deze voornaamste aspecten van de organisatorische omgeving? Er zijn zes belangrijke terreinen in het beroepsleven gevonden die bepalen of werknemer en werkplek bij elkaar passen: werklast, zeggenschap, beloning, gemeenschap, rechtvaardigheid en waarden (Maslach & Leiter, 2005). Werklast en zeggenschap verwijzen naar de hoeveelheid werk en de mate van autonomie die de werknemer heeft. Beloning refereert aan de mate waarin de beloningen die het werk biedt, gewaardeerd wordt door de werknemer. De vierde factor, de gemeenschap, wordt bepaald door de mate waarin sociale steun en interpersoonlijk conflict in de organisatie aanwezig zijn.

Rechtvaardigheid wordt bepaald door de mate waarin ideeën over billijkheid en sociale rechtvaardigheid van enerzijds de werknemer en anderzijds de organisatie overeenkomen. De laatste factor, waarden, betreft de cognitieve en emotionele kracht van doelen en verwachtingen van het werk. Als er op het gebied van deze zes factoren een kloof is tussen de werknemer en de organisatie, blijkt dat een burn-out te kunnen voorspellen. Daardoor zijn onderzoekers optimistisch over de mogelijkheid om procedures voor vroegtijdige opsporing en interventie te ontwikkelen en zo kansen te bieden om job engagement te bevorderen (Maslach & Leiter, 2008).

Burn-out is dus geen persoonlijk probleem of een teken van een zwakte, zoals ooit werd gedacht. Voor een effectieve preventie van burn-out is het nodig dat zowel managers als werknemers verantwoordelijkheid nemen voor het ontwikkelen van omstandigheden die het mogelijk maken de betrokkenheid bij het werk te vergroten, werknemer en het werk beter op elkaar af te stemmen en beslissingen te nemen die zijn gericht op de gezondheid van de werknemers en van de organisatie op de lange termijn (Berglas, 2001; Maslach & Goldberg, 1998).

◀◀ **Verbinding hoofdstuk 1**
Arbeids- en organisatiepsychologen richten zich op het zodanig inrichten van de werkomgeving dat zowel de productiviteit als de moraal maximaal is (p. 6).

Belangrijke gebeurtenissen ('major life events')

De beginfase en de eindfase van een relatie zijn altijd periodes vol aanpassing, die vergezeld gaan van emotionele ups en downs, spanning en onrust. Eerder in deze paragraaf hebben we de invloed van plotseling persoonlijk verlies besproken. Andere veranderingen kunnen ook stress veroorzaken: beginnen aan een nieuwe baan, het beginnen of beëindigen van een studie, en, ironisch genoeg, zelfs op vakantie gaan! Zelfs bij gebeurtenissen waar we ons op verheugen, zoals de geboorte van een kind, zijn vaak belangrijke veranderingen van onze gewoonten nodig en moeten we ons aan nieuwe eisen en een nieuwe manier van leven

Figuur 14.2
Werk en burn-out
Een schematisch model van zes factoren die bij burn-out betrokken zijn en vijf meetbare uitkomsten.

aanpassen. Vooral als de gebeurtenissen als positief worden beschouwd (zoals een opwindende nieuwe baan of een huwelijk), is het mogelijk dat we de potentiële invloed op ons stressniveau niet erkennen. Over het algemeen kan elke verandering stress genereren; en hoe groter de verandering in ons leven, des te groter de impact van stress.

En als er nu eens een eenvoudige vragenlijst was die je kon invullen om je huidige stressniveau te bepalen? Enkele decennia geleden hebben de psychologen Thomas Holmes en Richard Rahe zo'n hulpmiddel ontwikkeld. Eerst stelden ze vast welke veelvoorkomende gebeurtenissen stress veroorzaken en lieten ze een groot aantal respondenten deze gebeurtenissen indelen aan de hand van de mate van stress die ze in hun eigen leven hadden veroorzaakt of veroorzaakten. Nadat ze alle resultaten hadden geanalyseerd, stelden ze de **Social Readjustment Rating Scale (SRRS)** op, waarop 43 'levensgebeurtenissen' ('*life events*') zijn vermeld. Hoog op de schaal staat bijvoorbeeld het overlijden van een partner, ergens midden op de schaal staan een zwangerschap en het beginnen aan een nieuwe baan, en verhuizen staat onder aan de schaal. Elke gebeurtenis heeft een bepaald aantal *life-change units* (LCU's: eenheden van levensverandering) toegewezen gekregen, dus het enige wat je hoeft te doen is alle LCU's die je door recente ervaringen hebt verzameld bij elkaar op te tellen.

Social Readjustment Rating Scale (SRRS): Psychologische kwalificatieschaal die wordt gebruikt om stressniveaus te meten door middel van de waarde die iemand hecht aan veranderingen die veel mensen tijdens hun leven meemaken.

Uit onderzoek is inderdaad gebleken dat er een relatie bestaat tussen levensveranderingen en stress. De geboorte van een kind gaat bijvoorbeeld vaak gepaard met een afname van het huwelijksgeluk (Cowan & Cowan, 1998). Sinds de SRRS is ontwikkeld, is deze bij duizenden onderzoeken over de hele wereld gebruikt; de lijst blijkt zelfs crossculturele geldigheid te hebben. We moeten onze scores echter zorgvuldig interpreteren en in gedachten houden wat we weten over de cognitieve beoordeling van stress. We zullen de SRRS aan het einde van dit hoofdstuk nader onderzoeken.

Een speciale versie van deze schaal is ontwikkeld om stressreacties van studenten te meten, zie hieronder bij 'Doe het Zelf!' (Crandall et al., 1992).

Dagelijkse ergernissen

Het was een vervelende dag op het werk en als je op weg naar huis even bij de supermarkt langsgaat, is precies datgene waarvoor je komt uitverkocht. Om jezelf te troosten loop je met een reep chocolade naar de kassa, waar de caissière ongeduldig met haar vingers trommelt omdat je het kleingeld niet snel genoeg uit je portemonnee kunt vissen. Naast een aardbeving of een burn-out lijken deze kleine irritaties en frustraties, die we **ergernissen** noemen, totaal onbelangrijk. Maar psychologen hebben ontdekt dat de gevolgen zich kunnen opstapelen, vooral als de ergernissen vaker voorkomen en ze je persoonlijk raken (Bolger et al., 1989).

Ergernis: Situatie die kleine irritatie of frustratie veroorzaakt.

In onze snelle, uiterst technologische maatschappij is 'wachten' een van de grootste ergernissen in het leven. Wachten voor wat dan ook in plaats van het meteen te krijgen, is een moderne stressor geworden: wachten op de bus of de trein, wachten in een winkel of restaurant, wachten in de file, wachten tot je computer is opgestart of bestanden heeft gedownload.

DOE HET ZELF! Hoe gestrest ben jij?

Deze schaal werd in 1992 speciaal ontworpen voor studenten. Oorspronkelijk stond er een voorbeeld in van een probleem met je typemachine. Dat item hebben we verwijderd vanwege gebrek aan relevantie.
Vink bij de volgende gebeurtenissen de stressoren aan die je de afgelopen week hebt ervaren. Tel het aantal vinkjes op om je totale score te berekenen (Crandell et al., 1992).

___ geldgebrek
___ iemand kwam een belofte niet na
___ dood (familielid of vriend)
___ problemen met de studentenadministratie
___ gebrek aan concentratie
___ veel toetsen/tentamens
___ gedachten over werk dat nog niet af is
___ iemand irriteerde je
___ het was examenweek
___ samenwonen met vriend(in)
___ weinig slaap
___ aanmelden voor nieuwe opleiding
___ voelde behoefte aan vervoermiddel
___ ziek, ongeluk
___ haar wilde niet goed zitten
___ slachtoffer geworden van misdrijf
___ moest een presentatie geven
___ eisen op het werk zijn veranderd
___ gesolliciteerd
___ moest opdrachten inleveren
___ ruzie met vriend(in)
___ geen tijd om te eten
___ de komende week is druk
___ voelde me onder druk gezet
___ veel deadlines
___ deed onvoorbereid een toets
___ werken tijdens de opleiding
___ ruzie of meningsverschil met vrienden
___ een kater
___ problemen met je computer
___ iets verloren (vooral je portemonnee)
___ dood van een huisdier
___ gebrek aan steun van je familie
___ slecht gepresteerd bij de uitvoering van een taak
___ een toets slechter gemaakt dan verwacht
___ moeite om thuis te komen na bezoek aan een café, wegens dronkenschap
___ een valse ID-kaart gebruikt
___ een sollicitatiegesprek gehad
___ moest een verslag of project inleveren
___ een toets slecht gemaakt
___ moeite om al je werk af te krijgen
___ slecht nieuws gekregen
___ al een tijdje geen seks
___ iemand is voor zijn beurt gegaan toen je stond te wachten
___ confrontatie met een autoriteitsfiguur
___ langeafstandsrelatie onderhouden
___ hard gestudeerd voor een toets
___ ouders liggen in scheiding
___ afhankelijk van andere mensen
___ ongeorganiseerd gevoel
___ uitgemaakt met vriend(in)
___ keuzes maken m.b.t. studie
___ eenzaam gevoel gehad
___ conflict met huisgenoten
___ familiebezoek
___ beslissing om wel/geen seks te hebben
___ gesprek met ouders over geld
___ geen parkeerplek kunnen vinden
___ geluidsoverlast tijdens studie
___ iemand heeft ongevraagd iets geleend
___ moest om geld vragen
___ verkeersboete gekregen
___ gesprek met een docent gehad
___ verandering in de omgeving (nieuwe dokter, tandarts, ...)
___ van slag door een boek, film of tv-programma
___ te laat gekomen voor een les
___ fouten in je agenda/planning
___ ontdekt dat je bedrogen bent door vriend(in)
___ docent niet goed begrepen
___ geprobeerd binnen te komen bij een opleiding, hogeschool of universiteit
___ niet ongesteld geworden (overtijd)
___ verslaving
___ intekenen voor lessen
___ laat opgebleven om een verslag te schrijven
___ diefstal
___ iemand die zou bellen, heeft dat niet gedaan
___ vakantie
___ een saaie les bijgewoond
___ nagedacht over de toekomst
___ TOTAAL

Hoe scoor jij?
0-7: erg laag stressniveau
16-23: de hoeveelheid stress waar een gemiddelde student aan blootstaat
40+: hoog stressniveau

Kijk eens op twee verschillende momenten hoe je scoort, en vergelijk je scores met een studiegenoot of vriend.

Elk irritant incident kan uitgroeien tot een ergernis, maar een van de algemeenste vormen van ergernis heeft te maken met *frustratie* over het niet kunnen bereiken van een gewenst doel. Dat kan overal gebeuren: thuis, op het werk of op school. In het kader van een onderzoek hield een groep mannen en vrouwen een jaar lang al hun dagelijkse ergernissen bij. Daarnaast rapporteerden ze belangrijke veranderingen in hun leven en alle lichamelijke symptomen. Er bleek een duidelijke relatie te bestaan tussen ergernissen en gezondheidsproblemen: hoe intenser en frequenter de ergernissen, des te slechter was zowel de lichamelijke als de psychische gezondheid van de betrokkene (Lazarus, 1981, 1984, 1999). Het omgekeerde was ook waar: als de dagelijkse ergernissen afnamen, ging men zich beter voelen (Chamberlain & Zika, 1990). Dus een leven vol ergernissen kan evenveel schade berokkenen als een enkele, intense stressor (Weinberger et al., 1987). Cognitieve beoordeling speelt ook een rol bij de invloed van ergernissen. Als je deze ergernissen opvat als belangrijk, schadelijk of bedreigend voor je welzijn, hebben ze een grotere invloed op je dan als je ze minder belangrijk vindt (Lazarus, 1984). Daarnaast blijkt dat de ene persoon gevoeliger is voor ergernissen dan de ander. Universitaire studenten met een pessimistisch wereldbeeld ervoeren meer ergernissen en hadden een slechtere gezondheid (Dykema et al., 1995).

Psychologische kwesties
Stress onder studenten: studeren aan een universiteit of hogeschool behoort tot de stressoren. Ga naar 'In de praktijk' in de MyLab mediatheek om hierover meer te lezen.

Dit is een goed moment om je eraan te herinneren dat een correlatie nog niet hoeft te betekenen dat er een causaal verband is; we weten dat er een correlatie bestaat tussen ergernissen en gezondheid, maar we weten niet waardoor dit verband wordt veroorzaakt. Enerzijds kan het ervaren van veel ergernissen een negatieve invloed op de gezondheid hebben, anderzijds is het mogelijk dat iemand met een slechtere gezondheid kleine ergernissen als grote problemen beleeft. Ook is het mogelijk dat een derde variabele (iets anders dan ergernissen of de gezondheid) de oorzaak is van de correlatie: het is bijvoorbeeld mogelijk dat pessimisten kleine ergernissen als grote problemen ervaren en daardoor vaker gezondheidsproblemen hebben.

Een manier om de stress in je leven te verminderen, is door nog eens over je eigen dagelijkse ergernissen na te denken. Kijk eens met humor terug op recente frustraties, relativeer problemen en bedenk eens hoe onbelangrijk zulke problemen en vertragingen in werkelijkheid uiteindelijk bleken te zijn.

Het verkeer kan lastig zijn en daardoor aan stress bijdragen – als je ervoor kiest het op deze manier te interpreteren.
Bron: Philipp K., stock.xchng.

Ga naar **www.pearsonmylab.nl** om je kennis en begrip van deze paragraaf te testen met de MyMap, MyCheck en MyDefinitions.

KERNVRAAG 14.2

▶ Wat zijn de lichamelijke effecten van stress?

De mens heeft miljoenen jaren overleefd door snel en vastberaden op mogelijk dodelijke aanvallen van roofdieren of vijandige stammen te reageren. Onze voorouders hebben zich op allerlei plaatsen in de wereld aangepast aan enorm uiteenlopende omstandigheden: ze werden geconfronteerd met extreme klimaten, schaarste van hulpmiddelen en vijandige buren. Als ze met deze problemen te maken hadden, was het noodzakelijk om een schuilplaats en bescherming te vinden, voedsel te verkrijgen en zichzelf te verdedigen. Hoe sneller iemand angst of woede voelde, de situatie nauwkeurig beoordeelde en de juiste actie ondernam, hoe beter zijn of haar overlevingskansen waren. Degenen die het snelst en effectiefst op gevaar reageerden, overleefden en gaven de genen voor dit reactieve gedrag door aan hun nakomelingen, terwijl tragere of minder intelligente individuen in de loop van de menselijke evolutie een kleinere kans hadden te overleven en kinderen te krijgen.

Met enkele van de ernstigste stressoren waarmee onze voorouders te maken hadden, zoals rampen of oorlogen, worden wij tegenwoordig nog steeds geconfronteerd. In het moderne leven zijn er nieuwe gevaren bij gekomen: veeleisende banen, financiële zorgen en computercrashes. Deze nieuwe bedreigingen zijn vaak chronisch van aard en zijn niet altijd effectief het hoofd te bieden met de reacties die zo geschikt waren voor onze voorouders en hun acutere problemen. De menselijke fysiologie is echter niet in staat zo snel te evolueren en te veranderen als onze maatschappij. Ons systeem van reacties op stress is dan ook nog steeds het resultaat van de evolutionaire erfenis van onze voorouders. Dit oude biologische script is verankerd in de automatische reacties van ons lichaam op beangstigende of woedend makende omstandigheden. Als iemand je beledigt, voelt je gezicht warm aan en lijkt het of je vanzelf je vuisten balt, in voorbereiding op een lichamelijke strijd. Of stel je een heel ander soort 'bedreiging' voor: je docent stelt je tijdens een les een vraag waarop je niet bent voorbereid. Je hart bonst, je knieën worden slap en je hebt de neiging weg te lopen.

Deze voorbeelden illustreren de twee uitersten van de **fight-or-flightreactie**: een reeks interne en gedragsmatige processen die worden geactiveerd bij het waarnemen van een bedreiging; deze processen bereiden het lichaam voor op een gevecht of op een ontsnapping. Deze reactie werkte voor onze voorouders heel goed, maar is voor ons tegenwoordig niet altijd meer zo geschikt. Wegrennen uit het lokaal is immers niet echt een effectieve reactie als je een vraag wordt gesteld. In ons kernconcept wordt dit punt samengevat:

Fight-or-flightreactie: Reeks interne processen die het organisme voorbereiden op een gevecht of vlucht, en die in gang wordt gezet als een situatie als bedreigend wordt geïnterpreteerd.

KERNCONCEPT 14.2

De lichamelijke stressreactie begint met arousal; hierdoor wordt een reeks fysiologische reacties geactiveerd die op korte termijn adaptief zijn, maar die schadelijk kunnen zijn wanneer ze te lang duren.

Het goede nieuws is dat de emotionele arousal die we stress noemen, meestal in ons voordeel werkt. Hierdoor wordt onze aandacht op bedreigende gebeurtenissen gericht en worden we op een reactie voorbereid. Het nadeel is dat onze gezondheid door extreme of langdurige arousal wordt bedreigd. De effecten kunnen onder meer bestaan uit lichamelijke aandoeningen zoals hartaandoeningen, hersenbloedingen, hoge bloeddruk en maagzweren. Onze geestelijke gezondheid kan er ook onder lijden. Sommige mensen hebben aanleg om 'zichzelf veel te druk te maken': ze lopen vooruit op wat er fout zou kunnen gaan, vanaf de kleinste ergernissen tot aan belangrijke trauma's (Sapolsky, 1994). Net als PTSS en andere angststoornissen is depressie direct aan stress gekoppeld. We zien deze gevolgen niet alleen bij reddingswerkers en luchtverkeersleiders, maar bij mensen van alle leeftijden en in alle beroepen.

Laten we eens nader naar de fysiologie van onze stressreactie kijken; hiermee zullen we de basis leggen voor een duidelijk inzicht in de wijze waarop deze adaptieve reactie kan leiden tot negatieve gevolgen voor de gezondheid. Dit is het geval wanneer de grenzen van onze reserves worden overschreden.

14.2.1 Fysiologische reacties op stress

De meeste brandweerlieden melden dat ze dol zijn op hun werk. Door hun collegialiteit en toewijding wordt het gevaar echter niet verminderd, noch het risico op verwonding en overlijden en voor de stress die ze doormaken wanneer ze op een melding reageren. Hoe reageert het lichaam van ervaren brandweerlieden op de perceptie van deze stressoren? En wat zijn je eigen lichamelijke reacties op stress?

Acute stress: Een tijdelijk, kortdurend, patroon van arousal als reactie op een stressor, met een duidelijk begin en een beperkte duur.

◀◀ **Verbinding hoofdstuk 2**
Het *autonome zenuwstelsel* reguleert onze basale vitale functies (p. 58).

Het huis van deze Portugese vrouw wordt bedreigd door een naderende bosbrand. Dit is een geval van acute stress: de stressvolle situatie ontstaat plotseling en de stressreactie begint met een abrupte en sterke fysiologische arousal.
Bron: Reuters/Jose Manuel Ribeiro.

De fight-or-flightreactie

Als een stressvolle situatie plotseling begint, bijvoorbeeld wanneer brandweerlieden het alarm voor het eerst horen, begint de stressreactie met een abrupte en sterke fysiologische arousal, veroorzaakt door het autonome zenuwstelsel. Arousal gaat gepaard met een versnelde hartslag en ademhaling, een stijging van de bloeddruk en overvloedige transpiratie. Dit is een voorbeeld van een geval van **acute stress**: een tijdelijk, kortdurend patroon van arousal als reactie op een stressor, met een duidelijk begin en een beperkte duur. Het fenomeen is voor het eerst beschreven door de psycholoog Walter Cannon in 1914. Als dit verschijnsel zich voordoet, bereiden snelle processen in het zenuwstelsel, het hormoonstelsel en onze spieren ons bijna onmiddellijk voor op wat komen gaat. Het lichaam is dan in staat efficiënt en effectief te reageren, waardoor we bijvoorbeeld extra kracht hebben op momenten waarop dit nodig is. In figuur 14.3 vind je een gedetailleerde toelichting van de vele manieren waarop het lichaam zich in noodsituaties op een reactie voorbereidt.
De fight-or-flightreactie kan levensreddend zijn wanneer je uit een brand moet ontsnappen, met een vijandige rivaal te maken hebt of moet uitwijken voor een tegemoetkomende auto. Als we echter met een chronische stressor te maken hebben, zijn er nadelen: door voortdurend fysiologisch 'op je hoede' te zijn voor bedreigingen raakt de natuurlijke afweer van het lichaam uiteindelijk beschadigd. Op deze wijze kan regelmatig voorkomende stress, of het regelmatig interpreteren van situaties als stressvol, een ernstig risico voor de gezondheid gaan vormen: een stressreactie die in wezen gezond is, kan een ernstig gezondheidsrisico gaan vormen. In de volgende paragraaf gaan we precies onderzoeken hoe en waarom dit plaatsvindt.

Algemeen aanpassingssyndroom: Algemeen patroon van lichamelijke responsen waardoor het lichaam in essentie op elke ernstige chronische stressor op dezelfde manier reageert.

Het algemeen aanpassingssyndroom

Ons inzicht in de wijze waarop stress ziekten veroorzaakt, danken we aan de ontdekking van de Canadese endocrinoloog Hans Selye, halverwege de twintigste eeuw. Kort samengevat, bracht hij aan het licht dat verschillende stressoren in wezen tot dezelfde systemische (in het hele lichaam optredende), oftewel algemene, reacties leiden. Deze reacties zijn bedoeld om de hulpbronnen van het lichaam te mobiliseren, zodat het in staat is om de bedreiging het hoofd te bieden. Selye ontdekte bovendien dat het lichaam door alle stressoren wordt uitgedaagd om zich aan te passen aan de stressor. Omdat de lichamelijke reactie een algemene en geen specifieke adaptatie was, noemde Selye dit het **algemeen aanpassingssyndroom** (*General Adaptation Syndrome*) (zie figuur 14.4).
Over het algemeen zijn deze responsen zinvol, maar in een chronisch stressvolle situatie kunnen ze leiden tot hartkwalen, astma, hoofdpijn, maagzweren, artritis en verschillende andere ziekten (Carlson, 2007; Salovey et al., 2000). Selyes model van het aanpassingssyndroom beschrijft een universele respons die uit drie stadia bestaat: de alarmfase, de weerstandsfase en een uitputtingsfase (Johnson, 1991; Selye, 1956, 1991).

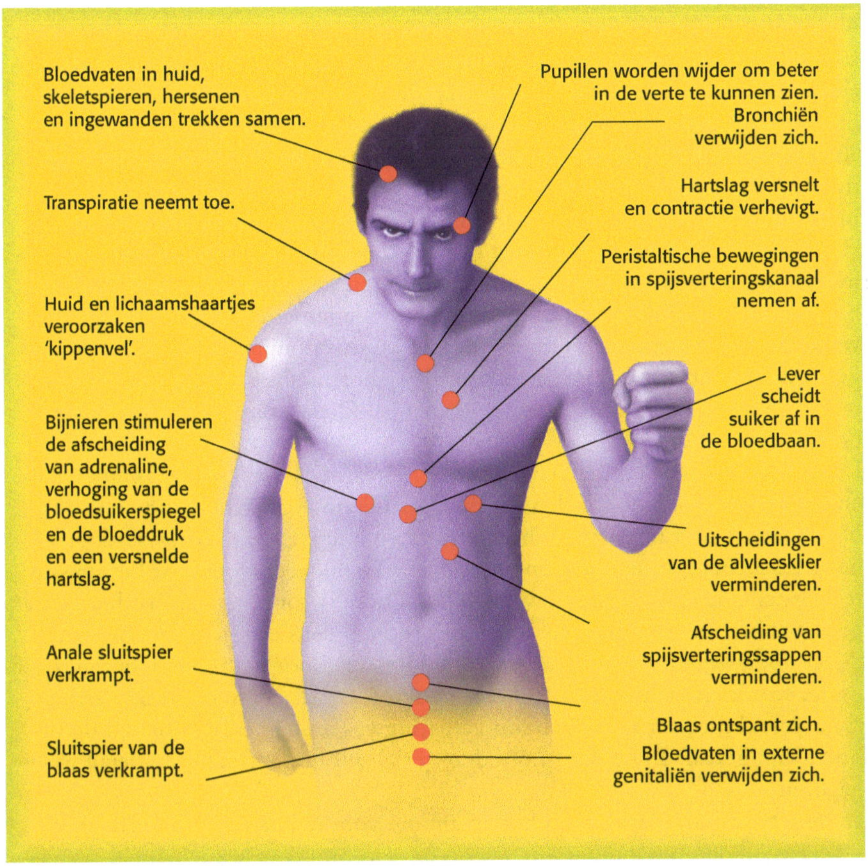

Figuur 14.3

Lichamelijke reacties op stress

Een bijzonder arsenaal aan fysiologische reacties bereidt ons voor op een gevecht of een ontsnapping in acute stressvolle situaties.

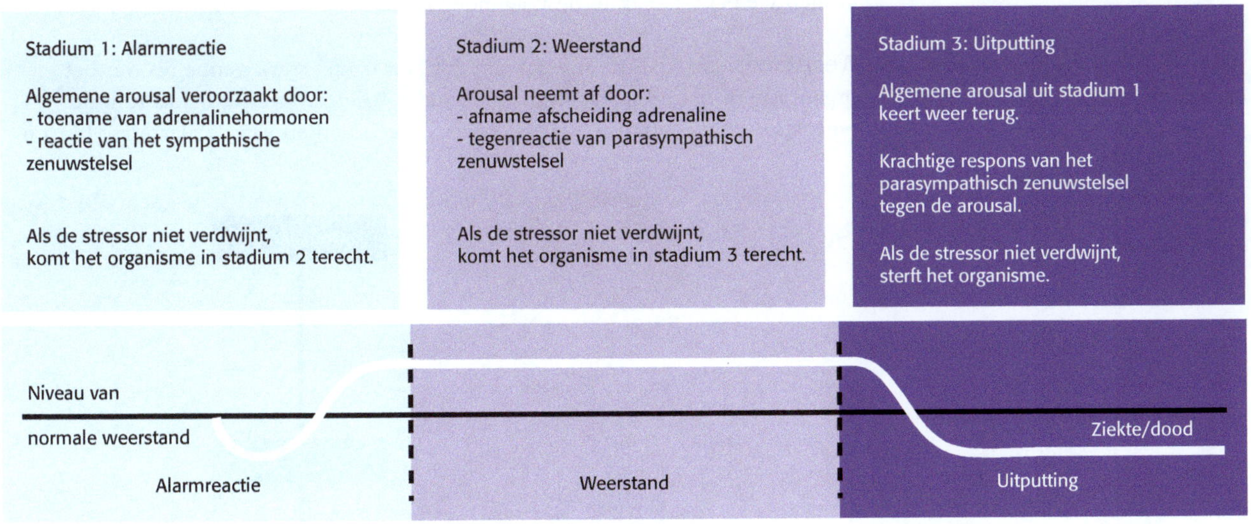

Figuur 14.4

Het algemeen aanpassingssyndroom

In stadium 1 produceert het lichaam een alarmerende arousalrespons op een stressor. In stadium 2 past het lichaam zich korte tijd aan de voortdurende aanwezigheid van de stressor aan. In stadium 3 raakt het lichaamssysteem dat zich tegen de stressor verdedigt uitgeput, met rampzalige gevolgen.

Alarmfase: Het eerste stadium van het aanpassingssyndroom, waarin het lichaam zijn hulpbronnen mobiliseert om de stressor het hoofd te bieden.

Alarmfase In het eerste stadium van stress activeert het waarschuwingssysteem, in reactie op de stressor, de hulpbronnen van het lichaam. Selye noemde deze eerste fase de **alarmfase**, maar deze lijkt op het reactiepatroon dat Cannon de fight-or-flightreactie noemde. De hypothalamus geeft daarbij twee parallelle alarmsignalen af. Door een van deze signalen wordt het hormoonstelsel geactiveerd, met name de bijnieren. De manier waarop dat gebeurt, staat afgebeeld in figuur 14.5. De bijnieren geven een stroom steroïden (hormonen) af aan de bloedbaan; door deze stoffen krijgt het lichaam meer kracht en uithoudingsvermogen (dit is de reden waarom sommige atleten steroïden gebruiken, ondanks het risico op gevaarlijke bijwerkingen). Ook worden er endorfinen afgegeven, waardoor het lichaam zich minder bewust wordt van pijnprikkels. Tegelijkertijd stuurt de hypothalamus berichten door de sympathische afdeling van het autonome zenuwstelsel naar de interne organen en klieren om het lichaam voor te bereiden op actie.

Door de reeks signalen die via deze twee routes, het sympathische zenuwstelsel en het hormoonstelsel, worden verspreid, worden we op actie voorbereid. De bloedtoevoer naar het hart, de hersenen en de spieren neemt toe, waardoor we beter en sneller kunnen denken en reageren. De bloedtoevoer naar het spijsverteringsstelsel neemt echter af, waarschijnlijk om ervoor te zorgen dat het lichaam geen kostbare energie besteedt aan functies die tijdens een noodsituatie niet direct nodig zijn. De pupillen worden wijder, waardoor het perifere gezichtsveld groter wordt en via transpiratie wordt voorkomen dat het lichaam oververhit raakt. Alles bij elkaar is het lichaam verbazingwekkend goed voorbereid op onmiddellijk gevaar! In figuur 14.6 is deze reeks autonome reacties in detail weergegeven.

De functie van de alarmfase is het organisme voor te bereiden op vechten of vluchten; in de omstandigheden waarin onze voorouders leefden, hield deze fase meestal niet erg lang aan. Als gevolg van de chronische aard van moderne stress komen we echter vaak in de volgende fase terecht: weerstand.

Weerstandsfase: Het tweede stadium van het aanpassingssyndroom, waarin het lichaam zich lijkt aan te passen aan de aanwezigheid van de stressor.

Weerstandsfase Als de stressor aanblijft, maar niet sterk genoeg is om het organisme in het eerste stadium onderuit te halen, komt het lichaam in de **weerstandsfase**, waarbij alle fysiologische kenmerken van de alarmfase blijven

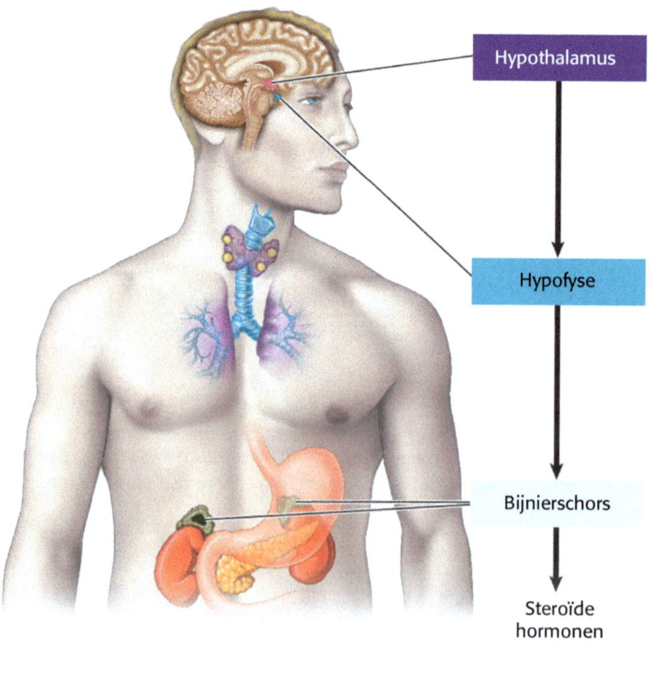

Figuur 14.5

De weg van de alarmfase

In de alarmfase van het aanpassingssyndroom worden twee alarmsignalen afgegeven door de hypothalamus. Hier staat er één afgebeeld: de reactie van het hormoonstelsel.

bestaan. Tijdens deze fase probeert het lichaam de effecten van de stressor te bestrijden. Ook het afweerstelsel bevindt zich in de hoogste staat van paraatheid en het aantal witte bloedcellen neemt toe om het lichaam te helpen infecties te bestrijden.
Verrassend genoeg werkt de weerstand in dit stadium *alleen* tegen de oorspronkelijke stressor. Toen Selye een proefdier dat zich had aangepast aan een stressor (elektrische schokken) confronteerde met een andere stressor (kou), stierf het dier binnen de kortste keren. Blijkbaar had de eerste stressor de hulpbronnen van het dier zo uitgeput, dat het geen verweer meer kon mobiliseren tegen een nieuwe stressor. Dit verschijnsel doet zich ook voor bij soldaten die maandenlang aan het front hebben gezeten en vrij plotseling sterven als ze geconfronteerd worden met de nieuwe stress van een krijgsgevangenkamp.
We zien dus dat bij onze alarm- en weerstandsmechanismen lichamelijke energie wordt verbruikt. Hierdoor zijn minder hulpbronnen beschikbaar als zich andere stressoren voordoen. Stel je nu eens voor dat je lichaam op het volgende stressvolle scenario reageert: je hebt juist je laatste examens gedaan, vrijwel niet geslapen, dag en nacht gestudeerd, en gedurende een week op junkfood en koffie geleefd. Nu is het voorbij. Je kunt eindelijk ontspannen en uitrusten. Juist op dat moment gaat de telefoon: het is de welkome stem van je grote liefde, maar je hoort een lichte hint van een negatieve emotie. Voordat je het goede nieuws kunt vertellen dat je de examens hebt overleefd, zegt de stem: 'Ik weet niet hoe ik dit moet zeggen, maar we moeten praten...' Dit is waarschijnlijk slecht nieuws, mogelijk een aankondiging van ernstige problemen of de beëindiging van de relatie: een stressor. Je was al uitgeput van de stress van je examen, dus de vraag is hoe je met dit belangrijke gesprek moet omgaan. Je voelt je verslagen, bang en zelfs boos: waarom deze bedreiging? Waarom nu? Omdat je systeem is uitgeput, is het goed mogelijk dat je te sterk reageert en merkt dat je de cognitieve en emotionele reserves mist om effectief met de situatie om te gaan.

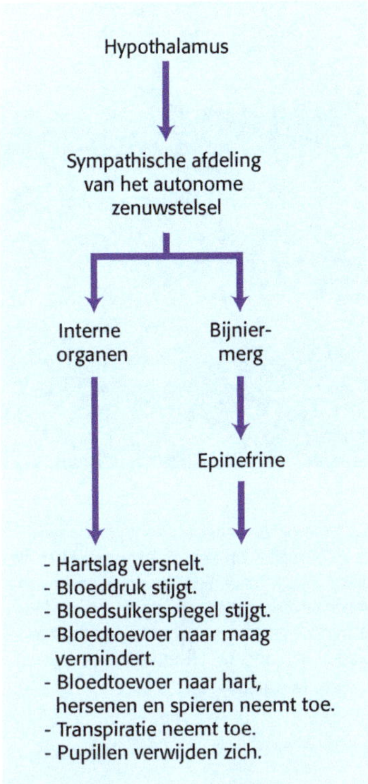

Figuur 14.6

Stressresponsen via het sympathisch zenuwstelsel

In dit diagram zie je de route van de signalen in de reactie van het sympathisch zenuwstelsel op acute stress; deze reactie treedt tegelijk op met de corresponderende reactie van het hormoonstelsel.

Uitputtingsfase De weerstandsfase is de laatste poging van het lichaam om de stressor te bestrijden en als de stressvolle situatie tijdens die fase niet vermindert, kan het lichaam deze intense fysiologische strijd niet langer volhouden. Tijdens deze derde fase, de **uitputtingsfase**, vallen de lichaamsfuncties terug tot het normale niveau, waarna ze afnemen tot minder dan normaal. Op dit moment heeft het lichaam rust en herstel nodig om het fysiologisch functioneren naar een acceptabel niveau terug te brengen. Als het lichaam die broodnodige rust niet krijgt, zoals in de huidige wereld van chronische stressoren vaak het geval is, leiden de reacties die gedurende de eerste twee fases zo adaptief waren, tijdens de derde fase tot een risico op het ontstaan van lichamelijke ziekten.

Uitputtingsfase: Het derde stadium van het aanpassingssyndroom, waarin het lichaam zijn hulpbronnen volkomen uitput.

Verschillende processen kunnen bijdragen aan de achteruitgang van de lichamelijke en psychische toestand die tijdens de uitputtingsfase voorkomt. Op de korte termijn kan een verhoogde bloeddruk bijvoorbeeld tot hoofdpijn leiden; door een langdurig verhoogde bloeddruk wordt het risico op hersenbloedingen en hartaanvallen – twee belangrijke doodsoorzaken – verhoogd. Tegelijkertijd leidt de overbelasting van het spijsverteringsstelsel tot bepaalde typen maagzweren en op de lange termijn tot overgewicht. Chronische stress gaat ook gepaard met toegenomen vetafzetting in de bloedvaten, waardoor het risico op een hersenbloeding wordt verhoogd. Uitputting van het afweerstelsel brengt weer andere gevaren met zich mee, waardoor degene die onder stress lijdt, kandidaat wordt voor infecties of andere ziekten. Bovendien kan langdurige of herhaaldelijke stress leiden tot veranderingen in de hersenen, waardoor depressies ontstaan (Sapolsky, 1998; Schulkin, 1994). Stresshormonen werken ook in op de hersenen: die zijn daardoor minder goed in staat om neuronen te regenereren, met name in de hippocampus (Gould et al., 1998; Sapolsky, 1998). Dit verklaart waarom het

Nadat je op een stressor hebt gereageerd, zoals een rijles op een druk moment van de dag, merk je misschien dat de reserves van je lichaam enigszins zijn uitgeput, waardoor je minder goed in staat bent weerstand te bieden aan andere, onverwachte stressoren.

Foto: Tom Adriaenssen.

gevaarlijk is langdurig steroïden – in feite stresshormonen – te gebruiken (behalve bij bepaalde aandoeningen). Het langdurig gebruik van steroïden brengt het lichaam feitelijk in de laatste fase van het algemeen aanpassingsyndroom, de toestand van uitputting, waardoor een gevaarlijke achteruitgang van de lichaamsfuncties wordt veroorzaakt.

We zien dus dat Selyes model van het aanpassingssyndroom een nuttige verklaring biedt voor de wijze waarop stress niet alleen de aanvankelijke fight-or-flightreactie teweegbrengt, maar ook tot chronische en slopende ziekten kan leiden. En hoewel uit nieuw onderzoek is gebleken dat niet alle vormen van stress precies dezelfde reacties in het hormoonstelsel teweegbrengen (Kemeny, 2003), wordt dit model nog altijd algemeen geaccepteerd als de sleutel tot inzicht in het verband tussen stress en ziekte. Voordat we nader naar de details van de chronische stressreactie gaan kijken, dienen we eerst een fascinerend alternatief voor fight-or-flight te bekijken: koestering.

Tend-and-befriend

De psycholoog Shelley Taylor merkte op dat het fight-or-flightmodel was ontwikkeld door mannelijke theoretici die onderzoek deden met mannelijke proefdieren en -personen. Taylor vond echter dat de angst en de agressie die zo belangrijk zijn bij fight-or-flight, kenmerkender zijn voor de reacties van mannelijke proefdieren dan voor die van vrouwelijke proefdieren (Taylor, 2003; Taylor et al., 2000b). Een model van **tend-and-befriend** (verzorgen en vriendschap sluiten) vormt een betere verklaring voor het gedrag van vrouwtjes in reactie op situaties die voor henzelf of voor hun nakomelingen bedreigend zijn. In de theorie van Taylor wordt gesteld dat vrouwtjes, de belangrijkste verzorgers van de nakomelingen, prioriteit moeten geven aan de voorwaarden die de overlevingskansen van de jongen vergroten. Door agressief te reageren ('fight') kunnen zijzelf of hun kinderen gewond raken, door te kiezen voor een ontsnapping ('flight') blijven de kinderen weerloos achter. Geen van beide reacties bevordert, vanuit het standpunt van de vrouwelijke verzorger gezien, de aanpassing en overleving (Volpe, 2004).

Tend-and-befriend: Model van stressreacties waarin wordt gesteld dat vrouwen biologisch zijn voorbestemd tot een reactie op bedreiging waarbij nakomelingen worden gekoesterd en beschermd, en waarbij sociale ondersteuning wordt gezocht.

Bij het model van tend-and-befriend wordt gesteld dat vrouwen, met hun specifieke structuur van de hersenen en specifieke werking van hormonen, biologisch zijn voorbestemd om op bedreiging te reageren door hun nakomelingen te koesteren en te beschermen. Door sociale ondersteuning na te streven ontstaan netwerken, die het individu beter in staat stellen op deze manier te reageren (Eisler & Levine, 2002; Taylor et al., 2000b). Bij een onderzoek ter ondersteuning van dit model werden de hormonale veranderingen bij mannen en vrouwen onderzocht voorafgaand aan een belangrijke gebeurtenis. Hoewel er geen verschil was tussen de angstniveaus waarvan de proefpersonen melding maakten, was de productie van **cortisol** bij mannen significant hoger dan bij vrouwen. Dit is een belangrijk corticosteroïde bij de fight-or-flightreactie (Ennis et al., 2001). Uit additioneel onderzoek blijkt dat **oxytocine**, een ander stresshormoon dat na blootstelling aan een stressor wordt afgegeven, bij vrouwtjes, mogelijk in combinatie met oestrogeen, hechtingzoekend gedrag veroorzaakt (Taylor, 2006). Hogere concentraties oxytocine gaan ook gepaard met een toename van kalmte en afname van angst, belangrijke componenten van koestering.

Cortisol: Een corticosteroïde die bij de fight-or-flightreactie wordt gevormd.

Oxytocine: Een hormoon dat (zowel door vrouwen als mannen) wordt gevormd in reactie op een stressor. Dit hormoon blijkt een bufferfunctie te hebben bij sociale stress. Daarnaast heeft het een functie als zogenaamd 'gelukshormoon'.

Mogelijk verbaast het je te horen dat zowel mannen als vrouwen in reactie op stress sociale ondersteuning zoeken, hoewel uit de resultaten blijkt dat vrouwen

vaker en consequenter op deze wijze reageren dan mannen (Tamres et al., 2002). Mensen die sociale ondersteuning bieden, hebben er zelf ook baat bij, zoals blijkt uit een lager sterftecijfer onder oudere volwassenen die hulp en emotionele ondersteuning geven aan vrienden, familieleden en buren (Brown et al., 2003).
De stressreactie, bestaande uit de complementaire reacties op stressvolle situaties (fight-or-flight en tend-and-befriend), is complexer dan vroeger werd gedacht. We zien een reactiesysteem dat zowel leidt tot verdediging als tot koestering (Pitman, 2003). Tend-and-befriend is een sterke aanvulling op het fight-or-flight-patroon en deze reacties zijn samen verantwoordelijk voor de overleving, niet alleen van individuen, maar ook van relaties en groepen.

14.2.2 Stress en het immuunsysteem

Stress tast het afweerstelsel aan, vooral als we de uitputtingsfase van het aanpassingssyndroom naderen. Uit onderzoek is bijvoorbeeld gebleken dat mensen die met het overlijden van een partner of met het beëindigen van een belangrijke langdurige relatie te maken krijgen, vaak onderhevig zijn aan depressie en **immunosuppressie** (belemmerd functioneren van het afweerstelsel), waardoor ze vatbaarder zijn voor ziekten (Cohen & Syme, 1985; Kiecolt-Glaser & Glaser, 1987; 2001).

Immunosuppressie: Verminderde werking van het immuunsysteem als gevolg van de onderdrukking (suppressie) van de immuniteitsreactie.

Psychoneuro-immunologie

Dankzij vooruitgang in de biotechnologie is onlangs een nieuw onderzoeksterrein ontstaan; hierbij wordt onderzocht welke mechanismen precies zijn betrokken bij de relatie tussen stress en ziekten. Op het onderzoeksterrein van de **psychoneuro-immunologie** werken psychologen die zijn gespecialiseerd in psychologische factoren bij stress (zoals cognitie en emotie), neurologen die zijn gespecialiseerd in de werking van de hersenen en immunologen die speciale kennis hebben over het afweerstelsel. En hoewel het gebied een indrukwekkende lange naam heeft, is deze belangstelling voor het verband tussen lichaam en geest niet nieuw. Wat we nu zien, is eenvoudig een 21e-eeuwse benadering van dezelfde vraag die meer dan tweeduizend jaar geleden door oude beschavingen, zoals die van de Grieken en de Chinezen, is overdacht.

Psychoneuro-immunologie: Multidisciplinair vakgebied waarin de invloed van de psychische toestand op het afweerstelsel wordt onderzocht.

Bidirectionele links tussen hersenen en lichaam

Een van de primaire doelen van de psychoneuro-immunologie is te bestuderen hoe psychologische en immunologische processen elkaar beïnvloeden en hoe ze op hun beurt worden beïnvloed door de sociale buitenwereld. Van fundamenteel belang voor deze taak is het feit dat de hersenen en de periferie van het lichaam in twee richtingen communiceren (Maier & Watkins, 2000). Wanneer de hersenen bijvoorbeeld een stressor ervaren, sturen ze een signaal naar de adrenalineklieren om cortisol aan te maken, een belangrijk stresshormoon. Cortisol zendt signalen terug naar de hersenen om de eigen productie te reguleren (Maier & Watkins, 2000). Psychologische stress activeert ook het afweersysteem. Onder de chemische boodschappers die heen en weer pendelen tussen de hersenen en het afweersysteem bevinden zich eiwitten die bekendstaan als cytokinen. Een van de interessantste aspecten van cytokinen is dat ze aan het zenuwstelsel signalen afgeven om gedragsveranderingen op te wekken, zoals vermoeidheid, koorts en terugtrekking uit het sociale leven. Deze veranderingen zijn nuttig omdat ze mensen helpen bij te komen en te herstellen van een ziekte of letsel (DeAngelis, 2002a). Maar als deze veranderingen te lang duren, kunnen ze het risico van stoornissen als psychologische depressie vergroten.
In een van de eerste studies waarin werd onderzocht hoe de hersenen de cytokineresponsen op stress reguleren, vroeg psycholoog George Slavich deelnemers om voor de vuist weg een toespraak te houden voor een intimiderend panel van

juryleden in witte laboratoriumjassen. Zoals verwacht steeg het cytokinegehalte tijdens de toespraak aanzienlijk (Slavich et al., 2010b). Daarna scande hij de hersenen van de deelnemers terwijl ze een virtueel balspelletje speelden, waarin ze plotseling door twee andere spelers werden buitengesloten. Toen Slavich de gegevens over cytokine en de hersenen samen bestudeerde, merkte hij dat mensen die meer hersenactiviteit vertoonden als respons op de afwijzing, ook meer cytokine-activiteit vertoonden tijdens de toespraak. Welke conclusies kunnen we daaraan verbinden? Zoals gezegd treden cytokinen niet alleen op als 'chemische boodschappers', maar kunnen ze ook specifiek gedrag bevorderen, zoals terugtrekking uit het sociale leven. Slavich' studie verklaart dus mede hoe sociale stressoren van buiten het lichaam worden vertaald in biologische veranderingen die het risico van stoornissen als depressies kunnen vergroten.

Stress veroudert cellen

Psychologische stress kan de lichamelijke gezondheid ook beïnvloeden door snellere veroudering van de cellen. De leeftijd van een cel kan bijvoorbeeld worden afgemeten aan de lengte van diens telomeren. **Telomeren** zijn DNA-eiwitcomplexen die de uiteinden van chromosomen inkapselen en het DNA beschermen tegen beschadiging. Bij mensen worden de telomeren in de loop van het leven steeds korter. Belangrijker is echter dat hun lengte wordt geassocieerd met een aantal ziekten, zoals kanker, cardiovasculaire en allerlei neurodegeneratieve aandoeningen (Fitzpatrick et al., 2007). Er is zelfs een verband tussen kortere telomeren en een vroege dood (Cawthon et al., 2003).

Telomeer: DNA-eiwitcomplex dat het uiteinde van een chromosoom inkapselt en het DNA beschermt tegen beschadiging.

In een baanbrekende studie naar de effecten van stress op de lengte van telomeren ontdekte psycholoog Elissa Epel dat telomeren in de immuuncellen bij vrouwen die voor een kind met een ernstige ziekte zorgden, in een versneld tempo korter werden (Epel et al., 2004). Vrouwen die aangaven dat ze veel stress hadden, hadden telomeren die zelfs negen tot zeventien jaar 'ouder' waren. In later onderzoek werd aangetoond dat dit effect mogelijk deels kan worden verklaard door de mate van pessimisme of de neiging om negatieve verwachtingen te hebben over de toekomst (O'Donovan et al., 2009). De kans was dus groter dat gestreste vrouwen met sterk pessimistische neigingen oudere telomeren hadden ontwikkeld dan hun lotgenoten met een meer optimistische kijk. Dit is een belangrijk punt, want het duidt erop dat cognitieve waarderingen een kritieke rol spelen in het verband tussen stress en ziekte. Hoe komt het dat sommige mensen ziek worden als ze met stress te maken hebben en andere niet? De tweede helft van dit hoofdstuk wijden we aan het antwoord op die vraag.

Ga naar **www.pearsonmylab.nl** om je kennis en begrip van deze paragraaf te testen met de MyMap, MyCheck en MyDefinitions.

KERNVRAAG 14.3

▶ Wie is het meest kwetsbaar voor stress?

Waarom komen sommige mensen na ernstige traumatische ervaringen zoals 9/11 of het overlijden van een dierbare er weer snel bovenop, terwijl anderen de kluts kwijtraken bij ogenschijnlijk onbetekenende ergernissen? De stress die we ervaren, wordt niet alleen bepaald door de kwaliteit en intensiteit van de stressvolle situatie, maar ook door de wijze waarop we de stressor interpreteren. In deze paragraaf richten we onze aandacht op de persoonlijkheidskenmerken die van invloed zijn op onze reactie op stressoren. In ons kernconcept vind je een samenvatting van wat we gaan leren:

KERNCONCEPT 14.3

Persoonlijkheidskenmerken zijn van invloed op onze individuele reacties op stressvolle situaties, en daardoor op de mate waarin we stress ervaren als we aan stressoren worden blootgesteld.

Voordat we naar dit onderzoeksgebied kijken, willen we een model introduceren van de relatie tussen stress en ziekte dat als richtlijn zal dienen voor het overige deel van dit hoofdstuk.

In figuur 14.7 zie je een afbeelding van dit model. Kijk hier eerst goed naar, voordat je verder leest. In deze afbeelding zie je hoe stressoren tot stress kunnen leiden, die vervolgens lichamelijke en psychische ziekten kunnen veroorzaken. Je ziet dat er twee plaatsen zijn waarop interventie kan plaatsvinden: de ene ligt tussen de stressor en de stress en de andere tussen de stress en ziekte. Anders gezegd: de ene groep factoren kan voorkomen dat stressoren tot gevolg hebben dat we stress ervaren; op soortgelijke wijze kan een tweede groep factoren voorkomen dat stress tot lichamelijke of psychische ziekte leidt. De eerste groep factoren, de factoren die tussenbeide kunnen komen bij de relatie tussen stressoren en stress, noemen we **moderatoren**. Deze factoren beïnvloeden het stressniveau dat we beleven; ze verlagen of reguleren dit niveau. De meeste moderatoren zijn variaties op het principe van cognitieve beoordeling, met andere woorden: deze moderatoren zijn van invloed op onze beoordeling en interpretatie van stressoren. In deze paragraaf onderzoeken we deze groep mogelijke interventies. We beginnen met een voorbeeld.

Moderator: Factor die voorkómt dat een stressor stress veroorzaakt.

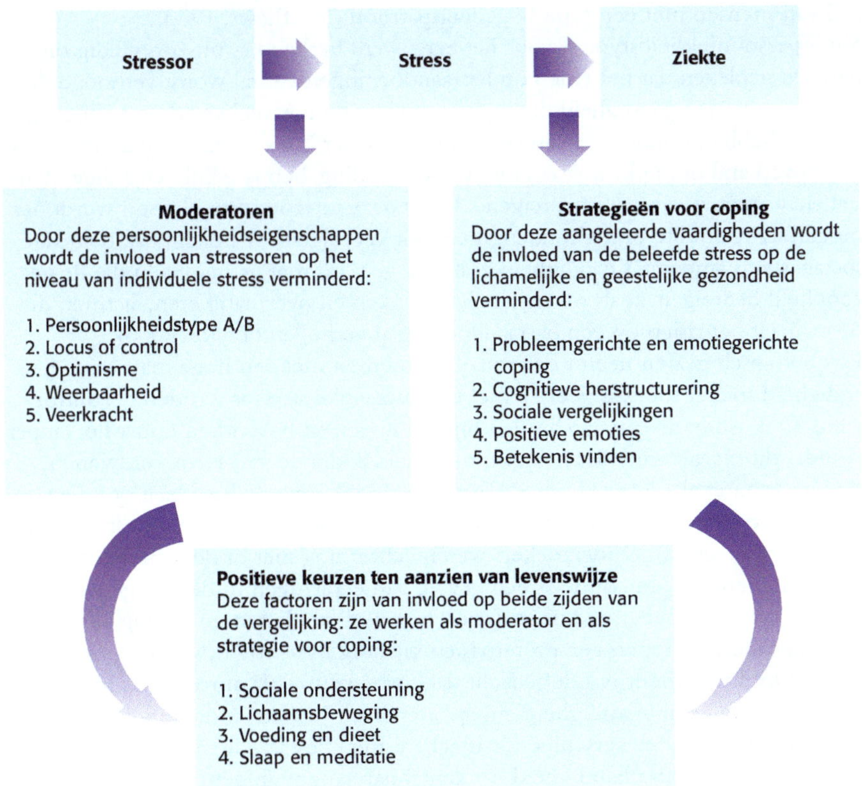

Figuur 14.7

De wijze waarop afzonderlijke factoren van invloed zijn op onze stressreactie

Vaak veroorzaken stressoren stress die vervolgens tot ziekte kan leiden. Drie categorieën psychologische reacties kunnen echter interveniëren in de relatie tussen stress en ziekte: moderatoren kunnen helpen voorkomen dat stressoren stress veroorzaken, copingstrategieën kunnen voorkomen dat stress tot ziekte leidt en positieve keuzes ten aanzien van levenswijze kunnen op beide plaatsen tussenbeide komen.

Stel je voor: Anne en Stef zijn pas getrouwd en proberen hun leven samen te plannen. Ze willen zo snel mogelijk een huis kopen en hopen op kinderen. Sinds kort hebben ze steeds ruzie over deze zaken, doordat ze hun doelstellingen nogal verschillend bekijken. Anne is optimistisch en denkt dat ze binnen een jaar een aanbetaling op een huis kunnen doen als ze maar zorgvuldig met hun geld omgaan. Stef is minder positief. Voor hem lijkt het wel alsof er telkens iets tussen komt als hij bijna een doel heeft bereikt en hij is ervan overtuigd dat het deze keer ook weer zo zal gaan. Voor hem 'gaat het gewoon zoals het gaat', en hij is bang dat ze het risico lopen teleurgesteld te raken als ze er te sterk op rekenen dat ze het huis binnen een jaar zullen krijgen.

◂◂ **Verbinding hoofdstuk 10**
De *persoonlijkheid* is het patroon van eigenschappen dat uniek is voor een individu en dat in de loop van de tijd en in verschillende situaties aanwezig blijft (p. 390).

Herken je jezelf of iemand die je kent in dit voorbeeld? Er kan van persoonlijkheidskenmerken worden gesproken als je gebeurtenissen langdurig, in verschillende situaties consequent op een bepaalde manier benadert en beleeft. Laten we eens kijken naar de invloed van persoonlijkheidskenmerken op de relatie tussen stressor en stress.

14.3.1 Persoonlijkheidstype A en vijandigheid

Toen een stoffeerder opmerkte dat de stoelen in hun wachtkamer aan de voorkant opmerkelijke slijtplekken vertoonden, realiseerden de cardiologen Meyer Friedman en Ray Rosenman (1974) zich dat er misschien een samenhang bestond tussen copingstijl en de kans op een hartkwaal. Het was alsof mensen met een hartkwaal altijd op het puntje van hun stoel zaten. Uit interviews met de patiënten van Friedman en Rosenman kwam een opvallend patroon naar voren dat bestond uit een combinatie van ongeduld, rivaliteit, agressie en vijandigheid: allemaal stressgerelateerde responsen. Veel geïnterviewden zeiden dat ze notoire workaholics waren. Friedman en Rosenman noemden dit het **type A**-gedragspatroon en ze ontdekten dat het een goede voorspeller was van hartkwalen. Iemand met zo'n gedragspatroon loopt twee keer zo veel kans op een hartkwaal als iemand die het leven op een meer ontspannen wijze benadert, de kenmerkende stijl van mensen met een type B-gedragspatroon (Matthews, 1982).

Type A: Gedragspatroon dat wordt gekenmerkt door intense, agressieve, competitieve of perfectionistische reacties op gebeurtenissen in het leven.

Sinds persoonlijkheidstype A voor het eerst werd herkend, is uit zorgvuldig onderzoek gebleken dat het risico op hartaandoeningen vooral wordt verhoogd door de woede en de vijandigheid die bij mensen van type A veel voorkomt. Vijandige mensen hebben minder vertrouwen, worden sneller boos en zijn strijdlustiger. Als je een verband opmerkt met cognitieve beoordeling, heb je gelijk: vijandige mensen zien situaties vaker als bedreigend. Door deze interpersoonlijke stijl wordt het moeilijker relaties te onderhouden, waardoor vervolgens de beschikbaarheid van sociale steun afneemt. Vijandigheid gaat ook gepaard met gedragingen die de gezondheid bedreigen, zoals roken, alcohol drinken en overmatig eten, factoren die op zichzelf het risico op een hartaandoening al verhogen (Taylor, 2006).
Psychologisch gezien neemt de arousal bij mensen met een hoge mate van vijandigheid sneller toe wanneer ze met een mogelijke stressor worden geconfronteerd. Ook is het niveau van arousal bij hen hoger, en bovendien duurt het langer voordat dit niveau weer tot normaal is gedaald zodra de stressor is verdwenen (Fredrickson et al., 2000; Guyll & Contrada, 1998). Vijandigheid gaat ook gepaard met een hogere concentratie cytokinen, waardoor de stressreactie wordt verlengd (Niaura et al., 2002). Onderzoekers weten echter nog niet of deze biologische verschillen erfelijk zijn, of deels een gevolg van ervaringen in de vroege jeugd: jongens die zijn opgegroeid in gezinnen met veel conflicten en weinig acceptatie en ondersteuning, lopen een groter risico vijandig te worden (Matthews et al., 1996). Op dit moment wordt gedacht dat zowel nature als nurture een rol speelt bij het ontstaan van vijandigheid en, op latere leeftijd, hartaandoeningen. Het is echter duidelijk dat er verschillende mechanismen bestaan die ervoor zorgen dat het ontwikkelen van vijandigheid het aantal hartaandoeningen verhoogt.

Laten we je geruststellen door te melden dat er belangrijke verschillen bestaan tussen normale boosheid en een werkelijk vijandige persoonlijkheidsstijl. We worden allemaal wel eens boos in reactie op een negatieve situatie. In zo'n geval kan woede gezond en zelfs adaptief zijn: de woede waarschuwt ons dat er iets fout is en geeft ons de energie die nodig is om maatregelen te nemen om de situatie te corrigeren. Dit type normale boosheid vormt een groot contrast met de vijandige persoonlijkheidsstijl. Deze stijl reflecteert een langdurig patroon van vijandig gedrag dat zich vaak en in allerlei situaties voordoet. Ook het niveau van arousal is een onderscheidende factor: het is redelijk dat je je ergert als je achter een langzaam rijdend voertuig zit, maar als je je woedend voelt, is dat irrationeel en gevaarlijk, vooral als je dit patroon vaak in je leven vertoont.

Daarnaast wordt type A-gedrag in verband gebracht met diverse andere aandoeningen zoals allergieën, verkoudheid, hoofdpijn, maagkwalen en de ziekte van Pfeiffer (Suls & Marco, 1990; Suls & Sanders, 1988). Een ander riskant type A-kenmerk, perfectionisme, hangt samen met systematisch (onbereikbaar) hoog gestelde doelen en angst en depressie bij het niet of onvoldoende bereiken van die doelen (Joiner & Schmidt, 1995).

Deze basketbalcoach vertoont kenmerkend type A-gedrag.
Bron: LM Otero/AP Images.

Wanneer je het verband begrijpt tussen type A-gedrag en vijandigheid en de gerelateerde gezondheidsrisico's, kun je met behulp van dit inzicht een effectievere ziektepreventie ontwikkelen. Gebleken is dat regelmatige lichaamsbeweging, ontspanningsoefeningen en zelfs een programma waarbij vijandige mensen wordt aangeleerd langzamer en rustiger te spreken, effectief is bij het verkleinen van het risico op hartaandoeningen (Taylor, 2006). Uitgebreide training in stressmanagement biedt echter de meest veelbelovende voordelen. Uit één onderzoek bleek bijvoorbeeld dat in de groep van patiënten die een hartaanval hadden overleefd en training in stressmanagement hadden gekregen, gedurende de drie jaar daarna de frequentie van hartaanvallen half zo groot was als de frequentie in een controlegroep die niet zo'n training had gekregen (Friedman & Ulmer, 1984). De onderzoekers concludeerden: 'Geen enkel geneesmiddel, voedingsmiddel of programma voor lichaamsbeweging, zelfs geen enkele bypassoperatie van de kransslagader, kan de mate van bescherming tegen het opnieuw optreden van een hartaanval evenaren die geboden wordt door stressmanagement' (Friedman & Ulmer, 1984, p. 141). Hoewel type A-gedrag vroeg in het leven aan het licht lijkt te komen en dit gedrag tot in de volwassenheid blijft bestaan, kan een goed opgezette interventie effectief zijn om mensen van type A te helpen als ze hun levensstijl willen veranderen.

14.3.2 Locus of control

Hoe groot is je vertrouwen dat je je leven zo kunt laten verlopen als je zelf wilt? In ons voorbeeld aan het begin van deze paragraaf worstelde het pasgehuwde stel Stef en Anne met hun verschillen in de persoonlijkheidsdimensie die **locus of control** wordt genoemd (afgeleid van het Griekse woord *loci*, hetgeen 'plaats' betekent). In hoofdstuk 10 over de persoonlijkheid hebben we dit begrip ook al besproken. Je zult dus al begrijpen dat de locus of control een relatief stabiel gedragspatroon is dat kenmerkend is voor de mate waarin het individu verwacht de uitkomsten in het eigen leven te kunnen beïnvloeden. **Mensen die internaliseren** (mensen met een interne locus of control) denken dat de kans groot is dat ze, wanneer ze bepaalde handelingen verrichten, het gewenste resultaat zullen bereiken; ze nemen bijvoorbeeld aan dat vlijtig studeren tot goede cijfers leidt. **Mensen die** echter **externaliseren**, beschouwen de relatie tussen hun inspanningen en de resultaten daarvan als onvoorspelbaar. Zij geloven vaker dat factoren waarover zij geen controle hebben (zoals de mate waarin het examen 'eerlijk' is, of de mate waarin ze geliefd zijn bij hun docent) een beslissend effect hebben op hun cijfers, ongeacht hun inspanningen bij het studeren. Wanneer ze met een

Locus of control: De plek waar een individu de belangrijkste invloed op gebeurtenissen in zijn leven situeert: intern of extern.

Mensen die internaliseren: Mensen met een interne locus of control die geloven dat ze veel invloed hebben op de resultaten van hun leven.

Mensen die externaliseren: Mensen met een externe locus of control die geloven dat ze weinig invloed hebben op de resultaten van hun leven.

stressvolle gebeurtenis worden geconfronteerd, beleven mensen die internaliseren, de stressor vaker als beheersbaarder dan mensen die externaliseren; mensen die internaliseren ervaren daardoor minder stress, hetgeen uiteindelijk allerlei voordelen voor de gezondheid met zich meebrengt. De perceptie van controle kan, althans in enige mate, worden aangeleerd: bij brandweerlieden en andere hulpverleners op 9/11 die waren getraind in en voorbereid op het omgaan met dergelijke rampen waren, kwam PTSS in de jaren na de aanslagen minder voor (Perrin et al., 2007).

Locus of control, gezondheid en levensduur

Een belangrijk onderzoek waarbij de invloed van de locus of control op de gezondheid werd geïllustreerd, vond dertig jaar geleden plaats in een verpleeghuis in Connecticut. Op één verdieping kregen oudere bewoners uiteenlopende keuzes met betrekking tot het dagelijks leven. Ze mochten bijvoorbeeld kiezen of ze naar een film wilden kijken, en, wanneer ze dat wilden doen, hoe ze hun kamer wilden inrichten, en, als ze daarmee bezig waren, of ze al dan niet een plant in hun kamer wilden hebben, en, als ze kozen voor een plant, moesten ze kiezen wanneer ze de plant water zouden geven. Bij de communicatie met deze groep legde het verplegend personeel de nadruk op de persoonlijke verantwoordelijkheid van de bewoners voor hun eigen tevredenheid. De bewoners van een andere verdieping, die overeenkwamen wat betreft belangrijke eigenschappen zoals gezondheid en leeftijd, dienden als de controlegroep. Hier hadden de personeelsleden volledig de leiding over de zorg voor de bewoners: zij gaven alle planten water, bepaalden de tijd van de films en richtten de ruimtes in volgens beslissingen van de directie.

De resultaten? Na 18 maanden waren de bewoners met 'veel verantwoordelijkheid' actiever, alerter en gelukkiger dan de mensen in de controlegroep. Nog belangrijker, een resultaat dat volkomen onverwacht was, de locus of control was van invloed op de levensduur van de bewoners. Aan het einde van het onderzoek was het sterftecijfer in de controlegroep 67 procent hoger dan dat van de groep waarin de mensen meer persoonlijke verantwoordelijkheid kregen (Rodin, 1986).

De locus of control is van invloed op sterk uiteenlopende variabelen die aan de gezondheid zijn gerelateerd. Behalve dat mensen die internaliseren vaker hun autogordel omdoen, regelmatig bewegen en op hun dieet letten – allemaal factoren die duidelijk voordelig zijn voor de gezondheid – hebben ze een beter afweerstelsel dan mensen die externaliseren (Chen et al., 2003). Ze worden minder vaak ziek en herstellen sneller van ziekten en operaties (Skinner, 1996). Door een sterk gevoel van interne controle wordt de goed gedocumenteerde relatie tussen sociale klasse en gezondheid zelfs tenietgedaan: mensen met een laag inkomen die een interne locus of control hebben, zijn even gezond als mensen met een hoger inkomen (Lachman & Weaver, 1998).

Primaire controle: Inspanningen die zijn gericht op het aansturen van externe gebeurtenissen.

Cultuur is van invloed op de locus of control

Resultaten van crosscultureel onderzoek wijzen erop dat een interessant onderscheid te maken is tussen de perceptie van controle in westerse culturen en die in oosterse culturen. **Primaire controle**, die vooral in het Westen voorkomt, is het type controle dat hiervoor is besproken: het ondernemen van handelingen die erop zijn gericht externe gebeurtenissen te sturen. In

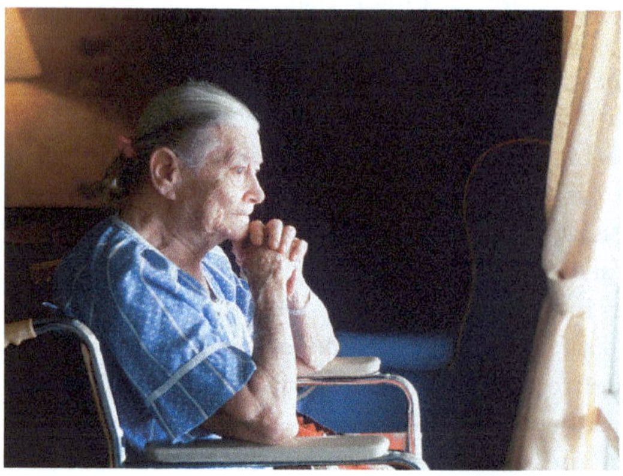

In ziekenhuizen en verpleeghuizen kan het gebeuren dat patiënten aanleren om zich hulpeloos te voelen, doordat ze geen beslissingen kunnen nemen en geen controle over het eigen leven kunnen uitoefenen.
Bron: Mark Richards/PhotoEdit, Inc.

oosterse culturen komt vooral **secundaire controle** voor; hierbij ligt de nadruk op het beheersen van de individuele reacties op gebeurtenissen (Rothbaum et al., 1982). Het algemene waardesysteem van een cultuur, zoals de individualistische en collectivistische perspectieven die in hoofdstuk 10 zijn besproken, is van invloed op het type controle dat in die cultuur het meest wordt gewaardeerd en bevorderd. In Japan bijvoorbeeld, dat van oudsher een collectivistische cultuur heeft, wordt het ontstaan van secundaire controle bevorderd door de wijze waarop kinderen worden opgevoed. Kinderen leren hun reacties aan de situatie aan te passen en zo de sociale harmonie in stand te houden. Dit staat in directe tegenstelling tot de individualistische benadering van de opvoeding van kinderen, waarbij pogingen om zelf invloed uit te oefenen op situaties, worden bevorderd. Uit onderzoek blijkt dat beide strategieën goed werken in de context van hun respectievelijke culturen (Weisz et al., 1984). Wanneer pogingen tot primaire controle mislukken of voor een individu niet mogelijk zijn, wordt de gezondheid verbeterd door op secundaire controle over te gaan, een onderwerp dat we verderop in dit hoofdstuk zullen bespreken.

Secundaire controle: Inspanningen die zijn gericht op het beheersen van individuele reacties op externe gebeurtenissen.

Verbinding hoofdstuk 10
Individualistische culturen waarderen het individu meer dan de groep, terwijl *collectivistische culturen* de behoeften van de groep belangrijker achten dan de individuele behoeften (p. 426).

Is de locus of control aangeboren of aangeleerd?

Hoewel een bepaalde locus of control zich vaak vroeg openbaart en in families lijkt terug te komen – factoren die vaak op een erfelijke component wijzen – zijn ook onze ervaringen van invloed op onze verwachtingen. Mensen die herhaaldelijk falen wanneer ze proberen aan bedreigende omstandigheden te ontsnappen, ondernemen eenvoudigweg geen pogingen meer, een begrip dat **aangeleerde hulpeloosheid** wordt genoemd. Het bewijs dat er zoiets als aangeleerde hulpeloosheid bestaat, kwam in eerste instantie van dierproeven die werden uitgevoerd door Martin Seligman en zijn collega's. Ze dienden honden elektrische schokken toe en zorgden ervoor dat de dieren daar niet aan konden ontsnappen. Het bleek dat de dieren hun pogingen om de afstraffing te vermijden spoedig opgaven en zich passief neerlegden bij hun lot (Seligman, 1975, 1991; Seligman & Maier, 1967). Het verbazingwekkende was dat toen de honden tijdens een later experiment wel de kans kregen om te ontsnappen, ze de schokken nog steeds jankend, maar gelaten over zich heen lieten komen. De honden uit de controlegroep, die de eerdere beproeving niet hadden ondergaan, wisten niet hoe snel ze weg moesten komen. Seligman concludeerde dat de honden uit de experimentele groep hadden geleerd dat ze geen invloed konden uitoefenen op de schokken en hun lot daarom op passieve wijze ondergingen (Seligman & Maier, 1967).

Aangeleerde hulpeloosheid: Een verschijnsel waarbij iemand geleerd heeft negatieve gebeurtenissen toe te schrijven aan zijn eigen persoonlijke gebreken of aan externe omstandigheden waarover hij zelf geen controle denkt te hebben. Van mensen met aangeleerde hulpeloosheid wordt gedacht dat ze een extreme externe locus of control hebben.

Donald Hiroto (1974) voerde een soortgelijk experiment uit met menselijke proefpersonen. Hij bracht de proefpersonen in een ruimte waar ze geconfronteerd werden met een keihard geluid. Sommige proefpersonen leerden al snel dat ze het geluid konden afzetten door de knoppen op een controlepaneel in te drukken. Maar bij andere proefpersonen was het controlepaneel zo gemanipuleerd dat de proefpersonen op geen enkele wijze iets aan het geluid konden veranderen. Toen de proefpersonen in een nieuwe situatie werden gebracht, namen alleen degenen die hadden geleerd om het harde geluid af te zetten, de moeite om te onderzoeken of ze nu ook iets konden doen. Degenen die het lawaai in de eerste kamer machteloos hadden moeten ondergaan, zaten stil in de nieuwe ruimte en deden geen enkele moeite om deze nieuwe stressor te stoppen. Ze hadden dus geleerd om hulpeloos te zijn. Symptomen van ditzelfde aangeleerde hulpeloosheidsyndroom zien Seligman en andere wetenschappers terug bij bijvoorbeeld misbruikte en verwaarloosde kinderen, mishandelde vrouwen en krijgsgevangenen (Overmier, 2002; Yee et al., 2003). Werknemers van alle opleidingsniveaus in uiteenlopende beroepen maken daarentegen melding van een groter welzijn wanneer ze enige mate van controle hebben over hun omgeving en hun werkomstandigheden (Faulkner, 2001; Zarit & Pearlin, 2003).

Hoewel we dus mogelijk worden geboren met een individuele aanleg tot een interne of externe locus of control, spelen onze ervaringen ook een rol. Onderzoek met reddingswerkers van 9/11 en onderzoek naar aangeleerde hulpeloosheid zijn slechts twee voorbeelden waarmee dit belangrijke feit wordt geïllustreerd.

14.3.3 Weerbaarheid

Weerbaarheid: Houding van weerstand tegen stress, die is gebaseerd op een gevoel van uitdaging (positief staan tegenover verandering), toewijding (doelgerichte activiteit) en controle (het in stand houden van een interne richtlijn voor het handelen).

Een van de effectiefste stressmoderatoren is **weerbaarheid**: een oordeel over het leven dat is gebaseerd op een kenmerkende houding tegenover stress en de beheersing daarvan. In tegenstelling tot riskant type A-gedrag, is weerbaarheid een persoonlijkheidspatroon dat een gezonde manier van coping bevordert. Weerbaarheid kwam voor het eerst naar voren bij een grootschalig onderzoek onder managers die werken voor Illinois Bell Telephone (IBT) rond 1980. Salvatore Maddi en een groep onderzoekers van de universiteit van Chicago (1987, 2002) verzamelden veel gegevens over deze managers gedurende verschillende jaren, waarin als gevolg van privatisering van openbare diensten massale ontslagen plaatsvonden en het bedrijf moest inkrimpen. De werkomstandigheden, posities en verwachtingen veranderden vaak, waardoor de werkomgeving erg stressvol werd. Twee derde van de managers ondervond ernstige gezondheidsproblemen, waaronder hartaanvallen, beroertes, depressies en angststoornissen. De overige managers hadden geen problemen, maar leken zelfs op te bloeien (Kobasa et al., 1979). De onderscheidende factor, zo bleek, werd weerbaarheid genoemd, een concept dat bestaat uit drie specifieke factoren:

- *Uitdaging*
  Weerbare mensen zien veranderingen als een uitdaging en een mogelijkheid om te leren en te groeien, en niet per definitie als een bedreiging.
- *Betrokkenheid of toewijding*
  Weerbare mensen gáán ervoor. Ze zoeken op doelgerichte wijze naar een manier om de uitdaging het hoofd te bieden.
- *Controle*
  Weerbare mensen hebben een interne locus of control en zijn goed in het oplossen van problemen. Ze zijn dus geen slachtoffers van aangeleerde hulpeloosheid.

Laten we deze drie factoren eens toepassen op het leven van een student. Stel dat een vriend precies op de dag dat jij moet studeren voor een belangrijk examen vertelt dat hij met een verschrikkelijk probleem worstelt. Stel dat hij je smeekt om hulp. Deze twee stressoren (een belangrijk examen en een vriend in nood) kunnen de spanning behoorlijk opvoeren, vooral als je toch al het gevoel hebt dat je op je tenen loopt. Een weerbaar persoon zou de drie factoren van weerbaarheid inzetten om de situatie minder stressvol te maken: hij zou zich betrokken voelen ('Ik wil mijn vriend de aandacht geven die hij verdient en ik wil dit examen halen, ik moet dus een manier vinden om mijn verplichtingen op beide terreinen na te komen'); hij zou het als een uitdaging ervaren ('Ik wil me goed voorbereiden op dit examen; hoe kan ik daarnaast mijn vriend ervan overtuigen dat ik hem niet in de steek zal laten?'); en hij zou een gevoel van controle bewaren ('Ik kan het studeren niet uitstellen, maar vanavond heb ik wel tijd om met mijn vriend te praten. En als het examen voorbij is, dan kan ik al mijn aandacht aan zijn problemen wijden.')

Gebleken is dat de effecten van stressvolle situaties in sterk uiteenlopende sectoren van de bevolking door weerbaarheid worden verzacht: bij zakenmensen, kinderen, echtparen, sporters, het leger en de politie (Maddi, 2002). Hoewel er aanwijzingen zijn dat een weerbare persoonlijkheid al vroeg in het leven tot uiting komt, kan weerbaarheid, net als de locus of control, ook worden aangeleerd.

Onderzoekers hebben met succes trainingsprogramma's voor weerbaarheid ontwikkeld, waarbij mensen meer adaptieve manieren aanleren om op stressoren in hun leven te reageren (Beasley et al., 2003; Maddi, 1987).

14.3.4 Optimisme

Als je nadenkt over je toekomst, verwacht je dan dat er goede dingen gebeuren of maak je je zorgen over alles wat kan misgaan? Voor een optimist is het glas half vol, terwijl het voor de pessimist half leeg is. De optimist ziet mogelijkheden, terwijl de pessimist alleen mogelijke gevaren ziet. De pessimist zegt: 'Wat een pest, die mist', maar de optimist zegt: 'Ach, hij trekt al weer op, die mist.' En pessimisme is niet eenvoudigweg een geval van aangeleerde hulpeloosheid. 'Het leven bezorgt optimisten en pessimisten dezelfde teleurstellingen en tragedies,' zegt psycholoog Martin Seligman (1991, p. 207), 'maar de optimisten verdragen ze beter.'

Over het algemeen vertonen optimistische mensen minder lichamelijke symptomen van ziekte, ze herstellen sneller van bepaalde aandoeningen, zijn gezonder en leven langer dan pessimisten (Bennett & Elliott, 2002; Taylor et al., 2000a). Hoe kunnen deze verschillen worden verklaard? **Optimisme** heeft een directe invloed op de gezondheid, doordat optimisten meer positieve emoties ervaren, waardoor hun afweerstelsel wordt gestimuleerd (Cohen et al., 2003). Bovendien kunnen optimisten stress beter het hoofd bieden via actieve copingstrategieën, die we in de laatste paragraaf van dit hoofdstuk zullen bespreken.

Optimisme: Een houding waarbij stressoren over het algemeen worden geïnterpreteerd als specifiek, situationeel en tijdelijk.

Uit een langlopend onderzoek van Seligman (2002) en zijn collega's kwam naar voren dat een optimistische denkstijl zich kenmerkt door drie specifieke aannames, of attributies, over negatieve gebeurtenissen:

- Ze worden toegeschreven aan specifieke situaties in plaats van aan algemene omstandigheden: 'Ik had een laag cijfer voor mijn laatste psychologie-examen' in plaats van 'Ik doe het slecht op school'.
- Verklaringen voor deze gebeurtenissen worden eerder gezocht in situationele factoren dan in persoonlijke factoren: 'Het is waarschijnlijk gebeurd doordat ik de dag voor het examen de les heb gemist en de docent de stof toen herhaalde', in plaats van 'Ik ben niet slim genoeg om goed te presteren'.
- Situaties waarin deze gebeurtenissen voorkomen, worden beschouwd als tijdelijk, niet als permanent: 'Als ik ervoor zorg dat ik geen lessen meer mis, zal ik het bij de volgende toets beter doen' in plaats van 'Ik zal dit lage cijfer nooit kunnen ophalen'.

Seligman, een van de grondleggers van de International Positive Psychology Association, meent dat een optimistische denkstijl kan worden aangeleerd. Een manier om dit te doen is volgens Seligman door op een bepaalde manier tegen jezelf te praten wanneer je je depressief of hulpeloos voelt. Deze toespraakjes moeten gericht zijn op de betekenis en de oorzaken van persoonlijke teleurstellingen.

Als je ondanks je pogingen om af te vallen bent bezweken voor een calorierijk toetje, moet je niet denken: 'Ik heb mijn dieet nu toch al verknald, dus ik kan nu nog wel een portie nemen', maar: 'Nou, dat was lekker, maar ik weet dat ik sterk genoeg ben om me nu weer aan mijn dieet te houden.' Het komt erop neer, zegt Seligman, dat je een positieve instelling kunt aanleren door je denken, je zelfbeeld en je gedrag op een constructieve manier aan te passen (Seligman, 1991).

Video
Ga naar de MyLab mediatheek om het filmfragment te bekijken over optimisme en veerkracht.

Als je dit leest, word je misschien herinnerd aan het belang van cognitieve beoordeling van onze stressreactie en aan onze centrale vraag van dit hoofdstuk over individuele verschillen in de stressreactie. Als je optimistischer leert denken, of met een grotere mate van weerbaarheid leert reageren, verandert je interpretatie van een potentiële stressor en beleef je minder stress.

Veerkracht: Iemands capaciteit om zich aan te passen en welzijn te bereiken, in weerwil van ernstige bedreigingen van de ontwikkeling.

14.3.5 Veerkracht

Veerkracht is de capaciteit om zich aan te passen en welzijn te bereiken in weerwil van ernstige bedreigingen van de ontwikkeling (Masten, 2001). Het Engelse woord voor veerkracht, *resilience*, heeft een Latijnse stam die 'drijvend' betekent. Gedurende meer dan twintig jaar heeft het meeste onderzoek naar veerkracht zich gericht op deze eigenschap bij kinderen en pubers die met stressvolle levensomstandigheden werden geconfronteerd, zoals verwaarlozing of mishandeling door de ouders, ouders met psychische stoornissen, rouw en andere ernstige risicofactoren. Hoe konden sommige van de kinderen uit deze risicogroepen overleven en zelfs gedijen, terwijl anderen daar niet in slaagden en ziek werden? Zelfs op jonge leeftijd onderscheiden veerkrachtige kinderen zich door verschillende eigenschappen. Ze hebben meestal betere cognitieve vaardigheden, zijn consciëntieuzer, hebben betere sociale vaardigheden, zijn competenter en hebben toegang tot betere verzorgende of opvoedkundige hulpmiddelen (Masten, 2001; Riolli, 2002). Lezenswaardig is in dit verband het boek: *Druk, druk, druk* van de Vlaamse kinderpsychiater Lieve Swinnen (2011). Hierin gaat ze uit van de veerkracht, talenten en positieve karaktertrekken van kinderen, in plaats van te focussen op negatieve ervaringen. Ze praat over het belang van een goede hechting, een positief zelfbeeld en een gezonde levensstijl.

Doordat veerkrachtige eigenschappen al zo vroeg in het leven worden herkend, wordt het vermoeden ondersteund dat je al dan niet veerkrachtig wordt geboren: het is een aangeboren menselijke capaciteit. Onlangs is de aandacht echter verschoven naar het voorkomen van veerkrachtigheid onder volwassen populaties en ook naar de vraag of veerkracht kan worden aangeleerd.

Bij een onderzoek naar veerkracht onder volwassenen werden overlevenden onderzocht van het conflict in Kosovo (voormalig Joegoslavië) in 1999. De mate van veerkracht was gerelateerd aan een combinatie van karaktertrekken: mensen die extravert, consciëntieus en optimistisch zijn, hebben meer veerkracht (Riolli, 2002). Hiervan is vooral optimisme veelbelovend als hulpmiddel om mensen veerkrachtiger en minder kwetsbaar of lichtgeraakt te maken.

Je staat er soms versteld van hoe goed mensen zich kunnen aanpassen wanneer hun leven plotseling ingrijpend verandert. Uit gesprekken met mensen met een beschadiging aan het ruggenmerg bleek dat ze kort na het ongeluk buitengewoon negatief gestemd waren. Maar een aantal weken later waren ze dikwijls veel tevredener dan voor het ongeluk (Silver, 1983).

Stephen Hawking werd op jonge leeftijd getroffen door een ongeneeslijke ziekte die hem volledig verlamde, maar ontwikkelde zich desondanks tot een van de meest vooraanstaande natuurkundigen ter wereld.

Bron: Philip Waterson, LBIPP, LRPS.

Een bijzonder voorbeeld van veerkracht vinden we in het verhaal van de Britse natuur- en wiskundige Stephen Hawking. Als talentvol natuurkundestudent won hij in zijn tweede studiejaar de natuurkundeprijs van de gerenommeerde Universiteit van Oxford. Tegen het einde van zijn zware studie natuurkunde kreeg hij allerlei vreemde klachten: hij werd steeds onhandiger, viel regelmatig zomaar om en liep tegen dingen aan. Begin 1963, Hawking was toen net 21, werd hij in het ziekenhuis opgenomen. De artsen constateerden dat hij leed aan amyotrofe laterale sclerose (ALS), een zeldzame en ongeneeslijke neurologische aandoening waarbij een persoon langzaamaan verlamd raakt, maar het denkvermogen niet wordt aangetast. Ondanks zijn ziekte rondde hij zijn studie af, en begon hij een carrière als natuurkundige. Zijn vrouw Jane verzorgde hem, totdat 24-uursverpleging noodzakelijk werd. Halverwege de jaren tachtig sloeg echter opnieuw het noodlot toe: Hawking liep een longontsteking op, verloor zijn vermogen te spreken en balanceerde op het randje van de dood. Maar hij kwam ook deze klap te boven en zette zijn carrière als natuurkundige voort, inmiddels bijna volledig verlamd, en gebruikmakend van een spraakcomputer. In de decennia die volgden, werd Stephen Hawking een van de bekendste en meest vooraanstaande theoretisch natuurkundigen ter wereld.

Veerkracht, zoals die van Stephen Hawking, hoeft niet zeldzaam te zijn. In feite overwinnen veel helden uit het leven van alledag en 'onbekende beroemdheden' verschrikkelijke problemen zonder dat wij dat weten. Hun vermogen met pijn en problemen om te gaan is niet het gevolg van buitengewone krachten, maar van 'gewone magie', de term die veerkrachtonderzoeker Ann Masten (2001) gebruikt voor normale adaptatieprocessen die er volgens haar voor zorgen dat mensen tot meer in staat zijn dan we zouden verwachten. Door meer te verwachten, zetten we mogelijk een stap in de richting van een groter optimisme en een grotere veerkracht in ons eigen leven.

PSYCHOLOGIE GEBRUIKEN OM PSYCHOLOGIE TE LEREN

Stel je eens voor dat je zojuist een verlies hebt doorgemaakt (een vriendin heeft je vertrouwen beschaamd, je geliefde heeft je afgewezen, of je huisdier is overleden) waardoor je verdriet hebt. Je vrienden zeggen dat je je eroverheen moet zetten. Je weet niet waar je heen moet met je verdriet of met wie je kunt praten, en toch heb je de sterke behoefte je gedachten en gevoelens te uiten. Wat kun je doen? Hier kun je beginnen: schrijf het op. Als je dat doet, leer je meer over je eigen psychologie. Waarom schrijven? Waarom niet gewoon razen en tieren om het uit je systeem te krijgen? Om te beginnen is het agressief uiten van emoties niet voldoende om stress te verlichten of je gezondheid te ondersteunen, het kan zelfs nadelige of schadelijke effecten hebben (Gross & Psaki, 2004; Smythe, 1998). Schrijven over je angsten en je gevoelens van verlies heeft echter een therapeutisch effect (Pennebaker, 1990, 1997; Zimmerman, 2002) en het is gebleken dat schrijven over je gevoelens en zorgen een positief effect heeft op de gezondheid van patiënten met immuunziekten (Pennebaker, 1997). Wanneer je je gedachten en gevoelens uitschrijft, spreek je uitsluitend tot en voor jezelf. Je kunt openhartige taal gebruiken, alles vertellen en gerust zijn dat je niets hoeft uit te leggen. Je hebt alleen tijd en schrijfmateriaal nodig en de toewijding om het schrijven vol te houden. Er zijn verschillende manieren om dit gemakkelijker en effectiever te maken:

Schrijven over je gevoelens en zorgen kan een positief effect hebben op je gezondheid.
Foto: Sanja Gjenero, stock.xchng.

- Gebruik een medium dat efficiënt of gemakkelijk voor je is. Het is prima om te typen, maar je hebt misschien niet altijd toegang tot je computer. Met de hand schrijven is een meer persoonlijke uiting en je hoeft het niet leesbaar te maken, het is alleen voor jouw ogen bestemd. Door pen en papier te gebruiken kun je niet alleen schrijven, maar ook tekenen of krabbelen. Zo kun je jezelf dus zowel verbaal als non-verbaal uiten. Bovendien is een klein opschrijfboekje niet duur en kun je het overal mee naartoe nemen.
- Kies een onderwerp of thema dat je stimuleert. Als een verlies of angst je tot schrijven heeft aangezet, begin je daarmee. Als dit niet het geval is, kies je een 'onderwerp' dat emoties en ideeën opwekt over belangrijke problemen in je leven.
- Beschrijf zowel je gedachten als je gevoelens. Concentreer je op het zoeken van een betekenis in moeilijke ervaringen. Mogelijk weet je de antwoorden niet ('Waarom ging onze relatie uit?'), maar je kunt redeneren en fantaseren ('Misschien is dit gewoon een goede tijd voor

mij om alleen te zijn'). Een belangrijk doel van therapeutisch schrijven of spreken is inzicht te verwerven en groei en verandering teweeg te brengen. Het helpt misschien ook om bij het schrijven over herinneringen te doen alsof je een verhaal vertelt met een begin, een midden en een eind; of om karakters en gebeurtenissen te beschrijven en misschien zelfs je eigen conclusies te trekken over de 'moraal van het verhaal' en over lessen die je hebt geleerd (Harvey et al., 1990; Murray, 2002).

- Schrijf op vrije ogenblikken en streef bijvoorbeeld naar enkele pagina's per week. Schrijf alsof je een journalist bent, en neem elk detail op dat belangrijk lijkt (DeSalvo, 2000). Experimenteer met verschillende vormen, zoals het schrijven van liefdesbrieven of haatbrieven aan jezelf. Herken verhulde zegeningen en categoriseer je acties (bijvoorbeeld dingen die je voor anderen doet tegenover dingen die je voor jezelf doet) (Zimmerman, 2002).
- Houd het vol. Maak het schrijven tot een gewoonte, niet alleen een uitlaatklep voor slechte tijden. Een onderzoeker ontdekte dat de pijn werd geïntensiveerd wanneer uitsluitend over trauma's werd geschreven; daardoor waren de betrokkenen minder goed in staat tot verwerken. Zelfs in tijden waarin je niet 'hoeft' te schrijven, schrijf je dus toch enkele regels, *omdat* je je goed voelt. Zo weet je later nog dat je je ooit goed hebt gevoeld en kun je jezelf eraan herinneren hoe je dat voor elkaar hebt gekregen!

Het doel van het schrijven is je stress te verwerken, te leren over je reacties en je copingstrategieën en te genezen. Jij bepaalt de regels. Daarbij zou je erover kunnen nadenken hoe je de kennis uit deze paragraaf over percepties en weerbaarheid kunt toepassen. Denk maar eens aan onze discussie in het eerste kernconcept van dit hoofdstuk over het belang van verhalen. Laat je hierdoor echter niet te veel onder druk zetten. Geef jezelf deze 'schrijfopdracht', zodat je je kunt ontspannen: er is geen deadline en je hoeft je geen zorgen te maken of je er wel een goed cijfer voor krijgt.

Ga naar **www.pearsonmylab.nl** om je kennis en begrip van deze paragraaf te testen met de MyMap, MyCheck en MyDefinitions.

KERNVRAAG 14.4

▶ Hoe kunnen we de invloed van stress op onze gezondheid verminderen?

Is het mogelijk ervoor te kiezen een lang en gezond leven te leiden? Of wordt je gezondheid bepaald door factoren waarover we geen controle hebben, zoals onze genetische aanleg en toegang tot gezondheidszorg? Is er iets wat we kunnen doen om de invloed van stress op onze gezondheid te verminderen nadat we zijn blootgesteld aan een traumatische stressor, zoals een aardbeving, of aan de chronische stressoren waarvan we in dit hoofdstuk voorbeelden hebben besproken?
Je hebt intussen waarschijnlijk wel begrepen dat je kans op succes zal worden vergroot door een weerbare benadering van deze vragen: een benadering vanuit een interne locus of control en een optimistische houding! Er is nog meer goed nieuws: ziekte- en sterftecijfers kunnen ook worden beïnvloed door het hanteren van adequate copingstrategieën en de keuze voor een gezonde leefstijl (Elliott & Eisdorfer, 1982; Taylor, 2006).
Veel voortijdige sterfgevallen hebben te maken met keuzes die mensen vrijwillig hebben gemaakt: de keuze om te roken, de keuze voor ongezonde voeding en de keuze voor alcoholgebruik. Zo zijn wereldwijd, en ook in de gehele Europese Unie, hart- en vaatziekten en (long)kanker de belangrijkste doodsoorzaken (WHO, 2004; Niederlander, 2006). Bij de keuze voor een bepaalde leefstijl speelt stress uiteraard ook een rol. In dit deel van het hoofdstuk brengen we hulpbronnen in kaart die je kunnen helpen om gezonder te leven en de schadelijke effecten van stress te neutraliseren. Het kernconcept luidt als volgt:

KERNCONCEPT 14.4
Door effectieve copingstrategieën neemt de invloed van stress op onze gezondheid af. Onze levenswijze kan zowel onze mentale en fysieke gezondheid als ons algehele welzijn bevorderen.

Als we het model uit de vorige paragraaf nog eens bekijken (zie figuur 14.7), reduceren **copingstrategieën** de invloed van stress op onze gezondheid. Op deze manier heeft stress dus minder invloed op ons lichaam. Ook door **positievere keuzes op het gebied van levenswijze** kunnen we effectiever met stress omgaan. Deze keuzes hebben een bijkomend voordeel: ze werken als stressmoderatoren en verminderen de stress die we beleven wanneer we aan stressoren worden blootgesteld. Met andere woorden, door bepaalde keuzes op het gebied van leefstijl neemt onze weerstand tegen stress toe, net als onze weerstand tegen ziekte. Eerst bespreken we in dit hoofdstuk de copingstrategieën die het meest van nut zijn bij het bestrijden van stress. Vervolgens onderzoeken we de leefstijlkeuzes die aan stressreductie en ziektepreventie zijn gerelateerd. Ten slotte onderzoeken we de eigenschappen van mensen die zeggen dat ze geluk en een gevoel van welzijn hebben gevonden.

Copingstrategie: Manier om stressvolle situaties te hanteren.

Positievere keuzes op het gebied van levenswijze: Patronen die bescherming bieden tegen stress en ziekte.

Stoppen met roken is een positieve keuze op het gebied van levenswijze waar veel mensen moeite mee hebben. Begin 2010 slaagde president Obama erin definitief te stoppen.
Bron: Walter G Arce/Shutterstock.

14.4.1 Psychologische copingstrategieën

De ongezonde effecten van stress worden versterkt door het type A-gedragspatroon, pessimisme en aangeleerde hulpeloosheid; deze effecten kunnen worden 'gemodereerd' of tegengegaan door weerbaarheid, optimisme, een interne locus of control en veerkracht. Wanneer je te maken krijgt met ernstige stressoren en problemen raden we je zeker aan professionele hulp te zoeken. Maar wat kun je zelf doen om effectief met stress om te gaan? En wat bedoelen we precies met coping?

Afweer versus coping

Er zijn ruwweg twee groepen gedrag voor stressmanagement: afweer en coping. **Afweer** betekent het reduceren van de *symptomen* van de stress of het verminderen van het bewustzijn van deze symptomen. Als je bijvoorbeeld stress voelt voor een belangrijk examen waarvoor je naar je gevoel niet voldoende hebt gestudeerd, kun je je eenvoudig verdedigen tegen dat nerveuze gevoel door afleiding te zoeken door iets leuks te gaan doen: naar een feestje gaan of vrienden opzoeken. Door afleiding zal het probleem niet weggaan: die toets is er nog steeds. Het is echter mogelijk dat je gedurende een korte periode minder stress ervaart. Afweer heeft het voordeel dat het sommige symptomen van stress, zoals zorgen, ongemak of pijn, verlicht. Het belangrijke nadeel van afweer is dat het geen invloed heeft op de stressor zelf. De stress keert onvermijdelijk terug en wellicht is het dan nog moeilijker er iets aan te doen.

Afweer: Inspanningen verrichten om de symptomen van stress of het bewustzijn van stress te verminderen.

Coping: Actie ondernemen om de oorzaken van stress te verminderen of weg te nemen.

In tegenstelling tot een defensieve houding ten opzichte van stress, bestaat **coping** uit het ondernemen van actie die erop gericht is de oorzaken van stress te verminderen of weg te nemen, en niet alleen de symptomen ervan. Voor gezonde coping moet je de stress onder ogen zien, de stressor identificeren en een manier ontwikkelen om het probleem op te lossen of de schade te beperken. Dit betekent niet alleen je focussen op een beter gevoel, maar actie ondernemen om de totale stressvolle situatie te verbeteren. Om bijvoorbeeld goed met de stress van een dreigend examen om te gaan, moet je (1) je realiseren dat je het gevoel hebt dat je niet goed bent voorbereid, (2) effectieve studiemethodieken en -planning ontwikkelen, (3) deze toepassen respectievelijk uitvoeren en (4) het examen afleggen. Zo *voel* je je niet alleen voorbereid, je zult ook daadwerkelijk voorbereid *zijn* en je dus ook minder nerveus voelen. Natuurlijk moet je plezierige activiteiten tot na het examen uitstellen, maar zonder de zenuwen voor het examen zul je meer plezier hebben. (Herinner je je het Premack-principe?)

◀◀ **Verbinding hoofdstuk 4**
Het *Premack-principe* is een strategie waarbij een geliefde activiteit wordt gebruikt als beloning voor het afmaken van een minder geliefde taak (p. 139).

Probleemgerichte coping: Actie die wordt ondernomen om een stressor te begrijpen en een oplossing te vinden voor het probleem dat gerelateerd is aan de stressor.

Emotiegerichte coping: Het reguleren van je emotionele reactie op een stressor.

Piekeren: Blijven stilstaan bij negatieve gedachten in reactie op stress; dit is gedrag dat het afweerstelsel aantast.

Cognitieve herstructurering: Het herbeoordelen van een stressor met het doel deze vanuit een positiever perspectief te beschouwen.

Probleemgerichte en emotiegerichte coping

Globaal zijn er twee elementaire benaderingen voor een gezonde coping: emotiegerichte coping en probleemgerichte coping. Bij **probleemgerichte coping** wordt de stressor geïdentificeerd en wordt actie ondernomen om een oplossing te vinden voor het probleem dat gerelateerd is aan de stressor. Stel dat je nerveus bent omdat je aan een nieuwe opleiding gaat beginnen. In die situatie zou probleemgerichte coping kunnen bestaan uit een bezoek aan de school, om je vertrouwd te maken met de omgeving, en/of uit contact met de studiebegeleiding om tips te krijgen. Zo worden je nervositeit over het kunnen vinden van de weg en over de kans op succes verminderd. **Emotiegerichte coping** bestaat uit inspanningen om je emotionele reactie op de stressor te reguleren. Hierbij identificeer je je gevoelens en concentreer je je erop ze te verwerken. Effectieve emotiegerichte coping dient van **piekeren** te worden onderscheiden. Bij piekeren blijf je hangen in negatieve gedachten (in plaats van in emoties). Het is niet verbazingwekkend dat dit cognitief malen een negatief effect heeft op ons afweerstelsel (Thomson et al., 2004). Daarnaast zul je je er zeker ook niet beter door gaan voelen!

Beide typen coping kunnen nuttig zijn. In het algemeen is probleemgerichte coping het beste als we concreet actie kunnen ondernemen om de stressor te verminderen, terwijl van emotiegerichte coping gebruik moet worden gemaakt in situaties die we eenvoudigweg moeten accepteren (Folkman & Lazarus, 1980; Zakowski et al., 2001).

Soms kunnen de twee stijlen van coping het best in combinatie worden toegepast. Als je bijvoorbeeld ontslagen wordt, kun je naar een andere baan gaan zoeken (probleemgericht), maar merk je mogelijk dat je je niet op die taak kunt concentreren, omdat je te boos en te verward bent als gevolg van het ontslag. In zo'n situatie kun je proberen emotiegerichte coping toe te passen, zodat je kalmeert en helderder kunt denken. Je kunt gaan hardlopen of sporten, met een goede vriend praten, in je dagboek schrijven of iets anders gaan doen waardoor je je gevoelens kunt verwerken. Ook kun je een warm bad nemen, wat rusten of iets gezonds eten. Zulke emotiegerichte coping is niet slechts je afsluiten (zoals wanneer je jezelf volledig van het probleem afleidt of het afweert). Het is juist gericht op het verwerken van je emotionele reacties voordat deze buiten je controle voortrazen en schadelijk worden voor je gezondheid. Wanneer je je dan weer kalm en voorbereid voelt, kun je je concentreren op datgene wat nodig is om de stressor aan te pakken en het probleem op te lossen.

Cognitieve herstructurering

In dit hoofdstuk hebben we erkend dat cognitieve beoordeling een rol speelt bij de relatie tussen stress en ziekte. En hoewel de persoonlijkheidsfactoren die ons beschermen tegen stress, zoals weerbaarheid en interne locus of control, diep in onze persoonlijkheid zijn verankerd, kunnen we met behulp van cognitieve technieken onze coping versterken (Kohn & Smith, 2003). Onder **cognitieve herstructurering** verstaan we hier het cognitief herbeoordelen van stressoren met het doel deze vanuit een minder stressvol perspectief te bekijken (Meichenbaum & Cameron, 1974; Swets & Bjork, 1990). Bij deze benadering dien je gedachten die angst en nervositeit veroorzaken te identificeren. Vervolgens moet je jezelf uitdagen om de situatie op een meer uitgebalanceerde of realistischere manier te bekijken. Een ontslag kun je dan beschouwen als een gebeurtenis die bijvoorbeeld de gelegenheid biedt een nieuwe baan te vinden die leuker is, beter betaalt of betere promotiemogelijkheden heeft.

Cognitief herstructureren is met name geschikt voor mensen die chronische stress ervaren. Het is een van de hoekstenen van de in het vorige hoofdstuk besproken cognitieve gedragstherapie.

Het maken van **sociale vergelijkingen** is een type cognitieve herstructurering waarbij je je eigen situatie specifiek vergelijkt met die van anderen in soortgelijke situaties. De gezondheidspsychologe Shelley Taylor (1983) maakte voor het eerst melding van de toepassing van sociale vergelijkingen bij een onderzoek met borstkankerpatiënten. Sommigen van hen maakten gebruik van **neerwaartse sociale vergelijking**, waarbij ze hun eigen situatie vergeleken met die van vrouwen die er erger aan toe waren dan zij en ze zodoende hun eigen situatie op een positievere manier konden beoordelen. (Uiteraard ontleent niemand bij deze neerwaartse vergelijkingen leedvermaak of plezier aan de pijn van anderen; de strategie bestaat alleen uit het opmerken en onder ogen zien van de nog somberdere situaties waarin anderen verkeren.) Anderen maakten gebruik van **opwaartse sociale vergelijking** en namen een voorbeeld aan borstkankerpatiënten die beter wisten om te gaan met hun ziekte dan zijzelf, ter inspiratie voor verbetering van hun eigen instelling. Bij bevestigend onderzoek is aangetoond dat beide typen vergelijking effectieve strategieën voor coping zijn. In zekere zin is neerwaartse sociale vergelijking een vorm van emotiegerichte coping, doordat je je door de vergelijking uiteindelijk minder zorgen maakt, terwijl opwaartse vergelijking een vorm van probleemgerichte coping is, omdat dit voorbeeld als richtlijn voor een specifieke actie dient (Wills, 1991).

Sociale vergelijking: Een type cognitieve herstructurering waarbij de betrokkene vergelijkingen maakt tussen zichzelf en anderen in soortgelijke situaties.

Neerwaartse sociale vergelijking: Vergelijkingen tussen de eigen stressvolle situatie en die van anderen in een soortgelijke situatie die slechter af zijn; het gevolg is dat men een positiever perspectief op de eigen situatie krijgt.

Opwaartse sociale vergelijking: Vergelijkingen tussen de eigen stressvolle situatie en die van anderen in een soortgelijke situatie die een effectievere wijze van coping hebben; het doel is van het voorbeeld van anderen te leren.

Positieve emoties

Als negatieve gedachten en negatieve emoties zoals vijandigheid stress opwekken, geldt het omgekeerde dan ook? Wordt de gezondheid door positieve emoties bevorderd? Uit verschillende onderzoeksgebieden komen aanwijzingen naar voren dat dit mogelijk het geval is.

Deze vraag stond centraal bij onderzoek onder een groep katholieke nonnen variërend in leeftijd van 75 tot 95 jaar. De onderzoekers kregen toegang tot autobiografieën die de nonnen hadden geschreven, vlak voordat ze het klooster in gingen (toen de meesten van hen rond de 20 jaar waren) en bepaalden de emotionele inhoud van deze geschriften. Iedere autobiografie (van één pagina) kreeg een cijfer voor het aantal positieve, negatieve en neutrale emotionele woorden dat was gebruikt. Wat bleek? De nonnen die de meeste positieve emotionele woorden hadden gebruikt, leefden gemiddeld 9,4 jaar langer dan degenen die de minste positieve emoties hadden geuit! Bovendien werd de levensduur nog eens met een jaar verlengd wanneer meer uiteenlopende positieve emoties in de autobiografie waren geuit (Danner et al., 2001).

De effecten van stress worden ook opgevangen door het cultiveren en uiten van een gevoel voor humor. Als mensen iets lachwekkends kunnen ontdekken wanneer ze aan een stressor worden blootgesteld, wordt niet alleen de stemming verbeterd, maar neemt ook de fysiologische invloed van de stressor af (Dillard, 2007). Ook is gebleken dat de stressor als minder ernstig wordt beoordeeld als de betrokkene een persoonlijkheid had met een goed gevoel voor humor als eigenschap (Lefcout, 2000; Kulper et al., 1993). Deze bevindingen passen bij het werk van de George Vaillant, psycholoog aan Harvard; uit zijn levenslange onderzoek onder mannen bleek dat levensvreugde een van de belangrijkste voorspellende factoren was voor gezondheid en een lange levensduur (Vaillant, 1990).

Als je van nature weinig gevoel voor humor hebt of niet veel positieve emoties beleeft, kun je toch baat hebben bij deze hulpmiddelen voor coping. Wanneer je je bewust inspant om positieve momenten in je leven op te merken, en situaties opzoekt waarin je humor en vreugde vindt, kan en zal dit een positief effect hebben op je leven, beweert voorstander van de positieve psychologie Martin Seligman in zijn boek *Authentic Happiness* (2002). Het volgende citaat van een aidspatiënt is een aangrijpend voorbeeld hiervan:

'Iedereen overlijdt vroeg of laat. Ik ben gaan waarderen hoe mooi de aarde is, de bloemen en de dingen waar ik van houd. Vroeger lette ik nooit op al die dingen. Nu blijf ik stilstaan en ruik ik vaker aan de rozen en doe ik alleen nog maar plezierige dingen.' (G.M. Reed, geciteerd in Taylor, 1999).

Het zoeken naar betekenis

Viktor Frankl was een gerespecteerd neuroloog in Oostenrijk toen de nazi's hem en zijn gezin naar een concentratiekamp deporteerden. Daar werden ze, samen met duizenden andere Joden, onderworpen aan verschillende vormen van ontbering en marteling. Velen, ook de vrouw en de ouders van Frankl, werden in de kampen vermoord. Frankl overleefde echter en leverde na de oorlog een belangrijke bijdrage aan de psychologie met zijn werk over het belang van het zoeken naar betekenis in ogenschijnlijk onverklaarbare gebeurtenissen, zoals de gebeurtenissen die zich voordeden tijdens zijn verblijf in de kampen. In zijn oorspronkelijke werk, *Man's Search For Meaning (Frankl, 1959)*, zegt hij het volgende: 'Als we niet langer in staat zijn een situatie te veranderen, denk bijvoorbeeld aan een ongeneeslijke ziekte zoals een inoperabele kanker, worden we uitgedaagd onszelf te veranderen.'

De hypothese van Frankl stimuleerde onderzoek naar het nut van het zoeken naar betekenis in verlies. Hierbij worden twee specifieke typen betekenis onderscheiden: **zingeving** en **het zoeken naar een positieve betekenis**. Na een belangrijke, negatieve gebeurtenis in het leven proberen we op een of andere manier zin te geven aan de gebeurtenis, zodanig dat deze past in ons idee dat de wereld voorspelbaar, controleerbaar en niet willekeurig is (Tait & Silver, 1989; Tedeschi & Calhoun, 1986). Een sterfgeval zou bijvoorbeeld kunnen worden gezien als onvermijdelijk als de betrokkene met een langdurige ziekte worstelde, of als deze lang en veel had gerookt. Na de orkaan Katrina waren discussies over langdurige problemen met de rivierdijken in New Orleans ook een poging tot zingeving. Diep gelovige mensen kunnen zin geven aan gebeurtenissen door deze aan Gods wil toe te schrijven. Een tweede fase in het zoeken naar betekenis ontstaat wanneer de betrokkene kan zien dat het verlies uiteindelijk een voordeel met zich heeft meegebracht, bijvoorbeeld een vernieuwd gevoel van waardering van het leven of van dierbaren of het ontdekken van een nieuwe weg in het leven. Bij succesvolle coping lijkt zowel zingeving als het trachten iets positiefs uit de gebeurtenis te halen een rol te spelen, maar de strategieën worden toegepast op verschillende momenten. Zingeving is het eerste probleem waar mensen mee worstelen, maar de uiteindelijke verwerking van het verlies en het herkrijgen van levenskracht, lijkt afhankelijk te zijn van het vinden van een antwoord op het eerste probleem en het overgaan naar het tweede probleem (Janoff-Bulman & Frantz, 1997). Dit kan verklaren waarom mensen die een kind hebben verloren, mensen die te maken hebben met het overlijden van een dierbare bij een ongeluk of een gewelddadig incident, en anderen die worden geconfronteerd met een verlies dat in strijd is met hun beleving van de natuurlijke orde van het leven, moeilijker van een verlies kunnen herstellen (Davis et al., 1998).

Het zoeken naar betekenis in een tragedie is dus geen gemakkelijke opgave. Is er iets dat kan helpen? Het wekt misschien geen verbazing dat dit optimisten gemakkelijker valt dan pessimisten, vooral met betrekking tot het zoeken naar

Zingeving: Eén aspect van het zoeken naar betekenis in een stressvolle situatie, waarbij de stressor wordt beleefd op een wijze die overeenkomt met onze verwachting dat de wereld voorspelbaar, controleerbaar en niet willekeurig is.

Zoeken naar een positieve betekenis: De tweede fase van het zoeken naar betekenis in een stressvolle situatie, waarbij de situatie uiteindelijk zo wordt beleefd dat de stressor als zinvol wordt beschouwd en uit de situatie nog iets positiefs gehaald kan worden.

Het is mogelijk dat je levensduur wordt verlengd door positieve emoties te beleven en te uiten.
Bron: Daniele LaMonaca/Reuters/Landov.

een positieve betekenis (Park et al., 1996). Een diepe religieuze overtuiging lijkt de zingeving te vergemakkelijken, vooral bij het verlies van een kind, zoals blijkt uit een onderzoek naar ouders die een kind verloren aan wiegendood (ook wel *Sudden Infant Death Syndrome* of SIDS) (McIntosh et al., 1993). En de voordelen van sociale steun, die we verderop gaan bestuderen, zijn niet beperkt tot een bepaald persoonlijkheidstype of tot gelovige mensen, maar kunnen een belangrijke rol spelen bij zoeken naar betekenis.

Van de hier besproken copingstrategieën (probleemgerichte en emotiegerichte coping, cognitieve herstructurering, opwaartse en neerwaartse sociale vergelijkingen, positieve emoties en het zoeken naar betekenis) is gebleken dat ze effectief kunnen zijn, dat wil zeggen kunnen voorkomen dat stress een negatieve invloed op de gezondheid krijgt. Elk van deze strategieën biedt een aanwijzing om inzicht te krijgen in de individuele verschillen op het gebied van de invloed van stress. Als je nadenkt over toepassing van deze hulpmiddelen bij je eigen omgang met stress, moet je twee dingen onthouden. Ten eerste: mensen die met chronische stressoren te maken hebben, maken vaak gebruik van een combinatie van strategieën. Ten tweede: we kunnen ook een aantal keuzes maken op het gebied van onze levenswijze en deze aan onze 'gereedschapskist van copingstrategieën' toevoegen; deze keuzes hebben het bijkomende voordeel dat ze ook stressverminderend werken. We geven nu een overzicht van deze keuzes.

Optimisten leven langer. En van een positieve kijk op het leven word je gelukkiger, gezonder en succesvoller. In het boek *Word optimist!* van Leo Bormans (2011) staan verschillende voorbeelden, adviezen en verhalen die je helpen van optimisme een levensstijl te maken.

14.4.2 Keuzes op het gebied van levenswijze

Net als de meeste mensen houd je waarschijnlijk wel van koopjes! We willen zo veel mogelijk waar voor ons geld krijgen, onze tijd zo goed mogelijk besteden en zo veel mogelijk resultaat behalen met onze inspanningen. De keuzes op het gebied van levenswijze die we in deze paragraaf bespreken, zijn koopjes voor onze gezondheid, in die zin dat elke investering in deze categorie je niet één, maar twee voordelen brengt: ze werken als moderatoren en als copingstrategieën (zie figuur 14.7). Hoe meer van deze factoren je in je leven integreert, hoe beter je gezondheid zal zijn.

Sociale steun

Een van de beste remedies tegen stress is **sociale steun**: dit zijn de psychologische en fysieke middelen die anderen je kunnen bieden om de confrontatie met tegenslagen aan te kunnen. Uit onderzoek blijkt dat mensen die een ingrijpende gebeurtenis hebben meegemaakt, zoals het verlies van een partner of een baan, en daardoor zware stress ervaren, minder psychologische en fysiologische pijn ervaren als ze een effectief netwerk van vrienden of familie om zich heen hebben (Billings & Moos, 1985). Ze zijn minder bevattelijk voor verkoudheid en lopen minder risico op depressie of angststoornissen. Sociale steun heeft ook een aantoonbaar positief effect op de gezondheid van mensen met een lichamelijke ziekte (Davison et al., 2000; Kelley et al., 1997): mensen bij wie ziekten zijn vastgesteld zoals hartaandoeningen, kanker, reuma en suikerziekte, herstellen sneller als ze een goed netwerk voor sociale steun hebben (Taylor, 2006). Mensen met weinig betekenisvolle relaties sterven gemiddeld eerder dan mensen die op een ondersteunend sociaal netwerk kunnen terugvallen (Berkman & Syme, 1979; Pilisuk & Parks, 1986) – zelfs als gecorrigeerd wordt voor andere factoren waarvan bekend is dat ze op de levensduur van invloed zijn, zoals de gezondheid en de sociaaleconomische status. Sterker nog, de afwezigheid van een betrouwbaar sociaal netwerk vergroot de kans op sterfte door ziekte, zelfmoord of een ongeluk met ongeveer dezelfde factor als roken (House et al., 1988). Bovendien blijkt uit een recent, wereldwijd uitgevoerd onderzoek dat sociale verbondenheid, in welke vorm dan ook, het meest voorkomende antwoord is op de vraag: 'Wat maakt u gelukkig?' (Zegers, 2010).

Sociale steun: De steun die iemand van anderen ontvangt bij het hanteren van stressvolle situaties.

Deze vrouwen doen twee dingen die gunstig zijn voor hun gezondheid: ze brengen tijd door met vrienden en ze lachen.

Bron: Jack Hollingsworth/Blend Images/ Corbis.

Voordelen van sociale steun Welk aspect van sociale steun maakt dit tot zo'n goed middel om onze gezondheid te verbeteren? Uit onderzoek zijn drie specifieke voordelen naar voren gekomen. Misschien denk je onmiddellijk aan *emotionele steun* als je aan sociale steun denkt; dit is inderdaad een van de voordelen die sociale steun biedt. Als je vrienden hebt die je vertrouwt, en dierbaren op wie je in moeilijke tijden kunt rekenen, geeft dit een onmeetbare verlichting. Maar daarnaast is er ook het voordeel van *instrumentele steun*. Deze steun neemt de vorm aan van specifieke, taakgerichte hulp, bijvoorbeeld iemand met de auto naar de dokter of het ziekenhuis brengen, hulp bij het schoonmaken of eten koken. *Informationele steun,* ten slotte, is erop gericht iemand te helpen een beter inzicht te krijgen in de aard van de stressor; hierbij worden hulpmiddelen beschikbaar gesteld om met de stressor om te gaan. Na een ernstig auto-ongeluk heeft iemand met ruggenmergletsel bijvoorbeeld baat bij informatie over de tijdsduur van het herstel en over strategieën die steun bieden bij het herstel, maar is hij mogelijk niet mobiel genoeg om deze informatie zelf op internet te zoeken; in zo'n geval kan een vriend helpen. En ook al bestaan netwerken voor sociale steun vaak uit familie en goede vrienden, zelfhulpgroepen of andere groepen kunnen deze voordelen ook bieden.

Fysiologisch gezien worden de intensiteit en de duur van de arousal als gevolg van de fight-or-flightreactie door sociale steun verminderd. Dit blijkt uit experimentele onderzoeken waarbij deelnemers aan een stressor worden blootgesteld en hartslag, bloeddruk en concentraties stresshormonen worden gemeten om de reacties in kaart te brengen, hetzij in aanwezigheid van sociale steun, of alleen (Christenfeld et al., 1997). Sociale steun van een vriend of dierbare geeft een optimaal voordeel, maar de arousal neemt ook af wanneer de steun geboden wordt door een vreemde of door het vertonen van een video-opname (Thorsteinsson et al., 1998). Zelfs een huisdier geeft steun, hoewel de proefpersonen aan honden in dit opzicht iets meer steun ontlenen dan aan poezen (Allen et al., 2002). En als sociale steun ontbreekt, heeft zelfs het denken aan dierbaren enig effect (Broadwell & Light, 1999).

Door lichamelijke uitingen van genegenheid zoals omhelzingen, handen vasthouden en aanrakingen, neemt de stress ook af. Bij verschillende onderzoeken wordt gemeld dat de arousal van vrouwen die aan een stressor worden blootgesteld, lager is wanneer hun partner hun hand vasthield of hen omhelsde en onlangs is dit effect bij mannen ook vastgesteld (Coan et al., 2006; Light et al., 2005). Net als bij dieren neemt de oxytocineconcentratie bij beide geslachten toe als gevolg van lichamelijk contact, waardoor angst en stress afnemen. Deze resultaten passen goed bij het model van tend-and-befriend dat we eerder in dit hoofdstuk hebben geïntroduceerd.

Mensen die steun verlenen, oogsten wat ze zaaien Welke invloed heeft sociale steun op degene die de steun verleent? Mensen die sociale steun nodig hebben, vragen zich soms bezorgd af of ze hun dierbaren niet extra belasten wanneer ze om hulp vragen. En hoewel dit soms gebeurt – mensen die iemand met de ziekte van Alzheimer verzorgen, hebben bijvoorbeeld een groter risico op depressie en ziekte – hebben de meeste mensen die steun verlenen, baat bij het helpen. Bij een onderzoek onder echtparen werd gedurende een periode van vijf jaar bijgehouden in welke mate steun werd gegeven en in welke mate steun werd ontvangen; hierbij bleek dat degenen die meer steun gaven, langer leefden (Brown et al., 2003). Het is echter belangrijk op te merken dat mensen die steun verlenen, soms zelf ook steun nodig hebben.

Lichaamsbeweging

Helaas is ons lichaam beter aangepast aan de zware, prehistorische eisen van jagen en voedsel verzamelen dan aan het leven in een gedigitaliseerde, stedelijke omgeving. Het slijten van onze dagen aan een bureau of achter een computerscherm, is niet bevorderlijk voor de fitheid van het lichaam of de gezondheid van de geest. Volgens de TNO Monitor Bewegen en Gezondheid (2012), beweegt 66 procent van de volwassenen en 50 procent van de jongeren voldoende. Eén op de acht jongeren en één op de twintig volwassenen is inactief. Sinds 2000 meet de Monitor Bewegen en Gezondheid trends in het beweeggedrag van de Nederlandse bevolking om het beleid van de overheid te evalueren.

Door slechts een halfuur intensieve lichaamsbeweging per dag wordt het risico op onder meer hartaandoeningen, beroerten en borstkanker verkleind (Taylor, 2006). Ook wordt de spiertonus verhoogd en wordt vet verbrand, veranderingen die gepaard gaan met uiteenlopende voordelen voor de gezondheid. Uit een langlopend onderzoek onder meer dan 2300 mannen kwam naar voren dat een toename van lichamelijke activiteit op middelbare leeftijd uiteindelijk leidt tot een reductie in mortaliteit van hetzelfde niveau als bij constante hoge lichamelijke activiteit. Deze reductie in mortaliteit is volgens de onderzoekers vergelijkbaar met de reductie die te behalen valt door te stoppen met roken (Byberg et al., 2009).

Regelmatige lichaamsbeweging heeft niet alleen fysieke, maar ook psychologische voordelen, waaronder vermindering van stress (McDonald, 1998) en verbetering van de geestelijke gezondheid. Zo werd bij een onderzoek onder mensen met depressie gevonden dat de symptomen van degenen die uitsluitend via lichaamsbeweging werden behandeld, in gelijke mate afnamen als bij een groep die antidepressiva gebruikte. Verrassend genoeg bleef de verbetering langer in stand bij degenen die aan lichaamsbeweging deden; bij hen was ook de kans dat opnieuw depressie werd vastgesteld, kleiner dan bij degenen die niet sportten (Babyak et al., 2000). In een recente meta-analyse van onderzoeken naar effecten van beweging bij mensen met angstproblemen werd gevonden dat angstsymptomen gemiddeld genomen met 20 procent afnamen bij mensen die regelmatig bewogen, in vergelijking met mensen die niet bewogen (Herring et al., 2010).

Veel mensen nemen zich voor om zich meer te gaan bewegen, maar ondanks de duidelijke voordelen die lichaamsbeweging met zich meebrengt houden de meesten het niet lang vol. Het probleem zit in de motivatie. Uit onderzoek blijkt dat mensen kunnen leren om lichaamsbeweging een vaste plaats in hun leven te geven (Myers & Roth, 1997). Waar het om gaat is (a) dat je een activiteit vindt die je leuk vindt, en (b) dat je er meerdere keren per week tijd voor uittrekt. Een maatje is ook prettig: het is gezellig en vormt een aansporing om je aan je programma te houden.

Lichaamsbeweging is een goede manier om stress te verminderen en je algehele gezondheid te verbeteren.

Bron: Marcel Leicher, Flickr.

Mindfulness: Mindfulness kan worden opgevat als het richten van de aandacht op directe ervaringen, waarbij een nieuwsgierige, oordeelsvrije en accepterende houding wordt aangenomen, in het bijzonder ten opzichte van psychologische processen als gedachten en gevoelens.

Omgaan met het nu: savoring en mindfulness

De afgelopen decennia is er binnen de (positieve) psychologie toenemende aandacht voor de toepassing van 'savoring' en 'mindfulness' en de positieve invloed van deze technieken op stress, ziekte en gezondheid. *Savoring* en *mindfulness* zou je als overkoepelende termen kunnen beschouwen voor alle interventies en technieken met een bewuste aandacht voor de (positieve) ervaring in het hier en nu. De term **mindfulness**, ook wel aandacht of achtzaamheid, is afkomstig uit het Angelsaksisch taalgebruik, maar heeft zijn oorsprong in het boeddhisme. Mindfulness wordt toegepast door aanhangers van allerlei vormen van boeddhisme en bestaat onder meer uit meditatie en yoga. Het is in feite een verzamelterm voor een groot aantal verschillende technieken, en heeft geen sluitende definitie. Mindfulness kan worden opgevat als het richten van de aandacht op directe ervaringen, waarbij een nieuwsgierige, oordeelsvrije en accepterende houding wordt aangenomen, in het bijzonder ten opzichte van psychologische processen als gedachten en gevoelens (Bishop et al., 2004, Baer et al., 2006). Hieraan gerelateerd is de term *savoring* (vrij vertaald: genieten), volgens Bryant 'the capacity to attend to, appreciate, and enhance the positive experiences in one's life' (uit: Lopez, 2009). Als interventie is *savoring* ook een vorm van aandachtstraining, maar met een selectieve voorkeur voor positieve ervaringen.

Er zijn inmiddels veel aanwijzingen dat aandacht voor alledaagse ervaringen en mindfulness samenhangen met allerlei aspecten van persoonlijk welzijn, zoals geestelijke en lichamelijke gezondheid, gedragsregulatie en interpersoonlijke relaties (Brown et al., 2007a).

Het eerste bekende op mindfulness gebaseerde programma werd ontwikkeld voor stressreductie. De *Mindfulness-based Stress Reduction* (MBSR) van Kabat-Zinn (1990) werd gebaseerd op elementen uit de boeddhistische leer en meditatiepraktijk. De ontwikkeling van mindfulness door meditatieoefeningen is een centraal onderdeel van het programma. Volgens Kabat-Zinn is 'knowing what you are doing while you are doing it' de essentie van mindfulnesstraining.

Een aantal jaren later werd door Linehan de *Dialectical Behavior Therapy* (DBT) ontwikkeld (Linehan, 1993a). Het is een complexe therapievorm waarin de dialectiek (werking van tegengesteldheid) tussen acceptatie en verandering centraal staat. Linehan integreert ideeën en technieken uit het zenboeddhisme in de therapie en het ontwikkelen van mindfulness is een centraal onderdeel van DBT. De therapie wordt vooral ingezet bij de behandeling van persoonlijkheidsstoornissen.

Meer recent werden de *Acceptance and Commitment Therapy* (ACT) en *Mindfulness-based Cognitive Therapy* (MBCT) ontwikkeld. ACT (Hayes et al., 1999) is een contextuele gedragstherapeutische therapievorm, waarin mindfulness en acceptatie een belangrijke rol spelen. MBCT (Segal et al., 2010) is een integratie van MBSR en cognitief-gedragstherapeutische technieken. Inmiddels heeft de ontwikkeling van dergelijke toepassingen van mindfulness gezorgd voor een nieuwe stroming binnen de gedragstherapie, de zogenaamde *Derde generatie gedragstherapie*. Deze legt de nadruk op het gebruik van mindfulnessvaardigheden, acceptatie en het effectiever leren omgaan met emoties en cognities zonder deze te willen veranderen.

Verschillende onderzoeken naar het effect van op mindfulness gebaseerde programma's laten positieve resultaten zien, zoals onderzoek bij kankerpatiënten (Speca et al., 2000), onderzoek bij patiënten met chronische pijn (Morone et al., 2008), onderzoek bij mensen die kampen met angst en depressie (Hofmann et al., 2010; Segal et al., 2010) en onderzoek bij mensen die stress ervaren (Nyklícek & Kuijpers, 2008). Uit onderzoek naar MBSR komen aanwijzingen naar voren dat de stress, het risico op nervositeit, depressie en burn-out worden verminderd door deelname aan een trainingsprogramma van acht weken en dat het afweerstelsel beter gaat functioneren (Shapiro et al., 2005; Carlson et al., 2007).

Hoewel niet duidelijk is hoe mindfulness precies werkt, worden er verschillende werkingmechanismen verondersteld, die nog onderzocht worden. De bekendste hebben een link met de cognitieve psychologie, zoals: verbetering van de zelfregulatie, emotieregulatie en regulatie van de aandacht en het loslaten van op het zelfbeeld gericht functioneren (Baer, 2003; Brown et al., 2007a).

Voeding, eetpatroon en slaap

Voor een goede gezondheid en effectieve stresshantering hebben de hersenen bepaalde stoffen nodig waarmee ze optimaal kunnen functioneren. Gelukkig levert een uitgebalanceerd dieet alle voedingsstoffen die nodig zijn om de hersenen in staat te stellen potentiële stressoren nauwkeurig te identificeren. Als we bijvoorbeeld complexe koolhydraten eten in plaats van enkelvoudige suikers, verloopt de stofwisseling van de voedingsstoffen in een gelijkmatiger tempo, waardoor wordt voorkomen dat we overmatig reageren. Maar veel mensen eten regelmatig in de snackbar of trekken een reep uit de automaat, in plaats van tijd te nemen voor goede voeding. Uit een onderzoek onder studenten in 21 Europese landen blijkt dat maar ongeveer de helft zijn best doet om gezond te eten. Bovendien blijkt dat vrouwen bewuster met gezonde voeding omgaan dan mannen (Wardle et al., 1997).
Een chronisch tekort aan voedingsstoffen tijdens de jeugd (als de hersenen het snelst groeien) kan de ontwikkeling van het kind vertragen (Stock & Smythe, 1963; Wurtman, 1982). Ook bij volwassenen kan slechte voeding negatieve gevolgen hebben. Door een dieet met veel verzadigd vet wordt het risico op hartaandoeningen en verschillende typen kanker verhoogd. Een overmatige zoutconsumptie verhoogt het risico op hoge bloeddruk. Een tekort aan kalium kan lusteloosheid en uitputting veroorzaken. We moeten echter oppassen dat we niet naar de andere kant doorschieten en ons volproppen met grote hoeveelheden vitaminen en mineralen. Van sommige vitaminen (met name vitamine A) en mineralen (zoals ijzer) krijg je al gauw te veel binnen, en dan ben je nog verder van huis.
In hoofdstuk 8 heb je gelezen over de voordelen van een goede nachtrust. Slaap heeft verschillende invloeden op onze gezondheid en op stress. Ten eerste herinneren we je eraan dat we genoeg slaap moeten krijgen om te profiteren van de lange REM-perioden die pas na circa zes uur slaap ontstaan; dit is belangrijk vanwege het verband tussen de REM-slaap en het cognitief functioneren. Chronische slaapdeprivatie heeft niet alleen tot gevolg dat het risico op ongelukken wordt vergroot, ook diabetes en hartaandoeningen worden met chronische slaapdeprivatie in verband gebracht en bovendien gaat het afweerstelsel onder deze omstandigheden slechter functioneren.

14.4.3 Alles bij elkaar: geluksgevoel en subjectief welbevinden ontwikkelen

Wanneer je veranderingen in je leven aanbrengt ten gunste van je gezondheid, kan dit ertoe leiden dat je je beter gaat voelen, een toestand die onderzoekers **subjectief welbevinden (SWB)** noemen, een psychologisch gezien preciezere term voor wat je 'geluk' zou kunnen noemen. Ken je dat gevoel?

Subjectief welbevinden (SWB): De manier waarop een individu zijn of haar leven beoordeelt, inclusief cognitieve en emotionele reacties. Over het algemeen 'geluk' genoemd.

We kunnen geluk niet direct waarnemen. In plaats daarvan zijn onderzoekers bij onderzoeken naar SWB afhankelijk van de antwoorden die respondenten geven wanneer wordt gevraagd naar hun welbevinden, stemming of succes (Diener, 1984, 2000). Om te voorkomen dat verwarring ontstaat over de betekenis van het woord 'welbevinden', kunnen de onderzoekers ook gebruikmaken van een non-verbale schaal zoals die in figuur 14.8 (Andrews & Whithy, 1976).
Geluk, of SWB, is een steeds populairder onderzoeksonderwerp bij psychologen, hetgeen blijkt uit het opkomende gebied van de positieve psychologie. Een voorbeeld dat aantoont dat geluk een actueel onderwerp is, is het feit dat Her-

Figuur 14.8
De gezichtenschaal
'Welk gezicht past het beste bij de manier waarop jij je leven ervaart?' Met deze eenvoudige schaal kunnen mensen hun niveau van welbevinden aangeven. Uit de percentages blijkt dat de meeste mensen een van de tevreden gezichten kiezen. De schaal en de gegevens zijn afkomstig uit *Social Indicators of Well-Being: Americans' Perceptions of Life Quality* (p. 207 en 306), door F.M. Andrews en S.B. Withey, 1976, New York, Plenum. Copyright 1976 by Plenum.

man Van Rompuy, in 2011 president van de Europese Gemeenschap, het *World book of Happiness* (Bormans, 2010) als nieuwjaarsgeschenk aan 200 wereldleiders bezorgde. Er is steeds meer onderzoek (Myers, 2000; Myers & Diener, 1995) waaruit blijkt dat SWB, dat afhankelijk is van factoren die van individu tot individu verschillen, ook door drie centrale componenten wordt bepaald:

1. *Tevredenheid met het huidige leven*: Mensen met een hoog SWB houden van hun werk en zijn tevreden over hun persoonlijke relaties. Ze zijn prettig in de omgang, extravert en staan open voor anderen (Pavor et al., 1990). Even belangrijk is dat mensen met een hoog SWB van zichzelf houden, dat ze gezond zijn en een gezond gevoel van eigenwaarde hebben (Baumeister et al., 2003; Janoff-Bulman, 1989, 1992).
2. *Relatief veel positieve emoties*: Mensen met een hoog SWB ervaren vaker aangename emoties. Dat komt voornamelijk doordat ze de wereld om zich heen over het algemeen op een positieve manier waarderen. Ze hebben een optimistische kijk op de wereld en gaan ervan uit dat als ze iets willen, ze dat ook voor elkaar krijgen (locus of control) (Seligman, 1991). Ze zijn in staat te genieten van de 'flow' in hun werk (Crohan et al., 1989, Csikszentmihalyi, 1990).
3. *Relatief weinig negatieve emoties*: Mensen met een sterk gevoel van subjectief welbevinden hebben minder vaak last van negatieve emoties als angst, depressie en woede, en wanneer ze wel last hebben van die emoties, zijn ze bij hen over het algemeen minder hevig. Heel gelukkige mensen zijn niet emotioneel extreem. Ze zijn het grootste deel van de tijd positief (maar niet extatisch) en ze maken melding van incidenteel voorkomende negatieve stemmingen (Diener & Seligman, 2002).

Wat is de grondslag van deze drie dimensies? Uit tweelingstudies blijkt dat gevoelens van welbevinden tot op zekere hoogte beïnvloed worden door de genen (Lykken & Tellegen, 1996). De biologie is echter geen lotsbestemming: uit onderzoek komt naar voren dat effecten vanuit de omgeving een rol spelen. Mensen voelen zich ongelukkig als ze geen sociale steun krijgen, als ze onder druk staan om een doel te bereiken dat door anderen is gesteld en als ze zelden positieve feedback krijgen op hun prestaties. Deskundigen op dit gebied zijn van mening dat je pas een gevoel van welbevinden kunt ervaren als aan de volgende eisen is voldaan: (a) een gevoel van competentie hebben, (b) het hebben van een sociale band of een gevoel van verbondenheid en (c) het ervaren van autonomie of het hebben van het gevoel dat je controle hebt over je eigen leven (Baumeister 2003; Ryan & Deci, 2000).
Denk je dat er bepaalde bevolkingsgroepen zijn die over het algemeen een hoger subjectief welbevinden ervaren en dus 'gelukkiger zijn'? Welke kenmerken en ervaringen worden in verband gebracht met subjectief welbevinden en geluk? Myers en Diener (1995) hebben de bestaande literatuur over SWB doorgespit en konden op grond van de uitkomsten de volgende mythen en misverstanden over geluk ontmaskeren en kwamen zodoende tot de volgende conclusies:

- *De ene levensfase maakt niet per definitie gelukkiger dan de andere*
  SWB hangt niet samen met leeftijd. Uit de meeste onderzoeken onder verschillende leeftijdsgroepen blijkt dat jongeren en ouderen ongeveer even tevreden zijn met hun leven. Wat jonge mensen tevreden maakt verschilt wel van wat oudere mensen tevreden maakt (Inglehart, 1990).

- *Mannen en vrouwen zijn even gelukkig*
  Hoewel vrouwen gevoeliger zijn voor angst en depressie, en mannen voor alcoholisme en bepaalde persoonlijkheidsstoornissen, zijn de aantallen gelukkige mannen en vrouwen ongeveer gelijk (Fujita et al., 1991; Inglehart, 1990).
- *Geld maakt niet gelukkig*
  Op internationaal niveau rapporteren rijkere landen een groter welzijn. Op nationaal niveau ligt dat anders. Zodra aan de behoeften aan voedsel, onderdak en veiligheid is voldaan, bestaat er maar een zeer zwakke correlatie tussen inkomen en geluk. Totale afwezigheid van geld is natuurlijk geen pretje, maar op zichzelf is welvaart geen garantie voor geluk (Diener & Diener, 1996; Diener et al., 1993). Gelukkige mensen zijn niet degenen die krijgen wat ze willen, maar degenen die willen wat ze hebben (Myers & Diener, 1995). Volgens recent onderzoek komt geluk vooral voor in Noord-Europa, en vooral niet in Afrika. Volgens het World Happiness Report van de Verenigde Naties (2012) behoren Nederlanders zelfs tot de gelukkigste mensen ter wereld. Alleen de bevolking van Denemarken, Finland en Noorwegen is nog een tikje gelukkiger. Volgens de ranglijst zijn Belgen ook behoorlijk gelukkig; België staat op de 15e plaats.
- *Spiritualiteit en geluk gaan vaak samen*
  Mensen die een spirituele dimensie ervaren, melden de grootste mate van geluk (Myers & Diener, 1995). Dat kan vele oorzaken hebben, zoals een relatie met een gezondere leefstijl, met sociale steun en met optimistisch denken. Ook de psychische en lichamelijke gezondheid van spirituele mensen is over het algemeen beter (Seybold & Hill, 2001).

Deze conclusies betekenen dat redelijk vaststaande omstandigheden zoals leeftijd, geslacht, etnische achtergrond, nationaliteit of inkomen weinig invloed hebben op geluk. De ervaring van subjectief welbevinden lijkt voornamelijk te berusten op bepaalde psychologische kenmerken en processen.
Onderzoeken naar geluk en welbevinden tonen aan dat mensen over het algemeen uitzonderlijk veerkrachtig zijn. De meeste mensen die met zware stress geconfronteerd worden, houden zich redelijk staande. Over het algemeen zijn ze na verloop van tijd weer even gelukkig, of zelfs gelukkiger, dan voor de traumatische gebeurtenis (Headey & Wearing, 1992). Dit fenomeen wordt *posttraumatische groei* genoemd. Een voorbeeld hiervan in Vlaanderen is Marc Herremans, een triatleet die in een rolstoel is beland en toch sport blijft beoefenen en de To Walk Again Foundation heeft opgericht.
Door effectieve copingstrategieën toe te passen en door intelligente keuzes te maken die bepalend zijn voor de levenswijze, wordt de kans op positieve resultaten verhoogd.

■ **PSYCHOLOGISCHE KWESTIES**

Gedragsgeneeskunde en gezondheidspsychologie

Maar liefst 93 procent van de patiënten houdt zich niet aan de behandeling die hun arts heeft voorgeschreven (Taylor, 1990). Dat kan uiteraard verschrikkelijke gevolgen hebben. De vraag waarom mensen hun medicijnen niet innemen, waarom ze te weinig bewegen, te vet eten en niet met stress overweg kunnen, vormt de basis van twee nieuwe wetenschapsgebieden: *gedragsgeneeskunde* en *gezondheidspsychologie*. **Gedragsgeneeskunde** (*behavioral medicine*) is de medische discipline die de relatie tussen leefstijl en ziekte onderzoekt. **Gezondheidspsychologie** is in feite de psychologische tegenhanger. Deskundigen uit beide vakgebieden proberen te begrijpen welke psychosociale factoren van invloed zijn op gezondheid en ziekte (Taylor, 1990, 1992). Belangrijke thema's zijn het bevorderen en in stand houden van gezondheid; de preventie en behandeling van ziekten; oorzaken en correlaties tussen gezondheid, ziekte en disfunctioneren; en verbetering van de gezondheidszorg en het gezondheidsbeleid (Matarazzo, 1980).

Beide wetenschapsgebieden staan nog in de kinderschoenen, maar overal ter wereld zijn ze actief betrokken bij de preventie en behandeling van trauma's en ziekten die samenhangen met een stressvolle of gevaarlijke omgeving, slechte voeding, te weinig lichaamsbeweging of druggebruik (Holtzman, 1992). De bijdrage van de psychologie heeft onder meer geleid tot het toegenomen besef dat emoties en cognitieve factoren een grote invloed hebben. Er bestaat nogal wat overlap tussen de beide specialisaties. Gedragsgeneeskunde en gezondheidspsychologie vormen in feite meer een interdisciplinair wetenschapsgebied dan een exclusief medisch specialisme (Miller, 1983; Rodin & Salovey, 1989). Zowel medici als psychologen erkennen het bestaan van een interactie tussen lichaam en geest, en beide partijen leggen de nadruk op het voorkomen van ziektes en het veranderen van ongezonde gedragspatronen van ex-patiënten (Taylor, 1990, 2002). Het is echter moeilijk om patiënten ertoe te brengen hun leefstijl te veranderen. De sociale psychologie heeft daarom enkele strategieën ontwikkeld die worden gebruikt om patiënten te stimuleren om de adviezen van hun therapeuten op te volgen (Zimbardo & Leippe, 1991). Uit onderzoek blijkt bijvoorbeeld dat mensen eerder met een advies van hun arts instemmen als ze het gevoel hebben dat ze kunnen kiezen. Een arts zou zijn patiënt niet per se een bepaalde behandeling moeten opleggen, maar hem verschillende mogelijkheden kunnen voorleggen, waaruit de patiënt kan kiezen. Het blijkt dat patiënten de voorschriften van hun arts het meest nauwgezet opvolgen als die arts alle opties heeft voorgelegd en ze actieve sociale steun krijgen van vrienden en familieleden (Gottlieb, 1987; Patterson, 1985). En bij een grensverleggend onderzoek onder patiënten met hartaandoeningen (zie figuur 14.9) bleek dat specifieke vaardigheidstraining, zoals die gegeven wordt in workshops waarin participanten werden geholpen positieve veranderingen aan te brengen in hun leefgewoonten, de factor was die ook daadwerkelijk de grootste verandering teweegbracht (Maccoby et al., 1977).

Gedragsgeneeskunde: Medische specialisatie die zich verdiept in het verband tussen leefstijl en ziekte.

Gezondheidspsychologie: Psychologische specialisatie die de psychologische factoren bestudeert die van invloed zijn op het ontstaan en het verloop van een ziekte en daarnaast bijdragen aan gezondheid en welzijn. Deze specialisatie heeft als doel mensen voor te lichten over het belang en de mogelijkheden van het ontwikkelen van een gezondere leefstijl.

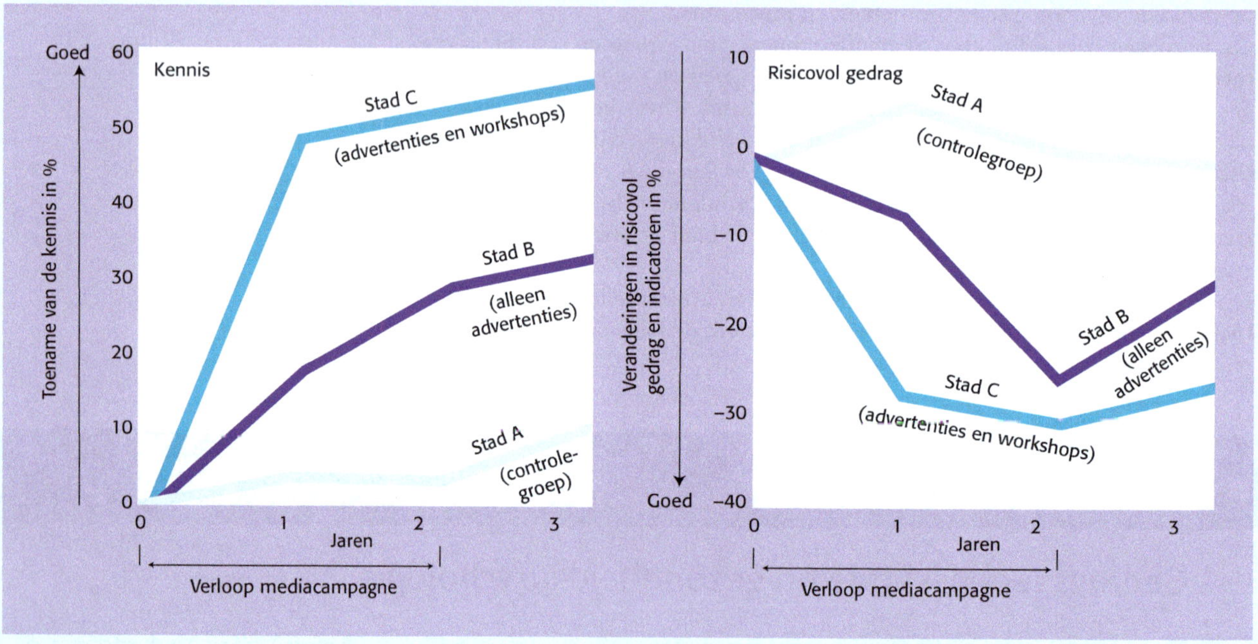

Figuur 14.9

Stimuleren van een gezondere leefstijl

In stad B werd gedurende twee jaar een advertentiecampagne gevoerd. Na afloop waren de inwoners beter op de hoogte van de risicofactoren voor hart- en vaatziekten dan de inwoners van stad A, die geen extra informatie hadden ontvangen. Maar de inwoners van stad C, waar naast de advertentiecampagne gedurende een aantal maanden intensieve workshops en instructiebijeenkomsten waren georganiseerd, hadden het meest geleerd. De toename van kennis ging gelijk op met een afname van slechte gewoonten (risicovol gedrag) en symptomen (indicatoren).

Al met al heeft het vakgebied van de psychologie, zich baserend op wetenschappelijk onderzoek, talloze resultaten opgeleverd en strategieën in kaart gebracht; deze zijn van nut bij de inspanningen om onze gezondheid te verbeteren, zowel de lichamelijke als de geestelijke gezondheid. De gedragsprincipes die in hoofdstuk 4 zijn besproken, kunnen bijvoorbeeld worden gecombineerd met wat we weten over goede denkstrategieën (uit hoofdstuk 6); bij cognitieve gedragstherapie worden deze inderdaad gecombineerd. Aan de hand van de principes van emotie en motivatie, de onderwerpen van hoofdstuk 9, kunnen we een additioneel inzicht verkrijgen in de factoren die van invloed zijn op onze emotionele gezondheid en op de gedragingen met behulp waarvan we kunnen voorzien in onze basisbehoeften (zoals de behoefte aan voedsel en sociale ondersteuning). Je kunt veel van deze principes op jezelf toepassen bij je streven naar een verbetering van je gezondheid en je welzijn, en daar wensen we je veel succes bij!

Kritisch denken toegepast
Ga naar 'In de praktijk' in de MyLab mediatheek voor een bespreking van de vraag of verandering echt gevaarlijk is voor je gezondheid.

Ga naar **www.pearsonmylab.nl** om je kennis en begrip van deze paragraaf te testen met de MyMap, MyCheck en MyDefinitions.

SAMENVATTING VAN HET HOOFDSTUK

CENTRALE VRAAG: Waren de reacties en ervaringen van mensen bij de aanslagen op het World Trade Center op 9/11 typerend voor mensen in stressvolle situaties? En welke factoren verklaren individuele verschillen in lichamelijke en psychologische reacties op stress?

- Brandweerlieden die de ramp in het WTC overleefden, vertoonden nadien allerlei reacties van lichamelijke, gedragsmatige, cognitieve en emotionele aard. Afgezien van lichamelijk letsel en herinneringen die typerend waren voor deze specifieke gebeurtenis, waren hun reacties kenmerkend voor anderen die stressvolle situaties hebben meegemaakt.
- Los van een pakket vergelijkbare symptomen dat zich ongeacht de stressor voordoet, komen uit onderzoek reactieverschillen naar voren die samenhangen met de oorzaak van de stressor: persoonlijk verlies, een ramp en mogelijk andere factoren.
- Wat de oorzaak ook is, stress moet vanuit een veelvoud aan psychologische perspectieven worden verklaard, zoals biologische, gedragsmatige, ontwikkelingsgerelateerde, sociaal-culturele en cognitieve perspectieven en ook *whole person*-perspectieven.
- Er zijn ook individuele verschillen in reacties op stress. Die zijn afhankelijk van de intensiteit en duur van de stressor, de culturele achtergrond, copingstrategieën, sociale steun, stressmoderatoren, en daarnaast van andere stressoren in ons leven. Shelley Taylor heeft ook gesuggereerd dat mannen en vrouwen verschillende reactiestijlen hebben in geval van stress.

KERNVRAAG 14.1

▶ Wat veroorzaakt stress?

Stressoren zijn uitwendige gebeurtenissen die **stress** veroorzaken, terwijl onder **stress** de lichamelijke en emotionele veranderingen worden verstaan die zich in reactie op de stressor voordoen. Hoewel onze **cognitieve beoordeling** van invloed is op onze individuele reacties op stressoren, worden er voor gebeurtenissen die meestal stress veroorzaken verschillende categorieën onderscheiden.

Traumatische gebeurtenissen zijn onder meer natuurrampen, **terrorisme**, of een plotseling persoonlijk verlies zoals het overlijden van een dierbare of het onverwachts uitgaan van je relatie. Al deze situaties doen zich meestal voor zonder noemenswaardige waarschuwing en ze veroorzaken tijdens de onmiddellijke nasleep van de gebeurtenis bijna altijd extreme stress. Uit onderzoek komen aanwijzingen naar voren dat circa 20 procent van de overlevenden van een natuurramp na een jaar nog steeds van streek is. Van de mensen die een terroristische aanslag hebben overleefd, is maar liefst 75 procent na een jaar nog steeds angstig. Door herhaalde berichtgeving over de gebeurtenis in de media worden de effecten vaak verergerd en verlengd, en kan ook stress ontstaan bij mensen die de gebeurtenis niet persoonlijk hebben meegemaakt, een verschijnsel dat **secundaire traumatisering** wordt genoemd. **Rouw** is een normaal, gezond proces in reactie op een persoonlijk verlies. **Miskende rouw**, de emoties rond een verlies die anderen niet begrijpen, kan niet via een openbaar ritueel, zoals een herdenkingsdienst of begrafenis, worden geuit.

Posttraumatische stressstoornis (PTSS) kan zich voordoen bij mensen die zijn blootgesteld aan zeer moeilijke omstandigheden, zoals oorlog, verkrachting of andere gewelddadige gebeurtenissen. Symptomen van PTSS kunnen cognitief, gedragsmatig of emotioneel zijn, zoals (bijvoorbeeld) blijkt uit concentratieproblemen, overdreven 'schrikreacties' en overlevingsschuld.

Chronische stressoren doen zich in geleidelijk toenemende intensiteit voor en duren langer dan traumatische gebeurtenissen. **Maatschappelijke stressoren** zoals armoede en werkloosheid, problemen thuis en problemen op school of op het werk, zijn te beschouwen als een bepaald type chronische stressor. Een ander type is de **burn-out**, een syndroom dat gekenmerkt wordt door lichamelijke en cognitieve vermoeidheid als gevolg van veeleisende, doorlopende druk op het werk, thuis of in relaties en daarnaast door emotionele uitputting.

Grote veranderingen in iemands leven (zowel positief als negatief) kunnen ook een bron van stress zijn, doordat ze onze dagelijkse routine verstoren en we ons aan moeten passen aan nieuwe omstandigheden. Tot slot kunnen ook kleine **ergernissen**, zoals een vastgelopen computer of een blaffende hond, stress veroorzaken die zich in de loop van de tijd opbouwt, als ze zich blijven voordoen.

- **KERNCONCEPT 14.1**
  Traumatische gebeurtenissen, aanhoudend slechte levensomstandigheden, grote veranderingen in het leven en zelfs kleine problemen kunnen allemaal tot stress leiden.

KERNVRAAG 14.2

▶ Wat zijn de lichamelijke effecten van stress?

Wanneer ons lichaam met **acute stressoren** wordt geconfronteerd, blijkt het te zijn toegerust met een verbazingwekkend vermogen om de problemen effectief op te lossen. De **fight-or-flightreactie** wordt door het autonome zenuwstelsel opgewekt en bestaat onder meer uit onmiddellijke lichamelijke veranderingen, zoals een versnelling van de hartslag en de ademhaling, een verhoging van de bloeddruk, meer transpiratie en een verwijding van de pupillen. Een uitgebreidere verklaring van onze reactie op stress wordt geboden door het **algemeen aanpassingssyndroom** van Hans Selye. Het aanpassingssyndroom bestaat uit drie fases: de **alarmfase,** de **weerstandsfase** en ten slotte de **uitputtingsfase.** Als de stressor chronisch van aard is, raken de hulpmiddelen die ons in staat stelden acute stressoren effectief te bestrijden, uitgeput; dit leidt tot talloze lichamelijke en emotionele symptomen. Daardoor worden we kwetsbaarder voor ziekten. De fight-or-flightreactie bij dieren en mensen is goed gedocumenteerd. Onbekender is een alternatief reactiepatroon op stress, waarvan de psycholoog Shelley Taylor melding maakt. In haar theorie van **tend-and-befriend** stelt ze dat het zoeken van sociale steun mogelijk een effectievere reactie is op stress als het gaat om de bescherming en daarmee om de overlevingskansen van nakomelingen. Bij het begrijpen van de complexe, menselijke stressreactie vullen deze modellen elkaar aan, ze sluiten elkaar niet uit.

In de **psychoneuro-immunologie** wordt de relatie tussen stress en ziekte bestudeerd door te kijken naar de relatie tussen het brein en het lichaam. Bij onderzoek op dit terrein is aan het licht gekomen dat het centrale zenuwstelsel en het afweerstelsel gedurende de reactie op stress voortdurend met elkaar in contact blijven. **Cytokinen** zijn eiwitten die infecties bestrijden, maar die bij langdurige stress gevoelens van lusteloosheid en depressie veroorzaken. Een manier waarop stress de lichamelijke gezondheid beïnvloedt, is door het versnellen van de veroudering van cellen, afgemeten aan de lengte van de **telomeren**. Korte telomeren worden geassocieerd met verschillende ziekten en vroege sterfte. Cognitieve beoordeling beïnvloedt de veroudering van cellen en speelt daarom een belangrijke rol in de relatie tussen stress en ziekte.

- **KERNCONCEPT 14.2**
De lichamelijke stressreactie begint met arousal; hierdoor wordt een reeks fysiologische reacties geactiveerd die op de korte termijn adaptief zijn, maar die schadelijk kunnen zijn wanneer ze te lang duren.

KERNVRAAG 14.3

▶ Wie is het meest kwetsbaar voor stress?

Door **stressmoderatoren** wordt de invloed van stressoren op het stressniveau dat we beleven, verminderd. De meeste ervan fungeren als variaties op cognitieve beoordeling, hoewel vaak op onbewust niveau. Vijandige mensen hebben een grotere kans stress te beleven wanneer ze met een stressvolle situatie worden geconfronteerd (**type A-gedrag**), waardoor hun risico op hartaandoeningen wordt vergroot. Gelukkig blijken programma's voor stressmanagement effectief: door deze programma's reageren deze mensen minder hevig op stress en is hun gezondheid minder kwetsbaar.
Locus of control is een tweede persoonlijkheidskenmerk dat van invloed is op de relatie tussen stressoren en stress. Mensen met een **interne** locus of control zijn beter bestand tegen stress dan mensen met een **externe** locus of control, waarschijnlijk doordat ze van mening zijn dat ze actie kunnen ondernemen om de stress te beïnvloeden. Gebleken is dat locus of control niet alleen van invloed is op stress, maar ook op de gezondheid en de levensduur. Hoewel de locus of control mogelijk een genetische basis heeft, zijn onze ervaringen ook op de locus of control van invloed, zoals is gebleken uit onderzoek naar **aangeleerde hulpeloosheid**. **Primaire controle** is het beïnvloeden van de gebeurtenissen die stress veroorzaken. **Secundaire controle** is het aansturen van de eigen reacties op de stress veroorzakende gebeurtenissen; in oosterse culturen komt deze vaker voor. Bij onderzoek is gebleken dat beide typen controle effectief zijn in de culturen waarin ze dominant zijn.
Weerbaarheid is een persoonlijkheidseigenschap gebaseerd op een houding van interne controle (zelf je leven in handen nemen), veranderingen als een uitdaging zien en niet als een bedreiging, en betrokkenheid bij levensactiviteiten in plaats van vervreemding of isolement. Mensen met een weerbare houding zijn beter tegen stress bestand. Op soortgelijke wijze ervaren optimistische mensen minder stress als ze met stressvolle situaties worden geconfronteerd, doordat ze zich meer op de positieve dan op de negatieve aspecten van de situatie concentreren. **Optimisme** wordt gekenmerkt door specifieke aannames, of attributies, ten aanzien van negatieve gebeurtenissen. Verder lijken zowel weerbaarheid als optimisme (net als locus of control) enige biologische basis te hebben, maar kunnen ze via de juiste trainingsprogramma's worden verbeterd. **Veerkracht** is het vermogen te herstellen en zich aan problematische omstandigheden aan te passen; deze eigenschap is aan optimisme en weerbaarheid gerelateerd, en ook aan sociale vaardigheden, cognitieve vermogens en steun van liefhebbende ouders of andere mensen die zich betrokken opstellen.

- **KERNCONCEPT 14.3**
Persoonlijkheidskenmerken zijn van invloed op onze individuele reacties op stressvolle situaties, en daardoor op de mate waarin we stress ervaren als we aan stressoren worden blootgesteld.

KERNVRAAG 14.4

▶ Hoe kunnen we de invloed van stress op onze gezondheid verminderen?

Coping bestaat uit het ondernemen van actie die zich ook richt op de oorzaken van stress en niet alleen de symptomen ervan vermindert of elimineert. **Probleemgerichte coping** wordt bewerkstelligd door specifieke acties die erop zijn gericht een probleem of stressor weg te nemen, terwijl bij **emotiegerichte coping** pogingen worden gedaan om de emotionele reactie op stress te reguleren. Beide typen coping kunnen nuttig zijn en waarschijnlijk wordt het beste resultaat bereikt wanneer ze beide worden toegepast. **Cognitieve herstructurering** is een andere effectieve copingstrategie en bestaat uit het aanpassen van onze perceptie van de stressor of onze reacties erop. Cognitieve herstructurering kan onder meer bestaan uit **opwaartse** en **neerwaartse sociale vergelijking**.

De effecten van stress op onze gezondheid kunnen ook worden verminderd door het cultiveren van positieve emoties, zoals het geval is in een humoristische benadering, of door pogingen betekenis in de stressvolle situatie te vinden. Bij het vinden van betekenis lijkt **zingeving** de eerste stap te zijn; deze wordt gevolgd door het **zoeken naar een positieve betekenis**. Verschillende keuzes op het gebied van de levenswijze bieden het voordeel van 'twee voor de prijs van één' in onze verdediging tegen stress: ze kunnen onze weerstand tegen stress verhogen en ook onze kwetsbaarheid voor stressgerelateerde ziekten verlagen. **Sociale steun** is mogelijk de belangrijkste van deze leefstijlfactoren, wat blijkt uit het feit dat mensen met meer sociale steun langer en gezonder leven dan mensen met weinig of geen steun. Sociale steun heeft emotionele, tastbare en informationele voordelen. Regelmatige intensieve lichaamsbeweging heeft zowel lichamelijke als psychologische voordelen; gebleken is dat hierdoor de invloed van stress op onze gezondheid wordt verminderd. Ook is gebleken dat goede voedingsgewoonten en het zorgen voor voldoende slaap onze kwetsbaarheid voor stress en ziekte doen verminderen.

De afgelopen decennia is er in relatie tot stress, ziekte en gezondheid binnen de psychologie toenemende aandacht voor de toepassing van 'aandacht voor het nu' met behulp van **mindfulness** en *savoring* (genieten). Er zijn veel aanwijzingen dat aandacht voor alledaagse ervaringen en mindfulness samenhangen met allerlei aspecten van persoonlijk welzijn, zoals geestelijke en lichamelijke gezondheid, gedragsregulatie en interpersoonlijke relaties.

Subjectief welbehagen (SWB) bestaat onder meer uit tevredenheid met het leven, veel positieve emoties en afwezigheid van negatieve emoties. Net als vele van de concepten die we hebben bestudeerd, wordt iemands SWB zowel door erfelijke factoren als door de omgeving beïnvloed. Noch de leeftijd, noch rijkdom zijn voorspellende factoren voor geluk: gelukkige mensen zijn te vinden onder de jongsten en de oudsten, de rijksten en de armsten en zelfs onder slachtoffers van ernstige ziekten of invaliderende verwondingen.

KERNCONCEPT 14.4

Door effectieve copingstrategieën neemt de invloed van stress op onze gezondheid af. Onze levenswijze kan zowel onze mentale en fysieke gezondheid als ons algehele welzijn bevorderen.

Op **www.pearsonmylab.nl** vind je tools en toetsen om je begrip en kennis van dit hoofdstuk uit te breiden en te oefenen.

BELANGRIJKE BEGRIPPEN

- Aangeleerde hulpeloosheid
- Acute stress
- Afweer
- Alarmfase
- Algemeen aanpassingssyndroom
- Burn-out
- Catastrofale gebeurtenis
- Chronische stressor
- Cognitieve beoordeling
- Cognitieve herstructurering
- Coping
- Copingstrategie
- Cortisol
- Distress
- Emotiegerichte coping
- Ergernis
- Flight-or-fightreactie
- Gedragsgeneeskunde
- Gezondheidspsychologie
- Immunosuppressie
- Integratie
- Job engagement
- Levensverhaal (self-narrative)
- Locus of control
- Maatschappelijke stressor
- Mensen die externaliseren
- Mensen die internaliseren
- Mindfulness
- Miskende rouw
- Moderator
- Neerwaartse sociale vergelijking
- Optimisme
- Opwaartse sociale vergelijking
- Oxytocine
- Piekeren
- Positievere keuzes op het gebied van levenswijze
- Posttraumatische stressstoornis (PTSS)
- Primaire controle
- Probleemgerichte coping
- Psychoneuro-immunologie
- Rouw
- Secundaire controle
- Secundaire traumatisering
- Sociale steun
- Social Readjustment Rating Scale
- Sociale vergelijking
- Stress
- Stressor
- Subjectief welbevinden (SWB)
- Telomeer
- Tend-and-befriend
- Terrorisme
- Traumatische stressor
- Type A
- Uitputtingsfase
- Veerkracht
- Weerbaarheid
- Weerstandsfase
- Zingeving
- Zoeken naar een positieve betekenis

De volgende hoofdstukken komen uit:
De samenleving: Kennismaking met de sociologie, 12e editie

Socialisatie is het proces waarbij de oudere leden van een samenleving jongere leden leren wat hun manier van leven is. Schrijven is een van de vormen van cultuuroverdracht.

4

SOCIALISATIE: VAN JEUGD TOT OUDERDOM

- *Waarom* zijn sociale ervaringen de sleutel tot de persoonlijkheid van de mens?
- *Welke* gezins- en familiesituaties hebben een speciale betekenis voor de wijze waarop wij leven en ons ontwikkelen?
- *In hoeverre* veranderen onze ervaringen tijdens de levensloop?

Op een koude winterdag in 1938 loopt een maatschappelijk werker naar de deur van een boerderij in Pennsylvania. Er is een vermoeden van kindermishandeling. De maatschappelijk werker ontdekt dat er in een opslagruimte op de bovenverdieping een vijfjarig meisje is opgesloten. Het meisje, Anna, zat vastgebonden in een stoel, met haar handen boven haar hoofd zodat zij zich niet kon bewegen. Haar kleding was vies, haar benen en armen leken wel luciferhoutjes (K. Davis, 1940).
De situatie was tragisch. Anna werd in 1932 geboren, haar moeder was een 26-jarige, ongehuwde, verstandelijk gehandicapte vrouw die bij haar strenge vader in huis woonde. De vader was kwaad op zijn dochter vanwege haar 'onwettige' moederschap en wilde zijn kleinkind niet in huis hebben. De eerste zes maanden van haar leven verbleef Anna in verschillende instellingen. Toen haar moeder dit niet meer kon betalen nam zij Anna weer mee naar de vijandige omgeving van de grootvader van haar kind.
Om de grootvader van het kind niet nog kwader te maken, verborg de moeder van Anna haar in de bergruimte en gaf haar net genoeg melk om niet dood te gaan. Anna zat daar dag in dag uit, maand in maand uit, zonder menselijk contact, vijf jaar lang.
Toen de socioloog Kingsley Davis van de ontdekking van Anna hoorde, reisde hij onmiddellijk af om haar op te zoeken. Hij vond haar in het gezelschap van een aantal lokale functionarissen in het provinciehuis. Davis was verbijsterd toen hij het uitgemergelde meisje zag. Zij kon niet lachen, niet praten, zelfs niet glimlachen. Anna reageerde nergens op, alsof zij zich geheel alleen in een lege wereld bevond.

4.1 Sociale ervaringen: de sleutel tot ons mens-zijn

Socialisatie is in het kader van de ontwikkeling van individuen een dermate fundamenteel proces dat we het belang ervan soms over het hoofd zien. Maar de tragische situatie van Anna laat ons duidelijk zien hoe we eraan toe zouden zijn als we geen contact met anderen zouden hebben. Anna leeft maar heeft bijna niets menselijks omdat ze niet heeft geleerd te communiceren.
Sociologen gebruiken de term **socialisatie** voor *het levenslange proces van sociale ervaringen dat mensen in staat stelt om hun eigen mogelijkheden te realiseren en zich de cultuur waarvan zij deel uitmaken eigen te maken.* Het gedrag van andere levende soorten is biologisch bepaald. De mens heeft sociale ervaringen nodig om zijn cultuur, waarover het voorgaande hoofdstuk ging, te leren kennen en te kunnen overleven. Sociale ervaringen vormen tevens de basis voor onze **persoonlijkheid**, *onze relatief consistente wijzen van handelen, denken en voelen.* Onze persoonlijkheid wordt gevormd door het internaliseren, het zich eigen maken, van onze omgeving. Daarvoor zijn sociale ervaringen essentieel. Deze worden opgedaan in het gezin, maar ook daarbuiten.

4.1.1 De ontwikkeling van de mens: natuur en omgeving

Uit het voorbeeld van Anna kunnen we afleiden dat mensen voor hun ontwikkeling afhankelijk zijn van de zorg van anderen. Honderd jaar geleden geloofde men nog dat onze aangeboren instincten onze persoonlijkheid en ons gedrag bepalen.

De biologische wetenschappen: de rol van de natuur

Charles Darwins baanbrekende evolutietheorie bracht mensen tot de overtuiging dat het gedrag van mensen een instinctief karakter heeft, dat we handelen overeenkomstig onze 'natuur'. Daaruit werd ook opgemaakt dat het kapitalisme de 'instinctieve competitiedrang van de mens' weerspiegelt, dat sommige mensen 'geboren misdadigers' zijn, dat vrouwen 'van nature' emotioneel en mannen 'van nature' rationeel zijn (Witkin-Lanoli, 1984).
Ook degenen die inzicht probeerden te krijgen in culturele diversiteit interpreteerden Darwins werk verkeerd. De eeuwenlange ontdekkingsreizen van West-Europeanen hadden hun geleerd dat mensen zich zeer verschillend kunnen gedragen, en ze brachten dat in verband met biologische en niet met culturele factoren. Het was een kleine, maar schadelijke stap naar de gedachte dat de leden van technologisch eenvoudige samenlevingen zich in biologische zin minder geëvolueerd hadden en dus

'minder mens' waren. Dit etnocentrische standpunt rechtvaardigde het kolonialisme, want waarom zou je anderen die als mens minder lijken dan jijzelf niet uitbuiten?
Hoewel vaak gedacht wordt dat de term 'survival of the fittest' van Darwin afkomstig is, was het de Britse socioloog-filosoof Herbert Spencer (1820-1903) die deze introduceerde in zijn werk over de toepassing van de evolutietheorie op de maatschappij.

De sociale wetenschappen: de rol van de omgeving

In de twintigste eeuw kwamen de biologische verklaringen voor het gedrag van de mens onder vuur te liggen. De psycholoog John B. Watson (1878-1958) ontwikkelde een theorie, het *behaviorisme*, die stelt dat ons gedrag aangeleerd is. Niet de natuur, maar de *omgeving* legt de basis voor ons gedrag, aldus Watson.
Tegenwoordig zijn sociale wetenschappers niet snel geneigd om welk gedrag dan ook als instinctief te bestempelen. Dit betekent niet dat er helemaal geen rol is weggelegd voor biologische factoren. Wij zijn afhankelijk van het functioneren van ons lichaam. We weten ook dat kinderen bepaalde biologische kenmerken (zoals lengte en haarkleur) met hun biologische ouders gemeen hebben, en dat erfelijke factoren een rol spelen bij intelligentie, muzikale talenten, artistieke talenten en persoonlijkheid (zoals omgaan met frustraties). Of en hoe we onze aangeboren mogelijkheden ontwikkelen is afhankelijk van de wijze waarop we grootgebracht worden. Onze hersenen komen bijvoorbeeld alleen volledig tot ontwikkeling als we ze al op zeer jonge leeftijd gebruiken (Goldsmith, 1983; Begley, 1995).
Sociologen willen de betekenis van aangeboren factoren niet ontkennen, maar de omgeving (*nurture*) speelt, als het om het gedrag van de mens gaat, een belangrijker rol. Anders gezegd, *van nature zijn we wezens die gedrag aanleren.*

zelf aan zet

Ken je nog andere voorbeelden dan die van verwaarloosde kinderen, waaruit je kunt afleiden dat 'we van nature wezens zijn die gedrag aanleren'?

4.1.2 Sociaal isolement

Uit de voorbeelden van opgesloten kinderen blijkt wat er gebeurt als mensen afgesloten worden van contacten met anderen. Onderzoekers kunnen mensen, uit ethische overwegingen, echter nooit in een sociaal volledig geïsoleerde situatie plaatsen. In het verleden hebben zij wel onderzoek verricht naar de effecten van sociaal isolement bij andere primaten.

Onderzoek bij apen

In een klassiek geworden onderzoek plaatsten de psychologen Harry en Margaret Harlow (1962) resusapen in een situatie van sociaal isolement. Het gedrag van resusapen lijkt in sommige opzichten verbazingwekkend veel op dat van mensen. De Harlows ontdekten dat een volledig isolement, met adequate voeding, gedurende zes maanden de ontwikkeling van apen ernstig verstoorde. Zij vertoonden bij terugkeer in de groep passief en angstig gedrag.
De Harlows plaatsten vervolgens pasgeboren resusapen in een kooi met een kunstmatige 'moeder', die was vervaardigd uit metaaldraad, met een houten hoofd en een speen als tepel. Deze apen overleefden het experiment, maar zij bleken bij terugkeer in de groep niet in staat te zijn om contact te maken met andere apen.
Een derde groep apen kreeg een kunstmoeder die bekleed was met zachte badstof. Deze groep deed het beter. Zij klampten zich vast aan hun 'moeder' en liepen minder schade op. Dit experiment maakt duidelijk hoe belangrijk het is dat volwassenen zuigelingen met veel affectie omgeven.
De Harlows ontdekten dat de emotionele en gedragsmatige effecten van een isolement van ongeveer zes maanden al onherstelbaar waren.

zelf aan zet

Stel dat de overheid een reclamecampagne start met de titel 'Heb jij je kind al geknuffeld vandaag?' Is een dergelijke campagne, in het licht van de Harlow-experimenten, belangrijk?

Studies van geïsoleerde kinderen

De rest van Anna's levensverhaal sluit aan bij de bevindingen van de Harlows. Nadat Anna bevrijd was, kwam ze in een omgeving die haar intensieve sociale contacten bood. Haar toestand verbeterde

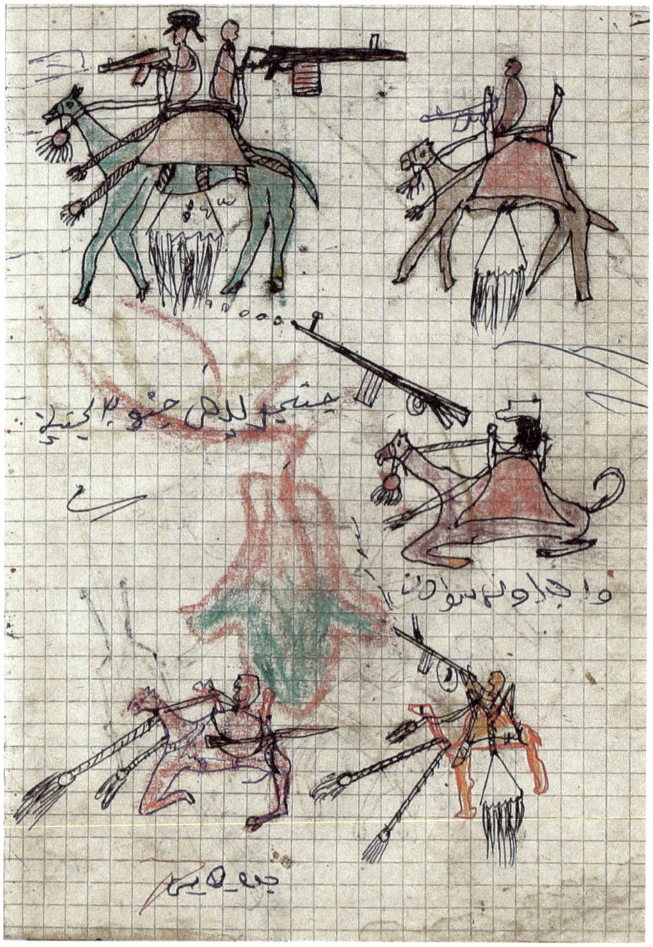

De persoonlijkheid die we ontwikkelen wordt voor een groot deel bepaald door de omgeving waarin wij opgroeien. Als de wereld van een kind verscheurd wordt door geweld kan de schade groot zijn en een permanent karakter hebben. Deze tekening is gemaakt door de 13-jarige Rahid uit Darfur (Soedan). Sinds 2003 hebben gewapende milities meer dan 150.000 mensen gedood. Welke gevolgen zullen dergelijke ervaringen hebben op het zelfvertrouwen van kinderen en op hun vermogen om vertrouwensrelaties aan te gaan?

snel. Kingsley Davis (1940) vond haar, toen hij haar na tien dagen opnieuw bezocht, alerter en ze glimlachte zelfs, misschien wel voor het eerst van haar leven. Haar toestand verbeterde langzaam maar gestaag, zij kreeg meer belangstelling voor andere mensen en leerde lopen. Na anderhalf jaar kon zij zelfstandig eten en met speelgoed spelen.

Op grond van de Harlow-experimenten mochten we verwachten dat het sociale isolement van Anna, dat vijf jaar geduurd had, permanente schade veroorzaakt zou hebben. Haar mentale ontwikkeling als 8-jarige was nog steeds minder dan die van een 2-jarig kind. Haar eerste woorden gebruikte zij pas toen zij bijna tien jaar was. Omdat Anna's moeder verstandelijk gehandicapt was, gold dat misschien ook wel voor Anna. Dit vraagstuk werd nooit opgelost omdat Anna op 10-jarige leeftijd overleed (K. Davis, 1940, 1947).

Een recenter voorbeeld van een kind dat een aantal jaren in isolement doorbracht is dat van een meisje uit Californië dat door haar ouders werd mishandeld (Curtiss, 1979; Rymer, 1994). Genie werd toen zij twee jaar was aan een kinderstoeltje vastgebonden en in een donkere garage gezet. Toen zij in 1970, op 13-jarige leeftijd, werd bevrijd had ze de mentale ontwikkeling van een 1-jarig kind. Haar taalvaardigheid kwam nooit verder dan die van een klein kind. Dit soort extreme voorbeelden komt niet vaak voor. Maar in 2006 werd Oostenrijk opgeschrikt door een aantal opsluitingen dat aan het licht kwam. Zo ontsnapte Natascha Kampusch, een toen 18-jarige Weense, na ruim acht jaar gevangenschap uit de kelder van haar kidnapper, die enkele uren later zelfmoord pleegde. In 2010 schreef ze een boek over haar leven, dat ook werd verfilmd. Ook de opsluiting door Joseph Fritzl van zijn dochter en de kinderen die hij bij haar verwekt heeft is een recent en schokkend voorbeeld. Fritzl hield zijn dochter 24 jaar gevangen in een kelder onder zijn huis en misbruikte haar jarenlang seksueel. De dochter kreeg zeven kinderen van Fritzl, die deels met haar in de kelder opgroeiden en deels bovengronds bij de vrouw van de inmiddels tot levenslange gevangenisstraf veroordeelde Fritzl. De kinderen die nooit boven de grond waren geweest waren er het slechtst aan toe, maar zouden volgens artsen toch nog weer kunnen herstellen. In 2013 vond de politie in een huis in Cleveland Ohio drie vrouwen die al meer dan 10 jaar vermist waren, waarvan een inmiddels een dochter van 6 jaar had die nog nooit buiten was gezien. Hoewel deze opsluitingen allemaal verschillend zijn, en er in veel gevallen toch nog wel sprake is van enige socialisatie, maken zij duidelijk dat opsluiting en isolement ingrijpende gevolgen hebben voor de ontwikkeling van een persoon.

Een kritische kanttekening Uit al het beschikbare materiaal blijkt dat sociale ervaringen een cruciale rol spelen in de ontwikkeling van onze persoonlijkheid. Bij een langdurig sociaal isolement kunnen we een permanente ontwikkelingsstoornis verwachten.

zelf aan zet

Weet je nog andere bronnen dan studies van sociaal geïsoleerde kinderen waaruit we veel kunnen opmaken over de betekenis van sociale ervaringen?

4.2 Inzicht in het socialisatieproces

Socialisatie is een complex proces dat ons gehele leven voortduurt. In de volgende paragrafen zullen we stilstaan bij het werk van zes onderzoekers die een blijvende bijdrage aan ons inzicht in de menselijke ontwikkeling hebben geleverd.

4.2.1 Sigmund Freuds elementen van de persoonlijkheid

Sigmund Freud (1856-1939) woonde in Wenen in een periode dat de meeste Europeanen geloofden dat het menselijk gedrag biologisch bepaald is. De medicus Freud legde zich toe op het onderzoek van de menselijke persoonlijkheid en ontwikkelde de befaamde theorie van de psychoanalyse.

De basisbehoeften van de mens

Volgens Freud speelt de biologie een belangrijke rol in onze ontwikkeling. Hij legt de nadruk op twee aangeboren instincten of driften. In de eerste plaats het levensinstinct of *eros* (naar de Griekse god van de liefde) en in de tweede plaats een agressieve drift, het doodsinstinct of *thanatos* (het Griekse woord voor dood). Deze twee tegengestelde krachten opereren op onbewust niveau en veroorzaken intense innerlijke spanningen.

Freuds persoonlijkheidsmodel

De sociologie komt om de hoek kijken als Freud de fundamentele driften en de invloed van de samenleving combineert in een persoonlijkheidsmodel dat uit drie delen bestaat; es, ego en superego. Het **Es** (in het Latijn **id**) representeert de *fundamentele driften van de mens.* Deze zijn onbewust en eisen directe bevrediging. Het Es is biologisch van oorsprong, is aangeboren en komt tot uiting in de verlangens van pasgeborenen naar aandacht, lichamelijk contact en voedsel. De samenleving keert zich echter tegen het egocentrische Es. 'Nee' is daarom dan ook vaak het eerste woord dat kinderen leren. Om frustraties te voorkomen moet een kind de wereld realistisch gaan benaderen. Dit is de taak van het **ego** (Latijn voor 'ik'), *onze bewuste pogingen om de aangeboren driften die bevrediging nastreven in evenwicht te brengen met de eisen die de samenleving stelt.* Het ego gaat zich manifesteren zodra we ons bewust worden van het feit dat we een afzonderlijk individu zijn, en onder ogen moeten zien dat we niet alles wat we willen hebben, kunnen krijgen.

Het **superego** bestaat uit *de geïnternaliseerde waarden en normen van de cultuur waarvan we deel uitmaken.* Het superego fungeert als geweten en fluistert ons in *waarom* we niet alles wat we willen hebben, kunnen krijgen. Het superego begint zich te ontwikkelen zodra we ons bewust worden van de eisen die onze ouders stellen. Het is volledig tot ontwikkeling gekomen als we ons realiseren dat ieder individu in zijn doen en laten rekening moet houden met bepaalde normen die onze cultuur kenmerken.

Persoonlijkheidsontwikkeling

Voor een op het Es gericht kind is de wereld een wirwar van fysieke gewaarwordingen die gevoelens van lust dan wel onlust teweegbrengen. De ontwikkeling van het superego brengt echter met zich mee dat we leren wat moreel juist en verkeerd is. Met andere woorden: we voelen ons in eerste instantie alleen fysiek goed, bijvoorbeeld als we vastgehouden en geknuffeld worden. Na drie tot vier jaar voelen we ons goed als we ons goed gedragen hebben en slecht als we slecht gehandeld hebben. Het Es en het superego blijven met elkaar in conflict, maar het ego neemt, als het goed is, de touwtjes in handen. Als de conflicten in de kinderjaren niet goed worden opgelost, kunnen deze zich later als persoonlijkheidsstoornissen manifesteren.

De cultuur, in de vorm van het superego, *onderdrukt* zelfzuchtige verlangens en dwingt ons om verder te kijken dan onze eigen behoeften. Vaak wordt een compromis gesloten tussen de tegengestelde eisen van het Es en de samenleving. Freud noemde dit **sublimering**. *Zelfzuchtige drijfveren worden omgezet in sociaal acceptabel gedrag.* Zo kan een competitiesport een uitlaatklep zijn voor agressieve gevoelens.

Een kritische kanttekening Er waren in Freuds tijd maar weinig mensen die het idee dat seks een fundamentele drift is wilden accepteren. De theorieën van Freud laten zich bovendien wetenschappelijk moeilijk toetsen en gaan veel meer over mannen dan over vrouwen (Donovan & Littenberg, 1982). Wel kunnen we zeggen dat Freud iedereen die zich met onze persoonlijkheid is gaan bezighouden heeft beïnvloed. Voor de sociologie is van belang dat we sociale normen internaliseren, en dat ervaringen uit de kinderjaren een blijvend effect hebben op onze persoonlijkheid.

zelf aan zet

Kauwgum kauwen en sabbelen op de punt van een potlood zijn volgens de denkbeelden van Freud uitingen van de orale behoefte. Wat zegt volgens jou het kauwen van kauwgom over de invloed van de sociale omgeving op dit soort gewoonten?

4.2.2 Piagets cognitieve ontwikkelingstheorie

De Zwitserse psycholoog Jean Piaget verrichtte onderzoek naar de *cognitieve functies* van de mens. Terwijl hij zijn drie kinderen zag opgroeien begon Piaget zich niet alleen af te vragen *wat* zij wisten maar ook *hoe* zij hun omgeving opvatten. Hij onderscheidde vier fasen in de cognitieve ontwikkeling.

De sensorisch-motorische fase

Tijdens de eerste fase, de **sensorisch-motorische fase**, *ervaren wij de wereld alleen door middel van onze zintuigen.* Tijdens de eerste twee levensjaren leren we onze omgeving alleen kennen door middel van aanraken, proeven, ruiken, kijken en luisteren.

De pre-operationele fase

De **pre-operationele fase** begint als we ongeveer twee jaar oud zijn. In deze fase *gaan we taal en andere symbolen gebruiken.* We beginnen met behulp van onze fantasie over de wereld na te denken. Kinderen van twee tot zes jaar kunnen alleen maar betekenis hechten aan specifieke ervaringen en objecten. Zij kunnen een bepaald stuk speelgoed als hun favoriete speelgoed aanduiden maar zij kunnen niet duidelijk maken welk *soort* speelgoed de voorkeur heeft.
Kinderen in deze fase kennen geen abstracte begrippen en kunnen zich nog geen goed beeld vormen van grootte, gewicht of volume. In een van zijn meest bekende experimenten zette Piaget twee identieke glazen op tafel waarin evenveel water zat. Hij vroeg een aantal vijf- en zesjarige kinderen of de glazen evenveel water bevatten. Zij knikten. Vervolgens goot Piaget, terwijl de kinderen toekeken, de inhoud van een glas over in een groter en smaller glas. Hij stelde de kinderen dezelfde vraag. Zij antwoordden dat het grotere glas meer water bevatte. Oudere kinderen, vanaf zeven jaar, kunnen al wat abstracter denken en zich realiseren dat de hoeveelheid water niet veranderd is. Zij bevinden zich al in de volgende fase.

De fase van de concrete bewerkingen

De derde fase is die van de **concrete bewerkingen**, *de ontwikkelingsfase waarin we causale verbanden in onze omgeving leren zien.* Kinderen van zeven tot elf jaar richten zich op de vraag hoe en waarom dingen gebeuren en ze gaan zien dat soms meerdere symbolen kunnen worden toegeschreven aan een gebeurtenis of object. Als je tegen een vijfjarig kind zegt dat het woensdag is dan zou het kunnen antwoorden dat het niet zo is, maar dat het zijn of haar verjaardag is. Zij zijn nog niet in staat om twee symbolen tegelijk te gebruiken. Terwijl een kind van zeven tot elf jaar zal beamen dat het woensdag is en dat het ook zijn of haar verjaardag is.

De fase van de formele bewerkingen

De vierde en laatste fase is die van de **formele bewerkingen**, *de fase waarin we abstract en kritisch leren denken.* Kinderen van twaalf jaar denken niet meer alleen in termen van concrete situaties maar beginnen ook in abstracte termen te denken. Als we een zevenjarig kind vragen wat hij of zij later wil worden dan krijgen we een concreet antwoord, zoals brandweerman. Kinderen in de fase van de formele bewerkingen kunnen de vraag abstracter opvatten en bijvoorbeeld antwoorden dat zij later mensen willen helpen. In deze fase leren we ook metaforen te begrijpen. Wanneer iemand zegt 'bergen met geld' te verdienen zien jongere kinderen dat bijvoorbeeld letterlijk voor zich. Kinderen in de fase van de formele bewerkingen begrijpen dat het een manier is om aan te geven dat het om veel geld gaat.

zelf aan zet

Zou je aan de hand van de ideeën van Piaget kunnen verklaren waarom kleine kinderen eerder een muntstuk van vijf eurocent dan van tien eurocent zullen pakken?

Een kritische kanttekening Waar Freud mensen vooral zag als wezens die heen en weer geslingerd worden tussen biologische en culturele krachten, gaat Piaget uit van een actieve en creatieve menselijke geest. Hoe we met de wereld omgaan is een ontwikkelingsproces dat vier fasen kent, volgens Piaget. Onze ontwikkeling waarbij we logisch gaan denken voltrekt zich dan ook niet spontaan, maar onder invloed van opleiding, context en cultuur ofwel sociale ervaring.
Is het zo dat alle kinderen, waar ook ter wereld, deze vier fasen doorlopen? Een kind dat in een traditionele maatschappij leeft die slechts langzaam verandert, wordt wellicht beperkt in zijn of haar abstracte en kritische denkvermogens. Zelfs in sterk ontwikkelde landen bereikt een deel van de bevolking als gevolg van een gebrek aan ervaringen nooit de fase van de formele bewerkingen (Kohlberg & Gilligan, 1971).

zelf aan zet

Welke vier cognitieve ontwikkelingsfasen onderscheidt Piaget? Wat is het verband tussen zijn bevindingen en het proces van socialisatie?

4.2.3 Lawrence Kohlbergs theorie van de morele ontwikkeling

Lawrence Kohlberg (1981) heeft Piagets theorie gebruikt om meer inzicht te krijgen in de ontwikkeling van ons *morele denken*, hoe we situaties als goed of verkeerd leren beoordelen. Ook deze ontwikkeling verloopt fasegewijs.
Jonge kinderen die de wereld in termen van lust en onlust ervaren (Piagets sensorisch-motorische fase) bevinden zich op het *preconventionele niveau* van de morele ontwikkeling. 'Goed' staat gelijk aan 'wat goed voelt'.
De volgende fase, de *conventionele fase*, correspondeert met Piagets fase van de formele bewerkingen. In deze fase worden we minder zelfzuchtig, leren we goed en verkeerd te definiëren in termen van wat onze ouders behaagt en wat conform de maatschappelijke normen is.
In de laatste fase, het *postconventionele niveau*, gaan we ons met abstracte ethische beginselen bezighouden. We gaan nadenken over begrippen als vrijheid en rechtvaardigheid en zouden weleens tot de conclusie kunnen komen dat de dingen die rechtsgeldig zijn niet altijd rechtvaardig zijn.

Een kritische kanttekening Kohlberg hanteert in navolging van Piaget verschillende ontwikkelingsfasen. Of dit model wereldwijd toepasbaar is, blijft echter onduidelijk. Kohlberg gebruikte bovendien voor zijn onderzoek alleen maar jongens als proefpersoon. Hij maakte een veelvoorkomende onderzoeksfout, zie hoofdstuk 2, door zijn bevindingen met jongens te generaliseren. Een collega, Carol Gilligan, kwam dan ook op het idee om te onderzoeken of sekse van invloed is op het morele denken.

zelf aan zet

Welke handvatten geven de ontwikkelingsfasen in het morele denken van Kohlberg voor de sociologie? Kun je je nog momenten of voorvallen herinneren die belangrijk geweest zijn in je eigen morele ontwikkeling?

4.2.4 Carol Gilligans theorie over sekse en morele ontwikkeling

Carol Gilligan (1982) vergeleek de morele ontwikkeling bij meisjes en jongens en kwam tot de conclusie dat de beide seksen verschillende maatstaven voor goed en verkeerd hanteren. Jongens gaan uit van een *perspectief van juistheid*. Wat goed en verkeerd is wordt bepaald door formele regels. Meisjes beoordelen een situatie vanuit een *perspectief van zorg en verantwoordelijkheid*. Zij hebben oog voor de verhoudingen en de loyaliteiten in een bepaalde situatie. Een voorbeeld: jongens vinden stelen verkeerd omdat je daarmee de wet overtreedt. Meisjes zullen zich eerder afvragen waarom iemand steelt en sympathie voelen voor iemand die steelt om een hongerig kind te kunnen voeden.
Kohlberg sloeg het op regels gebaseerde mannelijke morele denken hoger aan dan het persoonsgerichte vrouwelijke standpunt. Gilligan merkte daarbij op dat het leven van mannen gereguleerd wordt door onpersoonlijke regels, zoals die op de werkplek. In het leven van vrouwen spelen persoonlijke relaties echter een belangrijker rol, zoals de rol van moeder en verzorgster. Waarom, zo stelde Gilligan, zouden we dan de maatstaven die mannen hanteren tot de norm verheffen waaraan we iedereen gaan afmeten? Gilligans werk verscherpt ons inzicht in vraagstukken met betrekking tot sekse en de menselijke ontwikkeling. Volgens Gilligan is culturele conditionering van groot belang, een standpunt dat

door andere onderzoeksresultaten ondersteund wordt. Volgens Nancy Chodorow (1994) groeien kinderen op in gezinnen waar de verzorgende taken veel meer door moeders dan door vaders verricht worden. Meisjes leren zich met hun moeder te identificeren, waardoor zij meer oog krijgen voor de zorg en de verantwoordelijkheid voor anderen. Terwijl jongens meer op hun vader gaan lijken, die veel vaker buitenshuis vertoeven. De kans bestaat dat jongens een meer afstandelijke persoonlijkheid ontwikkelen en meer oog krijgen voor abstracte regels. Misschien dat de verschillen in het morele denken tussen vrouwen en mannen kleiner worden als het beroepsleven van vrouwen een meer centrale plaats in hun bestaan gaat innemen en als mannen meer zorgtaken op zich nemen.

Een kritische kanttekening De vraag blijft in hoeverre de verschillen tussen mannen en vrouwen door de natuur of door de omgeving veroorzaakt worden. Wie heel jonge baby's observeert ziet ook al duidelijke verschillen naar sekse. Er komt in de samenleving steeds meer aandacht voor aangeboren verschillen naast de aangeleerde.

zelf aan zet

Welke verschillen ziet Gilligan in de wijze waarop meisjes en jongens vragen met betrekking tot goed en verkeerd benaderen? In hoeverre herken je dat? Denk je dat het grote verschil tussen criminaliteitscijfers bij jongens en bij meisjes daarmee te maken heeft?

4.2.5 George Herbert Meads theorie van het sociale zelf

George Herbert Mead (1863-1931) ontwikkelde een *sociaalbehavioristische theorie* waarmee hij wilde verklaren hoe onze sociale ervaringen aan de ontwikkeling van onze persoonlijkheid bijdragen (1962, oorspronkelijk 1934).

Het zelf

Het belangrijkste begrip dat Mead gebruikt is het **zelf**, *dat deel van onze persoonlijkheid dat ons zelfbewustzijn en zelfbeeld omvat.* Het bijzondere van Meads benadering is dat hij het 'zelf' als het product van sociale ervaringen beschouwt.

Mead stelt in de eerste plaats dat *het zelf zich uitsluitend op basis van sociale ervaringen kan ontwikkelen.* Hij wees de gedachte van de hand dat onze persoonlijkheidsontwikkeling door biologische driften (Freud) of biologische groeiprocessen (Piaget) bepaald wordt. Het zelf kan, anders dan lichamelijke groei, alleen in interacties met anderen tot ontwikkeling komen.

In de tweede plaats stelt Mead: *sociale ervaringen bestaan uit het uitwisselen van symbolen.* Een hond reageert *op wat we doen*, maar een individu reageert *op wat we in ons hoofd hebben* als we iets doen. We kunnen een hond leren om, als het regent, naar de gang te gaan en terug te komen met een paraplu.

Volgens Carol Gilligan geven meisjes een andere definitie van wat 'goed' is dan jongens. Waarover zouden de jongen en het meisje op de foto kunnen twisten?

Maar als de hond geen paraplu kan vinden dan blijkt dat het dier de intentie niet begrijpt. Anders zou de hond wel terugkomen met een regenjas.

In de derde plaats stelt Mead: *we kunnen een intentie alleen begrijpen als we de situatie vanuit het standpunt van de ander kunnen bekijken.* We verplaatsen ons in de ander met behulp van symbolen. We kunnen dan ook, zelfs voor we tot actie overgaan, anticiperen op reacties van anderen. Als we een bal naar een ander willen gooien dan moeten we ons een beeld vormen van de wijze waarop de ander de bal zal vangen. Elke symbolische interactie impliceert dat we onszelf zien zoals anderen ons zien. Mead noemde dit proces *de rol van de ander aannemen.*

Het gespiegelde zelf

Andere mensen fungeren als een spiegel waarin we onszelf zien. Hoe we over onszelf denken, wordt bepaald door onze eigen ideeën over het beeld dat anderen van ons hebben. Als we het idee hebben dat anderen ons intelligent vinden, dan zullen wij onszelf als intelligent beschouwen en als ze ons onhandig vinden, dan vinden wij dat zelf ook. Charles Horton Cooley (1864-1929) gebruikte de term **het gespiegelde zelf** voor *een zelfbeeld dat gebaseerd is op onze eigen gedachten over hoe anderen ons zien.*

Ik en mij

In de vierde plaats stelt Mead dat *we ons, door de rol van de ander aan te nemen, van onszelf bewust worden.* Het zelf bestaat dus uit twee delen. Een deel opereert als subject, dit deel is actief en spontaan. Mead noemde het subjectieve deel van het zelf het 'ik', de subjectieve vorm van het persoonlijk voornaamwoord. Het andere deel van het zelf fungeert als object, hoe anderen ons, naar ons eigen idee, zien. Mead noemde dit deel van het zelf 'mij', de objectieve vorm van het persoonlijk voornaamwoord. In alle sociale ervaringen komen we beide componenten tegen. Wanneer iemand een grap uithaalt binnen een groep is de ik actief. Wanneer de andere aanwezigen daarop reageren en de persoon nog eens over zijn eigen gedrag nadenkt komt het mij-aspect naar voren.

De ontwikkeling van het zelf

Het aannemen van de rol van de ander is volgens Mead de sleutel tot de ontwikkeling van het zelf. Jonge, sociaal nog weinig ervaren kinderen, zijn alleen maar in staat tot *imiteren.* Zij doen na wat anderen doen zonder de onderliggende intenties te begrijpen. Zij kennen nog geen zelf.

Het zelf komt, zodra het kind taal en andere symbolen gaat gebruiken, tot uiting in het *spel* van een kind. In het spel neemt een kind de rol aan van **significante anderen**, *personen, zoals de ouders, die een belangrijke rol in het socialisatieproces van een kind vervullen.* Een kind dat vadertje of moedertje gaat spelen leert de wereld vanuit het standpunt van de ouders te bekijken. Langzamerhand leren kinderen hoe zij de rollen van meerdere mensen tegelijk kunnen aannemen. Door deze vaardigheid kan het spel van kinderen steeds complexer worden, van een balletje overschieten met één ander kind naar het voetballen in een team met meerdere kinderen. De meeste kinderen hebben, als zij een jaar of zeven zijn, voldoende sociale ervaring opgedaan om een teamsport te kunnen beoefenen.

zelf aan zet

Heb je weleens gezien dat een kind de schoenen van een van zijn of haar ouders aantrok, letterlijk in de schoenen van een ander ging staan? Hoe leren kinderen op deze wijze de rol van een ander aan te nemen?

In figuur 4.1 wordt de ontwikkeling van imiteren tot het spelen van spelletjes en het deelnemen aan teamsporten geschetst. Maar de ontwikkeling van het zelf kent ook een eindstadium. Bij een spel is een beperkt aantal anderen betrokken en betreft het één specifieke situatie. In het dagelijks leven moeten we onszelf in termen van de maatschappelijke normen leren zien, zoals *elk* ander lid van de samenleving zou kunnen doen. Mead gebruikte de term **gegeneraliseerde ander** voor *de wijdverbreide maatschappelijke waarden en normen die we als referentiekader voor het evalueren van onszelf gebruiken.* Het zelf verandert voortdurend tijdens de levensloop, onder invloed van de sociale ervaringen die we opdoen. Maar hoe groot de invloed van de omgeving ook is, we blijven creatieve wezens die iets in de wereld kunnen uitrichten. Mead concludeerde dan ook dat we zelf een sleutelrol vertolken in onze eigen socialisatie.

Een kritische kanttekening Volgens Mead liggen de wortels van de samenleving en het zelf in de symbolische interacties tussen mensen.

Het beeld dat Mead schetst van identiteiten is louter sociaal; biologische factoren spelen geen rol. Biologen en volgelingen van Freud, die stelde dat onze drijfveren van fysieke oorsprong zijn, en Piaget, die stelde dat de cognitieve ontwikkelingsprocessen gekoppeld zijn aan biologische groeiprocessen, hebben moeite met dit standpunt.

Verwar Meads concepten van 'ik' en 'mij' niet met die van Freuds 'Es' en 'superego'. Het Es van Freud is van biologische oorsprong, Mead heeft geen enkel oog voor biologische factoren, al heeft hij nooit duidelijk gemaakt wat dan wel de oorsprong is van het ik. Bovendien liggen het Es en het superego voortdurend met elkaar overhoop, terwijl het ik en het mij samenwerken (Meltzer, 1978).

zelf aan zet

Noem een belangrijke overeenkomst tussen de theorieën van Mead en Piaget. Noem ook één belangrijk verschil.

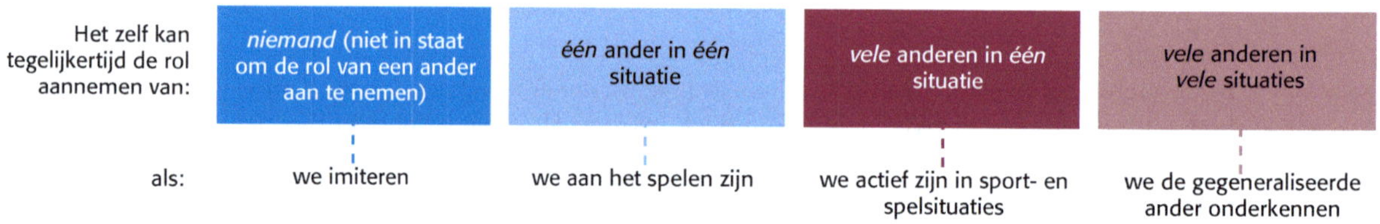

Figuur 4.1 Ontwikkeling op basis van sociale ervaringen

George Herbert Mead beschrijft de ontwikkeling van het zelf als een sociaal ervaringsproces. Dat wil zeggen dat het zelf zich ontwikkelt naarmate we beter in staat zijn om de rol van de ander aan te nemen.

4.2.6 De ontwikkelingsfasen van Erik H. Erikson

Freud stelt dat de kinderjaren de belangrijkste periode vormen voor de persoonlijkheidsontwikkeling. Erik H. Erikson (1902-1944) plaatste de socialisatie in een breder perspectief. Volgens Erikson krijgen we gedurende de hele levensloop met een aantal uitdagingen te maken (1963, oorspronkelijk 1950): Zo moeten zuigelingen vertrouwen ontwikkelen en hebben ze daarvoor een hele veilige en warme omgeving nodig, terwijl wat grotere kinderen juist hun autonomie moeten ontwikkelen en de wereld gaan ontdekken. Als ze naar school gaan wordt hun wereld groter. Adolescenten zoeken vooral naar hun eigen identiteit en jongvolwassenen experimenteren met intieme relaties. In elke fase kan de ontwikkeling ook minder goed verlopen of stagneren.

Een kritische kanttekening Erikson ziet de persoonlijkheidsontwikkeling als een proces dat ons hele leven voortduurt. Een succesvol verlopen fase bereidt ons voor op de volgende uitdaging. Maar de volgorde van de fasen is niet voor iedereen hetzelfde en het is onduidelijk wat het betekent als we een bepaalde fase niet goed doorkomen. Ook gaat hij er wel erg sterk van uit dat er altijd een crisis tussen de verschillende fasen moet zijn.

Eriksons model maakt ons duidelijk hoe bepaalde factoren, zoals het gezin en de school, onze persoonlijkheid vormen. In de volgende paragraaf zullen we meer aandacht besteden aan deze factoren die een belangrijke rol spelen in onze socialisatie.

4.3 Omgevingsvariabelen die het socialiseringsproces richting geven

Elke sociale ervaring die we opdoen, heeft invloed op ons, ook al is die invloed minimaal. Bepaalde bekende omgevingsvariabelen hebben een speciale betekenis voor het socialiseringsproces, denk aan het gezin, de school, de groep van leeftijdsgenoten (peergroup) en de massamedia.

4.3.1 Het gezin

Het gezin beïnvloedt de socialisatie op vele manieren. Voor de meeste mensen die in Nederland opgroeien zal het kerngezin de belangrijkste omgevingsfactor zijn.

Uit sociologisch onderzoek blijkt dat welgestelde ouders de neiging hebben om de creativiteit van hun kinderen te stimuleren. Ouders die het minder breed hebben, zijn geneigd om de conformiteit van hun kinderen te stimuleren. Maar dan nog, elke ouder kan zijn of haar kinderen op een liefdevolle wijze met raad en daad bijstaan. Hoe? Door als ouder betrokken te zijn bij het leven van je kind. Henry Ossawa Tanners schilderij *De banjoles* is hier een blijvend voorbeeld van.

Bron: Henry Ossawa Tanner, *De banjoles*, 1893, Hampton University Museum, Hampton, Virginia.

De rol van het gezin tijdens de eerste levensjaren

De verantwoordelijkheid en de zorg voor zuigelingen, die totaal afhankelijk zijn van anderen, berust bij de ouders en andere gezinsleden. Het gezin heeft de taak, in elk geval tot een kind naar school gaat, om kinderen vaardigheden, waarden en opvattingen bij te brengen. Uit onderzoeksresultaten blijkt dat een liefdevol gezin de beste garantie is voor een gelukkig, goed functionerend kind (Gibbs, 2001).

Kinderen leren ook veel van het soort omgeving die volwassenen creëren. Of we onszelf als sterk of zwak gaan zien, als slim of dom, als geliefd of eenvoudigweg gedoogd, hangt grotendeels af van de kwalitatieve eigenschappen van de omgeving die ouders en andere verzorgers creëren.

Etniciteit en klasse

Het gezin geeft kinderen ook een sociale identiteit. De herkomst van onze familie maakt deel uit van onze sociale identiteit en de etnische herkomst (waarvan we in Nederland spreken) of ras (een begrip dat in Engeland en de VS veel wordt gebruikt) van de ouders speelt daarbij een rol, zie ook hoofdstuk 12. In Europa leven inmiddels veel gezinnen met één of twee ouders die in het buitenland zijn geboren en dat heeft ook invloed op hoe mensen in het leven staan en hoe ze hun kinderen opvoeden. In de socialisatie worden elementen uit de eigen culturele achtergrond gecombineerd met elementen uit het land van vestiging.

Hoewel in Nederland snel gekeken wordt naar verschillen tussen etnische groepen, speelt sociale klasse ook een belangrijke rol in de persoonlijkheidsontwikkeling. We moeten daarbij bedenken dat veel niet-westerse migrantengezinnen zich (nog) vaak in de lagere lagen van de samenleving bevinden, waardoor etniciteit en klasse samenhangen. Of een kind nu in een gezin met een hoge of lage sociale status ter wereld komt, kinderen gaan zich langzamerhand realiseren dat de sociale positie van hun gezin invloed heeft op hoe anderen hen zien en op den duur ook op hoe zij zichzelf gaan zien.

Uit onderzoek blijkt bovendien dat de sociale positie van de ouders niet alleen samenhangt met de hoeveelheid geld die zij aan hun kinderen kunnen besteden, maar ook met de verwachtingen die zij van hun kinderen hebben (Ellison *et al.*, 1996). Toen ouders in Nederland gevraagd werd wat zij met de opvoeding van hun kinderen nastreefden noemden ze eerlijkheid en openheid, behulpzaamheid en verantwoordelijkheid als belangrijke waarden (Brinkgreve & Van Stolk, 2006). Veel ouders waren zelf gestegen op de maatschappelijke ladder en probeerden hun kinderen zo veel mogelijk mee te geven om ook goed terecht te komen, wat dat dan ook precies inhield. In een studie in de VS bleek dat ouders met een lage sociale positie gehoorzaamheid en conformiteit belangrijk vinden in de opvoeding. Terwijl mensen in het hogere segment van de samenleving hun voorkeur uitspraken voor een goed oordeelsvermogen en creativiteit (NORC, 2005).

Vanwaar dit soort verschillen? Melvin Kohn (1977) zet uiteen dat mensen met een lagere sociale positie gewoonlijk weinig opleiding hebben genoten en werk doen dat uit het onder toezicht uitvoeren van routinetaken bestaat. Zij verwachten van hun kinderen dat zij ongeveer dezelfde sociale positie zullen gaan innemen en willen graag gehoorzame kinderen zien. De meeste ouders die een hogere sociale positie bekleden hebben een hogere opleiding gevolgd. Zij hebben vaak werk dat verbeel-

dingskracht en creativiteit vergt. Zij proberen hun kinderen dezelfde eigenschappen bij te brengen. Of ze dat nu bewust doen of niet, het gedrag van ouders stimuleert hun kinderen om in hun voetsporen te treden.
Ouders die meer geld te besteden hebben, kunnen hun kinderen allerlei vrijetijdsactiviteiten aanbieden, zoals sportbeoefening, vakantiereizen en muzieklessen. Deze activiteiten zijn voor kinderen uit lage-inkomensgezinnen in mindere mate weggelegd en ouders zijn er veelal ook minder op gericht. Dergelijke activiteiten vormen echter een belangrijk *cultureel kapitaal* dat de leerprestaties van kinderen bevordert en hun het vertrouwen geeft dat zij in het leven zullen slagen (Lareau, 2002).

4.3.2 De school

De sociale wereld van een kind breidt zich uit zodra het naar school gaat en meer in aanraking komt met mensen met een andere achtergrond (zie hoofdstuk 13). Kinderen krijgen alleen inzicht in de betekenis van factoren zoals sociale positie en etnische groep als zij in contact komen met kinderen die anders zijn. Tegelijkertijd zullen zij de neiging hebben om zich aan te sluiten bij speelgroepen van kinderen met een vergelijkbare achtergrond.

School en sekse

Het gezin en de school dragen er gezamenlijk toe bij dat kinderen seksespecifieke rollen aanleren of ontwikkelen. De eerste vraag die mensen stellen als er een kind is geboren of als een vrouw zwanger is, is meestal: 'Is het een jongetje of een meisje?' Een belangrijke vraag omdat deze niet alleen betrekking heeft op de sekse van het kind, maar ook op de richting die haar of zijn levensloop zal hebben. In feite speelt *gender*, de sociale verschillen tussen man en vrouw, al voor de geboorte een rol. Vooral in lage-inkomenslanden hopen veel ouders dat hun eerstgeborene een jongetje is.
Direct na de geboorte wordt een kind in de westerse wereld verwelkomd in de 'roze wereld' van meisjes of de 'blauwe wereld' van jongens (Bernard, 1981). Mensen laten het genderaspect ook doordringen in hoe ze met een zuigeling omgaan. Een onderzoeker van een Engelse universiteit gaf een zuigeling (de ene keer als jongetje, dan weer als meisje aangekleed) aan een aantal vrouwelijke proefpersonen. Haar proefpersonen behandelden het 'meisje' teder, met veel knuffels en strelingen, het 'jongetje' werd fysieker behandeld, hij werd boven het hoofd getild en mocht paardjerijden (Bonner, 1984; Tavris & Wade, 2001). De boodschap is helder: de wereld van de vrouw draait om coöperatie en emotie, die van de man om onafhankelijkheid en actie.
Uit onderzoek op scholen blijkt dat jongens meer fysieke activiteiten aan de dag leggen en meer tijd in de buitenlucht doorbrengen dan meisjes. Meisjes zijn eerder geneigd om leraren met van alles en nog wat te helpen. Jongens gedragen zich agressiever in de klas, meisjes gedragen zich rustiger en aangepaster (Lever, 1978; Best, 1983; Jordan & Cowan, 1995). Deze verschillen, die op het eerste gezicht wat clichématig overkomen, blijven ook op latere leeftijd bestaan en komen onder meer tot uiting in de studiekeuze voor het hoger onderwijs. Meisjes vertonen een voorkeur voor alfastudies, jongens voor bètastudies.
Zorgen om verschillen in schoolloopbanen van jongens en meisjes bestaan al heel lang. Waar lange tijd de achterstand van meisjes alle aandacht had, is sinds tien jaar het accent verlegd naar het achterblijven van jongens. Vaak wordt het verband gelegd met het grote aantal vrouwelijke leerkrachten in het onderwijs (de 'verjuffing' of feminisering) en een gebrek aan mannelijke rolmodellen. Onderzoek bevestigt dit echter niet. Er zijn wel heel veel juffen, maar er is geen aantoonbaar effect van het geslacht van de leerkrachten op prestaties, gedrag en houding van leerlingen. Meer mannen voor de klas leidt ook niet tot betere prestaties en gunstiger gedrag bij jongens (Driessen en Doesborgh, 2004).
De zorgen om het 'jongensprobleem' en de relatie met juffen worden niet bevestigd in onderzoeksgegevens, maar sluiten meer aan bij populaire opvattingen over verschillen tussen jongens- en meisjeshersenen en aanleg. Dit gaat samen met een door de commercie gestimuleerde socialisatie, waarbij jongens stoere piraten zijn en meisjes prinsessen op roze fietsjes.

zelf aan zet

Ben jij opgegroeid in een situatie waarin vrouwen en mannen verschillende taken en verantwoordelijkheden hadden? Hoe heeft dat jouw visie op je eigen leven beïnvloed?

Kinderen die voor het eerst naar school gaan raken bevriend met andere kinderen van hun eigen leeftijd. Uit veel onderzoek is gebleken dat jonge kinderen de neiging hebben om speelgroepen van uitsluitend meisjes of jongens te vormen (Martin & Fabes, 2001).
In groepen met leeftijdsgenoten (*peers*) leren kinderen weer andere zaken over gender. Janet Lever (1978) observeerde een jaar lang het spel van kinderen en concludeerde dat jongens een voorkeur hebben voor teamsporten met complexe regels en duidelijke doelstellingen (zoals het maken van doelpunten). Zij hadden voorkeur voor spelvormen die vrijwel altijd winnaars en verliezers opleveren en de masculiene eigenschappen agressie en controle versterken.
Meisjes doen ook aan teamsport, maar daarnaast ook aan touwtjespringen, praten, zingen, rollenspellen en dansen. Deze activiteiten kennen weinig strakke regels, en het gaat zelden om een 'overwinning'. Ook in digitale games die meisjes kiezen is dit terug te zien. Groepen van meisjes stimuleren communicatievaardigheden en samenwerking, en leggen op deze wijze de basis voor hun toekomstige rol als echtgenote en moeder. Ze leren meisjes minder om competitief te zijn.

Wat kinderen leren

Op school nemen we kennis van een groot aantal uiteenlopende zaken en leren we allerlei vaardigheden aan. Maar we leren op school ook veel dingen langs een informele weg, door middel van het *verborgen curriculum*. Tijdens spelwedstrijden leren we niet alleen spelen maar ook dat de maatschappij in 'winnaars' en 'verliezers' denkt. Door het leven op school leren kinderen ook dat het leven wordt gereguleerd door onpersoonlijke regels en strakke lesroosters. Het is niet verwonderlijk dat we deze eigenschappen ook weer tegenkomen bij de grote organisaties die ons later in dienst zullen nemen.

4.3.3 De peergroup

Kinderen hebben tegen de tijd dat zij naar school gaan ook het bestaan van de **peergroup** ontdekt, *een sociale groep waarvan de leden dezelfde interesses, sociale positie en leeftijd hebben*. De peergroup stelt kinderen in staat om aan het directe toezicht van volwassenen te ontsnappen, wat in het gezin en op school minder goed mogelijk is. Groepen van leeftijdsgenoten bieden bovendien de mogelijkheid om interesses te delen die op een ander gebied kunnen liggen dan die van volwassenen, zoals bepaalde kleding en muziek, of interesses die volwassenen niet toestaan, zoals drugs en seks.
In een snel veranderende maatschappij oefenen peergroups veel invloed uit en kunnen de attitudeverschillen tussen jongeren en ouderen groot genoeg worden om een generatiekloof te creëren. Maar ook zonder generatiekloof bereikt de betekenis van peergroups haar hoogtepunt tijdens de adolescentieperiode, als jongeren zich gaan losmaken van het gezin en zichzelf als volwassenen gaan zien.
De invloed van peergroups heeft vooral betrekking op kortetermijninteresses, zoals muziek en televisieprogramma's; ouders hebben meer invloed op langetermijndoelen, zoals verder studeren en studiekeuze (Davies en Kandel, 1981).
Ten slotte: elke buurt of school kent een groot aantal peergroups. In hoofdstuk 6 komt naar voren dat we geneigd zijn om onze eigen groep in positieve bewoordingen te beschrijven en andere groepen naar beneden te halen. Bovendien worden we ook beïnvloed door peergroups waarbij we ons aan zouden willen sluiten, een proces dat sociologen **anticiperende socialisatie** noemen, *een leerproces dat ons helpt om een gewenste positie te bereiken*. Op school kunnen we het doen en laten van een groep (kleding, manier van praten) kopiëren, in de hoop dat de groep ons zal accepteren. Of op latere leeftijd: een beginnend advocaat die carrière hoopt te maken conformeert zich, om geaccepteerd te worden, aan de attitudes en het gedrag van de oudere kantoorgenoten.

4.3.4 Gender en socialisatie

Gender geeft zoals hierboven al bleek, vorm aan onze gevoelens, gedachten en gedragingen, een proces dat bij onze geboorte begint en bij onze dood eindigt. Kinderen ontdekken al snel dat de samenleving vrouwen en mannen als verschillende soorten mensen definieert. Kinderen van ongeveer drie jaar oud beginnen al gendermaatstaven op zichzelf en anderen toe te passen.
In onze samenleving werden vrouwen in het verleden vaak omschreven met termen als 'emotioneel', 'passief' en 'coöperatief'. En mannen als 'rationeel', 'actief' en 'competitief'. Het is opmerkelijk dat we al zo lang over gender hebben leren denken in termen van twee seksen die elkaars tegenpolen

zijn ondanks dat vrouwen en mannen zo veel gemeen hebben. Daarnaast blijkt uit onderzoek dat de meeste mensen een persoonlijkheid ontwikkelen die uit een combinatie van vrouwelijke en mannelijke eigenschappen bestaat (Bem, 1993).
Gender heeft niet alleen invloed op hoe we over onszelf denken maar leert ons ook hoe we ons moeten gedragen. **Genderrollen** (ook wel **sekserollen**) bestaan uit *de attitudes en de activiteiten die een samenleving aan de twee seksen koppelt.* Een cultuur die mannen als ambitieus en competitief definieert, stimuleert hen om leidende posities in te nemen en teamsporten te beoefenen. En van vrouwen wordt verwacht dat zij, naarmate zij als respectvol en emotioneel gedefinieerd worden, voor anderen klaarstaan en snel hun gevoelens tonen.

4.3.5 Massamedia

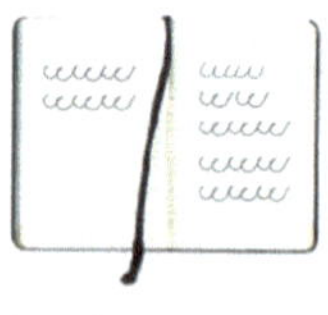

30 augustus, het eiland Coll, buiten de westkust van Schotland – De laatste keer dat we dit afgelegen eiland bezochten was er nog geen elektriciteit en spraken de meeste mensen nog Gaëlisch (Schots Keltisch). Inmiddels verbinden elektriciteitskabels het eiland met het vasteland. De ruim 200 bewoners hebben verlichting, kunnen huishoudelijke apparaten gebruiken, hebben televisie en internet en het bereik voor mobiele telefonie is steeds beter. Het is dan ook geen wonder dat tradities in hoog tempo verdwijnen en dat steeds meer bewoners van het vasteland een tweede huis op het eiland bezitten. Vrijwel iedereen spreekt nu Engels.

Massamedia zijn *de middelen waarmee onpersoonlijke boodschappen onder de aandacht van een groot publiek gebracht kunnen worden.* De term *media* komt van het Latijnse woord medium, dat onder andere (hulp) middel betekent. De term suggereert dat de media mensen met elkaar in verbinding brengen. Het begrip massamedia ontstond toen de communicatietechnologie het mogelijk maakte om informatie massaal te verspreiden, eerst via kranten en tijdschriften, later via radio, film, televisie en nog later via internet (sociale media). De massamedia spelen een belangrijke rol, niet alleen omdat zij veel macht bezitten maar ook omdat hun invloed afwijkt van die van het gezin, de school en de peergroup. Kortom: de massamedia introduceren ideeën en beelden die nieuw en anders zijn.
De televisie werd in de VS in de jaren dertig van de vorige eeuw geïntroduceerd. Het werd al snel een dominant medium. Tien jaar geleden bezaten bijna alle Nederlandse huishoudens een of meer televisietoestellen. In zeven op de tien huishoudens (71 procent) staat inmiddels een digitale televisie, drie keer zo veel als vijf jaar geleden. Ook de televisie met internettoegang is in opkomst: in 2012 had 20 procent van de huishoudens een dergelijk toestel in huis, terwijl in 2007 nog bijna niemand internet via de tv gebruikte (CBS StatLine, 2013).

Televisiekijken

Hoe 'vastgekluisterd aan de buis' zijn we? Cijfers van het CBS laten zien dat het hoogste percentage mensen in Nederland 10 tot 19 uur televisie per week kijkt. Het aantal uren dat men kijkt neemt toe met de leeftijd. Ruim de helft van de 65-plussers kijkt 20 uur of meer per week. Van de jongeren doet nog geen kwart dat. In Nederland kijken de meeste kinderen tussen 0 en 18 jaar tussen de 10 en 19 uur televisie (CBS StatLine, 2013). Jongeren brengen meer tijd door op internet (waar ze televisieprogramma's op elk gewenst moment kunnen bekijken). Het aandeel 12- tot 18-jarigen dat 10 uur per week of meer tv kijkt via een tv-toestel, is gedaald van 76 procent in 2000 tot 62 procent in 2008. Het aandeel jongeren dat geen of minder dan 10 uur per week voor de tv zit, nam in diezelfde periode flink toe, van 24 naar 39 procent. Bij jonge kinderen heeft televisiekijken zich, al ruim voordat zij leren lezen, tot een dagelijkse routine ontwikkeld. Dit ondanks het feit dat onderzoeksresultaten uitwijzen dat televisiekijken kinderen passiever en minder fantasierijk maakt (American Psychological Association, 1993; Fellman, 1995).

Media en politiek

Om allerlei redenen wordt veel kritiek geleverd op de televisie en de andere massamedia. Conservatieve critici stellen dat de televisie- en filmwereld gedomineerd wordt door een linkse 'culturele elite'. De 'politiek correcte' media hebben er volgens hen alles aan gedaan om bijvoorbeeld de belangen van het feminisme en de homoseksuele beweging te behartigen (Rothman *et al.*, 1993; Goldberg, 2002). Op een vergelijkbare manier wees politicus Wilders vaak op de rol van de 'linkse elite' in Nederlandse actualiteitenprogramma's. Anderen stellen dat de geschiedenis van de televisie gekenmerkt wordt door het feit dat mensen met een andere huiskleur of seksuele geaardheid en vrouwen onzichtbaar blijven of alleen in stereotype rollen getoond worden.

In het tijdperk van de commerciële televisie is de kritiek vaak dat televisie plat vermaak is geworden en dat de serieuze politiek niet meer aan bod komt. Personen zouden meer aandacht krijgen dan ideeën. Helder is dat de televisie geen afspiegeling vormt van de hele samenleving en dat kijkcijfers veel invloed hebben. Ook zien we steeds meer dat televisie een minder dominant medium wordt, al is het maar omdat er nu zo veel verschillende zenders zijn dat er weinig programma's meer zijn waar 'iedereen' de volgende dag over praat. Tegenwoordig is 'trending' zijn op Twitter misschien wel invloedrijker.

Media en gender

Op televisie verschenen tot ongeveer 1970 nauwelijks vertegenwoordigers van het vrouwelijke geslacht in beeld. Maar ook daarna bleven voornamelijk mannen de rol van de briljante detective, de onverschrokken ontdekkingsreiziger en de bekwame chirurg spelen. Vrouwen vertolkten de rol van ondergeschikte personages, die afgezien van het seksuele element dat zij toevoegden, vaak niet veel bijdroegen aan het verhaal. Ook in reclames was er vaak een stereotype taakverdeling waarbij de vrouw bezig is met mooi-zijn en het huishouden en de man met serieuze zaken en auto's. Degene die de reclame heeft ingesproken (de voice-over) is meestal ook een man (Davis, 1993). Ook lijken in media-uitingen mannen gewoonlijk langer dan vrouwen (mannelijke superioriteit). Vrouwen worden vaker liggend (op de bank of op bed) of zittend op de grond (als een kind) in beeld gebracht. Mannen stralen meestal (in gezichtsuitdrukkingen en gedrag) competentie uit, wat dominantie impliceert. Vrouwen zijn en doen kinderlijk, onderdanig en erotisch. De mannen concentreren zich op het product, de vrouwen concentreren zich meestal op de mannen (Goffman, 1979; Cortese, 1999). En ten slotte: deze reclames houden wat Naomi Wolf betreft (1990) 'de mythe van het mooi-zijn' in stand.

Pas de afgelopen jaren lijkt er een klein beetje verandering in te komen, bijvoorbeeld met de op 'normale' vrouwen gerichte reclame van de zeepfabrikant Dove. De vrouwen in deze reclames zijn geen onbereikbaar ideaalbeeld van jonge en puntgave vrouwen. Er zijn tegenwoordig ook veel meer (teken)films waarin meisjes een hoofdrol spelen, zoals Mega Mindy, Totally Spies en Kim Possible. De opkomst van het fenomeen girlpower, afkomstig uit de VS in de jaren negentig van de vorige eeuw, lijkt hier debet aan. Het gaat hier om een cultuur onder jonge tienermeiden en jonge vrouwen die een sterk zelfbewustzijn benadrukt; begrippen als ambitie en individualisme spelen hierbij een hoofdrol. Er zijn zelfs geluiden dat momenteel mannen vaak juist als sukkels in reclames figureren. Duidelijk is in ieder geval dat ook de massamedia bijdragen aan de gender-socialisatie.

Media en geweld

In 1996 bracht de American Medical Association (AMA) het verontrustende bericht naar buiten dat het geweld in televisieprogramma's en films dusdanige vormen had aangenomen dat het een gevaar werd voor de volksgezondheid. Uit meer recent onderzoek is naar voren gekomen dat er een relatie bestaat tussen agressief gedrag en de hoeveelheid tijd die kinderen van de basisschoolleeftijd aan televisiekijken en gamen besteden (Robinson *et al.*, 2001). Dit verschijnsel baart veel mensen zorgen. In bijna twee derde van de televisieprogramma's komt geweld voor en meestal tonen de gewelddadige personages geen enkele wroeging en worden zij evenmin bestraft (Wilson, 1998).

De vraag is of gewelddadige programma's en games wel zo schadelijk zijn als veel mensen intuïtief aannemen. Nog belangrijker is de vraag waarom de massamedia eigenlijk zo veel geweld bevatten?

De televisie en de andere massamedia hebben ons leven verrijkt met onderhoudende en educatieve programma's. De media zorgen er ook voor dat we meer van andere sociale groepen en culturen te weten kunnen komen en brengen discussies over allerlei vraagstukken op gang. Tegenwoordig zijn het de sociale media die ons razendsnel van nieuws op de hoogte brengen, vaak met beeld en al. Tegelijkertijd blijft de invloed (het effect op onze manier van denken) van de media, en de televisie in het bijzonder, een controversieel onderwerp. Dat geldt ook voor sociale media. Bij de Facebook-rellen in

Geweld komt ook veel voor in games en videospellen, met name bij spellen die jongens graag spelen. Een van de meest controversiële (door het gewelddadige karakter) games is *Grand Theft Auto*. Vind je dat de bestaande richtlijnen voor programma's en games voldoende zijn of zou je willen dat er meer restricties op de inhoud van programma's en spellen toegepast werden?

VENSTER OP DE WERELD

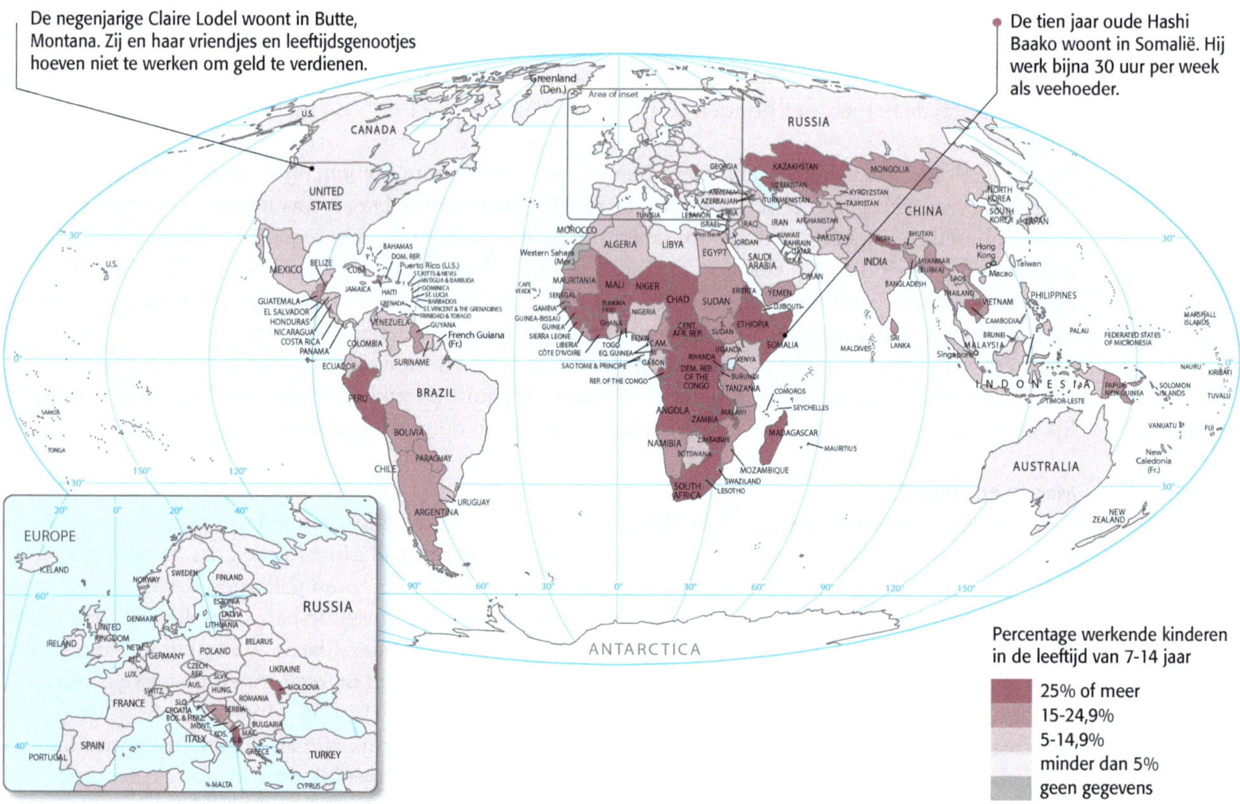

Wereldkaart 4.1 Kinderarbeid in mondiaal perspectief

De industrialisering verlengt de jeugd en zorgt ervoor dat kinderen geen typisch volwassen activiteiten of werkzaamheden hoeven te verrichten. Daarom komen we in hoge-inkomenslanden weinig kinderarbeid tegen. In economisch minder ontwikkelde landen zijn kinderen belangrijke arbeidskrachten. Vaak gaan zij al op jonge leeftijd, zodra ze ertoe in staat zijn, aan het werk. Welke verschillen bestaan er tussen het leven van een kind in Tsjaad of Soedan en dat van een kind in de VS of Nederland?

Bron: Unicef (2011).

Haren in 2012 speelden sociale media een belangrijke rol bij het snel bijeenbrengen van grote groepen jongeren, die onder invloed van alcohol overgingen tot grootschalige plunderingen en vernielingen. Maar bij het opvoeren van de spanning ter plaatse speelden ook de traditionele media een rol.
Er zijn naast het gezin, de school, vriendengroepen en de massamedia nog meer sociale instituties die een rol spelen in ons socialisatieproces. Enkele voorbeelden: de werkplek, religieuze organisaties en sportverenigingen. Uiteindelijk is socialisatie geen eenvoudig leerproces maar een complex proces waarin we, terwijl we uit diverse bronnen informatie tot ons nemen, onze weg moeten vinden. We verwerken, categoriseren en wegen de informatie. Op deze wijze vormen we onze eigen persoonlijkheid en maken we ons onze cultuur eigen.

4.4 Socialisatie en levensloop

Voor onze kinderjaren is een speciale rol in het socialiseringsproces weggelegd, zoals Erikson ook liet zien, maar we blijven ons leven lang leren. Uit een overzicht van de levensloop blijkt hoe de samenleving de ervaringen van mensen overeenkomstig hun leeftijd organiseert – kinderjaren, adolescentie, volwassenheid en ouderdom.

4.4.1 De kinderjaren

Enkele jaren geleden kwam de firma Nike onder vuur te liggen. Deze firma liet zijn schoenen maken in Taiwan en Indonesië, vaak door jonge kinderen die in een fabriek werkten, terwijl ze op school zouden moeten zitten. Wereldwijd werken er ongeveer 250 miljoen kinderen, waarvan de helft voltijd. Zij verdienen ongeveer 50 cent per uur (Human Rights Watch, 2006). Uit wereldkaart 4.1 blijkt dat kinderarbeid het meeste voorkomt in Afrika en Azië.
De kritiek die Nike te verduren kreeg komt voort uit de westerse opvatting dat de kinderjaren (ongeveer de eerste twaalf levensjaren) een zorgeloze periode van leren en spelen zouden moeten vormen. Volgens de historicus Philippe Ariès (1965) is het idee van de kinderjaren relatief nieuw. In de middeleeuwen werden kinderen van vier of vijf jaar al als volwassenen behandeld en er werd van hen verwacht dat zij zichzelf verzorgden.
Het is helder dat de kinderjaren een bijzondere periode vormen omdat kinderen biologisch nog niet volgroeid zijn. Maar als we naar het verleden en naar de rest van de wereld kijken dan zien we dat het begrip 'jeugd' geen biologische maar een culturele basis heeft (LaRossa & Reitzes, 2001). In rijke landen hoeft niet iedereen te werken, zodat de jeugd verlengd kan worden en jongeren de tijd krijgen om zich vaardigheden eigen te maken die zij in de technologische maatschappij nodig zullen hebben.

zelf aan zet

In 2013 bood de beroemde voetbalclub FC Barcelona het elfjarige voetbaltalent Fodé Fofana uit Groningen een contract aan. Aanvankelijk gaat hij daar zonder zijn ouders heen en zal hij in een gastgezin verblijven. Wil onze samenleving dat kinderen te snel opgroeien? Op welke wijzen wordt dat gestimuleerd? Zie je soms ook een omgekeerde ontwikkeling?

4.4.2 De adolescentie

In dezelfde periode dat de geïndustrialiseerde samenlevingen de kinderjaren als een afzonderlijke levensfase gingen beschouwen, ontstond als een bufferperiode tussen de kinderjaren en de volwassenheid de adolescentiefase. Meestal koppelen wij de *adolescentie* aan de tienerjaren, een fase die in emotioneel en sociaal opzicht een stormachtig verloop kent en waarin jongeren hun eigen identiteit ontwikkelen. Een deel van de jeugdigen gaat in deze periode gedragsproblemen ontwikkelen en ongewenst gedrag vertonen dat voor anderen storend is. Het is dan ook niet vreemd dat veel sociaal beleid zich richt op jeugdigen. Het is verleidelijk om de turbulentie van deze periode in verband te brengen met de biologische veranderingen die de puberteit met zich meebrengt. Recent neuro-psychologisch onderzoek benadrukt dat een deel van de hersenen, de prefrontale cortex, nog minder ontwikkeld is, waardoor pubers bijvoorbeeld minder goed kunnen plannen dan volwassenen (Crone, 2008). Maar dit neemt niet weg dat deze turbulentie zeker ook het gevolg is van culturele inconsistenties. Een jongen is aan de ene kant oud genoeg om het leger in te gaan en uitgezonden te worden en mag aan de andere kant nog geen alcoholhoudende dranken kopen of drinken. Adolescenten zijn geen kinderen meer maar zij zijn ook nog geen volwassenen.

Evenals alle andere levensfasen varieert de adolescentieperiode al naar gelang de sociale achtergrond van een jongere. Veel jongeren uit gezinnen die lager op de sociale ladder staan, gaan direct na hun schoolperiode aan het werk, ze trouwen en stichten een gezin. Zij worden op twintigjarige leeftijd als volwassen beschouwd. Veel kinderen uit welgestelde gezinnen gaan langdurig studeren, waardoor hun adolescentieperiode zich tot ver in hun twintiger jaren en soms nog langer uitstrekt (Smith, 2003).

zelf aan zet

Kinderen in huishoudens die moeten rondkomen met een laag inkomen worden zelf later vaak ook arm. Dit 'doorgeven' van armoede komt niet alleen door de financiële positie van het ouderlijk gezin, waar kan het volgens jou nog meer mee te maken hebben?

4.4.3 De volwassenheid

Het lijkt logisch om de periode van de *volwassenheid* te definiëren op basis van biologische veranderingen. Of we iemand als volwassene kunnen betitelen is echter veel gecompliceerder dan het op het eerste gezicht lijkt.

Los van de vraag wanneer de volwassenheid precies begint, is het de levensfase waarin mensen een carrière en een gezin tot stand brengen. Onze persoonlijkheidsvorming is grotendeels voltooid, maar ingrijpende veranderingen in onze omstandigheden, zoals werkloos worden, een echtscheiding en een ernstige ziekte kunnen de manier waarop we in het leven staan sterk beïnvloeden.

Als jongvolwassenen (ongeveer tot het veertigste levensjaar) moeten we onze eigen weg in het dagelijks leven zien te vinden. We krijgen te maken met prioriteiten die vaak met elkaar in conflict zijn, zoals ouders, partner, kinderen, opleiding, vrije tijd en werk. Vaak zien we dat vrouwen alles tegelijk doen omdat onze samenleving hen, ook als zij een veeleisende baan buitenshuis hebben, met een zware verantwoordelijkheid voor de opvoeding en het huishouden belast.

Meestal hebben mensen tussen hun veertigste en zestigste levensjaar het gevoel dat hun bestaan vaste vorm heeft aangenomen. We worden ons dan ook meer bewust van de kwetsbaarheid van onze gezondheid. Voor die tijd staan we daar meestal niet bij stil. Vrouwen die veel energie en tijd aan hun gezin besteed hebben, kunnen deze fase als een emotionele beproeving ervaren en moeten daarna hun weg weer vinden. Veel vrouwen die in deze fase gaan scheiden krijgen ook met grote financiële problemen te maken (Weitzman, 1985, 1996). Veel vrouwen gaan dan ook weer een opleiding volgen en werk zoeken.

In de serie *Pretty Little Liars* heeft dit meisje een affaire met haar middelbareschoolleraar. Sommige mensen hebben het idee dat de westerse samenleving de periode dat we jong zijn aan het inkorten is. De samenleving dwingt kinderen om steeds sneller volwassen te worden. Dragen dit soort series, waarin meisjes zich kleden en gedragen alsof ze veel ouder zijn, daaraan bij? Zie jij dit als een probleem?

Fysieke achteruitgang is een vooruitzicht dat vooral voor veel vrouwen weinig aantrekkelijk is. Onze cultuur legt het accent vooral op het uiterlijk van vrouwen. In toenemende mate gaan vrouwen op zoek naar behandelingen om de veroudering uit te stellen. Het is echter niet zo dat mannen geen problemen kennen met het ouder worden. Sommigen moeten onder ogen zien dat zij nooit hun ooit gestelde carrièredoelen zullen bereiken. Anderen realiseren zich dat hun beroepsmatige successen ten koste zijn gegaan van hun gezin of gezondheid. Het traditionele beeld is bovendien aan het verschuiven. Ook mannen houden zich tegenwoordig meer bezig met hun uiterlijk. En voor veel vrouwen is hun eigen carrière ook van groot belang.

zelf aan zet

Op basis van een omvangrijke studie inventariseerde de socioloog Tom Smith (2003) vijf factoren die mensen als een teken voor 'volwassenheid' beschouwen: een opleiding afronden, zelfstandig gaan wonen, een gezin kunnen onderhouden, trouwen, vader of moeder worden. Aan welke condities voldoe jij? In welke volgorde zul je naar verwachting aan de andere condities voldoen? Mis je iets in dit rijtje?

Dertigers: keuze te over en kiezen geeft stress

'Omdat alles mogelijk schijnt te zijn, lijkt het wel of je al die kansen ook moet pakken. De leukste baan, de leukste vriendin, straks het leukste gezin, naar de leukste feesten, alle films en voorstellingen zien... Kortom: er is te veel, het moet allemaal en ook nog eens optimaal.' Eén citaat en de diagnose kan worden gesteld: Alex (30) lijdt aan het dertigersdilemma. Alex is een van de 1300 hoogopgeleide dertigers die meewerkten aan een onderzoek van Nienke Wijnants. Deze psychologe en loopbaanadviseur – zelf 33 – deed hiernaar onderzoek vanuit de Universiteit van Amsterdam naar de vraag in hoeverre de generatie tussen 25 en 35 jaar last heeft van het dertigersdilemma. Zeg maar: een vervroegde midlifecrisis. Haar boek *Het dertigersdilemma, de belangrijkste loopbaan- en levensvragen van twintigers en dertigers* verscheen in 2008. De belangrijkste conclusie: driekwart van de ondervraagden heeft twijfels en/of zit met levensvragen. Dus ja, de dertigersdip bestaat, meent Wijnants: 'Rond hun vijfentwintigste hebben de dertigers van nu last van de grote hoeveelheid keuzes die ze moeten maken. Een paar jaar later komt alles samen: werk, relaties, kinderen. Pas rond hun vijfendertigste wordt het beter.' (...) Waarom hebben de dertigers van nu zoveel problemen met het maken van keuzes? Dat komt volgens de onderzoekster doordat ze zijn opgegroeid met beperkte keuzemogelijkheden, terwijl ze er nu mee worden overladen. Keken ze als kind naar drie televisiezenders, nu zijn er meer dan tien kanalen. Konden ze als kind nog twijfelen tussen een aardbeienijsje en een chocolade-ijsje, of tussen twee soorten cola, inmiddels is de variatie in de winkel haast eindeloos. En kiezen geeft stress. Toonde de Amerikaanse hoogleraar Barry Schwartz in zijn boek *The Paradox of Choice* al aan dat de overvloed aan consumptieartikelen alleen maar spanning oplevert, Wijnants laat zien dat de keuzemogelijkheden – en daarmee de stress – op allerlei gebieden zijn toegenomen: van studie, werk en woonplaats tot vrienden en relaties. Daarbij komt dat de dertigers van nu zijn opgegroeid in een tijd van economische welvaart. Wijnants: 'Jongeren die in de jaren tachtig van de vorige eeuw werk moesten zoeken, hadden het zwaar. Dat zagen de ouders van de dertigers van nu. Met dat in het achterhoofd voedden zij hun kinderen op: een goede meid is op haar toekomst voorbereid. Dus mengden de dertigers van nu zich in de ratrace voor een goede baan en het beste salaris. En weet je wat: ze kregen het allemaal.' (...) Gelukkig kent het dertigersdilemma ook een goede kant. 'Als de dertigers van nu goed omgaan met hun problemen kunnen ze een midlifecrisis rond hun vijftigste voorkomen. Wie in het spitsuur van zijn leven goed kiest, heeft rond zijn vijftigste minder last van twijfels. Bovendien heb je rond je dertigste meestal nog geen gezin met opgroeiende kinderen. Je fouten zijn makkelijker te herstellen.'

Bron: *nrc.next*, 15 juli 2008, met enkele feitelijke aanpassingen door de auteurs..

4.4.4 De ouderdom

De laatste jaren van onze volwassenheid, de *ouderdom*, beginnen rond het vijfenzestigste levensjaar. Het feit dat mensen langer leven maakt dat de oudere bevolking sneller groeit dan de totale bevolking van Nederland. Uit cijfers van het CBS blijkt dat 16 procent van de Nederlandse bevolking in 2011

65 jaar of ouder is. Dit percentage is tussen 1950 en 2011 meer dan verdubbeld (CBS StatLine, 2013). De gevolgen van deze vergrijzing beginnen langzamerhand door te dringen. Binnen de beroepsbevolking neemt momenteel het aantal werknemers vanaf 45 jaar toe en het aantal jongere werknemers neemt af. Dit heeft grote gevolgen voor de verhouding tussen het aantal mensen dat pensioenpremie betaalt en het aantal mensen dat juist een pensioen ontvangt. Ook zal steeds vaker een beroep worden gedaan op de gezondheidszorg en op andere sociale producten en diensten. Maar het belangrijkste gevolg is misschien wel het feit dat oudere mensen meer zichtbaar worden in het dagelijks leven. In de eenentwintigste eeuw zullen er steeds meer interacties tussen jongeren en ouderen plaatsvinden. De **gerontologie** (het Griekse *geron* betekent 'oud persoon') houdt zich bezig met het onderzoek van het ouder worden en de ouder wordende mens. Gerontologen bestuderen zowel de fysieke als de sociale dimensies van het ouder worden.

Ouder worden en biologie

Bij de meeste mensen komen de grijze haren en de rimpels op middelbare leeftijd. De energie neemt af. Onze botten worden rond het vijftigste levensjaar brozer, verwondingen genezen langzamer en het risico van chronische ziekten (zoals artritis en diabetes) en levensbedreigende aandoeningen (zoals hartkwalen en kanker) neemt gestaag toe. Onze zintuigen, smaak, zicht, geur, tast en vooral het gehoor, worden minder scherp (Treas, 1995; Metz & Miner, 1998). Maar over het geheel genomen wordt de gezondheidstoestand van senioren in de westerse wereld steeds beter (Lethbridge-Cejku *et al.*, 2006).

Tabel 4.1 De toenemende vergrijzing van de Nederlandse samenleving

	Leeftijd (absoluut)			Leeftijd (relatief)		
	0 tot 20 jaar	20 tot 65 jaar	65 jaar of ouder	0 tot 20 jaar	20 tot 65 jaar	65 jaar of ouder
2010	3.920.638	10.077.583	2.538.203	23,7	60,9	15,3
2015	3.817.459	9.971.317	2.990.500	22,8	59,4	17,8
2020	3.752.813	9.901.279	3.359.712	22,1	58,2	19,7
2025	3.691.667	9.800.632	3.728.876	21,4	56,9	21,7
2030	3.722.788	9.555.617	4.102.079	21,4	55,0	23,6
2035	3.775.883	9.308.894	4.384.735	21,6	53,3	25,1
2040	3.797.444	9.194.447	4.481.995	21,7	52,6	25,6
2045	3.778.692	9.263.679	4.375.478	21,7	53,2	25,1
2050	3.747.181	9.347.060	4.248.746	21,6	53,9	24,5

De vergrijzing zal de komende tientallen jaren nog sterk toenemen. De gemiddelde leeftijd in Nederland ligt nu op ruim 39 jaar, in 1950 was dit ruim 30 jaar.
Bron: CBS StatLine, 2013.

Ouder worden en cultuur

De cultuur waarvan we deel uitmaken beïnvloedt het beeld dat we van het ouder worden ontwikkelen. In lage-inkomenslanden hebben oude mensen veel invloed en zij genieten veel respect, vooral omdat hun het meeste land toebehoort en zij met de jaren wijs zijn geworden.
De industrialisering leidt tot een verlaging van de sociale status van ouderen. Rijkdom, macht en prestige komen meer bij jongere mensen terecht. Deze ontwikkeling lijkt zich voort te zetten. De gemiddelde leeftijd van directeuren van grote ondernemingen is 55 jaar, in 1980 was dat nog 59 jaar (Herring, 2005). In een geïndustrialiseerde samenleving wonen oudere mensen en hun kinderen gewoonlijk niet in één huis en de snelle sociale veranderingen maken de kennis van oudere mensen in de ogen van jongeren algauw achterhaald. **Leeftijdsdiscriminatie** van ouderen (*vooroordelen over en*

het discrimineren van oudere mensen) is dan ook een veelvoorkomend probleem in geïndustrialiseerde samenlevingen.

1 november, dicht bij Kandy, Sri Lanka – Ons kleine busje klimt moeizaam de berg op. Openingen in de dichte vegetatie bieden fantastische vergezichten die ons gesprek over ouder worden doet verstommen. 'Zijn er in Sri Lanka ook tehuizen voor oudere mensen?' vraag ik de chauffeur. 'In Colombo en andere steden zeker,' is het antwoord. 'Maar niet veel. Wij zijn anders dan Amerikanen.' 'Hoe bedoel je?' vraag ik een beetje benepen. De chauffeur houdt zijn ogen op de weg gericht en zegt: 'Wij zullen onze vaders en moeders nooit alleen laten wonen.'

Ouder worden is in de westerse wereld geen eenvoudige opgave. Als we jong zijn betekent ouder worden dat we nieuwe rollen en verantwoordelijkheden op ons nemen. Maar ouderdom betekent dat we rollen moeten afleggen die ons identiteit, voldoening en prestige hebben gegeven. Sommige mensen die ophouden met werken vinden voldoening in recreatieve en andere activiteiten, anderen verliezen hun gevoel van eigenwaarde.

Ouder worden en inkomen

Oudere mensen moeten vaak met minder geld rond zien te komen. In Nederland lijkt er echter een trend te zijn die laat zien dat grote groepen senioren het ook juist beter krijgen. Sinds 2000 is het gemiddeld persoonlijk inkomen van personen van 65 jaar en ouder toegenomen van ruim vijftienduizend euro naar ruim tweeëntwintigduizend euro in 2011. Ook is er een afname te zien van het aantal mensen van 65 jaar of ouder dat langere tijd een inkomen heeft onder de lage-inkomensgrens (CBS StatLine, 2012).

Vanwaar deze verandering? Een toenemend aantal ouderen behoorde tot de groep van tweeverdieners, waardoor zij meer geld konden sparen en vaak hebben zij geprofiteerd van de stijgende huizenprijzen tot aan de recessie. Ouderen kunnen, omdat hun gezondheidstoestand dat toelaat, langer betaald werk blijven verrichten. Ook overheden zijn guller geworden. Verhoudingsgewijs gaat nu veel geld naar programma's voor ouderen. Maar dat neemt niet weg dat veel senioren, als gevolg van de economische neergang, minder pensioen krijgen dan waarop zij gerekend hadden. Er is ook een deel dat helemaal geen pensioen heeft opgebouwd. In Nederland moeten zij leven van een beperkte AOW-uitkering, die zij alleen helemaal krijgen als ze altijd in Nederland hebben gewoond.

Hoewel de beeldvorming anders is, is de financiële positie van veel senioren op dit moment zodanig dat we ons af mogen vragen of we de oudste leden van onze samenleving moeten blijven bevoordelen en moeten riskeren dat we de jongste leden van onze samenleving, die het meeste van armoede te lijden hebben, veronachtzamen.

zelf aan zet

De laatste jaren wordt in Nederland veel gesproken over het verhogen van de pensioenleeftijd. De eerste stappen zijn daar ook al in gezet. Waarom gebeurt dat? Vind je dat terecht? Licht je antwoord toe.

4.4.5 Dood en sterven

De geschiedenis van de mensheid kenmerkt zich door het gegeven dat een lage levensstandaard, een slechte hygiëne en een beperkte medische technologie met zich meebrachten dat de dood in elke levensfase, meestal ten gevolge van een ziekte of ongeval, zijn opwachting kon maken. De dood kan nog steeds eerder zijn intrede doen, maar gemiddeld leven we lang. In Nederland ligt de levensverwachting bij de geboorte op ruim 79 jaar voor mannen en bijna 83 jaar voor vrouwen. (CBS StatLine, 2012).

Samenlevingen gaan op hun eigen manier met de dood om. De psychologe Elisabeth Kübler-Ross is, na het observeren van een groot aantal stervenden, tot het inzicht gekomen dat een sterf- of rouwproces uit vijf fasen bestaat. We reageren in eerste instantie met *ontkenning,* een begrijpelijke reactie in een cultuur waarin mensen niet graag over de dood praten. De tweede fase kenmerkt zich door *woede*, we vinden het uitermate onrechtvaardig dat ons eigen levenseinde of dat van een geliefd per-

De realiteit van het ouder worden is niet alleen een kwestie van biologie maar ook van cultuur. In de westerse wereld worden veel senioren inactief, terwijl in veel andere landen senioren hun productieve activiteiten voortzetten.

soon nadert. De derde fase kenmerkt zich door *marchanderen*. We bedenken dat we nog aan de dood zouden kunnen ontsnappen als we het bijvoorbeeld met God op een akkoordje gooien. De vierde fase, die van de *berusting*, gaat vaak gepaard met gevoelens van depressiviteit. Uiteindelijk bereiken we de fase van *acceptatie*. We worden niet langer door angst verlamd en willen van de tijd die ons resteert zo veel mogelijk maken.
Uit recenter onderzoek is gebleken dat Kübler-Ross het sterfproces simplificeerde – niet iedereen gaat door dezelfde fasen heen of doorloopt de fasen in de volgorde die zij voorstelde (Koningsberg, 2011). Niettemin heeft het onderzoek van Kübler-Ross geholpen om aandacht te vragen voor het sterfproces. Gezien het toenemend aantal ouderen in de samenleving, mogen we verwachten dat de dood een minder ongemakkelijk onderwerp wordt in onze cultuur. In hoge-inkomenslanden wordt inderdaad in de laatste jaren openlijker over de dood gesproken en hebben mensen eerder de neiging om de dood te prefereren boven een langdurig lijden. Televisiespotjes van verzekeraars spelen daarop in en brengen de dood als een bespreekbaar thema naar voren. Steeds meer mensen bereiden zich beter voor op de dood, praten er openlijker over en nemen juridische stappen om hun financiën te regelen.

DENKEN OVER ETNICITEIT, KLASSE EN GENDER

De invloed van ideeën over etniciteit in de middelbareschoolperiode

De adolescentie is een periode waarin we ons gaan afvragen wie we zijn en wat en hoe we willen worden. Uiteindelijk zullen we zelf het antwoord op deze vragen moeten geven. Maar factoren als etniciteit en herkomst zullen de antwoorden beïnvloeden.
Grace Kao onderzocht in Amerika de identiteit en de doelen van leerlingen van de Johnstown High School, een grote school (3000 leerlingen) in een buitenwijk van Chicago. Deze school wordt als een goede school beschouwd met meer dan gemiddelde scores. Het is een etnisch diverse opleiding: 47 procent van de leerlingen is blank, 43 procent Afro-Amerikaans, 7 procent Latijns-Amerikaans en 3 procent is van Aziatische herkomst.
Kao interviewde 63 leerlingen, jongens en meisjes, zowel individueel als in kleine groepen leerlingen met dezelfde achtergrond. Zij ontdekte hoe belangrijk raciale en etnische stereotypen zijn voor de ontwikkeling van het identiteitsbesef van jongeren.
Kao constateerde dat de meeste studenten menen dat deze stereotypen kloppen. Zij verwachten van zichzelf en van andere leerlingen dat ze zich op school min of meer volgens het stereotype dat er over hen bestaat, zullen gedragen. Daarnaast gaan de meesten voornamelijk om met leerlingen die dezelfde achtergrond hebben, waardoor de kans klein is dat zij ontdekken dat hun ideeën niet kloppen.
In Nederland is te zien dat tweedegeneratiejongeren wisselende schoolcarrières hebben. In een omvangrijk onderzoek waarbij in totaal duizend jongeren uit de tweede generatie in de leeftijd van 18 tot 35 jaar werden geïnterviewd en vijfhonderd jongeren van een autochtone vergelijkingsgroep bleek dat bij de tweede generatie Turken en Marokkanen de eerste elite zichtbaar wordt. Een kwart is hoogopgeleid en succesvol. Maar er is ook een even zo grote groep die op school achterblijft, geen startkwalificatie haalt en in een hele zwakke maatschappelijke positie terechtkomt. Ook de succesvolle jongeren met een buitenlandse achtergrond in deze studie bleken vaak moeizame schoolloopbanen achter de rug te hebben. Veel talent werd niet op de basisschool erkend, waardoor zij in feite met een te lage opleiding startten. De jongeren bereikten via een lange weg van het stapelen van opleidingen het hoger onderwijs (Crul, Pasztor & Lelie, 2008).

VRAGEN

1. In hoeverre denk jij dat stereotypen over verschillende etnische groepen en sociale klassen op Nederlandse scholen een rol spelen? Wat zijn je eigen ervaringen op dat punt op de middelbare school? Licht je antwoord toe.
2. Denk je dat de invloed van stereotypen over gender op de schoolprestaties van jongens en meisjes even groot is als die van etnische stereotypen? Licht je antwoord toe.

4.4.6 De levensloop: patronen en variaties

Uit het voorgaande kunnen we twee belangrijke conclusies trekken. In de eerste plaats is de levensloop voor het grootste deel een sociale constructie die voor een groot deel bepaald wordt door sociale processen, maar toch komt in elke fase het biologische proces van het ouder worden tot uiting. Dit heeft tot gevolg dat een bepaalde levensfase in verschillende samenlevingen geheel anders ervaren kan worden. En in de tweede plaats kunnen we waarnemen dat in elke samenleving de levensfasen gepaard gaan met bepaalde problemen en overgangen; mensen moeten nieuwe dingen aanleren en andere weer afleren.

Samenlevingen organiseren de levensloop overeenkomstig de leeftijd van hun leden. Maar andere factoren zoals klasse, etnische herkomst en sekse hebben ook invloed. We kunnen stellen dat de in dit hoofdstuk beschreven patronen niet voor alle categorieën mensen op dezelfde manier van toepassing zijn, er zijn ook verschillen.

De levenservaringen van mensen variëren ook onder invloed van de situatie waarin de samenleving zich bevindt op het moment dat zij geboren worden. Een **cohort** bestaat uit *een categorie mensen die iets gemeen hebben, meestal hun leeftijd*. Omdat de leden van een bepaald leeftijdscohort min of meer door dezelfde economische en culturele ontwikkelingen beïnvloed worden, hebben zij de neiging om vergelijkbare attitudes en waarden te ontwikkelen. De Nederlandse socioloog Henk Becker (1992) gaat ervan uit dat een mens grotendeels wordt bepaald door wat er tussen het tiende en vijfentwintigste levensjaar gebeurt. Zo is de vooroorlogse generatie, die is geboren tussen 1910 en 1930, getekend door de crisis- en oorlogsjaren die zij heeft meegemaakt. Deze leeftijdsgroep is altijd spaarzaam gebleven. Naast de vooroorlogse generatie onderscheidt Becker onder volwassenen in Nederland de stille generatie, de protestgeneratie, de verloren generatie en de pragmatische generatie. In een periode dat er meer economische onzekerheid heerst, hebben jongeren vaak minder vertrouwen in de toekomst. De generatie geboren na 1986, waar Becker niet over schreef, wordt gezien als de generatie van de digitale wereld. Zij worden door marketeers ook wel de grenzeloze generatie, de generatie Einstein of generatie X of Y genoemd. Zij zijn al heel vroeg actief met sociale media en op internet. Zij zijn in het algemeen opgegroeid met een stevig ontwikkeld zelfvertrouwen en leggen veel nadruk op authentiek zijn en op belevenissen die ze graag met anderen delen. Sociale media zijn uit hun leven niet weg te denken. Wat de gevolgen gaan zijn van deze manier van leven op lange termijn is nog onduidelijk en omstreden.

zelf aan zet

Welke belangrijke gebeurtenissen of ontwikkelingen hebben de persoonlijkheid van mensen van jouw leeftijd gevormd? Welke invloed denk je dat de economische recessie gaat hebben op jouw cohort?

4.5 Resocialisatie: totale instituties

Tot nu toe is in dit hoofdstuk de doorsnee levensloop aan bod gekomen, van geboorte tot aan de dood. Die kreeg vorm door de socialisatie. Ook resocialisatie is een vorm van socialisatie, maar dan een vorm die ervaren wordt door mensen die een ander traject doorlopen. Zij zijn, vaak tegen hun wil, opgesloten in gevangenissen of psychiatrische instellingen. Zij komen terecht in de bijzondere wereld van **totale institutie**, *een instelling waarin mensen van de rest van de samenleving geïsoleerd worden en de behandeling moeten ondergaan van de staf en het personeel van de instelling.*

Volgens Erving Goffman (1961) hebben totale instituties drie belangrijke kenmerken. In de eerste plaats houden de staf en het personeel toezicht op alle aspecten van het dagelijks leven, ook op de

plekken waar de bewoners eten, slapen en werken. In de tweede plaats is het leven in totale instituties strikt geregeld en gestandaardiseerd. Bijvoorbeeld als iedereen hetzelfde eten krijgt, dezelfde kleding moet dragen of aan dezelfde activiteiten moet deelnemen. En in de derde plaats dicteren formele regels wanneer, waar en hoe wat gedaan moet worden.
Het doel van deze rigide gang van zaken is **resocialisatie**, *een ingrijpende verandering van de persoonlijkheid van een bewoner door middel van een nauwkeurige controle over de omstandigheden*. Gevangenissen en psychiatrische instellingen isoleren bewoners door ze achter getraliede ramen en gesloten deuren op te sluiten en de toegang tot telefoons, computers, post en bezoekers aan banden te leggen. De wereld van de bewoners gaat niet verder dan de instelling zelf, wat het eenvoudiger moet maken om persoonlijkheidsveranderingen, maar in elk geval gehoorzaamheid, te bewerkstelligen.
Een resocialisatieproces bestaat uit twee delen. Eerst wordt de bestaande identiteit van een nieuwe bewoner volledig afgebroken. Een bewoner moet bijvoorbeeld alle persoonlijke bezittingen, waaronder kleding en verzorgingsartikelen, afgeven en moet in de kleding lopen die de institutie voorschrijft, zodat iedereen er hetzelfde uitziet. Daarnaast wordt een nieuwe bewoner aan ingrijpende procedures onderworpen. Bijvoorbeeld visitaties, medische onderzoeken, kaalscheren, vingerafdrukken afnemen en een nummer krijgen. Bewoners houden weinig privacy over omdat zij stelselmatig te maken krijgen met bewaking en toezicht.
In het tweede deel van een socialisatieproces probeert een instelling door middel van belonen en straffen een nieuwe persoonlijkheid vorm te geven. Het lezen van een boek, televisiekijken of telefoneren lijken voor een buitenstaander kleine genoegens. In de rigide omgeving van totale instituties kan de mogelijkheid om dergelijke eenvoudige privileges te verkrijgen bewoners motiveren om zich te conformeren. De duur van de opsluiting hangt vaak af van de mate waarin een bewoner zich coöperatief opstelt.
Sommige mensen die langere tijd in een dergelijke instelling verblijven raken *geïnstitutionaliseerd*, zij kunnen niet meer op eigen benen staan.
Maar hoe is de situatie voor de rest van ons? Drukt socialisatie onze persoonlijkheid de kop in of krijgen we de kans om onze mogelijkheden te verwezenlijken?

Een gevangenis is een voorbeeld van een totale institutie. Hier zie je gevangenis De Schie in Rotterdam. Welke invloed zal een gevangenis op jeugdige veroordeelden hebben? Wat verwachten we van een gevangenisstraf? In welke mate draagt het uitzitten van een gevangenisstraf bij aan het bereiken van dat doel?

TOEGEPASTE SOCIOLOGIE

Zijn we vrije mensen in de samenleving?

Er staat één thema centraal in dit hoofdstuk: hoe de samenleving ons denken, voelen en handelen vormt. We kunnen ons dan ook afvragen in hoeverre we vrij zijn. We zullen om deze vraag te kunnen beoordelen het voorbeeld van *Sesamstraat* gebruiken. Als we naar de capriolen van Bert en Ernie en de rest van het gezelschap kijken dan lijken ze eerder echt dan marionetten. Vanuit sociologisch perspectief gezien zijn menselijke wezens ook marionetten omdat er ook aan onze touwtjes wordt getrokken. De samenleving introduceert ons in een bepaalde cultuur en geeft ons leven vorm, al naar gelang onze achtergrond (sociale klasse, etnische achtergrond en gender). In hoeverre kunnen we dan werkelijk vrij zijn?

Kunnen we ons als vrije wezens in de samenleving bewegen? Ja en nee. De maatschappij beïnvloedt wat we denken, voelen en doen. Maar we zijn ook in staat om op onze omgeving in te werken.

Sociologen geven uiteenlopende antwoorden op deze vragen. Politiek linksgeoriënteerde sociologen stellen dat individuen als sociale wezens *nooit* vrij kunnen zijn. Maar als we in een maatschappij moeten leven die macht over ons uitoefent, dan is het van belang dat we er alles aan doen om een rechtvaardige wereld te creëren. Hoe? Door klassenverschillen te reduceren en de barrières die minderheden (waaronder vrouwen) op hun levenspad tegenkomen uit de weg te ruimen. Meer conservatieve sociologen zullen zeggen dat we vrij zijn omdat de maatschappij niet kan dicteren wat we moeten denken en dromen.

Beide gedachtegangen vinden we terug in George Herbert Meads analyse van het socialisatieproces. Mead onderkende dat de samenleving eisen aan ons stelt en onze mogelijkheden soms inperkt. Maar hij voegde daaraan toe dat menselijke wezens ook spontaan en creatief zijn, invloed op de maatschappij kunnen uitoefenen en verandering teweeg kunnen brengen. De samenleving is machtig maar mensen zijn in staat om zich een oordeel te vormen, kritiek te leveren, en uiteindelijk een keuze te maken en dingen te veranderen. Oppervlakkig gezien lijken we op marionetten. Maar we kunnen het spel stopzetten, naar onze 'touwtjes' kijken en er zelf aan trekken of ons losrukken (Berger, 1963:176). We kunnen wellicht, als we maar hard genoeg trekken, meer bereiken dan we vermoeden. Zoals Margaret Mead ooit opmerkte: 'Maak niet de gedachtefout dat maatschappelijk bewuste mensen niet in staat zijn om de wereld te veranderen. Zij zijn de enigen die het doen.' Ook Michel Foucault, de beroemde Franse filosoof, benadrukte in zijn werk enerzijds de structuren zoals de school, de gevangenis en het tehuis, die mensen in een keurslijf plaatsen en hen onderwerpen of disciplineren en anderzijds het verzet dat mogelijk is vanuit mensen als zelfstandige wezens (Foucault, 1989).

VRAGEN

1. Vind je dat onze samenleving mannen meer vrijheden geeft dan vrouwen? Waarom wel of waarom niet?
2. Zouden twintigers hier net zo over denken als dertigers?
3. Zijn de inwoners van moderne hoge-inkomenslanden vrijer dan de inwoners van traditionele lage-inkomenslanden? Licht je antwoord toe.
4. Heeft de kennis die je nu over het socialisatieproces hebt je gevoel van vrijheid vergroot of verkleind? Waarom?

SOCIOLOGIE TOEPASSEN

1. Ga bij elkaar zitten met een kleine groep medestudenten van je sociologiecursus. Bedenk voor jezelf allemaal vijf elementen die volgens jou sterk horen bij de menselijke natuur. Schrijf ze op een briefje. Bekijk elkaars briefjes en bespreek in hoeverre het inderdaad gaat om *nature* of in hoeverre ook *nurture* een rol speelt.
2. Ga eens een avond voor de televisie zitten op primetime en noteer alle gewelddadige scènes die je ziet met de tijden erbij. Bereken het gemiddelde aantal geweldsscènes per uur. Wat zijn je indrukken op basis van deze kleine, niet geheel wetenschappelijke steekproef?
3. Er zijn mensen die hun kind genderneutraal willen opvoeden, hoe denk je dat dat zal gaan en wat zal de invloed zijn op het kind?

SLAGEN VOOR HET TENTAMEN **SAMENVATTING VAN HOOFDSTUK 4**

WAT IS SOCIALISATIE?

Socialisatie is een **levenslang proces**.
Door het socialisatieproces komt niet alleen ons mens-zijn maar ook onze persoonlijkheid tot ontwikkeling.
Uit het feit dat langdurige perioden van sociaal isolement onherstelbare schade aanrichten, blijkt hoe belangrijk socialisatie is.

p. 94

Socialisatie is eerder een kwestie van **aangeleerd** dan van **aangeboren** gedrag.
Een eeuw geleden dachten de meeste mensen dat ons gedrag voortkomt uit biologische instincten.
Voor mensen geldt: het is onze natuur dat we dingen aanleren.

p. 94-95

BELANGRIJKE BIJDRAGEN TOT ONS INZICHT IN HET SOCIALISATIEPROCES

Volgens **Sigmund Freud** bestaat onze persoonlijkheid uit drie delen:
- *Es*, de aangeboren, naar lust strevende driften.
- *Superego*, de eisen van de samenleving, in de vorm van geïnternaliseerde waarden en normen.
- *Ego*, onze pogingen om een evenwicht te vinden tussen de eisen van de samenleving en de aangeboren naar lust strevende driften.

p. 97

Jean Piaget was van mening dat onze ontwikkeling een combinatie is van biologische groei en het opdoen van sociale ervaringen:
- In de eerste fase, de *sensorisch-motorische*, doen we alleen kennis op via onze zintuigen.
- In de *pre-operationele fase* beginnen we met het gebruik van taal en symbolen.
- In de *fase van de concrete bewerkingen* krijgen we inzicht in oorzaak-en-gevolgrelaties.
- De *fase van de formele bewerkingen* kenmerkt zich door abstract en kritisch denken.

p. 98-99

Lawrence Kohlberg paste de ideeën van Piaget toe op de fasen in de morele ontwikkeling:
- Wat goed is beoordelen we eerst in *preconventionele* termen, overeenkomstig onze eigen behoeften.
- Het *conventionele* morele denken houdt rekening met de attitudes van ouders en maatschappelijke normen.
- Het *postconventionele* morele denken stelt ons in staat om kritiek op de samenleving zelf uit te oefenen.

p. 99

Carol Gilligan constateerde dat sekse een belangrijke rol speelt in het morele denken. Mannen hebben meer oog voor abstracte regels voor goed en verkeerd, vrouwen kijken meer naar de effecten die ons doen en laten op relaties hebben.

p. 99-100

George Herbert Mead:
- Het zelf maakt deel uit van onze persoonlijkheid. Ons zelfbewustzijn en zelfbeeld zijn een onderdeel van het zelf.
- Het zelf kan zich alleen door sociale ervaringen ontwikkelen.
- Het opdoen van sociale ervaringen gaat gepaard met het uitwisselen van symbolen.
- Sociale interacties worden bepaald door het feit of we de intenties van de ander begrijpen; daarvoor moeten we de rol van de ander aannemen.
- Ons doen en laten is voor een deel spontaan (ik) en voor een deel een reactie op anderen (mij).

We doen onze sociale ervaringen op door middel van imitatie, sport en spel en ons inzicht in de *gegeneraliseerde ander*.

p. 100-102

Charles Horton Cooley gebruikt de term *gespiegelde zelf* om weer te geven dat we onszelf zien zoals we denken dat anderen ons zien.

p. 101

Erik H. Erikson stelt dat we in elke levensfase, van de wieg tot het graf, met uitdagingen worden geconfronteerd die we al dan niet tot een goed einde weten te brengen.

p. 102

SLAGEN VOOR HET TENTAMEN VERVOLG

OMGEVINGSVARIABELEN DIE HET SOCIALISATIEPROCES RICHTING GEVEN

Het socialisatieproces begint meestal in het **gezin**.
- Het gezin heeft de meeste invloed op attitudes en gedrag.
- De sociale positie van een gezin, waaronder factoren als ras en sociale klasse, vormt de persoonlijkheid van een kind.
- In het gezin nemen we voor het eerst kennis van bepaalde opvattingen over de seksen.

p. 102-104

De meeste kinderen krijgen op **school** voor het eerst te maken met bureaucratie en onpersoonlijke beoordelingen.
- Scholen brengen ons kennis en vaardigheden bij die we later nodig hebben.
- Op school worden we met een grotere sociale diversiteit geconfronteerd.
- Scholen versterken bestaande ideeën over beide seksen.

p. 104-105

De **peergroup** heeft ook invloed op attitudes en gedrag.
- Tijdens de adolescentie worden peergroups erg belangrijk.
- Dankzij de peergroup kunnen jongeren aan het toezicht van volwassenen ontsnappen.

p. 105

In moderne hoge-inkomenslanden hebben de **massamedia** enorm veel invloed op het socialiseringsproces.
- In Nederland kijken ouderen en laagopgeleiden het meeste naar de televisie.
- Vaak versterken de massamedia bestaande stereotypen over sekse en ras.
- De massamedia tonen ons veel geweld.

p. 106-109

SOCIALISATIE EN LEVENSLOOP

Het begrip **jeugd** is geen biologisch maar een cultureel verankerd denkbeeld; in hoge-inkomenslanden duurt deze periode langer.

p. 109

De emotionele en de sociale turbulentie waarmee de fase van de **adolescentie** gepaard gaat, is het gevolg van culturele tegenstrijdigheden met betrekking tot het definiëren van mensen die geen kind meer zijn maar ook nog geen volwassene; de adolescentiefase verschilt per sociale klasse.

p. 109-110

De **volwassenheid** is de fase waarin we de meeste dingen tot stand brengen; de persoonlijkheid is gevormd maar kan onder invloed van nieuwe ervaringen veranderen.

p. 110-111

De definitie van de **ouderdom** verschilt van cultuur tot cultuur.
- In hoge-inkomenslanden gaat de ouderdom gepaard met een verminderde betrokkenheid bij de samenleving en een geringere sociale betekenis.
- De vergrijzing van de samenleving houdt in dat de gemiddelde leeftijd van de bevolking stijgt.

p. 111-113

✔ **Elke levensfase wordt door sociale factoren vormgegeven en ingevuld, de wijze waarop verschilt van samenleving tot samenleving.**

TOTALE INSTITUTIES

Gevangenissen, psychiatrische ziekenhuizen en kloosters zijn voorbeelden van **totale instituties**.
- De leiding houdt toezicht op alle aspecten van het dagelijks leven.
- Het leven verloopt volgens vaste regels en patronen die voor alle bewoners gelden.

p. 115

Resocialisatie is een proces dat uit twee delen bestaat:
- Het afbreken van de persoonlijkheid van een bewoner.
- Het opbouwen van een andere persoonlijkheid door middel van belonen en straffen.

p. 116

SLAGEN VOOR HET TENTAMEN **MEERKEUZEVRAGEN**

1 Kingsley Davis' studie van Anna, het meisje dat vijf jaar opgesloten zat, toont aan dat:
- a. mensen dezelfde instincten hebben als alle andere levende soorten;
- b. de persoonlijkheid van een kind nooit tot ontwikkeling kan komen als het geen sociale ervaringen opdoet;
- c. de persoonlijkheid van de mens aangeboren is;
- d. veel instincten tijdens de eerste levensjaren verdwijnen.

2 De meeste sociologen gaan ervan uit dat:
- a. mensen instincten hebben die de richting van het gedrag bepalen;
- b. biologische instincten tijdens de puberteit tot ontwikkeling komen;
- c. het onze natuur is om dingen aan te leren;
- d. a, b, en c zijn juist.

3 Lawrence Kohlberg exploreerde het socialisatieproces aan de hand van:
- a. de cognitie;
- b. de rol van sekse in het socialisatieproces;
- c. de ontwikkeling van biologische instincten;
- d. het morele denken.

4 Carol Gilligan heeft de bevindingen van Kohlberg aangevuld door aan te tonen dat:
- a. meisjes en jongens verschillende maatstaven hanteren voor wat goed en verkeerd is;
- b. meisjes meer geïnteresseerd zijn in goed en kwaad dan jongens;
- c. jongens meer geïnteresseerd zijn in goed en kwaad dan meisjes;
- d. de jongeren van nu veel minder geïnteresseerd zijn in goed en kwaad dan hun ouders.

5 Volgens George Herbert Mead bestaat het 'zelf' uit:
- a. het deel van de persoonlijkheid dat ons zelfbewustzijn en ons zelfbeeld omvat;
- b. het deel van de persoonlijkheid dat de cultuur representeert;
- c. egocentrische fundamentele driften;
- d. aangeboren eigenschappen.

6 Waarom speelt het gezin zo'n belangrijke rol in het socialisatieproces?
- a. Omdat de gezinsleden kinderen en zuigelingen de noodzakelijke verzorging geven.
- b. Omdat een gezin een kind een sociale identiteit geeft in termen van klasse, etniciteit en religie.
- c. Omdat ouders zeer veel invloed hebben op het zelfbeeld van het kind.
- d. A, b en c zijn juist.

7 Vergeleken met ouders met hoge inkomens zijn ouders met lage inkomens geneigd om de nadruk te leggen op:
- a. zelfstandigheid;
- b. creativiteit;
- c. gehoorzaamheid;
- d. fantasie.

8 Welke uitspraak over de jeugd is, wereldwijd gezien, juist?
- a. In elke samenleving zijn de eerste tien levensjaren een periode waarin kinderen leren en spelen.
- b. Rijke samenlevingen verlengen de jeugd in veel grotere mate dan arme samenlevingen.
- c. In arme samenlevingen duurt de jeugd veel langer dan in de welvarende landen.
- d. De jeugd wordt bepaald door het feit dat kinderen biologisch onvolgroeid zijn.

9 In de moderne hoge-inkomenslanden worden oudere mensen beschouwd als:
- a. de meest wijze mensen;
- b. degenen die het beste op de hoogte zijn van wat in is en wat niet;
- c. sociaal minder belangrijke personen dan jongvolwassenen;
- d. a, b en c zijn juist.

10 Wat is volgens Erving Goffman het doel van totale instituties?
- a. Iemand belonen voor zijn prestaties in de buitenwereld.
- b. Iemand meer keuzemogelijkheden bieden in het leven.
- c. Het stimuleren van een leven lang leren, onder toezicht.
- d. Een ingrijpende verandering bewerkstelligen in de persoonlijkheid of het gedrag van mensen.

Iedereen heeft weleens ervaren wat het is om 'anders te zijn'. Er bestaat een nauwe relatie tussen deviantie, **afwijken van wat normaal is**, en het functioneren van de samenleving.

11

DEVIANT GEDRAG

- *Waarom* is elke samenleving bekend met het verschijnsel deviantie?
- *Hoe* hangen de definities van wie en wat deviant is samen met de bestaande sociale ongelijkheid?
- *Welk* effect hebben straffen op criminaliteit?

Een grote, zwarte SUV verlaat de vrouwengevangenis in Alderson, West Virginia. Er staan talrijke journalisten en fotografen te wachten die een glimp van de vrouw op de achterbank proberen op te vangen. Het is Martha Stewart, de vrouw die multimiljonair is geworden met haar tips voor de perfecte huisvrouw. Ze is in 2004 veroordeeld wegens aandelenhandel met voorkennis. Na vijf maanden opsluiting wil ze weer graag naar huis. Een privéjet brengt haar naar haar enorme ranch in Katonah, New York, waar ze nog vijf maanden huisarrest moet uitzitten. De dag na haar vrijlating glimlacht Wes Smith, een postbode uit Katonah, tegen verslaggevers, terwijl hij de post bij het huis van Stewart aflevert, en zegt: 'Zij heeft haar straf uitgezeten. Waarschijnlijk heeft het haar veranderd. Misschien heeft zij haar lesje geleerd.' (Fitzgerald, 2005).
Nederlands eigen 'witteboordenaffaire', een omvangrijk boekhoudschandaal bij Ahold, veroorzaakte enkele jaren eerder een schok in de financiële wereld en ver daarbuiten. Door gerommel in de boeken bij het Amerikaanse dochterbedrijf US Foodservice moest het bedrijf de winst over 2001 en de eerste drie kwartalen van 2002 herzien. Ook waren er malversaties geweest bij een Argentijnse dochteronderneming. In hoger beroep in 2009, kwamen de topmannen Meurs en Van der Hoeven er met milde straffen vanaf. Bij de uitspraak van het Gerechtshof waren zo veel belangstellenden komen opdagen dat er geen plaats voor ze was in de zaal.

In dit hoofdstuk zullen we ons bezighouden met deviantie, en daarbinnen vooral met delicten en delinquenten. We zullen hierbij zien dat individuen die in de verdachtenbank belanden niet altijd voldoen aan het beeld van de 'gemiddelde misdadiger'. Een topmanager van een supermarktketen is niet direct wat we voor ogen hebben bij een 'crimineel'. Verder zullen we ingaan op de meer fundamentele vraag waarom een samenleving eigenlijk normen voor goed en kwaad ontwikkelt. We zullen tot de ontdekking komen dat de wet een onderdeel is van een complex sociaal controlesysteem. De samenleving leert ons dat we, vrijwel altijd, aan talloze regels gehoor moeten geven. Allereerst zullen hieronder enkele centrale begrippen worden gedefinieerd.

11.1 Wat is deviantie?

Deviantie wordt gedefinieerd als *een onderkende afwijking van culturele normen*. Omdat er voor vrijwel alle activiteiten die mensen ontplooien regels bestaan, is het begrip deviantie nogal ruim. Delicten, gedefinieerd als schendingen van de formele strafwet van een land, zijn meer specifieke vormen van deviant gedrag. In het Nederlandse strafrecht is een misdrijf een relatief zwaar strafbaar feit. Minder zware strafbare feiten zijn overtredingen, hoewel veel mensen in het dagelijks taalgebruik deze categorieën door elkaar halen en tezamen ook wel als criminaliteit beschouwen. De meeste misdrijven staan omschreven in het tweede boek van het *Nederlandse Wetboek van Strafrecht* en overtredingen staan in boek 3. Wetsovertredingen kunnen variëren van kleine verkeersovertredingen tot seksueel geweld en moord. Bekende voorbeelden van afwijkend of deviant gedrag zijn het stelen van een boek uit een boekhandel, rijden onder invloed of zwartrijden in de trein. Maar mensen die zich buitengewoon rechtschapen gedragen, bestempelen we soms ook als deviant. Zoals medestudenten die te veel zeggen of vragen tijdens colleges of overdreven enthousiast zijn over een nieuwe vinding op het gebied van de computertechnologie. Dit kan ook gebeuren terwijl we wel een zeker respect voor hen voelen. Ook heel dikke mensen zijn in zekere zin deviant; omdat ze wat betreft uiterlijk afwijken van de culturele slankheidsnorm. Wat alle deviante handelingen of attitudes, positieve of negatieve, met elkaar gemeen hebben is een bepaald *verschil*, waardoor we de ander als een 'buitenstaander' (*outsider*) gaan beschouwen (Becker, 1966). Er hoeft niet altijd sprake te zijn van een handeling of een keuze. Louter het *bestaan* van sommige categorieën mensen kan voor anderen al problematisch zijn. Voor jongeren kunnen oude mensen 'afgedaan hebben' en rijke mensen kunnen neerkijken op arme mensen omdat zij het volgens hen niet gemaakt hebben.

11.1.1 Sociale controle

We hebben allemaal met **sociale controle** te maken, *de pogingen die een samenleving onderneemt om het denken en doen van haar leden te reguleren*. Dit is veelal een informeel proces. Bijvoorbeeld als ouders een kind prijzen of terechtwijzen of medestudenten je uitlachen vanwege je muziekvoorkeur. Ernstige vormen van deviantie kunnen politie en justitie in het geweer brengen. Het **strafrechtsysteem** omvat alle *formele reacties van politie en justitie op vermeende wetsovertredingen*.

Deviant gedrag omvat dus allerlei soorten gedrag van heel alledaags tot uitzonderlijk. Een bepaald deel van deviant gedrag is crimineel gedrag. *Hoe* een samenleving deviantie definieert, *wie* als deviant wordt aangemerkt en *wat* mensen aan deviantie besluiten te doen, zijn maatschappelijke organisatievraagstukken die naar tijd en plaats verschillen.

Deviantie is een verschil dat verschil maakt. In het dagelijks leven spreken we van deviantie als we mensen tegenkomen die zich qua uiterlijk of gedrag anders voordoen dan wat wij 'normaal' of 'juist' vinden.

11.1.2 De biologische context

In hoofdstuk 3 kwam naar voren dat de meeste mensen een eeuw geleden nog aannamen dat ons gedrag het resultaat is van biologische instincten. Degenen die zich destijds met criminaliteit bezighielden, richtten zich dan ook op biologische oorzaken. In 1876 verscheen een publicatie van de hand van de Italiaanse gevangenisarts Cesare Lombroso (1835-1909), getiteld *L'uomo delinquente*, waarin hij stelde dat criminelen opvielen door bepaalde fysieke kenmerken: een laag voorhoofd, een uitstekende kaak en jukbenen, wijduitstaande oren, veel beharing en ongewoon lange armen. Kort samengevat: criminelen zouden volgens Lombroso veel weg hebben van onze aapachtige voorouders.

Als Lombroso zich bij zijn studie niet beperkt had tot kijken naar criminelen, dan had hij gezien dat deze fysieke kenmerken ook bij niet-criminelen te vinden waren.

Een andere biologische benadering is die van William Sheldon (Sheldon *et al.*, 1949). Hij veronderstelde dat er een verband zou bestaan tussen lichaamsbouw en criminaliteit. Hij bestudeerde de lichaamsbouw en het criminele verleden van honderden jonge mannen en kwam tot de conclusie dat delinquentie vooral voorkwam bij jongeren met een gespierde, atletische bouw. Eleanor Glueck en Sheldon Glueck (1950) bevestigden deze bevindingen, maar voegden daaraan toe dat een krachtige bouw geen *oorzaak* of *voorspeller* was voor criminaliteit. Volgens hen hebben ouders de neiging om meer afstand te bewaren bij zonen met een krachtige lichaamsbouw, die op hun beurt een geringere sensitiviteit voor andere mensen zouden ontwikkelen. Dit is een zichzelf waarmakende voorspelling of *self-fulfilling prophecy*: mensen die verwachten dat krachtig gebouwde jongens agressief zijn, roepen wellicht juist door hun eigen gedrag de door hen verwachte agressieve reacties op (Merton, 1957).

In Nederland wilde in de jaren zeventig van de vorige eeuw de criminoloog Buikhuisen onderzoek doen naar de oorzaken van crimineel gedrag. Daarbij wilde hij zich niet alleen richten op omgevingsfactoren maar op ook biologische factoren en de wisselwerking tussen deze twee soorten factoren.

Het onderzoek dat hij van plan was te doen riep zo veel felle weerstand op dat hij het niet voortzette. Veel mensen vonden het gevaarlijk om na te denken over criminele aanleg. Pas in 2009 werd het conflict tussen Buikhuisen en de universiteit uitgepraat.
Nu kijken onderzoekers steeds vaker naar mogelijke verbanden tussen biologie en criminaliteit. Door nieuwe mogelijkheden in het genetisch onderzoek heeft dit type onderzoek een nieuwe impuls gekregen. In 2005 rapporteerden onderzoekers van de Universiteit van Wisconsin de resultaten van een 25 jaar durend onderzoek onder 400 jongens. De onderzoekers verzamelden het DNA van de jongens en registreerden of zij problemen met de wet ondervonden. Hun conclusie? Een combinatie van genetische factoren (met name defecte genen die een teveel van een enzym aanmaken) en omgevingsfactoren (met name mishandeling op jonge leeftijd) is een sterke voorspeller van gewelddadig en crimineel gedrag op volwassen leeftijd. Zij merkten tevens op dat de combinatie van factoren een betere voorspeller was dan elke factor afzonderlijk (Lemonick, 2003; Pinker, 2003).

Een kritische kanttekening Biologische verklaringen van criminaliteit hebben hun beperkingen. Een deel van de vragen die ten tijde van Buikhuisen zorgen opriepen doen dat nog steeds. Wat we op dit moment weten, is dat een combinatie van biologische kenmerken en bepaalde omgevingsfactoren tot het plegen van ernstige misdrijven kan leiden. Bij wie dat dan echter ook gebeurt weten we niet. Het meeste gedrag dat we als deviant definiëren, wordt bovendien gemanifesteerd door mensen die fysiek geen ongewone kenmerken vertonen.
Bovendien kijkt de biologische benadering eenzijdig naar het individu. Ze geeft ons geen inzicht in de redenen die ertoe leiden dat bepaalde vormen van gedrag als deviant worden bestempeld. Hoewel er met betrekking tot de invloed van biologische factoren nog veel te leren valt en de aandacht hiervoor toeneemt, gaat de aandacht van onderzoekers over het algemeen meer uit naar de invloed van sociale factoren.

11.1.3 Persoonlijkheidsfactoren

Psychologische theorieën die zich met deviantie bezighouden, richten zich evenals de biologische theorieën op het individu. Sommige persoonlijkheidseigenschappen zijn aangeboren, maar de meeste psychologen nemen aan dat de persoonlijkheid primair gevormd wordt door sociale ervaringen. Deviantie wordt dan ook gezien als het resultaat van een socialisatieproces waarin iets niet goed is gegaan.
Een klassiek voorbeeld van deze benadering is het onderzoek van Walter Cade Reckless en Simon Dinitz (1967). Zij vroegen leerkrachten om hun leerlingen (twaalfjarige jongens) te classificeren volgens hun verwachtingen over de toekomst van de jongens. Is het waarschijnlijk dat een jongen problemen gaat krijgen met politie en justitie of niet? Vervolgens interviewden zij de jongens en hun moeders, om een beeld te krijgen van het zelfbeeld van de jongens en hun omgang met anderen. Zij analyseerden de resultaten en constateerden dat 'goede' jongens een sterk geweten hadden (Freuds superego), met frustraties om konden gaan en zich met culturele normen en waarden identificeerden. De 'slechte' jongens hadden een zwakkere gewetensfunctie, hadden een geringe frustratietolerantie en hadden weinig op met de conventionele cultuur.
Te verwachten was dat de 'goede' jongens minder met de politie in aanraking zouden komen dan de 'slechte'. Dat klopte. Omdat alle jongens opgroeiden in buurten met hoge misdaadcijfers, schreven de onderzoekers de resultaten toe aan persoonlijkheidsfactoren. Dat een jongen erin slaagde om niet met de politie in aanraking te komen, was het gevolg van het feit dat hij zijn deviante impulsen kon beheersen. Reckless en Dinitz noemden hun analyse dan ook de *beheersingstheorie*.
In een meer recente studie (Moffitt et al., 2011) werden 500 twee-eiige tweelingjongens vanaf hun geboorte tot 32 jaar oud gevolgd. De onderzoekers keken naar tweelingen, zodat zij elk van hen met hun broer konden vergelijken, waardoor wordt gecontroleerd voor sociale klasse en familieomgeving. Bij de observatie van de jongens op jonge leeftijd werd door de ouders, leraren en door de onderzoekers zelf de zelfcontrole van de jongens beoordeeld. Dit tegelijk met hun vermogen om met frustraties om te gaan en om behoeftebevrediging uit te stellen. Net als bij de eerdere conclusies van Reckless en Dinitz, vonden de onderzoekers dat de broers met lagere scores op deze metingen tijdens de kindertijd, bijna altijd meer probleemgedrag, waaronder criminele activiteiten, lieten zien in hun latere leven.

Een kritische kanttekening Psychologen hebben aangetoond dat er een bepaalde relatie bestaat tussen persoonlijkheidspatronen en deviantie. Sommige zware criminelen zijn psychopaten die geen schuld of schaamte voelen, geen angst voor straf kennen en weinig sympathie voelen voor de mensen die zij wat aandoen (Herpertz & Sass, 2000). Maar ook hier geldt dat de ernstigste misdrijven eveneens begaan worden door mensen met een normaal psychologisch profiel.
Biologische en psychologische onderzoekers zien deviantie als een kenmerk van een individu. De reden waarom deze benaderingen hun beperkingen hebben is dat deviantie nauw samenhangt met de organisatie van de samenleving. We zullen nu aandacht gaan besteden aan de sociologische benadering. Deze onderzoekt hoe ideeën over goed en kwaad ontstaan, de redenen waarom mensen sommigen die de regels overtreden wel als deviant definiëren en anderen niet, en de rol die macht in dit proces speelt.

zelf aan zet

Waarom kunnen de biologie en de psychologie nooit een volledige verklaring van het verschijnsel deviantie geven?

11.1.4 De sociale basis van deviantie

Hoewel we de neiging hebben om deviantie toe te schrijven aan de eigen keuze of de persoonlijke tekortkomingen van een individu, wordt al het gedrag, zowel deviant als conformerend, door de samenleving gevormd. Drie sociale factoren die aan deviantie ten grondslag liggen, worden hieronder genoemd en komen later in het hoofdstuk uitvoerig aan de orde.

1 **Wat voor deviant doorgaat, wordt bepaald door de gangbare normen in een bepaalde cultuur**. Een gedachte of handeling is nooit van zichzelf deviant, maar kan alleen in relatie tot bepaalde normen deviant worden. Dat hangt bijvoorbeeld af van de vraag of prostitutie of gokken in een casino gelegaliseerd of verboden is. Regels kunnen landelijk gelden, maar soms ook lokaal. Wereldwijd gezien is de diversiteit in wat als deviant wordt gezien groot. In Albanië is het verboden om in het openbaar religieuze uitingen te tonen, zoals een kruis slaan. Inwoners van Cuba of Vietnam kunnen vervolgd worden als zij contact hebben met buitenlanders.

2 **Mensen worden deviant als anderen hen als zodanig definiëren**. We overtreden allemaal weleens een norm. Heb je bijvoorbeeld nooit een handdoek uit een hotel meegenomen of hardop tegen jezelf pratend op straat gelopen? Of we op grond van dit gedrag als psychisch gestoord of crimineel bestempeld worden, is afhankelijk van de wijze waarop anderen ons gedrag waarnemen, definiëren en daarop reageren. Op sommige basisscholen zijn heel veel kinderen (te) dik. In zo'n geval is een dun kind juist deviant.

3 **Sociale macht is een factor die zowel een rol speelt bij de gangbare normen als bij het definiëren van normovertredend gedrag**. Volgens Karl Marx is de wet het middel waarmee de mensen die de macht bezitten hun belangen verdedigen. Een dakloze die op de hoek van een straat een tirade tegen de regering houdt, loopt het risico dat hij wordt opgepakt. Een politicus die bij naderende verkiezingen hetzelfde doet, krijgt politiebescherming. Normen en de wijze waarop we ze toepassen weerspiegelen bestaande sociale ongelijkheden. Zo wordt er veel meer op drugs gecontroleerd in mindere buurten dan in welvarende buurten, terwijl het zeker niet gezegd is dat in betere kringen geen drugs gebruikt worden. En zo worden de lager opgeleide inwoners van Nederland voortdurend toegesproken vanwege hun ongezonde levenswijze en hun overgewicht door slanke hogeropgeleiden.

11.2 De functies van deviantie: een structureel-functionalistische analyse

Het sleutelinzicht van het structureel functionalisme is dat deviantie een noodzakelijk sociaal organisatie-element is. Emile Durkheim heeft dit inzicht meer dan een eeuw geleden ontwikkeld.

11.2.1 Durkheims basisinzicht

In zijn baanbrekende onderzoek naar deviantie komt Emile Durkheim (1964a, oorspronkelijk 1893; 1964b, oorspronkelijk 1895) tot de verrassende conclusie dat er niets abnormaals is aan deviantie, maar dat deviantie vier essentiële functies heeft:

1 **Deviantie bevestigt de bestaande waarden en normen**. Mensen zijn morele wezens, die bepaalde attitudes en gedragingen boven andere verkiezen. Er bestaat geen goed zonder kwaad, geen gerechtigheid zonder misdaad. Deviantie is een verschijnsel dat we nodig hebben om te kunnen definiëren wat moreel verantwoord gedrag is en dit gedrag te bevorderen.

2 **Reacties op deviantie maken duidelijk waar de morele grenzen liggen**. Door sommige individuen als deviant te definiëren, trekken mensen een grens tussen goed en kwaad. Een opleiding trekt bijvoorbeeld een grens tussen eerlijkheid en deviantie bij tentamens en neemt maatregelen tegen studenten die tentamenfraude plegen.

3 **Reacties op deviantie brengen mensen dichter bij elkaar**. Ernstige vormen van deviantie kunnen op een gemeenschappelijke reactie van verontwaardiging rekenen. Op deze wijze worden de morele banden die er tussen mensen bestaan nog eens stevig aangehaald. Na de terroristische aanslag bij de marathon in Boston in 2013 verenigden de inwoners zich onder het motto Boston Strong in de drang om het land te beschermen. In Nederland werd in 2013 massaal door burgers meegezocht naar twee verdwenen broertjes die later dood aangetroffen werden.

4 **Deviantie bevordert sociale verandering**. Deviante mensen proberen de morele grenzen van een samenleving te verleggen. Zij laten zien hoe het ook anders kan en kunnen veranderingen teweegbrengen. Wat vandaag voor deviant doorgaat, kan morgen moreel goedgekeurd worden, aldus Durkheim (1964b, p. 71, oorspronkelijk 1895). Zo werd in de jaren vijftig van de twintigste eeuw rock-'n-roll als immoreel veroordeeld. Enkele jaren later was deze muziekvorm uitgegroeid tot een geaccepteerde miljardenindustrie. Hiphopmuziek heeft dezelfde route gevolgd.

zelf aan zet

Met de gedachte van Durkheim in je achterhoofd (de samenleving bepaalt door middel van deviantie waar haar morele grenzen liggen), zou je kunnen verklaren waarom we mensen zo vaak in termen van hun deviantie definiëren door hen 'verslaafde' of 'dief' te noemen?

11.2.2 Mertons straintheorie

Volgens Durkheim en velen na hem heeft een samenleving een zekere mate van deviantie nodig om te kunnen blijven functioneren. Robert Merton (1938, 1968) stelde echter dat sommige sociale situaties te veel deviantie veroorzaken als gevolg van *strain* of spanning. De mate en het soort deviantie is afhankelijk van het feit of een samenleving in de *middelen* voorziet (scholing, werkgelegenheid) waarmee maatschappelijke *doelen* (zoals financieel succes) gerealiseerd kunnen worden. Mertons theorie wordt geïllustreerd in figuur 11.1.

Conformiteit bestaat uit het nastreven van maatschappelijke doelen met behulp van geaccepteerde middelen. Voor de meesten van ons is een ander 'geslaagd' als zij of hij op basis van talent, scholing en hard werken, rijkdom en prestige weet te vergaren. Maar niet iedereen die conventionele successen wil behalen, krijgt daar de gelegenheid voor. Mensen die in armoede leven, maken bijvoorbeeld weinig kans als zij zich aan de spelregels houden. Volgens Merton kan de spanning tussen het feit dat de samenleving de nadruk legt op rijkdom en het feit dat niet iedereen de mogelijkheid heeft om veel geld te verdienen, sommige mensen ertoe aanzetten om zich op het criminele pad te begeven (diefstal, drugshandel en dergelijke). Merton noemde deze vorm van deviantie *vernieuwing*, het gebruik van onconventionele (zoals vormen van 'kleine' criminaliteit) in plaats van conventionele middelen (hard werken, een 'gewone' baan) om een maatschappelijk geaccepteerd doel (welstand) te bereiken (zie figuur 11.1).

Het onvermogen om een maatschappelijk doel te bereiken, kan ook een ander type deviantie, *ritualisme*, activeren. Mensen kunnen bijvoorbeeld het idee hebben dat het hen niet zal lukken om rijk te worden. Om zich op zijn minst respectabel te kunnen voelen, houden zij zich op een rituele manier strikt aan de regels (de conventionele middelen). Zij blijven bijvoorbeeld tegen beter weten in netjes solliciteren.

Een vierde reactie op het onvermogen om maatschappelijk succes te behalen, is *retraitisme* (terugtrekking). Dit gaat gepaard met het afwijzen van culturele doelen en middelen. Sommige alcoholisten, verslaafden en daklozen zijn retraitisten of 'drop-outs'. Hun deviante gedrag wordt gekenmerkt door

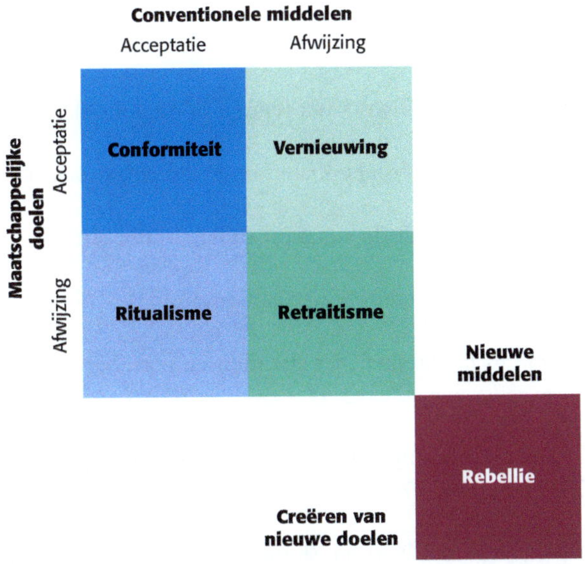

Figuur 11.1 Mertons straintheorie van deviantie

Aan de hand van de combinatie van het beeld dat een individu van maatschappelijke doelen heeft en de conventionele middelen waarmee deze doelen gerealiseerd kunnen worden, was Merton in staat om verschillende typen van deviante individuen te identificeren.

Bron: Merton, 1968.

hun onconventionele levensstijl en, wat wellicht ernstiger is, hun kennelijke bereidwilligheid om op die manier te leven.

Een vijfde reactie is *rebellie*. Ook radicale groeperingen wijzen de culturele definitie van 'succes' en de conventionele middelen om dit doel te bereiken af, maar zij gaan nog een stap verder en creëren een tegencultuur die een alternatief is voor de bestaande sociale orde.

11.2.3 Deviante subculturen

Richard Cloward en Lloyd Ohlin (1966) hebben Mertons theorie verder uitgewerkt en stellen dat criminaliteit niet alleen het resultaat is van beperkte legale mogelijkheden maar ook van de direct toegankelijke illegale mogelijkheden. Voor veel vormen van criminaliteit heb je ook contacten en informatie nodig, bijvoorbeeld. Kortom: deviantie en conformiteit zijn afhankelijk van de *differentiële kansenstructuur*, die het leven van een individu vormgeeft.

Het leven van Al Capone, de beruchte gangster, illustreert de theorie van Cloward en Ohlin. Al Capone werd als zoon van arme immigranten geconfronteerd met armoede en etnische vooroordelen. Zijn kansen om langs conventionele weg wat te bereiken, waren niet groot. Maar in de tijd dat de verkoop van alcohol in de VS verboden was (van 1920 tot 1933), leerde Al Capone van mensen uit de buurt hoe hij langs illegale weg alcohol kon verkopen (een bron van illegale kansen). Cloward en Ohlin voorspellen dat er *criminele subculturen* (zoals straatbendes) ontstaan als de kansenstructuur criminele activiteiten in de hand werkt. Engbersen & Van der Leun (2001) hebben deze theorie in aangepaste vorm toegepast op het overleven van groepen illegale migranten, personen uit andere landen die zonder toestemming in Nederland verblijven. Degenen die slecht toegang krijgen tot de informele arbeidsmarkt en die minder kunnen terugvallen op familieleden of vrienden zullen eerder hun toevlucht nemen tot criminele activiteiten. Maar ook daarbij zijn contacten en kennis van belang.

Maar wat gebeurt er als mensen geen enkele kans, geen legale maar ook geen illegale, kunnen vinden? De deviantie kan dan twee vormen aannemen: de vorm van een *conflictsubcultuur* (zoals een gewapende straatbende), waarin gevoelens van frustratie en de drang om respect af te dwingen tot geweld leiden. Of de vorm van een *retraitistische subcultuur*, waarin deviante individuen de samenleving de rug toekeren en alcohol en andere drugs gaan gebruiken.

Volgens Albert Cohen (1971, oorspronkelijk 1955) komt criminaliteit vooral voor onder jongeren uit de onderste lagen van de samenleving, omdat zij de minste kans hebben om via de conventionele weg wat te bereiken. Zij worden verwaarloosd door de samenleving en proberen zelfrespect te krijgen door een deviante subcultuur in het leven te roepen, waarin hun eigen kenmerken als waardevol gedefinieerd worden. Het feit dat mensen bang voor ze zijn, zal de samenleving als geheel weinig deren, maar het geeft deze jongeren wel voldoening als zij 'iemand' zijn in de buurt.

Walter Miller (1970, oorspronkelijk 1958) voegt hieraan toe dat deviante subculturen gekenmerkt worden door:

1 *Het veroorzaken van problemen* (frequente conflicten met leraren of de politie).

2 *Stoerheid* (er wordt veel waarde gehecht aan fysieke kracht en lenigheid, vooral door mannen).

3 *Geslepenheid* (de slimheid waarmee je het redt op straat en anderen kunt aftroeven of bedriegen).

4 *De behoefte aan opwinding* (het zoeken van sensatie, risico's of gevaren).

5 *Het ongeloof in het bestaan van een menselijk lot* (het idee dat mensen geen controle over hun eigen leven hebben).

6 *Een verlangen naar vrijheid*, vaak tot uitdrukking gebracht als boosheid ten opzichte van autoriteitsfiguren.

Volgens Elijah Anderson (1994, 2002; Kubrin, 2005) ten slotte, slagen de meeste bewoners van arme stadswijken erin om zich aan de conventionele waarden te conformeren. Maar sommige jongeren die dagelijks geconfronteerd worden met misdaad en geweld, met onverschilligheid of zelfs vijandigheid van de kant van de politie en de verwaarlozing door hun eigen ouders, nemen het besluit om volgens de code van de straat te gaan leven. Om te bewijzen dat hij op straat kan overleven, toont een jongere 'lef'. Hij is bereid om de confrontatie met gevaarlijke situaties aan te gaan. Volgens de code van de straat is een gewelddadige dood te verkiezen boven het verlies van het respect van anderen. Respect betekent op straat ook iets anders dan bijvoorbeeld in een bedrijf. Sommigen weten aan de gevaren te ontsnappen, maar het risico dat zij in de gevangenis of in een nog ergere situatie belanden, is groot voor deze naar de rand van de samenleving verdreven jongeren. Het boek *Kapot moeilijk* van criminoloog Jan Dirk de Jong (2007) laat zien hoe jongeren met een Marokkaanse achtergrond in Amsterdam tegen hun kansen en beperkingen aankijken. Zij leven in een straatcultuur die ver afstaat van veel jongeren in het hoger onderwijs. De Jong benadrukt dat het overlastgevende gedrag van deze jongens veel beter te verklaren is uit hun algemeen menselijke behoeften aan erkenning, bescherming en vertier, dan uit specifieke factoren in hun afkomst en opvoeding.

Een kritische kanttekening Durkheim heeft met de functies van deviantie een belangrijke bijdrage geleverd. Maar er zijn ook aanwijzingen waaruit blijkt dat de angst voor criminaliteit ook tot gevolg kan hebben dat mensen zich juist uit het openbare leven terugtrekken (Liska & Warner, 1991; Warr & Ellison, 2000).

Er is ook kritiek op Mertons theorie: deze theorie verklaart sommige vormen van deviantie (stelen bijvoorbeeld) beter dan andere (zoals een *crime passionel*). Bovendien zou niet iedereen naar succes streven, in de conventionele termen van zo veel mogelijk bezit vergaren. Tot slot is ook minder goed te verklaren dat mensen, die er in de samenleving al zeer goed voor staan, toch corrupt worden om er nog beter van te worden.

De algemene stelling van Cloward en Ohlin, Cohen en Miller, dat deviantie de kansenstructuur van een samenleving laat zien, wordt door onderzoeksresultaten bevestigd (Allen & Steffensmeier, 1989; Uggen, 1999). Maar deze theorieën nemen ten onrechte aan dat iedereen dezelfde normen voor goed en kwaad hanteert. Als we criminaliteit zodanig definiëren dat niet alleen inbraken en autodiefstal maar ook handelen met voorkennis, rommelen met de boekhouding of het ontduiken van de belastingen eronder zou vallen, dan zouden er meer mensen uit de hoge-inkomensgroepen crimineel genoemd kunnen worden. Er zijn aanwijzingen waaruit blijkt dat mensen uit alle lagen van de bevolking door de tijd heen nonchalanter zijn gaan denken over het overtreden van bestaande regels.

Ten slotte: structureel-functionalistische theorieën suggereren dat alle mensen die de regels overtreden als deviant worden bestempeld. Maar deviant worden is in werkelijkheid een uiterst complex proces, zoals in de volgende paragraaf zal blijken.

■ SOCIOLOGIE IN HET DAGELIJKS LEVEN

Deviante subcultuur: is het tegenwoordig geoorloofd om regels te overtreden?

Het zijn zware tijden geweest voor mensen die vinden dat regels er zijn om nageleefd te worden. Om te beginnen moesten we erachter komen dat de topbestuurders van veel meer dan één onderneming zich schuldig hebben gemaakt aan fraude en diefstal, en wel op een schaal die het voorstellingsvermogen van velen te boven gaat. Docenten knoeien met examenuitslagen, bouwbedrijven maken prijsafspraken, artsen en politici declareren met grote creativiteit, wetenschappers schrijven van elkaar over en bestuurders van woningcorporaties strijken hoge bonussen op. Priesters misdroegen zich op een heel andere manier, namelijk door seksueel misbruik van jongetjes.

Wat maakt dat een deel van de mensen zich zo misdraagt? Sommigen stellen dat de druk om te winnen in de uiterst competitieve zaken- en politieke wereld zo groot is dat het niet uitmaakt hoe je wint. In de woorden van een beursanalist: 'Met verduistering en leugens kun je wegkomen, maar niet met mislukkingen.' Dit zou ons kunnen helpen om het wangedrag van topmanagers en politici te verklaren, maar het geeft weinig inzicht in de wandaden van priesters. Soms lijkt het wel of wandaden de gewoonste zaak van de wereld zijn. Het verzwijgen van inkomsten voor de Belastingdienst wordt door sommigen gezien als sport. Belastingfraude levert de lidstaten van de Europese Unie jaarlijks een inkomstenverlies op van naar schatting 200 tot 250 miljard euro (europa-nu.nl). De muziekindustrie stelt dat ze door illegaal kopiëren (met name door jongeren) aanzienlijke bedragen misloopt. En wat misschien nog wel het meest verontrustend is: minstens de helft van de leerlingen van middelbare scholen en studenten geeft toe dat ze het afgelopen jaar zeker één keer gefraudeerd hebben bij een toets of tentamen.

Emile Durkheim beschouwde de samenleving als een moreel systeem waaraan regels ten grondslag liggen die mensen duidelijk maken wat ze wel en niet behoren te doen. Jaren daarvoor had een andere Franse denker, Blaise Pascal, beweerd dat onze samenleving gebaseerd is op bedrog. Wie van de twee komt, als we de situatie van nu in aanmerking nemen, het dichtst bij de waarheid?

VRAGEN

1. Hoe wijdverbreid is wangedrag in onze samenleving?
2. Denk je dat mensen die de regels overtreden in de meeste gevallen weten dat ze verkeerd handelen? Waarom wel, waarom niet?
3. Oneerlijkheid lijkt op grotere schaal voor te komen. Wat zouden volgens jou daar de oorzaken van kunnen zijn?

Bronnen: gebaseerd op 'Our Cheating Hearts', 2002; Bono, 2006; Lohr, 2008.

zelf aan zet

Veel van de besproken theorieën lijken naar voren te brengen dat criminaliteit vaker voorkomt bij mensen met lagere sociale posities. Waarom, denk je?

11.3 Het labelen van deviantie: het symbolisch interactionisme

Het symbolisch interactionisme richt zich op de vraag hoe mensen het verschijnsel deviantie in het dagelijks leven benaderen. Vanuit dit perspectief zijn de definities van deviantie en conformiteit opmerkelijk flexibel.

11.3.1 De labelingtheorie

De **labelingtheorie** is een belangrijke bijdrage van het symbolisch interactionisme: *het uitgangspunt*

dat deviantie en conformiteit niet zozeer het resultaat zijn van wat mensen doen, maar van hoe anderen op hun doen en laten reageren. De labelingtheorie benadrukt het relatieve karakter van deviantie, want mensen kunnen hetzelfde gedrag op verschillende manieren definiëren.
Enkele voorbeelden: een student neemt een jasje van een huisgenoot mee dat over een stoel hangt, een getrouwde vrouw verblijft voor een congres in een andere stad en heeft seks met een vriend van vroeger, een burgemeester zorgt ervoor dat een bevriend aannemer een belangrijk contract krijgt toegewezen. De eerste situatie kunnen we als achteloosheid, lenen of diefstal definiëren. De gevolgen van de tweede situatie zijn afhankelijk van het feit of het thuisfront van de vrouw erachter komt wat er gebeurd is. Het derde voorbeeld: kiest de burgemeester voor de beste aannemer of moet hij een tegendienst bewijzen? De sociale constructie van de werkelijkheid is een uiterst variabel proces van waarneming, definitie en respons.

Primaire en secundaire deviantie

Edwin Lemert (1951, 1972) constateerde dat sommige normovertredingen, zoals spijbelen en alcohol drinken op jeugdige leeftijd, geen sterke reacties bij anderen oproepen en weinig effect hebben op het zelfbeeld van de betrokkene. Lemert noemde deze episodes van tijdelijke aard *primaire deviantie*. Maar wat gebeurt er als anderen er wel een punt van maken? Bijvoorbeeld als zij een jongere als 'zuiplap' gaan bestempelen en hem niet meer als vriend willen? Hij raakt verbitterd, gaat nog meer drinken en zoekt het gezelschap van mensen die zijn gedrag wel goedkeuren. Reacties op primaire deviantie kunnen *secundaire deviantie* in het leven roepen: een individu begint een deviante identiteit aan te nemen en gaat de normen stelselmatig overtreden.

zelf aan zet

Herinner je je het Thomas theorema uit hoofdstuk 5.4.1? Situaties die mensen als werkelijk definiëren, krijgen ook reële gevolgen. Kun je deze stelling in verband brengen met het ontstaan van secundaire deviantie?

Stigma

Secundaire deviantie betekent het begin van wat Erving Goffman (1963) een *deviante carrière* noemde. Mensen die steeds meer deviant gedrag manifesteren, krijgen een **stigma**, *een uitgesproken negatief etiket dat het zelfbeeld en de sociale identiteit van een individu ingrijpend verandert.*
Een stigma werkt als een masterstatus (zie hoofdstuk 5), en overschaduwt andere aspecten van de identiteit van een individu. Hij maakt zich in de ogen van anderen te schande en raakt in een sociaal isolement. Soms wordt een individu door een gehele gemeenschap gestigmatiseerd. Harold Garfinkel (1956) noemde dit een *degradatieceremonie*. Een voorbeeld is een gerechtelijke vervolging, de negatieve tegenhanger van bijvoorbeeld een diploma-uitreiking: een individu wordt publiekelijk niet in de bloemetjes gezet, maar te schande gemaakt. Zeker in de huidige tijd kijkt een heel groot publiek daarbij mee omdat filmpjes of foto's makkelijk op internet geplaatst kunnen worden.

Retrospectief en projectief labelen

Mensen kunnen, als zij een ander gestigmatiseerd hebben, *retrospectief* gaan labelen: het verleden van de ander wordt opnieuw geïnterpreteerd, aan de hand van de huidige deviantie (Scheff, 1984). Als men ontdekt dat een priester een kind heeft aangerand, dan kunnen wij zijn verleden herinterpreteren. 'Hij zocht altijd al het gezelschap van jonge kinderen.' Retrospectief labelen heeft een selectief karakter, waardoor er een scheef beeld ontstaat van het verleden van een individu. De deviante identiteit wordt erdoor versterkt.
We kunnen ook *projectief labelen*. Op grond van de deviante identiteit van een individu doen we voorspellingen over zijn gedrag in de toekomst. 'Hij gaat ermee door totdat het ontdekt wordt.' Hoe meer mensen in de omgeving van een individu er deze gedachten op nahouden en dienovereenkomstig handelen, hoe groter de kans dat deze gedachten waarheid worden.

Verschillen als deviantie labelen

Is een dakloze die tijdens een ijskoude nacht niet wil dat de politie hem naar een opvangadres brengt onafhankelijk of is hij 'gek'? Mensen hebben de neiging om gedrag dat zij irritant of bedreigend vinden, niet gewoon als anders te zien maar als deviantie of, sterker nog, als een psychiatrische stoornis.

Volgens de psychiater Thomas Szasz (1961, 1970, 2003, 2004) zijn mensen maar al te snel geneigd om condities die in hun ogen onaangenaam gedrag opleveren als een psychiatrische stoornis te bestempelen. De enige manier om een eind te maken aan deze problematische situatie is dat we het idee van een psychiatrische stoornis volledig loslaten. De wereld zit vol mensen die ons door hun andere manier van denken en doen irriteren. Maar dergelijke verschillen zijn nog geen reden om een ander het etiket geestesziek op te plakken. Doen we dat wel, dan bevorderen we de conformiteit aan de normen van degenen die machtig genoeg zijn om anderen hun wil op te leggen, aldus Szasz.

De meeste mensen uit de wereld van de geestelijke gezondheidszorg staan afwijzend tegenover het idee dat geestesziekte niet bestaat. Maar zij zijn het er wel over eens dat we zorgvuldig moeten nadenken over hoe we het anders-zijn van mensen definiëren. In de eerste plaats kunnen mensen met een geestesziekte net zo weinig eraan doen dat zij ziek zijn als mensen met een lichamelijke ziekte. Het hebben van een psychische of lichamelijke ziekte is geen reden om een ander het etiket 'deviant' op te plakken. In de tweede plaats mogen mensen (in het bijzonder degenen die geen verstand hebben van psychische stoornissen) het label 'geestesziek' zeker niet gebruiken als zij alleen maar eropuit zijn om een ander zich aan hun gedragsnormen te laten conformeren.

11.3.2 De medicalisering van deviantie

Aan de hand van de labelingtheorie en de ideeën van Goffman en Szasz in het bijzonder kunnen we verklaren waarom ons beeld van deviantie een grote verandering heeft ondergaan. De toenemende invloed van de psychiatrie en de geneeskunde in de laatste vijftig jaar heeft tot een **medicalisering van deviantie** geleid, *de transformatie van morele en juridische deviantie in een medische conditie.*

Medicalisering betekent dat de gezondheid(szorg) steeds meer invloed krijgt op het dagelijks leven en dat steeds meer verschijnselen ook bekeken worden als medische verschijnselen. We beoordelen mensen of hun gedrag minder vanuit een moreel perspectief als 'goed' of 'slecht', maar meer met de wetenschappelijke blik van de geneeskunde als 'ziek' of 'gezond'. Zo beschouwen veel mensen alcoholisme tegenwoordig als een ziekte, die mensen niet 'slecht' maar 'ziek' maakt.

Een ander voorbeeld van de medicalisering van deviantie is het medicinale gebruik van marihuana. In Nederland kunnen artsen sinds september 2003 cannabis voorschrijven voor medicinaal gebruik aan patiënten en mogen apotheken het op recept afleveren. De levering en productie van medicinale cannabis valt onder de verantwoordelijkheid van het Bureau voor Medicinale Cannabis, onderdeel van het ministerie van Volksgezondheid, Welzijn en Sport. Zelfs in de Verenigde Staten, waar marihuanagebruik sterk wordt gezien als een morele en criminele kwestie, is het tegenwoordig in meer dan tien staten toegestaan om marihuana medicinaal te gebruiken. De 'illegale drug' wordt een 'medicijn', de 'dealer' wordt een 'hulpverlener' en de 'gebruiker' wordt een 'patiënt' (Ferguson, 2010).

Andere gedragspatronen die in het verleden louter moreel beoordeeld werden, zijn dezelfde weg gegaan, zoals obesitas, ADHD of hyperactiviteit, drugsverslaving en kindermishandeling. Ze worden nu gedefinieerd als ziekten waarvoor mensen niet bestraft maar behandeld moeten worden.

zelf aan zet

Je ziet een student met zwaar overgewicht. Heb je de neiging om hem of haar als 'ziek' te beschouwen? En een student die een week niet gedoucht heeft? En een jongere die illegale mp3'tjes downloadt? Licht je antwoord toe.

Het verschil dat etiketten maken

Of we deviantie als een moreel of een medisch onderwerp beschouwen, heeft bepaalde gevolgen.

In de eerste plaats voor *wie er reageert.* Morele misstappen roepen meestal een reactie van mensen uit de omgeving of de politie op. Een medisch etiket brengt andere mensen in het geweer, bijvoorbeeld huisartsen, psychologen en psychiaters.

In de tweede plaats heeft het gevolgen voor *de wijze waarop er gereageerd wordt.* Volgens de morele benadering moeten deviante individuen voor hun wandaden gestraft worden. Volgens de medische zienswijze zijn het patiënten die een behandeling nodig hebben. De aard van een misdrijf bepaalt de strafmaat, terwijl een behandelingsprogramma op de patiënt wordt afgestemd en vrijwel elke therapievorm kan omvatten die een specialist noodzakelijk acht om te voorkomen dat de ziekte terug kan komen.

Het derde en meest belangrijke gevolg: de twee etiketten zeggen iets anders over *de persoonlijke competentie van het deviante individu.* Vanuit het morele gezichtspunt zijn we, of we nu goed of slecht zijn, zelf verantwoordelijk voor ons eigen gedrag. Maar als we als 'ziek' bestempeld worden dan kunnen we geen controle hebben over ons doen en laten (of als we 'geestesziek' zijn het niet begrijpen). Dan raakt de eigen verantwoordelijkheid eerder op de achtergrond. Mensen die als incompetent worden bestempeld moeten behandeld worden, vaak tegen hun wil. Alleen al om die reden is het uiterst noodzakelijk om zeer zorgvuldig te werk te gaan als we deviantie in medische termen willen definiëren.

zelf aan zet

Ken je het gezegde 'Schelden doet geen zeer, slaan veel meer'? Wat zou de labelingtheorie hierover te zeggen hebben?

11.3.3 Sutherlands differentiële associatietheorie

Bij deviant gedrag kijken we vaak naar individuen. Maar het aanleren van een sociaal patroon, of het nu conventioneel of deviant is, bestaat uit een proces dat plaatsvindt in een groep. Volgens Edwin Sutherland (1940) wordt de neiging tot conformiteit of deviantie bepaald door de mate van contact met anderen die conventioneel gedrag aanmoedigen dan wel afwijzen. In zijn *differentiële associatietheorie* stelt Sutherland dat deviant gedrag de uitkomst is van een leerproces. Hierbij is sprake van een overwicht van definities die gunstig zijn voor deviantie in vergelijking met het aantal ongunstige definities voor deviantie. Deze associatie kan variëren (differentiëren) in frequentie, duur, prioriteit en intensiteit.

Een aantal studies onderschrijft de gedachte dat jongeren eerder delinquent gedrag manifesteren/vertonen als zij geloven dat de leden van hun peergroep dit gedrag aanmoedigen (Akers *et al.*, 1979; Miller & Matthews, 2001). Een onderzoek richtte zich op het seksuele gedrag van jonge meisjes. Er waren twee duidelijke voorspellers voor seksueel actief zijn: het hebben van een vriend die seksuele contacten aanmoedigde en het hebben van vriendinnen die naar hun overtuiging dit gedrag zouden goedkeuren. Jongens werden door hun vrienden aangemoedigd om seksueel actief te worden. Het gaf hun een hogere status in de peergroep (Little & Rankin, 2001).

11.3.4 Hirschi's controletheorie

De socioloog Travis Hirschi (1969; Gottfredson & Hirschi, 1995) heeft de *controletheorie* ontwikkeld (zie ook Weerman, 2001). Volgens deze theorie wordt sociale controle bepaald door het feit of mensen op de gevolgen van hun gedrag anticiperen. Hirschi nam aan dat iedereen een zekere mate van deviantie aanlokkelijk vindt. Maar de gedachte aan een geblokkeerde of geruïneerde carrière weerhoudt de meeste mensen van het overtreden van de regels. Anderen hoeven zich alleen maar de reacties van familie- of gezinsleden en vrienden of vriendinnen voor de geest te halen. Mensen die het idee hebben dat zij weinig te verliezen hebben met deviant gedrag zullen de regels eerder overtreden.
Hirschi koppelt conformiteit aan vier vormen van sociale controle:

1. **Gehechtheid** of **Attachment**. Sterke sociale betrekkingen bevorderen conformiteit. Zwakke sociale betrekkingen (in het gezin, de peergroep of op school) geven de mogelijkheid om deviant gedrag te ontwikkelen.

2. **Gebondenheid** of **Involvement**. Naarmate een individu meer verbonden is met de conventionele samenleving, zal het hem meer voordelen opleveren als hij zich conformeert. Iemand met weinig vertrouwen in een geslaagde toekomst slaat eerder een deviante weg in.

3. **Betrokkenheid** of **Commitment**. Een nauwe betrokkenheid bij legitieme activiteiten, zoals een baan hebben, een opleiding volgen of sport beoefenen heeft een remmende werking op deviant gedrag (Langbein & Bess, 2002). Terwijl mensen die zomaar wat rondhangen, in afwachting of er wat gaat gebeuren, de tijd en de energie hebben om deviante activiteiten te ontplooien.

4. **Normen en waarden** of **Beliefs**. Een sterk geloof in conventionele morele normen en respect voor autoriteiten remmen deviante neigingen af. Degenen met een zwakker geweten en degenen die geen adequate begeleiding krijgen, worden eerder verleid tot deviant gedrag (Stack *et al.*, 2004).

In de ideeën van Hirschi wordt een aantal denkbeelden over de oorzaak van deviant gedrag gecombineerd. Bedenk dat een relatief bevoorrechte positie en de sociale omgeving zoals familie en de gemeenschap ook invloed hebben op het risico van deviant gedrag (Hope *et al.*, 2003). De oude volkswaarheid dat 'woning, werk en wijf' het beste medicijn vormen tegen criminaliteit vertoont bepaalde overeenkomsten met de benadering van Hirschi.

Een kritische kanttekening Alle theorieën binnen het symbolisch interactionisme beschouwen deviantie als een proces. De labelingtheorie koppelt deviantie niet aan iemands *acties* maar aan de *reacties* van anderen. Sommige mensen worden als deviant bestempeld, terwijl anderen die zich net zo gedragen of denken niet het etiket deviant krijgen. De begrippen secundaire deviantie, deviante carrière en stigma laten zien dat het etiket deviant zich tot een permanent zelfbeeld kan ontwikkelen. Maar de labelingtheorie kent enkele beperkingen. In de eerste plaats gaat de uiterst relativerende visie van de labelingtheorie voorbij aan het feit dat sommige gedragsmanifestaties, zoals moord, vrijwel overal veroordeeld worden. De labelingtheorie is dan ook het meest bruikbaar voor minder ernstige vormen van deviantie. In de tweede plaats wordt uit het onderzoek naar de gevolgen van het label deviant niet duidelijk of het etiket tot nog meer deviantie leidt of juist een ontmoedigend effect heeft (Smith & Gartin,1989; Sherman & Smith, 1992). De laatste beperking is dat niet iedereen zich verzet tegen het label deviant; sommige mensen zijn er juist naar op zoek (Vold & Bernard, 1986). Bijvoorbeeld mensen die burgerlijk ongehoorzaam zijn en bereid zijn om zich te laten arresteren om de aandacht op een bepaald sociaal probleem te vestigen.
Sociologen beschouwen de differentiële associatietheorie van Sutherland en de controletheorie van Hirschi als theorieën die in belangrijke mate bijdragen aan ons inzicht in deviantie. Maar waarom worden bepaalde activiteiten door de normen en de wetten van een samenleving eigenlijk als deviant gedefinieerd? De conflictsociologie is de benadering die zich met deze vraag heeft beziggehouden.

zelf aan zet

Geef een duidelijke definitie van secundaire deviantie, deviante carrière en stigma.

Alle sociale groepen brengen hun leden vaardigheden en attitudes bij die bepaalde gedragingen moeten bevorderen. In de studentenwereld is veel discussie ontstaan over zuippartijen waarbij studenten in zo weinig mogelijk tijd zo veel mogelijk drank naar binnen werken. Eerstehulpposten hebben het er in het weekend druk mee. Ken je dit probleem uit je eigen omgeving?

11.4 Deviantie en ongelijkheid: de conflictsociologie

De conflictsociologie koppelt deviantie aan sociale ongelijkheid. Dat wil zeggen, *wie* en *wat* als deviant wordt bestempeld wordt bepaald door de groeperingen die het voor het zeggen hebben in de samenleving.

11.4.1 Deviantie en macht

Alexander Liazos (1972) wijst erop dat de mensen die we als deviant definiëren, 'gekken' en 'viezeriken', meestal één gemeenschappelijk kenmerk hebben: machteloosheid. Oude zwerfsters en werkloze

mannen krijgen het stigma deviant, een directeur van een bedrijf dat voor veel luchtvervuiling zorgt en internationale wapenhandelaren veel minder snel. Op dat laatste punt lijkt wel iets te veranderen nu er maatschappelijk meer aandacht komt voor misstanden aan de top van bedrijven. Zo moest een topman bij een bank in Nederland onderduiken na de ophef over de bonussen die hij had ontvangen, terwijl de bank met staatssteun gered werd.
De conflicttheorie verklaart het verschijnsel dat we vooral kijken naar minder machtige mensen als deviant op drie manieren:

1 Alle normen en vooral de wetten van een samenleving weerspiegelen de belangen van de rijken en de machtigen. Mensen die de rijken bedreigen, door zich hun eigendommen toe te eigenen of voor meer gelijkheid in de samenleving te pleiten, worden als 'ordinaire dieven' of 'politieke radicalen' bestempeld. Volgens Karl Marx, een belangrijk grondlegger van de conflictsociologie, verdedigen wetten en sociale instituties de belangen van de rijken.

2 Degenen die aan de macht zijn beschikken over de middelen om zich met succes tegen het label deviant te verdedigen, ook al geeft hun gedrag er alle aanleiding toe. De bij schandalen betrokken topmanagers van grote ondernemingen gaan zelden de gevangenis in, zoals ook de Ahold-affaire liet zien. En de bankiers die banken in de problemen brachten, meenden ondanks de kredietcrisis toch recht te hebben op hun bonussen. Aan de andere kant lijkt het tij ook wel wat te keren en kreeg recordoplichter Bernard Madoff in 2009 voor zijn miljardenzwendel 150 jaar gevangenisstraf opgelegd.

3 De wijdverbreide opvatting dat het logisch en goed is dat er regels, normen en wetten bestaan, verbergt het politieke karakter daarvan. De meesten van ons vragen zich zelden af of de bestaande wetten op zichzelf wel rechtvaardig zijn of niet. Nieuwe wetten roepen dat soort discussies soms wel weer op, denk aan het rookverbod in de horeca.

11.4.2 Deviantie en rationele keuze

De oorsprong van de rationelekeuzebenadering van deviant gedrag ligt in het klassieke strafrecht. Klassieke denkers als Cesare Beccaria en Jeremy Bentham gingen uit van een rationeel mensbeeld en zagen crimineel gedrag als resultaat van een vrijwillige keuze (Kleemans, 1993). Via straf zouden de afwegingen van potentiële misdadigers kunnen worden beïnvloed en op die manier zou misdaad kunnen worden tegengegaan. Met de opkomst van de vroege criminologie kwam dit beeld van de mens die vrij is en zelf verantwoordelijk is voor zijn handelen sterk onder druk te staan. De aandacht verschoof naar aangeboren en aangeleerde factoren die de keuzevrijheid van mensen inperkten. Recentelijk staat de rationelekeuzebenadering weer meer in de belangstelling als gevolg van de twijfel aan de effectiviteit van straffen en andere interventies. Ook de ontwikkeling van economisch onderzoek naar factoren die de afwegingen van daders meebepalen draagt hiertoe bij.
De criminologen Lawrence Cohen en Marcus Felson verbinden met de spreiding van specifieke typen delicten naar tijd en plaats drie noodzakelijke voorwaarden: de aanwezigheid van een gemotiveerde dader en een aantrekkelijk doelwit en de afwezigheid van adequaat toezicht. Dit wordt ook wel de gelegenheidstheorie genoemd. Dit is een praktische theorie waaruit vrij eenvoudig maatregelen kunnen worden afgeleid die kunnen bijdragen aan het terugdringen van criminaliteit door situationele preventie. De rationelekeuzebenadering in zijn algemeenheid heeft vooral betrekking op 'dader-doelwit'-delicten. Gekeken wordt bijvoorbeeld hoe een bedrijf zo kan worden ingericht dat de kans op diefstal het kleinste wordt. Denk bijvoorbeeld aan het Keurmerk Veilig Ondernemen (KVO) of het Keurmerk Veilig Wonen (KVW). Maar ook geografisch onderzoek naar dadergedrag past hierbinnen. Dit soort onderzoek laat bijvoorbeeld zien hoe inbrekers zich verplaatsen tussen hun eigen woning en de locaties waar ze 'te werk gaan'.

Een kritische kanttekening De rationelekeuzebenadering verklaart verschillen in crimineel gedrag niet uit verschillen tussen mensen, maar uit de gelegenheid tot het plegen ervan en uit de kosten en baten die niet per dader, maar per delict verschillen. De standaardkritiek hierop is dat mensen vaak helemaal niet rationeel handelen. Maar bij deze theorie gaat het niet om de vraag of een dader werkelijk rationeel is, maar in hoeverre iemand doelen probeert te realiseren door daarbij rekening te houden met de kosten en baten. Dat geldt ook bij het plegen van delicten. Het ligt voor de hand dat een dergelijke benadering meer van toepassing is op delicten die iets materieels opbrengen dan op delicten die vooral vanuit het gevoel worden gepleegd.

11.4.3 Deviantie en kapitalisme

Steven Spitzer (1980) stelt, in de lijn van de marxistische traditie, dat vooral mensen die het functioneren van het kapitalisme verstoren het etiket deviant krijgen. In de eerste plaats omdat het kapitalisme gebaseerd is op het privébeheer van eigendommen. Mensen die zich het bezit van de rijken willen toe-eigenen zijn de belangrijkste kandidaten voor het label deviant. Dat geldt veel minder voor rijken die de armen uit willen buiten. Huiseigenaren die hoge huren van arme bewoners vragen en degenen die de huur niet op kunnen brengen het huis uit laten zetten, worden meestal niet als criminelen gezien. Zij doen zaken.

In de tweede plaats: omdat het kapitalisme gebaseerd is op productieve arbeid, lopen vooral mensen die niet kunnen of willen werken het risico dat zij als deviant worden bestempeld. In de westerse wereld hebben veel mensen de neiging om degenen die geen werk hebben, ook al kunnen ze daar niet veel aan doen, als enigszins deviant te beschouwen.

Ten derde: het kapitalisme is afhankelijk van het respect voor autoriteitsfiguren. Mensen die zich tegen het gezag verzetten, worden al snel als deviant bestempeld. Bijvoorbeeld kinderen die spijbelen of hun ouders en leraren een grote mond geven, en volwassenen die niet met hun werkgever of met de politie willen meewerken.

Ten vierde: iedereen die de kapitalistische status quo aan het wankelen wil brengen, zal als deviant worden bestempeld. Hierbij is te denken aan vakbondsleiders en radicale milieu- en vredesactivisten. Aan de andere kant krijgen degenen die het functioneren van de samenleving steunen eerder een positief etiket toebedeeld. Winnende atleten worden bijvoorbeeld in het zonnetje gezet omdat zij de voor het kapitalisme vitale waarden van individuele prestaties en competitie tot uitdrukking brengen. Bovendien wordt, aldus Spitzer, het gebruik van drugs waarmee mensen aan de werkelijkheid ontsnappen (marihuana, psychedelica, heroïne en crack) als deviant bestempeld en het gebruik van drugs die de aanpassing aan de bestaande situatie bevorderen (alcohol en cafeïne), aangemoedigd.

Het kapitalistische stelsel probeert mensen die niet in het systeem passen te controleren. Oudere mensen, mensen met lichamelijke en mentale handicaps en alcohol- en drugsverslaafden zijn een kostbare maar ongevaarlijke last voor de samenleving. Deze mensen, aldus Spitzer, vallen onder de controle van welzijnsinstellingen. Maar degenen die het kapitalistische systeem openlijk aanvallen, de onderlaag van de bevolking in grote steden en revolutionairen (de 'vernieuwers' en de 'rebellen' van Merton) worden door politie en justitie en zo nodig de mobiele eenheid gecontroleerd. Opmerkelijk is dat sociale instellingen en het rechtssysteem de schuld voor sociale problemen niet bij het systeem maar bij het individu leggen. Mensen die een sociale uitkering ontvangen, worden als profiteurs gezien, arme mensen die hun woede over hun hopeloze situatie uiten, worden relschoppers genoemd, mensen die de regering openlijk aanvallen, zijn radicalen en degenen die langs illegale weg proberen te verkrijgen wat hen via legale middelen nooit zou lukken, eindigen als gewone criminelen.

zelf aan zet

In een mijn in Darfur deed zich in 2013 een ramp voor, waarbij zeker 60 mensen om het leven kwamen. Overal ter wereld komen dit soort ongelukken voor. Hoe zou de marxistische theorie het feit verklaren dat er in dit geval, zoals vaker, niemand in staat van beschuldiging werd gesteld?

11.4.4 Witteboordencriminaliteit

Een op Wall Street werkzame effectenmakelaar, Michael Milken, kwam in 1987 in het nieuws omdat hij gearresteerd en veroordeeld werd wegens fraude. Sinds Al Capone was het geen individu gelukt om in één jaar tijd zo veel geld te verdienen, ruim 833 miljoen euro – otewel per dag ongeveer 2,2 miljoen euro (Schwartz, 1989). Alle records op dit gebied zijn echter verbroken door de in juni 2009 gearresteerde Bernard Madoff, die voor 44 miljard euro (65 miljard dollar) wist te frauderen.

Milken hield zich bezig met **witteboordencriminaliteit**, door Sutherland in 1940 gedefinieerd als *misdrijven die door mensen met een hoge sociale positie tijdens het uitoefenen van hun beroep gepleegd worden.* Witteboordencriminaliteit gaat zelden met geweld gepaard, ook niet van de kant van de politie. Cri-

In juni 2009 werd Bernard Madoff voor 150 jaar naar de gevangenis gestuurd voor de grootste fraude ooit gepleegd. In enkele tientallen jaren tijd heeft hij talloze gerenommeerde bedrijven en particulieren voor 44 miljard euro opgelicht.

minelen met een witte boord gebruiken hun machtige kantoren om zichzelf of anderen op illegale wijze te verrijken, vaak ten koste van de samenleving. Geen criminaliteit op straat, maar criminaliteit op stand.

De meeste witteboordencriminaliteit heeft betrekking op verduistering, bedrijfsfraude, omkoping en antitrustzaken. In Nederland heeft, behalve het al eerder genoemde boekhoudschandaal, vooral de bouwfraude veel aandacht gekregen. Grote bouwbedrijven maakten onderling verboden prijsafspraken. Maar ook andere branches, zoals de afvalverwerking, de autohandel, het wegtransport en financiële instellingen, zijn gevoelig voor regelovertredend gedrag (Huisman, 2001, 2010). Volgens Sutherland (1940) verschijnen de verdachten in veel gevallen niet voor de strafrechter maar bij de burgerrechter. Het *civiele recht* houdt zich bezig met overeenkomsten tussen twee partijen, het *strafrecht* met de verantwoordelijkheden die een individu ten opzichte van de samenleving heeft. Iemand die een civiele rechtszaak verliest moet vaak een boete betalen wegens het veroorzaken van schade of letsel, maar wordt niet als crimineel bestempeld. Bovendien worden de betrokkenen beschermd door het feit dat de meeste beschuldigingen die betrekking hebben op witteboordencriminaliteit tegen een organisatie en niet tegen een individu zijn gericht.

In de zeldzame gevallen dat er wel een individu in staat van beschuldiging wordt gesteld en veroordeeld wordt, weet hij meestal zijn straf te ontlopen. Velen brengen nooit een dag in de gevangenis door.

THEORIE TOEPASSEN

Deviantie

	Structureel functionalisme	Symbolisch interactionisme	Conflictsociologie	Rationelekeuzemodel
Wat is het niveau van analyse?	Macro	Micro	Macro	Micro-meso
Wat is deviantie?	Een fundamenteel onderdeel van de sociale organisatie	Onderdeel van de sociaal geconstrueerde realiteit	Komt voort uit sociale ongelijkheid	Rationeel gedrag
Rol in de samenleving	Aangeven van morele grenzen	Het ontstaat als mensen iets als deviant zien	Het weerspiegelt de belangen van de machtigen	Een middel om een doel te bereiken
Betekenis in de samenleving	Deviantie is een normaal onderdeel van het samenleven	Iedereen kan als deviant bestempeld worden	Deviantie is een politieke zaak	Iedereen kan in principe gemotiveerd zijn om deviant gedrag te vertonen

11.4.5 Organisatiecriminaliteit

Soms overtreden geen individuen maar hele ondernemingen de wet. **Organisatiecriminaliteit** *bestaat uit illegale handelingen van een onderneming of van mensen die namens de onderneming actief zijn.* Organisatiecriminaliteit varieert van het verkopen van ondeugdelijke of gevaarlijke producten tot opzettelijke milieuvervuiling (Derber, 2004). De val van Enron en andere grote ondernemingen heeft duizenden mensen hun baan en hun pensioen gekost. Maar ook op een meer dagelijkse manier kunnen werkgevers regels aan hun laars lappen. Dat kan ten koste gaan van de veiligheid. In 2011 vonden 63 werknemers in Nederland de dood door een ongeval op het werk (Inspectie Sociale Zaken en Werkgelegenheid, 2012). In een deel van de gevallen is de werkgever daarvoor verantwoordelijk, bijvoorbeeld door mensen te laten werken in gevaarlijke omstandigheden. Als we mensen die overlijden ten gevolge van beroepsziekten zouden meetellen, zouden we veel hoger uitkomen. Het is onbekend hoeveel van deze doden we kunnen zien als slachtoffers van misdrijven, maar het is zeker dat ondanks alle aandacht voor regelnaleving, organisatiecriminaliteit ook in Nederlandse bedrijven voorkomt (Huisman, 2001).

11.4.6 Georganiseerde misdaad

We spreken van **georganiseerde misdaad** als er sprake is van *het verhandelen van illegale goederen of het verlenen van illegale diensten.* Misdaadorganisaties kunnen mensen dwingen om zaken met hen te doen, bijvoorbeeld bij afpersing in het kader van 'bescherming'. In de meeste gevallen gaat het echter om illegale goederen en diensten, waaronder seks, drugs en gokken. Mensenhandelaren, bijvoorbeeld, halen vrouwen naar Nederland om hen te laten werken in de prostitutie, een type misdaad waar politie en justitie steeds scherper op letten.

De Italiaanse maffia is een bekend voorbeeld van georganiseerde misdaad. Maar er bestaan ook Chinese, Colombiaanse en Russische misdaadorganisaties en steeds vaker zijn ze actief over grenzen heen. Vrijwel elke etnische groep is vertegenwoordigd. De georganiseerde misdaad bestrijkt een uiteenlopende reeks activiteiten, variërend van het verhandelen van illegale drugs, prostitutie en vrouwenhandel tot creditcardfraude en het verhandelen van valse paspoorten (Valdez, 1997). In Nederland werd halverwege de jaren negentig van de twintigste eeuw een parlementair onderzoek verricht naar

In de film *Gomorra* wordt een rauw en realistisch beeld geschetst van de (van oorsprong) Napolitaanse maffia, de Camorra.

opsporingsmethoden en de georganiseerde misdaad door de commissie-Van Traa. In het eindrapport werd veel nadruk gelegd op de rol van Nederland in de internationale drugshandel (burojansen.nl). Waar in het verleden vaak gedacht werd aan strak geregelde organisaties met een duidelijke piramidestructuur, is langzaamaan duidelijk geworden dat het vaak gaat om wisselende netwerken. Ook zijn de verbindingen met de legale wereld essentieel voor deze vorm van criminaliteit (Kruisbergen *et al.*, 2012, p. 107). Criminelen proberen hun winsten te investeren in de 'bovenwereld' om zo geld wit te wassen, maar ook om een legale façade op te bouwen. Op de Amsterdamse Wallen koopt de gemeente Amsterdam panden terug om de grip van criminelen op de vastgoedmarkt in het centrum van de stad te verminderen.

Een kritische kanttekening Volgens de conflictsociologie beïnvloedt de bestaande ongelijke verdeling van geld en macht in een samenleving de wetgeving en de wetstoepassingen in die samenleving. Ook op deze benadering valt kritiek te leveren. De conflictsociologie doet het voorkomen dat wetten en andere sociale normen het werk zijn van rijke en machtige groeperingen. Dit is een te simpele voorstelling van zaken, omdat er ook wetten bestaan die werknemers, consumenten en het milieu moeten beschermen en soms ingaan tegen de belangen van grote ondernemingen en rijke groeperingen.

zelf aan zet

Geef een definitie van witteboordencriminaliteit, organisatiecriminaliteit en georganiseerde misdaad.

11.5 Deviantie, etnische groep en sekse

Wat mensen deviant noemen, vormt een weerspiegeling van de relatieve macht en privileges van verschillende groeperingen. In de volgende paragrafen komen twee voorbeelden aan bod: de wijze waarop vijandigheid tussen verschillende groepen aanzet tot delicten die ook wel *hate crimes* worden genoemd en de relatie tussen sekse en deviantie.

11.5.1 Hate crimes of haatmisdrijven

Het begrip hate crime komt uit de Verenigde Staten en verwijst naar een criminele daad die tegen een individu of zijn eigendommen gericht is en die op grond van etniciteit of huidskleur, nationale herkomst of 'ras' of andere vooroordelen gepleegd wordt (Bovenkerk & Korf, 2006, p. 635). Een dergelijk delict kan ook gebaseerd zijn op religie, afkomst, seksuele geaardheid of de lichamelijke handicap van een individu. Hierbij gaat het niet altijd om een conflict tussen blank versus gekleurd. Volgens de negende Monitor Racisme en Extremisme (Rodrigues & Van Donselaar, 2010) was er in 2009 sprake van 148 gevallen van racistisch geweld in Nederland. Er is volgens de auteurs sprake van een 'geleidelijke daling sinds 2005 en van een sterke daling in 2009'. Deze daling kan volgens hen echter ook (deels) verklaard worden door onderrapportage binnen de politie. Mensen die meerdere stigma's met zich meedragen, zoals niet-blanke homoseksuele mannen, lopen het meeste risico slachtoffer te worden van haatdelicten (Dang & Vianney, 2007; National Coalition of Anti-Violence Programs, 2011). Maar het kan iedereen overkomen. In Nederland worden haatdelicten niet centraal bijgehouden. De laatste jaren is er discussie over de vraag of homofoob geweld meer in allochtone dan in autochtone kringen voorkomt (Van Donselaar & Rodrigues, 2008). Sommige mensen hebben ook het idee dat openlijk voor homofilie uitkomen moeilijker aan het worden is door een afnemende tolerantie.
Zowel in de VS als in Nederland is er een toenemende aandacht voor haatdelicten. De verhoging van de strafmaat voor misdrijven die gebaseerd zijn op de attitudes of opvattingen van de dader doen sommige mensen vrezen dat dit ertoe kan leiden dat op den duur het hebben van 'incorrecte politieke' ideeën ook bestraft zal worden.

11.5.2 Het feministische perspectief: deviantie en sekse

In 2009 werden meerdere vrouwen in Soedan veroordeeld voor het dragen van 'onfatsoenlijke kleding'. De opgelegde straffen waren vrijheidsbeneming en, in meerdere gevallen, tien zweepslagen. Het misdrijf? Het dragen van een broek.

■ **DENKEN OVER DIVERSITEIT: ETNICITEIT, KLASSE EN GENDER**

Wetten tegen haatdelicten: worden er attitudes of daden gestraft?

Drie tieners beledigden een vrouw met een hoofddoek in een bushalte. Ze stapten op dezelfde bus en achtervolgden de vrouw nadat zij de bus had verlaten. Ze maakten racistische opmerkingen, pakten haar beet, duwden haar tegen een muur en draaiden haar arm en hand om. Dit is slechts een van de vele voorbeelden van racistisch geweld in Nederland. Een racistisch delict of haatdelict kan zwaarder bestraft worden als de dader gemotiveerd wordt door vooroordelen ten aanzien van een bepaalde categorie mensen. Voorstanders van deze zwaardere straffen hanteren drie argumenten. Ten eerste spelen de intenties van de dader altijd een belangrijke rol bij de beoordeling van een misdrijf, dus het is niet nieuw om haatgevoelens als intentie in overweging te nemen. In de tweede plaats schokt een misdrijf dat voortkomt uit raciale of andere vooroordelen de openbare orde meer dan een misdrijf waarbij bijvoorbeeld geld het motief is. En in de derde plaats hebben de slachtoffers van haatdelicten vaak ernstige verwondingen, al verschilt dit natuurlijk van geval tot geval.

Dit monument staat in het Oosterpark in Amsterdam, ter nagedachtenis aan Theo van Gogh, die slachtoffer werd van een haatmisdrijf.

Tegenstanders zeggen dat sommige haatdelicten uit duidelijke racistische motieven voortkomen, maar dat het in de meeste gevallen om impulsieve daden van jongeren gaat. Nog belangrijker is dat de wetten tegen haatdelicten een bedreiging vormen voor het recht op de vrijheid van meningsuiting. Deze wetten maken het mogelijk dat daders niet alleen op grond van hun daden maar ook vanwege hun attitudes veroordeeld kunnen worden. Zoals Alan Dershowitz, een Amerikaanse hoogleraar recht aan Harvard, zegt: 'Ik haat fanatisme, maar mijn angst voor rechters die het denken van burgers proberen te controleren is nog veel groter.' Kortom: de wetten tegen haatdelicten maken het mogelijk om mensen om hun overtuigingen en niet op grond van hun gedrag een straf op te leggen.

Vooral rondom de strijd tegen het terrorisme is de discussie over het strafbaar stellen van overtuigingen actueel. Een recent voorbeeld is de vervolging van Tweede Kamerlid Geert Wilders in Nederland. Hij zou aan hebben gezet tot haat en discriminatie van moslims en de islam. De rechter besloot Wilders vrij te spreken. Deze zaak heeft de discussie over de reikwijdte van de vrijheid van meningsuiting flink doen oplaaien.

VRAGEN

1. Denk je dat haatdelicten meer schade aanrichten dan delicten die bijvoorbeeld vanuit hebzucht gepleegd worden? Waarom wel, waarom niet?
2. Vind je dat voor migranten dezelfde wetten tegen haatdelicten van toepassing moeten zijn als voor autochtonen? Waarom wel, waarom niet?
3. Ben je een voorstander of een tegenstander van speciale wetten tegen haatdelicten? Waarom?

Bronnen: Terry, 1993; Sullivan, 2002; en Van Donselaar & Rodrigues, 2008.

Dit is een uitzonderlijk voorbeeld, maar het is een feit dat vrijwel elke samenleving meer controle over het gedrag van vrouwen probeert uit te oefenen dan over het gedrag van mannen. Historisch gezien speelt het leven van een vrouw zich in en rond het huis af. In de VS hebben vrouwen minder mogelijkheden dan mannen, ook vandaag de dag nog. Dat geldt voor de arbeidsmarkt, de sport, de politiek en het leger.

Ook in de al eerder behandelde deviantietheorieën komen seksespecifieke elementen aan bod. Robert Merton definieerde maatschappelijke doelen in termen van financieel succes. Traditioneel horen financiële successen eerder thuis in de mannen- dan in de vrouwenwereld. Van vrouwen worden eerder successen op het gebied van relaties verwacht (huwelijk, moederschap) (Leonard, 1982). Een meer vrouwgerichte theorie zou oog hebben voor de spanning die het gevolg is van de botsing tussen het gelijkheidsideaal en de werkelijkheid van op sekse gebaseerde ongelijkheid.

Volgens de labelingtheorie zijn definities van deviantie seksespecifiek omdat mensen het gedrag van vrouwen en mannen meestal volgens verschillende maatstaven beoordelen. Bovendien, omdat de samenleving mannen posities geeft waarin zij macht over vrouwen uitoefenen, ontlopen mannen veelal de directe verantwoordelijkheid voor acties waarvan vrouwen de dupe worden. Zeker in het verleden werden mannen, die vrouwen seksueel intimideerden of lastigvielen op het werk, bijvoorbeeld maar in lichte mate als deviant bestempeld en konden soms ongestraft hun gang gaan. In bepaalde settings, denk bijvoorbeeld aan het leger, kan dat nog steeds zo zijn. Onderzoeksresultaten bevestigen een belangrijk feit: of mensen een situatie als deviant definiëren, en zo ja wie het deviante individu is, is afhankelijk van de sekse van de toeschouwers en de sekse van de directbetrokkenen (King & Clayson, 1988). Onderzoekers lieten onlangs zien dat in Nederland het aantal criminele vrouwen en meisjes dat bekend is bij politie en justitie toeneemt. Dit kan betekenen dat zij meer en vaker crimineel gedrag vertonen dan voorheen, maar ook dat er anders naar ze wordt gekeken (Slotboom, Hoeve, Ezinga & van der Helm, 2013).

En ten slotte: terwijl de conflictsociologie zich vooral met ongelijkheid tussen verschillende sociaaleconomische klassen bezighoudt, laat zij het onderwerp sekse buiten beschouwing. Als het waar is dat slechte economische omstandigheden een primaire oorzaak van crimineel gedrag vormen, zoals de conflictsociologie stelt, hoe kan het dan dat vrouwen (van wie de economische positie vaak veel slechter is dan die van mannen) veel en veel minder misdrijven plegen dan mannen?

zelf aan zet

Waarom zouden vrouwen veel minder misdrijven plegen dan mannen?

11.5.3 Geweld tegen vrouwen

In de negentiende eeuw vonden mannen dat zij het recht hadden om in huis de baas te zijn, als het nodig was met fysieke dwang. Het is nog steeds zo dat het geweld dat mannen gebruiken zich vaak tegen vrouwen richt. Geweld in de privésfeer is de omvangrijkste geweldsvorm in onze samenleving en komt voor in alle sociaaleconomische klassen in de Nederlandse samenleving. Hoewel ook mannen en ouderen slachtoffer kunnen zijn, treft het meestal vrouwen en kinderen. Uit een grootschalig onderzoek uit 1997 blijkt dat naar schatting 45 procent van de Nederlandse bevolking ooit in zijn of haar leven te maken heeft gehad met huiselijk geweld. Van deze groep heeft een op de tien dagelijks of wekelijks hiermee te maken. In ongeveer 80 procent van de gevallen wordt het geweld door mannen gepleegd (Van Dijk *et al.*, 1997). Sinds 1997 zijn er echter grote (beleids)inspanningen verricht om huiselijk geweld tegen te gaan. Recenter onderzoek (Van der Veen & Bogaerts, 2010) richtte zich, in tegenstelling tot het onderzoek uit 1997, op recent meegemaakt huiselijk geweld (dat zich de afgelopen vijf jaar voordeed), waardoor veel vroegere ervaringen van kindermishandeling buiten beschouwing blijven. Volgens dit onderzoek is ruim 9 procent van de Nederlandse bevolking in de afgelopen vijf jaar slachtoffer geworden van huiselijk geweld. Ook is de meldingsbereidheid toegenomen. Ongeveer 40 procent rapporteerde over vervelende incidenten in de huiselijke kring van relatief geringe ernst of over huiselijk geweld van langer dan vijf jaar geleden. In 65 procent van de recente gevallen van ernstig huiselijk geweld ging het om lichamelijk geweld en in 8 procent van de gevallen om seksueel geweld. Overigens blijkt uit recent onderzoek dat het aandeel mannelijke slachtoffers hoger is dan vaak wordt aangenomen. Zij treden minder vaak naar buiten met hun verhaal dan vrouwen.

Het meeste aan gender gerelateerde geweld doet zich voor in situaties waar mannen en vrouwen het meeste contact met elkaar hebben: in huis. Volgens Richard Gelles (geciteerd in Roesch, 1984) is het gezin, na het politie- en het militaire apparaat de meest gewelddadige organisatie in de VS en hebben vrouwen daar het meeste van te lijden. Ook in oppervlakkige relaties komt geweld tegen vrouwen voor. Dianne Herman (2001) stelt dat de neiging tot seksueel geweld een onderdeel is van onze manier van leven. Onlangs kwamen uit India voorbeelden van gewelddadige verkrachtingen, waar lange tijd in de samenleving niet veel ophef over werd gemaakt. Alle vormen van geweld tegen vrouwen, van het intimiderende gefluit op straat, het knijpen in de bus tot huiselijk geweld, zijn uitingen van wat zij een 'verkrachtingscultuur' noemt van mannen die vrouwen willen domineren. Volgens de feministische benadering gaat het ook bij seksueel geweld niet om seks maar om *macht*.

VENSTER OP DE WERELD

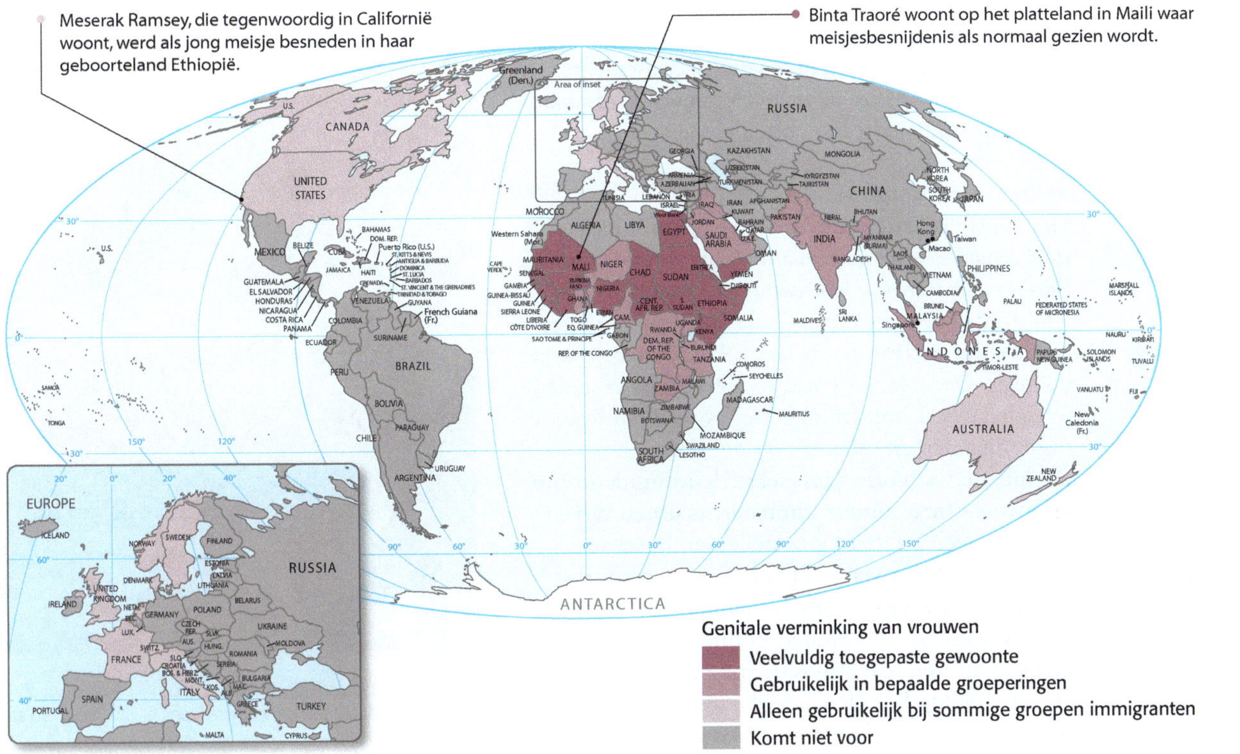

Wereldkaart 11.1 Genitale verminking in mondiaal perspectief

In meer dan veertig landen worden vrouwen genitaal verminkt. Bijvoorbeeld in de Oost-Afrikaanse landen Soedan, Ethiopië en Somalië. In een aantal Aziatische landen, waaronder India, komt het alleen bij een paar etnische minderheden voor, en in de westerse wereld en Australië bij sommige immigranten.

Bron: data ontleend aan Seager, 2003; Population Reference Bureau, 2010, Verenigde Naties, 2011 en de Wereldgezondheidsorganisatie, 2011.

Wereldwijd gezien kan het geweld tegen vrouwen allerlei vormen aannemen. Een voorbeeld mag niet onvermeld blijven: vrouwenbesnijdenis. Dit is een pijnlijke en vaak gevaarlijke genitale verminking van vrouwen die (in verschillende vormen) in meer dan 24 landen plaatsvindt en ook in de westerse landen wordt toegepast, bijvoorbeeld binnen Afrikaanse gemeenschappen. In alle EU-landen is dit verboden, maar er worden maar weinig mensen voor vervolgd.

11.5.4 Geweld tegen mannen

Terwijl onze manier van leven seksueel geweld tegen vrouwen in de hand werkt, moedigt het misschien nog wel meer geweld tegen mannen aan. Daders van geweld zijn vaak mannen en slachtoffers relatief vaak vrouwen, maar er is ook veel geweld tussen mannen onderling. In Amerika is 77 procent van de slachtoffers van moord een man (FBI, 2011; US Bureau of Justice Statistics, 2011). Vanwege geweld worden er in Nederland meer mannen opgenomen in het ziekenhuis dan vrouwen. Het gaat om 2200 mannen versus 560 vrouwen per jaar, vooral mannen tussen de 15 en 24 jaar oud lopen vaak letsel op bij geweld. Van de mensen die sterven door geweld in Nederland is ongeveer twee derde man (nationaalkompas.nl).

Veel culturen definiëren mannelijkheid in termen van agressie en geweld. 'Echte mannen' werken, sporten en rijden hard. Obstakels worden niet getolereerd. Dit gedrag kan ook geweld in de hand werken. Maar ook als mannen zich wel aan de wet houden, kent hun bestaan meer stress en isolement dan dat van vrouwen. Het zelfdodingscijfer onder mannen is vier keer zo hoog als dat onder vrouwen. En, zoals we eerder hebben gezien, mannen leven gemiddeld duidelijk korter dan vrouwen.

Geweld is niet alleen een individuele keuze, geweld is een onderdeel van onze manier van leven. Mannen en vrouwen hebben daaronder deels op verschillende manieren te lijden. Met andere woorden: de wijze waarop een cultuur gender construeert heeft veel invloed op de mate van gewelddadigheid of vreedzaamheid in een samenleving.

11.5.5 Seksuele intimidatie

Het begrip **seksuele intimidatie** verwijst naar *seksueel getinte opmerkingen, gebaren of fysieke contacten die bewust en bij herhaling gemaakt worden en niet welkom zijn*. In de jaren negentig van de vorige eeuw werd seksuele intimidatie een belangrijk onderwerp van discussie. Deze discussie had tot gevolg dat er andere gedragsregels werden opgesteld voor de interactie tussen mannen en vrouwen op de werkplek.

Seksuele intimidatie is de afgelopen decennia een belangrijk onderwerp geworden. Formeel wordt onwelkome seksuele aandacht op de werkplek niet meer getolereerd. Wat denk je, komt seksuele intimidatie (seksuele opmerkingen, schuine moppen, onnodige aanrakingen) nog vaak voor op de werkplek?

Bron: www.imageselect.eu; Michaela Begsteiger.

De meeste slachtoffers van seksuele intimidatie zijn vrouwen. Onze cultuur stimuleert mannen om zich seksueel assertief op te stellen en in seksuele termen naar vrouwen te kijken. Dit heeft tot gevolg dat de interacties tussen mannen en vrouwen algauw seksuele ondertonen kunnen krijgen. Veel mensen die een machtspositie innemen (managers, artsen, afdelingshoofden, hoogleraren en militaire officieren) zijn van het mannelijke geslacht en hebben vrouwelijke ondergeschikten. In Nederland gaf een op de veertig vrouwen aan het afgelopen jaar te maken hebben gehad met ongewenste seksuele toenaderingen. 20 procent van de incidenten vond plaats op de werkvloer. Slechts 10 procent werd aan de politie gemeld (CBS Statline, 2010).
Seksuele intimidatie is soms overduidelijk en direct. Vaak gaat het echter bij ongewenste seksuele aandacht om subtiel gedrag (seksuele plagerijen, schuine moppen, opmerkingen over uiterlijk) die al dan niet intimiderend bedoeld zijn. Maar als we de *effectnorm* hanteren (waar veel feministen voor pleiten) dan kunnen we stellen dat dergelijke acties een *vrouwonvriendelijke omgeving* creëren. Het gaat om complexe gebeurtenissen waarbij een bepaald gedrag door de betrokkenen totaal verschillend waargenomen kan worden. Bijvoorbeeld een man die een medewerkster herhaaldelijk complimenten geeft over haar uiterlijk, kan zelf het idee hebben dat hij alleen maar aardig doet. Terwijl de vrouw het idee kan krijgen dat hij iets van haar wil en haar werk niet serieus neemt, een houding die haar prestaties en haar vooruitzichten kan beïnvloeden.

11.6 Criminaliteit

Misdrijven zijn ernstige vormen van deviant gedrag. Er is sprake van een misdrijf (een relatief zwaar strafbaar feit) als bepaalde door de overheid ingestelde wetten worden overtreden. Een misdrijf bestaat uit twee afzonderlijke elementen, de *daad* zelf en de *criminele intentie* (in juridische termen *mens rea* of de 'schuldige geest'). Intentie is een kwestie van mate en varieert van opzet tot nalatigheid. Iemand die nalatig is, heeft niet de bewuste opzet om een ander wat aan te doen, maar zijn of haar doen en laten is zodanig dat dit toch gebeurt. Officieren van justitie houden bij hun strafeis rekening met de intentie van de dader (is het moord of doodslag bijvoorbeeld).

11.6.1 Soorten misdrijven

In Nederland worden criminaliteitscijfers verzameld door het Centraal Bureau voor de Statistiek (CBS). Het CBS publiceert hier regelmatig over, bijvoorbeeld in het jaarlijks verschijnende *Crimi-*

naliteit en Rechtshandhaving dat het samen met het WODC (Wetenschappelijk Onderzoek en Documentatie Centrum van het ministerie van Justitie) publiceert (Van Rosmalen et al., 2011). Het CBS hanteert een standaardclassificatie van misdrijven. Het CBS onderscheidt geweldsmisdrijven, vermogensmisdrijven, vernielingen en misdrijven tegen de openbare orde en overige misdrijven. Daarnaast bestaan er nog verkeersmisdrijven, economische delicten, misdrijven op grond van de Opiumwet, Wet wapens en munitie en misdrijven op grond van het militair strafrecht. Onder **geweldsmisdrijven** kunnen alle seksuele misdrijven worden verstaan, daarnaast gaat het ook om levensdelicten, zoals moord en doodslag. **Vermogensmisdrijven** betreffen alle valsheidmisdrijven, maar ook diefstal en inbraak, verduistering, bedrog en heling. Diefstal met geweld (art. 312 Wetboek van Strafrecht) valt echter onder geweldsmisdrijven. **Vernielingen en misdrijven tegen de openbare orde** betreffen alle misdrijven tegen de openbare orde, zoals opruiing, huis-, computer- en lokaalvredebreuk, maar ook deelneming aan een criminele of terroristische organisatie. Discriminatie, brandstichting, schennis der eerbaarheid en vernieling vallen ook onder deze categorie misdrijven.
Zoals eerder gezegd bestaan er nog meer misdrijven, zoals misdrijven die worden gepleegd op grond van de Wegenverkeerswet 1994, de Wet op de economische delicten, de Opiumwet, de Wet wapens en munitie en het Wetboek van Militair Strafrecht. Voorbeelden van deze misdrijven zijn het rijden onder invloed van alcohol, een boer die mestwetgeving overtreedt, het handelen in drugs, illegaal wapenbezit en delicten die enkel door militairen kunnen worden gepleegd.

zelf aan zet

Vind jij dat een student die illegaal muziek op zijn of haar eigen computer zet, zich schuldig maakt aan diefstal? Waarom wel, waarom niet?

11.6.2 Criminaliteitscijfers

Officiële criminaliteitscijfers laten zien dat het misdaadcijfer tussen 1960 en 1990 een stijgende lijn volgde en daarna een dalende lijn. In figuur 11.2 worden de trends voor verschillende misdrijven tussen 2005 en 2011 weergegeven.
We moeten dergelijke statistieken wel met terughoudendheid bekijken. Zij hebben alleen betrekking op bij de politie bekende misdrijven. De meeste moorden worden wel geregistreerd maar dat geldt niet voor andere gewelddelicten, vooral niet als het gaat om geweld tussen mensen die elkaar kennen. Het aantal door de politie geregistreerde vermogensdelicten is relatief nog kleiner.
Onderzoekers proberen dit gegeven te ondervangen door *misdaadenquêtes* te houden, waarin zij een representatieve steekproef vragen stellen over opgedane ervaringen met criminaliteit. Volgens de resultaten van deze enquêtes zou het misdaadcijfer ongeveer twee keer zo hoog zijn als uit officiële rapporten blijkt (Truman, 2010). In Nederland is een bekende landelijke enquête de Veiligheidsmonitor, die wordt uitgevoerd in opdracht van het ministerie van Veiligheid en Justitie, gemeenten en politie. Maar ook onder jongeren op scholen wordt regelmatig gevraagd naar crimineel gedrag dat ze zelf rapporteren. Dan blijken zij veel gedrag aan te geven dat de politie nooit ter ore komt.

11.6.3 Cybercrime

Criminelen maken net als iedereen gebruik van de informatietechnologische ontwikkeling. Grensoverschrijdende criminaliteit wordt daarmee makkelijker. Maar de informatierevolutie verandert ook fundamenteel de aard van criminaliteit. Er komen nieuwe vormen van gelegenheid en de kans op slachtofferschap verandert ook. Criminaliteit waarbij gebruik wordt gemaakt van informatietechnologie wordt ook wel cybercrime genoemd. Cybercrime varieert van het hacken van een computer tot het skimmen van een bankpas of het stelen van iemands identiteit. Op deze vorm van criminaliteit is nog weinig zicht en slachtoffers hebben soms niet eens door dat ze slachtoffer zijn geworden.
In 2012 is cybercrime voor het eerst officieel in de Veiligheidsmonitor opgenomen. In totaal gaf ruim één op de acht van de inwoners van 15 jaar of ouder aan in de afgelopen twaalf maanden slachtoffer te zijn geworden van cybercrime. De helft van hen werd slachtoffer van hacken (online 'inbreken'), een kwart werd gepest op internet en een kwart was slachtoffer van aan- of verkoopfraude (CBS StatLine, 2013). Naast burgers zijn ook bedrijven en overheidsinstanties slachtoffer van cybercrime.

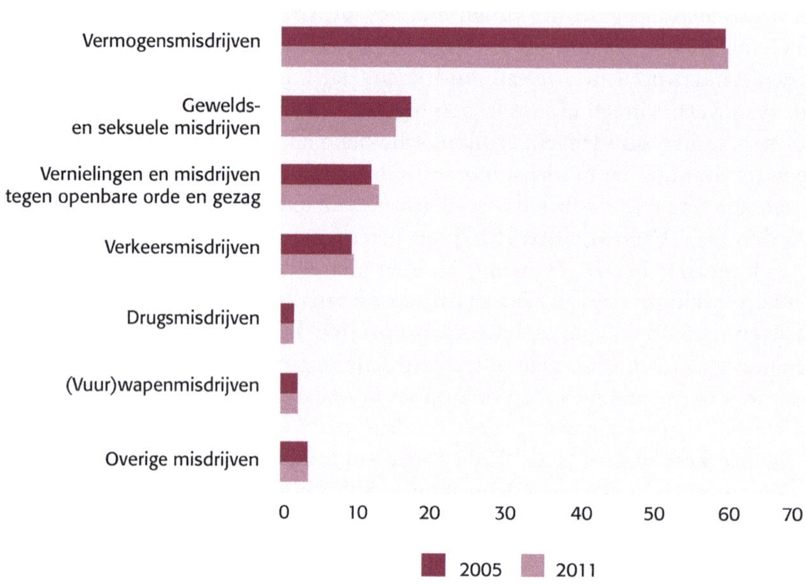

Figuur 11.2 Geregistreerde criminaliteit in Nederland naar aandeel van soort misdrijf
Bron: Van Rosmalen et al., 2011, p. 89.

11.6.4 De straatcrimineel: een profiel

Op basis van overheidsrapporten kunnen we een globaal beeld schetsen van die categorieën mensen die de grootste kans maken om gearresteerd te worden voor het plegen van een gewelds- of een vermogensdelict.

Leeftijd

De officiële misdaadcijfers geven tijdens de adolescentie een scherpe stijging te zien en dalen weer naarmate mensen ouder worden. In Nederland waren in 2010 verdachten tussen 16 en 22 jaar relatief gezien verantwoordelijk voor de meeste aanhoudingen per 1000 inwoners van de betreffende leeftijd. Ruim een kwart van alle in 2010 aangehouden verdachten valt in deze leeftijdscategorie. De piek ligt bij 19-jarigen. De gemiddelde leeftijd van de in 2010 aangehouden verdachten ligt op ruim 32 jaar. De gemiddelde leeftijd waarop van de aangehouden verdachten voor het eerst een proces-verbaal werd opgemaakt, oftewel de startleeftijd van hun criminele carrière, ligt op 27 jaar. Gemiddeld was de criminele carrière van de aangehouden verdachten al 5 jaar aan de gang (Van Rosmalen et al., 2011). Jongeren houden zich ook vaak op in jeugdgroepen. Een deel van deze groepen hangt alleen maar wat rond, maar een ander deel veroorzaakt overlast en criminaliteit. De ernst verschilt van groep tot groep en van locatie tot locatie. Naar schatting vindt driekwart van de jeugdcriminaliteit plaats in groepsverband (Schuyt, 1993). Problematische jeugdgroepen worden tegenwoordig landelijk in kaart gebracht volgens een vaste methodiek (Ferwerda, 2010).Volgens een rapport uit 2011 heeft een deel van deze groepen zich ontwikkeld tot zogenaamde 'untouchables, onaantastbaren'. De leden van die groepen hebben het idee dat niemand hun iets kan maken (Eysink, Smeets & Bervoets, 2011).

Sekse

Van alle arrestanten in Nederland in 2010 was ruim 80 procent man. Het aandeel van vrouwen neemt echter toe. In de periode 2005-2010 is het percentage vrouwelijke verdachten dat is aangehouden, gestegen van 16 procent naar bijna 18 procent. De leeftijdspiek in het aandeel aangehouden verdachten ligt zowel bij vrouwen als bij mannen op 19-jarige leeftijd. De gemiddelde leeftijd van de aangehouden verdachte vrouwen in 2010 is bijna 33 jaar, net als in eerdere jaren iets ouder dan bij mannelijke verdachten. De gemiddelde startleeftijd van vrouwen is 30 jaar en de criminele carrière van vrouwen blijkt gemiddeld korter te zijn dan die van mannen, namelijk ruim 2,5 jaar tegen ruim 5,5 jaar voor mannen. (Van Rosmalen et al., 2011)

Het is natuurlijk mogelijk dat politie en justitie vrouwen niet zo snel als criminelen definiëren. Wereldwijd gezien doen de grootste verschillen tussen mannen en vrouwen zich voor in samenlevingen die de mogelijkheden voor vrouwen het meest beperken. In de VS is het verschil tussen het aantal gearresteerde mannen en vrouwen kleiner geworden, wat waarschijnlijk betekent dat de gelijkheid tussen beide seksen is toegenomen. Zoals eerder beschreven is in Nederland in de periode 2005-2010 ook een toename te zien in het percentage aangehouden vrouwen (Van Rosmalen et al., 2011).

Je lijkt op een compositietekening van iemand die erover denkt om een misdrijf te begaan.

Bron: The New Yorker Collection, 2000, David Sipress van cartoonbank.com.

Sociale klasse

De politie houdt niet bij tot welke sociale klasse arrestanten behoren, maar straatcriminaliteit is meer het werk van mensen uit de onderste lagen van de bevolking (Thornberry & Farnsworth, 1982; Wolfgang *et al.*, 1987).

De relatie tussen sociale klasse en criminaliteit is echter complexer dan op het eerste gezicht lijkt, omdat het gedrag van mensen uit lagere sociale klassen ook eerder als criminaliteit wordt gezien. Hoe dan ook, veel mensen hebben een lagere dunk van mensen met een lage sociaal economische status. In Nederland hebben achterstandswijken in de grote steden te maken met een opeenstapeling van sociale problemen waaronder ook overlast en criminaliteit. De overheid investeert al jaren grote sommen geld om van deze probleemwijken weer krachtige wijken te maken. De wijken hebben ook te maken met een slecht imago. De bezittingen en de macht van rijke mensen dwingen vaak aanzienlijk meer 'respect' af (Tittle *et al.*, 1978; Elias, 1986). Hoewel de criminaliteit, en dan met name geweldscriminaliteit, een ernstig probleem vormt in de arme wijken van de Amerikaanse binnensteden komen de meeste misdrijven voor rekening van een relatief klein aantal veelplegers. De meerderheid van de bewoners van deze arme wijken heeft helemaal niets op haar kerfstok staan (Wolfgang *et al.*, 1972; Elliott & Ageton, 1980; Harries, 1990).

De relatie tussen sociale positie en criminaliteit is ook afhankelijk van de aard van het delict. Er ontstaat een ander beeld als we de witteboordencriminaliteit erbij betrekken. De 'gewone crimineel' ziet er dan veel welvarender uit en woont mogelijk in een duur huis.

Etnische groepen

In Nederland is er veel aandacht voor de vertegenwoordiging van verschillende etnische groepen in de criminaliteit. Van alle in 2010 aangehouden verdachten in Nederland is 55 procent autochtoon, een persoon van wie beide ouders in Nederland zijn geboren. De grootste groep allochtone verdachten in absolute zin wordt gevormd door personen met een Marokkaanse of Surinaamse afkomst. Ook zijn personen van Antilliaanse en Arubaanse afkomst relatief naar hun populatiegrootte ruim vertegenwoordigd onder allochtone verdachten. De redenen die ten grondslag liggen aan verschillen daarin zijn talrijk en complex.

De bevolkingsopbouw van de allochtone herkomstgroeperingen verschilt onderling en wijkt af van die van de autochtone populatie. Veel allochtone herkomstgroeperingen in Nederland zijn relatief jong in vergelijking met autochtonen, wat zeker geldt voor de Antilliaanse/Arubaanse bevolking. Aangezien criminaliteit samenhangt met leeftijd, verklaart dit een deel van de verschillen.

Bij de vrouwen zijn relatief veel Antilliaanse en Arubaanse vrouwen aangehouden als verdachte, in vergelijking met autochtonen en andere allochtone herkomstgroeperingen. Van elke 1.000 vrouwen

met een Antilliaanse of Arubaanse herkomst zijn er in 2010 24 aangehouden. Van de mannen waren dit er 92: het hoogste relatieve cijfer. Op nummer twee voor de mannen staan personen met een Marokkaanse herkomst, met 83 van elke 1.000 Marokkaanse mannen, Mannen met een Surinaamse herkomst staan op de derde plek met 66 van elke 1.000 mannen (Van Rosmalen et al., 2011).
Ruim twee derde van alle allochtone verdachten heeft een niet-westerse herkomst. Verder blijkt dat bijna 45 procent van de in 2010 aangehouden allochtone verdachten behoort tot de eerste generatie. Relatief gezien zijn tweedegeneratieallochtonen in 2010 echter vaker aangehouden als verdachten dan eerstegeneratieallochtonen: 28 op de 1.000 tegenover 23 op de 1.000. De groep eerstegeneratieallochtonen vertoont sinds 2005 (30 op de 1.000) een daling: in 2005 was hun relatieve aandeel ook nog hoger dan dat van de tweede generatie.
Een mogelijke verklaringen voor het gegeven dat de tweede generatie nu vaker wordt aangehouden, ligt in de leeftijdsopbouw: tweedegeneratieallochtonen zijn gemiddeld jonger dan eerstegeneratieallochtonen. Dit geldt in het bijzonder voor niet-westerse allochtonen.
Uit de officiële statistieken van Amerika blijkt dat van de arrestaties in 2010 de meerderheid voor rekening kwam van blanke verdachten (69,4 procent). Maar het aantal arrestaties van Afro-Amerikanen of zwarten is verhoudingswijs groter. Zij representeren 13 procent van de bevolking, maar nemen 28,9 procent van de vermogensdelicten voor hun rekening (versus 68,4 procent voor de blanke inwoners), en 38,1 procent van de gewelddelicten (versus 59,4 procent voor blanke inwoners) (FBI, 2011).
Er zijn meerdere oorzaken voor deze patronen. Ten eerste bestaat er een relatie tussen herkomst of ras en sociale positie, waardoor de kans op het plegen van misdrijven toeneemt. Veel armere mensen die de rijkdom om zich heen zien, vinden de samenleving onrechtvaardig. Door de 'relatieve deprivatie' die ze ervaren (in vergelijking met anderen voelen zij zich tekortgedaan) zullen zij eerder het criminele pad op gaan om hun deel op te eisen (Blau & Blau, 1982; E. Anderson, 1994; Martinez, 1996).
In de tweede plaats: vooroordelen kunnen ervoor zorgen dat blanke politieagenten eerder niet-blanken arresteren en dat burgers eerder bereid zijn om allochtonen aan te geven. Mensen met een niet-blanke huidskleur worden op deze wijze in sterkere mate gecriminaliseerd (Chiricos *et al.*, 2001; Quillian & Pager, 2001; Demuth & Steffensmeier, 2004). Hoe selectief het optreden van de politie is, is niet precies bekend (Van der Leun & Van der Woude, 2011).
In de derde plaats mogen we niet uit het oog verliezen dat bepaalde zaken, zoals dronken rijden en witteboordendelicten, niet in de officiële misdaadcijfers worden opgenomen. Hierdoor ontstaat het beeld dat de typische delinquent een niet-blanke huidskleur heeft. Zouden we de niet in de statistie-

De film *Crash* laat zien hoe bepaalde ideeën over ras, etniciteit en klasse ons denken over criminaliteit kleuren. Bijvoorbeeld: als je naar de foto kijkt, wat zie je gebeuren? Stel dat het drie blanke mannen waren. Zou je dan hetzelfde veronderstellen? En als ze keurig in het pak waren, wat dan? Licht je antwoord toe.

ken verwerkte delicten, zoals dronken rijden, bedrijfsfraude, verduistering, aandelenzwendel en belastingfraude, wel meerekenen dan stijgt het aantal blanke delinquenten dramatisch.
Bovendien moeten we ook bedenken dat de categorieën van de bevolking waarin relatief veel arrestaties plaatsvinden ook eerder het slachtoffer van een misdrijf worden (Bovenkerk en Korf, 2006). Waar die verschillen volgens onderzoeken in Nederland niet zo groot zijn, is in de VS de kans dat Afro-Amerikanen het slachtoffer van doodslag worden zes keer zo groot als die voor blanke inwoners (Rogers *et al.*, 2001; Xu *et al.*, 2010).
Ook kan de vraag gesteld worden hoelang migrantenkinderen als anders geteld moeten worden. Tweedegeneratiemigranten zijn in de ontvangende samenleving grootgebracht, maar worden in Nederland toch stelselmatig als allochtonen of migranten aangeduid. Hier kan ook de boodschap van uitgaan dat mensen er niet bij horen.
En ten slotte: bij alle ophef over groepen die sterk vertegenwoordigd zijn in de criminaliteit wordt snel vergeten dat sommige bevolkingsgroepen juist ongewoon lage arrestatiecijfers hebben. Dit geldt zowel in Nederland als in de VS voor inwoners met een Aziatische achtergrond. Dit lijkt in elk geval samen te hangen met een hoog opleidings- en inkomensniveau van Aziatische migranten en met een culturele nadruk op familietrouw en discipline, twee aspecten die delinquent gedrag in de weg staan.

11.6.5 Criminaliteit, wereldwijd gezien

Vanuit het Wetenschappelijk Onderzoek en Documentatie Centrum (WODC) is onderzoek gedaan naar de verschillen en overeenkomsten van criminaliteitscijfers in Europa over de periode 2003-2007. In het rapport zijn de politiestatistieken beschikbaar van 42 landen, waaronder Nederland (WODC, 2010).
Van de bestudeerde landen neemt Nederland met de achtste positie een relatief hoge plaats in met betrekking tot het hoogste aantal geregistreerde misdrijven per 100.000 inwoners in de periode 2003-2007. Zweden scoort op dit punt het hoogste (met ruim 14.000 delicten tegenover ruim 7.000 in Nederland). In veel landen, inclusief Nederland, is sprake van een dalende trend, maar ook op dat punt zijn de verschillen groot.
In Nederland werden in dezelfde periode rond de 10 moorden per 100.000 inwoners per jaar gepleegd (pogingen meegeteld). Rusland en Schotland scoorden op dit punt duidelijk hoger, met in 2007 rond de 16 moorden per 100.000 inwoners.
Uit het *European Sourcebook* blijkt dat Nederland een hoog aantal geweldsdelicten kent. Dit is echter moeilijk te vergelijken met de andere landen in Europa omdat er verschillen zijn in de definities die gehanteerd worden. In Nederland worden 'kleine' incidenten waarbij pijn veroorzaakt wordt en wordt geslagen en gestompt tot geweldsdelicten gerekend, andere landen in Europa rekenen meer serieuze incidenten pas tot een geweldsdelict. Opvallend is dat België, ondanks dat daar geen 'kleine' incidenten tot geweldsdelicten worden gerekend, een hoog aantal geweldsdelicten kent (WODC, 2010).
De criminaliteitscijfers in de VS zijn wereldwijd gezien hoog, maar ze dalen wel. Het percentage geweldsdelicten ligt in de VS aanmerkelijk hoger dan in Europa (dat geldt niet voor vermogensdelicten). Het verschil met Aziatische landen, waaronder India en Japan, is nog groter. Het aantal gewelds- en vermogensdelicten in die landen behoort tot de laagste ter wereld.
Elliott Currie (1985) oppert dat het feit dat de Amerikaanse cultuur de nadruk legt op individuele economische successen, die vaak ten koste gaan van mensen in de naaste omgeving, de criminaliteit bevordert. Bovendien kennen de VS door de eeuwenlange immigratiestroom een buitengewoon grote culturele diversiteit, en is de economische ongelijkheid groter dan in andere hoge-inkomenslanden. De relatief zwakke sociale structuur van de Amerikaanse samenleving leidt, samen met de aanzienlijke gevoelens van frustratie bij arme inwoners, tot wijdverbreid crimineel gedrag.
Een andere factor die bijdraagt aan het geweld in de VS is het privéwapenbezit. Ongeveer twee derde van de moorden zijn schietincidenten. Het aantal doden door het gebruik van handwapens is in de VS meer dan vijf keer zo groot als in Canada, waar het bezit van handwapens aan strenge regels is gebonden (FBI, 2011; Statistics Canada, 2011). Uit enquêtes blijkt dat ongeveer een derde van de Amerikaanse volwassenen een vuurwapen bezit en dat er in bijna de helft van de Amerikaanse huishoudens minstens één wapen aanwezig is. Er zijn in de VS meer vuurwapens (ongeveer 258 miljoen) dan volwassen mensen. Het privéwapenbezit reflecteert de angst voor criminaliteit, maar geeft de criminaliteit ook een dodelijker karakter (Brady Campaign, 2011; NORC, 2011). De meeste deskundigen

denken dat een strengere wapenwet tot een daling van het aantal doden zal leiden. De Amerikaanse documentairemaker Michael Moore won prijzen met *Bowling for Columbine*, waarin hij zich afvraagt: waarom komen er jaarlijks meer dan elfduizend Amerikanen door kogels om het leven en in Canada en de grote Europese landen een paar honderd? Wat is de bron van de Amerikaanse geweldscultuur? Moore bezoekt een slachtoffer van de schietpartij op de Columbine Highschool, waar twee leerlingen in 1999 een slachting aanrichtten, en de supermarkt K-Mart, waar kogels gewoon te koop zijn. Ook bezoekt hij een bank, waar iedereen die een rekening opent een geweer als welkomstgeschenk krijgt ('More bang for your buck'). Moore maakt duidelijk dat volgens hem Amerikanen niet alleen thuis op straat maar ook in internationale relaties eerst schieten en dan praten. De media hebben een cultuur van angst gecreëerd waar de wapenfabrikanten rijk van worden (filmkrant.nl).
Critici van wapencontrolewetten wijzen er echter op dat er in de Verenigde Staten ook drie keer zo veel mensen worden gedood met messen dan dat er in Canada mensen worden gedood met welke soort wapen dan ook. Volgens hen is vuurwapenverbod geen oplossing.
Aan het eind van 2008 steeg de wapenverkoop ineens heel sterk, omdat mensen bang waren dat Obama, de nieuwe president, vuurwapenbezit snel zou gaan verbieden. In Amerika zijn nog steeds verhitte discussies gaande over vuurwapencontrole. Begin 2013 presenteerde Obama, na een massale schietpartij op een basisschool, zijn plannen om wapengeweld aan te pakken door het terugdringen van wapenbezit en -verkoop. Het is nog maar de vraag hoeveel steun hij zal krijgen en of zijn wetsvoorstellen het zullen halen.

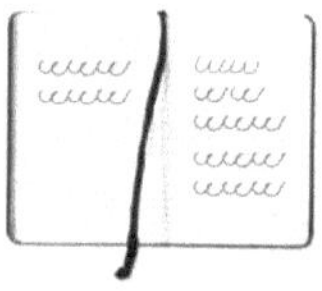

24-25 december, Peru – In Lima, de hoofdstad van Peru, is de criminaliteit voor vrijwel alle inwoners een probleem. Nagenoeg elk huis is omgeven met hekken, prikkeldraad en muren met glasscherven. In het gebied bij de kust, waar de ambassades, de dure hotels en het internationale vliegveld te vinden zijn, zie je overal bewakers.

Dit beeld verandert volledig als we hoog in de Andes door kleine dorpen naar het oosten reizen. De families in deze gemeenschappen wonen hier al generaties lang en iedereen kent elkaar. Geen hekken of muren. We hebben de hele middag maar één politiewagen gezien.

In sommige van de grootste wereldsteden, zoals Manilla en Sao Paulo, steden met een sterke bevolkingsgroei en miljoenen wanhopige arme mensen, komt veel criminaliteit voor. Buiten de grote steden zien we echter dat het traditionele karakter van de lage-inkomenssamenlevingen en hun hechte familiebanden, het de lokale gemeenschappen mogelijk maakt om de criminaliteit langs informele weg onder controle te houden.
Sommige vormen van criminaliteit hebben van oudsher een multinationale dimensie. Bijvoorbeeld terrorisme, spionage en de wapenhandel. Maar de globalisering die we op veel gebieden kunnen waarnemen, strekt zich ook uit naar de criminaliteit. Recente voorbeelden zijn naast de handel in drugs ook mensenhandel, cybercrime en identiteitsfraude.
Hoe wordt er wereldwijd met criminaliteit omgegaan? We komen uiteenlopende strategieën tegen, met als uiterste sanctie de doodstraf. In Nederland werd de doodstraf in 1870 uit het strafrecht geschrapt en alleen tijdens de Tweede Wereldoorlog is deze kort terug geweest. Uiteindelijk is in 1983 in de Grondwet bepaald dat de doodstraf helemaal niet meer kan worden opgelegd. Nederland levert ook geen verdachten meer uit aan landen die wel de doodstraf opleggen. Volgens Amnesty International (2011) zijn vijf landen verantwoordelijk voor meer dan 80 procent van de geregistreerde executies (in totaal 527) die wereldwijd plaatsvinden. Deze landen zijn Iran, Saoedi-Arabië, Noord-Korea, Yemen en de Verenigde Staten. China geeft geen officiële cijfers vrij, maar volgens Amnesty worden in China elk jaar 2,5 keer zo veel mensen geëxecuteerd als in de landen van de rest van de wereld bij elkaar.
Wereldkaart 11.2 geeft weer welke landen van de doodstraf gebruikmaken. De mondiale trend is het afschaffen van de doodstraf. Sinds 1985 hebben meer dan 66 landen de doodstraf afgeschaft.

VENSTER OP DE WERELD

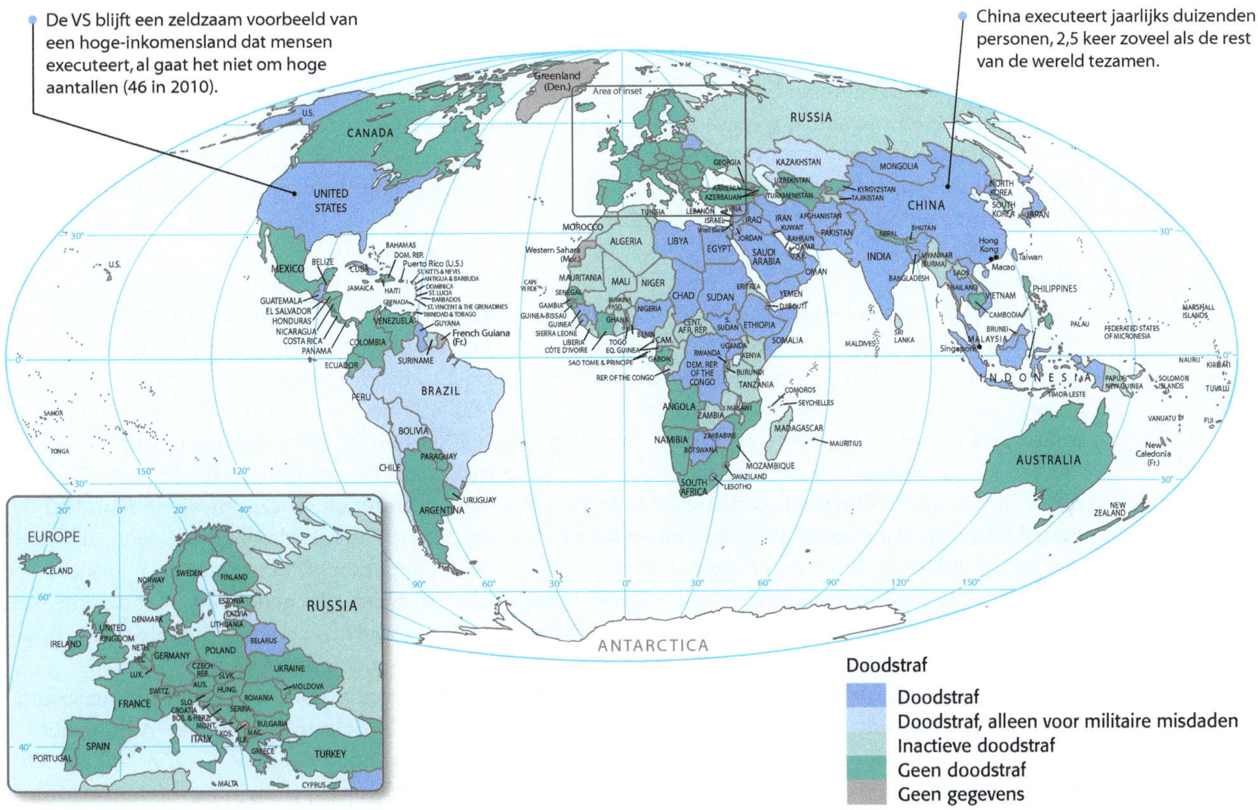

Wereldkaart 11.2 De doodstraf in mondiaal perspectief

Op de kaart zijn 58 landen en gebieden te zien waar op gewone delicten de doodstraf kan volgen. In negen andere landen blijft de doodstraf beperkt tot misdaden die onder het militaire recht vallen of in oorlogstijd gepleegd worden. In 98 andere landen en gebieden bestaat de doodstraf niet. In 34 andere landen bestaat de doodstraf wel, maar heeft er al meer dan tien jaar geen executie plaatsgevonden. Vergelijk de rijke en arme landen. Kun je een bepaald patroon ontdekken. Op welke wijze wijken de VS en Japan hiervan af?

Bron: Amnesty International, 2011.

11.7 Het strafrechtelijke systeem in Nederland*

Het strafrechtelijke systeem is het geheel van officiële reacties vanuit de samenleving op criminaliteit. We zullen kort aandacht besteden aan de rol van politie en justitie en aan de typen sancties die er bestaan. Maar eerst is het van belang te begrijpen dat Nederland een rechtsstaat is waarin alle partijen gebonden zijn aan de wet.

11.7.1 Rechtsstaat

Nederland is een democratische rechtsstaat, omdat de burgers kiezen wie het land regeert en omdat zowel burgers als overheid zich aan het Nederlandse recht moeten houden. Dit alles is verankerd in de Grondwet. De overheid heeft drie belangrijke taken: regels maken, regels uitvoeren en conflicten beslechten die ontstaan. Om te voorkomen dat de overheid haar macht misbruikt en burgers hun vrijheid verliezen, moeten deze drie taken in evenwicht zijn. Deze 'scheiding der machten' wordt de trias politica genoemd, naar het werk van de Franse filosoof en jurist Montesquieu, die hierover in 1752 het boek *De l'esprit des lois* schreef. Hij maakte een onderscheid tussen de wetgevende, uitvoerende en rechtsprekende macht. De Nederlandse grondwet is sterk beïnvloed door de ideeën van

* Bij het bewerken van deze paragraaf werd dankbaar gebruikgemaakt van www.rechtspraak.nl en www.justitie.nl.

Montesquieu. In onze grondwet wordt er gestreefd naar een balans tussen de drie machten. De bevoegdheid recht te spreken is vrijwel exclusief in handen van de onafhankelijke rechtspraak.

11.7.2 Ministerie van Veiligheid en Justitie

Het ministerie van Veiligheid en Justitie is verantwoordelijk voor het opstellen van wetten, maar ook voor criminaliteitspreventie, rechtshandhaving, de uitvoering van sancties en het vreemdelingenbeleid. De minister van Veiligheid en Justitie bepaalt waar de politie aandacht aan moet besteden. Met de komst van de Nationale Politie in 2013, zie hieronder, is er de hoop dat deze aansturing makkelijker en efficiënter wordt.

11.7.3 Politie

Als burgers te maken krijgen met het strafrechtelijke systeem, is het meestal het eerst met de politie. De politie controleert op straat en kan worden opgeroepen bij problemen. In Nederland is de politie sinds 1 januari 2013 georganiseerd in één nationale politie. Daarvóór was de politie georganiseerd in 25 regionale korpsen en een overkoepelend Korps Landelijke Politiediensten (KLPD). Er is nu één politiechef die de leiding heeft over de nationale politie en het beheer. De nationale politie bestaat uit een landelijke eenheid, tien regionale eenheden, lokale basisteams en een ondersteunde bedrijfsvoerende dienst (het Politiedienstcentrum). De landelijke eenheid houdt zich bezig met onder andere de bestrijding van zware, georganiseerde criminaliteit. De regionale eenheden hebben elk een politiechef aan het hoofd. Ook de recherche, die misdrijven opspoort en onderzoekt, valt onder de regionale eenheden. De regionale eenheden zijn opgedeeld in lokale basisteams, die actief zijn in een gemeente of een aantal kleinere gemeentes. In grote steden is een aantal basisteams actief. De lokale teams houden zich onder andere bezig met het bestrijden van veelvoorkomende criminaliteit.
De politie valt onder de bestuurlijke verantwoordelijkheid van het ministerie van Veiligheid en Justitie. In grote lijnen zijn de kerntaken van de politie: het houden van toezicht in de publieke ruimte, het handhaven van de openbare orde, het opsporen van strafbare feiten en het verlenen van noodhulp. De werkzaamheden rondom de openbare orde en hulpverlening verricht de politie onder verantwoordelijkheid van de burgemeester. Bij de opsporing van strafbare feiten staat de politie onder gezag van de officier van justitie. Omdat de politie een veelheid aan taken heeft moeten medewerkers vaak keuzes maken. Van oudsher hebben ze daarbij een tamelijk grote beslissingsvrijheid of discretionaire ruimte. Burgers vragen de laatste jaren om veel blauw op straat, oftewel om politieagenten die zichtbaar toezicht uitoefenen. Volgens het *European Sourcebook* valt Nederland binnen Europa in een categorie met relatief weinig politiemedewerkers per hoofd van de bevolking. Finland en Zweden hebben er nog minder en Cyprus en Rusland aanzienlijk meer (WODC, 2010). Bovendien zijn politieagenten een relatief groot deel van hun dienst niet op straat, maar bezig met administratieve handelingen. In Nederland tracht men dit tijdrovende papierwerk, of beter gezegd computerwerk, nu terug te dringen.

11.7.4 Officier van justitie

Iemand die wordt verdacht van een strafbaar feit krijgt te maken met het strafrecht. Het Openbaar Ministerie is in Nederland belast met het handhaven van wetten, het opsporen van strafbare feiten en het vervolgen daarvan, de tenuitvoerlegging van strafvonnissen en de rechter informeren voor zover dat door de wet wordt voorgeschreven. Wanneer iemand verdacht wordt van een overtreding of een misdrijf brengt het Openbaar Ministerie (een onderdeel van het ministerie van Veiligheid en Justitie) de zaak bij de rechter aan. De officier van justitie werkt voor het Openbaar Ministerie en oefent een deel van de taken van het OM uit. Hij dient ervoor te zorgen dat de politie strafbare feiten opspoort en beslist of een zaak voor de strafrechter moet komen of niet. Komt een zaak voor de rechter, dan legt de officier uit waarvan iemand wordt verdacht en welke straf hij eist. De officier zit aan een aparte tafel en draagt net als de rechter een toga. Er zijn ook bepaalde zaken die hij zelf kan afdoen, bijvoorbeeld met een boete. Sinds 1 januari 2008 is een deel van de Wet OM-afdoening in werking getreden. Deze wet zorgt ervoor dat de strafrechter niet meer de enige in Nederland is die een straf kan opleggen. Door deze wet kan de officier van justitie een zaak afdoen met een strafbeschikking. Dit betekent dat de schuld van de verdachte wordt vastgesteld en de officier van justitie kan dan een taakstraf, een geldboete, een onttrekking aan het verkeer, een schadevergoedingsmaatregel of een ontzegging van de rijbevoegdheid opleggen (WODC, 2008).

11.7.5 Rechters

Rechters maken geen wetten maar bestuderen zaken die aan hen worden voorgelegd en doen vervolgens een uitspraak. Als een strafzaak voor de rechtbank komt, is de (onafhankelijke) rechter degene die de zitting leidt en onderzoekt of iemand die verdacht is, ook echt schuldig is aan het plegen van een strafbaar feit. Bij eenvoudige zaken werkt hij in zijn eentje (enkelvoudige kamer), bij meer complexe zaken werkt hij in een meervoudige kamer samen met andere rechters. Rechters zijn verbonden aan rechtbanken. In Nederland zijn er voor het strafrecht drie verschillende gerechtelijke instanties. Van laag naar hoog: de rechtbanken, de gerechtshoven en de Hoge Raad. Daarnaast kan er nog de weg van internationale rechtspraak openstaan. Deze driedeling is er omdat in Nederland een rechtszaak bij verschillende instanties moet kunnen worden beoordeeld. Verdachten worden op de zitting meestal bijgestaan door een advocaat die opkomt voor de rechten van de verdachte en voor een eerlijk proces.

11.7.6 Straf

Stel dat iemand bij het verlaten van een restaurant wordt neergeschoten. Sommige mensen zullen zich afvragen waarom het gebeurde, maar vrijwel iedereen zal van mening zijn dat er iemand moet 'boeten' voor dit misdrijf. Soms is de neiging om een ander te straffen zo sterk dat er uiteindelijk geen sprake meer is van gerechtigheid.
Het is dan ook van belang om de vraag te stellen waarom een samenleving delinquenten zou moeten straffen. Deskundigen noemen vier redenen: vergelding, afschrikking, resocialisatie en bescherming of beveiliging van de maatschappij.

Vergelding

Het bevredigen van de maatschappelijke behoefte aan **vergelding** is het oudste strafdoel en houdt in *een daad van morele wraak waarmee de samenleving een delinquent evenveel laat lijden als het slachtoffer van het misdrijf.* Vergelding is gebaseerd op de gedachte dat de samenleving gekenmerkt wordt door een morele balans. Criminaliteit verstoort deze balans en alleen een straf die gelijk is aan het vergrijp kan het evenwicht herstellen. Oog om oog, tand om tand.
In de middeleeuwen beschouwden de meeste mensen een misdrijf als een zonde, een vergrijp tegenover God en de maatschappij dat een strenge straf verdiende. Critici stellen dat een delinquent niet verandert door vergelding. Maar veel mensen vinden wraakneming nog steeds een goede reden om iemand te straffen.

Afschrikking

Afschrikking is de volgende reden voor strafoplegging: *de poging om criminaliteit door middel van het geven van straffen te ontmoedigen.* Afschrikking is gebaseerd op het achttiende-eeuwse verlichtingsidee dat mensen rationele wezens zijn die, als zij bedenken dat het nadeel van de straf groter is dan het voordeel dat een misdrijf oplevert, de wet niet zullen overtreden.
Strafoplegging als afschrikmiddel was een reactie op de strenge straffen die het vergeldingsprincipe oplevert. Waarom moet iemand wegens diefstal de doodstraf krijgen als we diefstal door het opleggen van gevangenisstraf kunnen ontmoedigen? Deze gedachte vond steeds meer ingang in de geïndustrialiseerde landen, wat tot gevolg had dat het executeren en lichamelijk verminken van delinquenten vervangen werden door mildere vormen van straf, zoals gevangenisstraf.
Straf kan op twee manieren afschrikken: bij *speciale preventie* wordt iemand die wellicht opnieuw de fout in zou kunnen gaan ervan overtuigd dat misdaad niet loont, bij *generale preventie* moet het straffen van een individu een voorbeeld zijn voor anderen.

Resocialisatie

Het volgende strafdoel is resocialisatie of rehabilitatie, *heropvoedingsprogramma's waarmee voorkomen wordt dat een dader in de toekomst opnieuw in de fout gaat.* De gedachte hierachter is te herleiden tot de negentiende-eeuwse sociale wetenschappen. Sinds die tijd stellen sociologen zich op het standpunt dat criminaliteit en ander deviant gedrag voortkomt uit een sociale omgeving die gekenmerkt wordt door armoede of een gebrek aan ouderlijk toezicht. De redenering klinkt logisch: als delinquenten geleerd hebben hoe ze deviant kunnen zijn dan kunnen zij ook leren om zich aan de regels te houden. Hoe? Door het controleren van de omgeving. *Heropvoedingsinstellingen* en *tuchtscholen* worden gekenmerkt

door gecontroleerde omstandigheden waarin mensen het gewenste gedrag kunnen aanleren (denk aan de beschrijving van totale instituties in hoofdstuk 4), denk ook aan het panopticon, maar veel vaker gaat het om cursussen of programma's voor gedragsverandering.
Resocialisatie of rehabilitatie motiveert een delinquent om zijn gedag aan te passen en legt daarbij het accent op constructieve verandering, terwijl de twee eerdergenoemde strafdoelen (vergelding en afschrikking) daders alleen maar straffen. Bij vergelding moet de straf aansluiten bij het misdrijf. Terwijl het er bij resocialisatie om gaat dat er een individueel toegesneden behandelprogramma wordt opgesteld. Met andere woorden: bij vergelding volgt op eenzelfde misdrijf dezelfde straf; behandelprogramma's worden meer afgestemd.

Het beschermen van de samenleving

Het laatste strafdoel is het beschermen van de maatschappij. Een delinquent wordt tijdelijk of permanent de mogelijkheid ontnomen om nog meer misdrijven te begaan door hem of haar op te sluiten of, in sommige landen, te executeren. Er is, evenals bij afschrikking, sprake van een rationele benadering van strafoplegging.
In Amerika zitten momenteel 2,1 miljoen mensen in de gevangenis. De criminaliteit is de laatste jaren afgenomen, maar het aantal delinquenten dat in de gevangenis belandt, is sinds 1980 verviervoudigd. Deze toename weerspiegelt niet alleen de veranderde attitudes ten aanzien van misdaad en straf maar ook de stijging van het aantal arrestaties voor drugsgerelateerde misdrijven. Het gevolg? Nergens ter wereld zit een hoger percentage van de bevolking in de gevangenis dan in de VS (U.S. Bureau of Justice Statistics, 2004; Sentencing Project, 2005). Maar veel landen, waaronder ook Nederland, volgden lange tijd dezelfde trend. Er werden cellen bijgebouwd, er kwamen meermanscellen en de regels om veelplegers langere tijd van de straat te houden werden uitgebreid. De stijging hing ook samen met een nieuw politiek klimaat waarin het herstellen van de morele orde voorop is komen te staan (Houtman *et al.*, 2008). Sinds 2005 daalt het aantal gedetineerden in Nederland weer. Deze daling hangt samen met de dalende criminaliteit, waardoor er minder strafzaken zijn. Ook zijn rechters meer boetes, werkstraffen en elektronische thuisstraffen gaan opleggen.

zelf aan zet

Hoe belangrijk vind je afschrikking als strafdoel? Vind je het geoorloofd dat de politie daartoe ook filmpjes van daders op internet plaatst? Licht je antwoord toe.

Een kritische kanttekening Samenlevingen hebben vele en complexe redenen om hun leden te straffen. Het is geen eenvoudige opgave om te bepalen wat de gevolgen zijn van strafoplegging. Welke waarde heeft vergelding? Volgens Durkheim neemt het morele besef in de samenleving toe als deviante individuen gestraft worden. Vandaar ook dat de uitvoering van een straf in het verleden in het openbaar gebeurde. In steden als Den Haag werden in het verleden veroordeelden op het schavot gezet op een centrale plaats in de stad en mocht het publiek ze beschimpen en met afval bekogelen. Tegenwoordig spelen de media een rol in de openbaarheid. De ophef rondom acht jongens die in 2013 in het Eindhovense uitgaansleven iemand in elkaar trapten gingen razendsnel internet over. In feite werkte de verspreiding van de beelden als een moderne schandpaal. Ook de spraakmakende televisie-uitzending rondom de verdachte van de verdwijning van Natalee Holloway op Aruba kan worden gezien als een openbare afrekening met deze verdachte.
Schrikt straffen af? Je zou het niet zeggen als je naar het hoge percentage **recidivisten** kijkt, *mensen die veroordeeld zijn en na hun vrijlating in herhaling vervallen.* Ruim 70 procent van de gedetineerden in Nederland pleegt binnen zeven jaar na de gevangenisstraf opnieuw een strafbaar feit (Wartna, 2009). Dit roept twijfels op over het effect van straffen. Bovendien is slechts een deel van de delicten bij de politie bekend, en slechts 24 procent van de bij de politie bekende delicten wordt 'opgehelderd' (Van Rosmalen et al., 2011). De meeste delicten kunnen dus ongestraft gepleegd worden en misdaad kan wel degelijk lonen.
Het wetenschappelijk onderzoek naar het afschrikwekkende effect van strafoplegging wordt bemoeilijkt door het feit dat we niet kunnen nagaan hoe mensen zouden reageren als zij geen weet zouden hebben van de straffen die anderen opgelegd worden. Tegenstanders van de doodstraf zeggen dat de doodstraf als algemeen afschrikmiddel van beperkte waarde is en tekenen daarbij aan dat de VS het enige westerse hoge-inkomensland is dat regelmatig zware criminelen executeert. Tussen 1977 en

2011 werden ongeveer 7.500 mensen in Amerikaanse rechtbanken ter dood veroordeeld; 1234 executies zijn ook daadwerkelijk uitgevoerd. De rest zit nog in de cel, stierf in de tussentijd aan een andere oorzaak, werd vrijgesproken of kreeg gratie. In 33 staten staat de wet de doodstraf toe voor zeer ernstige delicten, zoals moord. Hoewel dit de meerderheid van de staten is, voeren maar een paar staten ook daadwerkelijk executies uit. De helft van de 3173 mensen die begin 2010 in een dodencel zaten, zaten in slechts vier staten: Californië, Texas, Florida en Pennsylvania (US Bureau of Justice Statistics, 2011).

De doodstraf is ook uitgesproken tegen mensen die onschuldig bleken te zijn. Tussen 1975 en 2012 werden 139 mensen uit de dodencel ontslagen omdat nieuw bewijsmateriaal, voornamelijk door DNA-sporenonderzoek hun onschuld aantoonde. Hieruit kunnen we afleiden dat er mogelijk onschuldige mensen zijn terechtgesteld, wat ook is aangetoond door DNA-onderzoek van sporen van oude plaatsen delict (Death Penalty Information Center, 2011). Ondanks de groeiende controverse over de doodstraf, zegt de meerderheid (63,5 procent) van de Amerikaanse volwassenen voorstander te zijn van de doodstraf als het mensen betreft die een moord op hun geweten hebben (NORC, 2011, p. 248). Van de eerstejaarsstudenten in de VS blijkt ongeveer twee derde voorstander van de doodstraf te zijn (Pryor *et al.*, 2008). In Nederland is de discussie in 2002 kort opgelaaid na de terroristische aanslagen in de VS. Een enquête onder de bevolking liet zien dat op dat moment 43 procent van de bevolking voor herinvoering zou zijn. Vrijwel de gehele Tweede Kamer reageerde zeer afwijzend (tns-nipo.com).

Gevangenissen bieden de samenleving tijdelijke bescherming door delinquenten van de straat te halen, maar zij doen weinig aan het veranderen van de attitudes of het gedrag van veroordeelden

zelf aan zet

Noem de vier strafdoelen. Leidt het opleggen van gevangenisstraffen tot het gewenste effect? Bij welke wel/niet?

TOEGEPASTE SOCIOLOGIE

Het aantal gewelddelicten is afgenomen – maar waarom?

In West-Europa wordt al heel lang naar de Verenigde Staten gekeken als het prototype van de gewelddadige samenleving. Veel films, games en televisieprogramma's spelen hierop in. Maar in de jaren negentig van de vorige eeuw gebeurde er echter iets onverwachts. Het aantal ernstige misdrijven in de VS daalde fors en was in het jaar 2000 lager dan het een generatie lang geweest was. De daling trok wereldwijd de aandacht, politiekorpsen van over de hele wereld gingen op studiereis naar New York en onderzoekers hebben diverse oorzaken genoemd:

1. **Een reductie in de jongerenpopulatie**. We hebben al eerder geconstateerd dat veel gewelddelicten door jonge mannen worden gepleegd. Tussen 1990 en 2000 daalde het percentage Amerikaanse jongeren van 15-24 jaar met 5 procent (wellicht een onverwacht gevolg van de legalisering van abortus in 1973).

2. **Veranderingen in de misdaadbestrijding**. De daling van de criminaliteit deed zich vooral voor in grote steden (voor de eerdere stijging gold hetzelfde). In New York was het aantal moorden van 2.245 in 1990 gedaald tot 471 in 2009 (het laagste cijfer sinds men in 1963 betrouwbare registraties begon bij te houden). De politie van New York was wijkgericht gaan werken. Dit betekende dat het voorkomen van misdaden even belangrijk was geworden als het arresteren van daders. De agenten leren de buurt kennen waarin zij surveilleren en houden regelmatig jongeren aan die kleine overtredingen begaan (zoals oversteken als het voetgangerslicht op rood staat), zodat ze hen op wapenbezit kunnen controleren, waarvoor zij gearresteerd kunnen worden. Op deze wijze kunnen zij wellicht gewelddadige voorvallen voorkomen.

3. **Meer gevangenen**. Tussen 1985 en 2010 steeg het aantal gevangenen in de VS van 750.000 tot meer dan 2,3 miljoen. De belangrijkste oorzaak van deze stijging vormen de strenge nieuwe wetten die tot gevolg hebben dat veel misdrijven (vooral drugsdelicten) uitmonden in een gevangenisstraf. In de woorden van een analist: 'Als je een miljoen mensen extra opsluit dan moet dat toch wel enig effect hebben op de criminaliteitscijfers' (Franklin Zimring, geciteerd in Witkin, 1998, p. 31).

4. **Een betere economie**. In de jaren negentig van de vorige eeuw ging het uitstekend met de Amerikaanse economie. Er was weinig werkloosheid, waardoor de kans dat mensen uit

financiële wanhoop het criminele pad op zouden gaan, kleiner werd. De logica is eenvoudig: meer banen, minder criminaliteit. De recessie die in 2007 begon, had echter niet als gevolg dat er meer criminaliteit kwam: volgens de officiële statistieken daalt de criminaliteit tot aan het eind van 2010 nog steeds.

5. **De teruglopende handel in verdovende middelen**. Veel analisten denken dat de afname van het gebruik van *crack cocaïne* de belangrijkste oorzaak is voor de daling van het aantal geweldsdelicten. Crack kwam omstreeks 1985 op de markt. Er ontstond een gewelddadige scene. Veel jongeren, vooral in de binnensteden, stortten zich met vuurwapens in de bloeiende drugshandel. In het begin van de jaren negentig van de vorige eeuw begon de populariteit van crack af te nemen. Mensen onderkenden de schade die het crackgebruik aanrichtte, soms hadden hele gemeenschappen eronder te lijden. Dit besef, in combinatie met de positieve ontwikkelingen in de economie en de strengere straffen voor drugsdelicten, leidde tot de ommekeer in de misdaadcijfers.

De huidige veiligheidssituatie in New York is beter dan die van twintig jaar geleden. De situatie, aldus een onderzoeker, 'ziet er wel veiliger uit, maar alleen maar omdat die in het begin van de jaren negentig zo beroerd was. Dus laten we elkaar niet wijsmaken dat alles opgelost is, want dat is niet zo.' Ook is er veel kritiek op het feit dat New York saai is geworden en dat het bestuur vooral denkt aan de rijke bewoners. Wel heeft de aanpak door de politie in New York – bekend onder het label *zero tolerance* – ook in Europa veel navolging gehad. Dit ondanks het feit dat het effect op de criminaliteitsdaling vaak is overschat.

VRAGEN

1. Sta je achter de beschreven aanpak van criminaliteit? Waarom wel of waarom niet?
2. Momenteel zijn er in Nederland plannen om gevangenissen te sluiten. Wat zijn de argumenten daarvoor en daartegen?
3. In hoeverre denk je dat de huidige daling van criminaliteit in Nederland dezelfde oorzaken kent als de beschreven daling in New York?

Bronnen: gebaseerd op Winship & Berrien, 1999; Donahue & Levitt, 2000; Rosenfeld, 2002; Liptak, 2008; Mitchell, 2008; Antlfinger, 2009 en FBI, 2011.

11.7.7 Gedragsveranderende programma's

Gevangenissen houden veroordeelde delinquenten van de straat. Maar uit onderzoek blijkt dat het opsluiten van mensen in het kader van rehabilitatie weinig effect heeft. Bovendien zijn gevangenissen voorzieningen die de samenleving veel geld kosten.

Gedragsveranderende programma's zijn een alternatief en *worden veelal in de samenleving en niet achter gevangenismuren uitgevoerd.* In Nederland vallen dit soort programma's meestal onder de reclassering. Deze programma's hebben drie voordelen: zij werken kostenverlagend, ze voorkomen dat gevangenissen overvol raken en maken het mogelijk om veroordeelden onder toezicht te stellen zonder de negatieve effecten en het stigma van een gevangenisstraf. Het onderliggende idee is ingrijpen in het gedrag in plaats van of aanvullend op straffen. Deze programma's worden meestal aangeboden aan veroordeelden die minder ernstige misdrijven op hun naam hebben staan en goede vooruitzichten hebben (een geringe kans dat zij in de toekomst weer in de fout gaan) (Inciardi, 2000; Pew Center on the States, 2009). Een voorbeeld is een training in het omgaan met alcohol in het verkeer of een training in het omgaan met agressieve neigingen.

Proeftijd

Een van de vormen die een dergelijk programma kan aannemen is *een voorwaardelijke straf met een proeftijd.* Een veroordeelde hoeft niet de gevangenis in maar moet zich aan de voorwaarden houden die door de rechter zijn bepaald. Enkele voorbeelden van voorwaarden: het volgen van een therapie of een verslavingsprogramma, werken en het vermijden van contacten met 'bekende criminelen'. Een veroordeelde moet zijn of haar afspraken met een reclasseringsambtenaar nakomen. Een veroordeelde die zich niet aan de voorwaarden houdt of een nieuw delict pleegt, gaat alsnog de gevangenis in.

Een kritische kanttekening De evaluaties van gedragsveranderende programma's laten wisselende resultaten zien. Dat deze maatregelen veel goedkoper zijn dan een verblijf in de gevangenis, is zonneklaar. Bovendien komen er cellen vrij voor veroordeelden die ernstigere delicten op hun naam hebben staan. Voor sommige veroordeelden lijken deze programma's te werken (Van Noije en Witte-

brood, 2007) maar de recidive loopt niet significant terug. Voorwaardelijke vrijlating is een maatregel die gevangenisautoriteiten kunnen gebruiken om veroordeelden tot 'goed gedrag' te stimuleren. Zij maken dan immers kans op vervroegde vrijlating. Gebleken is echter dat het aantal misdrijven dat gepleegd wordt door mensen die eerder zijn vrijgelaten nogal groot is. De recidive is zo groot dat sommige staten in de VS dit programma volledig hebben stopgezet (Inciardi, 2000).
Op het gebied van evaluaties moet er nog veel gebeuren. Daarvoor is het ook nodig dat programma's zodanig worden opgesteld dat eventuele effecten ook meetbaar zijn. Dergelijke evaluaties kunnen ons helpen tot het inzicht te komen dat het rechtssysteem zelf niet in staat is om criminaliteit te elimineren. Misdrijven en deviante gedragingen zijn niet alleen maar daden van 'slechte mensen,' zij geven ook weer hoe de samenleving functioneert.

zelf aan zet

Geef drie voorbeelden van gedragsveranderende programma's.

Herstelrecht

Er bestaat ook een stroming binnen het recht die streeft naar een fundamenteel andere manier van omgaan met conflicten: het herstelrecht. Deze stroming beoogt de verschillende partijen, zoals dader en slachtoffer, niet uit elkaar te houden (zoals gebeurt in de strafrechtelijke aanpak), maar juist bij elkaar te brengen. Het ideaal daarbij is om het ondervonden leed en de berokkende schade te herstellen. Deze stroming gaat uit van de eigen verantwoordelijkheid van daders en slachtoffers en van hun integratie in natuurlijke verbanden, zoals de familie, de school of het werkverband of bijvoorbeeld de woonomgeving en buurt. Aanhangers zoeken naar alternatieven voor het huidige, vaak uitsluitend juridische kader waarmee het overschrijden van normen en waarden wordt beantwoord. Vormen van mediation (bemiddeling) en dader-slachtofferbijeenkomsten vallen hieronder.

SOCIOLOGIE TOEPASSEN

1. Cybercrime is een vorm van criminaliteit die is opgekomen met de opkomst van internet. Ga eens na voor jezelf in hoeverre je denkt dat cybercrime nieuwe criminaliteit is of oude criminaliteit in een nieuw jasje? En zal deze vorm van criminaliteit dezelfde slachtoffers maken of andere?
2. Leen eens een paar dagen een rolstoel en laat je rondrijden in het dagelijks leven. Zo kom je er niet alleen achter hoeveel fysieke barrières er bestaan, maar je merkt misschien ook dat mensen anders tegen je doen.
3. Kijk eens naar een politieserie op televisie en ga na hoe criminelen worden afgeschilderd. Wat denk je dat wel en niet overeenkomt met de werkelijkheid?

11.8 Veiligheidsbeleid en gevoelens van onveiligheid

Daders strafrechtelijk aanpakken is vaak het eerste waar we aan denken bij het tegengaan van criminaliteit. De overheid is echter veel meer dan de strafrechtelijke keten. Ook wordt steeds meer ingezien dat de veiligheid alleen kan worden bevorderd als vele partijen daarbij betrokken zijn, en niet alleen de overheid. Zowel in de veiligheidsprogramma's van de overheid als in het stedelijk vernieuwingsbeleid is het verbeteren van de leefbaarheid van buurten een van de prominente doelstellingen. Dat heeft er ook mee te maken dat **gevoelens van onveiligheid** (ook wel subjectieve onveiligheid) hoog zijn en blijven, ook in een tijd waarin objectief gezien de criminaliteit en overlast lijken af te nemen.
Dat de behoefte aan veiligheid groeit heeft onder andere te maken met internationalisering en de ontwikkeling van een dynamische, snel veranderende maatschappij (zie ook hoofdstuk 18). Volgens criminoloog Hans Boutellier zijn vitaliteit en veiligheid de keerzijden van dezelfde medaille: een

cultuur die zelfontplooiing tot levenskunst heeft verheven, moet tegelijk met vereende krachten de grenzen van de individuele vrijheid binnen de perken houden. Boutellier spreekt van een paradoxale situatie, de veiligheidsutopie. Mensen willen enerzijds maximale vrijheid en anderzijds optimale bescherming (Boutellier, 2002, 2005). Dit verlangen naar veiligheid wordt steeds weer bevestigd door breed uitgemeten incidenten, conflicten en angsten.

Met **integraal veiligheidsbeleid** tracht de overheid op lokaal niveau de veiligheid te bevorderen. Gemeenten hebben daarbij de regie in handen. Zij moeten zorgen dat de diverse betrokken partijen op het terrein van veiligheid op een effectieve manier met elkaar samenwerken. Ook wordt steeds vaker samengewerkt met burgers en ondernemers om de leefbaarheid en veiligheid op lokaal niveau te verbeteren of te bewaken. Bij integraal beleid gaat het niet alleen om samenwerken, maar ook om het combineren van een proactieve en een reactieve aanpak. Denk bijvoorbeeld aan de aanpak van vastgoedfraude, mensenhandel en hennepteelt. Steeds vaker wordt gekeken waar verschillende vormen van recht en beleid elkaar kunnen aanvullen. Soms kan het intrekken van een vergunning beter werken, soms kan de politie beter ingrijpen, soms kan de recherche beter geldstromen in kaart brengen.

SLAGEN VOOR HET TENTAMEN SAMENVATTING VAN HOOFDSTUK 11

WAT IS DEVIANTIE?

✔ **Het begrip deviantie verwijst naar normovertredingen. Deze kunnen variëren van kleine overtredingen, zoals slechte manieren, tot grove schendingen, zoals ernstige vormen van geweld.**

DEVIANTIETHEORIEËN

Biologische theorieën
- richten zich op individuele afwijkingen;
- verklaren ons gedrag in termen van biologische instincten.

Lombroso beweerde dat criminelen bepaalde fysieke kenmerken vertonen; later onderzoek koppelt crimineel gedrag aan bepaalde lichaamstypen en erfelijke factoren.

p. 311-312

Psychologische theorieën
- richten zich op individuele afwijkingen;
- zien deviantie als het resultaat van een 'mislukte socialisering'.

De *beheersingstheorie* van Reckless en Dinitz koppelt delinquentie aan een zwak geweten.

p. 312

✔ **Biologische en psychologische theorieën geven een beperkt inzicht in criminaliteit en andere vormen van deviantie omdat de meeste delicten begaan worden door mensen die niet duidelijk afwijkend zijn.**

Sociologische theorieën zien al het gedrag, zowel deviantie als conformiteit, als een product van de samenleving. Sociologen wijzen erop dat:
- wat deviant is van plaats tot plaats verschilt, afhankelijk van de bestaande culturele normen;
- gedragspatronen en individuen deviant worden als anderen het als zodanig definiëren;
- in wat en wie een samenleving als deviant definieert, tot uiting komt wie de sociale macht in handen heeft en wie niet.

p. 313

THEORETISCHE ANALYSES VAN DEVIANTIE

De functies van deviantie: het structureel functionalisme

Durkheim stelde dat deviantie een normaal maatschappelijk verschijnsel is dat
- culturele normen en waarden bevestigt;
- morele grenzen verduidelijkt;
- mensen samenbrengt;
- sociale verandering stimuleert.

p. 313-314

Mertons *straintheorie* verklaart deviantie in termen van maatschappelijke doelen en de beschikbare middelen om deze doelen te realiseren.
Meerdere auteurs hebben zich met deviante subculturen beziggehouden.

p. 314-315

De labelingtheorie: het symbolisch interactionisme

De *labelingtheorie* stelt dat deviantie niet zozeer door gedrag zelf als wel door de reacties van anderen op dat gedrag bepaald wordt. Als de omgeving een individu naar aanleiding van primaire deviantie stigmatiseert, dan kunnen 'secundaire deviantie en een deviante carrière het gevolg zijn.

p. 317-319

De *medicalisering van deviantie* houdt in dat morele en juridische deviantie in een medische conditie wordt vertaald. In de praktijk komt het er op neer dat etiketten als 'goed' en slecht' vervangen worden door 'ziek' en 'gezond'.

p. 319-320

Sutherlands *differentiële associatietheorie* koppelt deviantie aan de mate waarin anderen dit gedrag stimuleren of ontmoedigen.

p. 320

Hirschi's *controletheorie* stelt dat deviantie ontmoedigd wordt als we ons de mogelijke gevolgen voor de geest halen. Mensen die goed geïntegreerd zijn in de samenleving zullen minder snel deviant gedrag vertonen.

p p. 320-321

Zie kader *Theorie toepassen* op p. 324.

SLAGEN VOOR HET TENTAMEN VERVOLG

Deviantie, etnische groep en sekse

De op de ideeën van Karl Marx gebaseerde conflictsociologie stelt dat de bestaande wetten en normen van een samenleving de belangen van de machtige leden van de samenleving beschermen.

- Witteboordencriminaliteit is het werk van mensen met een hoge positie. Volgens Sutherland worden deze delicten zelden vervolgd en zij worden eerder bij een civiele dan bij een strafrechter gedeponeerd.
- Organisatiecriminaliteit is het werk van een onderneming of van mensen die namens het bedrijf opereren. Deze delicten kunnen veel maatschappelijke schade veroorzaken, maar de meeste daders gaan vrijuit.
- De georganiseerde criminaliteit kent een lange geschiedenis, en komen we vooral tegen bij bevolkingsgroepen die weinig legitieme mogelijkheden hebben.

p. 323-326

Deviantie en ongelijkheid: de conflictsociologie

- In wat mensen als deviant beschouwen, komen de relatieve macht en voorrechten van verschillende groeperingen tot uiting.
- Haatdelicten zijn misdrijven die door vooroordelen worden ingegeven. (ras, sekse, seksuele geaardheid).
- De meeste samenlevingen controleren het doen en laten van vrouwen nauwgezetter dan het gedrag van mannen.

p. 326-328

WAT IS CRIMINALITEIT?

We spreken van een strafbaar feit als het door de overheid ingestelde strafrecht wordt geschonden. Volgens de CBS-classificatie bestaan er drie categorieën misdrijven (ernstige strafbare feiten):

- **Geweldsmisdrijven**. Dit zijn alle seksuele misdrijven en levensdelicten, maar ook dood en lichamelijk letsel door schuld, bedreiging, mishandeling, diefstal met geweld en afpersing.
- **Vermogensmisdrijven**. Dit zijn alle valsheidsmisdrijven, maar ook diefstal en inbraak, verduistering, bedrog en heling.
- **Vernielingen en misdrijven gericht tegen de openbare orde**. Dit zijn alle misdrijven tegen de openbare orde zoals opruiing, huis-, computer- en lokaalvredebreuk, maar ook deelneming aan een criminele of terroristische organisatie. Verder vallen hier ook de misdrijven discriminatie, brandstichting, schennis der eerbaarheid en vernieling onder.

Er bestaan nog meer misdrijven die niet onder de hierboven genoemde categorieën vallen. Dit zijn misdrijven die worden gepleegd op grond van de Wegenverkeerswet 1994, de Wet op de economische delicten, de Opiumwet, de Wet wapens en munitie en het Wetboek van het Militair strafrecht.

p. 330-336

Criminaliteitspatronen in Nederland

- Nederland doet mee met de dalende trend in de geregistreerde criminaliteit in Noord- en West-Europese landen in de periode 2002-2007.
- Het merendeel van de gepleegde delicten betreft vermogensdelicten.
- Geweldsdelicten treffen vooral relatief jonge mannelijke slachtoffers.
- Per jaar zijn er rond de 150-200 gevallen van moord en doodslag in Nederland, dit is een vrij stabiel cijfer.
- Uit officiële cijfers blijkt dat het aantal arrestaties van verdachten een piek vertoont tussen de 16 en 22 jaar.
- Daders in de georganiseerde misdaad beginnen later met hun criminele carrière dan daders van straatcriminaliteit.
- Van alle arrestaties in 2005 in Nederland is rond de 80 procent man. Het aandeel vrouwen in arrestaties neemt toe.
- Straatcriminaliteit komt vaker voor bij mensen uit de onderste lagen van de samenleving. De klassenverschillen met betrekking tot criminaliteit worden kleiner als we rekening houden met witteboordencriminaliteit en organisatiecriminaliteit.
- In Nederland wordt de grootste groep verdachten gevormd door autochtone daders. Van de allochtone verdachten scoren personen met een Antilliaanse en Arubaanse en Marokkaanse afkomst hoog.
- De kans op gevangenisstraf bij een veroordeling in Nederland is relatief hoog vergeleken met andere landen.
- Sinds 2005 daalt het aantal gevangenen per 100.000 inwoners in Nederland.

p. 337-339

STRAF

Er bestaan vier strafdoelen

- vergelding
- afschrikking
- resocialisatie
- bescherming van de samenleving

p. 339-340

Gedragsveranderende programma's zijn o.a. proeftijd en voorwaardelijke vrijlating. Deze programma's kosten minder dan een verblijf in de gevangenis en maken celruimte vrij. Ze hebben echter geen effect op recidive.

p. 340-341

SLAGEN VOOR HET TENTAMEN MEERKEUZEVRAGEN

1 Het begrip criminaliteit staat voor een specifieke vorm van deviantie
a. die naar wetsovertredingen verwijst;
b. die straf impliceert;
c. die naar het overtreden van maatschappelijke normen verwijst;
d. waarbij altijd een individu als dader is betrokken.

2 Volgens Emile Durkheim is deviantie een verschijnsel dat
a. gedefinieerd is door de rijken en gebruikt wordt tegen de armen;
b. schadelijk is, niet alleen voor slachtoffers maar voor de gehele samenleving;
c. vaak in strijd is met de publieke moraal;
d. in elke samenleving voorkomt.

3 Uitgaande van Robert Mertons straintheorie valt een individu dat in drugs handelt om in zijn levensonderhoud te voorzien onder de noemer
a. conformist;
b. vernieuwer;
c. retraitist;
d. ritualist.

4 De labelingtheorie stelt dat deviantie
a. een normaal maatschappelijk verschijnsel is;
b. altijd de sociale identiteit van een individu verandert;
c. niet zozeer het gevolg is van wat mensen doen als wel van de reacties van anderen op hun gedrag;
d. a, b en c zijn juist.

5 Nadat de vrienden van Jaap hem een hasjfreak gingen noemen, stapte hij uit de groep en begon steeds meer marihuana te roken. Hij zocht het gezelschap van andere gebruikers en stopte met zijn opleiding. Edwin Lemert zou dit een voorbeeld noemen van
a. primaire deviantie;
b. het ontwikkelen van secundaire deviantie;
c. de vorming van een deviante subcultuur;
d. het begin van retraitisme.

6 De conflictsociologie stelt dat het feit of een samenleving een individu als deviant bestempelt, afhangt van
a. wie de macht heeft en wie niet;
b. de morele waarden van de samenleving;
c. de frequentie van bepaald gedrag;
d. de schadelijkheid van het gedrag.

7 Het stelen van een laptop uit de kamer van een andere student is een voorbeeld van
a. inbraak;
b. autodiefstal;
c. beroving;
d. ontvreemding.

8 Wat geven de in dit hoofdstuk genoemde criminaliteitscijfers van het CBS weer?
a. alle gepleegde delicten
b. misdrijven die bij de politie bekend zijn
c. misdrijven die een arrestatie opleveren
d. misdrijven die met een veroordeling eindigen

9 Allochtone groepen in Nederland zijn:
a. oververtegenwoordigd in de criminaliteit;
b. gelijk vertegenwoordigd in de criminaliteit;
c. niet vertegenwoordigd in de criminaliteit;
d. soms over- en soms ondervertegenwoordigd in de criminaliteit.

10 Wat is het oudste strafdoel bij het bestraffen van degenen die een misdrijf begaan?
a. afschrikking
b. sociale bescherming
c. vergelding
d. sociale re-integratie

Onze samenleving is **raciaal en etnisch divers**. Raciale en etnische verschillen reflecteren de culturele erfenis en tradities, en vormen ook een belangrijke basis voor de sociale stratificatie.

12

MIGRATIE EN ETNISCHE DIVERSITEIT

- *Wat* zijn etniciteit en ras en hoe worden zij door samenlevingen gecreëerd?
- *Waarom* kent Nederland zo'n diverse bevolking?
- *Hoe* is de relatie tussen etnische groepen en sociale ongelijkheid ?

Op de vraag of hij zich in Nederland thuis voelt, antwoordt de 29-jarige Rotterdamse fotograaf Chane: 'De eerste vraag die me over het algemeen wordt gesteld is: "Waar kom je vandaan?" Daar antwoord ik dan altijd maar hetzelfde op, alsof ik een bandrecorder afspeel. Ik zeg: "Mijn ouders komen uit een stad in het Atlasgebergte", en dan vertel ik mijn eigen verhaal. Dat ik geheel in Nederland ben opgegroeid, en Marokkaans ben opgevoed. Ik voel me geen Nederlander, ik voel me ook geen Marokkaan, ik weet niet wat ik me voel. Maar ik weet wel dat ik hier een goed leven heb, beter waarschijnlijk dan in Marokko' (Heijmans in *de Volkskrant*, 2003).
Chane laat zien dat hij zich niet zomaar Nederlander of Marokkaan voelt. Hij heeft, in sociologische termen, een gemengde identiteit. In de Nederlandse statistieken staat hij geregistreerd als iemand met een Marokkaanse etniciteit, een tweedegeneratiemigrant, een allochtoon. Dit terwijl Chane al heel lang in Nederland is en misschien ook de Nederlandse nationaliteit heeft. In Nederland spreken we van etnische groepen, in andere landen wordt vaak de term ras gebruikt.

In dit hoofdstuk onderzoeken we de betekenis van de begrippen etniciteit en ras. We zullen onder meer zien dat er momenteel miljoenen mensen die in de westerse wereld leven zichzelf net als Chane niet in termen van één enkele categorie definiëren, maar in termen van een gemengde afkomst.

12.1 De sociale betekenis van etniciteit en ras

Mensen halen de begrippen 'etniciteit' en 'ras' vaak door elkaar. We beginnen dan ook met een paar definities. In Nederland is de term etniciteit gebruikelijk, terwijl Amerikanen en Engelsen meer van ras spreken.

12.1.1 Etniciteit en 'allochtonen'

Het begrip **etniciteit** is een algemene term die verwijst naar *een gedeelde culturele achtergrond of erfenis*. Mensen definiëren zichzelf of anderen als leden van een *etnische categorie* op basis van gemeenschappelijke voorouders, een gemeenschappelijke taal en religie, kenmerken die hun een eigen sociale identiteit geven. Nederland vormt een multi-etnische samenleving met Nederlands als voertaal. Dit neemt niet weg dat een deel van de bevolking thuis een andere taal spreekt (bijvoorbeeld Turks, Pools, Papiaments of Arabisch) en zich misschien ook wel tot een andere groep rekent dan de Nederlander.
Vaak horen we ook het begrip **allochtonen**, dat staat voor een typisch Nederlandse beleidscategorie. Voor een dergelijke beleidscategorie worden duidelijke criteria opgesteld zodat iemand, in dit geval, allochtoon genoemd kan worden. Een voorbeeld hiervan is de definitie van het CBS voor allochtoon: '*Een persoon van wie minstens één ouder in het buitenland is geboren.*'
Het is belangrijk om te onthouden dat etniciteit gebaseerd is op *culturele* kenmerken. Die kunnen ook samengaan met fysieke kenmerken. Bijvoorbeeld: eerste- en tweedegeneratie Japanners in Nederland hebben karakteristieke fysieke kenmerken en voor zover zij er een traditionele levenswijze op nahouden ook een karakteristieke cultuur. Tabel 12.1 geeft een overzicht van de Nederlandse bevolking naar herkomstgroepering en tabel 12.2 geeft het aantal nationaliteiten van de Nederlandse bevolking.
Op individueel niveau benadrukken mensen hun etniciteit of zij laten dat juist achterwege, afhankelijk van het feit of zij al dan niet in hun omgeving willen passen. Immigranten kunnen in de loop der tijd van hun culturele tradities afstappen of ze juist weer nieuw leven inblazen. Voor de meeste mensen is etniciteit, omdat zij zich met meerdere etnische achtergronden identificeren, een complex geheel. De bekende golfspeler Tiger Woods beschrijft zichzelf als een achtste Indiaan, een vierde Thai, een vierde Chinees, een achtste blank en een vierde zwart (White, 1997). We moeten ook bedenken dat de meeste categorieën volgens mensen zelf al snel te ruim zijn. Koerdische personen die in Ne-

derland wonen kunnen bijvoorbeeld zowel de Turkse, de Iraanse, de Syrische als de Iraakse nationaliteit hebben. Velen van hen zullen zich echter niet beschouwen als Turk, Iranees, Irakees of Syriër. Voor de bepaling van etniciteit in de nationale statistieken in Nederland maakt het CBS gebruik van het geboorteland van de persoon zelf en dat van zijn of haar ouders. Autochtonen zijn mensen van wie beide ouders in Nederland zijn geboren, ongeacht het geboorteland van de persoon zelf. **Allochtonen** of migranten zijn *mensen van wie ten minste een van de ouders niet in Nederland is geboren*. Dit is een heel brede categorie. Volgens deze definitie zijn prinses Beatrix en koning Willem Alexander, koningin Maxima en hun dochters ook allochtoon. De groep migranten wordt vaak ook op grond van het geboorteland van de persoon zelf, van de moeder of – in laatste instantie – het geboorteland van de vader, onderverdeeld in 'westers' en 'niet-westers'. Tot de categorie 'niet-westers' behoren personen uit alle landen buiten Europa, Noord-Amerika en Oceanië (qua aantal inwoners voornamelijk Australië en Nieuw-Zeeland). Op grond van hun sociaal-economische en sociaal-culturele positie worden personen uit Indonesië en Japan echter tot de westerse allochtonen gerekend. Bij de niet-westerse allochtonen zijn de mensen met een Turkse, Marokkaanse, Surinaamse en Antilliaanse/Arubaanse etniciteit apart onderscheiden. Dit zijn de vier grootste categorieën in deze groep. Bij dit soort indelingen moet je er altijd op bedacht zijn dat het gaat om administratieve indelingen die op criteria zijn gebaseerd waar wel op af te dingen is. Ze zeggen bovendien niet per se iets over de beleving van mensen. Zoals het voorbeeld van Chane in de inleiding ook al aangeeft, zegt herkomst niet direct iets over iemands identiteit of hoe iemand zich voelt. De 23-jarige Karima uit Best, projectassistent, zegt het als volgt: 'Ik weet niet wat een Nederlander is. Hoe ik het ervaar is een clichéverhaal: ik ben geen Nederlander en geen Marokkaan en dat zal altijd zo blijven' (Heijmans in *de Volkskrant*, 2003).
Vooral sinds de opkomst en dood van de politicus Pim Fortuyn, die vermoord werd in mei 2002, is in Nederland eigenlijk ieder aspect dat iets te maken heeft met migratie wel onderwerp van discussie en dat geldt ook voor de terminologie. Er gaan steeds vaker stemmen op om het woord allochtoon af te schaffen, bijvoorbeeld omdat het een scheldwoord geworden is, omdat het mensen apart zet of buiten de samenleving plaatst. De Raad voor Maatschappelijke Ontwikkeling bracht in 2012 een advies aan de overheid uit waarin werd voorgesteld om burgers niet langer te categoriseren als (westerse of niet-westerse) allochtoon (RMO, 2012). Alleen registratie van het eigen geboorteland en de eigen nationaliteit van de betrokkene is volgens deze adviesraad gewenst, niet meer van het geboorteland van de ouders. De landelijke overheid heeft dit advies niet overgenomen. Inmiddels doen steeds meer instanties de term in de ban. Welke termen ook gebruikt worden, uiteindelijk gaat het om pogingen om mensen in te delen in 'wij' en 'zij'. Het woord ras wordt in de meeste Europese landen al veel langer niet of nauwelijks meer gebruikt. Dat we er toch op ingaan is omdat je het in de internationale literatuur, met name in de Angelsaksische wereld, wel veel tegenkomt.

Tabel 12.1 Bevolking naar herkomstgroepering en aantal nationaliteiten

Herkomstgroepering	Aantal	Percentage van totale bevolking
Autochtoon	13.236.494	78,88
Allochtoon	3.543.081	21,12
Westers	1.576.986	9,4
Niet-westers	1.966.095	11,72
Marokko	368.838	2,2
(Voormalige) Nederlandse Antillen & Aruba	145.499	0,87
Suriname	347.631	2,07
Turkije	395.302	2,36
Overig niet-westers	708.825	4,22

Bron: CBS StatLine, 2013.

Personen uit het buitenland kunnen al dan niet na enige tijd de Nederlandse nationaliteit aannemen, soms gecombineerd met een andere nationaliteit. In onderstaande tabel staat een overzicht naar nationaliteiten.

Tabel 12.2 Nederlandse bevolking aantal nationaliteiten

Alleen de Nederlandse nationaliteit	14.700.278
Nederlandse en één niet-Nederlandse nationaliteit	1.175.820
Nederlandse en twee niet-Nederlandse nationaliteiten	19.082
Nederlandse en drie niet-Nederlandse nationaliteiten	188
Een niet-Nederlandse nationaliteit	743.713
Twee niet-Nederlandse nationaliteiten	14.371
Drie niet-Nederlandse nationaliteiten	177
Staatloos	2107

Bron: CBS StatLine, 2011.

zelf aan zet

Stel dat de term allochtoon wordt afgeschaft en jij mag de overheid een voorstel doen om groepen mensen naar hun herkomst in te delen. Hoe zou je dat doen en in hoeverre kan dat op een waardevrije manier gebeuren?

12.1.2 Ras

Een **ras** bestaat uit *een sociaal geconstrueerde categorie mensen die bepaalde en in de ogen van de leden van een samenleving belangrijke, overgeërfde biologische eigenschappen gemeen hebben*. Mensen kunnen elkaar classificeren op basis van fysieke kenmerken als huidskleur, gezichtskenmerken, haarstructuur en lichaamsbouw. De diversiteit in rassen onder onze voorouders was het gevolg van het feit dat zij in verschillende delen van de wereld leefden. De mensen die in zeer warme gebieden leefden, ontwikkelden een donkerder huid (het natuurlijke pigment melanine), die bescherming biedt tegen het zonlicht. Mensen die in een gematigd klimaat leefden, ontwikkelden een lichtere huid. Deze kenmerken zijn, omdat alle menselijke wezens tot één enkele biologische soort behoren, niet meer dan oppervlakkige verschijnselen. Als gevolg van migratie is er een bijzonder grote variëteit ontstaan in raciale kenmerken die we tegenwoordig kennen. Genetische kenmerken die ooit alleen maar in één gebied voorkwamen, manifesteren zich nu in een groot aantal landen. We kunnen dit goed zien in het Midden-Oosten, waar in het verleden zeer veel migratie heeft plaatsgevonden. Bij mensen die meer geïsoleerd leven, zoals de bewoners van de Japanse eilanden, vinden we meer raciale uniformiteit. Maar in elk land komen we genetische mengvormen tegen, en we kunnen in de toekomst door de toenemende contacten tussen bevolkingsgroepen een nog grotere raciale variëteit verwachten.
We denken als het om het onderwerp ras gaat vaak in termen van biologische kenmerken. Maar ook ras is een sociaal geconstrueerd begrip. Het is een feit dat mensen in fysiek opzicht allerlei onderlinge verschillen vertonen, maar het begrip 'ras' komt pas ter sprake als de leden van een samenleving besluiten dat een bepaald lichamelijk kenmerk (zoals huidskleur of vorm van de ogen) er werkelijk *toe doet*. Het begrip kom je vooral tegen in Angelsaksische landen. Een belangrijk verschil met de term etniciteit is dat bij ras toch op zijn minst de suggestie bestaat dat er sprake is van overgeërfde biologische eigenschappen.
Ras is, omdat het uiteindelijk ook een sociaal gedefinieerd (geconstrueerd) begrip is, een uiterst variabel begrip. De inwoners van de VS vinden raciale verschillen belangrijker dan bijvoorbeeld de inwoners van Nederland. De inwoners van de VS denken in drie raciale categorieën, namelijk zwart, wit en Aziatisch, terwijl de inwoners van andere landen veel meer categorieën gebruiken. Brazilianen maken bijvoorbeeld onderscheid tussen *branca* (wit), *parda* (bruin), *morena* (donkerbruin), *mulata* (mulat), *preta* (zwart) en *amarela* (geel) (Inciardi *et al.*, 2000). De betekenis en het belang van ras verschilt niet alleen van plaats tot plaats maar ook per periode. Bijvoorbeeld: in 1900 werden mensen van Ierse,

Ras klinkt misschien eenvoudig, maar de verscheidenheid in de biologische kenmerken van mensen is veel groter dan de reikwijdte van welk raciaal classificatiesysteem dan ook. Probeer de hier afgebeelde mensen maar eens in eenvoudige raciale categorieën onder te brengen.

Italiaanse of Joodse afkomst in de VS meestal als niet-blank gedefinieerd. Vanaf omstreeks 1950 is dit niet meer het geval en worden mensen die tot deze categorie behoren niet anders gezien dan andere blanken (Loveman, 1999; Brodkin, 2007).

In de VS krijgen inwoners de mogelijkheid om zichzelf bij het Census Bureau, dat de volkstellingen houdt, met meer dan één raciale categorie te beschrijven. Er zijn 63 raciale keuzemogelijkheden. De Amerikaanse samenleving onderkent het bestaan van een grote verscheidenheid aan multiraciale inwoners (Porter, 2001). In Nederland kennen we geen census of volkstelling. Deze was er in Nederland wel tot 1971, maar is afgeschaft vanwege privacybescherming. De Nederlandse overheid is terughoudend met etnische registraties.

zelf aan zet

Onderzoekers hebben geconstateerd dat mensen met een gemengde herkomst in verschillende situaties, afhankelijk van degenen met wie ze zijn, een andere etnische identiteit kiezen (Harris & Sim, 2002). Ben jij van mening dat mensen zouden moeten kiezen? Licht je antwoord toe.

Raciale typen

Wetenschappers die het begrip 'ras' meer dan een eeuw geleden introduceerden, probeerden de fysieke diversiteit in drie typen onder te brengen. Mensen met een lichte huid en dun haar noemden zij *caucasoïde*, mensen met een donkere huid en kroeshaar *negroïde*, en mensen met een gele of bruine huid en opvallende plooien op de oogleden *mongoloïde*.

Sociologen vinden deze termen misleidend. In geen enkele samenleving zullen we biologisch 'zuivere' mensen aantreffen. De drie genoemde raciale typen verschillen in zes procent van de genen van elkaar. *In* elke categorie vinden we meer genetische variatie dan *tussen* de drie categorieën. Dit betekent dat twee, willekeurig geselecteerde inwoners van Zweden evenveel of meer genetische variatie vertonen als een inwoner van Zweden en een inwoner van het Afrikaanse Senegal (Harris & Sim, 2002; American Sociological Association, 2003; California Newsreel, 2003).

Hoe belangrijk is ras dan wel? Vanuit biologisch standpunt gezien heeft een raciale categorie bijzonder weinig voorspellende waarde. Waarom houden samenlevingen zich er dan zo veel mee bezig? Omdat ras een samenleving de mogelijkheid geeft om mensen in te delen en in een rangorde te plaatsen. De ene groep kan zich op die manier ook boven de andere plaatsen.

zelf aan zet

Zie je in jouw omgeving veel contacten tussen vrouwelijke en mannelijke studenten met verschillende etnische achtergronden? Hoe was dit op jouw basisschool? En op je middelbare school? Is dit patroon aan het veranderen?

Multiraciaal

Er heeft in de loop der tijd een enorme vermenging van genetische kenmerken plaatsgevonden. Veel 'zwarte' mensen hebben een caucasoïde achtergrond, en veel 'blanke' mensen hebben een aantal negroïde genen. Wat mensen ook mogen denken, ras is geen zwart-witvraagstuk.

Tegenwoordig beschouwt een deel van de mensen in de VS zichzelf als multiraciaal. Van degenen die in het jaar 2000 in de VS hun censusformulieren invulden, kruisten 7 miljoen mensen 2 of meer raciale categorieën aan. Het officiële aantal interraciale geboorten is de afgelopen 20 jaar verdrievoudigd tot 172.000 geboorten per jaar (5 procent van het totaal).

12.1.3 Minderheden

3 maart, Amsterdam, Nederland – Je krijgt, als je een tijdje in de lobby van een hotel gaat zitten, een lesje in tegenstellingen. Het zou goed kunnen dat de meerderheid van de komende en gaande gasten blank is, terwijl de meerderheid van het personeel dat de bagage draagt, bedient en schoonmaakt, behoort tot een etnische minderheid.

Een **minderheid is** *een categorie mensen die zich in fysiek of cultureel opzicht onderscheidt en door de samenleving geïsoleerd en achtergesteld wordt.* Een minderheidsstatus kan gebaseerd zijn op ras en/of etniciteit. Uit tabel 12.1 blijkt dat in Nederland het grootste deel van de bevolking autochtoon is, namelijk bijna 80 procent. Er is een stijging te zien in het aantal allochtonen Met name het aantal westerse allochtonen is de afgelopen jaren snel gegroeid.

In de VS is het aantal mensen dat zichzelf als multiraciaal beschouwt groter dan ooit tevoren. Een voorbeeld is de actrice Halle Berry: zij heeft een blanke moeder en een Afro-Amerikaanse vader.

Minderheden hebben twee belangrijke kenmerken. In de eerste plaats: zij delen een *identiteit* die gebaseerd is op fysieke of culturele kenmerken. In de tweede plaats hebben zij te maken met *achterstelling* en *achterstand*. In dit hoofdstuk zal blijken dat eerste- en tweedegeneratiemigranten nog altijd een lager inkomens- en opleidingsniveau hebben en vaker in minder goede buurten wonen. Natuurlijk zijn niet alle leden van een minderheid in het nadeel. Er zijn belangrijke voorbeelden van geslaagde migranten in de sport, de wetenschap, de politiek en het zakenleven. Maar zelfs een succesvolle carrière wil nog niet zeggen dat de betrokkene afstand kan doen van zijn of haar minderheidsstatus. In hoofdstuk 5 hebben we beschreven hoe ras of etniciteit vaak functioneert als een *masterstatus*, die de persoonlijke prestaties van een individu overschaduwt. Minderheden vormen gewoonlijk een klein deel van de bevolking van een samenleving, maar er zijn uitzonderingen. Zwarte Zuid-Afrikanen zijn in hun land in de meerderheid maar verkeren toch in een achtergestelde positie.

12.1.4 Vrouwen en minderheid: de intersectietheorie

Als we de voorafgaande definitie van minderheden aanhouden zouden we ook kunnen zeggen dat vrouwen een minderheidsgroep vormen. Het vrouw-zijn brengt in onze samenleving immers onmiskenbare economische nadelen met zich mee. De meeste blanke vrouwen zien zichzelf echter niet als minderheid (Hacker, 1951; Lengermann & Wallace, 1985). Zij zijn, anders dan veel allochtone groepen, in alle lagen van de klassenstructuur redelijk vertegenwoordigd, ook aan de top.

Stel dat we toch vrouwen als een minderheid definiëren, wat betekent dat dan voor vrouwen die lid zijn van een minderheidsgroep? Zijn zij tweevoudig in het nadeel? Dit is het kernthema van de intersectietheorie, de wisselwerking tussen etniciteit, klasse en gender die vaak meerdere vormen van achterstelling tot gevolg heeft. Uit onderzoek blijkt dat de aan ras en gender gekoppelde achterstandssituaties vaak samengaan en dat die combinatie vaak in een uitermate lage sociale status resulteert (Ovadia, 2001).

In Nederland deed het SCP in 2006 onderzoek naar de positie van vrouwen uit negen minderheidsgroepen. Hierbij keken de onderzoekers onder andere naar opleiding, inburgering, arbeidsparticipatie, gezondheid en politieke participatie. Uit het onderzoek bleek dat vrouwen uit etnische minderheden niet alleen een ongunstige maatschappelijke positie hebben vergeleken met autochtone vrouwen, maar ook vergeleken met de mannen uit hun eigen groep. Er is volgens het SCP daarom sprake van 'een dubbele achterstand' (SCP, 2006). Dit onderschrijft de intersectietheorie.

Er zijn echter ook positieve ontwikkelingen. Hoewel vrouwen met een Turkse en Marokkaanse achtergrond aanzienlijk minder deelnemen aan de arbeidsmarkt dan autochtone vrouwen, maken de tweedegeneratiemigranten wel een inhaalslag: onder 20- tot 25-jarigen werken zeven op de tien Nederlands-Turkse vrouwen van de tweede generatie, terwijl van de eerste generatie iets minder dan de helft werkt. Bij vrouwen met een Marokkaanse achtergrond is een vergelijkbare ontwikkeling zichtbaar (CBS StatLine, 2012).

Daarnaast presteren allochtone meisjes tegenwoordig beter in het onderwijs dan de jongens. Ze slagen vaker voor hun eindexamen en verlaten minder vaak de middelbare school zonder diploma. In het hoger onderwijs hebben allochtone vrouwen sinds midden jaren negentig van de twintigste eeuw hun achterstand op de mannen voor wat betreft hbo- en wo-instroom omgebogen in een voorsprong (CBS Statline, 2012).

zelf aan zet

Vind jij dat alle mensen met een andere huidskleur, rijk en arm, als minderheden moeten worden beschouwd? Waarom wel, waarom niet? Hoe kijk je aan tegen het voorstel dat de overheid in Nederland stopt de term allochtonen te gebruiken?

Het uitgangspunt van de intersectietheorie is dat een combinatie van meerdere socialestratificatiedimensies, zoals etnische groep en gender, extra achterstanden met zich meebrengt voor bepaalde categorieën mensen. Marokkaans-Nederlandse mannen verdienen minder dan blanke mannen, vrouwen minder dan mannen. Marokkaans-Nederlandse vrouwen zijn dus volgens deze benadering dubbel slecht af.

■ **DENKEN OVER DIVERSITEIT: ETNICITEIT, KLASSE EN GENDER**

Hard werken: het leven van immigranten zonder verblijfsstatus

Het is vijf uur in de ochtend en nog donker. Een stoet personenbusjes rijdt een plein rond in een Nederlandse stad. Groepjes mannen en vrouwen staan in de kou al een tijd te wachten op degene die ze naar hun werkadres brengt. Via uitzendbureautjes en intermediairs weten de migranten al wat voor werk ze gaan doen. Ze weten ook dat ze worden opgepikt. Alles is geregeld via de telefoon. Meestal is het eerste contact gelegd via een bekende. Waarom gaan deze werknemers niet naar een gewoon uitzendbureau? Of waarom reageren ze niet op en advertentie uit de krant? De achterliggende reden is dat dit migranten zijn die het werk doen dat niemand anders wil doen. Zij werken vaak zonder vergunning op het laagste niveau van de economie: in restaurants en hotels, in de bouw, en in particuliere huizen (koken, schoonmaken, kinderoppas). Zij zijn bijna allemaal in het buitenland geboren. De meesten verdienen met een paar euro per uur minder dan het wettelijk minimumloon. Zij vallen ook buiten elke ziektekosten- of arbeidsongeschiktheidsregeling. Veel gezinnen in Nederland vinden het feit dat immigranten dit werk doen even vanzelfsprekend als hun mobiele telefoon.

VRAGEN

1. Ben jij of is jouw familie op een of andere manier afhankelijk van het laagbetaalde werk van migranten?
2. Vind je dat de naar schatting 100.000 illegale migranten in Nederland de mogelijkheid moeten krijgen om een legale status te krijgen? Wat zou er moeten gebeuren?
3. Zou de overheid maatregelen moeten nemen om het aantal migranten te beperken? Waarom wel of waarom niet?

Bron: Van der Leun, 2003.

12.2 Vooroordelen en stereotypen

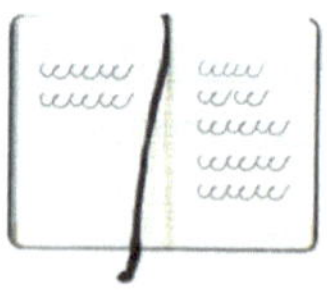

19 november, Jeruzalem, Israël – *We rijden door deze historische stad, een heilige plaats voor joden, christenen en moslims. Onze taxichauffeur, Razi, ziet een groepje Falasha, Ethiopische joden op de hoek van een straat staan, en zegt: 'Die mensen daar zijn anders. Zij hebben geen auto's. Ze willen niet hogerop. Als ze de kans krijgen om onderwijs te volgen dan maken ze daar geen gebruik van.' Hij schudt zijn hoofd en rijdt door.*

Een **vooroordeel** kan gedefinieerd worden als *een rigide generalisatie over een persoon of een categorie mensen.* Aan de ene kant is het denken in categorieën een normale en misschien zelfs noodzakelijke menselijke manier om onzekerheden te reduceren. Maar aan de andere kant brengen vooroordelen ook grote risico's met zich mee omdat ze vaak niet of nauwelijks door feiten of kennis gesteund worden. Vooroordelen of vooringenomenheden kunnen positief en negatief zijn. Onze positieve vooroordelen overdrijven de positieve kenmerken van mensen zoals wij en de negatieve veroordelen mensen die anders zijn dan wij. Negatieve vooroordelen kunnen variëren van lichte afkeer tot regelrechte vijandigheid. Omdat deze attitudes geworteld zijn in de cultuur is niemand vrij van een zekere mate van vooringenomenheid.

Vooroordelen monden vaak uit in een bepaald type vooroordeel, namelijk **stereotypen** (*stereo* komt van het Griekse woord voor 'hard' of 'vast'). Een stereotype is *een overtrokken beschrijving die wordt toegepast op elk individu dat tot een bepaalde categorie behoort.* De opvatting dat Nederlanders gierig zijn of dat Duitsers veel bier drinken zijn hier voorbeelden van. Er zijn veel blanke mensen die er stereotypen over minderheden op nahouden. Minderheden kunnen hier veel nadeel van ondervinden, vooral op de werkplek, omdat zij meestal de minder machtige posities innemen. Als de leidinggevenden van een bedrijf werknemers die tot een minderheid behoren alleen maar in termen van stereotypen kunnen zien, dan hebben zij al een beeld van hun capaciteiten en de banen waarvoor zij geschikt zouden zijn.

■ **TOEGEPASTE SOCIOLOGIE**

Bestaat er een relatie tussen ras en intelligentie?

Zijn Aziatische Amerikanen intelligenter dan blanke Amerikanen? Is de gemiddelde blanke Amerikaan intelligenter dan de gemiddelde Afro-Amerikaan? Het is in de geschiedenis van de VS meerdere malen voorgekomen dat een bepaalde categorie mensen als intellectueel begaafder werd afgeschilderd dan een andere categorie. Dit idee werd dan weer gebruikt om de zogenaamd superieure categorie bepaalde voorrechten te geven en de categorie die als inferieur bestempeld werd dingen te ontzeggen, zelfs de toestemming om de VS binnen te komen werd hun geweigerd.

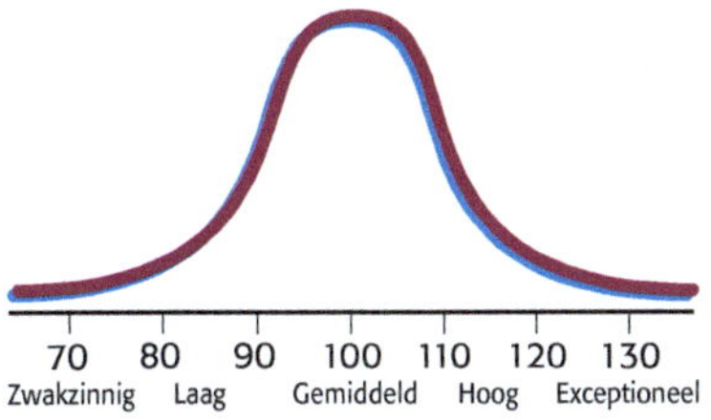

We weten dat de verdeling van de intelligentie van individuen een klokvormige curve (bell curve) te zien geeft. Het *intelligentiequotiënt* (IQ) van een individu wordt als volgt berekend: de door een test gemeten mentale leeftijd wordt gedeeld door de werkelijke leeftijd (in jaren) en met 100 vermenigvuldigd. Een 8-jarige jongen die presteert als een 10-jarige heeft een IQ van 10 : 8 = 1,25 x 100 = 125. Een IQ van 100 wordt als gemiddeld beschouwd. Richard Herrnstein en Charles Murray (1994) hebben een controversieel onderzoek naar intelligentie en sociale ongelijkheid verricht. Zij beweren over voldoende aanwijzingen te beschikken waaruit blijkt dat er een relatie bestaat tussen ras en gemeten intelligentie. Concreter: zij stellen dat het gemiddelde IQ voor mensen van Europese afkomst 100 is, voor mensen met een Oost-Aziatische achtergrond 103, en voor mensen met een Afrikaanse achtergrond 90.

De meeste sociale wetenschappers nemen aan dat IQ-tests iets belangrijks meten en dat noemen we intelligentie. Ze zijn het erover eens dat de intellectuele capaciteiten van individuen verschillen. Maar de gedachte dat een hele *categorie* mensen van nature gemiddeld intelligenter zou zijn dan een andere categorie wijzen zij van de hand. Hoe moeten we de verschillen tussen de IQ-scores dan verklaren?

Volgens Thomas Sowell (1994, 1995) kunnen de meeste gedocumenteerde verschillen in intelligentie niet aan biologische factoren worden toegeschreven maar wel aan omgevingsfactoren. Sowell verrichtte een knap staaltje sociologisch detectivewerk. Hij onderzocht de in de loop van de twintigste eeuw gemeten IQ-scores van een aantal raciale en etnische groeperingen. Hij constateerde dat immigranten uit het begin van de twintigste eeuw 10 tot 15 punten onder het gemiddelde Amerikaanse IQ scoorden. Deze immigranten waren afkomstig uit Polen, Litouwen, Italië en Griekenland maar ook uit China en Japan. Tegen het einde van de twintigste eeuw bleken de IQ-scores van mensen die tot dezelfde categorieën behoorden rond of boven het gemiddelde te liggen. Het IQ van Italiaanse Amerikanen was met 10 punten gestegen en dat van Poolse en Chinese Amerikanen met bijna 20 punten. Genetische veranderingen vergen duizenden jaren en de meeste mensen uit deze categorieën trouwden met leden van hun eigen categorie. De snelle stijging van het IQ kan dus niet door biologische factoren veroorzaakt zijn. De enige steekhoudende verklaring moet gebaseerd zijn op veranderingen in cultuurpatronen. De nakomelingen van de immigranten gingen intellectueel beter presteren toen hun levensstandaard steeg en zij betere opleidingsmogelijkheden kregen.

Sowell constateerde dat voor Afro-Amerikanen min of meer hetzelfde gold. Het gemiddelde IQ van Afro-Amerikanen die in het noorden van de VS woonden was in het verleden 10 punten hoger dan van degenen die in het zuiden woonden. Van de nakomelingen van de Afro-Amerikanen die na 1940 van het zuiden naar het noorden verhuisden steeg het IQ in dezelfde mate als dat van de genoemde nakomelingen van Europese en Aziatische immigranten. Hieruit kunnen we concluderen dat omgevingsfactoren wel een heel belangrijke rol blijken te spelen als het gaat om het verklaren van de IQ-verschillen tussen een aantal categorieën mensen.

Volgens Sowell betekenen deze testscoreverschillen dat *alles om cultuurpatronen draait*. Aziatische Amerikanen die hoger scoren zijn niet intelligenter dan anderen maar zij zijn grootgebracht met het idee dat leren en uitblinken belangrijk is. En de Afro-Amerikanen zijn niet minder intelligent dan anderen, maar zij hebben te maken met een erfenis van achtergesteld zijn die hun zelfvertrouwen en prestatiedrang kan ondermijnen. Overigens kunnen de vragen ook zo gesteld zijn dat er een bepaalde achtergrondkennis voor nodig is om ze goed te beantwoorden.

VRAGEN

1. Zijn IQ-scores wel valide metingen van de intelligentie als zij de omgeving reflecteren? Zouden zij mensen schade kunnen berokkenen?
2. Hoe is het volgens Sowell te verklaren dat sommige raciale en etnische groeperingen in korte tijd een aanzienlijke stijging van het gemiddelde IQ te zien gaven?
3. Denk je dat scholen en ouders de IQ-score van een kind beïnvloeden? Zo ja, hoe?

Zij beperken de mogelijkheden en de kansen van deze werknemers (Kaufman, 2002). Maar minderheden stereotyperen zelf ook (Smith, 1996; Cummings & Lambert, 1997). In de roman *Alleen maar nette mensen* van Robert Vuijsje schrijft de hoofdpersoon David in zijn dagboek: "Turken zijn boos op Marokkanen omdat die hun een slechte naam geven. Om dezelfde reden zijn Surinaamse negers boos op Antillianen. Ook dragen Antillianen teveel goud, spreken ze geen Nederlands en zijn ze dom" (Vuijsje, 2008: 3). Kenmerkend is dat groepen mensen zich afzetten tegen andere groepen omdat die er minder voorstaan of omdat ze concurrenten zijn voor bepaalde kansen en mogelijkheden.

12.2.1 Het meten van vooroordelen: de socialeafstandschaal

Uit de sociale afstand die mensen willen bewaren, kunnen we de mate van vooringenomenheid afleiden. Het begrip *sociale afstand* verwijst naar de mate van contact die mensen met de leden van een bepaalde categorie zouden willen hebben. De Amerikaanse socioloog Emory Bogardus ontwikkelde ruim tachtig jaar geleden de *socialeafstandschaal* (zie figuur 12.1). Bogardus vroeg Amerikaanse studenten naar hun contactbereidheid met mensen uit dertig raciale en etnische categorieën. De schaal kent twee uitersten: de meeste sociale afstand (het meest negatieve vooroordeel) komt tot uiting in de uit-

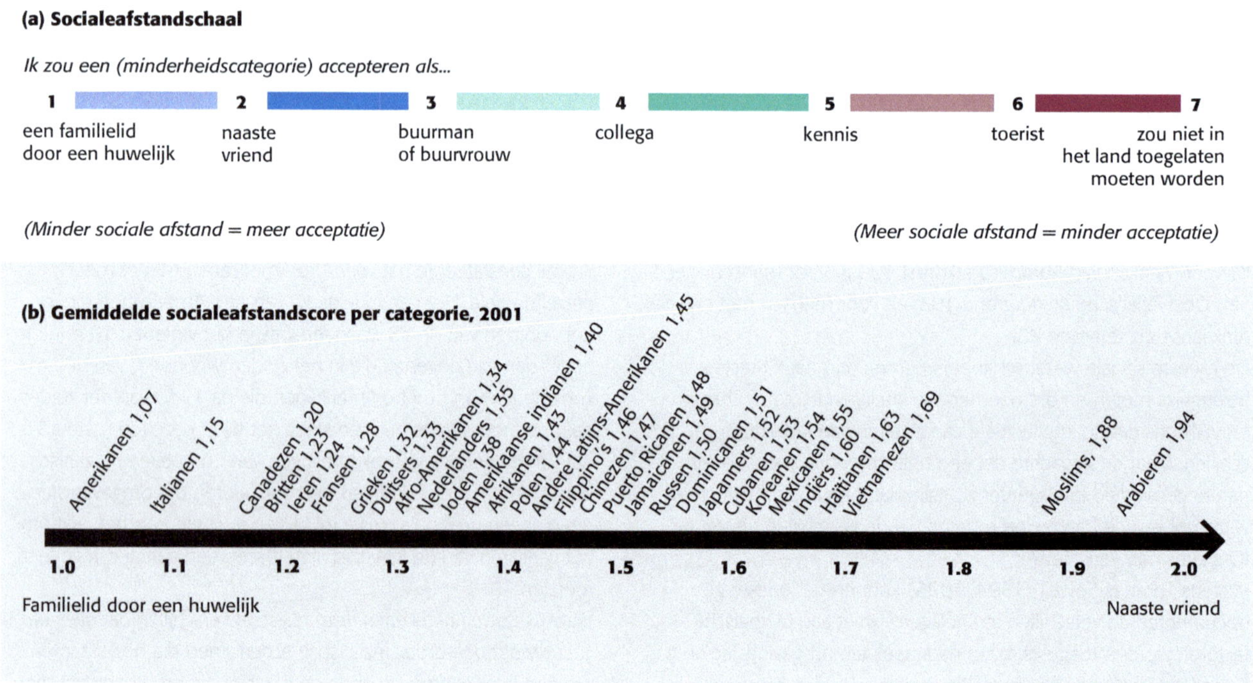

	1925	1946	1956	1966	1977	2001
(c) Gemiddelde score voor alle categorieën	2,14	2,14	2,08	1,92	1,93	1,44
(d) Reikwijdte van gemiddelden	2,85	2,57	1,75	1,55	1,38	0,87

Figuur 12.1 Het socialeafstandsonderzoek van Bogardus

De socialeafstandschaal is een goede methode om vooroordelen te meten. Deel (a) illustreert de volledige schaal van de minste sociale afstand (uiterst links) tot de meeste afstand (uiterst rechts). Deel (b) laat de gemiddelde socialeafstandscore voor elke categorie zien (2001). In deel (c) de totale gemiddelde score in bepaalde jaren (het gemiddelde van de scores voor alle raciale en etnische categorieën). Deze scores zijn gezakt van 2,14 in 1925 tot 1,44 in 2001. Studenten van nu tonen minder sociale afstand ten aanzien van minderheden. Deel (d) toont de reikwijdte van de gemiddelden, het verschil tussen de hoogste en de laagste scores in bepaalde jaren (in 2001 bijvoorbeeld was het 0,87, het verschil tussen de hoogste score van 1,94 voor Arabieren en de lage score van 1,07 voor Amerikanen). Ook dit getal is ook kleiner geworden sinds 1925: studenten van nu hebben de neiging om minder verschillen tussen verschillende categorieën mensen te zien.

Bron: Parrillo & Donoghue, 2005.

spraak dat een bepaalde categorie niet tot het land toegelaten zou moeten worden; en de minste sociale afstand (de grootste sociale acceptatie) in de uitspraak dat zij een lid van een bepaalde categorie als familielid (bijvoorbeeld door een huwelijk) zouden accepteren.

Bogardus (1925, 1967; Owen *et al.*, 1977) constateerde dat mensen bij bepaalde categorieën veel meer afstand voelden dan bij andere categorieën. Over het geheel genomen voelden de studenten de meeste sociale afstand tot Latijns-Amerikanen, Afro-Amerikanen, Aziaten en Turken. Zij zouden ze wel als collega's accepteren, maar niet als buren, vrienden of familieleden. Zij voelden de minste afstand tot Europeanen, waaronder Engelsen en Schotten, en Canadezen. Zij zouden hen wel als familieleden accepteren. In Nederland vroegen onderzoekers aan mensen wat ze ervan zouden vinden om buitenlandse buren te hebben en wat ze ervan zouden vinden om met een buitenlander getrouwd te zijn. Vooral de houding ten opzichte van een buitenlandse partner bleek erg negatief. Bijna de helft wilde liever niet met een Surinamer trouwen bijvoorbeeld. En ongeveer een derde zou niet naast Marokkaanse buren willen wonen, al zijn dit soort houdingen ook wel veranderlijk (Hagendoorn & Sniderman, 2001). Hoger opgeleiden hebben minder bezwaar tegen een gemengd huwelijk dan lager opgeleiden (Huijnk & Dagevos, 2012).

Welke socialeafstandpatronen zien we bij de studenten van nu? Uit een recent onderzoek waarbij dezelfde socialeafstandschaal[1] werd gebruikt, komen drie belangrijke gegevens naar voren (Parrillo & Donoghue, 2005):

1 **De meningen van studenten gaan in de richting van een grotere sociale acceptatie**. De studenten van nu tonen minder sociale afstand tot alle minderheden dan studenten van enkele tientallen jaren geleden. Figuur 12.1 laat zien dat de gemiddelde score op de socialeafstandschaal van 2,14 in 1925, naar 1,93 in 1977 en 1,44 in 2001 is gezakt. De respondenten (81 procent blanke studenten) toonden vooral meer acceptatie voor Afro-Amerikanen (een categorie die van vrijwel de onderste in 1925 tot de bovenste 30 procent in 2001 is gestegen).

Uit recent onderzoek blijkt dat studenten van nu minder bevooroordeeld zijn ten opzichte van alle raciale en etnische minderheden in de VS. De attitudes ten aanzien van Arabieren en moslims zijn het meest negatief, mogelijk een gevolg van de publiciteit over het wereldterrorisme. Op de foto zien we Arabische Amerikanen die protesteren tegen de wijze waarop Arabieren in de film *True Lies* worden uitgebeeld.

1 Vincent Parrillo en Christopher Donoghue lieten zeven categorieën die Bogardus gebruikte buiten beschouwing (het zouden niet langer zichtbare minderheden zijn). Zij voegden er negen nieuwe categorieën aan toe (Afrikanen, Arabieren, Cubanen, Dominicanen, Haïtianen, Jamaicanen, moslims, Puerto Ricanen en Vietnamezen). Zij zouden zichtbare minderheden zijn. Deze verandering leidde waarschijnlijk tot hogere socialeafstandscores, waardoor de trend in de richting van een kleine sociale afstand des te significanter wordt.

2 **Mensen zien minder verschillen tussen minderheden.** Aanvankelijk werden er verschillen van 3 punten op de schaal gevonden tussen de hoogst en de laagst geklasseerde minderheden. Uit de meest recente onderzoeken blijkt dat dit verschil is teruggelopen tot minder dan 1 punt. Studenten van nu zien kennelijk minder verschillen tussen diverse categorieën mensen.

3 **De terroristische aanvallen op 11 september 2001 kunnen de sociale acceptatie van Arabieren en moslims verminderd hebben.** Het meest recente onderzoek vond een paar weken na 11 september 2001 plaats. Het feit dat de 19 mannen die het WTC en het Pentagon aanvielen Arabieren en moslims waren, kan ertoe bijgedragen hebben dat deze categorieën als laagste geklasseerd werden. Maar geen van de studenten gaf aan dat zij uit het land geweerd moesten worden. Integendeel, de gemiddelde scores (1,94 voor Arabieren en 1,88 voor moslims) getuigen van meer sociale acceptatie voor 18 van de 30 categorieën dan de scores van studenten uit 1977.

zelf aan zet

Denk je dat studenten uit jouw omgeving toleranter of minder tolerant zijn geworden tegenover sociale diversiteit? Licht je antwoord toe.

Vertrouwen binnen concentratiewijken

In Nederland is er in het sociologisch onderzoek altijd veel aandacht geweest voor concentratiewijken, oftewel wijken waar veel migranten wonen. Onderzoek laat zien dat in Nederlandse buurten waar de etnische diversiteit toeneemt, het vertrouwen dat mensen in hun buurt hebben, afneemt. Bovendien hebben etnisch verschillende buren minder vertrouwen in elkaar dan buren van dezelfde afkomst. Deze uitkomsten gaan op voor zowel allochtonen als autochtonen (Lancee & Dronkers, 2007), constateren de auteurs op basis van meer dan 5.000 interviews met autochtone Nederlanders, Turken, Marokkanen, Antilianen en Surinamers. Ondanks deze negatieve relatie, lijkt etnische diversiteit geen racistische sentimenten tegenover specifieke etnische groepen te veroorzaken. In meer etnisch diverse buurten bestaat geen negatievere houding ten opzichte van allochtonen, ook niet van de autochtone Nederlanders die in die buurten wonen. Wel is er in deze buurten minder contact tussen verschillende groepen en vooral tussen autochtonen en migranten (Huijnk & Dagevos, 2012), wat de sociale afstand vergroot.

12.2.2 Racisme

Racisme is een extreme en schadelijke vorm van vooringenomenheid en vooroordeel dat betrekking heeft op raciale categorieën. **Racisme** kan gedefinieerd worden als *de overtuiging dat een bepaalde raciale categorie van nature inferieur of superieur is aan een andere.* Racisme is van alle tijden. De oude Grieken, de bevolking van India en de Chinezen geloofden dat alle andere volken inferieur waren. Ook in de geschiedenis van Nederland komen we racisme tegen, bijvoorbeeld in het koloniale verleden. Ideeën over raciale inferioriteit en slavernij gingen hand in hand. Het openlijke racisme is in westerse landen in de loop der jaren verminderd, omdat meer mensen zijn gaan geloven in een andere manier om mensen te beoordelen. In de woorden van Martin Luther King, 'niet op grond van de kleur van hun huid maar op de inhoud van hun karakter'.
Maar racisme blijft een ernstig sociaal probleem, omdat sommige mensen blijven beweren dat bepaalde raciale en etnische categorieën beter zijn dan andere. Soms wordt dit heel subtiel geuit, maar het kan ook aanleiding zijn tot geweld (zie hoofdstuk 11, paragraaf 11.5.1 over *hate crimes*). De recente discussie over 'zwarte piet' in Nederland vestigde de aandacht op een verschijnsel dat veel mensen als volstrekt onschuldig zagen, maar dat anderen beschouwen als racistisch en schadelijk.

12.2.3 Theorieën over vooroordelen

Waar komen vooroordelen vandaan? Sociale wetenschappers geven uiteenlopende antwoorden op deze kwellende vraag, waarbij zij een centrale rol toeschrijven aan frustratie, persoonlijkheid, cultuur en sociale conflicten.

De zondeboktheorie

De *zondeboktheorie* stelt dat vooroordelen voortkomen uit de gevoelens van frustratie bij mensen in achterstandsituaties (Dollard *et al.*, 1939). Bijvoorbeeld: een blanke vrouw werkt als schoonmaker van

kantoren en is gefrustreerd over haar lage salaris. Zij kan, omdat ze het risico loopt dat ze ontslagen wordt, haar vijandigheid moeilijk op de directeuren van het bedrijf waar ze voor werkt richten. Zij legt daarom de oorzaak van haar lage loon bij de aanwezigheid van collega's uit minderheidsgroepen. Haar situatie wordt er weliswaar niet beter op, maar het is een relatief veilige manier om haar boosheid te uiten en het gevoel te krijgen dat ze in elk geval superieur is aan iemand.
Een **zondebok** is *een persoon of een categorie mensen die meestal over weinig macht beschikt en door andere mensen ten onrechte als de oorzaak van hun problemen wordt bestempeld.* Minderheden worden vaak als zondebok gebruikt omdat zij over weinig macht beschikken en dus een 'veilig doelwit' zijn. Meer gevestigde minderheden wijzen overigens vaak ook weer naar nieuwkomers.

De theorie van de autoritaire persoonlijkheid

Theodor Adorno en zijn collega's (1950) beschouwden een extreme vooringenomenheid als een persoonlijkheidseigenschap van bepaalde mensen. Deze conclusie wordt gesteund door onderzoeken waaruit blijkt dat mensen die een sterk vooroordeel koesteren voor een bepaalde minderheid, gewoonlijk een intolerante houding hebben ten aanzien van alle minderheden. Deze *autoritaire persoonlijkheden* houden zich krampachtig aan conventionele culturele waarden en zien morele vraagstukken als eenvoudige 'goed of verkeerd'-kwesties. Volgens Adorno zien mensen die een autoritaire persoonlijkheid ontwikkelen de samenleving als een 'van nature' competitief systeem waarin de 'betere' mensen (zoals zijzelf) degenen die zwakker zijn (alle minderheden) overheersen.
Adorno en zijn collega's ontdekten dat het tegenovergestelde patroon ook bestaat. De kans is groot dat mensen die een bepaalde minderheid accepteren zich tolerant opstellen ten opzichte van alle minderheden. Deze mensen zijn meer flexibel in hun morele oordelen en vinden dat alle mensen gelijk zijn. Adorno veronderstelde dat laagopgeleiden en degenen die door kille, veeleisende ouders zijn opgevoed, de neiging hebben om een autoritaire persoonlijkheid te ontwikkelen. Van kinderen vol boosheid en angstgevoelens veranderen zij in vijandige en agressieve volwassenen.

De cultuurtheorie

De cultuurtheorie stelt dat sommige mensen extreem bevooroordeeld zijn maar dat iedereen in zekere mate bevooroordeeld is. Waarom? Omdat vooroordelen geworteld zijn in de cultuur, zoals de socialeafstandonderzoeken van Bogardus hebben laten zien. Hij kwam tot de ontdekking dat uit alle delen van de VS afkomstige studenten grotendeels dezelfde attitudes (houdingen) hadden ten aanzien van specifieke raciale en etnische categorieën; tot de ene categorie voelden zij meer afstand dan tot andere categorieën.
Ook uit het feit dat minderheden dezelfde attitudes ten aanzien van andere categorieën aan de dag leggen als blanke mensen, kunnen we afleiden dat vooroordelen cultureel bepaald zijn. Je zou kunnen stellen dat individuen vooroordelen hebben omdat zij in een 'cultuur van vooroordelen' leven waarin hun wordt bijgebracht dat sommige categorieën mensen 'beter' of 'slechter' zijn dan andere.

De conflicttheorie

Volgens de conflicttheorie worden vooroordelen door machtige mensen als middel gebruikt om anderen te onderdrukken. Elke elite heeft er profijt van als hun werknemers door onderlinge vooroordelen verdeeld worden. Het gevolg is dat zij er niet in slagen om zich zodanig te verenigen dat zij voor hun gemeenschappelijke belangen kunnen opkomen (Geschwender, 1978; Olzak, 1989).
Een ander conflicttheoretisch argument is afkomstig van Shelby Steele (1990): minderheden stimuleren mensen om zich meer bewust te worden van hun ras om meer macht en privileges te kunnen krijgen. Minderheden vinden dat zij op basis van het verleden slachtoffers genoemd kunnen worden – van bijvoorbeeld slavernij – en recht hebben op een speciale behandeling. Volgens Steele kan deze strategie op korte termijn voordeel opleveren, maar de kans is groot dat er bij blanken of anderen die tegen een 'speciale behandeling' zijn een tegenreactie wordt opgeroepen.

12.3 Discriminatie

Er bestaat een nauwe relatie tussen discriminatie en vooroordelen. **Discriminatie** kan gedefinieerd worden als *de ongelijke behandeling van verschillende categorieën mensen.* Vooroordelen verwijzen naar *at-*

titudes, discriminatie naar de praktijk van het *handelen*. Discriminatie kan een positief (speciale voordelen) of een negatief (het opwerpen van barrières) karakter hebben en kan op subtiele of openlijke wijzen plaatsvinden. Arbeidspsychologe Eva Derous (2007) stuurde bij wijze van experiment voor haar onderzoek sollicitatiebrieven voor bestaande vacatures, met de ene keer een Nederlandse en de andere keer een buitenlandse naam. Brieven met een Marokkaanse naam bleken aanzienlijk minder kans te maken dan brieven met een Nederlandse naam.

In 2012 voerde het Sociaal Cultureel Planbureau een praktijkonderzoek uit, waarbij twintig acteurs met een verschillende etnische achtergrond met precies hetzelfde cv langsgingen bij uitzendbureaus om werk te zoeken. In totaal zijn 460 bezoeken aan uitzendbureaus afgelegd. Alle acteurs spraken perfect Nederlands en waren volgens hun cv 22 of 23 jaar. Van tevoren kregen zij een training om te zorgen dat zij zich exact hetzelfde zouden gedragen bij de bezoeken. De autochtone werkzoekende acteurs hadden 46% kans om door het uitzendbureau werk aangeboden te krijgen, tegenover 28% van de niet-westerse werkzoekenden (SCP, 2012). Volgens de auteurs toonde deze studie aan dat discriminatie niet-westerse migranten op achterstand zet op de arbeidsmarkt. Al in de jaren zeventig liet de antropoloog Frank Bovenkerk (1977) iets vergelijkbaars zien. Discriminatie op de arbeidsmarkt blijkt een hardnekkig verschijnsel dat heel demotiverend kan werken.

KRITISCH DENKEN

Positieve discriminatie: oplossing of probleem?

Positieve discriminatie van allochtonen bij de overheid werkt averechts. Het zet migranten op een dubbele achterstand. Dat stelde in 2007 D66-Kamerlid Fatma Koser Kaya. Koser Kaya reageerde op het voornemen van minister van Binnenlandse Zaken Guusje ter Horst (PvdA) om stagiairs per bevolkingsgroep te werven. Op deze manier hoopte de bewindsvrouw diverser personeel bij de overheid te krijgen. Koser Kaya denkt dat het beter is om de huidige barrières weg te nemen dan over te gaan tot positieve discriminatie. 'Allochtonen neerzetten als slachtoffers stimuleert juist de afhankelijkheid,' stelde het Kamerlid. Eerder al liet een enquête onder sollicitanten zien dat zowel allochtone als autochtone sollicitanten werden afgeschrikt door mededelingen in personeelsadvertenties dat allochtonen bewust werden aangespoord om te reageren. Een werkgever mag alleen de voorkeur geven aan allochtonen als er in een functie beduidend minder allochtonen werken dan in de rest van de regio. Dit betekent niet dat een werkgever sollicitanten uit andere groepen bij voorbaat mag uitsluiten.

Dit soort discussies is niet nieuw. Positieve discriminatie of *affirmative action* is een poging om scheefgroei uit het verleden of het heden in de toekomst te voorkomen door bij gelijke geschiktheid van kandidaten voorkeur te geven aan iemand uit een minderheidsgroep. Waar de blanke autochtone man vaak relatief makkelijk aan een baan geholpen is, moeten vrouwen en allochtonen veel meer barrières overwinnen, zo is de gedachte. En daar kunnen ze bij geholpen worden. Tegenstanders benadrukken dat zo'n aanpak zich vaak tegen de beschermde personen keert. Die worden gezien als 'excuustruus' of als 'knuffelallochtoon' en dat doet de zaak geen goed.

Samenvattend: er zijn argumenten voor en tegen positieve discriminatie aan te voeren, en mensen die meer gelijkheid in de samenleving nastreven, vinden we zowel bij de voor- als bij de tegenstanders. De vraag is niet of mensen ongeacht hun huidskleur of geslacht gelijke kansen moeten hebben, maar of positieve discriminatie een deel van de oplossing of van het probleem is.

VRAGEN

1. Traditioneel hebben samenlevingen mannen meer bevoorrecht dan vrouwen en blanke mensen meer dan mensen met een andere huidskleur. Je zou dus kunnen stellen dat blanke mannen in het verleden meer 'positieve discriminatie' hebben gekend dan wie dan ook. Ben je het daarmee eens? Waarom wel, waarom niet?
2. Wat denk je dat de invloed is van een positieve discriminatiepolitiek op mensen die in de niet-achtergestelde categorieën vallen?
3. Vind je dat universiteiten en hogescholen bij het toelaten van studenten rekening moeten houden met hun achtergrond zodat ongelijkheid wordt weggewerkt? Of vind je het belangrijker dat ze de meest gekwalificeerde studenten toelaten? Licht je antwoord toe.

12.3.1 Institutionele vooroordelen en discriminatie

Meestal denken we bij vooroordelen en discriminatie aan de ideeën of handelingen van bepaalde mensen. Stokely Carmichael en Charles Hamilton (1967) hebben erop gewezen dat de gevolgen van **institutionele vooroordelen en discriminatie** veel schadelijker zijn; dat zijn *vooroordelen die een onderdeel vormen van het functioneren van maatschappelijke instituties*, waaronder scholen, ziekenhuizen, de politie en het bedrijfsleven. Bijvoorbeeld: uit onderzoek is gebleken dat banken, als andere condities zoals inkomen en locatie hetzelfde zijn, vaker hypotheekaanvragen van leden van een minderheid afwijzen dan van blanke mensen (Gotham, 1998; Blanton, 2007). Een ander voorbeeld is het werven van sollicitanten via de eigen netwerken. Dit kan een ingeslepen patroon zijn bij bedrijven en organisaties. Het gevolg is dat nieuwkomers stelselmatig achter het net vissen omdat zij geen deel uitmaken van de bestaande netwerken.

12.3.2 Vooroordelen en discriminatie: de vicieuze cirkel

Vooroordelen en discriminatie versterken elkaar. Het Thomas theorema (zie hoofdstuk 5) geeft een eenvoudige verklaring voor dit verschijnsel: *situaties die als reëel worden gedefinieerd krijgen reële gevolgen* (Thomas & Thomas, 1928; Thomas, 1966, p. 301, oorspronkelijk 1931).

Thomas onderkende dat vooroordelen 'feiten' worden voor mensen die ze geloven en soms ook voor degenen die er het slachtoffer van zijn. Bijvoorbeeld: vooroordelen van blanke mensen ten opzichte van gekleurde mensen kunnen sociale inferioriteit teweegbrengen en de minderheden naar laagbetaalde banen, slechte scholen en aparte woonwijken verdringen. Vervolgens interpreteren blanken de sociale achterstelling van minderheden als een bewijs voor het feit dat ze van nature inferieur zijn en komt er een nieuwe cyclus van vooroordelen en discriminatie op gang. Een vicieuze cirkel. Zie figuur 12.2.

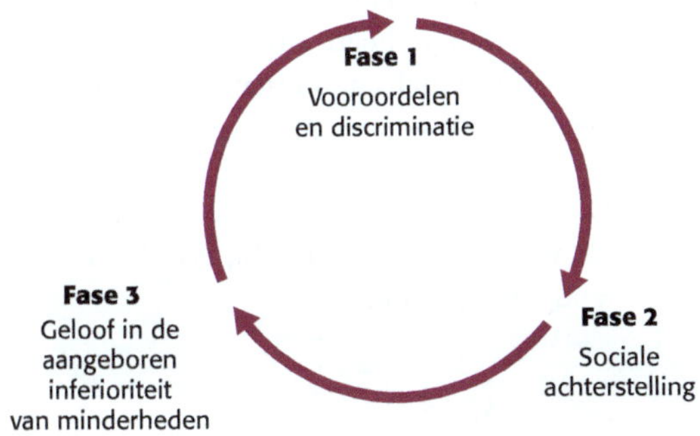

Fase 1: Vooroordelen en discriminatie beginnen vaak als een uiting van etnocentrisme of als een poging om economische uitbuiting te rechtvaardigen.

Fase 2: Vooroordelen en discriminatie hebben tot gevolg dat een minderheid in een sociaal achtergestelde positie terechtkomt en een lage positie in het socialestratificatiesysteem inneemt.

Fase 3: Deze achtergestelde positie wordt niet als een gevolg van vooroordelen en discriminatie gezien, maar beschouwd als een bewijs voor de aangeboren inferioriteit van de minderheid. Dat zet een nieuwe cyclus van vooroordelen en discriminatie in beweging.

Figuur 12.2 Vooroordelen en discriminatie: de vicieuze cirkel

Vooroordeel en discriminatie kunnen een vicieuze cirkel vormen, waardoor de gevolgen hardnekkig zijn.

12.3.3 Migratieprocessen

Elk land heeft een specifieke migratiegeschiedenis. Veel mensen denken dat migratie in de omvang zoals we die nu kennen een nieuw verschijnsel is. Slechts weinigen weten dat Nederland in 1914 bijna een miljoen Belgische vluchtelingen herbergde en dat rond 1600 bijna een derde van de Amsterdamse bevolking in Duitsland was geboren (cmg.nl). Nederland heeft een traditie van migratie. Na de Tweede Wereldoorlog verlieten niet alleen veel Nederlanders het land om hun geluk elders te beproeven, enkele jaren later steeg het aantal nieuwkomers fors. In verband met schaarste op de arbeidsmarkt, in het bijzonder voor laaggeschoolde arbeid, begonnen werkgevers eind jaren vijftig van de

Regelmatig worden er demonstraties gehouden door migranten en hun medestanders, zoals hier in België. Zij eisten een hervorming van de immigratiewetten, mede op grond van het feit dat talloze bedrijven afhankelijk zijn van hun arbeidskracht. Vind jij dat de illegale immigranten een legale status moeten krijgen? Waarom wel, waarom niet?

vorige eeuw met het aantrekken van buitenlandse werknemers: aanvankelijk vooral uit Zuid-Europa (Spanje, Italië), later uit Turkije en Marokko. Spanjaarden en Italianen keerden na verloop van tijd veelal terug naar hun vaderland, terwijl bij Turken en Marokkanen steeds vaker sprake was van gezinshereniging en meer permanente migratie. Andere nieuwkomers waren afkomstig uit de (voormalige) Nederlandse koloniën: de Indische Nederlanders en Molukkers, later de migranten uit Suriname en de Antillen. Bovendien kwamen er vluchtelingen naar Nederland. Aanvankelijk was hun aantal beperkt – ze waren bijvoorbeeld afkomstig uit Sri Lanka, Vietnam en Turkije – maar vanaf de jaren tachtig van de twintigste eeuw arriveerden grotere groepen uit onder meer voormalig Joegoslavië, Iran en Afrika. In de jaren negentig leidde dit tot een gevoel van crisis omdat de overheid weinig grip leek te hebben op de immigratie. Het gevolg was een sterke aanscherping van het asielbeleid. Tegelijkertijd kreeg de overheid ook meer oog voor ongewenste migratie, ze begon illegaal verblijf tegen te gaan (Burgers & Engbersen, 1999). Migranten die illegaal in een land verblijven hebben niet de toestemming daar te verblijven. Zij lopen de kans te worden opgepakt en uitgezet.
Door de mondialisering en de toegenomen communicatietechnologie heeft internationale migratie wereldwijd een grote vlucht genomen. Er zijn altijd push- en pullfactoren aan te wijzen, zoals verschillen tussen arm en rijk, verschillen in werkgelegenheid en conflicten en oorlogen. Daarnaast spelen ook sociale netwerken een belangrijke rol. Veel migranten gaan bij voorkeur naar plaatsen waar al landgenoten zijn.

Ook veranderende verhoudingen tussen landen kunnen migratieprocessen beïnvloeden. Zo vond in 2004 een forse uitbreiding van de Europese Unie plaats: tien nieuwe staten traden toe, waaronder Polen. In 2007 werden Bulgarije en Roemenië lid van de EU. Binnen de EU geldt vrij verkeer van burgers, wat inhoudt dat iedere 'EU-burger' zich vrij mag vestigen in alle lidstaten. In 2007 kregen arbeidsmigranten uit Midden- en Oost-Europese landen die in 2004 waren toegetreden tot de Europese Unie ook vrije toegang tot de Nederlandse arbeidsmarkt. Vanaf 2014 geldt dat ook voor Bulgarije en Roemenië .
Sinds deze oostwaartse uitbreiding van de EU heeft zich in meer welvarende landen zoals Nederland een grote populatie migranten gevestigd uit Midden- en Oost-Europa. Volgens cijfers van het CBS is de migrantenstroom uit westerse landen sinds 2005 verdubbeld (CBS StatLine, 2012). Een op de drie westerse migranten komt uit Polen, Roemenië of Bulgarije. De werkgelegenheid en de hoogte van de lonen oefenen de grootste aantrekkingskracht uit op Midden- en Oost-Europeanen om naar Nederland te komen.
Veel arbeidsmigranten werken in de tuinbouw- en bouwsector (Tweede Kamer, 2011-2012).
Voor de nieuwe migranten is veel aandacht in de media en politiek. Soms is dit heel negatief. Denk aan het 'Polenmeldpunt' dat de Partij voor de Vrijheid in 2012 instelde, waar mensen konden klagen over overlast veroorzaakt door Polen of over hun banen die door Polen, Roemenen of Bulgaren werden 'ingepikt'.
In 2011 werd door de Tweede Kamer een commissie ingesteld om mogelijke problematiek rondom de recente arbeidsmigratie te onderzoeken. Als algemene conclusie stelde de commissie dat Nederland "niet in staat is geweest de toestroom van arbeidsmigranten uit Midden- en Oost- Europa in goede banen te leiden". De commissie is "geschrokken" van het grote aantal malafide uitzendbureaus, de lage lonen en de slechte en dure huisvesting voor arbeidsmigranten (pag. 7). De commissie deed aanbevelingen aan het kabinet om malafide uitzendbureaus te bestrijden en te zorgen dat provincies en gemeenten gezamenlijk een huisvestingsbeleid zouden ontwikkelen (Tweede Kamer, 2011-2012).

12.4 Meerderheid en minderheid: interactiepatronen

In de sociale wetenschappen worden de interacties tussen leden van de meerderheid en de leden van minderheden in termen van vijf modellen beschreven: pluralisme, assimilatie, segregatie, integratie en genocide.

12.4.1 Pluralisme

Pluralisme kan gedefinieerd worden als een situatie waarin mensen zich op basis van hun etnische achtergrond van elkaar onderscheiden, maar een gelijke sociale status hebben. Met andere woorden: mensen zijn gelijk, ondanks hun verschillen in uiterlijk en sociale achtergrond. In de VS en Nederland zijn alle mensen voor de wet gelijk. Maar vooral de VS kent heel veel etnische enclaves waarin mensen graag laten zien dat ze afstammen van mensen uit een andere cultuur. Denk maar aan Spanish Harlem, Little Italy en Chinatown in New York. Maar ook aan Little Saigon in Chicago en Latino East in Los Angeles. In Nederland bestaat deze traditie minder, maar doet de overheid de laatste jaren bijvoorbeeld pogingen om een herkenbaar Chinatown in Amsterdam en Den Haag te stimuleren. Het idee is dat door deze thematisering van wijken meer mensen worden aangetrokken, wat goed is voor de economie.
Kan Nederland een pluralistische samenleving genoemd worden? Wat betreft het gegeven dat er mensen met veel verschillende achtergronden wonen én het gegeven dat alle mensen voor de wet gelijk zijn, wel. Maar de praktijk is weerbarstig. En wel om drie redenen:

1 De meeste inwoners hechten waarde aan hun culturele achtergrond, maar slechts weinigen willen een omgeving waarin zij alleen maar te maken hebben met mensen die precies hetzelfde zijn.

2 De tolerantie voor sociale diversiteit heeft grenzen. Er ontstaan ook tegenreacties zoals het sterk vasthouden aan de Nederlandse identiteit.

3 Gebleken is dat mensen met andere huidskleuren en achtergronden geen gelijke sociale status hebben. Er zijn nog altijd veel allochtone kinderen die opgroeien in achterstand.

12.4.2 Assimilatie

Veel mensen beschouwen de VS als een smeltkroes van meerdere nationaliteiten. Het is alleen niet zo dat iedereen in een nieuw cultuurpatroon wordt 'gesmolten'. De meeste minderheden hebben de al bestaande dominante cultuur overgenomen. Waarom? Omdat dat de weg naar boven (opwaartse sociale mobiliteit) is en een manier om aan de vooroordelen en discriminatie te ontsnappen die duidelijk herkenbare vreemdelingen ten deel valt. Sociologen gebruiken het begrip **assimilatie** voor *het proces waarmee minderheden zich langzamerhand de patronen van de dominante cultuur eigen maken.* Assimilatie bestaat onder meer uit het veranderen van kledingstijl, waarden, religie, taal en vrienden. De druk vanuit de omgeving om te assimileren kan ook heel sterk zijn.
De mate van assimilatie verschilt per categorie. Bijvoorbeeld: Nederlanders in het buitenland assimileren meer dan Dominicanen; Canadezen hebben zich meer vermengd dan Cubanen; Duitsers meer dan Japanners. Voorstanders van het multiculturalisme vinden assimilatie geen goed doel, omdat het suggereert dat de minderheden 'het probleem' zijn en dat alleen zij moeten veranderen.

12.4.3 Segregatie

Onder **segregatie** verstaan we *de fysieke en sociale afscheiding van categorieën mensen.* Sommige minderheden, zoals Japanners in Nederland, scheiden zich vrijwillig af. Maar gewoonlijk segregeert een meerderheid minderheden ook door hen uit te sluiten. Dat geldt voor wijken, scholen, beroepen, ziekenhuizen en zelfs begraafplaatsen. Pluralisme stimuleert culturele diversiteit zonder achterstelling; segregatie gaat ten koste van een minderheid. In de Nederlandse steden zijn er stadswijken waar de bevolking grotendeels allochtoon is en stadswijken waar die bevolking hoofdzakelijk autochtoon is Ook op landelijk niveau is er sprake van ongelijke verdeling: in sommige provincies en steden wonen meer allochtonen dan in andere provincies en steden. In de vier grote steden wonen de meeste allochtonen en daarbinnen wonen zij ook vaak in de mindere wijken en buurten. De ruimtelijke segregatie is stabiel of neemt zelfs af (Musterd & Van Kempen, 2009), maar door de toename van het aantal allochtonen neemt de kans dat allochtonen en autochtonen elkaar ontmoeten af.

In het afgelopen decennium is het aantal niet-westerse allochtonen in Nederland met ongeveer een kwart gestegen, naar ongeveer 11,7 procent van de bevolking in 2013 (zie tabel 12.1). Als gevolg daarvan is tussen 2003 en 2009 het aantal gemengde buurten flink toegenomen (met 15 procent) tot bijna 3.500 (CBS StatLine, 2010). In 1998 telde Nederland 23 postcodegebieden met minimaal de helft van de bevolking van niet-westerse origine. Per januari 2011 zijn dat er 52, waarvan zeven met meer dan driekwart niet-westers. De 'verkleuring' van buurten komt door verhuizingen, maar ook doordat onder de niet-westerse allochtonen het aantal geboorten hoger en het aantal sterftegevallen lager is dan onder de autochtone bevolking van deze buurten (SCP, 2012, p. 180).
Segregatie is ook zichtbaar in het onderwijs. Bijna de helft van de niet-westerse leerlingen gaat naar zogenaamde gekleurde scholen, tegenover acht procent van de autochtone leerlingen. Over de wenselijkheid van 'zwarte' en 'witte' scholen is jarenlang veel discussie geweest, maar er zijn weinig concrete stappen zijn gezet om deze verdeling tegen te gaan. Een meer evenwichtige spreiding wordt wel als maatschappelijk wenselijk gezien, maar is lastig en in niemands persoonlijk belang. Ouders willen vrij kunnen kiezen, óók de allochtone ouders (Karsten, 2005). Bovendien kiest de landelijke overheid ervoor zich meer te richten op de kwaliteit van scholen dan op de samenstelling van de leerlingenpopulatie.
In de VS kent de segregatie van rassen een lange geschiedenis, te beginnen met de slavernij en gevolgd door een periode van gescheiden wijken, scholen, bussen en treinen. Uitspraken zoals in het geval-Brown uit 1954 hebben de *de jure* (bij de wet) discriminatie verminderd. Maar de *de facto* (feitelijke) segregatie duurt voort, bijvoorbeeld in de vorm van wijken waarin alleen maar mensen van één bepaald ras wonen.
In Nederland is het bevorderen van gemengde wijken onderwerp van grootstedelijk beleid. Vanwege aanhoudende problemen in achterstandswijken en met het doel om segregatie tegen te gaan, richten bestuurders zich vaak op sociale menging van achterstandswijken. Zij komen met plannen voor het verkopen van sociale huurwoningen tot en met een vestigingsverbod voor armere inwoners. Er is veel discussie over de vraag of dit beleid van sociale menging wel effectief is: lost sociale menging de problemen wel op of verplaatst ze die? (PBL, 2005) En is het buitensluiten van bepaalde categorieën bewoners, zoals in Rotterdam gebeurt, niet een vorm van discriminatie? (Van Eijk, 2012)

zelf aan zet

Zijn er in de plaats waar jij woont wijken die voornamelijk door minderheden bewoond worden? Welke categorie mensen woont daar? Tot op welke hoogte is jouw woonplaats etnisch gesegregeerd?

12.4.4 Integratie

Een andere mogelijkheid die zich onderscheidt van segregatie en assimilatie is de in Nederland nagestreefde **integratie**. Een onderzoekscommissie (de commissie-Blok) formuleerde de volgende definitie: een persoon of groep is geïntegreerd in de Nederlandse samenleving *wanneer er sprake is van gelijke juridische positie, gelijkwaardige deelname op sociaal-economisch terrein, kennis van de Nederlandse taal en wanneer gangbare waarden, normen en gedragspatronen worden gerespecteerd*. Integratie is een tweezijdig proces: enerzijds wordt van nieuwkomers verwacht dat zij bereid zijn te integreren, anderzijds moet de Nederlandse samenleving die integratie mogelijk maken (commissie-Blok, 2004, p. 105). De commissie-Blok werd ingesteld naar aanleiding van het artikel 'Het multiculturele drama' in *NRC Handelsblad*, waarmee Paul Scheffer in 2000 een groot debat over integratie uitlokte. Hij zei daarin: 'Waarom denken we het ons te kunnen veroorloven generaties immigranten te zien mislukken en een verondersteld reservoir aan talent onbenut te laten? En waaraan ontlenen we het vertrouwen dat alles wel op zijn pootjes terecht zal komen?' Het is onmiskenbaar dat sinds die tijd Nederland is opgeschoven in de richting van assimilatie, hoewel veel beleid nog steeds uitgaat van de integratiegedachte.
Het integratiebeleid vormt onderdeel van een breder beleid met betrekking tot de versterking van de samenhang in de samenleving en burgerschap. Sinds 2010 is er een nieuwe wending in het integratiebeleid gekomen. Algemeen beleid staat voortaan voorop (Coello *et al.*, 2013). Specifieke gelden, voorzieningen en regelingen voor migranten en hun kinderen zijn niet langer wenselijk. Een belangrijk uitgangspunt is dat integratie vooral een verantwoordelijkheid is van degenen die zich duurzaam vestigen in Nederland. Van iedere burger mag verwacht worden om – naar vermogen – een bijdrage te leveren aan de samenleving en daarin zelfredzaam te zijn. Die burgerschapseis geldt volgens de over-

heid net zo goed voor wie in Nederland geboren is, als voor wie op latere leeftijd hiernaartoe komt vanuit het buitenland (ministerie van BZK, 2011).

12.4.5 Genocide

Genocide bestaat uit *het systematisch uitroeien van een bepaalde categorie mensen door een andere categorie.* Deze dodelijke vorm van racisme en etnocentrisme schendt vrijwel elke denkbare morele norm, maar heeft zich toch meerdere malen in de geschiedenis van de mensheid gemanifesteerd.

In de contacten tussen Europeanen en de oorspronkelijke inwoners van Noord-, Midden- en Zuid-Amerika kwam genocide veelvuldig voor. Vanaf de zestiende eeuw hebben Spanjaarden, Portugezen, Engelsen, Fransen en Hollanders er alles aan gedaan om zo veel mogelijk delen van de wereld te koloniaIiseren. Degenen die zich tegen hen verzetten werden om het leven gebracht, hoewel de meeste oorspronkelijke bewoners stierven aan de door de Europeanen meegebrachte ziekten, waar zij geen natuurlijke afweer tegen hadden (Matthiessen, 1984; Sale, 1990).

Genocide was in de twintigste eeuw evenmin een onbekend verschijnsel. In de periode van 1935 tot 1945 hebben de nazi's meer dan 6 miljoen Joodse mannen, vrouwen en kinderen vermoord, evenals homoseksuelen, zigeuners en gehandicapten. De Sovjetdictator Josef Stalin moordde op nog grotere schaal. Tijdens zijn bewind werden ongeveer 30 miljoen echte en denkbeeldige vijanden van zijn regime omgebracht. Tussen 1975 en 1980 doodde het communistische bewind van Pol Pot alle 'kapitalisten' uit Cambodja. Daaronder vielen ook alle inwoners die een westerse taal spraken. Ongeveer 2 miljoen mensen (25 procent van de bevolking) vonden de dood (Shawcross, 1979).

En het houdt maar niet op. Recente voorbeelden zijn de Hutu's die de Tutsi's afmaakten (in Rwanda), de Serviërs die het op de Bosniërs gemunt hadden (in voormalig Joegoslavië) en de dood van honderdduizenden in Darfur (in Soedan).

De genoemde patronen van interacties tussen minder- en meerderheden zijn bekende verschijnselen over de hele wereld. Veel Nederlanders zijn in verwarring over de integratie en de multiculturele samenleving waar ze lange tijd van uitgingen en schuiven op van pluralisme in de richting van assimilatie. Bovendien zien we ook duidelijke segregatie, bijvoorbeeld in het onderwijs. Aan de andere kant zijn er ook integratiesuccessen geboekt en doen vooral veel tweedegeneratiemigranten het heel goed in Nederland. Dat laatste is in de verhitte debatten van de laatste jaren nogal ondergesneeuwd geraakt.

SOCIOLOGIE TOEPASSEN

1. Heeft jouw onderwijsinstelling een beleid ten aanzien van studenten met een migrantenachtergrond? Zoek ernaar op de website of praat erover met docenten.

2. Misschien heb je zelf een migrantenachtergrond, misschien een deel van je medestudenten. Interview elkaar eens over jullie ervaringen in het dagelijks leven en vergelijk de uitkomsten met elkaar.

3. Hoe vaak kom je in een multi-etnische wijk? Als je zo nu en dan een stad bezoekt, maak er dan een gewoonte van om ook eens een bezoek te brengen aan buurten waar veel mensen vanuit verschillende achtergronden wonen en ga eens wat winkels binnen.

SLAGEN VOOR HET TENTAMEN **SAMENVATTING VAN HOOFDSTUK 12**

DE SOCIALE BETEKENIS VAN RAS EN ETNICITEIT

Het begrip **ras** verwijst naar, op biologische kenmerken gebaseerde, sociaal geconstrueerde categorieën die een samenleving als belangrijk definieert.

- De betekenis en belang van ras verschilt naar plaats en tijd.
- Samenlevingen gebruiken raciale categorieën om mensen in een hiërarchie te classificeren, waarbij aan sommige mensen meer macht, geld en prestige wordt gegeven dan anderen.
- In het verleden hebben wetenschappers drie brede categorieën gecreëerd: caucasoïde, mongoloïde en negroïde, maar er bestaan geen zuivere biologische rassen.

p. 352-354

Het begrip **etniciteit** verwijst naar, op culturele kenmerken gebaseerde, sociaal geconstrueerde categorieën die een samenleving als belangrijk definieert.

- Etniciteit staat voor gemeenschappelijke voorouders, taal en religie.
- Het belang dat gehecht wordt aan etniciteit verschilt naar plaats en tijd.
- Mensen kiezen ervoor om hun etniciteit te benadrukken of af te zwakken.
- Samenlevingen kunnen op basis van etnische verschillen bepaalde categorieën mensen een aparte status geven.

p. 350-352

✔ **Minderheden zijn mensen uit verschillende raciale en etnische categorieën die zichtbaar anders zijn en achtergesteld worden.**

VOOROORDELEN EN STEREOTYPEN

Een **vooroordeel** is een rigide en misplaatste generalisatie over een categorie mensen.

- De socialeafstandschaal kan gebruikt worden om vooroordelen te meten.
- Een **stereotype** is een soort vooroordeel: een overtrokken beschrijving die op elk lid van een bepaalde categorie wordt toegepast.
- **Racisme** is een uiterst destructieve vorm van vooringenomenheid die stelt dat een bepaald ras superieur of inferieur is aan een ander ras.

p. 356-360

Er bestaan vier **theorieën over vooroordelen**:

- De *zondeboktheorie* stelt dat vooroordelen het gevolg zijn van de frustraties die een achtergestelde positie met zich meebrengt.
- De *theorie van de autoritaire persoonlijkheid* (Adorno) stelt dat vooringenomenheid een persoonlijkheidseigenschap is van sommige individuen, vooral van laagopgeleiden en mensen die door kille, veeleisende ouders zijn groot gebracht.
- De *cultuurtheorie* (Bogardus) stelt dat vooroordelen in de cultuur zijn geworteld; we leren bij sommige categorieën mensen meer afstand te voelen.
- De *conflicttheorie* stelt dat mensen die de macht hebben vooroordelen gebruiken om de bevolking te verdelen en onder controle te houden.

p. 360-361

DISCRIMINATIE

Discriminatie verwijst naar de acties waarmee een individu verschillende categorieën mensen als ongelijk behandelt.

- Vooroordelen verwijzen naar *attitudes*, discriminatie naar gedrag.
- De begrippen institutionele vooroordelen en discriminatie verwijzen naar een ingebouwd mechanisme in het functioneren van maatschappelijke instituties, zoals scholen, ziekenhuizen, politie en bedrijven.
- Vooroordelen en discriminatie houden zichzelf in stand in een vicieuze cirkel. De sociale achterstelling roept weer nieuwe vooroordelen en vormen van discriminatie op.

p. 361-363

SLAGEN VOOR HET TENTAMEN **VERVOLG**

MEERDERHEID EN MINDERHEID: INTERACTIEPATRONEN

Pluralisme houdt in dat raciale en etnische groepen, hoewel ze anders zijn, een min of meer gelijke sociale status hebben.

p. 365

Assimilatie: het proces waarmee minderheden geleidelijk de patronen van de dominante cultuur overnemen.

p. 365

Segregatie bestaat uit het fysiek en sociaal afscheiden van vestiging (van Japanners in Nederland bijvoorbeeld). Maar meestal is de segregatie een initiatief van de meerderheid. Minderheden worden uit bepaalde wijken, scholen en beroepen geweerd.

- *De jure* segregatie wordt door de wet geregeld; *de facto* segregatie beschrijft situaties waarin alleen mensen uit één bepaalde categorie vertegenwoordigd zijn.
- Hypersegregatie: wanneer er weinig contacten met mensen buiten de lokale gemeenschap bestaan.

p. 365-366

Genocide is het systematisch uitroeien van een categorie mensen door een andere bevolkingsgroep.

- Historische voorbeelden van genocide zijn het vernietigen van de joden door de nazi's en van Cambodjanen door het bewind van Pol Pot.
- Er vindt in deze tijd nog steeds genocide plaats, zoals Hutu's die Tutsi's en Serviërs die Bosniërs doden.

p. 367

De intersectietheorie onderzoekt de intersectie van ras, klasse en gender. Factoren die in combinatie voor bepaalde categorieën mensen specifieke nadelen met zich meebrengen.

- Vrouwen met een niet-blanke huidskleur ondervinden meer sociale nadelen dan blanke vrouwen en verdienen minder dan blanke mannen.
- Omdat vrouwen een afzonderlijke sociale identiteit hebben en achtergesteld worden, kunnen zij ook gezien worden als een minderheid, ook al hebben veel blanke vrouwen een ander beeld van zichzelf.

SLAGEN VOOR HET TENTAMEN **MEERKEUZEVRAGEN**

1 Het begrip ras verwijst naar ... die de samenleving belangrijk vindt, en het begrip etniciteit verwijst naar ... .
a. biologische kenmerken; culturele kenmerken
b. culturele kenmerken; biologische kenmerken
c. verschillen; wat we gemeen hebben
d. wat we gemeen hebben; verschillen

2 Een minderheid wordt gedefinieerd als een categorie mensen die
a. fysieke kenmerken bezit die hen anders maken;
b. minder dan de helft van de totale bevolking uitmaakt;
c. zowel anders is als achtergesteld wordt;
d. een lager dan gemiddeld inkomen heeft.

3 Een vooroordeel is een oordeel dat
a. positief of negatief kan zijn;
b. altijd negatief is;
c. altijd positief is;
d. neutraal is.

4 Onderzoek met Bogardus' socialeafstandschaal heeft uitgewezen dat Amerikaanse studenten
a. minder bevooroordeeld zijn dan 50 jaar geleden;
b. van mening zijn dat Arabieren en moslims uit het land geweerd moeten worden;
c. het sterkste vooroordeel tegen Afro-Amerikanen hebben;
d. a, b, en c zijn juist.

5 Vooroordelen zijn een kwestie van ..., discriminatie is een kwestie van ... .
a. biologie; cultuur
b. attitudes; gedrag
c. keuze; sociale structuur
d. wat rijke mensen denken; wat rijke mensen doen

6 Nederland is geen volledig pluralistisch land, omdat
a. een deel van de allochtone kinderen nog altijd opgroeit in achterstand;
b. autochtonen zich soms verzetten tegen veranderingen;
c. verschillende etnische categorieën geen gelijkwaardige sociale status hebben;
d. a, b, en c zijn juist.

Denk je dat seksualiteit puur een **biologisch verschijnsel** is? Denk dan nog eens goed na. Seksualiteit is een **maatschappelijk verschijnsel** dat een belangrijke rol speelt in het dagelijks leven.

14

SEKSUALITEIT

- *Wat* hield de seksuele revolutie in en welke veranderingen heeft deze teweeggebracht?
- *Waarom* willen samenlevingen het seksuele gedrag van mensen controleren?
- *Welke* rol speelt seksualiteit bij sociale ongelijkheid?

Het stof stuift op als de volle bus in het centrum van Bagdad bij een halte stopt. De 25-jarige Ali komt als eerste naar buiten. Hij loopt gehaast langs de stalletjes en winkels, tot hij bij een smalle, donkere steeg komt. Hij gaat deze in en halverwege gaat hij ergens naar binnen, de smalle deur stond open. Ali gaat naar binnen bij Abu Abdullah's, een populair bordeel in de Irakese hoofdstad.

Ali woont in een dorp, 60 kilometer ten westen van Bagdad. Hij is niet getrouwd. 'Ik heb niet genoeg geld om te trouwen, daarom ga ik hier naartoe,' vertelt Ali. Het kost hem anderhalve euro.

Prostitutie was verboden onder het regime van Saddam Hussein, en werd zwaar bestraft. Vrouwen die wegens prostitutie veroordeeld werden, kregen de doodstraf (zij werden onthoofd). Maar dat veranderde volledig na de invasie van de door de Amerikanen geleide coalitie (2003). De wet tegen de prostitutie wordt zelden nog gehandhaafd en er verschenen overal bordelen in Bagdad.

We vragen Ali naar de veranderingen sinds de val van Saddam Hussein. Ali haalt zijn schouders op, glimlacht en antwoordt: 'We zijn nu vrij.' Maar niet iedereen vindt deze vrijheid een goede zaak. Veel Irakezen geloven dat prostitutie, de komst van seksbioscopen en de op internet beschikbare pornografie de Irakese samenleving ondermijnen. Sommigen geven de VS de schuld van het in hun ogen morele verval (Caryl, 2003).

De discussie over de positie die seksualiteit in de Irakese samenleving zou moeten innemen, zal nog wel een aantal jaren voortduren. Maar deze discussie wordt ook in de westerse wereld gevoerd, zoals debatten over prostitutie, pornografie en de hoeveelheid seks op televisie en in films. We zullen in dit hoofdstuk stilstaan bij de maatschappelijke betekenis van seksualiteit en de kennis over seksuele gedragspatronen die onderzoekers verzameld hebben. We zullen zien dat de attitudes met betrekking tot seksualiteit wereldwijd verschillen en dat de opvattingen over seks in de westerse wereld de laatste honderd jaar ingrijpend veranderd zijn. We zullen ook aandacht besteden aan enkele actuele onderwerpen op het gebied van seksualiteit, zoals de rechten van homoseksuelen, tienerzwangerschappen, prostitutie en verkrachting. De veranderende opvattingen over seksualiteit hangen nauw samen met opvattingen over de rol en positie van mannen en vrouwen in de samenleving, zoals al verschillende malen in dit boek is besproken.

14.1 Seksualiteit begrijpen

Zijn er veel momenten op een dag dat je gedachten *niet* op een of andere manier met seksualiteit te maken hebben? Nee, niet veel momenten, zullen de meeste mensen antwoorden. Seksualiteit omvat veel meer dan het hebben van seks. Het thema seksualiteit komen we overal tegen: tijdens je opleiding, op de werkplek en met name in de massamedia. In de seksindustrie (pornografie en prostitutie) gaan enorme sommen geld om, naar schatting wereldwijd ongeveer 100 miljard. Vooral de porno-industrie verdient grootschalig sinds seks en porno via internet worden verspreid. Seksualiteit speelt een belangrijke rol in ons zelfbeeld en het beeld dat anderen van ons hebben. Op welke gebieden van het sociale leven speelt seksualiteit geen rol?

Dit neemt niet weg dat seks in de westerse wereld lange tijd een taboeonderwerp is geweest. Mensen spraken er niet over. Seks kan veel aangename gevoelens teweegbrengen, maar ook gevoelens van verwarring, spanning en angst. Zelfs de wetenschap heeft zich lange tijd, tot omstreeks halverwege de vorige eeuw, blind gehouden voor dit onderwerp. Sindsdien zijn we veel te weten gekomen over deze vitale dimensie van het sociale leven.

14.1.1 Sekse als biologisch verschijnsel

Het begrip **sekse** of geslacht verwijst naar *de biologische verschillen tussen vrouwen en mannen.* Vanuit het biologisch perspectief gezien is seks identiek aan de wijze waarop mensen zich voortplanten. De

Schoonheid is een waardeoordeel, beweren we. Een uitspraak die naar de rol van culturele factoren verwijst als het erom gaat wat we aantrekkelijk vinden. De afgebeelde mensen, uit Kenia, Arizona, Saoedi-Arabië, Thailand, Ethiopië en Ecuador worden door de mensen uit hun eigen samenleving als mooi bestempeld. Sociobiologen wijzen er tegelijkertijd op dat jeugdigheid in elke samenleving aantrekkelijk wordt gevonden. Waarom? Omdat volgens sociobiologen aantrekkelijkheid onze keuzes met betrekking tot de voortplanting beïnvloedt, keuzes die vooral door jongvolwassenen gemaakt worden. Ook gelijkmatige trekken en een bepaalde *hip-to waist* verhouding spelen een rol: https://en.wikipedia.org/wiki/Physical_attractiveness.

combinatie van een vrouwelijke eicel en een mannelijke zaadcel (beide bevatten 23 chromosomen, biologische codes die de ontwikkeling bepalen), resulteert in een bevrucht embryo. Aan een van de chromosomenparen, het paar dat het geslacht van een kind bepaalt, draagt de moeder een X-chromosoom en de vader een X- of een Y-chromosoom bij. Een X van de vader resulteert in een vrouwelijk (XX) embryo, een Y in een mannelijk (XY) embryo. Op het moment van de conceptie wordt de sekse van een kind biologisch bepaald.

Het geslacht van een embryo is van invloed op de ontwikkeling. Bij een mannelijk embryo vormt zich testiculair weefsel dat testosteron gaat produceren, een hormoon dat de groei van de mannelijke geslachtsorganen op gang brengt. Een embryo ontwikkelt vrouwelijke geslachtsorganen als er weinig testosteron is.

zelf aan zet

Kijk naar de zes foto's. Wat denk je, wordt wat mensen in een bepaalde samenleving mooi vinden vooral door biologische of door culturele factoren bepaald? Licht je antwoord toe.

14.1.2 Seks en het lichaam

Vrouwen hebben andere lichamelijke kenmerken dan mannen. Vanaf de geboorte hebben beide seksen verschillende **primaire geslachtskenmerken**, *de genitaliën, de organen die we voor de voortplanting gebruiken*. In de puberteit, de periode waarin we geslachtsrijp worden, komen nog meer verschillen tot ontwikkeling, de **secundaire geslachtskenmerken**, *lichamelijke kenmerken (los van de genitaliën) die biologisch rijpe vrouwen en mannen van elkaar onderscheiden*. Seksueel rijpe vrouwen hebben bredere heupen om te kunnen baren, borsten die melk kunnen produceren om zuigelingen te kunnen voeden,

en zacht vetweefsel dat tijdens de zwangerschap en de periode dat zij borstvoeding geven als reserve dient. Seksueel rijpe mannen hebben meer spierontwikkeling in het bovenlichaam, meer beharing en zwaardere stemmen. Het gaat hier natuurlijk om algemene verschillen. Sommige mannen zijn minder gespierd, minder behaard en hebben een hogere stem dan sommige vrouwen.
Bedenk dat de term geslacht of sekse niet hetzelfde betekent als de term gender. Het begrip *gender* is een cultureel element dat verwijst naar de persoonlijke kenmerken en gedragspatronen (waaronder verantwoordelijkheden, kansen en voorrechten) die een cultuur aan het vrouw-zijn en het man-zijn verbindt. Verder in dit hoofdstuk blijkt dat sekse een belangrijke sociale dimensie van ongelijkheid is.

Interseksuele mensen

Het geslacht van een individu is niet altijd even duidelijk. De term **interseksuele mensen** verwijst naar mensen van wie het lichaam (ook de geslachtsorganen) zowel vrouwelijke als mannelijke kenmerken vertoont. Voorheen werden zij *hermafrodieten* genoemd, naar Hermaphroditus, een kind van de mythologische Griekse goden Hermes en Aphrodite, dat beide seksen belichaamde. In Nederland worden jaarlijks enkele tientallen kinderen met een onduidelijk geslacht geboren.
Maar volgens de maatschappij bestaan er alleen meisjes en jongens, bij de geboorteaangifte moeten ouders immers het geslacht van het kind vermelden. In de westerse wereld reageren sommigen verward of afkerig op het bestaan van interseksuele mensen. In andere culturen ligt dat verschillend. De Pokot (Oost-Afrika) besteden weinig aandacht aan dit verschijnsel, voor hen is het een speling der natuur. En de Navajo (VS) kijken met ontzag naar interseksuele mensen omdat zij de mogelijkheden van de vrouw en de man belichamen.

Transseksuelen

Transseksuelen zijn *mensen die het gevoel hebben dat zij van een bepaald geslacht zijn, terwijl zij biologisch tot het andere geslacht behoren*. Enkele duizenden mensen in Nederland kennen het gevoel dat zij gevangen zitten in het lichaam van het verkeerde geslacht en willen tot het andere geslacht behoren. De meesten van hen ontdoen zich van de conventionele ideeën over het uiterlijk en het gedrag van vrouwen en mannen. Velen van hen gaan nog een stap verder en kiezen voor *geslachtsveranderende* operaties, meestal aangevuld met hormoonbehandelingen. Dit is een complexe medische behandeling die maanden, zelfs jaren in beslag kan nemen, maar die veel mensen het gevoel geeft dat hun uiterlijke kenmerken overeenkomen met hun innerlijke gevoelens (Gagné *et al.*, 1997). In Nederland is het genderteam van de Vrije Universiteit van Amsterdam bekend vanwege de geslachtsveranderende operaties die zij, na langdurige screening, uitvoeren.

zelf aan zet

Sinds enkele jaren vergoeden Nederlandse verzekeringsbedrijven niet meer alle kosten van een geslachtsverandering. Vind je dit terecht? Waarom wel, waarom niet?

14.1.3 Seks als cultureel verschijnsel

Onze seksualiteit heeft een biologische basis, maar is, zoals met zo veel aspecten van ons gedrag het geval is, ook een cultureel fenomeen. Het paargedrag van sommige dieren kan wellicht langs biologische weg verklaard worden, maar de mens mist een vergelijkbaar biologisch programma. We kennen een bepaalde biologische drijfveer, in de zin dat mensen seks aangenaam vinden en seksuele activiteiten willen ontplooien, maar onze biologie dicteert niet hoe we ons seksueel moeten gedragen. Net zomin als dat onze behoefte om voedsel tot ons te nemen bepaalde voedingsmiddelen of tafelmanieren voorschrijft.

Culturele variatie

Vrijwel elke seksuele gewoonte kan van samenleving tot samenleving verschillen. Uit het baanbrekende onderzoek van Alfred Kinsey en zijn collega's (1948) bleek dat de meeste Amerikaanse echtparen maar op één manier seks met elkaar hadden: de man boven, de vrouw onder, de gezichten naar elkaar toe. Op de eilanden in de Stille Zuidzee was deze houding totaal onbekend. Toen de bewoners door toedoen van westerse missionarissen met deze positie kennismaakten, noemden zij het spottend de 'missionarissenhouding'. De meest gebruikelijke houding daar was namelijk dat de vrouw op handen en voeten voor de man zit ('op z'n hondjes').
Zelfs het tonen van affectie verschilt van samenleving tot samenleving. In de westerse wereld kussen

mensen elkaar in het openbaar, in China bestaat deze gewoonte niet. De Fransen geven bij een begroeting twee kussen, op elke wang één. In Nederland bestaat de gewoonte om het drie keer te doen (overigens bestaat deze gewoonte pas sinds de jaren tachtig en in Brabant al iets eerder). De Maori's uit Nieuw-Zeeland wrijven hun neuzen tegen elkaar en de meeste mensen in Nigeria kussen helemaal niet. Deze verschillen in het tonen van affectie komen vaak naar voren als je mensen uit een ander land ontmoet en die gaat begroeten. Veel buitenlanders raken nogal verward over de drie kussen die Nederlanders hun vrienden en soms ook kennissen geven.

Ook zedigheid is een cultureel variabel verschijnsel. Stel dat een vrouw in bad zit en dat er iemand onverwacht binnenkomt. Welk lichaamsdeel zal zij dan bedekken? Een islamitische vrouw zal, volgens Helen Colton (1983), haar gezicht bedekken, een vrouw uit Laos haar borsten, een vrouw van Samoa haar navel, een inwoonster van Sumatra haar knieën en een Europese vrouw met één hand haar borsten en met de andere haar vagina.

Sommige samenlevingen proberen de seksualiteit zo veel mogelijk aan banden te leggen, andere laten meer toe. In China bijvoorbeeld zijn de maatschappelijke regels van dien aard dat slechts weinigen seks voor het huwelijk hebben. In de westerse wereld zijn seks voor het huwelijk en seks om de seks de laatste decennia min of meer gewone verschijnselen geworden.

14.1.4 Het incesttaboe

Houden samenlevingen er altijd verschillende meningen over seksualiteit op na? Nee, over één verschijnsel zijn ze het eens: incest. Het **incesttaboe**, *de norm die seksuele relaties of een huwelijk tussen bepaalde verwanten verbiedt.* In Nederland schrijft de wet voor dat seksuele relaties en een huwelijk tussen nauwe verwanten (broers en zusters, ouders en kinderen, neven en nichten) uit den boze zijn. Maar er bestaan ook verschillen tussen landen. Een huwelijk tussen directe neven en nichten is in 25 staten van de VS verboden, in 25 staten niet.

In sommige samenlevingen (zoals de Noord-Amerikaanse Navajo) geldt het incesttaboe alleen voor de moeder en familieleden van moederskant. In het verleden hebben er samenlevingen bestaan (in Peru en Egypte bijvoorbeeld) die, om de macht in de familie te houden, een huwelijk tussen broers en zusters die tot de elite behoorden toestonden (Murdock, 1965, oorspronkelijk 1949).

Waarom komen we overal ter wereld een bepaald incesttaboe tegen? Voor een deel om biologische redenen. De voortplanting tussen nauwe verwanten van een levende soort is riskant (het risico op mentale of fysieke problemen bij de nakomelingen). Maar waarom kent alleen de menselijke soort een taboe op incest? We zouden kunnen afleiden dat het een *sociaal-organisatorische* kwestie is:

a Het incesttaboe beperkt de seksuele concurrentie in een gezin omdat seks tussen de ouders wel is toegestaan maar seks tussen ouder en kind niet.

b De familiebanden bepalen welke rechten en plichten de familieleden tegenover elkaar hebben. De nakomelingen van nauwe verwanten zouden voor een onoverzichtelijke situatie zorgen. Stel dat moeder en zoon samen een dochter krijgen, hoe moet zij deze man dan zien, als haar vader of als haar broer?

c Door van mensen te verlangen dat zij een partner buiten de eigen familiekring zoeken, wordt de integratie van de samenleving bevorderd. Mensen die een nieuw gezin willen stichten moeten het buiten de eigen familiekring zoeken.[1]

14.1.5 Matriarchaat, patriarchaat en seksisme

De opvattingen over gender lopen uiteen en er bestaan samenlevingen waarin vrouwen meer macht hebben dan mannen. Bijvoorbeeld de Musuo, een zeer kleine gemeenschap in de Chinese provincie Yunnan. De vrouwen beheren de meeste bezittingen, kiezen hun seksuele partners en nemen de meeste dagelijkse besluiten. De Musuo lijken een voorbeeld van een **matriarchaat**, *een sociale organisatievorm waarin vrouwen de mannen domineren.* In de geschiedenis van de mensheid komen we dit verschijnsel zelden tegen.

---

1 Er zijn samenlevingen waarbij het huwelijk tussen neef en nicht normaal is.

In elke samenleving gelden bepaalde werkzaamheden, gedragspatronen en kledinggewoonten als 'typisch' vrouwelijk en andere als 'typisch' mannelijk. Maar wereldwijd gezien komen we een opmerkelijke variatie in deze sociale definities tegen. De mannen op de foto zijn Woodaabe, leden van een veehoudende nomadenstam, inwoners van het Afrikaanse Niger. De schoonheid die zij de buitenwereld willen tonen zou door de meeste leden van onze samenleving als vrouwelijk worden bestempeld.

Het patroon dat we in vrijwel de gehele wereld tegenkomen is dat van het **patriarchaat**, *een sociale organisatievorm waarin vrouwen door mannen gedomineerd worden.* Wereldkaart 14.1 geeft een beeld van de sterke variatie in de relatieve macht en privileges die vrouwen kunnen bezitten. Volgens de genderontwikkelingsindex van de Verenigde Naties hebben vrouwen in Noorwegen, Australië en IJsland de hoogste sociale status. En vrouwen uit Niger, Burkina Faso, Mali, Sierra Leone, en Tsjaad de laagste. Nederland staat wat gendergelijkheid betreft op de zesde plaats (United Nations Development Programme, 2005).

Het patriarchaat wordt door middel van **seksisme** gerechtvaardigd, *de overtuiging dat de ene sekse van nature superieur is aan de andere.* Seksisme is geen kwestie van individuele attitudes – onze samenleving is ervan doordrongen. In de economie is er sprake van *institutioneel seksisme*, de meeste vrouwen vinden we vooral terug in de laagstbetaalde banen. Er zijn erg weinig vrouwen in topposities. En ons rechtssysteem heeft lange tijd geen oog gehad voor het geweld tegen vrouwen, vooral niet als de geweldpleger de vriend, de echtgenoot of de vader van de vrouw was.

De prijs van seksisme

Seksisme legt de talenten en de ambities van de helft van de wereldbevolking aan banden. Mannen profiteren in bepaalde opzichten van seksisme, maar zij betalen een hoge prijs voor hun bevoorrechte positie. Onze cultuur stimuleert mannen tot allerlei vormen van riskant gedrag: het gebruik van alcohol en nicotine, gevaarlijke sporten, roekeloos rijgedrag. Marilyn French (1985) stelde dat het patriarchaat mannen ertoe aanzet om er voortdurend naar te streven om situaties onder controle te houden, niet alleen als het om vrouwen gaat maar ook als het henzelf en de omgeving betreft. Er bestaat een relatie tussen masculiniteit en ongevallen, zelfdoding, geweld en stressgerelateerde ziekten. De type A-persoonlijkheid (die staat tegenover de type B-persoonlijkheid) wordt gekenmerkt door chronisch ongeduld, gedreven ambities, competitiviteit en vijandigheid, een combinatie die hartproblemen veroorzaakt en bijna perfect overeenkomt met het gedrag dat in onze samenleving voor masculien doorgaat (Ehrenreich, 1983).

En ten slotte: omdat mannen de controle over anderen willen hebben, gaan momenten van intimiteit en vertrouwen aan hen voorbij. Zoals een auteur het verwoordde: 'competitie moet de mannen van de jongens scheiden' (Raphael, 1988).

Is het patriarchaat onontkoombaar?

In pre-industriële samenlevingen hebben vrouwen weinig invloed op zwangerschap en geboorte, wat hun mogelijkheden beperkt. Tegelijkertijd worden de lichaamsbouw en de fysieke kracht van mannen gewaardeerd. Maar de industrialisering, waaronder die van de geboortebeperkingstechnologie (zoals de pil), geeft mensen meer keuzemogelijkheden in hun bestaan. In de westerse samenleving zijn de

VENSTER OP DE WERELD

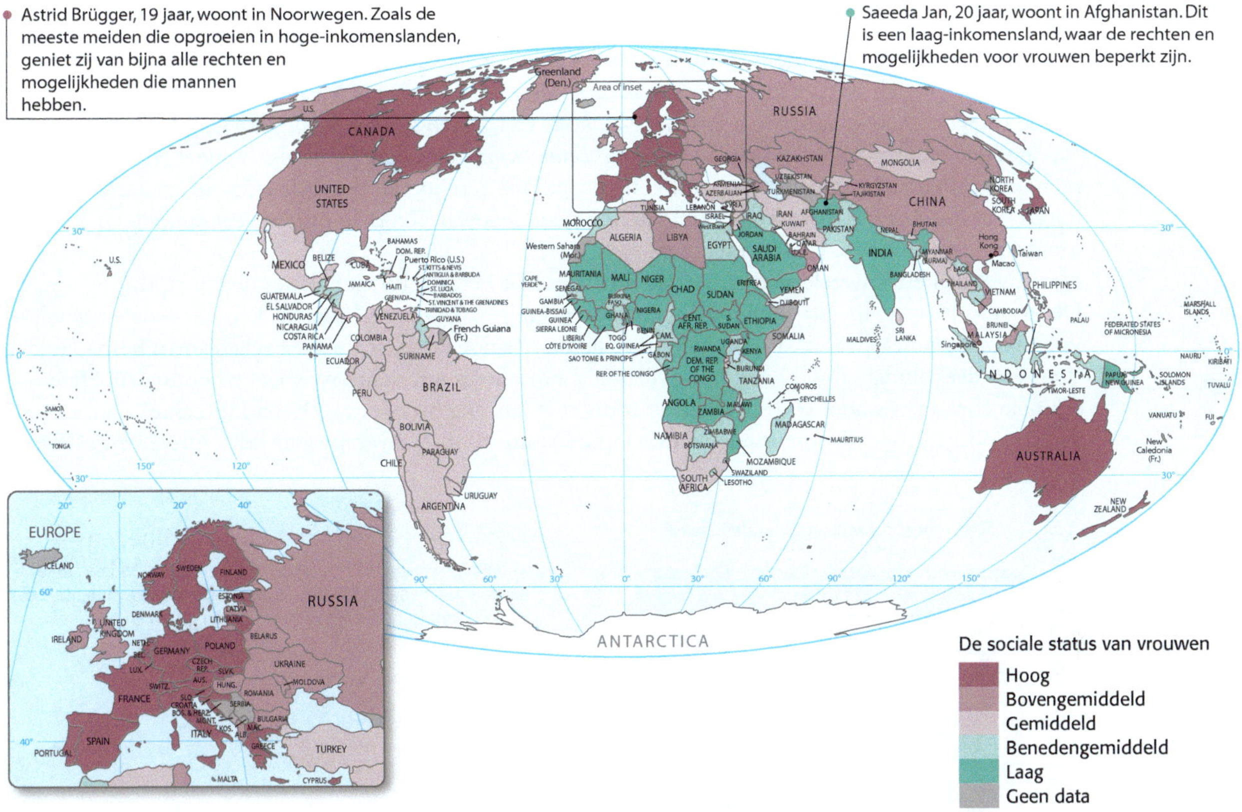

Wereldkaart 14.1 De macht van vrouwen in mondiaal perspectief

De sociale status van vrouwen in verhouding tot die van mannen varieert. Over het algemeen hebben vrouwen het in rijke landen beter dan in arme landen. Maar sommige landen springen eruit. In Zweden, Nederland en Denemarken is de sociale ongelijkheid tussen vrouwen en mannen het kleinst.

Bron: data ontleend aan United Nations Development Programme, 2011.

biologische verschillen eigenlijk geen rechtvaardigingsgrond meer voor het patriarchaat.
Toch spelen mannen in veel opzichten nog altijd een dominante rol. Kunnen we hieruit afleiden dat het patriarchaat onontkoombaar is? Sommige onderzoekers beweren dat biologische factoren, zoals verschillen in de hormoonhuishouding en kleine verschillen in de hersenstructuur, beide seksen met andere beweegredenen en gedragspatronen (met name agressiviteit bij mannen) 'uitrusten'. Hierdoor wordt het veranderen van het patriarchaat moeilijk, zo niet onmogelijk (Goldberg, 1974; Rossi, 1985; Popenoe, 1993b; Udry, 2000). Maar de meeste sociologen zijn toch de mening toegedaan dat gender een sociale constructie is en wel veranderd kan worden. Er zijn ook verschillende samenlevingen die het matriarchaat als ordeningsprincipe hebben. Het feit dat de wereld al heel lang door het patriarchaat wordt beheerst, wil nog niet zeggen dat we daar tot in eeuwigheid aan vast moeten zitten.

14.2 Seksuele oriëntatie

In de opvattingen over seksuele oriëntatie heeft zich de laatste decennia een opmerkelijke verandering voorgedaan. Onder **seksuele oriëntatie** verstaan we de *romantische, lichamelijke en emotionele aantrekkingskracht die een individu met betrekking tot een ander individu ervaart*. In alle samenlevingen die we kennen is **heteroseksualiteit** de norm, *zich seksueel aangetrokken voelen tot het andere geslacht*. Maar in elke samenleving ervaart een significant deel van de leden dat *zij zich aangetrokken voelen tot hetzelfde geslacht*. Dit noemen we **homoseksualiteit** (het Griekse woord *homo* betekent 'hetzelfde' en *hetero* betekent 'verschillend'). Bedenk hierbij dat mensen niet per se tot een van deze twee categorieën moeten horen. We kunnen ons, in verschillende mate, tot leden van beide seksen aangetrokken voelen.

Er bestaat dan ook nog een derde categorie, **biseksualiteit**, *zich seksueel aangetrokken voelen tot leden van beide seksen.* Sommige mensen voelen zich even sterk tot vrouwen als tot mannen aangetrokken, anderen voelen zich sterker tot leden van de ene sekse aangetrokken. Maar we kennen ook nog een vierde categorie, **aseksualiteit**, mensen *die bij beide seksen geen seksuele aantrekkingskracht ervaren.*

We moeten echter wel bedenken dat seksuele *aantrekking* niet hetzelfde is als seksueel *gedrag*. Veel mensen hebben zich weleens aangetrokken gevoeld tot een lid van dezelfde sekse maar slechts een fractie van hen heeft daar in hun gedrag gehoor aan gegeven. Ten dele omdat veel samenlevingen homoseksualiteit proberen te ontmoedigen.

Heteroseksualiteit is wereldwijd gezien de norm, omdat heteroseksuele relaties de voortplanting mogelijk maken. Maar de meeste samenlevingen staan homoseksualiteit wel toe. In de oude Griekse beschaving werd homoseksualiteit door mannen uit de beste kringen als de hoogste relatievorm beschouwd. Voor een deel omdat zij vrouwen in intellectueel opzicht als inferieure wezens beschouwden. Heteroseksuele contacten waren voor hen alleen nodig met het oog op het nageslacht. De 'echte' mannen gaven de voorkeur aan homoseksuele relaties (Kluckhohn, 1948; Ford & Beach, 1951; Greenberg, 1988).

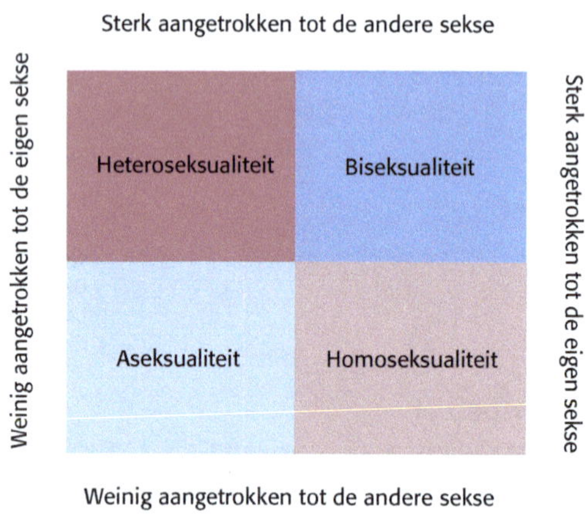

Figuur 14.1 Vier seksuele geaardheden

In de mate waarin we ons tot de eigen en tot de andere sekse aangetrokken voelen, bestaan er twee afzonderlijke dimensies die verschillende combinaties te zien kunnen geven en in vier seksuele oriëntaties resulteren.

Bron: overgenomen van Storms, 1980.

14.2.1 Hoe ontstaat onze seksuele oriëntatie?

De vraag hoe mensen een bepaalde seksuele oriëntatie ontwikkelen, roept veel discussie op. De aangevoerde argumenten vallen onder twee noemers: onze seksuele oriëntatie is een product van de samenleving en onze seksuele oriëntatie is een product van onze biologie.

Seksuele oriëntatie als product van de samenleving

Deze benadering gaat ervan uit dat de leden van een samenleving betekenissen toeschrijven aan seksuele activiteit en dat deze betekenissen van plaats tot plaats en van tijd tot tijd kunnen verschillen. Michel Foucault (1990, oorspronkelijk 1978) heeft erop gewezen dat de categorie 'homoseksuelen' pas honderd jaar gebruikt wordt. Wetenschappers gingen deze term toen gebruiken, het publiek volgde hen na. Daarvoor hadden mensen wel 'homoseksuele ervaringen' maar hadden zij noch anderen kennelijk de behoefte om een afzonderlijke identiteit te creëren.

Uit antropologische studies blijkt dat de patronen die homoseksualiteit aanneemt sterk uiteen kunnen lopen. De Chukchee Eskimo's uit Siberië bijvoorbeeld kennen een ritueel waarbij een man zich als vrouw verkleedt en het werk van een vrouw doet. De Sambia (Nieuw-Guinea) kennen een ritueel waarin jongens orale seks met oudere mannen bedrijven, vanuit het idee dat het zaad van de oudere mannen de jongens meer mannelijkheid geeft. Het feit dat we dergelijke patronen over de gehele wereld tegenkomen en dat deze sterke onderlinge verschillen vertonen, suggereert dat onze seksuele uitdrukkingsvormen door sociale factoren bepaald worden (Murray & Roscoe, 1998; Blackwood & Wieringa, 1999).

Seksuele oriëntatie als biologisch verschijnsel

Uit een groeiend aantal onderzoeken komt naar voren dat onze seksuele oriëntatie aangeboren is, en biologisch op vrijwel dezelfde wijze verankerd is als onze aangeboren rechts- of linkshandigheid. Simon LeVay (1993) legt een verband tussen de seksuele oriëntatie en de structuur van de hersenen van een individu. LeVay bestudeerde de hersenen van heteroseksuele en homoseksuele mannen en ontdekte een klein maar belangrijk verschil in de omvang van de hypothalamus, een deel van de hersenen dat de hormonenhuishouding reguleert. Dit anatomische verschil speelt een rol in de ontwikkeling van onze seksuele oriëntatie.[2]

Genetische factoren kunnen eveneens een rol spelen. Uit een onderzoek bij 44 duo's (broers), alle homoseksueel, bleek dat 33 duo's zich door een bepaald genetisch patroon met betrekking tot het X-chromosoom kenmerkten. Bovendien bleken de homoseksuele broers een ongewoon groot aantal homoseksuele familieleden te hebben, maar alleen van moederskant. Sommige onderzoekers leiden hieruit af dat er op het X-chromosoom een gen voor homoseksualiteit te vinden zou zijn (Hamer & Copeland, 1994).

Gay Pride in Amsterdam.

Bron: Alf van Beem.

Een kritische kanttekening Uit een groeiend aantal aanwijzingen blijkt dat onze seksuele oriëntatie een biologische basis zou kunnen hebben, maar het meest waarschijnlijk is dat er zowel aangeboren als omgevingsfactoren bij betrokken zijn. Laten we niet vergeten dat de categorieën die we hanteren geen zuivere categorieën zijn. De meeste mensen die zichzelf als homoseksueel beschouwen hebben een of meer heteroseksuele ervaringen en veel mensen die zichzelf als heteroseksueel beschouwen hebben een of meer homoseksuele ervaringen. Dat maakt het verklaren van het ontstaan van onze seksuele geaardheid er niet eenvoudiger op.

Er is tevens een voor homoseksuele mannen en lesbische vrouwen belangrijke politieke kwestie aan de orde. Naar de mate waarin onze seksuele geaardheid biologisch bepaald is hebben homoseksuelen evenveel zeggenschap over hun seksuele geaardheid als over hun huidskleur. Als dat het geval is: moeten homoseksuele mannen en lesbische vrouwen dan niet op dezelfde wijze tegen discriminatie beschermd worden als bijvoorbeeld etnische minderheden?

zelf aan zet

Welke aanwijzingen ondersteunen de stelling dat seksueel gedrag door sociale factoren bepaald wordt? En welke de stelling dat onze seksuele geaardheid biologische wortels heeft?

---

2 In Nederland leidde een soortgelijke ontdekking in 1989 door de hersenonderzoeker Dick Swaab tot een grote maatschappelijke controverse.

14.2.2 Hoeveel homoseksuele mensen zijn er?

Welk deel van de bevolking is homoseksueel? Die vraag is moeilijk te beantwoorden, omdat het zoals gezegd niet om zuivere categorieën gaat. Bovendien zijn mensen niet altijd bereid om met vreemden of familieleden over hun seksualiteit te praten. In Nederland noemt 3,6 procent van de mannen en 1,4 procent van de vrouwen zich expliciet homoseksueel (Rutgers WPF, 2013), hoewel veel mensen weleens ervaren hebben dat zij zich aangetrokken voelden tot een lid van dezelfde sekse. Ruim 13 procent van de ondervraagde volwassenen omschreef zichzelf als biseksueel (Rutgers WPF, 2013), terwijl veel jongeren biseksuele ervaringen (minstens één) opdoen, in het bijzonder in hun studententijd (Laumann *et al.*, 1994; Leland, 1995). Veel biseksuelen beschouwen zichzelf niet als homo of hetero, in hun gedrag komen beide levenswijzen tot uiting.

14.2.3 De homobeweging

De houding ten aanzien van homoseksualiteit is veranderd, is toleranter geworden. In 1973 verklaarde driekwart van de Amerikaanse volwassenen dat homoseksuele relaties 'altijd verkeerd' of 'vrijwel altijd verkeerd' waren. Dit percentage vertoonde een aantal jaren geen verandering, maar in 2004 was het tot 60 procent gedaald (NORC, 2005, p. 292).

Deze veranderingen waren voor een groot deel het gevolg van de activiteiten van de homobeweging die halverwege de twintigste eeuw was ontstaan. Tot die tijd werd er over het onderwerp homoseksualiteit gezwegen en kwam het veelvuldig voor dat mensen die van homoseksualiteit beschuldigd werden, ontslagen werden. Ook in de geestelijke gezondheidszorg werd vaak de harde lijn gevolgd. Homoseksuelen werden als 'ziek' beschouwd en een opname zou hen wellicht kunnen 'genezen'. Het is dan ook niet verbazingwekkend dat de meeste lesbische vrouwen en homoseksuele mannen 'in de kast' bleven en hun seksuele geaardheid verborgen. Maar de homobeweging bracht daar verandering in. In 1973 vond een van de belangrijkste gebeurtenissen uit de geschiedenis van de Amerikaanse homobeweging plaats, toen de *American Psychiatric Association* verklaarde dat homoseksualiteit geen ziekte is maar gewoon 'een vorm van seksueel gedrag'.

Sinds 1811 is in Nederland homoseksualiteit niet meer wettelijk verboden, wat nog niet betekent dat homoseksueel gedrag in de hele samenleving aanvaard is. Met name vanuit religieuze delen van de samenleving is nog veel weerstand tegen de erkenning van homoseksualiteit. In Nederland is homoseksualiteit voor het overgrote deel van de bevolking geen issue, een vijfde van de Nederlanders heeft bedenkingen bij het homohuwelijk en 10 procent van de vrouwen en 20 procent van de mannen vindt homoseksualiteit niet prima (Rutgers Nisso Groep).

Pas in 1990 heeft de Wereldgezondheidsorganisatie homoseksualiteit van de lijst geestesziekten gehaald.

De homobeweging ging de term **homofobie** gebruiken. Deze term verwijst naar de *gevoelens van onbehagen over nauwe persoonlijke contacten met mensen van wie aangenomen wordt dat zij homoseksueel, lesbisch of biseksueel zijn* (Weinberg, 1973). Met de term homofobie wordt de situatie omgedraaid. De vraag is niet meer: 'Wat is er mis met homoseksuelen?' De vraag wordt: 'Wat is er mis met mensen die een andere seksuele geaardheid niet kunnen accepteren?' Sociologisch kennen we deze wending van de vraag als de labelingtheorie van de Amerikaanse socioloog Howard Becker. In plaats van te kijken naar de groep die als anders of deviant wordt bestempeld, wordt er nu gekeken naar de groep (of groepen) die die stempels opdrukt (of opdrukken) (Becker, 1973).

Wereldwijd gezien is het homohuwelijk in een groeiend aantal landen toegestaan, waaronder Nederland, België, Spanje, Canada, Zuid-Afrika en enkele staten van de VS. Een aantal andere landen kent het geregistreerd partnerschap. De afgelopen jaren is in Nederland beroering ontstaan toen sommige ambtenaren weigerden om het huwelijk tussen homoseksuelen te voltrekken. In 2013 heeft de Tweede Kamer een wet aangenomen die het onmogelijk maakt om nog 'weigerambtenaar' te zijn.

zelf aan zet

De afgelopen jaren lijkt de Nederlandse bevolking minder tolerant te worden tegenover homoseksuelen. Is dit ook zo? Zo ja, hoe zou je deze verandering kunnen verklaren? Zo nee, hoe komt het dat we het idee hebben dat de tolerantie afneemt?

14.3 Seksuele vraagstukken en controversen

In een aantal actuele discussies speelt seksualiteit een belangrijke rol: tienerzwangerschappen, pornografie, prostitutie en seksueel geweld.

14.3.1 Tienerzwangerschappen

Tieners kunnen in biologisch opzicht volgroeid zijn maar kunnen in emotioneel opzicht de gevolgen van hun seksuele gedrag nog niet overzien. Wereldwijd gezien wordt jaarlijks een kwart van de meisjes tussen de 15 en 19 jaar moeder, per jaar meer dan 14 miljoen, de meesten in de ontwikkelingslanden.

Uit recente cijfers van het Centraal Bureau voor de Statistiek is het aantal autochtone tienermoeders tussen 2001 en 2008 ongeveer gelijk gebleven (rond de 1500 per jaar), terwijl het aantal niet-westerse allochtone tienermoeders in die periode gedaald is van 1736 naar 779 per jaar (CBS webmagazine, 2008). Tienermoeders komen niet veel voor in Nederland, ongeveer 4 op de 1000 meisjes jonger dan 20 jaar krijgen een kind. Het cijfer voor Antilliaanse meisjes is echter 10 keer hoger dan dat voor autochtone meisjes (CBS, 2013).

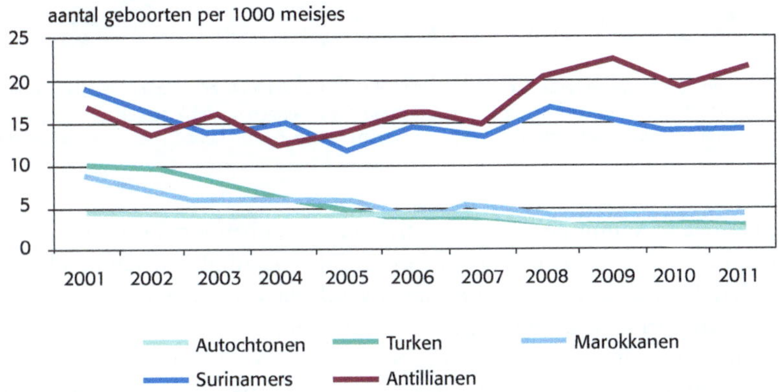

Figuur 14.2 Tienermoeders naar herkomst

Bron: CBS, 2013.

Voor meisjes geldt, ongeacht raciale of etnische achtergrond, dat zwakke familiebanden en een laag inkomen de kans dat zij seksueel actief en zwanger worden sterk vergroten. Het krijgen van een kind heeft vaak tot gevolg dat jonge moeders (en jonge aanstaande vaders) hun opleiding niet afmaken en een armoedig bestaan leiden (Alan Guttmacher Institute, 2002).

Heeft de seksuele revolutie tot een stijging van het percentage tienerzwangerschappen in Nederland geleid? Het antwoord is nee. Misschien vind je dat verrassend. In 1950 was het percentage hoger dan nu (Garssen, 2004). Voor een deel omdat mensen in die tijd op jongere leeftijd trouwden. Abortus was destijds verboden, waardoor veel zwangerschappen tot een huwelijk leidden. Veel jonge meisjes werden zwanger maar de meesten van hen waren getrouwd. Bovendien heeft de introductie van de anticonceptiepil in 1964 ervoor gezorgd dat jonge vrouwen beter in staat zijn om zelf hun voortplanting te reguleren.

14.3.2 Pornografie

Pornografie kan gedefinieerd worden als *seksueel expliciet materiaal dat het oproepen van seksuele opwinding beoogt.* In de pornografische industrie (video's, sekslijnen, films, tijdschriften en websites) gaan miljarden euro's om. De meeste consumenten van pornografie zijn van het mannelijk geslacht. Recent onderzoek stelt dat ruim een kwart van de kinderen tussen de negen en zestien jaar weleens, meestal onbedoeld, op pornografische websites is gestuit (SCP, 2011).

Traditiegetrouw wordt pornografie door veel mensen op *morele* gronden afgewezen. Maar het wordt tegenwoordig ook als een *politiek* vraagstuk beschouwd, omdat pornografie vrouwen vernedert en ze

Zwangerschap onder ongetrouwde tienermeisjes - ooit een social taboe - is onderdeel van de massamedia geworden, met televisieprogramma's zoals MTV's *Teen Mom* en *16 and Pregnant*. Zulke programma's brengen duidelijk de vele uitdagingen in beeld waar jonge moeders in spe mee te maken krijgen. Verwacht je dat deze programma's een invloed hebben op de hoeveelheid tienerzwangerschappen? Leg uit.

als lustobjecten uitbeeldt. Vanuit genderperspectief gezien is pornografie een kwestie van *macht*; de meeste pornografie ontdoet vrouwen van elke menselijke waardigheid, mannen kunnen met vrouwen doen wat ze willen. Er is de laatste jaren ook meer aandacht voor zogenoemde vrouwvriendelijke porno, een vorm van porno waar seksuele partners met meer respect met elkaar omgaan.
Sommige tegenstanders stellen dat pornografie een van de oorzaken voor het geweld tegen vrouwen is. Het is vrij lastig om een oorzaak-en-gevolgrelatie aan te tonen tussen waar mensen naar kijken en wat ze doen, maar veel mensen leggen het verband en van de ondervraagde volwassenen bleek ongeveer de helft van mening dat pornografie verkrachting in de hand werkt (NORC, 2005, p. 293). Wetenschappelijk onderzoek geeft geen uitsluitsel over dit veronderstelde verband. De Britse onderzoeker Brian McNair stelt dat het kijken naar (internet)porno geen relatie heeft met zedenmisdrijven, want als dit wel het geval zou zijn zouden deze misdrijven sinds de introductie van internet enorm zijn toegenomen. Maar het tegenovergestelde is het geval, zedenmisdrijven nemen in de westerse wereld juist gestaag af (McNair, 2013).
Pornografie is een complex verschijnsel dat tegenstrijdige reacties oproept. Aan sommige pornografische uitingen neemt mogelijk vrijwel iedereen aanstoot, maar velen willen ook dat er geen afbreuk wordt gedaan aan de vrijheid van meningsuiting en artistieke vrijheden. In Nederland heeft overigens bijna twee derde van de bevolking geen probleem met het kijken naar porno, vrouwen hebben daar iets meer moeite mee dan mannen (Rutgers Nisso Groep, 2008). De neiging om pornografie aan banden te leggen is vanaf de jaren tachtig van de vorige eeuw toegenomen. Vanuit de traditionele morele overwegingen (veelal uit religieuze hoek), maar ook vanuit het meer recente standpunt dat pornografie vrouwonterend is en een bedreiging vormt voor vrouwen (vanuit een meer feministische hoek).

14.3.3 Prostitutie

Prostitutie kan gedefinieerd worden als *het verkopen van seksuele diensten*. Omdat veel mensen menen dat seks een uiting van intimiteit zou moeten zijn, vinden zij het 'oudste beroep ter wereld' een verontrustend verschijnsel. Wereldwijd gezien komt prostitutie het meeste voor in arme landen, waar het patriarchaat sterk is en de traditionele culturele normen de mogelijkheden van vrouwen om een eigen inkomen te verwerven, beperken. Zie Wereldkaart 14.2.

KRITISCH DENKEN

De documentaire *Beperkt houdbaar* van de Nederlandse regisseuse Sunny Bergman laat scherp zien hoe ver onze westerse cultuur beïnvloed is door allerlei, vaak onrealistische, beelden over hoe het – vooral vrouwelijke – lichaam eruit dient te zien. In navolging van haar documentaire, schreef zij met anderen het onderstaande manifest.

Manifest: seks moet weer haute couture worden

Wij willen afrekenen met het idee dat vrouwelijkheid enkel gedefinieerd wordt door schoonheid. Normaal moet weer normaal worden, het extreme is niet de norm. Seksuele vrijheid staat niet gelijk aan totale grenzeloosheid en platheid.

1 Gewoon mooi is mooi genoeg!

Benen zonder cellulitis, zonder zichtbare adertjes, pronte borsten, ronde maar toch strakke billen, zwoele lippen en een Playboypoes: vrouwen die er zo uitzien representeren niet de werkelijkheid en dus moeten we er niet massaal op willen lijken. Het is een schoonheidsideaal waaraan de gemiddelde vrouw simpelweg niet voldoet en het is een ongelukkig makende illusie. Helaas voelen veel meisjes, maar ook veel volwassen vrouwen, de druk om hun echte lichaam aan te passen aan onechte, gephotoshopte beelden. Wereldwijd durft maar twee procent van de vrouwen zichzelf mooi te noemen, blijkt uit onderzoek. Een bedroevend laag cijfer dat bewijst dat dit een existentieel probleem is voor vrouwen.
Extreme middelen als plastisch-chirurgische ingrepen zijn een zegen voor mensen met ernstige afwijkingen, maar wat ons betreft is het geen middel waarmee je elke oneffenheid even wegpoetst. Wie schreef de wet waarin staat dat afwijken verkeerd is? Waarom behoeft het ouder wordende lichaam 'noodzakelijk onderhoud' in de vorm van giftige stoffen, siliconen of pijnlijke facelifts? Wie heeft bepaald dat oud worden lelijk is?
Wij roepen reclamemakers en bladenredacties op om helderheid in de duisternis te scheppen: plaats onder elk gemanipuleerd, 'te mooi om waar te zijn -beeld voortaan een kloppend bijschrift. 'Porieloos dankzij Photoshop' of 'Dit model is digitaal smaller gemaakt en haar nek is opgerekt'. Opdat iedereen voortaan fictie van realiteit kan onderscheiden.
En vrouwen: laten we elkaar eens wat minder scherp en venijnig beoordelen en categoriseren. Het man versus vrouw-denken van weleer is achterhaald; we dragen zelf ook bij aan de creatie en instandhouding van mythische schoonheidsidealen.

2 De gewillige stoeipoes in de prullenbak

Onze gedroomde vrouw is geen humorloos symbool van nieuwe preutsheid. Maar zij is nog minder een hoer of bitch, gedomineerd door kansloze wannabe pimps. Het beeld van de gewillige stoeipoes die zich op haar achterwerk laat slaan, komt ons de neus uit. Waarom kunnen schietgrage gangsters die zich omringen met 'geile' onderdanen, voorzien van gigantische nepborsten, rekenen op eindeloos veel zendtijd? Sinds wanneer is onderdanigheid een bewonderenswaardige eigenschap? Naar wiens respect en goedkeuring is zo'n

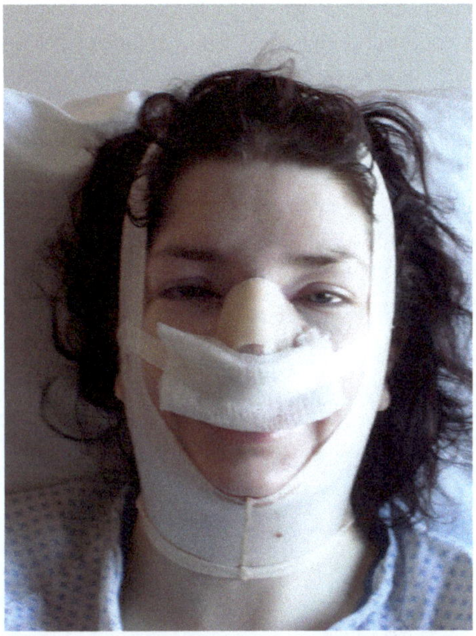

jonge vrouw op zoek? Maar het is niet alleen de verguisde machocultuur van rappers waar wij ons aan storen, de vrouw als 'Playboybunny' is overal. Paris Hilton vult lapdancend haar realityshow, Jessica Simpson vleit zich gedwee over een autokap. En de vrouwelijke 'sterren' in Ranking the Stars debatteren uren met Paul de Leeuw over 'wie de lekkerste is'. Wij geloven niet in de girlpower, zoals bezongen door krioelende Pussycat Dolls. Een vrouw kan sexy zijn op vele manieren. Echte seks is spannend, vreemd, ingewikkeld en divers. Het beeld van nu is eendimensionaal en te gemakkelijk. Vooralsnog lijken de motto's 'sex sells & money talks' het van trots en eigenheid te winnen.

3 Seksualiteit is geen confectie, maar haute couture

De uitverkoop, sterk beïnvloed door internet, is voorbij. In het afgelopen decennium bleek elk seksueel exces binnen handbereik. Een simpele zoekopdracht via Google levert filmpjes op van vrouwen die zich laten onderpoepen, mensen die paarden pijpen en dames die zich gewillig in alle denkbare gaten tegelijk laten neuken. Wie op tv verwacht dat beelden

van seks hand in hand gaan met emoties die horen bij liefde of verliefdheid, komt bedrogen uit. Wie dat vervolgens hardop constateert wordt voor esoterische geitenwollensok uitgemaakt of als enge feministe neergesabeld. Want: 'Het is toch geweldig en vooruitstrevend dat we dit allemaal kunnen zien?' Wij vinden die verkrampte progressievelingen achterhaald. Seksuele vrijheid staat niet gelijk aan totale grenzeloosheid en platheid. Veertig jaar geleden was er aan het begin van de seksuele revolutie nog veel te bevechten, maar wat is de betekenis van seksuele vrijheid als die gelijkstaat aan 'alles móet kunnen'? Tegelijkertijd willen we ook niet dat seksualiteit weer een alliantie aangaat met waarden als schaamte en eer of met een godsdienst. Zo verwordt een discussie over een gouden bikini tot een pingpongspel tussen preuts en vrijgevochten, conservatief en liberaal. Vrouwen moeten zelf een vuist maken tegen de eenzijdige wijze waarop vrouwelijkheid en seksualiteit momenteel gedefinieerd worden.
Wie leert jongeren om de beelden en teksten die ze via de verschillende media consumeren in perspectief te plaatsen? Tieners zijn bedreven internetters, maar zijn zij ook opgewassen tegen de overkill aan harde seks, vage figuren, obscure voorkeuren en commerciële machten die het world wide web bevolken?
Wij roepen het nieuwe kabinet op om het vak media-educatie op basis- en middelbare scholen in te voeren. Maak inzichtelijk hoe manipulatief media kunnen zijn en voer een open en levendig debat over seksualiteit.
Alles kan worden opgepompt en strakgetrokken, een goed stel hersens zouden een bijzondere accessoire moeten zijn. Voor wie dat waardeert, is de schoonheid van een vrouw onbeperkt houdbaar. Mocht de '0900-lekker-geil-en-pak-me-in-mijn-strakke-kontje-trend' onomkeerbaar zijn, dan hopen wij in ieder geval op een luidruchtige, kritische tegenbeweging.

Dit manifest is een eerste aanzet. Wij vragen iedereen die zich in bovenstaande tekst kan vinden, man en vrouw, ons manifest te ondertekenen op deze website. Verder verzoeken wij iedereen om met eigen ideeën en acties te komen om seksualiteit en het schoonheidsideaal een andere wending te geven.

Larissa Pans (historica, freelance-journalist), Marije Lieuwens (freelance-journalist) en Myrthe Hilkens (journalist *De Pers*), Sunny Bergman (documentairemaakster, onder andere van *Beperkt houdbaar*) en Stine Jensen (docent literatuurwetenschap aan de VU en publiciste).

VRAGEN

1. Denk je dat de oproep om een vak media-educatie voor basis- en middelbaar onderwijs in te voeren kans van slagen heeft? Waarom wel, of waarom niet?
2. Welke sociologische redeneringen kun je in het bovenstaande manifest ontdekken? Wat zeggen deze over onze samenleving?
3. Het hedendaagse beeld van de 'ideale vrouw' is een constructie, zo wordt betoogd. Herken je dit beeld in je eigen omgeving? Hoe sta hier tegenover?

Vormen van prostitutie

De meeste prostituees (de term 'sekswerker' is moreel gezien neutraler) zijn vrouwen, maar zij behoren tot verschillende categorieën. De bovenlaag bestaat uit *callgirls*, meestal jonge, aantrekkelijke, goedopgeleide vrouwen die, per telefoon, hun eigen klantenbestand beheren. Zie de advertenties in de media waarin vrouwen en mannen zich als *escort* aanbieden.
De middenlaag bestaat uit sekswerkers in bordelen, sekshuizen en 'achter het raam'. Deze vrouwen kunnen minder selectief te werk gaan, ontvangen minder geld voor hun diensten en moeten daar een deel (vaak de helft) van afstaan aan de eigenaren. Tot deze categorie behoren ook de jonge meisjes die door hun 'loverboy' tot prostitutie aangezet worden. Een aparte groep in deze middenlaag zijn de zogenaamde thuiswerkers. Recente wetgeving die de prostitutie verder reguleert, heeft als onbedoeld effect dat een deel van de vrouwen die in bordelen aan het werk waren, er nu voor kiezen om als kleine zelfstandige (zzp'er) thuis aan de slag te gaan.
De onderlaag bestaat uit *straatprostituees* (*tippelaarsters*), vrouwen (soms mannen) die in grote steden werken. Zij werken vaak voor een pooier die het grootste deel van hun verdiensten opstrijkt. Sommigen van hen zijn drugsverslaafd en bieden hun diensten aan om drugs te kunnen kopen. Het risico dat zij het slachtoffer van geweld worden is groot (Davidson, 1998; Estes, 2001).
De meeste prostituees bieden heteroseksuele diensten aan, maar er zijn ook homoseksuele sekswerkers. Uit onderzoek is gebleken dat velen van hen de prostitutie ingaan nadat zij door hun familie en vrienden vanwege hun seksuele geaardheid zijn afgewezen (Weisberg, 1985; Boyer, 1989; Kruks, 1991).

VENSTER OP DE WERELD

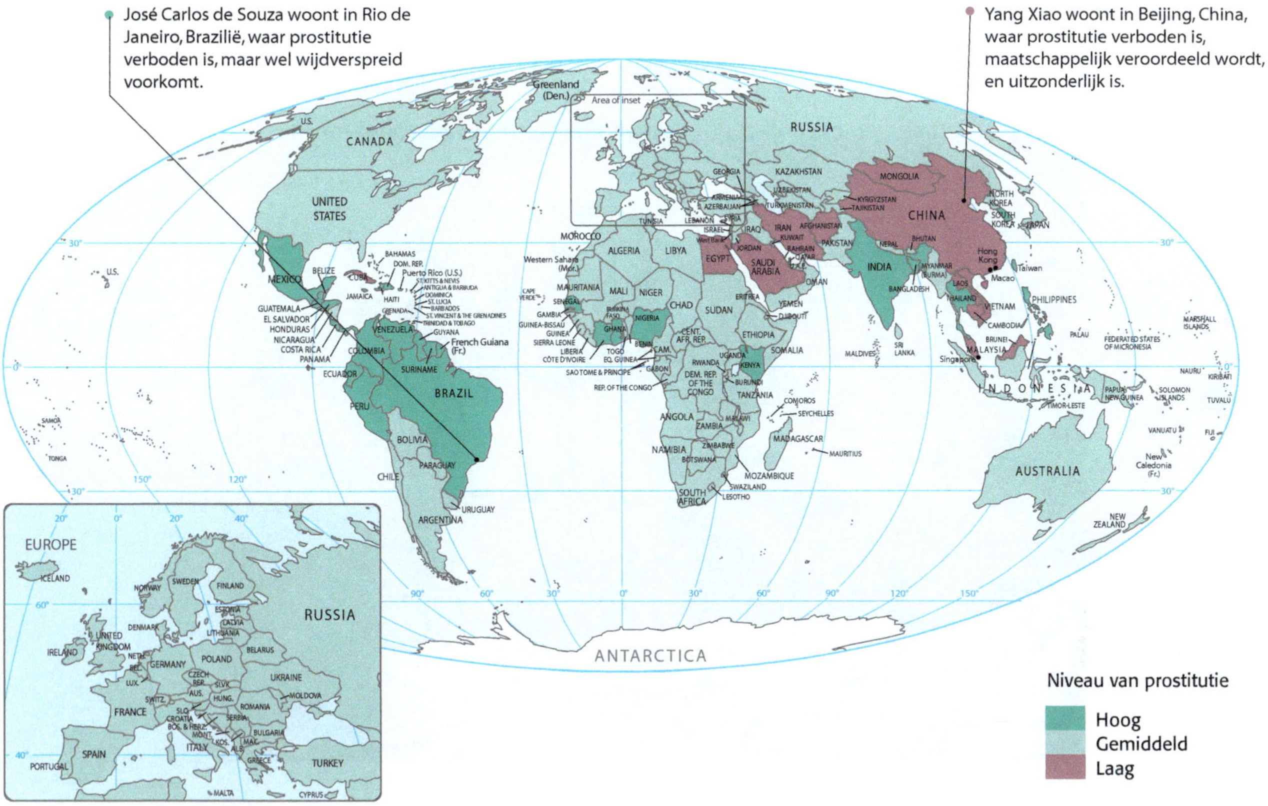

Wereldkaart 14.2 Prostitutie in mondiaal perspectief

Over het algemeen doet prostitutie zich het meeste voor in samenlevingen waar mensen arm zijn en vrouwen een lage statuspositie innemen. Officieel stelt een land als China zich op het standpunt dat vrouwen en mannen gelijk zijn en dat een ondeugdelijk verschijnsel als prostitutie (vrouwenonderdrukking) geëlimineerd moet worden. In tegenstelling tot Latijns-Amerika, waar de patriarchie sterk is, en prostitutie een veelvoorkomend verschijnsel is. In veel islamitische samenlevingen is de patriarchie ook sterk maar wordt de prostitutie afgeremd omdat de religie een tegenwicht vormt. In de hoge-inkomenslanden van de westerse wereld zien we een gemiddeld prostitutieniveau.

Bronnen: *Peters Atlas of the World*, 1990; Mackay, 2000.

Een misdrijf zonder slachtoffer?

Hoewel prostitutie in veel landen bij de wet verboden is, beschouwen veel mensen het als een misdrijf zonder slachtoffer (een misdrijf waarvan niemand verklaart het slachtoffer te zijn). De overheid richt zich, vanuit het standpunt dat het toch niet uitgeroeid kan worden, vooral op het beheersen van de prostitutie. In Nederland is men in 2000 een stap verder gegaan door de prostitutie te legaliseren en te erkennen als een gewoon beroep, waar je over de inkomsten ook belasting dient te betalen (Daalder, 2007). Anders dan gedacht bracht dit de sector echter niet op orde. Gedwongen prostitutie bleek een ernstig en hardnekkig probleem. Inmiddels wordt gezocht naar manieren om de uitbuiting en mensenhandel in de prostitutie harder aan te kunnen pakken.

In een aantal landen richt de aandacht van politie en justitie zich tegenwoordig meer op de klanten dan op de sekswerkers zelf. Prostitutie zou een onbekend verschijnsel zijn als er van de kant van mannen geen vraag naar zou bestaan. In Zweden heeft men voor deze aanpak gekozen. In 2013 is een Nederlandse Tweede Kamerdelegatie naar Zweden gegaan om het prostitutiebeleid aldaar te bestuderen. Dit heeft (nog) niet geleid tot een op klanten gericht prostitutiebeleid in Nederland

Veel mensen denken in termen van 'leven en laten leven' en stellen dat volwassenen vrij zijn om te doen wat zij prettig vinden zolang niemand tot iets gedwongen wordt. Maar kent de prostitutie echt geen slachtoffers? In de seksindustrie is er sprake van *mensenhandel*, veel vrouwen worden het slachtoffer van misbruik en geweld. Daarnaast speelt de seksindustrie een rol in de verspreiding van seksueel overdraagbare aandoeningen, waaronder aids.

Bovendien zitten veel vrouwen, vooral in lage-inkomenslanden, gevangen in de seksindustrie. Thailand kent twee miljoen sekswerkers, ongeveer 10 procent van de vrouwelijke arbeidskrachten. Velen van hen moeten al op zeer jonge leeftijd in de seksindustrie gaan werken (vanaf 5 jaar), worden vaak mishandeld en het risico dat zij hiv oplopen is groot (Wonders & Michalowski, 2001).

zelf aan zet

Vind jij prostitutie een misdrijf zonder slachtoffer? Licht je antwoord toe.

Dergelijke bordelen zijn op het platteland van de Amerikaanse staat Nevada te vinden. Sommigen vinden dat het legaliseren van de prostitutie de overheid de mogelijkheid geeft om de gezondheid en de veiligheid van sekswerkers te beschermen (die overigens een goed inkomen kunnen verdienen). Anderen zijn van mening dat het vernederend is om seksuele diensten te kopen en te verkopen en dat de economische positie van vrouwen niet afhankelijk zou mogen zijn van de verkoop van hun lichaam. Wat is jouw standpunt over de legalisering van prostitutie? Licht je standpunt toe.

14.3.4 Seksueel geweld: verkrachting

Onder ideale omstandigheden vindt er seks plaats als twee volwassenen die een liefdesrelatie onderhouden dat beiden willen. Maar seks kan door haat en geweld soms bizarre vormen aannemen. We zullen twee vormen van seksueel geweld bespreken, verkrachting door een onbekende en verkrachting door een bekende (*date rape*).

Verkrachting

Sommige mensen denken dat een verkrachting door seksuele behoeften wordt ingegeven. Maar in feite draait het om macht. Het is een daad van geweld die het kwetsen, vernederen en controleren van de ander tot doel heeft. In 2011 deden in Nederland, volgens de cijfers van de politie, 1.579 mensen aangifte van verkrachting. Het werkelijke aantal verkrachtingen ligt waarschijnlijk meerdere malen hoger. Het oplossingspercentage ligt echter weer lager. Het aantal gemelde verkrachtingen is overigens de afgelopen tien jaar gedaald, terwijl het aantal minder ernstige seksuele misdrijven (aanranding) is gestegen. Het totaal aantal meldingen van seksuele misdrijven is de afgelopen 10 jaar afgenomen (SCP Emancipatiemonitor, 2012:155). In deze statistieken vinden we vrouwelijke en mannelijke slachtoffers gezamenlijk terug. Hoewel vrouwen meestal het slachtoffer zijn van verkrachtingen, komt het verkrachten van mannen ook voor.

Verkrachting door een bekende

Een bekende misvatting is dat een verkrachting meestal het werk is van een onbekende. Dat klopt in slechts in een vierde van de gevallen. In drie van de vier gevallen kennen slachtoffer en dader elkaar, vaak vrij goed. In een kwart van de gevallen is de dader de partner of een familielid (Emancipatiemonitor, 2008). De verkrachting vindt gewoonlijk in een bekende omgeving plaats, bijvoorbeeld thuis. Een tweede misvatting, specifiek over verkrachting door een bekende, is dat het slachtoffer iets gedaan moet hebben waardoor de verkrachter het idee kreeg dat het slachtoffer seks wilde. Bijvoorbeeld omdat het slachtoffer ermee heeft ingestemd om met de dader uit te gaan. Alsof dat een verkrachting of een andere vorm van fysiek geweld zou rechtvaardigen.

Verkrachting is een vorm van fysiek geweld die ook emotionele en psychische schade veroorzaakt. Een slachtoffer van een verkrachting door een bekende gaat zich afvragen wie zij nog kan vertrouwen. De psychische gevolgen zijn het meest ingrijpend voor slachtoffers onder de 18 jaar (ongeveer de helft van het aantal slachtoffers). Een vijfde van hen wordt door de eigen vader of stiefvader overweldigd (Rutgers Nisso Groep, 2006).

Is verkrachting door een bekende een veelvoorkomend verschijnsel? Uit een vrij recent Amerikaans onderzoek bleek dat ongeveer 20 procent van de ondervraagde meisjes te maken heeft gehad met seksueel of lichamelijk geweld van de kant van de jongens met wie zij uitgingen (Dickinson, 2001). Uit Nederlands onderzoek blijkt dat in ruim de helft van de seksuele delicten het slachtoffer de dader kent. De meeste delicten vinden plaats op het werk of op school (28 procent) en op straat (25 procent) (Rutgers Nisso Groep, 2009).

Op de campussen van Amerikaanse universiteiten is verkrachting door een bekende een veelbesproken onderwerp. Een campus is een omgeving waar studenten elkaar vrij snel kunnen gaan vertrouwen en vriendschap kunnen sluiten. Tegelijkertijd moeten studenten nog zeer veel over relaties en zichzelf leren. Het gevaar van verkrachting door een bekende is dan ook groot. Daarbij spelen ook het toedienen van GHB, de *date rape drug* en het gebruik van alcohol een rol. De rol van GHB lijkt overigens erg klein, hooguit in 4% van de verkrachtingen. Opgemerkt dient te worden dat het aantonen van GHB erg lastig is door de korte tijd dat de drug in het lichaam van het slachtoffer zit voordat het wordt afgebroken (www.jellinek.nl).

Experts zijn het erover eens dat seksueel geweld onder andere met het gebruik van alcohol samenhangt. Zijn er bij jouw weten maatregelen in Nederland om het gebruik van alcohol in te perken?

14.4 Theoretische analyses van de seksualiteit van de mens

Het toepassen van meerdere theoretische sociologische benaderingen geeft ons meer inzicht in de seksualiteit van de mens. In de volgende paragrafen komen de drie belangrijkste benaderingen aan de orde.

14.4.1 Structureel functionalisme

Het structureel functionalisme gaat na hoe sociale patronen het functioneren van de totale samenleving beïnvloeden. Seksualiteit kan belangrijke gevolgen hebben voor een samenleving. Vandaar dat samenlevingen het seksuele gedrag van hun leden reguleren.

De noodzaak om seksueel gedrag te reguleren

Biologisch gezien kunnen we ons door middel van ons seksuele gedrag voortplanten. Maar culturele factoren en sociale instituties reguleren *met wie* en *wanneer* we ons kunnen voortplanten. Bijvoorbeeld: de meeste samenlevingen veroordelen getrouwde mensen die seks met een ander dan de eigen partner hebben. Als we zonder meer toe zouden mogen geven aan onze seksuele begeerten, dan zou ons gezinsleven en vooral de opvoeding van kinderen in het gedrang komen.

Het feit dat het incesttaboe een universeel verschijnsel is laat al zien dat geen enkele samenleving een volledig vrije seksuele partnerkeuze toestaat. Het verwekken van kinderen met andere gezinsleden dan de echtgenote of echtgenoot ondermijnt het systeem van familierelaties en leidt tot verwarring in de onderlinge verhoudingen.

De sociale controle is in het verleden streng geweest, omdat seks vaak tot een zwangerschap leidde. We herkennen deze controle in het aloude onderscheid tussen 'wettige' en 'onwettige' kinderen, kinderen die binnen en buiten het huwelijk verwekt zijn. De komst van anticonceptiemiddelen leidde tot lossere seksuele normen. In de westerse wereld gebeurde dit in de loop van de twintigste eeuw. Naast de reproductieve functie ontwikkelde seks zich vooral tot een vorm van intimiteit en ontspanning (Giddens, 1992).

Latente functies: prostitutie

Het is onmiskenbaar dat prostitutie (met het oog op het verspreiden van ziekten en het exploiteren van vrouwen) schadelijk is. Maar kunnen we uit het feit dat prostitutie een wijdverbreid verschijnsel is afleiden dat het ook latente functies heeft? Volgens Kingsley Davis (1971) is prostitutie een manier om tegemoet te komen aan de seksuele behoeften van een groot aantal mensen voor wie andere seksuele contacten niet direct mogelijk zijn. Zoals militairen, reizigers en mensen die niet aantrekkelijk genoeg of te arm zijn om een partner te kunnen vinden (zoals Ali in het begin van het hoofdstuk). Sommige mensen geven de voorkeur aan prostitutie omdat ze wel seks willen, maar dan zonder het gedoe van een relatie. 'Mannen betalen niet voor de seks, zij betalen om weer weg te kunnen gaan.' (Miracle *et al.*, 2003, p. 421).

Een kritische kanttekening Het structureel functionalisme laat ons zien dat seksualiteit een belangrijke rol speelt in de organisatie van een samenleving. Uit het bestaan van het incesttaboe en andere maatschappelijke normen, kunnen we afleiden dat de samenleving altijd aandacht heeft besteed aan de vraag welke mensen seks met elkaar mogen hebben, en in het bijzonder aan de vraag welke mensen samen kinderen mogen verwekken.

Deze benadering heeft soms geen oog voor seksespecifieke aspecten. Davis had het feitelijk niet over de voordelen die prostitutie voor de samenleving met zich meebrengt, maar over de voordelen die het voor *mannen* heeft. Bovendien negeert deze benadering het feit dat seksuele patronen in de loop der tijd veranderen en wereldwijd van elkaar kunnen verschillen.

zelf aan zet

Waarom geven moderne samenlevingen hun leden meer keuzemogelijkheden op seksueel gebied?

14.4.2 Het symbolisch interactionisme

Deze benadering richt zich op de wijze waarop mensen in hun onderlinge interacties de werkelijkheid van alledag gestalte geven. In hoofdstuk 5 hebben we geconstateerd dat verschillende mensen verschillende werkelijkheden construeren. Hierdoor kunnen de visies van de ene groepering of samenleving verschillen van die van een andere groepering of samenleving. Op dezelfde wijze veranderen onze inzichten in de seksualiteit van de mens in de loop der tijd.

De sociale constructie van seksualiteit

Vrijwel alle sociale patronen waarin seksualiteit een rol speelt, hebben in de loop van de twintigste eeuw veel verandering ondergaan. Een mooi voorbeeld zijn de veranderde opvattingen over het belang van maagdelijkheid. Een eeuw geleden kende de westerse wereld nog de norm dat een vrouw als maagd het huwelijk in moest gaan. Omdat er geen effectieve anticonceptiemiddelen bestonden werd deze norm streng gehanteerd. Een man kon er alleen zeker van zijn dat zijn bruid niet zwanger was van een andere man als zij nog maagd was.

Seks en voortplanting werden in de loop der tijd steeds meer van elkaar gescheiden, waardoor de norm van de maagdelijkheid naar de achtergrond verdween. Uit Nederlands onderzoek blijkt dat de afgelopen jaren vrouwen meer seksuele partners hebben dan voorheen. Ook masturbatie is de afgelopen vijftien jaar bij vrouwen toegenomen en bij mannen in lichte mate (Rutgers Nisso Groep, 2006).

Nog een voorbeeld van de wijze waarop de samenleving de werkelijkheid van de seksualiteit construeert: wat jongeren over seks weten. De jeugd was een eeuw geleden nog seksueel onschuldig. Maar er heersen nu andere opvattingen. Hoewel de meeste mensen geen voorstander zijn van seks tussen kinderen, vinden de meesten wel dat kinderen seksueel opgevoed moeten worden zodat zij later verstandige gedragskeuzes kunnen maken. De Amerikaanse socioloog Amy Schalet deed onderzoek naar de verschillen in opvatting over seksuele opvoeding tussen Amerikaanse en Nederlandse ouders. Hoewel de Amerikaanse ouders veel strenger en voorzichtiger zijn dan de Nederlandse ouders, komen in Amerika vier tot vijf maal zo veel tienerzwangerschappen voor. In Nederland blijken de ouders seksualiteit al snel bespreekbaar te maken met hun kinderen, terwijl Amerikaanse ouders het lang als een gevaarlijk en taboe-onderwerp beschouwen in gesprekken met hun tieners (Schalet, 2011).

Mondiale vergelijkingen

De betekenis die verschillende samenlevingen aan seksualiteit geven, kan sterk uiteenlopen. Bijvoorbeeld: Ruth Benedict (1938) heeft als antropologe jarenlang de levenswijze van de inwoners van het zuidoosten van Nieuw-Guinea bestudeerd. Zij meldde dat volwassenen er weinig aandacht aan schonken als jonge kinderen seksueel met elkaar experimenteerden. Zij vonden het onder andere geen probleem omdat meisjes voor de puberteit niet zwanger kunnen worden. Zouden ouders in de westerse wereld ook zo reageren?

Ook seksuele gewoonten kunnen van cultuur tot cultuur verschillen. Het besnijden van jongetjes, het verwijderen (van een deel) van de voorhuid, komt bijvoorbeeld in de VS veel maar in andere delen van de wereld zelden voor. Vrouwenbesnijdenis, ook wel genitale verminking genoemd, het verwijderen van de clitoris, komt in Europa en de VS relatief weinig voor, maar is in delen van Afrika en het Midden-Oosten de gewoonste zaak van de wereld (Crosette, 1995; Huffman, 2000).

Een kritische kanttekening Wat is het sterke punt van het symbolisch interactionisme? Het feit dat deze benadering laat zien hoe bekende sociale patronen door de samenleving in het leven worden geroepen. We kunnen, als we inzien dat mensen de werkelijkheid van de seksualiteit construeren, meer begrip opbrengen voor de grote verscheidenheid in de seksuele attitudes en gewoonten die we in de loop der geschiedenis en wereldwijd tegenkomen.

Het controleren van de seksualiteit van de vrouw is een thema dat we veelvuldig in de geschiedenis van de mensheid tegenkomen. In de middeleeuwen werd in Europa de kuisheidsgordel ontworpen, een metalen object dat het vrouwen onmogelijk moest maken om geslachtsgemeenschap te hebben (en waarschijnlijk ook een belemmering voor andere lichamelijke functies vormde). Kuisheidsgordels kennen we tegenwoordig niet meer, maar de sociale controle van seksualiteit nog wel. Kun jij een paar voorbeelden noemen?

Wat is een minder sterk punt van deze benadering? Niet alle seksuele gewoonten zijn zo variabel. Het is kennelijk altijd en overal zo geweest dat mannen vrouwen eerder in seksuele termen bekijken dan omgekeerd. We kunnen ons afvragen of er dan geen sprake is van een grotere sociale structuur. Het antwoord wordt in de volgende paragraaf gegeven.

zelf aan zet

Kun jij aantonen dat de seksualiteit van de mens langs sociale weg geconstrueerd wordt? Welke bewijzen kun je aanvoeren?

DENKEN OVER DIVERSITEIT: ETNICITEIT, KLASSE EN GENDER

Genitale verminking: geweld uit naam van de moraal

Meserak Ramsey, een in Ethiopië geboren vrouw, werkt als verpleegkundige in Nederland. Tijdens een bezoek bij een vriendin die ze al lang kent merkt ze dat het 18 maanden oude dochtertje in elkaar gedoken in de hoek van de kamer ligt en pijn heeft. 'Wat is er aan de hand?' vroeg ze. Ramsey was geschokt toen zij vernam dat het meisje onlangs een clitoridectomie had ondergaan, haar clitoris was verwijderd. Deze vorm van genitale verminking – uitgevoerd door een vroedvrouw, een medicijnman of een arts, meestal zonder verdoving – is gebruikelijk in Nigeria, Sierra Leone, Senegal, Somalië en Egypte. Maar de gewoonte bestaat ook bij bepaalde groeperingen die verspreid over andere landen wonen. In Nederland is clitoridectomie verboden.

In extreem patriarchale samenlevingen eisen mannen dat hun aanstaande vrouw maagd is en hen seksueel trouw blijft. Het doel van clitoridectomie is het elimineren van seksuele gevoelens, zodat de kans dat een meisje de seksuele normen overtreedt klein wordt en zij dus begeerlijk blijft. In 20 procent van de gevallen gaat de ingreep nog veel verder, infibulatie, waarbij het gehele uitwendige genitale gebied wordt verwijderd en het resterende deel, op een klein gat na, wordt dichtgenaaid. Een aanstaande echtgenoot heeft het recht om te controleren of zijn bruid nog maagd is.

Hoeveel vrouwen hebben een genitale mutilatie ondergaan? Wereldwijd wordt het aantal op 135 miljoen geschat. In Nederland wordt deze methode geregeld toegepast. In de meeste gevallen gaat het om moeders en grootmoeders (immigranten) die zelf verminkt zijn en erop staan dat de jonge meisjes uit de familie hun voorbeeld volgen. Veel van deze vrouwen eisen de ingreep juist nu omdat zij in Nederland leven waar de seksuele moraal veel losser is. 'Ik hoef me nu geen zorgen over haar te maken. Ze wordt een braaf meisje,' zei de vriendin tegen Ramsey.

Deze jonge vrouwen hebben zojuist een genitale verminking ondergaan. Wat zou er tegen dit gebruik gedaan moeten worden?

Medisch gezien is het verlies van seksuele gevoelens niet het enige gevolg van deze ingreep. De pijn is hevig en kan jarenlang aanhouden. Er bestaat infectiegevaar, een meisje kan onvruchtbaar worden en de ingreep kan de dood tot gevolg hebben. Ramsey wist dit allemaal maar al te goed. Zij heeft de verminking zelf ook ondergaan. Zij is een van de weinige gelukkigen die weinig medische problemen heeft ondervonden. Maar dat zij er onder geleden heeft is wel duidelijk. Zij had een keer een Nederlands echtpaar te logeren gevraagd. Op een gegeven moment hoorde zij de vrouw schreeuwen, ze ging naar de logeerkamer om te kijken wat er aan de hand was, en kwam tot de ontdekking dat de vrouw net een orgasme had gehad. Ramsey: 'Ik begreep er niets van. Ik dacht voorheen dat er iets mis moest zijn met Nederlandse meisjes, maar nu weet ik dat er met mij iets mis is.' Of met een systeem dat uit naam van de moraal vrouwen verminkt.

VRAGEN

1. Is genitale verminking van vrouwen een medische procedure of een sociaal controlemiddel? Licht je antwoord toe.
2. Kun je nog andere voorbeelden van lichamelijke verminking van vrouwen bedenken? Welke?
3. Wat zou er volgens jou moeten gebeuren in landen waar genitale verminking op grote schaal voorkomt? Vind je dat het respect voor de mensenrechten in dit geval zwaarder weegt dan het respect voor cultuurverschillen?

Bronnen: Crossette, 1995; Boyle et al., 2001.

14.4.3 De conflictsociologie

We hebben in eerdere hoofdstukken gezien dat de conflictsociologie zich richt op de verschillende dimensies die sociale ongelijkheid kan aannemen. Deze benadering laat ons zien hoe in de seksualiteit niet alleen de bestaande patronen van ongelijkheid tot uiting komen maar ook hoe ze in stand worden gehouden.

Seksualiteit: een reflectie van sociale ongelijkheid

Laten we nog eens het voorbeeld van prostitutie aanhalen. We kunnen ons afvragen of er wel zo veel vrouwen als prostituee zouden gaan werken als zij dezelfde economische mogelijkheden als mannen hadden. Meer in het algemeen: welke categorieën van de bevolking zullen vooral in termen van seksuele objecten gedefinieerd en behandeld worden? Ook het antwoord op deze vraag luidt: degenen met de minste macht. Vrouwen ten opzichte van mannen, niet-blanken ten opzichte van blanken. Op deze wijze wordt de seksualiteit door de samenleving gebruikt om bepaalde mensen als minder waardevol te definiëren.

Seksualiteit: het creëren van sociale ongelijkheid

Conflictsociologen, feministische in het bijzonder, zien seksualiteit als de oorzaak van de ongelijkheid tussen vrouwen en mannen. Het definiëren van vrouwen in seksuele termen devalueert hen van menselijke wezens tot objecten die de interesse en aandacht van mannen wekken. Als mannen vrouwen in seksuele termen definiëren dan ligt het voor de hand dat het in pornografisch materiaal (vrijwel uitsluitend door mannen geconsumeerd) ook allemaal om macht draait. Het gaat erom dat vrouwen mannen behagen en van dienst zijn, waardoor het idee dat mannen vrouwen de baas zijn bevestigd wordt.
Sommige meer radicale auteurs betwijfelen of dit machtselement ooit uit heteroseksuele relaties zal verdwijnen (Dworkin, 1987). De meeste conflictsociologen zijn van mening dat dit machtselement voor vrouwen vernederend is. De activiteiten van mannen worden vaak in termen van sport ('scoren') en geweld (rampetampen, een vrouw grijpen, platneuken) beschreven.

■ TOEGEPASTE SOCIOLOGIE

De schoonheidsmythe

De hertogin van Windsor heeft ooit de volgende uitspraak gedaan: 'Een vrouw kan nooit te rijk of te dun zijn.' Het eerste deel van de zin geldt wellicht ook voor mannen, het tweede deel absoluut niet. Het overgrote deel van de advertenties van de cosmetische industrie (ruim 45 miljard euro per jaar) en de dieetindustrie (ruim 75 miljard euro per jaar) is op vrouwen gericht.
Volgens Naomi Wolf (1990) creëren bepaalde cultuurpatronen een 'schoonheidsmythe' die schadelijk is voor vrouwen. In de eerste plaats wordt vrouwen bijgebracht dat zij hun eigenwaarde af moeten meten aan hun uiterlijke verschijning. Maar de schoonheidsnormen waaraan foto- en modemodellen voldoen, zijn voor de meeste vrouwen onhaalbaar.
In de tweede plaats wordt vrouwen bijgebracht hoe zij zich moeten gedragen in de relaties met mannen die zij met hun schoonheid weten aan te trekken. Het schoonheidsstreven betekent niet alleen dat vrouwen uiterst gedisciplineerd moeten zijn, ze moeten ook alle aandacht voor mannen hebben. Vrouwen moeten proberen om mannen te behagen en mogen de macht die mannen bezitten nooit in twijfel trekken.

Het geloof in de schoonheidsmythe zorgt ervoor dat veel jonge vrouwen geobsedeerd worden door hun lichaam, zij willen zo dun mogelijk zijn, vaak op het ongezonde af. De laatste decennia is het

aantal jonge vrouwen met een eetstoornis als anorexia nervosa (afvallen tot je erbij neervalt) of boulimie (een combinatie van eetbuien en overgeven) dramatisch gestegen.
De schoonheidsmythe heeft ook invloed op het gedrag van mannen. Zij krijgen herhaaldelijk te horen dat zij een mooie vrouw moeten willen. Deze ideeën over schoonheid reduceren vrouwen tot objecten en voeden bij mannen de gedachte dat vrouwen geen menselijke wezens maar poppen zijn.
Er is geen twijfel over mogelijk, de schoonheidsgedachte speelt een belangrijke rol in het dagelijks leven. Het is alleen de vraag, aldus Wolf, om welke schoonheid het gaat, de schoonheid van ons uiterlijk of van ons doen en laten.

VRAGEN

1. Bestaat er ook een 'geldmythe'? Een mythe die ons voorhoudt dat het inkomen van mensen hun waarde weerspiegelt? En zo ja, heeft deze mythe betrekking op beide seksen en in dezelfde mate?
2. Zie jij een verband tussen de schoonheidsmythe en de toename van eetstoornissen? Zijn eetstoornissen genetisch bepaald, de eigen keuze van mensen, of aangeleerd?
3. Wie hebben meer last van het feit dat zij 'er anders uitzien' – mannen of vrouwen met een lichamelijke handicap?

De queer-theorie

De conflictsociologie houdt zich niet alleen bezig met de mannelijke overheersing van vrouwen maar ook met de heteroseksuele overheersing van homoseksuelen. De term **queer-theorie** verwijst naar *een geheel van onderzoeksresultaten dat de heteroseksuele vooringenomenheid van de westerse samenleving aan de kaak stelt*. De queer-theorie gaat uit van de stelling dat onze samenleving gekenmerkt wordt door **heteroseksisme**, *de opvatting dat een iedere niet-heteroseksueel 'queer' (raar) is*. Onze heteroseksuele cultuur slachtoffert een groot aantal mensen, onder wie homoseksuele, lesbische, transseksuele en aseksuele individuen. De meeste mensen zijn het erover eens dat vooroordelen ten aanzien van vrouwen (seksisme) en mensen met een niet-blanke huidskleur (racisme) verkeerd zijn. Terwijl heteroseksisme op grote schaal geaccepteerd wordt en soms ook legaal is.

zelf aan zet

Kun je drie voorbeelden (sociale patronen) van heteroseksisme geven?

Een kritische kanttekening De conflictsociologie laat zien dat seksualiteit zowel een oorzaak als een gevolg is van ongelijkheid. Deze benadering geeft ons inzicht in de wijze waarop mannen vrouwen domineren, en heteroseksuelen homoseksuelen overheersen. Tegelijkertijd gaat deze benadering eraan voorbij dat veel mensen seksualiteit niet als een machtsvraagstuk zien. Integendeel, veel mensen hebben een vitale seksuele relatie die de betrokkenheid met elkaar verstevigt en verdiept. Daarnaast heeft deze benadering weinig oog voor de maatregelen die de samenleving heeft genomen om ongelijkheid te verminderen. De

Volgens de conflictsociologie is onze seksualiteit niet zozeer een aspect van de menselijke natuur maar bestaat onze seksualiteit uit gedragspatronen die door sociale factoren in het leven zijn geroepen. Seksualiteit speelt een belangrijke rol in sociale ongelijkheid. Mannen die vrouwen in seksuele termen definiëren, degraderen hen tot objecten. Is het gedrag dat je op de foto ziet 'natuurlijk' of sociaal bepaald? Licht je antwoord toe.

THEORIE TOEPASSEN

Seksualiteit

	Structureel functionalisme	Symbolisch interactionisme	Conflictsociologie
Analyseniveau	Macroniveau	Microniveau	Macroniveau
Welke betekenis heeft seksualiteit voor de samenleving?	Het voortbestaan hangt ervan af (voortplanting). De sociale orde wordt gehandhaafd door de seksualiteit te controleren (incesttaboe en andere regels).	Seksuele gewoonten variëren van cultuur tot cultuur. Sommige samenlevingen geven hun leden meer seksuele vrijheden dan andere.	Er bestaat een verband tussen seksualiteit en sociale ongelijkheid. De seksualiteit van vrouwen is in de westerse wereld aan meer regels onderworpen dan die van mannen (een aspect van de mannelijke overheersing).
Is de seksualiteit in de loop der tijd veranderd?	Ja. De anticonceptiemiddelen hebben een scheiding tussen seks en voortplanting bewerkstelligd. Waardoor de maatschappij meer toestaat.	Ja. De betekenis die mensen aan maagdelijkheid en andere seksuele aspecten geven, wordt door de samenleving geconstrueerd en kan veranderen.	Ja en nee. Sommige seksuele normen zijn losser geworden maar de maatschappij definieert vrouwen nog steeds in seksuele termen. Homoseksuelen ondervinden nog steeds schade van de heteroseksuele vooringenomenheid.

neiging van mannen om vrouwen als seksobjecten te beschrijven is minder sterk dan enkele tientallen jaren geleden. Omgekeerd worden mannen nu vaker dan vroeger door vrouwen openlijk als seksobject beschreven.

Een van de op dit moment belangrijkste vraagstukken op de werkplek is het verminderen en voorkomen van seksuele intimidatie. De toegenomen belangstelling voor dit onderwerp heeft tot een vermindering van seksueel misbruik in werksituaties geleid. Toch heeft nog 38% van de vrouwen en 29% van de mannen te maken met vormen van geweld op de werkplek, waarvan seksueel getinte opmerkingen of intimidatie een groot deel vormen (Emancipatiemonitor, 2012). Voorts is het onmiskenbaar dat de homobeweging verbeteringen in de positie van homoseksuelen (meer mogelijkheden om je publiek te uiten, een grotere mate van acceptatie) heeft weten te bewerkstelligen.

zelf aan zet

Welke rol speelt seksualiteit in het creëren van ongelijkheid?

SOCIOLOGIE TOEPASSEN

1. Seksualiteit wordt vandaag de dag in onze samenleving vaak openlijk besproken, vooral in de veelheid aan televisieprogramma's die hier al dan niet serieus aan gewijd zijn. Zoek op internet naar de film *Kinsey*. De film laat zien hoe voor het eerst op grootschalige wijze het seksuele leven van Amerikanen werd onderzocht. Waar lopen de onderzoekers tegenaan? Is er veel veranderd in de afgelopen decennia?

2. Ga na of jouw opleiding beleid heeft ten aanzien van ongewenste intimiteiten en/of seksueel geweld. Zo ja, wat doet jouw opleiding met de meldingen? Zo nee, waarom wordt een dergelijk beleid niet ingevoerd?

3. Probeer via internet en de bibliotheek informatie op te zoeken om meer inzicht te krijgen in het soort klanten die prostituees op bezoek krijgen. Zijn hier patronen in te herkennen? Is er sprake van een duidelijk type 'hoerenloper'?

SLAGEN VOOR HET TENTAMEN SAMENVATTING VAN HOOFDSTUK 14

WAT IS SEKSUALITEIT?

Sekse is een biologisch begrip dat naar lichamelijke verschillen tussen mannen en vrouwen verwijst.

p. 414

Gender is een cultureel begrip dat naar het gedrag, de macht en de privileges verwijst die een samenleving aan het vrouw-zijn en het man-zijn koppelt.

p. 416

Seksualiteit is **een kwestie van biologie**.
- Het geslacht wordt bij de conceptie bepaald.
- Mannen en vrouwen hebben verschillende genitaliën (*primaire geslachtskenmerken*) en een andere lichamelijke ontwikkeling (*secondaire geslachtskenmerken*).
- Bij *interseksuele mensen* (*hermafrodieten*) zien we een combinatie van mannelijke en vrouwelijke genitaliën.
- *Transseksuelen* hebben het gevoel dat zij tot een bepaalde sekse behoren terwijl ze biologisch gezien van het andere geslacht zijn.

p. 414-416

Seksualiteit is **een kwestie van cultuur**.
- Voor de mens is seks geen kwestie van biologische programmering, maar van culturele betekenissen en persoonlijke keuzes.
- Bepaalde gewoonten kunnen sterk verschillen van cultuur tot cultuur (zoals kussen, ideeën over zedigheid en schoonheidscriteria).
- Het reguleren van de seksualiteit, in het bijzonder de voortplanting, is een noodzakelijk element van de sociale organisatie in een samenleving. Vandaar dat het incesttaboe een universeel verschijnsel is. Andere taboes kunnen per samenleving verschillen.

p. 416-419

GENDER, PATRIARCHIE EN SEKSISME

- Gender gaat niet uitsluitend over verschillen. Omdat samenlevingen mannen meer macht en andere privileges geven dan vrouwen, is gender een belangrijke dimensie van de sociale stratificatie. *Seksisme* is een ingebouwd mechanisme in het functioneren van sociale instituties.
- Een zekere mate van *patriarchie* is vrijwel overal aanwezig, maar kan van periode tot periode en van samenleving tot samenleving verschillen.

p. 417-419

SEKSUELE ORIËNTATIE

Seksuele oriëntatie: tot wie een individu zich emotioneel of erotisch aangetrokken voelt. De vier seksuele oriëntaties zijn:
- heteroseksualiteit;
- homoseksualiteit;
- biseksualiteit;
- aseksualiteit.

p. 419-422

De meeste onderzoeksresultaten steunen de stelling dat de seksuele oriëntatie een biologische basis heeft, vergelijkbaar met aangeboren links- of rechtshandigheid.

p. 421

De seksuele oriëntaties representeren geen zuivere categorieën. Dit komt omdat veel mensen die zichzelf als heteroseksueel beschouwen homoseksuele ervaringen hebben, en omgekeerd.

p. 422

SLAGEN VOOR HET TENTAMEN VERVOLG

SEKSUELE VRAAGSTUKKEN EN CONTROVERSEN

Tienerzwangerschappen. In Nederland worden per jaar rond de 2000 meisjes onder de twintig jaar zwanger. In 1950 lag dit cijfer hoger maar toen trouwden meisjes op jonge leeftijd. De meeste meisjes die tegenwoordig zwanger worden zijn niet getrouwd, maken vaak hun opleiding niet af en hebben het meestal niet breed.

p. 423

Pornografie. Weinig mensen veroordelen pornografie op morele gronden, meer mensen vinden pornografie een machtskwestie. Zij wijzen pornografie af omdat vrouwen vernederd worden.

p. 423-424

Prostitutie. De verkoop van seksuele diensten is in Nederland gelegaliseerd. Toch wordt, met name buiten Nederland, prostitutie beschouwd als een misdrijf zonder slachtoffer. Maar het slachtoffert vrouwen wel en prostitutie kan bijdragen tot de verspreiding van seksueel overdraagbare ziekten.

p. 424-428

Seksueel geweld. In Nederland worden per jaar ongeveer 1500 verkrachtingen gemeld. Het werkelijke aantal ligt waarschijnlijk een aantal malen hoger. Een verkrachting is een geweldsmisdrijf waarbij slachtoffer en dader vaak bekenden zijn van elkaar.

p. 428-429

THEORETISCHE ANALYSES VAN SEKSUALITEIT

Het **structureel functionalisme** laat zien dat de samenleving genoodzaakt is om seksuele activiteiten, in het bijzonder de voortplanting, te reguleren. Het incesttaboe is een universele norm, die de familieverhoudingen overzichtelijk houdt.

p. 430

De **conflictsociologie** koppelt seksualiteit aan sociale ongelijkheid. De *feministische* theorie stelt dat mannen vrouwen domineren door ze tot seksobjecten te degraderen. De *queer-theorie* stelt dat de samenleving heteroseksueel vooringenomen is en alles wat anders is als queer afdoet.

p. 433-434

Het **symbolisch interactionisme** legt het accent op de verschillende betekenissen die mensen aan seksualiteit toeschrijven. De sociale constructie van de seksualiteit komt tot uiting in de seksuele verschillen tussen samenlevingen en de veranderingen die seksuele patronen in de loop der tijd ondergaan.

p. 430-432

Zie kadertekst *Theorie toepassen* op p. 435.

SLAGEN VOOR HET TENTAMEN **MEERKEUZEVRAGEN**

1 Welke term is van toepassing op mensen die een combinatie van vrouwelijke en mannelijke genitaliën hebben?
   a. aseksueel
   b. biseksueel
   c. transseksueel
   d. interseksueel

2 Uit een mondiaal overzicht van de seksualiteit van de mens blijkt dat
   a. seks een biologische basis heeft maar ook een cultureel verschijnsel is dat per plaats kan verschillen;
   b. mensen, waar ook ter wereld, dezelfde seksuele gewoonten hebben;
   c. mensen, waar ook ter wereld, moeilijk over seks kunnen praten;
   d. a, b en c zijn juist.

3 Waarom komt het incesttaboe in elke samenleving voor?
   a. Het taboe beperkt de seksuele concurrentie tussen familieleden.
   b. Het taboe maakt duidelijk welke rechten en plichten mensen tegenover elkaar hebben.
   c. Het taboe helpt de leden van een familie om betrekkingen buiten de familie aan te gaan.
   d. a, b en c zijn juist.

4 Welke term verwijst naar het seksueel aangetrokken worden door beide seksen?
   a. heteroseksualiteit
   b. homoseksualiteit
   c. biseksualiteit
   d. aseksualiteit

5 In vergelijking met de situatie in 1950 is het percentage tienerzwangerschappen in Nederland op dit moment
   a. hoger;
   b. hetzelfde maar er worden meer tieners zwanger omdat zij dat willen;
   c. hetzelfde, maar er zijn meer getrouwde tienermoeders;
   d. lager.

6 De introductie van anticonceptiemiddelen in een samenleving heeft tot gevolg dat
   a. de sociale controle op seksueel gedrag strenger wordt;
   b. het geboortecijfer stijgt;
   c. de attitudes ten aanzien van seksueel gedrag toleranter worden;
   d. mensen zich niet langer druk maken over incest.

7 De 'schoonheidsmythe' stimuleert
   a. vrouwen om te geloven dat hun persoonlijke waarde afhangt van hun uiterlijk;
   b. mooie vrouwen om te gaan geloven dat zij geen man nodig hebben;
   c. mannen om zich aantrekkelijk te maken voor vrouwen;
   d. vrouwen om te geloven dat zij fysiek even aantrekkelijk zijn als mannen.

Het gezin en religie zijn sociale instituties die het gedrag en de opvattingen van mensen vormgeven. Vaak zien we, als mensen voor rituele gebeurtenissen bijeenkomen, dat beide instituties zich tegelijkertijd manifesteren. Bijvoorbeeld bij een huwelijk.

15

GEZIN EN FAMILIE

- *Wat* is een gezin?
- *Hoe* houdt het gezin sociale ongelijkheid in stand?
- *Wat* zijn de maatschappelijke oorzaken en gevolgen van echtscheiding?

Boutaina Faris is geboren in Marokko, in een familie met zes kinderen, in een wereld waarin families hard werken, regelmatig naar de moskee gaan en trots zijn op het feit dat zij veel kinderen hebben. Boutaina herinnert zich maaltijden bij vrienden van haar ouders, bij wie er een hele wand in de woonkamer behangen was met foto's van de kinderen en kleinkinderen.

Boutaina is nu 40 jaar, woont in Rotterdam, gaat naar een lokale moskee en werkt als caissière in een supermarkt. In bepaalde, maar niet in alle opzichten is zij in de voetsporen van haar ouders getreden. 'In Marokko hadden veel gezinnen die ik kende 5, 6, of 8 kinderen. En soms nog meer. Maar ik ben naar dit land gekomen om een beter leven te krijgen. Maar dat is gewoon onmogelijk als je te veel kinderen hebt.' Om die redenen wilde ze niet meer dan de drie kinderen die ze nu heeft.

De traditie om grote gezinnen te stichten wordt door veel Marokkaanse vrouwen in Nederland losgelaten. Steeds meer mensen van Marokkaanse afkomst nemen hetzelfde besluit als Boutaina Faris en krijgen minder kinderen. Uit onderzoek is gebleken dat het geboortecijfer bij alle immigrantenvrouwen de afgelopen jaren steeds meer overeenkomt met dat van autochtone vrouwen (CBS StatLine, 2013).

Het gezin bestaat al heel lang. Maar zoals blijkt uit de beschrijving van de situatie van Boutaina, zijn gezinnen aan veranderingen onderhevig. Bijvoorbeeld omdat vrouwen meer loopbaanmogelijkheden willen hebben en hun kinderen een beter bestaan willen bieden. We kennen geen andere sociale institutie die zo snel verandert als het gezin (Bianchi & Spain, 1996).

15.1 Familie en gezin: basisbegrippen

De **familie** is *een sociale institutie die in elke samenleving voorkomt en mensen in coöperatieve groepen verenigt zodat zij voor elkaar en voor de aanwezige kinderen kunnen zorgen*. Familiebetrekkingen, ook wel **verwantschap** genoemd, kunnen gedefinieerd worden als *sociale banden die gebaseerd zijn op afstamming, huwelijk of adoptie*. Families komen in elke samenleving voor, maar welke mensen wij tot onze naaste familie rekenen kan per tijdperk en per cultuur verschillen.

In pre-industriële samenlevingen hebben mensen een ruime opvatting over het verschijnsel verwantschap en kent men vooral de **familie** of **uitgebreide gezin**, *een sociale groep die uit ouders en kinderen, en ook uit andere verwanten bestaat*. Deze constellatie wordt ook wel het *consanguine gezin* genoemd omdat alle bloedverwanten er in worden opgenomen. De industrialisering ging gepaard met een grotere sociale en geografische mobiliteit. Hierdoor ontstond het **gezin**, *een sociale groep die uit een of twee ouders en hun kinderen bestaat*. Deze samenstelling wordt ook wel het *conjugale gezin* genoemd (gebaseerd op het huwelijk). In onze samenleving leven sommige mensen in families, maar de meesten in gezinnen. In Engelstalige literatuur wordt de term 'family' gebruikt voor familie, en de term 'nuclear family' voor gezin. Het onderscheid tussen de termen familie en gezin is typisch Nederlands.

15.2 Familie en gezin: mondiale verschillen

In de westerse wereld speelt het **huwelijk** een belangrijke rol omdat daar veel mensen die met elkaar trouwen een gezin stichten. Veel mensen maken er tegenwoordig bezwaar tegen om alleen gehuwde partners of ouders en kinderen als een gezin te definiëren, omdat zij deze omschrijving te beperkt vinden. Omdat veel bedrijven en overheidsinstanties – zeker buiten Europa – nog steeds deze conventionele definitie hanteren, worden velen die wel een partnerschap vormen maar niet getrouwd zijn van bepaalde voorzieningen uitgesloten (bijvoorbeeld op het gebied van de gezondheidszorg). Maar daar komt langzamerhand verandering in. Ook mensen die zichzelf als gezin definiëren zonder wettelijk erkende of op bloedverwantschap gebaseerde relaties worden steeds meer als gezin erkend. Het Centraal Bureau voor de Statistiek (CBS) hanteert de term huishouden. In Nederland bestaat een gezin uit ouders en kinderen.

15.2.1 Huwelijkspatronen

Culturele normen en vaak ook wetten bepalen of mensen geschikte huwelijkspartners zijn of niet. Sommige normen bevorderen **endogamie**, *een huwelijk tussen mensen die tot dezelfde sociale categorie behoren* (leeftijd, ras, dorp, religie of sociale klasse). Het begrip **exogamie** staat voor een huwelijk tussen mensen die tot verschillende sociale categorieën behoren. Op het platteland van India bijvoorbeeld wordt verwacht dat een individu trouwt met iemand die tot dezelfde kaste behoort (endogamie), maar uit een ander dorp komt (exogamie). Waarom endogamie? Op deze wijze geven mensen met vergelijkbare posities hun sociale status door aan hun kinderen, zodat de traditionele sociale hiërarchie gehandhaafd blijft. Exogamie maakt contacten tussen verschillende gemeenschappen mogelijk en stimuleert de spreiding van cultuurelementen.

In de hoge-inkomenslanden is alleen **monogamie** toegestaan, *een echtelijke verbintenis tussen twee partners*. Wereldkaart 15.1 laat zien dat monogamie de norm is in Europa en Amerika. In veel lagere inkomenslanden (vooral in Afrika en Zuid-Azië) is **polygamie** toegestaan, *een echtelijke verbintenis tussen een individu en twee of meer partners*. We kennen twee vormen van polygamie. De meestvoorkomende vorm is *polygynie* ('veel vrouwen'), een huwelijk tussen een man en twee of meer vrouwen. In islamitische landen in het Midden-Oosten en Afrika mogen mannen maximaal vier vrouwen hebben. Maar de meeste gezinnen zijn toch monogaam omdat er niet zo veel mannen zijn die het zich kunnen veroorloven om meerdere vrouwen en nog meer kinderen te onderhouden. *Polyandrie* ('veel mannen') is een echtelijke verbintenis tussen een vrouw en twee of meer mannen. Dit zeldzame patroon komen we in Tibet tegen. Landbouw is in het bergachtige landschap van Tibet een lastige onderneming. Polyandrie voorkomt dat het land in te kleine stukken (om nog een gezin te kunnen onderhouden) wordt opgesplitst en verdeelt het werk dat op het land gedaan moet worden onder de beschikbare mannen.

De meeste samenlevingen hebben een periode gekend waarin zij meer dan één huwelijkspatroon toestonden. Maar het monogame huwelijk heeft altijd de overhand gehad (Murdock, 1965, oorspronkelijk 1949). De historische voorkeur voor monogamie weerspiegelt twee feiten: het onderhouden van meerdere partners is een dure aangelegenheid en het aantal mannen en vrouwen is in de meeste samenlevingen ongeveer gelijk.

zelf aan zet

Zou je gezien het grote aantal echtscheidingen in de westerse wereld het gangbare huwelijksstelsel niet beter 'seriële monogamie' kunnen noemen (de ene partner na de andere)? Licht je antwoord toe.

Gezinnen kunnen de meest uiteenlopende samenstelling hebben. Relaties van beroemdheden laten vrijwel alle mogelijke combinaties zien. Zoals de relatie tussen Patricia Paay (64 jaar) en Nicky van Dam (29 jaar). Paay heeft een dochter van 23 jaar uit een eerder huwelijk. Albert Verlinde en Onno Hoes zijn sinds 2001 getrouwd: het jaar dat in Nederland, als eerste land ter wereld, het burgerlijk huwelijk werd opengesteld voor twee partners van hetzelfde geslacht.

Bronnen: www.imageselect.eu; Berg A-V.

VENSTER OP DE WERELD

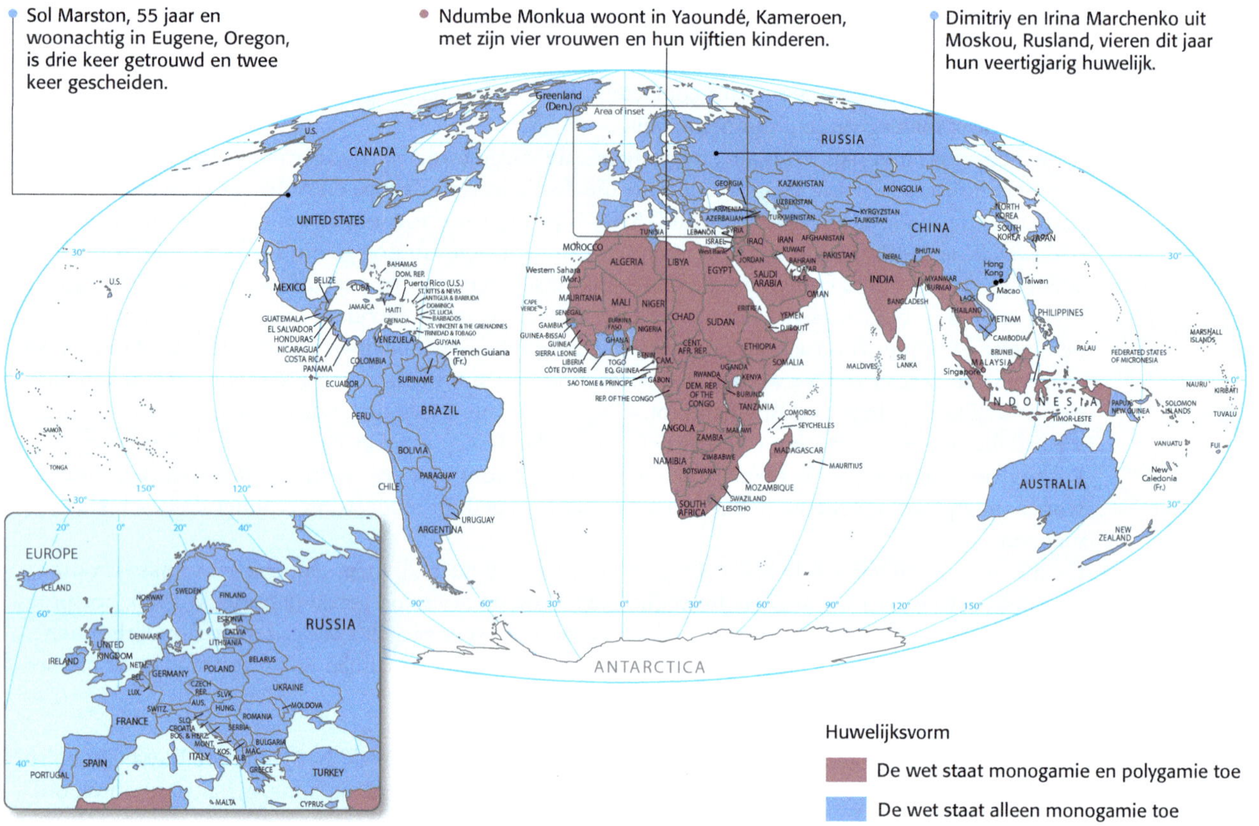

Wereldkaart 15.1 Huwelijksvormen in mondiaal perspectief

Op het westelijk halfrond en een groot deel van de rest van de wereld is monogamie de enige wettelijk toegestane huwelijksvorm. In de meeste Afrikaanse landen en Zuid-Azië is polygamie toegestaan. Dat laatste is deels een gevolg van de historische invloed van de islam, een godsdienst die mannen het recht geeft om maximaal vier vrouwen te hebben. Maar ook in deze landen heeft het monogame huwelijk de overhand, voornamelijk uit financiële overwegingen.

Bron: *Peters Atlas of the World*, 1990; aangevuld door John Macionis.

15.2.2 Woonpatronen

Een samenleving reguleert niet alleen de partnerkeuze, maar ook de locatie waar een echtpaar gaat wonen. In pre-industriële samenlevingen wonen pasgetrouwden bij de ouders van een van hen. De ouders bieden hun bescherming en kunnen hen zo nodig helpen en bijstaan. Ze wonen meestal bij of in de buurt van de ouders van de man. Dit wordt *patrilocaliteit* ('plaats van de vader') genoemd. Maar sommige samenlevingen, waaronder die van de Noord-Amerikaanse indianenstam de *Iroquois*, hebben een voorkeur voor *matrilocaliteit* ('plaats van de moeder'). Pasgehuwden wonen dan bij of in de buurt van de familie van de vrouw. Samenlevingen die regelmatig met lokale oorlogen te maken hebben, neigen tot patrilocaliteit. Mannelijke nakomelingen kunnen dicht bij huis blijven en bescherming bieden. Terwijl samenlevingen die verre oorlogen voeren, afhankelijk van het feit wie (zonen of dochters) de meeste economische waarde hebben, de voorkeur aan een van beide geven (Ember & Ember, 1971, 1991).

In industriële samenlevingen zien we een ander patroon. Als de financiën het toelaten, geven pasgehuwden de voorkeur aan *neolocaliteit* ('nieuwe plaats'), een eigen plek, los van ouders en schoonouders.

15.2.3 Afstammingspatronen

Het begrip **afstamming** verwijst naar *het systeem waarmee de leden van een samenleving het spoor van familieverwantschap van generatie op generatie volgen.* De meeste pre-industriële samenlevingen volgen de lijn via één kant van de familie. Het meest gebruikelijke patroon is *patrilineaire afstamming.* De ver-

wantschap wordt via de mannelijke lijn gevolgd, het bezit gaat van vader op zoon. De patrilineaire afstamming is kenmerkend voor de meeste veehoudende en agrarische samenlevingen, omdat mannen de meest waardevolle middelen van bestaan produceren. De *matrilineaire afstamming* (alleen de moeders kant wordt als familie gedefinieerd en het bezit gaat over van moeder op dochter) vinden we in horticulturele samenlevingen, waar vrouwen de belangrijkste voedselproducenten zijn.
In industriële samenlevingen zien we een grotere gendergelijkheid en een *bilaterale afstamming.* Kinderen zien zowel degenen van vaders- als van moederskant als familieleden. Bezittingen kunnen op zonen en dochters overgaan.

zelf aan zet

In termen van afstammingspatronen, wat vind jij van het verschijnsel dat vrouwen bij een huwelijk de achternaam van hun echtgenoot aannemen?

15.2.4 Gezagspatronen

Wereldwijd kunnen we constateren dat het patriarchale patroon (zie hoofdstuk 14), in de vorm van polygynie, patrilocaliteit en patrilineaire afstamming, dominant is. Ook in de westerse wereld is de man nog vaak het hoofd van het gezin en geven de meeste ouders hun kinderen de achternaam van de man. Maar er komen meer en meer gezinnen waarin we meer gelijkheid zien, vooral dankzij het feit dat steeds meer vrouwen tot de beroepsbevolking behoren.

15.2.5 Genderpatronen

De eerste vraag die mensen stellen als er een kind is geboren, is meestal, 'Is het een jongetje of een meisje?' Een belangrijke vraag omdat deze niet alleen betrekking heeft op de sekse van het kind maar ook op de richting die haar of zijn levensloop zal hebben. In feite speelt gender al voor de geboorte een rol. Vooral in de lagere inkomenslanden hopen ouders dat hun eerstgeborene een jongetje is.
Een kind wordt direct na de geboorte in de 'roze wereld' van meisjes of de 'blauwe wereld' van jongens verwelkomd (Bernard, 1981). Mensen laten het genderaspect zelfs doordringen in hoe ze met een zuigeling omgaan. Een onderzoeker van een Engelse universiteit gaf een zuigeling (de ene keer als jongetje, dan weer als meisje aangekleed) aan een aantal vrouwelijke proefpersonen. Haar proefpersonen behandelden het 'meisje' teder, met veel knuffels en strelingen; het 'jongetje' werd agressiever behandeld, hij werd boven het hoofd getild en mocht paardje rijden (Bonner, 1984; Tavris & Wade, 2001). De boodschap is helder: de wereld van de vrouw draait om coöperatie en emotie, die van de man om onafhankelijkheid en actie. In de jaren zeventig van de twintigste eeuw werd het in de westerse wereld gebruikelijker om kinderen 'genderneutraal' op te voeden. De nadruk leggen op biologische verschillen tussen mannen en vrouwen was toen erg omstreden. Tegenwoordig is er juist weer veel aandacht voor verschillen tussen jongens en meisjes. Denk bijvoorbeeld aan de vele zelfhulpboeken over verschillen tussen mannen en vrouwen, die beiden van een andere planeet schijnen te komen.

zelf aan zet

Ben jij opgegroeid in een situatie waarin vrouwen en mannen verschillende taken en verantwoordelijkheden hadden? Hoe heeft dat jouw visie op gender beïnvloed?

15.3 Theoretische analyses van het gezin

Zoals ook in andere hoofdstukken het geval was, kunnen we aan de hand van verschillende theoretische benaderingen meer inzicht krijgen in een verschijnsel.

15.3.1 De functies van het gezin: het structureel functionalisme

Volgens het structureel functionalisme vervult het gezin een groot aantal vitale functies. Vandaar ook dat het gezin soms de 'ruggengraat van de samenleving' wordt genoemd.

- **Socialisering**. In hoofdstuk 4 bleek dat de gezinssituatie uitermate belangrijk is voor de opvoeding het kind. Onder ideale omstandigheden worden kinderen door hun ouders geholpen om zich tot goed geïntegreerde en nuttige leden van de samenleving te ontwikkelen (Parsons & Bales, 1955). Natuurlijk gaat de socialisatie in de gezinssituatie de gehele levensloop door. Volwassenen veranderen door het huwelijk en zoals elke ouder weet, leren ouders evenveel van hun kinderen als andersom.

- **Het reguleren van seksuele activiteiten**. Elke cultuur reguleert de seksuele activiteiten van mensen om het voortbestaan van de organisatie van familiebetrekkingen en eigendomsrechten te kunnen garanderen. In hoofdstuk 14 is het **incesttaboe** ter sprake gekomen, *een norm die seksuele relaties of het sluiten van een huwelijk tussen bepaalde familieleden verbiedt.* In elke samenleving komen we het incesttaboe tegen; de familieleden op wie het taboe betrekking heeft, kunnen van cultuur tot cultuur verschillen (Murdock, 1965, oorspronkelijk 1949).
  De voortplanting tussen naaste familieleden van levende soorten kan mentale en fysieke defecten opleveren. Maar alleen de menselijke soort kent een incesttaboe, waaruit we kunnen afleiden dat de belangrijkste bestaansgrond voor het taboe een sociale is. Waarom? In de eerste plaats: het incesttaboe limiteert de seksuele concurrentie in een gezin, omdat alleen de echtgenoten seks met elkaar mogen hebben. Ten tweede: omdat de familierelaties bepalen welke rechten en plichten mensen tegenover elkaar hebben. Voortplanting tussen naaste familieleden zou de familierelaties hopeloos verwarren en een gevaar vormen voor de sociale orde. En ten slotte: het feit dat mensen een huwelijkspartner buiten de eigen familie moeten zoeken, maakt de totale samenleving hechter.
- **Sociale positionering**. We hebben geen gezin nodig om ons te kunnen voortplanten, maar gezinnen dragen bij tot het voortbestaan van de sociale organisatie. Ouders dragen hun eigen sociale identiteit (in termen van ras, etniciteit, religie en sociale klasse) al bij de geboorte over op hun kinderen.
- **Materiële en emotionele zekerheid**. Veel mensen beschouwen het gezin als 'een veilige haven in een harteloze wereld'. Het gezin biedt fysieke bescherming en emotionele en financiële steun. Wellicht is dat de reden waarom mensen die in gezinsverband leven meestal gelukkiger, gezonder en welvarender zijn dan mensen die alleen leven (Goldstein & Kinney, 2001; U.S. Census Bureau, 2006).

Een kritische kanttekening Het structureel functionalisme laat ons zien waarom de samenleving, tenminste zoals we deze kennen, op gezinnen is gebouwd. Maar deze benadering verbloemt de diversiteit in het gezinsleven en negeert de mogelijkheden die andere sociale instituties (zoals de overheid) hebben om in elk geval aan een deel van dezelfde behoeften tegemoet te komen. En deze benadering besteedt geen aandacht aan de negatieve aspecten van het gezinsleven, zoals de nadelen van het patriarchaat of huiselijk geweld.

zelf aan zet

Noem vier belangrijke functies die het gezin voor de samenleving vervult. Ben je het eens met deze vier functies? Wat kun je hiertegen inbrengen?

15.3.2 Ongelijkheid en het gezin: de conflictsociologie en de feministische benadering

Ook de conflictsociologie en de feministische benadering erkennen dat het gezin een centrale rol speelt in ons bestaan. Maar zij richten de aandacht niet zozeer op de positieve effecten die het gezin op de samenleving heeft, maar op het feit dat het gezin sociale ongelijkheid in stand houdt.

1. **Bezit en nalatenschap**. Friedrich Engels (1902, oorspronkelijk 1884) herleidde het ontstaan van het gezin tot de behoefte van mannen (met name uit de hogere klassen) om vast te stellen wie hun erfgenamen zijn zodat zij hun bezittingen aan hen kunnen nalaten. Gezinnen richten zich op het familiebezit en reproduceren de klassenstructuur elke volgende generatie opnieuw.

2. **Patriarchaat**. De feministische benadering koppelt het gezin aan het patriarchaat. Mannen kunnen alleen zeker weten wie hun nakomelingen zijn als zij de seksualiteit van de vrouw controleren. Het gezin zorgt er dan ook voor dat de vrouw het seksuele en economische bezit van de man wordt. Het geld dat vrouwen vijftig jaar geleden verdienden, behoorde hun man toe. In Nederland waren getrouwde vrouwen tot 1956 handelingsonbekwaam, dat wil zeggen dat zij voor alle grotere uitgaven de toestemming van hun man nodig hadden. En vandaag de dag dragen vrouwen nog steeds de meeste verantwoordelijkheid voor de kinderen en het huishouden (Benokraitis & Feagin, 1995; Stapinski, 1998; England, 2001).

3 **Etniciteit en ras**. Etnische en raciale categorieën kunnen alleen maar generaties lang blijven voortbestaan als mensen in hun eigen kring trouwen. Het endogame huwelijk houdt hiërarchieën tussen bevolkingsgroepen in stand.

Een kritische kanttekening De conflictsociologie en de feministische benadering laten een andere kant van het gezinsleven naar voren komen: de rol die het in de sociale stratificatie speelt. Friedrich Engels beschouwde het gezin als een essentieel onderdeel van het kapitalisme. Maar niet-kapitalistische samenlevingen kennen ook gezinnen (en gezinsproblemen). Wellicht had Engels gelijk toen hij een relatie tussen het gezin en sociale ongelijkheid veronderstelde, maar dat neemt niet weg dat het gezin tal van maatschappelijke functies vervult.

zelf aan zet

Noem drie manieren waarop gezinnen sociale ongelijkheid in stand houden.

Vrouwen hebben lange tijd te horen gekregen dat het huwelijk de sleutel tot hun geluk is. De conflictsociologie stelt dat het huwelijk vaak een levenslange veroordeling tot onbetaald huishoudelijk werk betekent. Susan Pyzows schilderij *Bruidsboeket* onderschrijft deze stelling.

Bron: Susan Pyzow, *Bruidsboeket*, Studio SPM Inc.

15.3.3 Het creëren van het gezinsleven: een analyse op microniveau

Het structureel functionalisme en de conflictsociologie benaderen het gezin als een structureel systeem. Het symbolisch interactionisme exploreert hoe individuen het gezinsleven vormgeven en ervaren.

Het symbolisch interactionisme

Onder ideale omstandigheden biedt het gezinsleven de mogelijkheid om *intimiteit* te beleven (intimiteit is te herleiden tot een Latijnse term die 'het delen van angst' betekent). Tussen gezinsleden die gemeenschappelijke activiteiten ondernemen en een vertrouwensrelatie ontwikkelen, ontstaan emotionele banden. Het feit dat ouders als autoriteitsfiguren optreden kan een negatieve invloed hebben op de mate van intimiteit die zij met hun kinderen ontwikkelen. Dat kan veranderen als de kinderen volwassen beginnen te worden. De kans dat zij meer intieme vertrouwelijkheden gaan uitwisselen wordt groter (Macionis, 1978).

De rationelekeuzetheorie

De rationelekeuzetheorie, een andere benadering op microniveau, beschrijft partnerrelaties in termen van onderhandelingen (Blau, 1964). Door met elkaar uit te gaan kunnen mensen elkaar als potentiële partners beoordelen. Volgens deze theorie gaan we de huwelijksmarkt op en kijken we rond totdat we het idee hebben dat we een goede 'deal' kunnen maken.
In patriarchale samenlevingen bepalen de genderrollen wat de ruilmiddelen zijn. Voor mannen zijn dat macht en geld, vrouwen brengen hun schoonheid in. Vandaar ook dat vrouwen in veel tradities zo veel met hun uiterlijk bezig zijn en geheimzinnig over hun leeftijd kunnen doen. Naarmate er meer vrouwen op de arbeidsmarkt verschijnen en zij minder afhankelijk worden van mannen, zullen mannen en vrouwen min of meer dezelfde ruilmiddelen gaan gebruiken.

Een kritische kanttekening Een analyse op microniveau brengt de visies van het structureel functionalisme en de conflictsociologie op het gezin als institutioneel systeem met elkaar in evenwicht. Echter, omdat het symbolisch interactionisme en de rationelekeuzetheorie zich concentreren op de wijze waarop individuen het gezinsleven ervaren, hebben zij geen oog voor het grote beeld. Mensen die tot dezelfde sociale en economische categorieën behoren, doen in hun gezinsleven overeenkomstige ervaringen op. Zie de overzichtstabel.

■ **THEORIE TOEPASSEN**

Het gezin

	Structureel functionalisme	Conflictsociologie en de feministische benadering	Symbolisch interactionisme en de rationelekeuzetheorie
Analyseniveau	Macroniveau	Macroniveau	Microniveau
Welke rol speelt het gezin in de samenleving?	Het gezin vervult vitale taken, zoals het socialiseren van jongeren en het geven van emotionele en financiële steun aan gezinsleden. Het gezin helpt het seksuele gedrag te reguleren.	Het gezin houdt de sociale ongelijkheid in stand door het familiebezit telkens door te geven aan de volgende generatie. Het gezin steunt het patriarchaat en de raciale en etnische ongelijkheid.	De werkelijkheid van het gezinsleven wordt in de interacties tussen de gezinsleden gecreëerd. Op de huwelijksmarkt vinden mensen elkaar die ongeveer hetzelfde te bieden hebben.

zelf aan zet

Wat is het verschil tussen een benadering op microniveau van het gezin en een benadering op macroniveau?

15.4 Fasen in het gezinsleven

De leden van onze samenleving worden tijdens hun levensloop met verschillende fasen in het gezinsleven geconfronteerd.

15.4.1 Flirten en romantische liefde

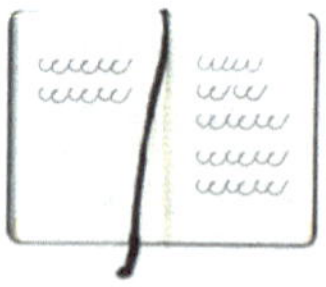

2 november, Kandy, Sri Lanka – Terwijl we door het regenwoud van dit mooie eiland rijden, vertelt onze chauffeur Harry hoe hij zijn vrouw heeft ontmoet. In feite was hun ontmoeting gearrangeerd. De twee gezinnen waren boeddhistisch en behoorden tot dezelfde kaste. 'We konden het vanaf het begin goed met elkaar vinden. We hadden dezelfde achtergrond. Ik denk dat we geen van beiden nee hadden kunnen zeggen. Liefdeshuwelijken worden in de stad gesloten, niet in het dorp waar ik vandaan kom.'

Op het platteland van Sri Lanka en andere pre-industriële samenlevingen beschouwen de meeste mensen hofmakerij als te belangrijk om het aan de jongeren over te laten. *Gearrangeerde huwelijken* zijn verbintenissen tussen twee families met een vergelijkbare sociale status. Meestal worden niet alleen de kinderen aan elkaar gekoppeld maar worden er ook bezittingen en diensten uitgewisseld. Romantische liefde heeft er niets mee te maken. De afspraken kunnen al gemaakt worden als de kinderen nog heel jong zijn. De helft van de meisjes uit India en Sri Lanka trouwde een eeuw geleden nog voor het vijftiende levensjaar (Mayo, 1927; Mace & Mace, 1960). In sommige delen van India komt het kindhuwelijk nog steeds voor.
De industrialisering heeft de rol van het uitgebreide gezin minder belangrijk gemaakt en tradities afgezwakt. Jonge mensen die zelf hun partner gaan zoeken kunnen hun flirtkunsten ontwikkelen en met seksualiteit experimenteren. Een huwelijk vindt pas plaats als de partners hun studie hebben afgerond en genoeg ervaring hebben opgedaan om een geschikte partner te kunnen herkennen.
In onze cultuur staat de *romantische liefde* voorop, de affectie en de seksuele passie die we voor een ander voelen. De romantische liefde vormt de basis voor een huwelijk. We kunnen ons moeilijk een huwelijk zonder liefde voorstellen en in het dagelijks leven, van sprookjes tot televisieseries, wordt de liefde als de sleutel tot een geslaagd huwelijk voorgesteld.
Het feit dat onze samenleving de romantische liefde benadrukt, motiveert jonge mensen om het ou-

derlijk nest te verlaten en hun eigen gezin te stichten. De lichamelijke passie kan een jong stel door de eerste moeilijke fase van het samenwonen heen helpen (Goode, 1959). Maar gevoelens veranderen na verloop van tijd. Romantische liefde vormt dan ook een minder stabiele basis voor een huwelijk dan sociale en economische overwegingen. Vandaar ook dat het echtscheidingscijfer in westerse landen veel hoger is dan in landen waar de cultuur de vrijheid van de partnerkeuze beperkt.
Maar ook in de westerse wereld wordt Cupido's pijl veel meer door de samenleving gestuurd dan we zouden willen geloven. De meeste mensen worden verliefd op een ander van hetzelfde ras, van ongeveer gelijke leeftijd en sociale klasse. Onze samenleving 'arrangeert' huwelijken door **homogamie** te propageren, *huwelijken tussen mensen met dezelfde sociale kenmerken*.

zelf aan zet

In welke mate lijken je ouders (of je partner en jij) op elkaar in termen van leeftijd, sociale klasse, ras, etniciteit en opleiding?

15.4.2 Zich vestigen: ideale en reële huwelijken

In onze samenleving krijgen jonge mensen een geïdealiseerd 'en ze leefden nog lang en gelukkig' beeld van langdurige relaties zoals het huwelijk voorgeschoteld. Een optimistisch beeld dat in de

SOCIOLOGIE IN MONDIAAL PERSPECTIEF

Trouwen op zeer jonge leeftijd: een verslag van het Indiase platteland

Sumitra Jogi huilt als haar huwelijk op het punt staat om te beginnen. Van vreugde? Niet echt. Deze 'bruid' is elf maanden oud en ligt in de armen van haar moeder. De bruidegom? Een zesjarige jongen. We bevinden ons in een afgelegen dorp in Rajasthan, een westelijke staat in India. De twee families hebben zich om middernacht verzameld om een traditioneel huwelijksritueel te vieren. Het is 2 mei, volgens hindoeïstische traditie een uitstekende dag voor een huwelijk. Sumitra's vader glimlacht als de ceremonie begint, de moeder wiegt haar, ze is in slaap gevallen. De bruidegom heeft een speciaal pak aan en draagt een roodgouden tulband. Hij pakt voorzichtig een hand van de baby. Aan het einde van de ceremonie leidt de jongen het kind en haar moeder 3,5 keer rond het huwelijksvuur, terwijl de aanwezigen stralen.
Kinderhuwelijken zijn verboden in India, maar de tradities op het platteland zijn taai en de wet is moeilijk te handhaven. Wat tot gevolg heeft dat er ieder jaar duizenden kinderhuwelijken gesloten worden. In de woorden van een sociaal werker: 'Op het platteland van Rajasthan zijn alle meisjes op hun veertiende getrouwd. Het zijn arme, ongeletterde families die meisjes zodra ze gaan menstrueren niet meer thuis willen houden.'
Voorlopig blijft Sumitra bij haar ouders, maar over acht à tien jaar volgt er een tweede ceremonie en gaat zij bij de familie van haar echtgenoot wonen. Daar begint haar huwelijksleven. Maar waarom al zo jong?

Het tweejarige meisje links wordt met de borst gevoed tijdens haar bruiloft in een klein dorpje in Rajasthan, India. Haar echtgenoot is acht jaar oud. Alhoewel het inmiddels verboden is vinden zulke gearrangeerde huwelijken soms nog plaats in traditionele, afgelegen gebieden in India.

Hoe jonger de bruid, hoe kleiner de bruidsschat die haar ouders aan de familie van de bruidegom verschuldigd zijn. En op die jonge leeftijd bestaat er nog geen twijfel over de maagdelijkheid van een meisje, wat haar waarde op de huwelijksmarkt verhoogt. Liefde doet niet ter zake en geen mens staat er bij stil dat deze kinderen geen idee hebben van wat er gebeurt (Anderson, 1995).

VRAGEN

1. Waarom zijn gearrangeerde huwelijken gemeengoed in traditionele gemeenschappen?
2. Noem, vanuit het standpunt van beide families, een aantal voor- en nadelen van een gearrangeerd huwelijk.
3. Kun je voorbeelden geven van de wijze waarop de westerse samenleving de partnerkeuze 'arrangeert'?

Hoewel de homogamie steeds meer aan het afnemen is, is de kans nog steeds groot dat mensen die met elkaar trouwen veel gemeen hebben met betrekking tot leeftijd, klasse, ras, etniciteit en opleidingsniveau.

praktijk op een teleurstelling kan uitlopen, vooral voor vrouwen die geleerd hebben dat het huwelijk de sleutel tot hun geluk is. Bovendien is de romantische liefde fantasierijk. We worden niet altijd verliefd op anderen zoals ze zijn maar op het beeld van hoe we ze graag zouden zien.

De seksualiteit kan ook een bron van teleurstelling zijn. De waas van romantische liefde kan ons in de waan brengen dat een vaste relatie zoals het huwelijk een lange periode van gelukzalig seksueel genot is. Om op een gegeven moment tot de ontdekking te komen dat de passie minder wordt. De frequentie van seksuele contacten in langdurige relaties neemt op termijn af. Toch zeggen ongeveer twee van de drie getrouwde mensen dat zij tevreden zijn met de seksuele dimensie van hun relatie. In het algemeen kunnen we stellen dat de partners die het meest tevreden zijn over hun seksuele relatie ook het meest tevreden zijn met hun huwelijk of langdurige relatie. Seks is dan wellicht niet de sleutel tot huwelijksgeluk, maar goede seks en een goede relatie blijken maar al te vaak samen te gaan (Blumstein & Schwartz, 1983; Laumann *et al.*, 1994).

Seksuele activiteit buiten het huwelijk, *ontrouw*, strookt ook niet met ons beeld van het ideale huwelijk. In Nederland geeft 7 procent van de respondenten in onderzoek aan dat zij het afgelopen halfjaar zijn vreemdgegaan (Rutgers Nisso Groep, 2006).

15.4.3 Kinderen grootbrengen

Ondanks de eisen die kinderen aan hen stellen, vindt verreweg het overgrote deel van de volwassenen het grootbrengen van kinderen een van de grootste vreugden die het leven te bieden heeft. In Nederland zegt ongeveer de helft van de volwassenen dat twee kinderen het ideale aantal is, slechts weinigen willen meer dan drie kinderen. Rond 1900 had een gezin in Nederland gemiddeld 4,5 kinderen (CBS).

In pre-industriële samenlevingen is een groot gezin waardevol, omdat kinderen mee kunnen werken. Mensen beschouwen het krijgen van kinderen dan ook als vrouwelijke plicht. En zonder geboortebeperkende maatregelen baren vrouwen regelmatig kinderen. Natuurlijk zorgt het hoge sterftecijfer in pre-industriële landen ervoor dat veel kinderen nooit volwassen worden. In 1900 stierven in Nederland

155 zuigelingen per 1000 geborenen en in 2011 stierven nog maar 3,6 baby's per 1000 geborenen (CBS). Economisch gezien transformeert de industrialisering kinderen van een bedrijfsmiddel in een financiële verplichting. Het grootbrengen van kinderen kost alleen maar (veel) geld, gemiddeld 110.000 euro (www.nibud.nl). Geen wonder dat het gemiddeld aantal kinderen in de loop van de 20ste eeuw tot 1,8 kinderen per gezin gedaald is. Deze ontwikkeling zie je ook bij tweede- en derdegeneratieallochtonen in Nederland, waar de eerste generatie nog bestond uit grote gezinnen, neemt het kindertal bij de volgende generaties snel af (CBS bevolkingstrends 2^{e} kwartaal, 2009).
De ontwikkeling in de richting van kleinere gezinnen komt het sterkst tot uiting in hoge-inkomenslanden. In de lage-inkomenslanden in Latijns-Amerika, Azië en vooral Afrika, waar vrouwen vaak weinig andere alternatieven hebben dan het baren van kinderen, is de norm vier tot zes kinderen (zie wereldkaart 1.1).
Het ouderschap is een dure, levenslange verbintenis. Sinds mensen een grotere vrijheid hebben in hun kinderkeuze, besluiten steeds meer mensen om het krijgen van kinderen uit te stellen of om kinderloos te blijven. In Nederland krijgen vrouwen op relatief hoge leeftijd hun eerste kind, namelijk rond hun 29ste. Veel ouders zeggen dat zij meer tijd aan hun kinderen zouden willen besteden (vergelijk Snell, 1990; Clark, 2002). Maar als zij geen genoegen nemen met een lagere levensstandaard dan moeten de meeste ouders een baan buitenshuis hebben, ook als dat betekent dat zij minder tijd voor hun gezin overhouden. In Nederland wordt deze discussie ook vaak gevoerd. Meer vrouwen aan het werk betekent minder tijd voor de kinderen in het gezin, maar is dat wel zo? De tijd die ouders vandaag de dag met hun kinderen doorbrengen, is meer dan in de decennia hiervoor. De hoeveelheid aandacht en zorg die kinderen krijgen van hun ouders, het gaat hier om de kwaliteit van de aandacht voor kinderen, is groter dan in de veelgeroemde jaren vijftig van de vorige eeuw (SCP Emancipatiemonitor, 2012). En daarnaast zijn Nederlandse kinderen ook nog het gelukkigst (www.unicef-irc.org).

"Zoon, je bent nu volwassen. Ik krijg 110.000 euro van je."

Bron: *The New Yorker Collection*, Robert Weber, 1983; afkomstig van cartoonbank.com.

zelf aan zet

Zijn er in jouw gezin van herkomst (of in je eigen gezin) keuzes gemaakt over het aantal kinderen? Welke overwegingen hebben daarbij een rol gespeeld?

15.4.4 Vaderschap

De rol en positie van vaders in het gezin is lang onderbelicht gebleven. Een groot deel van de twintigste eeuw werd de vader voornamelijk gezien als de kostwinner, die in het gezinsleven de kinderen vooral bekendmaakte met de regels die golden in de samenleving. De vader die vroeger als patriarch zijn macht in het gezin vooral toonde via moreel leiderschap. En die na de industriële revolutie zijn macht verkreeg door zijn rol als kostwinner (Lamb, 1998).
In veel literatuur over opvoeden en ouderschap waren vaders tot een jaar of dertig geleden vrijwel afwezig (Van Dijken & Tavecchio, 1998). Daarna is er snel meer aandacht gekomen voor het vaderschap, zowel door opvoedkundigen als door wetenschappers. Uit onderzoek bleek dat vaders veel meer rollen spelen bij de opvoeding en ook een belangrijke rol vervullen in de ontwikkeling van kinderen. De betrokkenheid van vaders bij de opvoeding is ook toegenomen (Lamb, 1998). Dit kan deels verklaard worden uit veranderende ideeën over mannen en vrouwen, het gedachtegoed van de emancipatiebeweging. Deels ook doordat – daarmee verbonden – vrouwen meer zijn gaan werken en de zorgtaken vaker tussen man en vrouw verdeeld moeten worden (zie ook hoofdstuk 10). Het moderne vaderschap is een veelkleurig palet, zowel in de dagelijkse praktijk als in onderzoek.

15.4.5 Het gezin op latere leeftijd

Het feit dat mensen ouder worden, betekent dat mensen die getrouwd blijven langer bij elkaar zijn. De meeste mensen hebben, als zij tegen de zestig lopen, hun taak als opvoeder volbracht. De echtgenoten blijven samen achter als de kinderen het huis uit zijn, de zogeheten 'empty nesters'.
De geboorte van een kind vraagt om aanpassingen, maar het feit dat kinderen het ouderlijk huis verlaten en een leeg nest achterlaten, vraagt ook om aanpassingen. Vaak wordt de huwelijksrelatie intiemer en bevredigender.
Ouders en kinderen blijven gewoonlijk contact houden omdat de meeste oudere volwassenen in de buurt van minstens een van hun volwassen kinderen wonen. Vele grootouders delen in de zorg voor hun kleinkinderen. Door de recente stijging van de kosten van kinderopvang, zijn grootouders deze zorg weer meer gaan verlenen. Dit sluit aan bij het Nederlandse ideaal dat (groot)ouders een belangrijk deel van de zorg voor kinderen zelf regelen.
De andere kant van de medaille is dat meer volwassenen van middelbare leeftijd voor hun bejaarde ouders zorgen. Het lege nest kan niet gevuld worden door een bejaarde ouder die in huis wordt genomen, maar veel volwassenen komen tot de ontdekking dat het verzorgen van ouders die 80 jaar en ouder worden even belastend kan zijn als het grootbrengen van jonge kinderen. De oudste 'babyboomers' (die nu een jaar of 65 zijn) worden de 'sandwichgeneratie' genoemd omdat velen van hen (en vooral de vrouwen) evenveel jaar aan de verzorging van hun ouders besteden als zij aan het opvoeden van hun kinderen hebben gedaan (Lund, 1993).
De laatste en ongetwijfeld grootste verandering in een huwelijksleven is de dood van de partner. De meeste vrouwen overleven hun echtgenoten. Hun levensverwachting ligt hoger en vrouwen trouwen vaak met mannen die een aantal jaren ouder zijn. Vrouwen kunnen er dus van uitgaan dat zij een aantal jaren als weduwe zullen doorbrengen. Voor mannen is het alleen achterblijven na de dood van de partner vaak een extra grote uitdaging: meestal hebben zij minder vrienden dan weduwen en velen missen de vaardigheden die zij voor het huishouden nodig hebben.

15.5 Overgangen en problemen in het gezinsleven

De Amerikaanse columniste Ann Landers heeft ooit eens opgemerkt dat 1 op de 20 huwelijken fantastisch is, dat 5 op de 20 huwelijken goed zijn, 10 op de 20 draaglijk en dat de overige 4 een hel zijn. Gezinnen kunnen een bron van vreugde zijn, maar vaak is de werkelijkheid van het gezinsleven verre van ideaal.

15.5.1 Echtscheiding

Het huwelijk raakte vanaf de jaren zeventig van de twintigste eeuw zijn positie kwijt als enige geaccepteerde relatievorm voor twee mensen. De opkomst van het samenwonen en de toename van het aantal scheidingen waren hier debet aan. Sinds eind twintigste eeuw neemt het aantal huwelijken weer wat toe, maar tegenwoordig eindigt ongeveer één op de drie huwelijken in een scheiding (CBS). Naast de ontbonden huwelijken worden er natuurlijk ook veel andere, informele samenlevingsverbanden jaarlijks ontbonden. Hier zijn geen exacte cijfers van, maar het is aannemelijk dat dit niet veel afwijkt van de echtscheidingscijfers. In beide gevallen zijn er jaarlijks ook tienduizenden kinderen betrokken bij het ontbinden van de relatie van de ouders.

Oorzaken van echtscheiding

Uit verschillende onderzoeken naar de oorzaak van echtscheiding komt een aantal verschillende redenen naar voren, die vaak ook gezamenlijk optreden (Furstenberg & Cherlin, 1991; Etzioni, 1993; Popenoe, 1999; Greenspan, 2001):

1 **Het toenemende individualisme**. Gezinsleden brengen tegenwoordig minder tijd met elkaar door. We zijn individualistischer geworden, we houden ons meer bezig met ons eigen geluk dan met het welzijn van onze gezinsleden en kinderen.

2 **De romantische liefde kwijnt weg**. Romantische liefde vormt in onze cultuur de basis voor veel huwelijken. Een relatie kan dan ook mislukken als de seksuele passie verflauwt. Veel mensen

zetten een punt achter hun huwelijk voor een nieuwe relatie die nieuwe opwinding en romantiek belooft.

3 **Vrouwen zijn minder afhankelijk van mannen**. Vrouwen zijn, sinds ze in toenemende mate hun eigen baan hebben, financieel minder afhankelijk geworden van mannen. Voor vrouwen is het daardoor minder moeilijk geworden om een punt te zetten achter een relatie waarin zij zich ongelukkig voelen.

4 **Veel huwelijken gaan tegenwoordig met veel spanningen gepaard**. Partners die beiden buitenshuis werken, houden minder tijd en energie over voor het gezinsleven. Dat maakt het opvoeden van kinderen moeilijker dan ooit het geval is geweest. Kinderen kunnen sommige huwelijken stabiliseren, maar veel echtscheidingen vinden al na een paar jaar huwelijk plaats, als er jonge kinderen zijn.

5 **Een scheiding wordt sociaal geaccepteerd**. Gescheiden mensen werden enkele generaties terug nog gestigmatiseerd. Familie en vrienden/vriendinnen zullen een echtpaar dat in de problemen zit, niet meer zo gauw van een scheiding proberen af te houden.

6 **Scheiden is eenvoudiger geworden**. In het verleden moesten mensen kunnen aantonen dat er sprake was van overspel of mishandeling. Tegenwoordig volstaat een verklaring van een echtpaar dat het huwelijk mislukt is. In Nederland is het ook een aantal jaren mogelijk geweest om heel snel te scheiden zonder de tussenkomst van de rechter, middels de zogeheten flitsscheiding, maar deze mogelijkheid is sinds 2009 weer afgeschaft.

Wie scheiden?

Het grootste risico lopen jonge echtparen, vooral degenen die na een korte periode van verliefdheid getrouwd zijn en die een gebrek aan geld en emotionele volwassenheid hebben. Ook mensen met sterk verschillende sociale achtergronden hebben een groter risico op scheiding (CBS StatLine). Het risico neemt eveneens toe als partners na een niet-geplande zwangerschap met elkaar trouwen of als een van beiden een drugs- of alcoholprobleem heeft. Mensen met gescheiden ouders laten ook een hoger echtscheidingscijfer zien. Uit onderzoek blijkt dat hun ouders als rolmodel hebben gefungeerd. Kinderen die een scheiding van hun ouders hebben meegemaakt, zullen eerder een scheiding overwegen (Amato, 2001). En mensen die geen geloof hebben, scheiden eerder dan mensen met een sterke religieuze overtuiging. In sterk religieuze kringen en op het platteland is de sociale afkeuring ook sterker.
Een scheiding komt ook vaker voor bij partners met een geslaagde carrière. De spanningen die een tweeverdienershuwelijk met zich meebrengt kunnen een rol spelen, maar ook het feit dat mensen die over financiële zekerheid beschikken, niet het idee hebben dat ze gedwongen zijn om in een ongelukkige situatie te blijven zitten. En ten slotte, mannen en vrouwen die scheiden, zullen eerder nogmaals scheiden, waarschijnlijk omdat zij de factoren die een scheiding in de hand werken telkens met zich meenemen naar een volgende relatie (Glenn & Shelton, 1985). Ook uit Nederlandse gegevens blijkt dat kinderen van gescheiden ouders later een aanzienlijk grotere kans hebben om zelf ook een echtscheiding mee te maken (CBS StatLine).

Kinderen en echtscheiding

In de meeste gevallen krijgt de moeder de voogdij over de kinderen en verdient de vader het meeste geld. Wat tot gevolg heeft dat het welzijn van veel kinderen afhankelijk is van het feit of de vader de vastgestelde alimentatie betaalt. In het merendeel van alle scheidingen wordt de vader alimentatieplichtig. Maar jaarlijks wordt voor een deel van deze kinderen die recht hebben op alimentatie, slechts een gedeelte of helemaal niets betaald.

15.5.2 Tweede huwelijken en samengevoegde gezinnen

Vier van de vijf mensen die scheiden, trouwen opnieuw, de meesten binnen vijf jaar. Landelijk gezien is ongeveer de helft van de huwelijken voor minstens een van de partners niet het eerste huwelijk. Mannen profiteren meer van de huwelijkse staat en hertrouwen eerder dan vrouwen.

Tabel 15.1 Het aantal echtscheidingen in Nederland, 1950-2010

	Echtscheidingen	Echtscheidingen per 1000 inwoners	Echtscheidingen per 1000 echtparen	Gemiddelde huwelijksduur bij echtscheiding	Totaal echtscheidingspercentage	Gemiddelde leeftijd mannen	Gemiddelde leeftijd vrouwen
Perioden	Aantal	Per 1000 inwoners	Per 1000 echtparen	Jaar	%	Jaar	Jaar
1950	6462	0,64	3	11,2	.	38,4	35,6
1960	5672	0,49	2,2	11,1	.	39,1	36
1970	10317	0,79	3,3	11,8	.	38,6	35,6
1980	25735	1,82	7,5	11,9	24	37,7	35,1
1990	28419	1,9	8,1	12,7	28,1	40,1	37,2
2000	34650	2,18	9,8	12,9	33,9	41,9	39
2010	32.510	1,96	9,5	14,4	36,2	45,6	42,5

Over het geheel genomen is het aantal echtscheidingen de afgelopen vijftig jaar gestegen. Sinds 2000 ongeveer zien we echter een dalende tendens.

Bron: CBS StatLine.

Er ontstaan op deze wijze *samengevoegde gezinnen* die uit een bepaalde combinatie van biologische ouders en stiefouders bestaan. De leden van samengevoegde gezinnen moeten dan ook nauwkeurig bepalen wie bij het kerngezin horen en wie niet. Aanpassingen zijn onvermijdelijk. Bijvoorbeeld: een meisje dat aanvankelijk 'enig kind' was, heeft nu opeens twee oudere broers. Daartegenover staat dat samengevoegde gezinnen ouders en kinderen de kans geven om iets aan de rigide gezinsregels te veranderen (Furstenberg & Cherlin, 2001; McLanahan, 2002).

zelf aan zet

Een meisje dat voorheen enig kind was komt in een samengevoegd gezin en heeft nu twee oudere broers. Welke aanpassingen zou zij moeten doen?

Een scheiding kan een oplossing zijn voor partners die ongelukkig met elkaar zijn, maar een probleem voor kinderen die een van de ouders uit hun sociale wereld zien verdwijnen. In welke opzichten kan een echtscheiding schadelijk zijn voor kinderen? Wat zouden ouders kunnen doen om hun kinderen beter op een aanstaande scheiding voor te bereiden?

15.6 Alternatieve gezinsvormen

De meeste gezinnen in Nederland bestaan nog uit gehuwde partners die op een gegeven moment kinderen krijgen en grootbrengen. Maar de laatste tientallen jaren zien we een toenemende diversiteit in het gezinsleven.

15.6.1 Eenoudergezinnen

Ongeveer 13 procent van de gezinnen in Nederland met kinderen onder de 18 jaar bestaat uit eenoudergezinnen, een percentage dat sinds de vorige generatie is toegenomen. Eenoudergezinnen (bij het grootste deel staat een vrouw aan het hoofd) zijn het resultaat van een echtscheiding, het overlijden van een partner, of de keuze van een ongehuwd individu om een kind te nemen.
Een eenoudergezin brengt voor vrouwen vaak financiële problemen met zich mee, omdat hun mogelijkheden op de arbeidsmarkt of om een opleiding te volgen beperkt zijn. Het omgekeerde is ook waar: armoede verhoogt de kans dat een vrouw een alleenstaande moeder wordt.
Uit tabel 15.2 blijkt dat in Nederland bij een derde van de eenoudergezinnen een allochtone ouder aan het hoofd staat. Het overgrote deel van de eenoudergezinnen betreft echter autochtone Nederlanders. Veel alleenstaande moeders wenden zich tot hun eigen moeder voor hulp. De opkomst van het eenoudergezin heeft dus tot gevolg dat de rol van de vader minder belangrijk wordt, terwijl de rol van grootouders juist belangrijker wordt.

Tabel 15.2 Jongeren in eenoudergezinnen naar herkomst ouder, 2000-2012

	Jongeren in eenoudergezinnen				
	2000	2005	2010	2011	2012
Totale jeugd	495.255	589.707	641.928	645.255	662.904
Autochtonen	306.360	365.651	406.969	409.313	422.384
Allochtonen totaal	188.895	224.056	234.959	235.942	240.520
Westerse allochtonen	47.124	51.970	54.350	54.848	56.383
Niet-westerse allochtonen	141.771	172.086	180.609	181.094	184.137
Marokko	14.297	18.693	23.356	24.298	25.233
Nederlandse Antillen en Aruba	19.392	24.257	23.618	23.096	23.436
Suriname	48.727	49.177	44.789	43.253	42.481
Turkije	17.615	23.447	25.200	25.270	25.630
Overige niet-westerse allochtonen	41.740	56.512	63.646	65.177	67.357

Bron: CBS StatLine (http://jeugdstatline.cbs.nl/JeugdMonitor/publication/?DM=SLNL&PA=71780NED&D1=0&D2=0-10&D3=9&D4=0,5,10-l&HD=091125-0948&HDR=T,G2,G3&STB=G1)

Uit onderzoek blijkt dat het opgroeien in een eenoudergezin ongunstig is voor een kind. Sommige onderzoekers stellen dat we, omdat een vader en een moeder ieder op hun eigen wijze bijdragen aan de sociale ontwikkeling van een kind, moeilijk van een alleenstaande ouder kunnen verwachten dat deze beide rollen op zich neemt. Maar armoede is het grootste probleem voor alleenstaande ouders, en voor alleenstaande moeders in het bijzonder. Globaal kunnen we stellen dat kinderen die in een eenoudergezin opgroeien armer beginnen, lager opgeleid worden en als volwassenen een lager inkomen hebben. Ook worden zij zelf eerder alleenstaande ouders (Popenoe, 1993a; Blankenhorn, 1995; Wu, 1996; Duncan *et al.*, 1998; Kantrowitz & Wingert, 2001; McLanahan, 2002).

15.6.2 Samenwonen

Samenwonen, *twee ongehuwde partners die een huishouden delen*, is een langdurige gezinsvorm, met of zonder kinderen, die vooral veel voorkomt in Nederland, de Scandinavische landen en in andere Europese landen en de VS aan populariteit wint. In Nederland waren er in 1995 ongeveer 500.000 samenwonende stellen. In 2003 is het aantal opgelopen tot 700.000. In diezelfde periode is er een lichte afname van getrouwde paren (CBS).

Samenwonen lijkt vooral een aantrekkelijke gezinsvorm voor zelfstandige mensen en degenen die gendergelijkheid voorstaan (Brines & Joyner, 1999). De meesten wonen niet langer dan een paar jaar samen. De helft besluit dan om te gaan trouwen, de andere helft gaat uit elkaar. Er komen steeds meer aanwijzingen dat samenwonen een huwelijk ontmoedigt, omdat de partners (vooral de mannen) gewend raken aan relaties die weinig verplichtingen met zich meebrengen. Samenwonende partners met kinderen zijn niet altijd langetermijnouders. De betrokkenheid van beide ouders wordt onzeker als samenwonende ouders met kinderen uit elkaar gaan, vooral als het om financiële steun gaat (Popenoe & Whitehead, 1999; Smock, 2000; Phillips, 2001; Scommegna, 2002). Een huwelijk vergroot de kans dat ouders en kind hetzelfde huishouden delen.

Tabel 15.3 Aantal informele en formele gezinnen

	1995	2003
	x 1000	x 1000
Niet-gehuwd paar met kinderen	78	214
Echtpaar met kinderen	2012	1879
Totaal	2090	2093

Bron: Latten, 2004.

15.6.3 Homoseksuele paren

Nederland was het eerste land dat het burgerlijk huwelijk openstelde voor homoseksuele paren in 2001. Een verandering die niet alleen de sociale legitimiteit van homoseksuele partnerrelaties verstevigde, maar ook voor gelijkheid zorgde met betrekking tot nalatenschappen, belastingen en gezamenlijk bezit. België (2003), Canada (2003) en Spanje (2005) en Zuid-Afrika (2006) volgden. Het homohuwelijk is inmiddels ook legaal in Noorwegen, Zweden, Portugal, IJsland en Argentinië. In Australië hebben meerdere wetsvoorstellen voor het homohuwelijk het niet gehaald. In Europa zijn niet alle landen het eens over het homohuwelijk. Brussel mengt zich er niet in, de EU-lidstaten beslissen zelf over eventuele invoering. Een deel van de Europese landen erkent wel het geregistreerd partnerschap voor homoseksuele partners.

Veel homoseksuele paren met kinderen brengen kinderen uit eerdere heteroseksuele verbintenissen groot of hebben kinderen geadopteerd. In enkele veelbesproken rechtszaken werd homoseksuele paren de voogdij over hun kinderen ontnomen, omdat dat in het 'belang' van de kinderen zou zijn. Voor sommige delen van de bevolking gaat het tegen alle traditionele opvattingen in dat homoseksuele paren kinderen kunnen hebben en opvoeden. Maar het laat ook zien dat veel homoseksuele paren evenveel waarde hechten aan een gezinsleven als heteroseksuele paren.

15.6.4 Alleenwonenden

Omdat veel mensen trouwen of langdurig samenwonen, hebben we de neiging om het alleenstaand-zijn als een tijdelijke levensfase te zien. Maar er zijn steeds meer mensen die ervoor kiezen om alleen te blijven. In 1950 waren er maar weinig huishoudens van alleenwonenden, nu is hier een enorme verandering in opgetreden. Sinds 2000 komen alleenstaanden, ook wel 'singles' genoemd, steeds vaker als doelgroep in de media naar voren.

Het stijgende aantal alleenstaande jonge vrouwen is de meest opmerkelijke ontwikkeling. Een van de factoren die aan deze ontwikkeling ten grondslag liggen is het toegenomen aantal werkende vrouwen.

Vrouwen die economisch op eigen benen staan zien een man als een kwestie van keuze en niet als een kwestie van financiële noodzaak. Zij besluiten om op latere leeftijd of helemaal niet te trouwen (Edwards, 2000).

Veel vrouwen die de middelbare leeftijd naderen, krijgen te maken met een tekort aan geschikte mannen. De samenleving verwacht van vrouwen dat zij 'hogerop' trouwen. Dus voor vrouwen wordt het, naarmate zij ouder worden, beter opgeleid zijn en een betere baan hebben, steeds moeilijker om een geschikte huwelijkspartner te vinden. Een kleine trend die dit probleem het hoofd kan bieden, is het zogenaamde 'down daten', oftewel een relatie aangaan met een lager opgeleide partner. Een trend die al eeuwenlang gemeengoed is onder mannen.

Tabel 15.4 Opleidingsniveau van paren

	1996	2000	2005	2010
Vrouw hoger dan man	18,4 %	20,0 %	21,8 %	23,7 %
Gelijk niveau	40,9%	40,7 %	40,4 %	39,4 %
Man hoger dan vrouw	40,7%	39,3 %	37,8 %	36,9 %
Totaal	3.756	3.938	3.930	4.041

Bron: CBS.

15.7 Nieuwe voortplantingstechnologieën en het gezin

De recente medische ontwikkelingen op het gebied van de voortplantingstechnologieën leiden ook tot veranderingen in het gezinsleven. In Engeland werd in 1978 Louise Brown geboren, de eerste 'reageerbuisbaby'. Sindsdien zijn er tienduizenden kinderen buiten de baarmoeder verwekt.

Reageerbuisbaby's zijn het resultaat van een *in vitro bevruchting*, waarbij artsen het ei van de vrouw en het zaad van de man bij elkaar brengen, 'in glas', meestal niet in een reageerbuis maar in een ondiep schaaltje. Vervolgens wordt het embryo in de baarmoeder van de vrouw geplaatst. Zij kan de zwangerschap uitdragen of het embryo in laten vriezen tot een later tijdstip.

De nieuwe technologieën geven echtparen die normaal geen kinderen kunnen verwekken de mogelijkheid om toch kinderen te krijgen. Deze technieken zullen ons ook kunnen helpen om de frequentie van geboortedefecten terug te dringen. Met het genetisch onderzoek van zaad- en eicellen zou de kans op het krijgen van een gezonde baby kunnen toenemen. Maar de nieuwe technologieën roepen ook een aantal lastige en problematische vragen op: Als een vrouw het embryo draagt dat ontwikkeld is uit een eicel van een andere vrouw, wie is dan de moeder? Of als een echtpaar gaat scheiden, wie heeft dan het recht om de ingevroren embryo's te gebruiken of te vernietigen? Moeten ouders gebruikmaken van de genetische onderzoeksmogelijkheden om de eigenschappen van hun kind te selecteren? Dergelijke ethische vragen herinneren ons maar weer eens aan het feit dat de technologie sneller verandert dan ons bevattingsvermogen de gevolgen kan overzien (Cohen, 1998; Nock *et al.*, 1999).

15.8 Gezinnen: een vooruitblik

Het gezinsleven zal de komende jaren blijven veranderen, en deze veranderingen zullen de nodige controversen oproepen. Voorstanders van de 'traditionele gezinswaarden' en die van een grotere persoonlijke keuzevrijheid zullen tegenover elkaar komen te staan. Sociologen kunnen niet voorspellen waar deze discussie op uitloopt, wat we wel kunnen doen is een beschrijving geven van vijf ontwikkelingen die zich naar alle waarschijnlijkheid zullen voltrekken:

1 **Het aantal echtscheidingen zal waarschijnlijk hoog blijven**, ook al is het onmiskenbaar dat ouders en kinderen na een scheiding eerder met armoede te maken krijgen. Een hedendaags

huwelijk duurt ongeveer even lang als een huwelijk van een eeuw geleden, alleen kwam er destijds vaak een einde aan een huwelijk omdat een van de partners op jongere leeftijd overleed. Het verschil is dat mensen er tegenwoordig eerder voor *kiezen* om een huwelijk te beëindigen dat niet aan hun verwachtingen voldoet. Het echtscheidingscijfer vertoont sinds de jaren zestig van de twintigste eeuw een dalende lijn, maar we kunnen moeilijk verwachten dat we ooit nog zullen uitkomen bij het lage percentage van het begin van de twintigste eeuw.

2 **Het gezinsleven zal in de toekomst diverser zijn dan ooit**. Er komen steeds meer samenwonende partners, eenoudergezinnen, homoseksuele en samengevoegde gezinnen. Het huwelijk zal de belangrijkste basis voor een gezin blijven en de meeste echtparen zullen kinderen blijven verwekken, maar de diversiteit in de gezinsvormen wijst in de richting van een grotere persoonlijke keuzevrijheid.

3 **Mannen zullen een beperkte rol spelen in de opvoeding**. In de jaren vijftig van de vorige eeuw, voor velen het 'gouden tijdperk' van het gezin, begonnen mannen zich uit het opvoedingsproces terug te trekken (Snell, 1990; Stacey, 1990). De laatste jaren is er een tegenbeweging zichtbaar: wat oudere, hoogopgeleide vaders blijven thuis om voor hun kinderen te zorgen. Velen van hen kunnen, dankzij de computertechnologie, thuis hun werkzaamheden voortzetten. Maar deze vaders vertegenwoordigen slechts een klein deel van de vaders met jonge kinderen (o.a. U.S. Census Bureau, 2004). Het hoge echtscheidingscijfer en het groeiende aantal alleenstaande moeders zullen de banden tussen vaders en kinderen verzwakken en het risico dat kinderen onder armoedige omstandigheden moeten opgroeien vergroten.

4 **Gezinnen zullen de effecten van economische veranderingen blijven ondervinden**. In veel gezinnen zullen beide ouders werken, waardoor de relatie tussen de ouders enerzijds en het gezinsleven anderzijds worden gereduceerd tot interacties tussen vermoeide mensen die in hun toch al overvolle agenda nog een gaatje proberen te vinden voor wat 'kwalitijd' met hun kinderen. De langetermijneffecten die het verschijnsel van twee werkende ouders op het gezinsleven zal hebben, zullen nogal gemengd zijn.

5 **Nieuwe voortplantingstechnologieën zullen steeds belangrijker worden**. Ethische kwesties (*zouden* we wel *moeten* doen wat we *kunnen* doen) zullen deze ontwikkelingen ongetwijfeld vertragen, maar de traditionele betekenis van het begrip ouderschap zal door deze nieuwe technologieën voortdurend aan verandering onderhevig zijn.

Ondanks alle veranderingen en controversen waarmee het gezin te maken heeft gekregen, zeggen de meeste Nederlanders dat zij gelukkig zijn, als partner en als ouder. Vier op de tien Nederlanders vindt zelfs dat je je alleen in je eigen gezin met kinderen op je gemak en gelukkig kan voelen (Esveldt *et al.*, 2001). Het huwelijk en het gezin zullen voorlopig nog wel hoekstenen van onze samenleving blijven.

SOCIOLOGIE TOEPASSEN

1. Ouders en grootouders kunnen een rijke bron van informatie zijn als het gaat om veranderingen in huwelijk, relaties en families. Vraag aan hen hoe oud ze waren toen zij trouwden, hoe ze hun huwelijk hebben ervaren, en welke veranderingen in familierelaties zij vandaag de dag niet erg waarderen. Vergelijk de antwoorden van de verschillende generaties. Waarin verschillen de antwoorden?
2. De relaties met verschillende familieleden kunnen veel van elkaar verschillen. Met welk lid van jouw familie – broer, opa, zus, neef, moeder, vader etc. – ben jij het meest vertrouwelijk? En met wie het minst? Waarom?

SLAGEN VOOR HET TENTAMEN SAMENVATTING VAN HOOFDSTUK 15

HET GEZIN: BASISBEGRIPPEN

Verwantschap vormt de basis van elke samenleving. Het **gezin** verschilt per cultuur en per periode.

- In geïndustrialiseerde samenlevingen is het *huwelijk* monogaam.
- Veel pre-industriële samenlevingen staan *polygamie* toe; er bestaan twee vormen: *polygynie* en *polyandrie*.
- Wereldwijd gezien komt *patrilocaliteit* het meeste voor, maar industriële samenlevingen hebben een voorkeur voor *neolocaliteit*; een paar samenlevingen worden gekenmerkt door *matrilocaliteit*.
- Industriële samenlevingen hanteren de bilaterale *afstamming*, pre-industriële samenlevingen zijn of patrilineaal of matrilineaal georganiseerd.

p. 442-445

THEORETISCHE ANALYSES VAN HET GEZIN

Het **structureel functionalisme** brengt een aantal belangrijke functies van het gezin in kaart: de socialisatie van jongeren, het reguleren van seksuele activiteiten, sociale positionering, en het geven van financiële en emotionele steun.

p. 445-446

De **conflictsociologie** en de **feministische benadering** exploreren hoe het gezin, door het doorgeven van op klasse, etniciteit, ras en gender gebaseerde verschillen, de sociale ongelijkheid in stand houdt.

p. 446-447

Het **symbolisch interactionisme** en de **sociale uitwisselingstheorie** geven een beeld van de verscheidenheid in het gezinsleven, aan de hand van de ervaringen van individuele gezinsleden.

p. 447

Zie kadertekst *Theorie toepassen* op p. 448.

FASEN IN HET GEZINSLEVEN

Verkering en romantische liefde
Bij de partnerkeuze in Nederland speelt een op romantische liefde gebaseerde verkering een centrale rol.

p. 448-450

Kinderen grootbrengen
De gezinsgrootte is in de loop der jaren afgenomen omdat de industrialisering de kosten van het grootbrengen van kinderen sterk heeft verhoogd.
Er worden minder kinderen geboren omdat meer vrouwen een opleiding volgen en betaald werk hebben.

p. 450-451

Het gezin op latere leeftijd
Veel paren van middelbare leeftijd verzorgen hun eigen bejaarde ouders, en veel andere echtparen zijn actieve grootouders. De dood van de partner is de laatste verandering in een huwelijk.

p. 452

✔ De meeste partners hebben achtergronden die wat klasse en leefstijl betreft met elkaar overeenkomen, maar de rol van etniciteit is de afgelopen jaren steeds onbelangrijker geworden.

OVERGANGEN EN PROBLEMEN IN HET GEZINSLEVEN

- Eén op de drie huwelijken eindigt tegenwoordig in een **scheiding.** Door tweede en volgende huwelijken ontstaan er samengevoegde gezinnen met kinderen uit eerdere huwelijken.

p. 452-453

SLAGEN VOOR HET TENTAMEN VERVOLG

ALTERNATIEVE GEZINSVORMEN

Het gezinsleven wordt gevarieerder.

- We zien de laatste jaren een toename van het aantal eenoudergezinnen, samenwonenden, homoseksuele partnerrelaties en alleenwonenden.
- Steeds meer homoseksuele mannen en lesbische vrouwen trouwen of gaan een langdurig partnerschap aan.

p. 455-457

NIEUWE VOORTPLANTINGSTECHNOLOGIEËN

De nieuwe voortplantingstechnologieën roepen ethische vragen op en veranderen onze conventionele ideeën over het ouderschap.

p. 457

SLAGEN VOOR HET TENTAMEN **MEERKEUZEVRAGEN**

1 Het gezin is een sociale institutie die
   a. in elke samenleving voorkomt;
   b. wel in lage-inkomenslanden, maar niet in hoge-inkomenslanden voorkomt;
   c. wel in hoge-inkomenslanden, maar niet in lage-inkomenslanden voorkomt;
   d. in de meeste, maar niet in alle samenlevingen voorkomt.

2 Hoe noemen sociologen een groep die uit ouders, kinderen en andere verwanten bestaat?
   a. familie
   b. gezin
   c. affiniteit gezin
   d. conjugaal gezin

3 Sociologen beweren dat het huwelijk in Nederland aan de principes van homogamie beantwoordt. Dit betekent dat de partners
   a. van hetzelfde geslacht zijn;
   b. sociaal gezien, in termen van klasse, leeftijd en ras, met elkaar overeenkomen;
   c. onder druk zijn gezet om met elkaar te trouwen;
   d. geen gearrangeerd huwelijk maar een huwelijk uit liefde hebben gesloten.

4 Welke benadering stelt dat mensen een partner kiezen die ongeveer hetzelfde te bieden heeft als zij zelf?
   a. het structureel functionalisme
   b. de conflictsociologie
   c. de rationele keuzetheorie
   d. de feministische benadering

Religie is gebaseerd op buitengewone, heilige zaken die onze overgave vragen.

16

RELIGIE

- *Hoe* is de relatie tussen religie en sociale ongelijkheid?
- *Waarom* verandert religie in de wereld van nu?
- *In hoeverre* is er in de moderne samenleving nog plaats voor religie?

Het is een warme en toeristische zomer in het Veluwse plaatsje Lunteren. Veel toeristen uit de Randstad staan op naburige campings of hebben een vakantiehuisje geboekt in een van de vele vakantieparken. Het dorp biedt een druk en kleurrijk straatbeeld: gebruind en luchtig gekleed flaneren gezinnen op de terrassen. Behalve op zondag, dan is het dorp de rust zelve. Terwijl de meeste campinggasten nog in diepe slaap zijn, zijn vader en moeder Wilbrink druk in de weer om zichzelf en hun vier kinderen aan te kleden om op tijd ter kerke te kunnen gaan. Tezamen met vele andere dorpelingen, behoort de familie Wilbrink tot een trouwe geloofsgemeenschap. Iedere zondag gaan zij, vaak meerdere keren, naar de kerk.

De sacrale toewijding en rust op zondag in dit Veluwse dorp lijken in schril contrast te staan met de profane toeristische drukte door de week. Het lijken wel twee gescheiden werelden. In Nederland is het belang van het geloof en met name van de kerk (protestants of katholiek) in het openbare leven vandaag de dag erg afgenomen. Toch is religie voor de meeste Nederlanders nog steeds aanwezig in hun leven. Traditionele rituelen, zoals bidden of op zondag naar de kerk gaan, spelen nog immer een rol in onze snel veranderende samenleving.

Echter, religie is ook aan verandering onderhevig. Het aantal leden van traditionele kerkgenootschappen neemt steeds meer af, terwijl nieuwe godsdienstige organisaties opbloeien. In dit hoofdstuk zullen we ons gaan verdiepen in de sociale institutie religie. Religie draagt bij aan het ontstaan van morele normen, het houdt tradities in stand en brengt mensen samen. We zullen antwoord proberen te geven op de vraag waarom zo veel mensen religie als een belangrijke pijler van onze samenleving beschouwen, terwijl anderen voorspellen – en soms ook willen – dat de rol van deze institutie steeds onbeduidender wordt.

16.1 Religie: basisbegrippen

Godsdienst heeft een hoofdrol vertolkt in belangrijke momenten in de geschiedenis van de mensheid. Bij bepaalde gebeurtenissen, zoals geboorte, volwassen worden en dood, wordt al sinds mensenheugenis gebruikgemaakt van religieuze rituelen.

De Franse socioloog Emile Durkheim stelde dat religies zaken behelzen die 'de grenzen van onze kennis overstijgen' (1965, p. 62, oorspronkelijk 1915). De meeste objecten, gebeurtenissen en ervaringen definiëren we als **profaan** (betekent in het Latijn 'buiten de tempel'), *als gewone onderdelen van het dagelijks leven.* Maar sommige zaken beschouwen we als **sacraal**, *als buitengewoon, en ontzag en eerbied afdwingend.* Het scheiden van het sacrale en het profane vormt de kern van elk godsdienstig geloof. **Religie** kan dan ook gedefinieerd worden als *een sociale institutie die zich bezighoudt met op het sacrale gebaseerde overtuigingen en gebruiken.*

Er bestaat een grote diversiteit in geloofszaken en niets is voor alle aardbewoners heilig. De meeste boeken worden als profane werken beschouwd, maar de joden geloven dat de *Thora* (de eerste vijf boeken van de Hebreeuwse Bijbel of het Oude Testament) heilig is. Hetzelfde geldt voor de christenen met het *Oude Testament* en het *Nieuwe Testament* en de moslims met de *Koran.*

Maar elke gemeenschap van gelovigen zal volgens Durkheim (1965, p. 62, oorspronkelijk 1915) profane zaken in termen van hun praktische bruikbaarheid opvatten. Met onze computer loggen we in op het internet en we gebruiken een contactsleutel om onze auto te starten. Maar wat heilig is, plaatsen we eerbiedig buiten het dagelijks leven en we omgeven het met een 'verboden' of 'heilig' aura. Bijvoorbeeld: moslims trekken hun schoenen uit voordat zij een moskee binnen gaan, om te voorkomen dat zij een heilige plek vervuilen met zolen die in contact zijn geweest met de profane grond buiten de moskee.

Het sacrale wordt belichaamd in een *ritueel* of formeel ceremonieel gedrag. De heilige communie is het centrale ritueel van het christendom. De ouwel en de wijn die katholieken tijdens de communie tot zich nemen, fungeren niet als profaan voedsel maar zijn sacrale symbolen van het lichaam en het bloed van Jezus Christus. Omdat religies zich bezighouden met ideeën die de werkelijkheid van alledag te boven gaan, kunnen we de juistheid van een religieuze doctrine niet aantonen of weerleggen. Niet met ons gezond verstand en ook niet met behulp van de sociologie. Religie is een kwestie van een *niet op wetenschappelijke feiten maar op overtuiging gebaseerd* **geloof**. Het Nieuwe Testament definieert geloof als 'de overtuiging van wat niet gezien wordt' (Hebreeën 11:1) en zegt dat christenen zich door het geloof en niet door hun ogen moeten laten leiden (2 Korintiërs 5:7).

Sommige mensen met een sterke geloofsovertuiging kunnen verontrust worden door het idee dat sociologen met een wetenschappelijke blik naar wat voor hen heilig is willen kijken. Maar de sociologie vormt voor geen enkele religie een bedreiging. Wat beoogt de sociologie dan wel? Meer inzicht krijgen in de religieuze ervaringen die mensen wereldwijd opdoen en in de relatie tussen religie en andere sociale instituties. Over de vraag of een bepaalde religie 'goed' of 'slecht' is, spreken sociologen geen oordeel uit. Hun benadering is meer werelds: inzicht krijgen in de redenen waarom een religie in de ene maatschappij de ene vorm aanneemt en in een andere samenleving weer een andere vorm. Daarnaast willen zij ook in kaart brengen welke invloed religieuze activiteiten op de samenleving als geheel hebben. Kortom, sociologen zijn benieuwd naar de manieren waarop religies ontstaan en hoe deze vervolgens doorwerken in de samenleving.

Mensen die regelmatig deelnemen aan religieuze rituelen kunnen duidelijk verschil maken tussen het profane en het sacrale. De hostie en de wijn die katholieken gebruiken bij de heilige communie vallen niet in de categorie voedsel, maar symboliseren het lichaam en het bloed van Christus.

16.2 Theoretische analyses van religie

Bij het onderwerp religie gaan de sociologische benaderingen op dezelfde wijze te werk als bij andere onderwerpen. Elke theorie laat ons op haar eigen wijze zien hoe religie het sociale leven vormgeeft.

16.2.1 De functies van godsdienst: het structureel functionalisme

Volgens Emile Durkheim (1965, oorspronkelijk 1915) heeft een samenleving een eigen leven en kracht, die losstaan van het leven van individuen. In zekere zin heeft een samenleving iets goddelijks: de samenleving beïnvloedt het leven van haar leden en overleeft hen. Mensen die hun godsdienst in praktijk brengen, bewijzen hun eer aan de ontzagwekkende kracht van hun samenleving.

Geen wonder dat mensen, waar ook ter wereld, alledaagse objecten transformeren in heilige symbolen van hun collectieve bestaan. De leden van technologisch eenvoudige samenlevingen doen dit door middel van een **totem**, *een object in de natuurlijke omgeving dat door iedereen als heilig wordt beschouwd.* De totem, een dier of een kunstwerk, wordt het middelpunt van rituelen en symboliseert de macht die het collectieve bestaan over het individu heeft. In de meeste landen zijn de nationale vlag en het volkslied quasireligieuze totems, die niet op een profane manier gebruikt mogen worden.

Religie is gebaseerd op buitengewone, heilige zaken die onze overgave vragen. Buigen, knielen of zich ter aarde werpen zijn manieren die onze overgave aan een hogere macht symboliseren. Deze boeddhistische pelgrims zijn op weg naar een heilige plaats op de berg Kallas in het westen van Tibet.

Durkheim onderscheidde drie belangrijke maatschappelijke functies van religies:

1 **Sociale cohesie**. Een religie verenigt mensen omdat zij bepaalde symbolen, waarden en normen gemeen hebben. Religieuze ideeën en rituelen monden uit in regels voor ons gedrag en organiseren het sociale leven. Religie stelt regels op voor het maatschappelijk verkeer en deze regels zorgen tevens voor verbondenheid met elkaar.

2 **Sociale controle**. Een samenleving gebruikt religieuze opvattingen om de conformiteit van haar leden te bevorderen. In de middeleeuwen bijvoorbeeld, beweerden vorsten dat zij een 'goddelijke aanstelling' hadden. De macht van de wereldse vorst werd zo gelegitimeerd via religie. Maar er zijn ook nu nog leiders die in het openbaar om de zegen van God vragen. Waarmee zij duidelijk willen maken dat zij 'goed doen'.

3 **Het leven zin en een doel geven**. Een geloofsovertuiging geeft ons het troostende besef dat ons korte leventje een groter doel dient. Mensen die door dergelijke opvattingen gesterkt worden, zullen minder gauw aan wanhoop ten prooi vallen bij onverwachte of tragische gebeurtenissen. Vandaar ook dat belangrijke overgangen in ons bestaan (de *rites de passage*), waaronder geboorte, huwelijk en dood, met religieuze plechtigheden gemarkeerd worden.

zelf aan zet

De voetbalcultuur heeft een semireligieus karakter. Welke functies heeft de steun voor clubs als Ajax, Feyenoord of PSV voor de plaatselijke gemeenschap?

Een kritische kanttekening In Durkheims analyse vertegenwoordigt de religie het collectieve bestaan van een samenleving. Het belangrijkste zwakke punt van deze benadering is dat de disfuncties van religies genegeerd worden, met name het feit dat sterke geloofsovertuigingen sociale conflicten kunnen veroorzaken. Terroristen beweren dat God hun acties steunt en landen beginnen een oorlog onder het goedkeurend oog van hun God. Vooral in het licht van recente gebeurtenissen valt het moeilijk te ontkennen dat religieuze overtuigingen meer geweld in de wereld hebben ontketend dan sociale klassenverschillen.

zelf aan zet

Welke drie functies hebben religies voor de samenleving, volgens Durkheim?

16.2.2 Het creëren van heilige zaken: het symbolisch interactionisme

Vanuit het gezichtspunt van het symbolisch interactionisme wordt een religie, zoals alle andere maatschappelijke verschijnselen, sociaal gecreëerd (wellicht met wat goddelijke inspiratie). Diverse rituelen, van het dagelijks gebed tot jaarlijkse gebeurtenissen als Pasen, Pascha en ramadan, moeten ervoor zorgen dat mensen een scherper onderscheid maken tussen het sacrale en het profane. Bovendien, aldus de Amerikaanse socioloog Peter Berger (1967, p. 35-36), wordt ons korte leventje in een 'kosmisch referentiekader' geplaatst, wat ons bestaan een 'veilig en blijvend' karakter geeft.

Het huwelijk is een goed voorbeeld. Als twee mensen het huwelijk als een eenvoudig contract beschouwen, dan kunnen zij het contract op elk gewenst moment ontbinden, maar het wordt een ander verhaal als hun huwelijk als een heilige verbintenis wordt gedefinieerd. Vandaar ook het lagere echtscheidingscijfer bij mensen met een sterke geloofsovertuiging. Meer in het algemeen: we grijpen terug op onze heilige symbolen als we te maken krijgen met onzekere of levensbedreigende situaties, zoals ziekten, natuurrampen, terroristische aanvallen of oorlog.

Een kritische kanttekening Volgens deze benadering geeft religie het dagelijks leven een sacrale betekenis. Berger voegt daaraan toe dat het vermogen van een religie om een samenleving een bepaalde zin en een stabiel karakter te geven, afhankelijk is van de mate waarin het lukt om het feit dat religie een sociaal gecreëerd verschijnsel is te negeren. Immers, hoeveel kracht zouden we ontlenen aan heilige overtuigingen, als we ze voornamelijk als een strategie voor het omgaan met tragedies zouden beschouwen? En deze analyse op microniveau besteedt geen aandacht aan de relatie tussen religie en sociale ongelijkheid.

zelf aan zet

Als je de gedachtegang van Berger volgt, waarom zouden godvruchtige partners minder snel scheiden?

16.2.3 Ongelijkheid en religie: de conflictsociologie

De conflictsociologie belicht de wijze waarop religies de sociale ongelijkheid in stand houden. Een heersende elite, aldus Karl Marx, kan een godsdienst gebruiken om de status quo te legitimeren en de aandacht af te leiden van sociale misstanden.

De Britse vorst of vorstin is het formele hoofd van de kerk van Engeland, wat de nauwe banden tussen religieuze en politieke elites illustreert. In de praktijk kan dit betekenen dat het streven naar politieke verandering een conflict met de kerk en dus met God kan veroorzaken. Een religie stimuleert mensen om de sociale problemen van de wereld te accepteren, zij kunnen immers hoopvol uitzien naar een 'volgende en betere wereld'. Een bekende uitspraak van Marx: Religie is 'de zucht van een onderdrukt wezen, het sentiment van een harteloze wereld, en de ziel van zielloze omstandigheden. Het is opium van het volk' (1964, p. 27, oorspronkelijk 1848).

Gender speelt eveneens een rol in de relatie tussen godsdienst en sociale ongelijkheid. De belangrijkste wereldreligies zijn patriarchaal. In de *Koran*, het heilige boek van de islam, krijgt de man de macht over de vrouw:

> *Mannen zijn de baas over vrouwen ... Goede vrouwen zijn dan ook gehoorzaam ... En degenen die zich willen verzetten, vermaan hen, verban hen uit je bed en straf hen (geciteerd in W. Kaufman, 1976, p. 163).*

Het christendom, de belangrijkste godsdienst in de westerse wereld, is ook patriarchaal. Hoewel christenen Maria, de moeder van Jezus, aanbidden, zegt het *Nieuwe Testament*:

Een man is naar het beeld en ter meerdere glorie van God geschapen, maar de vrouw is ter meerdere glorie van de man geschapen. De man is niet uit de vrouw voortgekomen, de vrouw wel uit de man. De man was niet voor de vrouw geschapen maar de vrouw wel voor de man (1 Korintiërs 11:7-9).

Zoals in alle kerken van de heiligen, moeten vrouwen zwijgen in de kerk. Zij hebben niet het recht van spreken maar moeten zich onderwerpen, zoals ook de wet zegt. Als zij iets willen weten dan kunnen zij dat thuis aan hun echtgenoot vragen. Want het is een schande als een vrouw in de kerk haar mond open doet (1 Korintiërs 14:33-35).

Vrouw, onderwerp u aan uw echtgenoot zoals u zich aan de Heer onderwerpt. Want de echtgenoot is het hoofd van zijn vrouw, zoals Christus het hoofd van de kerk is ... Laat de vrouw in alles onderworpen zijn aan haar echtgenoot, zoals de kerk onderworpen is aan Christus (Efeziërs 5:22-24).

Ook het judaïsme is per traditie patriarchaal. Mannelijke orthodoxe joden reciteren elke dag het volgende gebed:

Gezegend, zijt Gij, O Heer onze God, Koning der Schepping, dat ik niet als ongelovige geboren ben.
Gezegend, zijt Gij, O Heer onze God, Koning der Schepping, dat ik niet als slaaf geboren ben.
Gezegend, zijt Gij, O Heer onze God, Koning der Schepping, dat ik niet als vrouw geboren ben.

Ondanks de patriarchale tradities zien we bij de meeste religies tegenwoordig ook dat vrouwen belangrijke functies kunnen bekleden. Veel godsdiensten gebruiken in hun gezangen en gebedenboeken ook een meer genderneutrale taal. Dergelijke veranderingen hebben niet alleen betrekking op organisatiepatronen maar ook op denkbeelden over God. De theologe Mary Daly verwoordt het nogal ongezouten: 'Als God een man is, dan is de man een God' (geciteerd in Woodward, 1989, p. 58).

Een kritische kanttekening De conflictsociologie legt het accent op de rol die religie speelt bij het in stand houden van sociale ongelijkheid. Maar religies kunnen ook aansturen op veranderingen in de richting van meer gelijkheid. Bijvoorbeeld: in de negentiende eeuw in de VS hebben religieuze groeperingen een belangrijke rol gespeeld in de beweging die een einde aan de slavernij wilde maken. In de jaren vijftig en zestig van de vorige eeuw bestond de kern van de beweging voor de Amerikaanse burgerrechten uit religieuze organisaties en hun leiders. Hetzelfde geldt voor de protestbeweging tegen de Vietnamoorlog in de jaren zestig en zeventig van de vorige eeuw. En in deze tijd zien we dat zij progressieve bewegingen zoals het feminisme en de homobeweging steunen. In Nederland speelde het IKV (Interkerkelijk Vredesberaad) een belangrijke rol bij de demonstraties tegen kernwapens in de jaren zeventig en tachtig van de twintigste eeuw.
In de kadertekst *Theorie toepassen* worden de kenmerken van de drie benaderingen samengevat.

THEORIE TOEPASSEN

Religie

	Structureel functionalisme	Symbolisch interactionisme	Conflictsociologie
Analyseniveau	Macroniveau	Microniveau	Macroniveau
Welke betekenis heeft religie voor de samenleving?	De religie vervult vitale functies zoals het verenigen van mensen en het contoleren van het gedrag. Religie geeft het leven zin en een doel.	Een religie versterkt de positie van het huwelijk(en het gezinsleven) door het een heilige betekenis te geven. Mensen grijpen vaak terug naar heilige symbolen als ze met gevaren of onzekerheid te maken krijgen.	Een religie onderschrijft de sociale ongelijkheid, door te stellen dat de sociale orde is wat die moet zijn. De problemen in de wereld van nu zijn niet belangrijk. De volgende wereld is beter.

zelf aan zet

Hoe dragen religies bij aan het in stand houden van de klassenongelijkheid en de genderstratificatie?

16.3 Religie en sociale verandering

Een religie is niet alleen maar de door Karl Marx beschreven conservatieve kracht. In feite hebben religies op bepaalde momenten in de geschiedenis volgens Max Weber (1958, oorspronkelijk 1904-05) ingrijpende sociale veranderingen in de hand gewerkt.

16.3.1 Max Weber: protestantisme en kapitalisme

Weber was van mening dat bepaalde religieuze ideeën een golf van veranderingen op gang hebben gebracht die tot de industrialisering in West-Europa hebben geleid. De opkomst van het industriële kapitalisme werd gestimuleerd door het calvinisme, een stroming binnen het protestantisme.
In het denken van Johannes Calvijn (1509-1564) speelt de doctrine van de predestinatie (*voorbestemming* of *uitverkiezing*) een centrale rol. Een alwetende, almachtige God heeft een aantal mensen uitverkoren en de rest van de mensheid is tot in eeuwigheid verdoemd. Het lot van ieder mens staat bij de geboorte vast (en is alleen aan God bekend): eeuwige glorie of hellevuur.
Uiteraard maakten de calvinisten zich druk over hun lotsbestemming. Wat zouden Gods gunstige tekenen zijn? Voorspoed of aards succes, dachten zij. Hun geloofsovertuiging en hun strikte plichtsbetrachting hadden tot gevolg dat de calvinisten zich tot harde werkers ontwikkelden. Velen van hen kwamen er warmpjes bij te zitten. Maar het was niet de bedoeling dat zij het geld aan zichzelf zouden besteden of met de armen zouden delen (hun benarde situatie zagen zij als een blijk van Gods afwijzing). De calvinisten geloofden, als Gods werkers op aarde, dat het hun roeping was om de gemaakte winsten te gebruiken voor nieuwe investeringen, wat nog meer geld opleverde.
De calvinisten leidden een zuinig bestaan en maakten graag gebruik van nieuwe technologieën. Op deze wijze legden zij de basis voor het industriële kapitalisme. Op den duur nam het oorspronkelijke religieuze vuur af en veranderde het in een profaan 'protestants arbeidsethos'. In de ogen van Max Weber was het industriële kapitalisme een ontnuchterde religie, en een bewijs voor de invloed die een godsdienst op de maatschappij kan uitoefenen. Weber sprak echter niet van een causale relatie tussen het calvinisme en het kapitalisme, maar over een *Wahlverwandtschaft* (een wederzijdse versterking).

16.3.2 De bevrijdingstheologie

Historisch gezien heeft het christendom zich altijd op lijdende en onderdrukte mensen gericht en hen op het hart gedrukt dat zij vooral in een betere wereld en een beter leven moesten blijven geloven. De laatste tientallen jaren hebben sommige kerkelijke leiders en theologen voor een duidelijk politiek standpunt gekozen, de **theologie van de bevrijding**, *de combinatie van christelijke beginselen en politiek, vaak marxistisch, activisme.*
Deze beweging ontstond in de Latijns-Amerikaanse rooms-katholieke kerk, aan het eind van de jaren zestig van de twintigste eeuw. Christelijke activisten proberen nog steeds mensen in arme landen uit hun hopeloze armoede te bevrijden. Hun boodschap is eenvoudig: sociale onderdrukking is in strijd met de christelijke moraal. Christenen moeten vanuit hun geloof en uit rechtvaardigheidsbesef in de bres springen voor meer sociale gelijkheid. De afgelopen decennia zijn het vooral evangelische protestantse bewegingen in Latijns-Amerika die hierin actief zijn (Martin, 1993).
Paus Johannes Paulus II veroordeelde de bevrijdingstheologie, ondanks de rooms-katholieke oorsprong. De kerkdoctrine mocht niet aan linkse politiek gekoppeld worden. Niettemin heeft de beweging van de theologie van de bevrijding in Latijns-Amerika een bepaalde groei doorgemaakt. Het christelijk geloof zet veel mensen aan om de levensomstandigheden van de armste mensen te veranderen (Neuhouser, 1989; Williams, 2002). De in 2013 geïnstalleerde Latijns-Amerikaanse paus Franciscus is onder meer bekend om zijn bekommernis met de armen.

16.4 Religieuze organisatievormen

Sociologen classificeren de honderden bestaande religieuze organisaties op een continuüm dat van *kerken* tot *sekten* loopt. Elke religieuze organisatie kan op dit continuüm geplaatst en beschreven worden.

16.4.1 Kerk

Op basis van de ideeën van zijn leermeester, Max Weber, definieerde Ernst Troeltsch (1931) een **kerk** als *een religieuze organisatievorm die goed geïntegreerd is in de grotere samenleving.* De meeste kerkelijke organisaties hebben een eeuwenlange levensduur, waarbij vele generaties van dezelfde families betrokken zijn. Kerken hebben duidelijke regels en reglementen en hun leiders moeten formeel opgeleid en gewijd worden.

Een kerk houdt zich bezig met het sacrale, maar accepteert de gang van zaken in de profane wereld. De kerkleden houden er intellectuele opvattingen over God op na (als een kracht die het goede beoogt) en hanteren abstracte morele normen ('Wat gij niet wil dat u geschiedt, doe dat ook een ander niet'). Door de moraal in abstracte termen te verkondigen, weten kerkleiders sociale controversen te voorkomen. Bijvoorbeeld: veel kerken zeggen dat alle mensen één zijn, maar zeggen liever niets over de geringe sociale diversiteit in hun eigen geledingen. Door dergelijke conflicten uit de weg te gaan, verzoent een kerk zich met de bestaande situatie (Troeltsch, 1931).

Een kerk kan als een verlengstuk van de staat fungeren. Een **staatskerk** is *een formeel met de staat verbonden kerk.* Het katholicisme is eeuwenlang de officiële religie van het Romeinse Rijk geweest en het confucianisme was tot in het begin van de twintigste eeuw de officiële godsdienst van China. De Anglicaanse kerk is nog steeds de officiële kerk van Engeland, de islam de officiële religie van Pakistan en Iran. Een staatskerk beschouwt alle inwoners van een land als lid van de kerk, wat gewoonlijk ten koste gaat van de tolerantie voor religieuze verschillen, hoewel de situatie in het Verenigd Koninkrijk het tegendeel laat zien. In Nederland zijn staat en kerk sinds 1795 gescheiden, hetgeen echter niet betekent dat kerk en politiek gescheiden zijn.

Een **kerkgenootschap** of **gezindte** daarentegen is een *kerk die onafhankelijk is van de staat en religieus pluralisme erkent.* Kerkgenootschappen komen we tegen in landen die kerk en staat formeel van elkaar scheiden. In Nederland bestaan enkele tientallen christelijke kerkgenootschappen, zoals katholieken, de Nederlands Hervormde Kerk, gereformeerde kerken, evangelisch-lutherse kerken, baptisten, interkerkelijke organisaties, zevendedagsadventisten, en vertakkingen van het judaïsme, de islam en andere tradities. De leden van een kerkgenootschap houden vast aan hun eigen geloofsovertuiging maar erkennen het recht van anderen op hun eigen overtuiging.

16.4.2 Sekte

Een kerk probeert een plaats in de samenleving te verwerven, in tegenstelling tot een **sekte**, *een religieuze organisatie die zich afzijdig houdt van de samenleving.* Sekteleden hebben rigide religieuze overtuigingen en ontkennen, of betwisten zelfs, het geloof van anderen. Sommige sektes trekken zich volledig terug uit de samenleving om hun geloof zonder storingen van buitenaf in praktijk te kunnen brengen. Een voorbeeld daarvan zijn de Amish, die nog goeddeels leven op de wijze van mensen uit de zeventiende eeuw. In moderne samenlevingen wordt religieuze tolerantie over het algemeen als een deugd beschouwd. Vandaar ook dat sekteleden soms verweten wordt dat zij kleingeestig zijn omdat zij vinden dat hun geloof het enige ware geloof is (Kraybill, 1994; Williams, 2002).

Organisatorisch gezien zijn sektes minder formeel dan kerken. Sekteleden kunnen zich in hun verering veel spontaner en emotioneler uiten dan de leden van een kerk, die meestal passief naar een voorganger luisteren. Sektes wijzen de intellectuele benadering van kerken van de hand en leggen het accent op de persoonlijke beleving van de goddelijke kracht. Rodney Stark (1985, p. 314) zet het afstandelijke godsbeeld van kerken ('Onze Vader die in de hemelen zijt') af tegen het meer directe beeld van een sekte ('Heer, zegen deze arme zondaar die nu voor u knielt').

Daarnaast kennen kerken en sektes ook verschillende leiderschapspatronen. De leiders van een kerk zijn meestal opgeleid en gewijd. Terwijl sektes van hun leiders verwachten dat zij van goddelijke inspiratie getuigen in de vorm van **charisma** (Grieks voor 'goddelijke gratie'), *buitengewone persoonlijke kwaliteiten waarmee anderen bezield en bekeerd kunnen worden.*

Sektes ontstaan gewoonlijk als afscheidingsbewegingen van gevestigde religieuze organisaties. Hun psychische intensiteit en informele structuur geeft ze een minder stabiel karakter. Veel sektes verdwijnen weer na een korte periode van bloei. Sektes die het wel overleven beginnen meer het karakter van een kerkgenootschap te krijgen. Zij verliezen hun vurigheid naarmate zij bureaucratischer worden.

Om het ledenbestand op peil te houden, proberen veel sektes actief nieuwe leden te werven (*bekeerlingen*). Sektes hechten veel waarde aan de beleving van een *bekering,* of religieuze wedergeboorte. Bij-

voorbeeld: Jehova's getuigen gaan van deur tot deur om hun geloof met anderen te delen en nieuwe leden aan te trekken.
Ten slotte, kerkgenootschappen en sektes verschillen qua sociale samenstelling. Gevestigde kerkgenootschappen hebben nauwere banden met de buitenwereld en tellen mensen met een hoge sociale status onder hun leden. Sektes trekken meer achtergestelde mensen aan. Sektes staan open voor nieuwe leden en beloven verlossing en persoonlijke voldoening. Vandaar dat zij veel aantrekkingskracht hebben op mensen die zich sociale buitenstaanders voelen.
In Nederland ligt de situatie iets anders, hier zijn inmiddels 277 kerkgenootschappen, het aantal leden van echte sektes ligt zo laag dat het verwaarloosbaar is of in ieder geval niet als bedreigend wordt gezien.

16.4.3 Cultus

Een **cultus** is *een religieuze organisatie die grotendeels buiten de culturele tradities van een samenleving opereert.* De meeste sektes zijn afscheidingen van conventionele kerkgenootschappen. Maar een cultus ontstaat meestal rond een uiterst charismatische leider die een meeslepend verhaal over een nieuwe en totaal andere levenswijze heeft. In de VS bestaan er ongeveer vijfduizend cultussen (Marquand & Wood, 1997).
Omdat sommige beginselen of praktijken van een cultus nogal onconventioneel zijn, beschouwen veel mensen ze als deviant of zelfs kwaadaardig. De collectieve zelfmoord in 1997 van 39 leden van de *Heaven's Gate* cultus uit Californië, bevestigde het negatieve beeld dat het publiek van veel cultussen heeft. Deze mensen geloofden dat hun dood hun toegang zou geven tot een hoger bestaan, wellicht in het gezelschap van ruimtewezens. Sommigen stellen dan ook dat we, als we een religieuze gemeenschap als een 'cultus' bestempelen, de leden van die groepering voor gek verklaren (Shupe, 1995; Gleick, 1997).
Dat is niet terecht, want in wezen is er niets mis met dergelijke organisaties. Veel religies, het christendom, de islam en het judaïsme, zijn als cultus begonnen. Natuurlijk, de meeste cultussen is geen lang leven beschoren.
Een cultus staat nog verder weg van de samenleving dan een sekte. Een cultus eist van zijn leden dat zij niet alleen denkbeelden overnemen maar ook een totaal andere manier van leven. Vandaar ook dat mensen een cultus vaak van hersenspoeling beschuldigen, hoewel uit onderzoek blijkt dat de meeste mensen die zich bij een cultus aansluiten daar geen psychische schade van ondervinden (Kilbourne, 1983; Williams, 2002).

zelf aan zet

Hoe zou een religieuze organisatie die als een cultus begint zich tot een kerkgenootschap kunnen ontwikkelen?

16.5 Religie in het verleden

Religie komen we, net als het gezin, in elke ons bekende samenleving tegen. Er is nog een overeenkomst. Ook religies kunnen, afhankelijk van plaats en tijd, opmerkelijke verschillen vertonen. De eerste jagers en verzamelaars waren animisten. **Animisme** (Latijn voor 'levensadem') kan gedefinieerd worden als *het geloof dat elementen uit de natuurlijke omgeving bewuste levensvormen zijn die*

Animisme komt veel voor bij de oorspronkelijke bewoners van Amerika. Zij gingen respectvol om met hun natuurlijke omgeving. Hun voortbestaan hing ervan af. Deze Aleuts wonen in Eklutna, een dorp ten noorden van Anchorage, Alaska. Hun levenswijze is de laatste vijfhonderd jaar nauwelijks veranderd. Volgens animisten is er niet alleen een goddelijke kracht in onszelf aanwezig maar ook in alles om ons heen.

de mensheid beïnvloeden. Wouden, oceanen, bergen en de wind zijn spirituele krachten. Veel samenlevingen van de oorspronkelijke bewoners van Amerika zijn animistisch. Vandaar hun respect voor de natuurlijke omgeving.
Het geloof in één enkele goddelijke macht die de wereld geschapen heeft ontstond in veehoudende en horticulturele gemeenschappen, ongeveer tien- tot twintigduizend jaar geleden. Het beeld van God als een 'herder' is toe te schrijven aan het feit dat het christendom, de islam en het judaïsme bij veehoudende volken zijn begonnen.
Het belang van religie nam toe in agrarische samenlevingen. De centrale rol van de religie in het sociale leven van de Europese middeleeuwen is terug te vinden in de grote kathedralen die in die tijd gebouwd werden en dat de meeste dorpen en steden ontstonden rond een kerk.
De industriële revolutie introduceerde de wetenschap in het dagelijks leven. Steeds meer mensen gingen te rade bij artsen en wetenschapsbeoefenaren voor zaken waarvoor zij vroeger priesters raadpleegden. Maar ook in industriële samenlevingen houdt religie stand. De wetenschap kan immers geen antwoord geven op vragen over de zin en doel van het bestaan. *Hoe* de wereld in elkaar zit, is een vraag voor de wetenschap, maar *waarom* wij en de rest van het universum bestaan, is een vraag voor het geloof. In welke mate religies hier een antwoord op hebben kunnen formuleren is een open vraag, waarvan het antwoord vooral samenhangt met je eigen ideeën over het geloof.

16.6 Religie in een veranderende samenleving

Naast het gezinsleven is ook het religieuze leven aan verandering onderhevig. De belangstelling van sociologen richt zich vooral op het secularisatieproces.

16.6.1 Secularisatie

Secularisatie kan gedefinieerd worden als *een geleidelijke afname van het belang van het bovennatuurlijke en sacrale.* De term komt van het Latijnse woord voor 'wereldlijk' en betekent letterlijk 'van deze tijd.' Het begrip wordt meestal geassocieerd met moderne, technologisch geavanceerde samenlevingen waarin wetenschappelijke inzichten een belangrijke rol spelen.
Tegenwoordig ervaren we overgangen als geboorte, ziekte en dood eerder in aanwezigheid van artsen (met hun wetenschappelijke kennis) dan in aanwezigheid van vertegenwoordigers van de kerk (met hun geloofskennis). Alleen al uit deze verschuiving kunnen we afleiden dat de rol die religie in het dagelijks leven speelt minder belangrijk is geworden. Harvey Cox (1971, p. 3):

> *De wereld laat zich voor alle morele vraagstukken of betekenissen steeds minder door religieuze regels en rituelen leiden. Voor sommigen is religie een hobby, voor anderen een nationaal of etnisch identificatiekenmerk, of een esthetisch genoegen. Maar voor steeds minder mensen vervult de religie de rol van een overkoepelend en wijds systeem van kosmische waarden en verklaringen.*

Stel dat Cox gelijk heeft, zal het verschijnsel religie dan volledig verdwijnen? De meeste sociologen beantwoorden deze vraag ontkennend. In Europa heeft een ingrijpende secularisatie plaatsgevonden. Nederland staat te boek als een van de meest geseculariseerde landen binnen Europa, hoewel nog 65 procent van de Nederlandse bevolking sympathie voelt voor het christendom, zegt een bijna even groot percentage (61 procent) hetzelfde over 'geen geloof' (Becker & De Hart, 2006). Aan het eind van de twintigste eeuw zegt nog 52 procent van de Nederlanders in God te geloven en 24 procent zegt nog regelmatig te bidden; deze percentages zijn weer wat hoger dan in de ons omringende landen zoals Duitsland en Groot-Brittannië.
De Nederlandse samenleving is maar ten dele op weg naar verdere secularisatie. Sommige dimensies van het geloof (zoals het geloof in een leven na de dood of de hel) geven zelfs een stijgende tendens te zien en andere (zoals religieuze rituelen) zijn gelijk gebleven. Sommige religieuze organisaties hebben leden verloren, maar andere hebben hun ledenbestand zien groeien. Samenvattend kunnen we stellen dat we ernaast zitten als we zeggen dat de religie op de weg terug is, er zijn alleen wel meer religieuze smaken bijgekomen (Becker & De Hart, 2006; Gorski, 2000; Stark & Finke, 2000; Fischer, 2002; Pryor *et al.*, 2005).

Tabel 16.1 Religies in Nederland

	Leden	Voorgangers	Gemeenschappen	Gebouwen
Christendom				
Rooms-katholieke kerk	4.406.000	1908	1450	1740
Protestantse kerk in Nederland	1.944.000	2173	1832	2840
Orthodox gereformeerde kerken	238.000	541	566	-
Bevindelijk gereformeerde kerken	221.000	117	390	-
Evangelische en pinksterkerken	148.000	-	890	-
Vrijzinnige kerken	19.000	177	225	183
Overige kerkgenootschappen	156.000	-	-	-
Subtotaal	7.132.000			
Islam				
Turkse moslims	428.000	245	-	245
Marokkaanse moslims	296.000	150	-	150
Overige moslims	220.000	58	-	58
Subtotaal	944.000	453	-	453
Overige religies				
Hindoes	100.000-215.000	250	-	50
Joden	43.000	26	52	-
Boeddhisten	170.000	-	33	-
Subtotaal	313.000-428.000			

Bron: Kaski.

Zijn de veranderingen in het religieuze leven goed of slecht? Conservatieven zien elke terugloop als een teken van moreel verval, terwijl progressieven het als een bevrijding zien van het dictatoriale geloof van het verleden, waardoor mensen meer keuzevrijheid krijgen. De secularisatie heeft er ook voor gezorgd dat veel traditionele religieuze gebruiken (zoals de gewoonte om alleen maar mannen in te wijden) nu beter aansluiten bij hedendaagse sociale attitudes die een grotere gendergelijkheid voorstaan.

16.6.2 Wereldlijke religie

Een dimensie van secularisatie is wat Robert Bellah (1975) **wereldlijke religie** noemt, *een quasi-religieuze loyaliteit die individuen in een wezenlijk seculaire samenleving met elkaar verbindt.* Met andere woorden: de formele religie mag dan wel aan kracht inboeten, het staatsburgerschap heeft zijn eigen religieuze eigenschappen. De meeste mensen beschouwen hun manier van leven als een streven naar een moreel goede wereld. En veel mensen ontdekken religieuze kenmerken in politieke bewegingen, zowel conservatieve als progressieve (Williams & Demerath, 1991).

De wereldlijke religie bestaat uit een reeks rituelen, variërend van het zingen van het volkslied bij sportevenementen tot het zwaaien met de nationale vlag bij openbare festiviteiten. De nationale vlag symboliseert de nationale identiteit en we verwachten dat mensen deze met respect behandelen.

16.6.3 Spirituele zoekers: spiritualiteit zonder formele religie

29 december, Machu Picchu, Peru – We zijn aan het einde van onze eerste dag in deze fantastische stad die door de Inca's op de toppen van het Andesgebergte is gebouwd. Lucas, een lokale sjamaan (religieus leider), gaat een groep van 12 leden uit onze reisgroep voor in een dankritueel. Hij knielt op de vieze vloer van het kleine stenen gebouw en zet allerlei offers neer – maïskorrels en bonen, suiker, planten van diverse kleuren, en zelfs wat brokjes goud en zilver. Hij offert ze aan Moeder Aarde en vraagt haar om harmonie, vreugde en goedheid onder de mensen. Zijn woorden en de magie van de situatie maken het tot een indrukwekkende ceremonie.

De laatste decennia is een toenemend aantal mensen op zoek gegaan naar spirituele ontwikkelingsmogelijkheden buiten de gevestigde religieuze wegen. Sommigen leiden hieruit af dat het Westen op weg is om een *postconfessionele samenleving* te worden. In eenvoudige bewoordingen: er zijn kennelijk meer spirituele zoekers die in een vitale spirituele dimensie van het menselijk bestaan geloven en deze buiten formele kerkgenootschappen zoeken.
Wat is het verschil tussen deze *new age*-beweging en traditionele religies? Volgens Richard Cimino en Don Lattin (1999, p. 62) kan spiritualiteit omschreven worden als:

> *het zoeken naar ... een religie die met het hart en niet met het hoofd beleden wordt, die niets met doctrine en dogma van doen heeft en zwelgt in de directe beleving van het goddelijke – of het nu de 'heilige geest', het 'goddelijke bewustzijn' of het 'ware zelf' wordt genoemd. Praktisch en persoonlijk, meer gericht op stressreductie dan op verlossing, eerder therapeutisch dan theologisch. Het gaat om een goed gevoel, niet om goed doen. En het lichaam is even belangrijk als de ziel.*

Velen in Nederland en Europa, en miljoenen mensen in de VS, nemen deel aan deze spirituele zoektocht. Hank Wesselman (2001, p. 39-42), een antropoloog en spiritueel leider, identificeerde vijf kernwaarden in deze beweging:

1. **Het geloof in een hogere macht**. Er bestaat een hogere macht, een vitale kracht die in alle dingen en mensen aanwezig is. De mens is voor een deel een goddelijk wezen.
2. **Het geloof in universele verbondenheid**. Alles en iedereen is met elkaar verbonden en maakt deel uit van een universeel goddelijk geheel.
3. **Het geloof in een spirituele wereld**. Er bestaat meer dan alleen de fysieke wereld. Er bestaat ook een belangrijker, spirituele werkelijkheid (of 'geesteswereld').
4. **Het verlangen naar spirituele ervaringen**. Een spirituele ontwikkeling houdt in dat mensen ook in staat zijn om contact te maken met de spirituele wereld. Velen van hen komen tot het inzicht dat spirituele leraren hen op de goede weg kunnen helpen.
5. **Het streven naar transcendentie**. Met behulp van bepaalde technieken (zoals yoga, meditatie en gebeden) kunnen mensen boven de directe, fysieke wereld uitstijgen ('transcenderen'). Dit wordt als een levensdoel beschouwd.

Als we deze spirituele beweging vanuit een traditioneel standpunt bekijken dan komt deze eerder in de buurt van de psychologie dan van de theologie (Tucker, 2002). Toch kunnen we het een belangrijke nieuwe vorm van religieuze belangstelling noemen.

zelf aan zet

Wat denk je, bewijst de opkomst van de spirituele beweging dat de wereld seculariseert of bewijst het dat de betekenis van de religie in het dagelijks leven nog steeds hetzelfde is? Licht je antwoord toe.

Mensen die op zoek zijn naar spirituele groei maken vaak gebruik van eeuwenoude meditatietechnieken. De bedoeling is dat de geest tot rust komt, vrij van dagelijkse beslommeringen, zodat we een innerlijke, goddelijke stem kunnen horen. Talloze mensen hebben de spirituele waarde van meditatie bevestigd. Er wordt ook een relatie verondersteld tussen meditatie en een betere lichamelijke gezondheid.

■ KRITISCH DENKEN

Bedreigt de wetenschap de religie?

Ongeveer 400 jaar geleden stond de Italiaanse fysicus en astronoom Galileo Galilei (1564-1642) met een reeks opzienbarende uitvindingen aan de wieg van de wetenschappelijke revolutie. Hij ontdekte enkele wetten van de zwaartekracht door objecten van de scheve toren van Pisa te laten vallen. Met zijn zelfgebouwde telescoop observeerde hij de sterren en hij kwam tot de ontdekking dat de aarde rond de zon draait en niet andersom.

Hij kwam in conflict met de rooms-katholieke kerk, die al eeuwenlang verkondigde dat de aarde het stilstaande middelpunt van het universum vormde. De situatie werd alleen maar erger toen Galileo reageerde met de uitspraak dat religieuze leiders geen verstand hebben van wetenschap. Zijn werk werd in de ban gedaan en hij kreeg huisarrest.

Hieruit komt duidelijk naar voren dat de relatie tussen wetenschap en religie vanaf het eerste begin ongemakkelijk was. In de twintigste eeuw raakten beide weer met elkaar in conflict. Nu naar aanleiding van Charles Darwins meesterwerk *On the Origins of Species,* waarin hij stelt dat het menselijk ras zich gedurende een periode van miljarden jaren uit lagere levensvormen heeft ontwikkeld. Geheel in strijd met het Bijbelverhaal over de schepping (in Genesis) waarin God hemel en aarde schiep, op de derde dag leven en op de vijfde en zesde dag de dieren en de mens (naar zijn eigen beeld).

Vormt de religie een bedreiging voor de wetenschap? Of de wetenschap voor de religie? Gaan beide in jouw leven samen?

Galileo had ongetwijfeld getuige willen zijn van een proces dat bekend is geworden als 'Scopes' apenproces'. In 1925 moest John Thomas Scopes terechtstaan in de staat Tennessee. Hij was docent in een kleine stad en had op zijn *high school* lesgegeven over de evolutietheorie. Volgens de wet van Tennessee was het verboden om een theorie te verkondigen die het Bijbelse scheppingsverhaal ontkende, en in het bijzonder een theorie die stelde dat we van een lagere diersoort afstammen. Scopes werd schuldig bevonden en veroordeeld tot een boete van $100. In hoger beroep werd zijn veroordeling herroepen, dus de zaak heeft het

Hooggerechtshof nooit bereikt. Deze wet verdween in Tennessee pas in 1967 uit de boeken. Een jaar later vernietigde het Amerikaanse Hooggerechtshof (*Epperson versus Arkansas*) deze wetten als ongrondwettelijke regeringssteun voor de religie.

Het is nu 400 jaar geleden dat Galileo de mond werd gesnoerd. Maar er zijn nog steeds veel mensen in de discussie over de ogenschijnlijk tegenstrijdige standpunten van wetenschap en religie verwikkeld. Een derde van de Amerikaanse volwassenen beschouwt de Bijbel als Gods boek en velen van hen wijzen wetenschappelijke bevindingen die in tegenspraak zijn met de Bijbel van de hand (NORC, 2005, p. 198).

Maar we zien een middenweg ontstaan. De helft van de Amerikaanse volwassenen (waaronder een aantal kerkleiders) stelt dat de Bijbel een boek is vol door God geïnspireerde waarheden dat in letterlijke, wetenschappelijke zin niet correct is. Dat wil zeggen: wetenschap en religie zijn twee afzonderlijke vormen van inzicht die verschillende vragen proberen te beantwoorden. Galileo en Darwin hebben hun leven gewijd aan de vraag *hoe* de natuur te werk gaat. Alleen de religie kan zich bezighouden met de vraag *waarom* de dingen en de mens bestaan.

In 1992 heeft een commissie van het Vaticaan bepaald dat het verkeerd was dat de kerk Galileo het zwijgen had opgelegd. De meeste wetenschappers en religieuze leiders zijn het er tegenwoordig wel over eens dat wetenschap en religie belangrijke maar verschillende waarheden representeren. Maar velen geloven ook dat juist in een tijd waarin de wetenschap zich snel ontwikkelt de morele nood het hoogst is en dat religie uitkomst kan bieden.

VRAGEN

1. Waarom wijzen sommige wetenschappers religieuze verklaringen over het ontstaan van de mensheid van de hand? En waarom wijzen sommige gelovigen wetenschappelijke verklaringen af?
2. Zaait het sociologisch onderzoek naar religie twijfel over het geloof van mensen? Waarom wel, waarom niet?
3. Ongeveer 40 procent van de Nederlandse volwassenen is van mening dat de wetenschap onze manier van leven te snel verandert. Ben jij het met hen eens? Waarom wel, waarom niet?

Bronnen: gebaseerd op Gould, 1981; Hutchingson, 1994; Appleborne, 1996.

16.6.4 Een religieuze opleving: 'die goeie ouwe godsdienst'

Tegelijkertijd (met de groei van de spirituele beweging) is er ook veel veranderd in de georganiseerde religie. Het lidmaatschap van gevestigde kerkgenootschappen is tussen 1970 en 2006 afgenomen van 75 procent naar 45 procent van de bevolking in Nederland (WRR, 2006). In dezelfde periode is de affiliatie met andere religieuze organisaties, zoals speciale christelijke sektes, even snel toegenomen. Vooral jongeren voelen zich aangetrokken tot allerlei religieuze bewegingen.

Uit deze ontwikkelingen zouden we kunnen afleiden dat de secularisatie haar grenzen heeft. Veel mensen gaan, naarmate kerkgenootschappen een wereldser karakter krijgen, hun heil zoeken bij meer sekteachtige gemeenschappen die meer intense religieuze ervaringen kunnen bieden (Stark & Bainbridge, 1981; Roof & McKinney, 1987; Jacquet & Jones, 1991; Warner, 1993; Iannaccone, 1994; Hout *et al.*, 2001).

Een opvallende trend is de groei van het **fundamentalisme**, *een conservatieve religieuze doctrine die zich verzet tegen intellectualisme en een wereldser karakter en voor een herleving van een traditionele, bovenaardse religie kiest.* In de VS heeft het fundamentalisme de grootste winst onder protestanten geboekt. De zuidelijke baptisten bijvoorbeeld vormen de grootste religieuze gemeenschap in de VS. Maar ook het aantal katholiek-, joods- en moslimfundamentalistische groeperingen is gegroeid. Sinds het begin van de eenentwintigste eeuw, zeker na de aanslag op de Twin Towers in New York op 11 september 2001, is er ook in Europa (en wereldwijd) veel meer aandacht voor fundamentalistische – veelal islamitische – bewegingen.

Religieuze fundamentalisten zien met lede ogen aan dat de wetenschap steeds meer invloed krijgt en dat het traditionele gezin naar de achtergrond verdwijnt, en werpen zich op als verdedigers van 'traditionele waarden.' De kerk is in hun ogen maar al te zeer bereid om compromissen te sluiten en met veranderingen mee te gaan. Het religieuze fundamentalisme onderscheidt zich op vijf manieren (Hunter, 1983, 1985, 1987):

1 **De woorden van sacrale teksten worden letterlijk genomen**. Fundamentalisten vinden dat sacrale boeken zoals de *Bijbel* of de *Koran* letterlijk gelezen moeten worden en niet zoals de intellectuele leden van meer vrijdenkende religieuze organisaties. Bijvoorbeeld: fundamentalistische christenen geloven dat God de wereld in zeven dagen geschapen heeft, precies zoals het in het boek Genesis staat.

2 **Religieus pluralisme wordt afgewezen**. Fundamentalisten zijn van mening dat het persoonlijke geloof verwatert door tolerantie en relativisme. Zij stellen dan ook dat hun geloofsovertuiging de juiste is en dat andere overtuigingen het bij het verkeerde eind hebben.

3 **De persoonlijke beleving van Gods aanwezigheid**. Als reactie op de wereldse en intellectualistische benadering van andere religieuze organisaties, willen fundamentalisten terug naar de goede oude tijd, op zoek naar een spirituele opleving. Fundamentalistische christenen moeten er in het dagelijks leven blijk van geven dat zij 'herboren' zijn en een persoonlijke band met Jezus Christus hebben.

4 **'Seculair humanisme' wordt afgewezen**. Fundamentalisten zijn van mening dat aanpassingen aan een veranderende wereld ten koste gaan van een geloofsovertuiging. Zij staan afwijzend tegenover het 'seculair humanisme', de neiging van onze samenleving om eerder naar wetenschappelijke deskundigen dan naar God te luisteren. Deze spanning tussen wetenschap en religie is geen nieuw verschijnsel.

5 **Het omarmen van conservatieve politieke doelen**. Hoewel het fundamentalisme de neiging heeft om zich niet met wereldse zaken in te laten, gaan sommige fundamentalistische leiders (waaronder christelijke fundamentalisten) de politiek in om de 'progressieve politieke agenda' van bijvoorbeeld het feminisme en de homobeweging te bestrijden. Fundamentalisten zijn tegen abortus, het homohuwelijk en de vrije opvattingen van de massamedia. Zij steunen het traditionele tweeoudergezin, willen dat er op school weer gebeden wordt en bekritiseren de massamedia vanwege hun eenzijdige berichtgeving (Manza & Brooks, 1997; Thomma, 1997; Rozell *et al.*, 1998).

Tegenstanders beschouwen het fundamentalisme als rigide en intolerant. Maar voor sommige mensen is het een aansprekend alternatief voor de meer intellectuele, tolerante en wereldse stromingen binnen de kerk. Dit omdat het fundamentalisme meer religieuze zekerheid biedt en de nadruk legt op het ervaren van Gods aanwezigheid (Marquand, 1997).
Welke religieuze organisaties zijn fundamentalistisch? De wereld wordt de laatste jaren geconfronteerd met extreem fundamentalistische islamieten die gewelddadige aanvallen op de westerse cultuur steunen. In de VS wordt de term meestal gereserveerd voor conservatieve christelijke organisaties in de evangelische traditie, waaronder de pinksterbeweging, de zuidelijke baptisten en de zevendedagadventisten. Ook enkele Amerikaanse religieuze bewegingen, zoals de *Promise Keepers* (een mannenorganisatie) en de *Chosen Women*, worden als fundamentalistisch aangemerkt.
Enkele religieuze organisaties, voornamelijk fundamentalistische, hebben zich ontwikkeld tot *elektronische kerken*, die geleid worden door *prime time* predikanten (Hadden & Swain, 1981). Zij vormen een scherp contrast met de lokale congregaties in Amerika uit het verleden. Deze televisiedominees hebben veel meer bekendheid gekregen dan vrijwel al hun voorgangers. Ongeveer 5 procent van het Amerikaanse televisiepubliek (ongeveer 10 miljoen mensen) kijkt regelmatig naar religieuze televisie-uitzendingen, en 20 procent (ongeveer 40 miljoen mensen) kijkt elke week naar een religieus programma (NORC, 2005, p. 441).
In Nederland wordt de term fundamentalisme de afgelopen jaren eigenlijk voornamelijk gebruik in relatie tot de fundamentalistische islam. Een enkele keer wordt er in de media en door de politiek aandacht besteed aan andere religieuze fundamentalisten. Zoals in 2013 bij de uitbraak van mazelen waarbij een deel van de strenggelovige christenen hun kinderen (en zichzelf) niet wilde laten inenten.

16.7 Religie: een blik op de toekomst

Uit de populariteit van televisiedominees, de groei van het religieus fundamentalisme, de nieuwe vormen van spiritualiteit en het massale lidmaatschap van de grote kerkgenootschappen, kunnen we afleiden dat religie de komende decennia een belangrijke rol zal blijven spelen in de moderne samenleving. De vele gelovige immigranten uit Arabische en Afrikaanse landen zullen het religieuze karakter van de westerse samenlevingen in de eenentwintigste eeuw intensiveren en een meer divers gezicht geven (Yang & Ebaugh, 2001).

De wereld wordt steeds complexer, en de sociale veranderingen voltrekken zich in een dusdanig hoog tempo dat ons begripsvermogen er een tijdje over doet om te beseffen wat er gebeurt. De positie van de religie wordt hierdoor niet verzwakt. Integendeel, dit proces lijkt de religieuze verbeeldingskracht juist te prikkelen. Terwijl nieuwe technologieën ons in staat stellen om het leven te veranderen, te verlengen en zelfs te creëren, worden de morele vraagstukken waarmee we geconfronteerd worden steeds ingewikkelder. Het is tegen deze achtergrond van onzekerheid geen wonder dat veel mensen zich tot hun geloof wenden om te weten wat ze moeten doen en weer hoop te krijgen in de toekomst.

■ SOCIOLOGIE TOEPASSEN

1. Sommige medestudenten zijn duidelijk religieus, andere in het geheel niet en van een heleboel weet je het wellicht niet. Is jouw opleiding onderdeel van een religieuze stroming? Of was zij dat in het verleden? Welke plaats neemt religie in op jouw opleiding bij de dagelijkse gang van zaken?

2. Wordt religie steeds zwakker in onze hedendaagse samenleving? Ga, om te kijken of de theorie over de secularisering van onze samenleving bevestigd kan worden, naar de bibliotheek en zoek een krant van vijftig jaar geleden en een krant van honderd jaar geleden op. Kijk hoeveel berichten er aan religie worden besteed. Welke patronen zie je?

SLAGEN VOOR HET TENTAMEN SAMENVATTING VAN HOOFDSTUK 16

RELIGIE: BASISBEGRIPPEN

- **Religie** is een belangrijke sociale institutie die gebaseerd is op het scheiden van *sacrale* en *profane* zaken.
- Een religie is gebaseerd op *geloof* en niet op wetenschap. Mensen brengen hun geloof in verschillende rituelen tot uiting.

p. 464-465

THEORETISCHE ANALYSES VAN RELIGIE

Het **structureel functionalisme** stelt dat religies mensen verenigen, de cohesie bevorderen, en het leven een doel en zin geven. Door middel van religie geven we uiting aan de kracht van onze samenleving (Durkheim).

p. 465-467

Het **symbolisch interactionisme** stelt dat we langs sociale weg onze geloofsovertuiging creëren. We zullen vooral bij de religie te rade gaan in moeilijke en onzekere tijden (Peter Berger).

p. 467

De **conflictsociologie** stelt dat de religie de bestaande situatie rechtvaardigt. Op deze wijze steunen religies sociale ongelijkheid en staan zij verandering in de weg (Karl Marx).

p. 467-468

Zie kader *Theorie toepassen* op p. xxx

RELIGIE EN SOCIALE VERANDERING

- In tegenstelling tot Marx, was Max Weber van mening dat religies wel tot sociale veranderingen kunnen aanzetten. Hij toonde aan hoe de calvinistische geloofsovertuiging aan het ontstaan van het industriële kapitalisme heeft bijgedragen.
- De **theologie van de bevrijding**, een combinatie van christelijke beginselen en politiek activisme, probeert sociale veranderingen te bewerkstelligen.

p. 469

TYPEN VAN RELIGIEUZE ORGANISATIES

Kerken zijn religieuze organisaties die goed geïntegreerd zijn in de samenleving. Zij vallen in twee categorieën: staatskerken en kerkgenootschappen.

p. 470

Sekten zijn het resultaat van godsdienstige afscheidingen, en worden gekenmerkt door charismatische leiders en een wantrouwende houding ten opzichte van de samenleving.

p. 470-471

Een **cultus** is een religieuze organisatie die gebaseerd is onconventionele overtuigingen en praktijken.

p. 471

RELIGIE IN EEN VERANDERENDE SAMENLEVING

- Het begrip **secularisatie** verwijst naar een afnemende betekenis van het bovennatuurlijke en sacrale.
- In Nederland zien we een afname van het aantal leden van gevestigde kerken, en een toegenomen interesse in alternatieve religies.
- Tegenwoordig neemt de **wereldlijke religie** de vorm aan van een quasireligieus patriottisme dat de banden tussen de bevolking en de maatschappij versterkt.

p. 472-473

- Mensen die *spiritueel* zoekende zijn, maken deel uit van de *new age*-beweging; deze zoekt naar spirituele ontwikkeling buiten de conventionele religieuze organisaties.
- **Fundamentalisme** is erop tegen dat de religie zich aanpast aan de wereld, interpreteert religieuze teksten letterlijk en wijst religieuze diversiteit van de hand.

p. 474-476

SLAGEN VOOR HET TENTAMEN **MEERKEUZEVRAGEN**

1 Welke term gebruikte Emile Durkheim om de alledaagse aspecten van het bestaan te beschrijven?
   a. religie
   b. het sacrale
   c. het profane
   d. het rituele

2 Volgens Peter Berger zullen we vooral bij de religie te rade gaan als we te maken hebben met
   a. een sociaal conflict;
   b. voorspoedige tijden;
   c. bekende, dagelijkse routines;
   d. belangrijke gebeurtenissen waarover we geen controle hebben.

3 Welk type religieuze organisatie is het meest geïntegreerd in de samenleving?
   a. een cultus
   b. een kerk
   c. een sekte
   d. een tegencultuur

4 Een sekte is een religieuze organisatievorm die
   a. zich buiten de samenleving plaatst;
   b. goed geïntegreerd is in de samenleving;
   c. het belang van charisma afwijst;
   d. formeel opgeleide leiders heeft.

5 De term secularisatie verwijst naar
   a. het feit dat religie een meer prominente rol in het leven van mensen gaat spelen;
   b. de stijgende populariteit van fundamentalisme;
   c. een afnemende betekenis van de religie en het sacrale;
   d. de weerstand die kerken tegen verandering hebben.

De meeste mensen wonen in steden en voorsteden. Sociologen onderzoeken de verschillen tussen het wonen in de stad en het wonen op het platteland. Zij houden zich ook bezig met de ontwikkeling van de wereldbevolking.
Bron: Roman Schmitz

17

BEVOLKING EN VERSTEDELIJKING

- *Waarom* moeten we ons zorgen maken over de snelle toename van de wereldbevolking?
- *Wat* is het verschil tussen een leven in de stad en een leven op het platteland?
- *Hoe* hebben steden in Europa zich ontwikkeld door de tijd heen?

Wil je verhuizen naar een land waar ruimte in overvloed is? Het dorpje Tyldal in Noorwegen ziet je graag komen. Bij aankomst krijg je als ondernemer via de gemeente een bedrijfspand tot je beschikking dat je in eerste instantie kosteloos kunt huren om de start te vergemakkelijken. In overleg wordt later een redelijke huurprijs bepaald. Tyldal heeft een uitgebreide subsidieregeling en de gemeente helpt bij de aanvragen die daarvoor nodig zijn. Dit maakt migreren wel heel makkelijk.

In Nederland kennen we dit soort welkomstpremies niet. Maar de verwachting is wel dat een deel van de Nederlandse gemeenten, vooral in de buitengebieden, de komende jaren te maken krijgen met een daling van het aantal inwoners. Misschien gaan ze dan ook proberen mensen van elders aan te trekken met allerlei voordelen. Waarom willen allerlei Noorse dorpen zo graag nieuwe inwoners aantrekken? Het antwoord is dat ze deel uitmaken van Noorse dalen die de laatste decennia met een grote leegloop of 'krimp' te maken hebben gehad. De inwoners en overheden vrezen dat de dagen van deze gebieden, als er niets verandert, geteld zijn. Zij richten zich op Nederland met speciale websites omdat ze daar mensen verwachten die verlangen naar rust en natuur, maar ook ondernemend zijn. In dit hoofdstuk zullen we ons bezighouden met bevolkingsonderzoek, met de vraag waarom mensen van de ene plaats naar de andere trekken (migreren) en waarom ze vaak naar steden trekken. We zullen ook bespreken waarom sommige steden zo groot worden, en met de vraag hoe de fysieke omgeving de samenstelling van de bevolking en onze manier van leven beïnvloedt.

17.1 Demografie: het wetenschappelijk onderzoek van bevolkingsvraagstukken

Toen de mensheid ongeveer 12.000 jaar geleden met de tuinbouw begon, bestond de wereldwijde bevolking van *homo sapiens* naar schatting uit vijf miljoen mensen. Die bevolking nam zeer langzaam toe, tot ongeveer 300 miljoen in het jaar 1 van onze jaartelling.

Na 1750 kwam de bevolkingsgroei in een versnelling. Tegenwoordig komen er per jaar 83 miljoen mensen bij, en de wereld telt nu meer dan 7 miljard bewoners. De **demografie**, *bevolkingsbeschrijving* of *het wetenschappelijk onderzoek van bevolkingsvraagstukken*, houdt zich bezig met de oorzaken en de gevolgen van deze ontwikkelingen (nidi.nl). De demografie (afgeleid van het Griekse 'het beschrijven van mensen') is een zusterdiscipline van de sociologie; zij analyseert de omvang en de samenstelling van een bevolking en onderzoekt hoe en waarom mensen migreren. Demografen verzamelen niet alleen maar statistische gegevens, zij houden zich ook bezig met de effecten van de bevolkingsgroei en de wijze waarop deze gecontroleerd kan worden. In de volgende paragrafen komt een aantal demografische basisbegrippen aan de orde.

17.1.1 Vruchtbaarheid

Het bevolkingsonderzoek begint met de vraag hoeveel mensen er geboren worden. **Vruchtbaarheid** kan voor een bevolking gedefinieerd worden als het *aantal levende geboorten onder de bevolking in een land*. Vrouwen kunnen in hun vruchtbare periode (vanaf het begin van de menstruatie tot de menopauze) meer dan 20 kinderen baren. Maar het maximale aantal kinderen wordt sterk gereduceerd door culturele normen, financiën en persoonlijke keuzes.

Demografen brengen de vruchtbaarheid in kaart met behulp van het **bruto geboortecijfer**, *het aantal levende geboorten in een jaar per duizend inwoners*. Hoe bereken je dit geboortecijfer? Deel het aantal kinderen dat in een jaar levend ter wereld wordt gebracht door het totale aantal inwoners van een land, en vermenigvuldig het resultaat met 1000. In het jaar 2011 werden in Nederland 180.060 levendgeborenen ter wereld gebracht. Het bruto geboortecijfer komt daarmee op 10,8. Ter vergelijking: in de VS werden in 2010 4 miljoen kinderen levend geboren op een populatie van 309 miljoen: een bruto geboortecijfer van 13,0. (Hamilton *et al.*, 2011).

18 januari, Staphorst, Nederland – Wij (een groep studenten) hebben zojuist een traditionele warme maaltijd genuttigd, een grote hoeveelheid vlees en aardappels, en zitten nu in de woonkamer van de heer Ros, predikant. Mevrouw Ros, moeder van vier kinderen, vertelt ons over het leven van de strenggelovigen in deze streek. 'De meeste vrouwen die ik ken, hebben 5 of 6 kinderen,' zegt zij glimlachend, 'maar lang niet iedereen – sommigen hebben er 11 of 12!'. Wij kennen zelf niemand uit zo'n groot gezin.

Het geboortecijfer van een land wordt als 'bruto' beschreven omdat het gebaseerd is op de totale bevolking, niet alleen op de vrouwen van vruchtbare leeftijd. Dit geboortecijfer zegt verder niets over verschillen tussen bevolkingsgroepen: de vruchtbaarheid onder autochtone Nederlandse vrouwen is lager dan die onder sommige migrantengroepen. Het geboortecijfer is echter gemakkelijk te berekenen en maakt het mogelijk om een ruwe vergelijking te maken tussen verschillende landen en streken. Uit figuur 17.1a kunnen we afleiden dat het ruwe geboortecijfer in Europa en Noord-Amerika, vergeleken met de rest van de wereld, laag is.

zelf aan zet

Wat is het verschil tussen landen met een lage en landen met een hoge vruchtbaarheid met betrekking tot (1) de leeftijd waarop mensen voor de eerste keer trouwen, (2) de mogelijkheden die vrouwen hebben, en (3) de attitude ten aanzien van homoseksualiteit? Licht je antwoorden toe.

17.1.2 Mortaliteit

In de bevolkingsgrootte komt ook de **mortaliteit** tot uiting, *het aantal sterfgevallen onder de bevolking van een land*. Om de mortaliteit te meten, maakt de demografie gebruik van het **bruto sterftecijfer**, *het jaarlijkse aantal sterfgevallen per 1000 inwoners*. De berekening? Neem het aantal sterfgevallen in een jaar, deel dat door het totaal aantal inwoners en vermenigvuldig de uitkomst met 1000. In 2011 overleden in Nederland 135.741 personen, waarvan 65.259 mannen en 70.482 vrouwen. Dit komt overeen met 7,9 per 1000 mannen en 8,38 per 1000 vrouwen. Dit geeft een bruto sterftecijfer van 8,1. Mondiaal gezien, en ook binnen de 15 oudere EU-landen, is dit een relatief laag sterftecijfer (figuur 17.1a). Het is ook vergelijkbaar met dat van de VS (Murphy *et al.*, 2012).

Het **zuigelingensterftecijfer** is een derde bruikbare demografische maat, en houdt in *het aantal sterfgevallen van kinderen in het eerste levensjaar, per 1000 levende geboorten*. De berekening gaat als volgt: neem

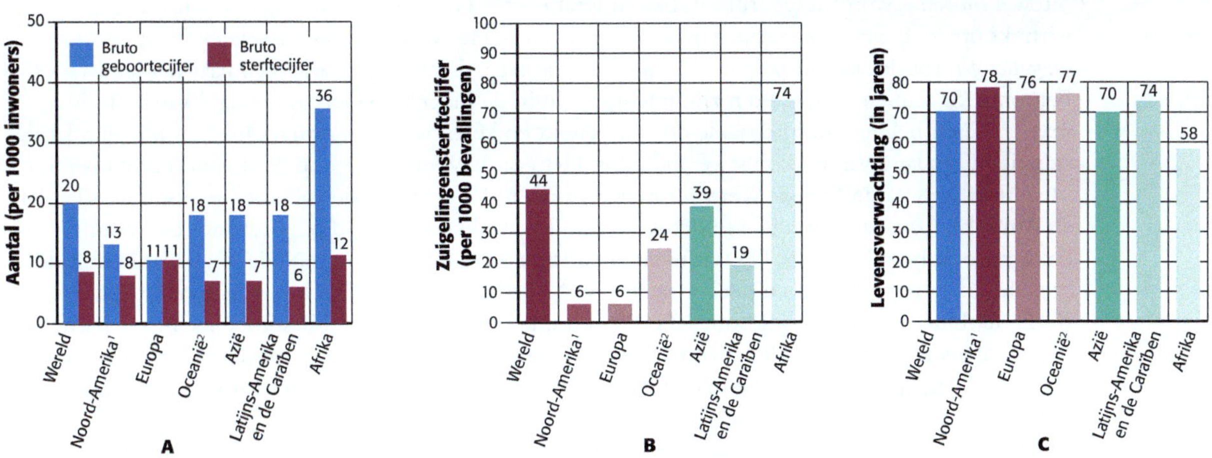

¹ Amerika = Verenigde Staten en Canada
² Oceanië = Australië, Nieuw-Zeeland en de Zuidzee-eilanden

Figuur 17.1 (a) Bruto geboortecijfers en bruto sterftecijfers; (b) Zuigelingensterftecijfer; (c) Levensverwachting

Vergeleken met andere continenten kent Europa een hoger sterftecijfer, een lager geboortecijfer, een zeer lage zuigelingsterfte en een hoge levensverwachting.

Bron: Population Reference Bureau, 2011.

het aantal sterfgevallen van kinderen in het eerste levensjaar, deel dat door het aantal levende geboorten in hetzelfde jaar en vermenigvuldig de uitkomst met 1000. In 2011 stierven er 654 kinderen in Nederland op een totaal 180.060 levende geboorten. Het zuigelingensterftecijfer is daarmee 3,6. Uit figuur 17.1b kunnen we afleiden dat het zuigelingensterftecijfer in Noord-Amerika met 6,8 ook al relatief laag is. Nederland is een opmerkelijk land als het gaat om zuigelingensterfte. Enkele jaren geleden bleek Nederland binnen Europa slecht te scoren op dit punt. Dit gaf aanleiding tot een breed debat over de traditie van thuisbevallingen. In de tussentijd is er vooral werk gemaakt van het verbeteren van verloskundigen en gynaecologen en komt Nederland er minder slecht af (www.europeristat.com). Een daling van rokende zwangere vrouwen en van tienermoeders heeft daar waarschijnlijk ook bij geholpen. Maar nog steeds doet Nederland het maar matig met de overlevingskans rondom de bevalling.
Er bestaan ook duidelijke verschillen tussen bevolkingsgroepen. Bij niet-westerse allochtone moeders in Nederland ligt de sterfte van zuigelingen duidelijk hoger dan bij autochtone moeders. De hoogste sterftecijfers worden waargenomen onder baby's met Antilliaanse, Arubaanse of Surinaamse moeders. Hun kans om te overlijden is 77 procent groter dan die van kinderen van autochtone moeders (CBS StatLine, 2009). Het leven in slechtere omstandigheden speelt daarbij waarschijnlijk een rol, maar ook het relatief hoge aantal tienermoeders in deze bevolkingsgroepen. In het algemeen is de sterfte rond de geboorte bij moeders onder de 20 jaar en boven de 40 jaar relatief hoog (CBS StatLine, 2007).
Een laag zuigelingensterftecijfer in een bevolking leidt tot een aanzienlijk hogere **levensverwachting**, *de gemiddelde levensduur van de inwoners van een land*. Mannen die in 2012 in Nederland geboren zijn, hebben een levensverwachting van 79,1 jaar, vrouwen 82,8 jaar. Uit figuur 17.1c kunnen we afleiden dat de levensverwachting voor inwoners van Europa hoger is dan die voor de bevolking van lage-inkomenslanden in Afrika. De levensverwachting is voor Nederlanders decennialang sterk gestegen door betere medische mogelijkheden en gezondheidszorg. Ondanks de toegenomen levensverwachting is het aantal jaren dat men gemiddeld leeft zonder chronische ziekten licht afgenomen. Dat hangt echter ook samen met het feit dat ziekten eerder worden herkend en dat mensen langer met dergelijke aandoeningen blijven leven (CBS StatLine, 2012). Het verschil in levensverwachting tussen mensen met een lage en een hoge sociaaleconomische status is groot. Hoe hoger het inkomen, hoe langer men leeft en hoe langer men gezond leeft (Knoops & Van den Brakel, 2010).

17.1.3 Migratie

De bevolkingsgrootte wordt ook beïnvloed door **migratie**, *het vertrek uit of de komst naar een bepaald gebied*. De komst naar een bepaald gebied, *immigratie*, wordt weergegeven met het *immigratiecijfer*, het aantal mensen dat zich in een bepaald land vestigt, per 1000 inwoners. Het verlaten van een gebied, oftewel *emigratie,* wordt uitgedrukt in het emigratiecijfer, het aantal mensen dat jaarlijks definitief vertrekt om zich elders te vestigen, per 1000 inwoners. Het verschil tussen beide cijfers is het *netto migratiecijfer*. Tot slot kan er ook sprake zijn van *remigratie*, als mensen terugkeren naar het land van herkomst. Sommige remigranten zijn teleurgesteld in de mogelijkheden in het land van vestiging, maar anderen hebben juist bepaalde doelen bereikt en keren tevreden terug. Ook kan het zijn dat de situatie in het land van herkomst veranderd is. Het gaat bijvoorbeeld politiek of economisch beter.
Nederland was na de Tweede Wereldoorlog geruime tijd een emigratieland, toen mensen naar landen als Amerika, Canada, Australië en Nieuw-Zeeland vertrokken, en werd pas veel later een immigratieland (zie ook hoofdstuk 12). De laatste jaren verlaten weer meer mensen Nederland. Dat betreft deels tweedegeneratiemigranten en deels autochtone Nederlanders die hun geluk elders gaan beproeven (CBS StatLine, 2012). In hoofdstuk 12 is de immigratie naar Nederland besproken. Circa driekwart van de mensen die zich in Nederland vestigen is jonger dan 35 jaar. Deze immigratie zou op korte en middellange termijn in enige mate kunnen bijdragen aan het op peil houden van de vergrijzende Nederlandse (beroeps-)bevolking.
In elk land doet zich ook een zekere mate van interne of binnenlandse migratie voor, mensen die binnen de landsgrenzen een bepaald gebied verlaten en zich in een ander gebied vestigen. Jaarlijks verhuist zo'n 10% van de Nederlandse bevolking binnen Nederland. Deze migratie is meestal vrijwillig, bijvoorbeeld als mensen van het platteland naar een stad verhuizen. Hierbij speelt meestal een mechanisme van afstoten en aantrekken een rol. Een bepaald gebied stoot mensen af omdat er bijvoorbeeld geen werkgelegenheid is en een ander gebied waar meer mogelijkheden zijn, trekt mensen aan. Mensen die verhuizen voor werk of studie gaan vaak naar het economische kerngebied, de Randstad,

waar ook de meeste migranten uit het buitenland zich vestigen. De steden binnen de Randstad trekken een relatief jong deel van de bevolking aan, waaronder ook veel studenten en beginners op de arbeidsmarkt. Een ander deel van de interne verhuizers, veelal wat ouder, zoekt juist rust en ruimte buiten de Randstad. Het grootste binnenlandse migratiesaldo treffen we echter juist in de tussengelegen gebieden. Blijkbaar beschikken deze 'intermediaire' regio's voor veel mensen over het meest aantrekkelijke vestigingsklimaat (CBS StatLine, 2013). In het algemeen is de bevolking van steden selectief samengesteld: er wonen relatief veel jonge mensen en alleenstaanden.

17.1.4 Bevolkingsgroei

De bevolkingsgrootte van een samenleving wordt beïnvloed door factoren als vruchtbaarheid, mortaliteit (sterfte) en migratie. In het algemeen kunnen we stellen dat immigratie en geboorte in gelijke mate bijdragen aan de bevolkingsgroei in rijke landen, terwijl de bevolkingsgroei in meer arme landen (zoals Pakistan) vrijwel geheel aan het geboorteoverschot toegeschreven kan worden.
Het berekenen van het *natuurlijke bevolkingsgroeicijfer* gaat als volgt: het bruto sterftecijfer wordt van het bruto geboortecijfer afgetrokken. In 2010 was het natuurlijke groeicijfer in de VS 5,0 per 1000 inwoners (13,0 minus 8,0), een jaarlijkse groei van ongeveer 0,5 procent. Op 1 januari 2012 telde Nederland ruim 16,7 miljoen inwoners. Over heel 2011 nam de bevolking toe met 74.549 personen. Deze

VENSTER OP DE WERELD

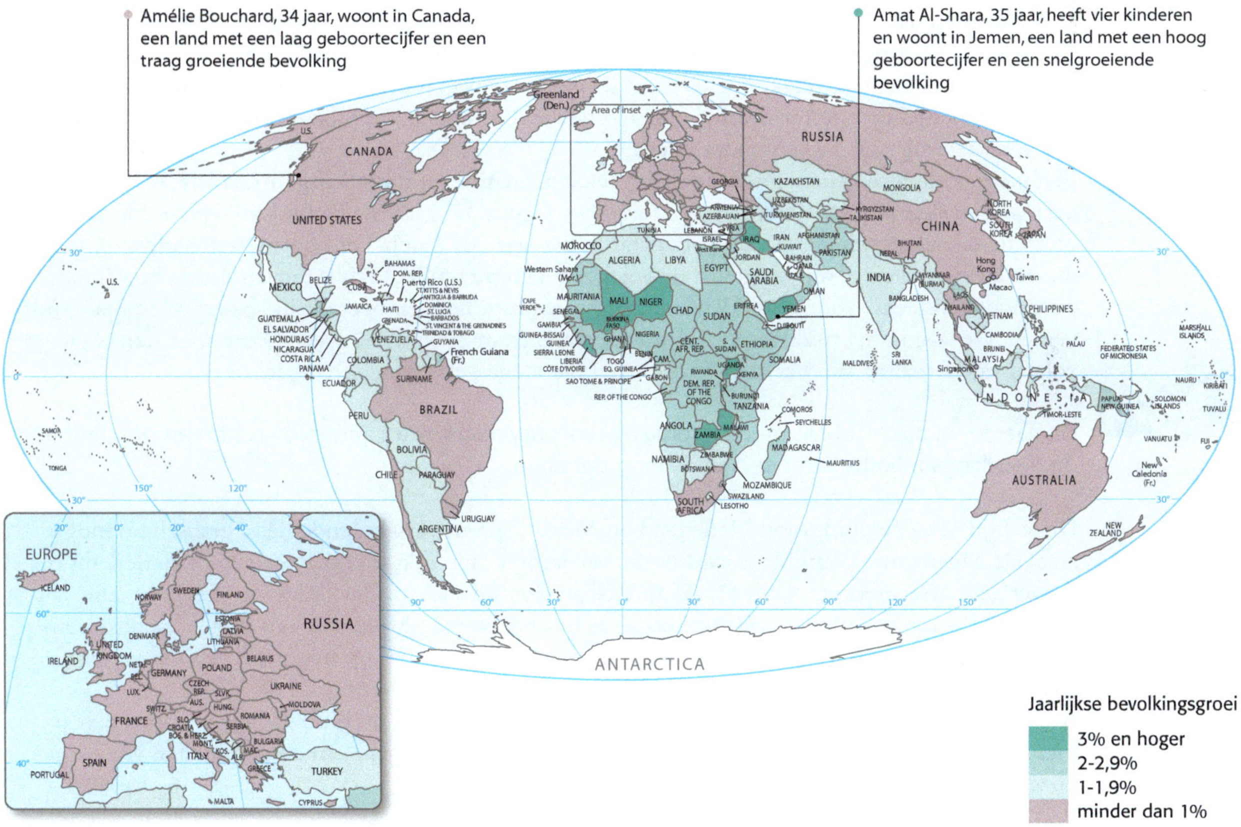

Wereldkaart 17.1 De bevolkingsgroei in mondiaal perspectief

De rijkste wereldlanden, zoals de VS, Canada en Europese landen, kennen een bevolkingsgroeicijfer van minder dan 1 procent. In Latijns-Amerika en Azië ligt het percentage rond de 1,5 procent (een verdubbeling van de bevolking in 47 jaar). Het bevolkingsgroeicijfer in Afrika bedraagt 2,4 procent (ondanks de geringe toename in landen met veel aidsslachtoffers). Dit leidt tot een verdubbeling in 29 jaar. Mondiaal gezien bestaat er een nauwe relatie tussen de levensstandaard in een samenleving en de mate van bevolkingsgroei: de bevolking neemt het snelst toe in gebieden die zich het minst kunnen veroorloven om meer mensen te onderhouden.

Bron: Population Reference Bureau, 2011.

positieve bevolkingsgroei werd gedeeltelijk veroorzaakt door natuurlijke groei. Er werden 180.060 levensvatbare kinderen geboren en er stierven 135.741 personen: een geboorteoverschot van ruim 44.000 personen. Het migratiesaldo was in 2011 positief: er kwamen per saldo 29.768 personen bij in ons land. Al met al nam de bevolking dus toe.
Wereldkaart 17.1 laat zien dat de bevolkingsgroei in de VS en andere hoge-inkomenslanden onder het wereldgemiddelde van 1,2 procent ligt. De laagste cijfers zien we in Europa (laat geen groei zien) en Noord-Amerika (groei van 0,5 procent). Oceanië (1,2 procent), Azië (1,1 procent) en Latijns-Amerika (1,2 procent) liggen rond het gemiddelde. De meeste groei zien we in Afrika (2,4 procent).
Een handige manier om de bevolkingsgroei te schatten is de volgende: deel het getal 70 door het cijfer van de bevolkingsgroei. De uitkomst geeft ruwweg weer over hoeveel jaar de bevolking zich verdubbeld heeft. Dus een jaarlijks groeipercentage van 2 procent (sommige delen van Latijns-Amerika) heeft tot gevolg dat de bevolking over 35 jaar is verdubbeld, en een percentage van 3 procent (sommige Afrikaanse landen) betekent een verdubbeling in 23 jaar. De snelle bevolkingsgroei in de armste landen is uiterst problematisch omdat deze landen al nauwelijks of niet in staat zijn om in het levensonderhoud van de huidige bevolking te voorzien.

17.1.5 Bevolkingssamenstelling

Demografen houden zich ook bezig met de samenstelling van de bevolking van een samenleving op een bepaald moment. Een van de variabelen is de **sekseverhouding**, *het aantal mannen per 100 vrouwen*. In 2012 bedroeg de sekseverhouding in Nederland 98, dat wil zeggen dat er op elke 100 vrouwen 98 mannen zijn. De sekseverhouding ligt meestal onder de 100 omdat vrouwen gemiddeld ouder worden dan mannen. Maar in India is de sekseverhouding 108, omdat de inwoners het krijgen van een zoon belangrijker vinden dan het krijgen van een dochter, waardoor zij of overgaan tot het aborteren van een vrouwelijke foetus of na de geboorte veel meer zorg besteden aan een jongen, waardoor meisjes een groter overlijdensrisico hebben. In China is de sekseverhouding met 118 nog schever als gevolg van de eenkindpolitiek.
Een meer complexe maatstaf is de **leeftijd-seksepiramide** of **bevolkingspiramide**, *een grafische weergave van de leeftijd en de sekse van een bevolking*. Figuur 17.2 laat de leeftijd-seksepiramide van Mexico en de bevolkingspiramide van Nederland in het jaar 2012 zien. De hogere sterftecijfers bij mensen die op leeftijd raken geven het beeld de vorm van een piramide. Toch is te zien dat de bevolkingspiramide een steeds grotere 'middenlaag' krijgt waardoor het een beetje zijn vorm van een piramide verliest. De laag in het midden geeft de geboortegolf van 1945-1965 weer. Daaronder zien we de gevolgen van de daling van het aantal geboorten die na de geboortegolf volgde.

zelf aan zet

Ga naar www.cbs.nl/nl-NL/menu/themas/bevolking/cijfers/extra/piramide-fx.htm en beschrijf hoe de bevolkingsopbouw verandert in de loop der jaren.

De leeftijd-seksepiramides van Nederland en Mexico geven verschillende demografische trends te zien. De Mexicaanse piramide is evenals die van andere lage-inkomenslanden aan de onderkant breed (hoger geboortecijfer) en wordt bij de middelbare leeftijd snel smaller (hoger sterftecijfer). Die van Nederland is tot aan ongeveer 60 jaar nogal recht opgebouwd. Mexico is een veel jongere samenleving. Omdat een groter deel van de vrouwen nog vruchtbaar is, ligt het bruto geboortecijfer in Mexico op 19, veel hoger dan het Nederlandse cijfer van 10,8.
Kun je aan de hand van de Nederlandse bevolkingspiramide (figuur 17.2) uitleggen waarom veel mensen zich bezorgd afvragen of er nog wel genoeg werkenden zijn om de pensioenen van de geboortegolfkinderen te kunnen betalen?

17.2 De geschiedenis en de theorie van de bevolkingsgroei

Vroeger wilden mensen grote gezinnen omdat de productiviteit bepaald werd door mensenhanden. Bovendien was het voorkomen van zwangerschap een hachelijke onderneming omdat mensen nog niet de beschikking hadden over de voorbehoedsmiddelen die wij nu kennen. Infectieziekten zorgden voor hoge sterftecijfers, zodat de bevolkingsgroei voortdurend werd afgeremd.
Omstreeks 1750 begon een ingrijpende demografische verandering. De wereldbevolking groeide en

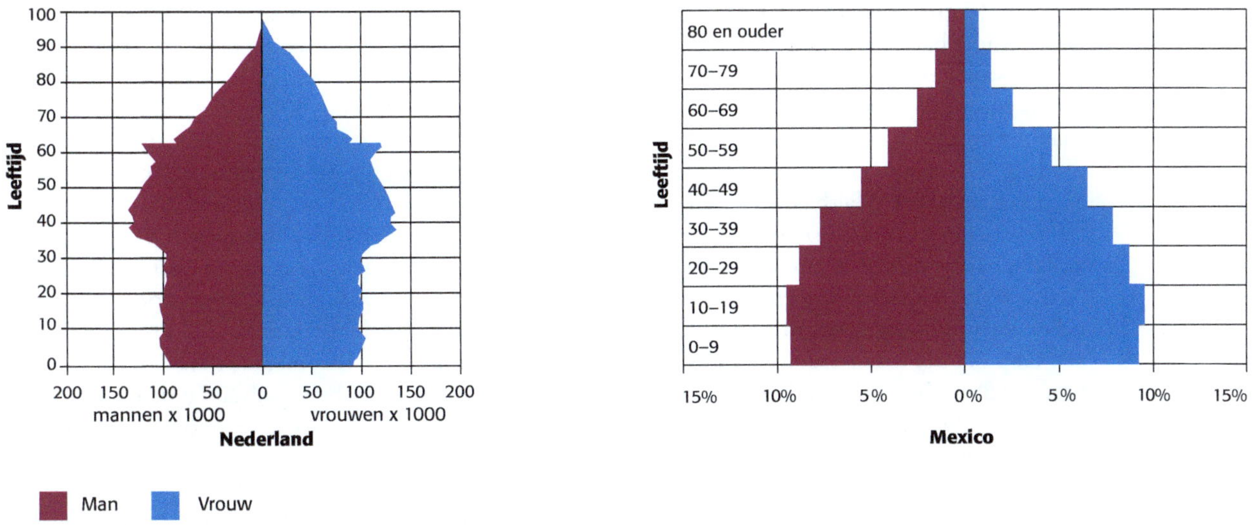

Figuur 17.2 Leeftijd-seksepiramide van Mexico en bevolkingspiramide van Nederland, 2012

Uit de vorm van de piramide kunnen we het economische ontwikkelingsniveau van een land afleiden en de bevolkingstoename in grote lijnen voorspellen.

Bron: U.S. Census Bureau, 2012; CBS Statline, 2013.

bereikte rond 1800 een aantal van 1 miljard mensen. Deze mijlpaal (zo lang had de mensheid erover gedaan) werd in 1930 geëvenaard: 2 miljard mensen. Met andere woorden, de wereldbevolking nam niet alleen toe, het *groeitempo* werd steeds hoger. Nauwelijks 30 jaar later (1962) werd de 3 miljard bereikt en in 1974 stond de teller van de wereldbevolking al op 4 miljard. Het groeitempo nam vervolgens wat af: 5 miljard in 1987 en 6 miljard in 1999. Momenteel staat het aantal op 7 miljard. Tot de twintigste eeuw is er geen eeuw geweest waarin de wereldbevolking zich verdubbeld heeft. In de twintigste eeuw is de wereldbevolking zelfs verviervoudigd. Tegenwoordig komen er ongeveer 83 miljoen mensen per jaar bij, 98 procent van deze toename vindt in de arme landen plaats. Deskundigen voorspellen dat de wereldbevolking in 2050 uit meer dan 9 miljard zal bestaan (United Nations Population Division, 2011). We zouden ons ernstig zorgen moeten maken over een dergelijke toename, gezien het feit dat het nu al niet lukt om de wereldbevolking genoeg te eten te geven. In combinatie met klimaatveranderingen kan dit tot een wereldwijde voedselcrisis leiden die grote sociale gevolgen kan hebben.

17.2.1 Malthusiaanse theorie

De plotselinge bevolkingsgroei 250 jaar geleden, heeft de ontwikkeling van de demografie geïnitieerd. Thomas Malthus (1766-1834), een Engelse econoom en geestelijke, waarschuwde dat een snelle bevolkingstoename een sociale chaos zou veroorzaken. Malthus (1926, oorspronkelijk 1798) berekende dat de bevolking exponentieel toeneemt, geïllustreerd door de getallenreeks 2, 4, 8, 16, 32 enzovoort. In dat tempo zou de situatie volgen Malthus al gauw uit de hand lopen.

De voedselproductie zou ook toenemen, aldus Malthus, maar slechts lineair (zoals een reeks van 2, 3, 4, 5, 6, enzovoort), omdat de omvang van de landbouwgrond, ondanks de nieuwe landbouwtechnologie, begrensd is. Malthus ontvouwde een problematische toekomstvisie. De mensen planten zich voort terwijl er voedseltekorten ontstaan. Uiteindelijk zullen velen van honger omkomen en zal er gevochten worden om wat er nog aan bestaansmiddelen over is.

Malthus onderkende dat geboortebeperking en seksuele onthouding wat aan de situatie zouden kunnen veranderen. Maar het een vond hij moreel verkeerd en het ander onpraktisch. Het bleef dan ook door het hoofd van Malthus spoken dat de mensheid aan honger en oorlog ten prooi zou vallen. Hij stond dan ook terecht bekend als de 'pessimistische priester'.

Een kritische kanttekening De voorspelling van Malthus is niet uitgekomen. In de eerste plaats omdat het Europese geboortecijfer rond 1850 begon te dalen. Dat kwam gedeeltelijk doordat de industrialisering tot gevolg had dat kinderen economisch gezien eerder een last dan een aanwinst waren en omdat mensen overgingen tot kunstmatige geboortebeperking. In de tweede plaats omdat Malthus de vindingrijkheid van de mens had onderschat. Moderne irrigatietechnieken, kunstmest en pesticiden hebben tot een groei van de landbouwproductie geleid die hij nooit had kunnen voorzien. Sommigen hebben Malthus verweten dat hij geen oog had voor sociale ongelijkheid. Karl Marx (1967, oorspronkelijk 1867) wees de gedachte van de hand dat lijden 'een natuurwet' is. Volgens Marx was het eerder de vloek van het kapitalisme. Van meer recente datum zijn de opvattingen van de 'kritische demografen'. Volgens hen leidt de uitspraak dat armoede veroorzaakt wordt door het hoge geboortecijfer in lage-inkomenslanden ertoe dat de slachtoffers uiteindelijk de schuld krijgen. Zij wijzen erop dat het draait om de mondiale ongelijkheid (Horton, 1999; Kuumba, 1999).
Maar Malthus had ook een belangrijke boodschap die wel blijvend is: bewoonbaar land, schoon water en frisse lucht zijn geen onuitputtelijke natuurlijke rijkdommen, en de grotere economische productiviteit heeft een zware tol van de natuurlijke omgeving geëist. De vooruitgang die de geneeskunde heeft geboekt heeft tot lagere sterftecijfers geleid. Uiteraard kan geen enkele vorm van bevolkingsgroei oneindig doorgaan. Over de gehele wereld moeten de risico's van de bevolkingsgroei tot de mensen doordringen.

zelf aan zet

De film *An Inconvenient Truth* van Al Gore maakte in 2006 wereldwijd veel indruk. In hoeverre denk je dat het betoog van Malthus in zijn tijd ook een 'ongemakkelijke waarheid' was? Wat was zijn eindconclusie?

17.2.2 Demografische transitietheorie

De **demografische transitietheorie** is een meer complexe analyse van de veranderingen die de bevolkingssamenstelling ondergaat, *een theorie die bevolkingspatronen aan het technologisch ontwikkelingsniveau van een samenleving relateert.* Figuur 17.3 laat de demografische gevolgen zien van vier verschillende technologische ontwikkelingsniveaus:

1 Pre-industriële, agrarische samenlevingen (**fase 1**) kennen hoge geboortecijfers, vanwege de economische waarde die kinderen vertegenwoordigen en het ontbreken van geboortebeperking. De sterftecijfers zijn ook hoog, als gevolg van de lage levensstandaard en de beperkte medische technologie. Er breken regelmatig ziektes uit die hun tol eisen, denk aan de pestepidemieën in Europa in de middeleeuwen, waardoor het aantal inwoners schommelt. De bevolking vertoont uiteindelijk een lichte groei. Europa (tot de industriële revolutie) heeft duizenden jaren in fase 1 doorgebracht.

2 **Fase 2**: het begin van de industrialisering. Er is sprake van een demografische overgangsperiode. De grotere voedselvoorraden en de wetenschappelijke geneeskunde zorgen voor een daling van de sterftecijfers. Maar de geboortecijfers blijven hoog, de bevolking neemt snel toe. Malthus ontwikkelde zijn ideeën en pessimistische toekomstvisie toen Europa in fase 2 verkeerde. De armste landen ter wereld bevinden zich momenteel in fase 2, de fase van de snelle bevolkingstoename.

3 **Fase 3**: de industriële economie is tot ontwikkeling gekomen, het geboortecijfer daalt, de bevolkingsgroei wordt afgeremd. De fertiliteit daalt omdat de meeste kinderen de leeftijd van een volwassene bereiken (waardoor vrouwen minder kinderen hoeven te krijgen) en omdat de hoge levenstandaard het grootbrengen van kinderen duur maakt. Met andere woorden, de welvaart transformeert kinderen van economische aanwinsten tot economische lasten. De gezinnen worden kleiner door de effectieve geboortebeperking en omdat vrouwen die buitenshuis werken liever een klein gezin hebben. Het sterftecijfer daalt, maar het geboortecijfer ook. De bevolkingstoename verloopt traag.

4 **Fase 4** is kenmerkend voor de postindustriële economie. De demografische transitie is compleet. Het geboortecijfer blijft laag, en wel om een aantal redenen: gezinnen met tweeverdieners worden

de norm, evenals het gebruik van anticonceptiemiddelen, en de kosten van het opvoeden en opleiden van kinderen lopen steeds meer op. Deze trend, in combinatie met het stabiele sterftecijfer, heeft tot gevolg dat de bevolking zeer langzaam groeit of zelfs afneemt. Dit is op dit moment het geval in Japan, Europa en de Verenigde Staten.

Een kritische kanttekening De demografische transitietheorie suggereert dat de technologie de sleutel is tot het beheersen van de bevolkingsgroei. Er is niet gebeurd wat Malthus vreesde. De technologie zorgt voor een tragere groei.
De demografische transitietheorie is verwant aan de moderniseringstheorie, een theorie over de mondiale ontwikkeling (zie hoofdstuk 9). De moderniseringstheorie is optimistisch: arme landen zullen hun bevolkingsproblemen oplossen zodra zij met industrialisering beginnen. Maar anderen, aanhangers van de afhankelijkheidstheorie, zijn het daar helemaal niet mee eens. Als er geen herverdeling komt van de mondiale bestaansmiddelen zal het verschil tussen arm en rijk alleen maar toenemen. De rijken hebben geen last van bevolkingsgroei, de armen moeten steeds meer moeite doen om meer en meer mensen te eten te geven.

zelf aan zet

Heb je op grond van je eigen reiservaring observaties die overeenkomen met de vier fasen van de demografische transitietheorie? Leg uit.

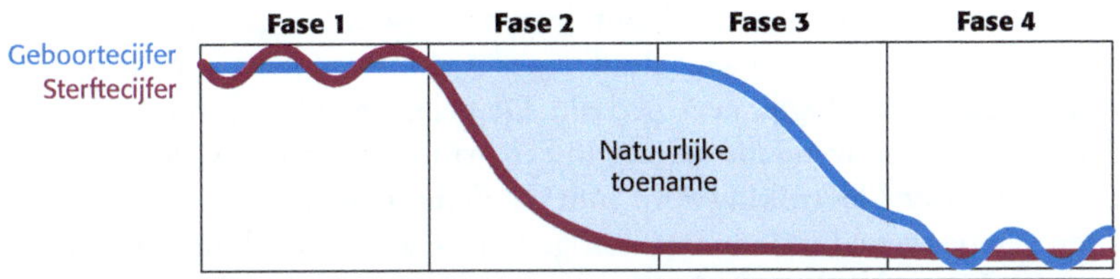

	Fase 1	Fase 2	Fase 3	Fase 4
Niveau van de technologie	Pre-industrieel	Vroeg-industrieel	Industrieel	Postindustrieel
Bevolkingsgroei	Zeer traag	Snel	Trager	Zeer traag

Figuur 17.3 Demografische transitietheorie
De demografische transitietheorie relateert veranderingen in de bevolkingssamenstelling aan het technologische ontwikkelingsniveau van een samenleving.

17.2.3 De wereldbevolking nu: een kort overzicht

Wat kunnen we over de wereldbevolking van nu zeggen? Op basis van wat we tot nu toe besproken hebben, kunnen we enkele belangrijke patronen identificeren en diverse conclusies trekken.

De geringe groei op het noordelijk halfrond

Toen de industriële revolutie op het noordelijk halfrond begon, nam de bevolking in West-Europa en Noord-Amerika jaarlijks met 3 procent toe. Maar daarna is het groeipercentage stelselmatig gedaald en in 1970 lag het onder de 1 procent. Op het moment dat de postindustriële samenleving in fase 4 belandt, komt het Amerikaanse geboortecijfer onder het niveau van 2,1 kind per vrouw te liggen. Bij 2,1 is sprake van een punt dat demografen **bevolkingsgroei nul** noemen, *het reproductieniveau dat de bevolking op een constant niveau houdt.* In Nederland ligt het momenteel lager, rond de 1,72. In 2011 kenden meer dan 80 landen (vrijwel allemaal rijke landen) een negatieve bevolkingsgroei, een bevolkingsdaling. Welke factoren dragen ertoe bij dat het geboortecijfer in postindustriële landen laag blijft? Die factoren zijn: het hoge percentage werkende mannen en vrouwen, de stijgende onderhoudskosten voor kinderen, de neiging om niet of op latere leeftijd te trouwen en het wijdverbreide gebruik van anticonceptiemiddelen.

Rijke landen worden dus niet geconfronteerd met het probleem waar arme landen wel mee te maken hebben. Integendeel, veel regeringen van hoge-inkomenslanden maken zich zorgen over het probleem van *onderbevolking*. Omdat bevolkingsdaling of krimp weleens een moeilijk te keren trend zou kunnen zijn en de vergrijzing van de bevolking tot gevolg heeft, dat er steeds minder jonge mensen overblijven op wie oudere mensen kunnen rekenen (Population Reference Bureau, 2010; United Nations Development Programme, 2010; El Nasser & Overberg, 2011). Uit prognoses blijkt dat het aantal Nederlandse huishoudens de komende decennia zal groeien. Volgens de nationale huishoudensprognoses 2011-2060 van het CBS (Van Duin & Stoeldraijer, 2011) komen er in de komende twaalf jaar nog rond de 800 duizend huishoudens bij. Na 2030 wordt verwacht dat de groei vertraagt. In de Randstad wordt tot 2060 de grootste groei verwacht, met Flevoland als uitschieter (30 procent). In Oost-Groningen en Zeeuws-Vlaanderen wordt de laagste groei verwacht (2 procent).

zelf aan zet

Immigranten zijn meestal jonger dan de meeste mensen die in hun 'nieuwe' land wonen. Welk effect hebben hoge immigratiecijfers op de vraag of een land in staat is het groeiende aantal ouderen te onderhouden?

De sterke groei op het zuidelijk halfrond

De arme landen op het zuidelijk halfrond kampen met een groot bevolkingsvraagstuk. In geen enkel land ter wereld ontbreekt het aan een zekere industriële technologie. Alleen sommige verafgelegen streken bevinden zich nog in fase 1 van de demografische transitietheorie. Het merendeel van de landen in Latijns-Amerika, Afrika en Azië bevindt zich in fase 2. Zij geven een mengeling van agrarische en industriële economieën te zien. Het sterftecijfer is, door de via de rijke landen geïntroduceerde geavanceerde medische technologie, sterk gedaald. De geboortecijfers zijn echter hoog gebleven. Vandaar ook dat 82 procent van de wereldbevolking in een arm land woont en de arme landen 98 procent van de groei van de wereldbevolking voor hun rekening nemen.

In grote delen van de wereld is de mortaliteit gedaald. Om de bevolkingsgroei af te remmen moeten alle landen, in het bijzonder de arme landen, ervoor zorgen dat de geboortecijfers even snel dalen als de sterftecijfers.

In arme landen is het geboortecijfer gedaald van ongeveer 6 kinderen per vrouw in 1950 tot ongeveer 3 nu. Maar ook deze vruchtbaarheid zal de wereldarmoede alleen maar verergeren. Daarom wijzen leiders in de strijd tegen mondiale armoede op het belang van het terugdringen van vruchtbaarheidscijfers in lage-inkomenslanden. Een andere essentiële maatregel tegen de groei van de wereldbe-

In de VS is de fertiliteit (vruchtbaarheid) de laatste honderd jaar gedaald. Momenteel is de fertiliteit erg laag. Maar dat geldt niet voor alle bevolkingsgroepen, zoals de Amish bijvoorbeeld, een religieuze groepering waarvan de leden in landelijke streken van Ohio, Pennsylvania en andere staten wonen. Het is de gewoonte dat Amish-echtparen 5, 6 of meer kinderen krijgen. Waarom zouden de Amish veel kinderen willen hebben?

Een eenvoudige waarheid: vrouwen die meer kans op onderwijs en betaald werk hebben, krijgen minder kinderen. De fertiliteit in traditionele samenlevingen daalt naarmate meer vrouwen naar school gaan.

volking is het verhogen van de status van vrouwen. Waarom? Omdat het een simpele waarheid is dat als je vrouwen meer keuzes in het leven geeft, zij minder kinderen zullen hebben. De geschiedenis heeft uitgewezen dat vrouwen die vrij zijn om te kiezen wanneer en waar ze trouwen, die toegang hebben tot onderwijs en goede banen, en die kinderen krijgen zien als een keuze, zullen kiezen om hun eigen vruchtbaarheid te beperken.

■ **SOCIOLOGIE IN MONDIAAL PERSPECTIEF**

Waar zijn de meisjes? China's eenkindpolitiek

De ouders hadden urenlang ruziegemaakt. Maar Yang, de vader, was vastbesloten en Jainying, de moeder, was uitgeput. Yang wist uiteindelijk de baby te ontworstelen uit Jainyings armen. De beslissing was genomen: het meisje moest weg. De vader deed zijn dochter extra lagen kleding aan, en legde het pasgeboren kind in een kartonnen doos bekleed met dekens. Naast haar legde hij een klein flesje melk. Toen tilde hij de doos op en droeg het de donkere nacht in, naar het vergelegen dorp, zijn huilende vrouw achterlatend. "Yang, ik smeek je, breng mijn baby terug!"

In haar hart wist de vrouw echter ook dat dit moest gebeuren. Een halfuur later kwam de vader in het dorp aan en vond zijn weg naar de lokale school. Voor de laatste keer kuste hij zijn dochter ter afscheid. Hij zette haar geïmproviseerde wieg op de trappen van de ingang van de school, wetende dat ze bij zonsopgang gevonden zou worden door de medewerkers van de school, en dat er voor haar gezorgd zou worden. Met tranen in zijn ogen prevelde Yang een kort gebed aan zijn voorouders, om hen te verzoeken de baby veilig te houden. Toen draaide hij zich om en verdween hij weer in de nacht. Hij wist dat hij zijn dochter nooit meer zou zien en nooit meer van haar zou horen.

Dit verhaal is misschien hartverscheurend, maar het is iets wat al tienduizenden keren is voorgekomen in China. Waarom zouden ouders hun kind opgeven? Waarom zou een vader zijn dochter achterlaten, ergens buiten in de nacht? Het antwoord op deze vragen ligt in het Chinese beleid voor bevolkingscontrole en in de culturele tradities van China.

In de jaren zeventig van de twintigste eeuw leidde het hoge geboortecijfer in China tot een extreem snelle toename van de bevolking. De regeringsleiders beseften dat de economische ontwikkeling van het land afhing van bevolkingsgroeicontrole. Daarom voerden ze een wet in die bepaalt dat een familie slechts één kind mag hebben. Families die zich aan de eenkindpolitiek houden, kunnen beloningen verwachten, zoals een betere baan, een hoger salaris en misschien zelfs een groter appartement. Daarentegen worden ouders die de wet schenden door een tweede kind te nemen, bestraft met een stevige boete. Hun tweede kind kan daarnaast worden uitgesloten van goed onderwijs en goede gezondheidszorg.

De regering verspreidt de eenkindboodschap actief in de massamedia, via populaire liedjes en in schoollessen. Maar educatie is niet de enige tactiek van de overheid: handhavingsambtenaren van de wet opereren in de meeste buurten en op de meeste werkplekken.

Door heel het land wordt op billboards reclame gemaakt voor China's eenkindpolitiek

Het beleid lijkt misschien aanmatigend en grensoverschrijdend: de regering die mensen vertelt hoe ze hun familieleven moeten inrichten. Maar de meeste Chinezen houden zich bereidwillig aan de wet. Sommigen prijzen de wet als goed voor het land. Zij die niet deze mening delen, weten dat ze toch moeten gehoorzamen, of dat ze de gevolgen van overtreding moeten ondergaan.

Het moderne China is vastbesloten om de populatiegroei te beperken. Maar China is ook een land met een doordringende traditie van mannelijke dominantie. Als de overheidsregels slechts één kind toestaan, hebben de meeste families een voorkeur voor een jongen. Waarom? Ouders zien jongens als een betere investering, omdat zoons de familienamen zullen doorgeven en later voor hun bejaarde ouders moeten zorgen. Meisjes daarentegen zullen uiteindelijk zorgen voor de ouders van hun echtgenoten, en niet voor hun eigen ouders. De meeste Chinezen beschouwen het opvoeden van dochters daarom als een verspilling van schaarse en kostbare middelen. De Chinese overheid heeft de rechten en kansen voor vrouwen uitgebreid, maar patriarchale tradities zijn diepgeworteld in de geschiedenis van het land, en overtuigingen zijn niet snel te veranderen.

In het buitenland heeft de Chinese eenkindpolitiek zowel lof als afkeurende reacties uitgelokt. Aan de positieve kant zijn analisten het erover eens dat het beleid succesvol is geweest in het verminderen van de snelheid van de bevolkingsgroei. Deze laatste trend heeft weer bijgedragen aan het verhogen van de levensstandaard in China, en heeft van China een middeninkomensland gemaakt in plaats van een laag-inkomensland. Veel eenkindgezinnen zijn blij met het extra inkomen van de vrouwen die nu buitenshuis kunnen werken, en ouders hebben nu meer geld te besteden aan het onderwijs van hun enige kind.

Maar de eenkindpolitiek heeft ook een donkere kant, zoals blijkt uit het verhaal van Yang en Jainying. Sinds de wet is ingevoerd zijn maar liefst een miljoen meisjes 'verdwenen'. In sommige gevallen kiezen aanstaande ouders, die horen dat de foetus een meisje is, voor abortus, zodat ze het 'nog een keer kunnen proberen'. In andere gevallen besluiten familieleden om een meisje snel na haar geboorte te doden. In weer andere gevallen overleven de meisjes, maar worden ze nooit geregistreerd in de bevolkingsstatistieken, zodat ze kunnen opgroeien als 'niet-burgers' die nooit naar school zullen kunnen of nooit behandeld kunnen worden in een lokaal ziekenhuis. Ten slotte leggen sommige ouders, zoals Yang en Jainying, hun kind te vondeling in de hoop dat het kind ergens anders een thuis zal vinden.

China's eenkindpolitiek heeft zeker de bevolkingstoename in toom gehouden. Er wordt voorspeld dat China's populatie tussen 2010 en 2025 zal toenemen met ongeveer 10 procent, lager dan de voorspelde toename van 13 procent in de Verenigde Staten en van maar liefst 22 procent in India. Maar China's eenkindpolitiek heeft een grote invloed gehad op de vrouwelijke populatie van het land. Recentelijk laten de geboorteregistraties van het land per jaar bijna 1 miljoen minder meisjes dan jongens zien. De Chinese bevolking telt nu naar schatting zo'n 250 miljoen mensen minder dan wanneer het geen eenkindpolitiek zou hebben gehad, maar de bevolking bestaat langzaamaan relatief uit steeds meer mannen. In het verleden waren er uitzonderingen mogelijk voor rijke Chinezen en voor echtparen die konden aantonen dat meer kinderen noodzakelijk waren. Recent wordt het beleid versoepeld, maar het bestaat nog altijd.

VRAGEN

1. Veel analisten stellen dat het beperken van de groei van de wereldbevolking afhankelijk is van het feit of vrouwen meer kansen en mogelijkheden krijgen. Waarom is dit zo?
2. Met welke specifieke wetten of maatregelen zou het aantal kinderen dat vrouwen ter wereld brengen gereduceerd kunnen worden?
3. Is geboortebeperking net zo goed een probleem voor de inwoners van rijke landen als voor de inwoners van arme landen? Waarom wel, waarom niet?

Bronnen: Hesketh *et al.*, 2005; Baochang *et al.*, 2007; Yardley, 2008; El Nasser & Overberg, 2011.

De demografische tweedeling

In de komende periode is niet alleen sprake van een enorme groei van de wereldbevolking, maar ook van een nadrukkelijke verschuiving van de bevolkingsconcentratie. Dankzij de snelle bevolkingsgroei

herbergen Afrika en Azië een steeds groter deel van de wereldbevolking (United Nations, 2011). Hoge- en lage-inkomenslanden laten heel uiteenlopende demografische ontwikkelingen zien. Dit wordt de demografische tweedeling genoemd. In Italië, een land met hoge inkomens en lage groei krijgen vrouwen gemiddeld 1,5 kind (nog lager dan in Nederland met 1,7). Dit betekent dat de bevolking krimpt. Er zijn via premies zelfs financiële prikkels ingezet om mensen te bewegen meer kinderen te krijgen (Frazer, 2011). Toch zijn de effecten van dat soort maatregelen meestal heel beperkt. Als we vooruitkijken naar 2050, en ervan uitgaan dat de immigratie nog enige groei zal geven, dan nog zal de Italiaanse bevolking niet toenemen. Het aandeel ouderen in de bevolking – dat nu staat op 20 procent, tegenover 8 procent wereldwijd – zal ook verder stijgen. Sommigen spreken van 'museum Europa'. Hoe anders is de situatie in een lage-inkomensland als de republiek Congo in Afrika. Hier krijgen vrouwen gemiddeld in hun leven 6 kinderen. Zelfs als sterfte hoog blijft zal de populatie tussen nu en 2050 toch verdubbelen. Het aandeel ouderen in de bevolking is met 3 procent bijzonder laag. De helft van de hele bevolking van Congo is 15 jaar of jonger. Met een dergelijke snelle bevolkingsgroei is het niet vreemd dat problemen als armoede en ondervoeding immens zijn. Op dit moment is driekwart van de bevolking ondervoed (Population Reference Bureau, 2011; United Nations, 2011).
Al met al is er nu een demografische scheidslijn tussen rijke landen met lage geboortecijfers en een vergrijsde bevolking aan de ene kant en lage-inkomenslanden met hoge geboortecijfers en een jonge bevolking aan de andere kant. Net als de mensheid heeft geleerd hoge sterfte terug te dringen, is nu de uitdaging bevolkingsgroei af te remmen, vooral in armere landen die nu lijken af te stevenen op een lot dat sterk doet denken aan de voorspellingen van Thomas Malthus eeuwen geleden. China, het land dat verderop in dit hoofdstuk aan bod komt, is het schoolvoorbeeld van een land met een actieve bevolkingspolitiek. Naar schatting zou de bevolking zonder de in de jaren zeventig van de twintigste eeuw ingevoerde eenkindpolitiek nu 250 miljoen meer mensen hebben geteld.

17.3 Urbanisatie: stedengroei

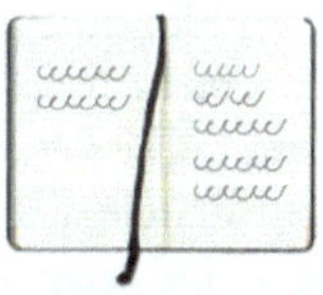

8 oktober, Hongkong – De kabeltram brengt ons naar het hoogste punt van Victoria Peak, waar ons een van de meest spectaculaire vergezichten te wachten staat, Hongkong bij avond. Er branden miljoenen lichtjes in de haven, waar schepen, veerboten en traditionele Chinese jonken varen. Er zijn niet veel steden die de levendigheid van Hongkong kunnen evenaren. Deze relatief kleine stad is economisch even productief als een land als Finland. We kunnen uren genieten van het fantastische panorama.

De wereldbevolking groeit niet alleen, ze woont ook steeds meer in steden. Het is niet waarschijnlijk dat onze voorouders zich ooit een voorstelling hebben kunnen maken van steden als Parijs, Londen, Tokio, New York of Hongkong. Onze verre voorouders leefden in kleine, nomadische groepen die weer verder trokken als de situatie (een gebrek aan vegetatie of wild) dat noodzakelijk maakte. De kleine nederzettingen die 12.000 jaar geleden in het Midden-Oosten ontstonden en het begin van de beschaving betekenden, herbergden slechts een fractie van de wereldbevolking. De drie of vier grootste wereldsteden van dit moment hebben evenveel bewoners als destijds de gehele wereld.
Urbanisatie of **verstedelijking** kan omschreven worden als *de concentratie van de bevolking in steden.* Verstedelijking leidt tot een andere verdeling van de bevolking van een samenleving en tot veranderingen in een groot aantal sociale leefpatronen. We zullen deze veranderingen aan de hand van drie stedelijke revoluties traceren: het ontstaan van steden 10.000 jaar geleden, de ontwikkeling van industriesteden na 1750 en de huidige explosieve stedengroei in arme landen.

17.3.1 De evolutie van steden

Steden zijn een relatief nieuw verschijnsel in de geschiedenis van de mensheid. Pas 12.000 jaar geleden begonnen onze voorouders de eerste permanente nederzettingen te bouwen, de inleiding tot de *eerste urbane revolutie.*

De eerste steden

Onze voorouders, die voor hun voedsel van jagen en verzamelen afhankelijk waren, moesten zich voortdurend verplaatsen. Maar zij konden op één plaats blijven toen zij eenmaal de veehouderij ontdekt hadden en wisten hoe zij gewassen konden telen. Op deze wijze ontstonden voedseloverschotten, waardoor sommige mensen andere activiteiten konden ontplooien, zoals het bouwen van onderkomens, het maken van gereedschap, stoffen weven en het deelnemen aan religieuze rituelen. Het ontstaan van steden leidde tot zowel specialisatie als een hogere levensstandaard. De eerste stad was, voor zover wij weten, Jericho, aan de noordzijde van de Dode Zee in Israël, in wat we nu 'de Westbank' noemen. Er woonden toen, 10.000 jaar geleden, niet meer dan 600 mensen. In de loop der eeuwen groeide de bevolking van steden tot enkele tientallen duizenden mensen en werden zij het centrum van enorme rijken. Ongeveer 3000 jaar voor onze jaartelling kende Egypte een aantal bloeiende steden, duizend jaar later was dat het geval in China en weer 500 jaar later in Midden- en Zuid-Amerika. In Noord-Amerika waren er in die tijd alleen maar nederzettingen van de oorspronkelijke bewoners te vinden. De verstedelijking begon pas met de komst van de Europese kolonisten in de loop van de zeventiende eeuw.

Pre-industriële Europese steden

De eerste steden in Europa ontstonden 5000 jaar geleden, eerst in het Griekse en later in het Romeinse Rijk. De Romeinen bouwden hun steden over heel Europa. Enkele voorbeelden zijn Rome, Wenen, Parijs en Londen. Na de val van het Romeinse Rijk begonnen de duistere middeleeuwen, de mensen trokken zich terug achter hun ommuurde nederzettingen en krijgsheren streden om grondgebied. Het duurde tot de elfde eeuw voordat Europa in wat rustiger vaarwater kwam, de handel bloeide weer op, steden begonnen te groeien. In de dertiende eeuw werden in Noord-Italië en later ook in Nederland, België en Engeland steden belangrijk als handels- en ambachtsplaatsen. Gent en Leiden waren in die tijd belangrijke steden.
De steden uit de middeleeuwen hadden een heel ander karakter dan de steden die wij kennen. Aan de voet van grote kathedralen en kerken van steden als Brussel, Londen en Florence liepen nauwe straten die bevolkt werden door koop- en handwerklieden, geestelijken, venters, jongleurs, edelen en bedienden. Bepaalde beroepsgroepen, zoals bakkers, timmermannen en metaalbewerkers, oefenden hun activiteiten in dezelfde straten uit, waardoor er wijken ontstonden. Etniciteit speelde ook een rol. Sommige groeperingen (mensen die anders waren) werden buitengesloten. De term 'getto' (afkomstig van het Italiaanse woord *borghetto* dat 'buiten de stadsmuren' betekent) werd het eerst gebruikt voor de wijk waar de joden van Venetië naar 'verbannen' werden. In sommige Nederlandse steden zijn nog duidelijke overblijfselen uit de pre-industriële tijd te zien, denk aan de resten stadsmuren in Amersfoort en de Waag in Amsterdam.

Europese industriesteden

Aan het einde van de middeleeuwen was er in de steden door de groeiende handel een nieuwe middenklasse ontstaan, de *bourgeoisie*. Zij die tot deze klasse behoorden werden steeds rijker en konden zich wat rijkdom betreft met de adelstand meten.
De industriële revolutie ontketende omstreeks 1750 ook een *tweede urbane revolutie*, eerst in Europa en vervolgens in Noord-Amerika. De sterke productiviteit die fabrieken ontplooiden versnelde de stedengroei. In 1700 telde Londen, de grootste Europese stad, 550.000 inwoners. De bevolkingsexplosie zorgde ervoor dat het aantal inwoners in 1900 tot 6,5 miljoen was gestegen (Weber, 1963, oorspronkelijk 1899; Chandler & Fox, 1974). Ook in Nederland zette pas ten tijde van de industriële revolutie de grote groei van de steden echt door. Door efficiëntere landbouwtechnieken konden meer mensen buiten landbouw tewerkgesteld worden. Ook kon het voedsel voor het groeiende aantal stedelingen van grotere afstand aangevoerd worden. Tegelijkertijd hadden de fabrieken steeds meer arbeiders nodig. De steden werden niet alleen groter maar veranderden ook van uiterlijk. De smalle, bochtige straten maakten steeds meer plaats voor brede, rechte boulevards, die een snelle doorstroming van het toenemende handelsverkeer mogelijk maakten. Parijs, met de brede boulevards van architect Hausmann, is hier het schoolvoorbeeld van. Algauw reden er stoomtrams en elektrische trams door de straten. Omdat grond een handelsartikel was geworden, dat aangekocht en weer verkocht werd, verdeelden ontwikkelaars de steden in stukken grond met een bepaalde omvang (Mumford, 1961). De kathedralen

vormden niet langer het centrale punt in een stad, dat werden de drukke zakenwijken met banken, winkels en grote kantoorgebouwen.
Het drukke zakenleven zorgde voor steeds vollere en onpersoonlijkere steden. De criminaliteit nam toe. De rijke industriëlen konden zich luxueuze huizen veroorloven, maar de meeste mannen, vrouwen en kinderen die in de fabrieken werkten konden nauwelijks rondkomen. Ze hadden ook geen geld en middelen van vervoer om ver weg van hun werk te wonen.
Op een gegeven moment gingen de arbeiders zich organiseren in vakbonden, wat tot betere arbeidsomstandigheden en huisvesting leidde. Bovendien kregen zij stemrecht. Openbare diensten, zoals water, rioleringssystemen en elektriciteit, maakten het wonen in de stad comfortabeler. Het klinkt misschien vreemd, maar de grachten in de Nederlandse steden waar nu vaak terrassen en luxe huizen en bedrijfspanden aan te vinden zijn, waren tot in de jaren vijftig van de twintigste eeuw open riolen met een lucht waar we nu van zouden walgen. Hoe is de situatie tegenwoordig? Sommige stedelingen leven nog steeds in armoede en achterstand, maar door de hogere levensstandaard is de uit het verleden stammende belofte dat een stad een beter bestaan biedt, gedeeltelijk ingelost.

De stedelijke crisis en de wedergeboorte van de stad

In de jaren zeventig en tachtig van de afgelopen eeuw deed zich in Nederland en in veel andere westerse landen een stedelijke crisis voor. Steden kampten in die tijd met een hoge werkloosheid, een relatief slechte woningvoorraad, ernstige leefbaarheidsproblemen en een eenzijdige samenstelling van de bevolking. Dit had te maken met de deïndustrialisatie van de stedelijke economie, waardoor veel werkgelegenheid verdween. Bovendien was er sprake van suburbanisatie: de meer welvarende bewoners vertrokken naar andere gemeenten, waar ze meer huis en tuin voor hun geld kregen en waar ze met de auto beter uit de weg konden. In de jaren tachtig van de twintigste eeuw was het angstbeeld dat van de Amerikaanse stad: het ontstaan van getto's en no-go-areas. Steden leken de opvangputjes van de samenleving te worden. De nationale overheid ging vanwege deze problemen steeds meer aandacht besteden aan het leven in steden. Op fysiek gebied werd hard gewerkt aan het verbeteren van de woningen en dat werd aangevuld met veelomvattend sociaal beleid. Daarbij ging en gaat nog altijd veel aandacht uit naar achterstandswijken. Vanaf halverwege de jaren negentig van de vorige eeuw werd een duidelijke politieke keuze gemaakt voor een samenhangend grotestedenbeleid, dat wel door de jaren heen steeds van inhoud veranderde (Van der Wouden & De Bruijne, 2001).
Rond die tijd begon ook, tamelijk onverwacht, de economie van de grote steden zich wereldwijd te herstellen. Dit hing samen met de sterke toename van de werkgelegenheid in de dienstverlening in de tweede helft van de jaren negentig van de twintigste eeuw en de informatierevolutie (Sassen, 1994). In de Randstad was dit ook zichtbaar, steden kwamen weer in trek, door 'de nieuwe economie': de stedelijke economieën waren veranderd in dienstverleningseconomieën. Steeds meer werd de stad ook een aantrekkelijker vestigingsplaats voor grotere groepen hoogopgeleiden, de zogenoemde 'yuppen' (young urban professionals) of 'creatieve klasse'. Karakteristieke verlaten stedelijke havengebieden en industrieterreinen werden omgevormd tot hippe stedelijke woonmilieus. In sommige oudere buurten stegen de huizenprijzen door een proces van *gentrification*: oude in verval geraakte stadsbuurten veranderden in woon-werkmilieus voor jonge hoogopgeleiden. Zo veranderde de Jordaan in Amsterdam van een oude volkswijk in een hippe buurt vol winkeltjes en restaurants. Door de steeds meer internationaal georiënteerde economie kwamen steden uit verschillende landen in directe concurrentie met elkaar. In Europa werd dat proces nog versterkt door de Europese eenwording en het wegvallen van de binnengrenzen. Steden streden allemaal om de vestiging van hoofdkantoren van bedrijven, om de positie van havens en luchthavens, om internationale instellingen, kennisinstituten en publiekstrekkers. Ook wordt steeds meer het belang gezien van de *creatieve industrie naast de traditionele* sectoren van de economie (landbouw, industrie en dienstverlening). Aan het begin van deze eeuw ontketende de Amerikaanse wetenschapper Richard Florida met zijn boek *Rise of the creative class* (2002) wereldwijde aandacht voor het belang van de creatieve industrie en de creatieve klasse voor steden. Onder de creatieve industrie vallen activiteiten als kunsten, media en entertainment, design, architectuur en reclame. In Nederland zijn dit soort activiteiten het sterkst vertegenwoordigd in Amsterdam, maar ook andere stedelijke gebieden doen hun best de creatieve klasse aan zich te binden. Meer dan ooit zijn grote steden zich nu bewust van de toegenomen globalisering, en de onderlinge wedijver tussen steden die dit met zich meebrengt. Zij besteden veel aandacht aan het aantrekken en binden van be-

drijven en burgers en het lokken van toeristen en dagjesmensen (Van der Woude, 2007). Met de economische recessie die in 2008 begon is deze wedijver alleen nog maar sterker geworden. Ook is steeds duidelijker dat niet al het heil van de overheid verwacht kan worden. Voor de toekomst wordt meer verwacht van particulier initiatief, van burgers, ondernemers en bedrijven. Als het gaat om stedelijke vraagstukken zijn de concentratie van achterstand en onveiligheid twee belangrijke punten van zorg (Burgers & Engbersen, 2004). De anonimiteit van de stad, maar ook de mogelijkheden voor allerlei legale en illegale activiteiten liggen daaraan ten grondslag.

17.4 Urbanisme als een manier van leven

Niet alleen sociologen van nu, ook de sociologen van het eerste uur richtten hun aandacht op de ontwikkeling die steden doormaakten. Hieronder volgt een kort overzicht van de wijze waarop zij verstedelijking als een manier van leven beschreven.

17.4.1 Ferdinand Tönnies: Gemeinschaft en Gesellschaft

De Duitse socioloog Ferdinand Tönnies (1855-1937) onderzocht wat de verschillen waren tussen het leven in een industriële metropool en een plattelandsdorp. Uit zijn onderzoek zijn twee begrippen voortgekomen die nog steeds tot het idioom van de sociologie behoren.
Tönnies (1963, oorspronkelijk 1887) gebruikte het Duitse woord **Gemeinschaft** (gemeenschap) om te verwijzen naar *een sociale organisatievorm waarin er hechte relaties bestaan tussen mensen, op basis van familiebanden en traditie*. De Gemeinschaft van een dorp verenigt mensen in één enkele primaire groep.
In moderne steden bestaat op die manier geen Gemeinschaft. Integendeel, verstedelijking creëert een **Gesellschaft** (associatie), *een sociale organisatievorm waarin mensen uitsluitend op basis van individueel eigenbelang bijeenkomen*. In de Gesellschaft manier van leven, worden mensen door hun eigen behoeften gemotiveerd en niet door de wens om aan het welzijn van iedereen bij te dragen. Heel algemeen gesteld: stedelingen hebben weinig gemeenschapszin of kennen geen gemeenschappelijke identiteit, en tonen vooral interesse voor anderen als zij iets nodig hebben. Volgens Tönnies leidt verstedelijking tot een afname van nauwe, langdurige sociale betrekkingen. Zij worden vervangen door kortdurende en onpersoonlijke betrekkingen of zakelijke contacten. Veel later liet de socioloog Granovetter (1973, 1983) in een beroemd artikel zien dat juist dergelijke *zwakke bindingen* waardevol kunnen zijn voor de sociale integratie van individuen. Deze bindingen kunnen immers cruciale bruggen vormen naar andere sociale netwerken die over informatie, middelen en kennis beschikken waartoe het eigen netwerk geen toegang biedt. Voor ondernemerschap en innovatie is dit heel belangrijk.

zelf aan zet

Hoe zou Tönnies het hoge echtscheidingspercentage in onze samenleving verklaren?

17.4.2 Emile Durkheim: mechanische en organische solidariteit

De Franse socioloog Durkheim was het in veel opzichten met Tönnies eens, maar niet met de stelling dat er geen sociale banden bestaan tussen stadsbewoners. Zij organiseren hun sociale leven gewoon anders, aldus Durkheim.
Durkheim beschreef het traditionele leven op het platteland als *mechanische solidariteit*, dat wil zeggen dat de sociale betrekkingen gebaseerd zijn op gemeenschappelijke gevoelens en gedeelde morele waarden. Het begrip mechanische solidariteit vertoont door de nadruk te leggen op tradities veel overeenkomsten met Tönnies' Gemeinschaft. De mechanische solidariteit wordt uitgehold door de verstedelijking, maar er ontstaat ook een ander soort betrekkingen tussen mensen, die gekenmerkt worden door *organische solidariteit*, sociale betrekkingen die gebaseerd zijn op specialisatie en wederzijdse afhankelijkheid. Dit begrip loopt parallel aan Tönnies' Gesellschaft, maar er komt nu ook een duidelijk verschil tussen beide denkers naar voren. Beiden constateerden dat verstedelijking tot het verdwijnen van tradities leidt, maar Durkheim had een optimistische visie, want hij zag een nieuwe vorm van solidariteit ontstaan. Voorheen waren samenlevingen gebaseerd op *gelijkenis*, nu op *verschillen*.
In Durkheims ogen heeft de stedelijke cultuur meer individuele keuzemogelijkheden, meer tolerantie en meer persoonlijke privacy te bieden dan de plattelandscultuur. Samenvattend: volgens Durkheim gaat er wat verloren tijdens het urbanisatieproces, maar wordt er ook veel gewonnen.

Het schilderij *Boerendans* (omstreeks 1565) van Pieter Bruegel de Oude laat zien hoe het leven op het land gekenmerkt wordt door een eendracht die het gevolg is van jarenlange familiebanden en contacten met de naaste omgeving. Terwijl het schilderij van Ernest Fiene *Nocturne* het onpersoonlijke karakter van de stadscultuur weergeeft. Fraaie verbeeldingen van Tönnies' begrippen *Gemeinschaft* en *Gesellschaft*.

Bron: Pieter Bruegel de Oude (circa 1525/30-1569), *Boerendans*, circa 1565, Kunsthistorisches Museum, Wenen/Superstock. Ernst Fiene (1894-1965), *Nocturne*. Foto © Christie's Images.

17.4.3 Georg Simmel: de blasé stedeling

De Duitse socioloog Georg Simmel (1858-1918) heeft zich beziggehouden met een microanalyse van het stadsleven en hij ging na hoe de stadscultuur de ervaringen van het individu beïnvloedt. Volgens Simmel zien individuen de stad als een samengepakte massa van mensen, objecten en gebeurtenissen. Om te voorkomen dat zij overspoeld worden door externe prikkels, ontwikkelen stadbewoners een *blasé attitude*, ze sluiten zich voor veel van wat er om hen heen gebeurt af. Deze onverschilligheid betekent niet dat stadsbewoners geen compassie hebben met anderen. Zij bewaren afstand als overlevingsstrategie, zodat zij hun tijd en energie aan mensen en zaken kunnen besteden die echt belangrijk voor hen zijn.

Toch hoeft de diversiteit van de stad niet alleen maar afstandelijkheid te betekenen. De Nederlandse sociologe Talja Blokland (1998) heeft laten zien hoe mensen andersoortige relaties met elkaar ontwikkelen. Zij noemt dit *publiek familiaire relaties*: contacten met onbekenden die bij herhaaldelijke ontmoetingen meer (her)kenbaar worden en beter sociaal te plaatsen zijn. Publieke familiariteit ontkent niet dat stedelingen op de manier die Simmel beschrijft naast elkaar leven en dat dit ook spanningen met zich kan meebrengen. Publieke familiariteit betekent echter volgens Blokland dat het van belang is dat mensen genoeg kansen krijgen om situaties en personen in hun buurt te leren herkennen en begrijpen.

zelf aan zet

Hoe zou Simmel verklaren dat mensen op straat hangende jongeren zien als overlast? En hoe zou Bloklands begrip van publieke familiariteit kunnen helpen bij het vinden van een oplossing voor de problematiek?

17.4.4 De Chicagoschool: Robert Park en Louis Wirth

Amerikaanse sociologen gingen zich ook op het onderzoek van de snelle stedengroei richten. Robert Park (1864-1944), leider van het eerste sociologieprogramma aan de Universiteit van Chicago, wilde het werkelijke leven in de stad bestuderen. Zoals hij tegen zichzelf zei: 'Ik vermoed dat ik meer heb rondgelopen in steden over de gehele wereld dan welk ander levend wezen ook' (1950, p. viii). Terwijl

hij op straat liep, kwam Park tot de ontdekking dat de stad een georganiseerd mozaïek is van verschillende etnische gemeenschappen, handelscentra en industrieterreinen. In de loop der tijd zag hij hoe deze onderdelen van het mozaïek tot ontwikkeling kwamen en hoe hun onderlinge verhoudingen veranderden. Voor Park was een stad een levend organisme, een menselijke caleidoscoop.
Een ander belangrijk lid van de Chicagoschool van de stadssociologie was Louis Wirth (1897-1952). Wirth is vooral bekend geworden omdat hij de ideeën van Tönnies, Durkheim, Simmel en Park in één allesomvattende theorie van het stadsleven heeft verwerkt.
Wirth begon met het definiëren van een stad als een situatie waarin veel mensen met sociaal uiteenlopende achtergronden dicht op elkaar leven. Deze kenmerken resulteren in onpersoonlijke, oppervlakkige en tijdelijke onderlinge betrekkingen. Stedelingen komen met veel meer mensen in contact dan dorpsbewoners. Stadsbewoners zullen anderen, als ze hen al opmerken, meestal niet in termen van *wie zij zijn* maar in termen van *wat zij doen* kennen, bijvoorbeeld als buschauffeur, bloemist of winkelbediende. De gespecialiseerde contacten die stedelingen met elkaar hebben kunnen soms voor alle betrokkenen plezierig verlopen, maar we mogen niet vergeten dat eigenbelang, niet vriendschap, de belangrijkste drijfveer voor deze interacties is.
Het onpersoonlijke karakter van de betrekkingen tussen stadsbewoners en de grote sociale diversiteit die we in steden aantreffen, maken dat stedelingen toleranter zijn dan dorpsbewoners. Plattelandsgemeenschappen zullen hun uiterste best doen om hun tradities in leven te houden, bij de heterogene bevolking van een stad komen we zelden één gemeenschappelijke morele gedragscode tegen (Wilson, 1985, 1995).

Een kritische kanttekening De sociologen van het eerste uur (zowel in Europa als de VS) schetsten een gemengd beeld van het stadsleven. De snelle verstedelijking baarde mensen als Tönnies en Wirth zorgen. Persoonlijke banden en traditionele normen zouden in de anonimiteit van de stad verloren gaan. Durkheim en Park hadden meer oog voor de positieve kant van verstedelijking: meer persoonlijke vrijheid en keuzemogelijkheden.
Een probleem dat zich bij al deze visies voordoet is dat zij de situatie van de verstedelijking met grove penseelstreken schilderen, en geen oog hebben voor de effecten van klasse, etnische groep en gender. Er bestaan vele soorten stedelingen: rijke en arme, zwarte en blanke met een Europese en met een Aziatische of Noord-Afrikaanse achtergrond, vrouwen en mannen, die allen een zeer verschillend leven leiden. De diversiteit in de grote steden van Europa en de VS is sterk gestegen in de jaren negentig van de vorige eeuw. Dit komt het beste tot uiting in steden waar verschillende bevolkingsgroepen groot genoeg zijn om hun eigen, voor de buitenwereld zichtbare gemeenschappen te kunnen vormen (Macionis & Parillo, 2013).

zelf aan zet

Wie van deze stadssociologen – Tönnies, Durkheim, Park en Wirth – waren het positiefst over het stadsleven? En wie het negatiefst? Wat herken jij er zelf van als je om je heen kijkt? Licht je antwoord toe.

17.4.5 Stadsecologie

Sociologen (in het bijzonder de leden van de Chicagoschool) hebben de **stadsecologie** tot ontwikkeling gebracht, *het onderzoek van de relatie tussen de fysieke en de sociale dimensies van steden.* Bijvoorbeeld, waarom bevindt een stad zich op deze locatie? De eerste steden ter wereld ontstonden in vruchtbare gebieden waar de ecologie het telen van gewassen mogelijk maakte. Pre-industriële volken bouwden, uit het oogpunt van verdediging, hun steden in de bergen (het oude Athene lag op een rotsachtige aardlaag) of zij zorgden ervoor dat de stad omgeven was door water (Parijs en Mexico-Stad werden op eilanden gebouwd). Veel Nederlandse steden ontstonden als handelsknooppunten die in de twaalfde eeuw uitgroeiden tot steden. Dat waren vooral gunstig gelegen nederzettingen, bijvoorbeeld bij een burcht of kasteel of op de plaats waar de jaarmarkt werd gehouden. De industriële revolutie had een sterke groei van steden tot gevolg doordat de fabrieken in steden werden gebouwd en mensen daarheen trokken. Veel grote Amerikaanse steden liggen uit economische overwegingen (het bevorderen van het handelsverkeer) aan rivieren of werden bij natuurlijke havens gevestigd.
Stadsecologen houden zich ook bezig met het fysieke ontwerp van een stad. In 1925 beschreef Ernest W. Burgess, een student en collega van Robert Park, het grondgebruik in Chicago in termen van

concentrische zones. Hij observeerde zakendistricten die omzoomd werden door een ring van fabrieken, gevolgd door ringen van woonwijken. De huizen werden duurder naarmate zij verder van het lawaaierige en vervuilde stadscentrum af lagen.
Homer Hoyt (1939) werkte Burgess' observaties verder uit. Het viel hem op dat bepaalde districten soms *wigvormige sectoren* vormden. Bijvoorbeeld het ene populaire gebied ontwikkelt zich naast het andere of een industrieterrein breidt zich langs een spoorlijn uit tot buiten de stad. De prijzen van panden spelen ook een belangrijke rol. Veel Nederlandse steden zijn meer organisch gegroeid, dan sterk gepland.
Chauncy Harris en Edward Ullman (1945) voegden er nog een ander inzicht aan toe: als steden gaan decentraliseren ontstaan er meerdere centra in een stad. Naarmate steden groeien hebben woonwijken, industrieterreinen en winkelcentra de neiging om meer afstand van elkaar te nemen. Er zijn niet zo veel mensen die graag dicht bij een fabrieksterrein wonen. Op deze wijze wordt een stad een mozaïek van afzonderlijke districten met elk een eigen sfeer.
In een *sociale wijkanalyse* wordt nagegaan wat mensen in bepaalde buurten gemeen hebben. Drie factoren blijken vrijwel alle variatie in buurttypen te kunnen verklaren: gezinspatronen, sociale klasse en etniciteit (Shevky & Bell, 1955; Johnston, 1976). Gezinnen met kinderen zijn op zoek naar grote appartementen of eengezinswoningen en goede scholen. De rijken zoeken het in prestigieuze buurten, vaak in het centrum van de stad, in de nabijheid van culturele attracties. Mensen met een gemeenschappelijke etnische achtergrond vormen hun eigen gemeenschappen. Brian Berry en Philip Reese (1969) hebben een groot aantal van deze inzichten gecombineerd. Zij zetten uiteen dat bepaalde gezinstypen de neiging hebben om zich in de door Burgess beschreven concentrische zones te vestigen. Huishoudens met weinig kinderen vestigen zich eerder in de buurt van het stadscentrum, terwijl gezinnen met meer kinderen verder van het centrum vandaan willen wonen. De sociale klassenverschillen zijn verantwoordelijk voor het ontstaan van de door Hoyt beschreven sectorachtige districten. De rijken wonen in welvarende wijken, de armen in achterbuurten. En, overeenkomstig het model van Harris en Ullman, op verschillende plekken in de stad vinden we buurten waar mensen met een gemeenschappelijke etnische achtergrond wonen. In een land als Nederland, met een sterke door de overheid gereguleerde sociale huursector, heeft het huisvestingsbeleid ook veel invloed op wie er in buurten wonen.

17.4.6 De politieke economie van steden

Steden zijn soms ook het toneel van opstand en rellen, denk maar aan de brandende auto's in de voorsteden van Parijs in 2006 en de rellen in de Stockholmse wijk Husby in 2012. Aan het eind van de jaren zestig van de vorige eeuw vonden er grote rellen plaats in een aantal Amerikaanse steden. De mensen werden zich steeds meer bewust van de bestaande sociaaleconomische ongelijkheid. Sommige analisten verruilden de ecologische benadering voor de conflictsociologische benadering. Het urbane politiek-economische model heeft de conflictanalyse van de werkvloer van Karl Marx overgenomen en deze toegepast op conflicten die zich in een stad voordoen (Lindstrom, 1995).
De conflictsociologische benadering wijst de ecologische visie van de hand. Een stad is geen natuurlijk organisme met bepaalde districten en buurten die zich volgens een bepaalde innerlijke logica ontwikkelen. Het stadsleven wordt bepaald door mensen met macht: de topmanagers van ondernemingen en politici. Hoe moeten we het leven in de stad dan zien? In de ogen van kapitalisten bestaat een stad uit vastgoed dat met winst verhandeld wordt. Het geld verdwijnt in de zakken van enkelingen. Volgens deze benadering is de economische terugval van de industriesteden in het noorden van de VS die zich na 1950 voltrok het resultaat van weloverwogen besluiten van de directies van grote ondernemingen om hun productie naar het zonnige zuiden van de VS (waar arbeid goedkoper was en de vakbonden minder actief waren) of naar het buitenland, naar lagelonenlanden, te verplaatsen (Molotch, 1976; Castells, 1977, 1983; Lefebvre, 1991; Jones & Wilson, 1999). Maar aan de andere kant is de stedelijke crisis in Europa na de jaren tachtig juist weer omgekeerd: steden werden weer 'hot' door de opkomst van de informatietechnologie.

zelf aan zet

Het aantal grootschalige rellen in Nederland is tot op heden beperkt gebleven. In hoeverre denk je dat het uit de hand gelopen Facebook-feest in het Groningse dorp Haren in 2012 ('Project X') te maken had met sociaaleconomische ongelijkheid?

Een kritische kanttekening Het feit dat veel Amerikaanse steden een crisis doormaken en te kampen hebben met armoede, criminaliteit en slecht functionerende scholen lijkt eerder voor het politiek-economische model te pleiten dan voor de ecologische benadering. Maar één punt van kritiek is op beide benaderingen van toepassing: zij hebben vooral naar een bepaalde periode gekeken. Veel kennis die we over industriesteden hebben, is niet van toepassing op de pre-industriële steden uit het verleden of op de snelle stedengroei die momenteel in veel arme landen plaatsvindt. Het is onwaarschijnlijk dat één model in staat is om een volledig beeld te geven van de urbane of stedelijke diversiteit.

zelf aan zet

Leg in je eigen woorden uit wat de stadsecologietheorieën en de politiek-economische theorie ons over steden te vertellen hebben.

17.5 Verstedelijking in arme landen

16 november, Caïro, Egypte – Mensen noemen de uitgestrekte moslimbegraafplaats in het oude Caïro de 'dodenstad'. Maar in werkelijkheid heerst er een en al levendigheid. Tienduizenden krakers hebben bezit genomen van de mausoleums, waardoor zij het beeld van een griezelige mengeling van leven en dood geven. Kinderen rennen rond over de stenen vloeren, tussen de monumenten zijn waslijnen gespannen, hier en daar staat er een televisieantenne op een graftombe. In Caïro komen er per dag duizend nieuwe inwoners bij. Gezinnen leven daar waar het maar even mogelijk is.

Het is tweemaal voorgekomen in de geschiedenis van de mensheid dat er een revolutionaire expansie van steden heeft plaatsgevonden. De eerste revolutie begon ongeveer achtduizend jaar voor onze jaartelling toen de eerste stedelijke nederzettingen gebouwd werden. Deze revolutie duurde voort totdat er op meerdere plaatsen permanente nederzettingen waren ontstaan. Rond 1750 begon de tweede revolutie: de industriële revolutie zorgde voor een snelle verstedelijking in Europa en Noord-Amerika. Deze revolutie duurde twee eeuwen.

Op dit moment is er een derde revolutie aan de gang. Van de inwoners van hoge-inkomenslanden leeft momenteel 75 procent in een stad. Maar in arme landen is er een buitengewone verstedelijking aan de gang. In 1950 leefde ongeveer 25 procent van de bevolking van lage-inkomenslanden in de stad. In 2008 was het voor het eerst in de geschiedenis dat meer mensen over de hele wereld in steden wonen dan op het platteland. De verwachting is dat in 2050 bijna 70 procent van de wereldbevolking in steden zal wonen (United Nations, 2011; Population Reference Bureau, 2011). In 1950 telde de wereld slechts twee steden met meer dan 10 miljoen inwoners, Tokyo en New York. Hoe is de situatie in 2010? 21 steden hebben een bevolking van meer dan 10 miljoen mensen, en slechts 5 hiervan bevinden zich in de hoge-inkomenslanden. In 1950 waren vooral steden in de VS en Europa belangrijk, in de jaren negentig werden Azië en Latijns-Amerika belangrijker en de verwachting is dat Azië in de toekomst zal domineren, met nog enkele steden in Latijns-Amerika en New York als uitzondering.

Deze derde revolutie is het gevolg van het feit dat veel arme landen aan fase 2 van de demografische transitietheorie zijn begonnen. De gedaalde sterftecijfers stimuleerden de bevolkingsgroei in Latijns-Amerika, Azië en met name Afrika. In stedelijke gebieden is de toename twee keer zo groot, omdat er niet alleen sprake is van natuurlijke groei maar ook van miljoenen mensen die jaarlijks naar de stad trekken, op zoek naar werk, medische zorg, onderwijs en voorzieningen als water en elektriciteit. Steden bieden mensen meer mogelijkheden dan het platteland, maar zij hebben geen snelle oplossing voor problemen als bevolkingsexplosies en knagende armoede. Veel steden in minder ontwikkelde landen, zoals Mexico-Stad, Caïro, Kolkata (voormalig Calcutta) en Manilla, zijn gewoon niet in staat om aan de basisbehoeften van een groot deel van de inwoners tegemoet te komen. Al deze steden worden omgeven door sloppenwijken met van afvalmateriaal gebouwde onderkomens. In hoofdstuk 9 hebben we gezien dat er zelfs duizenden mensen op vuilstortplaatsen leven, in de hoop dat ze tussen het afval nog iets vinden wat een paar centen opbrengt.

Deze dame in Calcutta neemt bij gebrek aan een huis of stromend water een douche op straat.

SLAGEN VOOR HET TENTAMEN **SAMENVATTING VAN HOOFDSTUK 17**

DEMOGRAFIE: WETENSCHAPPELIJK ONDERZOEK VAN BEVOLKINGSVRAAGSTUKKEN

✔ De demografie analyseert de grootte en de samenstelling van een bevolking en hoe en waarom mensen van de ene plaats naar een andere migreren. Demografen verzamelen gegevens en bestuderen factoren die een bevolking beïnvloeden.

Vruchtbaarheid

- Dit begrip verwijst naar het aantal kinderen dat in een land wordt geboren.
- Demografen maken hierbij gebruik van het *bruto geboortecijfer*.

p. 484-485

Mortaliteit

- Dit begrip verwijst naar het aantal sterfgevallen in een land.
- Demografen maken hierbij gebruik van het *bruto sterftecijfer* en het zuigelingensterftecijfer.

p. 485-486

Migratie

Het migratiesaldo is het verschil tussen het aantal immigranten en emigranten.

p. 486-487

Bevolkingsgroei

In het algemeen: de bevolkingsgroei in rijke landen kan in gelijke mate worden toegeschreven aan natuurlijke toename en immigratie; in arme landen vrijwel geheel aan natuurlijke toename.

p. 487-488

Bevolkingssamenstelling

Demografen maken gebruik van *bevolkingspiramides* om de samenstelling van een bevolking grafisch weer te geven en toekomstige ontwikkelingen te laten zien.

p. 488

DE GESCHIEDENIS EN DE THEORIE VAN BEVOLKINGSGROEI

- Historisch gezien groeide de wereldbevolking traag omdat de hoge geboortecijfers teniet werden gedaan door de hoge sterftecijfers.
- Rond 1750 vond er een demografische transitie plaats, de wereldbevolking begon sterk toe te nemen, voornamelijk als gevolg van de dalende sterftecijfers.
- Aan het eind van de achttiende eeuw zei *Thomas Robert Malthus* dat de voedselproductie de bevolkingsgroei niet zou kunnen bijhouden, wat tot sociale calamiteiten zou leiden.
- De *demografische transitietheorie* stelt dat de bevolkingsgroei geleidelijk zal afnemen door de technologische vooruitgang.
- De verwachting is dat de wereldbevolking in 2050 uit 8 tot 9 miljard mensen bestaat.

p. 488-495

✔ Momenteel komen er ieder jaar 74 miljoen mensen bij, 96 procent van deze toename vindt in arme landen plaats.

VERSTEDELIJKING: DE GROEI VAN STEDEN

De **eerste revolutie op het gebied van verstedelijking** vond ongeveer 10.000 jaar geleden plaats, toen de eerste steden ontstonden.

- Ongeveer 2000 jaar geleden waren er vrijwel overal steden te vinden, behalve in Noord-Amerika en Antarctica.
- Pre-industriële steden worden gekenmerkt door lage gebouwen, smalle, bochtige straten en persoonlijke sociale banden.

p. 496

- Een **tweede revolutie op het gebied van verstedelijking** begon rond 1750, toen de industriële revolutie de ontwikkeling van steden in Europa in een stroomversnelling bracht. De stedenbouw veranderde, er kwamen rechte, brede straten ten behoeve van het handelsverkeer.
- De toenemende handel en de grotere omvang van steden maakten het leven in de stad onpersoonlijker.

p. 496-498

SLAGEN VOOR HET TENTAMEN SAMENVATTING VAN HOOFDSTUK 17

URBANISME ALS MANIER VAN LEVEN

✔ De snelle verstedelijking die in de 19de eeuw plaatsvond, bracht sociologen op het idee om de verschillen tussen het leven op het land en het leven in de stad te onderzoeken. Tot de sociologen van het eerste uur behoren Tönnies, Durkheim en Simmel in Europa en Park en Wirth in de Verenigde Staten.

Ferdinand Tönnies baseerde zijn analyse op twee concepten: *Gemeinschaft* en *Gesellschaft*.

- *Gemeinschaft* is kenmerkend voor het leven op het land, de mensen worden in één enkele primaire groep verenigd.
- *Gesellschaft* is kenmerkend voor het leven in een grote stad, individuen worden meer door hun eigen behoeften gemotiveerd dan door de wens om aan het welzijn van de gemeenschap bij te dragen.

p. 498

Emile Durkheim was het in veel opzichten met Tönnies eens maar stelde dat er ook sociale banden tussen stadsbewoners voorkomen, alleen de basis voor de solidariteit verschilt.

- *Mechanische solidariteit* – sociale betrekkingen zijn gebaseerd op gedeelde gevoelens en morele waarden. Deze vorm van solidariteit is kenmerkend voor het traditionele leven op het platteland.
- *Organische solidariteit* – sociale betrekkingen zijn gebaseerd op specialisatie en wederzijdse afhankelijkheid. Deze vorm van solidariteit is kenmerkend voor het moderne stadsleven.

p. 498

Georg Simmel stelde dat de overmatige stimulatie die van het leven in een stad uitgaat tot gevolg heeft dat mensen een blasé houding ontwikkelen.

p. 499

Robert Park van de Universiteit van Chicago stelt dat steden meer sociale vrijheid geven.

p. 499-500

Volgens **Louis Wirth** is er sprake van omvangrijke, dicht op elkaar levende, heterogene populaties die een onpersoonlijke en zelfzuchtige, maar tolerante levenswijze creëren.

p. 499-500

VERSTEDELIJKING IN ARME LANDEN

- De eerste revolutie op het gebied van verstedelijking vond 8000 jaar voor onze jaartelling plaats, met de eerste stedelijke nederzettingen.
- De tweede revolutie was een gevolg van de industriële revolutie (na 1750) en vond plaats in Europa en Noord-Amerika.
- Op dit moment voltrekt zich een derde revolutie in de arme landen. De grootste wereldsteden liggen tegenwoordig in de minder ontwikkelde landen.

p. 502

SLAGEN VOOR HET TENTAMEN **MEERKEUZEVRAGEN**

1 Demografie wordt gedefinieerd als de studie van
a. democratische politieke systemen;
b. de menselijke cultuur;
c. bevolkingsvraagstukken;
d. de natuurlijke omgeving.

2 Welk deel van de wereld kent het laagste geboortecijfer en het laagste sterftecijfer?
a. Latijns-Amerika
b. Europa
c. Afrika
d. Azië

3 De bevolkingsgroei van hoge-inkomenslanden wordt vooral veroorzaakt door ... , en die van de lage inkomenslanden door ... ,
a. immigratie; natuurlijke toename;
b. emigratie; natuurlijke toename;
c. natuurlijke toename; immigratie;
d. interne migratie; natuurlijke toename.

4 In het algemeen kunnen we stellen dat hoe hoger het gemiddelde inkomen in een land ligt
a. hoe sneller de bevolking toeneemt;
b. hoe langzamer de bevolking toeneemt;
c. hoe lager het immigratieniveau;
d. hoe lager het niveau van verstedelijking.

5 Welke term gebruikte Tönnies voor een sociale organisatie waarin mensen betrekkingen met elkaar aangaan op basis van individueel eigenbelang?
a. mechanische solidariteit
b. organische solidariteit
c. *Gesellschaft*
d. *Gemeinschaft*

6 De derde revolutie op het gebied van verstedelijking vindt momenteel plaats in
a. de Verenigde Staten;
b. Europa en Japan;
c. de middeninkomenslanden;
d. de lage-inkomenslanden.

7 In de jaren zeventig en tachtig van de vorige eeuw werd gedacht dat steden:
a. in opkomst waren;
b. weer hip zouden worden;
c. dienstverlening zouden aantrekken;
d. uit de tijd waren.

8 Steden en regio's wedijveren met elkaar om
a. bedrijven aan te trekken;
b. toeristen en dagjesmensen te lokken;
c. een aantrekkelijk woonmilieu te bieden;
d. a, b, en c zijn waar.

De volgende hoofdstukken komen uit: *Gezondheidspsychologie,* 2e editie

HOOFDSTUK 1

WAT IS GEZONDHEID?

Bron: Alamy/Big Cheese Photo

LEERDOELEN

Aan het einde van dit hoofdstuk heb je inzicht in:

- de rol van de psychologie bij een beter begrip van gezondheid en ziekte;
- de doelstellingen en de relevante onderwerpen van het vak gezondheidspsychologie;
- de belangrijkste theoretische modellen over gezondheid en ziekte: het biomedische model en het biopsychosociale model;
- het feit dat gezondheid meer is dan alleen de afwezigheid van lichamelijke ziekte;
- de invloed van leeftijd/levensfase en cultuur op opvattingen over gezondheid.

We geven een omschrijving van wat gezondheidspsychologie inhoudt, belichten haar werkterrein en vergelijken het vakgebied met enkele aanpalende disciplines. Verschillende definities van het begrip 'gezondheid' komen in dit hoofdstuk aan bod en we geven een beknopt historisch overzicht van enkele veranderingen die dit begrip heeft ondergaan in de loop der tijd. Vervolgens illustreren we op welke wijze leeftijd (of levensfase) onze opvattingen over gezondheid en gezondheidsbeleving beïnvloedt. We doen dit met name door te kijken of kinderen anders over gezondheid denken dan volwassenen. Tot slot bespreken we aan de hand van onderzoeksresultaten uit westerse en niet-westerse populaties in hoeverre cultuur onze opvattingen over gezondheid beïnvloedt.

1.1 Wat is gezondheidspsychologie?

Psychologie kan worden gedefinieerd als het wetenschappelijk onderzoek naar mentale, psychosociale en biologische processen en gedragsmatig functioneren. Dit onderzoek vindt plaats door middel van systematische observatie van waarneembaar gedrag en aanvullend daarop ook door middel van zelfrapportage (vaak in de vorm van vragenlijsten). Zeker wanneer bepaalde mentale processen zich niet, of slechts beperkt, in waarneembaar gedrag manifesteren, is de medewerking van onderzochte personen in de vorm van zelfrapportage onmisbaar. Onder de door psychologen onderzochte onderwerpen vallen taal, geheugen, concentratie en perceptie, maar ook emoties, sociaal gedrag en gezondheidsgedrag. Het kan gaan om de responsactiviteit van één enkele zenuwcel, maar bijvoorbeeld ook om de rolaanpassingen die nodig zijn bij het ouder worden. De basis van psychologisch onderzoek wordt gevormd door het elementaire principe dat we de wereld via zintuiglijke waarneming kunnen leren kennen, oftewel het **empirisme**. Empirische methoden gaan verder dan speculatie, **inferentie** en redeneren, en beogen een feitelijke en systematische analyse van gegevens.

empirisme
Het elementaire principe dat we de wereld via zintuiglijke waarneming kunnen leren kennen.

inferentie
Redenering waarbij een conclusie wordt afgeleid uit een of meer premissen. Bijvoorbeeld: 'Het regent, dus zijn de straten nat.'

Door middel van empirisch onderzoek onderzoeken psychologen de geldigheid van hun hypothesen en theorieën. Op academisch niveau kan dit onderzoek het inzicht in een bepaald verschijnsel vergroten, op toegepast niveau kan het nuttige kennis opleveren voor het ontwikkelen van nieuwe interventies.

Verschillende soorten psychologen zullen verschillende methoden toepassen; in dit boek ligt de nadruk op de methoden die gezondheidspsychologen vaak toepassen, zoals vragenlijsten, vraaggesprekken en psychometrische tests, waarmee verschillende aspecten van iemands persoonlijkheid onderzocht kunnen worden.

1.1.1 Wat is het verband tussen psychologie en gezondheid?

Mensen hebben allerlei ideeën over gezondheid, die van invloed zijn op hun gedrag en emoties. Daarmee beïnvloeden deze ideeën ook de gezondheid en de manier waarop mensen met ziekten omgaan.

Een van de belangrijkste doelen van de gezondheidspsychologie, ontleend aan de definitie van Matarazzo (1982), is dan ook inzicht krijgen in de biopsychosociale factoren die belangrijk zijn voor:

- de bevordering en het in stand houden van de gezondheid;
- de verbetering van de gezondheidszorg en het gezondheidsbeleid;
- de preventie en behandeling van ziekte;
- de oorzaken van ziekte: bijvoorbeeld risicofactoren en kwetsbaarheid.

Hieronder volgen enkele vragen die gezondheidspsychologen kunnen stellen om dit doel te bereiken: Waarom vertonen sommige mensen gezonde gedragingen en andere niet? Komt dit door iemands persoonlijkheid? Gedraagt iemand die niet rookt zich ook in andere opzichten gezond, bijvoorbeeld door regelmatig voor controle naar de tandarts te gaan? Zijn mensen rationele en consequente wezens? Heeft iemands geslacht, leeftijd of sociaaleconomische status invloed op iemands gezondheid? En zo ja, hoe werkt die invloed dan precies? Waarom lijken sommige mensen altijd ziek te zijn, terwijl anderen gezond blijven?
In hoofdzaak kan de gezondheidspsychologie als een toegepaste wetenschap worden beschouwd. Daarbij kunnen verschillende doelen worden onderscheiden. Sommige onderzoeken hebben bijvoorbeeld alleen tot doel om te *kwantificeren*, bijvoorbeeld als onderzocht wordt hoeveel procent van de middelbareschoolleerlingen jonger dan zestien jaar alcohol drinkt. Andere onderzoeken gaan *beschrijvend* te werk, bijvoorbeeld wanneer gekeken wordt naar de basiskenmerken (leeftijd, geslacht, sociaaleconomische status) van de middelbareschoolleerlingen die alcohol drinken. Idealiter genereert beschrijvend onderzoek causale vragen, bijvoorbeeld: welke aspecten van een lage sociaaleconomische status werken riskant gedrag in de hand? Door de aannamen en houding omtrent gezondheid te meten, kunnen we, voordat we interventies ontwikkelen, zicht krijgen op het probleem van *voorspellende factoren* (zie hoofdstuk 2, 3, 4 en 5).

Gezondheidspsychologie en andere terreinen

De gezondheidspsychologie is ontstaan uit verschillende terreinen binnen de sociale wetenschappen. Ze heeft modellen en theorieën overgenomen en aangepast die oorspronkelijk afkomstig zijn van onder meer de sociale psychologie, het behaviorisme, de klinische psychologie en de cognitieve psychologie. Tegenwoordig wordt de gezondheidspsychologie in Europa, evenals in de Verenigde Staten, gecombineerd met andere vakgebieden als de gezondheidseconomie, gedragsgeneeskunde en medische sociologie. Gezondheidspsychologen werken meestal niet alleen, maar maken deel uit van interdisciplinaire en multidisciplinaire groepen.

Medische psychologie	Een psychisch probleem is een symptoom van een achterliggend lichamelijk gebrek. Door het gebrek weg te nemen kan het symptoom verdwijnen en kan de patiënt weer gezond worden (mechanistische visie).
Gedragsgeneeskunde	Ziekte heeft vaak te maken met aangeleerde slechte gewoonten. Gedrag is het resultaat van een leerproces. Het is dus mogelijk om slechte gewoonten af te leren en goede daarvoor in de plaats aan te leren (conditioneren). Daardoor kan de patiënt weer gezond worden. Het gedachtegoed van het behaviorisme is in de gedragsgeneeskunde richtinggevend.
Psychosomatische geneeskunde	Lichaam en geest hebben beide invloed op gezondheid en ziekte. Vooral als een lichamelijke oorzaak voor een aandoening ontbreekt, veronderstelt men dat geestelijke processen een rol spelen.
Medische sociologie	Gezondheid en ziekte moeten in een breder sociaal perspectief worden geplaatst. Het gezin, de familie, de woonplaats, de leefsituatie en de cultuur zijn van invloed op de gezondheid.
Klinische psychologie	Vakgebied dat zich specialiseert in de diagnostiek en behandeling van mensen met psychische problemen.

In de gezondheidspsychologie worden veel theorieën uit andere disciplines geïntegreerd, maar dan uitsluitend toegepast op gezondheid, ziekte en gezondheidszorg. Meer informatie over leer-, motivatie-, sociale, ontwikkelings- en cognitieve psychologie in het algemeen vind je onder andere in *Psychologie voor de praktijk* en *Het palet van de psychologie* door Jakop Rigter, of in *Sociale psychologie* van Roos Vonk.
De verschillen tussen gezondheidspsychologie en andere disciplines liggen op het vlak van methoden van beoordeling, onderzoek, behandeling en interventie. In onderstaand schema vind je vijf van deze disciplines terug, samen met hun benadering van gezondheid.

Wat denk je zelf?
Denk eens aan enkele handelingen in relatie tot gezondheid die je mogelijk zijn aangeleerd en bedenk onder welke omstandigheden je deze hebt aangeleerd. Hoe komt het dat je deze handelingen blijft uitvoeren?
Neem een gezondheidsprobleem in gedachten waarmee je te maken hebt gehad en bedenk een gedragsverandering waarmee je dat probleem in de toekomst kunt vermijden of verminderen.

1.2 Wat is gezondheid? Veranderende perspectieven

Stone (1979) wees erop dat we vragen over de wijze waarop we de gezondheid kunnen beschermen, bevorderen en herstellen, pas kunnen beantwoorden als we het eens zijn over de betekenis van gezondheid en over de manier waarop we deze kunnen meten.
Het woord 'heilzaam' is van 'heel' afgeleid en in het Nederlands hebben 'heilig' en 'heel' in etymologisch opzicht dezelfde stam. Mogelijk worden deze begrippen daarom in zoveel culturen met elkaar in verband gebracht; medicijnmannen zijn bijvoorbeeld vaak priester en arts tegelijk. Er bestaat al heel lang een breed gedragen opvatting over gezondheid, met zowel geestelijke als lichamelijke aspecten. Deze opvatting is in de loop der tijd echter wel enigszins veranderd, zoals we in de volgende paragraaf zullen laten zien.

1.2.1 Modellen van gezondheid en ziekte

Opvattingen over gezondheid kunnen verschillen per individu en per familie, per tijdvak, cultuur en per sociale klasse. Ook onze leeftijd heeft invloed op hoe we tegen gezondheid aankijken. Hieronder worden enkele verschillende, maar niet noodzakelijkerwijs tegenstrijdige, opvattingen over gezondheid beschreven. Deze opvattingen zijn vervat in 'modellen'.

Biomedisch ziektemodel

Het **biomedisch ziektemodel** (ook wel diagnose-receptmodel genoemd) stelt dat een symptoom van een ziekte een achterliggende oorzaak heeft die via medische interventie kan worden genezen. Volgens dit model bestaat er een directe, causale relatie tussen een ziekte en de symptomen ervan. Aangenomen wordt dan ook dat het wegnemen van de oorzaak van een ziekte zal leiden tot het verdwijnen van de symptomen en herstel van de gezondheid. Deze relatief mechanistische opvatting over de werking van het lichaam laat weinig ruimte voor subjectiviteit. Het biomedische model wordt ook wel reductionistisch genoemd; het reduceert de geest, het lichaam en het menselijk gedrag tot lichaamscellen of tot neurale of biochemische activiteit, en verklaart problemen ook enkel op dit niveau. Het reductionisme negeert daarmee dat verschillende mensen op verschillende wijzen kunnen reageren op eenzelfde ziekte.

biomedisch ziektemodel
De opvatting dat ziekten en symptomen een achterliggende fysiologische verklaring hebben.

Een lichamelijke handicap staat niet automatisch gelijk aan een gebrek aan gezondheid en fitheid, zoals deze atleet aantoont.

Bron: Christophe Libert/Stock.XCHNG

biopsychosociaal ziektemodel

Het standpunt dat ziekten en symptomen door een combinatie van lichamelijke, sociale, culturele en psychologische factoren kunnen worden verklaard.

Biopsychosociaal ziektemodel

In tegenstelling tot het biomedische model neemt het **biopsychosociale ziektemodel** nadrukkelijk de subjectiviteit of beleving van gezondheid en ziekte mee in de beoordeling van de gezondheid. Daarnaast wordt gekeken naar de sociale en culturele factoren die mede bepalen of iemand gezond dan wel ziek te noemen is. Veel ziekten hebben bijvoorbeeld achterliggende organische oorzaken, maar kunnen toch unieke, individuele reacties, oftewel subjectieve responsen, teweegbrengen bij patiënten. In dit boek illustreren we dat psychologische en sociale factoren volgens de gezondheidspsychologie kunnen bijdragen aan biologische of biomedische verklaringen van gezondheid en ziekte en inzicht kunnen geven in de beleving ervan. Deze biopsychosociale benadering wordt eveneens toegepast in enkele aanverwante vakgebieden, zoals de ergotherapie en, in toenemende mate, in de algemene geneeskunde (Turner 2001; Wade en Halligan 2004).

Het biopsychosociale model verruimt het biomedische model dus met de interactie tussen biologische processen en psychologische en sociale invloeden (Engel, 1977, 1980). Hierdoor vormt dit model een complex en multidimensionaal, maar potentieel vollediger handvat voor het bestuderen van de menselijke beleving van ziekte en gezondheid dan het biomedische model. Het is in rap tempo populair geworden als gevolg van de vele tegenstrijdigheden die het biomedische model oproept, maar ook door de toenemende erkenning van de rol die individueel gedrag speelt bij gezondheid en ziekte. Hieronder gaan we kort op deze rol in; in de hoofdstukken 3 en 4 worden voorbeelden van (on)gezond gedrag verder uitgediept.

1.2.2 Gedrag en gezondheid

De stijging van de levensverwachting in de westerse wereld gedurende de twintigste eeuw was mede het gevolg van de vooruitgang van de medische technologie en verbeterde behandelingen. Door de behandelmogelijkheden met medicijnen (bijvoorbeeld antibiotica, uitgevonden rond 1940), alsook de toegenomen greep op infectieziekten door vaccinaties en verbeterde hygiëne, is de gemiddelde levensverwachting in Groot-Brittannië toegenomen van 47 jaar in 1900 tot 74,6 jaar in 1980 (Whelan, 1988). De stijging van het aantal sterfgevallen aan kanker in de laatste honderd jaar komt mede doordat mensen langer leven met ziekten waaraan ze voorheen zouden zijn overleden; hierdoor bereiken meer mensen een leeftijd waarop de **incidentie** van kanker hoger is. In de Verenigde Staten is het aantal sterfgevallen aan kanker sinds 1900 bijvoorbeeld verdrievoudigd (Baum *et al.*, 1997). Dergelijke cijfers zijn behalve aan een hogere levensverwachting ook toe te schrijven aan het toegenomen aantal rokers en mensen die ander aan kanker gerelateerd gedrag vertonen.

incidentie
Het aantal nieuwe gevallen van een ziekte gedurende een specifieke tijdsinterval – niet te verwarren met prevalentie; dit laatste is het aantal vastgestelde gevallen van een ziekte in een populatie op een bepaald moment.

Tabel 1.1 geeft een overzicht van de belangrijkste 'lichamelijke' oorzaken van sterfte zoals deze de afgelopen 106 jaar periodiek zijn geregistreerd in Engeland en Wales. Hier moet worden opgemerkt dat dementie ook vaak als doodsoorzaak voorkomt, met bijvoorbeeld ruim 13.000 sterfgevallen in Engeland en Wales in 2006. De tabel noemt echter alleen doodsoorzaken die van toepassing kunnen zijn op alle leeftijdsgroepen. In 2006 blijkt diabetes net als in 1995 op de achtste plaats te staan. Deze lichte toename ten opzichte van de negende plaats in 2000 versluiert het feit dat de prevalentie van diabetes tussen 1995 en 2006 bijna verdubbelde. Deze toename van het aantal gevallen is mogelijk een gevolg van wat wel is omschreven als de 'overgewichtepidemie' (zie hoofdstukken 3 en 4). De belangrijkste doodsoorzaken zijn echter in die tijd relatief gelijk gebleven, zoals te zien is in de tabel.

Hart- en vaatziekten en kanker zijn ook in Nederland en België de belangrijkste doodsoorzaken. Sinds 2007 sterven in Nederland jaarlijks meer mensen aan een vorm van kanker dan aan hart- en vaatziekten, daarvoor was het precies andersom (Nationaal Kompas Volksgezondheid, 2010). In België overleden in 2008 (het jaar waarin de meest recente grote meting op dit gebied werd gedaan) meer mensen aan hart- en vaatziekten dan aan een vorm van kanker. De percentages liggen echter niet ver uit elkaar: van alle mensen die in België in dat jaar overleden, overleed circa 32 procent aan hart- en vaatziekten, en 27 procent aan een vorm van kanker (ADSEI, 2012).

De opkomst van aids/hiv in de jaren tachtig van de vorige eeuw en het besef van de ernst van deze ziekte leidden tot een grotere terughoudendheid in onbeschermde seksuele contacten dan daarvoor. Aids is nog altijd niet te genezen, maar er zijn inmiddels wel medicijnen ontwikkeld die de toename van het hiv-virus in het lichaam kunnen remmen. Overigens brengt de behandeling van een patiënt met hiv een zeer strikt regime, levenslange en belastende bijwerkingen en hoge kosten met zich mee. Het mag duidelijk zijn dat de noodzaak om terughoudend te zijn in onbeschermde seksuele contacten nog altijd even groot is.

Wereldwijd zijn hartaandoeningen, kanker, ongelukken en aandoeningen aan de luchtwegen de belangrijkste doodsoorzaken. In veel Afrikaanse en Aziatische landen zijn complicaties ten gevolge van aids echter de meest voorkomende doodsoorzaak. Naar schatting zullen rond 2020 hartaandoeningen, hersenaandoeningen waaronder herseninfarcten, chronische longziekten (COPD), infecties van het onderste deel van de luchtwegen en keel- en longkanker (in deze volgorde) wereldwijd de vijf belangrijkste doodsoorzaken zijn en behaalt hiv voor het eerst in de geschiedenis een plaats in de mondiale top 10 (Murray en Lopez, 1997). Op basis van geavanceerde statistische modellen voorspellen deze auteurs daarnaast dat sterfte door infectieziekten als mazelen en malaria, alsook door aandoeningen ontstaan in de perinatale periode (rond de geboorte) en door voedingsziekten (ontstaan door onder meer eenzijdige voeding) wereldwijd significant zullen afnemen. Tabaksgerelateerde ziekten zullen daarentegen bijna verdrievoudigen.

In veel gevallen is er sprake van een duidelijk verband tussen gedrag, gezondheid en ziekte. Door de aandacht die de gezondheidspsychologie besteedt aan de persoonlijke en sociale invloeden op gezondheidsgerelateerd gedrag (zie hoofdstukken 3 en 4) is de discipline snel gegroeid.

Tabel 1.1 De belangrijkste doodsoorzaken in Engeland en Wales van 1900-2006

Rangorde	1900	1995	2000	2006
1	Influenza en longontsteking	Kanker	Kanker (alle vormen)	Kanker (alle vormen)
2	Tuberculose, alle vormen	Hartaandoeningen	Hartaandoeningen	Hartaandoeningen
3	Gastro-enteritis	Herseninfarct	Longontsteking	Longontsteking
4	Hartaandoeningen	Longontsteking	Herseninfarct	Beroerte
5	Herseninfarct	Chronische longziekten	Chronische longziekten	Chronische longziekten
6	Nieraandoeningen	Ongelukken	Ongelukken	Ongelukken
7	Ongelukken	Zelfdoding	Zelfdoding	Leveraandoeningen
8	Kanker	Diabetes	Leveraandoeningen	Diabetes
9	Kinderziekten	Leveraandoeningen	Diabetes	Zelfdoding

- Gegevens van 1900 van de Wereldgezondheidsorganisatie, www.who.int/countries/gbr
- Gegevens van 1995 en 2000 van Department of Health, *The Nation's Health*, www.doh.gov.uk
- Er zijn relatief weinig verschillen in doodsoorzaak tussen mannen en vrouwen. In 1995 stond zelfdoding op de zevende plaats bij mannen, bij vrouwen leveraandoeningen. In 2000 stond diabetes op zeven en zelfmoord op acht bij vrouwen, bij mannen was dat precies andersom.
- Gegevens uit 2006 van Office for National Statistics, HMSO, zie ook www.statistics.gov.uk

Veranderde opvattingen over gezondheid

Gezondheid werd van oudsher onverbrekelijk gekoppeld aan 'geschiktheid om te werken'. Van artsen werd dan ook vooral geëist dat ze verklaarden of individuen 'in staat waren tot werken', of dat ze de 'rol van de zieke' konden aannemen (zie ook hoofdstuk 9). Tegenwoordig kijken veel mensen nog steeds naar de effecten van ziekte op het werkende leven, maar sommige mensen kijken ook juist naar het tegenovergestelde, dus naar de effecten van het werk en de werkomstandigheden op de gezondheid (zie het gedeelte over beroepsstress in hoofdstuk 10).

Een andere verandering in de loop der tijd heeft te maken met de aanname dat de reguliere geneeskunde ons van alle ziekten kan en ook zal genezen. Deze aanname is in de afgelopen decennia ter discussie komen te staan, met als gevolg dat veel meer mensen tegenwoordig bekend zijn met de mogelijke bijwerkingen van behandelingen en geneesmiddelen (bijvoorbeeld de gevolgen van het langdurig gebruiken van een middel als valium). Een ander gevolg is de bloei van de 'alternatieve' en 'aanvullende' geneeskunde.

1.3 Individuele, culturele en leeftijdsgerelateerde perspectieven op gezondheid

1.3.1 Lekentheorieën over gezondheid

Voor een vollediger inzicht in gezondheid en ziekte moeten we achterhalen wat mensen onder gezondheid en ziekte verstaan. De eenvoudigste manier om dat te doen is door mensen te vragen hoe ze gezondheid zelf ervaren. Bauman (1961) stelde aan een populatie patiënten met een ernstige ziekte bijvoorbeeld de vraag: wat betekent gezondheid? Er werden grofweg drie verschillende antwoorden gegeven:

1. Gezondheid betekent 'een overwegend gevoel van welzijn'.
2. Gezondheid heeft te maken met 'de afwezigheid van symptomen van ziekte'.
3. Gezondheid is zichtbaar in 'de handelingen waartoe een lichamelijk gezond persoon in staat is'.

Bauman betoogde dat deze antwoorden aantonen dat gezondheid gerelateerd is aan:
- gevoel;
- gerichtheid op symptomen;
- prestaties.

Belangrijk om te weten is dat de respondenten in het onderzoek van Bauman vaak geen antwoorden gaven die in één afzonderlijke categorie ondergebracht konden worden. Bijna de helft van de steekproef noemde zaken die pasten bij twee van de bovenstaande categorieën en 12 procent formuleerde zelfs alle drie de definities min of meer, wat aangeeft dat we vaak op meer dan één manier over gezondheid denken. Voordat we deze resultaten gaan generaliseren, is een waarschuwing op zijn plaats. De steekproef van Bauman bestond zoals gezegd uit patiënten bij wie een ernstige ziekte was vastgesteld, en het is waarschijnlijk dat gezonde mensen heel anders over gezondheid denken dan zieke. Aangetoond is namelijk dat onder andere de huidige gezondheidstoestand van invloed is op subjectieve opvattingen over gezondheid en op beschrijvingen van het begrip 'gezondheid'.
Toen Krause en Jay (1994) de referentiekaders onderzochten van mensen die hun eigen gezondheidstoestand beoordeelden, ontdekten ze dat oudere respondenten daarbij vaak melding maakten van gezondheids*problemen*, terwijl jongere respondenten vaker **gezondheids*gedrag*** noemden. Dit werpt de vraag op of 'gezond' anders wordt beleefd wanneer men het zelf niet (meer) is. De gezondheid wordt als goed beschouwd als er niets mis is (misschien formuleren oudere mensen het vaker zo) en bij gezond gedrag (wellicht denken jongere mensen vaker aan dat aspect). Dit suggereert ook dat persoonlijke en sociale factoren, zoals leeftijd, van invloed zijn op de beleving van de gezondheid. In de volgende paragraaf gaan we hier nader op in.

gezondheidsgedrag
Gedrag, ongeacht de gezondheidstoestand waarin men zich bevindt, bedoeld om de gezondheid te beschermen, te bevorderen of in stand te houden, bijvoorbeeld het eten van gezonde voeding.

Sociale representaties van gezondheid

Bij een vroeg, vaak geciteerd onderzoek van Herzlich (1973) werden ongestructureerde vraaggesprekken gehouden met tachtig Franse volwassenen om de **sociale representaties van gezondheid** op het spoor te komen (zie ook hoofdstuk 8). Hierbij ontdekte de onderzoeker dat gezondheid in het algemeen werd opgevat als een toestand van evenwicht op verschillende gebieden; lichamelijk, psychologisch, emotioneel en sociaal welzijn, hoewel het voor sommigen moeilijk was gezondheid los te zien van de afwezigheid van ziekte. Bennett (2000) denkt dat mensen bij deze representaties onderscheid maken tussen gezondheid als in 'gezond zijn' (indien niet ziek, dan gezond), 'gezondheid hebben' (gezondheid als een positief bezit of als middel) en 'gezond doen' (gezondheid in de zin van lichamelijke fitheid of gezond functioneren). Er zijn veel overeenkomsten te vinden in de onderzoeksresultaten van Herzlich en Bauman. Een verschil wordt gevormd door de neiging van de respondenten van Bauman om gezondheid eerder te zien als een toestand van 'zijn' en van 'doen' dan van 'hebben'. Mogelijk hangt dit samen met de verschillen in de steekproef; Herzlich ondervroeg namelijk niet-zieke volwassenen, terwijl Bauman patiënten met een ernstige ziekte ondervroeg.
Een representatiever beeld van het begrip 'gezondheid' volgt uit een grootschalige enquête onder 9000 mensen, het onderzoek *Health and Lifestyles* (Blaxter, 1990). Uit Blaxters resultaten blijkt dat het begrip 'gezondheid' mogelijk nog complexer is dan bij eerdere onderzoeken werd gesteld. In dit onderzoek werd respondenten het volgende gevraagd:
- denk aan iemand die heel gezond is;
- vermeld aan wie je denkt (vriend/familielid enzovoort, geen specifieke naam nodig);
- noteer hoe oud diegene is;
- bedenk waarom je diegene gezond noemt;
- bedenk hoe het is als jij zelf gezond bent.

sociale representatie van gezondheid
Datgene wat bepaalde groepen mensen onder gezondheid verstaan.

Circa 15 procent van de respondenten kon *niemand* bedenken die 'heel gezond' was en ongeveer 10 procent kon niet beschrijven hoe het voor hen was om zich 'gezond te voelen'. Dit laatste kwam vooral voor bij jonge mannen die geloofden dat gezondheid een norm was, een zo vanzelfsprekende toestand dat deze niet onder woorden kon worden gebracht. Voor een kleinere groep oudere vrouwen was de situatie precies omgekeerd: zij hadden al zo lang een slechte gezondheid dat ze zich niet meer konden herinneren hoe het was om zich gezond te voelen. Ze waren dan ook vaak pessimistisch over hun toestand tegenover de onderzoeker (Radley, 1994: 39).
Ook in het onderzoek van Blaxter konden verschillende opvattingen van gezondheid worden geïdentificeerd:

- *Gezondheid als niet ziek*: geen symptomen, geen bezoeken aan artsen, daarom ben ik gezond.
- *Gezondheid als bezit*: uit een sterke familie komen, snel herstellen na operaties.
- *Gezondheid als gedrag*: 'zij zijn gezond omdat ze goed voor zichzelf zorgen, sporten enzovoort' (meestal op anderen toegepast).
- *Gezondheid als lichamelijke fitheid en vitaliteit*: vooral genoemd door jongere respondenten. Daarnaast is het mannelijk gezondheidsbegrip vaker gekoppeld aan 'zich fit voelen' en dat van vrouwen aan 'zich energiek voelen'. Vrouwen zien gezondheid ook meer in sociaal perspectief, in de vorm van levendig zijn en goede relaties met anderen hebben.
- *Gezondheid als psychosociaal welzijn*: gezondheid in mentaal opzicht; bijvoorbeeld zich mentaal in harmonie voelen, zich trots voelen of van het gezelschap van anderen genieten.
- *Gezondheid als functie*: het vermogen om taken te verrichten, om te doen wat je wilt wanneer je dat wilt, zonder belemmeringen van een slechte gezondheid of lichamelijke beperkingen (dit kan in verband worden gebracht met de definitie van de Wereldgezondheidsorganisatie van lichamelijke beperking: 'het onvermogen de normale sociale functies te vervullen, meestal als gevolg van een belemmering of handicap' (WHO, 1980).

Deze categorieën bevestigen dat gezondheid meer is dan iets zuiver lichamelijks. Het omvat ook het psychosociale welzijn en lijkt overeen te komen met de categorieën 'zijn', 'hebben' en 'doen' van Bennett en met de bevindingen van Bauman, waarin 'gezond' als 'niet-ziek' wordt gedefinieerd. Over het algemeen kunnen we concluderen dat deze dimensies van gezondheid tamelijk robuust zijn (althans in westerse culturen, zie paragraaf 1.3.2 voor crossculturele verschillen).
Een andere belangrijke bevinding is dat mensen hun eigen gezondheid beoordelen door zichzelf te vergelijken met anderen. Zo ontstaat een beeld over wat gezondheid is en wat niet. Kaplan en Baron-Epel (2003) ondervroegen 383 inwoners van Israël en ontdekten dat jonge mensen die melding maakten van een minder dan optimale gezondheid zichzelf niet met mensen van dezelfde leeftijd vergeleken, terwijl veel ouderen dat wel deden. Wanneer ze in optimale gezondheid verkeerden, vergeleken meer jonge dan oudere mensen zichzelf met mensen van hun eigen leeftijd. Het is interessant om na te gaan met welke referentiegroep iemand zich vergelijkt. Door een groep met een slechtere gezondheid te kiezen, steekt de eigen situatie gunstiger af. Omgekeerd geldt natuurlijk hetzelfde: wanneer iemand zich vergelijkt met een referentiegroep met een betere gezondheid, lijkt de eigen situatie slechter. Mensen zullen dit soort vergelijkingen steevast maken wanneer hun wordt gevraagd wat ze verstaan onder 'gezond zijn', zoals bij het onderzoek van Bauman gebeurde.
Gezondheid is dus relatief. Bovendien zal elke beroepsgroep binnen de gezondheidszorg al dan niet expliciet een eigen accent geven aan wat ze beschouwt als gezond, wenselijk en nastrevenswaardig. Zo vindt een fysiotherapeut iemand gezond als hij zich goed en soepel kan bewegen. Een ergotherapeut vindt iemand gezond als deze persoon zich thuis en daarbuiten in het dagelijks leven goed weet te redden, een

maatschappelijk werker bestempelt iemand als gezond als die met de mensen in zijn omgeving goed uit de voeten kan en problemen zelf weet op te lossen enzovoort.

Definitie van gezondheid van de Wereldgezondheidsorganisatie

De verschillende dimensies van gezondheid die in de vorige alinea's zijn beschreven, komen terug in de definitie die de Wereldgezondheidsorganisatie hanteert. Die definieert gezondheid namelijk als een 'toestand van volledig lichamelijk, geestelijk en sociaal welzijn en [...] niet alleen als de afwezigheid van ziekte of invaliditeit' (1947). Volgens deze definitie hebben individuen idealiter recht op een algeheel gevoel van welzijn, waarbij het individu volledig functioneert. In 1978 lanceerde de WHO de wereldwijde strategie voor gezondheid voor iedereen in het jaar 2000, die tot doel had 'voor alle bewoners van de wereld in het jaar 2000 een zodanig gezondheidsniveau te bereiken dat ze in staat zijn een sociaal en economisch productief leven te leiden' (WHO, 1981). In veel landen in en buiten Europa heeft dit geleid tot het opstellen van gezondheidsdoelstellingen die de basis vormden van beleidsdocumenten. Engeland kent bijvoorbeeld het plan *The Health of the Nation* (Department of Health, 1992) en het rapport *Saving Lives: Our Healthier Nation* (Department of Health, 1999), met daarin doelstellingen voor een daling van het aantal gevallen van kanker, hartaandoeningen, herseninfarcten en aids. In het bijzonder wilde Engeland het aantal kankergevallen in de leeftijdsgroep jonger dan 75 in 2010 met 20 procent verminderd hebben.

De aard, de specifieke invulling van dergelijke doelstellingen en het tijdsbestek waarin ze gerealiseerd zouden moeten zijn, verschilt van land tot land. In Vlaanderen waren ze in 2010 bijvoorbeeld gericht op het terugdringen van het aantal rokers, het verminderen van overmatig alcoholgebruik, van dodelijke ongelukken, van infectieziekten (door middel van vaccinatieprogramma's) en het uitbreiden van gezondheidsscreenings (Beleidsbrief van de Vlaamse minister van Welzijn, Volksgezondheid en Gezin, 2010). In Nederland werkt men sinds 2011 met de landelijke preventienota 'Gezondheid dichtbij' (Ministerie van VWS, 2011). Centraal in deze preventienota staan zelf kunnen beslissen over de leefstijl, vertrouwen in gezondheidsbescherming en zorg en sport in de buurt. Daarnaast houdt men zich sinds de landelijke preventienota 'Kiezen voor gezond leven' uit 2006 (Ministerie van VWS, 2006) specifiek bezig met het terugdringen van roken, overgewicht en schadelijk alcoholgebruik, en met het verminderen van het aantal mensen dat aan diabetes en depressie lijdt (Nationaal Kompas Volksgezondheid, 2012).

Hoewel de doelstellingen van de WHO in 2000 niet volledig zijn verwezenlijkt, is er enige vooruitgang geboekt. Zo kennen ontwikkelde landen minder mannelijke sterfgevallen ten gevolge van long-, darm- en prostaatkanker en minder vrouwelijke sterfgevallen door borst- en darmkanker. Dergelijke doelstellingen en beleidsdocumenten veronderstellen een duidelijke relatie tussen gedrag, leefwijze en gezondheid. Waar minder rekening mee wordt gehouden, zijn de sociaaleconomische en culturele invloeden op gezondheid en ziekte, en op beslissingen over de gezondheid. Deze belangrijke invloeden op de gezondheid worden in het volgende hoofdstuk behandeld. In de definitie van de WHO wordt ook geen expliciete melding gemaakt van de rol van de 'psyche', terwijl die een belangrijke rol speelt bij de beleving van gezondheid en ziekte, zoals we in dit boek nog zullen laten zien.

1.3.2 Crossculturele perspectieven op gezondheid

Wat wordt beschouwd als een 'normale' gezondheid verschilt per cultuur. Het is bovendien afhankelijk van het economische, politieke en culturele klimaat van het tijdperk waarin de betrokkene leeft. Denk er maar eens aan hoe zwangerschap en geboorte in de meeste westerse beschavingen worden gemedicaliseerd. In veel gebieden in de derde wereld wordt dat meer gezien als een natuurlijk proces. Ook de wijze waarop men tegen bepaalde gedragingen aankijkt, verschilt per cultuur en

Wat kom je tegen in de praktijk?

Het is bijzonder lastig om in kort bestek een helder overzicht te geven van de verschillen in opvattingen over gezondheid die je in de geschiedenis en in verschillende culturen tegenkomt. Ga er maar van uit dat er bijzonder veel relevante aspecten te bespreken zijn en dat er een zeer grote verscheidenheid aan visies is.
Met behulp van een sterk gesimplificeerde schematische tweedeling proberen we hieronder enkele opvallende tegenstellingen te belichten.

Westers	Niet-westers
Compartimentering (onderscheiding van geest, lichaam, ziel)	Holistische benadering
Individualisme	Collectivisme
Onafhankelijk zelf	Onderling afhankelijk zelf
Eigen individuele verantwoordelijkheid	Onderlinge afhankelijkheid
Nadruk op individuele uniciteit	Nadruk op groepsbehoeften
Specialisering in de zorg	Integrale zorg
Secularisatie in de zorg	Spiritueel geïnspireerde zorg

per tijdperk. De opvatting over alcoholverslaving is bijvoorbeeld veranderd van een juridisch en moreel probleem, waarbij verslaafden als afwijkend werden beschouwd, naar een ziekte die klinisch kan worden behandeld.
Wat in een bepaalde cultuur als normaal en wat als ziek wordt bestempeld, kan zeer uiteenlopende consequenties hebben. Maatschappelijke reacties op het gebruik van drugs liggen bijvoorbeeld uiteen: in sommige landen is het verboden (en worden drugsgebruikers gecriminaliseerd), in andere landen ziet men het als een ziekte waarvoor behandeling nodig is (drugsgebruikers worden gemedicaliseerd).
Westerse opvattingen over gezondheid verschillen sterk van die in niet-westerse beschavingen. Chalmers (1996) merkt scherpzinnig op dat westerse mensen de geest, het lichaam en de ziel zodanig onderscheiden dat elk van deze 'terreinen' aan afzonderlijke zorgverleners wordt toegewezen, respectievelijk aan psychologen en psychiaters, aan artsen en aan geestelijken. Zij merkt op dat dit in sommige Afrikaanse culturen niet het geval is; daar zijn deze drie 'elementen van de menselijke aard' geïntegreerd, ook in de behandeling van ziekten. Bij deze holistische benadering wordt zowel het sociale element als het biologische element, zowel het spirituele als het interpersoonlijke in aanmerking genomen, en wordt gezondheid beschouwd als een geïntegreerde toestand die uit al deze elementen bestaat.
Bij onderzoek naar kwaliteit van leven (zie hoofdstuk 13) werd het spiritueel welzijn tot voor kort maar zelden als onderdeel van de beleving van gezondheid beschouwd. In westerse artikelen komen wel eens spirituele verklaringen voor, maar niet vaak; positieve bovennatuurlijke krachten uit iemands religie zoals beloningen van een god worden bijvoorbeeld opgevat als zaken die de gezondheid ondersteunen. Andersom kunnen negatieve bovennatuurlijke krachten zoals 'vervloekingen' of het 'boze oog' gezien worden als de oorzaak van ziekte en handicaps, zoals blijkt uit crossculturele onderzoeken van **ziekteattributies** (bijvoorbeeld Landrine en Klonoff, 1992, 1994). In eerdere historische perioden was dit eveneens het geval. Over sommige etnische groepen, vooral Hindoes en sikhs, is opgetekend dat zij een handicap beschouwen als een straf voor vroegere zonden in de familie (Katbamna *et al.*, 2000). Deze opvattingen kunnen enorme gevolgen hebben voor het leven met een ziekte en voor het zorgen voor iemand met een ziekte of handicap (zie hoofdstuk 14).
Behalve de overtuigingen over spirituele invloeden op de gezondheid blijkt uit onderzoek in bepaalde Afrikaanse regio's dat groeps- of familieleden samenwerken

ziekteattributie
Toekenning van de oorzaak van een ziekte. Bij zogeheten externe ziekteattributies legt men de oorzaak van de ziekte buiten de persoon, door die toe te schrijven aan het lot, verkeerde informatie of aan een losliggende traploper. Bij interne ziekteattributies zoekt men de oorzaak bij zichzelf. In analogie met de genoemde externe ziekteattributies: 'ik heb onvoldoende weerstand opgebouwd', 'ik heb me iets op de mouw laten spelden', 'ik heb de traploper niet goed vastgemaakt'.

voor het welzijn van allen. Deze **collectivistische** benadering voor het in stand houden van de gezondheid en voor het vermijden van ziekte verschilt sterk van de **individualistische** benadering in de westerse wereld (deze blijkt bijvoorbeeld uit het feit dat het bewijsmateriaal omtrent passief roken lang genegeerd is).
Collectivistische culturen leggen sterker de nadruk op groepsbehoeften dan individualistische culturen, die juist de uniekheid van individuen benadrukken (Matsumoto *et al.*, 1996, geciteerd in Marks *et al.*, 2000). In verschillende oosterse culturen (Japan, China) past men een **holistische** en collectivistische benadering van gezondheid toe. Na een vergelijkend onderzoek tussen Canadese en Japanse studenten benadrukten Heine en Lehman (1995) de noodzaak om 'onderscheid te maken tussen culturen'. Zij onderscheidden enerzijds culturen waarin een 'onafhankelijk zelf' wordt bevorderd en gevalideerd en anderzijds culturen die uitgaan van een 'onderling afhankelijk zelf'. In culturen met de nadruk op een 'onafhankelijk zelf' wordt veel waarde gehecht aan de uniekheid en de autonomie van het individu. In culturen met een accent op een 'onderling afhankelijk zelf' wordt veel belang gehecht aan de verbindingen met anderen en het lidmaatschap van de groep (Morrison *et al.*, 1999). In culturen met een onderling afhankelijk zelf is de kans groter dat gezondheid wordt gerekend tot het sociale functioneren en niet tot het persoonlijke functioneren.
Om gezondheidsbevordering zo effectief mogelijk te maken, is het uiteraard belangrijk om rekening te houden met het bestaan en de effecten van de verschillende onderliggende geloofssystemen (zie ook hoofdstukken 6 en 7).
In de westerse wereld erkent men meer en meer het belang van alternatieve remedies om de gezondheid in stand te houden of symptomen van ziekten te behandelen. Alternatieve geneeskunde en alternatieve therapieën vormen een groeimarkt. Een combinatie van medische en niet-medische/traditionele geneeskunde is in vele streken in Afrika ten zuiden van de Sahara te vinden. Iemand in Malawi kan bijvoorbeeld een medicijnman of een kruidendokter bezoeken, maar evengoed antibiotica halen bij een plaatselijke westerse kliniek (Ager *et al.*, 1996). Bij sommige Aboriginalstammen gaan spirituele overtuigingen over het ontstaan van ziekten hand in hand met het gebruik van westerse medicijnen om symptomen van de ziekte te behandelen (Devanesen, 2000). Naarmate de beschikbaarheid van de westerse geneeskunde toeneemt, evenals het inzicht van de bevolking daarin, wordt het biomedische standpunt meestal erkend en in het geloofssysteem geïntegreerd. Ons begrip van de cultureel relevante cognities over gedrag rond ziekte en gezondheid is evenwel nog beperkt. Aanvullend crosscultureel onderzoek is nodig.
Zoals we in hoofdstuk 9 zullen bespreken, bepalen culturele waarden en overtuigingen mede de mate waarin en de manier waarop mensen gebruikmaken van gezondheidszorg (in welke vorm dan ook). Opvattingen over de gezondheid vormen dus een afspiegeling van de heersende beeldvorming in afzonderlijke culturen. In dit boek zal blijken dat de manier waarop mensen over ziekte en gezondheid denken bepalend is voor hun verwachtingen, hun gezondheidsgerelateerde gedrag en hun gebruik van medische faciliteiten.

collectivisme
Een culturele filosofie die de nadruk legt op het individu als deel van een groter geheel en op handelingen die meer door collectieve dan door individuele behoeften en wensen worden gemotiveerd.

individualisme
Een culturele filosofie die de verantwoordelijkheid in handen legt van het individu; het zijn de individuele behoeften en wensen (en niet die van de groep) die het gedrag motiveren.

holisme
Bij een holistische benadering pakt men niet alleen het zuiver lichamelijke of waarneembare aan, maar het hele wezen.

1.3.3 Levensduur, ouder worden en aannamen over gezondheid

Het psychologisch welzijn en de sociale en emotionele gezondheid worden niet alleen door het proces van het ouder worden beïnvloed, maar eveneens door ziekte, invaliditeit en ziekenhuisopname. Deze laatste drie omstandigheden kunnen zich uiteraard op elke leeftijd voordoen. Ouder worden wordt weliswaar geassocieerd met verminderd functioneren en toegenomen beperkingen en afhankelijkheid, maar het zijn zeker niet alleen oudere mensen die leven met chronische ziekten. Dit blijkt bijvoorbeeld uit een onderzoek onder jonge mensen van 2 tot 24 jaar (voor kinderen jonger dan 13 jaar werden hierbij de verslagen van de ouders gebruikt). Circa een kwart van de jonge mensen bleek een chronische ziekte te hebben, voornamelijk aandoeningen van de luchtwegen zoals astma. (Deze cijfers zijn afkomstig uit de *Health Survey for England*.)

Er zijn echter ontwikkelingsproblemen waarop werknemers in de gezondheidszorg alert moeten zijn als ze het lichamelijke, psychologische, sociale en emotionele welzijn van hun patiënten of cliënten willen bevorderen. Hoewel in de volgende alinea's de aandacht uitgaat naar problemen die zich op verschillende momenten in de levensloop kunnen voordoen, in relatie tot de beleving van de gezondheid, raden we geïnteresseerde lezers aan een boek over gezondheidspsychologie te lezen dat speciaal over deze onderwerpen gaat, bijvoorbeeld de verzamelde artikelen van Penny *et al.* (1994).

Ontwikkelingstheorieën

Het ontwikkelingsproces van mensen verloopt in interactie tussen drie factoren:

1. *Leren*: een relatief permanente verandering van de kennis, vaardigheden of het vermogen als gevolg van ervaring.
2. *Ervaring*: wat we doen, zien, horen, voelen, denken.
3. *Rijping*: gedachten, gedragingen of lichamelijke groei, niet toegeschreven aan ervaring, maar aan een erfelijk bepaalde ontwikkeling en aan het ouder worden.

Erik Erikson (Erikson, 1959; Erikson *et al.*, 1986) beschreef acht belangrijke levensfasen van een mens (vijf betreffen de ontwikkeling tijdens de jeugd, drie tijdens het volwassen leven) die op specifieke dimensies van elkaar verschillen, waaronder:

- cognitief en intellectueel functioneren;
- taal- en communicatievaardigheden;
- inzicht in ziekte;
- gezondheidszorg en verzorgingsgedrag.

Het is belangrijk dat elk van deze dimensies in aanmerking wordt genomen in het onderzoek naar de beleving van gezondheid en ziekte en het gedrag hieromtrent. Gebreken of beperkingen van het cognitieve functioneren (als gevolg van leeftijd, ongelukken of ziekte) kunnen namelijk van invloed zijn op de mate waarin mensen medische instructies begrijpen, de mate waarin zij kunnen praten over hun emoties of in hoeverre zij de arts kunnen meedelen welke behoefte aan medische zorg zij hebben. Door een gebrekkige communicatie en beperkte taalvaardigheid zijn mensen soms minder bereid om zich in sociale situaties te begeven; ook kunnen ze minder in staat zijn om pijn of zorgen te melden aan medische professionals of familieleden. Voor het vragen om en het accepteren van medische hulp is het noodzakelijk dat mensen inzicht hebben in hun symptomen en ziekte. Individueel gezondheidsgedrag is van invloed op het vermeende en/of feitelijke risico op ziekte. Tijdens de levensloop zijn deze factoren aan enorme veranderingen onderhevig. Al deze aspecten worden in dit boek in afzonderlijke hoofdstukken behandeld.

Tijdens een normale ontwikkeling van kind tot volwassene groeit het verstandelijk vermogen om de werkelijkheid te begrijpen. Piaget (1930, 1970) meende dat deze cognitieve ontwikkeling in een aantal opeenvolgende, vaste stadia verloopt. Van baby tot volwassene doorloopt men volgens hem achtereenvolgens het sensomotorische stadium, het preoperatieve stadium, het stadium van de concrete bewerkingen en het stadium van de abstracte bewerkingen.

In het sensomotorische stadium verkent de baby de wereld door middel van zintuiglijke waarnemingen en het maken van bewegingen; in het preoperatieve stadium is er sprake van een magisch aandoende opvatting van de wereld, er is nog geen sprake van het leggen van objectieve concrete, nauwkeurige relaties (een kind dat in bad zit is bijvoorbeeld bang dat het met het water door het afvoerputje zou kunnen verdwijnen). In het stadium van de concrete operaties kan het kind juiste relaties leggen tussen dingen, mits deze dingen in werkelijkheid ook aanwezig zijn. In het laatste stadium, het stadium van de abstracte bewerkingen, is deze concrete aanwezigheid van de dingen niet meer vereist.

Recent onderzoek steunt deze stadiatheorie van Piaget lang niet altijd. We zullen daarom op deze stadia hier niet verder ingaan, maar ze globaal wel gebruiken als houvast voor een beter begrip van de cognitieve ontwikkeling inzake gezondheid en ziekte. We bekijken op welke manier leeftijd een van de bepalende factoren is bij de vorming en ontwikkeling van het denken over gezondheid en ziekte en concentreren ons daarbij allereerst op het begrip 'ziekteconcept'.

Het is belangrijk dat opgroeiende kinderen zich uiteindelijk verantwoordelijk gaan voelen voor hun eigen gezondheid; het inzicht van kinderen in hun eigen gezondheid – waarvan wordt aangenomen dat dit van invloed is op het gedrag – is echter maar zelden onderzocht. Het onderzoek heeft zich tot nu toe meer gericht op het begrijpen van het concept 'ziekte'. Op basis van vragen over gezondheid en ziekte aan kinderen van drie tot dertien jaar stellen Bibace en Walsh (1980) bijvoorbeeld dat het inzicht in ziekte zich geleidelijk ontwikkelt. Hun vragen hadden betrekking op kennis ('wat is verkoudheid?'), ervaringen ('ben je ooit ziek geweest?'), attributies ('hoe wordt iemand verkouden?') en herstel ('hoe wordt iemand beter?').

De auteurs ontdekten een voortschrijdende ontwikkeling in inzicht in ziekte, oorzaken en behandelingen ervan. Ze identificeerden een aantal stappen in deze ontwikkeling, die al begint voor het zevende levensjaar. Deze stappen worden hieronder genoemd.

Ziekteconcept op de leeftijd van 3 tot 8 jaar

In het algemeen kan gesteld worden dat kinderen jonger dan zeven jaar ziekte meestal op 'magisch' niveau verklaren. Met andere woorden: hun verklaringen zijn gebaseerd op associaties in plaats van op kennis.

- *Onbegrip*: het kind geeft irrelevante antwoorden of ontwijkt vragen; bijvoorbeeld 'De zon veroorzaakt een hartaanval.'
- *Fenomenalisme*: er is meestal sprake van een teken of geluid dat het kind op enig moment met de ziekte in verband heeft gebracht, maar er is weinig begrip van oorzaak en gevolg; bijvoorbeeld 'Verkoudheid is als je veel moet snuiten.'
- *Aangestoken worden*: ziekte is meestal afkomstig van een persoon of voorwerp dat dichtbij is, maar waarmee het kind niet noodzakelijkerwijs contact heeft. Het kind kan de ziekte toeschrijven aan iets wat eraan voorafging; bijvoorbeeld 'Je krijgt mazelen van andere mensen.' Als werd gevraagd: 'Hoe?' luidde het antwoord 'Gewoon door langs ze te lopen.'

Ziekteconcept op de leeftijd van 8 tot 11 jaar

Bibace en Walsh beschrijven verklaringen van ziekte van kinderen rond het achtste tot elfde jaar als concreter en gebaseerd op een logische reeks gebeurtenissen van oorzaak en gevolg:

- *Besmetting*: kinderen begrijpen in deze fase dat ziekte verschillende symptomen kan hebben en ze erkennen dat bacteriën of zelfs hun eigen gedrag ziekten kunnen veroorzaken; bijvoorbeeld 'Je wordt verkouden als je zonder jas naar buiten gaat en dan komt het in je lichaam.'
- *Internalisatie*: ziekte bevindt zich in het lichaam, maar het proces waardoor symptomen zich voordoen, begrijpen ze slechts gedeeltelijk. Een verkoudheid kan worden veroorzaakt door bacteriën van buitenaf die worden ingeademd of ingeslikt. Deze kinderen kunnen onderscheid maken tussen organen in het lichaam en de functie ervan, en ze kunnen specifieke, eenvoudige informatie omtrent ziekte begrijpen. Ze kunnen ook inzien welke rollen behandeling en persoonlijk handelen kunnen hebben voor het herstel van de gezondheid.

Op deze leeftijd kennen kinderen nog altijd absoluut gezag toe aan het verpleegkundig personeel; al bekritiseren of vermijden ze soms hun handelingen – er is bijvoorbeeld verzet tegen bloedafname of het kind beschuldigt de arts ervan dat hij hem onnodig pijn doet. Tijdens deze ontwikkelingsfase kunnen kinderen, evenals volwassenen, ertoe worden aangezet enige persoonlijke controle over de ziekte of de behandeling uit te oefenen; zo helpt men het kind om de ziekte om te gaan. Ook moet het kind worden gestimuleerd om over zijn angsten te praten. Ouders moeten een evenwicht zien te vinden tussen het controleren van de gezondheid en het gedrag van een ziek kind enerzijds en een overmatig beschermende houding anderzijds, omdat dit een negatieve invloed kan hebben op de sociale, cognitieve en persoonlijke ontwikkeling van het kind; ook kunnen gevoelens van afhankelijkheid en invaliditeit hierdoor worden versterkt (zie hoofdstuk 14 voor een nadere bespreking van het omgaan met ziekte in gezinnen).

Ziekteconcept vanaf de puberteit

Volgens Bibace en Walsh is het ziekteconcept in deze fase een abstract begrip; verklaringen zijn gebaseerd op interacties tussen de persoon en zijn omgeving:

- *Fysiologisch*: rond het elfde jaar bereiken kinderen een fase van fysiologisch inzicht en kunnen de meeste ziekte nu definiëren in termen van specifieke lichamelijke organen of functies; met het ouder worden beginnen ze inzicht te krijgen in verschillende lichamelijke oorzaken, bijvoorbeeld genen, milieuvervuiling en gedrag.
- *Psychofysiologisch*: tijdens de late puberteit (vanaf circa het veertiende levensjaar) en tijdens de volwassenheid begrijpen veel mensen dat er sprake is van een interactie tussen lichaam en geest, en ze begrijpen of accepteren de rol van stress, tobben enzovoort bij de verergering of zelfs het ontstaan van ziekte. Toch bereiken veel volwassenen dit niveau van inzicht misschien niet; zij blijven cognitief simplistische verklaringen gebruiken voor ziekten.

Het onderzoek van Bibace en Walsh richtte zich voornamelijk op gedachten over de oorzaak van ziekten. Bij ander onderzoek is aangetoond dat kinderen en jonge mensen ook in staat zijn over ziekte en gezondheid te denken in termen van beheersbaarheid en ernst (bijvoorbeeld Goldman *et al.*, 1991; zie hoofdstuk 8 voor een vollediger bespreking van ziektebeleving).

Pubers beseffen meer dan jongere kinderen dat ze controle kunnen hebben over het ontstaan en de genezing van ziekte en zijn zich er meer van bewust dat persoonlijke acties van invloed kunnen zijn op de behandelresultaten. Dit betekent dat ze adviezen beter begrijpen, en dat ze er eerder naar zullen handelen, omdat ze meer inzicht hebben in complexe therapeutische ingrepen; pubers begrijpen bijvoorbeeld dat de progressie van een ziekte kan worden gevolgd door bloed af te nemen en dat te onderzoeken.

De jeugd is een belangrijke periode voor de ontwikkeling van opvattingen over gezondheid en ziekte, en van attitudes en gedragspatronen die de gezondheid beïnvloeden (zie hoofdstuk 2). Het vermogen van een kind om aandoeningen en behandelingen te begrijpen hangt af van diens niveau van cognitieve ontwikkeling. Dit niveau bepaalt ook in hoeverre kinderen hun beleving van de symptomen aan ouders en verplegend personeel kunnen overbrengen, in hoeverre ze in staat zijn gezondheidsadvies op te volgen en verantwoordelijkheid kunnen nemen voor het behandelen van de ziekte. Bij het ontwikkelen van programma's voor zorg en voorlichting mogen deze aspecten niet over het hoofd worden gezien.

Hoewel de cognitieve ontwikkeling belangrijk is, zijn dergelijke theorieën over het ziekteconcept in verschillende fasen niet algemeen geaccepteerd (zie bijvoorbeeld Dimigen en Ferguson, 1993, met betrekking tot opvattingen over kanker). Tegenwoordig denken veel wetenschappers dat ziekteconcepten meer door uiteenlopende invloeden zoals ervaring en kennis worden bepaald dan door relatief vaste fasen in de cognitieve ontwikkeling (zie ook 'Wat leert onderzoek ons?' op de volgende pagina).

Wat leert onderzoek ons?

Opvattingen van kinderen over gezondheid: hoe complex zijn deze?

Naarmate een kind ouder wordt neemt zijn verstandelijk inzicht (normaal gesproken) toe, en daardoor gaat het genuanceerder denken over ziekte en gezondheid. Behalve deze cognitieve ontwikkeling speelt ook ervaring van gezondheid en ziekte een rol, evenals socialisatie; daarom kan onderzoek naar de opvattingen van kinderen over gezondheid in het algemeen het best worden uitgevoerd in relatie tot context en ervaring.

Doelstellingen

Het onderzoek was gericht op de inzichten van 5- tot 12-jarigen over gezondheid in het dagelijks leven: hun werd gevraagd na te denken over alledaagse gezondheid en kenmerken van ziekte te bedenken die zij het belangrijkst vonden. Een ander onderzoeksdoel was de invloed van demografische en sociaaleconomische variabelen op de opvattingen over ziekte te bepalen.

Methoden

In totaal deden 1674 kinderen mee (ongeveer gelijk verdeeld over beide geslachten: 828 jongens, 846 meisjes) uit vier stedelijke gebieden en drie regio's op het platteland in de provincie Québec in Canada; met betrekking tot sociaaleconomische achtergrond was deze steekproef representatief. Bij het cross-sectionele onderzoek werd gebruikgemaakt van een combinatie van **kwalitatieve** en **kwantitatieve methoden**; er werden gestructureerde vraaggesprekken gehouden en open vragen gesteld. Kwalitatieve gegevens werden gecodeerd, gecategoriseerd en gesystematiseerd via inhoudsanalyse en vervolgens werden categorieën van gegevens geanalyseerd aan de hand van geslacht, leeftijdsgroep en sociale klasse. Kinderen werden beoordeeld op grond van vier zogenoemde 'complementaire dimensies': (1) *criteria van goede gezondheid* – 'kun je de namen noemen van twee of drie vrienden die gezond zijn?', 'waaraan kun je zien* dat je vrienden een goede gezondheid hebben?'; (2) *gedragingen die nodig zijn om gezond te blijven* – 'is het nodig om bepaalde dingen te doen voor je gezondheid?' Indien ja: 'wat voor dingen dan?'; (3) *consequenties van gezondheid* – 'wat kun je allemaal doen als je gezond bent?'; (4) *gevaren voor de gezondheid* – 'kun je in het algemeen vertellen wat de grootste bedreiging is voor de gezondheid van kinderen?'

kwalitatieve methoden
Kwalitatieve methoden maken gebruik van beschrijvingen (kwalificaties) van de ervaringen, aannamen en gedragingen van een bepaalde groep mensen.

kwantitatieve methoden
Kwantitatieve methoden gaan uit van berekeningen (kwantificaties) van de frequentie of de hoeveelheid ervaringen, aannamen en gedragingen van een grote, representatieve groep mensen.

*Het gebruik van 'zien' in plaats van 'denken' kan ertoe leiden dat de kinderen gaan nadenken over zichtbare tekenen van gezondheid, mogelijk werkt het dus sturend.

Resultaten

Alleen responscategorieën die door honderd of meer kinderen werden genoemd, werden aan een gedetailleerde analyse onderworpen (waardoor gegevens van kinderen met ongewone opvattingen en aannamen verloren gingen).

Criteria voor goede gezondheid

De kinderen identificeerden overwegend drie belangrijke criteria voor een goede gezondheid:

1. kunnen functioneren (sporten, afwezigheid van ziekte);
2. geestelijke gezondheid (welzijn, er gezond uitzien, zich goed voelen over zichzelf, prettige relaties onderhouden met anderen);
3. leefstijl (gezonde voeding, goede hygiëne, goed slapen).

De manier waarop de kinderen de criteria identificeerden, hing samen met hun leeftijd. Kunnen functioneren werd bij oudere kinderen meer geassocieerd met deelname aan sport en fysiologisch functioneren, terwijl dit bij jongere kinderen meer was gerelateerd aan 'naar buiten gaan'. Bovendien beschouwden oudere kinderen 'niet ziek zijn' als belangrijker dan jongere kinderen; wat betreft de leefstijl refereerden oudere kinderen vaker aan goede voeding dan jongere kinderen; en bij geestelijke gezondheid verwezen oudere kinderen vaker naar het zelfconcept, en jongere kinderen naar de kwaliteit van relaties met anderen. Er werden geen noemenswaardige verschillen gevonden tussen jongens en meisjes of tussen kinderen met een verschillende sociaaleconomische achtergrond.

Perceptie van gedrag ten aanzien van de gezondheid

Kinderen van alle leeftijden zagen een gezonde leefstijl als de sleutel tot een goede gezondheid, maar oudere kinderen hielden zich meer bezig met goede voeding, sporten en goed slapen, terwijl jongere kinderen meenden dat het eten van specifiek gezonde voedingsmiddelen dan wel het vermijden van ongezonde voedingsmiddelen het belangrijkst was.
De sociaaleconomische status was van invloed op de mate waarin kinderen dachten dat het nodig was gezond gedrag te vertonen, waarbij kinderen uit de middenklasse in stedelijke gebieden de meeste nadruk hierop legden. De leeftijd vertoonde interactie met de sociaaleconomische omgeving. Het geslacht was niet van invloed op opvattingen over gedrag ten aanzien van de gezondheid.

Consequenties van gezond zijn

Vooral voor kinderen betekent gezondheid dat je in staat bent om de dingen te doen die je wilt doen, en in mindere mate dat je een goede geestelijke gezondheid hebt. Oudere kinderen noemden vaker 'kunnen functioneren' en 'in staat zijn meer dingen te doen', zoals vrijetijdsactiviteiten; ook meenden ze vaker dat een beter fysiologisch functioneren een gevolg was van gezondheid (wat overeenkomt met de onderzoeksresultaten van Bibace en Walsh in deze leeftijdsgroep). Sociaaleconomische achtergrond en geslacht hadden geen effect op de opvattingen over de consequenties van gezond zijn.

Gevaren voor de gezondheid

De kinderen dachten dat de belangrijkste gevaren voor de gezondheid voortkomen uit een ongezonde leefstijl zoals roken, drugsgebruik, drinken en ongezond eten. De percepties bleken te variëren per leeftijd, vooral tussen de groep van vijf tot zes en die van acht tot twaalf jaar. Drugsgebruik en roken werden het meest genoemd in de leeftijdsgroepen van acht tot negen en elf tot twaalf, terwijl ongezond voedsel meestal door de jongste kinderen (vijf tot zes jaar) werd gemeld. Gevaarlijk gedrag en verkeersveiligheid vormden een grotere zorg van de jongere kinderen. De sociaaleconomische omgeving interacteerde met de leeftijd; beide factoren bepaalden de mate waarin ongezonde voeding als een probleem werd beschouwd. Wat betreft het geslacht ontdekten de onderzoekers geen verschillen in percepties.

Discussie

Uit dit onderzoek blijkt duidelijk dat kinderen vanaf het vijfde levensjaar een multidimensionaal concept van gezondheid hebben; dit concept is complexer dan alleen maar een verandering van concreet naar abstract denken zoals door Piaget of Bibace en Walsh werd beschreven. In tegenspraak met eerdere bevindingen geven de opvattingen van kinderen al heel vroeg blijk van een dimensie van de geestelijke gezondheid. Misschien is dit het gevolg van de toegepaste methode, die kinderen aanzette om over hun eigen ervaringen en inzichten te spreken. Leeftijdsverschillen speelden een rol bij elk van de vier bestudeerde domeinen, vooral bij de gevaren voor de gezondheid (waarschijnlijk mede doordat de oudere kinderen meer ervaring hadden met roken, drinken en drugsgebruik dan de jongere). De onderzoeksresultaten laten zien dat kinderen opvattingen over gezondheid hebben die beïnvloed zijn door hun persoonlijke ervaringen en hun socialisatie. Wat betreft geslacht werden er geen verschillen gevonden op de beoordeelde domeinen; dit kan betekenen dat het geslacht hierbij geen rol speelt, of mogelijk pas tijdens de puberteit een rol gaat spelen.

Sterke en zwakke punten

Dit is een groot, representatief onderzoek waarbij jonge kinderen wordt gevraagd hun eigen visie op gezondheid te geven, en als zodanig is het vrij uniek. Het onderzoek richt zich niet op feitelijke gedragingen en daarom is niet bekend of de opvattingen van de kinderen overeenkomen met hun gedrag. Door bijvoorbeeld het rook- of eetgedrag van sommige kinderen te onderzoeken had men informatie kunnen verzamelen over vroege rationalisaties van risicovol gedrag.

Bron: Normandeau, S., Kalnins, I., Jutras, S. *et al.* (1998). 'A description of 5- to 12-year-old children's conception of health within the context of their daily life'. *Psychology and Health*, 13 (5): 883-96

Volwassenheid (zeventien jaar en ouder)

Volwassenheid wordt meestal onderverdeeld in vroege volwassenheid (17-40), middelbare leeftijd (40-60) en late volwassenheid ($60/65^{+}$). De vroege volwassenheid vloeit voort uit de puberteit als iemands identiteit vaste vormen aanneemt en hij of zij de rollen en verantwoordelijkheden van het volwassen bestaan vervult – een periode van stabilisatie. De vroege volwassenheid wordt beschreven als de bloei van het leven, waarin allerlei soorten overgangen plaatsvinden. Te denken valt aan afstuderen, carrière maken, trouwen en kinderen krijgen; velen zullen scheiden, sommigen zullen een ouder verliezen. De kans dat volwassenen nieuwe gedragingen gaan vertonen die een risico vormen voor de gezondheid is kleiner dan bij pubers; de kans dat volwassenen zich preventief gedragen, bijvoorbeeld zich regelmatig medisch laten onderzoeken, sporten enzovoort is overwegend groter dan bij pubers (zie hoofdstuk 4). Overgangen tijdens de volwassenheid hebben niet op alle volwassenen hetzelfde effect; het huwelijk is bijvoorbeeld voor mannen gunstig voor de gezondheid, zij hebben een lager ziektepercentage dan alleenstaande mannen, terwijl dit preventieve effect zich bij gehuwde vrouwen niet voordoet (Blaxter, 1987; Macintyre, 1986). Mogelijk wijst dit op een verschil in sociale ondersteuning (zie hoofdstuk 11 voor een bespreking van stressmoderatoren).

Tijdens de volwassenheid is in vergelijking met de periode daarvoor het verwerven van nieuwe kennis misschien wat minder belangrijk dan het toepassen van wat men geleerd heeft. Bij gezondheidsvoorlichting aan volwassenen moet het accent dan ook liggen op praktische toepassingen.

In tegenstelling tot de doorgaans positieve kijk op het leven tijdens de vroege volwassenheid, geldt de middelbare leeftijd als een periode van onzekerheid, angst en verandering, waarin sommige mensen hun prestaties, doelen en waarden in twijfel trekken of zich onzeker voelen over de rollen die ze spelen als hun kinderen eenmaal volwassen worden en zelf het huis uit gaan.

Wat denk je zelf?

Zit een midlifecrisis tussen de oren? Ben je echt 'zo jong als je je voelt'? Denk eens aan je ouders, tantes en ooms of aan hun vrienden van in de veertig. Lijken zij opvattingen, verwachtingen en gedragingen te delen die sterk verschillen van die van jou en je vrienden? Hoe kijk jij aan tegen ouder worden? Bedenk hoe ouder worden voor jou voelt en stel jezelf vragen over die gevoelens.

Veroudering en gezondheid

Zoals overal is in Groot-Brittannië het aantal ouderen (de grensleeftijd daarbij is 65 of ouder) sterk toegenomen; dit geldt in het bijzonder voor de groep van zeventig jaar en ouder (Office for National Statistics, *Social Trends*, 1999) en naar verwachting zal dit aantal nog verder toenemen. Het Secretariaat van de Verenigde Naties heeft in 2002 voorspeld dat rond het jaar 2050 de leeftijdsgroep 60^{+} zal zijn gegroeid van tien procent naar twintig procent van de bevolking. Het mag duidelijk zijn dat dit implicaties heeft voor de bekostiging van de gezondheidszorg en sociale zorg; de **epidemiologie** laat zien dat de incidentie van vele ziekten toeneemt met het ouder worden. Natuurlijk zijn niet alle ouderen ziek of ziekelijk, maar zelfs bij de minderheid zonder chronische gezondheidsproblemen (lichamelijk en/of geestelijk), komen episoden van acute ziekte veel voor. In de *Health Survey* uit 2000 voor Engeland stond dat 13 procent van de thuiswonenden van 65 jaar en ouder (10 procent van degenen van 65-79 jaar; 25 procent van degenen ouder dan 80) een ernstige beperking had. Bij mannen in bejaardentehuizen was dit 69 procent en bij vrouwen in

epidemiologie
Het bestuderen van ziektepatronen in verschillende populaties en de relatie met andere factoren zoals leefwijze. Belangrijke begrippen zijn onder meer mortaliteit, morbiditeit, prevalentie, incidentie, absoluut risico en relatief risico. Vragen die in epidemiologisch onderzoek gesteld worden, zijn bijvoorbeeld: 'Wie krijgt deze ziekte?' 'Hoe vaak komt deze ziekte voor?'

bejaardentehuizen 79 procent. Uit deze percentages blijkt dat er enorm veel mensen met een beperking zijn. Dit blijkt ook uit de *Survey for England* uit 2005, waaruit artritis naar voren kwam als de meest voorkomende chronische aandoening onder vrouwen ouder dan 65 jaar (47 procent vrouwen en 32 procent van de mannen leed hieraan), terwijl onder mannen hart- en vaatziekten de meest voorkomende aandoening vormden (37 procent van de mannen en 31 procent van de vrouwen leed hieraan). Twee vijfde van de ouderen uit de steekproef meldde beperkingen bij het uitvoeren van ten minste één functionele activiteit, meestal wandelen zonder pauzes of problemen. In de Belgische Gezondheidsenquête uit 2008 werd gemeld dat bijna 60 procent van de Belgische 75-plussers aan een of meer chronische ziekten lijdt. Van de Nederlandse 65-plussers heeft meer dan vijftig procent een chronische ziekte (Hoeymans *et al.*, 2008).

zelfconcept
De bewuste gedachten en aannamen over jezelf die je het gevoel geven dat je anders bent dan anderen en dat je als afzonderlijk persoon bestaat.

Heeft het proces van ouder worden invloed op hoe een ouder iemand denkt over zichzelf en over zijn eigen gezondheid? Empirisch onderzoek toont dat het **zelfconcept** tijdens het ouder worden relatief stabiel is (zie bijvoorbeeld Baltes en Baltes, 1990) en dat veranderingen van het zelfconcept niet per se deel uitmaken van het ouder worden. In feite is ouder worden niet noodzakelijkerwijs een negatieve ervaring (hoewel het dat in veel geïndustrialiseerde landen wel kan zijn, als gevolg van leeftijdsdiscriminatie). Ouder worden kan iemand voor nieuwe problemen stellen, maar dit betekent niet noodzakelijkerwijs dat het ouder worden zelf een probleem is (Coleman, 1999).
Met het ouder worden gaan vaak zintuiglijke en motorische functies verloren, waardoor een groot deel van de ouderen op één of andere wijze lichamelijke beperkingen krijgt. In een vergrijzende maatschappij komen lichamelijke en mentale beperkingen veel voor; 85 procent van de ouderen krijgt op een zeker moment in hun leven een chronische aandoening (Woods, 2008). Veel ouderen verwachten dat ze een slechte gezondheid zullen krijgen, waardoor hun deelname aan medische controles kan afnemen en ze hun gezondheid slecht onderhouden, omdat dit als zinloos wordt beschouwd. Sommige ouderen denken dat het ouder worden onvermijdelijk gepaard gaat met verlies van mobiliteit, slechte voeten of spijsverteringsstoornissen, zodat ze niet adequaat op bepaalde symptomen reageren (zie bijvoorbeeld Leventhal en Prohaska, 1986; Sarkisian *et al.*, 2001). De meeste ouderen gaan minder bewegen; ze vermijden lichaamsbeweging wellicht omdat ze aannemen dat de gewrichten, het hart enzovoort erdoor worden overbelast. Velen onderschatten mogelijk hun eigen lichamelijke vermogens. In hoofdstuk 4 zullen we zien dat sport voor ouderen zowel tot de mogelijkheden behoort als heilzaam is.

Wandeltochten zijn bij alle leeftijdsgroepen populair, ook bij ouderen.
Bron: Photofusion Picture Library/ David Townend

Wil je meer weten over 'geslaagd ouder worden' en wat onderzoekers daaronder verstaan, kijk dan op www.pearsonxtra.nl bij verdieping.

SAMENVATTING

Dit hoofdstuk is een inleiding op belangrijke studiegebieden van gezondheidspsychologen. Aan de orde komen vragen als:

- Wat is gezondheidspsychologie?
  - Gezondheidspsychologie is de studie van gezondheid, ziekte en de gezondheidszorg (professioneel en persoonlijk).
  - Het doel van gezondheidspsychologie is gedrag omtrent ziekte en gezondheid te begrijpen, te verklaren en idealiter te voorspellen, opdat effectieve interventies kunnen worden ontwikkeld om de lichamelijke en emotionele schade van riskant gedrag en ziekte te reduceren.
  - De gezondheidspsychologie biedt een holistische, maar in wezen psychologische benadering van gezondheid, ziekte en gezondheidszorg.

- Wat is gezondheid?
  - Gezondheid lijkt in grote lijnen te bestaan uit de categorieën 'zijn', 'hebben' en 'doen', waarbij mensen gezondheid beschouwen als afwezigheid van ziekte of als toestand van psychologisch en lichamelijk welzijn; als iets wat blijkt uit het vermogen lichamelijke handelingen uit te voeren, oftewel fitheid. Meestal wordt gezondheid als vanzelfsprekend beschouwd totdat ze door ziekte in gevaar komt.

- Hoe werden gezondheid en ziekte in de loop van de geschiedenis bekeken?
  - Opvattingen over gezondheid zijn verschoven van een tamelijk holistische visie, waarbij de geest en het lichaam interacteren, tot een meer dualistisch standpunt, waarbij lichaam en geest onafhankelijk van elkaar functioneren. Dit schuift tegenwoordig weer terug in de richting van het holisme, waarbij vraagtekens worden geplaatst bij het medische model door een meer biopsychosociale benadering.

- Welke invloed heeft de cultuur op de beleving van gezondheid?
  - Culturen kennen een collectieve of een individualistische oriëntatie; dit beïnvloedt opvattingen over gezondheid en ziekte, evenals het gedrag van de betrokkenen.

- Welke rol speelt leeftijd bij de beleving van gezondheid?
  - Kinderen kunnen gezondheid en ziekte in complexe en multidimensionale termen verklaren.
  - Verwachtingen over gezondheid veranderen in de loop van het leven, afhankelijk van iemands achtergrond, ervaring en cognitieve ontwikkeling.

Pearson XTRA – Actief leren online

Wil je meer weten en oefenen, en je kennis van de besproken stof verdiepen, bezoek dan **www.pearsonxtra.nl**.

HOOFDSTUK 3

ONGEZOND GEDRAG

LEERDOELEN

Aan het einde van dit hoofdstuk heb je inzicht in:

- de definitie en beschrijving van gezondheidsgerelateerd gedrag;
- welke gezondheidsgerelateerde gedragingen gepaard gaan met een verhoogd risico op ziekte;
- hoe ongezond gedrag ontstaat en waarom mensen slechte gewoonten in stand houden.

Decennia van nauwgezet onderzoek hebben aangetoond dat gedrag en gezondheid met elkaar in verband staan. Dit hoofdstuk geeft een overzicht van uiteenlopende gedragingen die het risico op ziekte verhogen, zoals ongezond eten, roken, overmatig alcoholgebruik en onveilig vrijen. De prevalentie van dit gedrag wordt in kaart gebracht en de negatieve gevolgen ervan worden besproken. Gezondheidsgerelateerd gedrag, of het nu de gezondheid schaadt of juist bevordert (zie hoofdstuk 4), staat centraal bij veel voorlichtingscampagnes en initiatieven voor de volksgezondheid over de hele wereld.

3.1 Wat is gezondheidsbevorderend gedrag?

Kasl en Cobb (1966a: 246) definiëren gezondheidsbevorderend gedrag als 'elke activiteit die iemand die zichzelf als gezond beschouwt, onderneemt met het doel ziekte te voorkomen of te ontdekken in een stadium waarin deze nog geen symptomen veroorzaakt'. Deze definitie gaat uit van een louter medisch perspectief: men neemt aan dat gezonde mensen bepaalde activiteiten, zoals sporten, uitsluitend ondernemen om hun kans op het ontstaan van ziekten te verkleinen. We moeten deze definitie kritisch bekijken. Veel mensen sporten bijvoorbeeld ook om sociale contacten op te doen of voor hun plezier.

Harris en Guten (1979) definiëren gezondheidsbevorderend gedrag als 'gedrag dat wordt vertoond door een individu, ongeacht zijn/haar subjectief ervaren gezondheidstoestand, met het doel zijn/haar gezondheid te beschermen, te bevorderen of in stand te houden'. In tegenstelling tot die van Kasl en Cobb omvat deze definitie dus ook het gedrag van 'ongezonde' mensen. Iemand met een hartaandoening kan bijvoorbeeld zijn dieet veranderen om erger te voorkomen, net als een gezond persoon dat kan doen om de kans op een hartaandoening te verkleinen. Matarazzo (1984) maakt onderscheid tussen **gedragsmatige pathogenen**, ofwel gedragingen die schadelijk zijn voor de gezondheid en **gedragsmatige immunogenen**, gedragingen die de gezondheid bevorderen. Ondanks verschillen in definitie gaan onderzoekers er in het algemeen van uit dat gezondheidsbevorderend gedrag bestaat uit die vormen van gedrag die samenhangen met de gezondheidstoestand van het individu, ongeacht de actuele gezondheid of motivatie.

gedragsmatig pathogeen
Gedrag dat schadelijk is voor de gezondheid, bijvoorbeeld roken.

gedragsmatig immunogeen
Gedrag dat de gezondheid bevordert, bijvoorbeeld bewegen.

De Wereldgezondheidsorganisatie (WHO, 2002) verstaat onder het begrip 'risico' de 'waarschijnlijkheid van een ongunstig resultaat of een factor die deze waarschijnlijkheid vergroot' (p. 7). Zoals we in dit hoofdstuk zullen zien, berusten veel gezondheidsrisico's op gedrag. Andere hebben te maken met onze omgeving, zoals vervuiling en armoede (zie ook hoofdstuk 2). Het is goed om in het achterhoofd te houden dat wat als riskant gezondheidsgedrag wordt beschouwd, in de loop van de afgelopen eeuw is veranderd als gevolg van nieuwe medische inzichten. We weten nu bijvoorbeeld dat roken en extreme blootstelling aan zonlicht aanzienlijke risico's inhouden op bepaalde soorten kanker; iets wat onze voorouders niet wisten. Om het nog ingewikkelder te maken, kennen bepaalde soorten riskant gedrag soms ook voordelen. Zo gebruikte men begin twintigste eeuw zonlicht bij de behandeling van huidtuberculose. Tegenwoordig weten we dat blootstelling aan te veel zonlicht huidkanker kan veroorzaken, maar in een gecontroleerde setting wordt zonlichttherapie aangeboden voor de behandeling van huidaandoeningen. Bovendien bestaat er voorlopig bewijs voor een verband tussen een hoog vitamine D-gehalte (dit stijgt bij blootstelling aan zonlicht) en een verlaagd risico op hart-

en vaatziekten (Ness *et al.*, 1999). Later in dit hoofdstuk zullen we ook ingaan op de gunstige effecten van matig alcoholgebruik.
Hoe komt gedrag, los van de vraag of dit nu gezondheidsbevorderend is of juist een risico voor de gezondheid inhoudt, tot stand? Hierover bestaan verschillende psychologische theorieën.

1 Volgens de behavioristen wordt gedrag aangeleerd onder invloed van beloningen. Een gedraging die gevolgd wordt door een beloning of bekrachtiging (zoals een snoepje, compliment, of positieve waardering) heeft een grote kans om herhaald te worden. Daardoor kunnen gewoonten ontstaan. Gedrag dat daarentegen niet bekrachtigd wordt, verdwijnt of dooft uit.
2 Cognitief psychologen leggen een verband tussen de gedachten en de invloed daarvan op het gedrag en op de emoties. Als je door een nieuwe ervaring ergens op een andere manier tegenaan bent gaan kijken, verandert je gedrag vaak ook. Iemand die denkt dat roken hem/haar geen kwaad zal doen, zal er bijvoorbeeld eerder nog eentje opsteken dan iemand die mensen kent die door roken ernstige long- en ademhalingsproblemen hebben gekregen.
3 Sociaal psychologen hebben aangetoond dat sociale aspecten van invloed kunnen zijn op het gedrag dat we vertonen. Het gaat dan bijvoorbeeld om de wens bij een bepaalde groep te horen, groepsdruk, of de invloed die rolmodellen of invloedrijke personen kunnen hebben op ons gedrag.

Voor onderzoek naar verbanden tussen gedrag en gezondheid zijn longitudinale studies nodig. Het onderzoek van Alameda County is daarvan een voorbeeld (zie Belloc en Breslow, 1972; Breslow, 1983). Hieraan hebben gedurende meer dan 15 jaar 7000 gezonde volwassenen meegedaan. Door mensen die een ziekte kregen en mensen die gezond bleven te vergelijken op basis van verschillende variabelen, kwamen belangrijke factoren voor gezondheid en levensduur aan het licht. Deze factoren worden ook wel de 'zeven van Alameda' genoemd:

- zeven tot acht uur per nacht slapen;
- niet roken;
- niet meer dan één tot twee alcoholische drankjes per dag nuttigen;
- regelmatig bewegen;
- niet eten tussen maaltijden door;
- ontbijten;
- niet meer dan tien procent overgewicht hebben.

Opvallend was dat van de mannen en vrouwen die alle zeven typen gedragingen vertoonden, minder dan vier procent tijdens het vijftien jaar durende longitudinale onderzoek overleed. Ter vergelijking: van de mannen en vrouwen met minder dan vier van deze gedragingen waren dat er zeven tot dertien procent. Ook opmerkelijk was de bevinding dat de voordelen van deze gedragingen moesten worden vermenigvuldigd: niet roken gecombineerd met matig drinken verleende bijvoorbeeld meer dan tweemaal het voordeel dat elk van deze 'immunogene' gedragingen afzonderlijk vertoonde. Daarnaast kwam men tot de conclusie dat het verband tussen het niet vertonen van deze immunogene gedragingen en overlijden toeneemt bij het ouder worden, met name bij mensen ouder dan 65. Met andere woorden: het effect van een bepaalde leefwijze op onze gezondheid is groter naarmate we die leefwijze langer hebben.
Veel epidemiologische en klinische onderzoeken hebben verbanden vastgesteld tussen specifiek gedrag en het ontstaan van ernstige ziekten zoals hartaandoeningen of kanker. Vanuit het perspectief van de gezondheidspsychologie is het inzicht dat gedrag een voorspellende factor is voor **mortaliteit** echter slechts een deel van het verhaal. Als we mensen willen behoeden voor riskant gedrag (wat het doel is van gezondheidsbevordering – zie hoofdstukken 6 en 7), moeten we ook de psycholo-

mortaliteit
Overlijden. Meestal uitgedrukt als sterftecijfer, dat wil zeggen het aantal sterfgevallen in een gegeven populatie en/of in een gegeven jaar als gevolg van een gegeven aandoening (bijvoorbeeld het aantal sterfgevallen door kanker onder vrouwen in 2010).

gische en sociale factoren begrijpen die ten grondslag liggen aan het aanleren en in stand houden van riskant gedrag, of aan het vermijden van gezondheidsbevorderend of preventief gedrag. Dergelijke onderzoeken worden meestal door gezondheidspsychologen en sociaal psychologen uitgevoerd, en hoewel ze in dit hoofdstuk en in het volgende hoofdstuk wel worden aangestipt, komen ze in hoofdstuk 5 uitgebreider aan de orde.

3.1.1 Gezondheidsbedreigend gedrag

Het bericht van de directeur van de Wereldgezondheidsorganisatie (WHO) bij de lancering van het *World Health Report* (WHO, 2002: 3) was grimmig, maar duidelijk. Gesteld werd:

> *Op veel manieren is de wereld tegenwoordig veiliger geworden. Veiliger voor wat ooit dodelijke of ongeneeslijke ziekten waren. Gevrijwaard van dagelijkse gevaren, van ziekten die worden overgedragen via water of voedsel. Veiliger met betrekking tot gevaarlijke producten, tot ongelukken thuis, op het werk of in ziekenhuizen. Maar in veel andere opzichten is de wereld gevaarlijker geworden. Velen van ons leven gevaarlijk zonder dat we ons daarvan bewust zijn.*

Dit rapport van de WHO volgde na een grootschalig wereldwijd onderzoek naar gezondheidsrisico's. Hoewel specifieke risico's per werelddeel kunnen verschillen (bijvoorbeeld ondergewicht door voedselschaarste in veel Afrikaanse landen tegenover overgewicht door overconsumptie in het Westen), zijn er ook veel gemeenschappelijke factoren. De WHO vermeldt de top tien van wereldwijde risico's, die samen verantwoordelijk zijn voor meer dan dertig procent van alle sterfgevallen:

1. ondergewicht;
2. onveilig vrijen;
3. hoge bloeddruk;
4. roken;
5. alcoholgebruik;
6. onveilige watervoorziening, slechte sanitaire voorzieningen en gebrek aan hygiëne;
7. ijzertekort;
8. rook binnenshuis van vaste brandstoffen (koolstofmonoxide);
9. hoog cholesterolgehalte;
10. overgewicht.

Zeer waarschijnlijk behoort ook een levenswijze met weinig lichamelijke beweging tot de prominente gezondheidsrisico's.
Als we deze top tien nader bekijken, is het opmerkelijk dat zowel ondergewicht (nr. 1) als overgewicht (nr. 10) in de lijst voorkomen. Ondergewicht treffen we voornamelijk in de ontwikkelingslanden aan – jaarlijks sterven meer dan drie miljoen mensen hieraan. In de Verenigde Staten en Europa daarentegen overlijden elk jaar ongeveer een half miljoen mensen aan ziekten die te maken hebben met overgewicht en een levenswijze met te weinig lichamelijke beweging.
Om dit hoofdstuk beknopt te houden worden niet alle tien risico's hier behandeld. Hoewel aan sommige ervan gigantisch veel mensen overlijden en ze zonder meer stof tot nadenken bieden, moeten we nu eenmaal een keuze maken. Hieronder gaan we daarom dieper in op gedrag waaraan in ontwikkelde landen veel mensen sterven. Dat is ook het gedrag dat tot nu toe de meeste aandacht van gezondheidspsychologen heeft gekregen.

- *hart- en vaatziekten*: roken, een cholesterolrijk dieet volgen, gebrek aan lichaamsbeweging;
- *kanker*: roken, alcoholgebruik, gebruik van bepaalde voeding, seksueel gedrag;

- *herseninfarct*: roken, een cholesterolrijk dieet volgen, alcoholgebruik;
- *longontsteking, griep*: roken, gebrek aan vaccinatie;
- *hiv/aids*: onveilig vrijen.

Met uitzondering van hiv/aids komen deze ziekten bij volwassenen en ouderen vaker voor dan bij jongeren. Gezien de wereldwijde groei van het aantal ouderen zal de prevalentie van deze ziekten in onze maatschappij de komende jaren waarschijnlijk verder toenemen en een aanzienlijke druk op de gezondheidszorg leggen. Ter illustratie: het aandeel van mensen ouder dan 65 is tussen 1940 en 2000 toegenomen van één op tien, en zal verder toenemen naar één op vijf in 2050. Het aantal 80-plussers zal stijgen van 11 naar 19 procent van de totale bevolking (United Nations Secretariat, 2002).

Levensverwachting

Voor de Europese lidstaten geldt dat in 2009 de levensverwachting bij de geboorte voor mannen tussen de 67,5 en 79,8 jaar lag. Voor vrouwen was de levensverwachting tussen de 77,4 en 85,0 jaar. In België konden mannen bij de geboorte verwachten dat ze gemiddeld 65 gezonde jaren zouden leven. Met gezonde jaren wordt bedoeld: jaren zonder noemenswaardige beperkingen, ziekten of handicaps. Voor Nederlandse mannen was dit 68 jaar. Vrouwen in België hadden gemiddeld 67 gezonde jaren voor de boeg, vrouwen in Nederland 64 jaar. Voor allemaal gold dat ze vanaf hun 65e nog gemiddeld tien gezonde jaren tegoed hadden.
De wereldwijde stijging van het aantal ouderen gaat ook Nederland en Vlaanderen niet ongemerkt voorbij. Op de website van het CBS kan men de jaarlijkse prognoses voor Nederland volgen. Een publicatie van het Vlaamse Ministerie van de Vlaamse gemeenschap, getiteld *Ontgroening en vergrijzing van 1990 – 2050* toont statistieken over de demografische voorspellingen in België. De veranderingen in de bevolkingssamenstelling hebben invloed op de maatschappelijke dienstverlening en vormen de aanleiding tot politieke discussies over de betaalbaarheid van de gezondheidszorg en de pensioenen.

Bevolkingsvooruitzichten 2010-2060

Het Federaal Planbureau in België maakt regelmatig, in nauwe samenwerking met de Algemene Directie Statistiek en Economische Informatie (ADSEI), bevolkingsvooruitzichten op de lange termijn. De voortdurende stijging van de levensverwachting, maar vooral de toegenomen vruchtbaarheid van de Belgische vrouwen (voornamelijk in het Brussels Hoofdstedelijk Gewest en in het Vlaams Gewest) en de gestegen immigratie, zorgen in de toekomst, nog meer dan vroeger, voor een bevolkingstoename. De bevolking van België en van het Brussels Hoofdstedelijk Gewest (op 1 januari 2010 respectievelijk 10.839.855 en 1.089.538 personen) zal in 2060 respectievelijk oplopen tot 13.515.000 en 1.475.200 mensen. De bevolking zal ook jonger zijn dan verwacht. De afhankelijkheidscoëfficiënt van de ouderen voor België zal echter nog steeds sterk toenemen van 26 ouderen per 100 actieve personen in 2010 naar 42 in 2060 (was 45).*
Deze statistieken tonen ook de noodzaak aan van gezondheidsbevordering specifiek gericht op ouderen (zie hoofdstuk 7). De volgende paragrafen gaan dieper in op de meest riskante gedragingen voor mensen van alle leeftijden.

*Bron: Federaal Planbureau België, perscommuniqué 19 december 2011; http://www.plan.be/press/press_det.php?lang=nl&TM=30&IS=67&KeyPub=1092

Tabel 3.1 Demografische prognoses (kerncijfers), 2010-2060

		Prognose (-interval)	Prognose											
Onderwerpen Bevolkingsomvang		Perioden	2010	2011	2015	2020	2025	2030	2035	2040	2045	2050	2055	2060
		aantal		16 654 455	16 941 204	17 228 780	17 488 346	17 687 800	17 806 968	17 840 780	17 818 800	17 781 680	17 750 568	17 742 224
Leeftijdsgroepen	0 tot 20 jaar			3 911 480	3 846 065	3 784 982	3 729 760	3 765 667	3 814 969	3 831 143	3 805 586	3 771 170	3 754 877	3 769 371
	20 tot 65 jaar			10 148 032	10 088 904	10 043 389	9 960 592	9 725 081	9 489 153	9 384 366	9 464 576	9 553 085	9 593 567	9 571 082
	65 jaar en ouder			2 594 942	3 006 234	3 400 409	3 797 996	4 197 046	4 502 850	4 625 271	4 548 641	4 457 427	4 402 120	4 401 769
	% 0 tot 20 jaar	%		23,5	22,7	22,0	21,3	21,3	21,4	21,5	21,4	21,2	21,2	21,2
	% 20 tot 65 jaar			60,9	59,6	58,3	57,0	55,0	53,3	52,6	53,1	53,7	54,0	53,9
	% 65 jaar en ouder			15,6	17,7	19,7	21,7	23,7	25,3	25,9	25,5	25,1	24,8	24,8
Demografische druk				64,1	67,9	71,5	75,6	81,9	87,6	90,1	88,3	86,1	85,0	85,4
Levendgeborenen		aantal	182 106	180 605	181 027	186 644	190 457	191 111	187 797	183 517	182 752	185 294	188 134	189 088
Totaal vruchtbaarheids-cijfer			1,77	1,76	1,75	1,75	1,75	1,75	1,75	1,75	1,75	1,75	1,75	1,75
Overledenen			135 568	136 895	142 714	151 804	164 664	180 530	195 979	207 207	212 149	214 144	213 526	207 707
Levensverwachting bij geboorte	Levensverwachting mannen	jaar	78,82	79,02	79,78	80,64	81,25	81,73	82,17	82,67	83,18	83,65	84,07	84,48
	Levensverwachting vrouwen		82,71	82,86	83,45	84,05	84,51	84,90	85,29	85,71	86,15	86,57	86,97	87,35
									142 881	143 724	144 053	144 234	144 368	144 439
									126 983	126 921	127 420	128 014	128 572	128 861
									15 898	16 803	16 633	16 220	15 796	15 578
									5 497	5 497	5 497	5 497	5 497	5 497

Bron: CBS, Den Haag/Heerlen (25 april 2012)

3.2 Ongezonde voeding

Wat we eten is belangrijk voor onze gezondheid op de lange termijn. Er bestaat een directe relatie tussen voeding en hart- en vaatziekten en voeding en kanker. Indirect kent ongezond eten ook gezondheidsrisico's via het overgewicht dat het kan veroorzaken, iets waar we verderop in dit hoofdstuk op terugkomen.

Het risico op kanker als gevolg van het dieet is opvallend groot. Hoewel veel sterfgevallen door kanker (circa 30 procent: bijv. Doll en Peto, 1981) worden toegeschreven aan roken, zijn er aanwijzingen dat 35 procent het gevolg is van een onverstandig dieet. En dan met name van een vetrijk dieet, veel zout en weinig vezels (World Cancer Research Fund, 1997).

3.2.1 Vetopname en cholesterol

Vetten vormen een goede energiereserve voor het lichaam, maar wanneer ze niet tijdens het sporten of een andere lichamelijke activiteit worden afgebroken, stijgt hun concentratie in het bloed vaak te veel, wat tot gezondheidsrisico's kan leiden. Cholesterol is een lipide (vet) dat in onze eigen lichaamscellen aanwezig is. Het zorgt voor de productie van steroïdhormonen en is betrokken bij de vorming van gal, dat nodig is voor de spijsvertering. De normale concentratie kan door een vetrijk dieet worden verhoogd (en ook door andere factoren, zoals veroudering). Vet voedsel, met vooral veel verzadigde vetten (zoals sommige dierlijke producten en sommige plantaardige oliën), bevat stoffen die *low-density*-lipoproteïnen (LDL's) worden genoemd en die in het bloed worden opgenomen. Deze LDL's vervoeren cholesterolmoleculen die kunnen leiden tot gezondheidsrisico's. Cholesterol dat door LDL's wordt vervoerd, noemen we daarom 'slecht cholesterol'. 'Goed cholesterol' wordt getransporteerd door *high-density*-lipoproteïnen (HDL's), die de omzetting en verwijdering van LDL's door de lever lijken te bevorderen. Gezond zijn voedingsmiddelen met meervoudig onverzadigde vetten, die gemakkelijker in het lichaam kunnen worden afgebroken dan verzadigde vetten, of voedingsmiddelen zoals vette vis, die Omega-3-vetzuren bevatten, en waarvan is aangetoond dat ze de concentratie HDL-cholesterol in het bloed verhogen.

Wat zijn de gezondheidsrisico's van overmatige vetconsumptie? Door een teveel aan LDL-cholesterol in het bloed kunnen plaques (vetachtige lagen) op de slagaderwanden (**atherosclerose**) ontstaan, waardoor de bloedtoevoer naar het hart wordt beperkt. De aandoening **arteriosclerose** ontstaat als de slagaderwanden door de gestegen bloeddruk hun elasticiteit verliezen en harder worden; daardoor kunnen het hart en de bloedvaten tijdens inspanning niet de verhoogde bloedtoevoer leveren die nodig is als het energieverbruik van het lichaam stijgt. Deze ziekten van de slagaders worden samen hart- en vaatziekten genoemd; ze vormen een belangrijke risicofactor voor angina pectoris (zoals we hebben gezien in het vorige hoofdstuk, een pijnlijk verschijnsel waarbij de slagader geblokkeerd raakt, zodat de zuurstoftoevoer van het hartspierweefsel afneemt). De 'slechte' cholesterolsoorten (LDL's) zijn bij dit proces betrokken, hoewel het nog niet precies duidelijk is hoe sterk het verband is tussen vet eten en het cholesterolgehalte. Om het precieze verband tussen overmatige vetconsumptie en kanker vast te stellen moet nog nader onderzoek worden gedaan.

atherosclerose
Ophoping van vetachtig materiaal en plaques in de slagaders.

arteriosclerose
Verlies van elasticiteit en verharding van de slagaders.

Een doelstelling van gezondheidsinterventies is een vermindering van de vetinname, niet alleen vanwege de effecten op het lichaamsgewicht, maar ook vanwege het verband met hart- en vaatziekten. Veel studies tonen dit verband aan, waaronder het omvangrijke, prospectieve MRFIT-onderzoek (*multiple risk factor intervention trial*), uitgevoerd in Groot-Brittannië. Bij dit onderzoek werden meer dan 350.000 volwassenen gedurende zes jaar gevolgd en werd een significant lineair verband ontdekt tussen het cholesterolgehalte en latere hartaandoeningen of herseninfarcten (Neaton *et al.*, 1992). Tien procent minder serumcholesterol (cholesterolgehalte van het bloed) leidt na vijf jaar tot een daling van 54 procent van hart- en vaatziekten op het veertigste levensjaar, een daling van 27 procent op zestigjarige leeftijd en een afname van 19 procent op het tachtigste levensjaar (Law *et al.*, 1994; Navas-Nacher *et al.*, 2001). Intussen is er ook enige correlatie gevonden tussen het aantal sterfgevallen aan borstkanker en vetconsumptie. In landen met een hoge vetconsumptie (bijvoorbeeld Groot-Brittannië, Nederland, de Verenigde Staten) is het aantal sterfgevallen aan borstkanker hoger dan in landen met een geringere vetconsumptie (bijvoorbeeld Japan, de Filippijnen). Betrouwbare gegevens over een samenhang tussen hoge vetconsumptie en sterftecijfers ten gevolge van zowel borstkanker als prostaatkanker zijn echter nog beperkt (zie bijvoorbeeld Löf *et al.*, 2007; Crowe *et al.*, 2008). Veel landen hebben inmiddels richtlijnen en doelstellingen opgesteld voor een gezonde voeding.

3.2.2 Zoutinname

Een van die (preventieve) doelstellingen is het beperken van de zoutinname. Het eten van veel zout (natriumchloride) speelt een rol bij hoge bloeddruk, oftewel hypertensie. In 2002 is een onderzoek gedaan (*systematic review* en meta-analyse) naar de invloed van het verlagen van de zoutinname bij volwassenen. Van degenen met een hoge bloeddruk werden sommigen wel, anderen niet behandeld (Hooper *et al.*, 2002). De resultaten waren enigszins gemengd in de zin dat minder zout leidde tot een lagere **systolische** en **diastolische bloeddruk**, maar er geen verband werd gevonden tussen de mate van daling en de verminderde hoeveelheid zout, net zomin als tussen de vermindering van zoutinname en het aantal sterfgevallen aan hart- en vaatziekten. De auteurs concludeerden daarom dat interventies die waren gericht op zoutinname slechts een beperkt voordeel voor de gezondheid opleverden.

Ondanks dit weinig overtuigende onderzoeksresultaat bestaan er kwantitatieve richtlijnen over de aanbevolen zoutinname. Hoog betekent meer dan zes gram per dag voor volwassenen, voor kinderen (7-14 jaar) meer dan vijf gram per dag (British Medical Association (BMA), 2003). De BMA raadt aan om de zoutinname vanaf de vroege jeugd te beperken.

systolische bloeddruk
De maximale druk van het bloed op de slagaderwanden die zich voordoet aan het einde van de samentrekking van de linkerkamer (gemeten in relatie tot de diastolische bloeddruk).

diastolische bloeddruk
De minimale druk van het bloed op de wanden van de slagaders in de periode tussen twee hartslagen (gemeten in relatie tot de systolische bloeddruk).

3.3 Overgewicht

In dit rijtje nemen we ook overgewicht op, dat ontstaat uit een combinatie tussen ongezonde voeding en een gebrek aan lichaamsbeweging. Het is nog onduidelijk wat de belangrijkste oorzaak is. Er is sprake van een toenemende nationale en internationale bezorgdheid over het aantal mensen dat te maken heeft met overgewicht.

3.3.1 Hoe wordt overgewicht gedefinieerd?

Overgewicht wordt meestal bepaald aan de hand van de BMI (*body mass index*), ook wel Quetelet-index genoemd. Deze kan worden berekend door het gewicht in kilo's te delen door de lengte in meters in het kwadraat (gewicht/lengte^2). De maatstaven zijn als volgt:

- 'normaal' gewicht als de BMI tussen 20 en 24,9 ligt;
- licht overgewicht tussen 25 en 29,9;
- matig of klinisch overgewicht tussen 30 tot 39,9;
- ernstig overgewicht bij 40 of hoger.

3.3.2 Negatieve gevolgen van overgewicht

Eerder in dit hoofdstuk hebben we opgemerkt dat ondergewicht wereldwijd de meest voorkomende doodsoorzaak is. Desondanks lopen steeds meer mensen – vooral in het Westen – het risico op het tegenovergestelde probleem: overgewicht. Overgewicht is een belangrijke risicofactor voor een reeks lichamelijke aandoeningen, waaronder hypertensie, hartaandoeningen, diabetes type 2, osteoartritis en pijn in de onderrug. Het relatieve risico op ziekte lijkt recht evenredig te zijn aan het percentage overgewicht van het individu, hoewel het bewijs voor deze lineaire relatie niet consistent is.

Uit het longitudinale onderzoek naar hartaandoeningen van Framingham blijkt een relatie tussen langdurig overgewicht (twee tot drie decennia) en mortaliteit. Het risico op overlijden neemt binnen 26 jaar bij mensen in de leeftijd van 30 tot 42 jaar per ongeveer 500 gram overgewicht met één procent toe en bij mensen in de leeftijd van 50 tot 62 jaar met twee procent. De laagste mortaliteit komt voor bij mensen binnen de ideale gewichtsspreiding (BMI 20-24,9).

Overgewicht speelt ook een rol bij psychologische klachten, zoals een gering gevoel van eigenwaarde en sociaal isolement (British Medical Association, 2003; Strauss, 2000). Bij Australische kinderen is het in verband gebracht met verminderde kwaliteit van leven (Williams *et al.*, 2005).

Figuur 3.1 De relatie tussen BMI en mortaliteit bij 23-jarige follow-up (Framingham hartonderzoek)

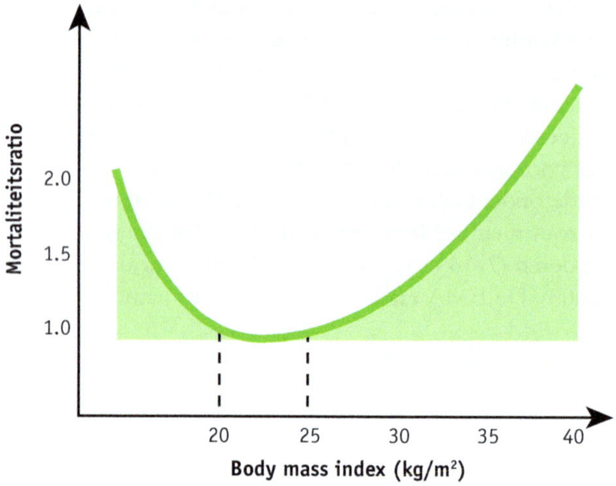

Bron: Wilson, P. *et al.* (2002)

3.3.3 Prevalentie van overgewicht

De Europese Commissie (1999) schat dat 31 procent van de volwassen bevolking van de Europese Unie overgewicht heeft, waarbij nog eens tien procent een gewicht heeft bereikt dat als klinisch obees wordt omschreven (BMI > 30 kg/m^2). Het is alarmerend dat overgewicht is geïdentificeerd als de meest voorkomende aandoening bij kinderen in Europa (International Obesity Taskforce and European Association for the Study of Obesity, 2002). Bij een onderzoek uit 1997 onder jonge mensen (16-24) werden vraaggesprekken gecombineerd met lichamelijke metingen, zoals longfunctieonderzoeken en bloedmonsters. Zes procent van de jonge mannen en acht procent van de jonge vrouwen kwamen als klinisch obees uit de bus. Respectievelijk nog eens 23 procent en 19 procent had overgewicht en 17 procent van de hele groep had ondergewicht (Department of Health, 1998a). Sociale klasse (lagere) was voor jonge vrouwen aan een toegenomen overgewicht gerelateerd; voor mannen gold dit niet.

Zelfrapportages in het Nationaal Kompas Volksgezondheid laten zien dat van de Nederlandse mannen vanaf 30 jaar 60 procent overgewicht heeft (BMI > 25 kg/m^2), 13 procent lijdt aan ernstig overgewicht (BMI > 30 kg/m^2). Van de vrouwen boven 21 jaar zijn deze percentages respectievelijk 44 procent en 14 procent. Van jongens tussen 2 en 21 jaar is 13,3 procent te zwaar en 1,8 procent ernstig te zwaar. Voor de meisjes is dit respectievelijk 14,9 procent en 2,2 procent (TNO, 2010).

De Gezondheidsenquête van 2008 wijst uit dat 54 procent van de Belgische mannen en 40 procent van de Belgische vrouwen overgewicht heeft. Voor beide geslachten geldt dat 14 procent kampt met ernstig overgewicht. Van de mannen is in de leeftijdsgroep 18-24 jaar 10 procent te zwaar, in de leeftijdsgroep 25-44 jaar 35 procent, in de leeftijdsgroep 45-64 jaar 40 procent en in de groep boven 65 jaar 60 procent. In de groep vrouwen van 18-24 jaar is 18 procent te zwaar, in de leeftijdsgroep 25-44 jaar 48 procent, in de leeftijdsgroep 45-64 jaar 60 procent en in de leeftijdsgroep boven 65 jaar 58 procent (Gezondheidsenquête, 2008). Omdat deze gegevens zijn verkregen met behulp van zelfrapportage zonder aanvullende objectieve controle (bijvoorbeeld een geijkte weegschaal afgelezen door een verpleegkundig assistent) kan het beeld enigszins geflatteerd zijn.

Wat denk je zelf?

In de tekst wordt gesproken over prevalentie en incidentie. In hoofdstuk 1 kwamen we deze begrippen al tegen. Hoe definieer je deze begrippen in je eigen woorden? Welke extra inzichten leveren ze op?

3.3.4 Oorzaken van overgewicht

Kinderen met overgewicht groeien vaak op tot volwassenen met overgewicht (Magarey *et al.*, 2003). Het is dus belangrijk om vroeg met eventuele maatregelen te beginnen. Om te kunnen bepalen welke maatregelen dit kunnen zijn, is zicht nodig op de oorzaken van overgewicht.

Een eenvoudige verklaring voor overgewicht is dat de energie-inname veel groter is dan het energieverbruik (Pinel, 2003). Tweelingenonderzoeken en studies onder geadopteerde kinderen (zie Meyer en Stunkard, 1993; Price en Gottesman, 1991) hebben echter ook aangestipt dat overgewicht een erfelijke component heeft. Vermoedelijk is de recente stijging in de ontwikkelde landen echter sterker gerelateerd aan omgevingsfactoren, zoals levenswijze en gedragspatronen, dan aan een toegenomen genetische aanleg. Mensen brengen steeds meer tijd binnenshuis door. Door zittende bezigheden als televisiekijken, gamen en computeren zal iemands metabolisme trager verlopen, zodat het lichaam de energiereserves langzamer verbruikt.

Prognoses door epidemiologen uit Groot-Brittannië dat het aantal gevallen van overgewicht in Groot-Brittannië tussen 1980 en 2005 zou verdrievoudigen (Department of Health, 1995) zijn ook in andere delen van de wereld juist gebleken, bijvoorbeeld in de Verenigde Staten, Australië, Azië en Oost-Europa. En nog steeds neemt het aantal mensen met overgewicht toe. Hoog op de agenda van de gezondheidszorg (zie hoofdstukken 6 en 7) staan dan ook gezondheidsbevorderende maatregelen gericht op onze huidige 'obesogene' omgeving (een omgeving die overgewicht bevordert): gezonde voeding en, misschien nog wel belangrijker, het stimuleren van sporten (lichaamsbeweging wordt nader besproken in hoofdstuk 4).

Obesogeen is ook de neiging van mensen om hun ontevredenheid, teleurstelling, woede of verdriet 'weg te eten'. Denigrerende opmerkingen over de lichaamsomvang en/of het gewicht, kunnen nieuwe negatieve gevoelens veroorzaken en zo kan een vicieuze cirkel ontstaan.

Een laatste gedachte over overgewicht

Als individu en als maatschappij moeten we ons niet overmatig concentreren op het gewicht van individuele kinderen, omdat dit extreem dieetgedrag en eetstoornissen in de hand kan werken. Uit onderzoeken is gebleken dat de ontevredenheid over het eigen lichaam onder kinderen en pubers groeit, vooral bij meisjes (zie Ricciardelli en McCabe, 2001; Schur *et al.*, 2000). Als de ontevredenheid over het eigen lichaam gepaard gaat met een streng dieet, kan dit leiden tot eetstoornissen (zie Patton *et al.*, 1990).

3.4 Alcoholgebruik

Alcohol (ethanol) is de 'op één na meest gebruikte psychoactieve stof in de wereld (na cafeïne)' (Julien, 1996: 101). In westerse culturen wordt het beschouwd als wezenlijk onderdeel van levensgebeurtenissen als bruiloften, verjaardagen en begrafenissen. Het sociale gebruik van alcohol is wijdverbreid; een klein aantal mensen is er zodanig afhankelijk van dat hun alcoholgebruik schadelijk is voor hun gezondheid en voor hun sociale leven.

3.4.1 Negatieve effecten door overmatig alcoholgebruik

Hoewel het meestal geldt als een stimulerend middel, onderdrukt alcohol in feite de werking van het centrale zenuwstelsel. In lage doses veroorzaakt het ontremming van gedrag, terwijl een hoge dosis leidt tot dronkenschap en tot een 25 keer zo grote kans op ongelukken. Extreem hoge doses remmen de ademhalingssnelheid, met mogelijk coma of overlijden als gevolg (zie figuur 3.2).

Gezondheidsproblemen ontstaan niet alleen als gevolg van alcoholverslaving, maar ook door acute of langdurige episodes van zwaar drinken. Zowel het drinkpatroon als de hoeveelheid alcohol is dus van belang. Zwaar alcoholgebruik speelt een rol bij ongelukken (bijvoorbeeld in het verkeer of bij het bedienen van machines), bij gedragsproblemen (agressie, zelfmoord, huwelijksproblemen enzovoort), en bij ziekten zoals levercirrose, lever- en slokdarmkanker, beroertes en epilepsie. Hart *et al.* (1999) voerden een 21 jaar durend longitudinaal onderzoek uit onder 5.766 Schotse mannen en ontdekten dat mensen die meer dan 35 glazen alcohol per week dronken een tweemaal zo groot risico liepen om aan een herseninfarct te overlijden dan mannen die licht of matig dronken. Bij lage tot gemiddelde hoeveelheden, zonder bingedrinken, stelt het World Health Report, kan alcohol zelfs een gunstige invloed hebben op hart- en vaatziekten, infarcten en diabetes type 2 (WHO, 2002). (Zie ook het tekstkader 'Is het drinken van rode wijn gezond?' op pagina 67.)

Zwangere vrouwen doen er echter goed aan zich op de hoogte te houden van de onderzoeksresultaten met betrekking tot de ongeboren vrucht. De beschadigingen die alcohol kan aanrichten, zijn enorm en onomkeerbaar. Veel kinderen die tijdens de zwangerschap zijn blootgesteld aan alcohol hebben leer- en gedragsproblemen. Als volwassenen lopen ze een hoog risico op drugsgebruik, alcoholisme, asociaal en crimineel gedrag, depressie en geestelijke stoornissen (*Risico's van alcoholgebruik bij conceptie, zwangerschap en borstvoeding*, Gezondheidsraad, Den Haag, 2005, publicatienummer 2004/22).

Tabel 3.2 toont gegevens van de Wereldgezondheidsorganisatie die betrekking hebben op overlijden na alcoholgerelateerde levercirrose in verschillende landen; te zien is dat de incidentie per 100.000 inwoners uiteenliep van 1,1 in IJsland tot 55,9 in Kirgizië. Ook binnen Europa bestaan grote verschillen in sterfte aan alcoholgerelateerde levercirrose. Zo werd van alle Finse mannen die tussen 1987 en 1995 overleden aan levercirrose maar liefst 90 procent toegeschreven aan alcoholgerelateerde levercirrose, tegenover 56 procent bij de Franse mannen, 45 procent bij Britse mannen, 33 procent bij Ierse mannen en 10 procent bij de Spaanse mannen. Cultuur en sociaal beleid zijn van buitengewoon belang bij het voorspellen van drinkgedrag. In Finland werd strenge wetgeving rond de verkoop en het gebruik van alcohol in 1975 bijvoorbeeld geliberaliseerd; het aantal sterfgevallen door cirrose steeg na dat jaar.

Levercirrose is niet de enige alcoholgerelateerde doodsoorzaak. De WHO noemt een heel scala, waaronder slokdarm- en keelkanker, verslaving, chronische leveraandoening en cirrose. Afzonderlijke gegevens over sterfte als gevolg van leverkanker waren niet beschikbaar, daarom concentreren we ons op een globale aanduiding van alcoholgerelateerde sterfte. De cijfers laten een daling zien in het aantal alcoholgerelateerde sterfgevallen per 100.000 inwoners in het decennium tussen 1990 en 2000. Deze daling heeft zich echter niet in alle geselecteerde landen voortgezet. In

Groot-Brittannië was tussen 2000 en 2005 bijvoorbeeld weer een lichte stijging te zien, zowel bij mannen als bij vrouwen (Leon en McCambridge, 2006). In tabel 3.3 wordt de situatie uit 2004 weergegeven voor verschillende landen.

Figuur 3.2 De gevolgen van alcohol in het bloed

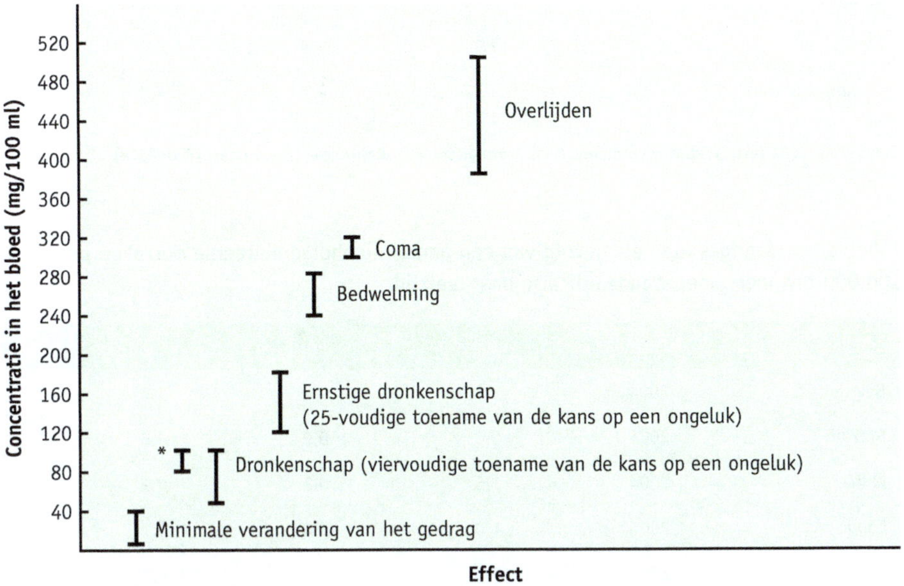

* Het wettelijk toegestane niveau van alcoholinname verschilt per land, vandaar de weergegeven spreiding van de waarden.

Bron: Vrij naar Julien (1996: 109)

Tabel 3.2 Sterfgevallen als gevolg van levercirrose per 100.000 inwoners, met standaardisatie naar leeftijd

Land	Periode	Mannen	Vrouwen	Beide geslachten
België	2004	12,0	0,5	8,9
Brazilië	2004	25,0	4,2	14,5
China	2004	13,2	37,8	9,5
Congo	2004	9,0	0,0	6,1
Frankrijk	2004	15,5	2,5	10,1
Duitsland	2004	19,0	5,3	12,9
Groot-Brittannië	2004	12,1	2,6	9,1
IJsland	2004	1,0	0,0	1,1
India	2004	22,1	52,4	16,9
Indonesië	2004	18,4	9,1	13,9
Kirgizië	2004	75,1	0,8	55,9
Marokko	2004	28,7	2,0	24,3
Nederland	2004	5,1	0,3	3,7

Land	Periode	Mannen	Vrouwen	Beide geslachten
Polen	2004	19,9	1,6	12,4
Russische Federatie	2004	35,4	19,6	26,2
Spanje	2004	12,2	1,5	7,7
Suriname	2004	29,0	0,0	16,9
Turkije	2004	7,7	1,3	6
Verenigde Staten	2004	10,2	9,7	7,3

Bron: WHO, 2004 (http://apps.who.int/gho/indicatorregistry/App_Main/view_indicator.aspx?iid=2378)

Tabel 3.3 Sterfgevallen als gevolg van een aantal alcoholgerelateerde oorzaken per 100.000 inwoners, met standaardisatie naar leeftijd

Land	Periode	Mannen	Vrouwen	Beide geslachten
België	2004	2,8	0,8	1,7
Brazilië	2004	9,0	0,9	4,8
China	2004	1,5	0,3	0,9
Congo	2004	1,0	0,4	0,7
Frankrijk	2004	7,0	1,5	4,2
Duitsland	2004	7,0	1,7	4,3
Groot-Brittannië	2004	2,0	0,8	1,4
IJsland	2004	1,1	0,6	0,9
India	2004	2,2	0,2	1,2
Indonesië	2004	1,9	0,3	1,0
Kirgizië	2004	2,9	0,7	1,7
Marokko	2004	1,5	0,1	0,8
Nederland	2004	1,5	0,4	0,9
Polen	2004	7,1	0,7	3,74
Russische Federatie	2004	6,3	1,1	3,5
Spanje	2004	1,1	0,1	0,6
Suriname	2004	1,3	0,3	0,7
Verenigde Staten	2004	3,4	0,9	2,1

Bron: WHO, 2004 (http://apps.who.int/gho/data/?theme=main&node=340#)

XTRA

Wil je precies weten wat levercirrose is, kijk dan op www.pearsonxtra.nl bij verdieping.

3.4.2 Aanbevelingen voor alcoholgebruik

Verschillende mensen reageren anders op dezelfde hoeveelheid alcohol. Dit is afhankelijk van het lichaamsgewicht, de voedselinname en de stofwisseling, de aard van de gelegenheid en de cognities en verwachtingen van het individu. Het is daardoor moeilijk een 'veilig' niveau van alcoholinname te bepalen. De Nederlandse richtlijn voor gezonde voeding raadt mannen aan om niet meer dan 20 gram alcohol per dag te nuttigen en vrouwen niet meer dan 10 gram per dag, waarbij één glas overeenkomt met 10 gram alcohol (Gezondheidsraad, 2006). In België wordt mannen aangeraden niet meer dan 21 standaardglazen per week te drinken, en nooit meer dan vijf glazen per keer. Vrouwen wordt aangeraden niet meer dan 14 standaardglazen per week te drinken, en nooit meer dan drie glazen per keer (VAD, 2009). Zowel de Nederlandse als de Belgische richtlijn raadt aan om minstens twee dagen per week geen alcohol te drinken.
Internationaal bestaat er ook verwarring over de 'standaard' maat of 'eenheid'. Is dit het alcoholpercentage of het volume? Een standaard alcoholische consumptie wordt in Japan bijvoorbeeld gedefinieerd als 19,75 gram alcohol, terwijl dat in Groot-Brittannië 8 gram is. Er zijn vele variaties, zoals tabel 3.4 laat zien.

Tabel 3.4 Internationale definities van een 'standaard' alcoholische consumptie (alcohol in grammen)

Oostenrijk	4
Ierland	10
Groot-Brittannië	8
Nederland	9,9
Italië	12
Australië	10
Spanje	10
Finland	11
Denemarken	12
Frankrijk	10
Canada	13,6
Portugal	14
Verenigde Staten	14
Japan	19,75

Bron: www.drinkingandyou.com/site/pdf/SENSIBLE%2520DRINKING.pdf (2012)

De variaties stammen mogelijk uit de tijd dat landen verschillende eenheden voor maten en gewichten kenden. Het is de vraag of de landen van de Europese Unie pogingen zullen doen tot uniformering. Op Europees niveau doet men wel onderzoek naar het alcoholgebruik en moedigt men de lidstaten aan om overmatig alcoholgebruik, met name onder jongeren, terug te dringen.

3.4.3 Alcoholgebruik onder jongeren, enkele cijfers

Uit een steekproef onder 7000 Engelse jongeren van elf tot vijftien jaar (2000 Survey DoH 2000a, National Centre for Social Research) bleek dat de hoeveelheid alcohol die op deze leeftijd werd gedronken significant was toegenomen: van 5,3 eenheden in 1990 tot 10,4 eenheden in 2000. De auteurs suggereren dat de toegenomen reclame voor en verkoop van breezerdrankjes (alcoholische drankjes met zoet- en smaakstoffen, die in de reclame als trendy worden afgebeeld) hierbij een rol spelen. Van de 7000 kinderen had 24 procent in de afgelopen week een alcoholisch drankje genuttigd: 5 procent van de elfjarigen en 48 procent van de vijftienjarigen. Het aantal kinderen in Wales (waar beide auteurs van dit boek wonen!) dat wekelijks drinkt en dronken wordt, is het hoogste van heel Europa (Paton, 1999).
Er bestaat bezorgdheid over drankgebruik onder pubers in veel Europese landen. In Zweden, een land met van oudsher een sterke overheidscontrole op de productie en

verkoop van alcohol, wordt actief campagne gevoerd om het alcoholgebruik onder tieners terug te dringen. Bij een indrukwekkend onderzoek onder bijna 13.000 zestienjarigen ontdekte men echter dat circa 80 procent van de Zweedse jongeren alcohol had gedronken; 25 procent van hen had illegale, gesmokkelde alcohol gedronken en 40 procent had thuis gedronken (Romelsjöo en Branting, 2000). Ook zorgwekkend is het verband tussen alcohol en tienerzwangerschappen (zie het tekstkader 'Roken, drinken en tienerzwangerschappen' verderop in dit hoofdstuk).
In 2009 bleek ook dat jongeren in Nederland veel drinken. In interviews geven sommige minderjarigen aan er prat op te gaan dat ze op een avond twintig tot dertig biertjes drinken. Dat blijkt stoer te zijn. En wie niet meedrinkt, hoort er niet echt bij. Ook is er soms sprake van 'comazuipen': zoveel drinken dat je bewusteloos raakt. Dat deze praktijken een groot risico op beschadiging van de hersenen met zich meebrengen, wordt kennelijk te weinig beseft. Juist hersenen van jongeren die nog in ontwikkeling zijn, zijn kwetsbaar voor alcoholschade. De politiek is door de berichtgeving over het comazuipen van jongeren wakker geschrokken. Er gaan stemmen op meer ontwenningsklinieken voor jongeren in te richten. Daarnaast wil men een strengere controle op de verkoop aan minderjarigen. Iemand die hier veel aandacht aan besteedt, is kinderarts Nico van der Lely, bijvoorbeeld in het artikel 'Laat kinderhersenen zo groot mogelijk worden' op www.nrc.nl.

3.4.4 Heeft het drinken van alcohol ook positieve effecten?

Algemeen wordt geaccepteerd dat er een lineair verband bestaat tussen de hoeveelheid alcohol die in de loop van de tijd wordt genuttigd en de toename van het aantal alcoholgerelateerde ziekten. Het is echter niet duidelijk bij welke hoeveelheid alcohol schadelijk wordt en er is zelfs enig bewijs dat een matige alcoholconsumptie juist een beschermend effect op de gezondheid heeft (zie ook het tekstkader 'Is het drinken van rode wijn gezond?'). Er bestaan aanwijzingen voor een **J-vormige relatie** tussen alcoholgebruik en het risico op hart- en vaatziekten. Onthouding vormt daarbij een groter risico dan matig drinken, al is dat risico niet zo hoog als het risico van bovenmatig drinken (Doll *et al.*, 1994). Dit verrassende resultaat is naar voren gekomen uit cross-sectioneel en prospectief onderzoek.

J-vormige relatie
De grafische voorstelling van de relatie tussen twee variabelen, waarvan de een op de x-as en de ander op de y-as is uitgezet, heeft de vorm van de letter J.

Het algemeen geldende standpunt is dat een matige alcoholconsumptie de concentratie van *low-density*-lipoproteïnen (LDL's) in het bloed verlaagt (zie Shaper *et al.*, 1994). Een hoge concentratie LDL-cholesterol is een bekende risicofactor voor hart- en vaatziekten, zoals we eerder in dit hoofdstuk hebben gezien. Uit studies onder niet-drinkers, bij wie het risico op hart- en vaatziekten hoger was dan gemiddeld, kunnen we echter niet concluderen dat niet drinken een extra risico vormt. Niet-drinkers hebben er mogelijk voor gekozen geen alcohol te drinken omdat ze al een slechte gezondheid hadden of omdat ze tot een bepaalde religieuze of etnische groep behoren waar alcoholgebruik is verboden; door deze factoren worden andere 'oorzaken' van hart- en vaatziekten mogelijk versluierd. Het is daarom veiliger te concluderen dat zwaar drinken negatieve effecten op de gezondheid heeft die in de loop van de tijd toenemen, evenredig aan het gebruik; dat matig drinken het risico op gezondheidsproblemen waarschijnlijk niet verhoogt en feitelijk zelfs een bescherming kan bieden tegen hart- en vaatziekten (hoewel dit beschermende effect niet werkt bij mensen die roken); en dat de effecten van helemaal niet drinken nader dienen te worden onderzocht.

Wat leert onderzoek ons?

Is het drinken van rode wijn gezond?

Het is al enige tijd bekend dat het eten van fruit en groenten goed is tegen bepaalde vormen van darmkanker (zie Potter *et al.*, 1993). Dit komt door de aanwezigheid van verbindingen die polyfenolen worden genoemd. Rode wijn bevat verschillende polyfenolen en er lijkt een verband te zijn tussen het drinken van rode wijn en een afname aan sterfgevallen door hart- en vaatziekten (zie German en Walzem, 2000; Wollin en Jones, 2001). Men neemt ook aan dat polyfenolen het begin van **carcinogenese** (het ontstaan van kanker) kunnen remmen door hun antioxidante en ontstekingsremmende eigenschappen. Bovendien kunnen ze het ontstaan van sommige soorten kanker onderdrukken, doordat ze de deling van gemuteerde cellen remmen of doordat ze apoptose, celdood, induceren. Laboratorium- en dieronderzoek (zie Briviba *et al.*, 2002) tonen aan dat polyfenolen uit rode wijn wel de deling van colonkankercellen remden, maar niet die van borstkankercellen.
Medische autoriteiten en de overheid zijn voorzichtig met het bekendmaken van gezondheidsvoordelen van gedragingen die meestal als nadelig voor de gezondheid worden beschouwd. Resultaten van deze aard moeten steeds zorgvuldig worden gecontroleerd. Ook de auteurs van een studie waarbij een positief effect werd ontdekt van alcohol op de HDL-concentratie, zwakten hun bevindingen af (Linn *et al.*, 1993: 811). Mensen die zich zorgen maken vanwege een familiegeschiedenis van hartaandoeningen zullen van hun huisarts dan ook niet het advies krijgen om meer alcohol te drinken. In plaats daarvan zullen ze te horen krijgen dat ze minder vet moeten eten. En toch is het beschermende effect van beide maatregelen vergelijkbaar!
In het geval van een mogelijk gunstig effect van alcohol op kanker is er nog altijd meer onderzoek nodig, waarbij nauwkeurig voor andere oorzaken moet worden gecorrigeerd. Het IARC en het KWF wijzen alcohol (evenals overgewicht) nog steeds aan als een risicofactor voor de meeste kankersoorten. Zij zijn terughoudend wat betreft de beschermende werking van matig alcoholgebruik. Wel kennen zij een beschermende functie toe aan het eten van groente en fruit en het drinken van melk. Bovendien benadrukken zij het belang van niet te veel eten (Van Kreijl *et al.*, 2004).

Kwesties om over na te denken en zelf te onderzoeken

- Verschilt rode wijn van witte wijn wat betreft gezondheidseffecten, en zo ja, op welke wijze?
- Hoe zouden sommige mensen dit soort resultaten kunnen interpreteren? Welke aannamen worden mogelijk versterkt?

carcinogenese
Het proces waarbij normale cellen veranderen in kankercellen (carcinomen).

3.4.5 Hoe ontstaat een drankprobleem?

Er zijn sterk uiteenlopende redenen waarom mensen alcohol gaan drinken; hierbij spelen erfelijkheidsfactoren en de omgeving een belangrijke rol. Twee vaak genoemde redenen voor de eerste keer dat men alcohol dronk, zijn nieuwsgierigheid en gezelligheid. Gezelligheid wordt ook vaak genoemd als reden waarom mensen doorgaan met het gebruiken van alcohol (zie Morrison en Plant, 1991).
Voor de meeste mensen wordt het drinken geen probleem, voor sommige wel. Hoe kan dat? Er kunnen verschillende redenen meespelen.

- Verslaving kan ontstaan door een terugkerende lichamelijke behoefte aan de plezierige effecten van de stof (zie Wise, 1998).
- Erfelijkheidsfactoren en een familiegeschiedenis van alcoholmisbruik: kinderen van probleemdrinkers hebben een grotere kans om eveneens probleemdrinkers te worden dan kinderen van niet-probleemdrinkers (zie Heather en Robertson, 1997). Er is echter geen ondubbelzinnig bewijsmateriaal dat dit genetisch bepaald is, omdat veel drinken in dit geval ook aangeleerd kan zijn (zie verderop).

predispositie
Factoren die de kans vergroten dat iemand een bepaald gedrag zal vertonen, bijvoorbeeld genetische invloeden op alcoholgebruik.

Het idee van erfelijkheid wordt wel enigszins ondersteund door onderzoek met geadopteerde kinderen.

- De aanwezigheid van geestesziekten: stemmingsstoornissen, **predispositie** voor angst, sensatiezucht, bepaalde persoonlijkheidskenmerken (zie Clark en Sayette, 1993; Khantzian, 2003; Zuckerman, 1979, 1984). De rol van de persoonlijkheid bij drinken (en bij andere vormen van verslaving) staat echter nog ter discussie (Morrison, 2003).
- Sociaal leren: volgens de theorie over sociaal leren is alcoholverslaving sociaal aangeleerd. Dit aangeleerde gedrag wordt vervolgens bekrachtigd door sociale of emotionele beloningen.

Onder ouderen blijkt veel minder alcohol te worden gedronken dan onder jongeren. Uit steekproeven blijkt dat probleemdrinken in deze groep samenhangt met de lichamelijke gezondheid, sociale gelegenheden en financiële status. Voor dit laatste geldt dat onder welgestelde ouderen meer drankproblemen voorkomen dan onder ouderen die minder te besteden hebben (Livingston en Hinchliffe, 1993). Sommige ouderen drinken meer door eenzaamheid, het overlijden van dierbaren of een lichamelijke ziekte (zie Atkinson, 1994).

De sociale context heeft veel invloed op ons eet- en drinkgedrag.

Alcoholafhankelijkheid

Alcoholproblemen en de visie daarop zijn in de loop der tijd veranderd. In de zeventiende en achttiende eeuw zag men een verslaving als immoreel gedrag van zwakkelingen met een gebrek aan zelfbeheersing; in de negentiende eeuw werden verslaafden gezien als slachtoffers van een kwaadaardig en krachtig middel. Volgens het eerste, 'morele' standpunt was het individu zelf verantwoordelijk voor zijn gedrag en daarom bestond de behandeling uit straf. Volgens het laatste standpunt moest men het individu juist beschermen. De drooglegging (zoals ooit in de Verenigde Staten) zag men destijds dan ook als een gepaste reactie van de maatschappij, het verslavende middel werd gezien als de boosdoener. Tegen het begin van de twintigste eeuw bleek dat een volledig alcoholverbod mislukt was en ontstond een model dat de verantwoordelijkheid aan het individu teruggaf.

In 1960 beschreef E. Morton Jellinek alcoholisme als een ziekte, maar hij had zowel aandacht voor het verslavende middel als voor de eigenschappen van de verslaafde. Erkend werd dat verslaafden erfelijke en psychologische 'zwakheden' hadden en verslaving werd gezien als een permanente toestand waarover het individu alleen controle kon herkrijgen via onthouding. Dit kwam in de behandeling door middel van zelfhulpgroepen tot uiting. Anonieme Alcoholisten, een organisatie die in 1935 werd opgericht, heeft nog altijd als doel mensen te helpen om de rest van hun leven niet meer te drinken.

In de twintigste eeuw bracht de groeiende invloed van het **behaviorisme** in de psychologie nieuwe behandelmethoden met zich mee. Deze waren afgeleid uit de theorie van sociaal leren en van conditionering. Volgens deze inzichten is gedrag het resultaat van leren en van de beloning die de betrokkene voor bepaalde gedragingen ontvangt. Volgens deze theorieën kan overmatig alcoholgebruik dus ook worden 'afgeleerd'. De behandeling moet de individuele **cues** voor drinkgedrag identificeren en het type beloning dat het individu voor zijn gedrag ontvangt (zie hoofdstuk 6). Bij deze benadering staan daarom het individu, zijn drinkgedrag en de sociale omgeving centraal.

Tegenwoordig is onthouding, althans in Groot-Brittannië en elders in Europa, een van de behandelingsresultaten, naast gereguleerd drinken. Bij gereguleerd drinken moeten individuen hun consumptie beperken tot een bepaalde gelegenheid/omgeving, een bepaald tijdstip of mag het alcoholgehalte van de drank niet boven een bepaald percentage uitkomen (Heather en Robertson, 1997).

Patronen van zwaar drinken die tijdens de late jeugd of de vroege volwassenheid ontstaan, zetten zich tijdens de volwassenheid meestal voort. Gezondheidsproblemen ten gevolge van langdurig overmatig alcoholgebruik (denk aan levercirrose) lijken zich op te stapelen op middelbare leeftijd. Programma's voor gezondheidsbevordering hebben daarom twee doelstellingen: primaire preventie, het voorlichten van kinderen en jongeren, en secundaire preventie, gericht op gedragsverandering bij mensen die al zwaar drinken. Voorbeelden hiervan worden in hoofdstuk 6 en 7 beschreven.

behaviorisme

De stroming in de psychologie die zich uitsluitend bezighoudt met observeerbaar concreet gedrag. Het behaviorisme gaat ervan uit dat alle gedrag is aangeleerd (en dus ook weer kan worden afgeleerd). In dit kader bieden het klassiek conditioneren en het operant conditioneren een fundament waarmee behavioristen aanvankelijk inzichtelijk maakten hoe leerprocessen verlopen. Inmiddels wordt er ook plaats ingeruimd voor andere (onder meer cognitieve) invloeden bij het verklaren van gedrag.

cue

Een in de sociale wetenschappen veelgebruikt begrip waarmee een aanzet tot gedrag bedoeld wordt, een signaal, een prikkel.

3.5 Roken

Na cafeïne en alcohol is nicotine in onze maatschappij tegenwoordig de meest gebruikte psychoactieve stof. Hoewel rookgedrag veel negatieve publiciteit krijgt, omdat het gepaard gaat met een hoog sterftecijfer, is nicotine wettelijk toegestaan. De verkoop van rookwaren (sigaretten, sigaren) levert tabaksfabrikanten en regeringen door middel van accijnzen veel geld op (accijnzen zitten overigens ook op alcohol). Geleidelijk is de manier waarop de maatschappij tegen roken aankijkt verschoven. Zo geldt op veel plaatsen inmiddels een rookverbod en wordt tabaksreclame beperkt (zie bijvoorbeeld Wakefield *et al.*, 2000). Ontmoediging van roken is belangrijk voor de volksgezondheid. In ontwikkelingslanden is de prevalentie van roken vooral onder mannen eerder toegenomen dan afgenomen. In Nederland is in de beginjaren van de eenentwintigste eeuw een daling van het aantal rokers tot stand gekomen. Deze daling is echter gestabiliseerd en de indruk bestaat dat het aantal rokers nu weer iets toeneemt.

3.5.1 Negatieve effecten van roken

In een rapport uit 1990 werd geschat dat jaarlijks drie miljoen mensen over de hele wereld overlijden door sigaretten en, in mindere mate, sigaren (Peto en Lopez, 1990). In 2000 was het aantal sterfgevallen door roken met meer dan één miljoen per jaar gestegen (geschat aantal sterfgevallen van 4,9 miljoen; WHO, 2002). Roken is in alle leeftijdsgroepen de belangrijkste beïnvloedbare risicofactor voor hart- en vaatziekten. Tabaksproducten bevatten carcinogene teersoorten en koolstofmonoxide, die verantwoordelijk zijn voor circa dertig procent van de gevallen van hart- en vaatziekten, 75 procent van de tumoren (negentig procent van de gevallen van longkanker) en tachtig procent van de gevallen van chronische vernauwing van de luchtwegen. Door koolstofinonoxide neemt de hoeveelheid zuurstof in het bloed af, waardoor minder zuurstof naar de hartspier gaat; terwijl nicotine het hart harder laat werken, doordat de bloeddruk wordt verhoogd en de hartslag wordt versneld. Samen veroorzaken deze stoffen een vernauwing van de slagaders en vergroten ze de kans op trombose (vorming van bloedstolsels). Teer beschadigt het ademhalingsstelsel doordat de longen erdoor verstopt raken; dit is een belangrijke factor bij de veelvoorkomende chronische obstructieve longziekte (COPD, bijvoorbeeld emfyseem) (Julien, 1996). Alles bij elkaar is er onweerlegbaar bewijsmateriaal voor de negatieve effecten van het roken en meeroken. Zo zou passief roken verantwoordelijk zijn voor 10 procent van de sterfgevallen onder niet-rokers. Meeroken is ook schadelijk voor ongeboren kinderen (Department of Health, 1998b).

XTRA

Wil je meer weten over de risico's van roken voor foetus en kind, kijk dan op www.pearsonxtra.nl bij verdieping.

Wat leert onderzoek ons?

Roken, drinken en tienerzwangerschappen

Onderzoeken onder adolescente vrouwen hebben gewezen op het belang van zelfconcept (dat wil zeggen: het idee van wat iemand 'is') en eigenwaarde (het idee van iemands 'waarde') bij het bepalen van riskant gedrag. Sommige theoretici stellen bovendien dat veel gedrag van adolescenten ontstaat uit een behoefte om zich aan anderen (vooral aan leeftijdgenoten) te laten zien op een manier die de reputatie, de sociale identiteit, versterkt (Emler, 1984). In sommige sociale groepen brengt dat riskant gedrag met zich mee (Odgers *et al.*, 1996; Snow en Bruce, 2003). Snow en Bruce (2003) constateerden dat vrouwelijke rokers minder zelfvertrouwen hebben, zich binnen het gezin minder geliefd voelen en een lager lichamelijk en sociaal zelfconcept hebben, terwijl hun zelfconcept in relatie tot leeftijdgenoten (*peer self-concept*) verrassend genoeg niet verschilde van die van niet-rokers.
Bij tienerzwangerschappen kunnen lage zelfwaardering en een negatief zelfconcept ook een rol spelen, aangezien tienermoeders vaak een geschiedenis hebben van disfunctionele relaties en sociale en financiële spanningen.
Alcohol lijkt bij seksuele activiteit op jonge leeftijd een belangrijke rol te spelen; alcoholgebruik en 'dronken' of 'stoned' zijn is voor tieners een vaak genoemde reden voor de eerste keer seks (zie bijvoorbeeld Duncan *et al.*, 1999; Wellings *et al.*, 2001).
Drank speelt ook vaak een rol bij onbeschermde seks en daarmee bij het riskeren van een zwangerschap en seksueel overdraagbare aandoeningen (Hingson *et al.*, 2003). De kans dat tieners drinken als ze zwanger zijn, is daarentegen kleiner dan bij oudere moeders, waardoor het risico op foetaal alcoholsyndroom geringer is (California Department of Health Services, 2003). Wel vertonen tienermoeders soms ander riskant gedrag: de kans dat ze tijdens de zwangerschap slecht eten en roken is groter dan bij oudere aanstaande moeders. In combinatie met het feit dat veel tienermoeders lichamelijk nog onvolwassen zijn, kan dit een verklaring zijn voor het hoge aantal miskramen, vroegtijdige geboorten en baby's met een laag geboortegewicht onder deze groep zwangere vrouwen (Department of Health, 2003; Horgan en Kenny, 2007). Horgan en Kenney merken verder op dat de sterftecijfers voor baby's en jonge kinderen van tienermoeders zestig procent hoger liggen dan voor kinderen van oudere moeders, en dat het risico op een postnatale depressie bij jonge moeders drie keer zo hoog is als bij oudere.
Het gebruik van verdovende middelen door tieners kan dus op lange termijn leiden tot significante problemen voor het individu en voor eventuele kinderen. Het kan moeilijk zijn om riskant gedrag onder adolescenten te veranderen, maar interventies die naast de 'gedragsproblemen' als seks op jonge leeftijd, roken en drinken ook de lage zelfwaardering onder handen nemen, lijken het meest succesvol te zijn (zie bijvoorbeeld Health Development Agency Magazine, 2005).

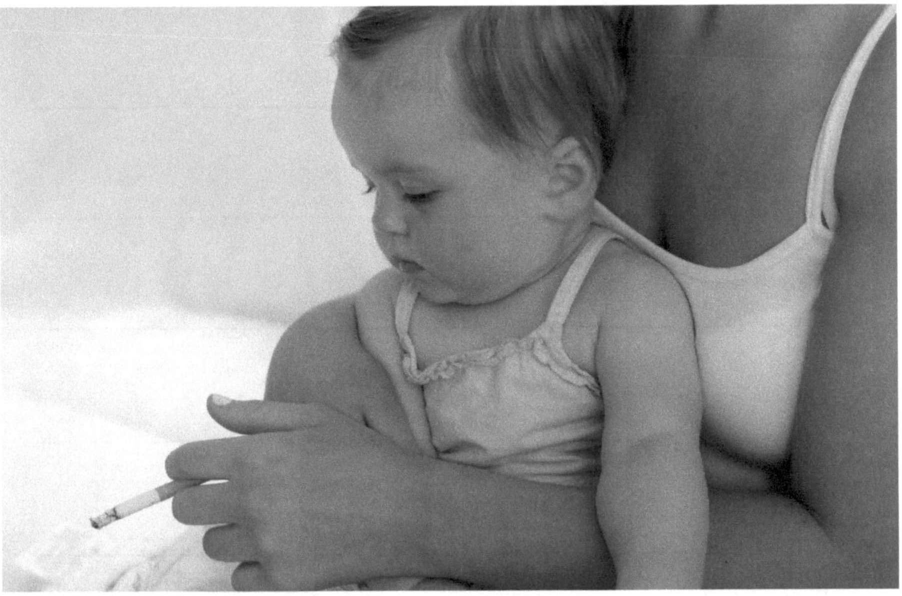

Een jonge moeder zit te roken terwijl haar baby op haar schoot naar de sigaret zit te kijken – een aandoenlijk voorbeeld van passief roken (een modernere term voor passief roken is meeroken).

Bron: Alamy Images/Richard Newton

3.5.2 Prevalentie van roken

Wereldwijd wordt bijna 9 procent van alle sterfgevallen toegeschreven aan tabaksgebruik. Ook het *World Health Report* toont tussen 1990 en 2000 – een relatief korte periode – ten minste één miljoen meer sterfgevallen door roken (WHO, 2002). In ontwikkelde landen veroorzaakt roken de grootste ziektelast (op de voet gevolgd door hoge bloeddruk en daarna door alcohol, cholesterol en overgewicht). Er zijn echter positieve tekenen – althans in ontwikkelde landen – van het toegenomen bewustzijn van de negatieve effecten, veranderingen van de prevalentie en van het aantal mensen dat begint. In Groot-Brittannië rookte rond 1950 bijvoorbeeld circa 80 procent van de mannen en 40 procent van de vrouwen, terwijl deze percentages in 1998 waren gedaald tot circa 39 procent van de mannen en 33 procent van de vrouwen (Peto *et al.*, 2000). Deze daling is samengegaan met minder gevallen van longkanker. De gunstige effecten zullen echter pas in de mortaliteitscijfers van toekomstige decennia volledig zichtbaar worden.

Een minder bemoedigende bevinding is dat de daling van het aantal mannen niet wordt weerspiegeld onder de vrouwen. Bij hen daalt het aantal rokers langzamer terwijl jonge meisjes vaker beginnen (Blenkinsop *et al.*, 2003; Department of Health 2000; Office for National Statistics, 2001). Het aantal rokende mannen boven de 16 is in Engeland gedaald van 41 procent in 1976 tot 28 procent in 1996 (*General Household Survey*: Thomas *et al.*, 1998) en tot 24 procent in 2006. Voor vrouwen was de daling tussen 1993 en 2006 minder uitgesproken (26 tot 21 procent) (Health Survey for England, The Information Centre, 2006).

De toegenomen incidentie van longkanker onder vrouwen tussen 1985 en 2005 is gedeeltelijk hierop terug te voeren. Deze zorgelijke tendens zet zich waarschijnlijk voort, aldus recente onderzoekscijfers.

Figuur 3.3 is gebaseerd op twintig surveys. Bij Nederlandse mannen daalde het percentage rokers sterk in de jaren zestig en zeventig; daarna ging de afname voort in een lager tempo. Bij vrouwen steeg het percentage in de jaren zestig; daarna zette een trage daling in. In 2011 rookte van de Nederlandse bevolking boven de 12 jaar 25,6 procent.

Figuur 3.3 Enquêtes onder rokers per geslacht

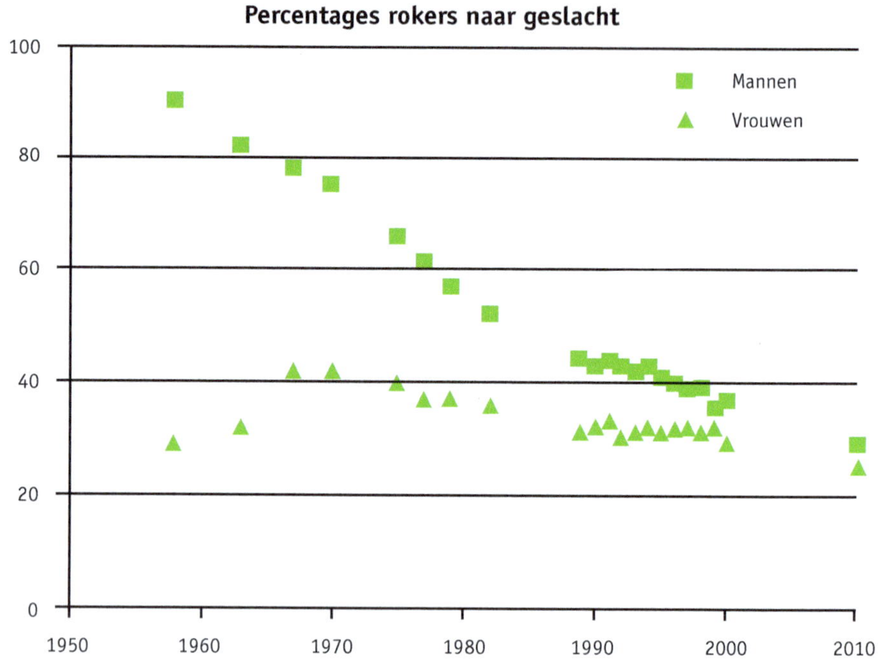

Surveys: 'Riskante gewoonten' 1958 (20+), 'Products and people' 1963 (20+), TON-1967 en 1970 (15+), NOP-1975, 1977, 1979 en 1982 (15+), CBS 1989-1999 (16+) en NIPO-2000 (15+).

Bron: J. van Reek, *Het roken daalt in Nederland* (http://web.inter.nl.net/hcc/rekius/roken.htm, geraadpleegd oktober 2012)

In 2009-2010 gaf 23 procent van de Vlaamse bevolking ouder dan 16 jaar aan dat ze rookte. De doelstelling van de Vlaamse overheid is dat in 2015 nog maar 20 procent rookt (www.gezondheidsenquete.be, Vlaams Agentschap zorg en gezondheid).

Wat denk je zelf?
Welke verschillen zie je in het rookgedrag van mannen en vrouwen?
Hoe verklaar je dat de daling van het aantal rokers onder vrouwen langzamer gaat dan onder mannen?

Uit onderzoek gebaseerd op de Gezondheidsenquête van België blijkt een hardnekkig sociaal patroon. Onder hoogopgeleiden stoppen meer mensen met roken dan onder laagopgeleiden (zie figuur 3.4). Onder laagopgeleide vrouwen stijgt juist het aantal rokers. Ook voor Nederland geldt dat meer laagopgeleide dan hoogopgeleide mensen roken.
Er zijn ook etnische verschillen voor de prevalentie van roken (British Heart Foundation, 2004, www.heartstats.org). Gebleken is bijvoorbeeld dat mannen uit Bangladesh een groter risico liepen op hart- en vaatziekten dan andere groepen in Groot-Brittannië, doordat ze minder sporten en meer roken dan andere bevolkingsgroepen (Nazroo, 1997; Health Education Authority, 1997). Om dit nader te illustreren staan

Figuur 3.4 Rookprevalentie onder Belgische mannen (A) en vrouwen (B) van 15 tot 74 jaar, gerelateerd aan het opleidingsniveau (Gezondheidsenquête België, 1997, 2001, 2004, 2008)

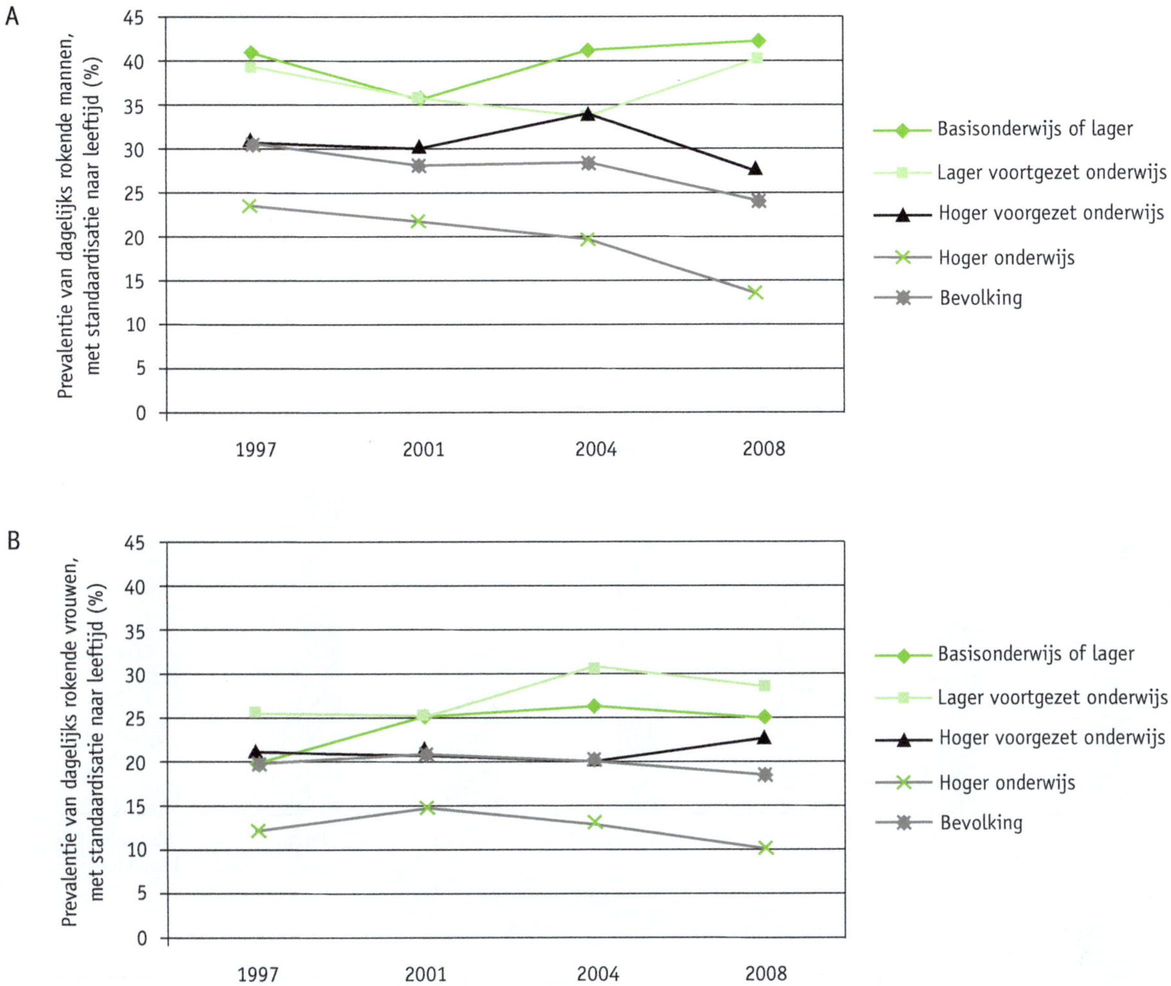

in figuur 3.5 bevindingen van een onderzoek uit 1999, waaruit bleek dat 42 procent van de mannen uit Bangladesh rookte, in vergelijking met 27 procent van de mannen in de totale populatie. Ook aten deze mannen minder fruit en groente en bewogen ze minder. Het percentage vrouwen uit Bangladesh, India en Pakistan dat rookte, was daarentegen significant lager dan gemiddeld.

Ook in Nederland is er sprake van etnische verschillen in rookgedrag. Turkse Nederlanders roken bijvoorbeeld beduidend meer dan gemiddeld; ruim zestig procent van de mannelijke Turkse Nederlanders rookt. Omdat dit leidde tot een piek in COPD-klachten, startte prof. K Stronks in 2004 het project 'Bevordering niet-roken onder de Turkse bevolking in Nederland'.

Het RIVM Centrum Gezond Leven toont de volgende vergelijkende gegevens over het rookgedrag van naar etniciteit en naar geslacht:

35-54 jaar	Man	Vrouw
Turken	63	32
Marokkanen	30	< 1
Surinamers	54	27
Autochtone Nederlanders	42	34

Bron: Nierkens, 2006; TNS NIPO 2006

Figuur 3.5 Sigarettenrokers per geslacht en etnische groep, Engeland, 1999

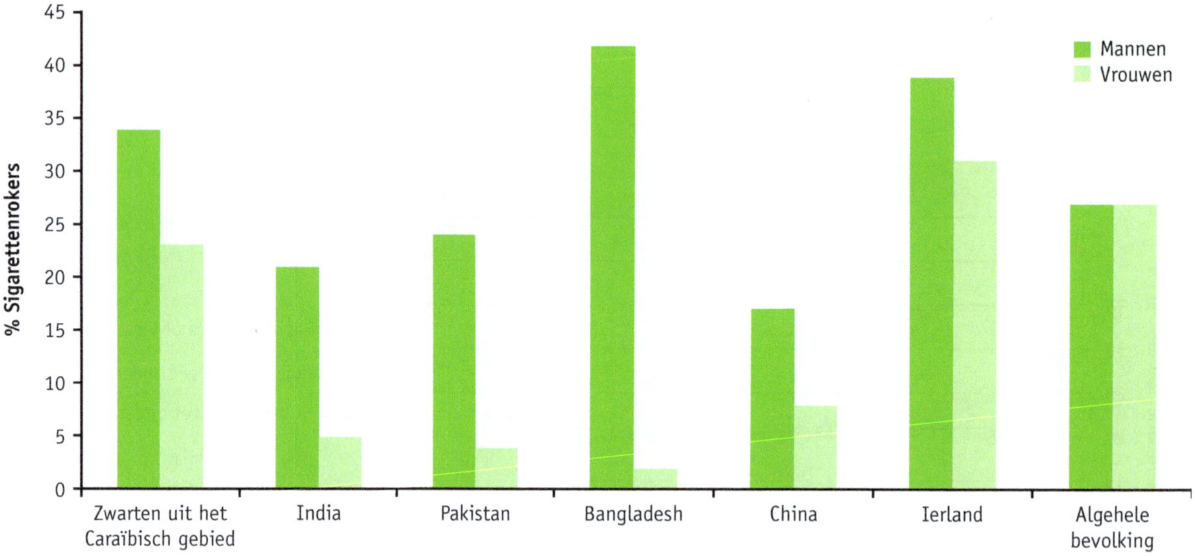

Bron: www.heartstats.org

Behalve cultuurverschillen bestaan er leeftijdsverschillen in de prevalentie van roken. Het percentage rokers onder ouderen blijft hoog; deze bevolkingsgroep is veelal met roken begonnen voordat er medisch bewijs was van de nadelige effecten. Bratzler *et al.* (2002) onderzochten roken onder ouderen met betrekking tot toegenomen morbiditeit, invaliditeit en mortaliteit en benadrukken de noodzaak van gerichte campagnes om te stoppen met roken om daarmee de kwaliteit van leven te bevorderen en de levensduur van ouderen te verlengen. Bewezen is inmiddels dat stoppen met roken gunstig is voor de gezondheid: onderzoek ter preventie van kanker van de American Cancer Society toonde een significante daling van de **leeftijdsspecifieke mortaliteit** van ex-rokers in vergelijking met mensen die nog steeds roken. Ouderen zijn soms moeilijk te overtuigen omdat zij veel klachten die ze ondervinden door het roken toeschrijven aan het ouder worden en omdat ze vaak sterk verslaafd zijn (zowel psychisch als lichamelijk). Desondanks hebben interventies waarbij leeftijdsrelevante risico-informatie en ondersteuning worden gecombineerd waarschijnlijk net zoveel kans van slagen als bij jongere populaties.

leeftijdsspecifieke mortaliteit
Meestal uitgedrukt als het aantal sterfgevallen per 100.000 mensen per leeftijdsgroep per jaar. Zo is het mogelijk het percentage sterfgevallen aan kanker in 2010 van mensen van 45-54 jaar te vergelijken met dat van mensen van 55-64 jaar.

3.5.3 Roken als verslaving

De verslavende werking van roken berust op nicotine, een farmacologische stof met een stimulerende werking op de hersenen. Nicotine stimuleert de afgifte van ß-endorfinen, onze natuurlijke opiaten, en verhoogt de stofwisselingssnelheid (Julien, 1996). Lichamelijke afhankelijkheid ontstaat wanneer iemand meer gaat roken om hetzelfde effect te bereiken of om de onthoudingsverschijnselen te vermijden (zoals hunkering naar nicotine, slapeloosheid en toegenomen eetlust, zie bijvoorbeeld West, 1992). Zo kan roken zelfbevestigend werken. De psychologische symptomen van onthouding, zoals nervositeit, rusteloosheid en prikkelbaarheid, zijn vaak zo sterk dat mensen weer beginnen om daarvan af te zijn, waar zij overigens niet alleen zelf last van hebben, maar ook degenen om hen heen!

3.5.4 Waarom roken mensen?

Evenals bij alcoholgebruik zijn er veel verschillende redenen aan te wijzen waarom mensen roken. We zullen ons hier beperken tot de belangrijkste. Daarnaast is gebleken dat de redenen om te beginnen met roken soms verschillen van de redenen om te blijven roken. We maken daarom een onderscheid tussen deze twee categorieën.

Beginnen met roken

Verreweg de meeste mensen beginnen in hun jeugd (tot 19 jaar) met roken. We zien dan ook dat de redenen om te beginnen met roken vaak samenhangen met kwesties die onder jongeren een belangrijke rol spelen: voorbeeld volgen, sociaal leren en bekrachtiging – kinderen imiteren rookgedrag, zeker als leeftijdgenoten, oudere broertjes en zusjes of ouders roken (zie Biglan *et al.*, 1995). Sommige auteurs hebben geopperd dat rokende ouders de 'voorbestemming' van hun kinderen qua roken vergroten. Ze creëren een positieve houding tegenover roken en mogelijk ook een verlaagde risicoperceptie (zie bijvoorbeeld Jarvis, 2004).

- *Imago en reputatie* zijn belangrijk tijdens de puberteit (zie bijvoorbeeld Tyas en Pederson, 1998), al kunnen de opvattingen van mannen en vrouwen hierover verschillen. Michell en Amos (1997) constateerden dat jonge mannen ambivalenter waren over roken dan vrouwen, omdat de mannen roken als een belemmering zagen voor hun lichamelijke conditie. Onder jongens leek 'status' in de pikorde af te hangen van conditie, terwijl voor meisjes een hoge status meer te maken had met 'cool', wereldwijs of rebels overkomen, een imago dat volgens sommigen ondersteund wordt door roken.
- *Sociale druk of groepsdwang*. Rookgedrag wordt aangemoedigd of zelfs afgedwongen door de positieve reacties van gezaghebbende anderen. Men geeft daarbij dus toe aan andermans invloed. Interessant in dit kader is echter het onderzoek van Denscombe (2001), waaruit bleek dat jongeren van 15 of 16 jaar het idee verwierpen dat ze om 'groepsdwang' begonnen met roken. Ze zagen hun gedrag als iets waar ze zelf voor hadden gekozen. Dit sluit aan bij de veronderstelling dat beginnen met roken te maken heeft met het zoeken naar reputatie en status (Snow en Bruce, 2003).
- Bij jonge meisjes is ook *gewichtsbeheersing* een reden om te beginnen met roken (en ermee door te gaan); voor jonge mannen geldt dit niet (zie Crisp *et al.*, 1999; French *et al.*, 1994). Dit kan inzicht geven in de reden waarom het aantal rokers onder jongens daalt en onder meisjes niet. Als we het roken bij meisjes willen terugdringen, moeten we ook de bezorgdheid over het lichaamsbeeld en het gewicht onder meisjes aanpakken, in combinatie met de percepties omtrent het roken.
- *Risicovol gedrag*. Roken blijkt veel voor te komen onder diegenen die meer problematische gedragingen vertonen, zoals spijbelen, winkeldiefstal of alcoholgebruik voor het zestiende levensjaar (Sutherland en Sheperd, 2001).
- Uit onderzoek van Boureaudhuij (1997) en Boureaudhuij en Van Oost (1998) bleek dat een *geringe mate van saamhorigheid in het gezin* ook vaak samengaat met roken en drinken onder pubers en jonge volwassenen in de leeftijd van 12 tot 22 jaar. Bij deze onderzoeken werden pubers en volwassenen echter slechts op één moment onderzocht, waardoor niet goed kon worden vastgesteld welk van deze effecten de oorzaak en welk het gevolg was.

- *Cognities over de gezondheid.* Er is aangetoond dat overtuigingen zoals 'onrealistisch optimisme tegenover negatieve consequenties van roken' (en ander risicovol gedrag) veel voorkomen. We bedoelen daarmee aannames als 'dat zal mij niet overkomen, omdat ik minder rook dan andere mensen van mijn leeftijd'. Zie voor meer informatie over risicoperceptie en onrealistisch optimisme hoofdstuk 5.

Vaak lopen jongeren door roken wel degelijk schade op aan longen en luchtwegen die later tot grote gezondheidsproblemen leidt (zie bijvoorbeeld Walker en Townsend, 1999). Doll en Peto (1981) meldden zelfs dat het risico op longkanker bij mensen die in de jeugd begonnen, hoger was dan bij mensen die pas als volwassenen waren gaan roken.

XTRA

Beginnen tieners met roken onder invloed van stress?
Kijk op www.pearsonxtra.nl bij verdieping.

Blijven roken

De redenen om te blijven roken zijn niet per se dezelfde als de redenen om te *beginnen* met roken. Rokers noemen zelf:

- plezier of genot;
- gewoonte (psychologische en/of lichamelijke afhankelijkheid);
- manier om met stress om te gaan, nervositeit te bestrijden;
- stoppen zal niet lukken.

Psychologische afhankelijkheid is een heel complex onderwerp en heeft te maken met de beloningen en met de motieven en verwachtingen van rokers. Cox en Klinger (2004) beschrijven een motivationeel model van middelengebruik (waaronder rookgedrag) op basis van onderzoek. Hieruit blijkt dat de beslissingen van mensen over middelengebruik niet noodzakelijkerwijs rationeel zijn. Mensen die over hun rookgedrag nadenken, doen dit bijvoorbeeld mogelijk in relatie tot andere aspecten van het leven waaraan ze al dan niet plezier ontlenen en koppelen dat (gebrek aan) plezier dan ten onrechte aan het roken. Daarnaast zien mensen die niet gemotiveerd zijn om gezond te leven hun middelengebruik minder vaak als een probleem. Zij denken ook dat ze minder goed tot een gedragsverandering in staat zijn dan anderen.

Stoppen met roken

Zelfs bij mensen die tussen het vijftigste en zestigste levensjaar stoppen, kan het risico op longkanker of andere, aan roken gerelateerde ziekten, grotendeels verdwijnen (Bratzler *et al.*, 2002). Onder mensen die op dertigjarige leeftijd stoppen, daalt de kans op longkanker zelfs met meer dan negentig procent (Peto *et al.*, 2000). Ruim zestig procent van de rokers die in 1996 meededen aan de UK General Household Survey wilde stoppen (Office for National Statistics, 1998). Mensen met een hogere sociaaleconomische status blijken vaker te stoppen met roken, wat in strijd is met de verwachte significante daling van het aantal rokers met een lagere sociaaleconomische status als gevolg van de gestegen prijs van sigaretten.
Tijdens een 6,5 jaar durend longitudinaal onderzoek onder meer dan 1300 rokers in Nederland ontdekten Droomers *et al.* (2002) dat het succespercentage van mensen die stopten met roken hoger was naarmate het opleidingsniveau hoger was. Of dit komt door meer kennis en inzicht in de gezondheidsrisico's van het roken, of dat dit effect door de sociale klasse wordt vertroebeld (mogelijk hebben mensen uit de hogere klassen die stoppen minder vrienden en kennissen die roken dan mensen die niet stoppen), is nog onduidelijk. Verschillende studies wijzen in ieder geval op een duidelijk verband tussen stoppen met roken en het netwerk rond de roker. Het is

gemakkelijker om te stoppen als men geen deel uitmaakt van een netwerk van rokers. Bovendien is de invloed van het netwerk sterker dan de eigen opvattingen over de gezondheid (zie Rose *et al.*, 1996).
In hoofdstuk 6 en 7 worden interventies beschreven die zijn gericht op het bevorderen van het stoppen met roken.

3.6 Onbeschermd seksueel gedrag

3.6.1 Negatieve effecten van onveilig vrijen op de gezondheid

Behalve ongewenste zwangerschap brengt onveilig vrijen nog andere risico's met zich mee: seksueel overdraagbare aandoeningen (soa's). Seksueel gedrag als risico voor ziekte krijgt steeds meer aandacht sinds de ontdekking van het humaan immunodeficiëntievirus (hiv) rond 1980 en de erkenning dat aids zowel in heteroseksuele als homoseksuele populaties voorkomt (en tevens bij drugsgebruikers die hun naalden delen). In tegenstelling tot het andere gedrag dat in dit hoofdstuk wordt beschreven, zijn seksuele praktijken strikt genomen geen individuele gedragingen; het gedrag vindt immers plaats tussen meerdere individuen. Seks is dus bij uitstek 'sociaal' gedrag. Ter vergelijking: drinkgedrag kan eveneens als 'sociaal' worden gezien, maar daarbij heeft het individu de feitelijke controle over de fysieke handeling van het drinken. Het sociale aspect van seksueel gedrag maakt het ingewikkelder voor onderzoekers en voor gezondheidsvoorlichters die veiliger seksueel gedrag proberen te stimuleren.

Prevalentie van hiv

Volgens schattingen van de Wereldgezondheidsorganisatie (gebaseerd op cijfers uit de jaren 1999 en 2002) zijn over de hele wereld circa veertig miljoen mensen met hiv geïnfecteerd, van wie circa veertien miljoen zijn overleden. In tabel 3.5 staan cijfers van nieuw gediagnosticeerde hiv-infecties in 2009. Hoewel 28 miljoen (zeventig procent) van de gevallen van hiv in Afrika zijn geconcentreerd, bestaat in bepaalde delen van Europa ook reden tot zorg. In Groot-Brittannië waren op het moment van de eeuwwisseling bijvoorbeeld ongeveer 42.000 mensen met hiv besmet en ongeveer 14.000 mensen aan aids overleden. De hiv-epidemie in Groot-Brittannië verschilt niet sterk van andere landen in Noord-Europa, zoals Duitsland, Nederland en Scandinavië. In de Zuid-Europese landen Spanje, Frankrijk, Portugal en Italië is het aantal geïnfecteerden echter veel groter, wat grotendeels wordt toegeschreven aan het grote aantal drugsgebruikers (PHLS Communicable Disease Surveillance Centre, 2002). Opmerkelijk is dat de wijze van overdracht in hoofdzaak gaat via heteroseksuele contacten, terwijl het aantal nieuwe hiv-diagnoses als gevolg van bloedtransfusie bijzonder gering is. Er zijn grote verschillen tussen de landen als men de incidentie van aids in percentages van de bevolking uitdrukt. In West-Europa vindt men doorgaans percentages lager dan 1, terwijl in Afrikaanse landen soms 20 (Zuid-Afrika) tot 38 procent (Botswana) van de bevolking aids heeft.
In veel landen verloopt de belangrijkste 'infectieroute' tegenwoordig via onveilige heteroseksuele seks; in mindere mate via homoseksuele seks of intraveneus drugsgebruik. Aanvankelijk leek dit te wijzen op gedragsveranderingen onder homoseksuele mannen (Katz, 1997) en de effectiviteit van programma's voor spuiteninruil voor intraveneuze drugsgebruikers te bevestigen. Hoewel gezamenlijk spuitengebruik nog altijd voorkomt, is het aantal hiv-diagnoses onder intraveneuze drugsgebruikers in Groot-Brittannië in de loop van zestien jaar gedaald van 588 in 1985 (of eerder, maar cijfers werden pas vanaf 1985 verzameld) tot 181 in 1995 (PHLS Communicable Disease Surveillance Centre, 2002) (zie figuur 3.6).
Gegevens tonen aan dat de positieve veranderingen onder homoseksuele mannen beginnen af te nemen: er is een stijging van onbeschermde anale seks, van het aantal

Tabel 3.5 Verdeling van het aantal nieuw gediagnostiseerde hiv-infecties naar risicogroep en geslacht in 2009

	Mannen		Vrouwen		Totaal	
risicogroep	absoluut	percentage	absoluut	percentage	absoluut	percentage
mannen die seks hebben met mannen	534	77,2	-	-	534	65,8
heteroseksueel contact	115	16,6	108	90,0	223	27,5
injecterend druggebruik	1	0,1	0	0,0	1	0,1
bloed(producten)	1	0,1	1	0,8	2	0,2
moeder op kind	1	0,1	3	2,5	4	0,5
overig/onbekend	40	5,8	8	6,7	48	5,9
totaal	692		120		812	

Bron: Vriend *et al.* (2010)

seksueel overdraagbare aandoeningen en, onvermijdelijk, van het aantal hiv-infecties (zie Chen *et al.*, 2002; Dodds en Mercey, 2002). Dat komt mede doordat mensen aids zijn gaan zien als een ziekte die steeds beter kan worden behandeld en niet langer dodelijk is, zodat de impliciete noodzaak tot veilige seks wordt ondermijnd. Bovendien kunnen individuele inschattingen van het risico onjuist zijn. Heteroseksuele infectie heeft grotere implicaties voor vrouwen (als de 'ontvangers' van sperma tijdens de geslachtsgemeenschap) dan voor mannen; in de Verenigde Staten blijkt dit uit een stijging van het aantal gevallen van hiv onder vrouwen (zie Wortley en Fleming, 1997; Logan *et al.*, 2002). De prevalentie van hiv-infecties onder zwangere vrouwen is in Europa betrekkelijk laag, maar uit onderzoek is gebleken dat het aantal gevallen is toegenomen. Dat vergroot de noodzaak tot het ontwikkelen van programma's voor prenataal onderzoek.

Figuur 3.6 Prevalentietrends van hiv-infectie (patiënten die medische zorg ontvangen) per vermoedelijke 'infectieroute': Engeland, Wales en Noord-Ierland, 1995-2001

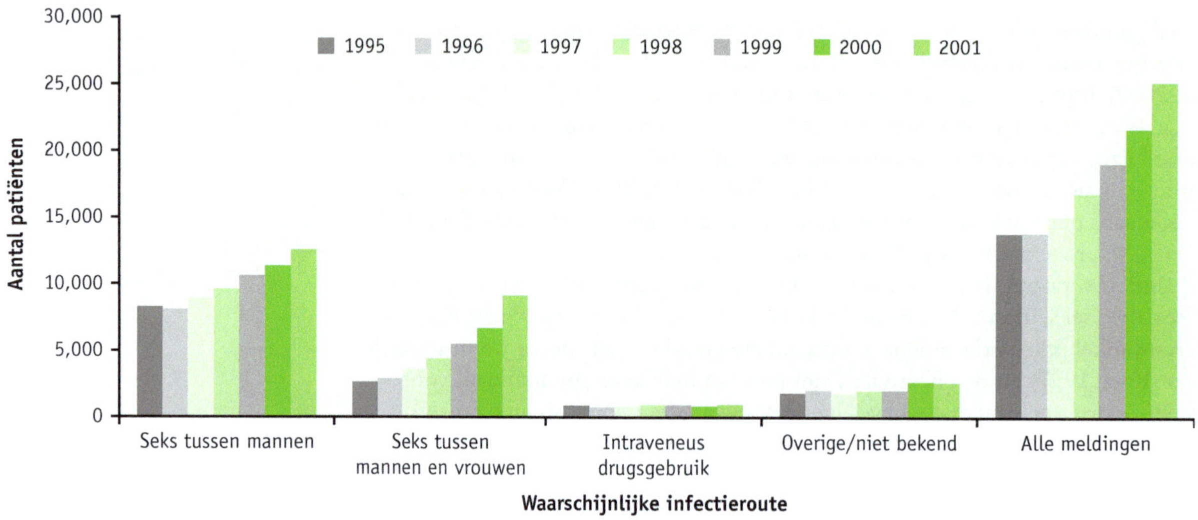

Bron: PHLS Communicable Disease Surveillance Centre (2002)

Chlamydia, HPV en andere soa's

Een groeiende reden tot zorg is de stijging van soa's als chlamydia, genitale herpes simplex en genitale wrattenin Nederland en Vlaanderen. Chlamydia is zelfs de meest voorkomende soa in Nederland en in Vlaanderen onder de mensen die zich laten testen op seksueel overdraagbare aandoeningen. Dit is zorgwekkend te noemen, gezien het feit dat chlamydia gemakkelijk kan worden voorkomen door condooms te gebruiken.
Een subgroep van een virusfamilie die humaan papillomavirus of HPV wordt genoemd, is in verband gebracht met de abnormale weefsel- en celgroei bij genitale wratten en baarmoederhalskanker. Er zijn ook typen HPV's met een laag risico. Zij veroorzaken geen baarmoederhalskanker, maar wel genitale wratten, die erg hinderlijk kunnen zijn. HPV kan al worden overgedragen door één vrijpartij met een besmette persoon, maar is verder niet besmettelijk.
Hoewel condoomgebruik het infectierisico verlaagt, 'leeft' HPV in de hele schaamstreek. Daarom is een condoom alleen niet genoeg om overdracht te voorkomen. HPV komt verbijsterend veel voor en om die reden is de ontdekking van een vaccin tegen die HPV-typen die verantwoordelijk zijn voor 70 procent van alle gevallen van baarmoederhalskanker (maar niet tegen genitale wratten) geroemd als een belangrijke uitvinding voor de gezondheidszorg. Uit klinische testen is het vaccin effectief gebleken voor zowel volwassenen als kinderen. Bij individuen die nog niet geïnfecteerd waren, was het voor 90 procent effectief (Lo 2006, 2007; Steinbrook 2006). Als gevolg hiervan startte in Groot-Brittannië in 2008 een vaccinatieprogramma voor meisjes van 12-13 jaar, op basis van het uitgangspunt dat de vaccinatie moet worden gegeven voordat meisjes seksueel actief worden. Bovendien richtte een 'inhaalprogramma' in 2009/2010 zich op 15- tot 17-jarigen, zodat eind 2010 het vaccin beschikbaar was gemaakt voor alle meisjes onder de 18. Het vaccinatieprogramma behelst drie prikken over een periode van zes maanden en wordt op middelbare scholen ter beschikking gesteld. Voorwaarde voor de vaccinatie is uiteraard de toestemming van de ouders.
Zowel in Nederland als in België wordt inmiddels aan alle meisjes in het eerste jaar van het middelbaar onderwijs een gratis vaccinatie tegen HPV aangeboden. Een zeer hoog percentage van de meisjes maakt gebruik van deze vaccinatie.

Wat denk je zelf?

Enkele Amerikaanse oudergroepen zijn bezorgd dat een vaccinatie tegen een seksueel overdraagbare infectieziekte een vergoelijking is van seksuele activiteit. Hoe denk jij daarover? En wat vind je in dat kader van seksuele voorlichting in het algemeen? Is het aanbieden van een vaccinatieprogramma via scholen de beste manier om de betreffende populatie te bereiken? Denk je dat veel jongeren er gebruik van zouden maken? Welke jongeren zouden op deze manier overgeslagen kunnen worden? Hoe zouden ouders op dit vaccinatieprogramma kunnen reageren?

3.6.2 Het gebruik van condooms

Voorafgaand aan hiv en aids werd seksueel gedrag beschouwd als 'privégedrag' en werd er niet veel onderzoek naar gedaan (met uitzondering van klinische onderzoeken bij mensen met seksuele problemen). Doordat er geen informatie was over de seksuele praktijken van de algehele bevolking, was het bijzonder moeilijk een schatting te maken van de verspreiding van hiv. Daarom werd in Groot-Brittannië in 1990-1991 het *National Survey of Sexual Attitudes and Lifestyles* uitgevoerd onder bijna 19.000 volwassenen (in de leeftijd van 16 tot 59 jaar) (Wellings *et al.*, 1994). In figuur 3.7 staan de percentages mannen en vrouwen in vier leeftijdsgroepen die condooms hadden gebruikt tijdens geslachtsgemeenschap. Ontdekt werd dat:

- jonge mensen vaker condooms gebruiken dan oudere;
- vrouwen minder vaak condooms gebruiken dan mannen;
- zowel mannen als vrouwen condooms het vaakst gebruiken bij een 'nieuwe' seksuele partner (dat gold voor 34 procent van de mannen en 41 procent van de vrouwen);
- condoomgebruik aanzienlijk lager was bij mensen die meldden dat ze verschillende nieuwe partners hadden gehad (respectievelijk 17,5 en 10 procent);
- het percentage condoomgebruik het laagst was bij mannen die verschillende partners hadden met wie ze al eens eerder seks hadden gehad (slechts 5,7 procent gebruikte daarbij altijd een condoom);
- het condoomgebruik bij vrouwen minder afhing van de vraag of verschillende partners 'nieuw' voor hen waren of niet dan bij mannen (14,3 procent van de vrouwen gebruikte altijd een condoom met meerdere niet-nieuwe partners).

Dit onderzoek werd in 2001 herhaald onder ruim 11.000 mannen en vrouwen in de leeftijd van 16-44 jaar met de bedoeling de culturele verscheidenheid van de eerdere steekproef, waarin Londen was oververtegenwoordigd, te verruimen (NATSAL II; Erens *et al.*, 2003). Hoewel deze nationale steekproef minder representatief was dan de eerste, waren de uitkomsten met betrekking tot condoomgebruik bemoedigend (Cassell *et al.*, 2006). Zowel mannen (van 43,3 procent in 1990 tot 51,4 procent in 2000) als vrouwen (van 30,6 procent in 1990 tot 39,1 procent in 2000) meldden een significante toename in condoomgebruik. Net als in het eerste onderzoek was het condoomgebruik het hoogst onder jongere respondenten en bij degenen voor wie de laatste partner 'nieuw' was.
Een belangrijke uitkomst was de mate van condoomgebruik bij mensen met meerdere partners – bij deze individuen met een verhoogd risico op soa's was de kans dat ze condooms gebruikten het hoogst. Een niet-blanke etniciteit en een niet-christelijke religie bleken ook verband te houden met meer condoomgebruik, wat het belang onderstreept van het betrekken van verschillende etnische en culturele groepen in het onderzoek. Onder de heteroseksuele groep werd anticonceptie als belangrijkste

Figuur 3.7 Condoomgebruik aan de hand van leeftijd en geslacht in het *National Survey of Sexual Attitudes and Lifestyles*

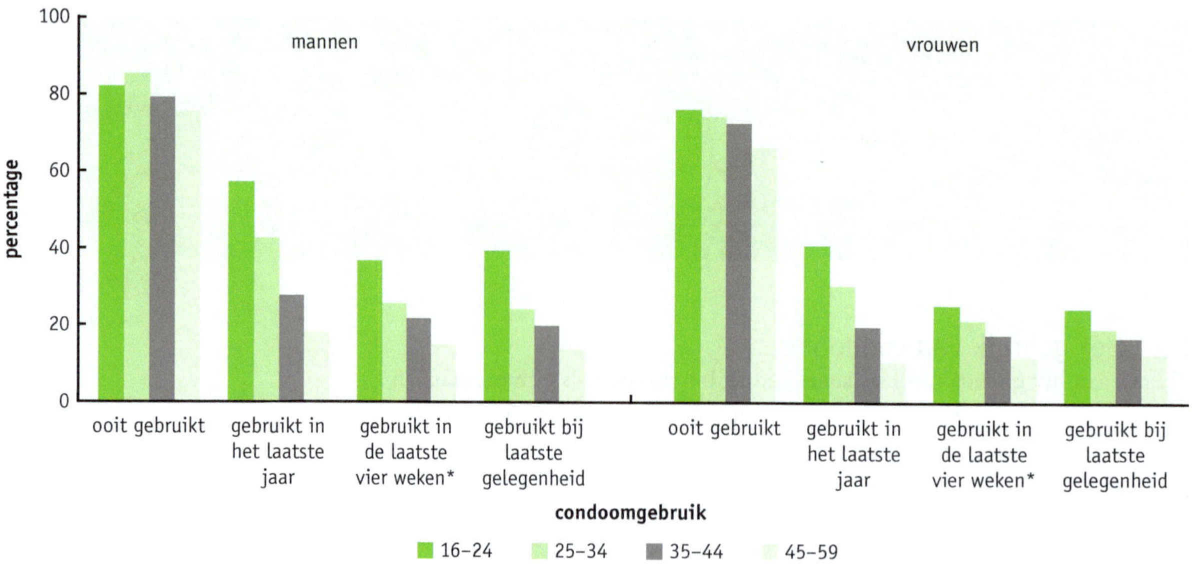

* respondenten die gedurende de laatste vier weken seksueel actief waren

Bron: Wellings, Field, Johnson en Wadsworth (1994: 374)

reden voor condoomgebruik genoemd, al was in de jongere subgroep (16- tot 24-jarigen) de preventie van hiv en andere soa's een even belangrijke, zo niet belangrijkere reden. Dit kan erop wijzen dat het bewustzijn van hiv en seksuele gezondheid in de tien jaar tussen beide onderzoeken is toegenomen. Mogelijk is dit het resultaat van gezondheidsonderwijs en andere vormen van gezondheidsbevordering (zie hoofdstukken 6 en 7). Veiliger seksueel gedrag wordt niet alleen beïnvloed door bezorgdheid over soa's, maar ook door het soort, het aantal en de duur van de seksueel actieve relaties die iemand heeft. Binnen een relatie neemt condoomgebruik doorgaans na zes maanden af. Er zijn vele andere factoren gemeld die veiliger seksueel gedrag in de weg staan. Deze zullen we hierna kort bespreken (zie ook hoofdstuk 5).

Barrières voor condoomgebruik

Gebleken is dat door alcohol het zowel bij jongeren als bij ouderen afneemt; dit geldt zowel voor heteroseksuelen als voor homoseksuelen (zie Gillies, 1991). De ontremmende effecten van alcohol spelen hierbij ongetwijfeld een rol. In het genoemde onderzoek wordt echter wel opgemerkt dat alcoholgebruik niet meer dan een indicator kan zijn voor riskant gedrag in het algemeen en dat nader onderzoek nodig is om vast te stellen of alcohol zelf een directe, causale rol speelt bij het niet gebruiken van condooms. Met betrekking tot vrouwen en hiv-preventie is gebleken dat vele interpersoonlijke, intrapersoonlijke, culturele en contextuele factoren op elkaar inwerken en van invloed zijn op de vraag of een vrouw zich in staat voelt het gebruik van condooms bij seksuele ontmoetingen te reguleren (zie Bury *et al.*, 1992; Sanderson en Jemmot, 1996). Vrouwen delen in het algemeen dezelfde negatieve attitudes over condoomgebruik die onder jonge mannen worden gevonden (bijvoorbeeld dat de spontaniteit van het gedrag of het seksuele genot door condoomgebruik afneemt). Ook blijkt dat ze een onrealistisch optimistische inschatting maken van hun persoonlijke risico op infectie met hiv of een andere soa (Bryan *et al.*, 1996, 1997; Hobfoll *et al.*, 1994). Onderzoek heeft echter ook uitgewezen dat vrouwen te maken hebben met bijkomende barrières als het gaat om condoomgebruik. Enkele voorbeelden hiervan zijn:

- verwacht bezwaar van de man bij voorstel een condoom te gebruiken (omdat gemeend wordt dat vrijen met condoom minder plezierig is);
- problemen bij het ter sprake brengen van het condoomgebruik, verlegenheid;
- de angst dat het voorstel een condoom te gebruiken de indruk wekt dat zijzelf of haar partner met hiv of een andere soa is besmet;
- gebrek aan zelfredzaamheid of handigheid met betrekking tot het gebruiken van een condoom.

Deze barrières weerspiegelen niet alleen de eigen aannamen over de gezondheid, ze laten ook zien dat seksueel gedrag een complexe interpersoonlijke interactie is. Het bespreekbaar maken van seksueel gedrag is voor veel mensen nog altijd een precaire zaak. Daarnaast is hygiënisch seksueel gedrag helaas nog niet even vanzelfsprekend als handen wassen voor het eten.

Voor veiliger seksueel gedrag zijn dus interventies op verschillende niveaus nodig, die niet alleen zijn gericht op individuele opvattingen over gezondheid (zie ook hoofdstuk 5), maar ook op interpersoonlijke communicatie- en onderhandelingsvaardigheden (zie hoofdstuk 6 en 7).

Meer weten over de uitdagingen om gezondheidsgedrag effectief te meten?
Kijk op www.pearsonxtra.nl bij verdieping.

SAMENVATTING

Veel van onze gedragingen hebben gevolgen voor onze gezondheid. In dit hoofdstuk wordt gezondheidsbevorderend gedrag gedefinieerd als gedrag waarvan is gebleken dat het de gezondheidstoestand ten goede komt, al dan niet met het vooropgezette doel de gezondheid te beschermen, te bevorderen of te handhaven. De gedragingen die in dit hoofdstuk worden behandeld, noemen we 'gedragsmatige pathogenen', oftewel gedrag dat schadelijk is voor de gezondheid. Dit omvat ongezond eten, overmatig alcoholgebruik, roken en onveilig vrijen. 'Gedragsmatige immunogenen', oftewel gedrag dat de gezondheid bevordert, zoals sporten, een evenwichtig dieet, gezondheidscontroles en vaccinaties komen in het volgende hoofdstuk uitgebreider aan de orde.

In dit hoofdstuk is gedrag beschreven dat duidelijk gerelateerd is aan ziekte, gedrag dat als zodanig aanleiding geeft tot een groot deel van het onderzoek op het gebied van de gezondheidspsychologie. Veel aandacht is daarbij gericht op de complexiteit van sociale, emotionele en cognitieve factoren die bijdragen aan gezondheidsbedreigend gedrag, en op uiteenlopende theorieën en modellen over gezondheidsgedrag (ook beschreven in hoofdstuk 5).

Pearson XTRA – Actief leren online

Wil je meer weten en oefenen, en je kennis van de besproken stof verdiepen, bezoek dan **www.pearsonxtra.nl**.

HOOFDSTUK 4
GEZOND GEDRAG

LEERDOELEN

Aan het einde van dit hoofdstuk heb je inzicht in:

- gedrag waarvan blijkt dat het de gezondheid bevordert of beschermt;
- het belang van een gezond dieet, lichaamsbeweging, medische controles en vaccinatie voor de gezondheid;
- de verscheidenheid en de complexiteit van gezond gedrag.

Zoals in hoofdstuk 3 is aangetoond, is gedrag gerelateerd aan onze gezondheid. Niet al ons gedrag heeft echter een schadelijk effect op onze gezondheid; veel gedragingen bevorderen de gezondheid juist en beschermen ons tegen ziekten. Gedragingen die de gezondheid bevorderen worden 'gedragsmatige immunogenen' genoemd. In dit hoofdstuk bespreken we een aantal van deze gedragsmatige immunogenen, waaronder gezonde voeding, sporten, medische controles en vaccinatie.
Het promoten van gezondheidsbevorderend gedrag is een belangrijk doel van voorlichtingsprogramma's en bevolkingsonderzoeken over de gehele wereld. Voorbeelden van dergelijke campagnes, gericht op de bevolking in het algemeen of op een specifieke bevolkingsgroep, vind je terug in de hoofdstukken 6 en 7.

Individueel gedrag kan de gezondheid zowel ondermijnen als bevorderen en/of in stand houden. In een maatschappij waar chronische ziekten veel voorkomen en waar de bevolking steeds ouder wordt, wordt het steeds belangrijker om stappen te zetten in de richting van gezond leven en gezond ouder worden.
De berichtgeving in de media en in campagnes heeft tot doel ons bewuster te maken van de gunstige en de schadelijke effecten van bepaald gedrag op onze gezondheid. Mensen handelen echter niet uitsluitend vanuit de motivatie om hun gezondheid te beschermen of het risico op ziekte te verminderen. Als gezondheidspsycholoog is het daarom niet alleen belangrijk om inzicht te krijgen in de consequenties van bepaalde gedragingen voor de gezondheid, maar ook in de psychosociale factoren die op gezondheidsgedrag van invloed zijn. De belangrijkste theorieën die binnen het onderzoeksterrein van de gezondheidspsychologie worden toegepast en getest, worden in hoofdstuk 5 beschreven. In hoofdstuk 3 kwam al een aantal gedragingen aan bod waarvan bekend is dat ze schadelijk kunnen zijn voor de gezondheid. In dit hoofdstuk passeren een aantal gedragingen de revue die worden beschouwd als goed voor de gezondheid.

Hoe onderzoek je het?

Gezondheidsenquêtes

Sinds 1981 beschikt Nederland over de resultaten van een nationale Gezondheidsenquête. Dit is een jaarlijks enquêteonderzoek onder een representatieve groep van de Nederlandse bevolking waarin vragen worden gesteld over onder meer de gezondheidstoestand en het gebruik van medische zorg. Over de bevindingen wordt met grote regelmaat gepubliceerd. Ook België kent een nationale Gezondheidsenquête, maar deze wordt niet jaarlijks uitgevoerd. Tot nu toe gebeurde dit in 1997, 2001, 2004 en 2008.
Internationaal gezien neemt Nederland met de beschikbaarheid van deze gegevens een bijzondere positie in. Vergelijkbare continue of periodieke enquêteonderzoeken die zich speciaal op gezondheidsvragen richten, treffen we slechts aan in een beperkt aantal andere landen, waaronder Canada, de Verenigde Staten en Italië. In veel andere westerse landen moet men het doen met incidentele gezondheidsenquêtes, of met een aantal gezondheidsvragen dat aan andere enquêtes is toegevoegd. Het is ook om deze reden dat het Nederlandse Centraal Bureau voor de Statistiek (CBS), de initiatiefnemer en uitvoerder van de nationale Gezondheidsenquête, in het kader van de samenwerking met de Wereldgezondheidsorganisatie een leidende rol vervult bij de ontwikkeling en standaardisatie van methoden voor dit type onderzoek. De populariteit van gezondheidsenquêtes in Nederland komt ook tot uitdrukking in de grote frequentie waarmee gemeentelijke en regionale gezondheidsdiensten ervan gebruikmaken om de gezondheid van de plaatselijke bevolking in kaart te brengen.

Wie vertrouwd is met de problemen van het afnemen van een betrouwbare anamnese bij individuele patiënten of met de problemen verbonden met retrospectieve bevragingen zal zijn verbazing nauwelijks weten te onderdrukken; ook onder epidemiologen bestaat over de validiteit van gegevens verkregen uit gezondheidsenquêtes een zekere scepsis. Hier bespreken we de mogelijkheden én de beperkingen van de CBS-Gezondheidsenquête.

Doelstellingen, opzet, enkele resultaten

De CBS-Gezondheidsenquête is opgezet om een aantal ontbrekende gegevens in de bestaande statistieken aan te vullen. Ze genereert met regelmatige intervallen statistische gegevens op het niveau van de bevolking als geheel of van groepen daaruit. Tegelijk biedt de CBS-Gezondheidsenquête een kader voor het uitvoeren van statistisch ad-hoconderzoek. Met ingang van 1983 wordt namelijk jaarlijks een speciaal onderwerp toegevoegd aan de standaardvragen; bijvoorbeeld over de ziektekostenverzekering, het vóórkomen van lichamelijke beperkingen, gedragsfactoren zoals roken, alcoholgebruik en voeding, of preventie zoals deelname aan bevolkingsonderzoek naar baarmoederhals- en borstkanker.
Voor de CBS-Gezondheidsenquête trekt men een representatieve steekproef uit het bevolkingsregister. Bewoners die in instituten wonen (bijvoorbeeld verpleeg- en verzorgingshuizen) blijven hierbij buiten beschouwing, wat uiteraard van betekenis is voor de interpretatie van de gegevens, met name die over (hoog)bejaarden. Per adres worden in principe alle daar woonachtige personen geïnterviewd, met een maximum van vier. Indien nodig, bijvoorbeeld in het geval van kinderen en niet-aanwezige volwassen gezinsleden, worden zogeheten proxy-interviews afgenomen. Hierbij worden de vragen door een ander (volwassen) gezinslid beantwoord. Jaarlijks worden zo acht- tot tienduizend personen direct of indirect ondervraagd. De responscijfers zijn in de loop van de tijd geleidelijk teruggelopen, vooral door een toename van het aantal weigeringen.

Voor de belangrijkste vragen uit de enquête kijk op www.pearsonxtra.nl bij verdieping.

De CBS-Gezondheidsenquête levert unieke informatie die niet of moeilijk uit andere bronnen kan worden verkregen, maar over de **validiteit** ervan is weinig bekend. De beste methode om deze validiteit vast te stellen is het vragenlijstonderzoek te laten volgen door een medisch onderzoek bij dezelfde personen. Van dergelijke rechtstreekse vergelijkingen bestaan enkele voorbeelden; de bekendste zijn verricht in de jaren vijftig van de twintigste eeuw in de Verenigde Staten. De globale conclusies waren dat driekwart van de bij medisch onderzoek vastgestelde aandoeningen niet in de enquête was gerapporteerd. Omgekeerd werd een derde tot de helft van de in de enquête gerapporteerde aandoeningen bij het medisch onderzoek niet teruggevonden. Het netto-effect was dat de prevalentie van de meeste aandoeningen in het enquêteonderzoek werd onderschat. Hierbij bestonden belangrijke verschillen tussen aandoeningen onderling. Ook leken er verschillen te zijn in de mate van onderrapportage naar leeftijd, geslacht en sociaaleconomische status.
We weten niet of deze situatie ook nu nog in Nederland geldt. Het is zeer goed denkbaar dat sinds de jaren vijftig van de twintigste eeuw door de sterke medicalisering van de bevolking een veel groter deel van de 'ijsberg' van de gezondheidsproblematiek boven water is gekomen, zodat er nu veel minder onderrapportage is – mogelijk is er zelfs overrapportage. Meestal gaat het echter in onderzoek dat gebruikmaakt van de CBS-Gezondheidsenquête primair om de vraag of valide vergelijkingen binnen het materiaal (naar aandoening, leeftijd, geslacht, sociaaleconomische status, kalenderjaar et cetera) kunnen worden uitgevoerd.
Juist nu de CBS-Gezondheidsenquête, met in haar kielzog een groot aantal gemeentelijke en regionale varianten, een vaste plaats in het bewaken en bestuderen van de volksgezondheid heeft verworven, zou het op zijn plaats zijn te investeren in een grondig onderzoek naar de validiteit van de gegevens.

Bron: Mackenbach, J.P., 'Commentaar op de CBS-Gezondheidsenquête'. In: *Nederlands Tijdschrift voor Geneeskunde,* 1993 (137): 1488-92

validiteit

De mate waarin een meting, bewering of uitspraak geldig is, ook wel omschreven als de mate waarin een meetinstrument aan zijn doel beantwoordt. Wanneer men bijvoorbeeld wil weten hoe lang iemand is, dan is het meten van iemands lichaamslengte een valide meting.

4.1 Gezonde voeding

Zoals in het vorige hoofdstuk werd beschreven, speelt wat we eten een belangrijke rol bij een goede gezondheid en het voorkomen van ziekten op de lange termijn. Gebleken is dat de voeding direct en indirect verband houdt met bepaalde ziekten. Vetinname heeft bijvoorbeeld een direct verband met verschillende hart- en vaatziekten via uiteenlopende fysiologische mechanismen. Daarnaast is er een indirecte relatie tussen vetinname en ziekten, vanwege het effect op de gewichtsbeheersing en in het bijzonder op overgewicht. Het hoeft daarom geen verbazing te wekken dat verschillende landen en medische autoriteiten richtlijnen hebben opgesteld over gezonde voeding en dat onderzoekers zich inspannen om factoren te identificeren die het gemakkelijker maken om deze richtlijnen in ons dagelijks leven in te passen.

antioxidant

Aangetoond is dat oxidatie van 'slecht' of LDL-cholesterol belangrijk is bij het ontstaan van vetafzettingen in de slagaders. Antioxidanten zijn chemische bestanddelen (polyfenolen) van sommige voedingsmiddelen (bijvoorbeeld rode wijn), waarvan gedacht wordt dat ze het oxidatieproces remmen.

4.1.1 De gezondheidsvoordelen van het eten van fruit en groente

Fruit en groente bevatten onder andere vitaminen, foliumzuur, **antioxidanten** en vezels. Al deze stoffen dragen bij aan een gezond lichaam. Ze kunnen ook bescherming bieden tegen bepaalde vormen van kanker (bijvoorbeeld maag- en darmkanker), hart- en vaatziekten en herseninfarcten (zie bijvoorbeeld Cummings en Bingham, 1998; Ness en Powles, 1997; WHO, 2003).

In 2003 is een grootschalig onderzoek gedaan (een *Cochrane Review*) naar al het bewijsmateriaal waaruit een verband bleek tussen de consumptie van fruit en groente enerzijds en de morbiditeit van en mortaliteit aan hart- en vaatziekten anderzijds. In deze **meta-analyse** werd ook het verband tussen de totale mortaliteit en de consumptie van fruit en groente onderzocht (Ness, Hooper, Egger *et al.*, 2003). Het World Health Report (2002) schreef 3,5 tot 7,6 procent van de totale mortaliteit in het jaar 2000 toe aan een lage consumptie van groente en fruit. Daarbij werd het hoogste percentage gemeten in de westerse wereld, waaronder Europa en de Verenigde Staten, en het laagste in ontwikkelingslanden met een hoge mortaliteit, waaronder grote delen van Afrika.

meta-analyse

Een bespreking en herhaalde analyse van eerder verzamelde groepen gegevens die zodanig worden gecombineerd dat grote steekproeven met een groot statistisch onderscheidingsvermogen ontstaan, opdat betrouwbare conclusies kunnen worden getrokken omtrent specifieke effecten. Een meta-analyse kan een uitspraak doen over grotere hoeveelheden gegevens, waardoor de betrouwbaarheid van de uitspraak toeneemt. Ook kan zij een uitspraak doen over de kwaliteit van de geanalyseerde onderzoeken.

Wat kom je tegen in de praktijk?

Twee ons groente, drie keer fruit

België heeft sinds de voedselpeiling in 2004 een Nationaal Voedings- en Gezondheidsplan, dat de Belgische bevolking ertoe moet aanzetten om gezonder te eten. Bovendien promoot het de richtlijnen voor onder andere het eten van groente en fruit. In Nederland verzorgt het Voedselcentrum de algemene communicatie over gezond eten.

Van de Belgische bevolking van 15 jaar en ouder eet slechts iets meer dan een derde (37,7 procent) dagelijks groente; 67,2 procent eet minstens 5 dagen per week groente; 3,1 procent eet minder dan één maal per week groente en 0,6 procent nooit. Over het algemeen eten vrouwen meer groente dan mannen. Toch eet ook nog niet de helft van de vrouwen (43,8 procent) dagelijks groente. Slechts 1 op 1000 Belgen van 15 jaar en ouder haalt de aanbeveling van de voedingsdriehoek (vergelijkbaar met de Nederlandse Schijf van Vijf) van 350 gram groente (rauw gewicht) per dag.

In de algemene bevolking eet minder dan de helft (47,3 procent) van de bevolking dagelijks fruit; 56,4 procent eet wel minstens 5 dagen per week fruit. Daarnaast eet een belangrijk deel van de bevolking (12,7 procent) minder dan eenmaal per week fruit en 1,6 procent nooit. In de voedingsdriehoek wordt een minimale consumptie

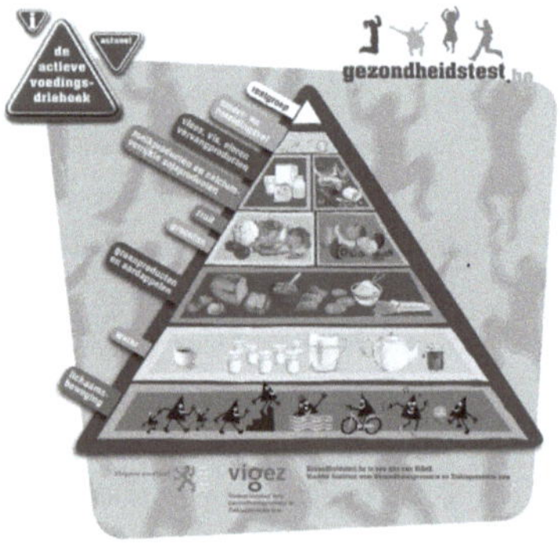

van 2 à 3 stukken fruit per dag aanbevolen, oftewel minstens 250 gram - 375 gram. Voor jongeren van 15 tot 18 jaar raadt men minstens 375 gram fruit per dag aan.
Ook in Nederland eten de meeste mensen te weinig groente en fruit. In sommige leeftijdsgroepen voldoet slechts 1 procent aan de richtlijn voor groente, oplopend naar een op de zes vrouwen boven de vijftig jaar. De richtlijnen voor fruit worden door iets meer mensen gehaald, variërend van 3 tot 26 procent in de verschillende leeftijdsgroepen (Nationaal Kompas, 2011).

Bron: www.voedingscentrum.nl

Aanbevolen inname van fruit en groente
In Europa raadt men aan om vijf of meer porties fruit en groente per dag te eten (één portie wordt gedefinieerd als 80 gram). Uit onderzoek is gebleken dat minder dan 20 procent van de jongens en 15 procent van de meisjes in de leeftijd van 13 tot 15 jaar dit doen (Department of Health, 1998a; Bajekal, Primatesta en Prior *et al.*, 2003). Ook volwassenen lijken deze aanbevelingen niet op te volgen, vooral jongvolwassenen en mannen niet (zie Baker en Wardle, 2003; Wardle en Steptoe, 2003; Henderson *et al.*, 2002). Vervolgonderzoek richt zich dan ook op de identificatie van belemmerende en faciliterende factoren met betrekking tot gezonde voeding. In de volgende paragraaf bespreken we mogelijke belemmerende verklaringen voor het eten van voldoende fruit en groente.

XTRA

Veranderende leefomstandigheden kunnen van invloed zijn op gezond eten. Wil je weten waarom sommige oudere mannen kooklessen nodig hebben?
Kijk op **www.pearsonxtra.nl** bij verdieping.

4.1.2 Waarom eten mensen onvoldoende fruit en groente?

Ondanks een toenemend bewustzijn over het verband tussen voeding en gezondheid zijn fruit en groente onder jongeren niet erg populair. De *National Diet and Nutrition Survey* (Food Standards Agency, 2000) ontdekte dat Britse pubers vooral wit brood, hartige snacks (bijvoorbeeld chips), koekjes, aardappelen en snoep eten. Hoewel hun voeding gemiddeld voldoende vitaminen bevatte, was de inname van bepaalde mineralen gering. Uit ander onderzoek (Haste, 2004) bleek dat kinderen 'het smaakt lekker' (67 procent) en 'het vult goed' (43 procent) als de twee belangrijkste redenen voor de keuze van bepaalde voedingsmiddelen opgaven, boven 'omdat het gezond is' (22 procent) en 'het geeft me energie' (17 procent).
Helaas lijkt 'het smaakt lekker' vaak te zijn verbonden aan het suiker- en vetgehalte in bepaalde voedingsmiddelen, en daarmee niet aan gezond voedsel. Bovendien bestaan er vooroordelen over gezond voedsel die kunnen verhinderen dat mensen een gezonde voedselkeuze maken. Van de proefpersonen die meededen aan de steekproef van Haste was 37 procent het bijvoorbeeld eens met de bewering 'gezond voedsel is meestal niet zo lekker als ongezond voedsel'. Waar komen deze voorkeuren en meningen vandaan?

Hoe onderzoek je het?

Effectgrootte

In sociaalwetenschappelijk onderzoek geldt in de regel dat 'één zwaluw nog geen zomer maakt'. Dat betekent dat je voorzichtig moet zijn met uitspraken op grond van één enkele studie. Om die reden worden er meta-analyses gedaan, die proberen de resultaten van meerdere onderzoeken te bundelen. Veel van deze meta-analyses worden voor het medische domein gepubliceerd door de Cochrane Collaboration (www.cochrane.org) en voor het sociale domein door de Campbell Collaboration (www.campbellcollaboration.org). Er wordt dan gekeken wat de gemiddelde uitkomst is van meerdere studies. Deze gemiddelde uitkomst wordt uitgedrukt in de 'effectgrootte' van bijvoorbeeld de interventie. Meestal worden hiervoor statistische maten gebruikt. De meest gebruikte zijn Cohens d, Pearsons r en de 'Odds ratio' (OR) voor dichotome (wel-niet) data. In de regel geldt een 'd' kleiner dan .5 als klein effect en groter dan .8 als groot effect. Voor de 'r' geldt dat kleiner dan .23 als klein effect wordt gezien en groter dan .37 als groot. Een OR van 3 betekent dat bijvoorbeeld een interventiegroep een drie keer kleinere kans heeft op een bepaalde aandoening dan een controlegroep.

Voedselvoorkeuren

Ouders spelen een belangrijke rol bij eetpatronen, voedselkeuzen en vrijetijdsbesteding van hun kinderen, omdat ouders de regels en richtlijnen opstellen omtrent passend gedrag van de kinderen. Uit onderzoek bleek bijvoorbeeld dat toegeeflijkheid van de ouders vaak gepaard ging met minder gezond eetgedrag onder pubers en jongvolwassenen in de leeftijd van 12 tot 22 jaar (Bourdeaudhuij, 1997; Bourdeaudhuij en Van Oost, 1998). Voedselvoorkeuren worden meestal aangeleerd via socialisatie binnen het gezin, waarbij het voedsel dat de ouders eten vaak bepalend is voor de toekomstige voorkeur van het kind wat betreft:

- *bereidingswijze*: bijvoorbeeld zelfgemaakt/vers versus kant-en-klaar/bewerkt;
- *producten*: bijvoorbeeld vetrijk versus mager, biologisch versus niet-biologisch;
- *smaak*: gekruid versus neutraal, zoet versus zuur;
- *textuur*: bijvoorbeeld zacht versus knapperig, mals versus stevig;
- *ingrediënten*: bijvoorbeeld rood/wit vlees, groente, fruit, granen, peulvruchten en koolhydraten.

Verschillende interventies zijn gericht geweest op de consumptie van fruit en groente van jonge mensen, zoals het *Food Dudes*-programma in Noord-Wales, dat zich richtte op kinderen vóór de schoolleeftijd en kinderen op de lagere school (Tapper, Horne, Lowe *et al.*, 2003; Horne, Tapper, Lowe *et al.*, 2004). Bij dit programma werd gebruikgemaakt van bekende technieken uit de onderwijstheorie, zoals toenemende blootstelling aan de smaak van bepaalde soorten fruit en groente, voorbeelden van gezond gedrag via stripfiguurtjes,

'Je bent wat je eet?' Het belang van het bieden van een positieve norm voor gezond eten bij kinderen.

Bron: Bangor University, Wales, School of Psychology

en bekrachtiging van gezond gedrag via kindvriendelijke beloningen (bijvoorbeeld door middel van stickers en kleurpotloden) (Lowe, Horne, Tapper *et al.*, 2004). Ontdekt werd dat voorbeelden van leeftijdsgenoten en op beloning gebaseerde interventies langdurig effectief waren voor de consumptie van fruit en groente bij kinderen in achterstandswijken (Horne *et al.*, 2004). Uit een onderzoek met blootstelling alleen, waarbij in basisscholen 'snoepwinkels met fruit' werden ingericht, bleek echter dat de consumptie van fruit daardoor niet toenam (Moore, Paisly, Dennehy *et al.*, 2000; Moore, 2001). Dit wijst erop dat beschikbaarheid op zichzelf niet genoeg motivatie vormt voor kinderen om hun eetgedrag te veranderen.

In Nederland zijn een paar jaar geleden de resultaten bekendgemaakt van een onderzoek naar het verstrekken van fruit aan kinderen op basisscholen. Daaruit bleek dat kinderen na dit stimuleringsproject meer fruit en groente aten en minder vaak een ongezonde snack namen (Tak, 2009).

Wat leert onderzoek ons?

Beschermen vitaminen ons tegen ziekte?

Uit onderzoek blijkt dat een tekort aan vitamine A, C en E, bètacaroteen en foliumzuur in het dieet een rol speelt bij het ontstaan van hart- en vaatziekten; daarnaast lijkt een geringe inname van bètacaroteen verband te houden met het ontstaan van kanker. Dat heeft te maken met de antioxidante eigenschappen van deze vitaminen (ze reduceren namelijk de aanwezigheid van metabolieten in de stofwisseling, die celschade kunnen veroorzaken). Bovendien hebben vitamine C en E ontstekingsremmende eigenschappen en zowel ontsteking als oxidatie wordt geassocieerd met een achteruitgang van de cognitieve vermogens, waardoor dementie kan verergeren.

Deze resultaten wekken logischerwijs de belangstelling van de media en het publiek. Het innemen van vitaminepreparaten om de gezondheid te beschermen is in de Verenigde Staten en Europa inmiddels gewoon geworden. De handel in vitaminen is een groeiende bedrijfstak.

De vraag is echter of vitaminesupplementen werken, en zo ja, of ze dat op dezelfde manier doen als vitaminen in voedingsmiddelen. Om de eerste vraag te beantwoorden heeft de United States Preventive Services Task Force (USPSTF, een groep deskundigen die onderzoeksresultaten onderzoekt om adequate gezondheidsadviezen te kunnen geven) twee grootschalige meta-analyses uitgevoerd van gepubliceerde onderzoeken naar vitaminesupplementen tussen 1966 en 2001. Bij de eerste analyse werd gekeken naar hart- en vaatziekten (USPSTF, 2003), bij de tweede naar borst-, long-, darm- en prostaatkanker (Morris en Carson, 2003). Geconcludeerd werd dat zelfs goed opgezette trials geen verband aantoonden tussen vitaminepreparaten en het latere ontstaan van ziekten. Zorgelijk is dat de auteurs ondanks het ontbreken van dit verband melding maakten van 'overtuigend bewijs' dat bètacaroteensupplementen bij rokers waren gerelateerd aan een toegenomen risico op longkanker, gevolgd door overlijden. De onderzoeken waarbij een verband was gevonden tussen vitaminesupplementen en een verminderd risico op ziekte, bleken vaak van slechte kwaliteit te zijn. Bewijsmateriaal van een verminderd risico op kanker aan de dikke darm door foliumzuursupplementen was bijvoorbeeld gebaseerd op retrospectieve rapporten van degenen die de ziekte al dan niet kregen, en niet op een langdurig prospectief, longitudinaal onderzoek van mensen die aanvankelijk gezond waren. Daarom dienen dergelijke resultaten met de nodige reserve te worden geïnterpreteerd.

Bij het opstellen van aanbevelingen voor vitaminegebruik concludeerde de USPSTF dat er weinig bewijs was dat vitaminen schadelijk zijn voor de gezondheid, met uitzondering van bètacaroteen bij rokers. Er werd ook geen doorslaggevend bewijs gevonden omtrent de voordelen van vitaminesupplementen bij hartaandoeningen of kanker. De onderzoekers concludeerden dat gezonde vitaminerijke voeding de belangrijkste factor is en niet de supplementen.

Bewijs dat vitamine C- en E-supplementen de cognitieve achteruitgang remmen is erg voorlopig; goed opgezet, gerandomiseerd vervolgonderzoek is dus nodig (Haan, 2003). Uit het schaarse bewijsmateriaal blijkt wel dat vitamine C en E de welbespraaktheid en het geheugen van gezonde oudere vrouwen gunstig beïnvloeden. Deze

voordelen werden alleen gevonden als deze vitaminen samen werden ingenomen (Grodstein, Chen, Willett *et al.*, 2003). Deze effecten zijn bemoedigend en moeten verder worden onderzocht, juist omdat cognitieve achteruitgang en dementie in onze maatschappij door de vergrijzing steeds vaker zullen voorkomen.
Van de Belgische bevolking neemt 11,5 procent om de twee dagen een vitaminesupplement. Van de vrouwen neemt 13,1 procent om de twee dagen vitaminesupplementen, van de mannen 9,8 procent. Het slikken van vitaminesupplementen neemt toe naarmate de leeftijd stijgt, met de hoogste inname (16 procent) in de leeftijdsgroep 60-74 jaar. Er is geen uitgesproken verband gevonden tussen het slikken van vitaminesupplementen en het opleidingsniveau (Gezondheidsenquête, 2008).

4.2 Lichaamsbeweging

4.2.1 De voordelen van bewegen voor de lichamelijke gezondheid

De algemeen heersende mening is dat lichaamsbeweging goed is voor de gezondheid en dat hierdoor het risico op hart- en vaatziekten, diabetes type 2 en overgewicht afneemt, evenals het risico op bepaalde vormen van kanker, zoals borstkanker en maag- en darmkanker (Kohl, 2001; Knowler, Barrett-Connor, Fowler *et al.*, 2002; Kriska, 2003; WHO, 2002).
Veel studies ondersteunen de voordelen van lichaamsbeweging. Een vroege aanwijzing is afkomstig uit een longitudinaal onderzoek naar de leefwijze van 17.000 oud-studenten aan Harvard University. Van de 1413 sterfgevallen in de periode van 1962 tot 1978 hadden de meesten een zittend leven geleid. Mensen die wekelijks het equivalent van 45 tot 52,5 km hardliepen of wandelden hadden een half zo klein risico op vroegtijdig overlijden als degenen die 7,5 kilometer of minder per week liepen. Bij een ander longitudinaal onderzoek onder oudere mannen (61-81 jaar) ontdekte men dat het sterftecijfer over een periode van twaalf jaar bij mensen die meer dan drie kilometer per dag wandelden half zo hoog was als dat van de mannen die minder dan drie kilometer per dag wandelden (Hakim, Petrovich, Burchfield *et al.*, 1998). Bovendien bleek de incidentie van kanker en hartaandoeningen ook lager onder degenen die meer wandelden.
Uit verschillende prospectieve, op observatie berustende onderzoeken bleek ook dat regelmatige lichamelijke activiteit het risico op hart- en vaatziekten, die aan overgewicht zijn gerelateerd, kan verkleinen (Blair en Brodney, 1999). Eén onderzoek toonde aan dat bij mensen met overgewicht (mensen met een BMI van 25,0 of hoger) die actief waren, het percentage hartaanvallen geringer was dan bij niet-actieve mensen met een normaal gewicht (mensen met een BMI lager dan 24,9) (Morris, Clayton, Everitt *et al.*, 1990). 'Dik' zijn betekent dus niet per se 'ongezond' zijn.
Lichaamsbeweging biedt ook bescherming tegen osteoporose, afname van de botdichtheid door verlies van calcium; bij deze ziekte worden de botten brozer, neemt de botsterkte af en stijgt het risico op fracturen. Naar schatting loopt in Groot-Brittannië elke drie minuten iemand een botfractuur op als gevolg van osteoporose; een op de drie vrouwen en een op de twaalf mannen ouder dan 50 jaar heeft deze aandoening. Regelmatige lichaamsbeweging, vooral duurtraining of wandelen en dansen, is van belang voor het handhaven van een maximale botdichtheid. Via training kunnen de spierkracht, de coördinatie en het evenwicht worden verbeterd. Dit is goed voor ouderen, aangezien het risico op een valpartij, met een botbreuk als gevolg, daardoor kleiner wordt.
Regelmatige lichaamsbeweging in het algemeen verkleint dus het risico op uiteenlopende aandoeningen; bovendien gaat het gepaard met een significante daling van de mortaliteit zowel bij mannen (Myers, Froelicher, Do *et al.*, 2002) als bij vrouwen (Manson, Greenland, LaCroix *et al.*, 2002). Er zijn aanwijzingen dat de gezondheid

en het risico op ziekte bij volwassenen verband houdt met de hoeveelheid beweging tijdens de kindertijd (Hallal *et al.*, 2006).
Zodra een verband tussen specifiek gedrag en gezondheid is vastgesteld, is het belangrijk te achterhalen hoe dit verband precies werkt. In het geval van hart- en vaatziekten lijkt het erop dat het hart door regelmatige lichaamsbeweging sterker wordt en dat de efficiëntie van het hart en de ademhalingsorganen toeneemt. Ook zakt de bloeddruk en slaan mensen die regelmatig bewegen minder vet op (zie Pate, Pratt, Blair *et al.*, 1995; UK Health Education Authority en UK Sports Council, 1992). Lichaamsbeweging helpt dus het evenwicht tussen energie-inname en energieverbruik te handhaven. Ook is aangetoond dat lichaamsbeweging een gunstig effect heeft op het psychologisch welzijn.

Figuur 4.1 Percentage mensen dat in 2011 binnen hun leeftijdsklasse voldoet aan de Nederlandse Norm Gezond Bewegen voor hun leeftijd

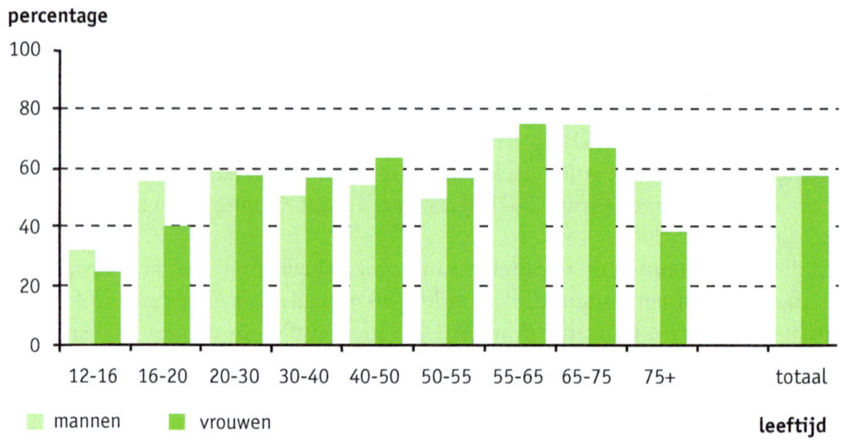

Bron: CBS StatLine (2012) (http://www.nationaalkompas.nl/gezondheidsdeterminanten/leefstijl/lichamelijke-activiteit/hoeveel-mensen-zijn-voldoende-lichamelijk-actief/)

Tabel 4.1 Lichamelijke beweging naar leeftijd in Vlaanderen in 2006

Leeftijd	nooit	één keer per jaar	meerdere keren per jaar	één keer per maand	meerdere keren per maand	totaal	absolute aantallen
<25j.	22,2	0,6	6,8	4,3	66,0	100	162
25-34j.	29,8	2,2	9,2	3,7	55,1	100	272
35-44j.	30,5	1,9	6,1	1,9	59,5	100	311
45-54j.	45,9	1,5	4,9	2,6	45,1	100	268
55-64j.	51,4	0,9	3,7	2,8	41,1	100	214
65-74j.	54,6	0,5	2,6	0,0	42,3	100	196
75j.+	79,3	0,9	2,7	1,8	15,3	100	111
Absolute aantallen	640	21	84	38	751		1534
% alle leeftijden	41,7	1,4	5,5	2,5	49,0	100	

Bron: Survey van de Studiedienst van de Vlaamse Regering (2006)

4.2.2 De positieve gevolgen van lichaamsbeweging

Zowel onder klinische populaties (bijvoorbeeld mensen die aan depressie lijden; Glenister, 1996) als onder niet-klinische populaties (Plante en Rodin, 1990; Lox *et al.*, 2006) heeft lichaamsbeweging een gunstig effect op de stemming. Gebleken is bijvoorbeeld dat lichaamsbeweging gepaard gaat met een vermindering van angst (zie Petruzzello, Jones en Tate, 1997). Psychologische voordelen van lichaamsbeweging worden toegeschreven aan verschillende biologische mechanismen, waaronder:

- afgifte van lichaamseigen, natuurlijke opiaten aan het bloed; deze stoffen geven een natuurlijke 'kick' en werken pijnstillend;
- stimulatie van de afgifte van **catecholaminen** zoals **noradrenaline** en **adrenaline**; deze stoffen verminderen de stressreactie en verbeteren de stemming (zie hoofdstuk 11);
- spierontspanning, waardoor stress afneemt.

catecholaminen
Chemische stoffen die als neurotransmitters in de hersenen werken; voorbeelden zijn adrenaline en noradrenaline.

noradrenaline
Een neurotransmitter die zich in de hersenen en in het sympathische zenuwstelsel bevindt. Wordt ook wel norepinefrine genoemd.

adrenaline
Een neurotransmitter en hormoon dat door het bijniermerg wordt afgegeven en dat de fysiologische activiteit van het lichaam verhoogt, zoals stimulering van het hart en een toename van de bloeddruk en de stofwisselingssnelheid. Wordt ook wel epinefrine genoemd.

Waarschijnlijk is de relatie tussen lichaamsbeweging en stemming echter complexer dan door deze biologische mechanismen wordt gesuggereerd. Er bestaat bewijs dat te veel intense lichaamsbeweging juist een negatief effect heeft op de stemming. (Brewer, Manos, McDevitt *et al.*, 2000). Dit is verder onderzocht door Hall, Ekkekakis en Petruzzello *et al.* (2002). Zij ontdekten dat intensieve lichaamsbeweging niet alleen een negatieve stemming veroorzaakt, maar ook dat het tijdstip waarop de stemming werd beoordeeld hierbij van invloed is. De stemming zakt aanzienlijk naarmate de intensiteit van de lichaamsbeweging toeneemt, waarbij een verbetering pas optreedt na het voltooien van de lichaamsbeweging. Deze auteurs stellen dat de kans groot is dat iemand in dat geval het sporten op termijn niet volhoudt, als gevolg van de herinnering aan de negatieve affectieve reactie tijdens de lichaamsbeweging; dit zou kunnen verklaren waarom slechts een gering percentage mensen dat intensief begint te sporten ook daadwerkelijk blijft sporten.
Deze interessante resultaten suggereren dat methodologische factoren een rol spelen bij de vraag of sporten al dan niet gepaard gaat met een positieve stemming. Bovendien spelen mogelijk ook andere factoren een rol, zoals de mate waarin iemand in staat is tijdens het sporten gedachten uit te schakelen en de mate van sociale steun bij het sporten (alleen sporten versus sporten met anderen). Zelfs de omstandigheden van de lichaamsbeweging kunnen de stemming beïnvloeden. Het gaat dan bijvoorbeeld om de temperatuur in de trainingsruimte, muziek of de aanwezigheid van spiegels – dat laatste heeft een negatieve invloed op het welbevinden (Martin Ginis *et al.*, 2007).
Mensen gebruiken lichaamsbeweging vaak ook om stress (beter) het hoofd te bieden. Lichaamsbeweging kan werken als afleiding van negatieve en stressvolle ervaringen of als ontsnapping aan het werk of aan andere verplichtingen. Tijdens het sporten kan iemand zich, in plaats van op stress, bijvoorbeeld concentreren op de inspanning zelf, op de hartslagmonitor, op de muziek of op een vakantie (zie hoofdstuk 11). Ook kan lichaamsbeweging de cognitieve achteruitgang als gevolg van ouder worden of dementie remmen. Cotman en Engesser-Cesar (2002) hebben in dat kader gemeld dat lichamelijke activiteit een remmende werking heeft op leeftijdsgerelateerde neuronale disfunctie en op degeneratie als gevolg van de ziekte van Alzheimer, zoals een falend geheugen en gebrek aan concentratie.

Wat denk je zelf?

In de jaren tachtig van de vorige eeuw heeft de Nederlandse overheid vaak toestemming gegeven om grasveldjes die scholen gebruikten voor gymnastieklessen en sportactiviteiten, te verkopen aan projectontwikkelaars voor bouwdoeleinden. Wat vind je hiervan?

4.2.3 De negatieve gevolgen van lichaamsbeweging

Lichaamsbeweging kan ook leiden tot een verslaving of obsessie, wat kan blijken uit schuldgevoelens en prikkelbaarheid wanneer iemand een keer niet sport (zie Hausenblaus en Symons Downs, 2002; Ogden, Veale, Summers *et al.*, 1997). Uit onderzoek blijkt dat bij mensen die regelmatig sporten of bewegen en daartoe ineens niet meer in de gelegenheid zijn, de stemming achteruitgaat en prikkelbaarheid ontstaat; de stemming verbetert pas als ze weer kunnen bewegen (zie Biddle en Murtrie, 1991). Op de lange termijn leidt excessieve lichaamsbeweging tot verlies van spiermassa en gewichtsverlies, zij het niet tot een specifieke aandoening. Ook in dit geval is matig gedrag, zelfs als het in principe goed is voor de gezondheid, beter dan extreem gedrag.

4.2.4 Aanbevelingen voor lichaamsbeweging

Er bestaan heel wat specifieke richtlijnen omtrent lichaamsbeweging (zie bijvoorbeeld Department of Health 2004; US Department of Health and Human Services 1996). De grootste gezondheidswinst treedt op bij drie tot vijf keer per week gedurende minimaal twintig minuten intensief bewegen. Deze norm is echter voor veel mensen te hoog gegrepen, met name vanwege tijdgebrek. Zie tabel 4.2 voor de Nederlandse richtlijnen.

Het advies aan mensen die eerder niet lichamelijk actief waren, is om het bewegen geleidelijk op te bouwen. Ook matig intensief bewegen draagt al bij aan een betere lichamelijke en geestelijke gezondheid. De minimale richtlijnen raden aan om verspreid over de dag minstens dertig tot zestig minuten middelmatige fysieke inspanningen te leveren. Op den duur kunnen de frequentie, de intensiteit en de duur van de inspanningen eventueel verhoogd worden, om zo de gezondheidsvoordelen te vergroten. Overigens tellen bij de richtlijnen alle vormen van fysieke activiteit mee. Het gaat dus niet alleen om sport, maar ook om inspanningen op het werk (waaronder traplopen), thuis (tuinieren, huishoudelijk werk) of zich verplaatsen (bijvoorbeeld te voet of per fiets). Op die manier zijn de richtlijnen voor veel mensen haalbaar. Wel wordt mensen die gezondheidsklachten hebben en meer willen bewegen aangeraden eerst een arts raadplegen.

Ook minder bewegen dan de richtlijnen voorschrijven kan een positief effect hebben op de gezondheid. Een grootschalig onderzoek onder bijna 40.000 gezonde vrouwen ouder dan 45 jaar toonde bijvoorbeeld aan dat eens per week twintig tot

Tabel 4.2 De Nederlandse Norm Gezond Bewegen

Doelgroep	Norm
Jongeren	Dagelijks één uur ten minste matig intensieve lichamelijke activiteit (>= 5 METs*), waarbij de activiteiten minimaal tweemaal per week gericht zijn op het verbeteren of handhaven van lichamelijke fitheid (kracht, lenigheid en coördinatie). Voorbeelden van matig intensieve lichamelijke activiteit bij jongeren zijn aerobics of skateboarden.
Volwassenen	Een halfuur ten minste matig intensieve lichamelijke activiteit (>=4 METs*) op minimaal vijf, maar bij voorkeur alle dagen van de week. Voorbeelden van matig intensieve lichamelijke activiteit bij volwassenen zijn wandelen met 5-6 km/uur (dus flink doorwandelen) en fietsen met 15 km/uur.
55-plussers	Een halfuur ten minste matig intensieve lichamelijke activiteit (>=3 METs*) op minimaal vijf, maar bij voorkeur alle dagen van de week; voor niet-actieven, zonder of met beperkingen, is elke extra hoeveelheid lichaamsbeweging zinvol, ongeacht duur, intensiteit, frequentie of type. Voorbeelden van matig intensieve lichamelijke activiteit bij ouderen zijn wandelen met 3-4 km/uur en fietsen met 10 km/uur.

* MET: Metabolic Equivalent, een meeteenheid om uit te drukken hoeveel energie een bepaalde fysieke inspanning kost ten opzichte van de benodigde energie in rust.

Bron: Kemper *et al.* (2000); Ooijendijk *et al.* (2007)

zestig minuten wandelen in matig tempo het risico op hart- en vaatziekten al vermindert (Lee, Rexrode, Cook *et al.*, 2001). Ondanks de duidelijke voordelen van lichaamsbeweging, zoals ook gepromoot door volksgezondheids- en mediacampagnes, is het aantal mensen dat volgens de richtlijnen voldoende beweegt in sommige delen van de westerse wereld nog steeds gering.

Hoeveelheid lichaamsbeweging

Slechts circa 45 procent van de volwassen Britten doet minstens eens per maand aan sport of lichaamsbeweging. Norman, Bennett, Smith *et al.* (1998) schatten dat slechts 25 procent van hen zoveel beweegt dat het gezondheidsvoordelen oplevert. Deze lage percentages zijn niet alleen in Groot-Brittannië te zien. Bij een onderzoek in 21 Europese landen bleek dat circa een derde van de 18- tot 30-jarigen niet regelmatig sportte (Steptoe, Wardle, Fuller *et al.*, 1997).
Ook andere steekproeven tonen aan dat veel jonge mensen te weinig bewegen:

- Het *National Diet and Nutrition Survey* (2000) wees uit dat 40 procent van de jongens en 60 procent van de meisjes in Groot-Brittannië niet voldeden aan de richtlijnen voor lichaamsbeweging (zie hierboven).
- Bij een groot onderzoek onder Engelse jongeren (Prescott-Clarke en Primatesta, 1998) ontdekte men dat 71 procent van de jongens en 36 procent van de meisjes van 15 jaar op de meeste dagen slechts 30 minuten lichaamsbeweging hadden.
- Bij een onderzoek van de Wereldgezondheidsorganisatie onder 162.000 jonge mensen in de leeftijd van 11, 13 en 15 jaar in 35 landen (in Europa en Noord-Amerika) kwam aan het licht dat slechts 35 procent van de 15-jarige jongens en slechts 22 procent van de 15-jarige meisjes gedurende vijf dagen per week deelnam aan ten minste één uur een matig intensieve of intensieve sport beoefende; hierbij was sprake van enorme geografische verschillen en sekseverschillen (zie figuur 4.2).

Vrouwen zijn meestal minder actief dan mannen, en oudere vrouwen nog minder actief dan jongere vrouwen (zie Stephenson, Bauman, Armstrong *et al.*, 2000). Grootschalige onderzoeken tonen meestal aan dat jongens vanaf jonge leeftijd actiever zijn dan meisjes; deze verschillen blijven tijdens de puberteit bestaan. Een uitzondering hierop vormen Nederlandse vrouwen van 30 tot 65 jaar; zij voldoen vaker aan de Nederlandse Norm Gezond Bewegen dan mannen in dezelfde leeftijdsgroep (Nationaal Kompas, 2011).
Ook zijn er culturele verschillen. Britse mannen en vrouwen uit Bangladesh, India, Pakistan en China ouder dan 55 jaar bewegen gemiddeld minder dan leden van de autochtone bevolking (Joint Health Surveys Unit, 2001).
De hoeveelheid lichaamsbeweging neemt naarmate de leeftijd vordert (meestal) af. Skelton, Young, Walker *et al.* (1999) ontdekten dat van de tachtigplussers slechts 9 procent van de mannen en 4 procent van de vrouwen sportte, terwijl deze percentages in de leeftijd van 50 tot 54 jaar respectievelijk 18 procent en 20 procent bedroegen. Ook in dit geval lag het percentage mensen dat zoveel bewoog dat het gezondheidsvoordelen oplevert nog veel lager. In Nederland voldeden in 2011 relatief veel ouderen aan de Norm Gezond Bewegen: van de 55- tot 65-jarigen 70 procent van de mannen en 75 procent van de vrouwen, en van de 65- tot 75-jarigen 75 procent van de mannen en 67 procent van de vrouwen. Van de 75-plussers voldeed 45 procent aan de norm. Een verklaring voor deze hoge percentages zou kunnen zijn dat het in de norm om 'matig intensieve lichamelijke activiteit' gaat (waaronder wandelen en fietsen), en dus niet per se om sporten, zoals in het onderzoek van Skelton *et al.* In 2011 voldeden zelfs meer ouderen dan volwassenen aan de Norm Gezond Bewegen (70 procent tegenover 58 procent). Daarbij moet wel opgemerkt worden dat de norm voor ouderen lager ligt dan voor volwassenen; bij ouderen vallen meer activiteiten in de categorie 'matig intensief' (Nationaal Kompas, 2011).

Figuur 4.2 Percentage van 15-jarigen uit 35 landen dat het aanbevolen niveau van lichaamsbeweging haalt (ten minste één uur van matige of intensievere activiteit op vijf of meer dagen van de week)

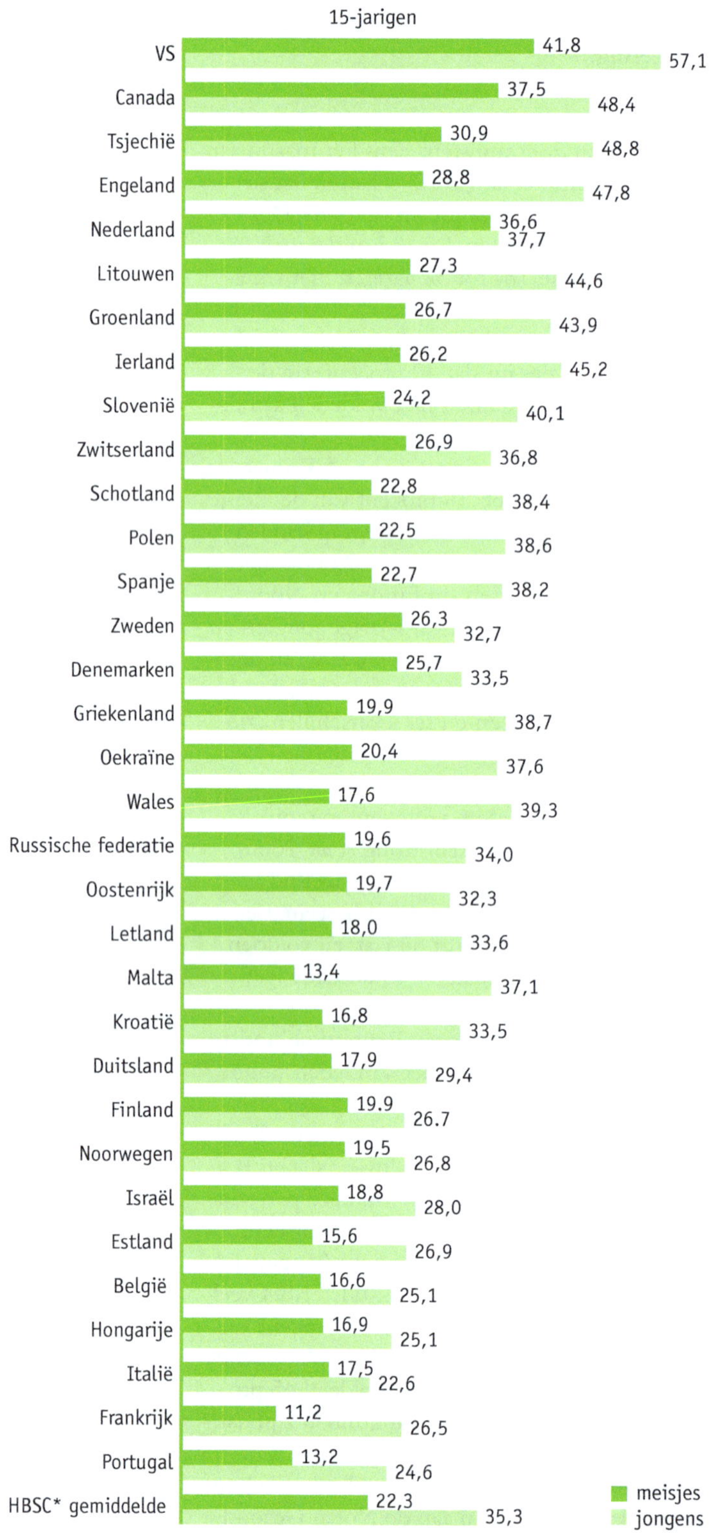

*The Health Behaviour in School-aged Children, gezondheidsgedrag bij kinderen in de schoolleeftijd

Bron: WHO (2004)

Er is bewijs dat de hoeveelheid lichaamsbeweging een voorspellende factor is voor de levensduur. Hakim *et al.* (1998) volgden bijvoorbeeld een cohort mannen van 61-81 jaar gedurende twaalf jaar en registreerden hoe vaak zij wandelden. Mannen die meer dan drie kilometer per dag liepen, leefden significant langer dan mannen die minder wandelden (21,5 procent van deze mannen overleed in deze twaalf jaar, tegenover 43 procent in de inactieve groep).
Van de Belgische bevolking doet 38 procent minstens dertig minuten per dag aan lichaamsbeweging. Specifiek in de vrije tijd:

- doet 16 procent minstens vier uur per week aan sport;
- besteedt 58 procent tijd (maar minder dan vier uur per week) aan sport of aan een lichte fysieke activiteiten;
- houdt 26 procent er slechts zittende activiteiten op na.

Van de Belgische vrouwen doet slechts 29 procent minstens dertig minuten per dag aan lichaamsbeweging, tegenover 49 procent van de mannen. Dit verschil is minder uitgesproken als we alleen kijken naar lichaamsbeweging in de vrije tijd (70 procent van de vrouwen doet minstens één keer per week een lichte fysieke activiteit, tegenover 78 procent van de mannen).
Daarnaast zijn er opmerkelijke verschillen gevonden als het gaat om de hoeveelheid lichaamsbeweging in combinatie met het opleidingsniveau:

- 17 procent van de lager opgeleiden doet minstens eenmaal per week aan lichaamsbeweging in de vrije tijd, tegenover 46 procent van de hoger opgeleiden;
- 25 procent van de lager opgeleiden doet minstens 30 minuten per dag aan lichaamsbeweging, tegenover 43 procent van de hoger opgeleiden.

In Nederland voldoen volwassenen met een hoge SES minder vaak aan de Nederlandse Norm Gezond Bewegen dan mensen uit andere sociaaleconomische groepen. Hoger opgeleiden sporten echter wel vaker dan lager opgeleiden (33 procent van de laagopgeleiden sport minimaal één keer per week, tegenover 73 procent van de hoger opgeleiden). Daarnaast zijn laagopgeleiden het vaakst 'inactief', dat wil zeggen dat ze geen enkele dag van de week aan de NNGB voldoen (Nationaal Kompas, 2011).
Het percentage van de Belgische bevolking dat gezondheidsrisico's loopt door gebrek aan lichaamsbeweging is sinds 1997 niet gedaald. Het percentage van de bevolking dat minstens 30 minuten per dag aan lichaamsbeweging (matig tot intensief) doet, is ook niet gestegen tussen 2004 en 2008 (Belgische Gezondheidsenquête, 2008; https://www.wiv-isp.be/epidemio/epinl/index4.htm). In Nederland zijn wel veranderingen zichtbaar. Vooral tussen 2001 en 2007 is het percentage Nederlanders dat voldoet aan de NNGB sterk gestegen, gevolgd door een lichte stijging van 2007 tot 2009. Daarnaast daalde het percentage inactieve volwassenen (Hildebrandt *et al.*, 2010).

4.2.5 Waarom sporten mensen?

Enkele van de meest genoemde redenen waarom mensen sporten zijn:

- lichamelijke fitheid;
- gewicht verliezen/figuur veranderen;
- gezond worden of blijven;
- zelfbeeld en stemming verbeteren;
- stressreductie;
- sociale activiteit.

Hieruit mag echter niet worden geconcludeerd dat er bij de mensen die níét sporten geen sprake is van de hierboven genoemde wensen en doelstellingen. Er bestaan immers veel barrières om te gaan sporten, zoals:

- tijdgebrek;
- kosten;

- gebrek aan toegang tot de juiste faciliteiten en apparatuur;
- gêne;
- gebrek aan zelfvertrouwen;
- gebrek aan een sportmaatje.

Mensen die regelmatig sporten, denken vaker dat lichaamsbeweging een positief resultaat heeft dan mensen die niet sporten (Dzewaltowski, 1989). Daarnaast zien mensen die regelmatig sporten minder barrières voor lichaamsbeweging (Marcus, Rakowski en Rossi, 1992) en menen zij vaker dat zij zelf controle hebben over lichaamsbeweging (Norman en Smith, 1995). Deze individuele gezondheidscognities worden in hoofdstuk 6 nader besproken. Er zijn ook aanwijzingen dat ouders als het gaat om lichaamsbeweging een rolmodel kunnen zijn voor hun kinderen, wat mogelijkheden biedt voor interventies door diezelfde ouders (Mattocks *et al.*, 2008).

4.3 Gedrag ten aanzien van medische controles

Medische controles hebben ruwweg twee doelstellingen:

1. het opsporen van vroege, asymptomatische tekenen van ziekten, zodat deze kunnen worden behandeld;
2. het identificeren van risicofactoren voor ziekte, zodat een gedragsverandering kan worden teweeggebracht.

Wat denk je zelf?

Aan welke medische controles doe jij mee? Ga je twee keer per jaar naar de tandarts? Ga je ook als je zes maanden lang geen gaatjes hebt gehad? Zo nee, waarom niet? Als bij de controle blijkt dat je geen gaatjes hebt, hoe voel je je dan? Denk je anders over je gebit als alles in orde is dan wanneer dat niet zo is?

4.3.1 Vroegtijdige detectie van ziekten

Medische controles voor vroegtijdige detectie van ziekten zijn gebaseerd op een louter biomedisch model. Volgens dit model kunnen, wanneer er afwijkingen gevonden worden van de cel- of orgaanfunctie, behandelingen starten voorafgaand aan het ontstaan of de verergering van de ziekte.

De bekendste voorbeelden van medische controle onder de algemene bevolking zijn:

- tests op borstkanker (mammografie);
- tests op baarmoederhalskanker (uitstrijkje);
- prenatale onderzoeken, bijvoorbeeld naar downsyndroom of spina bifida ('open ruggetje');
- bepaling van de botdichtheid.

Bevolkingsonderzoeken naar borst- en baarmoederhalskanker gebeuren omdat de incidentie van deze aandoeningen hoog is en de mortaliteit door vroegtijdige behandeling met 40 procent wordt verlaagd (Fletcher, Black, Harris *et al.*, 1993). Ook draagt vroegtijdige detectie bij aan de levenskwaliteit, omdat de behandeling dan veel minder zwaar is en dus minder neveneffecten heeft voor het individu. Baarmoederhalskanker komt minder vaak voor dan borstkanker, maar omdat het aantal sterfgevallen bij onbehandelde baarmoederhalskanker hoog is, wordt ook daar bevolkingsonderzoek naar gedaan. Baarmoederhalskanker is bovendien de meest

voorkomende vorm van kanker bij vrouwen jonger dan 35; daarom wordt vrouwen aangeraden om vanaf de vroege volwassenheid regelmatig een uitstrijkje te laten maken. Op Europees niveau streeft men ernaar om de vijf jaar een uitstrijkje aan te bieden. In 2009 is in Nederland daarnaast een programma gestart waarbij jonge meisjes worden uitgenodigd voor een uitstrijkje.
Bij prenatale onderzoeken zoals de vlokkentest en de vruchtwaterpunctie wordt de concentratie van alfafoetoproteïne in het vruchtwater van de moeder bepaald. Een hoge concentratie van deze stof vormt een aanwijzing dat het kind een afwijking heeft, bijvoorbeeld spina bifida of downsyndroom. In België en Nederland wordt een prenataal onderzoek aangeboden aan zwangere vrouwen als er een verhoogd risico is op bepaalde afwijkingen. Als er afwijkingen worden gevonden bij een prenatale test zijn er geen behandelingsmogelijkheden. Men moet aan de hand van de testuitslag beslissen om de zwangerschap te voldragen of te beëindigen.
Een ander voorbeeld van algemene medische controle richt zich op de afname van de botdichtheid en het ontstaan van osteoporose bij ouderen. Ook dit zijn aandoeningen die niet te genezen zijn, maar ze kunnen wel geremd worden, bijvoorbeeld door de calciuminname te verhogen of oefeningen te doen.

Niet iedereen is overtuigd van de voordelen van bevolkingsonderzoek, zie hiervoor www.pearsonxtra.nl bij verdieping.

XTRA

4.3.2 Screening op risicofactoren

Deze vorm van controles is bedoeld om in te schatten hoeveel risico iemand (en diens nakomelingen in het geval van erfelijkheidsonderzoek) loopt op een bepaalde ziekte, om advies en informatie te kunnen bieden of om nader onderzoek en een behandeling te kunnen plannen. Voorbeelden zijn onder meer:

- tests op het risico op hart- en vaatziekten (bepaling en registratie van cholesterol en bloeddruk);
- oogonderzoeken om te testen op diabetes, staar of verziendheid;
- genetisch onderzoek om te bepalen of iemand drager is van het gen voor de ziekte van Huntington of van het gen voor borst- of dikkedarmkanker;
- prenataal genetisch onderzoek;
- prenatale screening.

Het belang van primaire interventie blijkt uit programma's – onder specifieke bevolkingsgroepen of bijvoorbeeld op het werk – waarbij de bloeddruk en het cholesterolgehalte worden gemeten, in combinatie met een onderzoek naar hartaandoeningen in de familie en een beoordeling van de leefwijze. Dit genereert een indicatie van algehele kwetsbaarheid of een persoonlijke 'risicoscore' om vroegtijdig te overlijden. Indien nodig kunnen preventieve maatregelen worden voorgesteld, zoals een verandering van het dieet of stoppen met roken.

Genetisch onderzoek

Een specifieke vorm van screening is het testen op genetische aanleg voor bepaalde aandoeningen. Door middel van genetisch onderzoek is het mogelijk om vast te stellen of iemand drager is van ziekteverwekkende genen, bijvoorbeeld voor borstkanker (de genen BRCA1 en BRCA2) (zie Sivell *et al.*, 2007) of voor overgewicht (bijvoorbeeld het gen MC4R).
Er is onderzoek gedaan naar de voor- en nadelen van dergelijk onderzoek. Stone en Stewart (1996: 4) stelden bijvoorbeeld: 'De voordelen van grootschalig genetisch onderzoek voor individuen, families of de maatschappij als geheel zijn nog steeds grotendeels theoretisch. Er is weinig bewijs voor het standpunt dat de algehele bevolking de noodzaak inziet van het testen op dragerschap.'

Enkele jaren later concludeerden Braithwaite, Sutton en Steggles *et al.* (2002) daarentegen uit literatuuronderzoek naar genetische kankertesten dat 60 tot 80 procent van de bevolking wel degelijk sterk in dergelijke onderzoeken was geïnteresseerd. Bij een familiegeschiedenis van kanker stijgt het belangstellingsniveau tot circa 80 procent en, evenals bij medische controles in het algemeen is de belangstelling groter onder hoger opgeleiden en degenen met een hoger inkomen (zie Lerman, Marshall en Caminero *et al.*, 1996).

Als er bij genetisch onderzoek bepaalde afwijkingen gevonden worden, kan dit grote gevolgen hebben voor een individu en diens familie en kunnen ingrijpende maatregelen nodig zijn. Het mag daarom geen verbazing wekken dat veel vormen van genetisch onderzoek emotionele reacties uitlokken. Hierdoor wordt de vraag of mensen hun genetisch risico willen kennen en/of hoe mensen omgaan met informatie hieromtrent, steeds opnieuw onderzocht.

Griffith *et al.* (2008) onderzochten of gezonde volwassenen interesse toonden in, of plannen hadden voor genetisch onderzoek naar borstkanker. Ze keken hierbij vooral of hun beslissing het onderzoek al dan niet te laten uitvoeren te maken had met 'nutmaximalisatie'. Bij nutmaximalisatie weegt iemand de voor- en nadelen van een bepaalde beslissing tegen elkaar af en kiest vervolgens voor de optie die óf het hoogste vermeende nut oplevert, óf de minste ongewenste gevolgen heeft. Om te testen of nutmaximalisatie in dit geval optrad, werd het begrip van genetische testen bij 142 studenten gemanipuleerd. Informatie werd op drie verschillende manieren verstrekt: alleen maar positieve informatie; positieve informatie gevolgd door negatieve; negatieve informatie, gevolgd door positieve. Een vierde groep, die als controlegroep fungeerde, kreeg informatie die niets te maken had met beslissingsvragen over genetisch onderzoek. De onderzoekers concludeerden dat het aanbieden van alléén positieve informatie geen invloed had op het afwegen van de voordelen tegen de nadelen. Uiteindelijk werd een niet-significant verband gemeld tussen de gewogen verhouding van voor- en nadelen en de belangstellings- en waarschijnlijkheidsscores na de manipulatie. Dit doet vermoeden dat er géén nutmaximalisatie optrad en dat beslissingsmodellen verder moeten kijken dan alleen de voor- en nadelen van bepaalde beslissingen. Dit zien we terug in de vele modellen van (gezondheids)gedrag die worden gebruikt door gezondheidspsychologen. Deze worden in het volgende hoofdstuk gedetailleerd behandeld.

Figuur 4.3 Een genetische stamboom

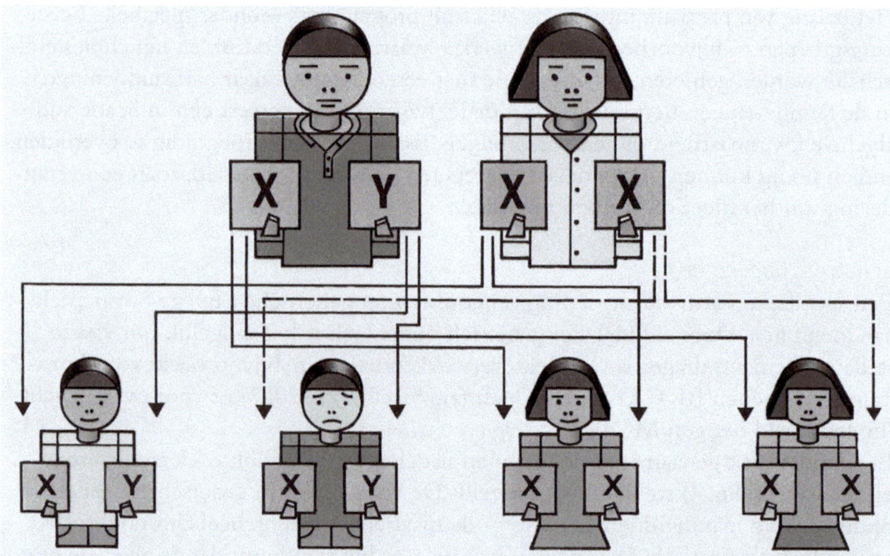

Bron: © Dorling Kindersley

Wat denk je zelf?

Weet je wat het betekent als getest is of iemand drager is van een bepaald gen? Gebleken is dat mensen de problemen omtrent erfelijkheid, recessieve genen of penetrantie (de mate van manifest worden van een erfelijke eigenschap) van genen over het algemeen niet begrijpen. Naarmate steeds meer genen worden geïdentificeerd die de kans op bepaalde ziekten verhogen, is er sprake van een toenemende behoefte aan voorlichting. Hoe denk jij over genetisch onderzoek? Maak een lijst van voor- en nadelen, bijvoorbeeld van onderzoek naar borst- of prostaatkanker. Denk eens na over wat jij zou besluiten als genetisch onderzoek toegankelijker zou worden.

4.3.3 De kosten en baten van screening

Hoewel er steeds meer screeningsprogramma's komen, is het nog altijd de vraag of de voordelen voor de individuele deelnemers eraan even groot zijn als die voor de maatschappij als geheel. Bovendien roepen sommige resultaten twijfel op. Leidt screening tot zodanige gedragsveranderingen dat het individuele risico op ziekte wordt verkleind? Zo kan een HPV-vaccinatie leiden tot een onterecht gevoel van veiligheid, waardoor deze meisjes geen uitstrijkje meer laten maken. Ook de voordelen in relatie tot een vroege behandeling van een ziekte, waardoor de kans op progressie van de ziekte dus vermindert, zijn vaak niet duidelijk. In de volgende hoofdstukken zal bovendien duidelijk worden dat het voorspellen van gedragsveranderingen erg complex is. De vraag is dan ook of de kosten van grootschalige screeningsprogramma's gerechtvaardigd zijn.

In een poging de voordelen van screening in kaart te brengen, zowel voor het individu als voor de maatschappij als geheel, hebben sommige onderzoekers criteria voor effectieve screeningsprogramma's opgesteld.

Criteria voor het opzetten van screeningsprogramma's

Austoker (1994: 315) beschrijft verschillende criteria waaraan de introductie van screeningsprogramma's voor een vroege detectie van prostaat-, ovarium- en teelbalkanker moeten voldoen. Deze zijn goed toepasbaar op screeningsprogramma's in het algemeen en vele ook op genetische onderzoeken:

- De onderzochte aandoening dient een belangrijk gezondheidsprobleem te zijn: dat wil zeggen prevalent en/of ernstig.
- De onderzochte aandoening dient in een vroeg stadium herkenbaar te zijn.
- Vroege behandeling van de aandoening dient duidelijke voordelen voor het individu te hebben in vergelijking met behandeling in een later stadium (bijvoorbeeld gereduceerde mortaliteit).
- Er dient een geschikte test met een goede mate van **gevoeligheid** en **specificiteit** beschikbaar te zijn om vast te stellen of iemand de aandoening heeft of in de toekomst mogelijk zal krijgen.
- De test moet voor de algehele bevolking ethisch aanvaardbaar zijn.
- Er dienen adequate faciliteiten voor diagnose en behandeling aanwezig te zijn.
- Er moet overeenstemming bestaan omtrent mogelijke problemen ten aanzien van de screeningsfrequentie en vervolgonderzoeken of -behandelingen.
- De baten (voor het individu en voor de volksgezondheid) moeten opwegen tegen de kosten (voor het individu en voor de overheid).
- De doelgroepen waarop de screening is gericht, moeten geïdentificeerd zijn.

Het is vooral moeilijk te bepalen of sommige screeningsprogramma's voldoen aan het laatstgenoemde criterium, namelijk dat de baten van het screeningsprogramma tegen de kosten ervan dienen op te wegen. Hoewel door screening bepaalde zorgen omtrent de volksgezondheid, ziektepreventie en -detectie kunnen worden weggenomen, moet het individu hierbij niet uit het oog worden verloren. Volgens Marteau

gevoeligheid (van een test)
De kans dat een test correct positief of correct negatief is; een gevoelige test heeft bijvoorbeeld een succespercentage van 95 procent bij het detecteren van een ziekte onder patiënten van wie bekend is dat ze die ziekte hebben, en een kans van 95 procent dat geen ziekte wordt gedetecteerd bij gezonde individuen.

specificiteit (van een test)
De kans dat een test weinig vals-positieve en weinig vals-negatieve resultaten zal opleveren. Dat wil zeggen: geen positief resultaat oplevert in een negatief geval en omgekeerd.

en Kinmouth (2002: 78) geldt het inperken van ziekte en sterfte, vanuit de optiek van de volksgezondheid, als het voordeel van een bevolkingsonderzoek. De publieksinformatie bij de uitnodiging is veelal kort en legt de nadruk op de voordelen in plaats van op de nadelen. De auteurs merken op dat individuen alleen in staat zijn een werkelijk weloverwogen keuze te maken als zij ook worden geïnformeerd over de negatieve gevolgen en de beperkte voordelen van sommige behandelingen (indien deze al beschikbaar zijn). Dit kan sommigen er mogelijk wel van weerhouden om deel te nemen aan de screening, terwijl ze baat zouden hebben bij vroege detectie en behandeling.

In het geval van genetische tests, bijvoorbeeld bij de ziekte van Huntington (een ziekte die tijdens de volwassenheid ontstaat), kan er feitelijk niets worden gedaan om het risico op de ziekte te verkleinen. Daarom twijfelen sommige mensen aan de waarde van deze screening, die niet verder strekt dan dat het individu wordt voorbereid op zijn toekomst. Sommige mensen die drager zijn van het gen BRCA1 of BRCA2 voor borstkanker, kiezen daarentegen voor preventieve chirurgie (dat wil zeggen borstamputatie), zodat de ziekte zich niet kan manifesteren (Kauff *et al.*, 2002; Lerman, Hughes, Croyle *et al.*, 2000).

Mensen die een vorm van screening overwegen, met inbegrip van genetisch onderzoek, zullen niet uitsluitend bij medici te rade gaan. In de EU maakt bijvoorbeeld 23 procent van de bevolking gebruik van internet voor het opzoeken van informatie over gezondheid. In sommige landen, zoals Denemarken, is dat percentage zelfs twee keer zo hoog (Jørgensen en Gøtzsche, 2004). Jørgensen en Gøtzsche deden een grootschalig literatuuronderzoek naar de informatie over mammografie voor borstkankerscreening op websites van internationale en nationale organisaties. De informatie bleek vaak onevenwichtig en gekleurd ten gunste van deelname: men bood weinig informatie over vals-positieve en vals-negatieve resultaten en over zaken als overdiagnose en overbehandeling. Weinig websites wijzen daarnaast op het beperkte bewijsmateriaal omtrent een lager risico op mortaliteit na screening (wat sowieso slechts een vermindering zou zijn van circa 0,1 procent bij het relatieve risico op borstkanker over een periode van tien jaar). Doordat de voordelen van screening overdreven worden of de nadelige gevolgen gebagatelliseerd, krijgen mensen dus vaak geen volledige informatie.

Ondanks de beperkingen vormt screening een steeds groter onderdeel van de preventieve geneeskunde, met als belangrijk doel de kosten van de gezondheidszorg in de hand te houden. Sommige vormen van screening worden gepresenteerd als langetermijndoelstellingen voor de volksgezondheid, zoals massale screening voor het gen voor cystische fibrose bij paren tijdens de zwangerschap (Stone en Stewart, 1996). Hoe dan ook zal genetisch onderzoek in de 21e eeuw waarschijnlijk een controversieel onderwerp blijven.

4.3.4 Zelfonderzoek

Meestal wordt zelfonderzoek gepropageerd en bestudeerd in relatie tot de vroege detectie van borstkanker, hoewel zelfonderzoek van de teelballen en de huid tegenwoordig ook meer aandacht krijgt. Van de vrouwen die sterven aan een bepaalde vorm van kanker, sterven de meesten aan borstkanker (hoewel de incidentie van longkanker onder vrouwen toeneemt). En hoewel er steeds meer screeningsprogramma's in ziekenhuizen beschikbaar zijn, komt 90 procent van alle gevallen van borstkanker via zelfonderzoek aan het licht. Er bestaat wel onenigheid over de effectiviteit van het zelfonderzoek van de borsten, mede door een tien jaar durend onderzoek in Sjanghai (Thomas, Gao, Ray *et al.*, 2002), dat aan bod komt in het tekstkader verderop in dit hoofdstuk.

Bij mannen is teelbalkanker de meest voorkomende vorm van kanker en de tweede doodsoorzaak in de leeftijdsgroep van 15 tot 35 jaar. Als teelbalkanker vroeg wordt ontdekt, is het in 95 tot 100 procent van de gevallen mogelijk de ziekte te overleven;

meer dan 50 procent van de patiënten komt echter pas bij de arts als het behandelbare stadium voorbij is. Evenzo neemt de incidentie van huidkanker toe onder mannen en vrouwen, vooral in de leeftijd van twintig tot veertig jaar, terwijl vroege detectie van huidafwijkingen via zelfonderzoek tot een hoog genezingspercentage leidt (McCarthy en Shaw, 1989; Eiser, Eiser en Pauwels *et al.*, 1993).
Ondanks de toenemende incidentie van huidkanker hebben Ness *et al.* (1999) opgemerkt dat 'lekenepidemiologie' (ofwel de algemene perceptie binnen de samenleving) blootstelling aan zonlicht nog altijd als gezond beschouwt, en dat dit in voorkomende gevallen ook juist is (bijvoorbeeld het positieve effect van zonlicht op welbevinden en stemming, op aanmaak van vitamine D en botversteviging). Dit vormt een uitdaging voor gezondheidsvoorlichters die het verband tussen blootstelling aan zonlicht en maligne melanoom onder de aandacht willen brengen om beschermend gedrag op jonge leeftijd te bevorderen (zoals het gebruik van zonnebrandcrèmes en het vermijden van de zonnebank). In Australië, waar de meeste onderzoeken naar zelfonderzoek van de huid en huidbeschermend gedrag vandaan komen, is de incidentie van huidkanker relatief hoog. Daarom zou je mogen verwachten dat huidbeschermend gedrag en huidonderzoek zeker daar de norm zijn. Toch zijn interventies op het gebied van gezondheidsvoorlichting over het algemeen geen lang leven beschoren (Aitken *et al.*, 2006). Er zijn ook aanwijzingen voor sekseverschillen omtrent zonnebaadgedrag. Zo zijn Britse studentes meer bereid hun huid te beschermen dan mannen, al hechten ze tegelijk meer belang aan zonnebaden (Eiser *et al.*, 1993). Dergelijke verschillen geven in overweging om eventuele interventies af te stemmen op de waarde die aan bepaald risicovol gedrag wordt gehecht, omdat dit waarschijnlijk de effectiviteit van de interventie zal beïnvloeden. Het kan ook nuttig zijn om bij interventies rekening te houden met etnische verschillen of leeftijdsverschillen, zoals die bijvoorbeeld bestaan in rookgedrag (zie hoofdstuk 3).

Wat denk je zelf?
Doe jij aan zelfonderzoek (bijvoorbeeld van de borsten of teelballen)? Zo ja, waarom ben je daarmee begonnen? Als je een afwijking zou vinden, wat zou dan de reden zijn dat je naar een arts zou gaan?

Wat leert onderzoek ons?

Is zelfonderzoek een effectief middel voor ziektedetectie?

Achtergrond

Hoewel de detectie van tumorweefsel in de borsten in een vroeg, behandelbaar stadium dankzij zelfonderzoek toeneemt, is niet duidelijk of vrouwen bij wie na zelfonderzoek een tumor werd ontdekt en behandeld, langer leven dan andere borstkankerpatiënten. Onderzocht is daarom of vrouwen die voorlichting kregen over het zelfonderzoek van de borsten, minder risico lopen om te overlijden aan borstkanker in vergelijking met vrouwen die geen voorlichting kregen over dit zelfonderzoek.

Methoden

Deelnemers

In 1988 werden in totaal 289.392 vrouwen geworven die tussen 1925 en 1958 waren geboren en die in Sjanghai in textielfabrieken werkten (dat wil zeggen van dertig jaar en ouder). Meer dan 22.000 vrouwen werden vervolgens uitgesloten als gevolg van veranderingen van hun omstandigheden, geestelijke of lichamelijke ziekte, weigering om mee te werken aan het onderzoek, overlijden, het niet invullen van de beginvragenlijst of doordat ze een geschiedenis van borstkanker hadden (1336 individuen). De uiteindelijke steekproef bestond uit 266.064 personen.

Opzet

De textielfabrieken werden gerandomiseerd, zodanig dat ze bij toeval werden ingedeeld bij de interventiegroep (IG) of bij de controlegroep (CG): 132.979 deelnemers werden bij de IG ingedeeld en 133.085 bij de CG.

Variabelen

De vaardigheid bij het uitvoeren van het zelfonderzoek werd beoordeeld bij een willekeurige steekproef van meer dan 2400 vrouwen in de IG en de CG; hierbij moesten de vrouwen hun aanpak demonstreren op borstmodellen van siliconen waarbij een uiteenlopend aantal knobbeltjes te detecteren viel. Vrouwen vermeldden ook hoe vaak zij zelf het zelfonderzoek van de borsten uitvoerden.

Procedure

Leden van de IG kregen in groepen van tien individuen voorlichting van speciaal opgeleid medisch personeel over het tijdstip en de wijze waarop zelfonderzoek van de borsten het best kon worden uitgevoerd Technieken werden gedemonstreerd, geoefend en besproken. Herhaalsessies vonden plaats na één en drie jaar; oefeningen van het zelfonderzoek van de borsten werd elke drie maanden gedurende jaar 1 onder medisch toezicht uitgevoerd en daarna in de jaren 2-5 elke zes maanden. Deelnemers kregen op het werk en thuis regelmatig een herinneringsbrief over het onderzoek.
Deelnemers aan de CG kregen daarentegen geen voorlichting of informatie over zelfonderzoek van de borsten, maar tegelijkertijd met de tweede herhaalsessie van de IG kregen zij voorlichting over preventie van pijn in de onderrug (deze deelnemers werd gezondheidsvoorlichting geboden met het doel voortzetting van de participatie te bevorderen).
Bij de strikte vervolgprocedures werd gebruikgemaakt van medisch personeel in de fabrieken; zij stelden rapporten samen omtrent de detectie van knobbeltjes in de borsten en verwezen vrouwen met een knobbeltje naar een ziekenhuispraktijk voor beoordeling. Alle medische beslissingen (omtrent biopsie, verdere doorverwijzing, diagnose en behandeling) werden geregistreerd. Het ziekenhuispersoneel wist niet tot welke groep van het onderzoek de vrouwen behoorden (het ging om een 'blind' onderzoek). De medische verslagen van vrouwen met bevestigde tumoren in de borsten, zowel goedaardig als kwaadaardig, werden door speciaal opgeleid medisch personeel onderzocht. Details omtrent de omvang en uitzaaiing van kwaadaardige tumoren en omtrent eventuele betrokkenheid van de lymfeknopen (hetgeen wijst op de mogelijkheid van uitzaaiing) werden geregistreerd. Sterfgevallen tot aan het einde van 2000 werden geïdentificeerd uit klinische verslagen en uit regionale overlijdensregisters en in gevallen waarin de doodsoorzaak niet was vermeld, werd het huis van de vrouwen bezocht om te proberen deze alsnog vast te stellen.

Resultaten

Bij het begin van de analyse werd rekening gehouden met demografische gegevens (bijvoorbeeld leeftijd, alcohol- en tabaksgebruik) en risicofactoren voor borstkanker (zoals aantal zwangerschappen, leeftijd waarop de betrokkene zwanger was, leeftijd van menopauze, familiegeschiedenis van borstkanker); hierbij bleken geen verschillen te bestaan tussen vrouwen in de IG en vrouwen in de CG. In tegenstelling tot vrouwen in veel andere landen hadden de vrouwen in China een beperkte keuze voor een bepaald ziekenhuis. Elke textielfabriek bood namelijk primaire medische zorg en verwees, indien noodzakelijk, naar een specifiek ziekenhuis waarmee men een contract had. Er was geen relatie tussen een bepaald ziekenhuis en de beginwaarden voor de risico's van de vrouwen in de IG of de CG, en beide groepen hadden gezamenlijke affiliaties met dezelfde ziekenhuizen, zodat de diagnostische faciliteiten en behandelingsfaciliteiten voor beide groepen vergelijkbaar waren.
Vrouwen in de IG hadden een goed competentieniveau bij het uitvoeren van het zelfonderzoek van de borsten, hoewel dit in de loop van de tijd afnam. De IG-vrouwen ontdekten ook meer knobbeltjes in de borsten dan de vrouwen in de CG, hoewel na het eerste jaar in beide groepen jaarlijks een vergelijkbaar aantal gevallen van kanker werd vastgesteld. De IG-vrouwen die een kwaadaardig knobbeltje hadden ontdekt, detecteerden dit echter pas in een zodanig laat stadium dat overlijden niet door behandeling kon worden opgeschort. Bij het onderzoek – over tien jaar – werden qua overleving geen significante effecten van zelfonderzoek van de borsten ontdekt; in beide groepen kreeg een identiek percentage van de vrouwen borstkanker en overleed daaraan (0,10 procent).

Discussie
Hoewel de auteurs melding maakten van de detectie van een groter aantal knobbeltjes bij zelfonderzoek van de borsten door vrouwen in de IG, ontdekten ze dat een groot aantal van deze knobbeltjes goedaardig was. Doordat er meer knobbeltjes werden ontdekt, werden er eveneens meer biopsieën uitgevoerd; dit had grote gevolgen voor de kosten van de gezondheidszorg.
De auteurs concludeerden dat het onwaarschijnlijk is dat de mortaliteit aan borstkanker door zelfonderzoek kan worden verkleind. Als gevolg van deze en soortgelijke eerdere resultaten zijn de aanbevelingen voor zelfonderzoek van de borsten over het algemeen geminimaliseerd.

Conclusie
Dit is een goed uitgevoerd, grootschalig onderzoek. Een beperking is echter dat de gegevens over de frequentie van het zelfonderzoek beperkt waren en niet erg specifiek (de meeste meldden eenvoudigweg 'maandelijks' zelfonderzoek van de borsten). Daardoor is het niet duidelijk hoe frequent de IG het zelfonderzoek feitelijk uitvoerde, buiten de sessies die onder daadwerkelijke supervisie plaatsvonden. Daardoor luidde de conclusie dat het *aanleren* van zelfonderzoek van de borsten geen overlevingsvoordelen had, maar nader onderzoek waarbij de frequentie nauwkeuriger wordt vastgesteld, is nodig. Het zal echter een probleem worden om een soortgelijke steekproefomvang en een dergelijke toewijding te evenaren.

Bron: Thomas, D.B., Gao, D.L., Ray, R.M., Wang, W.W. *et al.* (2002). 'Randomized trial of breast self-examination in Shanghai – final results.' *Journal of the National Cancer Institute*, 94: 1445-57

Zelfonderzoek van de borsten kan nadelen hebben. Wil je weten welke, kijk dan op **www.pearsonxtra.nl** bij verdieping.

XTRA

4.3.5 Deelname aan screeningsprogramma's
De psychologie, en met name de gezondheidspsychologie en sociale psychologie, houdt zich ook bezig met voorspellende factoren voor deelname aan screeningsprogramma's. Voorbeelden van deze factoren zijn individuele attitudes en opvattingen over ziekten, over medische controles en over preventief gedrag. Hoewel door de toegenomen beschikbaarheid meer mensen deelnemen aan screeningsprogramma's en/of bevolkingsonderzoeken, blijft hun aantal te laag met het oog op reductie van ziekten op maatschappelijke schaal.

Factoren gerelateerd aan screeningsgedrag

Uiteenlopende factoren bepalen of mensen al dan niet deelnemen aan screenings of zelfonderzoek, waaronder:
- lager opleidingsniveau en lager inkomen;
- leeftijd (jongere mensen nemen bijvoorbeeld meestal geen deel aan screenings op risicofactoren voor aandoeningen);
- gebrek aan kennis over de aandoening;
- gebrek aan kennis over het doel van de screening;
- gebrek aan kennis over de mogelijke resultaten van de screening;
- verlegenheid met het oog op de benodigde procedures;
- angst dat er 'iets slechts' zal worden ontdekt;
- angst voor pijn of ongemak tijdens de procedure;
- gebrek aan zelfvertrouwen om het zelfonderzoek juist uit te voeren (zelfredzaamheid, zie hoofdstuk 5).

Wat kom je tegen in de praktijk?

Bevolkingsonderzoek borstkanker

In 2001 werd op basis van Europese richtlijnen in Vlaanderen, en een jaar later in Brussel en Wallonië, een tweejaarlijks landelijk bevolkingsonderzoek naar borstkanker opgezet onder vrouwen van 50-69 jaar die waren verzekerd tegen ziektekosten en stonden ingeschreven in het bevolkingsregister. Uit het recentste rapport van het InterMutualistisch Agentschap (IMA), dat informatie verzamelt van alle ziektekostenverzekeringen in België, blijkt dat de participatiegraad in België toeneemt (zie figuur 4.4). In 1999-2000, dus voordat het bevolkingsonderzoek van start ging, onderging 38 procent van de vrouwen tussen 50 en 69 jaar een diagnostische mammografie; rond 2005 was dit percentage gestegen tot ongeveer 56 procent. In 2006-2007 kwam de totale dekkingsgraad in de buurt van 61 procent, waarvan de helft werd uitgevoerd in het kader van het bevolkingsonderzoek naar borstkanker. In alle drie de regio's (Vlaanderen, Wallonië en Brussel) was het percentage vrouwen dat een mammografie had ondergaan vergelijkbaar. In Vlaanderen werd echter twee op de drie borstonderzoeken verricht als onderdeel van het bevolkingsonderzoek, tegenover een op de zes borstonderzoeken in Brussel en Wallonië. De mate waarin vrouwen deelnamen aan het bevolkingsonderzoek borstkanker leek samen te hangen met persoonlijke ervaringen met een spontane mammografie voordat het bevolkingsonderzoek van start ging.

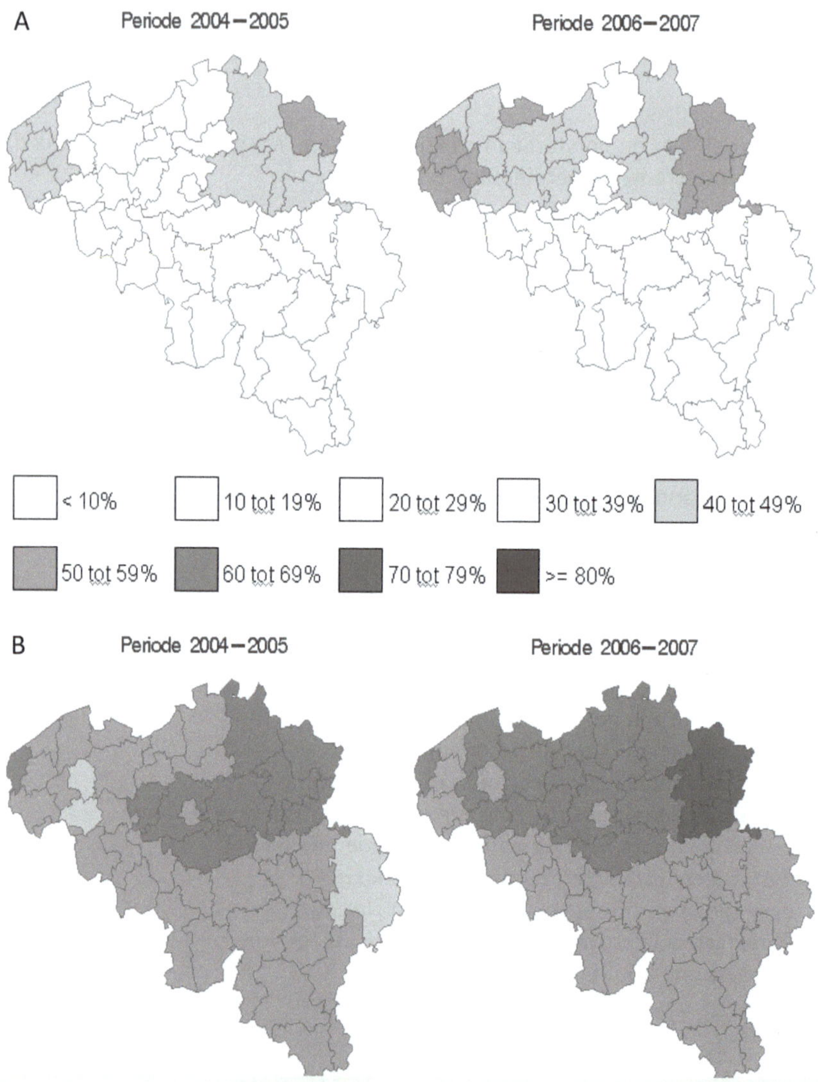

Figuur 4.4 (A) Dekkingsgraad van mammografieën en (B) totale dekkingsgraad, waarbij zowel borstonderzoek als diagnostische mammografieën waren inbegrepen, per regio

Bron: http://www.nic-ima.be/nl/imaweb/whois

Uit onderzoek blijkt dat zelfonderzoek meestal niet regelmatig gebeurt. Studies naar zelfonderzoek van de borsten laten zien dat veel vrouwen het niet op de juiste wijze doen en/of niet op het juiste moment; eigenlijk moet het een week na de menstruatie gebeuren, staand en liggend en alle weefsel in borst, tepel en onder de armen moet worden onderzocht.

Zorgelijk is dat onderzoek van Steadman en Quine (2004) bevestigde dat jonge volwassen mannen maar weinig kennis hebben over teelbalkanker, en over de mogelijke voordelen van zelfonderzoek met betrekking tot teelbalkanker. Verder toonden zij aan dat een eenvoudige interventie, waarbij deelnemers moesten opschrijven en zich voorstellen wanneer, waar en op welke wijze ze hun teelballen zelf tijdens de komende drie weken zouden onderzoeken, een significant hoog percentage van de deelnemers aanzette tot zelfonderzoek. Het bleek dus in dit geval relatief gemakkelijk om het gedrag van de deelnemers te wijzigen, hoewel een langdurige vervolgstudie nuttig zou zijn om te controleren of het zelfonderzoek ook werd voortgezet. Deze interventie, het maken van actieplannen, heet in de gezondheidspsychologie een 'implementatie-intentie'. Dit concept wordt in het volgende hoofdstuk verder besproken.

4.4 Vaccinatie

4.4.1 Het doel van vaccinatie

Vaccinatie is de oudste vorm van immunisatie; iemand wordt immuun gemaakt door een kleine hoeveelheid van een **antigeen** in het lichaam te brengen. Dit kan zowel oraal, intramusculair (in de spier geïnjecteerd) of intradermaal (in de huid geïnjecteerd) gebeuren en hierdoor wordt de vorming van antistoffen gestimuleerd. Bij sommige vaccinaties, zoals die tegen het poliovaccin, mazelen, de bof en rodehond worden levende ziekteverwekkers gebruikt, terwijl men bij andere vaccinaties gebruikmaakt van inactief gemaakte ziekteverwekkers, zoals bij vaccinaties tegen hepatitis B. De vrijwel totale verdwijning van ziekten die in vorige eeuwen omvangrijke sterfte veroorzaakten, zoals pokken, difterie en polio (zie Woolf, 1996), is grotendeels het gevolg van vaccinatie. Infectieziekten zijn echter nog altijd jaarlijks verantwoordelijk voor zeventien miljoen doden in ontwikkelingslanden en een half miljoen sterfgevallen in de geïndustrialiseerde landen (BMA, 2003a). Hoewel immunisatie beschikbaar is voor verschillende bevolkingsgroepen, zoals griepinjecties voor ouderen, ligt de nadruk op de preventie van kinderziekten. In Nederland adviseert men ouders om kinderen in te laten enten volgens het vaccinatieschema in tabel 4.3, in België volgens tabel 4.4.

antigeen
Uniek eiwit op het oppervlak van een ziekteverwekker; hierdoor kan het afweerstelsel die ziekteverwekker als lichaamsvreemd herkennen en antistoffen ertegen aanmaken. Bij vaccinaties worden speciaal bereide virussen of bacteriën in het lichaam gebracht die de specifieke antigenen van een bepaalde ziekte bevatten.

Het percentage van de bevolking dat wordt gevaccineerd, varieert in verschillende delen van de wereld, en zelfs in verschillende regio's binnen één land; er is een toenemende bezorgdheid dat sommige ziekten, zoals kinkhoest en mazelen, opnieuw kunnen opkomen, doordat het aantal vaccinaties geringer is dan het verzadigingsniveau van deze ziekten.

Het Rijksvaccinatieprogramma in Nederland (RVP) wordt voornamelijk uitgevoerd door artsen en verpleegkundigen in de Jeugdgezondheidszorg (consultatiebureau, Centrum voor Jeugd en Gezin (CJG) en GGD), maar ook door verloskundige hulpverleners, kinderartsen en huisartsen. De Regionale Coördinatie Programma's (RIVM-RCP's) spelen een belangrijke rol in het medisch toezicht op de uitvoering, de distributie van vaccins en informatiematerialen. Daarnaast registreert het Rijksinstituut voor Volksgezondheid en Milieu (RIVM) alle gegeven vaccinaties in de landelijke database Praeventis. Ouders hoeven niets te betalen voor vaccinaties in het Rijksvaccinatieprogramma. De kosten worden betaald uit de Algemene Wet Bijzondere Ziektekosten (AWBZ), op voorwaarde dat het consultatiebureau of de GGD de vaccinaties uitvoert met de officiële vaccins in een bepaald vaccinatieschema (tabel 4.3).

Tabel 4.3 Vaccinatieschema Nederland

Fase	Leeftijd	Prik 1	Prik 2
Fase 1	0 maanden	HepB*)	
	2 maanden	DKTP-Hib-HepB**)	Pneu
	3 maanden	DKTP-Hib-HepB**)	Pneu
	4 maanden	DKTP-Hib-HepB**)	Pneu
	11 maanden	DKTP-Hib-HepB**)	Pneu
	14 maanden	BMR	MenC
Fase 2	4 jaar	DKTP	
Fase 3	9 jaar	DTP	BMR
Fase 4	12 jaar	HPV (3X) ***)	

Toelichting op het vaccinatieschema

*) Kinderen van wie de moeder besmet is met het hepatitis B-virus (draagster), krijgen binnen 48 uur na de geboorte een hepatitis B-vaccinatie. Bovendien krijgen zij vlak na de geboorte immunoglobulinen (kant-en-klare antistoffen).

**) Alle kinderen die geboren zijn op of na 1 augustus 2011 krijgen de uitgebreide DKTP-Hib-HepB-inenting, waarin ook een vaccin tegen hepatitis B zit. Kinderen die vóór 1 augustus 2011 geboren zijn krijgen de DKTP-Hib-inenting. Kinderen van draagsters (zie*) én kinderen waarvan één van de ouders afkomstig is uit een land waar hepatitis B veel voorkomt, krijgen sinds 1 juni 2006 bij 2, 3, 4 en 11 maanden het combinatievaccin DKTP-Hib-HepB. Ook kinderen met het syndroom van Down die geboren zijn op of na 1 januari 2008 kregen dit vaccin al.

***) Alleen voor meisjes. De vaccinatie tegen het humaan papillomavirus (HPV), het virus dat baarmoederhalskanker kan veroorzaken, is voor meisjes geboren op of na 1 januari 1997. In 2009 was er een eenmalige inhaalvaccinatie-campagne voor meisjes geboren van 1993 tot 1996. In 2012 worden meisjes uitgenodigd die in 1999 zijn geboren.

Bron: http://www.rivm.nl/Onderwerpen/Onderwerpen/R/Rijksvaccinatieprogramma/De_inenting/Vaccinatieschema

Tabel 4.4 Vaccinatieschema België

Gebruikte afkortingen			
D	Difterie	Pneu	Pneumokokken
K	Kinkhoest	B	Bof
T	Tetanus	M	Mazelen
P	Polio	R	Rodehond
Hib	Haemophilus influenzae type b	MenC	Meningokokken C
HepB	Hepatitis B	HPV	**Humaan papillomavirus (HPV)**

Bron: Hoge Gezondheidsraad, Vaccinatiegids, Brussel (2009)

humaan papillomavirus (HPV)
Een familie van meer dan honderd virussen, waarvan dertig typen genitale wratten kunnen veroorzaken en seksueel overdraagbaar zijn. De meeste genitale HPV-typen komen en gaan in de loop van enkele jaren, maar sommige virussen kunnen het risico op baarmoederhalskanker aanzienlijk verhogen.

4.4.2 Participatie in vaccinatieprogramma's

Gedurende de laatste eeuw zijn de voordelen van jeugdvaccinatie duidelijk geworden. In de westerse wereld overlijden tegenwoordig nog maar weinig kinderen aan mazelen, difterie of polio. In ontwikkelingslanden, waar vaccinatieprogramma's worden gestimuleerd, is dit ook steeds minder het geval. De participatie in vaccinatieprogramma's is over het algemeen hoog, al zijn er met enige regelmaat publieke discussies over de veiligheid van vaccins. Participatie in vaccinatieprogramma's is duidelijk afhankelijk van het vertrouwen van het algemene publiek. Brede publiciteit na een onderzoek uit 1998, waarbij melding werd gemaakt van bijwerkingen van de gecombineerde BMR-vaccinatie, zou bijvoorbeeld de oorzaak zijn van de afgenomen deelname aan deze vaccinatie.

Sociaaleconomische variabelen, zoals een laag opleidingsniveau, zijn van invloed op de participatie in vaccinatieprogramma's (zie New en Senior, 1991; en hoofdstuk 2), evenals emotionele en cognitieve variabelen. Bennett en Smith (1992) bestudeerden de vaccinatiestatus van 300 kinderen in de leeftijd van 2 tot 2,5 in Wales; ze ontdekten dat ouders die het kind niet lieten vaccineren over het algemeen angstig waren over de risico's van vaccinatie en weinig verwachtten van de voordelen. Dit soort aannamen en het nut ervan voor verklaringen van het gezondheidsgedrag, komen in hoofdstuk 5 aan de orde.

Waarom laten meer mensen zich vaccineren tegen meningitis dan tegen de mazelen? Kijk voor het antwoord op www.pearsonxtra.nl bij verdieping.

Vaccinatiegedrag is cruciaal voor de volksgezondheid, maar wordt beïnvloed door veel culturele, sociale, emotionele en cognitieve factoren. Het is de eerste keer dat deze moeders in hun dorp kinderen kunnen laten vaccineren tegen mazelen.

Bron: Jacob Silberberg/Getty

Kijk voor interessante weblinks gerelateerd aan de onderwerpen uit dit hoofdstuk op www.pearsonxtra.nl bij verdieping.

SAMENVATTING

Dit hoofdstuk bood een overzicht van uiteenlopende gedragingen die vaak worden beschreven als 'gedragsmatige immunogenen': gedrag dat de gezondheid van de betrokkene beschermt of verbetert. Omgekeerd is een gebrek aan 'immunogenen' schadelijk voor de gezondheid (zie hoofdstuk 3). Gegeven het overtuigende bewijs van een verband tussen gedrag en ziekte, zou je kunnen verwachten dat de meeste mensen zich zo gedragen dat ze hun gezondheid beschermen. Dit wordt echter niet door de statistische gegevens ondersteund.

Het wordt steeds duidelijker dat er complexe invloeden op het gezondheidsgedrag inwerken. In hoofdstuk 5 bespreken we de psychosociale theorieën en modellen van gezondheidsgedrag die toonaangevend zijn in het huidige denken in de gezondheidspsychologie.

Pearson XTRA – Actief leren online

Wil je meer weten en oefenen, en je kennis van de besproken stof verdiepen, bezoek dan **www.pearsonxtra.nl**.

HOOFDSTUK 11

OMGAAN MET STRESS

Bron: Alamy/Peter Bowater

LEERDOELEN

Aan het einde van dit hoofdstuk heb je inzicht in:

- theorieën over coping, definities en het onderscheid tussen copingstijlen en strategieën;
- de functies van coping;
- de effecten van coping op stress;
- de invloed van persoonlijkheidskenmerken op de beoordeling van stress, coping en ziekte;
- de invloed van cognities op de beoordeling van stress, coping en ziekte;
- de invloed van emoties op de beoordeling van stress, coping en ziekte;
- de invloed van sociale steun op de beoordeling van stress, coping en ziekte.

Onderzoek naar fysiologische en immunologische mechanismen toont aan dat stress van invloed is op gezondheid en ziekte. Lang niet alle mensen worden echter ziek na stressvolle levensgebeurtenissen. In dit hoofdstuk komen bevindingen aan bod die het belang van psychosociale factoren onderstrepen voor de beoordeling en de prognose van stress en de reacties daarop. Individuele verschillen in persoonlijkheid, cognities en emoties (zowel positief als negatief) hebben directe en indirecte effecten op de verwachte stress. Indirect gebeurt dit via de cognitieve en gedragsmatige reacties op de stressvolle gebeurtenis; deze reacties noemen we coping, oftewel het omgaan met belastende situaties. Ook sociale relaties en steun zijn van invloed op stress. We beschrijven onderzoeksresultaten over de rol van deze variabelen. Aan het einde van dit hoofdstuk doorzie je de complexiteit van de relatie tussen stress, gezondheid en ziekte.

In hoofdstuk 10 hebben we theorieën over stress en over acute en chronische stressoren beschreven en hebben we het globale theoretische verband tussen stress en ziekte onderzocht. Ook hebben we onderzoeksresultaten besproken met betrekking tot de directe routes waarlangs fysiologische en immunologische processen van invloed zijn op de relatie tussen stress en ziekte. Een groot deel van de bevindingen over directe effecten van stress op ziekte is tegenstrijdig, mede door de individuele variatie in reacties op stressoren. Daarom is het nodig de indirecte mechanismen te onderzoeken die in hoofdstuk 10 zijn geïntroduceerd. In hoeverre zijn persoonlijkheid, opvattingen en emoties van invloed op de relatie tussen stress en ziekte, hetzij direct, hetzij indirect via coping?
Individuele verschillen in de beoordeling van gebeurtenissen bepalen de cognitieve, emotionele en gedragsmatige reacties op deze gebeurtenissen. Sommige reacties zijn van directe invloed op de prognose van ziekten, maar de meeste werken indirect via coping (en ook via fysiologische reacties die in hoofdstuk 10 zijn beschreven). We moeten ons echter allereerst afvragen wat er precies onder coping wordt verstaan.

11.1 Wat is coping?

Hoewel er meer dan dertig definities van coping bestaan, heeft het transactionele model van Lazarus (zie figuur 11.1 op pagina 280) de grootste impact gehad op de conceptualisering van coping (vergelijk Lazarus, 1993a, 1993b; Lazarus en Folkman, 1984). Volgens dit model ontstaat psychologische stress in een spanningsveld tussen de persoon en zijn omgeving, dat wil zeggen wanneer het individu het gevoel heeft dat zijn eigen mogelijkheden (draagkracht) niet toereikend zijn om met de eisen van de omgeving (draaglast) om te gaan (Lazarus en Folkman, 1984; Lazarus, 1993a). Individuen kunnen dan proberen de stressor te veranderen of anders te interpreteren, zodat deze minder bedreigend wordt. Dit wordt coping genoemd.
Coping is een dynamisch proces. Hierbij is een constellatie van cognities en gedrag betrokken die ontstaat uit de primaire en secundaire beoordeling van gebeurtenissen en de emoties die daaraan zijn verbonden (deze zijn in hoofdstuk 10 beschreven). Coping is *alles* wat iemand doet om de invloed van een feitelijke of subjectief ervaren stressor te verminderen. Ook de emoties die beoordelingen oproepen, kunnen door coping worden gewijzigd of gereduceerd. Bovendien kan coping zich direct op de 'objectieve' stressor richten. De stressor zal daardoor niet altijd verdwijnen, maar kan wel op de achtergrond raken, bijvoorbeeld via het aanleren van nieuwe vaardigheden om er beter mee om te gaan, door de stressor te verdragen, opnieuw te beoordelen of te minimaliseren. Bij coping gaat het dus vooral om aanpassing.

Cohen en Lazarus (1979) hebben vijf belangrijke functies voor coping beschreven, die bijdragen aan een succesvolle aanpassing aan een stressor:

1 het effect van schadelijke externe omstandigheden verminderen;
2 tolereren van of zich aanpassen aan negatieve gebeurtenissen;
3 behouden van een positief zelfbeeld;
4 behouden van emotioneel evenwicht en het verminderen van emotionele stress;
5 behouden van een bevredigende relatie met de omgeving en met anderen.

XTRA

Wil je weten wat het verschil is tussen confronterende en vermijdende coping? Kijk dan op www.pearsonxtra.nl bij verdieping.

11.1.1 Stijlen van coping en strategieën voor coping

Copingstijlen zijn niet gerelateerd aan de context of de stressor; het zijn vormen van coping die op persoonlijkheidskenmerken lijken en die mensen zich eigen maken in een moeilijke situatie. Als je nadenkt over je eigen gedrag, weet je waarschijnlijk wel of je de neiging hebt om stressoren uit de weg te gaan, of juist de confrontatie op te zoeken. Een voorbeeld van een copingstijl is controlegerichte ('*monitoring*') coping, een daaraan tegengestelde copingstijl wordt zich ongevoelig makende ('*blunting*') coping genoemd (Miller, 1987; Miller *et al.*, 1987). Controlegerichte coping is een confronterende stijl; hierbij zoekt men informatie die relevant is voor de bedreiging van de gezondheid, bijvoorbeeld door vragen te stellen over behandelingen en bijwerkingen of door het zoeken naar informatie over de inhoud van het naderende examen.

Zich ongevoelig maken betekent zichzelf afsluiten voor relevante informatie of afleiding zoeken (zie bijvoorbeeld Miller, 1987; Miller, Brody en Summerton, 1987), bijvoorbeeld door te slapen of te dagdromen of door andere dingen te ondernemen. Van Zuuren en Dooper (1999) onderzochten de relatie tussen controlegerichte coping (bijvoorbeeld een arts bezoeken als men zich vaak moe voelt), zich ongevoelig makende coping en preventief gedrag (bijvoorbeeld een dieet volgen, regelmatig bewegen). Controlegerichte coping bleek niet al te sterk, maar wel significant gecorreleerd te zijn aan ziektedetectie en aan preventief gedrag. Mensen die zich overwegend afsloten voor stressoren, ondernamen minder vaak beschermend gedrag dan mensen bij wie deze copingstijl minder overheersend was. Controlegerichte coping was onder vrouwen met kanker gerelateerd aan negatieve reacties zoals sterkere gevoelens van kwetsbaarheid en toegenomen psychisch lijden; volgens sommigen kan het zoeken naar en versterken van bedreigende cues daarom ook contraproductief zijn (zie Miller, Fang, Manne *et al.*, 1999). De tegenstrijdige resultaten van controlegerichte coping die in verschillende onderzoeken zijn aangetoond, onderstrepen het belang van de context: één copingstijl is mogelijk niet 'passend' voor alle situaties en het is denkbaar dat bepaalde reacties aanpassing onmogelijk maken. Het kiezen van situatiespecifieke copingstrategieën kan dus van groot belang zijn.

Bij onderzoek op het terrein van de gezondheidspsychologie is coping overwegend bestudeerd in relatie tot contextspecifieke strategieën en niet met betrekking tot copingstijlen. Deze twee aspecten kunnen echter gelijktijdig worden onderzocht, waarbij herhaalde beoordelingsperioden worden ingesteld om de aard en consistentie van strategieën in de loop van de tijd te kunnen onderzoeken (zie bijvoorbeeld Tennen *et al.*, 2000).

Zoals gezegd, zijn stijlen van coping in principe niet gerelateerd aan de context of de stresserende stimulus, maar algemene vormen van coping die mensen in de meeste situaties toepassen. Strategieën voor coping daarentegen komen voort uit een benadering waarbij stress en coping een dynamisch proces vormen, dat afhankelijk is van de context, de gebeurtenis, de persoonlijke hulpmiddelen van de betrokkene, zijn of haar stemming enzovoort. Coping kan daardoor uit uiteenlopende, ogenschijnlijk tegengestelde strategieën bestaan. Zo hebben Lowe, Norman en Bennett *et al.* (2000) ontdekt dat mensen in de maanden na een hartaanval tegelijkertijd gebruikmaakten van passieve coping (bijvoorbeeld in de vorm van acceptatie, positieve herbeoordeling) en van actieve, probleemgerichte coping (bijvoorbeeld in de vorm van leefstijlaanpassingen). Analoog hieraan vonden Macrodimitris en Endler (2001) dat mensen met chronische ziekten een combinatie inzetten van instrumentele strategieën en strategieën voor afleiding. Het is belangrijk om intenties of doelstellingen voor coping te bestuderen (Laux en Weber, 1991), omdat die van invloed zijn op de strategieën die in bepaalde situaties worden ingezet.

Wat is adaptieve coping?

Volgens het copingmodel van Lazarus is het moeilijk te voorspellen welke strategieën in welke situaties adaptief zijn, omdat probleemgerichte en emotiegerichte strategieën onderling afhankelijk zijn en samen de totale copingreactie vormen (Lazarus, 1993b). Tennen, Affleck, Armeli *et al.* (2000) bevestigden dit in een indrukwekkend longitudinaal onderzoek onder pijnpatiënten, waarbij hun copingstrategieën dagelijks werden bepaald. Ze ontdekten dat de kans op emotiegerichte strategieën 4,4 keer zo groot was op dagen waarop ook probleemgerichte strategieën werden toegepast. Bovendien waren de pijnsymptomen van invloed op de strategieën voor coping die op dagelijkse basis werden toegepast. Wanneer de pijn op een bepaalde dag bijvoorbeeld heviger was dan de dag ervoor, nam de kans toe dat de probleemgerichte coping van de dag ervoor op die dag door emotiegerichte coping werd gevolgd. Dit toont de rol aan van beoordeling en herbeoordeling bij coping: modificaties worden aangebracht op basis van eerdere pogingen tot coping, die al dan niet succesvol waren.

Coping is sterk contextafhankelijk – om adaptief te zijn moet het flexibel zijn (zie figuur 10.1 op pagina 251, waarin de terugkoppeling van coping naar (her)beoordeling door middel van pijlen is weergegeven en zie figuur 11.1 op de volgende pagina). Als de stressor bijvoorbeeld bestaat uit een nieuwe baan en dit angst opwekt, kan coping zich richten op de 'baan' (nadenken over het voordeel van de nieuwe betrekking, contact leggen met nieuwe collega's, onderzoek doen naar het bedrijf en zijn producten). De coping kan zich eveneens richten op de angst (met een vriend spreken, dronken worden). Toch is een copingstijl waarbij het probleem direct wordt aangepakt (onderzoek doen naar de nieuwe rol) niet noodzakelijkerwijs adaptiever dan coping waarbij dit niet gebeurt (dronken worden); er bestaan situaties waarin emotiegerichte of zelfs vermijdende coping adaptiever is dan probleemgerichte coping.

Probleemgerichte coping is vaker adaptief in gevallen waarin er iets kan worden gedaan om de stressor te veranderen of te reguleren: zich concentreren op de situatie en plannen hoe ermee om te gaan is dan een voorbeeld van een *cognitieve* probleemgerichte copingstrategie; het zoeken van nuttige informatie over de gebeurtenis illustreert een *gedragsmatige* probleemgerichte copingstrategie. Emotiegerichte of vermijdende coping is vaker adaptief als men weinig controle heeft over de gebeurtenis of over weinig hulpmiddelen beschikt. Van cognitieve emotiegerichte coping is sprake als mensen het probleem ontkennen of zich op andere gedachten richten bij wijze van afleiding; voorbeelden van gedragsmatige emotiegerichte coping zijn het uiten van emoties en het zoeken van emotionele steun.

Mensen die meestal probleemgericht zijn, kunnen merken dat dit in sommige omstandigheden contraproductief is. Bij het vooruitzicht van een ingrijpende operatie of wanneer bijvoorbeeld een levensbedreigende ziekte is vastgesteld, kan vermijdende coping adaptiever zijn. Ontkenning blijkt een effectieve vorm van coping voor veel vrouwen bij wie kortgeleden borstkanker is vastgesteld (Carver, Pozo, Harris *et al.*, 1993; Greer, Morris, Pettingale *et al.*, 1990). Al betrof het dan vooral kortdurende ontkenning; voortdurende ontkenning ging gepaard met een slechtere overleving

over een periode van vijftien jaar. Ook vormen van coping als stoïcijnse acceptatie, angstige preoccupatie met de ziekte en hulpeloosheid/wanhoop bleken gepaard te gaan met een slechtere prognose.
Eén psychologische vorm van coping, de zogenoemde vechtlust (zoals tot uitdrukking komt in uitspraken als 'ik ben vastbesloten deze ziekte te overwinnen'), is in vroege onderzoeken in verband gebracht met een betere prognose en overleving onder patiënten met borstkanker (Greer, Morris en Pettingale, 1979; Greer *et al.*, 1990). Vechtlust geeft blijk van een soort realistisch optimisme en van vastberadenheid. Mensen met veel vechtlust zijn eerder geneigd de ziekte te trotseren dan deze te ontkennen (Spiegel, 2001). Gevoelens van wanhoop en hulpeloosheid ('ik heb het gevoel dat ik hier niets aan kan doen') zijn juist gerelateerd aan een slechtere overlevingskans onder patiënten met borstkanker (Watson, Haviland, Greer *et al.*, 1999) en onder patiënten na een herseninfarct (Lewis, Dennis, O'Rourke *et al.*, 2001).
Op grond van deze resultaten zouden interventies de prognose van ziekten kunnen verbeteren, bijvoorbeeld door de vechtlust van patiënten te verhogen en de gevoelens van hulpeloosheid te verminderen. Sommige auteurs hebben echter vraagtekens gezet bij deze resultaten. In een artikel over 26 onderzoeken waarbij de copingstijlen 'vechtlust' of 'wanhoop en hulpeloosheid' en overlevingspercentages of terugval bij kanker werden bestudeerd, concluderen de auteurs dat veel voorspellende verbanden zijn ontdekt in kleine steekproeven of bij matige onderzoekskwaliteit (Petticrew *et al.*, 2002). Bovendien zijn recentere studies er niet in geslaagd om voorspellende verbanden op de lange termijn te herhalen. Een vervolgstudie na tien jaar onder 578 vrouwen met borstkanker in een vroeg stadium toonde weliswaar aan dat 'wanhoop en hulpeloosheid' een voorspellende factor was voor overleving, maar dat gold niet voor vechtlust (Watson *et al.*, 2005).
Tot slot hebben Stanton, Kirk, Cameron *et al.* (2000) erop gewezen dat emoties ook adaptief kunnen zijn in plaats van verstorend, zoals bij emotiegerichte coping wordt gesuggereerd. In een reeks onderzoeken onderzochten ze 'coping via emotionele benadering'. Daarbij maakten ze onderscheid tussen 'emotionele verwerking' (actieve pogingen om de ervaren emoties te begrijpen) en 'emotionele uiting' (emoties uiten zonder actieve pogingen om ze te begrijpen). Beide vormen van coping bleken samen te hangen met positieve psychologische aanpassing.
Het nu volgende onderzoeksthema onderstreept hoe moeilijk het is om onderscheid te maken tussen emotiegerichte en probleemgerichte coping, omdat ze elkaar voortdurend beïnvloeden.

Figuur 11.1 Het copingproces

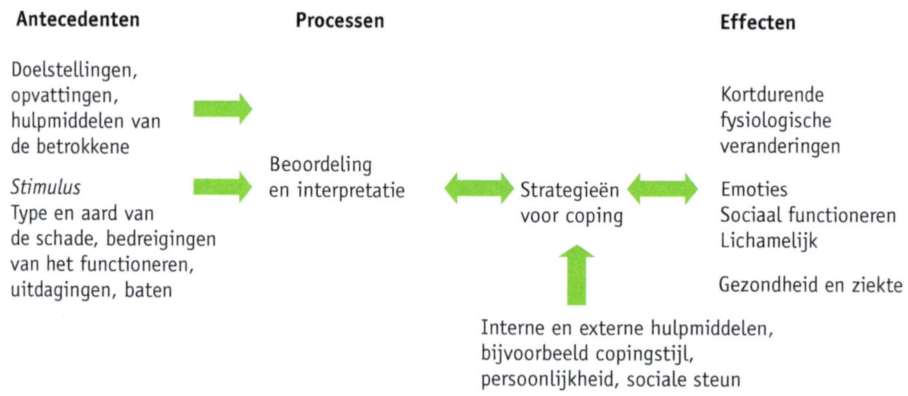

Bron: Vrij naar Lazarus (1999: 198)

Wat leert onderzoek ons?

Copingstrategieën van jongvolwassenen met kanker

Er is relatief veel onderzoeksliteratuur over de copingreacties van mensen van middelbare leeftijd en van ouderen – op een diagnose, een behandeling en op latere stadia van ziekten. Ook groeit de hoeveelheid onderzoek naar de copingreacties van mensen bij wie tijdens de jeugd een diagnose is gesteld. Over degenen bij wie op jongvolwassen leeftijd ruwweg van 17-20 tot en met 44 jaar) een diagnose is gesteld, is echter nog maar weinig bekend. Dit is een levensfase die zich volgens Erikson (zie ook hoofdstuk 1) kenmerkt door intimiteit, betrokkenheid bij werk en relaties, en onafhankelijkheid als opstap naar de volwassenheid. De diagnose van een levensbedreigende ziekte is daarom vooral in deze levensfase iets waarmee men 'nog' geen rekening had gehouden en plotseling mee moet zien om te gaan. Voor het meeste copingonderzoek hanteert men kwantitatieve onderzoeksmethoden op basis van vragenlijsten. Daarnaast vindt er kwalitatief onderzoek plaats om de ervaringen van mensen te begrijpen (in plaats van alleen te beschrijven). Dit onderzoek koos voor de kwalitatieve benadering via vraaggesprekken met jongvolwassenen met kanker. Hieruit kwamen drie hoofdthema's naar voren: vertraagde diagnose, problemen met ondersteuning en copingstrategieën.

Methode

Er werden persoonlijke vraaggesprekken gehouden met vijftien jongvolwassenen tussen de 21 en 43 jaar, die allen de diagnose kanker kregen toen ze tussen de 20 en 35 jaar oud waren. Van hen werden er negen aangemerkt als 'overlevenden', omdat ze de behandeling hadden voltooid. Onduidelijk is bij wie van de deelnemers de kanker na voorlopige genezing terug was gekeerd. Daardoor is de steekproef gemengd als het gaat om het stadium en de geschiedenis van de kanker.

De interviewers werden ingedeeld naar sekse; de mannelijke onderzoeker interviewde de zes mannelijke deelnemers en een van de twee vrouwelijke onderzoekers interviewde de negen vrouwen. De veronderstelling luidde dat deelnemers intieme details gemakkelijker zouden bespreken met een interviewer van hun eigen sekse.

Analysemethode

De gekozen methode was gebaseerd op *grounded theory*, waarbij de letterlijke verslagen één voor één worden doorgelezen en de hieruit verkregen codes (thema's) worden vergeleken met die uit eerdere interviews totdat er geen nieuwe codes meer naar voren komen (dit wordt het verzadigingspunt genoemd). De codes komen binnen het onderzoeksteam aan bod terwijl men aantekeningen maakt over categorieën en eigenschappen; door middel van een iteratief proces volgt elk volgend interview een spoor dat in een eerder interview is aangedragen. Op deze manier is de theorie 'gegrond' in de verhalen van de deelnemers, terwijl deze ook wordt bevestigd door besprekingen in de onderzoeksgroep. Dit artikel richt zich met name op de 'strategieën en interveniërende voorwaarden die van invloed waren op de coping van de deelnemers'. De auteurs passen hierbij Folkman en Lazarus' copingtheorie toe (zie eerder in dit hoofdstuk) als model voor de interpretatie van hun onderzoeksresultaten.

Resultaten

De copingstrategieën van de deelnemers van het onderzoek waren duidelijk geworteld in hun leven voorafgaand aan het moment waarop ze met kanker gediagnosticeerd werden, maar hadden zich ontwikkeld naarmate ze meer informatie inwonnen, lichamelijk lijden ondergingen, contact hadden met andere betrokkenen (familie, vrienden, gezondheidsprofessionals), en nadachten over hun ervaringen. De 'doelen' van de deelnemers bestonden ten eerste uit het overleven van de ziekte en de behandeling en ten tweede uit het oppakken van 'het normale leven'. De gehanteerde strategieën hiervoor waren onder meer: informatie zoeken, interactie en percepties ten tijde van de diagnosestelling, actie ondernemen, controle krijgen, en aanpassingen tijdens de behandeling en de fase daarna (wat kan neerkomen op nabehandeling, vermindering van de ziekte, of, voor deelnemers bij wie de behandeling geen effect had, het bereiken van de palliatieve fase), waarin het vooral van belang was hun eigen ervaring een plaats te geven. Deze 'strategieën geven aspecten van coping weer die op elkaar inwerkten. Op basis van de verhalen over het leven voorafgaand aan de kanker, werden gevoelens van 'onoverwinnelijkheid' opgetekend. Deelnemers dachten dat ze nog een heel leven voor zich hadden, totdat de diagnose kanker werd gesteld:

Want op die leeftijd denk je dat niets je kan raken; er kan niets fout gaan, en dan slaat dat [de diagnose] alles waarin je gelooft aan diggelen.
(34-jarige vrouw, enig kind, praat over haar ouders)

Toen de deelnemers hun 'reis' door de kanker begonnen, erkenden ze dat ondersteunende netwerken van levensbelang waren. Kanker brengt een geheel nieuwe taal en nieuwe ervaringen met zich mee; geen steun krijgen zagen ze als belemmering voor effectieve coping.

Ik heb hen nooit vergeven dat ze er niet voor me waren toen ik werd geopereerd.
(34-jarige vrouw, enig kind, praat over haar ouders)

Na de diagnose spraken de deelnemers over de toegang die ze hadden tot informatie, vaak via internet (iets wat hun soms te veel werd); ze vertelden over hoe ze naar hun relaties keken – sommige volwassen deelnemers hadden moeite met de gedachte dat ze door hun ziekte als het ware voor hun beurt gingen, omdat ze eerder dan hun ouders door een levensbedreigende ziekte waren getroffen. Sommige deelnemers hadden ook het gevoel dat ze hun ouders tegen hun ziekte moesten beschermen.
Wat betreft de 'relatie' die deelnemers met hun ziekte hadden, waren er veel verschillen. Sommigen zagen de kanker als een 'tegenstander' die ze moesten verslaan, anderen als een 'spel' dat ze moesten winnen, en weer anderen als een 'ziekte', die deel van hen uitmaakte (personificatie) of juist niet (een zienswijze die tot uiting kwam in uitspraken als 'dit ben ik niet echt, het hoort niet bij mij').
De auteurs waren van mening dat deze overtuigingen van invloed waren op de copingreacties, maar ze hadden deze verbanden wel iets uitgebreider mogen toelichten. Het wachten op de behandeling was over het algemeen zwaar voor de deelnemers en hun familie – ze voelden een sterke noodzaak om ermee te beginnen. Ze gingen de stress onder meer tegen met ontspanningsoefeningen of met gezond gedrag, bijvoorbeeld in de vorm van gezond eten en veel bewegen. Velen van hen maakten ook gebruik van cognitieve strategieën als positief op zichzelf inpraten of doelen stellen. Dit zijn voorbeelden van probleemgerichte coping, waarmee de deelnemers greep probeerden te krijgen op de ziekte en/of de behandeling. Controleverlies komt vaak voor na een diagnose; verschillende deelnemers in deze jongvolwassen groep merkten dat hernieuwde afhankelijkheid van ouders of familie kon worden gecompenseerd door dingen voor zichzelf te doen. Men vond het belangrijk om zich aan te passen aan de realiteit van het ziek zijn. Op zeer verschillende manieren hielden ze zichzelf tijdens de behandeling op de been. Tegen het einde van de behandeling hielden de deelnemers zichzelf vooral overeind door hun eigen ervaringen te vergelijken met die van anderen; zo konden ze zichzelf 'plaatsen'. De meesten zagen hun ervaring met kanker als een levensveranderende gebeurtenis, in die zin dat hun levensfilosofie was veranderd. Hun primaire doel was nu om hun 'normale leven' weer op te pakken, zij het met een veranderde, rijpere kijk op het leven.

Discussie

De auteurs merken op dat dit niet zozeer een onderzoek is naar de copingstrategieën van jongvolwassenen (met als doel generaliseerbaarheid) als wel een onderzoek naar de persoonlijke ervaringen van de geïnterviewden. Duidelijk werd in ieder geval dat coping voor iedereen van belang is. Copingstrategieën blijken zich in de loop der tijd, van diagnose tot nabehandeling, te ontwikkelen en te veranderen. Bovendien verschilden de deelnemers niet alleen van elkaar in aanpak, maar maakten ze ook gebruik van verschillende strategieën, naargelang ze zichzelf andere copingdoelen stelden. De auteurs kenschetsen weliswaar het gebruik van diverse probleem- en emotiegerichte copingstrategieën, maar merken op dat het onderscheid hiertussen niet altijd even duidelijk was. Ze lichten dit overigens niet verder toe. Verder betogen ze dat hun resultaten kunnen helpen om hulpmiddelen en interventies effectiever af te stemmen op jonge kankerpatiënten.
De auteurs staan niet stil bij de beperkingen van hun onderzoek en doen geen poging hun resultaten binnen de bestaande onderzoeksliteratuur te 'plaatsen' – verschilt deze studie van kwantitatief onderzoek, van experimenten met andere ziekten dan kanker, of van onderzoek naar een oudere populatie van kankerpatiënten? Hoewel de auteurs geen antwoord geven op deze nuttige vragen, vormt dit onderzoek een interessante bijdrage aan ons inzicht in de impact van kanker.

Bron: Miedema, B., Hamilton, R. en Easley, J. (2007). 'From "invincibility" to "normalcy": coping strategies of young adults during the cancer journey'. In: *Palliative and Supportive Care* 5: 41-9

11.1.2 Functies van coping

Zoals kan worden opgemaakt uit het onderzoeksthema hebben copingintenties of -doelen (zie Laux en Weber, 1991) allicht invloed op de copingstrategieën in een bepaalde situatie, alsook op het succes daarvan. Er is echter nog maar weinig onderzoek gedaan naar doelen (zoals het 'normale leven' weer oppakken na een trauma of ziekte) in combinatie met een specifieke copingstrategie.
Waarom kiezen mensen voor een bepaald type coping? De reden houdt verband met eerdere ervaringen met copingstrategieën, maar vooral ook met de verwachte effecten van de gekozen strategie. Coping is dus een doelgericht oftewel motivationeel proces (Lazarus, 1993b). De algemene functie van coping, oftewel zich zo aanpassen dat een bepaalde gebeurtenis minder psychisch lijden veroorzaakt, brengt de inherente noodzaak met zich mee om het gevoel voor eigenwaarde en het zelfbeeld te behouden, en om goede relaties met anderen te onderhouden. In een onderzoek naar ruzies tussen echtparen bleek dat coping via woede en agressie werd gebruikt wanneer een van de echtgenoten vond dat diens gevoel voor eigenwaarde werd bedreigd; het doel van coping bestond in dat geval dus uit zelfverdediging. Als paren zich daarentegen in een situatie bevonden waarin sprake was van een gedeelde angst omtrent een externe gebeurtenis, onderdrukten ze vaker de woede en pasten ze ondersteunende vormen van coping toe; het doel bestond in die gevallen uit het verlichten van gezamenlijke zorgen (Laux en Weber, 1991).
Zoals Coyne en Racioppo (2000: 658) al opmerkten, heeft 'onderzoek naar copingchecklists [...] weinig aandacht besteed aan verschillen in functies en plannen voor verscheidene situaties en personen, en de effectiviteit van coping kan niet worden beoordeeld zonder aandacht te besteden aan deze overwegingen'. Met andere woorden: zonder te weten 'waarom' iemand kiest voor een specifieke copingstrategie – om minder te hoeven lijden, om meer steun te krijgen, meer interactie, minder pijn enzovoort – kunnen we niet bepalen of die strategie effectief is geweest. Bovendien maken mensen misschien gebruik van meerdere strategieën tegelijkertijd, gericht op verschillende doelen. Dat kunnen kortetermijndoelen zijn (het verzachten van pijn) maar ook langetermijndoelen (zelfstandig leren lopen). Er moet meer onderzoek worden gedaan naar de functies van coping als we beter willen begrijpen hoe coping werkt en hoe en waarom copingstrategieën in de loop der tijd kunnen veranderen. Daarnaast moeten zorgverleners weten welke doelen deelnemers zichzelf stellen. Alleen dan kunnen zij een maximaal effect bereiken met hun interventies.

Wat denk je zelf?

Iedereen krijgt op enig moment in zijn leven met stress te maken. Denk eens aan een recente gebeurtenis die stressvol was voor jou. Hoe ben je ermee omgegaan? Welke verschillende copingstrategieën heb je toegepast om de gebeurtenis het hoofd te bieden? Wat hoopte je te bereiken met deze strategieën? Hadden de strategieën verschillende doelen? Welke bleken effectief en welke niet?
Waren je persoonlijke achtergrond, je karakter en/of je kijk op het leven in zekere zin bepalend voor de manier waarop je op de gebeurtenis hebt gereageerd? Houd de ervaring waarover je zojuist hebt nagedacht in gedachten bij het lezen van de volgende paragrafen en vraag je af of je de invloeden op stress en coping die we beschrijven, herkent. Vergelijk vervolgens jouw reactie met die van een tweetal andere studenten.

11.2 Stress, persoonlijkheid en ziekte

Wat is persoonlijkheid? Persoonlijkheid is de 'dynamische organisatie van psychische en fysieke systemen die bepalend zijn voor het karakteristieke gedrag en de

gedachten van een individu' (Allport, 1961: 28). Deze definitie gaat uit van persoonlijkheidskenmerken, van stabiele en duurzame dimensies, waaronder gevoeligheid, gewetensvolheid en neuroticisme. Tot laat in de jaren zestig van de twintigste eeuw werd het onderzoek naar stress, persoonlijkheid en ziekte gestuurd door de theorie over persoonlijkheidskenmerken, maar toen die onvoldoende verklaring bleek te bieden voor het waargenomen gedrag, richtte de aandacht zich op externe of situationele variabelen en op situationele kenmerken (bijvoorbeeld angst die specifiek is voor een bepaalde situatie).
Met behulp van persoonlijkheidstrekken kunnen we gedragspatronen goed karakteriseren. We spreken van clusters van persoonlijkheidskenmerken of 'typologieën'; zo zal een extravert 'type' meestal open, avontuurlijk en impulsief van aard zijn, terwijl het psychotische 'type' meer als egocentrisch, agressief, koel en impulsief te boek staat (Eysenck, 1982). Je ziet dat impulsiviteit een kenmerk is van beide 'typen', maar dat er globale verschillen bestaan in de andere geclusterde persoonlijkheidskenmerken.
Er zijn verschillende modellen ontwikkeld over de relaties tussen persoonlijkheidsvariabelen en ziekte of gezondheid:

- In sommige modellen vormt de persoonlijkheid een voorspellende factor voor het ontstaan van ziekte (zie bijvoorbeeld Friedman en Booth-Kewley, 1987).
- Soms blijkt dat de persoonlijkheid als gevolg van een ziekte verandert.
- Bij sommige persoonlijkheidstypen wordt ongezond gedrag dat een voorspellende factor is voor ziekten gestimuleerd (zoals roken). In die zin heeft de persoonlijkheid een indirect effect op ziekte (zie ook hoofdstuk 3).
- De persoonlijkheid kan een rol spelen bij de ziekteprogressie of -prognose, omdat ze mede bepaalt hoe iemand met symptomen of ziekte-episoden omgaat; vijandige mensen maken bijvoorbeeld misschien minder effectief gebruik van sociale steun.

Om dieper te kunnen ingaan op aanwijzingen dat iemands karakter indirect de gezondheid beïnvloedt door de manier waarop men met stress omgaat, vragen we je de kennis over de 'Big Five', besproken in hoofdstuk 5, op te frissen.

11.2.1 De persoonlijkheidsdimensies van de 'Big Five'

In onderzoeken is ontdekt dat alle dimensies van de 'Big Five' op een specifieke manier samenhangen met gezondheidsgedrag (zie bijvoorbeeld Booth-Kewley en Vickers, 1994; Friedman, Tucker, Schwartz *et al.*, 1995), met symptoomperceptie (zie bijvoorbeeld Feldman, Cohen, Doyle *et al.*, 1999), met coping (zie bijvoorbeeld David en Suls, 1996) en met ziektegedrag (zie bijvoorbeeld Korotkov en Hannah, 2004). Uit dit laatste onderzoek bleek zelfs dat de persoonlijkheidsfactoren sterker aan de subjectieve gezondheidsbeoordeling waren gerelateerd dan aan objectieve indicatoren van ziekte.
Van de dimensies van de Big Five heeft neuroticisme tot nu toe de meeste aandacht gekregen in studies naar ziekte. Daarom gaan we daarop hieronder nader in.

Neuroticisme

Neuroticisme, dat bekendstaat als een stabiel persoonlijkheidskenmerk, kenmerkt zich door de neiging om negatieve emoties te voelen, wat zich uit in negatieve opvattingen en negatief gedrag (Costa en McCrae, 1987; McCrae, 1990). Mensen die hoog scoren op deze dimensie, geven vaak blijk van angstige opvattingen en angstig gedrag dat niet in verhouding staat tot de ernst van de situatie (Suls en Martin 2005; zie ook hoofdstuk 8 voor meer informatie over de aandacht die mensen besteden aan hun interne toestand en de toename van lichamelijke klachten). In een poging deze houding te verklaren, is aangevoerd dat neurotische mensen door hun karakter aan meer negatieve stressoren blootstaan dan anderen (Suls en Martin, 2005). Het is echter lastig om echte gebeurtenissen te ontwarren van subjectieve oordelen daarover, omdat de meeste onderzoeken zijn gebaseerd op zelfrapportage. Het kan dus goed zijn dat mensen die hoog scoren op neuroticisme systematisch bepaalde gebeurtenissen vertekenen. Uit onderzoek blijkt verder dat neurotische mensen meer verschillende typen copingstrategieën hanteren (misschien omdat ze vaak vruchteloos blijven zoeken naar een strategie die werkt) en dat dit vaak maladaptieve en emotiegerichte strategieën zijn (zie ook Semmer, 2006).

Negatief affect

Watson en Clark (1984) stelden dat een aan neuroticisme verwant persoonlijkheidskenmerk dat negatief affect (NA) wordt genoemd, eveneens een centrale rol speelt bij de relatie tussen stress en gezondheid. Individuen die hoog scoren op negatief affect kenmerken zich door een algemene negatieve kijk op gebeurtenissen, een sterke mate van introspectie, een sombere, gedrukte stemming en een lage eigendunk. Ook bleek NA gerelateerd te zijn aan een slechtere beoordeling van de eigen gezondheid en meer gezondheidsklachten, die vaak niet bevestigd worden door objectieve, medische indicatoren (Cohen *et al*, 1995; Watson en Pennebaker, 1989; Evers *et al.*, 2003). Aangezien consistent bewijs voor een verband met daadwerkelijke ziekten vaak ontbreekt, wordt NA beschreven als een 'barrière' (Watson en Pennebaker 1989: 248) die onderzoekers noodzaakt om voorzichtig te zijn met het interpreteren van zelfgerapporteerde effecten van gezondheidsklachten en zelfgerapporteerde voorspellende factoren van stress of lijden. Het 'aangetroffen' verband tussen stress en ziekte kan immers veroorzaakt zijn door rapportagebias bij deelnemers die hoog scoren op NA. Ondanks zwakke verbanden tussen NA en objectieve indicatoren voor ziekte, denken onderzoekers dat NA kan samenhangen met een verhoogde cortisolconcentratie, waardoor de immuunfunctie van het lichaam wordt onderdrukt (zie bijvoorbeeld Van Eck *et al.*, 1996).

Van de overige persoonlijkheidsdimensies van de 'Big Five' hebben inschikkelijkheid en extraversie de meeste aandacht gekregen, waarbij inschikkelijkheid geldt als een adaptieve reactie op stressoren; extraversie is weliswaar soms gunstig, bijvoorbeeld bij beoordeling en coping, maar levert geen voordelen op bij gedrag dat een gezondheidsrisico inhoudt. Voor wie meer wil weten, biedt Semmer (2006) een nuttige, meer gedetailleerde bespreking van de verbanden tussen persoonlijkheid, stress en copingstrategieën.

Tot dusver hebben we persoonlijkheidsconcepten beschreven die met een negatief effect op de gezondheid zijn geassocieerd, maar er zijn ook karaktertrekken die juist 'algemene' positieve effecten hebben op gezondheid. Op deze 'interne hulpmiddelen' we richten we nu onze aandacht.

Optimisme en pessimisme

Een 'beschermend' hulpmiddel is dat van dispositioneel optimisme, dat wil zeggen een overwegend positieve levensopvatting en positieve resultaatverwachtingen. Volgens Scheier en collega's (Scheier, Weintraub en Carver *et al.*, 1986; Scheier en Carver, 1992) zijn dispositionele optimisten geneigd te geloven dat de gewenste resultaten mogelijk zijn; hierdoor zouden ze vaker blijk geven van effectieve en standvastige coping met stress of ziekte, waardoor de kans op een negatieve afloop ook daadwerkelijk kleiner is. Dispositioneel optimistische mensen rapporteren daarnaast bij negatieve gebeurtenissen minder vaak interne attributies ('het is mijn eigen fout'), stabiele attributies ('het is een aspect van mijn persoonlijkheid dat ik niet kan veranderen') en globale attributies ('er is niets aan te doen') dan anderen, oftewel: ze beschouwen stress vaker dan anderen als veranderbaar en specifiek en als afkomstig van externe bronnen die ze kunnen veranderen dan wel negeren.

Pessimisme bij patiënten met kanker werd daarentegen in verband gebracht met sterfte onder jongere patiënten, zelfs als gecorrigeerd was voor het eraan gerelateerde begrip 'depressie' (Schulz *et al.*, 1996).

pessimisme

Het begrip is afgeleid van het Latijnse woord *pessimum*, dat 'het slechtste' betekent; pessimisten gaan ervan uit dat deze wereld (in ruime zin) de slechtste van alle mogelijke werelden is. Deze opvatting is vaak gerelateerd aan de stemming of de affectieve toestand van het individu in kwestie. Soms zijn mensen notoire pessimisten en vinden ze de gehele werkelijkheid de slechtste van alle mogelijkheden, in andere gevallen is iemand slechts pessimistisch over een specifieke situatie, mogelijkheid of toestand.

Tabel 11.1 Maat voor optimisme: de *life orientation test*

Beantwoord alle vragen zo eerlijk en nauwkeurig mogelijk. Probeer op elk van de beweringen een onafhankelijk antwoord te geven. Er zijn geen 'juiste' of 'onjuiste' antwoorden. Antwoord volgens je eigen gevoelens en niet op basis van hoe je denkt dat de 'meeste mensen' zouden antwoorden. Maak gebruik van onderstaande schaal, schrijf de juiste letter in het vakje naast elke bewering.

A Ik ben het er sterk mee eens	B Ik ben het er enigszins mee eens	C Ik ben het er niet mee eens, noch mee oneens	D Ik ben het er enigszins mee oneens	E Ik ben het er sterk mee oneens

1	In onzekere tijden verwacht ik meestal het beste resultaat	☐
2	Ik kan me gemakkelijk ontspannen*	☐
3	Als er bij mij ook maar iets fout kan gaan, gaat het ook fout	☐
4	Ik bekijk dingen altijd van de positieve kant	☐
5	Ik ben altijd optimistisch over mijn toekomst	☐
6	Ik houd erg van mijn vrienden*	☐
7	Het is belangrijk voor mij om bezig te blijven*	☐
8	Ik verwacht bijna nooit dat dingen voor mij gunstig uitpakken	☐
9	Dingen verlopen nooit zoals ik wil	☐
10	Ik raak niet gemakkelijk van streek*	☐
11	Ik geloof in het spreekwoord 'na regen komt zonneschijn'	☐
12	Ik reken er zelden op dat mij iets goeds zal overkomen	☐

* Dit zijn 'opvullende' vragen die als functie hebben het doel van de test te verhullen.

optimisme
Het begrip is afgeleid van het Latijnse *optimum*, dat 'het beste' betekent. Optimisme is van oudsher het geloof in de beste van alle mogelijke werelden te leven. Tegenwoordig gebruikt men dit begrip vaak in afgezwakte vorm: het geloof in een goede afloop.

Bij een meta-analyse werd de *life orientation test* (levensoriëntatietest) uit tabel 11.1 gebruikt (de maat voor optimisme die door Scheier en Carver in 1985 is ontwikkeld). Hieruit bleek volgens Andersson (1996) een significante relatie tussen **optimisme** en coping, minder gezondheidsklachten en een verminderde negatieve stemming of depressie. Het verband tussen vermindering van depressie en optimisme was het sterkst.
Optimisme lijkt tot beter functioneren en gunstigere prognoses te leiden, doordat optimisten gebeurtenissen zo beoordelen dat ze vaker gebruik zullen maken van probleemgerichte copingstrategieën (Taylor en Armor, 1996). Bij een onderzoek onder rechtenstudenten bleek dat optimistische studenten minder gebruikmaakten van ontwijkende copingstrategieën en minder stress ervoeren dan niet-optimistische studenten, hoewel de auteurs (Segestrom, Taylor, Kemeny *et al.*, 1998) erop wijzen dat situationeel optimisme (iets verwachten in specifieke situaties) wel en dispositioneel optimisme niet gepaard ging met minder subjectief ervaren stress. Dit onderscheid is belangrijk, vooral omdat de verschillende meetinstrumenten voor optimisme een verschillend resultaat voorspelden – situationeel optimisme was predictief voor een verbeterde stemming en een betere immuunfunctie, dispositioneel optimisme niet.
Door deze gunstige effecten van optimisme die in de onderzoeksliteratuur betrekkelijk consistent worden gemeld, ontstaat de vraag of je met behulp van interventies optimistische opvattingen zou kunnen bevorderen. Folkman en Moskowitz (2000) hebben gesuggereerd dat optimistische opvattingen in stand kunnen worden gehouden door succesvolle resultaten van coping. Kan optimisme dan ook worden versterkt door copingvaardigheden te trainen, en door positieve terugkoppeling van succesvolle inspanningen? Zo ja, dan gaat optimisme lijken op wat zelfredzaamheid is genoemd, oftewel het geloof dat je in staat bent datgene te doen wat in een bepaalde situatie nodig is (zie hoofdstuk 5, en ook verderop in dit hoofdstuk).
Een ander begrip dat verband houdt met dispositioneel optimisme is onrealistisch optimisme, oftewel het standpunt dat alleen anderen onaangename gebeurtenissen meemaken (Weinstein, 1982; zie ook hoofdstuk 5). Onrealistisch optimisme wordt soms ook 'defensief optimisme' genoemd (Schwarzer, 1994), omdat het kan werken als emotionele buffer tegen de erkenning of acceptatie van tegenslag. Mensen kunnen hierdoor tegen een deprimerende realiteit worden beschermd.

Hoe is dispositioneel optimisme gerelateerd aan onrealistisch optimisme en zelfredzaamheid? En hebben deze begrippen elk onafhankelijke effecten op de aanpassing aan ziekte? De relatie tussen deze drie begrippen is bekeken door Fournier, De Ridder, Bensing *et al.* (2002). Zij onderzochten voorspellende factoren voor zelfzorg bij mensen met insuline-afhankelijke diabetes of met multiple sclerose (MS). Hun hypothese was dat mensen met diabetes, een ziekte die meestal via zelfzorg beheersbaar is, beschikten over een betere stemming en betere zelfzorg wanneer ze hoog scoorden op positieve **zelfredzaamheid** en dispositioneel optimisme. Dit bleek inderdaad het geval, wat leidde tot betere strategieën voor zelfzorg, subjectieve voordelen voor hun aandoening en dus tot minder nervositeit en depressie. Bij patiënten met MS verwachtte men dat positieve verwachtingen over zelfredzaamheid minder belangrijk waren voor de kwaliteit van de zelfzorg, doordat deze ziekte minder goed te beïnvloeden is. Bovendien ging men ervan uit dat bij MS-patiënten dispositioneel optimisme gunstig zou zijn voor de stemming, omdat dit optimisme in stand blijft, ook als de lichamelijke gezondheid achteruitgaat. Daardoor krijgt de patiënt niet te maken met negatieve terugkoppeling als gevolg van onrealistisch optimistische verwachtingen en van pogingen om de ziekte te beheersen. Beide hypothesen werden bevestigd. Kortom, optimistische opvattingen hebben een verschillend effect op ziekten, afhankelijk van de context en de beheersbaarheid van de ziekte. De onderzoekers vermeldden ook dat dispositioneel optimisme en opvattingen over het geloof in eigen kunnen gedurende de vervolgperiode van twaalf maanden relatief stabiel bleven in vergelijking met onrealistisch optimisme, dat in de loop der tijd afnam. Bij stabiele, dispositionele variabelen zoals optimisme is de kans op interventie mogelijk ook kleiner dan bij cognities als situationeel en onrealistisch optimisme of subjectief ervaren controle (zie verderop in dit hoofdstuk).

Hoe optimistisch ben jij? Is dit glas halfleeg of halfvol?
Bron: Alamy/Steve Hamblin

zelfredzaamheid (self-efficacy)
De technische term (van Bandura) die analoog is aan zelfvertrouwen of autonomie. In de praktijk verwijst zelfredzaamheid vaak naar het vermogen om dagelijkse activiteiten zoals wassen, aankleden en koken zelfstandig te verrichten en sociaal te functioneren.

Weerbaarheid

Het concept weerbaarheid werd door Kobasa (1979) geïdentificeerd en getest toen hij zocht naar factoren die verklaren waarom sommige mensen ziek worden van stress en andere mensen gezond blijven. Weerbaarheid is meer een kwestie van geloof dan een aspect van persoonlijkheid. Het is wel gedefinieerd als een aspect van een persoon dat is gebaseerd op rijke, gevarieerde en bevredigende ervaringen tijdens zijn of haar jeugd, en het kan zich uiten in gevoelens van:

- *Betrokkenheid*: het gevoel van doelgerichtheid of betrokkenheid bij gebeurtenissen en activiteiten en bij mensen in het eigen leven. Men denkt dat betrokken mensen potentieel stressvolle situaties als betekenisvol en interessant beschouwen.
- *Controle*: het geloof dat je je eigen leven kunt beïnvloeden. Men denkt dat mensen met een hoge score op controle potentieel stressvolle situaties als potentieel veranderbaar zien.
- *Uitdaging*: de neiging om verandering als een normaal onderdeel van het leven te beschouwen en als iets dat positief kan zijn. Mensen met een hoge score op uitdaging zien veranderingen eerder als een gelegenheid om te groeien dan als een bedreiging.

Volgens de theorie oefenen deze factoren geen directe invloed op de gezondheid uit, maar een weerbaar persoon die al deze eigenschappen bezit is natuurlijk wel beter gewapend en beschermd tegen stress. Dankzij deze kenmerken zal hij waarschijnlijk beter in staat zijn gezond te blijven dan anderen. Het eerste onderzoek van Kobasa rapporteerde een verband tussen de scores van mannelijke directieleden op de *social readjustment rating scale* van Holmes en Rahes (zie hoofdstuk 10) en de door henzelf opgestelde checklist met symptomen en ziekten. De gevonden correlaties zijn in latere longitudinale prospectieve studies bevestigd (Kobasa, Maddi, Kahn *et al.*, 1982). De beschermende effecten van weerbaarheid staan vermeld in figuur 11.2, waaruit ook blijkt dat weerbaarheid vooral effect heeft in situaties met veel stress. Verdere aanwijzingen voor dit beschermende effect rapporteerden Beasley, Thompson, Davidson *et al.* (2003) na een onderzoek onder 187 universiteitsstudenten die hun eigen levensstress retrospectief meldden. Behalve een directe relatie tussen weerbaarheid en verminderd psychisch lijden, bleken vrouwen de effecten van negatieve levensgebeurtenissen op de psychologische gezondheid door middel van weerbaarheid te 'bufferen'. Dit bufferen zou men kunnen zien als het opvangen van een schok; de effecten van negatieve levensgebeurtenissen waren op die manier minder groot. Sommigen menen dat, met het oog op beoordelingen, juist het ontbreken van weerbaarheid van belang is, en niet de aanwezigheid ervan. Dit heeft geleid tot suggesties dat een geringe weerbaarheid kan wijzen op achterliggend neuroticisme (Funk, 1992). Naast de hierboven besproken algemene persoonlijkheidskenmerken heeft onderzoek een schat aan resultaten opgeleverd over specifieke persoonskenmerken in combinatie met het risico op specifieke ziekten. In de volgende paragrafen gaan we hier nader op in.

Figuur 11.2 De beschermende effecten van weerbaarheid

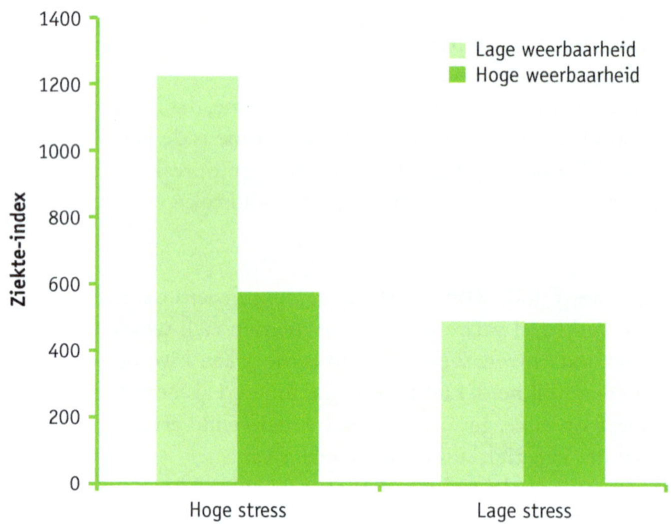

Bron: Vrij naar Kobasa *et al.* (1982)

De complexe verwevenheid van persoonlijkheid en stress heeft sommige onderzoekers ertoe aangezet om bepaalde patronen of combinaties van persoonlijkheidskenmerken te isoleren. Hieronder worden verschillende van deze combinaties besproken. Onthoud dat ze telkens slechts een deel van de persoonlijkheid beschrijven. Een andere beperking van deze opdeling in typen is het risico op cirkelredeneringen. Ze werden immers specifiek ontwikkeld om stressgerelateerde gezondheidsproblemen te verklaren. Het lijkt dan ook interessanter om de persoonlijkheid te bezien vanuit bredere modellen.

11.2.2 Type-A-gedrag en persoonlijkheid

Hart- en vaatziekten en de gevolgen daarvan (angina pectoris, hartaanvallen en dergelijke) zijn uitgebreid bestudeerd in relatie tot persoonlijkheidsvariabelen en tot emotie (zie latere paragraaf). Kwetsbaar blijkt een constellatie van gedragingen dat type-A-gedrag wordt genoemd (TAB of *type A behaviour*) (Friedman en Rosenman, 1959, 1974; Rosenman, 1978; zie ook hoofdstuk 8). Type-A-gedrag is een multidimensionaal concept waarin handelingen en emoties zijn gecombineerd. Het gedrag manifesteert zich in de volgende aspecten:

- competitiegeest;
- gehaast gedrag (te veel proberen te doen in te weinig tijd);
- gemakkelijk geërgerd, verhoogde vijandigheid en woede;
- ongeduldig;
- prestatiegericht gedrag;
- een krachtig spraakpatroon.

Type-A-gedrag en de relatie met gezondheid is controversieel. Resultaten van studies worden vaak niet gerepliceerd en gevalideerd door andere onderzoekers. Een mogelijke reden hiervoor is dat de A/B-typologie slechts een deel van de persoonlijkheid omvat. Bovendien herkennen we in de A/B-typologie meerdere persoonlijkheidstrekken, terwijl er slechts enkele – vijandigheid en boosheid – direct verantwoordelijk zijn voor hart- en vaatziekten.

Vijandigheid en boosheid

Vijandigheid is een persoonlijkheidskenmerk dat uit emotionele, cognitieve en gedragsmatige componenten bestaat. Boosheid is een centrale, emotionele component die het individu beleeft en uit via agressieve of vijandige handelingen of uitingen. Cognitieve componenten van vijandigheid zijn onder meer: een cynische kijk op de wereld, een negatieve houding en negatieve verwachtingen over de motieven van anderen, cynisme, wantrouwen en het kleineren of zwartmaken van anderen (Miller, Smith, Turner *et al.*, 1996).
In verschillende grootschalige onderzoeken kwam vijandigheid naar voren als een belangrijke voorspellende factor voor ziekte (zie bijvoorbeeld het MRFIT-onderzoek van Houston, Chesney, Black *et al.*, 1992; het Western Collaborative Group onderzoek van Dembrowski, MacDougall, Costa *et al.*, 1989; Barefoot, Dahlstrom, Williams *et al.*, 1983; zie ook Miller *et al.*, 1996 voor een meta-analyse van de resultaten van 45 onderzoeken). In de wetenschap dat er een verband bestond, is eveneens onderzocht via welke mechanismen vijandigheid van invloed is op de gezondheid.
Ten eerste is gebleken dat vijandige mensen vaak gedrag vertonen dat gezondheidsrisico's met zich meebrengt (waaronder roken en overmatig alcoholgebruik), hetgeen op zichzelf al een risicofactor voor ziekten zoals hart- en vaatziekten kan zijn (zie bijvoorbeeld Lipkus, Barefoot, Williams *et al.*, 1994; Scherwitz, Perkins, Chesney *et al.*, 1992; Whiteman *et al.*, 1997). Vögele (1998) ontdekte dat ook woede gepaard ging met een verhoogde consumptie van alcohol. De resultaten over het verband tussen vijandigheid en ziekte moeten gecorrigeerd worden voor dergelijke risicofactoren, anders zal de invloed van vijandigheid op ziekte onduidelijk blijven.
Ten tweede is gebleken dat vijandige individuen minder profiteren van psychosociale hulpmiddelen of interpersoonlijke steun. Daardoor hebben zij minder 'buffer' tegen de negatieve effecten van stress (Miller, Smith, Turner *et al.*, 1996). Dit wordt ook wel een 'psychosociale kwetsbaarheidshypothese' genoemd, waarbij vijandigheid de relatie tussen stress en gezondheidsproblemen modereert (Kivimäki *et al.*, 2003). In een groot onderzoek onder Finse volwassenen bleek dat vijandigheid alleen bij mannen van invloed was op de relatie tussen werkloosheid en een verslechtering van de gezondheid; hierbij was de prevalentie van gezondheidsproblemen bij vijandige mannen hoog, ongeacht of ze werk hadden of niet. Niet-vijandige mannen waren daarente-

gen gezonder als ze werk hadden. Dit onderzoek belicht ook een vaak gerapporteerd, maar nog onvoldoende onderzocht sekseverschil in de verbanden tussen vijandigheid en gezondheidseffecten. Sinds de jaren negentig worden meestal zowel vrouwen als mannen betrokken in onderzoek, maar eerder was dit vaak niet het geval.

Ten derde tonen experimentele onderzoeken aan dat vijandige mensen meestal sterker op stress reageren dan niet-vijandige mensen. Dit, in combinatie met het feit dat zij minder 'buffers' hebben, maakt hen kwetsbaarder voor hart- en vaatziekten en zelfs voor acute gebeurtenissen als een hartaanval (Strike en Steptoe, 2005). Suarez en collega's (zie bijvoorbeeld Suarez en Williams, 1989; Suarez, Kuhn, Schanberg *et al.*, 1998) ontdekten dat mensen met een hoge score op cynische vijandigheid op de Cook-Medley-vijandigheidsschaal een sterkere verhoging van de bloeddruk vertoonden dan anderen en een sterkere reactie van hormoon- en zenuwstelsel (bijvoorbeeld in de vorm van een verhoogde cortisolspiegel) tijdens of onmiddellijk na een ontmoeting met een onbeleefde en irritante laboratoriumassistent. Zoals in hoofdstuk 10 is beschreven, kunnen langdurige of herhaalde episoden van verhoogde bloeddruk schade berokkenen aan de wanden van de bloedvaten.

Er is genoeg bewijs dat vijandigheid een risicofactor vormt voor het ontstaan van hart- en vaatziekten (Hemingway en Marmot, 1999; Whiteman, 2006). Verschillende auteurs suggereren dat het verband het duidelijkst blijkt bij volwassenen van 60 jaar of jonger (Kop en Krantz, 1997; Miller *et al.*, 1996; Smith, Gallo, Ruiz *et al.*, 2003). Sommigen suggereren dat 'risicokenmerken' zoals vijandigheid (en woede) worden gecreëerd in een sociale context en dat het niet zozeer een persoonlijkheidskenmerk is maar eerder een vorm van coping (zie bijvoorbeeld Taylor, Repetti, Seeman *et al.*, 1997). Dit standpunt werpt de vraag op of vijandigheid ook indirect aan ziekte is gerelateerd, namelijk via een relatie met sociale deprivatie (zie hoofdstuk 2).

Tot slot hebben onderzoeken naar de routes via welke vijandigheid de gezondheid beïnvloedt een van de belangrijkste kenmerken ervan aan het licht gebracht: boosheid als persoonlijkheidskenmerk. Onderzoeken naar psychosociale factoren bij een (hoge) bloeddruk hebben consistent het verband aangetoond met boosheid, zowel met ingehouden boosheid ('*anger-in*') als met uitgedrukte boosheid ('*anger-out*'). Bij hart- en vaatziekten lijken alleen de deelnemers met uitgedrukte boosheid een verhoogd risico te lopen (zie bijvoorbeeld Rosenman, 1996; Suls *et al.*, 1995; Williams *et al.*, 2000), terwijl ingehouden of onderdrukte boosheid meer verband lijkt te houden met hypertensie (Vögele en Steptoe, 1993; Vögele *et al.*, 1997). Al bleek uit het Britse Caerphilly-onderzoek dat lage uitgedrukte boosheid en onderdrukte boosheid het risico op hart- en vaatziekten significant verhoogden (Gallacher *et al.*, 1999).

Figuur 11.3 Boosheid en gezondheidsgedrag

Bron: Vögele (1998)

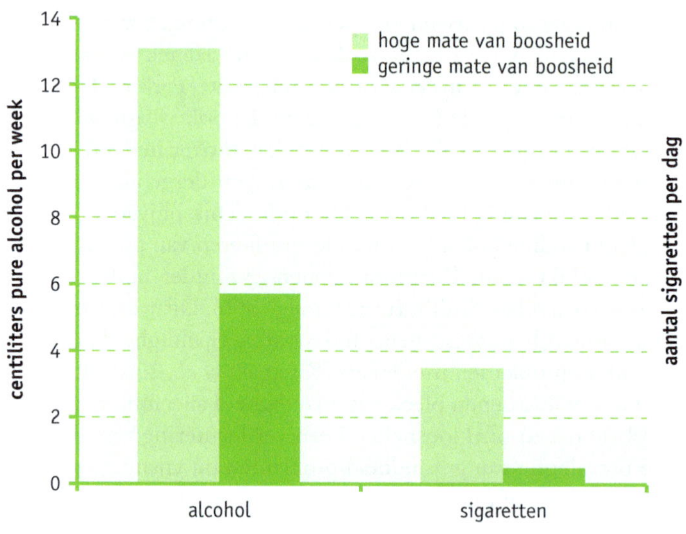

11.2.3 Persoonlijkheidstype C

Na de identificatie van Type-A-gedrag ontstond de vraag of er ook een persoonlijkheidstype bestaat dat vatbaar is voor kanker. Het was Temoshok die, in een vijftien jaar durend vervolgonderzoek onder vrouwen met borstkanker, een sterk verband ontdekte tussen een passieve en hulpeloze stijl van coping en een slechte ziekteprognose (Temoshok en Fox, 1984; Temoshok, 1987). Hij beschreef deze zogenoemde **persoonlijkheidstype C** als:

- coöperatief en vergevingsgezind;
- inschikkelijk en passief;
- stoïcijns;
- subassertief en geneigd tot zelfopoffering;
- neiging om negatieve emoties te onderdrukken of op te kroppen, met name boosheid.

persoonlijkheidstype C
Een cluster van persoonlijkheidskenmerken dat tot uiting komt in een stoïcijnse, passieve stijl van coping, waarbij emoties niet worden geuit.

Het verband tussen persoonlijkheidstype C en een vergroot risico op kanker is door verschillende onderzoeken ondersteund (zie bijvoorbeeld het onderzoek van Shaffer, Graves, Swank *et al.*, 1987). Recente besprekingen voeren echter aan dat de effecten beperkt blijven (zie bijvoorbeeld Garssen, 2004). Over het algemeen is er weinig bewijs voor het voorspellende karakter van type-c-eigenschappen (Garssen, 2004) bij kanker. Hetzelfde geldt trouwens voor andere persoonlijkheidskenmerken, waaronder neuroticisme of extraversie (zie bijvoorbeeld Canada *et al.*, 2005). Er is echter wel gemengd bewijs voor de voorspellende waarde van kenmerken als 'vechtlust' (zie ook 'Wat is adaptieve coping?' eerder in dit hoofdstuk) en 'hulpeloosheid en wanhoop'.

Voor eerdere studies naar het verband tussen persoonlijkheid en kanker, waarop later zware kritiek kwam, kijk op www.pearsonxtra.nl bij verdieping.

XTRA

11.2.4 Persoonlijkheidstype D

Na de identificatie van type-A-gedrag ontstond ook het idee voor het **persoonlijkheidstype D**. Dit persoonlijkheidstype zou nadelig zijn voor het ontstaan en de prognose van cardiovasculaire aandoeningen (Denollet en Potter, 1992; Denollet, Sys, Stroobant *et al.*, 1996; Denollet, 1998). Persoonlijkheidstype D is een 'angstige' persoonlijkheid. Deze individuen scoren hoog op negatief affect (NA) en sociale geremdheid of inhibitie (SI of *social inhibition*: het vermijden van potentiële gevaren die gepaard gaan met sociale interactie, zoals afkeuring of het uitblijven van bekrachtiging door anderen (Denollet, 1998: 209)). Een vergelijking met het vijf-factorenmodel leert ons dat persoonlijkheidstype D gelijkstaat aan een hoge score op neuroticisme en een lage score op extraversie. Deze individuen onderdrukken dus negatieve emoties en mijden sociaal contact. Enkele kleine onderzoeken dragen bewijs aan dat deze kenmerken samenhangen met een verhoogde mortaliteit na een hartaanval of andere hartaandoeningen, zelfs als voor andere biomedische risicofactoren wordt gecorrigeerd (zie bijvoorbeeld Denollet *et al.*, 1996). Het effect is aangetroffen bij zowel mannen als vrouwen.

persoonlijkheidstype D
Een persoonlijkheidstype dat wordt gekenmerkt door een hoge mate van negatief affect en sociale geremdheid.

In een poging om fysiologische correlaten van type-D-persoonlijkheid op te sporen, onderzochten Habra, Linden, Anderson *et al.* (2003) cardiovasculaire reactiviteit (bloeddruk, hartslag en cortisolconcentratie van het speeksel) van kandidaat-studenten die werden gestoord bij hoofdrekensommen. Sociaal geremde mannen toonden een verhoogde bloeddruk. Negatief affect ging gepaard met afgezwakte veranderingen van de hartslag bij mannen, en bij beide dimensies van type-D-gedrag was er een positieve correlatie met de cortisolconcentratie van het speeksel (maar niet bij de uiteindelijke, stringentere analyses). In tegenstelling tot de onderzoeken van Denollet, waar NA en SI alleen in combinatie voorspellende factoren waren, komen uit de resultaten van Habra *et al.* suggesties naar voren dat NA en SI ook onafhankelijk van elkaar werken. Deze verschillen zijn mogelijk het gevolg van de samenstelling van de steekproeven (oudere volwassenen met hart- en vaatziekten tegenover gezonde studenten), maar het is in ieder geval duidelijk dat persoonlijkheidstype D nader onderzoek behoeft.

De indeling van de persoonlijkheid in de typen A, C en D staat tegenwoordig onder druk. Onderzoek heeft immers aangetoond dat individuen vaak een uniek samenspel van persoonlijkheidsfactoren vertonen, en juist dit blijkt de impact op prognose, progressie en kwetsbaarheid te bepalen.

Voor zover er al clusters van persoonlijkheidskenmerken overeind blijven in onderzoek, gaat het veelal om zwakke verbanden. Vanuit neuropsychologisch perspectief is er eigenlijk alleen een bodem te vinden voor de dimensie controle. Hierbij kan men denken aan de behoefte aan overzicht (zowel als het gaat om de omgeving als waar het het eigen lichaam betreft), behoefte aan structuur, het taxeren van risico's, plannen maken en voorbereid zijn. De extreme varianten van deze dimensie uiten zich in hypochondrie, starheid, angst en problemen met delegeren.

Op het gebied van weinig of geen controle vindt men mensen die impulsief handelen, spontane en onverwachte dingen doen, improvisatietalenten, maar ook de extreme varianten: mensen die geen structuur kennen, onverantwoorde risico's nemen in het verkeer, financieel in de knoei komen na een aantal buitenproportionele impulsaankopen, mensen die geen maat weten te houden met alcohol- of drugsgebruik, met het spelen van computergames of het bezoeken van pornografische websites.

Er zijn echter nog verscheidene andere aspecten van de persoonlijkheid geïdentificeerd die de negatieve gevolgen van stress kunnen verminderen. Deze bespreken we in de volgende paragrafen.

11.3 Stress en cognities

11.3.1 Subjectief ervaren controle

Locus of control is ontleend aan de theorie over sociaal leren van Rotter (zie ook hoofdstuk 5). Het wordt gedefinieerd als de verwachting dat persoonlijke acties effectief zullen zijn bij het aansturen of beheersen van de omgeving. Volgens Rotter nemen individuen met een interne locus of control verantwoordelijkheid voor wat er met hen gebeurt; ze schrijven succes toe aan hun eigen inspanningen en mislukkingen aan hun eigen luiheid. Individuen met een externe locus of control denken daarentegen dat hun leven wordt beheerst door externe krachten of toevallige omstandigheden, en dat zowel succes als mislukking waarschijnlijk een kwestie is van geluk of toeval. Deze opvattingen zijn van invloed op het gedrag. Men denkt dat individuen met een interne locus of control efficiëntere cognitieve systemen hebben en dat ze meer energie steken in het verkrijgen van informatie waarmee ze invloed op gebeurtenissen kunnen uitoefenen dan individuen met een externe locus of control. Met andere woorden: intern georiënteerde individuen maken vaker gebruik van probleemgerichte coping wanneer ze met persoonlijke of sociale stressoren worden geconfronteerd dan extern georiënteerde individuen.

Er bestaat een grote hoeveelheid bewijs die een verband legt tussen locus of control en fysieke en psychische gezondheid, toegepast op de zogenoemde multidimensionale schaal voor de locus of control van Kenneth Wallston en collega's (zie bijvoorbeeld Wallston, Wallston en de Vellis *et al.*, 1978). Met deze MHLC-schaal (*multidimensional health locus of control scale*) kan via drie subschalen worden vastgesteld in hoeverre iemand gelooft dat hij zelf dan wel externe factoren of 'invloedrijke anderen' (bijvoorbeeld vrienden, gezondheidsprofessionals) verantwoordelijk zijn voor de eigen gezondheid. De vragenlijst bestaat onder meer uit stellingen als:

- 'Ik bepaal mijn eigen gezondheid' – intern.
- 'Wat ik ook doe, als het mijn lot is om ziek te worden, word ik ook ziek' – extern.
- 'Wat betreft mijn gezondheid kan ik alleen doen wat mijn arts me vertelt' – invloedrijke anderen.

Revalideren mensen met een interne locus of control sneller dan mensen met een externe locus of control? Kijk voor het antwoord op deze vraag op www.pearsonxtra.nl bij verdieping.

Uit onderzoek blijkt dat de aannamen omtrent de controle over gebeurtenissen kunnen worden gewijzigd. Zo toonden Fisher en Johnston (1996) aan dat opvattingen omtrent de interne controle door een eenvoudige interventie met behulp van brieven konden worden versterkt. Hierdoor rapporteerden patiënten met chronische pijn minder klachten. Toch is uit weinig studies gebleken dat de subjectief ervaren controle een voorspellende factor is voor het verloop van ziekten, waaronder de kans op recidive van kanker of overleving (De Boer, Ryckman, Pruyn *et al.*, 1999). Bovendien lijkt interne controle niet altijd adaptief. Het kan namelijk tot een optimistische bias als onrealistisch optimisme leiden, hoewel in het midden blijft wat oorzaak en gevolg is: beleven optimisten subjectief ervaren controle of maakt controle juist optimistisch? (zie bijvoorbeeld Klein en Helweg-Larsen, 2002). Bovendien kan geloof in interne controle in situaties waar dat onrealistisch is (bijvoorbeeld bij ernstige en permanente invaliditeit na een traumatische hersenbeschadiging) leiden tot mislukte probleemgerichte coping. De teleurstelling over deze mislukking kan tot depressies en gevoelens van hulpeloosheid leiden. In zo'n geval is het accepteren van de realiteit dus een meer adaptieve, emotiegerichte vorm van coping (Folkman, 1984; Thompson, 1981).
In de onderzoeksliteratuur zijn verschillende typen controle beschreven:

- *Gedragsmatig*: gedragingen die de negatieve invloed van een stressor verminderen, bijvoorbeeld gebruikmaken van bepaalde ademhalingstechnieken voorafgaand aan een tandheelkundige ingreep.
- *Cognitief*: gedachteprocessen of strategieën, bijvoorbeeld zichzelf afleiden van pijn na een operatie door zich te concentreren op een plezierige vakantie.
- *Via beslissingen*: kunnen kiezen uit verschillende opties, bijvoorbeeld plaatselijke verdoving voor het trekken van een kies (waarbij in gedachten moet worden gehouden dat de nawerking uren kan duren!) of zonder verdoving (meer pijn).
- *Informationeel*: informatie zoeken over de stressor, bijvoorbeeld kennis vergaren omtrent wat, waarom, wanneer, mogelijke effecten, mogelijkheden enzovoort. Dankzij informatie kunnen mensen zich voorbereiden op een gebeurtenis (zie ook hoofdstuk 12).
- *Retrospectief*: controle over een gebeurtenis nadat deze heeft plaatsgevonden door te zoeken naar betekenis, bijvoorbeeld een geboortedefect toeschrijven aan een gebrekkig gen.

Door elk van deze typen controle kan een gebeurtenis als minder stressvol worden ervaren, omdat de beoordeling van een stressor verandert, omdat de emotionele arousal vermindert of omdat vormen van coping worden gebruikt (zie bijvoorbeeld Parkes, 1984). Tijdens een onderzoek onder 71 volwassen kankerpatiënten toonden Thompson, Sobolew-Shubin, Galbraith *et al.* (1993) aan dat het psychisch lijden aanzienlijk verminderde wanneer de patiënt meende controle te hebben over de emoties van alledag en over de lichamelijke symptomen, en dat deze subjectief ervaren controle een langdurige aanpassing tot gevolg had. Dit was ook het geval bij patiënten die lichamelijk slechter functioneerden en bleek geen verband te hebben met prognose en ziekteprogressie. Hieruit blijkt dat controle over aspecten van de gebeurtenis of over de reactie daarop een gunstig effect heeft op de mate van aanpassing, ook wanneer de controle over de prognose mogelijk niet realistisch is. Zelfredzaamheid en locus of control zijn de twee concepten van controle die in de gezondheidspsychologie worden toegepast. Deze concepten bestrijken verschillende fasen van het copingproces; locus of control is een beoordeling van de mate waarin iemand gelooft dat hij of zij het resultaat kan beïnvloeden, terwijl zelfredzaamheid is gericht op de hulpmiddelen en vaardigheden die iemand meent te kunnen toepassen om de gewenste uitkomst te verwezenlijken. Ook **causale attributies** zijn gerelateerd aan aannamen over controle. Bij een bespreking van 64 datasets over associaties tussen attributies van oorzaken bij sterk uiteenlopende aandoeningen (waaronder artritis, kanker, hart- en vaatziekten, brandwonden, aids, onvruchtbaarheid, herseninfarct en miskramen) (Hall en Marteau, 2003) toonde 80 procent van de onderzoeken geen verband tussen interne attributies (gedragsmatig, zichzelf de schuld geven) of externe attributies (anderen de schuld geven) en aanpassing. In feite was geen enkele specifieke attributie sterk geassocieerd met het bereiken van een betere afloop. De schuld aan zichzelf geven ('ik ben ziek geworden door iets in mijn aard dat ik niet kan veranderen') ging meestal wel met een slechtere prognose gepaard.

causale attributie
De oorzaak van een gebeurtenis, gevoel of handeling toeschrijven aan zichzelf, aan anderen, aan het toeval of aan een andere causale factor.

Belangrijk is het bewijs dat sociale klasse invloed heeft op het geloof in controle (zie ook hoofdstuk 2). In een onderzoek onder volwassenen (25–75 jaar) constateerden Lachmann en Weaver (1998) bijvoorbeeld dat persoonlijke overtuigingen over controle (bijvoorbeeld 'ik kan nagenoeg alles wat ik me voorneem te doen') en subjectief ervaren beperkingen (bijvoorbeeld 'andere mensen bepalen grotendeels wat ik wel en niet kan doen') verschilden naargelang sociale klasse en inkomen. De controle was geringer en de beperkingen waren hoger onder degenen met een laag inkomen, maar deelnemers uit de laagste inkomensgroepen die een hoog controlebesef rapporteerden, waren net zo gezond als deelnemers uit de hogere inkomensgroepen met een hoog controlebesef. Controle modereerde dus het effect van een laag inkomen op zowel fysieke (zelf beoordeelde gezondheid, functionele beperkingen) als psychische effecten (tevredenheid over het leven, depressie).

Wat denk je zelf?

Vraag je eens af waarom veel mensen met een lagere SES minder controlebesef en meer subjectief ervaren beperkingen in hun leven hebben dan mensen met een hogere SES. Denk je dat hun opvattingen terecht zijn, ofwel: zouden zulke overtuigingen onder bepaalde omstandigheden adaptief kunnen zijn? Blader terug naar hoofdstuk 2 terwijl je over deze vragen nadenkt.

Hoop

Onderzoek naar hoop is een pas ontgonnen gebied, een eenduidige definitie van het begrip ontbreekt dan ook nog. Hoop is een concept dat door iedereen anders wordt ervaren en beleefd. In populaire literatuur en alledaags taalgebruik lijkt hoop verschillende betekenissen te hebben en ook onder wetenschappers is geen consensus te vinden. Sommige onderzoekers houden er een multidimensionale kijk op na. Zo beschrijven Dufault en Martocchio (1985) zes dimensies; hoop is volgens hen affectief, cognitief, gedragsmatig, relationeel, temporeel en contextgebonden. Zij onderscheiden tevens twee soorten, of '*spheres*': situationele hoop en gegeneraliseerde hoop. Situationele hoop is toegespitst op een bepaald doel of een bepaalde wens. Gegeneraliseerde hoop is daarentegen niet specifiek voor een bepaalde situatie, het is de verwachting dat de toekomst goed zal zijn: 'I don't hope for anything in particular, I just hope' (Ik hoop niet op iets specifieks. Ik hoop gewoon) (Dufault en Martocchio, 1985: 381). Ook Farran, Herth, en Popovich (1995) zien hoop als een multidimensionaal concept. Zij omschrijven het als een cognitieve, gedragsmatige en emotionele ervaring:

> *As a way of feeling, hope provides the energizing force to move forward even when doing so seems impossible. As a way of thinking, hope is an attitude of 'I can do this' and a sense of fortitude. As a behavior, hope involves actively seeking alternatives to problems (Als gevoel biedt hoop de vitaliserende kracht om door te gaan, zelfs als dat onmogelijk lijkt. Als denkwijze is hoop een houding van 'Ik kán dit' en een besef van kracht. Als gedrag heeft hoop te maken met actief op zoek gaan naar alternatieven voor problemen) (Farran et al., 1995: 5).*

In tegenstelling tot de multidimensionale theorieën ziet de Amerikaanse psycholoog Snyder, een van de belangrijkste onderzoekers van de laatste jaren op dit terrein, hoop enkel als een cognitief (unidimensionaal) concept. Hij geeft de volgende definitie:

> *Hope is a cognitive set that is based on a reciprocally derived sense of successful (a) agency (goal-directed determination) and (b) pathways (planning of ways to meet goals) (Hoop is een cognitief stelsel dat gebaseerd is op een wederzijds afgeleid gevoel van succesvolle (a) kracht (doelgerichte vastbeslotenheid) en (b) wegen (manieren plannen om doelen te halen) (Snyder et al., 1995: 571).*

De 'pathways' staan voor de wegen naar een doel die een individu kan bedenken. Bij de 'agency' gaat het om de gedachte dat hij/zij de capaciteit heeft om die wegen in te slaan (Snyder en Taylor, 2000). Samen geven de twee componenten de mate van hoop aan. Hoe succesvoller iemand zich voelt op het gebied van deze twee componenten, hoe groter de hoop zal zijn. Snyder onderscheidt hierbij hoop als karaktertrek ('*trait hope*') en een meer tijds- en situatiegebonden hoop ('*state hope*'). Deze lijken overeen te komen met respectievelijk de basishoop en de situationele hoop in de beide eerder omschreven theorieën. Het verschil is echter dat de twee multidimensionale theorieën hoop conceptualiseren als iets dat zowel gericht is op het 'doen' (de specifieke hoop die wordt getest en uitgedaagd) als op het 'zijn' (de fundamentele basishoop die niet wordt getest), terwijl Snyders 'trait hope' en 'state hope' beide gericht zijn op het 'doen' (Edey en Jevne, 2003). Met andere woorden: Snyders theorie is altijd gekoppeld aan een doel waar actief naartoe wordt gewerkt, terwijl in de andere theorieën tevens sprake kan zijn van een algemene, niet doelgerichte hoop. De begrippen in deze paragraaf worden vaak genoemd in het onderzoeksdomein dat bekendstaat als 'positieve psychologie'. De positieve psychologie besteedt aandacht aan (het versterken van) iemands sterke punten, hulpmiddelen en vaardigheden in plaats van aan zijn of haar pathologie, beperkingen of negatieve cognities en emoties. Er bestaat een conceptuele overlap tussen het begrip 'hoop' en andere begrippen in dit domein van de positieve psychologie, zoals 'dispositioneel optimisme' en 'zelfredzaamheid'. Zoals we al eerder zagen, zijn beide begrippen in verband gebracht met lichamelijk en emotioneel welzijn. Snyder *et al.* (2006) erkennen dit en schrijven de overlap toe aan het feit dat alle drie de begrippen zich richten op individuele 'hulpmiddelen'. Ze wijzen erop dat het bij hoop gaat om de motivatie voor (*agency*) en route naar (*pathway*) het bereiken van doelen (resultaten). Dit terwijl het bij optimisme draait om gegeneraliseerde positieve resultaatverwachtingen die niet alleen zijn gebaseerd op agency- en pathway-denken, en zelfredzaamheid niet zozeer een gegeneraliseerde overtuiging is als wel een situationele en doelspecifieke overtuiging die afhankelijk is van diverse eventualiteiten (dat wil zeggen: 'Ik kan "a" doen, zelfs als de situatie "b" is'). Het is lastig om het begrip 'hoop' te ontwarren van deze andere, vaker onderzochte begrippen, en er is duidelijk behoefte aan empirisch onderzoek dat vaststelt of hoop een 'unieke' verklaring toevoegt met betrekking tot gezondheidseffecten, bovenop wat onderzoek naar optimisme en zelfredzaamheid al heeft opgeleverd.

11.4 Stress en emoties

11.4.1 Depressie en angst

De rol van depressie bij ziekte is controversieel en hangt af van de ziekte. Bij het grootschalige longitudinale Alameda County-onderzoek dat in hoofdstuk 3 is besproken, is geen effect gevonden van een depressieve stemming op de incidentie van hart- en vaatziekten. Bij andere onderzoeken is depressie echter met hoge bloeddruk in verband gebracht, zelfs als voor andere risicofactoren werd gecorrigeerd. Zo is bij het Framingham-hartonderzoek ontdekt dat depressie, evenals nervositeit, een voorspellende factor vormde voor hypertensie gedurende twintig jaar, zelfs als voor leeftijd, roken en overgewicht werd gecorrigeerd (Markowitz *et al.*, 1993). Met betrekking tot kanker is in een belangrijk onderzoek aangetoond dat recidiverende ernstige depressie onder ouderen een voorspellende factor was voor een hogere incidentie van borstkanker (Penninx, Guralnik, Pahor *et al.*, 1998).

Booth-Kewley en Friedman (1987) vonden in hun meta-analyse een significant verband tussen depressie en hart- en vaatziekten (hartaanval, angina pectoris, overlijden als gevolg van hartaanval). In een meta-analyse van Hemingway en Marmot (1999) werd ontdekt dat de elf onderzochte longitudinale prospectieve onderzoeken van gezonde populaties allemaal bevestigden dat depressie en/of psychisch lijden een rol speelde(n) bij het ontstaan van hart- en vaatziekten. Bovendien bleek dat bij zes prospectieve onderzoeken onder patiënten met hart- en vaatziekten depressie een significante prognostische rol speelde.

Een significant verband tussen depressie, stemming en mortaliteit als gevolg van hartaanval (myocardinfarct, MI) is eveneens gemeld. Frasure-Smith, Lespérance en Talajic *et al.* (1995) ontdekten dat depressie een sterkere voorspellende factor voor overlijden was dan de mate van schade aan het hart of een eerdere hartaanval. Deze resultaten zijn door later onderzoek bevestigd; een indrukwekkend longitudinaal onderzoek onder 237 gezonde mannen toonde aan dat 45 procent van de proefpersonen die tijdens of voor het begin van het onderzoek een depressie hadden, op het moment van het vervolgonderzoek 55 jaar later was overleden (Vaillant, 1998). Dit in vergelijking met slechts 5 procent van de proefpersonen die een dergelijke episode van depressie niet hadden doorgemaakt.

In twee Schotse longitudinale studies onder patiënten met een herseninfarct bleken noch depressie noch angst voorspellende factoren voor al dan niet vroegtijdig overlijden (Johnston, Pollard, Morrison *et al.*, 2004; Lewis, Dennis, O'Rourke en Sharpe *et al.*, 2001; Morrison, Pollard, Johnston *et al.*, 2005), hoewel bij andere experimenten met langere vervolgonderzoeken wel een significant verband werd gevonden (zie bijvoorbeeld Morris, Robinson, Andrzejewski, Samuels, Price *et al.*, 1993).

Ook is geprobeerd om emoties te identificeren bij een verhoogd risico op kanker, zoals in het Western Electric-onderzoek (*Western Electric Study* of WES; Persky, Kempthorne-Rawson, Shekelle *et al.*, 1987), waarbij na zeventien en twintig jaar vervolgonderzoeken zijn uitgevoerd. Bij deze vervolgonderzoeken werd ontdekt dat de proefpersonen die aanvankelijk hoog scoorden op de globale depressiesubschaal van de MMPI (*Minnesota multiphasic personality inventory*) bij het vervolgonderzoek een grotere incidentie van kanker hadden. Later werd dit resultaat echter aan omgevingsfactoren toegeschreven. In het Alameda County-onderzoek werden deze resultaten ook niet herhaald (Kaplan en Reynolds, 1988).

Er bestaan enkele aanwijzingen dat gevoelens van wanhoop en hulpeloosheid in combinatie met depressie een rol spelen bij het ontstaan van kanker (Everson *et al.*, 1996). Er zijn echter meer aanwijzingen, net als het geval is bij hart- en vaatziekten, dat depressie eerder van invloed is op de prognose dan op de etiologie (Petticrew *et al.*, 2002; zie ook hoofdstuk 13).

Depressie blijkt ook gerelateerd te zijn aan gezondheidsgedrag, en daarmee aan de prognose van een ziekte. Depressie en angst kunnen bijvoorbeeld via verschillende

routes de therapietrouw negatief beïnvloeden (bijvoorbeeld, patiënten met depressieve gevoelens volgen niet alle doktersvoorschriften op zoals meer bewegen).
Ten eerste is aangetoond dat depressie en angst van invloed zijn op de beleving van stressvolle gebeurtenissen (gebeurtenissen worden eerder als een bedreiging beleefd dan als een uitdaging). Dat gegeven beïnvloedt de coping. Lowe, Vedhara, Bennett *et al.* (2003), die putten uit het raamwerk van stress-emotie-coping van Smith en Lazarus (1993; zie hoofdstuk 10 voor een theoretische verklaring), vroegen zich af of depressie samenhing met een secundaire beoordeling van een gering vermogen tot probleemgerichte coping en met een pessimistische toekomstverwachting. Ook onderzochten ze of angst was gekoppeld aan een beoordeling van een gering vermogen tot emotiegerichte coping. Met de resultaten van een onderzoek onder 148 vrouwen bij wie borstkanker werd vermoed, werd de koppeling van angst en een gering vermogen tot emotiegerichte coping bevestigd. Ook bleek dat coping via confrontatie, ontwijking en acceptatie/berusting een positief verband met angst vertoont. Depressie vertoont daarentegen een negatief verband met coping via confrontatie en heeft geen verband met de beide andere copingreacties.
De tweede route is ook indirect en loopt via iemands gedrag. Gebleken is dat depressie de kans verkleint dat een patiënt gezond gedrag gaat vertonen of met ongezond gedrag zal stoppen. Van de mensen die een hartaanval hadden gehad en daarna een depressie kregen, was na vijf maanden een geringer percentage gestopt met roken dan van de patiënten zonder depressieve symptomen (Huijbrechts, Duivenvoorden, Deckers *et al.*, 1996). Van de depressieve individuen ging ook een kleiner aantal naar een reanimatiecursus dan van de niet-depressieve proefpersonen (Lane, Carroll, Ring *et al.*, 2001).
Ook komen uit onderzoeksresultaten overwegend aanwijzingen naar voren dat de therapietrouw ten aanzien van lichaamsbeweging of het innemen van geneesmiddelen onder depressieve individuen kleiner is dan onder patiënten die niet depressief zijn (zie bijvoorbeeld DiMatteo, Lepper, Crogan *et al.*, 2000; Wing, Phelan, Tate *et al.*, 2002). Depressie kan ook verhinderen dat iemand op zoek gaat naar, of profijt heeft van, sociale steun (zie de paragraaf over sociale steun en stress later in dit hoofdstuk). Het hierna volgende tekstkader wijst op het belang van positief denken en handelen bij stress.

11.4.2 Emotionele openheid

Coping die de laatste jaren steeds meer aandacht krijgt, is **emotionele openheid** – het tegenovergestelde van emotionele onderdrukking of repressieve coping, die meestal een negatieve invloed op de gezondheid blijkt te hebben (zie ook de beschrijving van persoonlijkheidstype C eerder in dit hoofdstuk). Een belangrijk figuur op dit terrein is Pennebaker (zie bijvoorbeeld Pennebaker, Kiecolt-Glaser, Glaser *et al.*, 1988; Pennebaker, 1993). Samen met verschillende collega's heeft hij een model voor coping ontwikkeld, waarbij gebleken is dat schrijven over een recent trauma blijvend een positieve invloed heeft op het functioneren van het immuunsysteem (Pennebaker *et al.*, 1988; Petrie, Booth, Pennebaker *et al.*, 1995) en de mate waarin iemand gebruikmaakt van de gezondheidszorg (Pennebaker en Beall, 1986). Het vertellen over emotionele ervaringen moet niet worden verward met het uiten van emoties (dit kan zowel de uiting van negatieve als van positieve emoties omvatten), dat gepaard gaat met een slechtere prognose onder psychiatrische populaties. Onder mensen met lichamelijke aandoeningen genereert deze methode tegenstrijdige resultaten (geïnteresseerde lezers kunnen de meta-analyse door Panagopoulou, Kersbergen, Maes *et al.* uit 2002 bekijken). Men denkt dat het uiten van negatieve emoties mogelijk de emoties in stand houdt, doordat er aandacht aan wordt besteed; het kan ook belemmerend werken bij het ontvangen van sociale steun (Semmer, 2006). Andere auteurs suggereren juist dat het uiten van emoties van nut is bij emotionele zelfregulering, waarbij de patiënt of zijn verzorger een sterkere psychologi-

emotionele openheid
Een vorm van coping die het tegenovergestelde is van emotionele onderdrukking of repressieve coping en die een positieve invloed op de gezondheid heeft. Emotionele openheid ontstaat door het vermogen tot oordeelloos waarnemen van je emoties, hoe die ook zijn.

sche controle over de stressor heeft en een coherent verhaal over de gebeurtenissen te horen krijgt. Dat bevordert de 'verwerking' en vermindert het psychisch lijden (Niederhoffer en Pennebaker, 2005). De onderzoeksresultaten over de voor- en nadelen van het beschrijven van emoties, het uiten van emoties en expressie zijn nog steeds niet constant. Dit onderzoeksterrein staat dan ook nog in de kinderschoenen.

Wat leert onderzoek ons?

Positiviteit en een betekenisvol leven

Er komt steeds meer onderzoek naar positieve psychologie (Folkman en Moskowitz, 2000; Seligman en Csikszentmihalyi, 2000; Snyder en Lopez, 2005). Veel onderzoekers suggereren dat we ons niet langer moeten concentreren op het verminderen van negatieve gedachten en emoties, maar in plaats daarvan meer aandacht moeten schenken aan de voordelen van gezondheid en welzijn door positief te denken en te handelen. Behalve optimisme en hoop dragen geluk en vreugde bij aan wat Seligman een wenselijk leven noemt. Hij introduceerde dit begrip in een speciale uitgave over positieve psychologie in *The Psychologist* (2003). Onder een wenselijk leven verstaat hij een plezierig, goed en betekenisvol leven. Een plezierig leven ontstaat wanneer iemand positieve emoties nastreeft over huidige, vroegere en toekomstige ervaringen en omvat de eenvoudige vreugden en de voldoening en beloningen die het leven ons geeft. Een goed leven ontstaat zowel uit 'zijn' als uit 'doen', en uit betrokkenheid bij het leven en alle gebeurtenissen die daarin plaatsvinden, om op die manier het beste uit het leven te halen. Mensen leiden een betekenisvol leven wanneer zij hun sterke punten en vaardigheden gebruiken om niet alleen zichzelf, maar ook anderen te bevoordelen.

Als iemand het gevoel heeft dat het leven plezierig, goed of betekenisvol is, betekent dit vaak dat diegene gelukkig is. Er is echter nog maar weinig onderzoek gedaan naar de invloed van geluk op de gezondheid. Het grootste deel van het onderzoek op dit gebied ging bovendien uit van het subjectieve begrip 'welzijn', wat mogelijk niet helemaal hetzelfde is als geluk. Veenhoven (2003) stelt dat geluk kan worden gedefinieerd en gemeten en dat er vragen over gesteld kunnen worden, zoals: 'Gaat de kwaliteit van leven gepaard met geluk of kunnen we ook kwaliteit van leven hebben zonder geluk?' en 'Waaruit bestaat een goed leven?'

Denk maar eens na over je eigen leven en over wat jou gelukkig maakt – mogelijk helpt het je langer te leven!

11.5 Sociale steun en stress

Het laatste onderwerp in dit hoofdstuk gaat over sociale steun, een hulpmiddel dat voor de meesten van ons beschikbaar is; gebleken is dat sociale steun invloed heeft op gezondheid en ziekte (zie ook hoofdstuk 14).

Uit onderzoek blijkt dat mensen die een sterk sociaal netwerk hebben (zowel wat betreft de omvang als de mate waarin ze er gebruik van maken) gezonder zijn en langer leven dan mensen die sociaal zijn geïsoleerd. Maar wat verstaan we onder 'sociale steun'?

11.5.1 Definities, typen en functies van sociale steun

Sociale steun kan men objectiveren (bijvoorbeeld aan de hand van het aantal vrienden) of subjectief ervaren (dan gaat het niet om het aantal vrienden, maar om de waarde van de vriendschappen). Mensen met sociale steun hebben het gevoel dat anderen hen liefhebben, verzorgen, respecteren en waarderen. Ze voelen dat ze deel uitmaken van een netwerk waarin wederzijdse verplichtingen bestaan, bijvoorbeeld in de vorm van een familie, een vriendengroep of een vereniging. In tijden van

Tabel 11.2 Typen en functies van sociale steun

	Verzorger	Ontvanger
Emotionele steun	empathie verzorging betrokkenheid	geruststelling gevoel van troost en verwantschap
Ondersteuning door respect	respect bemoedigende persoon positieve vergelijking	bouwt gevoel van eigenwaarde op gevoel van competentie gewaardeerd worden
Tastbare / instrumentele steun	directe hulp financiële of praktische hulp	vermindert spanning of tobben
Steun door middel van het geven van informatie (informationele steun)	advies, suggesties feedback	communicatie zelfredzaamheid gevoel van eigenwaarde
Netwerkondersteuning	welkom heten gedeelde ervaringen	gevoel van verwantschap verbondenheid

nood of gevaar wisselen de netwerkleden goederen en diensten uit en verdedigen ze elkaar (Cobb, 1976). Sociale steun bestaat uit twee elkaar beïnvloedende componenten: de structuur (dat wil zeggen de typen ondersteuning) en de functies (Uchino, 2006). Tabel 11.2 geeft voorbeelden van verschillende typen sociale steun met de bijbehorende functies. Er zijn vijf elementaire typen beschreven, hoewel sommige auteurs alleen onderscheid maken tussen instrumentele, emotionele en informationele steun; de meeste onderzoeken registreren daarnaast niet wat het de ontvanger feitelijk oplevert. Veel auteurs nemen aan dat sociale steun (in welke vorm dan ook) per definitie heilzaam is. In hoofdstuk 14 plaatsen we vraagtekens bij deze aanname, wanneer relaties tussen verzorger en patiënt aan bod komen.
Binnen Lazarus' stressmodel geldt sociale steun als een hulpmiddel dat invloed heeft op hoe mensen gebeurtenissen beoordelen en erop reageren (zie ook hoofdstuk 10 en 11.1.1). Mensen die menen veel steun te krijgen van hun omgeving zullen gebeurtenissen waarschijnlijk als minder stressvol beoordelen dan mensen die vinden dat ze niet of in mindere mate worden ondersteund. Sociale steun fungeert op die manier als 'buffer' tegen stress. In de hiernavolgende paragrafen gaan we dieper in op het verband tussen sociale steun en gezondheidseffecten.

11.5.2 Sociale steun en mortaliteit

Sinds het eerste onderzoek van Cobb in 1976 is jarenlang geprobeerd om vast te stellen of het ontbreken van sociale steun een causale rol speelt bij mortaliteit. Het Alameda County-onderzoek ondersteunde een dergelijk verband (Berkman en Syme, 1979), zelfs als voor de gezondheidstoestand en voor zelf gerapporteerd riskant gezondheidsgedrag werd gecorrigeerd. House *et al.* (1982) meldden zelfs een twee keer zo hoge mortaliteit bij mensen met weinig sociale relaties. Bovendien is onder mannen van middelbare leeftijd die tien jaar lang zijn gevolgd, sociaal isolement (geringe sociale steun en sociale activiteit) geassocieerd met sterfte door hart- en vaatziekten (Orth-Gomér *et al.*, 1988). De conclusie uit een indrukwekkend, vijftien jaar durend vervolgonderzoek onder 2603 volwassenen (Vogt *et al.*, 1992) luidde dat sociale 'netwerken' – gemeten aan de hand van de grootte, reikwijdte en frequentie – een sterke voorspellende factor vormden voor mortaliteit ten gevolge van ischemische hart- en vaatziekten, kanker en herseninfarct.

11.5.3 Sociale steun en ziekte

Op grond van onderzoek is erop gewezen dat sociale steun de beleving van stress kan beïnvloeden. Uit een onderzoek onder patiënten met reumatische artritis is gebleken dat sociale steun van een beperkt sociaal netwerk een voorspellende factor is voor de hevigheid van de ziekte drie jaar later, zelfs als voor copinggedrag werd gecorrigeerd (Evers *et al.*, 2003). Zelfs in gezonde populaties blijkt een gebrek aan sociale steun en ontevredenheid met sociale relaties een voorspellende factor te zijn voor een slechte gezondheid, met name bij ziekten waarbij sprake is van lichamelijke afhankelijkheid van anderen en van afgenomen sociale activiteit (Penninx *et al.*, 1999; Melchior *et al.*, 2003).

11.5.4 Welke invloed heeft sociale steun op de gezondheid?

Er is voldoende bewijs dat psychisch lijden in tijden van stress vermindert door sociale steun (zie Cutrona en Russell, 1987, 1990). Bovendien kan een gebrek aan sociale steun in tijden van nood op zichzelf al erg stressvol zijn. Dit geldt vooral voor mensen die een sterke behoefte aan sociale steun hebben, maar onvoldoende in de gelegenheid zijn om die te verkrijgen. Vaak betreft dit ouderen, maar ook mensen die hun huwelijkspartner zijn verloren en andere slachtoffers van plotselinge, ernstige of oncontroleerbare levensgebeurtenissen kunnen hiermee te maken krijgen (zie Balaswamy *et al.*, 2004; Penninx *et al.*, 1999; Stroebe *et al.*, 2005).
Er zijn twee brede hypothesen opgesteld over de wijze waarop sociale steun zou kunnen werken (Cohen, 1988):

1. *Hypothese over directe effecten*: sociale steun is gunstig, en een gebrek aan sociale steun is nadelig voor de gezondheid, ongeacht de mate van stress die mensen ervaren. Veel sociale steun geeft een gevoel van verwantschap en van eigenwaarde. Dit leidt tot positieve verwachtingen en een gezondere leefwijze. Sociale steun kan ook een fysiologisch effect hebben op de gezondheid, ofwel als gevolg van een verlaging van de bloeddruk, waarvan wordt gedacht dat deze het gevolg is van een positieve beoordeling van stress en emoties, ofwel door een betere werking van hormoon- en afweerstelsel, hoewel de resultaten van onderzoek op dit terrein minder consistent zijn (zie Uchino, Cacioppo en Kiecolt-Glaser, 1996, 2006 voor een uitgebreid overzicht).
2. *Bufferingshypothese*: sociale steun beschermt de betrokkene tegen negatieve effecten van hevige stress. Sociale steun werkt als buffer doordat deze steun ofwel van invloed is op de *cognitieve beoordeling* van een situatie (het individu meent dat het over effectieve hulpmiddelen beschikt om met de bedreiging om te gaan), ofwel doordat de steun de *reactie voor coping* op een stressor wijzigt (het individu gaat effectiever om met de stressor) (Cohen en Wills, 1985; Schwarzer en Leppin, 1991).

Bewijs voor een direct effect van sociale steun

Er bestaat redelijk consistent bewijs dat sociale steun gezond gedrag als niet roken en therapietrouw bevordert, al zagen we in hoofdstuk 5 dat sociale invloed ook juist negatief kan uitpakken. In dit hoofdstuk gaan we meer in op de directe gevolgen van sociale steun voor fysiologische dan voor gedragsmatige processen.
Uchino (2006) bespreekt het bewijs dat sociale steun leidt tot verminderde stressreactiviteit, zichtbaar in typische metingen van cardiovasculaire reactiviteit (zie ook hoofdstuk 10), alsook het bewijs voor verbeterde neuro-endocrine en immuunreacties (met name bij oudere proefpersonen).
Turner-Cobb, Sephton, Koopman *et al.* (2000) ontdekten dat borstkankerpatiënten die sociale steun beoordeelden als beschikbaar en nuttig, 's morgens een lagere cortisolconcentratie hadden dan patiënten die de sociale steun minder positief beoordeelden. Dit wijst op een fysiologisch mechanisme waarlangs sociale steun zijn gunstige effect uitoefent. Bij cognitief-gedragsmatige interventies onder borstkankerpatiënten die steun van een groep kregen, is eveneens melding gemaakt van een daling van de cortisolconcentratie (zie Creuss, Antoni, McGregor *et al.*, 2000). Zoals we beschreven in hoofdstuk 8 en hoofdstuk 10 speelt cortisol een rol bij de afzwakking van de immuunreactie en mogelijk ook bij het ontstaan van tumoren.

Vanaf jonge leeftijd is sociale steun een krachtige bestrijder van stressreacties.

Bron: John Cole/Science Photo Library

Bewijs voor een indirect of 'bufferend' effect van sociale steun

Het effect van objectieve of subjectief ervaren sociale steun op de beoordeling van stressvolle gebeurtenissen is tot nog toe niet grondig onderzocht. Wel is er enig bewijs dat alleen al de beschikbaarheid van sociale steun bijdraagt aan positievere resultaatverwachtingen en beoordelingen van de eigen controle over de gebeurtenis. Bovendien wees een meta-analyse van 45 empirische onderzoeken op een positief verband tussen percepties ten aanzien van controle over de effecten van ziekte en het zoeken van sociale steun, zij het niet in zulke mate als was verwacht (Hagger en Orbell, 2003).

In het algemeen geldt zoeken naar sociale steun als een actieve copingstrategie. De redenen hiervoor kunnen variëren van behoefte aan informatie tot praktische redenen en het ontvangen van emotionele steun. Kyngaes, Mikkonnen, Nousiainen *et al.* (2001) onderzochten de copingstrategieën van jonge mensen binnen twee maanden nadat bij hen kanker was vastgesteld. De proefpersonen gebruikten emotie-, beoordelings- en probleemgerichte copingstrategieën, maar het zoeken van sociale steun was in alle gevallen een van de meest voorkomende strategieën.

Onder 1532 65-plussers die kort daarvoor hun partner hadden verloren, toetsten Stroebe en collega's de algemeen geaccepteerde veronderstelling dat sociale steun dient als een buffer tegen de impact van verlies (Stroebe *et al.*, 2005). De onderzoekers vonden echter weinig bewijs voor deze veronderstelling toen ze deelnemers 6, 18 en 48 maanden na het overlijden van hun partner vragen voorlegden. Ze constateerden wel dat sociale steun een heilzaam effect had op depressie.

Kan sociale steun slecht voor je zijn?

Er zijn gevallen bekend waarin veel sociale steun nadelig kan werken. Onder chronische pijnpatiënten is ontdekt dat veel mantelzorg bij alledaagse taken tot een gebrekkige aanpassing aan de aandoening leidde. Dit was het gevolg van operante conditionering (zie Gil *et al.*, 1987). Overmatige zorg (zie ook hoofdstuk 14) kan de ontvanger te afhankelijk maken van de verzorger en te passief omtrent het eigen herstel (zie hoofdstuk 14). Bovendien wordt mantelzorg niet steeds altijd alleen maar als ondersteunend beleefd en, nog belangrijker, de geboden hulp komt niet altijd

overeen met de behoeften van de patiënten: sommigen ervaren mantelzorgers als opdringerig en bemoeizuchtig. Niet iedereen is in staat duidelijk de eigen grenzen aan te geven als het gaat om hoeveel hulp gewenst is en welk soort hulp het beste is. Instrumentele steun is bijvoorbeeld nuttig om een zekere controle over het eigen leven te herwinnen, bijvoorbeeld in de vorm van opnieuw leren lopen na een amputatie; emotionele steun is nuttiger als de situatie niet controleerbaar is, zoals na een sterfgeval (zie Cutrona en Russell, 1990).
Onjuiste of overbodige steun houdt de betrokkene in een afhankelijkheidspositie, leidt tot een gebrekkig herstelproces, veroorzaakt spanningen tussen patiënt en mantelzorger en leidt op den duur tot een onaanvaardbare belasting van de mantelzorger.
Ten slotte moet er een voorbehoud gemaakt worden wat betreft het onderzoek naar sociale steun. Deze onderzoeken zijn meestal voornamelijk gebaseerd op zelfrapportages omdat het om een subjectief begrip gaat. Er wordt bijvoorbeeld gevraagd: 'Hoeveel sociale steun vind je dat je krijgt?' Zoals elders in dit boek al is opgemerkt, moet men hierbij rekening houden met inherente vertekeningen.

SAMENVATTING

In hoofdstuk 10 kwamen aanwijzingen naar voren dat stress het risico op beschadiging van de slagaders kan vergroten. Deze beschadiging kan leiden tot het ontstaan van hart- en vaatziekten. Dit is een hypothese over een direct effect van stress, wat zou betekenen dat minder stress de kans op die aandoening verkleint.
In dit hoofdstuk is echter aangetoond dat deze redenering te simpel is. Veel factoren modereren de invloed van stress op de gezondheid, of op de prognose op de lange termijn, waaronder de mate van invaliditeit, psychisch lijden en de kans op overleving vallen. We hebben gezien welke invloed persoonlijkheidskenmerken, overtuigingen, emoties en sociale steun kunnen hebben op coping en effecten van stress. Deze variabelen kunnen direct verband houden met effecten van stress, of het kunnen variabelen zijn waarvoor bij het onderzoeken van andere voorspellende factoren moet worden gecorrigeerd. Het wordt steeds duidelijker dat veel variabelen van invloed zijn op de relatie tussen een stressvolle gebeurtenis en de effecten daarvan. Biologische, psychologische en sociale factoren gaan hierbij hand in hand.

Pearson XTRA – Actief leren online

Wil je meer weten en oefenen, en je kennis van de besproken stof verdiepen, bezoek dan **www.pearsonxtra.nl**.